U0945638

繁星丛书

青山在

秋李子 著

上

清华大学出版社
北京

内 容 简 介

被卖身为奴的绿丫，有父不如无父的秀儿，出身富贵却陷入绝境的榛子，三个原本不会有交集的少女由于命运的捉弄在屈家后院相遇，是随波逐流以博取眼前利益？还是不忘本心，护住那一点微小的希望之火？当命运再一次改变，各分西东的三人如何走上她们的人生道路，当再重逢的时候，是否还能坦然面对对方？本书讲述了三个少女的曲折故事。

图书在版编目（CIP）数据

青山在 / 秋李子著 .— 北京：清华大学出版社，2018
（繁星丛书）
ISBN 978-7-302-49382-2

Ⅰ. ①青…　Ⅱ. ①秋…　Ⅲ. ①长篇小说 – 中国 – 当代　Ⅳ. ① I247.5

中国版本图书馆 CIP 数据核字（2018）第 014917 号

责任编辑：刘士平
封面设计：王　烁
责任校对：李　梅
责任印制：杨　艳

出版发行：清华大学出版社
网　　址：http://www.tup.com.cn, http://www.wqbook.com
地　　址：北京清华大学学研大厦 A 座　　**邮　　编：**100084
社 总 机：010-62770175　　**邮　　购：**010-62786544
投稿与读者服务：010-62776969, c-service@tup.tsinghua.edu.cn
质量反馈：010-62772015, zhiliang@tup.tsinghua.edu.cn
印 装 者：三河市春园印刷有限公司
经　　销：全国新华书店
开　　本：150mm × 240mm　　**印　　张：**51　　**字　　数：**851 千字
版　　次：2018 年 10 月第 1 版　　**印　　次：**2018 年 10 月第 1 次印刷
定　　价：99.00 元（全三册）

产品编号：075494-01

青山杜

目　　录

上　册

第 1 章　被卖　1
第 2 章　岁月　14
第 3 章　挣扎　27
第 4 章　扶持　41
第 5 章　烦恼　55
第 6 章　苦熬　68
第 7 章　希望　82
第 8 章　解脱　96
第 9 章　各奔西东　110
第 10 章　离别　124
第 11 章　喜事　139
第 12 章　成亲　161
第 13 章　伙计　190
第 14 章　重逢　218
第 15 章　圈套　246

中　册

第 16 章　应酬　275
第 17 章　报复　304
第 18 章　利用　333

第 19 章　成长　362
第 20 章　寻觅　390
第 21 章　姻缘　419
第 22 章　生计　434
第 23 章　风波　449
第 24 章　翠儿　457
第 25 章　盘算　479
第 26 章　谋划　494
第 27 章　不公　516
第 28 章　争产　538

下　册

第 29 章　落定　553
第 30 章　流年　575
第 31 章　柳家败落　596
第 32 章　认母　610
第 33 章　现世报　626
第 34 章　报应　647
第 35 章　秀儿出嫁　662
第 36 章　姐弟　683
第 37 章　大掌柜　705
第 38 章　认弟　720
第 39 章　秦家　742
第 40 章　受惊　757
第 41 章　顺意　779

第 1 章　被　卖

绿丫站在椅子旁边一直低着头，尽管这间屋子的摆设是绿丫从没见过的，椅子上有垫子，桌子上摆着茶水点心，能闻到茶水点心发出的香味，这种香味比过年时娘用油炸的果子还香，但绿丫除进来看了第一眼就一直低头站着，听着自己的娘在和上面坐着的女人说话。

说的话让绿丫觉得那么的冷，绿丫娘三十来岁，常年的操劳让她脸上已经皱纹横生，鬓边白发已经不少，说话也总带着哀愁。对面前的女人挤出笑容："知道您是好心人，我不是三杯水洗出来的泥娃娃，再添点吧，她爹在家里等着治病呢。"

女人的嘴撇一下看着绿丫："要不是你说得可怜，这样的人我怎么肯收，我们这儿，都是买回来调教了再送去大官府处使的，相貌不必那么好，最要紧的是机灵，可这孩子，从进来到现在都没说过话。"

绿丫娘听了这话一把就拽过绿丫，在她胳膊上拧了一下，绿丫吃疼，但还是木木地抬头看向女人。绿丫娘这才转向那女人："这丫头在家时候，伶俐着呢，烧火下地样样来，要不是她爹的病，我怎舍得把她给卖了？"说着绿丫娘掉两滴泪，手还是没离开绿丫的胳膊。

绿丫心里木木的，可是也晓得，娘要是在这里不能把自己卖出去，那只能把自己卖给开私窑子的张嫂子了，张嫂子给的银子还要多一两呢。娘也说了，卖女儿本就会被人指指点点，再卖到私窑子去，那就不用见人了。

想到这里绿丫努力抬头露出笑容，声音很小地说："求太太收留，我爹他，要银子治病。"说着绿丫脸上不自觉地流下泪。

女人唉哟了一声："才说你木木的，这会儿说这两句还机灵。这样吧，"

女人想了想，“六两银子，再多就不成了，我这里比不得别处，别人家都是随便教教就卖出去，可我这不是，还要教她们怎么服侍，最要紧的是灶上的功夫要好。光这每日厨下的材料，都要三四两银子呢。”

绿丫娘听到能卖六两，和自己心里想的也差不多，卖到高门大户的银子是多，可自己也没门路，这家是专门养灶上的，等以后若有银子，把女儿赎出来，也能学到一门手艺。又看了眼女儿，绿丫娘忙站起身拉着绿丫一起跪下：“给太太磕头，太太这样好心，一定会大富大贵。”

女人啧啧两声也不扶起她们，只懒懒地说：“罢了，什么太太，进了这家，叫声相公娘罢了。”绿丫娘带了绿丫又磕了个头这才起来，女人这回才正眼看向绿丫，细细看过后道，“也还机灵，以后是要去大官府处使的，这头一样就是称呼。在我这里，太太奶奶是叫不得的，叫我相公娘，叫我当家的屈三叔就成。”

绿丫急忙应是，屈三娘子还待再说，已有个三十来岁的婆子走进来：“相公娘，昨儿说定的事，这家人来了。”屈三娘子脸上登时满是喜悦，起身要走，想起绿丫母女还在，就指着绿丫道:“你把她带进去，再立个券，给六两银子。”

说着相公娘就走出去，绿丫娘下意识地把女儿搂一下，那婆子已经走过来，先打量了下绿丫才对绿丫娘道：“跟我走吧，去立券再拿银子给你。”从此就很难相见了，虽然绿丫娘等着这银子救命，可还是忍不住又看向女儿。

那婆子对此已经见得多了，轻蔑地撇一下唇：“这会儿后悔的话，还来得及。”绿丫娘的心就跟刀割一样，把女儿放开，想嘱咐她几句却说不出来，那婆子已经不耐烦地叫进来一个十五六的姑娘：“把这人带进去，和小婵儿住一屋，今晚给她好好洗洗，等明儿一早，交给老张。”

那姑娘应了一声就上前去拉绿丫，绿丫不由看向自己的娘，哑着嗓子喊了一声，绿丫娘眼里的泪登时如泉一样涌出，狠心把绿丫一推就跟了那婆子去。

绿丫眼里的泪也滴滴答答往下掉，那姑娘也不去劝，只是拉着绿丫往里面走：“虽说卖到这里，不如去那些高门大户来得好，可怎么也比卖到窑子里面好。再说了，要手艺学好了，跟了个好主，以后这主发达了，比在那些高门大户熬着的强。”

绿丫应了一声忍不住问：“姐姐，我只听娘说，这家子是养灶上的，这做灶上的要做些什么？”姑娘已经来到一排小屋面前，打开一扇门让绿丫进去，听绿丫这样问就笑了：“这做灶上的，就是伺候主人家饭食的，不过只买得起全灶的，家里大都撑不起什么大场面，到时除了伺候饭食，指不定针线这些也要做呢。”

说着姑娘往屋里探一下头，嘴里就道：“小婵儿跑哪去了，不是让她在屋里守着，学着怎么捻线？”旁边一间屋被打开，里面走出一个八九岁的姑娘，先叫了声翠姐姐才道：“勺子姐姐昨儿有人来相看，不是说五十两银子去给人家做全灶？这会儿只怕小婵儿去瞧热闹了。”

“就晓得她是个眼皮子浅的。”翠儿骂了一声就对绿丫道，“你先进屋歇着，等会儿我找套衣衫给你穿，再给你拿热水好好洗洗，这做灶上的活儿，齷里齷齪的，哪能瞧得下去？”绿丫被娘带来的时候，已经特意洗过手脚，此时听到翠儿这样说，忍不住小声道：“用冷水就好了，用热水，费柴火。”

另一个小姑娘登时用手捂住嘴笑起来：“这是什么人家，别的都缺，只有这热水是从不缺的。我告诉你，要做灶上的活儿，怎能不学着赶紧烧开水？”说完这小姑娘就哎呀一声：“我忘了，回来是拿面果子的，张婶子说，我要学着多做些面果子。”说完这小姑娘进屋拿了样东西就往外跑。

翠儿把绿丫推进屋，自己转身去找东西去了，这屋子不算大，里面放了两张床，中间用一张桌子隔开，桌子上放了个梳妆匣子，绿丫忍不住上前把镜袱掀起，看着镜中的自己黄皮寡瘦，不由叹了口气。

“哎，你就是那个新来的？怎么一点规矩也不懂，掀我的镜子做什么？”门口传来不客气的声音，绿丫急忙把镜袱放下，瞧见门口倚着个十三四岁的姑娘，想来就是小婵儿，忙叫一声姐姐，小婵儿横她一眼：“别来讨好，什么姐姐妹妹的，这里可没这套。”说着小婵儿就走到镜子跟前，见这面镜子和原来一样，这才回身瞪着绿丫，“你叫什么名字，今年多大了？我告诉你，这里可比不得你乡下家里，可是有规矩的。”

左一个规矩右一个规矩，绿丫忙道：“我初来，还不晓得什么，还要仰仗姐姐教导。”小婵儿听了，那眼往绿丫脸上一瞅：“这小嘴挺甜的，我告诉你……”

“小婵儿，你又这样了，不好好学着怎么做事，偏偏只知道搞这些，再过两年就该有人相看了，你要连面都发不好的话，难保爷不会把你卖到窑子里去。”翠儿的声音在门口响起，小婵儿登时变了脸，拉着绿丫亲热地说：“绿丫妹妹吧，既进了这里，也就有了缘分，你放心，姐姐我一定待你好。”

这脸变得真快，绿丫心里嘀咕一声但只睁大一双眼，这样的神情落在小婵儿眼里，自然就是个好拿捏的柿子，手里已经使了劲儿，小婵儿对翠儿道：“翠儿姐姐，我可没有欺负这个妹妹，你瞧，我待她多好。”

翠儿怎不明白小婵儿在做戏，白了小婵儿一眼就对绿丫道：“这衣衫是现找出来的，只怕不合适，你自己瞧着改改，针线的话，找小婵儿要。热水我也提来了，你自己洗洗，好好歇歇，从明儿起，就该忙了。”说着话翠儿就把一套衣衫塞给绿丫，又拎了桶热水进来，当着翠儿，小婵儿忙从床底下拿出个大木盆来：“就用这个洗吧，胰子这些我这也没有，你将就吧。”

说着小婵儿就扭身出去，翠儿又和绿丫说了几句，也就出去。屋内只剩下绿丫一个人，她瞧着这一切，不由叹了口气，这以后就和在家不一样了。也不知道爹爹他会不会好？

把热水倒在木盆里，绿丫仔仔细细洗好自己，起身又把衣衫给洗了，换上新衣衫瞧瞧，上衣宽了些，但下面的裤子是短的，也不晓得是谁穿过的，绿丫想找针线把袖子缝一缝，小婵儿不在，也不敢去翻她的东西，只有作罢。

在这屋里等了很久，还是没人进来，只能听到外面传来说笑声，绿丫不敢出门，抱着膝盖坐了好一会儿后感到疲倦袭来，也就爬上床睡去。朦朦胧胧中听到有人进来，接着推自己一下，又骂了一声也就再无声响。绿丫连身都不敢翻，过了很久才睁开眼，娘说，到了这么个地方，自己要好好照顾自己，不要惹事，不要生非。

可是，真能做到吗？绿丫悄悄地把被子蒙到头上，哭了。

抽出一根过长的柴，一柴刀把柴劈断，把柴麻利地扔进灶洞里，那将要灭的火一下就又烘烘烧起来。绿丫把额上的汗水擦掉，飞快地把锅洗干净，把桶里的水倒进锅里烧热水。来这里已经一个月了，现在绿丫还是只负责烧热水，等掌握了烧火的火候，才能去大灶那边。

去大灶那边也不是立即上灶，还要先学怎么切菜，总要能把豆腐切成丝了，刀功才算过关。火候、刀功都过关，才能开始学着做菜。绿丫到现在，是相信屈三娘子说的，这地方，每日的材料钱都要三四两银子，屈家可还开着一个大饭馆呢，一边开饭馆，顺带养这些全灶，既有人做活还不用出工钱，真是一手好算盘，难怪这么发财。

绿丫见锅里的热水已经烧开，拿过几个瓦罐把热水打出来，好预备张婶子和几个已经学得差不多的全灶过来洗脸洗手。刚把水打好，小婵儿就走进来，在那打着哈欠，拎过一个瓦罐就往外倒水，边倒边抱怨：“你怎么打呼啊，昨晚我被你吵得一夜没睡好，再这样，不许和我一起住。”

自己打呼？绿丫不由点向自己的鼻子，自己好像一直没这个毛病吧？

“理她呢，她就是鸡蛋里挑骨头。”说话的是秀儿，她就是住在绿丫旁边那个八九岁的小姑娘，对她绿丫一直感到很奇怪，别人都是两人一间，有时还要受张婶子的喝骂。可偏偏只有秀儿是一人一间不说，张婶子对她说话还算和气。连小婵儿这样见人都要刺两句的，见了秀儿也会声音低些。

绿丫悄悄问过翠儿，翠儿只说等以后就知道了，横竖好好做自己的事情就好，绿丫也只有把心里的好奇给压下去。小婵儿听到秀儿这话，恨恨地把瓢往盆里一扔，瞧着秀儿冷笑："怎么，想打抱不平？那你就让绿丫和你一起住啊，别在那只会说好话，事情一点也不做。"

今儿小婵儿是吃枪药了？绿丫见锅里的热水将完，正把桶里的热水倒进锅里，听到小婵儿这话不由愣住。秀儿可没有绿丫这么好惹，也冷笑道："谁不知道你心里在想什么，不就是爷昨儿收用了翠儿姐姐，没收用你？你就在这乱咬。要真想男人了，求爷把你往窑子里卖去，那才是日日受用不尽。"

收用？这两个字一入耳，绿丫的眼顿时瞪大，她已不是初来时候，自然知道收用是什么意思，来那日五十两银子被买走的勺子，也曾被屈三爷收用过。而这，几乎是每个卖到这里做全灶的姑娘，必经的路。虽然还不大通人事，但绿丫一想到那又矮又胖的屈三爷，就有些想吐。

那么漂亮和气的翠儿姐姐，也逃不掉吗？小婵儿被道破心事，脸上神色顿时变得狰狞，伸手就要去抓秀儿的脸："你别以为你是爷的女儿，就没人敢惹你，你娘也不过一个下贱胚子，到现在相公娘都不待见你，和我们混一块，你当你就是这家里的千金小姐？做梦去吧！"

这伤疤扯得秀儿登时就变了颜色，虽是屈三爷的女儿，但在屈三娘子的压制下，和这家里买来的全灶也差不了多少。未来的命运全掌握在屈三娘子的手里，至于自己那个爹，想都不用想。

小婵儿的手就要抓到秀儿脸上时，秀儿已经一耳光打在小婵儿脸上："你是个什么东西，也敢说我娘？"小婵儿毫不示弱："你娘不就是东门外窑子里的，每天要接十来个客人呢，这种滋味，你想不想尝尝？"

说着话，小婵儿的手已经抓到秀儿脸上，秀儿头一偏，发髻被扯下来，一根簪子掉在地上。头发既被扯散，秀儿也不顾忌什么，端起旁边的水就往小婵儿身上泼："你是疯了不成，让你清醒清醒。"

绿丫先是被她们说的话吓了一跳，等她们打起来的时候竟忘了去拉架，这会儿见秀儿端起水往小婵儿身上泼才醒悟过来，急忙道："秀儿，快别泼了，小婵儿姐姐你也少说两句。"

小婵儿登时又把风向转向绿丫："让你献什么勤，你真以为她是千金大小姐了，比起我们，不过是没花银子买。”秀儿那盆水本来在绿丫的呼唤下不要泼的，听了小婵儿这话大怒，把水从头泼到脚，泼得小婵儿里外衣衫都湿了。小婵儿本就不是好惹的人，反手一巴掌打在绿丫脸上：“下作小贱妇，你来拉什么架？”

接着就拿起瓢要从锅里打水去泼秀儿，绿丫裙子上也溅了水，见小婵儿要拿热水去泼秀儿，吓得尖叫起来：“婵儿姐姐，那是热水。”小婵儿已经喝道：“怕什么，把她这张脸给泼烂了，不定相公娘还要赏我呢。”

秀儿要避开，可离小婵儿近，绿丫力气又不如小婵儿那么大，三个人顿时乱作一团，小婵儿一瓢水没泼到秀儿脸上，只泼到她袖子上。小婵儿不由更加恼，要从锅来再打水来泼秀儿，顶好把她一张脸泼烂，到时被卖到那种最下等的窑子里去，每日接那些脚夫，连裤子都来不及穿。

小婵儿心里想得美，不料手被人握住，接着是翠儿的声音：“你们三个，闹够了没？张婶子就要来了，还不快些把这里都收拾了，不然到时又要挨骂。”小婵儿手里的瓢被另一人抢了去，小婵儿瞧见翠儿，心里越发恨得紧，冷笑道：“都是在这家里做活的，你这会儿和我摆什么架子？难道被爷收用了，从此爷就会抬举你？做梦去吧。”

翠儿怎不明白小婵儿的心事，此时听到小婵儿这样说，那脸色不由有些发白，和她一起进来抢下小婵儿手中瓢的月牙忙道：“翠儿，你理她呢，学不肯好好学，每日牙尖嘴利，打扮得妖妖娆娆，就巴望着爷能多看她两眼，也不是我们说，爷的脾性，哪是什么温柔款款的。”

这家里的全灶，年纪当时的，只要不是麻的残的，都被屈三爷收用过，不过收用了也就收用了，到时有人相看，还不是一样卖出去，哪有人例外？

小婵儿总觉得自己生得好些，又温柔些，到时只怕屈三爷待自己会不一样点，就算要被卖出去，也要替自己寻一门好的主家，而不是随便一家就把自己打发了。此时听到月牙这样说，不由恨道：“你们俩别一唱一和的，我……”

“你什么你？”小婵儿才说了一个字，张婶子的声音就响起，若说外面饭馆屈三爷做主，里面事情屈三娘子当家的话，那张婶子就是这厨房里的王，不管是谁做什么，谁该什么时候上灶，都是张婶子说了算。有那聪明的，早早就把张婶子巴结好，毕竟能早上灶，学的要比那晚上灶的多很多，况且全灶靠的是什么，不就是这灶上的手艺？不然真没人家看上了，到时年纪一大，也只有被卖到那样下等窑子里去。

见张婶子进来，小婵儿收了脸上的怒容，只对张婶子说了句：“张婶子，她们都欺负我，你瞧瞧，我这身上都被泼湿了。”这厨房里的是非，还没有能逃过张婶子眼的，听了小婵儿这话，张婶子只淡淡一句：“那你还不快些去换衣衫，好生梳洗了，今儿又有人要来相看，还有这外头有人定了熊掌，爷交代过，这熊掌的火可是最要紧的，翠儿，你昨儿看的火，看的如何了？”

翠儿急忙上前道：“那炉子被我好好地放在里头那屋呢，方才我还进去瞧过，好好的呢。”张婶子满意地对翠儿点点头：“这才是学手艺的人，甭管你们以后到了哪里，可都要记得，你们是买来灶上使唤的，把那些别的心思都给收起来。要闹，等各人有了主家，你们再去闹个天翻地覆。”

见众人都恭敬应是，张婶子这才洗了脸手，看看绿丫的火烧得怎样，又调配各人去做什么，该和面和面，该剁菜剁菜，等小婵儿换了衣衫回来时，厨房内和平时一样，看不出半分方才发生了争执的样子。

绿丫把火添得旺旺的，见旁边的秀儿已经和好面，想问秀儿为什么她是屈三爷的孩子却和自己在一起做活又不敢，只是瞧着秀儿。翠儿拿出一把南货在那择拣，见绿丫往秀儿那望去，叹口气道：“绿丫，我告诉你，这男人是没有心的。”旁边的月牙噗嗤一声笑出来：“说的就跟你见过多少男人一样，你又不往外面饭馆去，统共也就见过那么五六个男人。”翠儿只笑一笑，并没解释。

有个跑堂的走到厨房门口道：“张婶子，今儿有人要来相看，偏生爷的小厮又跑肚了，今儿没去伺候。你这里找个丫头去端茶上去。”张婶子正瞧着锅里的炸鱼，听了这话头都没抬：“成，绿丫，你去吧。”

原本跃跃欲试想出去的小婵儿一听到这话就叫起来：“凭什么让绿丫去，她笨手笨脚的。”张婶子连眼都没抬：“我昨儿让你做的面果子，你做出来没有？好生学手艺，哪来争这些，况且除了她，哪还有个闲人？”

小婵儿只得噘着嘴坐下，眼像刀子似的狠狠剜了绿丫两眼，绿丫洗好手，把围腰解了，也就跟了跑堂的往前面去。

到了那里，跑堂的把茶壶茶杯连着托盘都放到绿丫手上：“我们这样人家也不是什么大官府，你记住了，端茶上去后，先给两位客人奉茶，然后才给三爷奉茶。接着才能把托盘放到三爷旁边。然后就下来了，明白了吗？”

绿丫小心听了，听完应是，也就端着托盘往屋里走，托盘虽重，但这怎么端托盘端菜，都是基本功，绿丫进来那几天就学过，因此走得也很稳当。

走到厅里，绿丫已经看见上面坐了一个中年男子带了个十一二岁的少年，屈三爷正满脸是笑地和那中年男子说话，话里夸赞的，就是自己家的全灶们如何如何好，价格还便宜。

绿丫仔细看了，这才先把茶送到那中年男子身边，又送到那少年旁边，那少年伸手去拿茶的时候，看见绿丫一双大脚，生得还瘦小，不由撇撇嘴。那中年男子虽在和屈三爷说话，但眼还是看向少年，见少年这样就轻咳一声，少年急忙把手缩回去，脸上神色依旧淡然。

绿丫已把茶放到屈三爷身边往下走，听到那声轻咳，不由好奇地回头看一眼。这一看不由有些惊讶，这少年，生得真是好。虽年纪相近，可自己和他，就如同云泥一样，绿丫看一眼身上浅绿的衫子，心里不由叹气，那少年身上穿的，虽然朴素，可那料子看起来是那样滑，和自己身上穿的，全不一样。

回到厨房，张婶子已经不在，想来是往别的地方去了。小婵儿正借此偷懒，手里拿着一根黄瓜在啃，瞧见绿丫进来就翻个白眼："我还以为你再不回来，从此在相公娘身边服侍呢，怎的，端了一次茶，也要往这边来。"

翠儿在这里年纪大些，听到小婵儿又在排揎绿丫，就对她皱眉道："安生做你的活罢，成日家说了这个又说那个。"小婵儿把黄瓜啃完，拿过抹布擦着手才对翠儿撇嘴："你少替她说好话，她不言不语的，其实坏着呢。瞧瞧，才来这一个月呢，你们就为了她，说了我多少话。"

月牙从锅里打了一盆水，往小婵儿空着的手里一放："那也是因为你平日嘴很不好。你安生些罢，都是可怜人，你非要踩着人家的头做什么？"可怜人？小婵儿接过那盆热水，端到另一边洗刷起碗筷来，也只有她们会认命，自己不能，自己就算被卖，也要寻家好的主家，免得以后被卖来卖去，说不定到最后，还要被卖到那最下等的窑子里去，每日被那些粗汉子糟蹋，不到四十就死了。

绿丫已经又坐回到灶边，安安生生烧她的火，不管怎么说，把手艺学好是最要紧的，以后有了主家，安生服侍了，求一求主家，说不定还能被放出来，到时开个小饭铺也好。

想到这，绿丫唇边就露出笑容，翠儿正抬头瞧见，心里不由一叹，果然还是孩子，什么都不知道呢。等再过些年，就晓得苦了。在这个家里，生得不好些，才是好事。

许是绿丫端茶上去时表现得还好，等到吃午饭时，张婶子往绿丫饭上放了好大一块肥瘦相间的肉，又挖了一勺卤汁给她。酱色的卤汁闻起来就很香，再用热热的米饭一拌，配着那块入口即化的肉，绿丫觉得，从生下来就没吃过这么好吃的饭菜。要晓得就算过年杀猪，绿丫娘也舍不得费柴火费调料卤这么一锅肉，都是挂腊肉或者炒了，煮肉也不过白水煮煮，出锅后再撒点盐就给孩子们吃。

看见绿丫在那吃得香甜，小婵儿鼻子里又哼出一声，这样一块肉就吃得这么满足，真是没见过世面。但张婶子在，她也不敢多说，只是端着自己的碗，在那吃米饭就小咸鱼。

过了两天，这家里的全灶就又少了一个，这也是常见事。屈三娘子见几个全灶年纪都小了些，最大的翠儿也不过十五，这个年纪要在普通人家算是不小，可做全灶的，总还要再磨磨，于是让张婶子加紧让翠儿和月牙这些年纪大的，快些学会灶上手艺，好早些卖出去赚银子。

至于绿丫这些小的，也不能松懈了，除了那些粗活，也该学着切菜。屈三娘子一声令下，张婶子自然不会违了她的令，每日就督促着这些人快些学手艺。

当绿丫头一次站在案板面前，在张婶子的指挥下开始学和面的时候，那手忍不住抖，这可是白面，在家时候，娘都是藏起来，过年包饺子给爹吃，自己和弟弟妹妹们，吃的还是掺杂了不少麦麸的黑面饺子。

张婶子正在那讲，这面要怎么和，回头看到绿丫在那抖，眉不由紧皱："你也来了这么多天，怎么还一脸没见过世面的样子？不过一点白面而已，这要以后等你见到那些什么龙肝凤髓，难道你也说，不敢下手不成？"

绿丫定定心，细声细气地说："张婶子，我只是怕浪费了。"这个回答让张婶子很满意，她抬起头瞧一眼绿丫才道："有这份心很好，我们做灶上的，做的是饭食，要对这些有敬畏之心，若是以后，见了主家的东西就乱抛撒，以为花的是主家的钱，却不知折的是你自己的福。"

绿丫垂手细听，张婶子这才让绿丫打水和面。这头一次和面，张婶子也不指望绿丫一教就会，在旁边盯着，见绿丫手法还过得去，也就又告诉了遍下面该怎么做，自己去做别的事。

虽然双手沾满了面，可见自己水放的还是恰当，那面团已经和好，绿丫也有些欢喜，小心翼翼地把面团放在竹筛子上，拿过纱布盖好，等明天面发起来，就可以包包子吃。

一想到这，绿丫就笑起来，她的笑容还没收起，小婵儿已经走过来，伸手去拿灶台上的瓢，手缩回来的时候，胳膊肘故意那么一拐，就把绿丫的那个面团打到地上。

绿丫再是好性，瞧见小婵儿这故意做作，也忍不住睁大双眼，叫住她："婵儿姐姐，你把我面团打到地上了。"小婵儿转身，脸上有掩饰不住的得意笑容："对不住，我没看见。"说着小婵儿把面团捡起来，挑眉看着绿丫，"方才你可说了，这是好东西，不能浪费，不然就要姐姐教你，怎么做馍馍？"

绿丫见面团掉在地上已经脏了，心里本就在可惜，又听到小婵儿那得意扬扬的话，眼里忍不住流下泪来。小婵儿见绿丫哭了，那得意劲儿就更不用说了："我还以为，你是说到做到的，哪晓得竟做不到。方才可是一口一个，这面是好东西，怕浪费，怎么这会儿，因了我把面团不小心掉在地上，你就又要扔到泔水桶里？就是个两面三刀的东西，平日装得好，这会子，可就露出来了吗？"

小婵儿在那骂得得意，不料绿丫已经没有再哭，收起眼泪上前把面团接过来，仔细想了想，拿起刀小心翼翼地把那些弄脏的面削掉，剩下的面又重新和了和，这才又拿过一个竹筛子，把面团放在竹筛子上，盖好纱布，找了个凳子，垫着凳子把竹筛子放到橱上头。

这动作让小婵儿瞪大了眼，刚准备说绿丫几句，见绿丫已经转身走出屋，不由追上去就去抓她的胳膊："好啊，两面三刀的东西，给我这样没脸，我今儿不打你一顿，你还不晓得姐姐我姓什么。"

"呦，这是怎么了？小婵儿，你什么时候改姓屈了，这里除了姓屈的和姓张的，还轮不到你说话吧。"一道冷嘲热讽的声音传来，说话的是和小婵儿一起进来的筷子，她和小婵儿不同，她学东西快，到现在也只比翠儿稍微差一点点，上手炒几个菜也能中吃。屈三娘子让张婶子可要好好地教筷子，连打扮都要教给她，再寻一门好好的主家，到时能多得些银子。

小婵儿恨筷子比恨绿丫还要恨得多些，只是平时不敢惹筷子，此时听到筷子这话，放下抓着绿丫的手就瞧着筷子："这先进来的，教训一下后进来的，也是平常事。"筷子已经袅袅婷婷地走上前，听了这话也不接话，只是对小婵儿一笑："方才我可瞧见了，前面越香楼的老鸨，来寻相公娘说话，说她家的女儿前日病死了，想从相公娘这儿，要一个女儿回去。小婵儿，你可是没有被爷收用过的。"

小婵儿的脸顿时变白，但很快她就强撑着道："你不也没有被爷收用过吗？况且你比我还生得好一些。"筷子笑了，这笑容看在绿丫眼里，竟有几分狰狞，绿丫悄悄地想离开，但又不敢离开。果然筷子已经开口："小婵儿你还不知道吧？我已经被人家看上了，只是说我年纪还小些，灶上使唤的话，还不得用，等明年三月，就拿银子兑我过去。连定银也交了，还说，要留着我的女儿身呢。相公娘对了爷千叮咛万嘱咐，不许爷碰我一指头。”

筷子说一句，小婵儿的脸就变白一些，翠儿和月牙虽然都不过十五六岁，但要去门户人家，这个年龄已经算大，况且她们都被屈三爷收用过，越香楼的老鸨也不会选她们。剩下的人，不是自己就是筷子，而筷子已经定下了，那就是自己。

筷子见小婵儿一脸雪白，那嘴越发似刀一样：“你不是一向喜欢吃好穿好，盼着爷早日收用你？等去了越香楼，梳拢过了，自然有的是人疼你，你啊，还有的受用呢。”说着筷子掩口一笑，打算离开。

小婵儿此时也不知道哪里来的力气，一把就抓住筷子：“你胡说八道，我要去和你见相公娘。”筷子被抓住，她可不是那样没力气的，手一推就把小婵儿推到地上：“你也瞧瞧自己的德行，好吃懒做不学手艺，进来四五年了，连个面果子都炸不好，成日只晓得欺负人。不去那些地方，还能去什么地方。想找好的主家，下辈子吧。”

说着筷子啐了小婵儿一口，准备拔脚走人，回头瞧见绿丫缩在一边打抖，筷子的下巴不由微微一抬：“平常她不是老欺负你，你这会儿也顺着骂她几句，好去去火。”绿丫听到自己被提到，这才看向筷子轻声道：“筷子姐姐，我觉得婵儿姐姐也怪可怜的。”

筷子不料绿丫会这样说，眉不由皱起，接着就冷笑：“可怜，这里面的人谁不可怜，可是有些人，最是要仗着自己可怜就要人人都让着她，她还要去欺负比自己更可怜的人，来表示自己不可怜，这样的人，真是踩她几脚都嫌脏。”

见绿丫还一脸懵懂，筷子的下巴又抬起：“你才刚来几个月，年纪还小，不懂也是平常，等在这家里待上几年，就明白了，甭管你多得爷的疼，相公娘的喜欢，到时说一声卖，还不是把你给卖了。说来说去，也只有好好地学手艺。”说着筷子不由长叹一声，也不再看小婵儿，拔脚走了。

见她走了，绿丫也跟着走了，只是走前又瞧一眼小婵儿，听她在那低低地哭，绿丫也不晓得心里哪里酸酸涩涩的，竟然也落了几滴泪。

过得两三日，果然屈三娘子就让人把小婵儿唤去，唤走不久，就听见前面传来小婵儿的哭声，但这哭声并没持续多长时候。听到哭声，厨房里的人都停下做事，张婶子的眉已经竖起来：“都麻利点，好生做事，谁不要经过这么一遭？要不想哭，就好好地把手艺学好，去个好主家。”

众人又开始做事，绿丫今日已经开始学切菜，方才还担心切到手指头，此时却是使出吃奶的力气，务必要把那菜切得十二分的好。张婶子回头看见，不由点一点头，这孩子，还有几分可教。

到了晚上，绿丫回到屋里，见小婵儿的铺盖还摊在那里，她心爱的那面小镜子也放在枕头边，如同她人还会回来。只是绿丫知道，她再也回不来这间屋子，不由坐下看着小婵儿的床铺发呆。

“想什么呢？那么点点大孩子。”翠儿轻快的笑声响起，绿丫赶紧站起来，笑着说：“没想什么。”翠儿伸手摸一下绿丫的脸：“瞧瞧，这还有泪呢，是不是心里头空落落的？”

见自己心事被说中，绿丫低头不好意思地笑了，翠儿把手里的一把栗子塞给她：“今儿运气好，恰好还剩这么一把。各人分分。”绿丫道了谢，见翠儿坐下终于还是忍不住问：“翠儿姐姐，虽说婵儿姐姐对我不好，可她被卖到……”

绿丫顿一顿，终于没把窑子两个字给说出来，只是轻声道：“可我这心里，为什么还是空落落的，什么滋味也说不出来？”翠儿叹气，就在绿丫以为，翠儿不会回答自己的时候听到翠儿轻声道：“你能这样说，显见的你还是个好人。可是既进了这么一家，不管好人也好，不好也罢，到头来还是被卖出去，浑浑噩噩过了这辈子。”

翠儿今年也不过刚满了十五，可绿丫听着她这话，却有无尽的悲伤，不由低头只看着手里的栗子，翠儿回神过来摸摸绿丫的脸：“绿丫，我一直没问过你，以后想做什么呢？”绿丫又不好意思地笑笑，接着把自己的心事说出来。

翠儿听了也笑了：“你能这么想就好，说起来，我们都是苦命人，苦命人，互相怜惜着也好。姐姐告诉你，你以后不管到了什么时候，就算再苦再难，也不能往比你还苦的人身上踩一脚。知道吗？”

见绿丫拼命点头，翠儿又笑了，可这笑容里还是有些苦涩，原本对生活也似绿丫一样，有着无限向往，可这些向往，在被屈三爷叫进房的那晚，在疼痛中全都没有了。

绿丫并不懂翠儿笑容里的意思，只是默默地剥着栗子，分一个给翠儿，另一个留给自己，似乎这样就能把心里的空落落给填满。

日子就这样一天天过去，转眼绿丫来屈家也快两年了，屈三娘子又买了几个人，有一个放在绿丫屋里。绿丫学得很快，现在做面食已经难不倒她，切菜什么的，虽不能把豆腐切成丝，可切个萝卜番薯，还是能细如发丝。

这样的表现让张婶子很满意，和绿丫说，再过两个月，就让绿丫试着上灶，学着怎么炒菜。绿丫得了这个念想，越发学得快些。月牙在过年前被一个来京里开杂货铺的人家买走，筷子果然和她说的一样，去年秋日被看中她那家的人给带走了，除了定银，还留下四十两银子。这身价让屈三娘子十分高兴，难得她出手大方，给筷子置办了身衣衫让她带走。

只有翠儿还是没被人看中带走，每隔三四日，她总会被叫进屈三爷的房里面去。这样的翠儿让屈三娘子越发看不顺眼，听她们议论说，屈三娘子已经和屈三爷闹过，要把翠儿卖掉。但屈三爷说翠儿还能再等个两三年，才十七，这个年岁急什么。

这样的议论让绿丫担心不已，毕竟屈三娘子要发狠的话，只怕屈三爷也拦不住她。可是翠儿又不像小婵儿一样惹人厌，她待人那么和气，那么好。绿丫悄悄地和翠儿说了自己的担心，翠儿听完就笑了："绿丫，你真好，还有你担心着我。"

绿丫睁大一双眼："翠儿姐姐，你人这么好，这是应该的。"应该的吗？翠儿又笑了，摸摸绿丫的头发，很快就笑了："你这两年长这么高了，只比我矮一点点，我真怕你也……"

说着翠儿住口，就算怕又有什么用？主人家收用丫头，本是再正常不过的事，况且屈三娘子在这件事上，是管不了屈三爷的，他们虽说是夫妻，却不过是恩客和妓女的关系。绿丫看着翠儿那一瞬间的失神，心里明白她害怕的是什么。进屈家两年来，屈家的饭食好，绿丫的个子如同春风里的柳树一样，飞快地长高抽条，面上的黑黄之色也开始褪去，显出白嫩来。

连张婶子都笑着说，没想到绿丫还是个美人，要不是在这灶间，穿上几件好衣衫走出去，还以为是谁家的千金小姐呢。

可是一想到屈三爷，绿丫就觉得没那么认命，开口问翠儿："姐姐，你说，能避开吗？"能避开吗？翠儿苦笑一下，接着才道："要能避开，也只有像筷子似的，早早被人看上，叮嘱着留下她的女儿身。可是，能避开这家，避不开下一家。我们的命，就是这么苦。"

翠儿话里的苦涩比吃了黄连还苦，绿丫咬住下唇，拉住她的手安慰。翠儿拍拍绿丫的手："没什么，绿丫，还记得你说过的吗？等主人家开恩，把你放出去，开个小饭铺。有时，这也不失一个法子。"

绿丫一双眼很清："姐姐，可我不愿意。"

第2章　岁　月

翠儿看着绿丫那一双清幽幽的眼，想点头说她的想法对，但终究还是低垂了眼帘，什么都没说。翠儿的动作看在绿丫眼里，绿丫的心里也不由酸酸涩涩起来，只是偎依到翠儿身边，什么都没说。

翠儿低头看着绿丫，这一生，虽然才活到十七岁，可就觉得后面的日子都没有了盼头，都是那样的暗，也不知道自己身边的这个小姑娘，再过些年，还能记得这句话吗？翠儿低叹一声，叹息在黑暗中慢慢消失，如同从没有过。

虽然心里有些忧虑，不过日子还是要照样过，每天从睁眼到睡下，都那么忙碌。做厨房的，最要紧的就是干净，龌里龌龊的，让人怎么吃得下去饭？绿丫她们都是每隔一日就要洗浴一次，张婶子更是每日收工后就要洗一次，务必让自己干净，做出的饭食也要干净。

院子小，全灶们都是在厨房里洗了后再回去。这日绿丫和几个同伴洗好后就一起回去，走到半路上绿丫发现自己头绳不见了，想是收拾东西的时候丢在旁边了，和同伴说了一声也就转回去找。

绿丫进了厨房后很顺利找到头绳，此时头发已经半干，顺势用发绳把头发绑好，跨出厨房。就在这时，绿丫听得放柴草的房里传来窸窸窣窣的声音，这个时候也该没人了，总不会是有坏人在里面。

绿丫心里念着，就往柴房那边走去，柴房也有一扇窗，此时是夏日，那扇窗半开在那。绿丫怕坏人力气大，自己打不过，打算悄悄瞧个真切然后去寻人来，于是踮起脚尖往里一瞧，这一瞧绿丫登时只觉得如被雷击一般。

屋里的人绿丫都识得，男的是屈三爷，女的却不是任何一个全灶，而是张婶子。不过张婶子此时并没有平日教导绿丫她们的那种劲儿，只披了件衣衫，一条腿挂在屈三爷腰上，另一条腿蹬在地上，嘴里在那抱怨："你这会儿想起我来了，我还当你早被那贱妇勾了魂。"

屈三爷本就生得矮胖，此时也只披了一件外衫，旁边柴草堆上还扔着他的裤子，在那一边动荡一边嘴里不停地说："好亲亲的肉肉，还是你得劲。那贱妇，现在年纪大了，越发管得我紧。旁人也就罢了，偏你，她再不许我沾一沾。"说着伸出手去，又揉搓张婶子的那团丰盈。

绿丫看见这一幕的第一眼就想立即转身回头，可听到这两人口里抱怨的贱妇，忍不住矮了身子，想悄悄地听他们说的人究竟是谁。

屋里两人并不知道外面有人，就算知道外面有人，屈三爷也不放在心上，只怕到时一时兴起，还要拉了外面的人一起进来大战。依旧在那动作不止，口里就道："亲亲肉肉，还是你身子香，那个贱妇，那些脂粉也不晓得用到什么地方去了，都是臭的。"

张婶子双眼已经迷离，呻吟两声方道："你一口一个臭肉，那把她给撇了，你又不敢。"这话堵了屈三爷的嘴，他身下立即又加了力，发起狠来。张婶子被他发狠捣了两下，不由狠狠地咬了他肩膀一口："就只有这时还像个男人，怎的，说她两句就不行？不过一个婊子，这会儿穿了几件好衣衫，就真拿自己当太太了？凭她也配？"

后面的话，都是张婶子发的醋话，屈三爷只是狠劲不提。绿丫听他们说的，已猜出所说的人是谁，不由悄悄矮着身子往旁边走过。走过柴房，才刚直起身。想到平常议论的，屈三爷对屈三娘子何等好，再想到方才屈三爷在那和张婶子念叨的话，绿丫的眉不由皱起，难怪翠儿要说，这男人哪有一个靠得住的。

屈三爷放着家里那么多的全灶，还要去和张婶子拉扯，可张婶子平常也是个端庄样，但在柴房里那双颊飞红，双眼迷离，承欢不已的样子，不就跟在家里时候，集上唱戏说的淫妇是一样的？

绿丫觉得心里各种念头都有，况且常听人说收用，甚至小婵儿还盼着被屈三爷收用，可收用时，真是丑。绿丫想着想着，觉得喉头一酸，登时肚内翻江倒海，弯腰吐出一堆秽物来。

她本已走到全灶们住的院子外面，听到她这一吐，屋里的人立即出来，见她吐得很难受，有人端水过来给她漱口，翠儿还拍着她的背："想是今儿剩下的菜多，你吃多了，肠胃不舒服，等会儿去挖点灶灰来，用灰水荡荡就好。"说着翠儿已经叫人，"调羹，你去挖点灶灰。"

调羹答应着准备去，绿丫害怕调羹过去撞见屈三爷和张婶子，到时也像自己一样翻江倒海地吐，忙把漱口水给吐了，对翠儿道：“我吐了这些，倒觉得心里舒服,只要回屋躺会儿就好。”翠儿见绿丫虽面色苍白,但说话声音还在,也就点头道：“那你去躺着歇歇。”

秀儿已经拿了灰过来把那些秽物掩了，见绿丫要进屋，就故意道：“翠儿姐姐就是疼绿丫，这些东西，还不是要我打扫。”翠儿点秀儿一指头：“你上回感了风寒，还是绿丫照顾你呢，你还说以后待绿丫要特别好，怎么这会儿让你打扫打扫，你就觉得不快了。”

秀儿嘻嘻一笑，绿丫正好回头，看见秀儿那和屈三爷有些相似的眉眼，不由又想起柴房里的那幕，还有翠儿也是这样被屈三爷压在身下吗？那时翠儿姐姐有没有像张婶子一样嘴里抱怨个不停？这么一想，绿丫又觉得难受，又弯腰欲呕，方才才把肚里的东西全吐尽了，此时也吐不出什么，不过吐出几口酸水。

秀儿和翠儿瞧见了，忙又过来帮她捶背，翠儿还抱怨绿丫不肯让人去挖灶灰来荡一荡。绿丫也不能说自己并不是吃坏东西，只是任由翠儿抱怨着。

一通忙乱后，绿丫总算躺在床上歇息了，翠儿为了让绿丫歇息好，还让和绿丫同屋的小碗去她屋里睡。屋里只剩下绿丫一个人，她睁开眼，看着黑暗的屋子，过了好久才叹气，不管怎么说，见了今天这一幕，越发坚定了绿丫的信心，绝不能被屈三爷收用，可是这要怎么做？毕竟一个买来的，生死都捏在他们的手上，无法抵抗。

许久没有哭过的绿丫觉得眼睛又开始酸涩了，她用手摸摸眼边，眼边湿湿的是泪。此时绿丫想娘也怨娘，你就算把我给卖了，也好歹来看我一眼，瞧瞧我日子过得怎么样，而不是拿了银子就走，再没来过。

这种苦，绿丫觉得说不出来，夏日的夜那么闷热，但绿丫却觉得身上冷飕飕的，只有抱紧肩膀，好给自己一点温暖。

到第二日，绿丫就起不了床，高烧不止，烧了两天都不退，这样的人自然也不会请医。翠儿去求了屈三爷好久，总算得到屈三爷一句话，让去抓一剂治发烧的药来。

翠儿得了屈三爷这句话，又去和屈三娘子说，听到绿丫发高烧，屈三娘子的眉只一皱：“这样的身子骨，怎么能服侍人？”翠儿素来都习惯屈三娘子这样说话，只是低头说屈三爷说的，要抓药给绿丫吃。

屈三娘子瞥一眼翠儿，冷笑一声：“出息了，都晓得先去和爷说，再来寻我，当我好欺负吗？”翠儿晓得屈三娘子的怒气从什么地方来，只是低着头不敢说话。屈三娘子的眉一皱，这才嫌恶地道:“罢了，总是六两银子买来的人，又在我家这么些年，银子也花得不少，就抓服药吧。”

翠儿急忙谢过屈三娘子，屈三娘子冷笑一声：“不过呢，要是这服药抓回来还不好，那也没别的话说。趁还有口气，抬出去，免得到时死在这里，坏了生意。”翠儿心里一凛，也只有应是。

屈三娘子这才低头喝茶，翠儿急忙飞奔出外，让人去给绿丫抓药，等了小半个时辰，总算把药抓回来。翠儿拿了药，急忙奔回院子，药罐什么的都已准备好，秀儿瞧见翠儿拿了药来，忙把药炖上。

很快药香就在屋里散开，秀儿这才道：“但愿这剂药下去，绿丫能好起来，不然……”翠儿握一下秀儿的手:“一定会的。”秀儿嗯了一声，接着对翠儿道:“本该我去求的,可是……”翠儿了然地笑笑:“我明白,说起来,别的也就罢了，可老虎还不吃自己孩子呢。”

秀儿低头，唇边笑容苦涩：“小婵儿有句话说对了，我该谢谢他没把我卖到窑子里去，而是在这家里养着。”小婵儿被越香楼带走已经两年了，她相貌不算特别出色，又不大会哄男人，所接的客都是那样粗俗的，听说，常因接的客不够，被老鸨打。

都是苦人，又何必一个压着另一个？翠儿把秀儿那细软的手指握在手里，看着床上的绿丫，但愿这剂药有用。也许是祈祷真的有效，灌下药后不到一个时辰，绿丫就睁开眼看着翠儿：“翠儿姐姐，你怎么瘦了好多。”

绿丫这一声让翠儿眼里顿时流泪，秀儿急忙走过去摸了摸绿丫身上，虽然还有些微微的烫，但已经好很多，而且最关键的是，绿丫满身大汗，高烧只要一出汗就好了。这下秀儿放心了，这才开口：“你自己都不问问自己，倒先说翠儿姐姐瘦了。翠儿姐姐还不是因为你。”

因为我？绿丫这才觉得和平时有些不一样，嗓子有些疼，而且身上也没力气，衣衫也黏糊糊地在身上，而且肚子也很饿。翠儿擦掉泪，对秀儿说：“你也别抱怨她。她也不知道。”说着翠儿伸手摸摸绿丫的额头，“嗯，好多了，饿了吧？我给你熬了粥，端来给你喝。”

见绿丫点头，翠儿又笑了，走到桌上从小瓦罐里倒出粥。给病人喝的粥熬得并不稠，说是米汤可能更恰当些，里面只有一小把米。绿丫就着翠儿的手一口气把那碗粥给喝光了，可是肚里并没有满足感，反而更加咕噜噜起来。

见绿丫眼巴巴瞧着自己，翠儿又笑了：“你刚发了烧，肠胃还弱着呢，先喝这个垫底，明儿我给你熬的粥再稠些，加一点红枣进去。等后日再吃饭。”

见绿丫点头，翠儿摸摸她的头发，“真乖。”

绿丫不好意思地笑了，猛地想起事来：“翠儿姐姐，我这病了，不知道相公娘会不会……”秀儿已经冷哼出声：“你管她做什么，真出了人命，也不是什么好事。绿丫，你啊，就是太软了些。”

这么两年相处下来，绿丫也明白秀儿的脾性，对秀儿眼弯弯地笑了：“我知道你着急我，不过……”翠儿给绿丫掖掖被角：“没事的，你歇两天。相公娘那里，我去说过了。有时候，不如……”

翠儿想说的，不外就是有时活着还不如死了好，秀儿的眉已经竖起：“我才不要死，再苦我也要活着，我要看看他们两个不做好事的，遭了什么报应。”秀儿心中的苦比她们只怕更深，翠儿默然。

绿丫也在被窝里点头：“秀儿说得对，好死不如赖活着，我也要好好地活，不活着，怎么能知道以后会不会过上好日子。”翠儿又笑了，笑容还是有几分苦涩。

门外有说话声，声音里还有惊讶：“爷，您今儿怎么过来了。”听到屈三爷来，翠儿瞧一眼绿丫和秀儿，还是走出屋去。秀儿长叹一声，生为那样人的女儿，真不如没爹没妈的好。绿丫从被窝里伸出手把秀儿的手握住，秀儿感激地看一眼绿丫，伏在她耳边道：“我们就是要好好活着，我还想，攒银子给我娘赎身呢。”

好好活着，再苦都要熬过去，这辈子，总要知道甜日子是怎么过的。绿丫对秀儿点头，门帘掀起，调羹走进来，嘴已经噘得老高：“也不知道爷到底看中翠儿什么了，方才又把翠儿叫走了。我瞧着，翠儿成日摆出一副不愿意和爷多来往的嘴脸，其实啊，叫什么欲擒故纵。不然她早该寻主家了。”

“你胡说些什么呢？翠儿姐姐才不是这样的人。”秀儿的脾气哪容得下人说翠儿，当即就嚷出来。调羹不敢惹秀儿，只是哼了声：“也只有你们才把她当好人，我什么样的人没见过，翠儿啊，我一眼就瞧出来了。”说着调羹拿了梳子摔了门帘就出去。

秀儿还要冲到门口和调羹嚷几句，绿丫已经叫住她：“罢了，别和她们嚷。都是苦人，何必呢。”秀儿气鼓鼓地坐回来：“就是这些自己苦还晓不得苦在哪的。”绿丫又笑笑，没有说话。

虽然屈三娘子开恩，让绿丫多歇几日，但绿丫哪敢多歇，退烧后又躺了两日，虽然还感到脚软，也要起床梳洗了去做活。看见绿丫进来，张婶子难得露出个笑容：“病好了？那就还去做你做的。”绿丫应是，看着张婶子就想起那日柴房瞧见的事，要不是亲眼所见，绿丫怎么也想不到张婶子还会这样，一想到这，绿丫喉头又有些酸，但不敢吐出来，只是低头。

张婶子交代好了，见绿丫站在那，想了想又道：“相公娘既给你抓了药，你好了，也该去叩谢她才是，不然到时她又说，我教出的人，不懂礼。”绿丫急忙应是，退出往前面来。

屈三娘子的屋子不远，从厨房出来往西边拐，走过一条道就到了。屈家使唤的下人也不过那么两三个，屈三娘子身边更是只有一个老妈子贴身服侍。绿丫也来过几趟，见这里静悄悄的，在门外轻声道：“相公娘在吗？我来给相公娘磕头。”

说了一遍里面并没声音，绿丫还当里头没人，正准备走时就有人掀起帘子，屈三娘子披着衣衫站在那，头还鬏着，衣服刚从床上起来的样子，见是绿丫懒懒地打个哈欠：“你病好了，也算你命大，没白费了我的银子，去吧去吧。”

绿丫已跪下磕头，听屈三娘子这样说就站起身，正打算走时，屈三娘子突然把手里的帘子放下，用手拢一下衣衫唤住绿丫：“你站住。”绿丫觉得奇怪，不过也乖乖站在那里，屈三娘子已走到绿丫跟前，细细地看了看她，接着就用涂满蔻丹的手把绿丫的下巴抬起来，“买你的时候不觉得，现在长高了些，原来还是个美人胚子，要是在我们园里，只怕能挂上头牌。”

屈三娘子的声音轻描淡写，绿丫却吓得魂都要飞掉，双手都在那打颤。屈三娘子见她这样，把手放下噗嗤一声笑出来：“我不过说说罢了，你生得这样好，又肯下力气学，我会给你找个好的主家，到时，你可别忘了我的好处。”这一句才算让绿丫的魂回来，她急忙摇头：“不会的。”

屈三娘子又笑了：“你这摇头，是答应还是不答应？”绿丫的头抬起，脸上又是惊诧神色，屈三娘子伸出食指往绿丫脸上划了下才道，“你只要好好听我的，不给那死胖子沾一沾，我定会待你好。”死胖子？没想到屈三娘子背地里是这样叫屈三爷的，绿丫急忙点头。

屈三娘子又笑了，挥手让绿丫出去，绿丫直到出了院子才觉得自己的心跳回到原位，屈三爷和屈三娘子，他们真是没法说。绿丫还在想自己的，就听到前面传来说话声，听着像是谁在求人。

绿丫抬头看去，不由惊讶地道：“兰花姐姐，你怎么回来了？”兰花瞧见绿丫，还有些吃惊，和她说话那个婆子急忙道：“这是绿丫，刚进来的时候又瘦又小，这两年下来，也长高了。”兰花这才笑笑：“是绿丫啊，难为你还记得我。”

这样敷衍地说完之后兰花又转向婆子：“嫂子，我求你了，这么大个京城，我也认不得别家，只要爷肯收留，让我做什么都成。”兰花不是早就有了主家了吗？还听说她主家待她很好，怎的这会儿又这样说？绿丫不由好奇看去，那婆子咳嗽一声：“绿丫，你还不快些回厨房去？”

绿丫这才吐一下舌，转身往厨房去，耳边突然听到一个少年的声音：“兰花姐，不用求他们了，我还识字，去给人家写信也好。”少年？这里哪里来的少年？绿丫回头，那少年原本是站在兰花身后，难怪绿丫方才没瞧见他。此时少年满面通红，原本俊秀的脸也有些狰狞。叔叔过世这三个月，真是看遍世态炎凉，办完丧事，手里的银钱就空了，写信回家乡毫无音讯，有几个仆人趁机也把那剩下的好衣衫盗走去投了别的主人。

原本想着岳父家可以暂居，可上门去求，岳父竟然说重算了命，八字不合，还是退亲吧，原本送去的聘财也没还回来，却只勾准了租房子的钱。刚刚剩的自己和兰花两个人，此时，竟要兰花回头来求这家收留，少年的心中百感交集，从进门到现在，都不敢抬起头来。

兰花苦笑一声：“谆哥儿，现在比不得原先了，再说那帮人写家书的，一天能找几个铜板？这里是京城，天子脚下，什么都贵。”这两夜两人连赁房的钱都出不起，是在城隍庙蹲着的。少年的手握成拳又松开，若连这里都不收留，难道就要学伍子胥，唱莲花落讨吃的吗？

“这一大清早，你们在吵什么？”屈三娘子不耐烦的声音传来，她虽把外面的衫子扣好，可还能瞧见里面的一抹红。这个女人有些不正经，少年看了一眼就急忙把眼垂下。

屈三娘子不等婆子接话就咦了一声：“这不是兰花吗？怎么，今儿想起过来？”兰花见屈三娘子出来，急忙跪下道：“相公娘，我在您身边也十来年，待您也十分恭敬，现在我走投无路，求相公娘发发慈悲，收留我们吧。”

“吵什么吵，这么一大老早的。”屈三娘子打了个哈欠，依旧不耐烦地说。兰花的话顿时被卡在喉咙里，说不出来。见她安静下来，屈三娘子才对婆子道：“老王，进来帮我梳洗。”老王急忙应是，见屈三娘子头也不回地进门，兰花颓然地坐在地上，难道真的走投无路了吗？

张谆看着颓然坐地的兰花，低声道：“兰花姐，我们还是回家乡吧。”回家乡？兰花唇边笑容十分苦涩：“先不说盘费怎么筹措，就算回到了家乡，他们也不会收留的。”当日叔叔带自己上京时候，几乎是和家乡亲族撕破脸面，都是为了自己。如果当日自己能忍让些，叔叔也不会决意带自己上京。少年眼里的泪再也忍不住，此时十分后悔叔叔过世后写信回乡，背地里还不晓得他们是怎么笑话自己叔侄。

兰花见张谆流泪，起身道："罢了，谆哥儿，我们再想想别的法子，实在不成，你就把我卖了，能得十来两银子，你先暂时安顿下来。"身边人已经一空，再把兰花给卖了？谆哥儿摇头不止："兰花姐，我答应过叔叔，会好好待你。"

"傻谆哥儿"，兰花笑一笑，刚要伸手去拍拍他的肩，就听到老王的声音："呦，兰花，我还说你怎么这么死心塌地，原来是看上这么个清俊的哥儿了，说起来，这么俊秀的哥儿，也真少见。"

张谆听出话语不好，双手握拳对老王道："你别胡说八道，兰花姐是……"老王掩口娇笑："好人，谁知道她是怎么疼你。"这说得越发露骨，更兼老王年已四十发已花白这样掩口笑，直让张谆心里发呕。兰花的眉皱起，也不知道进来这家是好还是坏，可再没有旁的法子，她只央求地对老王道："王嫂子，还不晓得相公娘？"

老王已经把袖子放下："你今儿运气好，相公娘说，救人一命胜造七级浮屠，让你先进去。"兰花登时喜悦起来，举步要进去又对张谆道："谆哥儿，你先在这等着。好好的。"张谆听到兰花这谆谆告诫，鼻中又是一股酸涩，只是嗯了一声就继续站在树下。兰花随老王进去，张谆的拳不由握起，韩信还受胯下辱，自己也能度过这样日子，只要别忘了那根傲骨就好。

厨房内并不晓得前面发生了什么事，绿丫回到厨房，依旧忙碌着做自己的事，张婶子瞧了瞧四周，见每人都各司其职，心中十分满意，刚准备坐下吃口茶歇歇，就见老王带兰花过来。

张婶子也没放下手里的茶碗，只是看着老王问："你今儿怎么过来厨房，不见你在相公娘面前献勤。"张婶子和屈三爷的那点事，屈三娘子都晓得，老王自然更是明白，为了讨好屈三娘子，老王和张婶子之间也不十分对付，此时听张婶子这么说，老王的嘴一撇："我可没有你这么清闲，手下这么多人，只要瞧着她们做事就好，我每日可是忙得脚打后脑勺。"

"既忙得脚打后脑勺，你怎么来我这了？"张婶子把茶喝完放下茶杯，依旧不瞧老王。老王恨得牙都快咬碎了才把兰花推到面前："你前些日子不是说现在全灶越来越多，忙不过来吗？相公娘记在心上，给你找了个帮手，这是兰花，她主人前些日子得了病不在了，走投无路又来求相公娘，相公娘大发慈悲收留了给你做个帮手。"

帮手？张婶子脸色顿时沉下："我不要。"猜都猜到张婶子会这样说，老王登时就得意起来："你不要，我告诉你，你可别后悔，这可是相公娘说的。"

左一个相公娘，右一个相公娘，张婶子的脸早已黑如锅底，顺手就把刚倒满的一杯茶泼到老王脸上："这厨房可是我说了算，不是你的相公娘说了算，我就不要。"

老王在这家中，除了屈三爷和屈三娘子，别人差不多都不放在眼里，这么一碗茶泼上来，虽不那么热了，要紧的是当着这么多的人，她以后还怎么在这些人面前乔主张？老王顿时怒火上升，袖子一卷："你当你是谁，不就是跟爷睡了几晚？这厨房来的人，除那些小的，哪个没和爷睡过，你也好在我面前要强。"

说着老王就扑上去，要撕张婶子的嘴。张婶子也不是那样好相与的，见老王扑上来，一推就把老王推倒在地，声音微微有些高："我现在可还和爷睡呢，你呢？这两年爷连沾都不想沾你，你急得没法……"婆子们一吵闹起来，说的话就肆无忌惮，厨房里那些侧耳细听的人都笑出来，翠儿也忍不住想笑，见绿丫脸色发白，还当她没休息好，今儿做事累了，忙让她偷空歇歇。

翠儿却不知绿丫听到张婶子这话，顿时想起那日瞧见的，这一想起喉头就有些隐隐作呕，见翠儿让自己偷空歇歇，绿丫急忙坐到灶前，那火烤着，也就没那么难受。

老王一张脸此时已经雪白，听到众人笑声越发怒了，站起身就往地上啐了口："呸，别以为你们一个个都是好人，就昨儿我还瞧见……"不等她说完，最爱挑事的调羹已经哼了一声："王婶子，你别口口声声我们如何如何，倒是你，担心自己的身子，小心做下病来。"

说着调羹叽叽咕咕笑起来，这样的嘲讽老王怎么忍得住？厨房人多不好打，那就打领头的，老王转身就把站在一边的张婶子推个倒仰："呸，你不是好人，教出来的，个个都不是好人。"

张婶子不提防被推了个倒仰，她可不是那种吃亏的人，登时爬起来就往老王身上抓去：边抓嘴里还在那骂着。老王不提防被抓了两把，也恨上心头，回手就去抓张婶子的头发，口里也跟着不三不四地骂起来。

两人彼此吃疼，恨不得都把对方的脸给抓烂了，更兼老王想站了上风，回去和屈三娘子说了，好讨她的欢喜。两人口里说着不能入耳的话，手里也是各自使劲，一时打得热闹。厨房里的人本想上前去帮张婶子，偏偏各自又分不开，倒有些急了。

兰花见她们俩几句话不说就打起来，怎不明白原因何在？张婶子这是怕自己分了屈三爷的宠又夺了这调教全灶们的权。毕竟屈三娘子这么些年，不过是因张婶子调教全灶得力才忍让下来。虽然屈三娘子有这个意思，但兰花晓得，在这家里自己也待不长，顶多三年五年，谆哥儿长大些，能独立做活，就离开这家，对着屈三娘子，也不过权且答应。

此时兰花忙上前去拉架："张婶子，我一身的本事都是你教出来的，你还不明白我有多少斤两？"张婶子哪肯听她的，老王还想接兰花的话，手里放松了些，猛不防只觉得身上传来一阵钻心的疼，老王顿时大为慌张，难道真的要被抓烂了？

老王还在那想要瞧瞧，耳边已经传来屈三爷的吼："你们都在这做什么，好好的怎么打起来，快些都分开了。"听到屈三爷的声音，张婶子这才放开手，也是头发蓬松，衣不蔽体。屈三爷顺势一瞧，不由呆了呆。张婶子这才低头扯了扯衣服盖了，瞧着屈三爷道："当日你答应我的，这厨房全是我一个人的，怎么这会儿那块臭肉说了话，就要给我塞个什么帮手？"

屈三爷本是听说兰花主家死了，兰花没投奔处，带了原来小主人来求自家收留，不由想起兰花的好处来，想过来寻兰花回去叙叙昔日的旧情，哪晓得才进厨房就见两人打得热闹。此时听张婶子直接问自己，忍不住又勾起和张婶子的情意来，不由咽一下吐沫道："我当初说的话，句句是真的，这厨房，自然是你做主。"

张婶子听了这话，这才斜他一眼："当真？"平日间张婶子在众人面前是极正经的，此时带出不一样的风情，屈三爷忍不住又咽一口口水才道："当然当真。"得了屈三爷的保证，张婶子这才得意地看向老王："你回去和相公娘说，这人，我不收。"说完张婶子就叫人："快些打水来，我要洗洗这手上的臭气。"

张婶子这一叫，调羹立即端来水，张婶子把手放进水里的时候，兰花已经看着屈三爷开口："三爷，我着实是走投无路了，求三爷收留，我对厨房，也没有别的念想。"说着兰花就跪下给屈三爷磕头。

屈三爷瞧一眼兰花又瞧一眼张婶子，对张婶子道："她都这样说了，你也忙不过来，就让她来这帮忙，不然难道还要瞧着她流落街头？"

"放屁！"张婶子登时把那盆水都打翻，跳起来瞧着屈三爷，"屈狗儿，你别别人一口一个三爷，你就真当你自己是爷了，你的出身别人不知道，我可是清清楚楚。你想把我赶走，门儿都没有。"张婶子叫出屈三爷的名字来，厨房里的人都呆了呆，没想到屈三爷竟有这么一个名字。

一边是怒火熊熊的张婶子，一边是十分可怜的兰花，屈三爷眉头一皱，伸手就把张婶子的手给拉住："你现在火气极大，走，我和你寻个僻静处慢慢说去。”说着屈三爷就把有些不情愿的张婶子给拉走。

僻静处说去？从被放开就在检查自己身上到底有没有被抓坏的老王见身上除了多了几个抓痕外，别的地方都好好的，这才松了口气。等听到屈三爷这话，又见他把张婶子给拉走了，老王的眼登时就发亮，顾不得许多就跟了他们往外走，等见屈三爷把张婶子拉进了柴房，又关上了门，老王不由咽一口吐沫，蹲在窗口处听起来。

方才还热热闹闹的厨房顿时冷清下来，翠儿先上前把兰花扶起来，让她坐在一边又给她倒了杯茶才招呼众人都把东西收拾好，然后继续做自己的事。

既然没热闹可瞧了，众人也就纷纷开始做自己的事。翠儿却见绿丫一个人呆呆地坐在灶前，不由上前摸她额头一下："也没发烧啊，这是怎么了？"绿丫直到翠儿摸到自己额头才回神过来："翠儿姐姐，我还是先去做我自己的事。"翠儿看着绿丫，见她一副魂不守舍的样，不由问道："你这是怎么了，有心事？"

绿丫先摇头，接着才轻声道:"我没什么心事，只是觉得……"绿丫想了想，终究没把那句好脏给说出来。看着绿丫那有些闪烁的眼，翠儿的眉不由皱起，接着就叹气，绿丫准定是看到了什么，在这个家里，想保住干净，真是一件十分困难的事。

绿丫走回自己的案板前，努力地切起肉丝来，务必要把肉丝切成一样细，这样下锅炒的时候才不会出现油不均匀的情况。可心事越来越重，咔一下，那刀没有切在肉上，而是切到自己手上，绿丫见血涌出，把手指头放在嘴里吸一吸。

一直看着她的翠儿急忙上前，把她的手拉下来:"你切到手，就先歇一歇吧，你烧的火不错，还是去看火势吧。"绿丫嗫嚅着说了声谢谢，就走到灶前继续看起火来。

老王已经蹦了进来，满脸红光地说："呸，瞧老张以后还装什么贞洁烈女，这会儿叫的，只怕前院都听见了，我呸。"调羹已经噗嗤一声笑出来:"王嫂子，你这是又妒又羡吧。"

妒是有的，羡慕的话，老王啐调羹一口："小没良心的，这会儿拿你老娘取起笑来，也不怕烂了舌头。"说着老王坐到兰花身边，"你放心，这家啊，还是三爷说了算，三爷说要你留下，那就是……"

话没说完就听到张婶子咳嗽，老王蹭一下跳起来，一副还要再和张婶子打一架的模样，张婶子面上水润润的，那衣衫虽已理好 ，可脖子上却多了个痕迹，她也不去掩饰脖子上的痕迹，只是走到老王面前，声音越发冷了："听听，这话说的，我可告诉你，这厨房，到底还是我说了算。"

见张婶子进来，兰花已经站起身，听到她这话，兰花的脸顿时白了，叫了声张婶子："还望您瞧在我原来十分谨慎的份上，收留我吧。"张婶子做张做致地看兰花一眼，这才道："不过我是个善心人，三爷既已发了话，我想了想，也就留你在这，不过你要守好自己的本分，可别做那些见不得人的事，不然，我可不管谁发话，要撵就撵。"

老王悄悄往地上啐了口："呸，别说的你有多大权似的，到头来，还不是相公娘说了算。"张婶子回头瞪老王一眼："你也来这么久了，滚回那块臭肉那边去，当了你的面我也不怕和你说，她就是块臭肉。"老王还想再争几句，可见张婶子已经吩咐厨房里的人继续做事，况且来这的目的已经达到，也就快快走了。

兰花既然能够留下，也忙上前相帮做事，张婶子问过翠儿，知道绿丫方才切到了手，对绿丫说了句以后小心些也就没放在心上，厨房里又像平日一样忙碌起来。

只是到了晚上，大家在那吃晚饭时候，有个小厮跑来，对翠儿说："翠儿姐姐，我赶着来告诉你一声，爷答应明儿起，让人来相看你，你还是早早做些准备。"

有人相看，就是代表以后翠儿有了主家。绿丫本在盛饭的手停在那里，眼睛睁得大大地看向翠儿。翠儿对小厮道了谢，又拿了个馒头，夹了块肉给他当作谢礼。小厮啃着馒头跑了，翠儿才拍拍绿丫的手："这是迟早的事，进了这家，不就盼着有个好主家吗？"

绿丫低头，把要说的话压在心里，就这段时间屈三娘子对翠儿这样看不顺眼，会给翠儿找一个好主家吗？总觉得不大可能。而且，翠儿走了，能和自己说话的人又少了一个，前路似乎变得越发可怕了。

见绿丫闷闷的，秀儿往她碗里夹了一筷菜："你做出这个腔做什么？能出了这家，这是好事，绝不是坏事。我还盼着早早能出这家呢。"翠儿也笑了："是啊，能出这家就是好事。绿丫，你以后可要乖乖地，好好学，有些时候，有些地方别去。"绿丫点头，但眼里还是忍不住有泪，翠儿再次摸摸她的头，没有说话。

兰花瞧着这一切，心里不由叹气，连秀儿都说，能离了这家，就是好事，可自己着实是走投无路了，这才求到这家来，不知道谆哥儿会怎么想。张婶子如没听到她们说的话一样，只是在那儿大口嚼着肉，偶尔喝一口碗里的酒，有酒有肉有男人，人生到这儿已够快活，别的事，想了做什么？

众人吃完晚饭收拾了厨房也各自洗了自己，也就回屋去。兰花带了谆哥儿一起来，自然不能住在原来住的那屋，就在绿丫她们住的院子那里，还有一间空屋，也分了间隔，好歹是个里外，屈三娘子就让兰花带了谆哥儿一起住在那。

兰花匆匆回到屋里，见张谆已在那端了个盆，用布沾了水，在桌上一笔一画练字。兰花的眼不由酸涩起来，哽咽着叫了声："谆哥儿。"

张谆抬头，对兰花笑一笑："以后我也只怕不能读书写文章了，我就想着，练练字也好。能记得书上的话，能通事理也好。"兰花把眼里的泪擦掉才对谆哥儿一笑："我们谆哥儿，是真的长大了。"张谆垂下眼："并不是长大了，只是有些道理，原来不明白的，现在明白了。"

兰花嗯了一声又道："等再过几日，我想想法子，寻些笔墨纸砚来，你的功课，可千万不能丢下。"张谆并没应兰花的话，而是轻声道："兰花姐，以后别说功课不功课了，我的天分本就不高，叔叔在时，也只望着我能懂些书上的道理就好。我以后，还是会和叔叔一样从商的。"

兰花眼里越发酸了："你啊，怎么能这么说呢？爷在的时候，还不是让你日日念书。""可叔叔还是教我打算盘的！"张谆打断兰花的话，眼里开始坚定起来："这些日子，我看过不少人情冷暖，才明白叔叔说过，这做生意，看起来不如读书那么光宗耀祖，可也是需要懂不少人情事理的，叔叔还说，人情这事，一通百通。等我人情事理上的东西都通了，就会觉得，读书做文章很轻松了。"

说着张谆的声音渐渐低下来："可是要到叔叔过世后很久，我才能明白这个道理。兰花姐，要是我早明白这些道理，也不会连累你带着我到处求人。"兰花再也说不出别的什么："可是在这家里，你……"

张谆脸上渐渐扬起笑容："兰花姐，我晓得你要说什么，可再如何，他们也收留了我们。莲花尚且出淤泥而不染，难道我连莲花都不如？"

兰花眼又湿了，过了好一会儿才道："我们谆哥儿，真是长大了，长大了，爷要晓得，不知道有多高兴。"张谆浅浅一笑，他本生得俊俏，此时在灯光下，越发显得那面庞如玉一样白，兰花看得又心酸又欣慰，好好地护着他长大，也不辜负爷当初待自己的那片心。

第3章　挣　扎

两人正说着话，窗就被人轻轻叩响，接着有笑声传进来："呦，兰花，你才离了这家里几年，满口都文雅起来。"听到是屈三娘子的声音，兰花急忙站起身把门打开："相公娘好，还请进来坐。"

屈三娘子又换了件衣衫，不是那样大红的，而是一件鹅黄的外衫，这样娇嫩的颜色她穿，未免有些老黄瓜刷绿漆。但屈三娘子并不觉得自己穿这个颜色不合适，手里的帕子也是浅粉色的，轻轻一招，就有浓香从身上发出。这样的打扮，这么个姿态，张谆虽还小，可也隐约觉得这样打扮不合适，但人在屋檐下不得不低头，只是站在那里，跟着兰花一起叫了声相公娘。

屈三娘子虽在和兰花说话，但那眼却往张谆身上扫去，见他有些局促，又露齿一笑："坐下罢，我们这里也没这么大规矩。"说着屈三娘子径自坐在桌前，眼像有钩子似的往张谆身上望去。张谆被望得热辣辣的，想低头又觉得这行迹太明显。

屈三娘子仔细看过了张谆，这才又拿帕子掩口娇笑："果然是好人家儿子，这会儿就害羞。兰花，虽说你进了这家，爷开恩，也没要你们写身契，可有些事，我还是要说在头里。"兰花正在给屈三娘子倒茶，听到这话急忙把手缩回来对屈三娘子恭敬地道："爷和相公娘肯收留我们，这样的天恩我们绝不敢忘，以后有什么差遣，告诉我就成了。"

屈三娘子一双眼还是没有离开张谆，见桌上有抹布写的字，伸手就要去搭张谆的肩："瞧瞧这孩子，果真和我们不一样，还会写字。以后这家里，有什么立契的事，也不用去找别人，就寻你好不好？"说着屈三娘子的手就往下，去捏张谆的小臂。

张谆被吓了一跳，急忙把手臂缩回去，向兰花投去求援的目光。兰花惊得差点把手里的茶给泼翻，急忙道：“相公娘，谆哥儿还小，过了七月才满十三岁呢。”十三岁，也快长成了。屈三娘子目光灼灼地看着张谆，张谆惊讶地看向兰花，屈三娘子这才噗嗤一声笑出来：“就因为他小，我见了，才喜欢。”

兰花这下吓得魂都快飞掉，急忙道：“相公娘，您……”屈三娘子已经把手里的帕子一招：“逗你的，这样点点大的孩子，哪有什么大汤水给我吃。要中用，起码还有个三四年。”说着屈三娘子站起身，又往张谆脸上掐了一把，“这细皮嫩肉的，在这家里好好待着，我啊，不会亏待你。”

屈三娘子见张谆脸登时又红了，又用帕子掩住口自己推开门走了。兰花勉强掩上门，这才跌坐在椅子上，大口地喘着粗气，这可怎么好，要让谆哥儿被这样玷污的话，自己怎么有脸去见爷？

张谆懵懵懂懂，对屈三娘子的话还是有一些明白，见兰花跌坐在椅子上大口喘气，这才对兰花道：“兰花姐，我总是个男人，难道我不愿意，她还能……”兰花拍拍张谆的手，面上笑容有些苦：“你啊，原来深宅大院里住着，不晓得有些人的手段，坏着呢。”见张谆一张面又通红，兰花急忙安慰他，“不过你也不用担心，怎么说她也是个女人，又想给爷生个孩子，言语上的便宜会占，别的，她也不敢。”

说完兰花重重叹气，瞧着张谆：“你啊，要是生得没那么好，就能免多少事情。”张谆伸手摸一下自己的脸，当日叔叔怒而带自己上京，不就为的族内有人想把自己视为娈童，还说娈童要从七八岁教起。见张谆神色黯淡，兰花又安慰他：“你也别有别的想头，爷过世前，最放心不下的就是你，你一定要活得好好的，挣个大产业出来，这样爷才能安心。”

张谆点头，门外传来调羹的声音：“兰花姐，爷叫你去呢。”这是迟早的事，上这边来求助之前，兰花就晓得，自己总要走这步的，这身子早就不清白了，多一次少一次又有什么关系？兰花哎了一声，见张谆面上有微微怒气，兰花安慰他道：“谆哥儿，我是个下贱人，这样的事，我早有准备，只要你好好的就好。”

张谆刚要说话，兰花已推开门走出去，张谆站在那里，看着兰花的身影渐渐消失，眼里也有了泪，枉为男子，结果什么都护不住。“哟，这是吃醋了？”调羹并没有走，反走到张谆他们的门前往里瞧，见张谆眼里有泪，她就轻佻出声。

这个人不是什么好人，张谆把门关起来，调羹见张谆不理她，气得直跺脚，长得这么好看，谁知却是个心硬的，等姑奶奶取了你的身子，那时你才会巴着姑奶奶不放。调羹往那门里瞧了两眼，恨恨地吐了口吐沫，转身离开往自己房里去。

一进了房，调羹就见绿丫在那寻摸着什么，调羹气呼呼地坐下：“你在寻什么东西呢？半夜三更也不睡。”绿丫并没理调羹，只是把一个手帕找出来才道：“翠儿姐姐从明儿开始有人来相看了，这手帕是我做的，想给她留着做个念想。”

念想？调羹脱了衣服往被子里一钻：“凭你，也配？”绿丫不理她，只是吹灭了灯。见绿丫还是这样一副不言语的样子，调羹气得要死，在被窝里恨恨地道：“等翠儿走了，你没了靠山，到时看你怎么办！”可绿丫还是没说话，调羹细听听，绿丫竟然已经睡着了，越发气得很了，只得口里念叨着，自己也睡去。

第二日兰花准时来到厨房，张婶子瞧着她眼下的黑，不无妒意地道：“你夜里的生活也少做些，免得夜里生活做多了，白日这厨房里的生活做不动。”兰花昨夜从屈三爷那回来，足足又徘徊了一个更次才睡着，此时听到张婶子的嘲讽，也不言语只是低头默默做着自己的事。

张婶子这一拳就跟打到棉花堆上似的，鼻子里面哼出一声，照样调配起人手来。绿丫今日不敢像昨日一样走神，原来昨儿的那个少年，就是自己唯一一次见到的外人。当初他穿那样好料子的衣衫，可是现在，竟落到这种地步。见兰花被张婶子挤到灶边烧火，绿丫对兰花笑一笑，让开一个位置。

这笑，是兰花重新进到这个地方之后，遇到的第一个善良笑容，兰花也回以笑容，两人各忙各的。

外头饭店里的单子一张张传进来，炒肉炖汤做点心，大家分工合作忙个不亦乐乎。张婶子把一盘炒肉炒好，正要让跑堂的端出去，就有个小厮进来：“张婶子，爷说，来相看翠儿的人已经到了，让她洗洗手出去吧。”

这是，就要别离了吗？虽说绿丫知道，这来相看未必立即就要离开，可既有人相看，离开的日子就不远了。绿丫抬头去看翠儿，张婶子已经让翠儿把围腰解了，洗洗手梳梳头赶紧出去。

翠儿把围腰解下，在洗手的时候感觉到绿丫看着自己，回身对她笑一笑：“好绿丫，以后我走了，你和秀儿要好好的。”秀儿眼里也有泪，听到自己被提起就点头。张婶子已经不耐烦地道：“赶紧出去吧，都不是和你一个娘胎里生出来的，这会儿做作这些做什么？既有了人家就好好做，别像兰花似的，命不好。”

翠儿对兰花点一点头，握一下绿丫的手，整理一下衣衫就出去了。绿丫往前一步，叫一声翠儿姐姐，但翠儿已经走出院子，不知道往什么方向去了。

张婶子咳嗽一声，众人又开始忙碌起来，绿丫低头看着自己的脚。调羹见绿丫这怅然若失的样子，心里十分得意，瞧你还装，以后还不是我的下饭菜。秀儿回头瞧见调羹这样，白调羹一眼，凑在她耳边道:“你要敢欺负绿丫，我啊，就把你的手放在油锅里给炸了。”

说着秀儿把丸子往热腾腾的油锅里一放，那刺啦的声音让调羹不由跳了一下，接着就瞪向秀儿，秀儿才不在意她瞪不瞪自己，拿过铁勺把炸好的丸子捞起来，往调羹面前一比：“你说，是丸子香，还是你的手香？”这人，真是让调羹说不出话来，秀儿已经叫绿丫，“绿丫，过来，尝尝这丸子炸得好不好。”

绿丫应了，拿筷子夹了个丸子尝了，点头示意这丸子炸得不错，就对秀儿道:“你也别理她，她也就嘴说，真不敢做什么。”秀儿会意，吐舌一笑：“我逗她呢，这样分不清是非的人，我见得多了。”绿丫伸手捏一下秀儿的脸，两人又开始各忙各的。

翠儿长得好，又干净，手里的活也不错，相看的那家当时就定下她，和屈三爷说了，让她先去那边住两日，厨艺真不错的话，就留下她。屈三爷自然应了，于是这晚回去时，再没有翠儿的身影，绿丫看着翠儿那空荡荡的屋子，不由轻声叹气。

刚叹了一口气，就听到身后似乎有脚步声，绿丫转身，看见张谆站在自己身后。

乍然相遇，两人都红了脸，绿丫是因为没想到有人会来，也不晓得自己方才的样子是不是被瞧见了。张谆则是因男女七岁则不同席，虽说今时不同往日，但受过的教养还在，这两日也尽量避免和这些女子接触，谁知今日走到这僻静处，和人对了个正着。

过了会儿张谆才对绿丫拱手一礼：“对不住，冲撞了，我本以为这里没有人的，想走走。”说完张谆就转身打算走，绿丫见他走了，出声唤住他：“你为何对我说对不住？”

张谆没料到绿丫会这样问，但细细一想，这些人从小被买来，做的又是灶上活计，不晓得礼仪也是常有的，想了想转身道：“男女七岁不同席，小时候无碍，等大了，就要回避了。”绿丫的头歪了歪，看向张谆好奇地问：“这些就是礼仪吗？是不是书上讲的？”

张谆这下更是出乎意料，见绿丫一张小脸皱起，似乎在冥思苦想，不由勾唇一笑：“是，就是书上的道理，人要知书才能知道道理，不然……”说着张谆一顿，都到这个时候了，还讲这些做什么？想到此张谆不由苦笑，正打算离开时绿丫已经噔噔跑上前来，拉住他的袖子：“你知道书上道理，你识字？”

张谆皱眉看着绿丫拉着自己袖子的手，很想把她的手甩开，可低头看到绿丫期盼的眼又不忍心，只是点头。

“那你可以教我识字吗？”绿丫如同听到天籁一样露出喜悦笑容。这，这都是些什么意思？张谆怎么也没想到今天遇到的这个小姑娘，问的问题竟然这么奇怪，答应还是不答应？

张谆终究还是硬了心肠，把袖子从绿丫手里抽出来：“识字也没什么好的，你瞧，我现在还不是和你们在一起？你还是回去好好地学你的。”见张谆要走，绿丫也不知道怎么，或许在这个家里，能遇到一个识字的人是很了不起的，绿丫不肯让张谆走：“我知道，你看不起我们，虽然你现在也在这家，可你就是看不起我们。但我不想和别人一样，不想……”

不想和别人一样？张谆的脚步在听到绿丫的这句后停下，见绿丫小脸憋得通红，眼睛睁得很大，似乎自己不答应，她就要哭出来。张谆不由有些心软，站在绿丫面前道：“可是你就算能识字，又能改变什么呢？”

绿丫不大听得懂张谆的话，但还是抬头对张谆道：“终归是不一样的。你教我识字，我给你做衣衫好不好？我的针线活虽比不上那些绣娘，可也不差，张婶子还夸我呢，夸我的针线活比我灶上的手艺也不差。”

张谆并不知道自己脸上已经露出笑容，这个倔强的，小小的小姑娘，在这竭力告诉他，自己要识字，即便不知道识字有什么用处，可是总归是不一样的。

见到张谆露出笑容，绿丫也不知道怎么，脸上也露出舒心笑容，拉住张谆的袖子：“你说，好不好？我以后会对你很好。嗯，”绿丫想了想，加上一句，“等以后我出去了，开个小饭铺，我会对你好一辈子。”

此时已是夕阳西下时分，阳光洒在他们两人身上，照得人暖洋洋的，张谆看着这么认真的小绿丫，唇边的笑容越来越温暖，对绿丫点头，接着说：“你识了字，知了书，懂得那些书上的道理后你就知道，这些话不该对任何人说。”

这是他在教自己吗？绿丫又是嘻嘻一笑接着重重点头：“可是我小时候听人说，要尊师重道，你既教我识字，那就是我的老师，那我一辈子对你好不是应当的吗？”这小小的人儿说着大人话，张谆的神色变得温柔，什么都没说，并不知道，这就是绿丫对他许下的，一辈子的诺言。

虽说两人约定张谆要教绿丫识字，可这时间还是不大好抽，也只有每日厨房收工了，太阳落山后没收尽余晖的小半个时辰，每天只能教绿丫十个字，没有笔墨，两人就拿着树枝在沙地上画。这么难得的机会，绿丫当然极其珍惜，每天从这里离开后，睡觉时还悄悄地在床褥上一个个地画那些字。

一个教得认真，另一个学得也认真，很快一个月下来，绿丫就认得两三百字，虽说没有接触到书的机会，可张谆趁机把原来学的那些书默出来，算是温习温习也好。

这件事能瞒得过别人，瞒不过兰花，这日张谆和绿丫分开之后，刚进屋就见兰花坐在那里，张谆有些奇怪，但还是上前道：“兰花姐，你今儿怎……”

不等张谆说完，兰花已经取出一件东西，看见这东西，张谆急忙跪下，不是别的，就是已故叔叔用过的砚台。兰花也站起身，声音带上些威严：“谆哥儿，我是个下人，不好问你的，这是爷用过的东西，你当着这砚台说说，你这些日子都去哪了？是不是和那些……”

见张谆脸上露出惊讶之色，兰花又把这话给咽下，含糊不清地道：“你若随众堕落，吃酒什么的，你对得起你叔叔吗？”原来是这件事，张谆迟疑了下还是没开口，这下把兰花给急到了，难道张谆真去做了些什么见不得人的事，如果他就此堕落，自己真是对不起已死的爷。

一想到这，兰花就对着砚台跪下：“爷，我就想问问，并无……”张谆见兰花也跪下，忙膝行到她身边对她道：“兰花姐，我并没有去做坏事，我是，我是，”张谆我是了好几次，终究没说出来，毕竟这件事，算是他和绿丫之间共同的秘密。

兰花看着张谆的脸，一时不晓得该不该信他，只是满眼是泪地道：“哥儿，我的身子，横竖都不清白了，为了你，别说对屈三爷虚于应付，就是别人，我也由他去了。可是谆哥儿，我能这样做，你可不能。”

张谆一颗心又悔又愧又是感激，瞧着兰花道:“兰花姐，我并没有去做别的，我是……”话没说完，就听到窗外传来笑声：“哎，这是做什么，你们两个难道要拜了天地，入洞房？”

这样放肆，整个院子里也只有屈三娘子了，兰花忙起身上前打开门对屈三娘子道：“相公娘请坐，我并不是，只是在问哥儿话。”屈三娘子打扮得和平常一样风骚，不，今日比原先还要风骚，因是夏日，她半个胸脯都露在外面，似乎随便一走，那一对雪白兔儿就要跳出来。

屈三娘子也不坐下，只是往张谆脸上瞧去，直把张谆瞧得脸都通红屈三娘子才在张谆旁边的椅子上坐下，用手摇着扇子：“我啊，并不是有闲过来，是三爷说了，你们来这也一个多月了，虽说在守孝，可这一个多月也该过了哀伤期了，这家既然已经败了，少爷是当不成了，我们也不能养个吃白饭的，从明儿起，去做跑堂吧。”

屈三娘子轻描淡写说完，又要站起身，兰花啊了一声才道：“爷和相公娘的恩天高地厚，我们本不该推辞的，只是谆哥儿他……”

屈三娘子的眼又转向张谆身上，突然掩口笑道：“兰花，你也别求情了，爷对你们，也是开了恩的。再说不做跑堂，爷身边倒是有小厮的空位，可这，不用细说你也是知道的。”屈三爷身边的小厮要做什么，兰花怎不明白，嘴不由张大。

屈三娘子又看向张谆：“瞧瞧这小模样，要不是兰花你在头里拦着，只怕也……”说着屈三娘子笑起来，“得了，我也不和你多说，这做跑堂呢，还是要机灵些的，活也轻松。再不，就只有厨房里的粗活了，那要劈柴担水的，就这漂漂亮亮的小模样，怎么去做？”

张谆的手已经握成拳，对屈三娘子抬头道：“多谢相公娘的好意，我还是去做粗活吧。”屈三娘子的眼不由瞪大，接着就笑了：“好，有志气，不过这粗活可不容易做。每日要劈一大摞柴火不说，还要担满六大缸水，就你这小模样，撑不过三日的。”

凭力气吃饭也好过被人评头论足，张谆已经在心里下了决心，对屈三娘子道：“多谢体恤，劈不了重的，我先用小斧头劈好了。”这人，真是白生了一张机灵的脸了，屈三娘子在心里讪讪地想，去厨房也好，让他见见那些活的粗重，他才晓得厉害，到时自己再让他到自己身边做个跑腿的小厮，不怕他不上手。屈三爷那张肥脸，真是已经看够了。屈三娘子想好了，面上就露出笑容：“好，有志气，明儿就往厨房去吧。”

说完屈三娘子就摇摆着往外走，兰花不由担心地道：“谆哥儿，那粗活，你怎么干得来？”张谆垂下眼，安慰兰花道：“兰花姐，现在和原来不一样了，我一定能做好的。”

虽然张谆说得斩钉截铁，可兰花还是深深忧虑，虽说不上娇生惯养，可当日爷在时，张谆也是衣食无忧有下人服侍，而不是现在落到这种地步还要去做粗活，他那双手，本不该去握住柴刀，而是要提笔写字，再不济，也要打着算盘，不沾一点活才对。

听到兰花的叹息，张谆对兰花笑了："兰花姐，你要记得，我们和原来已经不一样了。"是该记得的，可记得又有什么法子？兰花哽咽一声道："我还是去求爷吧，让他……"张谆的脸色登地变了："兰花姐，你别去，他，不是什么好人。"

兰花当然晓得屈三爷不是什么好人，可在人屋檐下不得不低头，况且自己能护住的，越来越少了。见到兰花面上的苦笑，张谆再次坚定点头："兰花姐，我以后，不会让你的苦白吃。"

这傻孩子，他知道什么叫吃苦？他还不知道，世上有些人，苦到不知道自己吃的是苦呢。兰花努力露出笑容，对张谆点一点头，没有再说别的话。

张谆转头望向窗外，夜很深，天幕都是黑的，可只要心里有光，那到什么时候都不会忘记光亮，怕的，是从此忘记了光亮是什么，一心以为，这些是自己应当应分的。

看见张谆挑着一担水走进厨房，绿丫不由愣住，张婶子的眉已经高高挑起，见张谆摇晃着把桶放下就抿一下唇有些嫌恶地道："老白扭了脚，我本和爷说了，要个人重新来做这些活，可来的怎么是你？你别说一天六大缸水，就算劈柴，你也劈不了多少。"那么重的一担水压在肩上，张谆已经说不出话来，虽说从井边到厨房缸边并不远，但张谆额头上还是冒出黄豆粒大的汗珠，好容易把水放下就听到张婶子嫌恶的声音，张谆真是连回应的力气都没有。

如果张婶子不肯，那张谆就做不了这活了。绿丫虽不明白为什么是张谆来做这些粗活，可也晓得要先帮衬了他，忙上前提起一桶水往缸里倒，对张婶子笑着说："婶子，甭管怎么说，他总和您同姓呢，况且这会儿，都等着用水，先让他过了这一天。"

张婶子不由上下打量绿丫一下，突然恍然大悟道："我晓得了，你一定是看他生得俊，动了春心，这才替他说话，这么一点点大的孩子，就晓得这样事，也真是……"听到张婶子啧啧两声，绿丫的脸不由通红，急忙道："婶子您这话说的，我还小呢。"小？张婶子又要说几句自己原来的事，见张谆老实站在一边也就收了，咳嗽一声对张谆道："既然相公娘派了你来，也就你吧，小心做事，这力气啊，长长就有了。"

张谆这才急忙把剩下那桶水倒进缸里，对张婶子连声称谢，拿了两只空桶往外面井里打水去了。

张婶子见张谆出去，抬头喝道：“还不快些做事，这上面说，今儿要十二只烤鸡呢，赶紧把这鸡收拾出来，这蜜水可不能忘了刷，上回调羹你偷懒，少刷了一道，害得爷差点挨打。”调羹被张婶子说了一通，又见绿丫走回来，白绿丫一眼道：“你也动心了，平常装得那么贞节，谁知见到个长得俊的，就巴巴地凑上去，我可告诉你，他啊，你别想碰一指头。”

绿丫没料到调羹竟然这样醋，眉头微微皱一皱，刚要说话秀儿已经把刷子往绿丫手上塞去：“别理她，她还会做什么？再说了，谁也不是眼睛瞎了，会看上她。”

调羹大怒，但见绿丫和秀儿都转到另一边给鸡刷蜜水，只得咬牙忍下，你总有忍不住的那天，等我抓到你不好了，你才晓得姑奶奶不是吃素的，调羹剁着手里的肉，恨不得这肉就是绿丫，把绿丫剁成碎末才好。

张谆毕竟才十三岁，虽说有志气，但那六大缸的水满之后，张谆还是眼前一黑，差点摔倒。张婶子过来瞧了瞧，满意地点头：“嗯，虽说慢了些，可你还是孩子家，以后就好了，现在，赶紧去把那些柴给劈了。不然明日就没得烧了。”张谆得到张婶子这句话，也不敢歇一歇就往后面去劈柴，看到那堆得山一样的柴火，张谆拿起斧头去劈，可只使了一下力，手心就传来一阵疼痛，原来方才担水的时候，手心已经磨起一个泡了，这下再去握斧头，那泡就破了，流出淡黄的水来。

若是数月前，别说起这么一个泡，就算是被割了一个小口，也是有人围着心疼不已。张谆伸开手对着那泡摇头一笑，咬牙把那皮给撕了，这一撕立即感到眼前又是一黑，张谆险些倒地，但不撑过去，只怕这样的日子也没有。张谆在心里告诉自己，依旧强忍着把皮撕掉，这才从衣服上撕下一个小布条包住手，准备继续干活。

身后传来声音，张谆转身，瞧见绿丫手里端了碗站在那。看见绿丫张谆想笑一笑，但一笑就觉得手心的泡疼，绿丫已经把碗放在一边，顾不得许多就去拉张谆的手：“我瞧瞧，是不是起泡了？我和你说，刚开始都是这样的，我头一日在这做活，起了好几个泡呢。”

说完绿丫把张谆随便包包的布条解开，瞧见他细嫩的手心里一大个泡，绿丫差点落泪，急忙吹了吹，少女温柔的气息吹在手心，张谆觉得手心没那么疼了。绿丫的侧面很温柔很好看，她也算是个俏丽的女子，可女子生得俏丽了，在这样人家，真不是什么好事。

张谆的心突地一凛，自己不该想这些的，可不该想偏偏又往这些地方想。

绿丫看了看张谆的泡，皱了皱眉才对张谆道：“你先把这饭吃了吧，我悄悄地去里面拿点裹伤的纱布和药来，这厨房里难免会有人割到。张婶子那也有的。”说着绿丫起身匆匆往厨房那边去，张谆这才看到绿丫放在一边的碗里的饭，两个白面馒头外再没有别的。

张谆拿起白面馒头，此刻连干吃馒头也不觉得噎嗓子了，张谆咬了一口，觉得嘴里的感觉不对，再细嚼嚼，里面确实夹了一块肉，而且还有卤汁，这样一来，这馒头就没那么难吃，一定是绿丫夹进去的，或者还是她的份例。

张谆从进了这家之后，又感到一种温暖，唇边不知不觉露出的笑，充满温柔。

身后传来脚步声，绿丫已经拿了纱布和药过来，见张谆在吃馒头，吃得很香，她忍不住笑出来，笑容如同春花一样美丽。张谆摇摇手里的馒头：“这肉很香。”绿丫这才坐到他身边，把他的手拉过来：“嗯，这卤肉是张婶子最拿手的，她说，等再过些日子就教我，等我学会了也就算出师了。”

出师了，就要被相看，然后离开这里吗？张谆的话已经在喉头，但没问出来，只是任由绿丫小心地把他的手擦干净，又涂上药，最后拿纱布包好，绿丫看着他包好的手就笑了：“总比方才好，你吃完了，我就收碗，还有这药是我悄悄从张婶子那边偷来的，要放回去呢。”

自己已经吃完了，那绿丫呢？张谆这会儿才想到这个问题，忍不住问：“你跑来跑去的，一定没吃，我……”绿丫已经摇头：“我做活的时候可以悄悄地吃东西，你别惦记我。”说着绿丫把空碗拿好，起身就要跑，跑出去一步又走回来，“对了，你这柴要劈不完的话，等我晚上收工了，来帮你劈。”

说完绿丫就飞快地跑了，看着她轻快的身影，张谆低头看向自己的手，脸上的笑容越来越大，好好地活，一定要好好地活。

绿丫跑回厨房，厨房里的人都已经吃完，中午是个歇息的空当，张婶子要去睡午觉，正站起身要往她那间屋走。绿丫悄悄吐一下舌，还好自己跑得及时，忙对张婶子喊道：“婶子，方才我瞧见一个小厮在那一露头，不晓得是不是有事，我没问。”

是吗？张婶子不疑有他，径自往外走，绿丫急忙转过厨房，把那些药物纱布都放回原位，这才关好门，悄悄地往厨房那边走。刚走出几步，就被人拉了一把：“好啊，逮到你了。”

绿丫的心顿时突突跳起来，等听到这声音就回头点一下拉住自己那人的额头：“秀儿，你不歇一会儿，闹什么呢？”秀儿满脸笑嘻嘻地拉着绿丫：“我见你在那和你的小情人说话，又把张婶子的药给偷了，不敢喊你，怎么，你也长大了？”

长大了是这家里的隐语，长大了就可以被屈三爷收用了，绿丫最听不得这话，听到这绿丫白秀儿一眼：“不和你说了，你难道不晓得，在这家里，长大了可不是什么好话。”秀儿是屈三爷的女儿，屈三爷就算再下作也不能对她有什么念头，秀儿听了一叹：“哎，绿丫，我明白你的心思，可人，哪能永远不长大？”

绿丫沉默了，秀儿见绿丫低头不语，再仔细往绿丫面上瞧去，只觉得绿丫的相貌是越看越好看，秀儿不由伸手拉住绿丫的手：“你别怕，等今儿你就搬去和我一起住。”屈三爷要做什么，总不能在女儿的屋子里面做，也不好意思让收用过的人和女儿住一间屋。

绿丫感激地对秀儿一笑：“秀儿，谢谢你，可是……”屈三娘子把秀儿恨如头醋，若不是屈三爷尚有一点天良未泯，秀儿只怕早被送去和她生母做伴了，到了那种地方，何等结果是想都可以想到的。

秀儿知道绿丫说的是谁，嘴不由噘起：“我才不怕她呢，有本事，她就打我一顿好了，可她也不敢打，就那些小动作，谁放在眼里？”绿丫靠在秀儿肩上：“秀儿，有时候我想，虽说我们都命苦，可你其实……”

秀儿像大人样拍拍绿丫的肩：“放心了，我们以后会过好日子的。”

“我说你们两个小孩子，怎么在我门口说什么好日子不好日子的话。我可告诉你们，对我来说，现在的日子就是好日子，给个娘娘我都不换。”张婶子已经走了回来，见她面上神色，绿丫晓得她没有怀疑，忙叫一声婶子好，就要和秀儿让开，张婶子瞧着她们，“你们啊，这会儿还小，等经过了事，就晓得了，天下有件事，真是比吃肉还香。”

说着张婶子抿唇一笑，见她做出这种娇态，绿丫又想起那日偷看到的事情，忍不住又要发呕，急急拉了秀儿要走。偏秀儿还在那问，到底是什么事，比吃肉还香。

张婶子故意装模作样，不肯告诉时，不妨身后传来屈三娘子的冷笑声：“你除了这件事，还会想别的什么？那样丑陋的小厮，亏你也啃得下去。”

张婶子斜了眼屈三娘子：“我可是没有男人的，我愿意找谁，你管得着吗？”说完张婶子就扭着屁股进屋。屈三娘子对着她的背影啐了一口才叫住准备开溜的秀儿：“我今儿可是专门来找你的，你那个娘，现在快咽气了，爷开恩，让我带你去瞧瞧。”

咽气？这两个字听在秀儿耳里，就跟霹雳一样，她顾不得许多上前抓住屈三娘子的手："你骗人，我娘她好好的，怎么……"屈三娘子就跟秀儿的手上有刺一样把秀儿的手给甩脱："还你娘？呸，她除了生了你，做了别的什么，你可是老娘我养大的。不知道恭敬老娘，成日只在那算计我，和你爹一样，都是白眼狼。"

绿丫来这家这么久，还是头一次听到屈三娘子这么不留情面地骂屈三爷，再想到那日偷听到的话，绿丫不由叹气，就他们三个，到底算怎么一回事，口里在骂着，偏偏怎么都撕掳不开，这种事，不是早该一拍两散？

秀儿可没有绿丫这样的好脾气，已经回嘴："他是白眼狼，你可别赖我，再说了，你哪里养活我了，我从五岁起就下厨房，烧火劈柴哪点没做到了？要真说起来，你还欠我工钱呢。"

秀儿的伶牙俐齿立即让屈三娘子满面怒容："娼妇养下的下流种子，这么点点年纪，就晓得要工钱，你也不撒泡尿照照自己，配吗？"秀儿心中本就惊怒，被这么一说越发泼起来："我娘原本是什么样人你又不是不知道，要不是你坏了良心，她也不会被卖到窑子里去。"

"我坏了良心，还不是你那个好爹，他不点头，我能卖吗？不知好歹的东西，今儿就该把你放到那里，再不回来才是真的。"屈三娘子想起自己这些年来的辛苦，也是怒火从中来，捡起柴棒就要往秀儿身上打。

秀儿早不是那几岁的孩子，见屈三娘子拿起柴往自己身上打，伸手就去夺那柴："你才是娼妇，自己卖到没人赎身，拿了银子倒贴都没人要。"见秀儿说起自己原来的事，还要来抢自己手上的柴，屈三娘子越发怒了，恨不得把秀儿活活打死才消了自己这口气。

绿丫急得没办法，情知这件事只有张婶子还能劝几分，但张婶子的门窗都关得很紧，绝不出头来望一眼。要不然，就是去找屈三爷，让他出面来说，可一想到屈三爷，绿丫的腿都在抖。

就在这时耳边突然传来一声吼："好了，都闹什么呢？不是让你带秀儿去瞧瞧那人，怎么说也是母女一场。你在这给我唱什么教子的戏呢。"

绿丫从没有像现在这样，感激屈三爷的到来，屈三娘子已经把手上的柴扔到地上，对屈三爷怒道："这一家子，个个把我当眼中钉，大的如此，小的也是这样，你是没看见她方才的眼，恨不得把我给活吃了。我就和你说，早早把她给卖了，好歹还能换几两银子，留在这，迟早是个祸害。"

屈三爷也晓得今儿是自己理亏，对屈三娘子搓着手笑一笑："这件事我自有主意，怎么说现在我们一年也挣上千银子呢，我哪能把自己亲闺女给卖了？传出去，多不好听。”屈三娘子那句你还嫌弃不好听的话已经在嘴边，硬生生咽下，对秀儿道：“你听见了吧，这可是爷说的，你快些梳梳头，换件好衣衫，跟我去吧。”

自己的娘，真的要死了？秀儿方才还像小老虎一样和屈三娘子争，可现在全身的力气都消失了。努力长大，好好学手艺，要选一个好的主家，实在不行，忍着恶心讨好自己那个爹，从他那里骗了银子出来给娘赎身，到时就和娘一起过。这样的理想是秀儿从四五岁就开始树立的，可是娘，她终究还是等不到自己去赎她的那天了。

秀儿口里忍不住叫了声娘，泪水已决堤一般流下来。

“哭什么哭，不过就是一年能见一回的人，你这会儿就这么伤心了？”屈三娘子见秀儿流泪，自然说不出什么好话。屈三爷咳嗽一声：“罢了，母子天性，由她去吧，你好好带她过去那边，听说，也就这么两日的事了。”

屈三爷吩咐完，正打算抬脚走时，突然看到缩在一边的绿丫，眼不由发亮，这么漂亮的小姑娘，倒是很久都没见过了。不过想到屈三娘子在旁边，屈三爷又收起脚，横竖逃不过自己的手掌心，也不急在这么一时。屈三爷往前面去了，屈三娘子这才拉着秀儿的胳膊离开，绿丫才站直身子，把心中的那口郁气长长地吐出来，方才屈三爷看自己的眼，真可怕。可是，自己没有力量来保护自己，绿丫真想大哭一场，可再哭也解决不了问题，看来，暂时只有去和秀儿一起住了。绿丫看着秀儿离开的方向，这样做的话，也不知道秀儿又要吃多少屈三娘子给的苦头了。

秀儿这晚并没回来，绿丫虽然心里惦记着她，可还记得自己和张谆说过，要去帮他劈柴，厨房里一收了工，她就往张谆劈柴的地方去。

张谆力气小，那些柴火就算是个壮实汉子也要劈上大半日，他才劈开了一半，瞧着剩下的另一半，张谆擦擦额头的汗，手上的纱布早已弄湿，张谆觉得双手都疼麻木了，索性把纱布扔掉，直接握着斧头在那劈。

“你，你怎么把纱布给扔了？这样的话，你的伤不会好的。”绿丫急促的声音传来，也不等张谆把斧头放下就上前扯着他的手，见他手上伤口已经重叠起来，鼻子一酸就掉下泪，“我听娘说，读书人的手最要紧了，你这样，到时拿不成笔怎么办？”见绿丫拉着自己的手在流泪，张谆心头一暖，忙安慰她：“没事，磨成茧子就好了，再说，我迟早要吃苦的。”

绿丫抬头瞧着张谆：“可我觉得，你不该吃苦。”张谆见她小脸上挂了泪水，那圆圆的小脸在晚霞中特别好看，不由笑了：“人，哪有天生吃苦天生不吃苦的。”

这是什么意思？绿丫不懂，不过绿丫知道，要识很多很多的字，就可以懂这些道理，于是绿丫把张谆的手放下，拿起一把劈柴刀：“我说过，我要来帮你劈柴的，不然这些柴，你今天就算劈一夜也劈不完。”

见绿丫埋头在那帮自己劈柴，虽然她力气小，可劈得很有章法，张谆顿时觉得双臂充满了力气，握起斧头努力地劈起柴来，并不知道就在不远处，兰花看着他们两个在劈柴。原本兰花是要过来帮忙的，可兰花现在觉得，这件事，还要和张谆好好商量才是，要真动了心，这才叫难办。

虽有绿丫帮忙，可等把柴火劈完，已打过了二更。绿丫打了好几个哈欠，但还是笑着说：“瞧，我们劈完了，等明儿，就会更快些。”自己头一天的粗活竟然做下来了，张谆也觉得有些不可思议，伸出已经伤痕累累的手，这样的苦都能吃下，以后还有什么能难倒自己呢？

第 4 章　扶　持

绿丫看着张谆伤痕累累的手，心里忍不住一酸，真是比伤在自己手上还要疼，咬住唇想了想又急忙拿出一小包药粉："这小包是我放回去的时候偷偷用纸包的，撒上要好一些。"

张谆的双手都有些疼麻木了，况且过了今晚，明日还要继续，忙推辞道："不用了，横竖明日还要继续做，等习惯了，就好了。"等习惯了就好了，这句话原本平常，可绿丫的眼里忍不住有泪流下。张谆说完这句，也不知怎的心里有些空落落的，呆了一呆，低头见绿丫在那流泪，忙道："你也累了，赶紧回去吧，今儿，多谢你了。"

绿丫忙用袖子把脸上的泪擦掉，对张谆道："你别说谢我，你每日教我写字，我还没谢过你呢。"说到这个，张谆忍不住摸下后脑勺："我还忘了，今儿还没教你写字呢。"

绿丫忙忙摇头："你不用这样，等明儿，我们边劈柴，边说你教我写的字好不好？"有什么不好的呢？张谆面上露出笑容，绿丫见他笑了，觉得心里十分欢喜，又说了两句也就各自分开。

张谆看着绿丫的身影消失在那里，这才去把斧头放好，明儿自己的速度会越来越快吧？张谆收拾好了往自己住的那边走，刚走了两步见兰花站在路上，张谆忙叫一声兰花姐。

兰花瞧着张谆，想问问他对绿丫心里是怎么想的，又怕自己一问出来，反倒勾了张谆的心思，那时更加不好。于是兰花心中左右为难，终究还是开口道："今儿你累了一日了，我在屋里放了热水，你烫个脚，舒服些。"

张谆并没听出兰花话里别的意思，嗯了一声就跟她进屋，到屋里兰花点了灯，拿了盆给张谆倒水，张谆除掉了鞋把脚放进热水里。疲乏了一日的人，被热水这么一烫，那舒服真是从心里发出。

见张谆闭上眼，兰花把张谆的手拉过来，瞧见手上那些伤痕忍不住眼里的泪要滴落，强忍住酸涩，拿出药和纱布给张谆包着："这是我从张婶子那求来的，虽说你明儿还要去，可能包上药，总比不包上药要好。"张谆睁开眼，看见兰花眼角的泪，忙道："兰花姐，你别为我担心，我能吃下这些苦。"

兰花闷闷地嗯了一声，仔细地把纱布包好才道："虽说你不怕吃苦，可我记得爷说过的话，不管在什么地方，什么遭遇，心里都要有底，往往不可学别人一样，年纪稍大些，就去喝酒赌钱，甚至被人一勾，就做出些别的事来，永远落于下贱。你若如此，真是辜负了爷的一片心。"

兰花说得严肃，张谆忙道："兰花姐，我晓得，我们在这不过是暂居，绝不会学别的那些人，做下没下梢的事，不光对不起叔叔，更对不起兰花姐你。"兰花把眼角的泪抹掉，强笑道："我不过是个下人，哪有什么你对得起对不起的。等在这家里两三年，你长得再大些，那时我也攒了那么几两银子，就求了爷出去，先贩些小东小西来卖，等有了本，慢慢地给你寻一房好媳妇，我这心啊，也就落了。"

寻一房好媳妇？张谆虽才十三，却也是定过亲的人，想到此不由苦笑一声："这人心最难猜了，寻媳妇什么的事倒不用去想。"当日身边那么多的人，到现在，只有一个兰花陪着自己。张谆眼神渐渐黯淡下来。

这黯淡眼神又让兰花想岔了，以为绿丫真对张谆说过什么话，开口想问，又生生咽下道："这人心再难猜，也要互相帮衬。吴老爷那样的，只要以后你不甘于下贱，勤勤恳恳做事，以后定有他后悔的日子。哥儿，娶一房好媳妇，才能让那些笑话的人瞧瞧呢。"

兰花谆谆告诫，张谆并没想到绿丫身上，只以为兰花终究是女人，见识有些短浅，只是笑一笑："兰花姐，我知道的。你放心，我不会让你吃过的苦白费。"兰花伸手摸一摸盆里的水，见那水渐冷，况且张谆又肯听自己的话，这才道："你能这样想就好，赶紧把脚擦了，早点歇着去，明儿不光要早起。"

兰花说完忍不住又要叹气，又怕自己这叹气让张谆心里有些不快，强忍住叹气，打发张谆去睡了。张谆劳累一日，头才靠上枕头就沉入梦乡。兰花在里屋听着张谆从外屋传来的鼾声，自己却怎么都睡不着，虽说张谆这边没意思，但又怕绿丫那头。要不要去和绿丫说说，可说了，到时绿丫去和张谆告状，未免会让自己和张谆生嫌隙。

兰花思来想去，半个主意都拿不出来，终究还是决定忍下这事，静观其变。

绿丫和张谆并不晓得兰花心里所想，到了次日，绿丫还是等收工后就过去帮张谆劈柴。今日张谆的速度比起昨日要快一些，两人此时十分熟稔，也不需再如何客气。边劈柴，张谆边和绿丫说书，说到绿丫认不得的地方，再拿根枯枝给绿丫写出来，绿丫临摹一遍，也就继续劈柴。

两人在那一边讲一边劈柴，只觉得今日的柴火劈得也十分快，却不知道兰花已经蹲在那瞧了半晌。一时皱眉一时又在嘴里喃喃念着什么。瞧这样子，两人不像是有私情，反而像是一起在学什么。要真这样，也是件好事，上进总比不上进强，兰花在那思前想后，不晓得该不该出去问问。

这时有人敲了下兰花的肩膀，接着调羹的声音响起："兰花姐，你在这蹲着做什么，难道不好过去帮忙，还是怕打扰了他们两个？我可和你说，兰花姐，你要再不过去帮忙，只怕你的小情儿，以后可就飞了。"这乱七八糟地说的到底是什么，兰花站起身，就想去撕调羹的嘴："你在胡说八道什么，什么小情儿，那可是我小主人，哪能……"

调羹的声音并不小，正在劈柴的绿丫和张谆都听见了。张谆的眉皱起，这个家里，真是毫无礼仪羞耻。绿丫见张谆皱眉，想起张谆说过的话，咬住下唇想了想这才开口："别理调羹，她就是个爱惹是生非的。"

"说谁呢？谁爱惹是生非？我不过在屋里闷得慌，随便出来逛逛，怎么就偏逮到了你们？我说绿丫，你这手可真够长的，这才几日啊，你就过来又是帮忙劈柴，又是在这里谈笑风生的。怎的，见人生得好，你就动了心，也不瞧瞧你自个，身上那三两肉都没长出来，还是个黄毛丫头呢，就想学着勾引男人。你难道以为，男人只要看你这张脸就神魂颠倒？要不要姐姐教教你，怎么做女人？"

调羹说着那腰就摆起来，大大方方走到张谆面前伸手去勾他的下巴："这样干瘪的小毛丫头，有什么趣味，姐姐来告诉你，什么叫得趣。"说着调羹就顺着下来往张谆胸前摸了一把，张谆哪见过这样情形，吓得手里的斧头差点掉在地上。

兰花见状就上前把调羹给拉开："见过不要脸的，没见过你这么不要脸的，谆哥儿还小，你就在这说这样的话，"调羹被拉开还不忘对了张谆抛个媚眼，懒懒开口："就是还小，雏儿才有趣，不然就这家里别的人，一个个油嘴滑舌，连脸都不会红，有什么趣？"

兰花恨不得把张谆的耳朵给捂上，不让调羹这些话进他的耳朵，偏生调羹看见兰花这样，用袖子遮住脸娇笑不已："兰花姐，你这么心急做什么。你啊，可真疼他。"见调羹这样无耻，绿丫的眉也皱起来，悄悄对张谆道："别理她，我们继续劈柴。"

自己总是个男人，况且这里还有这么多的人，调羹也不敢扑过来，张谆的心也定了，拿起斧头往一块大柴上面劈去。调羹讲的正兴头，不料这块大柴一被劈开，那些柴渣就飞起来，差点溅到调羹身上。调羹急忙一跳，对张谆骂道："斯斯文文的长相，怎么力气这么大，罢了罢了，才十三岁的小毛孩子，料也不中用，我啊，别处逛逛去。留你们三个在这恩恩爱爱。"

说着调羹一甩手走了，张谆这才擦掉额头上的汗，问兰花："兰花姐，你怎么会在这儿？"兰花本以为张谆忘掉了，谁知他还记得，忙道："晚饭时我给你留了一块肉，想着冷了就不好吃了，这会儿给你送过来。"说着兰花从衣服里取出一个纸包，打开，里面是两块粉蒸肉，还有一点热气。

张谆闻见那香味，忍不住咽下口水，做粗活消耗体力过大，能吃一块肉再好不过了。原本爷活着时，这样肥腻的肉，哪能入得了谆哥儿的口，兰花瞧见张谆在那咽口水，鼻子里不由一酸，忙把纸包送到张谆面前："赶紧趁热吃了，这剩下的柴，我来帮你劈。"剩下的柴也不那么多，只有十来块，张谆接过纸包，咬了一口肉，见兰花真的拿起斧头劈柴，要上前拦她。

兰花自不肯放斧头，绿丫急忙说："你先把这肉吃了，这点柴，也不用费多少力气。"

两人都在催促，张谆也就拿着纸包继续吃起来，绿丫见状露出笑容，见兰花在那十分吃力地用斧头劈着柴，忙上前道："兰花姐，我来帮你。"

"哪个要你帮忙？"见绿丫一说张谆就继续吃起肉来，兰花不由对绿丫起了迁怒之意，开口就这样对绿丫说。绿丫愣在那里，不知道兰花为什么会变成这样。兰花劈好一根柴，擦一下汗见绿丫愣在那里，细想想自己这火发得不对，他们毕竟还小，看绿丫这双眼也是清幽幽的，并没有什么坏心肠，只怕真的看不得人吃苦，纯粹来帮忙也是真的。

兰花这么一想就对绿丫道："绿丫，我只是想，你还这么小，一日也累得慌，再来帮忙，就太累了。"原来是这样，绿丫又笑了："兰花姐，我有劲儿呢，这些活，说起来比地里的活还是要轻些。以前我在家的时候，六七岁就帮我爹下地干活了。捡豆子，看水，撵雀，这些都是我的活。"

张谆已经吃完那两块肉，听到绿丫这么说就急忙道："我竟忘了，这肉也该留你一块。"绿丫的辫子不由一摇："我们在厨房，经常得吃肉呢，有时尝尝味道够不够，再瞧瞧够不够烂，都可以撕一块肉吃吃。”

兰花已经把剩下的柴给劈好，看着绿丫天真地和张谆说话，把斧头放好那眉就皱起来，他们之间，到底是什么意思？千万千万不能让谆哥儿对这姑娘动心，不然以后娶不到好媳妇，自己才没脸去见死去的爷呢。

兰花主意打定，决定每日都在张谆耳边提一遍，张谆见这里的活已经做完，也就和绿丫说了再会，和兰花一起回屋。回屋路上，兰花就道：“谆哥儿，绿丫是个好孩子，可是谆哥儿，虽说你现在在这里，和她还是不一样的。她啊，终归是要调教后卖出去，说不得卖出去前总要被三爷收用一遍。”

听话听音，张谆知道兰花是误会了，急忙道：“兰花姐，我对绿丫真没什么，不过是她央我教她写字，然后她再帮我做这些粗活。”这样吗？兰花不由笑了：“哎，倒忘了你是识字的，绿丫这人，还真没看出来，竟然有识字的心。我还是要叮嘱你，教她识字可以，但是别的，就别想了。”

张谆嗯了一声，想到屈三爷那副尊容，还有屈三娘子的刻薄，连兰花张谆都觉得是被玷污，那么绿丫呢，笑得那么纯净的绿丫，难道以后也要和兰花一样，受这样的玷污？张谆一想到此，不由心中顿生块垒，怎么都难消除，又怕兰花看出来，说自己胡思乱想，急忙收拾一番随便睡了。

可睡下却没有平日那样好眠，只觉得绿丫一双眼都在流泪，面上笑容早已不见，说的，似乎是为什么要如此，都是爹生娘养的，可为何她就这样苦命。

张谆猛一下从床上坐起，害怕惊醒里屋的兰花，侧耳听了，这才重新躺下，以后，究竟要怎么做？张谆此时竟毫无办法，不由责怪起自己来，可再责怪又有什么用？

绿丫在睡梦中感到有人进了屋，急忙坐起身，耳边传来秀儿的声音：“绿丫，别怕，是我。”原来是秀儿，绿丫忙掀开被子拉住秀儿的手：“你回来了，你娘她……”

“半夜三更的，你们说什么话呢，还不快给我滚出去。”调羹不耐烦地说。

绿丫晓得秀儿和自己有话说，忙披了衣服穿了鞋拉着秀儿出屋，原本是要进秀儿的屋，秀儿却不肯进那屋，只是拉着绿丫走到院子边才停下脚步，伸出双手抱住绿丫。

绿丫不妨秀儿会这样，忙伸手拍拍她，感到自己的肩膀已经湿了，原来秀儿抱住绿丫，只是为了大哭一场。绿丫心里也十分不得劲，只是搂着秀儿的肩，在那轻轻地拍。

秀儿也不知道哭了多少时候，这才抬头，声音都已沙哑：“当了他们的面，我不能哭，一哭他们就不肯拿银子出来给我娘买棺材，而是一领破席裹了，扔到乱葬岗去。”

绿丫伸手摸住秀儿的脸，虽然这种痛苦绿丫从没受过，可此时绿丫心里，却和秀儿一样难受，想起张谆曾教过的，感同身受四个字，此时绿丫算是明白了。

秀儿眼里的泪又吧嗒吧嗒地落下来：“绿丫，我要去求那人，让他把你给放出去，不然你在这家里，迟早也是遭罪的。”

放出去？绿丫不由苦笑，就算放出去，又能去哪里？自己的娘从没来寻过自己，就像自己不是她身上掉下来的肉一样。自己的家，那个村子，只有模糊的记忆，只怕找都找不到，真被放出去，只怕转眼也就被人拐了，卖到那些比这更不堪的地方。

秀儿说完这句，也想到绿丫要真被放出去，也是无所去的，不由叹一声气：“我们做女人的，难道生来就是遭罪的，而男人，生来就是享福的？”

这也不对，绿丫摇头：“谆哥哥不也是男人，还有那几个小厮，不也一样遭罪。秀儿啊，我想，我们要努力地，好好地活，总有一天，会知道比这更好的日子是什么样的。”

这样的话绿丫虽然原来就说过，但此时再听，秀儿心里的感受是不一样的，永远也忘不了娘看着自己的眼，秀儿，千万不要像娘一样，要攒钱，要找个好男人，要过好日子。而不是像娘一样，过了一辈子的苦日子，到死都不得安宁。

秀儿眼里的泪又流下来，娘，我明白你说的话，可是，要怎样才能过好日子，难道说像这家里那几个不要脸的女人一样，成日就想哄得那人开心，然后……

秀儿又叹息，绿丫拍拍她的肩膀：“秀儿，我悄悄地告诉你，我在跟谆哥哥学识字，不如你也一起来，谆哥哥说，知道了字，明白了书，就能晓得书上的道理。”是吗？秀儿有些怀疑：“可我爹不也识得几个字吗？但他就不知道道理。”

这个，绿丫也没办法解释，只是安慰秀儿：“能多学些总要好，总比两眼一抹黑地好。秀儿，我告诉你，我已经认得两三百字了，谆哥哥还夸我，说我学得快呢。”

秀儿的小脑袋歪了下，对着绿丫点头：“嗯，你说的也对，那明儿，我就和你一起去学识字。绿丫，幸好还有你陪着我。”绿丫把秀儿的手握紧：“我们是苦人，苦人就要对苦人好，不然就越来越苦。”

说的是，秀儿抬头望天，正看见天上一道亮光划过，是流星啊，娘过世前说，每当天上有流星划过的时候，就是娘舍不得自己的儿女，想要看看自己的儿女。娘，您也舍不得我，我知道，我会好好活，活着看看，您没过过的好日子究竟是什么样的。

“你要秀儿也一起学？”张谆看见绿丫多带了一条小尾巴过来的时候，眉不由紧皱，虽然知道秀儿也苦命，可一想到她是屈三爷的女儿，张谆就觉得心里膈应得慌。

“嗯，谆哥哥，秀儿可聪明了，比我还聪明，她一定会好好学的。”绿丫并不知道张谆心里想的是什么，只是睁着一双大眼，努力地点头。

张谆还在迟疑，秀儿已经拉着绿丫的袖子：“绿丫，别求他了，他不想教我。”说着秀儿眼神黯淡，他一定是因为自己是那个人的女儿，才不愿意教自己，可若是能选择，秀儿一定不会选择做那个人的女儿。

“不，我不是这个意思……”张谆毕竟年纪轻，见秀儿低头，眼里似乎还有泪水，就急忙解释。绿丫忙拉着秀儿的手：“秀儿，你听见了吗？谆哥哥说，他不是这个意思。”秀儿抬头，瞧向张谆的眼里全是期盼。

这样的期盼眼神，张谆的心软了：“好吧，你们一起学，但不可以传到外面去。”绿丫和秀儿连连点头，秀儿已经去帮张谆劈柴，张谆看着这两个小姑娘脸上的笑容，不知怎的，心也开始暖起来，那些事，总会想出法子的，现在的绿丫也不过十二岁，那个人有什么禽兽的想法也要耐着性子些。

光阴似箭，转眼张谆来到屈家已经两年多，这两年他每天劈柴打水，个子开始窜高，不再是当年那个文弱样子，当然，现在那些柴，他只要半天就能劈完，剩下的空闲，还可以教教绿丫和秀儿一起识字，讲一些书上的道理给她们听。

随着年岁增加，绿丫和秀儿也如春风中的竹笋一样噌噌往上长，绿丫出落得越发标致，屈三爷早就对绿丫动了心思。只是一来秀儿和绿丫住在一起，屈三爷干碍着女儿，二来屈三娘子自从一年前掉了个孩子，就对屈三爷看得越发紧，不再像从前一样不管他这些事。于是绿丫现在还算平安，并不担心这些事情。

屈三娘子的孩子掉了，最高兴的是秀儿，她悄悄地和绿丫说，屈家就该断子绝孙，做这么多坏事，还能让他们饱食终日，儿孙满堂，这才叫天没眼。

绿丫虽也觉得秀儿说得对，可归根起来，秀儿也是屈三爷的女儿，这话说出来，总觉得有什么不对。秀儿才不在乎绿丫觉得有什么不对，只说这世间，并不是所有的家人都会待你好，有些家人，真是比狼还狠。

每当这时，绿丫也只有沉默，毕竟秀儿的遭遇，说起来比绿丫还要苦上三分。当然这些话是不能对张谆说的，虽则张谆这两年来已改变许多，但和绿丫她们毕竟不一样。秀儿背地里提起张谆，总是说那是个酸腐先生。而张谆也觉得，秀儿无论如何，都是屈三爷的女儿，该敬的还要敬，两人一见了面，别的还好，一说起这事，总是会吵起来。也只有绿丫能在中间调停，好在这两人都不是记仇的人，说过了话，下回见面也就各自丢开，依旧说起别的事来。

绿丫想着这些，手上的动作不由停了停，张婶子一双鹰隼似的眼睛盯着绿丫在瞧，见她停下就急忙道："赶紧放下去，我和你说，这炖肘子，这炸得不好，后面是怎么都补不回来。"绿丫忙收回神，把手里的肘子麻利地放到沸腾腾的锅里，等炸得金黄，忙捞起来，放到筲箕上，等着微凉一些，再放到锅里用已配好的卤水炖。

这肘子定要先用大火，后用小火，慢慢地炖上三天三夜，炖到皮肉相连，用筷子轻轻一夹，骨头就掉下去，这才叫成功。这道菜也是酒楼的招牌菜，方法简单，最要紧的是要有耐心慢慢等着。绿丫已经瞧张婶子做过许多次，今儿还是头一遭自己动手做。

张婶子见绿丫动作麻利，赞许点头："不错，绿丫，你虽年纪小，学得倒快。就是不知道，什么时候才能得人相看。"除了这件事，绿丫还惦记着另一件事，听到张婶子这么说眼不由有些黯淡。

张婶子细细瞧了瞧绿丫才道："你这小模样，说起来也着实可人疼。"绿丫把筲箕上的肘子挨个放到卤水锅里，到锅下烧中大火，等到卤水快干，再捞起来放到大碗里，换小炉小火慢慢炖着入味。

绿丫忙完才对张婶子道："婶子，我要生得不好就好了。"张婶子正在喝水，听了这话就噗嗤一声笑出来："所以我说你还小，你真以为你生得不好就能逃过了？我告诉你，别说是生得不好，就算肥如桶，丑得像鬼，爷也不会放过。男人，不就为了那点事。"

绿丫的眼神越发黯淡，低头摩挲着围腰的边。张婶子乜斜看了她一眼，这才凑到她耳边："你告诉婶子，是不是惦记着你的谆哥哥，所以才不肯……"绿丫没料到张婶子会这样说，一张脸登时红了："婶子，真没这事，我和谆哥哥，不过是平常说得来罢了。"

张婶子才不信，嘴一撇："男女之间，不就那么点事，你情我愿了，就在一起。"说着张婶子若有所思，"不过呢，这点事，还真是要彼此情愿才有趣味，不然不过白落的男人受用一番，自己还恶心得不得了。当初我和狗儿初次在一起后，我见了我男人，只觉得连饭都吃不下。"

张婶子还有过男人？绿丫的眼不由眨一眨，张婶子鼻子里哼出一声："要不是我那死鬼男人死的晚，这会儿那个相公娘，还不晓得在哪儿呢。这世上的事偏生这么不巧，他刚把那个骚货娶回来不到一年，我那死鬼男人就死掉了。"

这些话已经超出绿丫对张婶子的想象，眼不由再次瞪大，张婶子自顾自说完，伸手把绿丫的下巴抬起："狗儿这人，现在也渐渐老了，都四十了吧？年轻小姑娘家，谁不爱俏，难怪你不愿意。别说你心里有个人了，就算心里没人的，只怕也不愿意。"绿丫这会儿决定不去纠正张婶子的说法，只是瞧着张婶子："婶子，你一定有办法。"

张婶子把手放下，又细细瞧了瞧绿丫才笑了："你平常还算听话，我在这一日，就护住你一日。不过你运气也不错，那块臭肉自从掉了个孩子，管狗儿管得极严，若是前些年，你这样的，早就被他得手了。"

张婶子只当作一件闲事来讲，绿丫却觉得心扑通扑通地跳，张婶子见绿丫神色又一抿唇："你啊，还不知道，就算躲过了这，等以后有了主家，还不是一样要陪主家睡？不过呢，要是遇到好的主家，见你还是个女身，等你生下一男半女，给你个名分也不一定。只是呢，到时你心上的人，就离得远了。"

有了主家，就要和张谆分开了，绿丫的手捏着围腰，不知道说什么。张婶子又凑到绿丫耳边："我告诉你，你要真怕以后再见不着，就去和你心上人做点你情我愿的事，头一两遭疼，等后头，你就知道趣了。"

做点你情我愿的事，绿丫如被雷劈一样，猛地想到自己偷窥到的柴房里的事，登时又觉得恶心，那样姿态，实在太丑，若是自己？绿丫不能再想下去，脸火辣辣起来。

张婶子讲得兴起，索性拉了绿丫的手："你月事已经来了吧？那做这事，也不算晚了。"绿丫半年前天癸初至，当时只觉惊慌，现在听张婶子直接讲这些，晓得自己该站起身走了，可又对张婶子后面要说的话感到好奇。

张婶子已经悄悄地对绿丫道："要不要我教教你，如何才能既讨男人的好，又让自己得趣的法子？"绿丫顿时觉得坐不住了，忙推开张婶子："婶子，我想起来，昨儿你让我做的一块手帕还没做好，我先回屋去拿了来，边瞧火边做。"

张婶子也不阻拦绿丫，只是笑着道："等你做了那事就晓得了，世上再没有别的事比过它了。"怎么还在说？绿丫一张脸红得已不能看，急匆匆往屋里赶，拿了针线活就准备出门。

在门口撞到秀儿，秀儿瞧着绿丫十分奇怪："你今儿是怎么了，脸红成这样？"秀儿不说还好，一说绿丫就想起张婶子说的话，脸登时又红得不能瞧，只和秀儿悄悄地道："等晚上我和你说。"晚上要说什么，秀儿的眼眨巴两下就扯了绿丫："是不是张婶子和你说什么男女之间的事？我告诉你哦，张婶子还说，两个女的，也可以。"

这更是绿丫前所未闻的，男女之间的事还听说过，可两个女的，怎么可以？秀儿把绿丫拉到房里："就是我娘去世那回，我不是在那守了一天，见有个人哭得特别伤心，后来我才晓得，说她和我娘是怜香伴。"

怜香伴？怜香惜玉这个词绿丫学过，但怜香伴又是什么意思？秀儿很想解释，可又怕自己解释了，绿丫会吓得不和自己说话，想了想才道："就是俩女的特别要好，要好的就跟夫妻一样。"

原来是这样，绿丫恍然大悟，接着就道："这样不好，谆哥哥说，天地生阴阳，分男女，男女在一起才对，而不是什么男男、女女，分开在一起。"

秀儿不知怎么心里有些失望，皱一下鼻子："谆哥哥、谆哥哥，你就只晓得你的谆哥哥，晓不得我了？"绿丫不疑有它，笑嘻嘻地搂一下秀儿的肩："我也记得你啊，你瞧，昨儿张婶子让我做块手帕，我瞧这花色好，想给你也做一块呢。绣的花比给张婶子绣的还好。"

"这还差不多，"秀儿这才点头："嗯，快去吧，不然张婶子等会又叫你。"绿丫答应着去了，秀儿瞧着她的背影，不知从哪里生出一股惆怅，轻声叹气。

"呦，你还晓得叹气，该叹气的是我才对，这家里的人，一个个越来越不听话了。"屈三娘子的声音在秀儿耳边响起，瞧见她，秀儿恨不得把她给瞪死，瞥一眼她就打算走开。

屈三娘子拉住她："别走啊，我告诉你，你爹在外头另外有了女人，那女人现在怀了肚子，你爹要把她接回来，到时这家里不是我说了算，你想，这女人会不会把你给卖掉？越香楼的妈妈说，瞧你长得俊，想把你要过去，捧你做个花魁。"

秀儿的眉竖起："要做花魁，你去做好了，你不是说，你当初恩客不少，这会儿要被扫地出门了，回头挂牌，定客似云来。"秀儿这番话并没让屈三娘子恼火，只是冷哼一声："你和你爹，真是一对白眼狼，我告诉你，有我在一日，别的女人休想踏进门来。还有你，也给我乖乖地听话，不然老娘狠起来，你才晓得，我平日对你的好。”

秀儿给了她个白眼，老王已经急匆匆过来：“相公娘，那人到了，爷还说，让把这家里人都叫来，见见新奶奶。”奶奶？屈三娘子的眉竖得极高：“好啊，我就要让她知道，什么叫醋酸糖甜。”

屈三娘子虽刻意放柔声音，可秀儿和老王都能听出她话里那隐含的深深恶意。秀儿不在乎,她巴不得她们狗咬狗咬得一团糟。可老王就忍不住抖了下，方才那人也瞧见了，瞧着比相公娘俊，也温柔，更要紧的是，她肚子高高挺着，起码有了四五个月的身孕。要是相公娘被赶出去，那还是赶紧巴结这新奶奶才是正经事。

老王在心里盘算完，但面上依旧恭敬：“是，相公娘，我这就去叫人。”屈三娘子的眼眯起，想把自己就这样打发了，屈狗儿，你是做梦，老娘可不是那姓张的寡妇，几句好话一哄，就死心塌地地跟着你。

屈三娘子瞧一眼秀儿，又是阴恻恻一笑：“走啊，跟我一起去瞧瞧你那个新到的娘。”“我娘早死了，不管是你，还是谁，都不是我娘。再说，我连爹都没有。”秀儿脖子一梗，早已叽里咕噜地说出来。

“呦，没想到你比你爹还是多了几分骨气。”屈三娘子伸出手想去拍秀儿的脸，秀儿早避开了。屈三娘子又是一扯，就把秀儿的胳膊扯在自己手里:“得了，这会儿，也别和老娘较劲，老娘烦着呢，你还是乖乖地和老娘去，不然老娘狠了心，别说你这么个小鸡仔似的，就算这一大家子，也逃不开。”

秀儿并不是被屈三娘子这话吓住，而是明白屈三娘子是真的心狠手辣，屈三爷或许还能挂个招牌，屈三娘子，是绝不会挂什么招牌。

这家里的人早被叫齐聚在堂上，绿丫心里嘀咕，忍不住想寻秀儿问问，可寻不到秀儿在哪。绿丫还在思索，屈三爷已经开口了，指着椅子上坐着的一个二十四五的少妇说：“你们都来认认，虽说我们不是那种高门大户，规矩森严，可也要分个上下尊卑主次，这是我新娶的奶奶。你们签过身契的，都过来给新奶奶磕头。没签过的，都上来给新奶奶作揖。”

这家里大大小小，从跑堂到灶上的，说来也有二十多个人，听到屈三爷这样说，个个面上都很惊讶，虽说屈三爷在外有相好不是什么稀奇事，可这把人公然带进来，还要众人都来认，到时屈三娘子这里，又怎么说？

有个跑堂的忍不住问出来：“掌柜的，这要我们作揖也不难，只是相公娘那里？”屈三爷瞧着新欢高挺的肚子，心里已经乐开花，听到跑堂的问就道：

“你们相公娘，当然还是照旧。”

照旧？新欢登时不满，今日来此，就是要仗着自己肚子，把那个粉头赶出去，到时自己居于堂上，握着银钱，穿金戴银，那才叫快活。新欢的眉微皱一下就娇滴滴叫声爷：“爷，您这话，难道儿子一出世，就是个庶出，到时被人笑话小老婆养的？”

屈三爷心里是真没什么嫡庶妻妾之念，毕竟他和屈三娘子，也不过是你情我愿，焚了纸马就当拜过天地，搬了铺盖就当在一起成亲过起日子。听到这庶出两个字就皱眉：“哪是这样的，你的儿子是我的宝贝疙瘩，谁敢笑话？”

“那爷今儿就把这名分分了，我和姐姐，到底谁是大的？”新欢等的就是这句，心里已经在想，真要妻妾名分定了，那个粉头是妾，等明儿就把她提着脚卖出去，才算绝了后患。

“哎呀，新奶奶好大的做派，这会儿就要大家来磕头行礼，要不要我也给您磕个头，唤您做奶奶，认您为大的，到时等您生下儿子，我再日夜服侍您？”屈三娘子在外已听了半晌，听到这里终于开口。

这酸溜溜的话让屈三爷眉头一皱，也让堂上众人精神一振，好戏来了。绿丫却没有像别人一样，只是看着屈三娘子手里抓着的秀儿在那嘀咕，怎么秀儿会跟屈三娘子在一起。

名分没定，新欢瞧见屈三娘子进来就忙站起身，迎上前要叫姐姐。屈三娘子施施然走到那新欢面前，略一打量就冷笑一声，转向屈三爷：“说啊，方才你可是说得好好的，要大家磕头认你给他们找的小妈，怎么这会儿，又没声音了。”

屈三爷见新欢站起，忙又上前把新欢扶了坐下：“你身子重，还是坐着吧，这名分的事，有我做主呢。”新欢摸摸肚子，眼神温柔：“爷，我别的不求，就只求我们儿子会有个好开始。”

屈三爷头点得鸡啄米一样，回身对屈三娘子道：“你瞧，你跟了我十五六年了，到现在一个蛋都没生出来，为子嗣计，我才动了这个念头。再说等她进了门，咱们还是和原来一样，只是这外头分嫡庶妻妾，内里和平日一样。”

“放屁！”屈三娘子一巴掌就打在屈三爷脸上，“你被人几句好话一哄，就疯了不成？子嗣计，你说别的也就罢了。说这个？呸，秀儿不是你女儿？被你放在后院不闻不问十来年了。难道她这么个大活人，就没那肚子里还没生下的金贵？”

屈三爷当了人面挨了一巴掌，忍不住道：“关秀儿什么事？再说了，秀儿是闺女，我要传宗接代，自然是要儿子！”

“就她怀的，肯定是儿子吗？”屈三娘子手指向新欢那个方向，接着往下一点。新欢登时感到肚皮有些紧，忍不住颤声叫声爷。屈三爷忙要过去哄她，被屈三娘子一把扯住，“你这个没良心的，若不是老娘，你早死在街头了，这会儿你就嫌弃我了，还传宗接代，我呸，我先把这孩子给踢了，再和你说说这事。”

说完屈三娘子把屈三爷一推，上前就把新欢连椅子一块扑倒，坐在新欢身上就用手去打新欢的大肚皮：“又不是只有你有，又不是只有你会怀，也不知道从哪来的野种，就想仗着肚子要我的强，再过十年都不配。”

新欢先被扑倒已经惊慌，再见屈三娘子拳拳只往自己肚子上来，吓得用双手紧紧抱住肚子，颤声道：“爷救命，爷的孩子要掉了。”屈三爷被屈三娘子一推，还有些失神，等见屈三娘子这样做，吓得魂都快飞了，急忙上前去抱住屈三娘子：“你要出气，打我就好，打什么孩子。”

屈三娘子的手被抱住，但脚可还是活动的，立即起身用脚去踢。屈三爷这下只有把屈三娘子整个牢牢抱住，那新欢见屈三娘子整个被屈三爷抱住动弹不得，摸摸自己肚子，孩子还在里面踢，这才敢爬起来，抱住屈三爷的腿大哭：“爷，今儿若不分个上下出来，只怕我的孩子，活不到出世。”

“别一口一个爷的孩子，就你这样的骚货，只怕是男人刚死就痒，过不了头七就和野男人在灵前做事的德行，谁知道你肚里怀的，是谁的种？我可告诉你，想凭这肚子进门，不许，想认做大的，你自己先掂量掂量，有几斤几两。”

屈三娘子虽被抱住，但口没被堵住，口里犹自骂个不停。这新欢确是个小寡妇，丈夫还病着时候，就和人有些不清不楚，等到丈夫刚死，重孝没脱，就又和屈三爷搭上，此时听到屈三娘子说出海底眼，登时大哭起来：“爷，我也是清清白白好人家闺女，不过是因爷怜惜，才忍耻和爷在一块，为了肚里的孩子，才进这里，谁知被人这样说。我还是死了算了。”

说着这小寡妇就要往柱子上撞去，屈三爷心疼的是她肚里的孩子，急忙对身后叫道：“你们都是死人不成，快些去扶住你们新奶奶。”

屈三娘子听得新奶奶三个字，脚重重踩在屈三爷脚上，屈三爷吃疼，登时就把屈三娘子放松一些，屈三娘子脱了束缚，手往屈三爷脸上抓挠：“呸，还清清白白人家女儿，谁生下来不是清清白白的？我告诉你，屈狗儿，今儿你要敢让她进这家门，明儿我就让你这酒楼开不成，你信不信？”

屈三爷正待发怒，听到屈三娘子这话，顿时愣在那里。小寡妇寻死觅活不过是为的让屈三爷怜惜，有两个跑堂的上前一拉，她也就顺势坐到椅上在那呜呜咽咽哭个不停。等听到屈三娘子这话，小寡妇差点连哭都忘记了，竖起耳朵想听个究竟。

不光小寡妇，堂上众人都是一样心思，绿丫和秀儿已经重聚在一起，听秀儿说了缘由，绿丫舒一口气，也能瞧瞧这堂上的戏，等听到屈三娘子这话，忍不住悄声问秀儿。秀儿自然也是不晓得的，只是摇头："谁知道，横竖他们几个，都不是什么好人。"

对，绿丫点头，别看那新欢娇滴滴的，可这样的人，说不定比屈三娘子下手还狠呢，听说有些人，越娇滴滴，下手越狠。

第 5 章　烦　恼

绿丫还在那思索，屈三娘子见屈三爷愣住，心里越发得意起来，指着那小寡妇就道："屈狗儿，你我也是十来年的夫妻了，我也不是那样没有夫妻情分的。你要儿子要这女人，那你们一家三口就给我滚出这里，一厘银子也不许拿。"

屈三爷面色登时变了："你也别太过分。"过分？屈三娘子拍着自己胸口："我过分？屈狗儿，你摸摸你自己的良心想想，我嫁了你这么多年，替你操持家务，替你和街坊邻里应酬，给你出谋划策。结果你做了什么？寻了个小寡妇，也不晓得她肚子里揣上的，是不是你的种，你就带到我门里，要人唤她奶奶，给她磕头下跪，那你把我放到什么地方去？还舍不得自己的儿子被人说小老婆养的，我呸，你也配穿金戴银使奴唤婢充奶奶，也要先撒泡尿自己照照。"

屈三娘子骂得心里舒爽了，挽了挽袖子，斜眼看向屈三爷："屈狗儿，你但凡还是个男人，就爽爽快快告诉我，是要留在这家里呢，还是一定要儿子？要儿子的话，就趁早给我带上这歪剌货走了。"

小寡妇听得屈三娘子句句戳着屈三爷的心肝，偏偏自己又不知道内情，忍不住颤声喊了句爷。屈三爷安抚地拍拍她的手，对屈三娘子道："你也知道我是个男人，是男人就要护下自己的孩子，孩子我要，也要留在这家里。"

屈三娘子的眼还是斜在那，冷哼道："你也配和我较劲？屈狗儿，我可和你说……"屈三娘子的声音才高上去，张婶子就不咸不淡来了一句："都过午时了，也该去厨房忙晚饭了，外头酒楼也该打扫干净迎客了，谁稀罕你们三个的狗肉账。我说狗儿，你自个儿的事，自个拿主意好了。"

说完张婶子就对跑堂挥手，让他们赶紧出去，自己也在这催促厨房的人赶紧回去。绿丫松一口气,刚要和秀儿一起出去,屈三娘子就把秀儿拉过来:“你可不能走,你啊,也要听听你这个白眼狼爹,是怎么待人的,他连我都这样相待。你，只怕他更是……”

秀儿淡淡地瞥了眼屈三爷，才对屈三娘子冷笑道：“他怎么待我，我们都是晓得的，不需你今儿这样说。要我能选，我还巴不得没这么个爹。”说完秀儿又要离开，屈三爷听得脸红了又白，见秀儿要离开，忙道：“你也来劝劝，我好歹也生了你一场。”

“我从五岁就跟灶上的人一起住，一起做活，你的生恩我早还完了，你要再看我不顺眼，就把我卖了，横竖你常年卖人，也习惯了。”秀儿白了屈三爷一眼，甩开屈三娘子拉住她的手，在那毫不在意地说。

这，这，屈三爷看着和自己相貌有些相似的女儿，跺脚道：“罢了罢了，既然这样，我们这家里，以后规矩都要立起来，免得被人说没规没矩。你们两个都不分大小，等肚子里的孩子生下来，是个儿子，就……”

不等扶正两个字说出口，屈三娘子就一巴掌打在屈三爷脸上：“你敢说扶正两个字？你也配。我告诉你，你今儿敢扶正她，撵走我，明儿你这酒楼就被关了。私自蓄奴，买卖人口，这可都是干碍王法的。”

屈三爷又被屈三娘子打了一巴掌,很想打回去,可听到屈三娘子后面的话，又蔫下去，伸手去扯屈三娘子的袖子：“不是已经和捕头说过了，再说我们每年的孝敬给的也不少。”屈三娘子斜眼瞧他：“你当人家缺你那点孝敬，还不是老娘在里头调停。不过呢……”

屈三娘子的眼转向那小寡妇，冷笑一声：“你要舍得你这娇滴滴的新欢，把她送到别人床上，只怕人家也愿意放你一马，不然的话，我可听说，最近查这些查得可严了。”

小寡妇虽生性浮浪，可也不过是为过好日子，哪似屈三娘子这样，见过听过的多，听到屈三娘子这话，不由白了脸，又望向屈三爷。屈三爷的眉不由皱紧,儿子虽要紧,可是这吃饭的家伙是不能丢了。真要让新欢去伺候的话,其实也不是不可以，但话又说回来，新欢哪似屈三娘子一样，晓得这里面的诀窍，到时不但赔了人，只怕还要被人笑话。

秀儿不耐烦在这听他们的肮脏事，趁他们不留心，也就溜出屋子。外面阳光灿烂，和里面气氛全然不同，秀儿不由长叹一声，什么时候才能真正过快活日子，而不是在这泥潭里，瞧这些乱七八糟的事。

“秀儿，你出来了。他们没难为你吧？”秀儿一口叹气还没完，就听到耳边传来绿丫的声音，秀儿挥挥手："没难为。绿丫，我方才只是想，什么地方才有桃花源？"

张谆闲来时候，也会给她们讲几篇古文，《桃花源记》就是前两日讲的，那里的人个个和气，干干净净，而不是像这家里一样，肮脏无比。

绿丫的眉也皱起来："我也不知道，不过谆哥哥说了，天下哪有真正的桃花源？最要紧的还是你的心，只要心里干净了，所在也就干净了。若不然，到哪都有乱七八糟的事。再说在这家里这么些年，不是你不想和人争，别人就不和你争。"

虽然秀儿对绿丫一口一个谆哥哥有些不满，但还是点头："你说得对，最要紧的是心里干净，还有，要有盼头，不能浑浑噩噩地过。"看见秀儿点头，绿丫也笑了，往四周瞧一眼就从袖子里掏出个纸包："这是才炸出来的面果子，还热乎着呢。你快尝尝。"

秀儿打开包，见炸的是各样花的，捡起一个海棠花的，笑着说："你的手还是这么巧，我啊，就炸不出这么好看的。"绿丫见她喜欢，面上也很喜悦："你快尝尝，这海棠的是放豆沙，还有那个菱角的，我放的是荸荠肉的。等到秋天，要有那用剩的螃蟹，我再剥两壳子肉，做螃蟹馅的。"

这各样都只有一两个，绿丫说着，秀儿已经把这包面果子都吃完了，用纸擦擦手并没扔掉，而是要放到灶里去烧。听绿丫说得令人向往，秀儿就皱一皱眉："螃蟹馅的准定很贵，张婶子不会让你做的。"

这些面果子，都是送给客人吃饭前做零嘴的，绿丫的眉皱了下接着就笑了："所以只要做那么几个，剥两壳子肉就好，到时你一个，我一个，谆哥哥一个，兰花姐一个，还有张婶子也不能忘了。总共五个，尝尝鲜罢了。"

秀儿忍不住咽了下口水，点头说："好，到时要没有用剩的螃蟹，我就去帮你偷一个螃蟹。"绿丫忍不住捂住嘴四处张望一下，接着就笑了。秀儿也和她相视一笑，两人已经来到厨房，张婶子瞧见她们进来就在那喝道："绿丫，秀儿现在没事了，你也该安心了。快些过来瞧着这炖肘子的火。还有，要告诉榛子，让她怎么瞧火，别又像上两次一样睡着了。"

绿丫忙应了，榛子今年刚十岁，去年才买进来的，听到张婶子这么严厉的声音，登时眼就在那一眨一眨，但那泪总算没下来。她也算是娇养的，可惜命不好，爹娘遇上时疫，前后脚三天就死了。办完丧事，她跟着叔叔婶婶过活。叔叔婶婶收了她家的财产，转眼就说家里多添了一口人，那点产业不够吃饭的，况且等到大时总要出份嫁妆。

但要公然卖掉，又怕戳人的眼，若下手弄死，到时留下尾巴总不好。眉头一皱就起了个不良的主意。说是全家上京城逛逛，等到了京城就把她放在一个庙前。榛子在那等了半日，等不到奶娘，哭起来就被拐子看见，这天上掉下来的衣食哪有不肯要的。哄住了榛子，本想把她卖到窑子的，可不凑手没卖掉，偏生又赌输了，索性胡乱把榛子卖到屈家，也算有几两银子。

榛子来这头几天，还哭着要寻叔叔婶婶，被屈三娘子交给张婶子，要狠狠打几顿。亏兰花在中间拦住，细细问过了，才告诉榛子，哪是寻不到叔叔婶婶，而是她叔叔婶婶，故意把她丢掉，不然总有几个人跟随，怎么会放到庙前头。

榛子开头还不信，求兰花出去问，兰花让张谆出去瞧过，说街上再无寻人的招子。榛子这才信了，到这时候，在人屋檐下不得不低头，也从众做起活来。

只是毕竟年纪小，又从小娇养，比别人都贪睡些，每回瞧火都熬不住瞌睡，已被张婶子说过好几回了。

绿丫见榛子又低头，心里不由叹气，生于有钱人家又怎样，没了爹娘，自己转身就被故意丢掉了。绿丫上前对榛子压低声音说："你要怕睡着，就拿一块姜在手心，擦擦就好了。"

榛子揉揉眼睛，把泪水揉下去，才抬头对绿丫笑笑。绿丫刚要和她说话，老王已经走进来："等会儿相公娘就带新人来了，你们啊，也都各自见见，免得以后住在一个家里，还不认识。"

看来前面的事已经搞好了，绿丫忙拉起榛子的手，和众人站在一起等着屈三娘子带人进来。张婶子把手里的大勺往锅里一扔："什么阿物，也值得去见一见，不过就是生个孩子，这世上的女人谁不会生？"说完张婶子就懒懒地坐到那。

老王听了这么几句，也不敢回张婶子，只是走到门口等着屈三娘子过来。外面已经传来屈三娘子的笑声："妹妹你可要当心，你肚子里的，可是爷的心肝宝贝疙瘩，千万别摔了。"这状似关心的话听得人不寒而栗。张婶子的眼横向老王："我还以为，你伺候的人转了性呢，谁知这么一听，还是那阴狠毒辣的性子。以后啊，有好戏瞧了。"

除了年纪实在太小的那几个，厨房里的人都听懂了，齐齐往外望去。屈三娘子已带着小寡妇走进来，瞧见厨房里的人都在那等着，故意笑了笑："说起来呢，有规矩的人家，纳这么一个人进门，也不需要人磕头的，可你们也都知道，我们这家里，从来都是没规矩的，我又是个和气人，你们就都过来见见，这头也就不用磕了。"

小寡妇的脸红一阵白一阵，今儿这场，算是输得干干净净，偏偏为了肚里孩子，还不能去别的地方，只得答应屈三爷，先住进来，以后的事等生了儿子再说。一想到此，小寡妇就摸住自己肚子，等生了儿子，再把银钱拢到手上，那时，你才晓得我的厉害。

屈三娘子满脸不屑地瞧着小寡妇，还想翻盘，呸，连这头一阵都撑不过去。有了肚子正好，自己就当借她肚子生个孩子，等儿子落地，有的是机会收拾。屈三娘子心里算定了，这才瞧向小寡妇："说起来，还没问过你姓什么呢，以后也好称呼。"

别人家娶妻纳妾，都是从男人称呼的，小寡妇听得又是一口血要吐出来，老王已经道："相公娘，听说她姓吴。"

"姓吴啊，这好，以后你们见了就称一声吴娘子吧。"不等小寡妇开口说话，屈三娘子已经把称呼定下，又对张婶子道，"张嫂子，这是新人，你也来见见。吴妹妹我可和你说，要真论起和爷的情分来，我们真是谁都赶不上张嫂子呢。"屈三娘子满脸假笑，口却不停在那和吴娘子介绍。

吴娘子瞧一眼张婶子，见她年纪大约四十来岁，想起屈三爷说过的话，忙捧了肚子要过去："张姐姐吗？爷和我说过您，说您为人可好了，还说亏了您，这家里的灶上们才一个比一个教得好。"这阵势张婶子又不是傻子，怎会不明白，鼻子里面哼出一声："都罢了，你们俩要争风吃醋生儿育女，别来我面前碍眼。"

说着张婶子一声喝："都见过了吧，也就是两个眼睛一个鼻子，哪里又多出来什么些，都给我打起精神，做起活来。"吴娘子没想到自己的示好竟被张婶子撅回来，不由愣在那里。屈三娘子瞧得冷笑不止，这么一个傻瓜，也想和自己争，只要她生下儿子，就没她的事了。

屈三娘子已经叫吴娘子："好了，都见过了，就走罢，免得在这惹人眼。"说完屈三娘子腰一扭就出了厨房，吴娘子刚要跟上，冷不防屈三娘子停下脚步，瞧着兰花道："瞧见你我倒想起来了，怎么不见你家那哥儿？"

这两年张谆在老老实实做粗活，屈三娘子脚步都不往这边来，兰花以为屈三娘子已经忘了，还在盘算着等过了年，就带着张谆离开这里，屈三娘子这一问，兰花的心都要提起来，急忙道："他在后面做活呢，现在变粗人了，和原来不大一样了。"

粗人，粗人好啊。屈三娘子的笑容没变："等有空，让他挑担水到我屋里去，这夏天，闷得慌，偏这冰还到处买不到。"兰花的心又提到心口，可要和张谆好好说，别让张谆着了屈三娘子的道，不然这辈子都毁了。

绿丫听不懂屈三娘子要张谆挑水去她屋里做什么，只是在那专心教棒子怎么瞧火候，还有这夜里瞧火，可是要隔一个时辰就要起来的，这几晚棒子就要在厨房灶边睡了。

张婶子见绿丫这样，笑着拍拍绿丫的背："你倒心大，你的小情哥哥被那块臭肉盯上了，你还在这没事人似的。"绿丫见棒子点头示意知道，这才奇怪地看向张婶子："什么我的小情哥哥被盯上了，不是说去挑水？"

"婶子，她还小，才十四的孩子，我瞧那谆小哥也是个傻乎乎的，只怕这两个还没上手，哪知道这些。"有个年纪大些的灶上在一边笑着说。

张婶子点头，上下打量一番绿丫："都是童男童女，想不到这些事也平常。只怕那谆小哥被那块臭肉教过了，晓得滋味，到时又来寻这小丫头也说不定。"绿丫现在听懂了，一张脸登时红了又白，原来是这样，可相公娘也着实太过分了。绿丫顿时想去寻张谆，告诉他要小心些。

正在揉面的秀儿擦一下额头的汗，不阴不阳地说："你们自个脏，就别往绿丫和阿谆身上泼污水。这家里，也只有他们两个还干净了。"说完秀儿抬眼瞧一下棒子，加上一句，"嗯，还有棒子。"

"放屁，在这家里久了，谁能保得了干净。秀儿，你别仗着你是爷的闺女，就可以这样说我们。要我说，绿丫现在是还小，等再大一年，那时爷会放过才怪。"被秀儿这么一说，有人顿时不服，在那嚷嚷出来。

秀儿拿起手里正在揉的面，扔到说话人的脸上："你少说几句没人会把你当哑巴，有我在，我不会让绿丫受欺负的。"那块面说大不大，说小不小，正正地糊在那个人脸上，又是已经揉好的，那人费了点工夫才把面从脸上拿下来，拿起菜刀就要往秀儿这边冲："你真当你自己是这家里的小姐了？还拿面砸我，你也配。"

秀儿可不甘示弱，张婶子咳嗽一声："好了，都少说两句，你们明知道秀儿和绿丫这么好，谁乐意瞧见自己的爹收用自己的好伙伴？她生气是应当的。"

张婶子在这厨房里素来有权威，拿刀那人也只有把刀放下，嘴里嘀咕几句，就自己寻水洗脸。绿丫上前拉住秀儿的袖子，对她摇摇头。

秀儿明白绿丫的意思，可是自己活一日，就要护住绿丫一日，不让她再多受委屈。

厨房里收了工，张谆那边的粗活也做完了，他历来要等绿丫和秀儿过来和他学写字，听读书，今日也不例外，可等了好半日，太阳都落山许久，才见绿丫和秀儿一起走过来。

张谆皱下眉上前问："你们今儿怎么来得这么晚？我听说前头出了事，是不是因为这个才来晚的？"绿丫没有说话，秀儿眼里的泪已经落下："你天天教我们学写字有什么用？我们还是被困在这里出不去，还要听那些污言秽语。我真恨，真想拿把刀把他们全杀了，让他们再这样自以为是，被人欺负了，回头就来欺负我们，觉得这样才好。"

绿丫忙拉住秀儿："秀儿，那些人的话，听了做什么呢？你没听谆哥哥说过吗？他们不过是些愚夫愚妇，这样胡乱地过一辈子，生下儿女，还是胡乱地过一辈子。我们，不能像他们一样，我们要努力地，过好日子，而不是被人欺负后，欺负比自己更苦的人作乐。"

秀儿索性坐在地上，用袖子蒙住脸大哭起来。难怪会来晚了，张谆看着在那安慰秀儿的绿丫，蹲到她们身边："我也不知道，教你们写字有没有用，但有些道理，总归是有些用的。比如绿丫常说的，不能因为自己过得苦，就欺负比自己更苦的人，自己弱，就欺负比自己更弱的人。心存善意，不去害人，总是好的。"

"什么总是好的？"秀儿抬头反驳张谆的话："我娘也心存善意，我娘也不去害人，可最后怎么说？她病得快要死掉，老鸨还要她去接客，你知不知道，我娘是活生生流血流死的。"

这是绿丫他们从没听过的，秀儿仿佛又看见自己的娘在自己面前死去，血腥味充满了整个房间，血不停地从床上流下来，一个人的身体，怎么能流出那么多的血？活生生流血而死，这全是因为老鸨贪图客人给的五钱银子，逼她去接客。

绿丫抱紧秀儿的肩，秀儿靠在绿丫肩上，声音变得破碎："娘要我别恨，可我，怎么能够不恨。"

张谆不知道说什么来安慰秀儿，此时任何话都那么无力，一个十一岁的孩子，眼睁睁看着自己的娘那样死去，而这一切的始作俑者，是她的父亲。连叹息都是多余的，张谆看着偎依在一起的绿丫和秀儿，过了好久才在她们面前蹲下："秀儿，我晓得你心里恨，可是你娘要在地下有知，她希望你过得好好的。"

过得好好的？秀儿抹掉眼里的泪："我能过得好好的吗？我这一生，都能看得出来，等年纪再大些，会被卖掉，主家好还好，主家不好的话，那是什么日子？张谆，说话总是轻易的，可要做，那很难。我连逃，都逃不出去。"

这两句话说得张谆心如刀割一样，他站起身想打碎罩在她们身上那种暗沉沉的光，可是张谆知道徒劳无功。张谆再一次感到自己的弱小，不能保护别人，不，不仅不能保护，甚至还要依靠兰花的保护。

气氛越来越沉闷，绿丫不知道说什么，她抬头往四周看去，突然笑了出来："秀儿，你忘了吗？我们还要努力过好日子。有主家又怕什么？偷偷攒银子给自己赎身，不管什么时候，都不要忘记，自个才该疼着自个，而不是去疼别人。"

秀儿低头看一眼绿丫，见她的眼那么闪亮，不由苦涩一笑："你啊，还真是个孩子，你真相信吗？"

绿丫点头："我相信，秀儿，人活在这世上，要是连点盼头都没有，还能活什么？你我命都不好，可我们总有一天会嫁人，难道我们的孩子也要像我们一样，不知道好日子是怎么过的？"

这话说得真好，虽然秀儿依旧认为，绿丫想得太乐观了，但她面上的苦涩渐渐消失："嗯，你说得对，别人要我死，要我过得不好，我偏要努力活，努力过好，让那些人看看。"这样就对了。绿丫抱着秀儿的肩膀拍了拍，张谆也露出笑容，他曾受过的所有教养，君君臣臣父父子子，在屈家这几年，似乎已经变得不那么重要。

当别人要你死的时候，你还要忠于他吗？连自己的心都在回答，不可能。既没恩情，为何要报？

张谆收起思绪，对秀儿绿丫浅浅一笑："好了，你们话也说完了，我们今儿继续讲，前几日讲了桃花源，那我们今儿就来讲五蠹。"

"五毒？五种毒虫吗？"秀儿已经好奇问出来，张谆笑了："不是五毒，是五蠹，这个字是这样写的。"借着微弱的灯光，张谆在地上用枝条写着。哦，原来是这个字，秀儿点头，看起来像蠢，但和蠢字又不一样。

张谆耐心地开口讲，秀儿和绿丫听得很认真，只是今日她们都来晚了，只讲了半个时辰，张谆就让她们回去歇息了。张谆也往自己的屋子走去，一进屋就看见兰花在翻箱倒柜，张谆不由问："兰花姐，你在找什么？"

兰花回头瞧着他："谆哥儿，我想，我们别等过年了，再过两三个月就走吧。"突然这么急，张谆虽然奇怪也点头："好，我现在也大了，再和这群女孩子们住在一起，也实在不像话。"

兰花把东西收拾一下，就着灯瞧着张谆，这么两三年了，张谆眉间曾有过的柔弱已经消失不见，眉浓唇红鼻子高挺，真是个俊俏的哥儿，难怪屈三娘子念念不忘。兰花让张谆坐到自己身边："谆哥儿，你现在大了，也渐渐要晓得人事了。"

说到人事两个字，兰花的脸不由微微一红，张谆不是笨人，况且在这家里，也曾听到过一些，听兰花这么说就道："兰花姐，你放心，你这么辛苦，我绝不会去乱钻狗洞，让你伤心。"

兰花心里很安慰，况且这么两年下来，张谆和绿丫秀儿她们几个，也是很有礼貌，难的，是屈三娘子。兰花的声音放低些："我当然晓得你是个什么样的人，谆哥儿，今儿相公娘和我说，要你过些日子担水送到她房里。你可要记住，只把水放下就走，别的不管是吃的喝的，什么都别沾。"

张谆的脸通一下红了，对着兰花点头，兰花轻叹一声："我知道，我见识浅，也只能教你到这里。等以后，出去了，不管是去做伙计也好，还是寻个以前的熟人跟他做生意也好，他们教的，会更多些。"张谆点头后又摇头："兰花姐，你也别说你见识浅了，若不是你，我只怕过得更不堪。"

生得好看的少女在这样人家难保清白，生得好看的男子不也一样，京城里的拐子，对这样俊俏的男子，也是爱拐得很。若非兰花，张谆想就凭叔叔刚去世时候的自己，只怕也早被人甜言哄去别的地方了。那时，才真叫对不起已逝的叔叔。

日子就这样一天天过，吴娘子进了这家门也有一个来月，她和屈三娘子之间，自然是相看两相厌，但总还顾着面上的交情，没有真正撕破脸皮。

老王平白地多了一个要服侍的人，再没有空闲去和人闲磕牙，心里的怨气那是怎么都藏不住的。这日过来厨房拿午饭，就在那蹬着门槛和人发火："没见过这样娇滴滴的，厨房送去的热水还说不好，要我现打了井水给她烧，还有这饭菜，你们厨房这两日也知道的，吃鸡嫌腻，吃鱼嫌腥，要把那火腿连着茭瓜一起吃，还说这样才能入口。我呸，不过是个小寡妇，就当自己是什么大家子出身？挑剔个不行。"

"你要嫌，你把这话丢到人脸上去，别来我面前说个不停。"张婶子正指挥人把大蒸笼抬起来，听到老王的抱怨淡淡丢过来一句。老王不由缩了脖子，别说自己，屈三娘子那日嫌了两句，还被屈三爷说，担待她怀着孩子，娇气些也是平常，等她生下儿子，要怎么管教再由屈三娘子管教去。

这样的抱怨也只敢当了厨房的人说，绝不敢在吴娘子面前说。见点心出笼，老王也只有自己拿盘子拣了一盘子各色点心，又拿起厨房已经备好的三个菜，放在食盒里给上面送去。

张婶子瞧着老王的背影淡淡地道："我最瞧不得她，做事不出力，自己比谁话都多。"见人都停下来，张婶子喝了一声，"还不快些干活，这外面又送进单子来了，这什么时辰，都快过午了，人怎么还这么多。"

她发一声，众人急忙各自去做事，再没人说话。

老王提着食盒走到半路，四下望一望忙把食盒放下，打开盖拿了一块点心和着菜里的肉大嚼起来，嚼的时候还不忘四处瞧瞧，咽下去才点头，这菜不是张婶子炒的，更像是绿丫的手艺，说的也是，张婶子怎么会有心给吴娘子炒菜。

老王怕耽搁的时候长，忙把那菜用手拢了拢，瞧着不像动过，自己把食盒盖子盖好，在旁边树叶上擦了擦手，这才匆匆地往前面走。

吴娘子已经等得有些饿了，见老王进来就抱怨道："你怎么去了那么大半日，难道是嫌我不能使唤你？"老王把食盒放在桌上，从里面把菜端出来摆好才把空食盒那么一拎，瞧着吴娘子道："吴娘子你坐在这里，自然觉得时候长，可我到了厨房还要等人现做，特别是你还要火腿，张嫂子怕火腿不好，又现寻出的芯子，你瞧瞧，这还鲜红着呢。"

吴娘子往那桌上一瞧，眉又皱起："你拎食盒时候也小心些，瞧这菜汤又泼出来。"老王拿过抹布就把盘子上的菜汁给抹掉，这才道："不过泼出来一点点，将就吃吧，这也是相公娘体恤你，才让我去厨房拿饭，要平时，连相公娘自己都是去厨房拿饭的。"吴娘子一张脸登时有些白了，还待再说就见屈三爷走进来，吴娘子忙打叠起柔情迎上去。

老王见了，收拾好食盒走出去，听到屋里传出柔声细语，老王往地上啐了一口，先给你过几日好的，等以后，才晓得什么叫好日子。

"你呀，就是这个脾气不好。"屈三娘子手里拿着一枝花走过来，年岁渐大，她用的脂粉也更多起来，远远瞧着，脸上只瞧得见白色，活似那戏台上的奸臣。

老王忙迎上去："相公娘，我不过是为你委屈。"为我委屈？屈三娘子冷笑一声："谁叫我们姓了这个屈呢？罢了，让她得意几天吧，横竖她那孩子，还有几个月就要落地了。"

老王应了一声就跟着屈三娘子往前面走："已经找好人了，只是她说，这是伤阴德的事，要十两银子呢。"十两银子，一个死人比活人还贵？屈三娘子的眉立即就竖起来，老王急忙道，"相公娘，您放心，这人要的银子虽多，可她的嘴，紧着呢。"说的也是，屈三娘子打个哈欠："十两就十两，到时让这人过来给我见见。"

说着屈三娘子用手扇风："这天怎么越发热了，让人给担水进来，到现在都没来。"老王鼻子里哧出一声："兰花她啊，胆小，定是怕爷呢。"

怕他？屈三娘子的眼又是一斜："他有什么好怕的，一个窝囊废，罢了，我自个去寻。"说着屈三娘子就转身往后走。老王跟了一步又退回来，还是回屋里做准备罢。

屈三娘子摇摇摆摆往厨房后院走去，见张谆正在那挥汗如雨地劈着柴，劈柴穿得不多，张谆只穿了件小褂，两个胳膊全露在外面，胳膊随着他的动作，不时有肉凸起来，汗珠在他晒得黝黑的手臂上滚动，能看到他胳肢窝里，新生出来的毛。

毛长齐了，可以用了，特别是，这一身的腱子肉，可比屈三爷那快被酒肉掏空的身子强多了，屈三娘子咽了下吐沫，好久都没见到这么好的景色了。张谆并不知道有人在偷窥他劈柴，把面前一堆柴火劈完，瞧瞧还剩下的那些，决定休息一会儿再劈，拿起旁边的水一口喝干，又用手巾擦一下汗，这水和手巾都是绿丫预备的。

想到绿丫，张谆唇边就多了一抹笑，这个家里，因为有了她，而显得不那么污秽肮脏。张谆拿起斧头，打算继续劈柴时听到不远处传来声响，不由回头望去，瞧见屈三娘子笑吟吟站在那里，忙低头道："相公娘好，相公娘还请往旁边站站，免得这些柴末飞到您身上。"

站得近了才瞧得亲切，屈三娘子哪肯移动，更何况离张谆近了，能闻到他身上的汗味，果然年轻人连汗味都是香的，屈三娘子深吸一口气，眼里都快滴出水来："我那日不是让兰花和你说，得闲往我房里担一担水？这天气太热，又没有钱买冰，我啊，都快热死了。"

说到热死了两个字，屈三娘子还伸手拉一拉领口，露出半边雪白的脖颈来，那片雪白的脖颈一出现在张谆眼前，张谆登时吓了一跳，头低得更厉害了："相公娘要水，那等我把这些柴劈完了，再担水过去。"

"你可一定要记得，不然，我就扣你的工钱。"屈三娘子的声音越发娇滴滴了，手里的大红帕子还往张谆那一扇，带起一股香风来。张谆被那香风一熏，差点把隔夜饭给呕出来，等屈三娘子去得远了，张谆才抬头，眉不由皱起来，屈三娘子心里打着的主意，张谆能猜个八九不离十，可是要怎么才能把她的主意给消掉？张谆正经不知道，想来想去，也只有先把面前这堆柴给劈了，然后去给屈三娘子担水，难道她一个女人，还能强奸自己不成？

主意打定，张谆把面前的柴给劈了，先去厨房和兰花说了声，要担水去屈三娘子这边，兰花听说屈三娘子要张谆担水，眉不由皱紧，深深忧虑地道："你可要记得，担水就担水，千万别做别的，她屋里吃的喝的，你都别动。"张谆应了，张婶子已经在旁边笑出来："这担心的，说起来，谆哥儿也不是小孩子了，该做大人了。"

兰花狠狠地瞪张婶子一眼："胡说八道什么，我们谆哥儿还小呢。"张婶子并不生气，只是轻轻一笑："瞧瞧这醋吃的，我和你说，兰花，你又何必独占这么年轻俊秀的哥儿，让出来，给我们各人抽个头，也是一桩好事。"厨房里年小些的早躲出去，只有两个不知廉耻的在那附和着张婶子："是啊是啊，兰花，你就让出来呗，难道我们还能把他玩坏不成？"

张谆在这些嬉笑声中早就逃出厨房，去拿水桶挑水，还是绿丫好，从不说这样的话，可惜这么好的人，偏偏落在这样家里。张谆心里叹着，自己挑着水往屈三娘子这边来。

屈三娘子回到房里，见脸上的妆容有些花了，在那重新卸掉妆容，又化了个慵妆，在那对着镜子左右照照，嫌唇不够红，忙又拿出胭脂往上面点，正在那点的时候，老王笑嘻嘻走进来："相公娘，那人挑着水来了。"

真的？屈三娘子登时欢喜无限，忙要靠到床上，又觉得自己衣衫穿得多，急忙把外面的纱袍脱掉，只剩下一抹绿色绣鸳鸯裹胸合着一条红色撒腿纱裤，把头发上的首饰也拔了，本要靠到床上，想想不对，又移到窗前榻下，在那手持一把扇子，正正遮住胸前，等着张谆进来。

张谆来屈家这么多年，这还是头一回进屈三娘子的屋，在老王的指引下把水放下，连眼都不敢抬，就对老王道："我该走了，还有柴要劈。"

老王是晓得屈三娘子的心意的，哪肯放张谆走，笑嘻嘻地说："总要相公娘赏过你，问过你你才能走，这才是规矩。"规矩？这家里哪里是有规矩的地方，张谆心里暗道，还要再说，谁知老王已经趁便走出去，把门紧紧栓住，坐在门口等着。

屈三娘子在那等了许久，不见张谆说话，心里不由发急，把那遮住胸口的扇子稍微放了一点点，瞧着张谆道："你抬起头来，我又不是吃人的老虎。"屈三娘子刻意放柔了声音，可她早不是花信年华的小娘子，这声音也不是那样勾魂摄魄，而是让张谆吓了一跳。

张谆眼观鼻鼻观心地道："我已经十五了，不该入内室的。"既然张谆不动，那就自己动，屈三娘子一摇一摆走到张谆面前，用扇子勾起他的下巴："瞧瞧，人这么大一个，胆子怎么这么小，什么不该入内室，在这，我说了算，我让你来，你就来。”

屈三娘子说话时候还不忘把胸给低下，能让张谆瞧见眼前白花花一片，张谆这下是真的被吓住，往后跳了一步：“相公娘，我还有别的事，先走了。”说完张谆就冲到门前，伸手去开门，可门被老王在外面栓住，哪是能打开的。

屈三娘子笑了：“哎哟哟，你还这样，我告诉你，你今儿不从了我，是走不出这扇门的。”说着屈三娘子把手里的扇子扔到一边，手把裹胸带子一解，那裹胸立即从身上滑下，上半身全光了，屈三娘子的眼斜斜一瞥，上前拉住张谆的手，把他的手往自己胸口按去：“你瞧，它见了你，跳得可厉害了。”

张谆这下真是吓得魂飞魄散，哪有半分摸到软玉温香之感，要躲的话，身后就是门，没有可躲之处，往前，屈三娘子就如张了血盆大口，要把自己吞吃入腹。

见张谆抖个不停，屈三娘子又笑了：“我就爱你这样的……”说着屈三娘子吃吃笑了起来，张谆只觉得眼前人哪是活色生香的美人，分明是要把自己吞吃入腹的妖怪，就在张谆全身汗出如浆，无计可施之时，屋外突然传来声音：“大白日的，姐姐在这关门闭户做什么呢，难道做什么不好的事，我方才可瞧见了，有个小厮模样的进去了。要我说，姐姐也该晓得些廉耻，哪有这样的。”

这个贱货，屈三娘子满腔的春情被打断，心头顿时怒火烧起来，但瞧着张谆，今日能把他拉进屋来，要放走了，以后可就难了，屈三娘子收拾起心情，口凑在张谆耳边：“别理那人，我们继续做我们的。”

听到吴娘子的声音，张谆本以为屈三娘子会放开自己，谁知她竟无廉耻到要继续，登时张谆觉得，自己逃不了，眼里的泪顿时又流出来，恨不得咬舌自尽。

第 6 章　苦　熬

见张谆眼角有泪，屈三娘子伸手点一下他眼角的泪，在他耳边极腻地道："你以后才会谢我呢。"说着屈三娘子的手就往下，正打算解张谆裤腰带时，就听到吴娘子的声音高亢地说："那我要进去寻姐姐说话，你这奴才还不给我滚开。"

没想到吴娘子竟不依不饶，屈三娘子的眉不由皱起，老王已经怒道："吴娘子你别一口一个奴才，我虽是奴才，却不是你的奴才。"吴娘子今儿好容易寻到屈三娘子的空，恨不得进去一把把奸夫给抓出来，谁知老王怎么也不放，不由腰一挺，把个肚子放出来："你还在这给我装腔，给我滚开，若不然，我这肚里的孩子出了什么事，我就寻你的不是。"

听着外面的吵闹，屈三娘子暗骂一句该死，往张谆面上亲了亲："小乖乖，你安心在这等我，我去去就回。"说着屈三娘子翻身下了榻，也不把裹胸穿上，扯过一件红衫子随意搭了，就打开门，对着吴娘子道："睡中觉呢，你在这吵什么，真以为你是这家里的奶奶了，在我面前装腔作势的？"

吴娘子和屈三娘子也斗了几回，两边都晓得对方是不那么好惹的，心里都欲把对方除之而后快。吴娘子听了屈三娘子这话就冷笑道："姐姐素来睡中觉，都是要把窗户打开，怎么今儿反倒和平日不一样，窗户和门都关得紧紧的，方才我还瞧见有个小厮担水进去，到这会儿都没出来，难道说姐姐睡中觉，还要和小厮一起？"

屈三娘子抱着手臂斜眼瞧吴娘子："这有什么稀奇，难道你不和男人睡觉，你不和男人睡觉，这肚子又是怎么来的？"吴娘子没料到屈三娘子这样直白，一张脸不由白了，但还是争道："我就算睡觉，也只是和爷睡觉，哪像你……”

“像我怎么了？”屈三娘子欺身过去瞧着吴娘子，“你别以为爷和你捅出个孩子来，你就得了宝印，和我斗，你还早着呢。”说着屈三娘子把门打开，指着里面，“进来啊，我倒要让你瞧瞧，我和男人睡的本事，你啊，也多学着点，把爷伺候好了。”

“下贱的东西，我清清白白好人家的女儿，难道和你这窑子里出来的烂货是一样的？”吴娘子到了此时，脸再绷不住，怒骂道。屈三娘子哈地笑了一声，瞧着吴娘子道：“清清白白好人家的女儿？哪个清清白白好人家的女儿，死了老公还没出头七呢，就和别人在灵堂前睡了一觉，你这话，也只在这里说，要在你死老公面前说的话，只怕半夜他会从坟里出来把你给抓回去。”

说着屈三娘子瞧着吴娘子那煞白的脸，把身上那件衫子轻轻一扯，大半个胸脯都露出来：“你到底进不进来，不是要和我说话？我可要给你瞧瞧，这和男人睡，需要什么功夫。”

说着屈三娘子把门一摔就进了屋，吴娘子只气得在那连声说无耻，老王撇一下嘴，对吴娘子道：“你不是挺着大肚子，还不快些回去歇着，免得伤了你的宝贝疙瘩，没法和爷去邀功。”吴娘子这下气得越发狠了，正要转身，就听到屈三娘子在屋里大叫了一声，接着屈三娘子打开门冲出来，“人呢，怎么人不见了？”

这屋子只有一扇门一扇窗，这门有老王守着，这窗也在视线范围内，一个大活人，怎么就说话的工夫，连影都不见了？老王登时把吴娘子丢下，对屈三娘子惊慌地道：“我们确是没见到。”

见屈三娘子惊慌，吴娘子冷哼一声：“姐姐睡男人的功夫再好，这年华已经老去，只怕也没几个人愿意和姐姐睡了。”说着吴娘子故意笑一声，扭着身子走了。

屈三娘子筹划了那么久，哪肯让张谆飞出自己手心，也不去管吴娘子，自己进屋穿好衣服，就要去后面寻张谆。等到屋内没了人，那衣柜后头才有一只脚探出来，接着是脑袋，再然后是张谆整个人出来，见屋里那母夜叉似的人已不见，张谆长舒了一口气，这才开了门匆匆往外走，以后，这地方，自己是绝不能踏入了，天下竟有这样无耻的人，想起方才的遭遇，张谆只觉得一阵恶寒。

张谆这一出了屈三娘子的屋子，还在想着要往哪里去，为今之计，这家里只怕也待不住，看来只有和兰花迅速离去的好。张谆正在想着，就听到耳边传来声音："瞧瞧，人不是在这里。"

张谆本是惊弓之鸟，又刚逃出虎穴，怕的就是遇到屈三娘子，再次被她强迫，听了这话，吓得差点坐到地上，等细听嘈杂的声音里有兰花的声音，急忙拉住兰花的手："兰花姐，我们离开这里。"

兰花见张谆久去不回，在那暗自恨自己，怎么就忘了屈三娘子可不是那娇滴滴的女娘，要是万一强迫起来，张谆的清白可是难保，这才和张婶子说了，往前面来寻张谆，刚走到半路就遇到屈三娘子匆匆而来，两人一句话不合就吵起来。

屈三娘子非要说兰花吃了独食，也要让人抽个头，兰花在那百口莫辩，见屈三娘子步步紧逼，恨不得飞去屈三娘子屋里，瞧瞧张谆到底被怎么折磨。两人吵起来未免惊动了厨房，张婶子也出来瞧热闹，她们正吵得厉害时，张婶子眼尖，瞧见张谆走过来，忙发一声喊，兰花这才撇了屈三娘子，去和张谆说话。

此时听张谆没头没脑说出这么一句，再瞧他脸色苍白，想是被人吓的，兰花怒火攻心，对屈三娘子骂道："你要嫌不够，外头多的是男人，你去拉进来，爷也不会管你养孤老，你偏要我们没成人的小厮做什么？"

屈三娘子见张谆面色有些苍白，倒比方才还惹人爱些，忍不住又要走过去仔细瞧瞧，听兰花这样骂，那眉头就轻轻一挑："你要吃独食，我沾一沾罢了，再说又没得手，他又不是个闺女家，你护那么紧做什么？"

说着屈三娘子伸手就要去摸张谆的脸："不如我们回去，把那方才的事做完如何？"张谆魂已经附体，听到屈三娘子这话，吓得差点魂又飞掉，身子往兰花身后一闪，绝不瞧屈三娘子一眼。

张婶子已经拍着手笑起来："我说你这块臭肉，还当自己年轻时候一枝花呢，现在别说这样清俊的人，就算是外头那黑胖的，只怕也不想挨你的身，你啊，还是回去，拿着那广东来的货，自个在那耍耍吧。"

屈三娘子恨不得把张婶子的嘴给撕了，兰花听到屈三娘子没有得手，心里又安慰些，这要离开，还要托张婶子，兰花就拉一下张婶子："嫂子我们先回去，别和她说了。"

张婶子难得看见屈三娘子吃瘪，况且这样一来，兰花绝对要离开这家，自己的地位更加稳固，瞧着兰花也十分顺眼："你说的是，我们回去，留她一个人在这解闷。我就不知道，她还能把人强拉到她屋里去吗？"

说完张婶子摇摇摆摆往厨房走，兰花看着张谆叹气，张谆的眉一直没松开，听到兰花叹气才道："兰花姐，我先回去劈柴。"说完张谆推开兰花回到劈柴的地方，看着熟悉的地方，张谆才脚一软坐下去，若不是看见衣柜背后有条缝，刚好能钻进去，自己今日就……一想到此，张谆就觉得十分恶心，索性拿起斧头劈起柴来。

劈柴出了一身透汗，天色渐渐晚起来，看着面前的柴火，张谆的眉已经松开，叔叔还有两三个相知，原本是要去求他们的，偏偏都出去做生意了，才让自己落到这种地步，等出去了，先安顿好了，然后再慢慢寻访，再不成，自己现在也有满身的力气，去做粗活也能糊口。

一想到未来，张谆的眼里就有光泽，不管以后如何，能够离了这里，总是一件好事。

"谆哥哥，你要和兰花姐走了吗？"绿丫的声音在耳边响起，张谆瞧着绿丫的眼，对着绿丫点头，绿丫不知道怎么了，眼里一酸就想掉泪，但又不愿让张谆看见自己眼里的泪，只是低头。

"我说绿丫，你真是个傻丫头，谆哥哥是肯定会走的，再说他走了，你该为他高兴才是。"秀儿撞一下绿丫的肩膀，抬头对张谆笑着说。

张谆看着秀儿的笑容，也忍不住笑出来："秀儿，我走了以后，你要好好待绿丫，别让她……"张谆的话没说完，秀儿已经点头："肯定的，我会好好待她，绝不让她受欺负，更不会让，"秀儿把后面的话给藏起来，"不会让她遇到你今儿遇到的事。"

原来秀儿她们都知道了，张谆的脸不由发窘，秀儿已经坐到张谆旁边，从怀里掏出个纸包："瞧瞧，我包的包子，用的卤肉馅，你尝一尝，不比绿丫包的差。"绿丫已经把伤心收起，坐到张谆的另一边，也掏出个纸包："这是炖好的肘子，你尝尝，我虽头一回做，张婶子说，味还好。以后，不管我们见不见面，谆哥哥，你还能记得我吗？"

这一别，或许就是永别，张谆看着绿丫的眼，喉头似被别的什么东西堵住，过了很久才点头："我不会忘记你的，绿丫。"

"傻瓜，只会哭。"秀儿嘴里说着，伸手把绿丫拉过来，用袖子给她擦眼泪："你该高兴才是，他终于能够离开这里，外面的天地那么广阔，谁也不知道他会到哪一步。"

当然，他也未必会记得你，秀儿在心里小声地说，但不会说出来，只是对张谆说："你要走了，我没有别的话和你说，只是告诉你，千万千万别学这家里其他人一样，只会欺负人。"

“我会的。”张谆努力让自己露出笑容，可是离别的愁绪又涌上来，绿丫这么好的女孩子，在这家里，会遇到什么事，张谆不敢想。张谆的手握成拳又松开，突然对绿丫道：“绿丫，等我有了银子，我就来赎你，好不好？”

赎我？绿丫眼里的泪都忘了落，呆呆地抬头看张谆。

“你想把绿丫买回去伺候你？张谆，我真看错你了。”不等绿丫说话，秀儿已经怒气冲冲地说，伸手把张谆推了一下，差点没把张谆推到地上，秀儿这才伸手去扯绿丫，“我们走，这人不是什么好人，他竟然想把你买回去伺候他，坏人。”

秀儿误会了，张谆急忙追上她们：“秀儿，你误会了，我不是要把绿丫买回去伺候我，我是要把她当妹妹。要她过得好好的。”“谁信你。”秀儿的下巴抬起，看也不看张谆。

张谆这会儿是真着急了，秀儿误会也就罢了，要是绿丫跟着误会了，那可一点也不好。张谆忙对绿丫道：“你瞧，我是那样的人吗？绿丫，等我有了银子，就把你赎出去，再给你好好地嫁户人家，也要让你知道，好日子是怎么过的。”

真的吗？绿丫将信将疑，眼睛睁得大大地看着张谆，张谆连连点头：“是啊，在这家里，只有你待我好。”秀儿一听这话就又不高兴了：“张谆，你说话也摸摸良心，难道我待你不好了？”

就你这个性子，动不动就生气，幸好绿丫没被你带坏，张谆在心里说了一句，忙对秀儿道：“你不是待我不好，可是秀儿，你和绿丫是不一样的。”秀儿眼神渐渐黯淡，为何自己要有这么一个爹，如果没有这样一个爹，那该多好，可是秀儿知道，这样的话，不过想想罢了。

绿丫扯一下秀儿的袖子以示安慰，这才对张谆说：“谆哥哥，你别这样说秀儿，她也伤心，你不知道，她比我，还苦。”张谆沉默了，接着就对秀儿说：“秀儿，对不住，我不该那样说你。”

秀儿用手擦掉眼里的泪，抬头对张谆露出笑容：“好了，你方才说的话，有我做见证呢，你有了银子，要回来赎绿丫，要待她好，一辈子都要待她好。”张谆点头：“大丈夫说话做事，一言既出驷马难追。”

见秀儿在旁边点头，绿丫忍不住又笑了，即便这只是一句空许诺，可有这么一句许诺，那日子也就不会那样苦了。

张谆回到屋里，兰花不在，屋里没有灯。张谆也不想点灯，只是和衣躺在床上，这些年，自己亏兰花照顾，等出去了，就要自己照顾她，自己已经长大了，不再是孩子了。

张谆在那翻来覆去，门被轻轻推开，有人悄悄走进来，张谆还当是兰花并没动弹，接着这人在屋里停了下就往床边走来，张谆还是没动，兰花有时也会来瞧瞧自己睡得好不好。

谁知这人哧地笑了声，接着整个人就扑到张谆身上，手就往张谆身上乱摸，张谆这下吓得魂飞魄散，这声音不是别人，正是屈三娘子的。

屈三娘子摸了两把，就要去找张谆的手，谁知张谆和下午时候不一样了，不等屈三娘子摸到张谆的手，张谆就使劲一推，屈三娘子不防这个，整个人就被推了个倒仰。

张谆趁屈三娘子被推倒在地，急忙一滚就滚到床下，然后连鞋都顾不上穿，就冲到门口去拽门，哪晓得门被人从外面紧紧栓住，怎么能拽得开。屈三娘子已从地上爬起，满腔春情本已化为怒火，见张谆拽不开门，又笑出声：“傻孩子，别拽了，门早被我让人锁起来了。你乖乖的，从了我，我再给你十两银子，你拿着出去做本钱好不好？”

口里说着，屈三娘子就伸手过来把张谆抱个满怀，还用胸不停地去摩擦张谆的后背：“我的乖乖，你听听我这心为你跳得多快，你啊，就可怜可怜我，给我好吧。”

张谆的魂都不在，却不是屈三娘子要的销魂蚀骨所致，而是被吓的，张谆连连甩开，可是屈三娘子的手却如铁棍一样，怎么都甩不开。屈三娘子口里在那说着春意的话，另一只手就往张谆裤裆里面伸去，务必要让张谆晓得这女人的滋味才是。

那只手伸到张谆裤裆里，张谆顿时如被人泼了一盆冰水，全身都冷起来，而不是热起来。屈三娘子摸了两把，登时奇怪，难道说这张谆是天阉，看着好看，其实不中用？

张谆把屈三娘子一推就推倒在地，提了裤子就往窗口跑，好在这窗一推就开，张谆正打算跳窗时候，屈三娘子又追上一把抓住，要把张谆扯下来，这么一扯，张谆的裤子都差点被扯掉。张谆真是又羞又气，这天底下，哪里去找这么无耻的女子？

此时门边却传来声音：“老王，你大半夜的，坐在这做什么？”听到兰花的声音，张谆心中一喜：“兰花姐，快些来救我，这无廉耻的又来了。”

兰花听得张谆声音从窗口发出，急忙走到窗口，瞧见张谆半个身子都在外面，窗内却似有人紧紧扯住一样，不由恨道：“走草的母狗也比你体面些，这还没长大的小厮，你就抓住不放。”

见兰花回来，屈三娘子晓得今日成不了事，怏怏地把手放开，张谆得了空，急忙从窗跳出来，落地时那裤子也跟着落地，急忙捡起裤子紧紧系好才对兰花道：“兰花姐，亏得你来了。”

屈三娘子已经从屋里出来，倚在那对兰花道：“我说呢，怎么你们什么事都没有，原来是个天阉，硬不起来。兰花，你这费尽心机的，这么些年，哪晓得竟养了个阉公。”

兰花此时哪管屈三娘子说什么，狠狠地瞪她：“我和爷已经说好了，做到月底就走。”那个窝囊废，成天只惦记着那点裤裆里的事，定是兰花在床上伺候他伺候得好，他就顺口答应了，屈三娘子心里想着，脸上笑容没变：“要走，也成，到时也要搜搜，瞧瞧可有什么东西落下。”

“你？”张谆又要跳出来，兰花只呵呵一笑：“搜，你有资格吗？相公娘，别让我提醒你，我们当日也没签身契的。况且我在这家里两年，攒点工钱还不是应当的，你要搜些什么出来。”

“白眼狼，全养了些白眼狼，”屈三娘子恨得银牙暗咬，“好，兰花，到现在要和你撕破脸皮，我也不怕了，老王，把他们……”

“半夜三更的，吵什么吵，还让不让人睡了。”张婶子的声音传来，接着她从屋里走出，打了个哈欠对老王道，“老王，你也自己聪明些，何必要扯这样的事，相公娘，我可告诉你，谁敢搜兰花，就是和我作对，你瞧着吧。”

屈三娘子越发恨了，瞧着张婶子恨不得把她咬碎了去喂狗：“那要丢了东西……”

“丢东西？相公娘，你开玩笑吧，你这院里有什么东西可以丢的，不多几件首饰衣衫，别说偷，你送到我面前我也不要呢。要银子，相公娘，你藏银子的地儿，有人能偷倒奇怪了。”张婶子斜倚在门框上，语气很淡，但每个字都戳屈三娘子的心窝。

屈三娘子见张婶子如此，只得带着老王离开，张婶子瞧一眼兰花，叹气道：“你们出去也好，你放心，她也只是说说，怎么敢搜，要真敢，这些年她也不会这样了。”

兰花忙谢过张婶子，张婶子打着哈欠又进屋去睡。兰花带了张谆进屋，张谆进屋之前，望一眼绿丫和秀儿住的那间屋，自己要努力，绝不能一遇到事，就要兰花来帮忙解决。

兰花进屋点灯，把那乱七八糟的床铺收拾好了，回头见张谆在那发怔才安慰他:“其实遇到点事也好,免得出去了,没经过见过,害怕。”张谆嗯了一声:“兰花姐，以后，我绝不能什么事都要你帮忙了。”

兰花淡淡一笑，拍拍张谆的手：“等出去了，有些事，我也解决不了，谆哥儿，你可不能辜负爷的期望。”

张谆点头：“兰花姐，我会的。”兰花这才从他声音里听出细微的颤抖，不由轻轻一叹:“谆哥儿，等出去了，会遇到更多的事。”张谆抬头，眼神清亮:“兰花姐，我知道，你放心，我已经不再是孩子了。”

不再是孩子了，不再需要自己的庇护了，兰花想笑，可眼里竟有泪涌出，别过头不让张谆看到自己眼里的泪：“我进去歇着了，你也歇着吧。”

张谆应了，看着兰花走到里屋，这才长出一声，看着床铺却没有躺上去，躺上去就会想起方才的事，真是让人一阵阵恶心。张谆有些想吐，但又急忙捂住了嘴，绝不能让兰花姐再为自己担心了。

次日张谆担水进厨房的时候，总能看到有不怀好意的眼神，有几个灶上还往张谆裤裆里瞧去，瞧一眼就在那挤眉弄眼地笑。张谆明白她们是为什么，并没理会，只是把水倒在缸里。

张谆刚要提着空桶出去，有个灶上就忍不住过来，瞧着张谆啧啧两声:“我瞧着这人长得高高大大，又这样聪明俊秀，想着早该被用过了，哪晓得竟是个中看不中用的，我说……”

不等她话说完，张谆已经绕过她走出去，步子很稳，就像没听到她说话一样，那灶上还想追出去，秀儿已经冷冷地道：“张婶子昨儿让你料理的熊掌，你料理好没有？别到时候又有几根熊毛在上头，戳了客人的嘴，你到时又要去罚跪。”

这灶上嘴一撇：“我说你和绿丫两个怎么这么好，感情那张谆是个天阉，你们没什么指望，这才……”秀儿的脾气可是那样火爆的，听了这话就把菜刀往砧板上一剁，又想说回去，绿丫已经开口：“等会儿张婶子可是要把这熊掌下锅的。”

灶上听了这话，想着张婶子更不好对付，只得背转身自去料理熊掌。绿丫走到秀儿旁边把刀给拔出来，递给秀儿:“都是糊涂人，别和她们一般见识。”秀儿接过刀,顺手在旁边的磨刀石上磨了两下,继续切起肉来:“你要没我护着，会被她们欺负死的。”绿丫浅浅一笑：“所以，我们不能分开。”

秀儿嗯了一声，可心底在叹气，怎么会不分开呢？眼瞅着绿丫和自己的年岁都越来越大，总有一日会被人相看，然后各自分开。秀儿想着眼里就有些湿，可当着这么多人的面儿，又不能哭出来，只是拼命地切着肉，就像把那些坏人都切成细丝一样。

榛子走到绿丫旁边，小声问绿丫："绿丫姐，是不是谆哥哥再过几日就要出去了？"绿丫点头，榛子瞧瞧厨房里的人才悄悄地道，"我这些日子想起我还有个舅舅，听我娘说，他很早就出来做生意，也不晓得现在在哪里，我就想着，要是能求谆哥哥，让他把我舅舅的名字籍贯都记得，到时寻到了，让我舅舅来赎我。"

绿丫心里不由一酸，拍一下榛子的肩，什么都没说只是点头，榛子抬头笑一笑，虽然希望渺茫，可总有个念想也好。张婶子已经走进来，榛子瞧见，急忙走开去做别的事。张婶子往厨房里扫了一眼，也没说什么，只让众人依旧忙碌。

日子过得很快，转眼兰花和张谆要离去的时候就到了，此时已是秋风初起时候，原本绿丫和秀儿说好了要送送兰花的，可一大早屈三娘子就说桂花开了，想喝桂花酿，打发她们早早就去摘桂花。

等摘好桂花回来，已过了午，兰花和张谆的屋子已经空无一人。绿丫瞧着这空屋子，忍不住滴泪下来，秀儿气喘吁吁地往桂花里吐吐沫："呸，她还配喝什么桂花酿，我定要做出酸的给她喝。"

绿丫忙把沾了吐沫的桂花拣出来："罢了，真要做出酸的，挨打的也是你。"秀儿满不在乎："我才不怕呢，打就打吧，在这家里，挨打不是一个常事？"

绿丫搂下秀儿的肩以示安慰，看着空屋子秀儿轻声道："绿丫，以后这里，就只剩你我了。"绿丫没有说话，任由风吹进来，卷起她们的裙子，一种愁绪在心头蔓延，越来越浓。

"我说，真以为你是千金万金的小姐了，这摘了桂花也不说把桂花晒晒，好等着做桂花酿，这会儿倒跑到别人屋子里在这长吁短叹。你真以为相公娘这些日子待你好，你就开起染坊来了？"这种愁绪被老王的絮絮叨叨打断，秀儿转头，瞧也不瞧她："少来这套，你又是哪个门上的，你叫她来打我啊。"

老王气得脸上涨红，但又不敢真的去打秀儿，只得把她们手上的桂花抢了过来："呸，不识抬举的东西，等吴娘子肚子里的小爷一生下来，你啊，就去越香楼吧。"

秀儿啐了她的背影一口："要去也是你去。"绿丫拉一下秀儿的袖子，担心地问："秀儿，我总听她们这样说，会不会……"

秀儿摇头："我就算一头碰死，也不会去越香楼。绿丫，你放心，她这会儿还要装下贤惠，不过是吓唬我罢了。等以后，我再大些，她也没法摆布我了。”秀儿这样说，绿丫又怎能放心，毕竟那对夫妻的毫无廉耻，已经没有底线。

秀儿看着绿丫，知道她还在为自己担心，拍拍她的胳膊：“也不知道这会儿，兰花姐和谆哥哥现在在哪里？”绿丫的思绪被勾起，自己也想知道，可是不知道他们在何方。

张谆和兰花出了屈家，瞧着外面的天色，张谆觉得心情也格外好些。兰花背着包袱，见张谆面上笑容就说：“我已经和他们说好了，先去小店住两晚，替他们洗洗被子衣服抵房钱，然后去寻房子。谆哥儿，我们银子不多，可要省着些花。”

张谆这两年是没有工钱的，兰花虽然有工钱，可屈三娘子给的不多，兰花背地里和屈三爷撒娇撒痴，讨了些衣料首饰，这回出门时屈三爷又送了十两银子，现在算下来身上里外加起来，也就十五两银子，就是他们今后安身立命的本钱。

张谆听到兰花这话，不免心里又有一些惭愧：“兰花姐，若不是我拖累你，你也不会这样。”兰花笑了：“少说傻话，什么我拖累你，当日爷把我从屈家带走，待我那么好，我现在这样对你，补不回万一。”说着话，两人已经来到小旅店，既已说好，掌柜的也就流水开了一间屋子，让他们把东西都放进去。

兰花去洗被子，张谆胡乱吃了点东西，就上街上去打听想再做些什么，如果能把当日叔父的那两个相知寻到，求得一二助力也好，若不能，就去寻副货郎挑子，挑了担子在这街上卖东西。

张谆去寻了一番，并没叔父那两个相知的消息，心里早有打算，也没多少失望，等回到小店，掌柜的见了张谆就道：“你回来的正好，我店后有一家要租房子，也不贵，一个月五钱银子，还带了几样粗家伙，只是房子旧些小些。你也曾经过富贵的，不晓得愿不愿意住？”

这时候还讲什么经过富贵的话？张谆立即去后边瞧了房子，虽然旧些小些，可好歹也是两间屋带个院子，只是吃水不大方便，要到旁边人家去挑，这也不算什么难事，张谆和兰花立即就定下这屋子。

付了租钱押钱，收拾收拾也就搬到这屋，一安顿下来，张谆也就去寻副货郎担子，每日挑着走街串巷，忙着生理。兰花就去收些脏衣服回来洗，日子过得平静。

“哎，绿丫，你快来瞧，这是谁写的。”秀儿满面欢喜地来寻绿丫，绿丫心里奇怪，一接过那张纸不由啊了一声，这笔迹很熟悉，就是张谆的。秀儿得意扬扬地说："亏得我今儿正好到门口，要不那几个人还不肯往里面送呢。他们啊，活该在这家里一起烂掉。"

绿丫任由秀儿在那说着，已经打开信看起来，虽然只寥寥几行，可是绿丫的脸上已经露出笑容："谆哥哥说，他和兰花姐已经安顿下来，现在在做货郎生意，还说了他住的地址，让我们有机会去寻他。"

说完绿丫就叹气，怎么可能出门呢，秀儿虽然已经知道张谆他们安顿下来，可还是喜欢听绿丫这样说，听到绿丫的叹气就拍拍她的肩："没事了，等到以后，我们会有机会的。"

绿丫嗯了一声，榛子悄悄走过来："秀儿姐，谆哥哥捎信回来了，也不晓得他有没有找到我舅舅。"这个舅舅，只怕是虚无缥缈的，秀儿和绿丫对看了一眼，把这话咽下去，只是拍拍榛子的肩，榛子又何尝不晓得，可是有希望，总好过没有希望。

转眼就是年下，吴娘子怀胎已经八个来月，屈三爷早早就去请稳婆来诊，稳婆说，十有八九是个男胎，这让屈三爷十分欢喜，把吴娘子当作一颗宝珠样相待，这样相待未免又惹了屈三娘子的不快，只是此时屈三爷急儿子要紧，屈三娘子要退后一步了。

吴娘子越发得了意，往厨房里面要的东西也越来越多，什么云南的火腿，浙江的笋干，辽东的海参，福建的蜜橘。只要她想得到的，不管世上有没有的，一回话稍微慢了些，她就摸着肚子在那和屈三爷默默垂泪，说不是自己想吃，是肚里的孩子想吃。

屈三爷瞧着她肚里儿子份上，也只有尽力去寻。这不免又引动了张婶子的醋意，原本张婶子是乐得见吴娘子和屈三娘子两个斗法，横竖自己在旁边瞧热闹就是，谁知吴娘子现在又在厨房里面罗涅，这让张婶子怎么会高兴？

这日绿丫得了张婶子的指示，拿了肉在那炸酥肉，等到黄澄澄香喷喷的酥肉出锅，已经天黑，绿丫把酥肉收拾进柜子里，又收拾下厨房，也就往小院走，刚走出不远就听到旁边有人说话，绿丫原不在意的，可细听两句就觉得奇怪，怎的这声音听起来像张婶子和屈三娘子？

她们两个，平日里见了面，彼此都是冷嘲热讽，今儿怎的会在那亲亲热热说话？绿丫也不想细究，打算快步走过去，谁知屈三娘子正好说完，从那拐角处走出来，瞧见绿丫不由收了面上的笑，冷冷地道："你怎么会在这里，到底听了些什么去？"

绿丫被这一问弄晕了，毕竟她只听得几句吴娘子如何如何的话，并没听到别的。张婶子也转出来，瞧见绿丫就拍拍屈三娘子的肩：“你啊，怎的胆子变得那么小，瞧她这样子，也没听了什么，就算听了什么，又怕什么，难道她还能去告诉那姓吴的？”

屈三娘子可没张婶子那么不在意，鼻子里面哼一声就道：“姐姐怎么也忘了，这斩草不除根，可不是什么好事，当年要不是我错了眼，又怎会让秀儿生下来，到现在，就跟刺儿似的，扎得人疼。”

绿丫就算再笨，也晓得张婶子和屈三娘子合伙要对吴娘子不利，吓得急忙跪到地上：“相公娘，我并没听到什么，再说了，我也晓得，在这家里，谁才是当家理事的。”

屈三娘子不由咦了一声，走上前抬起绿丫的下巴细瞧了瞧：“你也不笨啊，那你可得记好了，讨好了爷，可不是什么好事。”绿丫忍不住又是一阵战栗，张婶子上前把屈三娘子的手打掉：“好了，你也别吓这孩子了，她啊，一提这事就害怕，说起来，这么水灵灵的姑娘，要被糟蹋了，也是伤阴德的。”

屈三娘子斜眼瞧着张婶子：“唉哟，我可不知道姐姐你什么时候开始这么积德了，连伤阴德这样的话都说出来，要晓得，这家里，水灵灵的姑娘可真不少。我当初不也是水灵灵的大姑娘，被卖到那样地方，难道他们就不伤阴德？”

屈三娘子的过往绿丫并不是很清楚，只知道她在妓院做了几年生意，后来上了二十，孤老来的渐渐少了，这才搭上屈三爷，两人一合计，屈三娘子索性拿钱赎买了自身，搬来和屈三爷住，又拿出银子开酒楼，顺便做这灶上生意。

此时一听屈三娘子这话，绿丫忍不住想，当初的屈三娘子到底是什么样子的？

张婶子已经往地上啐了一口：“呸，你也知道你自己命苦，那你现在还来折磨这些小姑娘，要我说，互相担待着也就过了，何必非要瞧着她们比你更苦，你才觉得舒坦。”

说着张婶子也不瞧屈三娘子，只对绿丫道：“起来吧，回去歇着去，也别把这臭肉的话放在心上，她啊，就瞧不得人好，必要人人比她当初更苦，她才高兴。”

绿丫得了这句，忙对张婶子也磕一个头，这才爬起来匆匆走了。屈三娘子瞧着绿丫背影，对张婶子恶狠狠地道：“我那是命不好，爹娘卖到什么地方也好，偏把我卖到窑子里去，你呢，哪有你这样自甘下贱的？”

“我自甘下贱？我又没去卖肉，不过是养汉罢了，像我这样养汉的多了去了。罢了，我们也别为这个争，还是说说怎么对付那姓吴的。我告诉你，稳婆我可认得几个，但要做这样事，少了二十两，只怕她们也不肯做。”张婶子懒得和屈三娘子再争，又提起这事来。这事才是大事，屈三娘子忙和张婶子细细商量起来，该找什么样的稳婆，那稳婆嘴紧不紧，要紧的是，怎样才能不让屈三爷怀疑，毕竟这些日子，吴娘子被养得极好。

绿丫几乎是一口气跑回屋里，秀儿被她推门的声音吓了一跳，放下手里的针线瞧着她：“你被鬼追呢？跑这么快。”绿丫来不及说话，从茶壶里倒了杯茶喝下去才坐到秀儿身边，对秀儿说了方才的事，还怕得不得了。

秀儿听完就笑了：“就这么点事，你怕什么，我啊，乐得瞧她们斗呢，斗个你死我活，不过是为那么一个男人，值得吗？”绿丫听秀儿说完就叹气:“秀儿，你说，这样的日子，什么时候才是个头？”

秀儿也不知道，只是拍拍绿丫的肩：“你也别这样想，这世上的人也不全是坏的，也有好的呢，再说，你过了年都十五了，再过个两三年就有人家来相看，我去给你求，一定给你挑个好主家，绝不能落到那样坏人家里去。”

绿丫点头，靠在秀儿肩上：“秀儿，要不是有你，我觉着，在这家里，一刻都待不下去。”

秀儿笑了：“你是因为你的谆哥哥不在，于是就待不下去吧？我和你说，绿丫，你怎么忘了你原来说的话呢，说要好好地活，活着看有没有好日子可以过，而不是这样垂头丧气。”

提到张谆，绿丫眼里添上几分向往，如果能和张谆在一起，再苦的日子都会是甜的吧？可是这样的心事，绿丫不能说出来，只能悄悄藏在心里。

临近年边，张谆的货郎生意也比往日好一些，况且他生得俊朗，有那年轻的小媳妇大姑娘们，不免爱等着他的货郎担子，专和他买。这样张谆就盘算着，等过了年，把这两个月攒的钱，再进些好一点的东西来卖，到时利息也高一些。

这日张谆刚回来，就见兰花有些激动地说：“谆哥儿，有好事，原来和爷相知的那个刘老爷现在回到京城，瞧了你的信，今儿来过了，没有见你，让你明日别去做生意，他要来望你呢。”

这是张谆从叔叔去世之后，听到的最好消息，忍不住喜上眉梢:“真的吗？”

兰花连连点头：“当然是真的，刘老爷还叹息了许久，说当日和爷也是十分相知的，谁知你就落到这种地步。我瞧着，只怕他会资助你一二。”

听到兰花后一句，张谆唇边现出一丝苦笑，资助一二，这种指望还是别去想的好。兰花见张谆唇边的苦笑，也晓得是为什么，没有劝说，只是和张谆预备明日刘老爷来访时要预备些什么。

第二日天尚未过午，那位刘老爷果然来了，张谆把他迎进去，刘老爷问候张谆几句，这才道："我和你叔父，当日也是十分相知的，当初分别时候，还说等异日再见，谁知等不到再见之日。"

说着刘老爷滴两滴泪，张谆急忙出言安慰，刘老爷也就顺势收泪，环顾一下四周才道："这屋子未免太过狭小，自然你年轻人，能吃些苦头也好，可是这里，不管做什么都施展不开。"

张谆忙道自己现在挑货郎担呢，刘老爷皱一下眉："你能这样，也算是你叔父的肖侄，只是这货郎担子，终究没有多少出息，做生意这事，总是本大利大。"

一边的兰花听得有些激动，刘老爷真要资助张谆吗？若真得到刘老爷的资助，到时张谆就会少吃些苦头。张谆可没有兰花这样激动，只是顺着刘老爷的话往下说。

刘老爷又讲了几句这才话锋一转："当日我和你叔父，曾商借过三十两银子，你叔父素来豪爽，也没写过借据，他既已过世，这笔债我当还于你。"说完刘老爷叫一声来，他带来的小厮就走了进来，手里还捧着个拜匣，刘老爷接过拜匣，从拜匣里取出一包银子，"这是当时欠你叔父的三十两银子，我又加上了十两银子的利息，总共是四十两，你点一点数。"

张谆虽有些失望可还是起身谢过刘老爷，刘老爷又从匣子里取出一个小包："你叔父去世，我也很该送份奠仪的，这里十两，就是我送他的奠仪，尚有十两，当作你回家乡的盘缠，你年纪这么小，独自一个带着个下人在京，也是支撑不来的，还是回家乡依着你的族人为生吧。"

张谆晓得人情薄如纸，刘老爷能这样说，也算是为人厚道，忙对刘老爷唱个大诺："刘老爷能为小侄这么想，小侄肝脑涂地也在所不惜，只是小侄年纪虽小，也晓得当日叔父为何带小侄上京，虽不望衣锦还乡，却也不能落拓而还。"

第 7 章　希　望

刘老爷听完张谆这番话，摸着胡须点一点头："罢了，你能这样想也好，只是我总和你叔父相知一场，这些银子，你当作本也好，当作别的什么也罢，横竖我也尽了心了。以后我也不常在京，你只有各自珍重。"

话说到这份上，张谆也不是什么笨人，忙又恭敬谢过刘老爷，刘老爷也就起身告辞。张谆送他出去，回到屋内瞧见兰花对着那六十两银子发愣，张谆不由上前笑道："兰花姐，你哭什么呢，这六十两银子，正好解了我们的为难，等到过了年，还能盘个小铺子过日子。"

兰花把脸上的泪擦掉，瞧着张谆道："我不是哭，就是心里酸，当初和爷好的人这么多，可临了，也只有这六十两银子。"

张谆了然，瞧一眼桌上的银子就道："刘老爷总是忠厚人，比不得旁人，兰花姐，我们日后，只记好不记坏才是。"兰花忙点头："我见识浅，比不得谆哥儿你，谆哥儿你说这几句话，是真的长大了，又宽厚又有主见。你方才说，想盘个小铺子，这么些银子也盘不到好的，倒不如寻一间地方稍宽些的，你每日去挑货郎担，我在那支个油锅，炸油条卖豆浆豆腐脑。你瞧可好？"

六十两银子，在一般人家积攒起来也是极不轻易的，可真要拿出去盘铺子，那就是少之又少。张谆听完兰花说的，点头道："兰花姐你这主意不错，那就寻一间大一些的屋，支个油锅。只是你一人既要收钱又要炸油条，忙得过来吗？"

兰花摆手："我们这个时候，难道还要寻帮手不成？再说这卖油条豆浆，也不过就是上半日，过了晌午来的人也就少了，那时我把豆子泡上，也可以做别的活，你放心，我忙得过来。"

张谆心里生出愧疚：“兰花姐，要不是我……”兰花又笑了：“你啊，说那些做什么，算起来，你还是我主家呢。别说为你做这些，就算你要把我卖了，我也没话可说。”

兰花这话不过是玩笑，张谆却认真了：“兰花姐，若有再发达一日，我张谆必将奉你终身，绝不懈怠，若有不到之处，天打五雷轰。”兰花忙把张谆拉了坐下：“我晓得你是忠厚人，谆哥儿，我这辈子，有你这句话就足够了。”

说着兰花眼里又有些酸涩，张谆忙又安慰几句，两人又细商量，决定先把这银子密密藏了，等过了年就去寻一间稍微宽敞的屋，到时搬过去，兰花也能卖油条豆浆，两人赚钱总好过一人在外。

商量定了，兰花也就催张谆去歇息，张谆在那想着未来，虽然辛苦，可未来还是可以看见的，也不晓得绿丫现在如何了，绿丫，你一定要等到我能赚到了钱，就来赎你。张谆在心里喃喃念着沉沉睡去。

绿丫的日子还是和原来一样，既然秀儿告诉她，绿丫也只当从没听到过屈三娘子和张婶子说的那些话，只是每看到吴娘子吆喝着人来厨房要东要西给她肚子里的宝贝疙瘩时，绿丫就有些为吴娘子感叹，虽说吴娘子也算不上什么好人，可总是活生生一条人命，但要告诉屈三爷了，只怕屈三娘子也落不到好。

秀儿察觉出绿丫的念头，撇嘴说，就让她们狗咬狗去，再者说了，吴娘子连丈夫三七没过，就和人勾搭，既能做出这种事，也不是什么良善人。绿丫素来是听秀儿的，这次也不例外，只是偶有叹息罢了。

转眼过完了年，吴娘子肚子里的孩子也日子满了，发动那日，屈三爷早早就让人去请了稳婆，一心守在屋子外面，等着听信。屈三娘子见屈三爷那么着急，心里恨得不行，只等肚子里的儿子落地，到时就让稳婆动手，绝了吴娘子的命。

于是屈三娘子走到屈三爷面前，不冷不热地道：“你着什么急，孩子谁不会生？”屈三爷也没理她，鼻子里面哧了一声：“你怎么没给我生一个？”

这话惹毛屈三娘子，她伸手就去扯屈三爷的耳朵：“什么，屈狗儿，你摸摸自己的良心想想，这样的话是你该说的吗？”屈三爷这才回神过来，急忙讨饶：“是是，我不该说，这孩子生下来，不也是叫你为娘，至于她，你爱怎么处置，就任你处置。”

屈三娘子这才回嗔作喜，瞧着屈三爷：“是吗？到时你要反悔怎么办？”屈三爷正待说话，见张婶子带人担了热水过来，急忙迎上去:“你怎么过来了？”

张婶子和屈三娘子交换了一个眼神这才不阴不阳地道："你今儿要有后了，我来瞧瞧，不是很应当的？"有后了，屈三爷那张嘴顿时咧开，自己总算有儿子了，也不枉这么辛苦，一高兴就道："也是，等儿子生下来，传我的话，每人……"

"你还想放赏不成，真当自己是爷了？"屈三爷话没说完，屈三娘子就打断了他的话，接着冷笑道，"等孩子生下来，是个儿子，每人多加个红鸡蛋就是。"

屈三爷不疑有他，急忙道："是是，哎呀，你才是我正经八百的内当家，你说什么我都答应。"

屈三爷话没说完，就听到里屋传来一声尖利的叫声，屈三爷不由皱了眉，细听一听才道："怎么叫成这样，是不是？"

张婶子已经打断他的话："女人家生孩子，哪个不是这样，你放心吧。"

屈三爷怀疑地瞧着张婶子："你生过？"张婶子气得脸发白："我当然生过，不过是因生下来得了小儿咳，不到三天就死了。"屈三爷见提起张婶子的伤心事，急忙闭口，张婶子也就带人把热水送进房里，到得房中，那稳婆正在忙碌，瞧见张婶子进来，对张婶子点一点头，张婶子了然于心，眼就往吴娘子那边瞧去。

吴娘子此时正在挣命，只感到肚内翻江倒海一样，疼得连话都说不出来，也不知道屋里进来些什么人。听到稳婆在那说："大娘子快些使力，已经瞧见头发了。"

吴娘子顿时感到自己的努力都有了结果，心里突然清明一下，睁开眼正好瞧见张婶子站在那，看见张婶子的眼，吴娘子登时一个激灵，张婶子的眼，瞧自己就跟瞧一个死人一样。

死人？吴娘子顿时如被泼了一盆冷水一样，难道说，她们想要等自己肚里的孩子生下来，就把自己悄悄弄死，要知道，妇人家生了孩子之后，稳婆动些手脚，让妇人血崩是很轻易的。一想到此，吴娘子就暗地里怪自己没有想到这点，急忙伸手去抓稳婆的胳膊，对她道："我要生下孩子，你要保我平安，若让我不平安了，我变成厉鬼也要日日来寻你的麻烦。"

稳婆瞧见孩子已将落地，等孩子一落地，那时稍微动些手脚，让吴娘子血崩，那三十两银子就到手了，真是神不知鬼不觉，谁知吴娘子不急忙生孩子，反而抓住她的胳膊对她说这样的话，稳婆登时有些忙乱，竟不知道该说什么。

张婶子听吴娘子断断续续说话，不由在旁冷笑："生孩子可是鬼门关，过不了这个鬼门关的人多的是。"吴娘子到此时哪还有什么不明白的，用手死死地抓住稳婆的胳膊，眼睛往上翻着瞧张婶子：“我若死了，必变成厉鬼，来找你讨命。”

变成厉鬼吗？张婶子冷笑：“这世上要真有鬼，怎不见我那死鬼男人跑来寻我的不是，我劝你还是少说些话，快些用力把这孩子生下来，别的事，看天命了。”

这么一打岔，那本已能看见的头发又消失不见，稳婆急得要命：“大娘子，你快些使劲,别斗口了,不然这孩子就要憋死了。”吴娘子紧紧抓住稳婆的胳膊，对着窗口大喊：“屈狗儿，我在生你的孩子，你的女人们合谋要我的命，说生下儿子就是要我命的时候，我若死了，就是她们害的。”

张婶子不料吴娘子会这样大喊，急忙上前要去捂吴娘子的嘴，谁知吴娘子要为活命，竟不顾一切半坐起身，对着窗外又连说数次。

窗外的屈三爷听得清楚，对着屈三娘子脸登时黑了：“你到底什么意思？”屈三娘子见事情败露，也就放出本事：“什么意思，她不过是借来造酒的酒瓮，这酒已经造好，那我要打破这瓮，也由了我。”

屈三爷顿时急了：“别的也就罢了，可这出了人命，她又是有娘家的人，这又是在京城，你难道想我死？”屈三娘子斜眼望他：“生孩子生死的人多了，她有娘家又怎样？难道还敢寻我的是非？”

两人在外面争吵，里面的稳婆和着张婶子已经合力把吴娘子给按了下来，这么一折腾，那孩子的脑袋倒是先露出来，稳婆急忙一手去压吴娘子的肚子，另一手去接孩子，这孩子的头才一露出来，已经哇哇哭了。

屈三爷听到孩子哭声，担心稳婆真动手脚，毕竟吴娘子又不是买来的，顾不得许多就冲进门，见稳婆在那忙着收拾孩子，冲过去道：“你快些来照顾产妇，千万不能让她死了。”

这片混乱之中，稳婆只觉得手忙脚乱，听到屈三爷这样说，急忙把已经收拾好的孩子随便包裹一下放在那，就去瞧吴娘子。屈三娘子也冲了进来，见那孩子孤零零放在那哭个不住，还不忘上前抱了孩子对稳婆喝道：“三十两银子呢，够你用好几年了。”

稳婆正把吴娘子放好睡下，又给她把那些血污了的东西都给撤掉，听到屈三娘子这样说，一时又不晓得该怎么办了。吴娘子听到他们的话，吓得浑身颤抖，顾不得下面还光着，也不管这地上还干净不干净，从床上连被一起滚下来，拉住屈三爷的袍子下摆大叫：“爷救我。”

屈三爷见吴娘子一张脸吓得苍白，忙道：“有爷呢，你快些去躺着。”说着就喝老王："还不快些把人扶到床上去，还有，给产妇熬的汤熬好了没？"

张婶子冷眼瞧着，听到屈三爷这么问，只用手掠一下鬓："没熬，我说狗儿，这事，可活脱脱是你惹出来的，你不在外头捅这么一个孩子出来，也不会闹成这样。"

稳婆已经被她们指使得团团转，急得索性坐在地上："罢了，这次就算我白来了，相公娘，你的银子我也受不起，这接生孩子的事，我就当效劳了。"说完稳婆爬起来就要往外走。

屈三娘子哄着孩子，可她既没生过也没带过孩子，听着小孩子哭个不住十分烦躁，见稳婆要走急忙喊住她："你要是……"稳婆用手擦一下额头的汗，连连摇头："我绝不会说出去的。"

说完稳婆瞧一眼吴娘子，对她道："大娘子，你要想好了，身子好了就出去吧，这家里的人，瞧着都豺狼似的，在这样家里，你能讨得了什么好去。"说完稳婆飞快跑了出去。

吴娘子此时半点都没有得了儿子的喜悦，反而吓得要死，特别是想到方才张婶子瞧自己就跟瞧死人一样的眼神，更是吓得只去拉着屈三爷的袖子："爷，您一定要救我，救我。"

屈三娘子哄了半天孩子，还是没哄好，索性把襁褓放在吴娘子旁边，坐下施施然对她说："我也不怕你说我狠心，横竖我也晓得，你也是恨我的。你现在孩子也生了，以后想怎么打算，说吧，不过我告诉你，你可别想着做这家主母的梦，我，可不是那样好惹的。"

吴娘子始终是生长在市井之中，见识过的手段，顶多也就是给人下老鼠药的手段，可就连这样，吴娘子也不敢试。此时听到屈三娘子这样说话，况且屈三娘子是真的狠得下心把自己给杀了，顿时觉得保命要紧，眼里泪已经流下，只是瞧着屈三爷。

屈三爷被这么闹了一场，也觉疲惫不已，心中早已有了打算，不由叹气道："罢了罢了，你们成日打打闹闹也不是个事，算我负你，等坐完月子，你就回娘家去吧，我送你三十两银子，就当你和我好了一场，又为我生了个儿子的补偿。"

吴娘子虽已料到屈三爷只怕会这样说，可真的听到还是泪如滚珠般落下，口里喃喃地道："爷，您就这么狠心，让我们母子分离，况且你和这样豺狼虎豹样的人在一起……"

屈三娘子听得得意，伸手就给了吴娘子一耳光："放屁，这孩子是你的吗？

只是借你的肚子生下而已。豺狼虎豹，你也真当他是个好人？”

吴娘子被打了一巴掌，此时也不敢还口，只是看着屈三爷，屈三爷连叹数声：“罢了罢了，都是前世做的孽，你将养好了身子，回娘家去吧。”说完屈三爷看向屈三娘子，“只是这孩子，你要好生看好。”

屈三娘子得了屈三爷肯定的答复，已经心满意足，伸手抱起那孩子，口里就道：“你放心，这孩子是屈家的香火，我一定待他好。”吴娘子一场筹划终成画饼，连自己的儿子都成了别人的，心如刀割一般，颓然躺在床上流泪。

屈三娘子抱着孩子走出去，嘴里还在叫老王，让她快些去寻个奶妈回来奶孩子，等快走出门口时瞥一眼吴娘子：“妹妹，别说我不好心提醒你，这月子里可不能流泪，不然老了害眼。”说完屈三娘子哈地一笑就此走了。

看完一场好戏的张婶子打个哈欠，对吴娘子道：“忘了，我还该回厨房给你熬粥去。下回，你要再勾引男人，可要记得先打听清楚了，这家里的老婆是做什么的，别又像这回一样，赔了夫人又折兵。”说完张婶子准备走，想着那脚步又一停，“哦，你还有三十两银子呢，也算卖了个好价钱。只是要卖，何不索性做了半开门，一晚也能有个三五钱。”

说完张婶子脚不点地走了，吴娘子被气得直喘气，屈三爷徘徊一下，走到吴娘子身边：“事情就是这样，以后，你也别来瞧孩子，孩子跟着我们，总比跟着你好。要有合适的，你再嫁一个也没什么。”说完屈三爷就走了，好在还不忘叫老王来服侍吴娘子。

屋内顿时冷冷清清，吴娘子心就跟浸在冰水里似的，又哭了起来，老王进来给她端了碗粥，见她在哭也不安慰，只把粥放在旁边：“快喝吧，等身子将养好了就快些离开。真没见过这么不要脸的人。”

冷言冷语吴娘子都不在意了，只是端起碗把那碗粥一口喝干就看着老王：“我还没死呢，我要瞧着，你们一个个都没好下场。”老王只哧地一笑，也不理她，拿了空碗转身就走。

吴娘子用被子盖着头，大哭起来。屈三爷在外听到，对屈三娘子道：“说起来，她也可怜。”可怜，屈三娘子横屈三爷一眼，“说的就跟你是那样良善人一样，你要真良善，也就不会有今日了。”

屈三爷被说得无话可说，只得躺了下来：“好在这会儿你也有儿子了，以后的事，也该依着我些。”屈三娘子好容易把孩子哄睡着，把孩子放到一边，用手推一下屈三爷：“别想你的好事，绿丫这丫头，生得着实好，我啊，要留着她的女儿身，好多卖几两银子，你要馋了，就去寻别人去。”

屈三爷伸手往屈三娘子身上摸索：“那我先寻你解解馋？”屈三娘子笑骂一句，伸手抱住屈三爷，屈三爷吃吃低笑两声，老王在门外听见，对吴娘子的房门那啐了一口，没有金刚钻，也敢来揽瓷器活，活该。

绿丫听说吴娘子好好的，心里算掉下老大一个疙瘩，见秀儿在那皱眉，用手拍拍她的肩：“你在想什么呢，不管怎么说，这命留下了就是好事。”

“好事？”秀儿叹一口气，“你啊，有时候活着还不如死了呢，死了，就不会看见这些了。”绿丫困了，在被窝里躺好，打个哈欠：“可是好死不如赖活着，活着，还能见到很多别人见不到的事呢。”

秀儿想反驳几句，听到身边已经传来绿丫的鼾声，不由笑着摇一摇头，这孩子，真傻，可是如果没有这么傻的人陪着自己，这日子，只会更难熬。想完了秀儿又对着油灯呆呆出神，都是孩子，可是为什么对儿子就那么好，对女儿就不闻不问呢？虽然对屈三爷从没指望，但秀儿眼里还是有泪流出。

过了好一会儿秀儿才用袖子把眼泪狠狠擦掉，不去想了，想了也是白想，活着，最少还可以看见他们一个个都不得好死。秀儿肯定地想，那些人，做了那么多坏事，都会不得好死的。

秀儿吹灭了灯，把头靠在绿丫肩上，沉沉睡去，梦中似乎瞧见屈三爷和屈三娘子不得好死，秀儿在梦里都笑出了声，就是不知道，什么时候梦才能实现。

月子里吴娘子已经变成惊弓之鸟，只觉得在这家里多停一日就多一分危险，等一坐完月子吴娘子就收拾东西打算离开，离开前很想再瞧一眼自己的儿子，可是屈三娘子连门都不让她进，只丢出三十两银子让她快些离去。

事已至此，多说无益，吴娘子只得弯腰捡起那三十两银子就抱着自己的包袱离开，离开前在门口狠狠吐了两口吐沫，诅咒一番才走。老王把吴娘子的所为告诉屈三娘子，屈三娘子只冷笑一声：“这种乡下人的把戏，亏她也信。我啊，有了这个孩子，以后也就有了指望。”

老王在旁笑嘻嘻说话：“相公娘您说的是，这孩子生得多俊，一瞧就是做状元的料。”

“做状元？”屈三娘子的唇轻蔑地一撇，“得了，别说状元，就是举人也是天上的文曲星，我啊，没那么大福，只要他以后顺顺当当长大，接了这门生意，给我娶个媳妇，生个好孙儿，我不用再去自己赚钱，也就成了。”

老王笑得越发谄媚：“还是相公娘您有见识，不像我，只听说过状元郎，顺嘴说出来了。相公娘，您为人这么好，以后啊，一定福气更好。”为人好？

屈三娘子又哧了一声，孩子睡得有些不安稳，在那皱眉要哭，屈三娘子也就让老王把孩子抱出去给奶妈喂奶，自己在那品着茶。

这个世道，为人好那就是被当作脚下的泥踩，别人狠，自己要更狠，才能过好日子，以前在园子里的日子，再也不想了，想起来就是噩梦，接不到多的客人就被饿饭被打。屈三娘子唇边笑容越发轻蔑，想通了这些，谁还在意做善人，恶有恶报，岂不闻杀人放火金腰带，自己这辈子，能到这里，哪是做好事得来的。

“棒子，你怎么这么不小心，又烫到手了？”正在灶上炸鱼的绿丫眼疾手快，见棒子去拔火的时候，一个火星跳到她手上，烫了个泡出来，忙拉过她，用瓢打了一瓢水，给她洗着。那冰冷的水碰到了肌肤，棒子眼里又有泪：“绿丫姐姐，这样的日子什么时候才能结束？我想爹，也想娘，还恨。”绿丫瞧着棒子圆团团的小脸，伸手拍了拍她的脸：“你别哭了，前儿那个瞎子还说，你是有福气的人，磨难只是暂时的。”

有福气的人？棒子用手揉下眼睛：“他骗人，我爹娘还活着的时候，也给我算命，说我有大福气，可从来没说过，我会落难。”总是从小娇生惯养长大的，绿丫把棒子抱在怀里：“以后会好的，棒子，说不定明儿你舅舅就找上来，把你赎走。”

那个从没见过面的舅舅，一直都是棒子内心的依靠，此时听绿丫这样说，棒子眼里又有闪光，但很快就低头：“两年了，绿丫姐姐，我一直在算，我被卖进来已经两年了。”日子越久，越觉得当初父母双全有下人服侍的日子，不过是在做梦，只有在屈家被人使唤，呼来喝去的日子，才是现实。

绿丫不知道怎么安慰棒子，毕竟棒子和她们不一样，她们都是穷人家孩子，而棒子，是享过福的，只是拍拍棒子的肩。

“呦，绿丫，你又在这哄大小姐了？都两年了，还在这痴心妄想，想着原来的好日子呢，真是做梦。”一个灶上的端了筲箕进来，瞧见绿丫在那哄着棒子，冷嘲热讽起来。

绿丫也不理她，接过筲箕就把那些炸好的鱼捞起来：“你要闲的没事，学学怎么做鱼才是要紧，这都进来四五年了，还学得不够好。”

那灶上的也不在意，只是抱着手瞧向棒子：“我学得再差，也比大小姐强啊。大小姐可是到现在都还在学怎么烧火，连个面果子都不会炸呢。要不是绿丫你在头里拦着，早被挨了多少顿打了。不过绿丫，你这么护着她，是不是巴望做她的贴身丫鬟啊？我听说，大户人家的贴身丫鬟，也是吃好穿好，什么事都不做呢。”

绿丫已经把鱼全捞到箩箕上，把那满满的箩箕塞到灶上的怀里：“快些端出去晒吧，这都什么时辰了，没晒好，明儿就不能用。”灶上的还想再排揎几句榛子，见榛子又默默地蹲到灶前面烧火，也就接了箩箕，扭着腰出去。

绿丫把锅里的油打到盆里，见榛子脸上不好使，劝她道：“这家里，糊涂人多，不晓得心疼人，只知道用话排揎，其实细想一想，有什么意思呢？”

榛子起身帮绿丫洗着锅灶：“绿丫姐姐，我明白你的意思，你放心，我不会变坏的。”绿丫伸手摸摸她的脑袋：“你这孩子，真是个孩子。”

榛子不好意思地笑了：“绿丫姐姐，连你都这么好，我又怎么会变坏呢？”绿丫没有说话，继续忙碌起来，新来的做粗活的挑着水进来，绿丫忍不住想起张谆，也不知道他们现在怎样了，听说得了别人资助的银子，重新寻了房子，在卖豆浆油条，还留了新的地址，可是自己，大概一辈子也不会到那去。

想着，绿丫悄悄地把眼角的泪擦掉，和榛子继续忙碌起来。

春过了又是夏，夏过了又是秋，在屈家这个院子里面，人总是来了又去，绿丫听到又有人来相看，那心绪已经不像平常平静了，也不知道自己会被什么样的人家买走。

秀儿除了安慰绿丫几句，说一定要求屈三爷给绿丫找个好主家之外，也没有别的法子。毕竟，秀儿连自身都难保。

而在墙外的京城，永远都是那样繁华，来去的人更多，秋风起了，这早上的豆浆卖得也更多些。兰花在这边卖豆浆油条也有大半年了，和周围的人也熟了，别人问起，张谆都说兰花是自己守寡的姐姐，绝不提以前的半个字。

兰花劝了几次，见张谆不肯改口，索性也就做个小寡妇打扮，虽然没有正经嫁人，可也跟过几个男人，唯独张谆的叔叔兰花从不曾忘，为张谆的叔叔守寡，兰花心里也是乐意的。早上卖油条豆浆，中午收了摊，泡好豆子发好面，再做一会儿针线，差不多了做晚饭等张谆回来吃，兰花的每一日都像这样平静而忙碌。

这日张谆刚进门，兰花并没像平常一样迎上前接担子，而是在那急急地问:“你还记不记得榛子她舅舅叫什么姓什么？”这还真稀奇,张谆把担子放下，从缸里打瓢水喝了才说：“当然记得，姓廖，年纪总也有三十三四了，难道说有人来问？”

兰花的眉头没松开：“姓廖，那就有些不对，来打听的人姓周，其实也不是来打听，只是今儿有人来喝豆浆，我听了半耳朵，说是什么周大人的命令，务必要寻到，这京城这么大，都两三年过去了，哪里去海底捞针去，我顺口问问，说是山东巡抚周大人的亲戚，三年前在京城丢了一个孩子，现在想来寻。因是私事，不好惊动衙门里，这才让人暗自打听。”

三年前，榛子也就是三年前被扔掉的，难怪兰花上心，张谆的眉头也皱紧：“那等明儿人来了，你再细打听打听，问问哪个地方，长什么样子，说不定是榛子的舅舅托这位周大人寻呢。”

“巡抚？这是什么官职，听榛子说了，她舅舅不过做小生意的，哪能攀上这样的官，不定是人有相似，不过问问也好，要能寻到，也是功德一件。”兰花噗嗤一声笑了，张谆仔细一想，说的也是，巡抚是高官，哪是一般的人能攀上的。别看屈三爷在那耀武扬威的，仗着的不过是几个管街面的衙役罢了，连街道厅的官儿，他都见不上面。

兰花上了心，也就在那等那日说话的人再来喝豆浆，可一直等了四五天都没等到，就在兰花急得嘴上长泡时候，见那两人又说笑着走过来，进了棚子就在那叫：“两碗豆腐脑四根油条。要那素卤，我说，你是怎么做到的？这素卤比那外面的肉卤还好吃。”

兰花见这两人进来，心里顿时安了，急忙多多地加了两勺卤：“这是家传秘诀，可不能说的，两位这寻人，可有什么头路没有？”这两人端着碗稀里呼噜在喝豆腐脑，等到半碗豆腐脑都下肚了才抹一下嘴：“嗨，哪里寻去，连那些私窑子都去寻过，说没有这么个人，我想着，这京城里的拐子，也是会看风声的，只怕当时拐了，连夜出京，卖到什么大户人家做奴仆去了，天南地北，怎么去寻。”

他的同伴也摇头：“这不，我们弟兄准备回去复命，想着你这豆腐脑好，特地过来再吃一碗，只怕回到济南，就要挨上一顿板子了。”兰花在那细听，用抹布擦了下桌子才道：“那日没听清楚，还没问过，只知道寻的是个十二岁的孩子，原来地方在哪里，可有什么信物不曾？”

两个差役互看一眼，都笑了：“你这话说的有点意思，你一个卖豆浆油条的小寡妇，怎么晓得这些事？”兰花急忙赔笑：“都是我家小爷抬举我，其实我并不是他姐姐，更不是什么守寡，本是他家买下的人，只是后来落了难，相依为命，这才唤我一声姐姐。要说原来卖我那家，他们家本是做买人卖人的，我也见过一个姑娘，从小被人拐来的，这才想着问问，若是呢，就再好不过，若不是，也就丢开。”

还有这么一回事，年老些的那个差役摸下胡子：“那你说说，你见过的那个姑娘，今年多大，原本家住哪里，可不许骗我们，不然我们虽是山东的，但要摆布你这么一个人，也是轻而易举的。”

兰花急忙赔笑，把榛子的身世说出，两个差役听完，久久没有说话，兰花见状，晓得只怕有几分准了，一时不知道该说什么，那额上不自觉出来汗，只是在那等着。

过了许久，两个差役交头接耳几句，还是由那个年老些的差役开口：“说起来，我们大人也不过是受人所托，不过这件事，事关重大，你千万别说出去，我们即刻回山东，去向大人报信。”兰花直到此时才松口气，急忙笑着道：“这是自然，说起来，这姑娘也真是造孽，原本也是娇生惯养的，谁知遇到……”

想来榛子的舅舅也受了榛子叔叔婶婶的蒙蔽，兰花又把那话咽下。差役已经笑了：“这世上千奇百怪的事多了，你这小小女子自然不知道。说起来，这不过是故意把孩子扔掉，还算留下一条命，有那些狠心的，拿了孤儿的钱财，不给饭吃，常日役使，活活虐待而死的，也不是没有见过，只是总是长辈，这长辈故杀子弟，也要不得赔命。”

说着这差役叹一口气，对兰花道：“你把这话放到肚子里，长则一月，短则两旬，我们就会回转，横竖你这摊子也不搬。”兰花忙再三再四地保证，也没收这两差役的钱，就送他们离去。

等张谆回来，兰花把这事细细说了，最后又道：“只是我心里总有个结，不晓得榛子的叔叔婶婶，对榛子的舅舅说了些什么话，还担心另一件事，榛子的舅舅万一觉得，自己甥女被卖到那样人家，虽比卖到窑子里好些，可说起来总是不名誉的，到时觉得丢脸，不肯认她又如何？”

张谆听完兰花这忧心忡忡的话就笑了：“兰花姐，你这是多想了，要真在意，这两差役不会连窑子里都去问过。”兰花点头：“你说的是，我啊，就盼着榛子能出来，如果，榛子开口求一求，只怕绿丫也能被带出来。”

提到绿丫，张谆眼里闪过一丝温柔，接着就岔到别的话，兰花见状，也没有多说，又问几句张谆生意上的事，也就收拾歇息。

此时绿丫并不知道榛子已经有人来寻，依旧过着每日不变的日子，这日榛子往前面去送饭，等送回来时脸色苍白地说：“绿丫姐，我方才去送饭，听到有人叽叽咕咕地说，要撺掇了爷，收用你呢。”

这，这消息让绿丫如被雷击到一样，抓住榛子的手问：“你是听谁说的？”

“还有谁，定是小莲花她们几个，嫉妒你得张婶子的疼，又听说相公娘要留着你的女儿身，好多卖几两银子，她们恨不过，就想这个呗，这几个人，真是坏了心肠。自己脏了，就想要别人也脏。”在旁边收拾鸡的秀儿头都不抬地说，说完还不忘用菜刀狠狠地把鸡大腿给砍下来，“要当了我的面说，我就拿菜刀砍她们。”

“呦，真是把自己当大小姐了，我说秀儿大小姐，你要真是大小姐的话，怎么还在这厨房里，跟我们一起做事，而不是跟喜哥儿一样，在前面屋里，有奶妈伺候？我还听相公娘说，等再过几日，就买个干净些的丫鬟服侍呢。”小莲花在门外已经听了许久，这时扭着腰走进来，一贯冷嘲热讽地说。

秀儿啐她一口：“呸，我可不像你这样黑了心肠的，还特别地不要脸，自己刚来了月事，就巴巴地守在别人经过的路口，然后被收用，不就为的那几盒胭脂水粉，真是眼皮浅得没法瞧了。”

小莲花听秀儿说出她的底细，顿时手叉腰骂起来：“你算是个什么东西？敢说老娘的话。你啊，不就是个爷不要的女儿？还有，绿丫，你别成天以为你长得好，就想保住干净，就算你这会儿完完全全出了这家，到了主家，还不是主家说收用就收用，等配了人，为了好差事，管事的要和你睡一晚，难道你不去伺候？生来就是服侍人的，就别端着这冰清玉洁的劲儿。到时得了趣，我瞧啊，别说管事的，只怕就算那粗鄙小厮，那肮脏柴房，你也要去寻欢。”

绿丫尚未开口，秀儿已经暴起，拎着菜刀蹦到小莲花跟前：“呸，十三四岁的孩子，毛都没长呢，就一口一个睡来睡去的，那日在柴房和小厮的，是你不是别人，我还听见你说，要小厮给你买手帕呢，一块手帕也就几个钱，就值得你这样。”

小莲花见秀儿暴起，又把目标转向秀儿：“怎么，我说绿丫你心疼了，谁不知道你和绿丫不正经，两人同出同进还睡一张床，半夜时候那床上唧唧哝哝在做什么，这都是你们俩做出的勾当，我和男人睡怎么了，阴阳和谐，天经地义。你们俩呢，明明是两个女的，偏假凤虚凰，这才是不该做的。”

秀儿听她含血喷人，手里那把菜刀就扔过去：“放屁，你自己半夜睡不着想男人，就造我们这样的谣，我们俩清清白白，哪是你能明白的。”

“什么清白，不过是掩人耳目。”小莲花见秀儿把菜刀扔过来，身子往下一蹲，躲过菜刀，嘴里依旧不饶人地说。秀儿见菜刀扔不到她，扑上去就去撕小莲花的嘴，小莲花比秀儿要壮一些，不防被秀儿扑倒，嘴里在骂，手就去扯秀儿的头发。

榛子见她们又打起来，已经吓呆，绿丫嘴里说着劝架的话，却去紧紧按住小莲花的腿，让小莲花挣扎不起来。秀儿得了绿丫的帮助，手握成拳就往小莲花脸上打去。

小莲花挨了几拳，嘴里越发骂起来，秀儿的拳头越发重了，正打得火热时候，张婶子走进来，脸沉下："这才一会儿没见，你们怎么就打起来？都给我住手。"

绿丫见张婶子进来，急忙放开按住小莲花腿的手，秀儿趁机又往小莲花脸上打了一拳，这才起身："张婶子，是她满口污言秽语说我和绿丫，绿丫还好心劝架呢。"张婶子拍一下手："罢了，你们这几个孩子，都别说谁的是非，小莲花嘴不好，我晓得，可是秀儿，你也是个刺头。"

"不是刺头，在这家里，早被磨折死了。"秀儿嘴里嘀咕出这么一句，张婶子摇头："罢了罢了，秀儿，你年纪越大，越有自己的主见了。小莲花，我晓得你这两日气焰高，不过这也怪不得你，谁让我们年纪也渐渐大了，有心无力了。只是我要告诉你，什么撺掇狗儿收用绿丫的话，以后可别再提，还有，和你相好的那几个，也别让他们见了绿丫就口里调戏。绿丫，可是相公娘说过的，要留她女儿身的，真被破了，你们倒是一时痛快了，只怕就要受一辈子的苦。"

小莲花听张婶子这么说，鼻子只是往上面一翘，心不甘情不愿地嗯了一声。张婶子晓得她没有往心里去，毕竟是没吃过亏的，真以为伺候男人伺候得舒服了，就可以横行霸道了，吴娘子可是连儿子都生下了，最后还不是被赶走，那块臭肉，别的不提，这折磨人的手段，那可是层出不穷。

不过小莲花不肯听，张婶子也不理她，只对着绿丫道："我晓得你是个聪明孩子，学东西也快，人也干净，相公娘已经说过了，要给你好好寻一户人家，你放心，在这家里，只要你不浪着去勾搭男人，不会出事的。"

绿丫正在给秀儿梳头发，听了张婶子这话，急忙点头。秀儿已经把绿丫的手一推，也道："绿丫，以后你别单独出门，什么时候都和我在一起，我就不信，还有哪个人胆大包天，敢拉了你去。"

绿丫对着秀儿拼命点头，秀儿见状捏捏她的鼻子："你啊，比我还大一岁呢，偏和我妹妹一样的。"

张婶子听到了，斜眼看着秀儿："啧啧，刚才小莲花骂那两句，秀儿，你可和我说说，你和绿丫，是不是真的是怜香伴？"秀儿的脸腾地全红起来，连旁边在揉着身上疼处的小莲花也忘了身上疼，竖着耳朵去听，

棒子什么都不晓得，只是在那去扯绿丫的袖子："绿丫姐姐，这怜香伴是什么意思？"绿丫的脸不由一红，伸手去捂棒子的嘴："这不是什么好话，别听。"

张婶子不由哧了一声："绿丫，你也太小心了，还当榛子是原先在家时候，她啊，现在落到这样人家，再大些就是卖出去灶上使唤的，听几句村话算什么，到时只怕……"

这话勾起榛子的伤心事，但又不敢哭，只是默默低头，秀儿赶紧道："婶子，你也别说了，什么怜香伴不怜香伴，不过是我瞧绿丫总被人欺负。"

张婶子本就只随口一说，也不是真的想知道答案，只随手一挥："好了，你们都各自忙去，小莲花，以后啊，可要记得管住你的嘴。"

青门柱

第 8 章　解　脱

小莲花的嘴一撇，给秀儿丢了个白眼，张婶子晓得小莲花没有把自己的话放到心上，只是叹气："小莲花，你就这样罢，等以后，吃了亏就晓得了。"

吃亏？小莲花在心里骂着张婶子，哄好了爷，又和相公娘多说几句话，等到时候有人相看，也是去好的主家，到时和在这家里一样，怎么会吃亏，自己啊，定会称心如意的。

张婶子见众人都沉默了，也就让大家继续做事，当端起一个装满了油炸肉的盆时，张婶子觉得手上的力气不够，那眉不由皱起，自己终究是老了，要换以前，端这样一盆，不过就是一弯腰的事。感觉到有人往自己这边瞧，张婶子一使劲就把盆端起来，招呼绿丫和小莲花把这盆肉接了，好继续卤。

绿丫做活从来都是舍得力气的，急忙过来，小莲花却想趁这个时候，把盆打翻，到时让绿丫吃骂。心里想着，小莲花的手就故意一软，眼看那盆就要往一边斜，秀儿在旁瞧见，急忙一伸手把盆托住，嘴里就在抱怨张婶子："婶子你今儿怎么了，明明晓得小莲花和绿丫不对付，你还让她们一起做活，这盆肉打翻了，到底算谁的？"

小莲花诡计没有得逞，又被秀儿说出来，气得把腰一叉："秀儿你好好地在那炸果子，管这些闲事做什么，难道真是舍不得你的心头肉？"见战火又起，张婶子把勺在铁锅那里敲了几敲："我还没死呢，你们一个个就跟没了王的蜜蜂似的，要轻狂，也等我死了再说。"

张婶子这回是真动了气，众人都不敢再说，小莲花的嘴一撇，脚重重地踩在绿丫脚上，棒子在心里叹气，这样日子，到底什么时候才结束？

屈三娘子这会儿也在和屈三爷说厨房的事呢，自从有了儿子，屈三娘子也不大管屈三爷的事，屈三爷此时心得意满，想起昨儿小莲花对自己说的话，嘴不由一咂，没想到小莲花年纪不大，那味儿却足，要不干脆不卖她了，到时就让她帮着张婶子，自己也能和她多取乐几时。

屈三娘子见屈三爷面上神情鼻子里面就一哼："又在想哪块臭肉了？我和你说的话，你到底听见没有？张姐姐现在精力不济了，我想着，你干脆送她几十两银子，让她回去罢。"

屈三爷嗯了一声，接着就差点跳起来："你说什么？这些灶上，不全亏她调教，换一个，你有人换吗？若原先兰花还在，那可以让兰花，现在兰花不在了，谁能顶得住？"

屈三娘子斜眼瞅着："我瞧绿丫不错，不如把她给了你，让张姐姐好生调教，过个三四年，也不用把绿丫卖了，就让她接了厨房的事，这样张姐姐也好回家去享福，你呢，也遂了心，可好？"

一想到绿丫的相貌，屈三爷就忍不住咽下口水，对屈三娘子搓着手道："好是好，可你之前不是说要留着绿丫的女儿身，还说……"喜哥儿在旁睡醒，哭了两声，屈三娘子把他抱起来在怀里哄着，那眼依旧乜着："可你这每日馋样瞧着也不像，再说那日我路过厨房，见厨房里乱糟糟的，竟然在那打架，你想，早个两三年，哪有这样事，现在这样，岂不就是张姐姐管得不好。思来想去，索性舍下绿丫给你，也好解了两边的难。"

这真是从天边飞来的喜事，屈三爷乐得抱住屈三娘子就在她腮上连连亲了几下："我这亲亲的娘，果然你才是疼我的，既这样，今晚，我就让绿丫进来伺候。"见屈三爷这两眼放光，屈三娘子咳嗽一声："吴妹妹虽则走了，可我想着，她说的话也有道理，我们现在也不是那样穷人家，不能不讲规矩了。你平日偷鸡摸狗的，我也不去管你。可绿丫呢，既要接了厨房里的事，就要给她个体面，等三个月后，是上好的吉日，那日我给你摆几桌酒，请请邻居们，你也正式纳了她为妾，可好？"

还要等三个月啊，屈三爷不由皱眉："三个月，那么久，一个月好不好？"屈三娘子啐他一口："你也不是没有经过人事的，还这样馋？说的是摆酒，其实呢，是我们这一家子的大事，等到了那天，就把这妻妾嫡庶都分出来，绿丫给我磕了头，和你拜了堂，到时也别让他们叫我相公娘了，你既是爷，我自然就是奶奶，喜哥儿也给他买个小丫鬟伺候着，还有秀儿，她好歹也是你的骨血，也别在厨房混了，从厨房里出来，给她间屋子安置着，过个两三年，寻门合适的亲，好让她出嫁。"

屈三娘子说一句，屈三爷点一次头，等听到最后，已经把屈三娘子搂在怀里百般揉捏：“我这亲亲的娘，和你识得二十来年，今儿你这话最中听，你要我做什么，我就做，到时这新姨奶奶进门了，她若不听话，你要打要骂就是。”

屈三娘子见喜哥儿已经睡着，把他放在一边，捏着屈三爷的耳朵：“我也不要打骂别人，我啊，只要你待我好就成。”

屈三娘子任由他动作，不时耸动腰肢，唇边却露出一丝狠毒的笑，既然要正经过日子，那就先遂了他的意，去了张婶子这个眼中钉，绿丫不过是任由自己揉搓罢了，到时自己也能过过做奶奶的瘾。屈三娘子心里想着，手已经抱紧屈三爷，屈三爷还当自己使的力气极大，让屈三娘子十分舒服，越发用起劲来，枕上一双夫妻，却是两样心肠。

“不好了，绿丫姐姐，原来……”榛子气喘吁吁地跑进来，拉住绿丫的手刚要说话，老王已经走进来，面上皮笑肉不笑：“榛子，你不是那样大富人家出身的，怎么规矩都不懂？绿丫可是要做姨奶奶的人了，你们以后，个个都要立起规矩来。”

训完榛子，老王这才上前对绿丫道个万福：“绿丫啊，你造化来了，相公娘说了，这家里没个体统怎么称家，决定选个好日子，摆几桌酒，请邻居过来坐坐，到时给你开脸上头，给爷做小，之后也不能称相公娘了，要称奶奶，还有秀儿，你以后也要往上面去，不在这厨房待着，相公娘已经选好给你的屋子了，说再等两三年，就让你嫁出去，免得喜哥儿以后，连个走动的亲戚都没有。”

老王这话拿腔作势，足足说了好一会儿，绿丫如被雷击一样，小莲花在旁，恨得牙咬，为什么偏偏不是自己，而是绿丫？秀儿已经反应过来，上前扯住老王就问：“你说，要纳绿丫做妾？”

老王这会儿不敢对秀儿如何，只是斜着眼睛：“是啊，这是相公娘的意思，凡事都要立个体统出来，还有，秀儿，以后你可不能叫绿丫，她可是你的庶母。”

不，绿丫的唇张大，自己绝不能做什么妾，特别是屈三爷那样的人，秀儿已经推老王一把：“放屁，是不是你在旁边撺掇的，我宁愿被卖掉也不愿做这样的事。”老王故意叫起来：“什么我在旁边撺掇的，我没那么大的面子，秀儿啊，你……”

不等老王说完，秀儿已经冲出厨房，老王在后面叫了两声没叫住，对厨房里别的人笑着说：“横竖我是来带话的，话已经带到了，这喜日子就在半个月后，绿丫，你跟我上去，去给相公娘磕头，到时还要给你重新料理，还要给你做新衣服，打新首饰呢。”

老王去拉绿丫的手，绿丫动都不动：“不，我不上去，我不要做妾，求你，现在就把我卖了吧。”老王咦了一声：“怎的，这做姨奶奶被人伺候不肯，非要去伺候别人，我和你说，绿丫，你不想，多的是人想去。”

小莲花早已含了一腔酸味，听了这话急忙道：“就是，绿丫，你别米箩不待跳糠箩。”绿丫只觉得头大如斗，索性坐在地上一言不发，老王见绿丫这样，劝了两句也就调转去给屈三娘子报信。

屈三娘子此时正和秀儿对峙，秀儿冲进来时，差点把奶妈吓得怀里的孩子都掉了，屈三娘子让奶妈下去才道：“怎么了，高兴得快疯了吧？也是，那样贱人生的，以后吃好穿好，还能嫁个好人家，换我，也早欢喜疯了。”

秀儿顾不得她的冷言冷语：“我不许你把绿丫给出去。”

“你不许，好大的口气，秀儿，是不是我从没打过你，你真当自己是千金大小姐了。”屈三娘子用帕子捂住嘴笑了笑，这才把帕子撤掉，瞧着秀儿冷冷地说。

“你就不会做什么好事，我才不信你是真好心，绿丫和我是姐妹一样，她怎么可以去做我爹的妾。”秀儿双手紧握成拳，狠狠地瞪着屈三娘子，虽然艰难，也把那个爹字给叫出来。

屈三娘子瞧着秀儿这样，笑得直弯腰，等笑起来才把脸一板：“去，别在我面前装大小姐，还爹呢，你有资格叫吗？我今儿就告诉你，要说乖巧，这家里多的是比绿丫乖巧的丫头。可你知道我为什么要绿丫吗？”

说着屈三娘子站起身来，走到秀儿跟前点着她的额头：“你用你的笨脑壳想一想，要不是绿丫和你这么好，我凭什么给她这么大的体面？她在我们屈家待一辈子，永远都走不脱，你出嫁了，才会待这个家好，你明不明白？”

说完屈三娘子重重地一点秀儿的额头，秀儿差点被推倒，眼里的泪顿时涌出，手握成拳去打屈三娘子：“原来绿丫都是因为我，我恨你，你为什么不早死了算了？”屈三娘子的手一扯，秀儿就差点被她扯到地上，然后屈三娘子才施施然地道：“说你笨，你还真是笨得没有法子，诅咒要灵的话，我早死了几千几万回了，可是那些咒我的，她们早就躺在坟里化成土了，只有我，还过着轻松自在的日子。”

说完屈三娘子就喊：“老王，把秀儿给我关到厢房里去，也不许她再回厨房去了，以后你见了她，可得要唤大小姐了。”老王在旁边瞧了半日，听到屈三娘子喊，急忙上前去扯秀儿，嘴里还在念叨着，相公娘就是心善的话。

秀儿此时心如刀割，原来自己对绿丫的所有庇护所有的好，全成了杀她的刀，如果没有自己待绿丫的好，绿丫也就不会被屈三娘子看中。秀儿在那痛哭流涕，老王这一扯，倒是恰好把她扯走，等到快被扯出屋子的时候，秀儿才如从梦中惊醒，挣脱老王冲到屈三娘子面前磕头："求求你，把绿丫给卖了吧，寻个好主家，我会好好地待喜哥儿。"

屈三娘子见秀儿这样，只觉夏日里喝了一大盆酸梅汤也没这么舒爽，斜眼瞧着秀儿："这会儿晓得来求我，晚了。秀儿，我可不是那样没手段的人，我定下的事，谁也改不了。而且，你以为，我会相信你待喜哥儿好？"

说完，屈三娘子喝老王："还不快些把秀儿扯下去，这哭哭闹闹的，也不像个样子。"老王连声应是，把秀儿一把抓起，扯着她的膀子就把她扯到厢房里，关门落锁，连窗户都关上了。

秀儿扑到门上要她们把门打开，可屈三娘子巴不得秀儿死了算了，哪会开门，只和老王在那谈笑风生，说着要摆多少桌酒，还有这喜哥儿只是小名，也要给他起个大名，以后好读书。

秀儿在这屋里肝肠寸断，绿丫在厨房也不好过，老王走了之后，张婶子叹一口气，招呼不情不愿的小莲花把绿丫拉起，送她回房，毕竟这时绿丫的身份已经不同，绿丫本在浑浑噩噩之中，被小莲花过来使劲扯住胳膊，胳膊一疼就反应过来，扑到灶前拼命干起活来，炸鱼切肉，一点也不懈怠。

张婶子明白她的意思，上前拍拍她的手："绿丫，你也别这样，做女人，横竖都要经过这么一遭，狗儿他虽然长得丑些，可好歹也……"

绿丫转身扑通就跪在张婶子面前："婶子，求求你，求你去给爷求情，把我给卖了吧，我不愿意，不愿意。"说着绿丫就连连磕头。张婶子叹气："绿丫，你起来吧，这主意，只怕不是狗儿出的，是那块臭肉的意思，你也别求我了，我觉着，她是因了你和秀儿关系好，所以才必定要你。要晓得，你就是秀儿在这家里的牵挂。"

是这样吗？绿丫眼里的泪再止不住，难道说这世上，有人连别人待自己好都看不过去，必要从中拆开，这是什么世道？张婶子见绿丫不说话只是哭，让小莲花把绿丫送回房去，自己在那叹气，这世上，偏就有人因自己过得不好，必要别人过得更糟才心满意足。

绿丫在房里哭了足足一夜，第二日连嗓子都哑了，老王送饭进来时在那啧啧道："那个秀儿，和你是不是真有点那什么事？昨儿她也是哭了一夜，今儿还睡着没起来呢。要真这样，爷他还是娶了自己儿媳妇。"说完老王大笑一声，把饭放在绿丫旁边就扬长而去。

绿丫看着放在自己枕头边的饭菜，什么都不想吃，听说人不吃饭，过上几日就能饿死，死了也好，免得还要受那无穷无尽的苦。这是头一次，绿丫萌生了死的念头。

一只手握住绿丫的手，榛子怯生生的声音在绿丫耳边响起：“绿丫姐姐，你别不吃饭，你死了，我怎么办？”绿丫瞧着榛子，努力笑一笑：“榛子，对不住，我不能过你说过的那种好日子了。”

榛子爬到绿丫身边，把她的手握紧一些：“绿丫姐姐，你常劝我，留得青山在，不怕没柴烧，暂时从了爷也没什么，等到以后，总会有法子的。”如果死了，就真的什么都没有了，绿丫那呆滞的眼神灵活了些，榛子瞧着她的脸，把绿丫抱住：“绿丫姐姐，如果在这家里没有你，我该怎么办？”

这孩子，还真是个孩子，绿丫轻轻地拍了拍榛子的背，想起张谆，那死志又开始慢慢消失，死了，就再见不到谆哥哥了，可是还没告诉过谆哥哥自己的心意呢。绿丫坐起身，端了那碗汤慢慢喝起来。

在窗外的张婶子瞧见绿丫终于肯喝汤，忍不住又叹气，这傻丫头，难道不晓得，别人根本不在意她的死活吗？除了秀儿。

张婶子叹了一声准备往厨房去，突然看见小 莲花惊慌失措地跑进来，接着小莲花扑过去拉住张婶子的手：“婶子，不好了，有衙役闯进来了，说我们家犯了什么王法，要把人统统抓去。”

犯了王法？张婶子不由一愣，平日间，那块臭肉不是把这些衙役都照顾得好好的，银子女人哪样不给，怎么这会儿就来这么一手？不等张婶子想到，衙役就冲进了后院，领头的张婶子还见过，瞧见他，张婶子定一定心，上前招呼道：“这是怎么了，怎么闹得鸡飞狗跳的？”

那领头的急忙给张婶子使眼色，这一使眼色张婶子明白了，这是肯定犯事了，急忙大喊道：“我只是这家雇来的，并不是这家子的人，我屋子里的东西，你们也别乱翻。”

张婶子说话时候，又走来一个官员，那领头的急忙上前对那官员行礼，又对官员道：“这家里，除了私下蓄的奴仆，还有不少雇工人等，他们的东西，按理不该被抄没的。”

官员哦了一声，再说方才张婶子的话也听见了，想了想道：“那就把这些雇工人等都分开，到时按了户籍，是这家子私蓄的奴仆就带走，无关人等就让他们收拾东西赶走。”

张婶子听了这话，一颗心这才落下，那领头的急忙吩咐衙役："老爷的吩咐你们都听见了？还不快各自分开。"张婶子忙溜进自己屋里，把平常攒的私房银子全数装在身上，刚一装好，那衙役就进来，瞧见张婶子在装东西就呵呵一笑："你倒眼快，不过这事，大发了，你啊，再快一些。"

张婶子又把几件好衣衫急急套在身上，对衙役道："多谢你了，到底谁在外告的状？"张婶子虽则年已过四十，也爱擦个粉什么的，那衙役忍不住手往张婶子衣衫里面摸去："我先搜检搜检你身上。"张婶子把他的手打一下："这时就别取笑了，你告诉我，我也好做准备。"

衙役又掐一把，这才对外头的人道："这屋里我都搜过了，连雇工的身上都搜检了，没有别的东西。"这话让外头的衙役哄堂大笑。这衙役才道，"是上头压下来的，我们也不晓得。横竖你的东西不少就好，快些出去吧，不然老爷知道了，又是麻烦。"

张婶子四处一瞧，自己的私房也差不多全拿了，剩下那些不过是些铺盖鞋袜，也就跟了衙役出去。那老爷已经搬了把椅子坐在院中，让他们把人从各屋里赶出来。

榛子和绿丫挤在一堆，不晓得出了什么事，只是瑟瑟发抖。前面传来吵闹声，接着屈三娘子被推了进来，她口里兀自在那叫道："我家好好做事，哪里惹了祸端？要杀要打，也要给个真章。"

那官员只是摸了摸胡须，问旁边的衙役："这就是那胡氏？"衙役忙道："老爷，这就是胡氏。"官员哼了一声："你私自蓄奴，卖良为娼等等恶迹，真是有几颗头都不够砍的，你这会儿还叫，有什么好叫的。"

屈三娘子见来的衙役里面有几个自家的相好，还想求他们，谁知这官员开口就不许自己说话，愣在那里，官员已经又道："这人都齐了吧，人若齐了，就把那些雇工人等赶出，其余的，都带回衙门，封了这里。"

衙役们齐声应是，上前挨个点数，此时秀儿早已经过来，见绿丫和榛子都在发抖，一手牵了一个，让她们不要害怕。绿丫定定心，那种恐惧渐渐消失，真犯了事，多半就是会被判当官发卖，被卖的结局早已注定，又有什么好怕？

既然不怕，绿丫就握住榛子的另一只手，小声安慰，榛子眼里本有泪，见绿丫和秀儿都平静下来，也急忙把眼里的泪擦掉，跟着她们一起走出。

来到外头，屈三爷已经被上了枷，见那官儿出来就忙道："老爷，我老老实实开酒楼，哪里出事了？"这官儿正眼都不瞧他，正要让人带走，就听到传来孩子啼哭声，奶妈抱着喜哥儿被推搡出来，瞧见官儿就急忙大喊："我不过是他家雇来奶孩子的，又没卖给他家，为何抓我？”

这官儿问了衙役两句，想了想才点头道：“这孩子还没满周岁，这么小的孩子，律上也不收监的，你就把孩子抱回去养着吧。”衙役们听得这一句，忙把奶妈放开，奶妈忙把手里孩子放下，嘴一撇：“我可没这么多银子养这孩子。”说完头也不回就走了。

屈三爷气得在那里大骂，可谁听他骂，衙役早已经推着他往前面走，那孩子哭得越发响了，也没个人上去哄哄，直到人群渐渐散去，张婶子这才上前抱起孩子，见孩子哭得眼泪鼻涕糊满脸，用袖子把他脸上的眼泪鼻涕擦干净，衙役过来贴封条，见张婶子抱着孩子，嘻嘻一笑：“这孩子，我们说没人养，还想抱去善堂，你竟把他抱了来，总不会还念着那几晚的恩爱？”

张婶子白衙役们一眼：“谁还念着那几晚的恩爱，我想着，他总有亲妈，等我抱去养几日，再让他亲妈把他抱去养就是，总是一条命呢。”衙役们嘻嘻哈哈笑一番，也就把封条贴好，张婶子瞧着他们，有心想打听一番，可又觉得打听出来也没什么可帮助的，叹几声气，抱着孩子先去寻个住处才是正经，别的，等以后再说。

屈家酒楼既被贴了封条，有人上前来念几声，也就往别处去，昔日热热闹闹的酒楼门前，顿时黄叶满地，无限凄凉。

到了衙门，屈三爷和屈三娘子被收了监，奇怪的是绿丫她们这些灶上却没有被收监，而是放到后衙一个厅内关起来。看守的也换了人，不再是衙役，而是几个婆子丫鬟。

这厅内四处窗已经被关上，屋内放了稻草铺盖，虽然简陋也还干净。绿丫等人是不晓得官府的规矩，只当本就如此，也就坐在铺上歇息。

小莲花见有人推门进来，提进一桶热水，忙上前拉住人问：“我们家主人到底犯了什么事，怎的会突然……”提热水进来的平日是伺候太太奶奶们的，心里也很奇怪，为何这些人不关进监里，而是送到这里？但早得了自家主母的吩咐，只许密密看好，不许多说一个字，况且小莲花这样做粗使的，这丫头怎么能看得上，嘴一撇就斜眼瞧着小莲花的手：“真是没规矩，哪有这样问话的？”

小莲花忙把手收了，满脸赔笑：“还请姐姐告诉我。”那丫头把热水桶放下，白小莲花一眼：“我们家老爷想着你们原先也是好人家的女儿，被卖到这样人家，吃了那么多年的苦头，况且有一个进监的名声也不好听，这才把你们安排在这里，你们一个个可要安分守己，过个十天半个月的，这案结出来，你们自有你们的结果。至于你们家犯的事，不归你们打听。”

说完这丫头扭身就走，小莲花满脸的笑容在丫头把门关上后就消失，往门边吐口吐沫：“不过就是伺候人的，牛什么牛。”说完小莲花坐到铺上，脸上带上憧憬，“要不是突然犯了事，我们以后也是被卖到官家做事的，那时……”小莲花在那自言自语，秀儿、绿丫和榛子等人并不理她。

绿丫见既然有热水，也就从袖子里掏出手帕，用热水蘸了，给秀儿和榛子擦着脸，榛子努力一笑，可想到莫名其妙犯了事，只怕自己就再寻不到舅舅了。

秀儿见她伤心，把她的肩搂过来：“怕什么，横竖又不是头一遭被卖，到时要是主家好，也可以悄悄去寻，总好过在那样豺狼窝里。”豺狼窝，小莲花听到这三个字，嘴就撇起来，那全是她们不会讨好人，才过成这样。

别的灶上并没说话，一个个想着自己的心事，厅内沉默下来，门又被推开，这回是进来送饭的，一桶糙米饭，几块腌萝卜，还有一锅飘了点油花的汤，就是她们的饭食。

做灶上的，别的能亏，这嘴头子是从没亏过的，瞧见这样的饭菜，有几人的眉就皱起，但也不敢多说，只得拿了粗瓷大碗各自吃起来。

那官儿吩咐把人各自安排后，刚进了后衙，和太太说了几句就听到管家来报：“老爷，那廖老爷来了。”官儿的眉不由一皱：“一个商家，也好意思称老爷。”话虽这样说，可官儿还是急匆匆出去见廖老爷。

这廖老爷三十刚出头，生的面白如玉，一双狭长凤眼，瞧见官儿出来就急忙起身作揖：“冒昧打扰，实在不好意思。”官儿虽然对管家这样说，但当了廖老爷的面，笑得如沐春风：“廖兄请坐，不过是些些小事，效劳罢了，哪算得上打扰。”

两人寒暄几句坐下，那官儿这才把灶上都被关在自己后衙说了：“想着只怕令亲在里面，到时有个进过监的名声不好听，这才放在我后衙里。”廖老爷拱一拱手：“如此周到，多谢了。”

见廖老爷眉头没散开，官儿忙体贴地问：“那你要不要去瞧瞧，若确实是令亲，也好带出来。”廖老爷寻外甥女这些日子并没闲着，也早已肯定榛子就是自己外甥女，不过他在外多年，心智早已和原先不一样，总要榛子再多吃几日苦头，晓得自己救她出来不易，到时才能和自己贴心。

听了这话廖老爷只浅浅一笑：“多谢了，不过那服侍过我甥女的人，还没赶来，我总要等她到来，瞧个究竟才是。”那官儿忙道：“应当的应当的。”

两人又说几句，廖老爷也就告辞，出了衙门，在外等候的仆人迎上前道：“老爷，那张家的小子已经听说屈家出事，巴巴到你下处去问，现在还等着呢。”

廖老爷哦了一声，用手摸一下唇边髭须：“让他多等一会儿，就说我来衙门里打听消息，等再过半个时辰回去。”仆人应是，但又奇怪地问：“老爷，您为何要如此，要晓得，您既然已经认定了，那带个人出来，不是易如反掌？”

廖老爷勾唇一笑：“就说你在我身边的日子浅，要知道，有些时候，有些东西,得来太轻易了,就会被人不珍惜,况且……”廖老爷没说话只是沉吟一下，那仆人哦了一声，笑了：“我明白了，您也是怕那穷小子从此后沾上您。”

廖老爷伸手往他头上敲了下：“这样的话，以后少说，这世上，挟恩图报的人多了去，这张家的小子，要是有造化，就好，若没造化，不过给他几两银子就完了。”

下人急忙应是，廖老爷又在外面逛了一圈，料着时候差不多了，这才往下处去，进得屋来，见张谆坐在那里，廖老爷变了神色，做出一副愁样，对张谆道：“累小兄弟你久候了，我在衙门那里站得腿酸，总算等到人问，说屈家被人告了一状，说他欺男霸女，私蓄奴仆，已经被抓进监里，被判流放都是轻的，至于家里蓄的那些人，总要等到判下来才好见真章。我塞了不少银子进去，也没见到我甥女。”

说着廖老爷连叹数声，张谆信以为真，手不由握紧，原本以为廖老爷来京，到时拿了银子去赎了榛子，说不定还能连绿丫也一起赎出来，谁知屈家竟摊上这样的事，连廖老爷都毫无办法，自己又有什么法子？再一次，张谆觉得，自己的力量实在太过弱小。

廖老爷在那细瞧张谆神色，知道张谆已经信了，伸手拍一拍张谆的肩：“你也不用太过忧心，我已问过，那些人不过就是会被判当官发卖，到时我拿银子去买回来就是，要知道有这样的事，当初我就该把巡抚大人给我的体面，用在这里，而不是用来寻甥女上。想来只要能出银子，又怎会寻不到人。”

张谆忙反过来安慰他:“廖老爷您不必如此，这世间的事，总是不可预料。”廖老爷愁眉不展，又和张谆说了几句，张谆也就告辞，总要回去和兰花说说。

等张谆走了，廖老爷才打个哈欠：“这孩子，淳朴有余，聪明劲儿不足。”

守在旁边的下人急忙道：“都像老爷似的，这全天下都是聪明人儿了，别说这位张小哥，就算是小的们，不也比不上老爷一根小手指？”廖老爷只淡淡一笑就问：“奶娘到了吗？”

另一小厮急忙凑上去：“算着日子，明儿就该到了，说起来，若不是老爷您起了疑心，又去问问，只怕真被那家子糊弄过去，到时老爷您骨肉分离，那才叫我们这些做下人的，瞧在眼里疼在心里。”

廖老爷的手在甜白瓷茶碗边缓缓摩挲，脸上神色依旧柔和，可熟悉他的人都晓得，榛子的叔叔婶婶，只怕没什么好果子吃，毕竟连屈家这误买的人家，都被投进了监牢，更何况是那故意要把榛子丢掉的人？

张谆并不知道自己走后廖老爷的那些念头，心里满怀着心事，匆匆回到住处，对兰花说了始末，兰花听完就张大嘴："这可怎么得了，连廖老爷都没法子。"张谆咬住唇，见兰花这样就道："兰花姐，上回刘叔父拿来的银子，总还有二十来两，这些银子就先别动，等那边事情结了，就去衙门，把绿丫给赎出来。"

兰花习惯性要点头，但还是道："谆哥儿，我晓得你对绿丫好，可这二十两银子，也是我们剩下的全部，原本还想着，等过两三年，攒够银子再说。"

"但现在要不去赎，绿丫只怕就……"一想到当官发卖，说不定就有那青楼里的和官媒婆通了气，先去挑人，绿丫她生得比别人好些，到时落到青楼里，张谆只怕一辈子都原谅不了自己。

见张谆面上神色变化，兰花只有点头称是："也是我想左了，谆哥儿，等把银子收拾出来，你去问问廖老爷吧。"现在也只有如此了，张谆叹一口气，绿丫，你等着我，我一定以最快速度把你赎出来。

"绿丫姐姐，我们进来几日了？"榛子偎在绿丫旁边，透过窗瞧着外面，小心翼翼地问。

"都五天了，榛子，你每天都问，烦不烦啊？"秀儿打个哈欠，捏一下榛子的耳朵，笑着打趣她。

榛子羞涩地笑笑："秀儿姐姐，你别嫌我烦，我只是觉得，被这样关在里面，还不如去做粗活呢。"

"呸，享不了福的。"正在一边拿着块小镜子照来照去的小莲花听到榛子的话，斜眼瞧了瞧她，用手把面前的刘海整理一下，"与其想那些，倒不如好好收拾了，不然等过几日，官媒婆来了，是蓬头垢面的好呢，还是收拾得干干净净的好？"

秀儿懒得理小莲花，托着下巴在想自己的心事，也不知道还要再关几天，更不晓得那边的事怎么处理。

"我说，你就别在这装小姐了，我们这些，不过是被私蓄的，顶天了就是被官卖，倒是你，既是屈家的女儿，是罪人家属，说不定啊，会被判没为奴，你啊，一辈子别想翻身。”小莲花想起秀儿的未来比自己惨，就忍不住发出欢快的笑声。

秀儿怜悯地看她一眼，世上还有这样空脑子的人，本来个个都是落难的了，还要和人比谁更惨一些，或者她的一生，也就这样，永远淹没在这些鸡零狗碎之中。

“舅老爷，我瞧得真真的，那确实是我们家小姐，舅老爷，您把我们家小姐救出来，我们没了的老爷太太，也会……”不等奶娘含泪把话说完，廖老爷已经一巴掌打在她的脸上。

奶娘没料到看起来和和气气的廖老爷会突然变脸，用手捂住脸愣在那里。廖老爷从小厮手里接过一张手帕擦了擦手，接着就把那块精致的手帕扔到地上，瞧着奶娘冷笑道：“晓得我为什么打你吧？姐姐姐夫临终之前，想来也是叮嘱过你们照顾好孩子，你们一个个不忠心也就罢了，还助纣为虐，到现在还想在我面前邀功。晚了。”

奶娘听得前面几句还不害怕，可听到后面一句，吓得跪在地上，廖老爷瞧也不瞧她，只吩咐一边的小厮：“把她给我打十板子再赶出去，别的账，我慢慢和人算。”

奶娘已经吓得筛糠一样：“舅老爷，我不是你们家的奴婢，你不能打。”

是吗？廖老爷连脚步都没停，早有人把奶娘拉下去，奶娘登时杀猪般叫起来，小厮伸手去捂她的嘴：“你也别嫌这十板子重，打你十板子，还是我们老爷瞧在你终究奶过小姐一场的份上，若别人，哼哼。”

奶娘听了这话，想到廖老爷方才脸上一闪而过的狠辣，不由在心里叫苦不迭，老爷太太还以为廖老爷是条肥羊，还想得些好处，瞧这样，只怕好处得不到，还要更蚀一把米。奶娘正想着，猛不防那板子就打在身上，奶娘登时又叫起来，别说来救她的人了，天空连只鸟儿都没飞过。

“廖老爷，那孩子，确实是令甥女吗？”瞧见廖老爷走进来，官员急忙站起关切地问。

“多谢了，确实是我甥女，我现在想把这孩子带出去，还不晓得可要办些什么？”当了别人，廖老爷面上又是春风一般。

官员早已得了嘱咐，急忙道：“这有何难，不过一句话的事。”说着官员就唤人，让他去后面把榛子带上来。廖老爷谢过了，也就坐下喝茶。

听到门被打开，厅内的人都不由往外瞧去，这还不到送饭时候，怎么人就来了？

进来的是个婆子，瞧一眼四周，这才尖着嗓子喊："谁叫杜嘉敏？"

这么文雅的名字，厅内的人四处望望，榛子的心却狂跳起来，这个名字，是自己的本名，这么两年来，从来都被人唤作榛子，都快忘了自己本名叫什么。

绿丫也想起这事来，秀儿最机敏，见榛子要起身就按住她的手，问婆子道："你寻杜嘉敏做什么？"婆子早已知道，不过先喊一声罢了，见秀儿问，挤出一丝笑："横竖是好事，老爷说了，你们有几个也是好人家的女儿，特地贴出告示，让你们亲属来寻，这杜嘉敏的舅舅来寻她了。"

舅舅？榛子咬住下唇，脸上神色十分喜悦，秀儿可没有她想的这么简单，继续问婆子："万一是冒名？"婆子哧了一声："冒名？就你们这几个，身价顶天了二十两，别人值得冒吗？"

这话说的也是，绿丫把榛子的手紧紧地握一下，推榛子让她出去，从此，自己就再不是榛子了，榛子按住狂跳的心，站起身道："我就是杜嘉敏，舅舅在哪里？"

婆子细细瞧了瞧榛子，这才对她伸出手："还请小姐跟小的往前面去，令舅在前面等着。"这称呼让小莲花变了神色，不无嫉妒地看着榛子，榛子和绿丫秀儿笑一笑，也就跟婆子出去。

看着门再次关上，秀儿叹一口气："绿丫，你说，我们会不会有人来寻？"绿丫摇头，自己的爹娘是不指望的，只有谆哥哥，可是还不晓得谆哥哥知不知道这里发生的事。

小莲花的嘴又一撇："秀儿，你别做梦了，你是罪人家属，哪会有人来寻，倒是我，还有几分指望。"秀儿白小莲花一眼，抱着膝盖想心事，绿丫靠在秀儿肩上，和她一起畅想外面的世界。

榛子跟着婆子往前面去，来到厅里，那婆子带着她进去："老爷，杜小姐到了。"廖老爷放下手中的茶碗，看着自己的外甥女，虽然吃了那么两年的苦头，可榛子的眉眼犹在，廖老爷瞧着榛子，站起身走到她面前，一时竟说不出话来。

虽说厅里有那么几个人，但榛子一眼就看见廖老爷，他和娘生得有几分像，都是凤眼高鼻，笑起来的时候在唇边有一个小小梨涡。看见廖老爷一步步走到自己面前，榛子眼里的泪再止不住，跪下见礼时候就哭出来："舅舅，你为什么到现在才来寻我？"

经过多少世事，看过多少离合，廖老爷总觉得，自己的心早已石头一块，不会感到温柔，可此时看见像极了姐姐的瘦弱少女跪下大哭时，廖老爷心中有什么东西荡了一下，眼中竟也有些酸涩，急忙抬手把眼角的泪擦掉，把榛子拉起来：“是舅舅的不是，舅舅这些年一直在外头，今年六月才回乡，谁知你爹娘都不在了，问起你叔叔，他还推三阻四的，要不是上坟时遇到了人，我还不知道有你。以后你跟在舅舅身边，再不会吃苦了。”

棒子也晓得自己不该责怪舅舅这时才来寻自己，可也不晓得那话怎么就问出来，此时听得舅舅这样柔声安慰，眨一眨眼对舅舅点头笑了。

第 9 章　各奔西东

看榛子笑了，廖老爷也笑了，那官儿在旁瞧着，上前对廖老爷拱手道："恭喜廖老爷骨肉团聚，还请廖老爷把令甥女带回去，旁的事，这里自有人料理。"廖老爷谢过那官，也就带了榛子出门，出门上车时，榛子瞧了眼街道，这样情形已经很久没瞧见了，自己是真的已经出来了，再不会回到屈家，被人打骂役使？

廖老爷回头见榛子站在那一脸不确定，晓得她的心思，笑着道："上车吧，我们先回下处，再住几日，等回山东了给你寻两个好的人使，这两日你就将就些。"

回山东？榛子的眉微微皱一下："舅舅，我们不回乡吗？"廖老爷把榛子安置在自己对面，听她这样说就用手拍了拍额头："倒是我糊涂了，你也该去瞧瞧你父母的坟，告诉他们我寻到你了，以后就要跟我去山东。"还有，有些账，也该去和杜老二算了。

榛子瞧着廖老爷，咬一下唇小声说："舅舅，我并没有乱跑，是……"廖老爷拍拍榛子的肩以示安抚："我知道，是他们故意丢了你，这些年，你吃苦了。以后，跟舅舅在一起，谁也不兴欺负你。"

榛子觉得眼睛又酸了，有很多的话要和舅舅说，可不晓得该从什么地方说起，拿袖子把泪擦掉才小声地问："舅舅，那舅母呢，她会不会……"

"你舅母已经过世很久了，现在我身边只有一个妾室照料我的起居，到时去了山东，你别担心，有什么只管和我说就是。"廖老爷瞧着有些局促不安的榛子，晓得她是怕寄人篱下受人白眼，想来杜老二夫妻待她，也是十分不好。想到此廖老爷心中怒气更甚，但面上还是在安慰榛子。

没有舅母，这真的太好了，榛子也不知道自己为什么这么想，很快觉得自己不该这么想，只是又咬住唇，眉间开始有纠结神色。这个孩子，那几年到底是怎么过的，竟有些畏缩，廖老爷的手在窗板上轻轻敲击，看来对屈家，该连根拔起才是，而不是小施惩戒。

马车停下，小厮上前掀起车帘，对廖老爷道："老爷，张家小哥儿又来了，正在那里等着。"

谆哥哥啊，榛子的小脸顿时现出喜悦："谆哥哥来了，舅舅，你不知道，要不是有兰花姐、谆哥哥还有绿丫姐姐他们，我的日子会过得更苦。"廖老爷伸手止住要跑进去的榛子，语气温煦："敏儿，我没记错的话，你已经十二，不是小孩子了。"

榛子的脚立即收回来，怎么忘了呢，这么大的人，不该轻易出来见人了，到了此时，榛子才确认，自己的确已经出来了，不再是屈家后院里的灶上，而将又成为需遵守礼法的人了。

见榛子把脚收回去，廖老爷赞许地点头，唤来临时雇来的婆子让她们把榛子带到后面，给她洗澡换衣服，自己这才往里面去。张谆已经等了许久，瞧见廖老爷进来急忙起身迎上前："方才听贵介说，廖老爷去衙门里带榛子了，也不知道事办得怎样，在下还有一事相求。"

张谆急躁，廖老爷倒平静多了，两人现在也算见了几次面，廖老爷宽掉外面的袍子拿过手巾擦了把脸坐下喝了口茶才对张谆道："小哥你这话问的，总要等我喘口气。"

张谆的脸一红，拱手道："在下也是心中焦急，毕竟有那么几年的情分在。"廖老爷示意他坐下才道："今儿运气好，一去就寻到了人，那官儿也好说话，让我把甥女带回来了，原本该让她出来和你见见，只是已经大了，不好相见的。"

张谆明白廖老爷的意思，对廖老爷拱手道："那恭喜廖老爷骨肉团聚，只是在下有个不情之请，在下当日在这家里，也有一个相处得好的，想求廖老爷帮我把她带出来，这些就权当衙门里的使费。"

说着张谆已起身走到廖老爷面前，把一包银子放到桌上，又对廖老爷深深作了个揖。

张谆有这样请求，廖老爷一点也不奇怪，谁还没有个相处得好的，还能想着把人带出来，也算有情义的。廖老爷瞧一眼那包银子，都不用解开，就晓得里面定是成块的少，碎银子极多，伸手把张谆扶起来："要不是你们有心，我还寻不到甥女，这要帮忙的事，就别提银子。只是这有个为难，敏儿是因我早已打过招呼，故此衙门那边，把她早早放了，别人的话，总要等到案结，可这案在这边衙门结得容易，总要行文到上司衙门，等待批复，一来一往，也要两个来月，我在京里等不了这么长时候。不如这样，你把这银子收起，等到案结，当官发卖了你再去把她买回来如何？”

两个月？那绿丫还要受两个月的苦，张谆的手不由握成拳，又对廖老爷道：“晓得这是非分之求，只是原来不知道倒罢，现在晓得了，哪还能让她再多受两个月苦，若廖老爷您为难，还求廖老爷给在下指条路，在下去衙门里打听。”说着张谆就要跪下，廖老爷急忙扶住他：“休要如此，这样罢，我明儿要请衙门里的人吃饭，谢一谢他，到时你也来，在席中趁便求情，你看可好？”

张谆忙又谢过，也就说两句闲话，告辞而去。廖老爷瞧着张谆背影，手摸一下下巴：“也算个有情有义的人，就是不晓得……”

小厮上前来收拾东西，听到廖老爷这话就笑了：“听老爷这口气，难道想把小姐嫁给他不成？小姐现在脱了难，以后嫁什么样的人不成，非要嫁这么一个。”

廖老爷手托着腮，摇头道：“多瞧瞧总是好事，我这些年，大概是年纪上来了，精神有些短了。”说完廖老爷就打了个大哈欠，小厮还想奉承几句，管家走进来：“老爷，吴家的舅爷来了，说要和老爷挪两百两银子使，还说……”

廖老爷已经打断他的话：“吴家？老王你是离开山东几个月忘了，夫人可不姓吴。”老王急忙道：“老爷，是小的糊涂了，可……”廖老爷哼了一声：“不就为的吴姨娘这些日子颇得大人的宠爱，你们一个个就想拍上去，老王，我该说你是聪明呢还是糊涂？”

老王的额头有汗滴出：“是小的不对，不过大人连老爷您的事都告诉了吴姨娘，想来是对吴姨娘十分宠爱。吴家那边，还是稍微应酬一下。”廖老爷又打一个哈欠：“罢了，我晓得你的意思，拿一百两银子给他，就说我有事，不得空见他。至于别的，等吴姨娘有本事坐了夫人这个位置，再来说。”

老王应是退下，廖老爷用手按一下头，问过小厮，晓得榛子洗浴过后已经睡下，有婆子在旁边守着，也就自去睡。

第二日榛子起来，先去给廖老爷问早安，进去时廖老爷正在吃早饭，见榛子穿着神色和昨日都不一样，笑着道：“过来一起吃，等再过几日，我们就回山东。”榛子应是却没坐过去，只是欲言又止。

廖老爷喝一口粥，从碗边瞧见榛子的表情，把碗放下叹道：“我晓得了，你是想见见其他人，可是现在你和原来不一样了。”榛子也觉得自己有得寸进尺之嫌，脸不由红了，走到廖老爷身边道：“可是绿丫姐姐人这么好，舅舅，求求您，把她救出来吧。”说完榛子想了想，“我觉得，昨儿谆哥哥来找您，肯定也是说这事的。”

“绿丫？”廖老爷放下筷子，“那舅舅就把她买回来给你做丫鬟？”

“不，不，榛子急忙摆手，“绿丫姐姐待我那样好，哪能使唤她呢，我觉得，她和谆哥哥之间一定有情，既然这样，就成全他们。”

廖老爷笑出声：“说你大，你也不过十二，哪里知道有情不有情的事？罢了，既然你求我，等今儿那官儿来了，我就求求他，瞧能不能把她也放出来。”榛子顿时喜悦满面，廖老爷敲敲她面前的桌子，“这会儿你也别喜了，赶紧把早饭吃了，瞧你这样，够单薄的。”

榛子又是一笑，接过粳米粥大大地喝了一口，看着她的笑容，廖老爷也觉得松快些，这个世上，不来算计自己的人实在太少了。

还不到中午时候，张谆就过来候着，廖老爷这回倒没说什么，等官儿来了，廖老爷和官儿那么一说，官儿自然连声答应，张谆听说绿丫可以出来，真是喜得说不出话，只是给廖老爷和那官儿连连作揖，只等酒席一散，就去衙门里接绿丫。

榛子走了，绿丫和秀儿为她欢喜，可一想到未来，小莲花说的话却久久盘旋在绿丫心头。秀儿明白绿丫的心情，只是低声道：“我只当我前世不修，有了这样的爹，既叫过他一声爹，好的坏的，我都受着吧。”绿丫听出秀儿话里的不甘，只有握住秀儿的手轻声道：“总还没断出来呢，秀儿，要是……”

“没有什么要是，绿丫。”秀儿的声音很平静，可绿丫总觉得这平静里面透着一股寒冷，不由把秀儿的胳膊紧紧握住，秀儿低头一笑，拍拍绿丫的手：“绿丫，我再不甘心也只有认了，谁让我身上流着他的血，除非我从没生出来，但既然已经被生出来了，好的坏的，我也只有受着，你说是不是？”

绿丫已泪流满面，握住秀儿的胳膊什么都说不出来，秀儿没有安慰绿丫，只是低头一笑，还是有不甘心，可是再不甘心又怎样，谁让自己是那个人的孩子，即便从来都只有苦，没有甜，也要受着。

门被打开，走进的还是昨儿带走榛子的那个婆子，她四处一扫就上前去拉绿丫的胳膊：“你命好，有人来寻，快跟我出去吧。”有人来寻？绿丫在短暂的狂喜过后就是疑惑：“是谁来寻我，还有，他只来寻我一个人吗？”

婆子眼皮都懒得抬起：“是个姓张的小哥。”原来是谆哥哥，绿丫面上露出喜悦，刚跟婆子走出一步就停下：“可为何只来寻我一个人，还有秀儿呢？”

婆子这会儿总算把眼皮抬起，往秀儿脸上打量了一下就冷笑道:“屈秀儿？她是屈狗儿的女儿，罪人家属，哪有什么好的，就算有人来寻，我们老爷也不敢放啊。”

轻轻淡淡的一句话，却打破了绿丫心里最后的指望，她几乎是飞扑过去把秀儿抱住，看着婆子道：“凭什么，秀儿从没受过屈家的好处，可凭什么要受他家的罪？”

没想到小丫头还挺倔，婆子的唇抿成一条线：“凭什么，凭的是王法。连坐之规你懂不懂？这啊，是为了让人都做好事，免得害了自己不算，还害了儿女的意思。你说没受过屈家的好处，这可不管。她啊，就是罪人家属。你走不走，再不走，可就没下次了。”

秀儿把绿丫的手从自己胳膊上慢慢地一根一根指头地掰开，看着绿丫努力地让自己露出笑：“绿丫，别为我说话了，我晓得的，从一开始就晓得的。你出去，要好好地和谆哥哥一起过日子，还有，以后别那么笨，要多长一个心眼。如果，”还是别说什么如果了，自己又何必连累绿丫？秀儿擦掉眼角的泪，让自己的笑容更自然些：“绿丫，走吧，好好地过你的日子去。”如果有一天，过上好日子了，或许那时候，我已经不在了，我只求你能寻到我的坟前，告诉我，好日子是什么样子的。

秀儿看着绿丫，眼里满是眷恋，婆子已经上来拉绿丫，绿丫已经哭得泣不成声：“秀儿，你等着我，说不定我能寻到法子，那时候……”婆子已经把绿丫拉出了厅，门再次被关上。

婆子看着哭哭啼啼的绿丫，嘴又是一撇：“你也别哭了，这罪人家属，别说是屈秀儿这样的，就算是从小娇生惯养长大的，不也照样要吃苦？你啊，等以后见识多了就不会这样。”

说着婆子自言自语地道：“其实这有什么好哭的，屈家犯的事也不是那样很重，说不定只判个流放，那就不会被没为奴。不然被没进教坊去的，那才叫一辈子都没出头之日。前年吧，我听说吏部尚书家倒了霉，他的妻女都进了教坊。那可是尚书千金，从小金尊玉贵长大的，哪是这样人家可比的，不一样要倚门卖笑，迎新送旧？”

“可是，她们还享过福，秀儿从没享过福。”绿丫想把眼泪擦干，可那眼泪怎么都擦不干净。

“享福？你啊，就别想那什么好事了，这世上，总是享福人少，受穷人多的。”

婆子嘴里唠叨着，带了绿丫来到后门，张谆在那等得焦急，瞧见绿丫被带出来，急忙迎上去。

绿丫看见张谆，心里又是欢喜又是伤心，把本已擦干的泪又哗哗流下。那婆子对张谆轻咳一声："人给你带回来了，带回家去好好过日子吧，以后，这官还是少惹。"

张谆本待安慰绿丫，听到婆子这样说，忙对婆子作了两个揖，又递过一个小纸包："劳烦了。"婆子本以为这趟白跑，没想到张谆还挺上道的，伸手接过纸包掂了掂，少说也有五钱银子，那脸上就露出一丝笑纹："不过跑一趟罢了。"

张谆又连连致谢，婆子见张谆乖巧，况且生得好的男子，旁人见了也有几分喜欢，不由笑着道："我告诉你个巧，昨儿来的廖老爷，不是一般人，你要和他甥女关系好的话，就多讨好讨好，那好处是不一样的。"说完婆子扭身就进了里面。

好处？张谆在那念着婆子说的话，绿丫已经伸手去拉张谆的袖子："谆哥哥，我就是心酸，秀儿很难出来了。"秀儿的未来，张谆心知肚明，还怕绿丫要提起秀儿，谁知绿丫已经先知道了，张谆对绿丫无奈地笑笑："也只有先打听着，等判出来了，总还能见上一面。"

也只有如此，绿丫回头瞧着这座衙门，现在不仅是从屈家出来了，还从这座衙门也出来了，以后自己就真正得了自由，不再受人辖制了。

张谆看着绿丫脸上的神色，轻轻拍她的肩："走吧，我们回家，兰花姐还在等着我们呢。"

回家吗？绿丫脸上露出笑容，从没听过这么好听的两个字，有家真好。

绿丫嗯了一声："我还从没在京城走过呢，谆哥哥，你要带我走，不能把我给丢下。"张谆看着绿丫那一双哭得通红的眼，心里升起怜惜："不会的，我不会把你丢下。"

穿过大街走过小巷，两人虽没有说话，但绿丫却觉得心里满满的，从此以后就再不用怕别的了，只要和谆哥哥在一起。

张谆推开门，听到声音的兰花立即迎出来："你不是去打听信儿去了，不知道能不能把绿丫给带回来。"话刚说完，兰花就瞧见张谆背后的绿丫，不由"啊"了一声上前拉住她的手："绿丫，你出来了，这都一年多没见了，你还长高了些，要晓得你出来了，我就先把热水烧好。"

说着兰花把绿丫的手放下："我这就去给你烧热水，再给你找两件衣衫。"

见兰花忙得团团转，绿丫心里也十分喜悦，急忙跟着她进厨房：“兰花姐，我来帮你吧，又不是外人。”

不是外人，兰花本来在生火的手停在那里，接着就继续生起火来，还在意那些别的做什么，现在连谆哥儿都落难了。再说绿丫哪点不好，生得好，又勤快，对谆哥儿也好。而且她要真嫁了过来，待自己也会很好。

想到这，兰花手上的动作更加迅速：“你别沾手了，现在可比不得在屈家了。绿丫，你去我房里，自己找两件衣衫吧，我和你身量差不多。”绿丫嗯了一声却没有动：“兰花姐，那是你的东西，我翻了不大好吧。”

兰花生好火，把水放到锅里：“有什么不大好的，都是穷家，也没几个东西。快些去吧，难道还穿着这身？”绿丫瞧瞧自己身上的衣衫，在衙门那几日又没有换洗，确实有些龌龊了，再一闻，身上也是汗味熏天，也再没多说，就往屋里去。

虽然屋里只多了一个人，可张谆觉得，这屋里比方才活泼亮了一些，就好像有什么东西被人碰到，整个屋子都亮堂起来，特别是听着绿丫和兰花在那说话，张谆笑出声，自己在乎的人都在身边，真好。

洗过澡换好衣衫，兰花又收拾了晚饭吃，吃晚饭时候，张谆把那婆子的话给说了，接着皱着眉：“可我总觉得，廖老爷他不大愿意和我们多接触。”

兰花嗯了一声：“这也是人之常情，毕竟看廖老爷那穿的戴的，不是一般富商。虽说榛子是被卖进去做了几年，可这名声传出去总不好听。榛子以后总还要嫁人的，不愿和我们多来往也是平常。”

绿丫没见过廖老爷，只在旁边做针线，觉得这就是自己想的家的模样，自己在乎的人在身边，可以不用担心打骂，真好。

这一晚，三个人说了足足半宿的话，到了快天亮时候才睡下。因着绿丫的事，兰花和张谆都好几日没有出摊，现在绿丫既已回来，歇了一日后兰花和张谆也就各自出摊。

张谆那里，绿丫是帮不上忙的，兰花这里，是绿丫学了多年的手艺，就在一边帮忙炸油条端豆浆，有人帮忙，豆浆油条也卖得快些，还不到中午就各自卖光，兰花收拾了，和绿丫预备午饭，午饭还没上桌就有人敲门，接着一个婆子笑嘻嘻走进来：“是兰花姑娘吧，我们小姐要来探你们。”

小姐？兰花和绿丫奇怪地互看一眼，这婆子也没多说，只是往外说了一句，接着一个婆子就扶了个穿金戴银的少女进来，走到院中对兰花她们淡淡一笑：“兰花姐。”

虽然一年多没见，但声音是熟的，兰花脸上的惊诧顿时消失，上前拉住榛子的手："亏得是在这里，要是在路上见到，怎么敢认呢？"绿丫听到声音，急忙走出来，瞧见榛子也笑了，榛子已经疾步上前抱住绿丫："绿丫姐姐，能再见到你，真的太好了。"

不但是能再见到，而且是这样无拘无束地见到，绿丫的眼圈也红了，过了好一会儿才放开榛子拍着她的肩："都是做小姐的人了，使奴唤婢的，还这样哭。"

婆子已经上前给榛子递上帕子，榛子用帕子擦一下泪才对绿丫道："我一见到你，就觉得心里又酸又甜。"兰花也用手指擦擦眼泪才上前："站在这做什么，进去说话吧，榛子，你吃过饭没有。要不在这吃一点。"

说着兰花就皱眉望向榛子身上的衣衫，穿着这样富贵，这话不该自己说。榛子啊了一声就把外衫脱掉，只穿了里面叩身的乳黄色衫子，笑嘻嘻地坐到桌边，嗅一下桌上饭菜的味道才道："好香，这一定是兰花姐的手艺。"

不过就是疙瘩汤就着蒸豆腐，兰花给榛子打了碗疙瘩汤，又夹一块豆腐给她："我们平常忙，随便搅了碗疙瘩汤，这豆腐还是自己做的，要晓得你来，我就该拿二十个钱去买块猪肉，给你做个小炒。"

绿丫拿过麻油给榛子碗里滴上几滴，又哎呀一声端出一碗萝卜丝："怎么把这给忘了，我就记得你爱吃这个。"萝卜丝切得极细，在热水里那么一过，捞起来挤干水，用几颗盐一拌，是最爽口的小菜。

榛子喝一口疙瘩汤，就一口萝卜丝，眼里的泪不知什么时候又出来，这样简陋的饭食，比不上舅舅请来的大厨精心调配出来的那么丰盛。但这样熟悉的味道，却让榛子顿觉回到从前，在屈家时候，再苦再难都要活下去，因为有她们在身边。

"瞧瞧，都这么大了，眼泪还吧嗒吧嗒掉个没完。"绿丫伸手沾一下榛子脸上的泪，取笑地道。

榛子已经喝完一碗疙瘩汤，觉得连心都暖暖的，这才抬头对绿丫笑："绿丫姐姐，你又取笑我了。"兰花在旁也笑了："绿丫不是取笑你，是你和原来不一样了，我听说，大户人家规矩多，榛子，你还是要……"

绿丫这下是真的笑了："兰花姐姐你说什么呢，榛子是去做小姐的，又不是去做丫头，况且榛子这样，谁不喜欢。"兰花用手拍拍额头："是我糊涂，忘了。榛子，我晓得你是个好孩子，惦着我们，可你以后和我们就是不一样的人了，有些事，忘了吧。"这句话如同有魔法一样，榛子把碗放下，看着面前的两张笑脸，知道兰花说得对，可有些事怎么能忘？

绿丫不料兰花突然说出这么一句话，细一想就明白了，拍拍榛子的手："榛子，兰花姐这话，是为你好。"

"我知道，可我怎能忘得了。绿丫姐姐，对不起，秀儿姐姐她，"榛子不知道自己在说什么，竟有话不成句之感。

秀儿，绿丫不能提起她，可是又怎能不想起？

兰花也放下碗，拍拍绿丫的手："这世上的事哪能样样如意的，不说别人，就说谆哥儿，当年也是那样千娇万宠的，可现在还不是老实挑个货郎担子。榛子，你以后好好过日子，别的，什么都别惦记着我们。"

榛子想点头，可只觉得头沉重得再也点不下去，只是伸手抱住绿丫和兰花，眼泪又不自觉出来。兰花拍拍她："好了，你也该回去了，我估摸着，你是偷偷跑出来的吧？"

榛子点头："我和别人说，要上街瞧衣料呢，等出来了我才告诉他们要来这，他们不敢，是我硬逼他们来的。"兰花笑了："所以你是个好孩子，我……"

话没说完婆子走进来，神色有些许慌张："小姐，老爷来了。"

舅舅，舅舅怎么知道自己来了这里？榛子忙把外衫穿好，重新收拾一下走出门时廖老爷已经走进院子，兰花他们后面租的屋子，因为要支摊子磨豆子并不算小，可廖老爷才一站进这院子里，兰花登时就觉得这院子小了，而且看着廖老爷，兰花竟然有些不敢说话，他身上的威严比官老爷还重一些呢。

廖老爷瞧着从屋里出来的榛子，神色变幻莫测，在袖中的手又在半空中微微叩着。榛子和廖老爷不过才见的四五日，并不晓得这就是他将发怒的先兆，悄悄吐一下舌就上前唤廖老爷："舅舅，对不住，我不该来的，可我真想绿丫姐姐。"

看着榛子巴掌大的脸上满是祈求神色，又这样软软说话，廖老爷的眉皱一皱，正要说她几句时兰花和绿丫总算鼓起勇气上前给廖老爷行礼："廖老爷，对不住的很，我们也不晓得榛子会过来，往后，我们再不见她。"

廖老爷的眉挑起，往兰花脸上扫了一眼，当看到绿丫时，神色微微一动就对兰花道："这样上门本也不合礼仪，敏儿现在已经和原来不一样了，要来，也该由人领着，备齐礼物再来。"

榛子听得眼睛一亮，兰花却晓得多半不过是托词，忙道："这不敢当，家里凌乱，也不敢请廖老爷进去奉茶。"这女子还有几分知机，廖老爷微微颔首，对身后的小厮点一下头，小厮已经托着一样东西上前："承蒙报信，这里有份薄礼，是我们家老爷送来的。”

口里说的是薄礼，可兰花瞧着这份礼并不薄，兰花没有上去接，小厮也就把礼放到石桌上，廖老爷已携了榛子出门，最后出门的婆子还不忘把门给带上。

瞧着榛子临去时频频回头望，绿丫想追上去，但也知道，追上去也没多大意思，从此就是完全不一样的人了。绿丫轻声叹息，兰花已经惊叫出声。

绿丫回头望去，那份薄礼已经被打开，四色衣料下面，端端正正放着的，是闪着银光的银子。一色细丝，这样好成色的银子，绿丫从没见过。

兰花已经把礼重新包起来："不行，这份礼太重了，还是要让谆哥儿送回去。"虽没有戥子称一下，可绿丫粗粗一看，那些银子，起码也有百来两，要晓得当初绿丫被卖进屈家时，也不过六两身价。

兰花这样说，绿丫也点头："不过就是报个信，况且榛子那么好，这礼太重了，还是让谆哥哥还回去。"兰花摸摸绿丫的脸，赞许点头。

晚间张谆回来，听得兰花说了究竟，也深表赞同，第二日张谆也没挑货郎担，抱了这份礼就往廖老爷下处去。去得太早，廖老爷还没起床，张谆也就等在门口，并没有一丝焦躁。

"哦，他来了，既然这样，就让他等着吧。"廖老爷吃早饭时候听说张谆到此，漫不经心地对下人吩咐。

"舅舅。"旁边规矩吃早饭的榛子喊了声。廖老爷放下碗瞧着外甥女，决定从现在起，就要教外甥女为人处世的标准。被舅舅这么一瞧，榛子的脸不由红了，但还是轻声道："舅舅，我晓得，我和原来不一样了，可当初在屈家时候，若没有谆哥哥他们，我也不会好好的。"

廖老爷微微颔首："不错，这表明你的心是好的，可是敏儿，你要知道，这人心是最难测的，有人只能同甘，有人偏爱共苦。舅舅现在虽算不上什么大富人，可吃的穿的动用花销的，都不是张家所能想的。"

榛子的脸红一红："舅舅的意思我明白，您的意思，就是怕谆哥哥瞧见我们现在这样，变了心肠，百般算计，可是，可是，"榛子抬头瞧向廖老爷，"没有试过，怎么知道究竟？"

廖老爷笑了："果然不愧是我的甥女，这么聪明。"榛子声音很小地说："都是舅舅教的。"廖老爷面色和缓地让小厮去请张谆进来，榛子已经站起身告退，廖老爷赞许点头。

榛子刚出屋子，张谆已经走到屋里，瞧见廖老爷就给他行礼，廖老爷招呼他坐下：“你一早过来，想来还没用早饭，不如一起用。”张谆急忙摇头：“早饭已经吃过，想来廖老爷事情也忙，也不多打搅，昨儿在下不在家中，廖老爷馈了厚赐，今日特地拿来奉还，不过小事一桩，全不用放在心上。”

说着张谆把那礼物包递上，廖老爷瞧一眼那礼物包，也没伸手去接，张谆只得把礼物包放在桌上，低头就欲告辞。廖老爷已经唤住他：“我知道你要做君子之行，可是你要晓得，这欠了人不还，难道要我下辈子再赔还你，你当是一件小事，举手之劳，却不晓得，于我是骨肉团聚的大事。”

张谆听廖老爷说出这番话，想起那日婆子在衙门门口说的几句，心中气血翻腾，很想和廖老爷说出自己藏在心里的话，可又觉得，那有挟恩图报之嫌，只是把手握成拳。

廖老爷察言观色，淡淡地道：“你有什么话就说，不管怎么说，这是我姓廖的欠你的，能帮的我能帮。”张谆鼓足勇气，跪下对廖老爷道：“在下并无别事相求，只求廖老爷异日能指点在下一二，在下就心满意足了。”

没想到他也不算笨，廖老爷摸着唇边髭须，瞧着张谆，但声音还是很淡：“男儿膝下有黄金，你起来吧。”张谆并不肯起：“在下知道，在下这话未免有些不当说，可是在下现在境遇，再难碰到第二个像您这样的人了，求您成全。”

说着张谆就磕头，廖老爷挥一下手：“你起来吧，若磕头行礼就能顶用，我身后的人就太多了。”张谆还要再求，廖老爷已经缓缓地道，“不过嘛，你若要答应我一件事，说不定我还能应了你的请求。”

一件事？张谆本已黯淡的眼又重新亮起来，但还是谨慎地道：“廖老爷和我们这样穷人家并不一样，我们又有什么可以帮忙的？”廖老爷瞧着张谆微微一笑：“你可帮忙的多了。昨日我去你家时候，见到有一女子，约十五六岁，若你能把这女子交予我，那我提携你 二不过是平常事。”

十五六的女子，那就是绿丫，张谆没想到廖老爷提起的竟然是绿丫，眉头深蹙地道：“在下并不明白，廖老爷能使唤的人这么多，为何偏偏要绿丫？”张谆没有贸然答应，这让廖老爷在心里微一点头，但面上神色没变：“此女虽粗衣乱发，但生得甚美，况且又有宜男之相，有一好友艰于男嗣已多年，我把她带回去，交予那好友做个妾室，异日生下男儿，自然也能照顾你一二。这样的事，若非是你，别人我还不愿意呢。”

好事？张谆的手已经慢慢握成拳：“在下虽穷，也还没到卖了妹妹的地步，况且廖老爷的好友，年纪定已不小，此事，在下不能应。”

廖老爷抬眼瞧了张谆方道：“那你可知我那好友身为二品官员，休说做他的妾侍，即便是去执洒扫之役，也有人愿意。况且他既主政一方，你做了二品官员的妾舅，那时想要什么不可得？”

不得不承认廖老爷的话十分诱惑，张谆的唇有些困难地张开，但很快还是摇头：“廖老爷好意，在下心领，但我晓得，绿丫不愿。”廖老爷站起身围着张谆转了转然后笑了：“她不愿意？你难道不知道，锦衣玉食使奴唤婢，这样的日子你就可以肯定她绝不愿意，况且她生得甚美，棚户之家出了一个美人，有时并不是什么好事。”

张谆只觉得身上有压力渐渐重起来，不由把手握得更紧，唇边已经有汗珠出现，但还是坚定摇头：“在下明白，但在下晓得，绿丫要的并不是这些，况且大户人家，规矩繁多，妻妾之别，何啻云泥，绿丫生性纯真，她怎能应付那些人？至于棚户之家，廖老爷，在下就算拼了性命，也要护得她周全。”

廖老爷唇边笑容没变，击一下掌：“好吧，你既然不愿意，那我也不强求。这份礼，你就拿回去，百两银子也够你做个小生意，若是不愿在京城，你也可以回乡，买上几十亩田地，好好地过你的日子去。”

张谆觉得身上的压力这才消失，对廖老爷拱一拱手也就告辞，并没去拿那份礼物。

廖老爷瞧着他走出去，快到门口时廖老爷叫住他：“罢了，你既不肯受我的礼物，那我也不能平白欠了你这个人情，这样罢，一年之期，一年内这百两银子若能变成千两，那我就答应指点你，若不能，从此就当再没这回事。”张谆心中狂喜，急忙跪下要给廖老爷道谢，廖老爷伸手扶住他，“还是好好想想，怎么把这百两银子变成千两，十倍利息，瞧起来天高海阔，可在我们做生意人眼里，一年连十倍利息都赚不到的话，还算什么生意。”

张谆被廖老爷扶起，本已激动的心慢慢恢复，对廖老爷道：“在下一定会完成的。”“是吗？”廖老爷淡淡一笑，让张谆拿了这些东西离开。

榛子已经从后面转出来，廖老爷瞧见她就招手：“过来这边坐，还有两三日我们就回山东了，趁这几日有空，你告诉舅舅，想去京城哪里逛逛？这京城的景致，说来也就那么几样，倒是这卖的东西颇有些别的地方没有的，不过这也没什么稀奇，等以后舅舅会给你带回来那海外来的，什么拇指大的珍珠，比人还高的玻璃镜。”

廖老爷在那说着，榛子并没接话，廖老爷明白甥女为何如此，停下说话瞧着榛子：“你方才听到我和张家小哥儿的话了？”榛子嗯了一声就急急地问：“舅舅，您是吓唬谆哥哥的吧，您不会真要把绿丫姐姐送去做妾吧？”

廖老爷唇边笑容没变：“如果他答应了，我未必不会把那女子送去做妾，毕竟……”廖老爷话没说完就见棒子的嘴张大，一副受到惊吓的样子，廖老爷微微摇头就道：“敏儿，舅舅虽算不上什么好人，这些年坑蒙拐骗的事也干过，可也绝不是什么坏人，那些被骗的不外是心中贪欲作怪。舅舅只是顺着他们的贪欲做事而已，若那小哥儿真要把那女子送去博一场富贵，那我自会推一把，若不能，难道我还逼人家不成？这天下，扬州瘦马西湖船娘大同婆姨，各有各的妙处，只要银子送到，哪里寻不到呢？”

见棒子一脸不解，廖老爷笑了：“敏儿，舅舅不愿意你像别的闺阁女子一样，只晓得针线家务，舅舅希望，你能做一个胸中有大丘壑的女子，你可愿意？”

“愿意，怎么不愿意，”棒子拼命点头，“舅舅如果愿意教我，那我怎会不愿意。”真是个好孩子，廖老爷拍拍外甥女的头笑了，棒子看着廖老爷的笑容，想了想开口，“舅舅不是坏人，是好人。”

廖老爷哈哈大笑：“你这孩子，知道什么是好坏，要晓得，天下绝非黑白分明。”棒子眨着一双黑白分明的眼：“这就是舅舅教我的第一步？”廖老爷点头：“对，棒子，舅舅希望，以后就算没有了舅舅，你也能过得好好的。”一定会的，棒子笑容满满，廖老爷甚感欣慰。

张谆回到家的时候，兰花和绿丫已经收好了摊，正在那叽叽咕咕说什么，听见他进门，兰花忙把给他留的饭端出来：“去了那么一早上，饿了吧。”见张谆抱着那些礼物，眉不由皱起，“受了这么大恩，还不知道以后怎么补报呢。”

张谆把那包礼物放下，自己端着碗飞快地吃起来，等吃完了才把廖老爷的话说出来，兰花听得吓了一跳：“一年之内，百两变千两？谆哥儿，你能做到吗？”一直在旁没说话的绿丫道：“兰花姐，廖老爷既然出了这么个题目，自然是有人做到的，不过每日挑货郎担是做不到了，我觉得，该另外想法子。”

张谆也点头：“绿丫说得对，我这几日挑货郎担，先往那各家店铺走走，瞧瞧哪些货的价高，哪些好卖，然后整理下行装，出去走走。”兰花的手不由握住嘴：“谆哥儿，你要去做行商？”

张谆笑了：“兰花姐，要有大利息，必然要冒风险，不然这一年看起来很长，可这转眼就过去了。”兰花把手放下，眼里的泪又出来：“我说不过你，可是谆哥儿，你万事要小心。”“这是自然，”张谆怕兰花又伤心，把话题岔开道，“方才你们在说什么呢？我听到什么要小心的话。”

兰花想说出来，绿丫阻止了她：“谆哥哥，没什么，不过是几句闲话。”张谆觉得不对，想起廖老爷方才说的，棚户之家出了个美人，可不是什么好事，那眉不由皱起来："绿丫，方才廖老爷说过一句，棚户之家的美人，不是什么好事，我这一走，万一有什么流氓上门来滋扰，不如我们再搬个地方，现在也有一点银子，到时你们关起门来过日子就好。"

"谆哥哥，这些银子还要省着花呢，再说秀儿和我说过，以后都没有她照顾我了，我要自己照顾自己，遇到流氓也不能怕，不然的话只会被他们欺负。"绿丫说着就恨自己，不该在那人的爪子摸到自己手上的时候躲闪，就该从锅里舀起一瓢热油泼到他脸上才是。

兰花拍拍绿丫的手，正待再安慰下张谆，就听到门口有人说话："兰花在家吗？我过来探你们。"兰花掀起帘子，见是隔壁的周嫂，忙招呼道："周嫂子快请进来坐。"既有客人，张谆也就趁这个时候出门瞧瞧可有什么好做的生意，和周嫂打了声招呼离开。

等张谆一走，周嫂就把篮里的东西放下："今儿早的事，我都听说了，兰花，你放心，那不是住我们这边的，我们这边的人，都是至诚老实的好人。"兰花把茶放到桌上："周嫂请喝茶，其实呢，我们在外支个摊，也想过会遇到这样事情，只是这些日子都没遇到，不免大意了。"

周嫂端起杯子喝了一口茶就道："不怪你，都是熟人，就算遇到个把酸脸的，也不大好意思。"说着周嫂瞧向绿丫，"不过说起来，小张嫂子生的，也太好了些，要不是这身衣衫，这行动做派，说是那大户里面伺候的人也不定。"绿丫的脸不由一红，周嫂的眉就皱起，"说起来，这性子也太娇怯了些，哪能动不动脸红呢。"

想起秀儿的话，绿丫不由用手摸摸脸，周嫂子又说几句闲话，兰花瞧着她似乎还有别的话说，就让绿丫去别的屋里收拾针线，这才对周嫂道："周嫂子，您有什么话就说。"

周嫂子凑近一些才道："我瞧着小张嫂子还是个没圆房的女儿家，有些话我也不好当了她的面说，在这街上过日子，泼辣些是必然的，可还有另一层。"

兰花屏声静气，不敢放过一丝："周嫂子，您说，是哪一层？"周嫂更凑近一些："说起来你也别怪，你们家是做吃食生意的，这收拾的就太干净了些，难免招人，可要不收拾干净了，难道就把客人都给赶跑了？要我说呢，还是小张嫂子打扮上，你瞧她脸红红白白的，又爱笑，倒不如往丑里打扮。"

青门柱

第 10 章　离　别

往丑里打扮，这兰花可真不知道。见兰花皱眉，周嫂哎呀一声：“我们这样人家，也没什么好衣衫，不如这样，以后出摊时候，穿着破烂之外，再往脸上擦些黄泥水，那黄泥水干了之后，用巾子这么一擦，只剩下一些些黄泥，这脸色就不好看了。”

这样打扮，难免委屈了绿丫，兰花的眉还是皱着，见兰花不开窍，周嫂又道：“我晓得你是个至诚老实的人，没经过什么事，你不晓得这些不学好的，有六个字在传呢。”哪六个字，兰花不由看向周嫂，周嫂连声音都压低了，“他们说的，铁门槛纸裤裆。你们家是做吃食生意的，男人又是早出晚归的，这铁门槛就没有了，那也只有在打扮上费点事了。”

兰花瞬间会意这六个字什么意思，再想到自己遭遇，不正是纸裤裆吗？不由凄凉一笑。周嫂见兰花开窍，叹口气道：“世上女儿家，哪个不爱俏，可生在这样人家，总要抛头露面，就算人是正经人，不也有人来引诱的。不说别人，前面两条街住的万寡妇，刚死了男人时，还一口吐沫一个钉地说，要为男人守着，绝无二话。可架不住一个又一个地人上门来引诱，万家的墙头都生生地少了一层土，万家老两口要靠儿媳奉养，竟不能说一句，也是可怜。”

兰花点头，周嫂又和兰花说了几句，也就告辞。绿丫从里屋出来送周嫂，乍见绿丫，周嫂不由嘀咕一句，怎么这绿丫和方才不大一样了，等走出一截子，周嫂才恍然大悟，是绿丫的装扮变了，把头发扯到鬓边遮住半边脸，脸上也不晓得用了什么法子，有些苍白，至于那鲜艳红润的唇，就更和原来不一样了。

周嫂不由拍一下手，这姑娘，还算聪明。

兰花瞧着绿丫现在的装扮，许久没有说话，绿丫已经笑嘻嘻地拉着兰花的手："兰花姐，你别伤心，现在可比原来好多了，原来我总是担心，现在不会了。再说，谆哥哥要得了廖老爷的提携，我们也不会再住在这里，到那时我就可以恢复原来的装扮了。"兰花捏捏绿丫的脸，什么都没说只是叹气。

绿丫听着兰花的叹气，靠在兰花肩头，其实自己比起秀儿来说，已经幸运得多了，一想到秀儿，绿丫的心就飘过一朵乌云，整个人都是暗的，还不知道秀儿几时能被断出来，听说她们已经统统被关进监去了。

张谆回来的时候，见到绿丫这样装扮，怎不明白自己不在的时候出了什么事，只恨现在的自己，还是太过弱小，无法保护自己要保护的人，绿丫见张谆面色，就晓得张谆已经猜到，没有说什么只是端来了晚饭放在张谆旁边，张谆看着绿丫对自己信赖的眼，近乎发誓地说："绿丫，我这一生，绝不负你。"

绿丫笑了："谆哥哥，你也不能辜负兰花姐啊，她为了你，吃了很多苦。"兰花不好意思地笑一笑："那叫什么吃苦呢？谆哥儿，只要你好好的，我就有脸去见爷了。"

张谆嗯了一声，一定会的，绝不会让她们吃过的苦白吃。

过了几日，廖老爷就带了棒子回乡，只遣小厮来说了一声，并且和张谆说，别忘了这一年之约，张谆怎么敢忘，廖老爷走后，张谆也收拾行装离开京城。

若说棒子离开，绿丫只为她高兴的话，那么张谆离开，绿丫就觉得心里空落落的，和兰花送走张谆，绿丫努力推着磨磨豆子，看着白白的豆浆出来，绿丫才觉得心里好受些。

兰花提了桶把豆浆收起来，端一碗水给绿丫："歇一会儿吧，这才走了两天呢，这一去就是一年。"绿丫接了水喝了一口："兰花姐，我在想，秀儿他们也该有个结果了吧。"

算起来，已经进去一个多月了，眼瞅着就要过年，总不会拖到年后去，兰花的眉皱在那："要说秀儿这命，可是真苦。"别人还有盼头，而秀儿，连盼头都没有，绿丫觉得眼又酸了，站起身想继续做事，门被敲响了："张小哥，你在家吗？"

听着是个男声，兰花忙让绿丫进屋，自己在门口应了声："谁啊？"说话的见是个女子回话，迟疑一下才道："我是隔壁在衙门做事的老刘，张小哥前几日托我问问屈家的事，今儿断出来了，特地来说一声。"

老刘？这附近住的人三教九流都有，兰花也听人提起，说这里有个在衙门里做事的,为人最好,平日不常见,没想到今儿就来了。兰花把门打开一个缝，那老刘三十来岁，一把大胡子，生得还算忠厚，瞧见兰花竟愣了下，听说张谆家里有个守寡的姐姐，可没想到人长得这么爽利，一时竟说不出话来。

兰花细细打量了这才把门打开半扇：“谆哥儿出门去了，不好招呼你的，有什么事还劳烦你详细说说。”老刘摸头一笑:“其实也没什么事，因临近年底，屈家这案子并没判得很重，屈家三口判了流三千里，家产全都抄没入官，家里蓄的那些人，全都当官发卖了。”

流放，这的确不算重，可一想到秀儿这么好的姑娘也要跟了一起去流放，兰花这心里就沉甸甸的，心里虽沉还不忘多问一句：“他们什么时候上路，能不能设法瞧一瞧？”

老刘摸摸下巴：“这不是什么难事，要赶在年前结了这案，也就这两三日出发，你要去的话，等上路的时候我来寻你，在城门处等着就是。”兰花一颗心落了地，忙对老刘谢了，老刘寒暄几句也就离开。

刚从张家大门处走出，即听到周嫂的声音：“这不是刘大哥吗？怎么从这边来了？”老刘忙停下脚步唱了个大诺：“张家小哥托我一件事，我去和她们说了。”周嫂满面是笑:“就是那进了监的屈家？说起来，张小哥也是个厚道人，还想去打听，若换做我们，巴不得这家子再不得超生。”

老刘应了两声：“我还答应了等那家子流放时，带他们去瞧一眼，只是不晓得张小哥今儿怎么偏生不在？”周嫂瞧一眼四周方道：“刘大哥，你是个忠厚老实人，这话我也只敢告诉你，张小哥儿昨儿就出门了，总要去一段时候，临走前托我照管下他家里。我想着兰花和小张嫂子都是老实人，也就应了。现在瞧见你，晓得你一向都是热心邻里的，若有空，去光顾下兰花的摊子，也好不让人来捣乱。”

原来如此，老刘虽为人忠厚，可在衙门久了也听话知音，晓得周嫂这是要借自己的势，也就唯唯应了。周嫂见老刘转了弯，这才上前去敲张家的门。

转眼就是屈家三口被流放的日子，那日一大早，绿丫就起来把包袱收拾好，不外就是几件衣衫，还有一小包碎银子，还是兰花咬牙拿出来的，总共加起来也不过二两银子。绿丫抱着包袱，想着秀儿这一去，还不晓得什么时候能回转，况且又是和这样的人一起去。

秀儿千好万好，也抵不过有这样一个爹，只受了他的苦，没有受他的好。兰花今儿也不摆摊了，转身进来瞧见绿丫在那垂泪，叹口气道：“绿丫，我晓得你舍不得秀儿，可没法子，谁让她有这么一个爹？这一去，但愿她……”这话真是让兰花自己都不相信，毕竟屈三爷两口是什么样的人，兰花实在是太明白了。

绿丫把眼里的泪擦掉，对兰花轻声道："兰花姐，我晓得的，秀儿常说，一定会好好活。"再说，秀儿也不喜欢自己哭，自己绝不能让她看见自己的眼泪，以后那么长的路，都要自己一个人走下去，好好活，活出个人样来，过上好日子，要让秀儿知道，好日子是什么样的。

老刘的声音已经在门口响起："兰花嫂子，你们都收拾好了吗？收拾好了，就出去吧。"兰花应了，见老刘只站在大门口不进来，不由笑一笑，这街坊邻居里，老刘算是头一个好人。

这会儿虽早，可街上还是有人，瞧见老刘等在张家大门口，有人就笑着打趣："刘大哥，你没了嫂子这么两三年，这会儿难道动心了，看上卖豆腐脑这家的？"兰花带了绿丫出来，正巧听见，兰花只当没听见，毕竟这样笑话在这街里，就跟打招呼一样。老刘憨憨地笑笑："不过过来帮个忙，这话别说，不好。"说话那人越发笑得厉害，还想再打趣几句，见兰花已带了人出来，也就闭了口，老刘领了兰花两人穿街走巷地过，绿丫抱着包袱想着自己的心事，眼里又在发酸，一想到秀儿，绿丫就把眼泪给生生忍回去，不能让秀儿看见自己哭，一定不能。

三人来到城门口，守城门的兵丁还在那打着哈欠，出城的人也不见几个。照道理，流放的人总要来得早些，绿丫已经把脖子伸得老长往远处看，希望能看到那个熟悉的身影。

兰花和老刘总不能闲站着，也说几句家常话，话犹未完，就瞧见不远处来了一群人，这就是押送屈家一行人等前去流放的了。绿丫的心顿时激动起来，正想快步上前时，老刘叫住她："小张嫂子，你先略等等，我去和人说，毕竟那些都是粗人，你一个女人家不好过去。"

绿丫把脚步收回来，看着人群中那熟悉的身影，眼又酸起来。秀儿看起来，比萎靡不振的屈家那两人精神好多了，瞧见绿丫站在路边，她露出一个笑，用口型对着绿丫说话。别为我担心，我会好好的。绿丫看着秀儿那无声的话语，眼里的泪终于落下，溅到手上的包袱上。

老刘已经和那几个押送的人说过，过来招呼兰花，兰花拉一把绿丫，绿丫这才把泪给忍回去，和兰花一起走到秀儿面前。

四目相对，绿丫一时竟不知道说什么，该叮嘱的也叮嘱不出来，毕竟秀儿比自己能干多了。还是秀儿先开口："瞧你现在我安心多了，绿丫，学聪明些，谁欺负你也别忍着。别担心我。"

绿丫点头，把手里的包袱塞给秀儿："就这么两件衣衫，我急急忙忙赶的，你瞧着穿吧。”秀儿也没和绿丫客气，接过包袱，绿丫悄悄在她耳边说：“那件月白色中衣衣角，我缝了个暗袋，里面放着二两银子，到时你要遇到什么事，就拿出来。”秀儿点头，见绿丫眼里的泪又落下，伸手把她的泪擦掉：“这么大人了，还哭哭啼啼的。你放心，我会好好的，绿丫，我会回来的。”

绿丫心如刀绞，什么话都说不出来，只是拼命点头，秀儿拍拍绿丫的肩，绿丫抬头看着面前的秀儿，泪眼蒙眬中已经看不清秀儿的面容。你好好的，我也会好好的，我们还会再见面，到那时，就不是这样伤心，而是要笑着见面。

押送的人已经过来催促，秀儿把绿丫拉着自己的手慢慢地松开，又看了一眼绿丫，就转身和众人离去。绿丫瞧着秀儿的背影消失在城门处，伤心不已，腿再也支撑不住自己，跪在地上放声大哭。

兰花谢过老刘，转身瞧见绿丫伏地大哭，心里也一阵酸涩，秀儿真是个好姑娘，可这一路上去，谁知道遇到什么事？男孩子倒罢了，不过吃些打骂，可是姑娘家，兰花不能再想下去，也不能告诉绿丫，只是上前扶起绿丫：“绿丫，伤心过也就过了，我们这样的人，不是遇到这样事就是遇到那样事，实在无能为力。”

绿丫站起身，举目望外瞧去，再也瞧不见秀儿的身影，从此后，天各一方，纵我想见你，也不晓得该如何去寻你。老刘已经走过来：“小张嫂子，你也不用太担心，这几个押送的，我们平日也是有来往的，我也和他们说过，要他们路上多关照些，等到了地头，再去和监管的人讨个情，寻个松些的活路做做，过个几年也就回来了。”

“这事多亏刘大哥了，还替我们给了酒钱，等回去屋里，我把这银子还给刘大哥。”兰花也在一边说明。老刘的手急忙摆起来：“兰花，不用了，不过二三两银子，我还拿得出来，你们一家子，也过得艰难。”

绿丫已经把泪擦掉，对老刘深深行了一礼：“多谢刘大哥了，你既不要银子，这过来喝豆腐脑吃油条，也不用再给钱了。”兰花在旁点头：“说的是，刘大哥，这回这银子你不收的话，真让我们没脸了。”老刘是忠厚人，说不过她们俩，只得摸摸头憨厚一笑。

绿丫又往城门那看一眼，再挂心也没有用，以后要好好地活，努力赚钱，这样才能在秀儿回来的时候告诉她，自己过得很好。

秀儿他们走后数日，就是年根，周围邻居也送了些过年的东西来，兰花一一回了礼，这一年虽只有绿丫和兰花两人过的年，但心里有奔头，觉得连屋子都要亮堂些。

年初一周嫂也约了她们去逛了庙会，报国寺里烧了一炷香，保佑这一年都顺顺当当。绿丫烧香时候特别虔诚祷告，祷告秀儿在流放之所也平平安安，等到流放期满就能回来。兰花也在一边喃喃念祝，愿所有的磨难都过去，不再有新的磨难。

两人站起身，周嫂已经看过了旁边的景致重新转回来，见她们起身就笑着说："这报国寺的香火是最灵的，听说连宫中的娘娘都遣人来烧香呢。"

"真是没见识的人，宫中的娘娘们哪来这地方烧香，她们啊，自己起心造了一座寺庙，不过你们这些人就没资格去了。"见周嫂显摆，旁边一个来烧香的不由嘲讽出声。

周嫂在街坊邻居面前，也是有面子的人，此时听了这声嘲讽，不由白了一眼："奇怪了，这报国寺内，怎么会有狗叫？"兰花和绿丫相视一笑，嘲讽那人不由怒了："好心提醒你，怎的这样说话？"

周嫂"咦"了一声，对兰花道："兰花，你听过有捡骂的吗？"兰花忍不住笑："当然没听过。"

那人听到兰花两个字，不由往兰花面上望去，瞧清楚兰花的长相就啧啧两声："我当是谁呢，原来是兰花，怎的，你现在就过成这样，当初你到我家，那是怎样的气派。"

出门烧个香还会碰见熟人？兰花心里惊讶，方才不注意看那人的长相，这会儿细一听，就听出声音有些熟，再一瞧不由脸沉下来："难怪有人捡骂呢，原来是小迎儿，你和你家小姐，都是喜欢捡骂的。"

小迎儿正待要在兰花面前炫耀下自己小姐出嫁后，自己的风光日子，没想到听了兰花这句，那眼不由瞪起来："兰花，你少仗势，张家的人早死绝了，就剩的一个孤鬼，肩不能挑手不能打的，还想骗我家小姐嫁过去，亏的我们家老爷退了婚，现在我们家小姐，嫁的是柳家的少爷，柳家光绸缎庄就有四家，我们小姐出门也是前呼后拥的，哪是你能想的。"

绿丫这下听明白了，原来这个小迎儿是张谆原来定亲的那位小姐身边的丫鬟，丫鬟如此刻薄，想来小姐也不是什么好人。绿丫和兰花本就同仇敌忾，开口道："柳家大富，那也是祖上积德，你就这么肯定我们以后不会有这么富？"

小迎儿往绿丫身上扫一眼，那嘴里的冷笑就没断过："啧啧，没想到张家那个孤鬼，还能骗这么个年轻小姑娘做他媳妇，我说你要不要跪下来求我，给我磕头，我就让你进去伺候我们家姑爷，免得跟着张家的人吃苦受穷。"

小迎儿要说绿丫也就罢了，偏偏小迎儿一口一个说着张谆，绿丫哪受得了这个，呸了她一口："不要脸的东西，还是大家子里的使唤丫头呢，一口一个伺候，我瞧啊，只怕是你想去伺候你们家姑爷。"小迎儿见绿丫生得娇怯些，本以为是个好捏的柿子，哪晓得绿丫张口就道破她的心事。

柳家的少爷生得虽没张谆俊美，但有贝之才甚多，小迎儿早巴不得姑爷瞧中自己，好遂一遂平日心大的愿，偏生那位小姐吃醋得紧，哪容得下一点空子，今日来烧香，小迎儿也不晓得在佛前祝祷了多久，只求姑爷早日瞧中自己。

此时小迎儿生怕这话被来的同伴听见，又去小姐面前搬弄是非，眼不由竖起，伸手就要往绿丫脸上打去："不知死活的东西，不过一个贱婢，也敢在我面前说话。"见她要打绿丫，兰花口里已经喊着有人打人，手就把绿丫一拉，接着脚往小迎儿脚上踩去。小迎儿不但没打到绿丫，还被兰花踩了一脚，登时怒火熊熊。

"迎儿，你在这做什么？我不过去瞧个景致，你就在这和人吵起来，等回去了，告诉妈妈们，只怕会打死你。"就在小迎儿要发火的时候，她的同伴转来，瞧见这样，急忙出声招呼。

小迎儿这才把袖子放下，拉住同伴就要诉说，那同伴比小迎儿要聪明些，见是兰花也微微愣了下，只点一点头就拉了小迎儿走。绿丫能听到那同伴和小迎儿在那说，不过是落水狗，有什么好打的。

绿丫不由心里叹气，兰花还要追上去吵个分明，周嫂忙拦住她："罢了，这样的事，吵了也没什么意思。再说她仗的不外就是她主人家的势。我瞧着张小哥儿生得好，定不是个一直居下的人物，等以后，你们都是要享大福的。"

不管周嫂这话是真心还是假意，兰花都收回脚："承您吉言了，我们也不想什么享大福，不过是愿有爷当日在时的日子就好。"香已经烧完，周嫂也就和她们一起回去，边走边道："兰花，也不是我说，你们刚搬过来我就觉得，你们和别人家不一样。这落难很平常，只要这心里的气还在就好。你看那戏文上还唱呢，伍相国还唱莲花落，韩将军还受胯下辱，那样的大英雄大豪杰都落过难，更何况是我们。"

"周嫂子这话说的是，不说伍子胥韩信，就说吕蒙正，贫穷之时连个瓜都吃不到，落瓜亭尚存。"

"哎哟哟，小张嫂子不说，我还不晓得什么伍子胥韩信，就只知道什么伍相国韩将军，那落瓜亭又是什么掌故？你说给我，我好回去和家里人学学。"绿丫的话方完，周嫂已经拍手叫起来。

绿丫低低一笑，也就讲几句吕蒙正贫时赊瓜尚不足能到口的故事，兰花在旁听着，胸口那股气渐渐消失，别人看不起也是平常事，最要紧的是自己不能看不起自己，此时争一时之长短，不如异日宝马香车到他门前，让他们知道，当初看不起的，都是错的。

过了年歇了几日，到了初五兰花和绿丫也就出摊。豆腐花雪白细腻，打一勺口蘑丁做的卤在上面，再撒上一点香菜，绿的黑的白的交映在一起，没吃就觉得很好看。更何况旁边还有蓬松松黄澄澄的油条，真是让人食欲大开。

因此两人的摊子才支起来，就忙个不停，兰花用手擦一下额头的汗，收了吃完的人的钱，又把碗收拾好，那边已经又来了人："来两根油条，一碗豆浆。"兰花急忙应了，端了豆浆夹了油条过去。

绿丫在那专心炸油条，油条炸得差不多了，又忙把碗筷给洗干净，两人手都不得闲。这时兰花见老刘走过来，急忙招呼："刘大哥，过来喝碗豆浆。"

老刘下意识地应了一声，刚走到桌边要坐下就猛地直起身："不了不了，我还是不吃了，衙门里还有事呢。"说着老刘就跟屁股背后有狗咬他似地飞快跑了。

这老刘是怎么回事？绿丫已经把碗筷洗干净，油条也炸好，难得是个空，走过来对兰花道："刘大哥今儿是怎么了？"谁知道呢？兰花拍拍额头不去管他，见又有人来了，忙带笑上前招呼："要豆浆还是豆腐脑，这油条要几根啊？"

来人却没有说话，只是去瞧在一边的绿丫，啧啧两声："没想到这样地方还有这样嫩的，虽然脸色苍白了些，可这生的，着实秀美。"自从上回周嫂说过，绿丫刻意把脸和唇都弄得惨白，好让人以为她有病气。已经没有这样的人了，此时听到这话，绿丫的手不由握紧。

兰花已经把这人的眼给遮住，笑眯眯道："这位大哥，你是要吃油条还是要喝豆浆，除了这，别的我们这可没有。"这人已经站起身，像喝醉酒一样摇晃着往绿丫那边去："哥哥我今儿啊，就想吃这块嫩豆腐。"说着那手就要摸到绿丫的脸上，接着发出一声惨叫。

原来绿丫已经握了油勺在手上，原本是想把那勺油泼到那人手上，想想到时说不定会危及他人，倒不如用油勺烫那人一下。于是这人手才伸出，绿丫已经手疾眼快，把油勺往那人手上一磕。

这热热的才从锅里捞出来的油勺，这样往人手上一磕，那人的手顿时就红肿一片。便宜没讨成反而挨了一油勺，这人恼羞成怒，伸出完好的另一只手就要去揪打绿丫："哥哥我看得上你，是你的福气，你竟这样，赔我的药费来。”绿丫已经把油勺里的油往那人面前一泼，热热的油泼到地上，登时就呲啦啦一片。

绿丫顺手就从锅里又打了一勺油，冷冷地道：“你要再敢过来，我就把这勺油泼到你脸上，拼了去坐牢，也不怕你这样的人。”此人本就是这街上的无赖，只是远没有到不要命的地步，况且素日靠的是这张脸去和人勾搭，骗些吃穿，听到绿丫要把这勺油泼到自己脸上，登时吓得比要割了自己的宝贝还甚，后退一步，但硬犟着道：“这里这么多人呢，都有眼看的，是你烫了我，赔药钱来。”

“是我们烫的吗？明明是你心急，不等油条出锅就用手去捞，这才被烫到手，这会儿又来讹我们，你说说，谁给你作证。”兰花见绿丫应对，急忙出言帮腔。

这无赖没想到绿丫她们虽是女子，却不怕自己，不由瞠目结舌，伸手去拉桌上的人：“你来作证，是不是她们烫我的。”这人笑眯眯地把最后一口豆浆喝完才道：“我没瞧见，不过你历来手脚不干净，性子又急，伸手去捞别人锅里的油条也很平常。”这睁眼说瞎话的功夫让无赖急了，又去抓另一个人要他作证，这人更干脆，打个哈欠说：“谁不知道你是什么样人，张家这两人都是老实的，你说，我信你还是信他们。”

“这，这，”无赖的眼都要凸出来，绿丫已经把油勺往锅里一扔，那勺和锅相击的声音让无赖想起方才被烫的疼痛，只得捂了手，狠狠地道，“以后再来收拾你们。”就飞快地走了。

见无赖落荒而逃，兰花舒了一口气，笑着对那几个人道：“多谢诸位仗义执言，今儿这豆浆油条，就我请了。”先头帮忙说话的已经笑了：“早晓得这样，我就给我儿子也带两根油条回去。”

绿丫已经拿纸包了油条，兰花接过送到那人面前：“几根油条的事，多不上十个铜板，这点东道，我还做得起。”见兰花当真，此人倒不好占便宜，忙从袋里抓出一把铜钱放到桌上，道一句扰了就拱手离去。

兰花抓了铜钱要还给那人，另一人已经笑了：“兰花姐，你就收起吧，大家都是穷苦人，哪还占这样的便宜。不过今儿白老三来的奇怪，他在这街面上也不是一天两天了，今儿怎会这样突兀？”

今儿太阳好，有吃了早饭不肯回家在街面上拢手晒太阳的闲人走过来，打个哈欠说：“别人都不晓得，这事我最清楚，这白老三不是和万寡妇勾搭得火热，这万寡妇早看中刘大哥忠厚老实，想着嫁他，可谁把一顶翠绿帽子往头上磕？刘大哥就不同意，只怕这万寡妇是因爱生恨，不好动刘大哥，就来找这边的麻烦。”

原来竟是绿丫受了自己的牵连，兰花也不晓得为什么，这脸就红起来，偏偏还有人起哄:“兰花姐，你就嫁了刘大哥呗，横竖你们一个寡妇，一个鳏夫，也没那么多的事，等嫁了刘大哥，你也不用出来摆摊，到时刘大哥对张小哥也多有照应，这样的事，才叫两全其美。”

真是越说越让人脸红，见今儿预备的油条都炸得差不多了，豆浆也卖完了，豆腐脑只剩下一个底，兰花叫过绿丫收拾摊子:“不和你们说了，只会取笑人，我还是收了摊子，回家吃午饭去。”

这叫越描越黑，已有人拍手大笑:“瞧兰花姐这张脸，真是红得不能瞧了，兰花姐，只怕再过两日，我们就要叫你刘嫂子了。”兰花啐说话的人两口，和绿丫急急收拾东西回家。

等进到家里，绿丫才抿着唇笑，兰花白绿丫一眼:“笑什么笑，有那么好笑吗？”绿丫已经过去用手摸一下兰花的脸:“兰花姐，你自己照照镜子，脸比擦了胭脂还要红几分呢，这会儿又要怪我笑了。”

真是越说越不像话，兰花啐绿丫一口:“我去做饭，你少在这笑我，我要嫁谁，是由不得自己的。”绿丫咦了一声才想起兰花的来历，但很快就又笑了:“兰花姐，你这意思，是不是谆哥哥同意了，你就嫁了？不过我瞧刘大哥，人的确挺好的。”

兰花顺手打绿丫两下:“我去做饭。”说完逃一样地进了厨房，绿丫还想再取笑兰花几句，但见兰花这样也就止了步，站在那看着兰花笑。看着太阳越过当顶，绿丫不由微微叹一声，也不知道张谆这会儿在哪，只有过年前来过一个口信，说已到了主人家住下，让兰花和绿丫别担心。

兰花进了厨房，用冷水拍了脸才觉得好受些，听到绿丫的叹气声，晓得她想张谆了，其实自己也想他，只是和绿丫的想不一样。一想到张谆，兰花就想起那几人说的话，嫁人什么的，难道这辈子自己还能披上嫁衣？而不是被人瞧中了，就去伺候，伺候完了回到屋里，依旧是孤零零一个人。

兰花想着想着，只觉得许久没动过的念头竟然动起来，不由暗地骂自己一句不知廉耻。谆哥儿是个好人，绿丫更是个好姑娘，他们成亲以后，定会待自己好的，那时自己帮着他们带带孩子，做做饭，不比嫁人好吗？

可有个人在身边说说话也好，另一个更小的声音在那说。兰花的手停在半空中，掀开锅盖，但不晓得把面条放进去。

“哎呀，兰花姐，你再不下面条，这水就烧干了。”绿丫上前接过面条，利落地放到锅里，用筷子搅一下，接着重新盖上锅盖，推一下兰花，“兰花姐，你还是屋里先歇着吧，这午饭，我来做。”

“不是，绿丫，我只是在想，谆哥儿到哪去了，也不知道一年内赚不赚得到那么些银子。”兰花急急解释，可这解释自己都听着心虚。

“我晓得，兰花姐，你别解释了。”绿丫从柜里拿出两副碗筷，往每个碗里倒酱油倒醋放盐，等面条出锅再滴上几滴麻油那么一拌，筋道的面条和着麻油的香气，那才叫香。

兰花怎听不出绿丫话里隐藏的笑意，上前帮着绿丫把面条挑起来：“反正，我说的是真心话，你信不信，我就不知道。”绿丫点头，嗯嗯，真心话。

兰花白绿丫一眼，端了碗到院子里吃面条去了。

风吹在身上已经少了很多寒意，再加上太阳暖暖的一晒，兰花几口把碗里的面条吃完，瞧着这太阳又开始发愣，自己到底要不要嫁人，能不能嫁人，嫁人后会不会和大家都一样，过着互相疼爱的日子？

绿丫上前把兰花手里的碗抽走，见兰花还呆呆地发愣，又是抿唇一笑，这兰花姐，这会儿还在嘴硬，瞧这样子，分明是早已动心了。

兰花想了半日骂自己一句，老刘都没寻人来说亲呢，自己想什么，再说不过是街上人的闲话，谁知道老刘是怎么想的，还是磨豆子吧，明儿的豆浆可要收拾出来。兰花在心里对自己说了一次又一次，这才站起身要去泡豆子，门被人从外面推开，周嫂的声音响起：“兰花，绿丫，你们两个在家吗？”

听到周嫂的声音，兰花的心不由突突跳起来，周嫂不会是来帮老刘说媒的吧，不过这街上，再没人比周嫂更适合做这事了。人爽朗又周到，人缘又好。

绿丫已经迎出来：“周嫂子，我们当然在家，快进来坐。”说着绿丫见兰花抱着半袋豆子在那发愣，忙拉一下她：“兰花姐，这豆子我先拿去泡上。”

兰花这才想起自己是要去泡豆子的，怎么又在这想起婚事来，真是越大越活回去，忙抱紧豆子：“绿丫，你先给周嫂子倒茶，我先去把豆子泡上。”

周嫂和兰花打声招呼，也就和绿丫进屋，绿丫刚把茶给周嫂端上，就听到院子里传来东西掉地的声音，从窗口一瞧，竟是兰花把那半袋豆子掉在地上，那豆子滚的一地都是。

绿丫“哎呀”了一声，忙对周嫂道：“周嫂子你在这坐坐，我出去帮下兰花姐。”周嫂笑眯眯站起身：“没事，邻里邻居的，我也去帮忙。”说着周嫂帘子一掀就走出去，绿丫拿着扫把簸箕过来，兰花忙接过，把那些豆子扫起来，周嫂已经倒了盆水，先把豆子洗一洗，这才把豆子重新泡好。

等豆子泡好，兰花一张脸也和平日一样，对周嫂笑道：“今儿也不知怎么的，有些恍惚，倒劳累周嫂子了。”周嫂站起身用手捶下腰：“这不过是点小事，横竖我在家闲着也是闲着。来来，兰花，我们进去坐，说说家常。”

听到周嫂只说家常，兰花不晓得心里是什么念头，到底是失望还是别的，接着又在心里啐自己，不过是邻人间的起哄，自己就在这辗转反侧的，说出去，丢人不丢人？

周嫂在那讲些家常话，眼就往兰花脸上瞧，见兰花神色变化这才笑着道：“说起来呢，方才我过来时候，遇到刘大哥了，他在你们门口徘徊，也不知道为什么，我喊他，他就飞快跑走了。”

这话一说出来，兰花的整张脸都红了，绿丫在旁吃吃地笑：“周嫂子，你也没问问？”周嫂回头去瞧绿丫，故意道：“我怎么问啊，难道去问，那些人说的都是真的，原来刘大哥对兰花真的有意？要这么问了，兰花臊了，不让我进门可怎么办？”

兰花一张脸此时红得不能瞧了，犹自挣扎道：“周嫂子，不过是别人的笑话，你就别拿来取笑我。”周嫂掩口一笑，接着神色转为严肃：“这哪是什么玩笑话？你不晓得刘大哥是我们这的一个好人，前年刘大嫂没了，万寡妇就起心嫁他，下钩子下了好几回，刘大哥都没上当。这会儿你来了，也是个好人，这不就是天生一对。要我说，都不是大姑娘小伙子，哪有什么好害臊的，你若喜欢，我就去和刘大哥说，好讨你们一杯喜酒吃。若不能，也就熄了这个念头，你说可好？”

“好啊，周嫂子，这话也只有当着你面我才敢说，我们兰花姐，真正是个好人，要嫁一个好人家，我们也放心。”周嫂话音刚落，绿丫已经拍手笑了。

兰花羞涩低头，雪白的牙齿咬住了唇，这是生平头一次，兰花觉得，还有男人不怀着淫邪心看自己，冲口就要答应，可再一想到过去，兰花头低得更厉害，如果他知道了自己的过去，会不会轻贱自己，万寡妇是那样的人，可自己比起万寡妇，又好得了多少？

周嫂正和绿丫说笑，见兰花的眼圈红了，倒吓了一跳，伸手拍拍她：“好兰花，愿意就点头，不愿意就回绝，哭什么？”绿丫倒有些知道兰花的心事，忙对兰花道：“兰花姐，那些都过去了，再说，当初你也是不愿意的。”任凭再有多少个不愿意，可也抵消不了当初的事，兰花想得悲从中来，索性伏到桌上大哭起来。

这让周嫂摸不到头脑，眼看向绿丫想知道为什么，可绿丫的眉头只是皱着并没说话。这谁家还没点隐私的事，再加上绿丫方才那句，周嫂猜到一点点，忙劝兰花："你也别哭，谁还没点过去，只要改了，不就是个好人？"

兰花听了这话哭得更厉害了，绿丫叹气，用手抚着兰花的肩："兰花姐，你放心，就算你不嫁，我也会和你在一起。"周嫂原本以为自己已经猜到一些些，可听了绿丫这话又糊涂了，见兰花哭得越发难过，晓得今儿这事是谈不了的，起身叹气："罢了，姻缘姻缘，总要两厢情愿，既然兰花伤心，我也只有对刘大哥说，兰花不喜欢。"

"不是的，周嫂子，兰花姐不是不喜欢，只是……"绿丫忙为兰花辩解，只是不答应，而这不答应的原因里面，有一多半是为了张谆，绿丫看着兰花，眼神黯淡，周嫂重重地叹口气，又和绿丫说了两句，也就离开。

绿丫转身回到屋里，按住兰花的肩："兰花姐，过去那些事，你不说我不说，还有谆哥哥也不说，谁会知道？"兰花抬起一张泪眼："绿丫，你不晓得，天下哪有不透风的墙，况且你若真的喜欢一个男子，怎么会忍心瞒他？"这么说，兰花姐是真的喜欢上刘大哥了？绿丫的眉皱起来，不过自己也从没想过瞒谆哥哥，原来这就是真心喜欢。绿丫心里刚生起欢喜，抬头看见兰花脸上的伤心又转为叹息，只是抱住兰花，什么都没说。

周嫂刚从张家出来走了两步，老刘就从旁边出来，截住她："周家弟妹，这事你和兰花说了没，兰花答应没有？"看着老刘一脸期盼，周嫂叹口气道："说了，她也喜欢你，可是不肯答应。"

这是为什么？老刘的眉皱起来，周嫂也想知道答案，和老刘站在那分析起来："她不肯说出来，但我听这话里的意思，好像是过去做了什么事，你说女人悔不当初的不就是那么一件？听绿丫话里的意思，她当初也是不愿意，只是不得不去。要我说，只怕是她当初的男人不学好，为了赚钱逼着她做了些不能见人的事，不然一个寡妇，哪有跟着娘家弟弟的，不都是在婆家守寡？"

这样啊？老刘的眉渐渐松了，若是真的，兰花她算是个苦命人，这样好的人，为什么这么苦命。见老刘神色周嫂忙又道："说起来，兰花他们搬过来也一年多了，你瞧瞧他们平日深居简出，见人有礼，就晓得这是一家子好人。这人啊，谁还没点过去，只要改了，就是个好人。"

"周家弟妹你说的是。"老刘连连点头，"我也晓得，这女人是艰难的，若性子软些，遇到个不学好的丈夫，那就更难。只是我再不在乎，兰花不答应怎么办？"

周嫂哈哈一笑："刘大哥，咱们做街坊也十来年了，你从来都是个什么都不在意的性子，怎么这会儿对兰花这么在意？"老刘的脸微微一红，好在他脸黑就算红一下也瞧不大出，只对周嫂道：“我也不知道为什么，瞧见兰花生得这样爽利，就喜欢上了。”

周嫂难免又取笑他两句才道：“也罢，这难得遇到有情人，只是要怎么才能告诉？”老刘对周嫂连连打拱：“还望周家弟妹周全一二。”

绿丫这里等兰花渐渐止了哭，打了盆水进来帮兰花洗脸，见兰花一双眼都红肿，忍不住又微微叹气，兰花用手巾擦着脸，刚要说话就听见门响，接着周嫂走进来。

见兰花在那洗脸，周嫂子细细瞧了瞧才笑着说：“原来还没注意，其实兰花你也生得不错,又干净又爽利。”兰花起身招呼周嫂,周嫂坐下后也单刀直入:“你说巧不巧，我这刚出去，就遇到刘大哥，我顺嘴这么一说，谁知刘大哥说，他对你也有意，只是不晓得你为何回绝，还求我再来问个究竟，都是街坊邻里住着，他都这样说了，难道我还不答应，这才又进你家门。”

兰花听得这话，心神不由荡了下，再想到自己以前的事，面上神色变得凄凉：“周嫂子的好意我明白，可是周嫂子，今儿这话我也只能对你说，刘大哥不愿娶万寡妇，不过是不愿把一顶现成的绿帽往头顶上磕。可我原来，比万寡妇也只好那么一点点，除此，我还真说不出响亮话。”

这话和周嫂所想的对上了，忍不住一拍手：“我就是这样想的，兰花，刘大哥还说了，他不在意你原先的事，只要改了就好，这一年多来，你是个什么样的人，大家都有眼看见的。”

真的，只要改了就好了吗？兰花眼里闪出希冀，绿丫急忙道：“兰花姐，周嫂子说得对，谁还没有点过去的事，只要改了，就是好人。”这话真好，兰花忍不住拉住绿丫的手：“真的这样吗？”

周嫂已经在旁边点头：“自然是这样的，前头住着的毛家嫂嫂，她原来还是做那个生意的，年老色衰之后，楼里的妈妈嫌她接不来客，几鞭子要把她打死，生病了也不给治，还剩一口气就扔到乱葬岗上，恰遇到毛大哥过来，见人还剩一口气，请医调治后好了，这才带回来做了夫妻。现在孩子都生了两个了，谁还提起旧话？”

毛家嫂嫂兰花她们也认得，今年三十四五，一双孩儿聪明活泼，都送在背后塾师那里读书，日日都经过张家门前的。

见兰花迟疑，周嫂再加一把火：“人啊，不管做过什么，最要紧的是心里干净，你说是不是？”

绿丫在旁频频点头，兰花的脸红了又红这才轻声开口：“周嫂子，这话说得是，可是我还是想亲耳听听，而且，还想把我原来的事给刘大哥说说。”说完兰花低头，脸红的不能瞧了。

周嫂拍一下手：“这就对了，人这辈子，什么事遇不到？有些事总要说清楚明白才好，不然你不肯答应，难道还要刘大哥在那横猜竖猜？”说完周嫂皱眉，“这么着，张家小哥儿不在，不好让刘大哥上门来，等明儿吃了午饭，你到我家里来，你和刘大哥两人，一个窗里，一个窗外，再怎样的贴心话也说完了。”

这话说得真让人害羞，兰花忍不住别转身，不去瞧周嫂，周嫂笑吟吟地又说几句，也就离开去给老刘报信，绿丫送走周嫂走进屋里见兰花还背朝里坐着，上前扳住她的肩道：“兰花姐，恭喜你。”

兰花转身过来，双颊如涂满胭脂一样，低声道：“少先说恭喜，总要等明儿说过了，才晓得是真是假？”绿丫掩口一笑，不再取笑兰花，站起身道：“不管是真是假，再过一会儿磨豆子是真的。”兰花噗嗤一声笑出来：“嗯，明儿啊，你陪我去，我这心里才有底。”

青门柱

第 11 章　喜　事

兰花努力想说得自然，但声音里还是透出一丝羞涩，绿丫抿唇一笑："兰花姐，你别和我说，你不好意思吧？"兰花伸手打绿丫一下："不就让你陪我去一下，去不去，说啊。"

绿丫用手掩住口笑了："去，当然要去，我啊，可要好好瞧瞧，未来的姐夫到底长什么样子，前来那两回，我可都没仔细瞧呢。"兰花又要啐绿丫一口，可临了，又抿唇笑了，心里的羞涩和紧张慢慢褪去，剩下的，是渐渐漫上去的甜，自己这辈子，竟也有穿上嫁衣嫁人的机会，还是那么一个好人，真是从没想过。

绿丫把豆子放到石磨上，和兰花一起推着小石磨转起来，看见兰花脸上那时隐时现的笑容，绿丫也笑了，天儿真好，好得让人的心也变敞亮了。

次日两人卖完豆浆油条，急忙收了摊子，回家胡乱吃了两口饭，绿丫就招呼兰花出门。衣衫是昨晚就找出来的，蓝色大袄搭了一条红色裙子，这衣衫，还是当年初进张家时张谆的叔叔给兰花做的，这么多年，也没穿过两回，如果不瞧折痕，还当是新衣衫呢。

绿丫瞧一眼兰花身上就笑了："兰花姐，你要不要点些胭脂？"兰花啐她一口："谁家寡妇点胭脂？"绿丫的眼眨了眨："要不是没点胭脂，怎么兰花姐你这脸红得怕人，要我说，不如点点胭脂遮一下。"

兰花已经在锁门了，听到绿丫这样说也不理她，只是往前走，绿丫上前挽住她的胳膊："兰花姐，算我说错，和你赔礼可好。"兰花用手点她额头一下："你原先没有这么调皮，现在这样，倒有些像秀儿。"

提到秀儿，兰花就觉得失言，绿丫的眉也微微皱起轻叹一声，也不知道秀儿现在好不好，虽说已平安到了流放地，可十四五岁的姑娘家，在那样地方，又没有人庇护，境遇可想而知，纵再泼辣，又能得几时。

兰花晓得绿丫心里的疙瘩，忙拉了她的手："是我不对，不该说这个，等谆哥儿回来了，若有机会，去探探他们，也是好的。"绿丫悄悄地把眼角的泪擦掉，对兰花点头："嗯，我一定要好好地过。"有多一半是为了秀儿过的，只有把自己的日子过好，才会有机会帮着秀儿，绿丫在心里悄悄发誓。

两人此时已经走到周家，周嫂出来迎着，把自己丈夫打发到外面看摊子，自己端来两杯茶，笑眯眯地说："瞧兰花平日的打扮，还真没瞧出，原来也是个清秀的，看来还是刘大哥有眼光，一瞧就瞧中了。"

兰花规矩地坐在那喝茶，由着绿丫和周嫂两个在那说些闲话，门响时候兰花的手一抖，茶都泼出来些，想伸长脖子往外瞧，但又觉得不好意思，只是重又坐回去。

周嫂和绿丫相视一笑，周嫂已经问道："谁啊。"

"周家弟妹，周老弟在家吗？"当听到传来的是老刘的声音时，兰花的心跳得越来越快速，快得连坐都坐不稳了。周嫂已经走出去："刘大哥，你周老弟在家呢，在前面看摊子，你进来从这绕过去，免得还要从街上走，多麻烦。"

周嫂嘴里说着，已经招呼老刘进了家门，兰花从窗口看见，只觉得老刘虽还是昨儿那个样子，可是瞧着怎么比平时好看些，接着兰花就想捂脸，太不像话了，哪能这样想？

老刘晓得兰花就坐在屋里，进了家门就问周嫂："周家弟妹，我昨儿托你问的事问好了没？"周嫂当然不会把兰花从屋里拖出来，只是笑吟吟地道："兰花妹子就坐在我屋里呢，你啊，正巧，当面问问。"

说着周嫂就进屋，兰花已经坐立难安，周嫂对着兰花耳边说了两句，也就拉上绿丫到里屋说话。

老刘来到窗口，隐约能看到里面一个人影，仔细一瞧还能瞧出眉眼，再想细看就难了，手心也不觉出了汗，低低叫了声兰花，接着就问："我想娶你，你答应吗？"

绿丫和周嫂进了里屋哪会说话，都竖着耳朵在听，等听到老刘这话问出来，绿丫差点笑出来，急忙用手掩住口，害怕惊扰了兰花。兰花只觉得心里有十五个吊桶在打水，脸已经烫得没有办法，老刘得不到回答，又说了第二遍："我是真心想娶你，从此后你的家人就是我的家人，等我们成了亲，你们也搬到我院子里去住，我会待你弟弟好的。"

"那不是我弟弟。"兰花终于有了勇气说出过往，即便这些过往会吓跑老刘也在所不惜。

不是弟弟，外面的老刘分明愣了下，接着就等兰花细细地说。兰花这会儿觉得勇气越来越多，手在袖子里握成拳，轻声说着来由。

这些事周嫂并不知道的，听了兰花的诉说，就望向绿丫，见绿丫脸上的叹息，周嫂忍不住低声问："这是真的？"绿丫点头，周嫂也忍不住叹气，"难怪了，他们之间的情分我觉得比平常姐弟还好，原来是这样。"

相依为命，彼此不离不弃，这样的人世间很少，而最难得的是，一下在张谆身边就有了两个。

外头的兰花已经说到最后："你瞧，我就是这么不干净的女人，我为了活命，做过很多不愿意做的事，再恶心我也要忍着。你还想娶我吗？"兰花眼里的泪已经落下，脸上的火热渐渐消退，一直没有回音，他一定是不愿意了，毕竟能娶的人这么多，为什么要娶这样的自己。

"兰花，我心疼你。"就在兰花已经绝望，周嫂也哑然时候，外头的老刘低低地说，接着老刘的声音微微提高，"那么现在，你愿意嫁我吗？"

周嫂和绿丫脸上都露出笑容，绿丫如释重负一样，兰花能够得到一个好的归宿，这真是再好不过的事。

"我也不晓得，一见到你就和见到别人不一样，而听了你那些事，我更心疼你，兰花，你不是那样的人，以后，别想起以前的事了。张小哥儿既认你为姐姐，那他就是你弟弟，就是我小舅子。"老刘的话语越来越快，语气越来越笃定。这样的语气让兰花觉得如天籁一样，从没这样好听，她眼里的泪比方才还要流得更急一些。

"兰花，你愿不愿意？"老刘说完没有听到屋里传来答话声，忍不住再次开口问。周嫂抹一把脸上的泪，掀起帘子走出里屋，见兰花在那只晓得流泪，顺手塞块帕子给她，这才走出屋对老刘笑道："刘大哥，恭喜恭喜，这不说话不就是应了，这杯喜酒，我们是吃定了。"

真的，真的应了吗？老刘只觉得再也没听到过比这更好的消息，想进屋去亲口问问兰花，周嫂子已经拦住他："刘大哥，你不是来寻你周老弟的，这会儿先过去吧。我这媒人就做到底，等和兰花商量了，下回张小哥儿回来时，你们就成亲。"

老刘对着周嫂连连作揖，总作了十来个，周嫂也坦然受之，见老刘往外面去了，周嫂这才重新回屋，瞧见绿丫正在安慰兰花，就笑眯眯上前："恭喜恭喜，兰花，你这也算苦尽甘来，刘大哥是个好人，往后你嫁过去，就晓得了。"

绿丫用肩膀撞下兰花："兰花姐，你就快别哭了，这是喜事，该笑。"兰花点头，可那眼里的泪还是止不住，周嫂见多了，也不再劝，只和绿丫说些这喜事该怎么办的事。

兰花在旁听着，心里的喜悦慢慢地漫上来，自己真的要嫁人了，这不是梦，而是真实情景。从来没有想过，这样的事会在自己身上发生，真是太好了。

周嫂和绿丫互看一眼接着也就笑了，能成了一桩好事，总是喜悦的。

两家也不争什么财礼，过了两日，周嫂带了人过来送了四样首饰，五两折席银，这边回了一双鞋袜，两条手帕，在门口放了一串炮，就算定下婚事。等张谆回来，就请客摆酒，让两人成亲。

街坊邻居们晓得这个消息，总有人要过来贺贺，那几日兰花除了支摊子做生意，也就忙于接待各位邻居。这日也不例外，隔壁的吴嫂王嫂联袂过来贺喜，正坐在堂屋里说话，就听到外面传来一个声音："呦，这里可真热闹，晓得的，知道是来贺喜，不晓得的，还当是来了什么半开门呢。"

吴嫂的眉就皱起："怎么是万家那个浪货，说起来，她浪她的，只要不吃窝边草，也就认了，毕竟还有两个公婆要养。"王嫂年纪大些，哼了一声："她啊，早就想嫁刘弟兄了，这会儿见这边定了约，早看不顺眼了，我就奇了，怎么这两日她那边风平浪静的，原来是要趁这会儿发作。"

里头在说话，万寡妇已经径自走进来，她年纪和兰花差不多大，不过描花戴朵，穿了一身的红，连手里捏着的帕子上都一股香味，一扭一扭走进来，瞧着屋里的人就问："也不知道这是怎么了，人上门来贺喜，怎么连个人都不招呼。"

吴嫂早把脸别过去，王嫂咳嗽一声："你也说是来贺喜，怎么不带贺礼，再说了，你不通名报信，谁知道你是谁？"万寡妇在那用帕子扇着风，这股香味真能把人呛昏过去，绿丫本打算不理，可人家上门来了也不好拿大棍子打出去，只得搬了凳子过来："没见过你，也不晓得怎么称呼，先坐。"

万寡妇也不坐下，只是仔仔细细瞧着绿丫，接着噗嗤一声笑出来："我早听说卖豆浆这家有个小嫂子，生得可俊俏了，就是身上带病，今儿瞧瞧，果然如此。难怪会有人要和你家求亲，原来啊，这是想连你也吃了，毕竟你家可是没钱请医调治的，可这嫁过去，有了银子治好了，那就是个怎样的美人，到时……"

说着万寡妇用帕子捂住嘴笑起来，绿丫正在倒茶，听了这话，索性把茶往她脸上一泼："呸，你当人人和你一样无耻？"

万寡妇被茶泼了一脸，那脂粉顿时花了，站起身道："你这小烂货，是不是说中了心事，就在这恼羞成怒，不过我瞧你，还是个……"不等她说完周嫂已经皱眉："万嫂嫂，你别含血喷人，先不说张家小哥儿现在在外做生意，就说张家嫂子，瞧着还是个没圆房的姑娘家，你就在这说东说西，也不怕烂了舌头，死后做鬼都没人收。"

万寡妇斜斜地看周嫂一眼："我当是谁，原来是周家嫂嫂，周嫂嫂我可忘了告诉你，昨儿啊，周家哥哥来过了，偏偏不巧，没带银子，从头上拔了根簪给我。"说着万寡妇伸手就从发上取下一根簪子，"虽是根铜簪，可我瞧着这做得还精细，也就收了。"

周嫂没料到自己丈夫竟也和万寡妇有一腿，气得握紧手中的帕子，强还挣道:"这簪子，昨儿他回来说不晓得掉在什么地方，定是你捡的，拿来给我。"说着周嫂就扑上前要去抢簪子，万寡妇已经闲闲地把簪子别到发上："你当我是你们，一个个钱财不扣手的？这样一根簪子，连一钱都不到，我哪看得上眼，若非周家哥哥有些本事，我还不让他上我的身呢。"

说着万寡妇又笑起来，兰花本在里面，听万寡妇说得越来越不像话，忙走出来把绿丫推到厨房让她去忙，这里就对万寡妇冷笑道："你要是来做贺客，那就请坐，若是来吵架的，这外面街可比我们家里的屋子宽多了，随你吵去。"

万寡妇见正主来了，眼皮微微一抬往兰花身上打量几下才道："瞧着也是个风流寡妇，难怪刘大哥看上了你。"王嫂虽在旁看戏，可到此时也忍不住了："万婶婶，都晓得你这张嘴厉害，那又何必，姻缘本是天注定的，刘弟兄喜欢的是兰花，不是你，这也是前生姻缘，你啊，还是欢欢喜喜来道贺的好，何必做这恶客。横竖大家都晓得，你也不缺这一个男人。"

王嫂的男人年纪大了，平日又老实，万寡妇倒真没沾过她男人，此时听王嫂这么一说就拍手笑起来："果然年纪大些的人说话中听，王嫂嫂，我就听你的话，先来道贺，这二来嘛，"万寡妇的眼一闪就笑眯眯地道："我还想求兰花姐姐开个恩，认我做个妹妹，等她嫁过去，我再过门，那时我们姐妹齐心，定会把日子过得红红火火的，也免得外面的人在那传什么刘大哥是看中张家小嫂子才要娶兰花姐姐这样的闲话。"说完万寡妇瞧向兰花，一脸我都已经让到这步，甘居妾位，你就答应我吧的神情。

兰花生平见过的无耻的人多了，也不缺万寡妇这一个，不怒反笑道："原来万家嫂嫂是求这个，说起来，依万家嫂嫂这样的人品相貌，做一个妾，着实委屈了呢。"万寡妇怎不明白兰花话里的意思，故意顺着她的话就把手一拍：

“就是呢，若非我对刘大哥一往情深，还不愿这样委屈呢。好姐姐，你就答应我罢。”

说着万寡妇起身拉住兰花的袖子，就要软语相求，周嫂王嫂两个都在皱眉，刚要说话时，就听“啪”的一声，万寡妇面上已经挨了兰花的一巴掌，接着兰花冷笑道：“放屁，这样的话，也好拿到我面前说，天下下贱无耻的人我见得多了，却没见过你这样的，为了个男人贱得连自己姓什么都忘了。”

周嫂王嫂刚要赞一声打得好，万寡妇顺势坐在地上大哭起来：“是，我无耻，我下贱，你们一个个都瞧不起我，可我有法子吗？男人死了，丢下两个老不死要吃要喝要穿，我一个女人家，没有别的法子，只有靠这个。你们一个个都是有老公的，怎会明白我心里的苦？”

兰花没料到万寡妇竟会顺势诉苦起来，倒愣了一下，周嫂已经拉住兰花，王嫂冷笑道：“什么只有靠这个，明明就是你不肯下力气，不说别人，就说兰花，她不也是寡妇，你没男人靠，张小哥儿赚的钱又有多少？她难道就成日坐在屋里等着张小哥赚钱回来养她这个姐姐？她没有，她每日泡豆子磨豆浆炸油条，辛辛苦苦出摊挣钱。那时你在哪里，哦，在和不晓得谁家的男人在炕上高卧，哪舍得起来做这些。”

周嫂心里也解恨，急忙帮腔道：“好，你就说你娇弱，没力气，做不了这个，只能靠养汉过日子，那你也做得隐秘些，哪能这样大剌剌地做，还成日在街上巷内窜来窜去，似乎你吃好穿好才是该的，别的良家女子甘守贫苦，才是不该做的，很该和你一样，也去勾搭养汉，这样行径，正经人谁会瞧得起你？”

周嫂平日家是个腼腆性子，更别提王嫂这个不爱说话的，万寡妇哭了两句，剩下的话全被堵在喉咙里哭不出来，只是瞧着她们，还在想着该怎么说。兰花已经过来道：“万嫂嫂，地上凉，你也别久坐了，我不管别人如何，横竖我的丈夫是要对我一心一意绝无二心的。吃好穿好谁不愿意，可是自己挣下的，穿得舒坦吃得舒心，而不是当着人面被羡慕，背后被人讥笑，这家子是靠养汉才吃好穿好。”

万寡妇被她们三人说得再无还口之力，只得爬起来道：“你们都是一伙的，全来欺负我这个苦命人，我若有个男人可靠，也不会落得今日这样被人讥笑。”

绿丫在厨房里听了半日，忍不住从厨房里冲出来道：“万嫂嫂，你错了，岂不闻靠山山崩，靠水水干，只有靠自己才可靠。”万寡妇整理下衣衫，白绿丫一眼：“断奶才几天，就来教训老娘？还只有自己可靠，你难道没听过，女人的命是菜籽命，落到哪块地上就随哪块地去了？你现在命好，男人可靠，等男人发了财，到时娶个嫩的回来，你也只有靠边站。”

说完这句万寡妇也不瞧她们，重新昂起头走了，绿丫瞧着万寡妇的身影，淡淡一笑，从没想过有人会说自己的命好，就算有一日，谆哥哥真的发了财，他也不会娶个嫩的回来，自己相信的。绿丫心里笃定地想。

周嫂王嫂她们已经过来安慰绿丫：“这烂货说的话，你别放在心上去，她啊，就巴不得挑唆得家家夫妻都吵架，个个女人都养汉，都和她一样下流卑贱，才叫称心如意。”自己脏了，有人是想努力爬上去，用水冲洗掉身上的脏污，可是有人是想把大家都拉下脏污的地方，甚至还大叫，这脏污才是本等，全忘了天下本就有脏有干净的地方，绝不是一模一样的。

绿丫羞涩一笑：“两位嫂嫂多谢了，我相信谆哥哥的。”周嫂已经笑了：“方才那烂货说的有句是对的，这小张嫂子，生得真是秀美，和张小哥儿恰好就是一对。”王嫂也在旁连连点头：“这是穿的衣衫不新鲜，要是两个人都换上新鲜衣衫，好好地梳头洗脸擦上脂粉戴上首饰，我瞧啊，就是那画上的金童玉女。”

绿丫一张脸顿时被说得红透了，放开周嫂的手扭身往厨房里钻，王嫂已经笑眯眯地问兰花：“你弟弟弟妹还没圆房，要我说，等你们成亲之后，索性一起摆酒，让他们一对小夫妻也圆了房，免得在这院子里住着，不大方便。”兰花笑了：“这是好事，等谆哥儿回来再说。”

圆房？绿丫用手捂住自己的脸，虽还是女儿家，对这件事却不是懵懂少女，在屈家听过见过的又浮上心头。特别是柴房里曾看见的一幕，绿丫顿时觉得有些想呕，难道自己和谆哥哥也要这样丑态，那真是不好看啊！可不做这些，听说不会生孩子，而绿丫，是想和张谆生个孩子，有自己的眼睛，有张谆的鼻子，一定特别好看。

“傻丫头，在这又皱眉又脸红地做什么呢？”兰花已经送走客人，进厨房准备收拾晚饭，看见绿丫用手握住脸坐在那呆呆的就上前问。绿丫的脸更红了，有心想问问，可又觉得说不出口，拿过火石打火，看见兰花秀美的脸庞终究开口问：“兰花姐，我问你件事你别恼，就是那个，为什么要做？不做可以吗？”

兰花的手停了一下，当初被屈三爷收用时的情形又浮现出来，疼痛羞辱，还有一种自己对自己的厌弃感，这样的神色让绿丫的心跳了跳，急忙伸手拉住兰花的手：“兰花姐，我不该问的。”兰花长吁一口气，把那些过往都忘掉，对绿丫笑着说：“天生阴阳，自然要阴阳和合才对，而且，不同的人，是不一样的。”

这话说得太含糊了，绿丫咬住唇，一脸的不理解，兰花拍拍她的手："到时候你就知道了，嗯，谆哥儿绝不是那样……"哪样？绿丫的眼又眨了眨，兰花见锅里的水开了，拿着面开始往下放："反正，这事，总得经的。给自己喜欢的人，总比给自己不喜欢的人强。"

这话是真的，自己喜欢谆哥哥，想着，绿丫觉得心里又添上一丝期待，谆哥哥什么时候回来，回来时，他能赚到许多银子吗？兰花回头瞧见绿丫脸上神情，唇边也闪出淡淡笑意，有盼头，就是好。

万寡妇来闹了一场的事老刘很快就晓得了，他借故到了张家，隔着门道歉，兰花嘴里说着无所谓，心里却甜丝丝的，这个世上有人把你放在心上，真好。谆哥儿，你快些回来吧，你回来了，兰花就可以嫁人了。

等候的时光总是过得慢一些，兰花原先只觉得，起床到睡下，不过一瞬时间，可现在，从起床到睡下，做许多事情都还没看到太阳落山。算着日子，张谆已经走了七个多月，又来了一封信，说还有三个来月回来，虽然没有说生意做得如何，但从他信上的语气来瞧，张谆过得还好。

这封信让兰花和绿丫的心都放下来，还有三个月，张谆就可以回来了，兰花也就能出嫁了。老刘那边已准备妥当，那几间房子里外都粉刷好了，家具坏的都修理了，没坏的也都重新油漆过。老刘还设法寻了几块木头，做了张新床。

兰花这边也准备妥当，新做了两身衣衫，又拿银子打了几根头钗镯子之类，老刘请周嫂来定下日子，十月二十三，上好吉日，就在这日娶兰花过门。

万事俱备，这个东风就等张谆回来，临近十月，兰花开始坐立难安起来，这种心情绿丫从没有过，自然也不好去问，只是在心里琢磨着。

日数一日，转眼就到了十月初八，算着时日，张谆就是这两天到家，老刘每日去衙门点个卯之后，就在城门口守住，准备迎接自己的小舅子。兰花和绿丫也把家里收拾得干净整齐，只等张谆到家。

这日老刘又去了城门口，绿丫和兰花把摊子支起来，卖了会儿就瞧见老刘笑眯眯地走过来，身后还跟了几个人，除了张谆，另外两个像是脚夫。瞧见盼了好几个月的人突然出现在面前，兰花快步迎上去，突然想起还没和张谆说一声自己和老刘定了亲，顿时又觉得害羞，那脚步不免停滞在那。

绿丫没有兰花想得那么多，况且数月没见，绿丫对张谆的思念已经难以诉诸于口，见兰花停住，绿丫虽奇怪脚步却没停，上前叫一声谆哥哥，又仔仔细细瞧了他的人，见虽带风霜神色却好，心里这才放下，又见脚夫还挑了几担行李，瞧着更不像个折本模样，心里一时又是欢喜又是难受，竟说不出话来。

此时的兰花已经整理好思绪款步上前，见张谆和绿丫只是你瞧我我瞧你却不说话，想笑谁知眼不知怎的一酸就流下几滴泪来，急忙背过身去，老刘搓搓手："你们一个个都不说话，兰花，这摊子也别摆了，赶紧收拾了吧，这几位小哥，还请把行李放下，我们自己担回去就好。"

那两个脚夫却不肯放，只是道主人吩咐了，定要来这边认认门。这话奇怪，老刘等人齐齐看向张谆，张谆这才从乍见兰花绿丫的喜悦中醒悟过来，忙道："这是前几日在路上遇到的，说起来都是一个地方的，他们主人盛情，定要几个人送我回来，其实这么一担行李，我也挑得来的。"

原来如此，兰花绿丫释然，张谆已经对这两人道谢道："我家就在这里，还请小哥们回去，多多致意贵主人。"说完张谆从怀里拿出两块碎银子，"权当一茶。"

张谆执意如此，这两人也无法再多说，接过银子谢过赏，也就离去。

张谆还要矮身去挑担子，老刘早已把担子接过来："你这一路都辛苦了，这么些路，我帮你挑了罢。"说着老刘挑起担子就走，张谆的眼眨一眨就对绿丫道："刘大哥真是个好人，还在城门处等我。"

此时兰花才想起，绿丫已经笑着道:"以后，可不能称刘大哥，要称姐夫。"姐夫？张谆的眉一挑，往兰花面上一瞧，见兰花面上飞霞，张谆忙对兰花拱手："这是大喜事，你们怎么也不和我说一声，说了的话，我就从外面买两匹衣料回来，兰花姐出门，总也要备上一份嫁妆。"

兰花已经推绿丫一把："你先把谆哥儿带回去，烧水给他洗澡，我这边收拾完了就来。"说完就往摊子那里跑，张谆还在奇怪，绿丫已经捂住嘴笑起来："谆哥哥，兰花姐是在害羞。"害羞，张谆眼里多了笑意，抬头去看绿丫，一年多没见，绿丫个子高了不少，脸也有些圆了，虽然刻意让脸色苍白，但五官越发秀美。

绿丫见张谆眼眨都不眨地看着自己，不由啐他一口："你瞧我做什么，原先没见过吗？"这还是在大街上，张谆忙轻咳一声："不是，只是觉得从没见过你这样美丽的姑娘。"

绿丫一张脸登时红起来，这才一年多没见，谆哥哥怎么就变成这样了，可是他的话，为什么会让自己心里甜丝丝的？绿丫白张谆一眼："出去一年多就学坏了，不理你了。"

说着绿丫推开门，径自进了厨房去给张谆烧洗澡水。看着离开一年多的这座小小院子，张谆勾唇一笑推开门，在外时候，魂牵梦绕的竟是这个地方，只要一推开门就可以听见兰花的声音，瞧见绿丫忙碌的身影，在这里，就会变得心情宁静。

“张小哥。”老刘已把担子放在堂屋里，见张谆进来急忙上前打招呼，刚要说自己和兰花已经定亲，可想起张谆怎么说原先也是兰花的主家，出口的话就变成，“张小哥，这话不该我说，可是兰花的身价银子多少，我回家凑凑，给你送过来。”

张谆先是啼笑皆非，接着就变了脸色：“刘大哥，你当我是穷途末路要卖人吗？”老刘那黝黑的脸顿时添上几分红色：“不是这样的，张小哥，我只是，只是……”

见老刘支支吾吾说不出话，张谆已经笑了：“刘大哥，你是个老实忠厚人，兰花姐嫁了你，我很放心。这么些年，兰花姐待我的恩德比天还高，我怎能还只记得当初张家买了她，而忘了这些呢？从叔叔过世只有兰花姐留下的那一刻，我张谆就发过誓，兰花姐永远是我姐姐，不是什么下人。”

兰花正好走到堂屋边，听了这话，那泪忍不住滚珠般落下，谆哥儿，真的是个好人，爷，你在九泉之下也能安心，谆哥儿没有长歪没有变坏，而且，很有本事。

张谆正好抬头看见，起身迎接兰花，兰花已经伸手去擦眼角的泪：“我这些年眼窝越发浅了，怎么又哭了？”老刘虽然老实却不是不晓得心疼人的，见状也起身笑着说：“以后，我们在一起，日子一定会过得好。”

兰花想点头，可那泪还是止不住，绿丫已把洗澡水烧好，过来叫张谆去洗澡，见了眼前这一幕，也有些眼发热。张谆安慰几句兰花，回头瞧见绿丫就对她道：“绿丫过来，我们一起给姐姐姐夫行礼。”

绿丫把眼泪憋回去，甜甜应了，张谆已经把绿丫的手拉过来，当两人掌心相触，绿丫只觉得有一种前所未有的安心，看着张谆的俊朗眉目，绿丫除了笑，竟再没有别的念头。

见张谆牵了绿丫过来给自己行礼，本已坐下的兰花腾地跳起来：“谆哥儿，这当不得，不管怎么说，有些事是变不了的。”张谆伸手把兰花按在椅子上：“兰花姐，怎当不得？若没有你，我不知流落何乡，甚至落于下稍，让爹娘叔叔在泉下蒙羞。兰花姐，这个世上，除了爹娘叔叔，只有你最当得我的礼。”

说着张谆已经双膝跪下，绿丫也跪在他身边，两人端正行礼下去。老刘也觉得眼睛热了，伸手去擦泪，可那泪也不晓得为什么，怎么都擦不干净。等张谆绿丫两人行礼完了，老刘已经双手把张谆扶起来：“舅舅，以后，我们就是一家人了，我这个人不大会说话，一年在衙门里赚的银子也不多，不过有我一口吃的，就有兰花一口，有兰花一口，就有你们的。”

兰花拉着绿丫的手只晓得在那哭，听老刘这样说话就啐他一口：“你快些坐下吧，不然……”

“不然那洗澡水就冷了，谆哥哥，我方才都闻见你身上有汗味了。”绿丫在一边插话，兰花把泪又咽回去：“谆哥儿你也是，出了趟远门，总要洗涮下再说话，哪能这样匆忙？”

张谆用手摸摸脑袋笑了：“我怕等洗涮完再说话，兰花姐就不肯了。兰花姐，从今日起，你就真是我的姐姐了，一辈子都不变。”一辈子不变，兰花觉得眼里又有泪，老刘已经笑嘻嘻地说：“说起来，你们灶后那个洗澡的地方是找哪个匠人做的，我也在家做一个，以后兰花你冬日好洗澡。”

屈家原本的厨房灶后，特地留出一块地方安了澡盆水槽，冬日洗澡方便，而且厨房里火不熄的话，也暖和。不过当日在屈家时，能享受在灶后洗澡的，不过就张婶子一人罢了。搬到这里后，兰花也学着这么做了个，免得冬日洗澡麻烦，此时听老刘这样说，兰花觉得自己的脸又红了，背过身不去理他。

张谆已拿了换洗衣衫到厨房中洗澡，瞧见老刘这样，忍不住也笑了，老刘见张谆笑了，用手摸摸后脑勺：“我去打瓶酒，再切些熟肉回来，等舅舅洗澡出来，好好喝一盅。”

说完老刘想跑，兰花已经叫住他：“回来，肉也别买熟的，买生的回来，你也尝尝我的手艺。”娶了媳妇就是好，老刘应了又匆匆往外跑，兰花瞧着他的背影，忍不住又笑了。

等老刘回来时，不但买了酒，割了肉，还提了一条足有三斤重的鱼，说在回来路上撞见，这样冷的天也难得瞧见这么大的鱼，既然今儿欢喜就咬牙买下。兰花嘴里说着他浪费，手里却已接过鱼开始收拾起来。

等绿丫把张谆的衣衫洗出来，张谆和老刘把一壶茶喝光，兰花的一桌菜也热腾腾出锅了，炸了花生米给他们下酒，小炒肉是下饭的。汤是用鱼头和鱼骨再加上白菜熬出来的，奶白色的汤闻着能让人从喉咙里伸出手来。

鱼肉分成两半，一半用面粉合了做了鱼丸，放在那里没动，另一半稀奇，是把鱼肉用极快的手法切成丝，热油下锅，飞快一炒后捞起来，和豆腐丝做了一道凉拌小菜。

老刘瞧见这道凉拌小菜时，眼睛都差点瞪出来了，尝了一口就连声赞好：“兰花，你这手艺，寻常的酒楼大师傅都比不上。”兰花也有些得意：“这算什么，要有螃蟹，我还能把蟹肉和蟹黄都取出来，掺了肉末香菇马蹄，一半做汤，另一半再塞回螃蟹里面去蒸熟，让人一点尝不出来有什么不同。”

老刘已经连下两筷子:“嗯，好吃，兰花，你有这手艺，怎么不投个酒楼？”这话让张谆还有绿丫都沉默了，兰花的手顿在那就道：“我要投了酒楼，怎么还会遇到你？”

那瞬间的沉默让老刘明白自己说错话了，尴尬地笑了笑就顺着兰花的话往下说。绿丫看见张谆的额头蹙得很紧，伸手去握住他的手，张谆了然，反握住她的手，其实和谆哥哥这样双手交握，好像也不是那样不可接受，绿丫心里在想，接着就啐自己，怎么这么不害臊，当着众人的面这样想。

虽有个短暂插曲，但这餐饭吃得还是十分欢喜，等老刘离开张家时，已经脚步踉跄，张谆把老刘送回家折返时才对兰花道：“路上遇到万寡妇，那个寡妇，实在是……”

兰花手里正在绣一件嫁衣，听了这话就道：“上回她刺吴家嫂嫂来着，吴家嫂嫂回去，和吴大哥生了好大一场气，吴大哥好几日出门，眼都是青紫的。”绿丫在旁噗嗤一声笑出来，门已经被敲响，兰花停下针线问谁，外面却不答应，绿丫上前拉开门，瞧见来人忍不住眨下眼：“毛嫂嫂，快请进来坐。”

虽说毛嫂原来是做那样生意的，可现在比街上任何一个人穿着都严谨，衣衫领子高的，连一丝脖颈都不露出来，瞧见绿丫声音有些刻板地说：“我瞧见万家那个，往刘家去了，她是个不怀好意的人，想趁着刘大哥喝醉，做些什么也不一定，就来和你们说一声。”

说完毛嫂也不等绿丫说话，就转身离去，张谆已经来到门口，绿丫忙对张谆说了，兰花也听见，走出屋子道：“这个万寡妇，说她可怜呢，偏又这样可恨。谆哥儿，我和你去吧。”张谆应了就和兰花往刘家那个方向去。

绿丫关好门，就在那摇头，万寡妇可真好笑，即便真趁老刘喝醉沾了她，可老刘也不会娶她，难道她这样闹，不过是为了出气？好好过日子不行？

兰花和张谆走到老刘家时，门是虚掩着的，推开门就闻见一股呛鼻的脂粉味，兰花用帕子掩住口鼻，和张谆走到屋前，已经听见万寡妇的声音：“刘大哥，我是兰花，你瞧，我今儿打扮得好不好看？”中间还掺杂着老刘含含糊糊的声音。

听了这话，兰花真是又好气又好笑，张谆已经笑出声来，屋内的万寡妇正在那拿着老刘的手让他来摸自己，听到外面传来笑声，心顿时一跳，低头看见老刘醉得迷迷糊糊，索性牙一咬，来得正好，忙把自己的衣衫一脱，露了大半个胸就把老刘的头往自己胸前一抱，等着外头的人进来。

谁知万寡妇左等右等，等不到外面的人进来，就在万寡妇以为那声笑是自己听错时，老刘的酒劲倒慢慢过去，感到自己的头脸靠在什么软而又香的地方，不由伸手摸了一把，突然心头一跳，自己家里怎么会有女人？兰花可还没过门呢。这下老刘睁眼，看见自己面前半裸着的万寡妇，登时吓得酒都醒了，连滚带爬地滚下床，看着万寡妇道："你，你，你怎么会在我家？"

万寡妇此时要做戏，声音十分娇媚地道："刘大哥，你忘了？是你叫我来的，还拉着我的手说喜欢我，刘大哥，奴家想嫁你。"万寡妇这话让老刘魂飞魄散，吓得双手就去扯开门，万寡妇见老刘想跑，也从床上下来就扑过去抱住他："刘大哥，奴家喜欢你，你快些来疼疼奴。"

老刘只恨那门难打开，万寡妇见老刘什么都不说只是去开门，声音更娇了："刘大哥，你这样开门出去，一叫人，岂不坐实了我和你已经成事？"这么一说，老刘又不敢去开门了，万寡妇又去抱住老刘，"刘大哥，我的本事，可比兰花强，你娶了奴家吧。"老刘正在进退两难时门从外面打开了，接着兰花的声音飘进来："什么本事，万寡妇，我还不晓得你有什么本事呢。"

瞧见兰花，老刘差不多都要哭出来了："兰花，我什么都没有做，你要相信我。"兰花当然会相信，毕竟从头到尾都听着呢，万寡妇见被撞破倒没有半点害羞，也不伸手遮遮胸前春光，只是斜眼瞧着兰花："兰花，你不是口口声声刘大哥喜欢你，绝不会瞧我一眼，怎的，现在，他方才可和我……"见张谆跟着进来，万寡妇这才意思意思把衣衫扯过来，"兰花，你不晓得，刘大哥瞧着老实，可那力气大的，我快受不住了。"

说着万寡妇还用舌头舔一下唇，一副十分满足的样子。兰花已经伸手扯着老刘的耳朵："你以后醉了，可要记得，把门给关好，哪能门不关紧就自己睡了？"兰花这话，听在老刘耳里真如天音一样，急忙点头："是，是，我绝不能因为有人送回来，就忘了关紧门。"

万寡妇瞧见兰花去扯老刘耳朵时候，心里还欢喜，谁知听到兰花这样说，万寡妇不由色变。兰花已经斜眼瞧着万寡妇："你们方才在里面做了什么，我从头到尾都听到呢。老刘，我和你说，我从来只听见男奸女，这男的差点被女的强了，还真少闻。"万寡妇这才晓得自己所为兰花全都听见了，恨恨地把衣衫拢好："你就抱着你的老实头过日子吧，老娘不陪了。"

说完万寡妇扭着腰出去，兰花还在背后喊了一声："记得把衣衫穿好，还有，勾搭男人也要瞧瞧在什么地方。"万寡妇恨得牙咬，却答不出话。

老刘已经对兰花道："兰花，是我的不是，我总觉着万家老两口可怜，就助了二三两银子，谁知就被万寡妇缠上了。"兰花打他一下："可怜，可怜也要看什么样的可怜人。像万家老两口这样，吃着喝着万寡妇的，还在那里嚼万寡妇舌的，我真不觉得他们有多可怜。"老刘对兰花连连点头："是，是，你说得对。"

既然兰花要教训老刘，张谆忍住笑："兰花姐，我今儿累了，先回去吧。"兰花的脸不由一红，老刘已经拉住张谆的衣衫："舅舅，你难得来这里，坐下喝杯茶，哎呀，连口热水都没。"

张谆努力不让自己的笑露出来："姐夫，你先和姐姐说话，我先走了。"说完张谆飞快跑了，老刘这才转身对兰花说："你瞧，我这里连口热水都没，好兰花，给我烧口水来喝喝。"

兰花白他一眼，尽会使唤人，但还是走向厨房，老刘坐在那里瞧着兰花在厨房忙碌，又开始傻乐，没想到万寡妇这次还做了好事，不然自己喝醉醒了，可是连水都要自己烧。

张谆回到家时，和绿丫说了几句话，绿丫见他困得睁不开眼，也就催他去睡了。那担行李还放在那，绿丫并没去收拾，兰花回来时候天都黑了，绿丫见她进来，笑着问："方才是刘大哥送你回来的？我听见他说话，怎的不进来？"

兰花脸上带着羞涩："怕不好意思进来见谆哥儿。"说着兰花把下午在刘家瞧见的事说了，兰花和绿丫叽叽咕咕说了两句，两人都感到心情舒畅，瞧着那担行李，兰花想去整理又把手缩回来；"横竖不是个折本的模样。就算没有一千两，瞧这重的，总也有个七八十斤吧？"

"兰花姐，你还忘了，可以换金子呢。"张谆的声音传来，兰花瞧着他："金子？谆哥儿，你这回发财了？"张谆打个哈欠，上前解开行李："没有赚到廖老爷说的一千两，不过我寻到不少货可以在京城卖，如果这条路能走通，那以后我们的日子不愁了。"兰花见张谆侃侃而谈，仿佛见到昔日张谆的叔叔，眼角又有泪："爷要晓得，一定很高兴，会说，我们家又出了一个能人。"

"这世上能人多了，兰花姐，我这次出门才晓得，天下的能人太多了。不过，骗子也不少。"兰花把眼角的泪擦掉："别说天下这么多的人，就说我们住这条街上，还有这么多的人呢。"绿丫也在旁点头："谆哥哥，你要把你的见识都告诉我们。”

面前两个人，是自己这生最重要的人，张谆眼神温柔地点头，拣路上遇到的事情说了几桩，不过有些不好说的，就没有说了。仅这些就让兰花和绿丫两人，又是羡慕又是叹，绿丫瞧着张谆，男人可以走天下，那自己以后呢，可不可以陪他走天下？而不是坐在家里等他回来？

三个人说话足足说了半宿，第二日兰花也没出去摆摊，张谆起来后就带着那些货去各家店铺卖去了。绿丫送走张谆就在那发愣，兰花瞧见绿丫发愣，拍她肩膀一下：“你在想什么呢？谆哥儿回来你不欢喜？”绿丫摇头：“兰花姐，谆哥哥现在不一样了，我在想，以后，要怎么才能帮谆哥哥，而不是只会坐在家里等他？”

这个事情，兰花从没想过，那眉也皱起来：“这事，我也不晓得。”绿丫抱着膝盖看天：“虽说相公娘不是什么好人，可是她很能干的，这才是三爷不敢动她的原因。”

这样的话兰花从没想过，眉头已经皱成一个死疙瘩：“绿丫，你这是从哪学来的怪念头呢，相公娘这个人，呸呸。”兰花往地上连吐了两口吐沫，一副提起屈三娘子都觉得恶心的样子。

绿丫放下抱着膝盖的手：“秀儿说的啊，秀儿娘过世的那一晚，秀儿回来，她和我说了很多很多，问为什么这个世道偏偏好人不长命，坏人乐逍遥，还说了以后要好好地学张婶子的本事，把相公娘给挤出去。”秀儿说了很多很多，可是那么多的念头，都烟消云散了，提起秀儿，兰花也忍不住滴了两滴泪：“绿丫，秀儿和你不一样的，她有些怪想头，也平常。别的我不敢担保，谆哥儿我是敢担保的，他对人，是真好。”

可是人心会变，这也是秀儿说的，而且在屈家这么些年，绿丫也是瞧着屈三爷对张婶子，对屈三娘子的心，其实都有变化。如果傻傻地等着别人变了，还在想，这人会惦着原来的恩情，来寻我的，把我拉出泥沼，那就会变成秀儿娘一样。被人践踏，到死连一天的好日子都没有过过。

看着绿丫的眼神，兰花吓得急忙拉住绿丫的胳膊：“绿丫，我可和你说，别和相公娘学，她够坏的。”

绿丫笑了：“当然不会，兰花姐，昨儿谆哥哥回来，和我们说的那些话，他已经长了见识，那我们也就不能像从前一样，只晓得做饭摆摊，说不定也能和谆哥哥一起，学着怎么做生意，怎么才能把这生意越做越大，怎样应酬人。”

原来是这些啊，兰花如释重负地笑了：“这些，我可不懂。”绿丫歪一下头：

“不懂就学啊，没有人是生下来就样样懂的，就算是状元郎，也要日日苦读不止。”

兰花拍拍绿丫的胳膊：“这也是秀儿教你的？”绿丫摇头：“不，这是我自己想出来的，你想，榛子原来和我们是一样的人，可以后再见了，她就和我们不一样了。”

“那不一样，人命里有个命数，有些人是天生享福的，有些人是天生吃苦的，要享福，还是等这辈子好好地修，求来世吧。”听了兰花的话，绿丫只是笑笑不说话，命数哪有一定的，屈三娘子当日还说，她是天生的享福命，可现在，她的境遇，远不如自己。所以，有些事不一定的。

兰花还想说绿丫几句，门就被敲响，接着两个婆子装扮的人走进来，瞧见这小院先是眉头一皱，接着笑嘻嘻上前：“这是张爷府上吧？我们老爷姓朱，特地遣我们来给张爷的家眷问安。”

张爷府上？饶是兰花镇静也吓了一跳，这才多长时间，谆哥儿就变成爷了？还是绿丫心里想得多些，忙上前道：“我们家里的确姓张，不过不认得这位朱老爷，两位是不是走错了？”

听到这家里的确姓张，一个婆子已经把手一拍：“就是这里，没错了。我们老爷和张爷是乡里，路上遇到了，原本想让张爷到我们那边住，张爷说家里还有家眷就没过去住，还不晓得两位怎么称呼？”

兰花刚要说自己是张谆的姐姐，想了想又觉得不对，正在徘徊，另一个婆子已经道：“这位想必是张爷的姐姐，方才在外头时就听说了，还说张爷的姐姐这个月底要出阁，真是可喜可贺。”说着双手递上一张大红全帖。

兰花接过帖子，脸上微赧地道：“两位还请里面坐。”这两位瞧一眼就双手直摆：“今儿不过是来问安，并不进去坐的。还请大姑奶奶得空时，到我们家去坐坐。”兰花急忙笑着应了，这两位虽不坐，赏钱可不能少，绿丫已经走进屋里拿了红纸包了两个纸包出来，这两位接了，也不嫌少，谢过赏就走了。

等她们走了，兰花才用手按住胸口：“哎呀呀，这两人穿着打扮，真是比我们还富丽，当初爷还活着的时候，我也曾招呼过来家里问安的人，可没有打扮这么富丽的，这位朱老爷家，想必十分富有。”

绿丫脑子里还在转着，这位朱老爷是个什么来历，听到兰花这话，忙笑着道：“是啊，我也从来没见过。”可心里的不安开始萦绕，很多事情，自己是不是想得太简单了。

兰花的心思和绿丫的心思不一样，虽说张谆现在和绿丫好，可现在瞧着，张谆这一年在外头定是有遭际的，到时若被人看中招了婿，那也不亏他这么些年的辛苦，绿丫的话就有些难办，她待谆哥儿的心自己是看得见的，可若看着谆哥儿的大好前程就这样因为绿丫被阻拦，兰花又觉得不好。

但看着绿丫的笑脸，兰花又觉得自己对不起绿丫，可男人在外头，有人帮着总比一个人打拼的好，思来想去，兰花竟不知道该怎么办。

这时张谆推开门，脸上笑容疲惫："兰花姐，绿丫，你们午饭做什么好吃的？我饿了，这一路去店铺，都是被人招待茶水，越喝越饿。"兰花急忙跳起来："今儿来了客人，倒忘了做饭，你等着，我把昨儿剩下的鱼汤和鱼丸煮了，下个面条，很快的。"

来了客人？张谆拿了绿丫搬出来的点心吃了两块，觉得舒服些就问绿丫："来了什么样的客人呢？你们连饭都没做？"

绿丫把那张大红全帖拿出来："说是一个什么朱老爷遣来的，还多多拜上。而且……"绿丫瞧着张谆，不知该不该说出口。

"而且什么？"张谆接过帖子看起来，见绿丫有些犹豫就问。绿丫终于把话说出口："兰花姐从来人走了后，就有些心神不宁。"当日在屈家的时候，兰花其实并不是很高兴自己和张谆在一起的，往事又浮上心头，毕竟张谆和自己，是不一样的人。

张谆已经把帖子放下，瞧向绿丫道："朱老爷就是我说过，在路上遇到的，正好还是乡里。他为人热情，既然他家女眷在，等过几日，你和兰花姐去拜访，也是常理。"

"真的？"绿丫的眼顿时闪出喜悦，张谆笑了："当然是真的，绿丫，你是我的未婚妻子，以后这些来往应酬，会越来越多的。"说着张谆站起身仔细看着绿丫，"不过这衣衫旧了些，可是我们现在也没有钱置办好衣衫。"

"不，不怕的，只要心里不卑不亢，那又怕什么呢，谆哥哥，你说是不是？"绿丫已经雀跃开口，张谆笑了："不卑不亢，说得好，绿丫，你真是聪明姑娘。"

被心上人这么一夸，绿丫的脸忍不住红起来，在外面听了半晌的兰花不由一叹，谆哥儿这么想是他为人厚道，不忍绿丫的心旁落，可能有人帮一把就帮一把。

听到叹气声，张谆走出来，瞧见兰花站在那就接过她手里的托盘："兰花姐，怎么饭做得了也不叫我们。"说着闻闻碗里面条的香味，"真香，不过兰花姐你是不是忘了放蒜？"

"我去取蒜。"绿丫蹦跳着去厨房取蒜，兰花也开口道："谆哥儿，我晓得你是忠厚人，可是做生意不容易，有人能帮衬就帮衬。”张谆怎不明白兰花话里的意思，当日兰花可是时时不忘让自己娶一个能帮自己的媳妇的，他抬头瞧着兰花：“兰花姐，我明白，可是我若真是那种人，当日就已经辜负你了。”

这话里有双重含义，兰花听懂了，想再劝竟觉无法开口，绿丫已经拿着一碟剥好的蒜进来，张谆夹两个蒜放在面里面拌下，点头道：“真好吃，兰花姐，我张谆，不会是一个见了好处就忘了旧日辛苦的人。”

兰花瞧向绿丫，见绿丫脸上笑容十分欣喜，叹口气道：“是我枉做了恶人。”绿丫上前拉住兰花的胳膊：“兰花姐，你不是枉做恶人，你是盼着谆哥哥过得越来越好，我总觉得，你把谆哥哥看的，是比天还大的，为他思前想后，这样的人，哪是恶人呢？”

“你不怪我？”兰花有些惊讶地问。

“怎么会怪你呢，兰花姐，喜欢一个人，是不一样的，你不是说过吗？”兰花把眼角的泪擦掉，谆哥儿已经长大了，有主见了，自己还替他担心什么呢？绿丫已经端起一碗面吃起来，“嗯，兰花姐做的面条，就是比我做的好吃。”

“那你要多和兰花姐学学，不然等兰花姐出嫁了，我啊，连一口好饭都吃不到。”张谆已经把一碗面吃光，故意伸筷子去夹绿丫碗里的面，绿丫把碗故意抬高，两人都笑起来。

兰花也端碗开始吃，两个人只要好，就够了。而且绿丫嫁了谆哥儿，自己的日子其实比谆哥儿娶别人要好过些。兰花思前想后，心里终于笃定。

吃完午饭收拾一下，三个人坐在院子里一边晒太阳一边说闲话，张谆在说这途中见闻，绿丫和兰花边做针线边听他说话，太阳照在身上，暖洋洋的。张谆唇边露出笑容，能得今日的日子，自己就已够惜福了，况且一步一个脚印地走，总好过攀捷径被人踢下来的好。过日子，还是要踏实些。

兰花的喜日子快到了，街坊邻居都到刘家帮忙，张家这里，就请了周嫂和吴嫂来扶新人过去，大家都不富裕，不过就是那日摆上四五桌酒请请邻里，放一挂炮，再把新人搀扶过去，拜了天地就算完。

张谆也过去刘家帮忙，不免被人取笑两句，还有人笑着问张谆什么时候和绿丫圆房，到时可要请下大家。张谆都有些招架不住时，一个小孩子蹦跳着进来，对张谆道：“张大叔，你家里来了客人，兰花姨让你赶紧回去招待客人呢。”

朱家那边，张谆在第二日已经回拜过，并且说这几日要忙着姐姐出嫁，并不会再去，这又是哪里来的客人？张谆心里奇怪，突然想到廖老爷，现在一年之期已将到，自己这一年虽没赚到千两银子，可七八百两是有的，更何况还增长了见识，难道说是廖老爷来了？

想到此，张谆只恨爹娘少生了两条腿，飞快地跑到家门口，在家门口停住稍微整理一下就推门进去，院子里站了个四五十岁的中年人，瞧见不是廖老爷，张谆有些失望，但还是上前行礼："见过刘叔父。"

来人是此前曾见过的刘老爷，见了张谆，他把头一点："你这两年的行径我都听说了，不错，你这样做，颇有你叔父的风范，令叔九泉之下，闻你如此，当为你欢喜。"

张谆忙又谢过，请刘老爷往里面坐，刘老爷头一摇："不必了，我瞧你这家里也忙得很，我们出去找个茶楼坐坐，我和你说些话。"张谆忙应是，请刘老爷先走，自己在后跟随，两人出了小巷，往大街上来，也没走远，看见一个茶楼就走进去。

茶博士过来请问要些什么茶。刘老爷点了一壶香片，四样就茶的小吃，又要了一份黄鱼面，点完才对张谆笑道："我过来得匆忙，还没吃饭，贤侄你可要再要些什么点心？"

张谆忙道自己已经用过，等茶上来，先给刘老爷斟了一杯，这才给自己倒了杯茶，刘老爷见张谆礼数不缺，点头道："看来你虽经过磨折，可这些教养都没忘得，的确不错。"

张谆忙恭敬应是，黄鱼面已经送来，刘老爷拿了筷子，让一让张谆，也就吃了起来，刘老爷这碗面吃得也快，吃完了漱过口，喝杯茶荡荡油腻才对张谆开口道："我听你说嫁姐姐，还吓了一跳，记得你叔父并无子女，你哪里来的姐姐。等打听过，才晓得是昔日你叔父买的那个灶上，这些年亏她跟着你，你把她当姐姐一样嫁出去，足以见你忠厚。"

张谆又应是，刘老爷又喝一口茶才道："你在路上遇到的朱老爷，这么些年我们也常打交道的，昨儿我去拜访，和他说起你的事，他赞了你总有半顿饭的工夫，说这样的年轻人已经少见。就想托我一件事。"

见刘老爷面色有些为难，张谆的眉挑起："朱老爷为人热情，又是乡里，他有什么事小侄可以效劳的？"

刘老爷摸下唇边髭须："说来也是好事，朱老爷在家乡虽有妻儿，在这京里乏人服侍，于是又娶了一房，当作两头大，这样事情也是常见的。这位朱太太虽十分能干，却艰于生育，连流数胎，才得了一个女儿，爱若珠宝。这女儿今年已经十五了，从她没满十岁，朱老爷就为她的婚事操心，担心嫁了个中山狼，到时自己眼一闭，家乡那边的兄长是指望不上的，于是精挑细选，见你十分不错，这才托我来说个媒。贤侄，我也不怕告诉你，朱老爷在这京中做生意，也有二十来年了，这边的产业足有两万余金，全当作这位朱小姐的嫁妆不说，连以后的孩子都可以跟女婿姓，只要奉养朱太太就成。”

条件确实丰厚，张谆只淡淡一笑：“多谢刘叔父和朱老爷的好意，只是叔父想也知道，我已经有未婚妻子，若抛她另娶，那算怎么一回事？”

刘老爷摇头：“贤侄你说笑了，当日你和杜家的婚事，杜老爷早已退掉，之后并没听说你定亲，哪里来的未婚妻子？要知道婚姻大事，总是父母之命媒妁之言，没了这几样，纵你生下儿女，也不过一个外室，说不得嘴响。”

张谆的手忍不住握起：“刘叔父此言差矣，男女之间，相敬相爱，因此许下盟誓，当着天地神佛做了见证，四邻皆知，哪里说不得嘴响？岂不闻王状元负桂英，于是被鬼神捉去，终究偿了她命。”

“天地神佛？”刘老爷重复一下这四个字就笑了：“贤侄，有些时候，神佛也是不顶用的。”

“可我不能对不起我的心。”张谆的眼神清亮，看着刘老爷一个字一个字地道。

“罢了，贤侄，你既不肯负那个姑娘，这有什么难办，等你娶了朱小姐，再把这姑娘纳为妾室，这样两全其美的事，你看如何。”这样的条件还真诱惑，张谆有一瞬间有些动摇，可自己这样做了，又和那些欺负绿丫的人有什么区别？

绿丫对自己，有恩啊，若不是她的关心，在屈家或者自己就活不下来，就算活下来了，也不过和那些小厮一样，每日想着吃酒赌钱，从此堕落，而不是依旧和原来一样，且有了一颗这样坚定的心。

张谆缓缓摇头：“叔父这提议，若换了别人，定然觉得十分之好，可在侄儿瞧来，这样提议，是对我未婚妻子的羞辱，她待我恩重，若没有她，我或者早已堕落，而不是像现在这样。妾者，立女也，我的恩人，怎可以为妾，怎能受我妻子的驱使？而我在旁说，这是做妾的人应当做的。”

刘老爷不料张谆竟说出这样一番话，倒呆了一呆，接着叹道：“你倒是有你叔父的几分骨气，可是贤侄，骨气当不得饭吃。再者说了，朱小姐为人温柔贤惠，到时你过去，就说这是你的恩人，朱小姐定会待她十分好，不会以寻常妾侍相待。”

张谆还是摇头：“叔父好意，小侄已尽知，旁的事，叔父尽可吩咐，可是这件事，小侄不能。”不能辜负兰花，当然也不可辜负绿丫，况且做男子的，就该用自己的双手赚钱吃饭，得一个嫁妆丰厚的妻子，是一步登天的捷径，可是这样的捷径会让人变懒，甚至会让人自卑。

看着张谆的眼，刘老爷的眉没法松开：“贤侄，我晓得少年人总是会觉得，这个世上没有什么事是做不到的，可是等再过些年，你就晓得，很多事是做不到的。”

这下张谆舒心地笑了：“刘叔父，您可能已经忘了，我已经经历过父死母亡，族人逼迫，叔父收留，接着叔父也过世，然后险些流落街头的事了。我还有什么样的心，以为这个世上，什么事都任由我做呢？”

刘老爷是真的忘了这茬，端起手中的茶杯把残茶一饮而尽，再次劝说道：“贤侄，你也不用回绝得这样斩钉截铁，或者再等两天，等你忙完这里的事，我再来问你。”说着刘老爷唤茶博士来会账，数了钱给茶博士起身道，“我还有事要忙，先走一步。贤侄，好好想想。”

张谆伸手摸一下肩，方才刘老爷拍这一下，真是饱含了对自己的无限期望，可是自己的决定不会改变了。张谆淡淡一笑，起身回家。

等他们都走了，隔壁茶座才传出人声：“没想到来喝个茶，还能听到这么一出好戏。”声音很淡，立即有人道：“在下和廖老爷相交这么多年，竟不晓得廖老爷对这些事如此感兴趣，难道说廖老爷寻回了甥女，就对这些感兴趣了？”

靠在茶座里的正是廖老爷，他坐的位置正好在张谆身后，只隔了一道木板，因此听得清清楚楚，听到对面的人这样说就淡淡一笑：“这个小哥，也算我们熟人，没想到在这遇到了。”

哦，对面的人了然一笑就道：“老朱在京里的产业，何止两万两，光一座绸缎铺子，一年就五千两的出息。这小哥竟能回绝这样的诱惑，真是难得。”廖老爷也点头，想起和张谆当日说的话，不如，顺着刘老爷的话再试一试，毕竟银子的数目不同，对人的诱惑也不一样。

张谆回到家里，兰花自然要问刘老爷说了些什么，张谆避重就轻地说了，又和兰花商量起让兰花带十两银子做嫁妆的事，兰花的脸不由一红，正要推辞，就听到门外有人问：“张小爷在家吗？”

绿丫上前推开门，见面前的人有几分眼熟，只是想不起在哪里见过。那人已经对绿丫拱手：“这位大姐记不得我了？我家老爷姓廖，去年来过这里。”原来是廖家的人，绿丫急忙往屋里招呼，这里就笑着问：“也不知道榛子，不，杜小姐可好？”

绿丫的话语变化管家听出来了，只是笑着道：“小姐她很好，原本还要给您写信呢，可是嬷嬷教的功课繁重，小姐就没法写，只好托我带个口信，说一切都好，让您别惦记。”

这一口一个小姐而不是表小姐，足以证明榛子过得不错，绿丫把管家让进屋里，兰花已经给他倒水：“杜小姐过得好就好，只是这嬷嬷教的功课是什么？”

那管家并没有坐在上面，而是搬个凳子坐在门口，接过茶笑眯眯地道：“老爷请的嬷嬷，是专门教小姐读书识字琴棋书画的，小姐学得很认真。”

“果然是大家闺秀的做派，榛子刚来时候，我就瞧着她不错，不过暂时落难，现在好了。”管家笑着应是，又给张谆问过好才道：“还想问张小爷一声，去年我们老爷说的话，张小爷得了多少利息？”张谆原本信心满满，可此时见了管家，不觉又心虚起来，咳嗽一声才道：“连货物带现银，总共八百银子。”

“这就是说，缺了两百两，张小爷，我们老爷可是个丁是丁卯是卯的，您要是只缺了一二十两，那也不算什么，可这缺了两百两，张小爷，那就抱歉了。”

虽然已经料到会这样，可听到管家这样说，张谆还是感到深深失望，自己的资质还是不够吗？

“能不能帮忙通融一下？”兰花已经开口问。

“办法吗？不是没有。”管家一笑，“我们老爷还有三天就到京城，只要等三天后凑齐一千两就够了。”

青门柱

第 12 章　成　亲

两百两，这要怎么去凑？兰花的心已经纠成一团，绿丫的眉也皱着："谆哥哥，我先去帮你在这街坊里问问，能借多少借多少。"兰花被这话提醒，连连点头："嗯，我先去问问你姐夫，他在这从小住着，要借也比我们方便些。"

众人拾柴火焰高，即便这柴看在别人眼里不值一提。张谆心头闪过感激："兰花姐，绿丫，我竟还要连累你们。"

"说这些做什么，我们是一家子，都想想办法，哪有过不去的坎儿。"兰花已经穿起外衫，张谆也一起走出："我也去相熟的几家铺子问问。"

看着张家三口人各自出去，一直守在拐角处的管家这才点一点头，快步转身离去。

"他们这家子，倒是有趣。"听管家说完这些，廖老爷才点一点头。

"是，老爷，这家子虽说穷了些，可照小的瞧来，却是规矩斯文有礼向上的，只是老爷，小的并不明白，您并不缺这两百两银子，为何要设这样难题？"小厮呈上一盘橘子，廖老爷示意管家给自己剥一个才淡淡地道："人在绝境时，要有人给你抛绳子，但条件是，丢掉你视若珍宝，但在别人瞧来，不过是负担的东西。你会怎么选？"

管家把橘子放到空盘里呈给廖老爷才缓缓地道："老爷，您这提法，实在是让小的为难。"

廖老爷笑了，只有这种时候才试得出一个人的心性，而不是别的。管家瞧着廖老爷的笑容，想起在山东的那位小姐，不由暗自思量，老爷不会真的要张小爷做姑爷吧？如果这样的话，那对张小爷可要多好些。

张谆三人在外奔波了足足两日，还是兰花在老刘那里凑到三十两，这还是老刘的同僚们各自送上的贺礼和老刘这些年的积蓄全都算上。至于街坊这里，就更少，全是碎银子，中间还夹着些铜钱，满打满算，加起来也不超过十两，这还是周嫂亲自出面，说张谆和绿丫也要圆房了，这两好合一好，大家多送些喜钱才是。

两头加起来，也不过四十两，离着数额还差一百六十两呢，至于张谆那里，就更是一无所获，好的还说一句近年关了，家家关账，这时候只有收银子的，哪有借银子的？差一些的竟是不等张谆开口就鼻子里冷哼一声连少陪都懒得说句就走了。

明日就是廖老爷来的日子，张谆三人坐在灯下，看着这些碎银子，每个人的心都感到沉重。

张谆手握成拳抵着额头，自己的能力还是不够。兰花见他难受，给他倒碗茶："谆哥儿，你也别伤心，不管怎么说，你也趁了六七倍的利息呢，到时这八百多两，我们也能去找间小铺子开开。"

张谆苦涩一笑，绿丫明白，张谆并不是为银子凑不到而难受，而是因为这个机会，或者永远失去了。绿丫垂下头，手忍不住握成拳，低声说："谆哥哥，其实，你还是有法子的。"

什么法子？张谆抬头看绿丫，绿丫的笑容在昏暗的灯下有些苍白："这个家里，最值钱的就是我了，谆哥哥，你把我卖了吧。"说完，绿丫就觉得心里空落落的，兰花已经过来抱住绿丫："你疯了，这样的话也说，我们就算再难，再失去机会，也不能把你给卖了。"

可是，谆哥哥已经没多少机会了，自己不愿看着谆哥哥这样难受，绿丫的心里同样如刀割一样，想说话，可眼里的泪已经流到嘴里，那样苦涩，让绿丫什么都说不出来。

"傻子，"当张谆醒悟过来时，忍不住骂了一句，接着把绿丫的手握在手心，"绿丫，你是我的未婚妻子，永远都不会变。再说今日的处境已经好过原来许多，若我遇到困难的事就想着把人给卖了换一步退路，今日卖了你，那来日呢？绿丫，人活在世上，哪有这么顺遂的，总会遇到坎儿的。"

可是，绿丫已经哭得浑身发抖，说不出一个字来，自己不愿意谆哥哥伤心啊。

张谆抬起绿丫的下巴，伸手把她脸上的泪慢慢擦掉，重新露出一张娇俏秀气的脸来。绿丫看着他，两人的眼都那么清亮，张谆的手很暖，近乎发誓地说：

"绿丫，我是男子，是男子就要护住你，而不是反过来让你庇护我。"当初在兰花的庇护下自己才平安度日，但兰花受到的侮辱，自己一辈子都不能忘，现在已经比原来好很多很多，怎样也不能绿丫这样做。

兰花用手摸一把脸，把脸上的泪给擦掉，抱绿丫抱得更紧些："傻子，你这个小傻子，哪能这样说，以后这样的傻话，永远都不许说，我们是一家子，一家子就要齐心过日子。"

绿丫的头靠在兰花的胳膊处，对兰花点点头，兰花想笑，但眼里的泪还是更先一步涌出来。

张谆看着她们，也许，自己该去寻刘老爷，这是最后一丝希望，如果没有了，那就不再想这件事，以后踏踏实实地过日子。

次日一早，张谆让兰花和绿丫在家等廖家的人上门，自己收拾一下就去拜见刘老爷。

天还太早，又是冬日，张谆这一路来，竟还没遇到店铺开门，等来到刘老爷的下处时，才有两个守门的在那打着哈欠出来开门。张谆忙上前陈情，说自己要见里面住着的刘老爷。

那两人仔细瞧瞧张谆，见他打扮也不像那样十分穷的，让张谆在门前坐了，就进去里面报信。

张谆越坐越冷，况且刘老爷下处是个会馆，渐渐也有人出入，张谆一个人坐在门前不大像样，索性站起来走动走动，也让身体暖和些。

又等了好大半日，太阳都升得老高，笼罩在天际上的那层薄雾已经消失得无影无踪，才看见方才报信那人出来，对张谆道："刘老爷说了，有什么事让你直说，他没空见你。"

张谆都能猜到刘老爷这样说，但此刻是自己求人，忙对那人连连作揖："确是有急事，还请通传一二。"说着张谆从袖中拿出十来个铜板，"来得急，没带荷包，这些就当给你买杯茶。"

这十来个钱，真是打发叫花子，这人刚想把这十来个钱掀开，会馆里面就走出一个小厮，这人忙从张谆手里抢过那十来个钱，嘴一呶："这是刘老爷身边伺候的，你不如去求求他。"

张谆忙谢过，两步就赶上那小厮，对小厮道："小哥还请暂留步。"

那小厮转过身瞧见张谆，咦了一声："我认得你，你是张家的那位小爷。我们老爷那日见了你，回来就发了一场大气，今儿能见你才怪。"张谆急忙伸手扯住小厮，连连道："今儿确实有急事，还请小哥帮忙。"

这小厮眼转了转，张谆想往袖中掏，可袖中实在是掏不出什么，对小厮一脸不好意思："今儿出来的急，没带荷包，若……"那小厮鼻子里哼了一声："谁稀罕那几个铜板买果子吃，罢了，看在我们老爷还曾去见你份上，我就进去帮你问一声。"

说着小厮就往里去，张谆用手擦一下额头上的汗，安心等着。

小厮一路进了屋子，对刘老爷道："老爷，张家小爷又让小的进来传信。"刘老爷唔了一声，对身边的朱老爷道："朱兄，这孩子，真是放着好路不走。"

朱老爷哈哈一笑："这孩子，能不忘旧情，也是个好的，那日你说过后，内人连道，若真如此，这样的人才更能嫁，还和我说，若张小哥不答应，她就让人去说服那姑娘，给那姑娘许一份嫁妆，再挑一户过得去的人家，充做义女嫁了，这不是两好？免得那姑娘做妾，总有些……"

刘老爷把手里茶碗放下就点头："嫂子这爱女之心，真是可表。朱兄你瞧，你要不要回避下？"朱老爷摸下胡子，起身往后面去，刘老爷咳嗽一声，示意小厮前去叫人。

哪得一盏茶的工夫，张谆已站在刘老爷面前，刘老爷举目一望，张谆相貌的确出众，再加上人品不错，难怪朱老爷夫妇认定了他。想到此刘老爷声音就放缓一些："贤侄今儿来寻我，可有什么事？若是朱家的事，这件事你回绝得太快了，只怕转不了圆。"

张谆是真没想过朱家的事，听到刘老爷这样说，心不由一跳才对上作揖："朱家的事，小侄已然忘却。小侄今儿来此，有个不情之请。"

已然忘却，刘老爷的眉一皱："贤侄，这事并不是我们害你，而是为了你好。要晓得，那样丰厚一笔产业，嫁谁不是嫁，不过是我想着令叔昔日在时，我们相处得好，这才竭力为你周全。"

"刘叔父的好意，小侄铭刻在心，只是当日对刘叔父说的话，小侄并不敢忘。小侄来此，是为另一件事。"

张谆这话让刘老爷的眉头一皱，接着就笑了："这是年关，你来此，想是为借钱，贤侄，我只得一句，没钱。"这话张谆已然猜到，听到刘老爷这话并没有特别失望："既如此，小侄也就告辞。"

见张谆就这样走了，后面的朱老爷有些坐不住了，急忙走出喊道："张小哥留步。"

张谆转身，瞧见朱老爷倒有些赧然，对朱老爷作个揖道："朱老爷盛情，小可记得，但朱老爷的好意，小可还是不能领。"俗话说丈母娘瞧女婿才越瞧越欢喜，可朱老爷此时瞧张谆，也是十分喜欢，拉着他的手就往椅子上放："虽说世上少见女方家赶着做亲的，但我这个女儿，我爱若珍宝，哪能轻易嫁掉。张小哥你也别急着反对，我晓得，你待那姑娘是有情的，不愿辜负。这样罢，让她做妾定是不能，内人那日有个主意，说要收这姑娘为义女，备份嫁妆寻个人家出嫁，到时她得了好处，我得了佳婿，岂不两全其美？"

见张谆又要摇头，朱老爷按住他："张小哥，岂不闻婚姻大事总要男女喜欢，这种事，总要遣个人去问问。"

兰花和绿丫见张谆一去就去了这么久，也不知道刘老爷能不能借银子，两人都心急如焚，看着到了午饭时候，也没有做午饭的心情。绿丫拿着一张帕子在那绣来绣去，那针脚全是乱的，兰花在给老刘做衣衫，可是几次下剪都剪错了，索性把剪子放下，再剪错，就没布做了。

"其实。"兰花和绿丫见对方都坐立难安，忍不住双双开口，又住了口，都想让对方说，门外就响起说话声："大姑奶奶在家吗？"

又是大姑奶奶，这是什么人？兰花上前打开门，见来的是朱家那两个婆子，忙请她们进来："我弟弟不在，还不知什么事？"这连婆子今儿待兰花更客气些："大姑奶奶，今儿啊，我们不是来寻您的，是来寻绿丫姑娘的。"

寻自己？绿丫忍不住放下手里的帕子站起身来，这两婆子已经满面笑容地走上前来，一个拉着绿丫的手，另一个就在那夸："绿丫姑娘细一瞧，长得真是水灵灵的。"

"就是这身上穿的衣衫不大好，不然，和我们大小姐站在一起，就和姐妹似的。"两人一唱一答，绿丫糊涂起来："两位寻我，到底有什么事？"

"什么事？喜事！"一个婆子已经拍掌，另一个婆子急忙道："就是喜事，我们太太那日听我们回去一说，对绿丫姑娘特别喜欢，说想收绿丫姑娘为义女。特地吩咐我们来接。等进到里面，拜了我们太太为娘，您啊，就是我们太太的义女，以后啊，这嫁妆什么的，我们太太都会为您承担。"

义女？兰花倒面上喜色现出，这要真成了，绿丫从此就得享福了。但绿丫心里还存着一丝清醒，见那两个婆子要扶自己走就推开道："做你们太太的义女，是不是从此就要听你们太太的话，比如说，我要嫁谁，也是你们太太下主意？"

这两婆子对看一眼，本以为绿丫年纪小，好拿捏，等进到朱家，朱太太几句好话一哄，从此不得见张谆的面，到时让人出去和张谆说，绿丫不肯嫁张谆，那张谆不就成了自家小姐的姑爷。等那头定下亲，这边再给绿丫找个管事的嫁了，以后丰衣足食地过去，等木已成舟，再想反悔，那就谁也悔不了。

谁知这如意算盘此时打不响，两婆子忙道："这话说的，太太到时疼您，您想嫁谁，那还不是去找太太撒个娇，就成了，难道太太还忍心看您伤心不成？"

一个说起，另一个急忙在旁边帮腔。

两婆子说得越热闹，绿丫越不敢相信。无事献殷勤，非奸即盗，秀儿当日可是说过，自己笨，有些事，要仔仔细细想过了，再做。这么一想，绿丫更不肯走："还请两位代我回去说，这辈子，我只肯嫁谆哥哥一个人，换了别人，就是皇帝我都不肯嫁的。"好大的口气，有个婆子已经明显不耐烦了，忍住鼻子里将要哼出的冷笑道："姑娘这话说的，婚姻大事，总是父母做主，自己私自定了，就是私相授受，说出去都会被人笑的。"

"私相授受是什么，我不懂的。但我只晓得，我和谆哥哥两个人，都是发过誓的，若背了誓，那就是一辈子，不，下辈子都还不清的。"绿丫挣脱两人的手，后退一步和兰花站在一起，十分认真地说。

发誓？这两婆子脸上的不耐烦此时已经真切露出，有个婆子冷笑道："姑娘这话，我们不得不驳一驳，发誓这种事，不过是愚夫愚妇才会信的，真要誓言得灵，那地狱都被挤满了。"

绿丫脸上还是那样认真："誓言灵不灵，我不晓得，但我只晓得，这是从我心上说出的话，如果，连自己的心都要违背，那有什么意思。两位回去，还请多多致意令主母，收义女这种事，到底是好是坏，我也不晓得，但我只晓得，若要我背弃谆哥哥，我不肯的。"

怎么说都说不通，两人对看一眼，甩开手道："我们太太本是一番好意，谁知被你当作驴肝肺。罢了罢了，我们这就回去回禀太太，你啊，落得一生一世受穷。"

绿丫垂下眼不去看她们，等两婆子都走了，兰花才上前扶住绿丫："我活了比你多这么多年，可今儿怎么就昏了头，一心盼着你去过好日子？"绿丫觉得自己的腿都是软的，顺势靠在兰花身上："我也不晓得为什么，那时突然就听见秀儿的声音，她说，绿丫，你笨，凡事要多个心眼，想想再做，不然就被人骗了。"

兰花听绿丫提起秀儿，忍不住擦下泪："也不知道秀儿好不好，但愿她好好的，这孩子，才是真命苦。"

绿丫嗯了一声看向外面，谆哥哥，我为了你，已经回绝了，你呢，你会不会辜负我？

“不，朱老爷，您的盛情我明白，但这些事，不是说给她一个好去处我就会高兴的。”张谆看着朱老爷，依旧平静地说。

不过一个女人，朱老爷沉吟一下：“贤侄，你要晓得，不过一个女人罢了。”是，绿丫不过一个女子，可是这也是自己在这个世上，最依恋的人。张谆笑了：“但她是不一样的，朱老爷，您当初在京中别娶一房，这么些年，想必也没把这位朱太太带回家乡，为的，就是这位朱太太是不一样吧。”

朱老爷的脸不由一红，有些口吃地道：“老夫老妻，她又为我操持家务，生儿育女，我怎舍得让她回去，在别人面前立规矩。”旁边的刘老爷忍不住咳嗽一声。

“那就是了，朱老爷，当初您在家乡娶原配时，只怕为的仅是侍奉父母，并不因的你心里喜欢。而这位朱太太，才是你心里喜欢的，所以你不舍得委屈她，宁愿委屈家乡那位原配。纵然外面人讥笑商家的两头大不合情理，你也毫不在意。朱老爷，绿丫与我，就如这位朱太太与您一样，而令爱，即便我娶了她，也不过是如您家乡的那位原配与您一般。您疼爱令爱，愿令爱嫁个好男子，可您有没有想过，即便是好男子娶了令爱，又怎会如您疼朱太太一般，纵然名分所关，不会休妻，可有些事情，是不一样的。”

朱老爷的嘴忍不住张大，这些年下来，已经习惯了，从来没仔细想过，仔细想想，的确是这样的，自己怎舍得京里那位回去家乡被自己的原配立规矩，名分所关，很多事不能做，但人的心，又怎能被这些名分禁锢住？所以才会为朱太太百般谋划，怕的是自己一旦身死，家乡的妻儿会把她赶出门。

张谆站起身，眼神清亮地看着朱老爷：“承蒙朱老爷厚爱，纵然，绿丫她在朱太太的说服下，今日负了我，但我也不会……”朱老爷缓缓站起身，心里伤心这么一个好孩子不肯娶自己的女儿，伸手拍拍他的肩：“罢了，罢了，我也不是那样不通情理的人。异日，若我死后，那边有什么事，还望张小哥帮我看顾一二。”

张谆忙对朱老爷作揖应下，朱老爷摸一下胡须：“你和你那位未婚妻子，倒真是一对，方才她们已经回来说了，那边也回绝了。我方才听说，你来是来借银子的，要借多少，百十两我还是拿得出来。”

这真是意外惊喜，张谆忙说了数字，朱老爷沉吟一下，吩咐人拿了一百两出来：“你我的交情，能借你五十两就够了，这多余的五十两，是看在你说那番话上，至于剩下的，你就自己去寻吧。”

"朱兄这样说，那我看在你死去叔父的份上，再给你助二十两，多的，就没了。"刘老爷也开口道。从一两没有到有了一百二十两，张谆忙对两位连连作揖，看着日头已经偏西，拿了银子就匆匆往家跑。

张谆边跑边在心里暗自祈祷，但愿廖老爷还没让人来寻自己，或者，那人还在院里等候，但愿但愿。看见自己家的院子，张谆几步上前推开门，那声我回来了还没说出口，就看见院中一人缓缓转过身来，黑色大氅在风中飞舞，不是别人，正是廖老爷。

张谆只觉得自己的心一下就落下来，想大笑，想奔跑，想做一切超出自己心情的事，但张谆还是努力让心情平静下来，走上前对廖老爷跪下："师父在上，受弟子一拜。"

一年多没见，长进不少了，廖老爷心里品评着，眉微微一挑："嗯，你做到了吗？一千两银子，快些拿出来我瞧瞧。"张谆双手把手里的银子往上送去，面有赧色地道："这里有一百二十两，屋里的货物连着银两，还有八百六十两，尚欠……"

张谆有些不好意思开口，但总要开口："尚欠二十两。"

"哈哈哈哈。"廖老爷大笑起来，笑得很欢畅，张谆赔着小心，不晓得廖老爷笑什么，接着廖老爷瞧着张谆，身子微微前倾："我当日说的，是一千两，可不是这九百八十两。"还是不行吗？张谆觉得，自己就跟快跑到终点，但突然有人告诉自己，全都在做无用的事一样，整个人都瘫坐下去。

帘子掀起，绿丫已经走出来，跪到廖老爷面前道："我和杜小姐也有些交情，还请廖老爷商借二十两与我。"

商借？这两个字一出口，张谆觉得眼前又明亮起来，自己怎么没有想到这个法子呢？果然还是一人智短。张谆深吸一口气，瞧着廖老爷道："还请廖老爷……"

绿丫已急急打断他的话："不，是我借，不是你借。"这又怎么一回事？张谆的眉头皱起来，廖老爷已经放声大笑："好，好一个聪明的孩子，只是敏儿和我说过，说你待人好，并没那么……"廖老爷停口，想也知道他要说什么，绿丫的脸微微一红："遇到绝境，总是要想出法子的，况且我和榛子已经一年多没见，见识长了，人也该变聪明些。"

廖老爷再次放声大笑："不错，说得好，不过你是怎样就这么肯定，我会借给你。若是敏儿在此，别说二十两，就算是两百两，她也会眼不眨给你，可我，不是敏儿。"

廖老爷说完就瞧向绿丫两人，绿丫咦了一声，当看到廖老爷唇边若有似无的笑容时，心中灵犀一现，急忙道：“廖老爷您宅心仁厚，定不会再为难我们。”

这样说话，倒真的不好再难为了，廖老爷唇边的那丝笑容慢慢扩大，渐渐扩到满脸，对着绿丫微微点头，这点头的幅度虽然轻，可却让绿丫和张谆如释重负。张谆忍不住握一下绿丫的手，绿丫会意，抬头对他一笑。这一笑竟有些明艳，张谆的眼闪过一丝惊艳，接着把绿丫的手握得更紧，有妻若此，夫复何求？

果然人间美色易得，但有些东西，却是用钱也求不到的，看着张谆和绿丫之间的互动，廖老爷心头闪过一丝叹息，接着就把那丝叹息抹去，对张谆道：“起来罢，你虽资质不足，可这样勤恳踏实，又有这么一个好媳妇帮着，我就帮一把你。”

张谆那刚站起来的身子登时又矮下去：“师父在上，受徒儿一拜。”廖老爷挥手：“罢了，也别叫师父了，你要学的可还多呢。”说着廖老爷就叫一声来人，院子角落处站着的小厮立即上前，廖老爷从他手中接过拜匣，“听说你姐姐这几日就要出嫁了，这是二十两银子，权当贺礼。”

张谆接过这拜匣，又恭敬谢过：“多谢了，还请廖老爷那日，来喝一杯薄酒。”廖老爷唇边又闪过一丝莫名笑容，接着就道：“罢了，我和你姐姐也不识得，这杯酒喝了也没多少意思，倒是你，趁着年前把媳妇给娶了，然后到我铺子里来。”说着廖老爷屈起一个手指，“一个月时间，你要嫁姐姐，娶媳妇，总该够了吧？办完这些，再到我铺子里来。”

张谆连连应是，廖老爷起身欲走，瞧见绿丫又停下脚步：“你是个好孩子，这成亲我总该贺你。”说着廖老爷从荷包里掏出样东西：“一个小玩意儿，拿着玩罢，也算是个好兆头。”

绿丫忙接过又谢了，见是个白玉雕成的小娃娃，憨态可掬，趴在枕上呼呼大睡。这让绿丫一见就爱上了，只是这玉这雕工，一定所费不赀，见绿丫要说话，廖老爷的手又是一摆：“罢了，这玩意儿也不值多少钱，不过是个玩意儿，等以后，你们俩，要多少这东西没有。”

说完廖老爷转身就走，一边的张谆想起什么，急忙追上问：“廖老爷，那些银子和货物？”廖老爷伸手摆一摆：“这是你赚来的，就给你罢，你当聘礼也好，嫁妆也罢，全由着你，只是这屋子要换一换，横竖等你娶了媳妇再说。”

张谆忙对着廖老爷的背影连连行礼，这才转身回屋，屋里的兰花也十分喜悦，瞧见张谆进来就急忙上前拉住他的手：“我就说否极泰来，瞧瞧，这么多的银子，我真是一辈子没见过。谆哥儿，你出息了，我也喜欢。”张谆见兰花说着又要流泪，忙安慰她道：“姐姐，方才廖老爷说了，这些银子我做嫁妆也好，聘礼也罢，都由得我，你也要嫁了，不如我拿一百两银子给你去换几样首饰，你再拿一百两银子做嫁妆。”

兰花瞪他一眼：“刚有钱就要这样乱花，这可不行。再说你们以后花钱的地方还多，我就拿五十两去，好抵个用，首饰什么的，我戴个铜的也尽够了。”说着兰花想了想，“还有这街坊们送来的礼钱，我们虽不好还回去，也可以多办些还礼过去。”张谆还要再劝，绿丫悄悄地拉他的袖子，张谆会意：“既如此，那就照姐姐你说的做。”

兰花这才笑得开怀：“这才是好孩子，这钱，现在瞧来虽这么多，可也要省着些花。”张谆连连应是，又和兰花商量，要备办些什么回礼，还有，这娶绿丫过门的事，也得赶紧办了。

听到兰花和张谆商量着娶自己过门，绿丫的脸又红了，忙托词到厨下做晚饭，这才离了屋子，瞧着外面晚霞满天，绿丫觉得，心里有从没有过的舒心，和谆哥哥在一起，遇到多大的困难都不怕。

这娶老婆，总要请请街坊邻居，邻居里最擅长做这事的就是周嫂，兰花和张谆商量了半日，到了第二日就去请周嫂过来。周嫂听得绿丫要和张谆办圆房的酒，喜得双手一拍：“早该如此了，要我说，干脆就两好合一好，也是二十三这日，既嫁姐又娶媳妇，这才热闹呢。”

张谆连连摆手：“这不好，总要让她们各自办了才好。”周嫂肚内一思量，就笑了：“我明白了，你是要她们都好，这也好办，恰好我来前刚瞧了黄历，这个月二十八，也是上好的吉日，到那天，姑奶奶啊，就回来娶弟妇，这才好呢。”兰花点头：“周嫂子果然是这街坊里难得的能干人，那就这么办，十月二十八，让绿丫嫁过来。”

周嫂也哈哈大笑，又和兰花商量起要请些什么客，绿丫听了两句，早羞得又躲到厨房，周嫂说了几句才话锋一转：“说起来，我瞧前两日你们家里，也来过几个贵人，要不那日就请请他们？说起来，现在兰花你虽被张小哥认了做姐姐，但出身在那里摆着，张小哥呢，总是家乡有族人的，虽说现在族人不肯认，可难保将来发达了，他们又觍着脸地凑上来？难为不了张小哥，难道还能难为不了绿丫？到时来一句，不过是私订终身，他们不认，到时就算撕扯开了，那也是恶心死人了。这请了几个父执，或者索性请这几位父执做了媒人，到时也算不上私订终身，说的嘴响。”

兰花是真没想过这层，张谆更是从没想过族人的事，听了周嫂这话，张谆才道：“周嫂子这思虑的可以，不过就算我来日发达，族人寻来，难道我还不认绿丫？”

周嫂摇头：“张小哥你虽能干，这世事经的还不多，不晓得人无耻起来是何等样的嘴脸。不说别个，就说毛家，毛家嫂嫂嫁了毛大哥这么些年，都生了儿女，前些年毛大哥老家的族人寻来，把一个老太婆放在毛大哥家里，说毛大哥是她亲房侄儿，理当赡养，撇下人就走。毛大哥总不能把一个七老八十的老太婆给赶出去吧。只得养了，养着也就罢了，这老太婆过不得三天五日，就在那骂毛嫂嫂无媒苟合，算不得什么正经侄媳妇，要毛大哥把毛嫂嫂赶出去，重新娶一房正经妻房回来。毛大哥急得暴跳，这样老人，又不好打的，落后回了老家，好说歹说才把这老太婆给送回去，却也折了七八十两银子，还伤了毛嫂嫂的心。张小哥，我活了这三十多年，虽不敢说走过的桥比你走过的路还多，可还是要比你多经些事，为绿丫想，你也该请几位父执辈做媒人。”

原来如此，想到绿丫那和人嚷上几句就会脸红，兰花和张谆都深以为然，急忙谢过周嫂，张谆就出去请媒人去了。等张谆走了，周嫂才对兰花道：“兰花，你别忧心，你享福的日子还在后头呢，还有绿丫，我瞧着，她这辈子的苦啊，都在前头十来年受完了，以后啊，就是顺顺当当了。”

兰花不由脸一红：“我罢了，这样日子在我瞧来就是享福的了，至于绿丫，我还没想过。”周嫂拍拍兰花的手，又附在兰花耳边：“问句正经的，那事，你和绿丫说过没？”

“哪事？”兰花讶异地看向周嫂，周嫂拍一下兰花：“你糊涂了，自然是那传宗接代的大事，这事啊，总要先告诉绿丫。不然洞房里头，她束手束脚的，我瞧张小哥也是个温柔性子，难道你就不想早点抱侄儿？”

原来是那件事，虽然早不是处子，可兰花听得还是脸一红：“这事，我还真没和绿丫说过，不过这件事，不都一样吗？”周嫂瞟兰花一眼：“你也有过几个男人了，怎么还会这样问，哪是一样的？”

兰花的脸越发红了，声音也开始细起来：“这种事，哪能对人说？”周嫂没有笑倒叹了口气：“我倒忘了，你们经历如此，哪晓得正经该教女孩儿的道理。这些事，本该是女孩儿出嫁前，由做娘的细细说了，再慢慢叮嘱的。”

周嫂一句就把兰花的泪差点勾下来，洞房花烛，本该十分美好，由男子软语款求，这才羞羞答答俯就，共谐鱼水之欢，而不是像自己一样，被粗暴地夺去，还要挨上一句骂，和死鱼样的，哪有什么趣味。

见兰花伤心，周嫂再次叹气：“罢了，叫绿丫来，我啊，索性细细告诉你们。”兰花哎了一声就隔窗唤绿丫进来。绿丫不知道是什么事，等听到周嫂要细细地说，绿丫的那张脸登时红了，真是没地钻去，想走偏偏兰花还拉着，不许走，这听听可是没坏处的。

等张谆回来，已经暮色四起，兰花和绿丫接住他，闻到他身上的酒味，兰花忙打发他去睡了，抬头见绿丫那脸红的，把她拉过来压低嗓子说：“瞧瞧这小脸，红得都没法瞧了，以后啊，可还有脸红的日子呢。”

绿丫用手捂一下脸，也不知怎么的，今儿瞧见张谆脸就会红，难道说这全是因为周嫂说的话？想着周嫂说的那些话，绿丫的脸更是红到脖子去了，原来这件事，并不是那样丑态的，甚至，还会有趣。想着绿丫就把头别过去：“兰花姐，你只会取笑我，我先睡去。”

兰花拉着绿丫的手不肯放：“是谁边脸红边问得那么细？还问，那疼又是什么？这会儿来装憨？”绿丫“哎呀”一声，就打掉兰花的手，和衣躺在床上闭眼，装出一副很快入睡的样子。

兰花也躺下，瞧着绿丫就捏一下她的脸：“绿丫，你不晓得，我多羡慕你。”绿丫睁开眼，黑暗中兰花都能感到绿丫的眼闪闪发亮。

“刘大哥是个好人，兰花姐，你以后，一定会过得很好。”听着绿丫肯定的话语，兰花唇边含笑，是的，自己一定会过得很好，会像每个妇人一样，操持家务，为他生儿育女，等男长女大，各自婚嫁后，看满堂儿孙，这样真好。

兰花慢慢沉入梦乡，绿丫也闭眼入睡，自己和谆哥哥，也会这样的，白头偕老、永不分离。

第二日张谆酒醒，才说昨儿已经去请过刘老爷做媒人，刘老爷已经肯了，还有朱老爷也应了那日来吃喜酒，只有廖老爷那里，虽接了帖子，但没说来不来。

有刘老爷做媒人，朱老爷做见证，也不算有瑕疵，兰花放心下来，又和绿丫一起，忙碌着酒席上要用的东西。

忙着些日子过得飞快，转眼就到了二十三，老刘那天穿得一身簇新，带了人到张家来迎亲，街坊上几个小孩子，在那守着门，要了两百钱做了开门红包也就放人进去。老刘带着人来到屋前，请新娘子出来。

兰花已经上下装扮一新，周嫂吴嫂陪着，嫁人难免是紧张的，兰花的手心还是出了一阵汗，等到过了张谆这关，周嫂才把手里的瓜子壳一扔：“走吧，时候也差不多。”吴嫂把红盖头给兰花蒙上，和周嫂一起搀扶她起身。

兰花踏出门槛，老刘已经迎上来，两人对着空设的两把椅子拜了拜，就当拜别了爹娘，周嫂扶起兰花，张谆走上前把一个匣子递给兰花道：“姐姐出嫁，略备薄物，当作嫁妆，还望姐夫休嫌寒酸。”

这是历来的旧规矩，这时候递上，算是给新娘长脸，告诉众人，我家不是嫁个光身人出去。老刘以为这里不过是和平常一样的一些东西，对张谆抱拳一礼：“舅舅，令姐归于我家，我定会待她……”原本老刘特地去问过几句斯文话，可只说了个开头就忘了后面，那些四个字四个字的话，还真是难背。

老刘这一卡壳，吴嫂已经笑了：“夫妻同心其利断金，恩爱白头，直到偕老，刘大哥，是这几句不？”果然还是女人的记性好些，老刘连连点头：“舅舅，这四个字四个字的话，我也不会说，横竖就那么一个意思，我会待兰花好，一辈子都不会变。”

红盖头下的兰花眼里又是一热，不，不能哭，今儿是自己大喜的日子，怎么能哭？从此以后，就是和普通人一样的日子，曾经求也求不到的一切，都在自己手心里，这是说不出的好。

众人已经笑了，张谆也笑了，对兰花道：“姐姐，你嫁给姐夫，我很放心。”当然会放心，老刘在旁接连点头，周嫂吴嫂搀扶着兰花出去，也没用轿，走不过一段路就到了，放了挂鞭炮，进到里面拜过天地父母，最后夫妻拜了拜，也就礼成，到洞房揭了盖头，老刘就对周嫂吴嫂拱下手，请她们陪着新人，自己到外面陪客喝酒。

大事算了，吴嫂长呼一口气：“哎呀，你们不知道，我还怕万家那个不要脸的今儿又来捣乱呢。”周嫂口干舌燥，自己在那倒杯茶喝：“她敢，平常罢了，这样的喜日子来闹，我啊，不打断她的腿。”

“啊！”吴嫂正待笑就听到兰花发出一声惊呼，两人急忙转头，看见兰花已经打开那个小匣子，里面金光灿烂一片，周嫂吴嫂都忍不住揉下眼睛，里面原来放的是几样首饰，一根簪、一对金镯，还有一对耳环。

簪和耳环罢了，吴嫂忍不住把那对金镯拿起来掂掂，对兰花道：“足有二两重呢，兰花，你弟弟待你真好。打这些首饰，也要七八十两银子吧。”

周嫂比吴嫂有见识，拿起那根金簪：“只怕还不止呢，你瞧这簪上面的花纹，可要精细多了。吴婶婶，我说句话你莫怪，这几样首饰虽没你嫁过来的时候陪嫁的那套首饰多，但这成色，比你那套首饰要好多了。”

吴嫂娘家是大户人家的仆人，因此吴嫂嫁过来的时候，嫁妆算是这条街上头一份的，也是这条街上，少有的能雇的起个婆子帮着做粗活的人家，听见周嫂这么说，吴嫂就拿起镯子仔细瞧瞧：“的确是呢，这成色，比我当日的那个还好些。说起这个我就伤心，原本我娘说要给我重新打一套的，可我爹说了，这套首饰成色虽不好，却是主人家赏的，戴上体面。也不过就是姨奶奶赏的，又不是太太赏的，算得什么体面？”

吴嫂和周嫂在那说话，兰花瞧着那几样首饰眼泪不由掉下来，现在就算不要，谆哥儿也不肯。谆哥儿这样待自己，也不枉自己受那几年苦了。

周嫂见兰花垂泪，忙安慰兰花，说她好日子还在后头，吴嫂也忙在旁帮腔，劝了一时，总算兰花的眼泪收回去，把那匣子锁好，用了点饭外面酒席也散了，老刘走进屋来，周嫂吴嫂告辞，留他们夫妻在洞房之中，又是另一番光景，也无须细说。

嫁过了兰花，就是张谆和绿丫成亲的喜日子，到了那日一大早，周嫂就过来帮绿丫绞面上头，绞面虽疼，绿丫却十分欢喜。上过头，用一根新打的银簪把绿丫的发紧紧绾成一个髻，再给绿丫点上脂粉，穿上新做的衣衫。

周嫂忍不住啧啧赞叹：“绿丫，你这容貌，不说出去，别人还当是哪里来的仙女呢。”绿丫脸上满是脂粉，但脸上还是忍不住热了：“周嫂子，你又在取笑我。”

哪是取笑？周嫂刚要说话，就听见外面传来王嫂的笑声，周嫂急忙迎出去：“你瞧瞧，我们这又是做陪客又是做贺客，说不定，再过一会儿，还要做主人家呢。”

一早就过来的兰花正在灶上忙碌，听见这话就提着锅铲从厨房出来：“真是呢，你们啊，还请过来帮忙。”王嫂袖子一卷已经进厨房了：“兰花，听说你手艺极好，我们今儿啊，可是有口福了。”

兰花把蒸好的火腿拿出来，笑着说：“原本谆哥儿要请个厨子的，我说这是看不起我，不相信我的手艺吗？他才作罢。”另一个进来帮忙的晌嫂也笑起来：“不说别的，光这火腿，我还是头回见到这样蒸的，而且你是怎么切这么薄的，简直跟纸一样？”兰花自然要说几句，屋里屋外都透着浓浓的喜悦。

今儿最闲的就数新娘子了，绿丫和周嫂吴嫂坐在屋里，等待着吉时到来，到那时就盖上盖头，出门去行礼成亲。吴嫂听到绿丫的心在那跳得非常厉害，笑着说：“绿丫，今儿洞房里的事，可有人和你说了？”

绿丫的脸登时又热了，周嫂打吴嫂肩一下：“我和她说过，怎的，你还要另教教她？要她再学些别的本事？”妇人们这样说话是平常事，吴嫂嘻嘻一笑：

"来，绿丫，你告诉我，周嫂子和你是怎么说的，我听听，这不一样的本事是什么？"

绿丫低着头，打定主意不说话。周嫂捅绿丫的腰眼一下："说说，怕什么，等过了今晚，你就没这么害羞了。"真是越说越让人害羞，绿丫想起身走开，可是又不能走开，只得低头装什么都没听见。

刘老爷和朱老爷差不多前后脚到了，张谆请他们二位坐在堂屋里喝茶，兰花又收拾出几样点心让张谆待客。见状刘老爷点头："不错，贤侄，你能过成这样，也不算我们辜负了。"

张谆忙谢过刘老爷，朱老爷拈一口绿豆糕吃了才道："张小哥你要请媒人，怎能忘了我，还是说起才知道。"刘老爷哈哈一笑："怎的，你要来抢？"

朱老爷摇头："不如你我分作，一个女方媒人，一个男方媒人，这样才好。"张谆忙道："若朱老爷不嫌弃，就当如此。"

朱老爷"咦"了一声："你才几日没见，就变得又机灵了。罢了，我今儿来之前，内人说，那日之事，十分抱歉，特地让我带了这对镯子来，当作贺礼，也好弥补弥补她昔日的错。还说，等新娘子出了满月，约到我家盘桓一二。"张谆接过那对镯子，见上面镶了一颗红宝，这红宝虽不甚大，可对此时的张谆来说，算是十分贵重的礼了，若不收的话又怕朱老爷觉得自己还记得昔日的事，谢过后就送进绿丫在的屋子去了。

见张谆收了镯子，朱老爷才放心下来，后来朱老爷也听得张谆和廖老爷是认识的，能多攀点交情也好。朱老爷还在寻思着，兰花就在门边道："谆哥儿，廖老爷来了。"

张谆正待起身，刘朱两位已经迅速站起身双双出外相迎，张谆虽高兴廖老爷能够前来，但心里也在嘀咕，刘朱两位未免太过热情了些，不知道的，还当他们才是主人呢。

廖老爷这回没有像前几回一样轻车简从，带了好几个从人，身上穿的也比原先富丽一些，手上一枚羊脂白玉的戒指，虽没有刘老爷手上那枚镶红宝的戒指那样夺目，但这几个人都是识货的，这样好的白玉，现在已是可遇不可求了，更何况那上面雕的飞虎，活灵活现，是名家手笔。

这么一比，当日廖老爷给绿丫的那个小玉娃娃，真的只是一个玩意儿。张谆瞧见廖老爷这样做派不由微微愣住，但很快就拱手请廖老爷往里面走。院子里来帮忙贺喜的邻居们方才还在说话，此时都屏住了呼吸，有几个女人已经躲进厨房里，偷偷地从窗户缝里往外瞧。

廖老爷对院子里的杂乱连反应都没有，径自和张谆进了堂屋，兰花已经让人端上茶来，廖老爷接过茶，刘朱两位急忙上前打拱，攀谈起来。

“绿丫，没想到你家还认得这么富贵的人，我瞧着，这和我们家主人的做派也差不多。”吴嫂忍不住开口和绿丫说，周嫂瞥吴嫂一眼才说：“我瞧这做派，比你家主人还要排场些，你瞧那穿的戴的，哎呀，我都认不得那些是什么料子。”

吴嫂这次难得没有说周嫂说得不对，两人和着屋里的另一人在那叽叽喳喳说着廖老爷穿的戴的，绿丫忍不住偷偷地从门缝往外瞧，廖老爷今日越发威严了些，也不晓得谆哥哥跟廖老爷久了，以后会不会也是这样威严，这么一想，绿丫的脸就忍不住红了。

话多是刘朱两位说的，廖老爷不过偶尔问那么一两句，但就这么一两句，已经让刘朱两人感到十分喜悦了，这可是巨商，据说他和宫里的老公公都有联系，至于京里这些高官权贵，他都可以登门。和他一比，朱家只能算薄有资财。

朱老爷一头搭话，一头在心里思量，亏得那日没有为难张谆，不然得罪了张谆，说不定就得罪了这位主。这么一想，朱老爷对张谆越发热情起来，刘老爷自不必说，识得的人里，朱老爷已经算极富有的，没想到今日过来，竟还能遇到廖老爷，这位可是只闻其名不识其人，店铺虽不显眼，做的生意那可是自己想都不敢想的大。

张谆能感到这两位对自己的态度有了明显的改变，心里明白这全是因为廖老爷，因此越发谦逊起来，不敢露出一丝张狂。三个人说了一会儿话，周嫂掀起帘子一角，对张谆招手：“张小哥儿，时辰差不多快到了，也该扶新人出来行礼了。”

张谆应是，尚未说话就见廖老爷已经站起身，刘朱两位也急忙起身，张谆忙和人亲自动手，把桌椅都归到旁边，上面依旧空设了两把椅子，周嫂吴嫂扶出绿丫，周嫂连傧相都充当了，一拜二拜连三拜，就算礼成。等人进了洞房，略坐一会儿，又请出姐姐姐夫，受了小两口的礼，这就连认亲都一起完成了。

绿丫在新房里和周嫂她们说话，张谆在外面陪客人喝酒，廖老爷等三人自然不能和旁人一起坐，在堂屋里设了一桌酒，张谆和老刘一起陪了。老刘虽是个衙役，但也算有几分见识，初还缩手缩脚，后头慢慢也和人说起话来，当着这么富贵的人，老刘也不敢喝酒，只讲些新鲜的话出来听听。

廖老爷只夹了一筷子火腿尝尝，喝了一口汤就放下筷子，对老刘道：“这些话我已许久没听过，此时听来，真是有趣。”老刘呵呵一笑：“这些都是街坊上的粗话，哪能入得了老爷们的耳，只是我记得，当日新官到任，总要我们讲些这样的话，今儿就说出来了，老爷若觉得这话中听，那就是我们的福气。”

说着老刘就端起酒壶给廖老爷倒了杯酒：“这酒不错，是兰花亲自酿的，十斤的酒娘子，足足下了二十斤糯米下去。”廖老爷端起酒喝了一口，这才把酒杯放下：“喜酒既然已经喝了，我也该告辞了。”

张谆也不会留，也就急忙起身送廖老爷出去，廖老爷走到院门口才停下脚步瞧着张谆：“再过十日，你就到我那边来，这里也别住了，我那边空房甚多，你就搬过去。”张谆急忙应是，躬身送廖老爷离开，等廖老爷的身影才消失，刘老爷一个箭步就上前拉着张谆的胳膊：“贤侄，你认得这样的人，为何一个字也不吐露？”

张谆虽有些明白刘朱两位方才的热情是因了廖老爷，但内情并不十分清楚，此时听到刘老爷这话不由皱了眉：“这人是我一个故交的舅舅，若说他极有势力，可去年时候，不过是……”朱老爷已经一巴掌拍在张谆背上：“贤侄啊，你这是年纪小，不懂，以为他出入那样衙门对官儿礼貌就以为他不过是和我们一样，你岂不闻？”

刘老爷已经把张谆往屋里拉：“朱兄，你也别在这说了，来来，我们进屋，你也好生地给我讲讲，这位廖老爷到底做了多大的生意，我只听说他生意做得极大，但不晓得到底有多大？”

“都做到宫里了，这生意怎不做得大？况且他和那位司礼监的老公公，都能称一声叔父。别说刘兄弟你，就算我，见了这宫里的贵人们，不过是看靴头唱喏罢了。”刘老爷的眼不由瞪得很大，看向张谆：“贤侄，以后你发达了，可要记得我们。”

“我还听说，他领的本钱，除了这宫里老公公外，还领了好几家公府侯府，甚至王府的本钱呢。”朱老爷见刘老爷这样就满足了，又丢出一个消息。刘老爷的眼瞪得越发大了，抓住张谆的手就不肯放。

张谆此时也是经过世事的了，听了这话并没有全往心里去，只淡淡一笑道：“两位叔父，我不过是去做个伙计，做得好，以后还可以，做得不好，就还和原来一样，哪有这么的……”刘老爷才不管这些，只拉着张谆道：“伙计和伙计是不一样的，若是亲自点的伙计，那和别的伙计可全不一样。”

廖老爷并不晓得外面是这样认为自己的，若知道了，大概也只会笑一笑。他已经回到自己住处，换了衣衫，小厮就端来一碗燕窝，廖老爷呷了两口，管家已经送上信件：“老爷，这是小姐写来的信，小姐还让人送来一些东西，说等老爷回家过年呢。”

敏儿真是越来越乖巧了，廖老爷接过信就对管家道：“你让人说，就说我说的，让敏儿好生练字，还有，虽学着管家，可也不能累着了。再有……”廖老爷的眉微微一皱，那管家就忙道：“难道老爷是担心眉姨娘，老爷放心，眉姨娘是个聪明妥帖的女子，不然当年夫人也不会让她来伺候老爷，她对小姐，定会十分疼爱的。”

谁还担心她？廖老爷在女色上向来极淡，连丧两房妻子后更是不想再续娶，连这位眉姨娘都是见他内纬乏人，送来伺候他的，廖老爷虽收了，但也并没放在心上多少。此时听管家这样说，眉只微微一挑：“阿眉是个识进退的女子，这点我是明白的，我只是在想，敏儿说来已经十三，也该寻个婆家了。可要把她嫁出去，我又不舍得。”

原来如此，管家忙道：“原本小的还以为，老爷是瞧中了张小爷，谁知他竟另娶了，老爷您认得这么多人，到时再好好挑一个，也不用嫁出去，只招赘就可。”

廖老爷淡淡一笑：“再说罢，没事的话我就歇下了。”管家刚要退下，有小厮进来道：“周三老爷来了，还说，和老爷许久都没见了，明日想请老爷去喝酒。”

临近年底，应酬颇多，廖老爷只得换了衣衫，出去见周三老爷，等人走了，只留下一室岑寂时，廖老爷这才轻叹一声，奔波半世，挣得偌大家业，可提起身后，却是空空荡荡，连个可托付的人都没有。可惜敏儿是个女子，虽不输给男子聪明，却也要敛眉嫁人，当不得自己这份产业的家主。这后半世，除了为她打算，竟似再没有别的可做之事。

廖老爷在这边叹息，张家那头的客人都走得差不多了，张谆帮着兰花收拾厨下，兰花已经推张谆一把：“赶紧进屋去，这是你洞房花烛夜呢，难道还让新人空等？”张谆不知怎的，脸不由红了，老刘正好进来听见，呵呵一笑，兰花啐他一口：“笑什么，赶紧收拾了，我们回家去。”

回家好，回家妙，老刘的笑又大了，兰花见他这样笑，脸也微微一红，打他脊背一下：“傻样。”老刘又是呵呵一笑，张谆心里开始紧张起来，竟觉得去往新房的那一点点路，十分遥远艰难。

但不去是不可以的，张谆手握成拳给自己鼓劲，一步步往新房去。老刘瞧着张谆的背影，凑到兰花耳边：“你说，舅舅会不会不知道这事怎么做？”

兰花被丈夫嘴里的热气一喷，不由就觉得身软起来，听他这么说就伸手扯住他的耳朵："以为你是个老实人，谁晓得也会说这样的话，还不赶紧去给我屋里屋外瞧了，要有那来听房的小孩子，就给我赶走。"

老刘连声应是，接着悄悄地在兰花耳边道："你也赶紧收拾，我们也好快些回去。""就是个不正经的。"兰花别过身，老刘自往外面去瞧，见新房里红烛闪耀，从墙角处寻出两个调皮娃儿，把他们都赶回家，见兰花都收拾好了，两口子也就相携回家。

张谆进了洞房，绿丫已经卸下妆容，但那小脸还是红红的，也不晓得是红烛映的还是这脸自己红的，张谆细细瞧一瞧妻子，这才慢慢地走上前。

绿丫在这屋里坐了一日，记得了许多周嫂那日说的话，心里就跟揣了个小兔子似的，一直不停地扑通扑通跳，等人都散尽，收拾好了坐在窗下等着时，那心跳得就更厉害，听到门声和着脚步声，晓得是张谆进来，那脸越发红了，竟不敢转身去瞧他。

张谆走到绿丫身边，想开口说话可竟不晓得说什么好，红烛高烧，那烛光在绿丫脸上跳动，让绿丫的容貌越发显得娇美。绿丫果真是个美人，张谆此时更加肯定了，而且她还长高了些，可是身量却更苗条了，张谆从绿丫的脸移到脖子处，再从脖子处转到胸口处，这里就是书上说的软香温玉了吧？

绿丫见张谆迟迟不说话，也不动作，心里的羞涩越来越深，可也没有新娘子先说话的理，此时屋外传来老刘呵斥小孩子的声音，两人齐齐抬头看，眼神正好对上，张谆这才如释重负："我听说有小孩子会这样，可没想到，"话没说完张谆又道，"我还是出去瞧瞧，你，你先睡吧。"

说完这几句，张谆就匆匆出门，总算是搭上话了，绿丫在心里暗自一笑，接着就在骂自己，真不知羞耻，可这先睡，是像平常一样脱掉衣衫睡呢，还是和衣睡？脱了衣衫睡，那岂不是……绿丫不敢往下想，可这和衣而卧，又觉得太做作了些。自己和谆哥哥，已经是夫妻了，是夫妻，就总要做那些事的。

绿丫的脸如火烧一样，张谆已经重新走进来，笑着说："他们已经走掉了，连姐姐姐夫都走了，我们睡吧。"这个院子，现在就只剩下他们两个人了，虽说兰花出嫁后的那几日，这院子也只有他们两个，但那时两人忙碌着而且分房睡，并没多少羞涩，现在，张谆说完要上前吹蜡烛的时候，想到要和绿丫躺一张床上，也有些羞涩起来。

两人站在床边，你看我我看你，都没有这个意思谁先上床。最后还是张谆开口："绿丫，我们，睡吧，我，我先睡。"说着张谆把外衫一宽，鞋子一脱，就进了被窝。

绿丫见张谆这样睡，也把外衣脱了，要进被窝时心里又升起一股羞涩，张谆闭着眼都能感觉出绿丫的羞涩，睁开眼把被子掀开一角，绿丫缓缓地躺下去。

虽在一张床上，可两人之间还剩的足有半尺宽。张谆闭了会儿眼，可怎么也睡不着，身边多了个人是其次，鼻尖总能嗅到一股淡淡幽香。张谆想翻身瞧瞧，可又怕惊扰了绿丫，想着想着偷偷睁开一只眼，却看见绿丫也睁眼瞧自己。两人的眼又撞在一起，都觉得有些不好意思。

还是张谆先开口："绿丫，我们成了亲，怎么就变生分了？"是吗？绿丫见张谆翻身，自己也屈起胳膊瞧着他："我觉得，是谆哥哥你害羞。"两人这一动作，已经是脸对着脸，张谆忍不住伸手捏一下绿丫的鼻子："害羞？绿丫，我们认得也有好多年了吧？"

嗯，有五六年了，绿丫伸出手计算，看着她纤细的手指在空中比画，张谆忍不住伸手握住她的手："那时候我总想着，这双手虽然这么小，可怎么比我的力气大多了？绿丫，你那时候想什么呢？"

"我那时候在想，什么时候才能出去。"绿丫被张谆握住了手，周嫂讲的那些话未免又涌上心头，微带一些羞涩地说。张谆听了低头看她，见她一双眼亮晶晶，小脸绯红，精致的唇瓣还闪着淡淡的光。毕竟是少年人，心中的悸动是藏不住的，张谆忍不住摸上绿丫的脸，这脸和自己的不一样，果真特别好摸。

绿丫的呼吸有些急促起来，身体开始变得紧张，既期盼着张谆往下摸，可又害怕张谆继续。张谆的手从绿丫的脸慢慢往下，来到下巴上的时候忍不住捏了捏绿丫的下巴，绿丫睁眼瞪他一下。

既有了开始，那后面的就顺利多了，张谆忍不住张开双臂把绿丫抱在怀里，绿丫的身体微微颤抖一下，很快就服帖地偎依在张谆怀里。她真娇小，张谆觉得自己在绿丫面前，就是个真真正正的伟男子。能感到绿丫的心跳得很快，一种从没有过的感觉在张谆心中升起，直冲到原先忽视的地方。

张谆觉得自己的身体越来越热，而绿丫的身体也同样开始热起来，身上的衣服都有些穿不住了，张谆伸出一只胳膊把中衣脱掉，现在就光着膀子了。

烛光之中，绿丫看见张谆光着膀子，他的身体和曾偷窥过的屈三爷那胖丑的身体并不一样，有些瘦弱，但皮肤白皙，而且，看起来很好看。绿丫觉得自己的手已经碰到张谆光裸的肌肤，想缩回去，但又忍不住继续摸一摸。

真是有些不知羞，绿丫又在心底说自己，可是周嫂说过，夫妻做这种事，总要全身光裸，肌肤相凑才叫有趣，若穿了衣衫，只得要紧处接触，那有什么意思？要紧处是哪里，绿丫想到自己那日问的，周嫂附耳在旁说的，顿时觉得那要紧处有些湿润，甚至有些莫名的烦躁。

张谆脱了一件衣衫，觉得舒服了许多，低头见绿丫闭着双眼，一张小嘴红艳艳的十分诱人，忍不住用嘴凑上，一次两次，先是蜻蜓点水，接着就深了些，第三次的时候绿丫的眼张大一些，感觉着这从没有过的触感。

也不知道亲了多少下，张谆才算把绿丫的小嘴放开，呼吸也变得急促，绿丫这才发现，自己的手臂已经紧紧环在张谆的腰上，抱得那样紧，简直就跟分不开似的。这实在是没脸见人，绿丫想躲，可此时竟躲无可躲，再躲，只有把脸埋在张谆胸上，这样，岂不更害羞？

张谆觉得心中有一把火在烧，绿丫身上的衣衫也有些碍事，可要叫绿丫脱好像不大对，那就自己动手？张谆心里想着，手已经把绿丫衣衫带子解开，能看到绿丫戴的一个鱼戏莲叶的肚兜，还有那肚兜下正在起伏不定的丰盈。

张谆和着肚兜摸到丰盈处，突然一阵恶心泛起，当日在屈家后院时，正躺在床上，屈三娘子就扑到自己身上，还拉自己的手去摸她丰盈处，那样的恶心一辈子都忘不了。

张谆只觉得有盆水从头泼到脚，所有的火热和悸动全都消失，剩下的，是无穷无尽的恶心。正在等待张谆下一步动作的绿丫没有得到回应，睁开眼看见张谆脸色突变，接着张谆放开她，从被窝里伸出脑袋干呕几下。

这下吓到绿丫，她急忙拍着张谆的背："谆哥哥，你怎么了？"张谆干呕了两声，什么都没呕出来，只觉得心里舒服了些，这才抬头对绿丫笑一笑："我没事，只是……"

只是一想起，就觉得恶心，所有的火热全都不见了。即便离开屈家，那样的恶心感一直都消失不了。绿丫听到张谆的叹息，顾不得羞涩就抱住他的腰："谆哥哥，没事，没事的，你只是累了。"张谆抓住绿丫的手，这样才能让自己安心，闭上眼对绿丫说："对不住，绿丫，我实在是……"

绿丫把枕头往张谆那边挪一下，看着张谆道："没事的，谆哥哥，我明白你。"绿丫真好，可是这件事总要做，张谆看着绿丫的眼，忍不住又亲了亲她的小嘴："我们，明晚再试试？"

这话里的意思让绿丫的脸不由一红，声音细如蚊蝇地说："周嫂子说了，这新婚头一夜，不成功的人多了去，顶要紧的，新娘子别太拿乔，还说……"

说着说着绿丫又不好意思了，声音渐渐小了下去。张谆忍不住捏捏她的下巴：“周嫂子还说什么，你快些告诉我。”

绿丫把张谆的手打下去，嗔怪地说：“就会逗我，我不理你了。”说着绿丫把被子兜头一盖，翻个身把背对着张谆。张谆不由哈哈一笑，索性把绿丫连被子一起抱在怀里，绿丫被这样一抱，觉得燥热难当，偷偷地把脑袋伸出来，看见张谆的眼亮晶晶的看着自己，唇不由往上一噘：“坏人。”

张谆把绿丫的被子掀开，自己把她整个人都抱在怀里：“坏人是你，只有一床被子，你全盖走了，我在外面快冻死了。”绿丫伸手一摸，果然摸到张谆的手是冰冷的，哎呀了一声，忙用被子把两个人都盖起来：“那盖着被子暖暖就好。”

被子里热烘烘的，张谆把手放到绿丫胳肢窝里：“那好，你要帮我暖手。”绿丫唇边现出笑容，啐他一口没说话，今日是真累了，又经过这么一番折腾，绿丫打个哈欠就睡着了。张谆听着绿丫的声音，手渐渐暖了，这身体也开始热了，很想再试一次，可方才的恶心感又出现了，算了，明晚再试。

这样想着张谆把绿丫抱得更紧一些，娶媳妇回家就可以抱着睡，在冬日里，真是暖和极了。

绿丫和张谆在这边都没什么亲人，到了第二日，前来贺喜的，只有兰花两口和邻居们。周嫂来时见绿丫一张脸红扑扑的，不由笑着说：“这媳妇和姑娘就是不一样，瞧瞧绿丫，这张脸越发好看了。”兰花心里却是一个老大的疙瘩，毕竟当日在屈家时，屈三娘子曾对张谆做了些事情，兰花听说有人被这样一弄，就再做不了丈夫，瞧见绿丫神色如常，想来他们夜里还和谐，这么一想兰花就点头：“这也是周嫂子你教得好，不然啊，我们都是些没娘教的。”

“唉哟，我们这才一天没来，兰花，你就认起干娘来了，快些过来，先叫声婶子听听。”吴嫂正踏进来，听到这话就打趣。周嫂啐她一口：“不要脸的，这样的话都说出来了，还做婶子呢，我瞧啊，等明年兰花和绿丫都有了喜信，生下孩子，那时再叫你婶子。”

“好嫂子，我不过就说这么一句，怕的是绿丫害羞，为她破破闷呢，你怎么就这样说我，要不，我给兰花赔个不是。”吴嫂说着就要矮身下去，兰花忙扶住她：“好嫂子，你这样，岂不折死我了？”兰花虽嘴里和人说笑着，却没忘记方才听到有喜信时，绿丫脸上闪过的一丝叹息。

都是熟人，绿丫也不来做什么新娘子的羞涩，说了一会儿就自进厨房烧火做饭，好招待周嫂她们。吴嫂见兰花也要跟着出去，就笑着说：“兰花这一去，我们可是又有口福了，你昨儿做的那丸子，我真是从没吃过，这菜还生生做出肉味来，赶明，我得让我兄弟媳妇过来和你学两手，她现在去了老太太的小厨房，总不能一辈子做个在厨房切葱打下手的吧？”

周嫂自然要问几句吴嫂娘家的事，兰花趁此进了厨房，见绿丫在灶前烧火，红红的火光在她脸上跳动，这真是个美人。兰花心里赞了句，走到她身边拿起葱剥起来：“你在想什么呢，是不是昨晚谆哥儿他太粗鲁了？你可不能因为害羞不说他，不然吃亏的是你自己。”

这做了妇人，怎么说话就开始无忌惮起来？绿丫的脸不由一红，小声说：“那事，没成。”没成？兰花的手在那一抖，葱都差点掉在地上，往里外瞧瞧，见只有她们两个，才凑到绿丫的耳边：“是不是害羞，还是你怕疼？”这都问的什么啊？绿丫的脸红得已经不能看了，伸手捂住脸。

兰花刚想再问，见绿丫这样也晓得她害羞，毕竟才嫁过来呢，只扶着她的肩对她小声道：“这种事，总是难免会疼的，那日周嫂子也和你说过了，不过我怕，怕的是屈家那个烂货原来对谆哥儿……只怕谆哥儿心里记上了，才……”兰花说的吞吞吐吐，绿丫这才放下双手，瞧着兰花欲言又止。

兰花觉得自己只怕猜中了，把葱从地上捡起来，打一瓢水洗一下就在菜板上切：“这事，都怪我，当初若不是我没地去，谆哥儿也不会被那块烂货盯上，现在变成这样。”绿丫脸上的羞涩慢慢褪去才走到兰花身边安慰:“兰花姐，这事怪不得你，说句正经话，谆哥哥生得这么好，连姐夫都被万寡妇盯上呢。”

兰花已经把葱切好，拿过面来和面，打算做葱油饼，一边搅着面一边摇头:“这不一样，你姐夫是经过事的，哪是谆哥儿这没经过事的。不过呢，这种事总要慢慢来，等过些时候，开春了，你多给他做些韭菜炒蛋吃。”韭菜炒蛋？这又是什么典故，看见绿丫一脸不明白，兰花把嘴凑到她耳边：“你傻啊，这韭菜炒蛋，壮阳啊。”

绿丫觉得自己的脸又红起来，见兰花的面要和好，拿过萝卜打算洗洗切一下，就听到张谆的声音：“你们两个，一大早在厨房嘀嘀咕咕说些什么呢，是不是在说我坏话呢。”

见到丈夫，绿丫的脸更红了，兰花手上沾了面，不好推张谆出去的，只是啐他一口:“赶紧出去，女人们在厨房里说话，你跑出来做什么？我可告诉你，你不许欺负绿丫，听到没有？”张谆连连点头：“听到了，姐姐，我怎舍得欺负绿丫，你舍得，我也舍不得啊。”

兰花噗嗤一笑，绿丫白张谆一眼，张谆笑嘻嘻地瞧着绿丫:“绿丫，我饿了，有什么吃的没？”虽然昨夜没有成事，可经过了这一夜，两人之间比昨天近了许多，绿丫听着他那么亲近的话，从橱里拿出一碗昨日的剩菜：“还有这些，你先垫垫，等会儿就可以吃饭了。”

张谆接过碗，筷子也不拿，伸手就去抓，兰花啪地一掌打在他手上：“那边有筷子，就饿成这样？”张谆接过绿丫递来的筷子在碗里夹了块肉，含糊不清地说：“我昨儿可是喝了好几杯酒，没怎么吃饭，那些点心也不抵饿呢。”兰花在那笑着摇头，绿丫也浅浅一笑，等以后，生个胖娃娃，一家人过得多开心。

“绿丫，快出来，你家有贵客了。”吴嫂的声音都差点变调，绿丫和张谆急忙出来，瞧见又是朱家来过的那两个婆子，瞧见绿丫这两个婆子急忙上前给绿丫行礼：“给张奶奶贺喜，张奶奶安，我们家太太听说您和张小爷成了亲，特地遣老婆子过来贺喜，还想请问张奶奶，若您今日有空，我们太太会了刘太太，要过来给您贺喜。”

婆子这番话让绿丫有些许不知所措，前倨后恭又是为的哪般？

“还请回去告诉你们太太，亲自前来的话，就不必了，毕竟我们这院子狭小。”张谆的声音已经响起，那两婆子脸上笑容没变，齐齐走到张谆面前：“张爷好，我们太太说了，这件事，无论如何都是我们太太做得不对，若是张小爷不肯接受我们太太的歉意，我们太太真是羞都要羞死了。”

另一婆子说完就转向绿丫：“张奶奶，您啊，一瞧就是那样善心人，还请为我们太太美言两句。”绿丫此时已经平静下来，朱家这阵势，冲的定是张谆而不是自己，于是绿丫看向张谆，张谆也在沉吟，回绝了朱太太倒是简单的，可是以后绿丫还会遇到类似的事，况且朱老爷也不是一个不可以结交的人，于是张谆对绿丫露出你看着办的神情。

看到张谆露出这样神情，绿丫的手不禁紧紧握住兰花的胳膊，此时才深深意识到，张谆和自己，原来是不一样的人，那现在做了夫妻，自己就要做一个配得上他的人，而不是露出怯意，让自己配不上他。于是绿丫深吸一口气，努力回想当日屈三娘子是怎么对这些来的婆子们说话的，那神情渐渐变得平静：“既然朱太太执意如此，那我们也却之不恭，我这里就扫榻恭迎。”

绿丫最后两个字吐出来，难免带了一丝丝颤抖，那两个婆子见绿丫短短一时间就跟换了个人似的，虽感到讶异可这差事做完了心里也欢喜，急忙道：“果然张奶奶是善心人，小的们这就回去报信。”

说着两人又是一礼，就匆匆离去，绿丫这才觉得双腿都快撑不住自己，只是靠在兰花身上，兰花在绿丫耳边道：“做得不错，别怕，就是这样，当初我也……”说了这句兰花就住口，吴嫂已经奔过来拉住绿丫的手，“绿丫，你方才可真有气势，比我们家的……”说了这个比方吴嫂又觉得不对，急忙道，“绿丫，以后你富贵了，可不能忘记我们这些人，到时可要提携提携，我们也不想别的，只要能到你家做个管家就够了。”

周嫂比吴嫂老成多了，把吴嫂扯开道：“绿丫，你家既要有贵客来，我觉着，你还是进去换件衣衫，戴几样首饰，还有，这院子我也帮你先打扫了，看起来像个样子。”吴嫂在旁点头：“对，对，周嫂子，就是你说的，我们先帮着打扫了。”说着吴嫂就去拿扫把，到此时，绿丫也对周嫂点头：“那多谢周嫂子了。”

说完绿丫就进新房，换上一件新衣衫，又戴上两样首饰，还不忘用了点脂粉，在模糊的铜镜上照了照，觉得自己的确可以出来见人了，这才努力让自己露出一个笑来，慢慢回忆屈三娘子是如何待客的，还有，等会儿朱太太刘太太来了，自己可千万不能露怯。

都收拾好了，就听到兰花在那说话，想来是朱刘两位太太来了，绿丫深吸一口气，让自己脸上不能露出怯意来，这才掀起帘子走出屋，外面的院子收拾得很干净，周嫂吴嫂都已经走了，兰花正在那开门，门开处，绿丫能看见两位太太站在那里。

在绿丫有限的见识里面，除了屈三娘子和曾来相看过人的那几家的管家娘子外，别的更富贵的太太奶奶们就没见过了，而今日来的这两位，比绿丫见过的更富贵。

刘朱两位太太想是因张家现在住的地方，打扮都很朴素，但从身上的衣料，发上仅有的首饰来看，都透着一股绿丫从没见过的富贵味道。刘朱两位太太都笑得很和气，被请进来彼此行礼坐下之后，刘太太先开口：“原先也不晓得张家侄儿带了家眷在京，若知道的话，就该早来拜访才是。”

绿丫从开门见到两位太太到现在，都是紧张的，兰花已端出茶来，绿丫亲手把茶捧到两位太太面前：“我们是晚辈，本该我们去拜访的，哪能长辈们先来？”

刘太太借了接茶这个时候悄悄打量着绿丫，虽然笑容有些僵硬，但并不见缩手缩脚，这样出身，也算是难得的。等拿了茶在手，这才对朱太太笑道：“难怪你要认义女，我瞧这行事做派，这模样长相，确实不错。”

朱太太这才开口：“我的眼睛什么时候错了，只是没福气，张奶奶不肯拜在我膝下。”说着朱太太就招手：“孩子你过来，给我仔细瞧瞧。”绿丫经过这么几句来往，心里的紧张也渐渐褪去，就把她们当周嫂吴嫂这些街坊好了，只是要记得，说话要更温柔，不能粗鲁，还有，要有礼才是。

好在当日在屈家时候，屈家还记得她们中难免有要去那官府人家服侍的，还是教了些礼仪，因此绿丫见朱太太招手就笑着道："可不敢当太太这样夸，我们是穷苦人，能得太太不嫌弃就好，哪还敢被认作义女？"

朱太太呆了呆就对刘太太笑道："瞧瞧这孩子，这张嘴可能说。"说着朱太太就拉了绿丫的手，从头到尾瞧起来，瞧完了还拉着绿丫在她身边坐下，绿丫虽觉得朱太太太过热情，但双手被她拉住，也只有坐在她身边。

朱太太又简单问过绿丫几句话，见绿丫还有些紧张，这才拍一下她的手道："你也别那么紧张，我呢，也打开天窗说亮话，今儿来呢，并不是害你，是正经想来赔罪的，二来呢，见你这样，我也有几分喜欢。你也晓得我只有一个独养女儿，虽有几个兄弟姐妹，却不是和她一个娘养的，虽说是两头大，可真相如何，大家心里都清楚，我呢，担心你朱叔父去了，那边的儿女真要来把我们赶出去，却也是说得着的，这才要为她寻个好女婿。"

朱太太这几句话，绿丫在心里品评了又品评，觉得说的是真的，这才开口道："爱女之心，这是人人皆有的，朱太太能瞧中他，这也证明我嫁的人不差，我并不怪朱太太，只是，他现在已经娶了我了。"

刘太太用帕子掩住口笑了："你这孩子，在想什么呢，难道以为我们被回绝了，还想再招张侄儿吗？说句不怕你恼的话，你家肯了，朱太太这里还丢不起这个脸呢。"

朱太太也点头："这话不差，我当年为的心里情爱，嫁了你朱叔父，虽出外应酬，人人都叫我朱太太，心里也明白，家乡那里，有个正经朱太太呢。只是我的女儿，我定要为她寻一房好女婿，不让她吃我吃过的苦。因此今日来，是想问问你，你若不嫌弃，可肯认我为个义母，以后等我们闭了眼，你妹妹出了阁，到时也有个姐妹好扶持，免得她在那里，一个人孤零零的。"

绿丫惊得差点站起来，没想到朱太太竟还没忘这件事，见绿丫惊呆，刘太太已经道："虽说朱家没有廖老爷那样势大，可也不算那没名声的人家，到时你认了义母，出外和人应酬起来，也能说得嘴响。再说了，难道这义母是白认的，总要给你一份嫁妆，这才是我们这样人家的行事。"

廖老爷？绿丫到此时，明白朱太太为何要认自己为义女，因了张谆只是其中之一，为了廖老爷才是主要目的，这廖老爷到底是什么样的来头，昨儿刘朱两位见了他，已是十分巴结，今儿朱刘两位太太，也是如此。榛子的来头，竟然这么大？

绿丫在心里仔细思量定了才道：“朱太太的好意，我本不该推辞的，只是我现在已经嫁了人，有了夫主，很多事不敢自专，还要问过丈夫才敢行。”朱太太重又仔细打量下绿丫才点头，接着又是一声叹息：“我晓得，你是不肯的，也是，这都临到事头了，我才来说话，又有几个人肯相信呢？”

说着朱太太就垂泪，绿丫见她垂泪，忙道：“朱太太，虽然我不晓得别的，可是以后，若朱小姐的夫婿，或者她的兄长，对她有些什么，我能帮的就帮。”朱太太筹划这么多，为的不就是女儿能在自己和朱老爷不在以后，都能过得好，听到绿丫这话，朱太太就抬头瞧着绿丫：“真的？”

绿丫点头：“我虽是个穷苦人，又是个妇人，可说话是有一说一，从不虚妄。”

“朱太太，我瞧着这孩子是个实诚人，既然她不肯认你为义母，只怕你们前世没有母女缘分，只要得了她这句，你也就放下罢。”见状刘太太急忙收科。

朱太太擦掉眼角的泪，面上又露出笑容：“你说的是，我竟糊涂了，该打该打。”说着朱太太就叫来人，那两个婆子从屋外走出，朱太太吩咐道：“把我给张奶奶贺喜的礼物送上。”

两个婆子急忙应是，快步走向门外，很快四个小厮就抬了两箱东西进来，绿丫本以为这贺礼不过是几十两银子什么的，没想到竟是两箱东西，吓得跳起来对着朱太太摆手：“这太贵重了，朱太太，都说无功不受禄，我当不起。”

朱太太已经从袖口里面拿出一份礼单，见绿丫推辞，忙把礼单塞到她手上：“你方才答应了，这就是功了，哪是什么无功？”绿丫没接礼单：“朱太太，话不是这样说，若我们发达不了，依旧是个穷人呢，不就辜负了您？”

“若你们发达不了，这些东西不就当作你们的退路？拿着罢，别瞧这箱子沉重，里面不过多是些衣料和些小摆设，并不十分贵重。”朱太太已经把礼单塞到绿丫手上，刘太太在旁笑着道：“你瞧，对这些财帛都不动心，这样的人以后怎不会发达？侄媳妇，我这双眼，虽不算特别厉，可也见过不少人了，你们夫妻都是这样，以后，前途定会不可限量的。”

朱太太也在旁点头，接着望下这四周就对绿丫道：“方才你从出来到现在，我也细细瞧了，并不是那样见钱眼开之人，对着我们，也能不卑不亢，这样出身，说句不怕你恼的话，着实是难得的。”贫贱，这两个字连在一起，并不是没有道理的。绿丫被这样一夸脸倒真红了：“我见识浅，见的也不多，不过是东施效颦罢了，当不得夸。”

朱太太咦了一声：“怎的，你还识字？这就更难得了，别说你这样的，就算我们这样人家，有些人家还觉得女儿家识字没什么意思呢！”

绿丫的脸更红了：“不过是昔日认得几个字，读书明理，多知道些，总是好的。”朱太太点点头，对刘太太道：“瞧我说什么来着，这孩子的确不错。”刘太太也在那夸绿丫几句，绿丫觉得自己的手心都被汗透了，勉力维持住脸上笑容，朱太太已经对绿丫道：“不过你方才的话说的有一句是对的，我也不怕你恼，你见识毕竟浅了些，这些日子想来你要忙着搬家，我也不来扰了，等你搬完了家，到我那里去，我再告诉你些台面上的人该怎么应付，以后张小爷发达了，这些事迟早是要碰到的。”

绿丫忙起身谢过，朱太太也就站起身：“来了这半会儿，我们也该告辞了，我家住哪里，张小爷是晓得的，到时你过去就是。”绿丫见这两口箱子，忙道：“朱太太，这些东西，您还是带回去吧。”

朱太太回眸一笑：“不过是些不值钱的玩意，你拿着玩罢，我送出去的东西，哪还能要。”说着朱太太就和刘太太对绿丫说声留步，就相携离开。

绿丫关上门，觉得自己的脚都要软了，原来应酬真是一件难事，兰花从厨房里奔出来，对绿丫翘下大拇指：“绿丫，你真不错，应付得很好。”绿丫瘫坐在门口：“兰花姐，你快来拉我一把，我现在整个人都是软的。”兰花笑着上前把绿丫拉起来：“你这是头一次，以后就好了，我还记得我头一次代爷出去送礼，见人家的管家娘子穿的戴的，都那么富贵，吓得连话都说不清楚，亏得人没笑话我。”

说着话，两人已走进堂屋，张谆也从房里走出来，拿着那份礼单在那瞧，看见张谆，绿丫忙走过去：“谆哥哥，这份礼，我说不收，可朱太太非要放下，我是不是做得不对？”张谆安抚地拍拍绿丫的肩：“也不是你做得不对，应酬往来，互相送礼，总是免不了的，只是我没想到来得这么快。”

听张谆这样说，绿丫这才把心放下，兰花已经打开一口箱子，瞧着里面的衣料，忍不住赞叹，张谆把礼单放下，对兰花道：“姐姐，你喜欢什么，就拿去，做两件衣衫穿。”兰花忙把箱子盖上：“这可不好，是送你们的，再说这样的好衣料，穿着怎么做活。”

张谆的眉头没有松开，烧冷灶是常见的事，可是像朱家这么大手笔就是不常见的，这礼单上的东西，加加减减，也有五六百两了，当日朱老爷可是说了，自己和他之间的交情，只够借五十两，这转眼之间，就变成十倍，廖老爷，他到底是什么来头？即便是一个大商人，以朱老爷的身家，也无须这样吧？

绿丫心里也有同样的疑问，不过她已经问出来了，张谆微微一笑就岔开道：

“方才朱太太也说过了，等我们搬了家，你也常去她那里走走，学一些如何应酬的事，毕竟以后，这样的应酬很多。”看见绿丫点头，张谆忍不住捏一下她的下巴，俏挺的小下巴，真是越捏越爱捏。

兰花在旁瞧见，轻咳一声，张谆急忙把手放开，绿丫一张脸登时又红了，飞奔出屋：“我去做饭。”张谆对兰花笑笑，兰花的心又放下，他们两个现在瞧来十分恩爱，那么那件事，迟早也是会成事的，那么着急做什么。

想着想着，兰花就觉得自己眼前多了一个胖娃娃，忍不住笑出声，张谆凑到兰花跟前：“兰花姐，你笑什么？”兰花意有所指：“我想着，绿丫赶紧给你生个胖娃娃才好。”生个娃娃，张谆忍不住摸下下巴，今晚，可以再试一试。

绿丫和张谆成婚几日后，张谆就去见了廖老爷。听到张谆来了的消息，廖老爷把手里的信放下，淡淡一笑道：“我还以为那孩子沉浸在温柔乡里，不肯来了呢。”

“温柔乡再好，赚钱才是要紧事，老爷您说是不是？”管家急忙道，廖老爷瞥他一眼：“啰唆什么，让人进来吧。”

青门柱

第 13 章　伙　计

管家应是离去，廖老爷轻轻敲击着椅子的扶手，希望这回自己还是没看错了人。张谆已经走进，瞧见廖老爷就上前行礼，廖老爷摆手让他起来："罢了，以后要常见的，哪要一见了就行礼，那不烦死人了？"

张谆应是坐下，廖老爷指指旁边的茶："自己倒茶喝，以后就是自己人了，来这里也别拘束。"张谆应是，想开口问廖老爷自己以后要做什么，但见廖老爷又在那看信，只好起身给廖老爷倒了一杯茶，自己也倒了一杯，在那束手站着。

廖老爷把信瞧完，收起来抬头看见张谆规矩站在那就微微一笑："你以后来我这里，也只能先从伙计做起，这头一年的收入，只怕还不如你在外自己做，可想好了？"

张谆依旧恭敬应道："这些我都明白的，最要紧的是……"能从廖老爷身上学些东西，廖老爷面上又浮起一丝笑容："都快过年了，我也忙，你也不用找什么日子了，明儿就搬过来。"说着廖老爷就唤老王，管家走进来，廖老爷对管家道："你把小张带到后面，寻个地方安置了，他是有家眷的。等安顿好了，从后日开始，就让他在铺子里学着些。"

老王应是，张谆给廖老爷行礼后正打算退下，突然想起一事："还有件事，前几日朱太太和刘太太来贺喜，送了些贺礼，我瞧着那些贺礼都太贵重了，况且也……"

话没说完，张谆看着廖老爷脸上神色，又止了口，廖老爷收起眼中光芒，漫不经心地道："人在这世面上过日子，总是要和人交往的，只要这人是可交往之人，这些小事，你也无须和我说。"张谆忙又应是，这才跟了管家出去。

廖老爷端起那杯茶，面上笑容还是很淡，这孩子，倒是越来越有意思了，走进来一个小厮："老爷，陈家遣了两个女人过来问安。"廖老爷的眉头立即皱起来："我这里又没女眷，偏遣两个女人来问安？"小厮应是方道："陈家的女人说，有给小姐带的礼，所以才遣她们来。"

说着小厮轻声道："老爷，陈家那边，可还有好几个和小姐年岁差不多的少爷，说不定陈太太看中小姐。"廖老爷手撑住下颌想了想，微一点头："那就让她们进来。"小厮退下，陈家的两个管家娘子已经走进来，双双给廖老爷磕头，廖老爷让她们起来，问过陈家老太太和诸位老爷太太的安，这才笑着道："原先我内人在时，还去过贵府两次，后来我内人没了，家里没有个正经女眷，也就没去过贵府了。"

管家娘子急忙站起："说的是，不过廖老爷现在和令甥女骨肉团聚，您要带她上京来逛逛，也可往我们那边去。"另一个管家娘子也笑道："还没恭喜过廖老爷骨肉团聚呢，我们老爷听得廖老爷骨肉团聚，还和我们太太说了好几回呢。"

听这两个管家娘子一口一个不离榛子，廖老爷的眉微微一抖，难道说陈家真有结亲的意思？陈家虽也是公侯出身，不过到这一代已经没有了爵位，陈老爷现在是太常寺卿，榛子的出身，嫁到陈家，虽不能做嫡长妇，但做一个小儿媳妇还是够够的。想到此廖老爷淡淡地道："我和你们老爷相交也有数十年了，这些年，也多亏他照顾。"

管家娘子急忙道："说的是，不然我们太太也……"刚说了这句，她的同伴就拉她一下，对廖老爷笑道："这里有几份礼，是给令甥女的，还望廖老爷休嫌轻鲜。"这两人的变化逃不过廖老爷的眼，廖老爷命人进来收了，又让人给了这两人上等的赏封，这两人也就领赏告退。

等她们一走，廖老爷就变了神色，吩咐小厮道："找个机灵点的，跟了这两个人，听她们说些什么，还有，去和陈府那边的熟人打听打听，陈家最近遇到了些什么事。"小厮领命而去，这边张谆已经被安顿好了，又来和廖老爷告辞，要回去收拾，明日好搬来。

廖老爷让他去了，又等了半个来时辰，小厮走进来道："老爷，小的让人跟着去听，不敢离得太近，只听到影影绰绰地说什么大爷，又说什么廖家的出身，做个妾已经是抬举了。剩下的就是怪不该拦着她说了，至于打听的人，这会儿还没回来。"做个妾？廖老爷的眼里闪过一丝阴郁，小厮忙道："陈老爷和老爷您相交数十年了，彼此怎么为人，老爷您也是清楚的，小的觉得，只怕这是陈太太的妇人之见，觉得商户人家的女儿，能做官家的妾，已经很好了。”

廖老爷抬眼瞥他一下：“就你话多，这件事，若是陈家自己不说出来，那我也只当他家一时糊涂，若敢说出来……”廖老爷没有说话，只是轻轻地点了下桌上的纸。能到近身服侍的，都是心腹，小厮急忙道：“说起来，宫里老爷爷那里，也该再去问安了。”廖老爷嗯了一声：“这事我自有主张。”

那位老公公虽是今上贴心人，可听说陛下龙体一直不豫，一朝天子一朝臣，到时总会有些变化，但不管怎样，凡事不能做绝，结个善缘也是好的。廖老爷思量定了，吩咐小厮拿来笔墨，开始练起字来，这是他一向的习惯，小厮只在旁伺候笔墨，并不敢多说一句。

和廖老爷的阴郁相比，张谆心里满是喜悦，他几乎是奔跑着往家里赶，当拐进那条小巷，看见自己家熟悉的屋子，张谆已经气喘吁吁，但腿依旧有力量，甚至连在那争吵的万寡妇和毛嫂他都没看见，只匆匆走。

“这张家的小子，跑那么快做什么，差点撞到了老娘。”万寡妇骂了一句，见毛嫂要进门，上前拉住她，“你方才的话，可不好听，你要赔我。”毛嫂白她一眼，把她的手摔开：“我没你这么贱。”说完毛嫂就把门使劲一关，差点夹到万寡妇的手指头，万寡妇气得在那直拍门，可毛嫂怎么肯开？万寡妇只得对着这门狠狠地骂了一句，得意什么，原来还不是个出来卖的。

看见张谆一口气跑进来，正和王嫂说话的绿丫吓了一跳，手里端着的簸箕都差点掉地上了：“你怎么了，怎么跑这么快？”从此以后，生活就可以掀开新的一页了，张谆看着绿丫，竟激动得说不出话来，只在那喘气。

王嫂已经收拾好自己的针线，笑着说：“这小夫妻就是这样，我啊，也不碍眼了，你们两夫妻慢慢说话吧。”王嫂往外走，还不忘给他们把门关上。

绿丫这张脸又红了，刚要再问，张谆已经张开双臂把她抱进怀里：“绿丫，我真高兴，我们所有的努力都没有白费，那些苦都没有白吃，我很欢喜。”绿丫本来准备握拳推开张谆的，听了这话又把拳改成掌，攀在丈夫的肩头：“谆哥哥，看见你的时候，我就知道，你会很好很好。”

张谆把绿丫抱得更紧一些，激动得有些说不出话，西下的阳光照在他们身上，洒落一身金黄，让这小院子都添了许多温暖。

兰花知道了这一切，也十分高兴，这一晚兰花和绿丫两人下厨，整治了八盘八碗的席面，又打了一斤酒，一家人团团圆圆坐在那里说笑，兰花连老刘喝了大半的酒都不管，只是不停地笑，这日子越过越有盼头，现在自己也有家了，这辈子，知足了，不，如果再有个孩子，就更知足了。

兰花瞧着已经在那醉得不行的老刘，伸手拍他脸一下，老刘醉得迷迷糊糊地还在那说："兰花，我会一辈子待你好的。"兰花伸手打了他肩一掌，和绿丫互看一眼，都笑了。张谆也喝多了，倒在老刘身边，呼呼睡去。

这两人，兰花和绿丫又笑了，索性也不把他们挪到床上，只是搬了几把椅子过来给他们睡在上面，生了火盆盖了被子免得他们冷，两人把桌上地下都收拾干净时，那两人还在呼呼大睡。

兰花虽忙了一日，可今日却毫无困意，拉着绿丫的手说："我们来说说话吧。"这当然可以，两人守在火盆那轻言细语，不时地看看醉的那两个的情形。

说了一夜的话，很多事情都翻来覆去地讲，绿丫听到第三遍张谆小时候不肯写字被他叔叔罚的时候，张谆睁开眼睛，咕噜出来一句："兰花姐，你怎么记得这么清楚，我都快忘记了。"

兰花瞧着张谆，今天他们要收拾东西离开这里，以后见面就没那么方便了，自己从小看到大的孩子，从此就要交到别人手上了。兰花觉得心里既欢喜又酸涩，勉强笑了："不把这些告诉绿丫，你以后欺负绿丫可怎么办？"欺负绿丫，不，自己永远不会欺负她，张谆看着绿丫，眼里满是温柔。

兰花把张谆和绿丫的手拉在一起："以后，你们要做的事我就都不明白了，也没办法告诉你们什么了。绿丫，你那天说的话，我仔细想了想，你说的有道理，人只有变得有本事才好。"绿丫点头，把兰花的手更握紧些，张谆还想问，兰花已经沉下脸来："谆哥儿，当日爷在的时候说过，说张家没有什么丢了原配娶什么两头大的，也没有什么纳妾养外室的道理，以后你发达了，若因绿丫没本事看不起她，要别娶什么的，我拿把刀把你的心挖出来，瞧瞧到底是黑还是白的。"

兰花从没这样对张谆厉色，张谆急忙跪下："姐姐，我从无妄言，今日如此，以后也如此，我待绿丫，定会始终如一，永远不变。"绿丫已经把兰花的手再握紧些，兰花松开握住他们的手："你们的东西也都收拾好了，趁着时候还早，走吧。"张谆和绿丫双双跪下，给兰花和已经醒过来还在懵懂的老刘磕了头，两人也就让寻来的脚夫把行李挑上，细软都背在身上，离开了这里。

看着他们离开，兰花的眼泪终于落下，老刘走到妻子的身边把她的肩拢住，兰花索性把头埋在丈夫怀里痛哭起来。老刘安抚地拍着妻子的肩："舅舅是个好人，以后，一定会好的。"老刘不说还罢，一说兰花哭得更大声了，老刘不敢再劝，只有手忙脚乱地给她擦眼泪。

兰花哭够了才抬头，这回脸上的不是眼泪而是笑容，谆哥儿一定会过得好好的，非常好。

绿丫和张谆来到廖家，先去给廖老爷问安，小厮出来说，廖老爷还没起，让他们径自照了昨日的安排去做。张谆谢过小厮就和绿丫往后面去。

小厮进屋廖老爷已经裹着被子坐起身，脸上神色平静可那双眼让小厮不敢去看，昨晚都练了有半个时辰的字了，按照以往来说，老爷什么大的怒气都消了，当初听说小姐受苦，老爷也不过就是练了半个时辰罢了。

可谁知道派去打听话的人回来了，说陈太太的娘家和陈家借了一大笔银子，没还上，陈老爷也不好意思去追讨。陈太太见丈夫如此，就想从别的地方凑些银子补上窟窿，免得在丈夫面前不好做人。可这一时半会，就算省得全家刚够饱暖也不够。

偏那舅太太来，见陈太太发愁这件事，就说廖家既然大富，又没孩子，现在只有一个甥女，何不求娶了这个甥女为媳？到时廖家的嫁妆定十分丰厚，别说补上那么一个窟窿，就算再多上几个窟窿，也足够了。

陈太太仔细一想，这主意不错，但心里又嫌弃廖家不过商户之家，哪配得上做正配，于是等陈老爷回家时，就和陈老爷商量，为自己的长子求榛子为妾，陈老爷听得这话就大发了一次脾气，骂陈太太头发长见识短，吵得连老太太都惊动了，听了缘由，老太太觉得这主意不错，不过既然廖家珍视这个甥女，想来做妾是不愿意的，何不为陈三老爷求为继室，想来商户人家女儿，得为大户继室，也是十分愿意的。

陈老爷没想到自己娘也这样认为，别说陈三老爷今年年纪和廖老爷差不多大，就算年轻了几岁，以那个弟弟姬妾满堂的德行，廖老爷也不会把甥女嫁过来。陈老爷劝说不了自己的娘和媳妇，又见她们为这事差点打起来，索性告病请假带了得宠的妾去乡下别庄住着散心。

陈太太和老太太见陈老爷这样，老太太是偃旗息鼓，毕竟商户女儿，再有钱，说出去还是有些不大好听，陈太太见婆婆不管这事，欢欢喜喜吩咐两个心腹去给廖老爷问安，想借此问问廖老爷的意思。

廖老爷不听还罢，一听这话，就把那刚磨好的墨都打翻，字也练不下去，连大氅都没披，就在院子里受风寒。吓得小厮在那只抱怨去打听的人打听这么详细做什么，横竖这事，有陈老爷做主，陈老爷不肯，别人也不能强做了这事。好说歹说，左劝右劝，总算把廖老爷劝了歇下。

此时见廖老爷眼里神色，小厮还是不敢说话，只得上前道："老爷，您醒了，张家的人已经来了，在后院安顿呢。”廖老爷一伸手，小厮忙递过一盏建莲银耳汤，廖老爷呷了两口才淡淡地道：“这回带来的瘦马，还有几个？”

“还有一个，这个是最出色的，老爷您不是要孝敬……”小厮话没说完，廖老爷就把碗盏搁下：“把这个，安排给陈大爷去。”小厮的眼顿时瞪大：“老爷，这可是花了一千两银子的，再说，为了……”

廖老爷把被子掀开走下床，淡淡地道：“我愿意，就算拿这一千两银子听个响，我也愿意。”小厮听到廖老爷这话，知道他心情已经恢复平静，急忙过来伺候他穿衣衫：“是，是，别的都是假的，只有小姐才是真的。”

提起榛子，廖老爷唇边露出笑容，奔波了这么半生，转头才发现，都是空的。

廖老爷收拾好，小厮也让人把瘦马叫来，瘦马听得廖老爷吩咐，眼不由睁大一些，这么一件小事，又何劳自己出手？不过见廖老爷神色，瘦马只得领命，毕竟自己的生死前程都握在廖老爷手心。

廖老爷已经淡淡开口：“这事办好了，我赏你一千两银子，你拿着回家乡，重新嫁人就是。”这么诱人？瘦马脸上登时露出喜悦神色，但接着就道：“奴家是老爷的人，老爷吩咐奴家办什么，奴家就做什么，哪敢收老爷的赏。”

“罢了，你这话对别人说还成，对我还是免了，我可不想临到老了，还上你们的当。”瘦马原本准备的那几句老爷不老的话登时被这话堵在喉头，急忙道：“那奴家只有多谢老爷了，只是奴家斗胆问一句，奴家房里的那些东西，还有奴家身边的人，到时可不可以也跟奴家走？”

“我们老爷连你都舍了，还在意那些别的做什么，你快些下去好好想想该怎么做，然后去做吧。”小厮见瘦马还要缠，急忙开口道。那瘦马忙对廖老爷又行一礼，眼神一飞就道：“老爷放心，别说那么一个纨绔，就算是老成持重的，也逃不过奴家手掌心。”说着瘦马起身，方才的妩媚完全消失，又是一派端庄样子。

廖老爷并没瞧她一眼，只对她挥一挥手，等瘦马退出去，廖老爷这才抬头道：“难怪是最出色的，任是石佛也动心。”小厮呵呵一笑：“老爷要喜欢，叫来服侍几夜也没什么。”廖老爷冷哼一声：“罢了，我还不想死得那么早，况且，我做的孽够多了，又何必再造孽。”

瘦马一路走回屋子，心里还在想，对付那人，是该端庄些还是妩媚些，不过最要紧的是见第一面时，定要他对自己一见倾心。走进屋子瘦马见自己的丫鬟趴在窗口瞧，上前拍她脑袋一下：“瞧什么呢，快些给我倒水。”丫鬟应声给瘦马端来热水伺候她洗手才道：“小姐，方才隔壁院子，搬来一户人家，我瞧着那小媳妇生的，比起小姐你也差不了多少，只是没有小姐您那么娇嫩。”

这丫鬟是一直伺候她的，瘦马接过手巾擦着手：“就算生得不如我又如何？别人是良家，我呢，虽被称一声小姐，这命，也不好。”丫鬟忙安慰她：“小姐您可千万别这么想，老爷现在不是已经买了您？等有了去处，那就好了。”

是啊，一千两银子呢，瘦马起身走到窗口那，虽只隔了短短一道墙，但命运完全不一样，能看到院子里的人在忙碌收拾着东西，听到他们说话的声音，还有笑声，哪像自己，从小锦衣玉食，锦绣堆里长大，从没沾过阳春水，琴棋书画诗词歌赋算账管家，什么都学，不过是件待价而沽的货物。

瘦马闭上眼，接着睁开，不管怎么说，这是个好机会，一千两银子，拿回家乡也能买上几百亩田地，说自己是个小寡妇，再嫁个可靠的人，也胜过原先那种算计不停的日子。瞧着瘦马面上露出的笑容，丫鬟长舒一口气，不管怎么说，小姐高兴了，自己才有好日子过。

绿丫并不晓得一墙之隔住着的人是什么样的，只是在那和张谆收拾着东西，朱太太送来的贺礼里，有些小摆设，绿丫把它们统统拿出来，笑着问张谆：“这盆景摆在哪，还有这佛手，哎，这个我就不认识是什么了。”

张谆把绿丫说不认识的东西接过来：“这是书房用的笔架。”搁笔还有专门的笔架？绿丫摸摸那笔架对张谆说：“谆哥哥，你不会笑话我什么都不懂吧？”张谆摇头：“当然不会，因为，很多我也不晓得。”

“你们小两口，可真有意思。”院门口已经传来女子笑声，绿丫的脸又红起来，瞧见门口站了个妇人，二十七八的年纪，发上的金簪在阳光下闪着光，身边还扶了个十岁不到的小丫鬟，忙上前道：“也不知怎么称呼，今儿刚过来，还没收拾好，也不好请您坐。”

这妇人手一抬：“我男人姓曾，是张小哥要去的那家铺子的掌柜，我们就住在旁边过去的第二家，你们紧邻是王管家住的，不过他家眷都在济南，平常也没人。剩下的不是没成家的就是没资格住过来的，我一个人啊，冷冷清清，昨儿听说你们要住过来，心里喜欢得不得了。这才冒昧过来，你可别嫌我跑得快。”

绿丫忙叫一声曾大嫂，张谆也过来见礼，曾大嫂一双眼在张谆和绿丫脸上身上瞧了瞧，笑着说：“真是一对金童玉女。”说完从丫鬟手里提着的篮子里拿出两个大碗，一个碗里放了四五个馒头，另一个碗里放的是菜，“我想着，你们俩今儿才搬来，定没空生火做饭，这是给你们备下的，别嫌弃。”

绿丫忙接过谢了，曾大嫂也就带着丫鬟走了。见她进那边院子，绿丫才端着碗在那开口："曾大嫂很热情，可我怎么总觉得怪怪的？"张谆拍她脑门一下："士别三日刮目相看，你也会想这些了。"

绿丫白他一眼："去，少来笑话我。今儿啊，可只有馒头吃。"张谆抓起一个馒头咬了一口："有馒头吃也不错。"说着张谆哎呀一声："噎住了，绿丫，给我烧口水喝。"绿丫啐他一口，还是走过去生炉子给他烧水。

曾大嫂摇摇摆摆进了屋，她男人已经迎上："怎么样？这两口是什么样的人？"曾大嫂白老曾一眼："窝囊废，只会让我去打听信，自己不好好当差事，没了差事活该。"

曾大嫂在那骂骂咧咧，老曾脸上的笑添上几分谄媚："我是晓得自己窝囊废，什么都靠了媳妇你吃饭，媳妇，你瞧，我要差事丢了，这家子可要怎么过？所以还是求你老多跑几趟。"曾大嫂已走进屋坐下，从老曾手里接过茶瞥丈夫一眼："哼，当日也不晓得怎么的，我娘偏就瞧中你了，说你老实厚道，不会欺负我。"

老曾又连连点头，曾大嫂骂了几句老公，觉得口干，把那茶慢慢喝了才对老曾道："我瞧着，那两口都还年轻着呢，没经过多少事，你也别那么担心，听到有个新人来就以为老爷要夺了你的差事，再不成，我回家去求求我爹，让他和侯爷求个情，侯爷和老爷一说，那不就成了。"

"为了这么点子事要求侯爷，那太劳烦岳父了，还是先照我的主意，弄清这人的来历虚实，然后慢慢地给他挖个坑掉下去，顶好还要被老爷或者王管家瞧见，让他百口莫辩，被赶出去，这样才好。"听老曾说完，曾大嫂伸手捏一下丈夫的耳朵："说你老实，这会儿也会这个了。"

老曾又是呵呵一笑："那是娘子你教得好，教得好，有这样聪明娘子，才能有这样的丈夫。"曾大嫂鼻子里又哼出一声，老曾也就急急忙忙往铺子里去。

等他走了，曾大嫂才收起面上笑容，往地上呸了一口，没经过事的，见个老爷提拔个新人，就害怕自己的差事丢了。这差事要丢，也要瞧是什么样的人。在心里骂完了，曾大嫂又往外面瞧去，哎，要不是当年爷负了自己，也不会随便找这么一个人嫁了，到现在还要自己百般筹划，只能使个小丫头，穿的衣衫也不见得有多少好。

曾大嫂在那叹气，绿丫两口子已经把东西都收拾好，既然曾大嫂中午送来了馒头和菜，到晚上绿丫下厨炒了两个小菜，过去请曾家两口子坐坐。老曾夫妇欣然而去，在桌上又说些别的话，老曾拍着胸脯保证自己一定会好好地待张谆，让绿丫放心。曾大嫂拉着绿丫的手亲亲热热地问话，问她多大了，嫁张谆几年了，听得他们还在新婚，还取笑了几句。

等酒终人散，绿丫收拾完那些东西，张谆也送了老曾两口子回来，在厨房门口站着："我怎么心里还是没底。"绿丫把锅里的脏水倒了，仔细瞧瞧灶下再没一丝火星，这才抬头笑着说："谆哥哥，原来你也有害怕的时候？"

灯光昏暗，绿丫的侧脸显得十分圆润好看，张谆打个哈欠，克制住自己要去捏捏绿丫下巴的冲动："人谁没有害怕的时候，再说廖家的生意做得很大，来往的都是那些我从没听过的人。而且和原来的街坊不一样。"街坊之间再怎么吵嘴，不过就是你偷了我的葱，我拿了你的蒜，没多少干涉。可这时候的人就不一样了，能在廖家做掌柜的，还不晓得是怎样的人精呢。

绿丫见张谆的眉头皱着，走上前和他一起靠在厨房门上："你原来还不是告诉过我，害人之心不可有，防人之心不可无。什么时候都多长一个心眼，就好了。"张谆顺势把绿丫的手握在自己手心揉搓着："嗯，你也长进不少了。你可要和我多说说。"绿丫把手从他手里抽出来，啐他一口："又只晓得取笑我，我不理你，今儿累了一天了，早早睡吧。明儿一早你还要去铺子上呢。"

看见绿丫进了房里，张谆也起身进房，此时天边已有繁星显现，张谆对着天做一个深深的呼吸，感觉着自己的身体和原来的不同。慢慢的，慢慢就会好的，不要急，什么事都不要那么着急。张谆在心里告诉自己，也进屋睡觉。

次日一早绿丫送走张谆，把家里家外都收拾干净，等坐下来时，还不到午饭时候。绿丫忙惯了的人，突然闲下来，难免会觉得心里空落落的，想做几样针线，可又觉得做什么都不好，拿出荷包缝了几针，就开始想张谆，他今儿头一日上工，还不晓得是个什么情形，会不会被刁难？

瞧着那歪歪斜斜的针脚，绿丫索性把那针线都拆了，罢了，这荷包做不成了。不如把柴给劈了，想着绿丫就到外面，把那些大一些的劈柴给抽出来，拿过斧头打算劈柴，刚劈了几下就听到曾大嫂的声音："哎呀，这样粗活哪是我们女人做的？小张嫂子，等你男人回来再做。"

说着曾大嫂摇摇头："也不成，你男人瞧着也不像是能做这样活的，这容易，等我去门口叫个小厮来，给他二十个钱买果子吃，管保他们劈得又快又好。"曾大嫂出主意的时候，绿丫已经把这些柴火劈成一小堆，对曾大嫂笑着说："没事，横竖在家闲着也是闲着。"

曾大嫂提着裙子，小心地不让自己踩到那些柴火才走到绿丫跟前："这不一样，原先呢，你们住在那样地方，女人劈柴挑水也是平常事，可现在既搬进来了，万一有个客来，瞧见还要自己动手，岂不让人笑话。"

不一样？绿丫的眉微微一皱，从善如流地放下斧头，把柴火归拢在一堆，横竖这些也够好几天烧的，这才对曾大嫂笑着说："曾大嫂你先屋里坐，有哪些不一样的，我还不晓得呢。"曾大嫂也不和她客气，进了屋环视一下四周，笑着道："昨儿来得匆忙，倒没注意你这摆的还挺好看的，你瞧这山子石的盆景，一摆上去，就显得和在别处不一样。"

绿丫给曾大嫂倒了茶，又端出花生瓜子："曾大嫂，往这边坐，我也是瞎摆摆，这些都是他的主意。"曾大嫂坐到桌边，抓了一把瓜子嗑着："他的主意，哪个他？我和你说小张嫂子，这做了妇人，再像女儿家一样腼腆可就不好了。"绿丫又是抿唇一笑，曾大嫂慢慢地喝着茶嗑着瓜子，问过几句家常话后，话锋微微转去，转向张谆和廖老爷是怎么认识的。

这些话原本也不是什么秘密，但绿丫顾忌着榛子在中间，自然不会说出实情，只含糊说偶遇到，恰好请廖老爷帮了个忙，就此认识了。这样话当然不会让曾大嫂满意，况且她是晓得实情的，听到绿丫这含含糊糊的话，曾大嫂不由在心里骂了句还要骗老娘，但面上依旧笑着："那照这样瞧来，你们运气真不错，旁的不说，我们老爷可真是一个能干人，这么大的生意，从来都不怵。"

绿丫也想多晓得些廖家的事，也问几句曾大嫂，曾大嫂刚说了两句，小丫头就跑了来："姥姥来了，还请赶紧过去。"曾大嫂急忙起身："我娘来了，小张嫂子，等她走了我再来寻你说话。"绿丫应了送曾大嫂到门口，瞧见曾家门口已经站了个富态的老太太，瞧那穿着打扮，和普通人有些不一样，看见绿丫瞧自己，那老太太对绿丫笑了笑，就和曾大嫂说话。

她们母女进了曾家，绿丫也把门关上做自己的事。听到关门声，那老太太嘴一撇，对女儿道："这就是新来的那个伙计的媳妇？要我说，生得可真俊俏。比起侯爷身边最得宠的青姨娘，也不差。"

"俊俏又怎么了？还不是嫁那么一个人，穿不得金戴不得银，连我都不如。"曾大嫂进了屋就坐到桌边，斜了自己娘一眼，淡淡地说。

"你这孩子，这都十来年了，还惦记着这事呢，我晓得你巴望着大爷，可大奶奶那是个什么火辣的性子？要不是我见机快，去求了老太太把你带出来许了人，只怕你早填了井。"曾大嫂的娘家姓林，是定北侯府的管事，曾大嫂从小也就在定北侯府做一个小丫鬟，看惯了那富贵人家，不甘心大了许人，嫁一个差不多的或者管事，一心巴高向上，想着做个姨娘，从此锦衣玉食，使奴唤婢好不快活。若再生下一男半女，那更是终身有靠。

她这样想，再加上伺候的人也是有意的，三不五时就搞上了手，约在书房里隔段时候就偷一回。谁知这边在做美梦，那边的大奶奶早打翻了醋坛子，大奶奶是将门出身，玩不来那些曲曲折折的心机，先是寻个机会把曾大嫂打了二十板子，等曾大嫂挣扎好起，还要和大爷再续前缘时，那大奶奶心里的火气更甚，就要把这不要脸的给填进井里，说个失足落水，横竖是这家里的世仆，翻不了天去。

林妈妈原本还想着自己女儿能做个姨娘，到时自己一家也风光风光，落后见这大奶奶手段太辣，想着自己女儿在她手底下只怕过不个三招两式，女儿的命要紧，急忙去求了老太太，说自己女儿年岁也大了，要出来嫁人。

对这种事，老太太自然无可不无可，点头应了，还送了曾大嫂几件首饰做赐嫁，到现在也七八年了。曾大嫂听自己的娘念起旧事，鼻子里又哼出一声："那也是你老人家太过害怕，凭她大奶奶怎样，也是个女人，上头还有大爷侯爷太太老太太呢，难道还能一手遮天？"

林妈妈上前狠狠地点自己女儿的额一下："你这不知死活的孩子，我当这七八年过去，你早好了，谁知还这样，大奶奶是不能一手遮天，可她能遮住我们，再说了，你当我们是什么？不过是那养的猫狗一样，喜欢了就逗逗，不喜欢了一脚踢开。"曾大嫂不由指向那高墙后面："那里面住着的那个，才是猫狗呢。"

虽在屋里面，林妈妈还是压低声音："我听说你们老爷这回带来五个，总共花了四五千银子呢，真是打几个银人儿都够了。"曾大嫂的声音也压低了："现在只剩下一个了，听说这个是最出色的，花了足足一千两银子呢，我见过一面，那真是，怎么说呢，瞧你一眼你心都痒痒刷刷的。"

林妈妈手一拍："说这个，我倒忘了，你当我今儿来是什么事？青姨娘现在不是得宠吗？她老子娘你也认得，就是我们从小一起的同伴，不知怎么听说了这件事，想托我来打听打听，这里面有没有要送给侯爷的？"

"他家就这么担心女儿失宠？也是，女儿不得宠，怎么充舅爷？"曾大嫂冷笑一声才道，"那四个不是都送出去了，这个准定不是侯爷的，我觉着吧，只怕是要送去服侍宫里的老爷爷也说不定。"

林妈妈的眼一亮："那宫里的老爷爷不是下面没有吗？怎么还好这个？"曾大嫂白自己娘一眼："你在那深宅里住久了，都不知道事了？谁说太监下面没有了就不好这个？"林妈妈也笑了，既然已经打听了事儿，她也就想起自己的正事来："对了，那天我听说来了个好太医，就在我们府后头住着呢，你今儿跟我回去，让那太医瞧瞧，你这嫁过来都七八年了，总没有信可不好。"

曾大嫂听自己娘提起这个就掀起帘子进屋，懒懒的往床上一躺："我不去，这有几个孩子，都是前世修下的。"林妈妈急得打女儿几下："你不生，难道再过几年要寻别人生去？那这样生下来的，哪能和你亲，听话，快起来。"曾大嫂在那拗着不起，外面就传来说话声，接着小丫头进来："是小张奶奶来了。"

曾大嫂急忙起身掀起帘子走出去，绿丫站在院里，手里提了个篮子，见她走出来就笑着说："昨儿曾大嫂送了几个馒头，我今儿中午也做的馒头，特地送来给你尝尝，瞧和你做的有什么不一样。"曾大嫂忙让小丫头接了篮子，又让绿丫进去坐着喝茶说闲话，绿丫忙推辞了就离开。

林妈妈瞧着绿丫的背影，若有所思地说："这孩子，长得是真好。"长得再好又如何，曾大嫂把篮子放下，从里面取出馒头："正好，中午就吃这个，娘，你别劝我了，我不想去。"林妈妈恨女儿恨得要命，但也没有法子，只有过来软语相劝。

这里很好，就是太安静了，绿丫瞧着自己已经做出来足够三四个人吃四五天的馒头，还有这被打扫得十分干净的院子和屋子。忍不住叹气，怎么这日子就过得这么慢呢，到现在了，日头还在天上呢，要在原先，一眨眼就是一日。绿丫又叹一口气，耳边传来张谆的声音："叹什么气呢？"

绿丫登时就跳起来，瞧着张谆笑了："你怎么就回来了？我在家里把这些全都打扫好了，还做了四五十个馒头，又做了好些事情，可这日头还在天上呢。"听着绿丫的絮絮叨叨，张谆笑了："还没下工呢，我是过来送东西，顺路过来瞧瞧你，这一日在这过得怎么样？"

绿丫眼里的喜悦顿时消失，张谆拍拍她的手安抚地说："等你在这里熟了，就去瞧瞧姐姐，还有朱家那边，也可以去拜访拜访。"绿丫点头，张谆喝了一杯茶又匆匆离去，绿丫的手轻轻握成拳，自己要先对这里熟起来，不如在这走走？

想到就做到，绿丫把门关上，在这里走起来，和原来住的地方不一样之处在于它是被长长的墙围起来，一面是高墙，那是廖老爷带着仆人住的地方，虽然近在咫尺，但没有直接连着的，必须从巷道里的门那里出去，绕到不远的后门才能进到里面。一面是有些低矮的墙，这面墙后面就是大街，而这两面墙之间，就是这些统一的院落，原本是预备给管事人等住的，但昨儿曾大嫂已经说了，这里现在就住了自家和曾家两家。

绿丫已经走到巷道头，看着那道门，想伸手去推，背后就伸出一只手把门推开了，绿丫转头，看见的是曾大嫂母女，林妈妈笑着说："小张嫂子想出去买东西？从这出去，再拐过去一点就是大街了。柴米油盐酱醋茶，那边样样都有。”

绿丫害怕被她们笑，也不敢说出自己的真实想法，只是点头：“我就在想，我们这是在哪条街上，昨儿走了半天，晕头转向的也不晓得。”曾大嫂忍住肚里的笑道：“这边再过去就是朱雀大街了，你们原先是住哪儿？”

“小柳树巷。”绿丫把原来住的巷子名字说出，曾大嫂的眉皱起：“小柳树巷在哪？没听说过。”

“那在北城呢，这边是南城，你从生下来就几乎没去过北城，哪晓得呢？”京城里的人都知道，南富北穷，南边的人，就算是做一个高门大户里的使女，都可以在北城人面前骄傲。绿丫也是听过这句话的，只是瞧了瞧曾大嫂没说话。

曾大嫂这才啊了一声：“原来这样，绿丫，那北城是什么情形？你给我说说呗。”瞧见绿丫脸上的窘状，林妈妈忙道：“小张嫂子要去买东西就赶紧吧，我也要走了。”说完林妈妈就跨过门。

绿丫也跟着她的脚步跨出去，虽只门里门外，但绿丫觉得，这竟有两个世界的感觉，林妈妈指了指杂货店在哪边，也就匆匆上了门外等着她的马车离去。

绿丫本就是托词，况且也不敢走远，只在这旁边遛了遛，遇到个卖糖葫芦的小贩，叫住他买了两串糖葫芦，也就自己吃一串，另一串握在手里回家了。

路过曾家时，绿丫把那串糖葫芦递给曾大嫂，请她吃。曾大嫂的眉毛拧了拧才终于开口说：“小张嫂子，你可还真是个孩子，竟然还爱吃糖葫芦，这样的东西，我从小就不爱吃。”绿丫不好意思地笑了，从屈家出来后，才晓得外面的世界是什么样子，而外面的世界，竟然还有糖葫芦这么好吃的东西。可是自己喜欢的，别人未必喜欢。

曾大嫂虽嘴里说不喜欢，但还是接过来：“还是谢谢你，小张嫂子，你啊，等以后生了孩子，再让他吃呗。”生孩子什么的，绿丫的脸又微微红了，低头飞快地跑回家，曾大嫂把那串糖葫芦交给在旁的小丫头：“赏你了。”见小丫头接过糖葫芦在那吃得眉开眼笑，曾大嫂的嘴微微一抿，天生的穷命，从北城来到南城，还是改不了，这样一来，自己家有什么好怕的，这样见识浅薄的人，真是随便就能拿下。

等到金乌西坠、玉兔高升的时候，张谆总算回来，绿丫把饭端出来，和他一起吃晚饭，张谆问问绿丫一天在家做了些什么，绿丫也问了张谆在铺子里做些什么，两人你问我答，那么简单的饭菜也吃得很香。

吃完饭张谆看着绿丫在那收拾，冷不丁绿丫问出来：“这廖老爷到底是做什么生意的？我今儿出去外面瞧了瞧，光这宅子就好大，我记得去年，他好像没住这里。”

张谆正搬出算盘来在那练习着怎么打算盘，绿丫这一问就分了心，多下了一个子，忙把那个子推回去：“东家主要是往宫里送布料的。”往宫里送布料？绿丫擦着手出来，眼睛眨了眨：“布料不是江南的最好？”

“是啊，东家在江南也有生意。”这么一想，难怪朱老爷就想攀上廖老爷，要知道朱老爷生意的大头，也是做布料的。张谆在心里下着判断，继续打着算盘。

绿丫已经凑过来：“你也教我打算盘好了。”张谆笑一笑，把算盘分半边给她：“好，你也来学打算盘。”两个人四只手，打算盘的声音更大起来，这声音传到曾家，老曾的眉就皱起：“你说，这小张学会了打算盘，会不会就想接我的差事？”

曾大嫂已经躺下，听了这话就往丈夫身上狠狠捶了两下：“这打算盘你们铺子里谁不要学？你怕什么，赶紧睡觉。今儿我娘来，又念了我半宿，头疼，你来给我捏捏。”老曾赶紧上去伺候媳妇，想问问岳母来念了自己媳妇什么但又不敢出口。

这算盘声也扰了人的清梦，那瘦马睁开眼，问身边的丫鬟：“这是谁在打算盘？”那丫鬟仔细听听没听出有算盘声，但既然主人相问也要回答：“只怕是这旁边住着的那几家，不是铺子里的管事吗？”瘦马翻个身，但还是睡不着，丫鬟给她把被子掖一下，“小姐，是不是屋里不够暖？”

不是屋里不够暖，而是心乱，瘦马轻叹一声，丫鬟细细听去，像是在说，廖小姐的命可真好，不过是因别人一句话冲撞了，就要这样设圈套，能得这样千宠万宠的人，也不知道是怎么修来的？

算盘声渐渐消失，众人都已沉入梦乡，廖老爷却还坐在灯下，他不睡，小厮也不敢去歇着，偷偷打了个哈欠就偷眼去瞧自己主人，见他依旧端坐，小厮心里忍不住抱怨，可此时廖老爷突然开口说话，小厮忙侧耳去听，等听到问的是那事都安排好了吗，急忙点头：“当然安排好了，老爷，这不过是一件……”

小事两个字小厮还是不敢说出口，急忙改口道：“小姐的事，再小也是大事，旁人的事，再大也是小事。”廖老爷笑了：“就你油嘴滑舌，扬州那头，让他们赶紧再送个人上来。”小厮急忙应是：“昨儿就送了信回去，老爷，您的交代，一月之内保证能到，到时误不了爷您赶回去过年。”

廖老爷又淡淡一笑，总算收拾睡觉，小厮忍住哈欠服侍他睡下，也就自去歇息。今晚月色很好,照得天下一片安宁,可是这各人的思绪,就全不一样了。

绿丫把洗好的被套搭在绳上，接着转身去看搭在椅上的褥子，能闻到上面传来的太阳的味道，绿丫用手拍拍它，让它们更蓬松一些，晚上睡觉的时候，就更舒服了。

“哎，小张嫂子，这从搬进来到现在，就没见过你闲下来过，就算闲了，手上也要做针线，张小哥娶了你，可真是他的福气。”这院子里就住了两家人，能和绿丫说话的也只有曾大嫂，绿丫对她笑一笑算打过招呼，从屋里拿出个草墩：“曾大嫂，椅子都用来晒褥子了，你先坐这个。”

曾大嫂抓了一把花生，熟练地把花生壳剥掉，接着把花生在手心一搓，用嘴一吹，花生衣都被吹掉，只剩下白白胖胖的花生，曾大嫂这才把花生放到嘴里，有一搭没一搭地和绿丫说着话。

绿丫边和她说话，边洗着衣衫，手里的活一点也不落下。曾大嫂觉得绿丫实在是没什么可谈的，这都搬过来一个月了，每天除了做活就没见她做别的，只要能给张谆设个套子让他钻进去，以后就万事大吉，真是乏味。

看见坐在那的曾大嫂打个哈欠，一边洗衣衫的绿丫也觉得好奇怪，这邻居间来往也是常见的，可是曾大嫂每回来都没什么可说的，和周嫂吴嫂她们不一样。那时周嫂吴嫂来，说的话虽也是些家常，可有滋味着呢，而这位曾大嫂，说的那些家常，着实没什么滋味。

“哎，小张嫂子，昨儿我瞧见有两个婆子来你家，是你们家什么亲戚？”绿丫在琢磨的时候，曾大嫂总算想起和绿丫要说的话了。绿丫“啊”了一声才说：“那是朱老爷家的，朱老爷和我家男人有过来往，朱太太晓得我们搬过来了，特地让人来问候，还说，要我们得闲了，就去他家坐坐呢。话是这么说，我们这样的人，穿戴的都不好，怎么上门呢？”

朱老爷？曾大嫂眼睛一亮：“我记得朱家也是有个很大的绸缎庄吧，就离我们铺子不远。”绿丫点头：“好像是。”曾大嫂的眼往绿丫身上瞧了瞧，接着就笑了：“没想到张小哥还能遇到这样的人呢，要我说，”接着曾大嫂就消了音，让还在等下文的绿丫奇怪地看向她，曾大嫂的手一摆，“也没什么好说的，只是这都腊月了，以往老爷该查的账都查清楚了，也该带人回山东准备过年了，今年怎么还没动身？虽说到山东不过十来天，可到家早一天总比晚一天好。”

绿丫当然不明白廖老爷为什么还在京城，只是笑笑没说话，曾大嫂见绿丫从不接自己的话，那唇不由一撇，三杆子打不出一个屁来，除了这张脸，真是没有半点可取之处。如果这张脸生在自己身上，当年大爷也不会那样轻易把自己给弃了。一想到这，曾大嫂就咬牙切齿。

巷道尽处的门那里传来说话声，曾大嫂怎能错过这样的热闹，急忙站起身往外伸长脖子瞧，绿丫已经把衣衫洗好，晒在绳上，也听见说话的声音，推开门往外瞧去。

曾大嫂见绿丫推开门，一膀子把绿丫推开，瞧着带人进来的老王就在那喊："王大叔，你带这么些人进来，难道又有人搬进来？"老王应了一声，打开自己家的门，又让人去把曾家旁边那个院子打开，对曾大嫂说："你不是总嫌这院子里人少，不热闹吗？再过几天就热闹了，老爷今年有事，不能回去过年，让人把小姐给接来过年，我家的还有几个伺候的人也要跟着上京，除了我家的院子要收拾出来，还有别人住的院子也要赶紧收拾了。"

"小姐要上京了，哎呀呀，我也能瞧见小姐了，听说小姐生的，花儿一样的。"曾大嫂故意夸张地叫，眼就往绿丫那里瞧去，见绿丫脸色如常，不由在肚子里嘀咕几句，装，要你装，等见了小姐，晓得什么叫云泥之别，那时你才会呕出来呢，却不晓得绿丫是真的为榛子高兴。

"老爷，那个人今儿来了，说已经照老爷的吩咐，和陈大爷成了事，现在陈家大爷，正在着急，要怎么办呢。"廖老爷听得小厮的回报，点一点头："不错，你去告诉她，说我已经知道了，等过个三四天，就悄悄离开，到时这银子，我一厘都不少。"

小厮应是，但没下去，只是对廖老爷道："老爷，宫中的消息是不是真的，今上已经？"看见廖老爷朝自己瞪眼，小厮急忙停住，"小的只是觉得，如果真出了什么事，宫中的老爷爷，只怕也，那扬州送上来的人，八百两银子呢。"

廖老爷瞧他一眼："银子算什么？没了可以再挣，但有些东西，没了你就算花再多精神，都回不来。"太监最怕的是什么，不就是孤老无依，不然他们不会这样贪婪，他们不贪婪，自己又怎会有可乘之机？

小厮见廖老爷神色，急忙退下去，和等在那里的瘦马说明白廖老爷的意思。瘦马听得廖老爷并没忘记承诺，连连点头说自己一定会做到的，正准备上轿子回去住处，见老王带了人过来，瘦马的丫鬟急忙遮在瘦马面前，等老王走了，丫鬟才小声："小姐，听说廖老爷今年不回去过年，让人接他甥女来京里过年呢，小姐，廖家这般富有，要是廖老爷能收了你就好了。"

瘦马压抑住对廖老爷那位甥女的羡慕，轻声说："这些事，是求不来的，况且那日我并不是没有诱惑他，可他能忍住，这样的铁心男儿，收了我，未必是什么好事。”丫鬟往瘦马脸上瞧去，别说男子，就算自己，看见瘦马偶尔的动作都会失神，可廖老爷竟然忍住了，到底是个什么样的男人？丫鬟猜不出来，也不能猜，只是伺候瘦马上轿回住处。

为迎接榛子到来，里面的屋子也都要打扫干净，女子住的屋子当然要女的收拾，廖老爷带在身边的，多是小厮管家，连个婆子都没有，仓促间老王就让曾大嫂和绿丫两人过来帮忙收拾榛子住的屋子。

曾大嫂怎么愿意做这些事，可老曾是廖家的掌柜，心不甘情不愿地和绿丫带了打扫的东西进屋。廖老爷给榛子留的屋子是一个小院子，上面三间正房，两明一暗，只有一间搭了炕，另一间摆的是床，老王让人抬了两口箱子来，都是廖老爷历年收的东西。

曾大嫂等老王一走，不去扫地，先把那两口箱子打开，顿时觉得被耀花了眼：“小张嫂子，你快来瞧，这些东西，都是平时见不到的。”绿丫正拿着抹布在擦桌上的灰，听到曾大嫂这样叫就皱眉，接着道：“曾大嫂，这三间房，怎么都要收拾出来，还有外面两间厢房呢，你就别顾着看这些了。”

曾大嫂拿出一个美人插瓶来，这瓶一共是四个，分别是梅兰竹菊，这东西，记得大爷书房里也摆了一个，还要按季节摆。曾大嫂着意显摆，走到绿丫面前道：“小张嫂子，现在是冬日，要摆梅花的，那几样都收起来。”绿丫哦了一声，接过瓶就放到桌上。

曾大嫂不由鼻子一哼：“你也不问问我，为什么要摆梅花的？”

“冬天开梅花啊，曾大嫂。”绿丫见桌上摆了那个花瓶，显得好看一些，把椅子擦干净，去箱子里寻合适的椅袱，见绿丫拿出绣花卉的椅袱，曾大嫂急忙扯出几个弹墨的来：“我觉得，还是用这个好，你看你挑的，多花，一点也不素雅。小姐的屋子，一定要十分精致才成。”

绿丫把那弹墨的搭上试试，觉得还不错，不过这桌上的，就要副喜庆的帐幔来配，这样才搭，见绿丫拿出一张绣百鸟朝凤的帐幔，曾大嫂又急忙跑过去：“不好不好，还是弹墨的，不然不搭。”这回绿丫没有听她的：“曾大嫂，小姐今年才十四岁，你一色都要素雅的，一点也不喜庆。”

“小张嫂子，我是为你好，我进过的小姐闺房，可比你进过的多。”曾大嫂怎么肯听绿丫的，还是坚持自己的。绿丫见她这样，索性自己动手把帐幔铺上，曾大嫂这下是极度不高兴，把那帐幔一扯：“就要这幅。”

她这一扯力气稍微大了些，把这幅帐幔扯掉一个角，曾大嫂顿时呆在那里，绿丫捡起那个角，想着怎么把这个角补上去，曾大嫂的额头已经出汗，弄坏了东西是要赔的，这幅帐幔，一瞧就做工细致，只怕要百来两银子，一个角也要十来两。想着曾大嫂就蹲下对绿丫道："绿丫，你瞧，这里就我们两个人，到时我们俩认了吧。"

"为什么？曾大嫂，这帐幔明明不是我扯下来的。"绿丫眨眨眼，很认真地说，曾大嫂原本以为绿丫好糊弄，谁知她来这么一句，曾大嫂的眉头顿时皱起来："你这傻孩子，这里就我们两个人，不是你就是我，你比我年轻些，说出去，别人肯定以为是你不老成弄掉的。"

"哦，曾大嫂，原来你想全栽在我头上？"绿丫的眼又眨一眨，曾大嫂的眉又皱紧："你这人，怎么这么说话呢，你瞧，是我想换这张弹墨的，可你就把这张百鸟朝凤的铺上去了，我这不是为了纠正你的错误，才这样做的？"

巧言令色什么的，绿丫今儿明白了，往外瞧了眼就叫声王大叔，曾大嫂转身，不见老王，白绿丫一眼："你这人，怎么能这样，我说……"话没说完，老王已带了人搬着两扇屏风进来，那屏风是绣的花鸟图，底下都是螺钿的，曾大嫂还要再拉绿丫一下，绿丫已经叫了声王大叔："我们方才商量铺帐幔的时候，不小心把帐幔扯掉一个角，这要找谁去补上？"

老王过来瞧了瞧："这些东西虽然是好东西，放的时间太长了，难免有些朽了，不要了，扔掉吧，我再去抬一箱来。"不要了，扔掉？曾大嫂在听到绿丫开口说话的时候忍不住瞪绿丫，可听到老王说的话，顿时忘了瞪绿丫，瞧着老王道："王大叔，这帐幔做工这么细致，起码百来两，就这样扔掉？"

老王瞧瞧她："你们是女人，都一扯就坏，还能用吗？你要觉得心疼，你拿回家就是。"曾大嫂对老王连连道个万福："谢谢王大叔，老爷知道了，会不会……"

老王又瞧她一眼："这样小事，老爷怎会在意，你们俩赶紧收拾，算着日子，小姐还有三四天就到了。还有，曾家的，别故意扯掉，不然我可难担保。"

"瞧王大叔说的，我怎会故意扯坏呢，这个，真的是我无心，无心。"曾大嫂说了两句，猛然想起什么，急忙用手捂住嘴，老王笑笑没有再说，等老王走了，曾大嫂才对绿丫说："小张嫂子，你不是早有主意了吗？怎么刚才还这样对我说。"

绿丫把脏水倒掉，倒水时候故意用了点力气，那脏水有几点泼到曾大嫂脚上，曾大嫂急忙一跳："你怎么也不注意点。"绿丫瞧着她淡淡地道："曾大嫂，这故意被人泼脏水，谁也不愿意吧？"说完绿丫重新去打盆水来，继续擦着屏风。

哼，这会儿她倒学聪明了，曾大嫂鼻子里哼出一声，瞧着那张帐幔又欢喜起来，这可是好东西，可赶紧收起来，到时把那扯坏的地方剪掉，重新做做，摆出来，来往的人谁不赞？曾大嫂喜滋滋地想着，见人又抬来一箱子，也就打开箱子，重新找起帐幔等物。

绿丫和曾大嫂足足忙了一日，主要是绿丫忙，曾大嫂做的多是建议，或者轻巧的活，但这些事，绿丫也不愿和曾大嫂计较，计较不过来那么多。站在装饰一新的屋子里，曾大嫂在那啧啧称赞："等小姐走进屋子里，一定很欢喜。"

绿丫想着榛子一直都喜欢鲜亮些的东西，看见这些，她也会喜欢的，还有那盆水仙，在这屋里烧个炭盆，说不定等她到京时候，这水仙就开花了，那时满屋子的幽香，胜过那些香袋香粉的香呢。

"老爷。"老王迎着廖老爷走了进来，曾大嫂忙上前行礼，廖老爷的眼都没往她身上落，只是淡淡地道："你们辛苦了。"曾大嫂虽没被廖老爷瞧了一眼，可能得廖老爷说了句话已经很欢喜了，急忙道："不辛苦不辛苦，小姐是老爷疼爱的，我们能为老爷稍尽一点心，谈什么辛苦。"

廖老爷淡淡一笑就往这屋里瞧去，瞧见那盆水仙点了点头："敏儿不喜欢香粉香袋的，就喜欢往屋里摆鲜花水果，借点香气，这是你的主意？"这回廖老爷问的是绿丫，绿丫嗯了一声，觉着不对又急忙点头，还是不对这才开口道："是，榛子说，她最喜欢过年时候的水仙花香了，还有春天要放鲜花，夏日摆上荷花，秋天就是各色果子了。"

绿丫脱口而出榛子，说完才觉得不对，声音放低一些："是杜小姐，她说过的。"说完绿丫的脸忍不住红了，以后可要记得，那不再是榛子，而是小姐，是和自己不一样的人。

廖老爷的眼并没从绿丫身上移开，见绿丫这样就笑了："你这孩子，倒和你夫婿是一对，等敏儿来了，你也常进来，和她说说话，免得她寂寞。"绿丫急忙应是，忍不住抬头瞧瞧廖老爷，好像他的眉眼和榛子是一样的，廖老爷见她灵活双眼忍不住又笑了："就像今儿这样，好好地和她说话，别记得那些别的。"

绿丫又应是，廖老爷环顾一下，也就离开。等廖老爷一走，曾大嫂就扑过去握住绿丫的肩头，有些激动地喊："老爷竟然和你说了这么多，小张嫂子，你……"话没说完，老王就重新走进来，曾大嫂忙把握住绿丫的手松开，老王就当没看到曾大嫂的举动，只对她们俩道："老爷说，你们今儿辛苦了一日，没什么好送的，这里有两个小荷包，你们拿了玩去。"

说着老王就递上两个荷包，曾大嫂见那荷包的样子就晓得里面放了好几个锞子，就是不晓得是金的还是银的，但不管是金的还是银的，自己今儿都没白来，还有那么一幅帐幔呢。

见她们分别接过荷包，老王也就让她们离开，带人烧炭盆，免得人都到了，这屋子还是冷的。

曾大嫂一出门就把荷包解开，瞧见里面是两个必定如意的小金锞子，掂一掂，一个起码二钱重，不由捏紧荷包，没想到老爷出手这么大方，瞧见绿丫和平常一样，曾大嫂就凑到绿丫身边："小张嫂子，等小姐来了，你见了，会不会觉得不舒服？"

"不舒服，为什么不舒服？"绿丫的反问让曾大嫂不知道该怎么说，捏紧手里的荷包："原来你们都是差不多的人，现在小姐在享福，可是你呢，只能做给小姐打扫屋子这些事，难道你会舒服？"

绿丫摇头："这有什么，每个人都不一样的，再说我们早就知道小姐和我们不一样。"绿丫的回答再次让曾大嫂不知道说什么，接着道："虽说老爷让你进去陪小姐说说话，解解寂寞，可要是小姐到了，不理你，你怎么办？"

"不理就不理呗，我还不是照常过日子，难道还能因为她不理我，我就不过日子了？"曾大嫂没想到绿丫的回答和原来一样，那眼顿时瞪在那，绿丫已经瞧见自己家的灯火，欢喜地说："曾大嫂，我不和你说了，我家的人回来了。"

说完绿丫就往自己家那里跑，曾大嫂在心里骂了句傻人，捏紧手里的荷包和那幅帐幔，也径自进屋。

灯光下的张谆听到绿丫进来的声音抬头："你去哪儿了？我才看见锅里给我留的饭了。"绿丫把手里的荷包递给他："今儿老爷让王大叔找人去给榛子打扫屋子，我和曾大嫂就去了，这都去了一天。"

"那屋子打扫好了，你吃饭了没？"张谆也没打开荷包，只把荷包往旁边一挪就问她。

"吃了，在里面吃的，那大锅上的菜不好吃，虽然有肉，可还没我炒的豆芽香呢。"绿丫把头上的手帕解了，脱掉外面穿着的那件脏衣服，转头瞧见张谆定定地望着自己，伸手戳戳他的脸："看什么呢？"

张谆伸出手把绿丫抱在怀里："看我媳妇这么好看。"绿丫的脸微微红了，啐他一口："你也这样油嘴滑舌，还我特别好看呢。"

"真的，你真的特别好看，绿丫，我从来没瞧过比你更好看的人了。"张谆在绿丫发间喃喃地说，绿丫能感到张谆鼻子里的气息喷到自己脖子上，那块脖子变得特别特别的痒。绿丫转转脖子，张谆这才把绿丫放松一些："嗯，绿丫，不如今天晚上，我们再试试？"

怎么突然说到这个？绿丫觉得自己的脸又红了，轻声问张谆："你不等春天了？不等韭菜炒蛋了？"张谆觉得自己的脸也红了，手往下把绿丫的手握住："这个，我觉得，我比原来好一些。"

绿丫能感到丈夫的手心有汗出，轻声说："你不是去问过吗？说你好好的，只要不想那件事就没事了，谆哥哥，我既嫁了你，就是你的人，我可以等，我才十七岁，你才十八，我们可以慢慢等。"

绿丫真好，张谆把妻子又搂紧些，在她耳边轻声说："可我不想再等了，我现在，已经不再会想起了。"所以，今晚就再试试？绿丫觉得自己的脸又红了，把脸在丈夫怀里埋紧一些，再不说话。

尝试是以张谆一泄如注告终，看着绿丫的眼，张谆又涌起无力感，不过这次比原来好一些，张谆在心里想，握紧绿丫的手，绿丫把头靠在张谆胳膊上，反握住他的手："谆哥哥，嗯，你比前几次好很多了。"

张谆伸手把绿丫的下巴抬起来："嗯，谁和你说的，是不是周嫂子？"绿丫一张脸又红了，手握成拳敲在他胸口："你欺负我。"张谆把绿丫的手握住："我也只能欺负欺负你了。"绿丫又捶他一下，这才收回了拳："今儿我们从里面回来时，曾大嫂好好笑，问我，见了榛子现在在享福，会不会心里不舒服，你说，她问的话，好笑吧？"

"嗯，好笑！"张谆摸摸绿丫的脸，把她抱紧些，"她不明白你，所以才会这样问，你要真是个嫉妒别人享福的，就不会让我帮忙问了。"绿丫笑了，摸摸张谆的下巴，张谆下巴上已经开始在冒胡茬："所以，谆哥哥你是明白我的，我决定了的事，什么人都不能改变。"张谆笑了，拍拍她的脑门："我明白你，现在，睡觉吧，都不晓得什么时候了。"

绿丫乖乖点头，不一会儿张谆就听到她平缓的呼吸声，也许，自己不该这么急，或许再过段时间，再试，会更好些。张谆把怀中的绿丫抱紧，能在冬日拥妻而眠，多么舒服。

榛子再次回到京城是三天后，看着那熟悉的城门，榛子掀开帘子，原来以为一辈子都不会再来京城，可是现在对京城还是会留恋，不知道绿丫和兰花他们好不好，听说她们都成婚了，这是喜事。

廖老爷见甥女掀开车帘往外瞧，笑着说：“坐好，这京城的灰尘可大了。”

榛子吐一下舌把车帘拉好，对廖老爷撒娇地说：“舅舅，其实你不用来接我的。”廖老爷没有说话，手在窗棂处轻轻地敲着，榛子知道这是他心情很好的表现，故意哦了一声：“我晓得了，舅舅其实不是来接我，是想眉姨了。”廖老爷屈起手指往她头上敲了一下：“哪里学来的，取笑起你舅舅了。”

榛子嘻嘻一笑，又悄悄地把车帘掀起一条缝：“这京城，比济南可热闹多了。”廖老爷嗯了一声：“你若喜欢的话，就在这京城待着也成。”榛子奇怪地看向廖老爷：“舅舅，王大人不是在济南吗？”廖老爷没有说话眸色变深，榛子在心里想了想，这做官的人，被调取进京也是很平常的，如果这样的话，那舅舅也要进京了，可是济南才住了一年。

有小厮来到车前，声音极低地道：“老爷，陛下驾崩了。”驾崩了？廖老爷让马车停下，对榛子道：“你和你眉姨先回去，我去个地方。”榛子被小厮刚才说的话惊得说不出话来，听到廖老爷这话，只有点头，小厮已经牵来马，廖老爷翻身上马，飞快离开。

榛子把车帘放下，示意马车继续前行，刚走出不远，就听到皇城处传来凝重的钟声，这是向天下昭告，天子驾崩！所有路上的行人和车辆都停下，所有的人都匍匐在地，为天子举哀。

榛子这一行也不例外，当举哀过后重新上车，榛子心里想的竟是天子驾崩，新帝当立，例有大赦，那秀儿就会回来了。若说榛子的遗憾，那就是让秀儿跟了那两人去流放，而榛子没有为她说过一句话，若是放在今日，或许榛子就可以为秀儿向舅舅求情，或许有法子让秀儿不去流放，从此得到自由。

天子驾崩，举国着孝。绿丫他们得到消息后，也换上孝服，往门上挂白布，家里有些摆设也要撤掉。绿丫刚把这些做好，曾大嫂就走过来，她发上也戴了一根白布，有些不高兴地说：“这眼瞅着就要过年了，这下，年也不能好好过，大年初一的庙会也没了，我还想着到时好好逛逛呢。”

绿丫嗯了一声：“横竖也遇不到几回，这年的庙会没了，还有以后的呢。”曾大嫂往绿丫脸上瞧瞧，哼了一声：“你倒会开解，不过呢，明年又有大赦了，也不晓得有些什么人又要回来了，赦免他们做什么，让他们在牢里坐死。”

大赦？这是绿丫不知道的事情，她几乎是伸手去抓曾大嫂的手：“曾大嫂，这大赦是什么意思？”果然是没见识的，曾大嫂斜绿丫一眼才道：“你不知道？凡遇到立后、立太子、新帝登基这样普天同庆的事，例有大赦，除了十恶不赦的人，全都要赦免。”

十恶不赦绿丫是知道的，她急急在心里算，秀儿的罪还不在那十恶里面，她既没有忤逆更没有谋反，不过是被连坐而已，这么说，秀儿要回来了。要回来了，即便秀儿是要和屈家那两口子一起回来，但能回来，不用受苦，或许到那时候还能想法把秀儿从屈家带出来，绿丫觉得，没有比这更好的消息了，可惜这个消息，不能和曾大嫂分享，但可以告诉兰花。

想着绿丫就对曾大嫂说声谢，自己收拾收拾，就要去兰花家。曾大嫂瞧着绿丫这慌慌张张地离开，不由撇一下唇，这样慌张，难道他家也有要被赦免的人？还真瞧不出。

绿丫和张谆往原来住的地方也去过几次，这还是头一次单独去，绿丫也知道自己生得好，这街上难免有那不好的人，用手帕齐眉包了头，为了遮风沙，鼻子下面也用帕子包住，身上衣服也是旧的，沿着大街走，绝不往小巷去。

从南边到北边，平常总要半个时辰呢，绿丫心里有事，脚步飞快，等推开兰花家的门时，都已经气喘吁吁了。兰花正在院子里晒太阳顺便做活，听到门响回头一瞧见是绿丫，上前扶了她一把："出什么事了，你这匆忙的？"

绿丫把捂住口鼻的帕子解掉，倒杯茶给自己喝了这才喘过气来："兰花姐，原来立一个皇帝，有大赦的，秀儿她可以回来了。"有大赦？兰花瞧瞧门上挂着的白布，皱眉问绿丫："这确定吗？会不会没有，要是真能回来，那就太好了。"

绿丫对兰花不停点头："有的有的，不是有个词叫十恶不赦吗？除了那十项罪名，别的都可以赦免，不然，等姐夫回来，你问问姐夫。姐夫可是在衙门里的。"兰花半信半疑，不过秀儿如果真能回来，那就太好了，这么好的姑娘，陪着那两个虎狼似的人一起受罪，一想起，兰花就忍不住流泪。

"我说兰花，你这哭什么？天子驾崩，我们也就哭两声，哪有真个哭的。"院门推开，老刘已经走进来，娶了媳妇的老刘现在觉得什么事都是顺顺当当的，只要再过些时候，兰花给自己生个孩子，那就再也没有求的。

老刘话音刚落，就瞧见绿丫站在那，急忙上前道："哎呀，绿丫来了，我没瞧见，怠慢了。"说完老刘又觉得不对，"不能再叫绿丫了，你现在是舅舅的媳妇，该叫什么呢？"

兰花推老刘一把："笨人就别学那些斯文的了，刚才绿丫过来和我说，说现在天子驾崩，新帝登基后会有大赦，你是在衙门里的，是不是会这样？"老刘点头："按例是有的，哎，你不晓得，我们也怕有这样的，说是皇恩浩荡，可有些人，着实不该放出来，到时地方上又要紧一阵了。"

那看来就是实的，兰花和绿丫长出一口气，两人脸上都有笑容。老刘说完想起了："去年流放的那三个，也在当赦之列，你放心，等旨意下来，我头一个就去查他们的名字。"

兰花点头，绿丫把眼角的泪擦掉，秀儿很快就可以回来了，或许用不了三四个月，回来了，就不要再和屈家那两人在一起了，那时什么都好了，再没有难过，只有欢喜了。

绿丫并没久留，兰花让老刘送她回去，又叮嘱绿丫，以后一个人可别出门了，虽说太平年景，但小媳妇一个人在街上走，难免惹眼。老刘送绿丫回到张家，张谆已经回来，又拉老刘在这吃了晚饭才让老刘回去，这一晚，绿丫和张谆说起将归来的秀儿，那是十分欢喜。

连秀儿要住在哪都想好了，老刘那边的院子不算小，秀儿可以和兰花住，等住上一两年，再让老刘在同伴里给秀儿寻一个合适的丈夫，等秀儿出嫁了，绿丫就再没心事了。

绿丫叽叽喳喳说个没完，张谆把她的肩搂过来，声音拖长："你只惦记着秀儿，不惦记着我？"绿丫瞧着丈夫，笑了，头靠在他肩上："怎么了，你在吃醋？"张谆捏捏她的鼻子："那是，等秀儿回来，你就不记得我了。"

虽然知道张谆是故意的，但绿丫还是往他脸上拍了两下："好了，我这不是因为秀儿不在我身边吗？而你在我身边，等她回来，我就不惦着她了，只惦记着你，你说好不好？"张谆顺势握住她的手，把她的手拉到自己嘴边咬了一口："当然不好。"绿丫这下真的笑了，小手握成拳头往张谆肩上打去："让你咬我。"

张谆把绿丫的手紧紧拉住："好啊，你谋杀亲夫。"绿丫听了手上的劲儿更大了，两人闹了一会儿，张谆才打哈欠："好了，别闹了，明早我还要起早呢。"绿丫嗯了声，在张谆肩窝处乖乖躺好，等张谆要睡着了，才听到绿丫说话。

"谆哥哥，我这一辈子，最在意的，只有你和秀儿，你和秀儿都好好的，那我就高兴。所以，你不能待秀儿不好。"张谆笑了，把绿丫搂得更紧些，在她耳边说了声傻瓜，绿丫又笑了，知道张谆把自己的话往心里放了。

送走张谆，绿丫收拾一下家，才刚把扫帚放下，曾大嫂就走过来："小张嫂子，我们进去里面，去求见小姐呗。"绿丫是想见榛子的，但现在两人身份已经有了云泥之别，如果榛子想见绿丫，绿丫当然不会推辞，可这主动去见，绿丫还没想过。

见绿丫不动，曾大嫂急了："小张嫂子，老爷可是说过的，要你没事就进去陪小姐说说话，能得小姐的青眼，那可不一样。"绿丫绕过曾大嫂："曾大嫂，小姐昨儿才来了，哪能打扰她？”

这个傻瓜，没关系的还要硬拉关系，更何况她们是旧识，真是傻得不能再傻，曾大嫂心里暗骂，但现在要用到绿丫，只得上前道：“就是趁早才能去，不然……”

“不然怎么了？小曾嫂子，你和原来还是一样啊，见到个有脸面的，就要死贴上去。”墙那边突然飘出这么一个声音，曾大嫂把拉住绿丫的手放开，往墙那边道：“王大娘，你今儿起这么早，赶了那么几天的路，你该好好歇息才是。”

张家大门处多了个婆子站着，四十出头的年纪，打扮得很干净，边打哈欠边对曾大嫂说：“本来眉姨奶奶开恩，让我今儿过了午才过去伺候，谁晓得我正睡得香呢，就听见你在这边叽叽喳喳。小曾嫂子，你也是不识机的，这是廖家，可不是定北侯府。那府里，算了，我也不说了。”

曾大嫂往王大娘脸上瞧去就笑了：“王大娘，你们两口子可都是府里出来的，虽跟了姑太太嫁到王家，又被姑太太给了廖家使唤，但从根上还是府里的人，这才去了几年，就忘了根本。你那娘老子，前一段时间，才想和侯爷告老呢，我把你这话传回去，想想太太允不允许你那娘老子告老。”

王大娘直起身看着曾大嫂：“只会搬弄是非的小蹄子，你去告啊，去传啊，看太太是信你呢还是信我？府里的风气就全是被你们这些人坏了。跟红顶白，眼里没主人，为了做姨娘什么下作的手段都使出来，结果呢，现在不老老实实过日子，还想着搬弄是非。我呸，活该你生不出孩子。”

曾大嫂生不出孩子的原因自己知道，但怕被人说，听了这话脸色登时变了，叉腰就骂：“你在这装什么，真以为自己是管家娘子了？再怎么着，还不是人家下人，廖家再富，也不过一个商家，还要依傍着王家过日子，我再怎么说，现在也是平民的媳妇，比不得你，现在威风凛凛，什么时候惹怒了主人，还不是一家子被卖了。”

王大娘哪是能听这些话的，况且当日曾大嫂当小丫头的时候，她跟了王夫人回定北侯府省亲，也是教训过曾大嫂的，登时管家娘子的脾气就上来，上前就给了曾大嫂一个耳光：“不要脸的小蹄子，被爷玩残了的，也只有小曾这样没气性的才娶了你，换作别人，瞧都不瞧你一眼。”

曾大嫂不料王大娘的脾气没变，挨了一个耳光就伸腿踹回去：“你少来和我耍管家娘子的威风，你的底细，我娘也告诉过我，还不是攀别人攀不上，侯爷真要收了你，你早觍着脸过去了。”两人登时就打成一团，原本绿丫是懒得管，随她们去，谁知她们说了两句就打起来，急忙丢下手里的扫把，上前去劝架："王大娘，曾大嫂，都少说两句，给我个面子。"

王大娘这几年在廖家做管家娘子，声势和原来不一样，早就没亲手和人打过，况且年纪比曾大嫂大那么十来岁，早被曾大嫂抓了几下，听绿丫这么说，口里说着："小张嫂子，我给你个面子，不和这人计较。"手里也就放开，曾大嫂还想乘胜追击，但又怕王大娘有后手，也跟着放开，嘴里也不饶："小张嫂子，以后你就晓得了，像我这样有什么说什么的，和这样老奸巨猾的人可不一样，她啊，脸上笑着，脚下使绊子呢，不然都是伺候人的，偏她和她男人就做了管事娘子，走出去，别人都一口一个王大叔的？"

王大娘趁这个时候理着头发，听曾大嫂这样说就啐她："呸，那是因为你一家子好吃懒做，拈轻怕重，挑拨是非，才不被重视的。"说着王大娘就对绿丫道，"小张嫂子，我在这里，只住几个月，不像她，住的日子长，你就晓得这人是个什么样的人了。"

曾大嫂也是一样说话，绿丫被困在中间，不晓得该怎么接话时，门口又传来说话声："我说，王嫂子，你还是那么火性，说上两句不如你的意就动手，这虽不在宅子里，你们声音这样高，这墙再高，能挡住多少声音？"

绿丫见说话的是个和王大娘差不多年纪的婆子，瞧这打扮，只怕是昨儿来的另一位管家的媳妇，绿丫忙笑着上前："还不晓得怎么称呼，昨晚本该过去的，又怕你们累，就没去。"

那婆子往绿丫脸上身上细细瞧了才道："小张嫂子，我男人姓赵，原先是在济南的，现在要进京来过年，我们也就跟来。"绿丫忙叫赵大娘好，王大娘已经把头发全都拢起来才对赵大娘道："赵婶子，你是不晓得我们原来的事，说起来，也是好几代的恩怨了。"

赵大娘哈哈一笑："什么好几代的恩怨，不就是你夺了她的差，她抢了你的事这样极小的事，二三两银子的事，也值得你们见面就吵一场，这还亏得小曾嫂子没孩子呢，要有了孩子，以后进去服侍，到那时，难道还要把这恩怨沿下去，照我说，处得成就处，处不成，各人丢开了就是，哪有这么七八十年还忍不下去的气？"

绿丫也深以为然，不过瞧王大娘和曾大嫂的这脾气，只怕也忍不下去，绿丫只有摇头。

"哎，还是你们好，住这里，一群人热热闹闹的。"赵大娘的话刚说完，一个温柔的声音就响起，王大娘听了这个声音急忙上前道:"藕荷，你怎么来了，是不是小姐那里有事？"这叫藕荷的是个十五六岁的少女，虽穿着素淡，容貌也不显眼，但身上自有一种落落大方，叫王大娘一声娘才道："小姐说想见见小张嫂子，让我来请呢。"

院中其他人都瞧向绿丫，绿丫在短暂的失神后对藕荷点头："请稍待，我进去梳梳头就跟你进去。"藕荷点头，王大娘已经对女儿抱怨："叫这么一个人进去，何必你出来，随便找个人就是，白给人钻空子。"

藕荷笑得还是那样大方："娘，我这不是也想瞧瞧你，再说我这个年岁，跟小姐出阁是不可能了，何不做个顺水人情，也好出来嫁人。"王大娘叹气，藕荷又笑着说，"虽说姨奶奶开恩，让您过了午再进去，可我们也不能只记得恩，真的过午才进去，这会儿也该进去了。"

这话不光提醒了王大娘，赵大娘也急忙道："说的是，我也该进去了。"说着话，绿丫已经走出，藕荷陪着她在前面走，赵王两位大娘各自重新收拾过也往里面去，曾大嫂见这院子里登时只剩下自己，不由觉得无趣，不管怎么说，等自己的娘来了，也要在她面前说说王大娘说的那几句话，省的她成天在自己面前得瑟。

绿丫那日虽进过内院，不过是进去打扫，那时周围也没什么人，今日一进去，就感到内院多了不少生气，能听到廊下的鸟在叫，经过的院子也有少女们说话的声音，整个院子就跟活起来似的，不像那日，整座院子死气沉沉。

藕荷一边走，一边和绿丫说话，这是姨奶奶的院子，姨奶奶为人最好，那是老爷的内书房，老爷有时就歇在那。走过内书房，就是榛子的屋子了。屋里屋外都多了不少人，有丫鬟端着水出来倒，瞧见藕荷进来就叫藕荷姐姐，眼却往绿丫身上瞧，这就是小姐特地要见的人，长得确实不错，除此就没多少了。

藕荷请绿丫在廊下候着，自己掀起帘子进去，帘子掀起时，绿丫闻到从里面传来的一股暖香，榛子现在过得很好，这挺好的。绿丫还在想，帘子已经掀开，榛子已经走出来，瞧见站在廊下的绿丫，眼里的泪登时就涌出来，前尘往事都涌上心头，几乎是扑上去拉住绿丫的胳膊："绿丫姐姐。"

紧跟着榛子走出的是个嬷嬷，瞧见榛子这样眉就皱紧，上前一步道："小姐，您还没披大氅，屋外冷，小心着凉。"但那眼却往绿丫身上扫去，见绿丫任由榛子拉着，那眉皱得更紧。

绿丫见榛子流泪，自己眼里也忍不住酸酸的，榛子还是那个榛子，绿丫当然也是那个绿丫。听到绿丫叫出的榛子，榛子眼里的泪流得越发急了，直到嬷嬷又催，榛子这才拉绿丫进去："我们进去说话，外头冷，绿丫姐姐，我好想你们。”

棒子一进了屋，藕荷忙伺候她披上大氅，又递上手炉，还往她脚下放了个脚炉。棒子坐定见绿丫还站在那，急忙喊她过来：“绿丫姐姐，过来这里坐，我们说说话，你不知道，我可想你们了，有时候做梦都会梦见，也奇怪，那时候觉得特别苦，但为什么会梦见？”

那嬷嬷听了棒子这话，脸差点都变形了，特别是看到绿丫哎了一声就坐到棒子身边，那脸简直就不能瞧，藕荷瞧见这嬷嬷的神色，急忙拉一下她的袖子，那嬷嬷这才把脸重新变得和缓些，对棒子道：“小姐，那些事都过去了。现在和原来不一样了。”

是的，都过去了，绿丫瞧着棒子，还有这屋子的布置，脸上的笑没有变：“棒子，都过去了，那些事你不用想了，我们只要瞧见你过得好就够了。”是的，棒子也在心里说，这些日子并不是没有新朋友，也竭力和她们说话，可总觉得有些隔膜，有些事，是永远都不能忘的。

见棒子眼里又有泪，绿丫像原来一样伸手帮她擦，可刚伸出手就停在那里，藕荷已经递上一块帕子，那样的帕子，做衣衫都舍不得，更何况用来擦眼泪？绿丫把手缩回去，笑着说：“兰花姐也很好，她嫁人了，姐夫对她很好，秀儿的话，我听说新帝登基会有大赦，那样，她也可以回来，都好好的，我就很高兴。”

棒子拿过帕子把眼里的泪擦掉才笑着说：“绿丫姐姐，你从来都是这么好，待我们都这么好。”绿丫笑容里有些羞涩：“因为我没你们聪明，所以，只能对人好些了。”这句话如同有人打亮了火石，让棒子的心变得那么明亮，两人的距离又拉近了。

见棒子和绿丫说得那么欢喜，嬷嬷越发受不了，大家闺秀，可以待底下人和颜悦色推心置腹，但和底下人平起平坐，这就是笑话，传出去，不过是让一样的小姐们笑话，笑话这家子家教不好。

见过去了一刻钟，嬷嬷上前道：“小姐，您该学画了。”棒子哎了一声就起身对绿丫道：“绿丫姐姐，我要学画画呢，等过年时候，我就有空了，你再进来，和我说说话。”绿丫应是，棒子让藕荷送绿丫出去，等藕荷一出门，棒子的脸就沉下：“何嬷嬷，每日学画的时辰还不到呢，你这是什么意思？”

何嬷嬷瞧着棒子：“小姐，我晓得，您想着和原来的伙伴好，可现在已经不一样了，您现在是小姐，是大家闺秀，怎能和那样粗俗的人做朋友？旁的不说，小姐您让她坐下，她就坐在小姐旁边，不晓得以她的身份，只能坐脚踏吗？”

青門柱

第 14 章　重　逢

何嬷嬷说完就往榛子脸上瞧去，见榛子脸上神色和平日一样，既然说开了，索性就把话全倒出来："小姐，您现在身份尊贵，再不是从前了，旁的不说，现在快过年了，您又是初次进京，那些人家，如定北侯府这些，也都要先去拜访拜访，哪有一来什么事都不做，去见一个底下人还和她那么亲热。小姐，我晓得您不喜欢，可嬷嬷的话，句句是为您好。您总要……"

"我总要出阁，如果原来的事被人晓得了，就嫁不出去，嬷嬷想说的，不外就是这些。"何嬷嬷正说得顺口，突然听到榛子冷不防这么说，不由闭了口往榛子面上瞧去，见榛子脸上有微微的怒气就道："小姐，您还年轻，要知道人的口是怎么都能说的，那些事，您瞒还瞒不住呢，怎么能主动招惹？"

廖老爷匆匆走了进来，守在廊下的丫鬟瞧见了，急忙上前行礼，又要往里面传，廖老爷的脚步刚一踏上台阶，就听到里面传出说话声，止住丫鬟要往里面传的动作，悄悄走到窗下听起来。

廖老爷要这么做，丫鬟也不敢反对，只是搬了把椅子让他坐下，廖老爷坐在椅上，一直侧耳细听，脸上渐渐露出笑容，自己的甥女，如果没有主见，任由人说什么就是什么，软得像摊泥，那就白费了自己的心机。

"嬷嬷你也晓得，人的口是想怎么说就怎么说的，那嬷嬷您以为，防得住吗？"榛子这话让何嬷嬷无法回答，过了会儿才道："可是小姐，这些事，知道的人少总好过知道的人多些。"

榛子哈地笑出来，接着就肃了神色："嬷嬷您当我是三岁小孩子呢，这个世上，除了死人，哪里还能守住秘密？嬷嬷真以为我不晓得你们私下在说什么吗？"何嬷嬷一个激灵膝盖都差点软了，榛子瞧着她，眼神里渐渐添上厉色：

“嬷嬷来我身边一年多了，自然希望能做我身边的贴心人，嬷嬷说什么，我做什么那就最好不过了。”

“老奴不敢！”何嬷嬷虽不知道外面廖老爷在听着，但听到榛子这话还是吓得跪下去，也不敢再自称我，而是口称老奴。榛子瞧着她：“嬷嬷，起来罢，不过是个灶上使的，若不是老爷慈悲，去寻回来，哪是什么小姐？”

这话一出榛子的口，何嬷嬷伸手就往自己脸上打了两巴掌：“那日她们说了，老奴就喝止她们，这样的话哪是她们能说出口的。”

“说出来也就罢了，怕的就是不说出来，心里也这样想，所以才时时地说，小姐您身份尊贵，不能和谁谁一起玩，只能和谁谁一起玩。何嬷嬷，你要晓得一件事，尊贵不尊贵，不是和谁一起玩，吃什么喝什么穿什么戴什么能表现的，不然的话，那扬州的瘦马们，吃喝穿戴和她们玩的，都比我好许多，你说，她们尊贵不尊贵？”

榛子的话句句带着讽刺，何嬷嬷哪敢说个不字，额头上的汗已经出来，来到榛子身边一年多了，处处约束着她，指点着她，以为她不过是个没多少见识的，等她对自己言听计从了，那就更好摆布了，没想到这个时候，会突然给自己来这么一下子。

榛子口有些渴，一抬眼藕荷就端上一盏茶，榛子接茶在手，并没喝只是用盖子刮着茶叶：“其实呢，我从来不是个爱琢磨人的人，可是你们这么多的人，都琢磨我一个，想着我喜欢吃什么喝什么穿什么戴什么，我若不琢磨琢磨你们，好像有那么些不对。”

说完榛子才喝了一口茶，对藕荷摇头：“这京城里的水，没有济南的甜。”

“小姐您说对了，济南是什么地方，泉城，七十二口泉眼口口出名，可这京城里呢，除了几个有数的能喝玉泉山的水，别人还不是只能喝这井水。咱们这的井水已经算不错的，可和济南比起来，那还是比不上。”藕荷在旁伶俐地说。

榛子身子微微前倾：“你瞧，何嬷嬷，听明白了吗？”

“听明白了，小姐毕竟是小姐，老奴总是下人，可以规劝，但不能做小姐的主。”何嬷嬷几乎是战战兢兢地说。

榛子笑了：“嬷嬷，你这话我就不敢接了，你年纪大，经过的事多，替我想主意是应当的。”这都是何嬷嬷当日说过的话，榛子一句句地拿出来，何嬷嬷只觉得被打脸不住，并不敢接话。

到最后榛子才轻飘飘地来一句：“好了，起来吧，嬷嬷，你年纪大了，回家荣养着吧，这一年你教我的东西不少，藕荷，去告诉账房，给何嬷嬷支五十两银子。”这是，要赶自己走，何嬷嬷的腿都有些颤抖，自己费了多少心力，才得了这个位置，现在不过一年多，好处都没得了多少，就被赶回家了。

“嬷嬷，我也不小了，不是吃奶的孩子，需要人日日照顾了。”榛子继续喝茶，不瞧何嬷嬷一眼，藕荷刚要上前去扶何嬷嬷，让她离开，就见帘子掀起，廖老爷走进来，藕荷急忙行礼。

榛子瞧见廖老爷进来，也忙起身：“舅舅，你回来了，我早上起的时候让人去问，他们都说你昨晚一夜都没回来。我还想着，等会儿让人去给你送衣衫呢。”说着榛子让人赶紧去端燕窝粥来给廖老爷垫一下。

廖老爷昨晚在司礼监太监在宫外的宅子里守了整整一夜，总算往宫里得传一个信，心定了，这才回家来，此时听到榛子这样说就笑了：“事情办完当然得回家了，回来就听到你在发威，我又在外面足足听了好一会儿。”

榛子不由捂一下脸：“哎呀，舅舅你怎么在外面听呢，什么发威，我不过有感而发几句罢了。”廖老爷接过甥女递过来的一碗燕窝粥，喝了两口才道：“你这一年学得不错，正经说呢，这下人我们平日本就离不得，有些话该听，可有些话不该听。”

榛子得了舅舅赞扬，脸上更加欢喜，何嬷嬷见廖老爷进来，心里不由升起希望，本以为廖老爷会让自己留下，可这两句话一出，何嬷嬷就晓得自己想得不对，只得给他们磕了头，悄悄地走出去。

藕荷送她出去，等到了院门口才对何嬷嬷道：“嬷嬷你今日也太急了些，小姐并不是一个听不进话的人，见了人正在欢喜呢，你就泼了一盆冷水上去，难怪小姐会发那么大的火。”

何嬷嬷的唇都抖了：“我也是为小姐好，和这样人继续来往，又有什么好处？”藕荷也故意叹气：“横竖小姐自己有主见，何嬷嬷，你往外头去，我先去账房替你说一声。”何嬷嬷见藕荷走了，往她背影啐了一口，小蹄子，都像你一样，只晓得谄媚小姐，小姐才会长歪呢。

何嬷嬷往屋子那边瞧了一眼，抬脚要走，迎面已经走来一个丫鬟，瞧见何嬷嬷就打招呼：“何嬷嬷，你这是往哪里去，平日间不是你该在屋里伺候小姐？”何嬷嬷见这人是眉姨娘身边的丫鬟夏荷，只敷衍几句就道：“老爷方才回来了，在屋里和小姐说话呢，我这是要往外头去呢。”

夏荷见何嬷嬷眼里似乎有泪，心里十分好奇，但还带了眉姨娘的嘱咐呢，只说了一句就往榛子的屋里走，来到门边听到里面有笑声，夏荷不由侧耳听了听，听见好像在说什么有主意，不由又细听一下，廊下的丫鬟瞧见了，轻声说：“方才小姐发了一通火，让何嬷嬷回家荣养了。”

发火？自从榛子回来，这两个字从没听到过，怎么会发火，夏荷忙拉了丫鬟往另一边去好细细打听。

屋里的榛子已经道：“原来舅舅都是为了我，可恨我不是个男子，不然的话，舅舅也不会这样筹划。”廖老爷伸手拍拍榛子的肩：“历来也有极能干的女子，我和你说这些，是想让你知道，我们在外行走，最要紧的是识人，宁愿用有本事的坏人，不能用没本事的好人。”

见榛子点头，廖老爷笑了：“只是用有本事的坏人，就要有御下之术了，用利诱惑是最简单最快速，但也最毁人的一种法子。要知道，欲壑难填。所以，顶好是用有本事的好人，可惜这个世上，有本事的好人，实在太少，简直是可遇而不可求。”

榛子听完刚要说话，廖老爷已经皱眉：“谁在外面？”帘子掀起，夏荷走进来，对廖老爷行礼后方道：“姨奶奶遣奴婢来问一声，定北侯府和陈周几家素日有来往的人家，很该亲自去拜访，姨奶奶想问老爷，是怎么个安排？”

廖老爷没有正室，眉姨娘就是他身边唯一的内眷，由她带榛子去拜访也不出错，不过廖老爷细想了想才道：“你去和老王家的说了，让她先带人去投帖子，然后那边应了，再让你们小姐去拜访。”

这个答案算是在意料之中，但眉姨娘一定会有些不高兴的，夏荷心里转过这个念头，急忙应了也就告退。

听到夏荷带回来的答案，眉姨娘眼里的泪忍不住流出：“毕竟，我不过是个妾。”夏荷忙安慰自己主人：“姨娘您这说什么话呢，您在老爷身边这么些年，谁不敬着您？再说了，最要紧的是，您要给老爷生个少爷出来，扶正不是轻而易举的？”

生孩子？眉姨娘的眉不由皱紧，接着就苦笑一下，也不知道是谁不对，这么些年，真是一点信都没有，送子观音像前，也拜了不知道多少拜。夏荷还要再劝，见廖老爷掀起帘子走进来，急忙住口，上前服侍廖老爷，眉姨娘也让脸上笑开，上前给廖老爷换着衣衫：“老爷昨儿一夜没睡，乏了吧？”

廖老爷用手按下额头，见眉姨娘眉间有淡淡轻愁才道：“定北侯府怎么说也是王夫人的娘家，你虽不是从定北侯府出来的，但也服侍过王夫人几年才来我身边，去到那边，着实有些不好安排。”

眉姨娘轻声应是，接着就又道：“这是老爷体恤我，我明白的，是不是王大人又要升了？”一省巡抚，再升就只有往六部尚书去了，廖老爷足足熬了一夜，回来又和榛子说了许多话，此时早已疲惫异常，只打了个哈欠就道：“这些事，只能尽力，旁的，管不了。”

眉姨娘见他疲累，忙服侍他歇下，见他睡梦中似乎都不见安稳，素手悄悄抚上他的脸，这个男子，真是叫人爱不得恨不得，偏偏又这样对他牵肠挂肚。

绿丫见曾大嫂和人嘀咕了几句，接着就往自己这边走来，心里十分奇怪，从榛子那边回来之后，曾大嫂就赶来打听榛子和自己说了些什么，又问榛子可赏了自己些什么东西，实在可厌。

现在她又来说什么？绿丫决定进屋去裁衣衫，不管天子驾崩是多么要紧的事，过年了，总要穿件新衣裳，不能穿到外头去，在家里穿穿也好。

“哎呀，绿丫，你都这时候了，还裁什么新衣衫？难道不晓得今年过年，连炮都不许放一个，春联都不许贴？”曾大嫂进门就见绿丫在裁衣衫，登时喊起来，绿丫把剪子比了几下，比好位置才对曾大嫂说：“裁好了，等出了国丧期，也能穿啊，不就三个月，很快的。”

曾大嫂算一算，点头应了才瞧着绿丫：“说起来，国丧还不许那个吧？我们是老夫老妻，也不在意，可你们是年轻夫妻，这要空上三个月，那可怎么得了？”

绿丫先是没听懂，接着一张脸就红了：“曾大嫂，这种话，你还是不要说了。”

曾大嫂又笑了：“哎哟哟，都做出来了，还装什么假，你又不是个闺女，这做小媳妇都一个多月了，还装闺女呢？”绿丫决定不理她，继续裁着衣衫，曾大嫂见绿丫这样，觉得有些无趣但要贴上绿丫才是正经事，“小张嫂子，你还不晓得吧？方才我遇到里头夏荷的娘。夏荷你不晓得吧，她是眉姨奶奶身边顶顶得用的大丫头。”

绿丫把剪子停下，有些无奈地说：“曾大嫂，你有什么话就请快说，我还要做晚饭呢。”曾大嫂手一拍：“你做什么晚饭啊，再等些日子，你得了小姐的青眼，只怕就要搬进去，使奴唤婢的，哪还要自己动手做晚饭？”

“曾大嫂，这样的话可不能说，我和小姐，确实是熟人，但我从没想过，仗了小姐的势，做些什么。”绿丫的话是真心话，可听在曾大嫂耳里全然不是那么回事，她嘴一撇：“少来我面前装假，你还不晓得，你今儿刚从小姐屋里离开，小姐和何嬷嬷说了几句，听说是何嬷嬷说了你的不是，过了会儿小姐就把何嬷嬷给撵了，你知道何嬷嬷是什么人？她可是夫人见老爷身边没个管家的人，特地挑出来送给老爷管家的，先头两个太太在时，对何嬷嬷都客客气气的，现在小姐竟然为了你撵了她，小张嫂子，你还说你和小姐只是熟人？”

“小姐撵个下人，这不是很平常的？怎么说就是为了我，不过曾大嫂，常听你们说夫人大人，这大人和夫人到底是谁？”绿丫觉得再让曾大嫂说下去就更不好，想到长久以来心里的疑惑，开口问曾大嫂。

原先曾大嫂还不愿意告诉绿丫，可现在绿丫得了榛子的青眼，曾大嫂不由对绿丫带上几分巴结的心思，笑着说：“小张嫂子，你这就不知道了，大人，自然是山东巡抚王大人，这夫人，当然也是王大人的夫人。说起来，老爷能发家，全是因为和王大人结识，当然那时候我年纪还小，并不知道详细的。但王大人和老爷，已经是二十来年的老朋友了，那时候大人才刚中了进士，夫人刚刚嫁给他。说起我们夫人，就不得不说起她娘家，夫人的娘家就是定北侯府，夫人和现在的侯爷虽不同母，可我们侯爷对这些弟弟妹妹们，那是十分和气，全不因他们不和自己一母而不相待。”

曾大嫂说话历来啰唆，今日也不例外，中间还夹杂了不少曾大嫂对自己娘家的吹捧，什么自己的爹娘都是侯爷身边得用的仆人，还有王大娘，原来不过是夫人身边的粗使丫头，是夫人好心，给她配了个小厮，又送她两口子去服侍廖老爷，这才做了管家，现在人五人六的。

七七八八足足说了一顿饭的工夫，绿丫总算明白了，廖老爷发迹，是因着和王大人相识，于是得以结识了定北侯府，又因此结识了陈家周家这些在京城有名望的人家，于是生意就腾腾做起来了，至于廖老爷后来又怎么结识了宫里的老公公，然后把生意做进宫里，曾大嫂就不清楚了，不过曾大嫂明白的是，廖老爷没有了王家的帮衬，就什么都不是。所以，榛子为了绿丫撵了何嬷嬷，就是直接不给王夫人面子，就是榛子待绿丫特别好的表现。

张谆回来的时候，曾大嫂还坐着没动，见张谆进来，曾大嫂还夸了张谆几句，总算离开张家。绿丫等她走了，这才拿起扫帚过来扫地，地上那花生壳瓜子壳都堆了厚厚一层，昨晚才炒好的一箩瓜子花生现在只剩一个底了，张谆瞧着都吓了一跳，对绿丫说：“曾大嫂这吃花生瓜子的功夫，见长啊。”

绿丫把地扫干净，挽起袖子打算做晚饭：“我这不是不想她在那打听榛子和我之间的关系，就问了廖家和王家到底什么关系，结果她讲了足足一下午，把我这瓜子花生都吃得差不多了才讲完。谆哥哥，老爷真是和王家关系好才能发家？”

张谆从怀里掏出一个小包裹，打开里面是两锭银子：“今儿是最后一日，铺子里分了红，还有过年的银子，足有十两呢，你收起来，等过年去庙会上买好吃的。”

绿丫把银子收起来，笑着说：“我又不是孩子了，还买好吃的呢，谆哥哥，到底是不是？方才曾大嫂过来说，榛子为了我，撵走了一个老嬷嬷，还说那个嬷嬷是王夫人的人，万一……”

张谆抬头，见绿丫的眉皱得很紧，伸手给她把眉抹平：“这内宅的事我不懂，但我晓得，既然要撵走一个人，肯定不是为了眼前的一点小事，就像铺子里，要开一个人，也不是为了这一点小事。所以榛子撵走那个老嬷嬷，定然是有她的理由，而且，她也一定准备好了理由对王夫人说。”

见绿丫还是愁眉不展，张谆笑了：“况且，还有东家在那呢，东家既然点头，那这件事就没多少问题。”说得对，绿丫的眉头这才松开：“我真是太笨了，这个事情都想不到。”

张谆笑着敲她脑门一下：“你不是笨，你是为榛子担心。”见绿丫不好意思地笑笑，张谆又道：“至于东家和王家的关系，和外面人说的并不完全一样，反正，我现在只好好地学做生意，别的事都不去想。”

绿丫也点头：“嗯，那我就好好地给你收拾好家，还有，你要学的我也要跟着学，这样，你才不会不要我。”

“真是傻丫头，我怎么会不要你？”张谆捏捏绿丫的鼻子，感觉到绿丫那嫩滑的肌肤，绿丫不知怎么脸微微一红，推开张谆：“我去给你做晚饭，今晚我们煮米饭，再给你炒两个菜好不好？”

好，当然好，张谆把脚上的靴子换掉，隔了窗看着厨房里暖暖的光，往炕上一躺，回家来就有热炕头热饭热菜，真是好。

绿丫终究是不放心，第二次见榛子的时候终究还是问了榛子，撵走何嬷嬷会不会触怒王夫人？榛子掩住口在那笑：“绿丫姐姐，你和原来也不一样了，以前你哪会想这些？”绿丫轻咳一声掩饰自己的尴尬：“那是因为我长大了，都嫁人了，榛子你不也一样，也长大了，再过两年就要嫁人了。”

榛子吐舌一笑：“嗯，绿丫姐姐长大了，嫁人了，和原来不一样了，绿丫姐姐你放心，有我呢，以后谆哥哥要欺负你，你就和我说，我啊，准定给你出气。”一提起张谆，绿丫脸上就有动人笑容：“怎么会，他不会欺负我的。”

榛子噗嗤一声笑出来：“瞧瞧，这嫁了人就是不一样，还他准定不会欺负我。我说绿丫姐姐，你什么时候给我生个小外甥？”绿丫一张脸登时红了，伸手就要去撕榛子的嘴，榛子又笑了，两人的笑闹传出屋外，屋里屋外伺候的人，都不敢露出什么不悦，毕竟，有何嬷嬷的前车之鉴呢。

过了年，新帝登基，登基后果然颁布了大赦令，流放的人也能提前结束刑期，各自归家。当绿丫从兰花那里得到消息时，眼里的泪登时就流出，这意味着，秀儿可以回来了？兰花晓得秀儿和绿丫的关系不一般，安慰绿丫道："你别急，等消息到了那边，再赶回来，总有两三个月呢。"

绿丫点头说自己不会着急，可眼里的泪还是止不住，惹得兰花也流泪："哎，你这孩子，真是，怎么说才好。"本来坐在外屋和张谆说话的老刘听见了，伸头进来瞧着兰花："说好了不哭，怎么又哭了，你肚里，可怀着孩子呢。"

孩子？绿丫先是点头，接着就激动地拉住兰花："兰花姐，你真的有孩子了？"兰花笑得满脸舒展，还微微带着点羞涩："才两个月呢，你姐夫，他就是心急。"

这个消息，实在是太好了，看着绿丫脸上的笑容，兰花又觉得有些羞涩，握拳捶老刘一下，老刘只晓得张嘴笑，只要兰花心里高兴，再多捶几下又怎样？

绿丫看着兰花和老刘，也笑得眉眼弯弯，再过几个月，秀儿就要回来了，自己在乎的人过得都很好，真是太好了。张谆和绿丫相视一笑，似乎，自己也可以让绿丫有个孩子，一想到这点，张谆就觉得胸口有什么东西热热的，接着一种难以言语的感觉又涌上来，不，那些噩梦都已经过去了，再也不会缠绕着自己，从此后自己有姐姐有妻子，以后还会有自己的孩子，把小日子过得红红火火的。

送走兰花和老刘，已经是掌灯时分，绿丫打来热水给张谆洗着脸脚，自己在旁边给他补着衣衫，嘴里说着等秀儿回来了，再给她瞧个差不多的人家，至于屈三爷，他已经无立锥之地，到时想来也不会再缠着秀儿，毕竟，老刘在衙门里做事呢。

绿丫在那畅想着未来，把线咬断，正打算抬头就看见张谆弯腰站在自己面前，他的脸贴得很近，好端端的，绿丫觉得脸有些红，伸手去推张谆："你挡着我做针线了，试试这个，看我补得好不好？"

张谆已经顺势拉住妻子的手，唇已经凑过来，声音有些含糊不清："绿丫，我们，再试试？"试试，试什么？绿丫觉得自己的身上也烘烘地热，嘴里呢喃着："还在国孝期呢。"

张谆已经飞快地去把门关好，接着回来抱住绿丫，声音也有些含糊："守这个的就没有，再说也只有几天了。真要有了孩子，就说，早产！"什么时候，张谆也会说这样的话了？绿丫觉得身上更热了，感到张谆伸手过来给她解着衣衫，两只胳膊无力地搂住张谆："你什么时候也变坏了？"

张谆竭力不去想那些不该想起的事，听了绿丫的问话就闷哼出声：“我也只对你坏。”绿丫噗嗤一声笑出来，张谆觉得这时候有声音有些不好，像往常一样用嘴堵住绿丫的嘴。

绿丫觉得张谆的唇软软的，下巴上新生的小胡茬戳着绿丫的下巴，让绿丫的身体也开始发软起来。脸、脖子、再到……张谆的手在往常会越过的地方停下，接着勇敢地覆上，这从没被外人触碰过的地方传来的感觉让绿丫有一种麻酥酥的欢喜，忍不住呻吟出声。原来是不一样的，张谆在第一次触碰后，忍不住细细回想这种感觉，柔软温暖，让人流连不去，难怪要用软玉温香形容。

绿丫感到张谆的手在那里流连不去，一种别样的情绪也生起，把张谆的头抱得很紧，渴望要得更多，嘴里忍不住喊出他的名字。这是自己的丈夫，自己和他所做的，是再平常不过的事情，也是最根本的事情。

张谆鼓起勇气，一往直前。一种痛楚从身体上传来，绿丫知道会痛，但不晓得和别人说的不一样，她想推开张谆，可也知道这一推开只怕还要等很久，而且，伴随着疼痛而来的，是另一种酥软感觉。绿丫的声音变得有些古怪，抱紧张谆，闭了眼咬了牙，等着那一刻过去。

也不知道过了多久，张谆才长出一口气，浑身已经汗出如浆，原来是这么一回事，难怪有人日日惦记着不放。张谆感到释放后的疲累，趴在那动也不想动，过了好一会儿才睁开眼，摸着绿丫同样被汗打湿的头发：“疼吗？”

绿丫这才睁开眼，抓住张谆的手指就往嘴里咬了一口：“你欺负我。”张谆低低笑了，翻身下来把绿丫抱在怀里，亲一亲她的脸：“只有我能欺负你！”

绿丫咬了一口，没有松开张谆的手，而是把自己的手放在他的手心里：“嗯，你也不许再去欺负别人！”张谆哈地笑了，伸手捏一下绿丫的下巴：“这会儿就开始吃醋了？”

绿丫也不晓得，为什么开口说出的就是这句，可这是自己心里想的，一想到张谆有可能和别人做这样的事，绿丫就觉得心里膈应，仿佛有最珍贵的东西被人觊觎一样，她没有回答张谆的话，而是伸手去捏张谆的耳朵：“我不管，反正，你不许去欺负别人。”

黑暗之中，张谆看不清绿丫的脸，可张谆觉得，此时的绿丫格外可爱，可爱得让他想把绿丫一口吞了，他把绿丫抱得更紧，亲一亲她的小嘴：“嗯，我保证，我一辈子，只欺负你一个。”

这还差不多，绿丫嘻嘻一笑，把脸埋在张谆肩窝打算睡去，张谆却精神很好，听到绿丫打哈欠就在她耳边轻声问：“要不，我再欺负你一回？”这个人什么时候变这么坏？绿丫觉得脸更红了，张谆没有得到她的回应就当她已经默认，亲一下她的小嘴就翻身压住，继续为所欲为。

这么一折腾，绿丫第二天醒来的时候已经太阳都升得老高，照平常的时候来判断，这时候都快到吃午饭的时候了，虽然肚子很饿，身体也很软，但绿丫不想起，只是缩在被窝里回忆，渐渐脸又红了，这么不知羞，还懒，谁肯娶。可是自己已经嫁了啊，绿丫想着想着又笑起来，那笑容越来越大，这种感觉真是太好了，难怪有人会恋恋不放。

绿丫在被窝里打个滚，数着起床后该做的事，但就是不想起，偶尔偷一次懒也没什么，地是扫干净的，肚子饿了，煮个面条就是。绿丫磨磨蹭蹭，正打算起床就听到门外传来吵架声。

自从这院子里又搬进这么几家人来，就没那么安静了，特别是曾大嫂和王大娘两人，就跟那宿世的冤家一样，见面就要吵。听着那越来越大的声音，再没人去劝劝，只怕她们能吵一下午。绿丫长叹一声，起来快速穿好衣裳梳洗好了打开院门，看见外面情形不由愣了下，难怪吵这么厉害，原来是曾大嫂母女俩对阵王大娘呢。

曾大嫂一个人吵不过王大娘，但是加上林妈妈就不一样了，林妈妈在那跳着脚地骂王大娘："你又是个什么东西，骂我闺女，也不想想你做的那些好事？还有你那个女儿，现在得了小姐的青眼，你就当你女儿是小姐了？呸，当初你还不是想把你女儿送去给廖老爷做妾，不过是因为老爷看不上，你的那些好事，也别瞒过我去。"

"红口白牙的，你咒人呢你？你哪只眼睛看见我把女儿送去给老爷做妾了？还是你梦里有人告诉你了？再者说了，我家女儿现在是小姐身边伺候的，你这样说，坏的是小姐的名誉。"王大娘挽住袖子，虽不敢动手打林妈妈，但那话是毫不示弱。

"我呸，那可是你那老子在我爹面前亲口说的，还在那得瑟了半日，说他家外孙女得了老爷青眼的话，就再不用受苦，哪晓得终成画饼，又觍着脸把女儿送去伺候小姐，我呸，要不是何嬷嬷收了你家的银子，你以为你家女儿能去服侍小姐？就她那个德行，去给小姐做倒马桶的，小姐还当脏了她的马桶。"

林妈妈这几句骂下来，王大娘忍不住了，跃跃欲试想去打林妈妈，可瞧着旁边站着的曾大嫂，又忍下，只是骂道："你自己女儿那是实实在在做下的，到现在成亲都七八年了，连个蛋都不会生，谁知道是不是生过私孩子，伤了身子怀不上。”

骂人要揭脸皮，这是这些婆子们的习惯，林妈妈虽知道曾大嫂没有生过私孩子，可怕的就是曾大嫂当年和大爷偷的时候，万一用了什么药，坐下病来，才到现在都没生出什么。听了这话脸色都变了，忍不住上前就要去扯王大娘的头发："你胡说八道什么，我闺女嫁到曾家时候，还是清清白白女儿家。”

王大娘打不过曾大嫂，但对付林妈妈还是够了，见林妈妈过来扯头发，自己一闪就绊了林妈妈一下，嘴里就在骂："什么清清白白女儿家，她和大爷在书房里面的勾当，谁不知道，也只有小曾那个不识数的，才抱着破罐当宝贝，把那不知从哪弄的公鸡血还是鸽子血，当作破身喜红，到处炫耀。”

曾大嫂见自己的娘差点被王大娘绊倒，急忙扑过去帮忙，绿丫见她们只一小会儿就打得难舍难分，急忙上前道："几位大娘妈妈嫂子们，都歇歇手，那日赵大娘说得对，虽在宅子外面，可这墙再高，挡不住的，万一里面的主人们听见，没一个捞到好。”

王大娘听了也想住手，可是被曾大嫂和林妈妈母女合力压在下面，挣扎不开，听了绿丫的话就道："不是我不想放手，是她们母女不放，哎哟，我的手指头。”林妈妈对曾大嫂使个眼色，曾大嫂这才起身，对绿丫道:"小张嫂子，你也知道，王大娘惯喜欢说东道西的，那些话，都是胡说。”

王大娘听曾大嫂这么一说，又要叫起来，却被林妈妈死死捂住嘴，王大娘恨得咬林妈妈手一下，林妈妈还是没放手，绿丫叹了口气才对曾大嫂道:"曾大嫂，我晓得的，那日赵大娘说得对，在一起，和和气气是最要紧的，有哪样解不开的仇怨呢？再说，我只瞧见你们打架，什么都没听见！”

曾大嫂听绿丫这样说了才放心，虽然是旧事，也敢肯定老曾不会因为这件事对自己如何，但能瞒住一阵是一阵。王大娘已经被林妈妈松开，从地上爬起来才对林妈妈吐口吐沫:"呸，烂了心肝的，全不记得我待你们的好。我啊，就算死在你们前头，这双眼也一定要睁得很大，瞧你们一家子的下场。”

林妈妈又要动手，曾大嫂急忙拦住自己的娘，对绿丫笑着说："小张嫂子，扰了你，是我们的不是，你吃午饭没有，没吃的话我家里还有两张烙好的饼，虽然没有你的手艺好，可我加了鸡蛋，挺香的。”绿丫哪敢吃曾大嫂的饼，吃了她一张饼，谁晓得又传出什么话来，说了几句也就请她们各自归家，自己关门做午饭去。

曾王两家各自归去，林妈妈进门前还不忘刺王大娘一句："难怪小姐看重小张嫂子，这说话做事的气派，和有些管家娘子，就是不一样，既温和又有礼，哪像有些管家娘子，粗俗得就跟那二门口守着传话的粗使婆子一样。”

王大娘听了又要发火，林妈妈已经把曾大嫂拽进门，扑通一声把门给关了，王大娘骂了一句，也就走进自己家，喊雇的小丫头打水给自己梳洗，再把衣衫换了，坐在那里细琢磨，要怎样才把林妈妈这边的气焰给打下来，实在不行的话，就去求求廖老爷，请他去和王夫人说一声，把自己爹娘都从定北侯府要出来，毕竟这么一件小事，定北侯也不会拦着。

等自己爹娘从定北侯府出来了，林家还有什么能压得住自己的？想清楚了，王大娘才觉得自己浑身都是疼，让小丫头拿药酒来给自己擦，又在那里骂了林妈妈几句，这才觉得气平了。

林妈妈这回来，自然还是劝女儿去寻医问药，早日生个孩子出来，曾大嫂怎么肯听，林妈妈劝了半晌，曾大嫂还是背朝里头睡去。林妈妈见天色开始晚下来，只得起身：“罢了，你不肯听，那我也没法，我还得赶回去交差呢。”

曾大嫂这才懒洋洋地起来：“娘，不过是过来说句话的事情，你随便找个人来就成了，还亲自过来。”林妈妈打女儿两下：“我还不是为了你，这才讨了来这边送东西的差事。”说着林妈妈从怀里掏出一个赏封：“说起来，这位小姐真是出手大方，一赏就是五两银子。”

见了银子，曾大嫂伸手就要去抓，林妈妈已经麻利地把银子揣到怀里：“少来，我这要留着做私房呢，府里的日子越来越艰难了，这些年，别说五两银子的赏，连几百钱的赏都少见。”

“府里日子那么艰难？不是说，府里在和廖家这边做生意，每年能得几千两的利息？”曾大嫂听自己的娘这样一说，立即来了几分精神，林妈妈嘴一撇：“几千两银子在那府里算什么？不过是如汤沃雪。再说你也晓得，廖家这边是通过四姑太太才搭上的，四姑太太不过是瞧在她亲娘还在府里的份上，才肯露个几千两银子给这府里。要不然，她又没嫡亲兄弟，早已不仰仗娘家的势力，凭什么要待娘家这样好？我瞧着，等老姨奶奶去了，只怕府里，连这几千两银子的进项都没了，那时才更叫艰难。”

曾大嫂哦了一声，提醒自己的娘道：“娘，那你也要早做打算。”林妈妈连连点头：“我自然晓得，我现在不是在攒私房吗？所以你要生个孩子，等你孩子再大些，我就说，惦记着你在外头，去求老太太开恩，把我们一家放了，那时拿了银子回乡下买房子置地，那才快活。”

又是生孩子，曾大嫂不高兴地哼了一声，林妈妈见时候更加不早，也就起身离去，临走前瞧着自己女儿，还是忍不住叹气。曾大嫂听着自己娘的叹气，也不在意，只是在想万一定北侯府不成了，廖家的后台又少一个，自己的娘还想着靠廖家，真是想得美。

“陈兄久不见来，今日来此，真是蓬荜生辉！”廖老爷正在接待客人，吩咐小厮上了茶水：“这茶虽是去年的，却是冬茶，不是春茶，陈兄尝尝。”

陈老爷尚未说话，陪他来的定北侯已经笑着道：“廖兄这里的茶，虽是冬茶也不输别人的春茶，还不晓得怎么得来的？”廖老爷亲自给客人倒茶，听了这话就淡淡一笑：“侯爷所阅茶多矣，我这里的茶，哪能得这样的夸赞。”

定北侯又哈哈一笑，陈老爷听着他们酬答，心里焦急如焚，今日拉上定北侯一起来，为的就是想瞧瞧廖老爷的神色如何，可此时见廖老爷和平常一样，又觉得只怕自己想错了，但想着家里的儿子，还是开口道：“小犬近来不知怎的，茶饭不思，我问他，他却只嗅一包茶叶，说是仙人所赐，我闻着那茶，竟是从没闻过的，想了许多法子，才从小犬手里拿了一点点过来，问过定北侯，可定北侯也不晓得这是什么茶，想着廖兄你行走江湖多年，特地前来问问。”

定北侯已经把茶杯放下：“确实如此，这茶，我竟从没见过，难道真是仙人所赐？”陈老爷仔细往廖老爷面上瞧去，见廖老爷神色和平常一样，心里十分不确定，把那茶递到廖老爷手里，廖老爷接过茶闻了闻道：“这不是茶叶，倒是一种树叶，据说滇南一带，生一种树，状似茶而非茶，土人采之做茗。我当年曾去过，所以知道。既然陈兄的公子口口声声，说是仙人所赐，只怕是真的。”

廖老爷说话前，陈老爷还有些举棋不定，认为自己猜错，此时廖老爷这话，陈老爷明白自己没有猜错，瞧着廖老爷道：“就是不知，仙人为何选中小犬？”

“仙人游戏，哪是我们凡人所能窥探，况且得遇仙缘，也是令公子的幸运，只要从迷幻中醒来就是，要知道，有些东西，不是想要就能要到的，陈兄，你说是不是？”廖老爷轻描淡写，把那纸包递给陈老爷，脸上笑容没变。

陈老爷细细嚼着廖老爷的话，脸色变化莫测，定北侯不晓得他们说话的意思，还点头道：“廖兄这话不错，这人，最要紧的是知道，什么东西该拿，什么东西不该拿。比如说我吧，得了这祖传的爵位，也只勤勤恳恳做事，绝不敢去想得别的东西。”陈老爷只觉得口里有些苦涩，瞧着廖老爷道：“小犬自是不该觊觎仙人，只是不晓得，仙人又怎么选中小犬？”“老陈你想这么多做什么？你回去，告诉你儿子，就说仙人不过是游戏人间，让他别再想就是。你啊，就是太惯着儿子了。”定北侯又在那打岔。廖老爷淡淡一笑：“令公子十分得宠，仙人想必因此才选中他。”

这话让陈老爷如醍醐灌顶，当日自己太太在那和自己的争执顿时浮在眼前，后来从庄子上回来，晓得自己太太遣人去问过，还和太太生了好大一回气，这游仙一梦，想必就是廖老爷设下的，幸好他只是小惩，不然的话，自己儿子只怕早被人拿住把柄。

越想，陈老爷越觉得头顶被人泼了一盆冷水，瞧着廖老爷神色有些不定，廖老爷又是淡淡一笑："新帝登基，司礼监也换上了新人，我准备了一份礼物，前儿送进去，老爷爷很欢喜呢。"定北侯哦了一声，对司礼监太监，权贵们是远不得近不得，倒不如廖老爷这从商的和他们打交道方便。

想到此定北侯就笑着说："廖兄从来都是厚道人，前面那位老公公，听说已经被今上赐了荣养，那所荣养的宅子，听说就是廖兄的。"廖老爷笑了："这位老爷爷对我们多有关照，厚道些才是正理，幸好那宅子他很喜欢。"

陈老爷听着他们在闲聊，原本那热腾腾的心，也开始冷下来，过了好一会儿才勉强和他们重新答话。用过了饭，廖老爷就送他们出去，快走到门口时，陈老爷才压低了嗓子对廖老爷道："廖兄，那位是哪里人，若不然，就让小犬纳了她为妾，身价银子多少，我送来就是。"

廖老爷见定北侯已经走得有些远了，才停下脚步对陈老爷道："陈兄，不过是游戏罢了，那样的人进了你家门，说句推心置腹的话，按了你家太太奶奶的性子，以后也没得安宁，我已经让人走了，不过特地留了封信在这里，你拿回去，交给令公子，让他以后安心读书就是。"

见廖老爷拿出叠成方胜的花笺，陈老爷急忙接过又谢了，廖老爷这才道："陈兄，再说一句推心置腹的话，这回也是遇到我，不过就游戏一番，若是遇到旁人，好好的闺女被你家这样编排，那时可就不是游戏了。"陈老爷又连连谢过，廖老爷这才瞧着他们离去，唇边露出浅笑，把一个瘦马送到陈家，让陈家天翻地覆固然好，可这就达不到自己想要的目的了。

榛子并不晓得舅舅为了陈太太的一句话，做了许多事情，知道秀儿将要回来，兰花又有了身孕，她也十分欢喜，和绿丫商量着等秀儿回来要怎么见面，还让人给兰花那边送去许多适合小孩子用的布料，让兰花给孩子裁衣衫用。

绿丫数着日子，过了二月就巴不得这时候快些过，总算进了四月，老刘日日往这边跑，告诉他们大概还有几天就能回来，算着日子，秀儿也就是这两日就到京城，绿丫和兰花每日都到城门处瞧一趟，早早地去，直到过了午才回来，老刘让她们别那么焦急，可绿丫觉得，秀儿回来要能看到自己，一定很欢喜。

这日又到午时，看不到人影，绿丫正要离去，兰花突然拉了她一把："哎，你瞧，这个人，怎么影影绰绰有些像爷？"绿丫抬头望去，瞧见这一群人都是被押送进来的，心忍不住提紧，近了又近了，兰花已经问押送的人，这群是不是被赦免的流犯，得到肯定回答时兰花十分欢喜，伸手去拉绿丫，可绿丫的眼神渐渐变得黯淡，没有，已经看见了屈三爷，可是，没有看见秀儿。

兰花也察觉出不对，或者，秀儿在另一队人里面，兰花心里在想，绿丫已经冲到屈三爷面前："秀儿呢，秀儿呢？秀儿在哪里？"屈三爷正在感慨，原本以为流放十年，没有机会回到京城了，毕竟流放地所受到的限制很多，连离开都不能。可是没想到天无绝人之路，仅仅过了一年多，自己就回到京城，等安顿下来，找到儿子，然后，再谋重新起来。

屈三爷冷不防有人冲到自己面前，初时还以为是这人认错，毕竟等在城门口等流放的亲人回来的不是一个两个，可当屈三爷听到有点耳熟的声音，再抬头细瞧的时候，就认出来人是谁了，看着如同一朵鲜花怒放一样的绿丫，屈三爷忍不住往绿丫胸口溜了一眼，这一眼让绿丫忍不住打了个寒战，屈三爷经过这一番，依旧是恶意不改。

但绿丫不能退缩，毕竟，寻到秀儿的唯一希望，就是在屈三爷身上。屈三爷的声音变得有些浑浊："原来是绿丫啊，瞧你做了妇人打扮，想来是嫁给张小子了，那小子，可真有福气。"

绿丫打断他的唠叨："秀儿呢，我问你，秀儿在哪？"屈三爷的眼这才往绿丫脸上瞧去："秀儿？她是我闺女，是我生的，当然任由我处置，我没钱使，把她卖了，十两银子呢！"

卖了，虽然这个答案是意料之中的，可绿丫还是觉得自己浑身没有力气，屈三爷这样的人，怎么能把秀儿卖到什么好地方？不是勾栏就是……绿丫不敢再想下去，不敢去想有那样明媚笑容的秀儿，会遇到什么样的事情，当有一日，再能相见的时候，秀儿还能和原来一样吗？

绿丫觉得眼前已经一片模糊，原本明媚的阳光此时变得黑暗，屈三爷欣赏着绿丫脸上的神色变化，这样的小蹄子，就活该，吃里爬外的东西，如果不是她，自己现在还在京城过着好日子呢。想到过去两年的经历，屈三爷忍不住抖了下，那牢里，不想再进了，自己狠，牢里的人更狠，折磨人的法子都是想不出的。

屈三爷还在想，冷不防身上已经挨了绿丫一拳，接着拳头如雨点一样落下，伴随着绿丫的哭骂："你不是人，秀儿那么好的人，你折磨她也就算了，到头来，你还要把她给卖了，你不给她活路，你这样的，该下十八层地狱，层层历遍。”

屈三爷冷不防挨了几拳，心头戾气顿生，抬起脚就想把绿丫踹到地上，正在和兰花说话的衙役见状就喝道：“做什么呢？你还没经过老爷发放呢，现在还是个囚徒，就敢动手打人了？”

屈三爷被这一喝骂，急忙把脚收回来，对衙役规规矩矩地道：“爷，您瞧，这不是她来打我吗？”衙役鼻子里哼出一声：“你这样的人，我也着实没见过，你老婆跑了，就把闺女卖了，要不是……”

衙役说得正顺溜，猛地想起不该说，急忙住口，兰花已经上前拉住绿丫：“绿丫，先缓缓吧，我们再想别的法子。”绿丫擦一把脸上的泪，瞧向衙役：“不是说，流放的人不能卖吗？为何……”兰花已经一把捂住绿丫的嘴，这种多问多错的话还是别问了。

衙役咳嗽一声看向兰花：“刘大嫂，贵亲有些不稳当，你先带她回去吧，这些事，心照就是。”心照就是，绿丫眼里的泪怎么都忍不住，兰花已经把绿丫拉出来，往另一边走了。

绿丫甩开兰花的手，看向屈三爷，屈三爷老老实实在人群里，绿丫的双手不禁握成拳，屈三爷这回，永远别想落到好了。兰花再次上来拉住绿丫的手：“绿丫，回吧，有些事，不能说，等你姐夫有机会往那边去，问问相熟的人，打听打听秀儿到底被卖到什么地方了。”

绿丫用手背把脸上的泪擦掉，声音干涩难听：“能卖到什么好地方去？就依他们的心性，能卖去给人做妾，已经是放秀儿一马了，只怕是卖到那种……”那种最下等的窑子里，一天要接十七八个客的地方，听说这些地方的，连裤子都来不及穿，用不上三四年，就被活活揉搓死了。

想着绿丫就蹲在地上，低低地哭起来。兰花没有绿丫对秀儿那么深的情意，可好好的姑娘，要真被卖到那些地方去，那真是一辈子都洗刷不干净。

风吹着绿丫的衣衫，秀儿的声音又在耳边响起，好日子是什么样的，我也想过过，我不愿意像我娘一样，绿丫，要活着，只有活着，才有希望！

现在，我过的日子是好日子了，可是秀儿，你已经不知道了，你还记得我们说的话吗？你还会拼命地挣扎活着吗？等待着看到阳光的那一天。绿丫眼里的泪怎么都擦不干净，知道不该这样蹲在大街上哭，知道兰花在等着自己，但心里就是忍不住，看见希望的时候被人把希望踩灭，比没有希望更加残忍。

兰花长叹一声，弯下腰去拉绿丫：“绿丫，你要哭，也先回家吧，我这腰，站不住。”兰花还怀着四个月的身孕呢，绿丫抬起头，兰花看着绿丫那张俏丽的小脸上满是泪水，伸手替她抹掉眼泪："绿丫，回吧。"

绿丫想站起来，但觉得双腿都没有力气，最终还是撑了把地面这才站起来，看着兰花那高挺的肚子，绿丫忍不住伸手摸了摸，轻声说："兰花姐，以后，不管多苦多难，都不能卖孩子。"

卖了孩子，不知道他以后会遇到什么事，什么样的苦都要自己吃，兰花奇怪地看一眼绿丫，接着就了然笑了，轻抚一下自己的肚子："不会的，我就是拼了自己的命，也要把孩子养好，怎么舍得。"

怎么舍得，老虎尚有爱子心，可为什么做父母的，遇到了难处，想的都是卖了孩子呢？绿丫觉得自己的眼又湿起来。兰花把绿丫的手握住："绿丫，我受过这样的苦，我不会让我的孩子再吃这样的苦头。"绿丫点头，此时已经到了刘家，老刘听到门响就急忙走出来："我方才在衙门里时，听说你们问的那个人今日该到京了，急忙过来，没想到你们都不在。绿丫这是怎么了？"

兰花走了这么一段路，也觉得腿酸，坐在院中用手捶着腿，叹气说："秀儿，被她那个不要脸的爹给卖了，只怕流放地的人也收了点好处，所以……"老刘的眼一下瞪大："怎么会这样？"接着老刘皱眉："难怪还有病亡的，我恍惚看见有姓屈的。"

病亡的？秀儿被报了病亡，也就是说，这个人，从此在这世上都不算存在了，绿丫觉得喉咙干涩，什么话都说不出来，腿也站不住，只是缓缓地扶着石桌，这样才能支撑自己不倒下。

老刘说完回头见绿丫这样，搓搓手说："哎，这种事，其实也是常见的，你也晓得，老爷管不了这么多的，不过，等以后有机会，我去到那边，细细问了人，未必不能把人寻出来，只要活着，这种事不是什么大事。"

绿丫觉得头都嗡嗡作响，很想大哭一场，可当着老刘的面哭不出来，只是含泪点头："那谢谢姐夫了，我回去了，这会儿，也晚了。"老刘也听兰花说过秀儿的事，虽然已经听过见过不少，可也忍不住叹息："遇到这样虎狼样的亲爹，那姑娘也是命苦，我送你回去吧，这一路上还远呢。"

绿丫没有推辞，和老刘一起回去，这一路老刘想说点什么安慰绿丫，但他也不知道怎么安慰，还是快到了，绿丫才自己回过神来，对老刘道："姐夫，你回去吧，我也不留你了，兰花姐还怀着孩子呢。"老刘也晓得自己嘴笨，安慰人不擅长，哎了一声就转身，想着去告诉张谆一声，这么一想，老刘就先往铺子里去。

绿丫推开门，往自己住的院子走，现在，没有人了，可以好好地大哭一场。

张家门口已经等了个人，瞧见绿丫进来就迎上前："小张嫂子回来了，小姐打发我来问问，就是那位，接到没有？"

原来是藕荷，绿丫现在连打招呼的心情都没有，只是轻声说："没接到。"没接到？藕荷皱下眉，接着就又道："那哪天回来，有准信没？"

"人没了就是人没了，哪有什么准信？"绿丫的声音陡然提高，不但吓到了藕荷，也吓到了绿丫自己，藕荷看着绿丫，眼睛顿时瞪得很大，说话都有些结巴了："我明白了，小张嫂子，你先好好歇歇。"

绿丫晓得自己该对藕荷道歉的，可是现在嗓子眼里堵得很，什么都说不出来，只是推开院门走进去，顺手带上院门，坐在地上就大哭起来，也不管外面的藕荷听到没有。

这哭声传到外面，藕荷心里了然，只怕是那位出什么事了，不管怎么说，先回去告诉小姐才是正经。藕荷刚要走，曾大嫂就从门里窜出来，拉住藕荷的手，嘴就往绿丫家那边呶："这哭什么呢，是不是小姐派你来传什么话，她明白自己是个什么人，这才哭了？"

"曾嫂子，你消停些罢。"藕荷把曾大嫂的手一甩，"小姐和小张嫂子，好着呢，你别想从中挑拨是非，还有，好好地想想你怎么生个孩子出来吧，免得曾大哥起了什么外心。"说着藕荷就往外走。

"小烂货，自己不是小姐，摆出这副款来做什么？"曾大嫂嘴里骂了一句，跑到张家门口，附耳在那里细听起来。

藕荷瞧见她这动作，眉一皱径自走出去，拐弯走进宅内，打算去给榛子回话，抬头就瞧见王大娘走过来，藕荷刚喊了一声娘，王大娘就把女儿扯到一边："藕荷啊，娘和你说件事，你去求求小姐，让她去和老爷说一声，就说，你姥姥姥爷年纪大了，在定北侯府伺候了这么多年，想出来又不敢开口。"

藕荷把王大娘的手甩开："娘，怎么会让我去说，你去求下姨奶奶好了，横竖下个月夫人进京，姨奶奶要去那边问安的，到时当了夫人的面一说，这点小事，怎么会为难。"

"你这孩子，你也晓得姨奶奶过去是问安的，和小姐过去是不一样的，姨奶奶怎么说，都曾经是夫人的丫鬟，有个主仆之名，可小姐就不一样了，她和夫人之间，顶多算个宾主，小姐又是个晚辈，这说话的分量可不一样。"藕荷听王大娘说完就往前走："我不去，这会儿我刚得了个不好的消息，怎么都要去回小姐，再拿这件事去求小姐，那才叫碰一鼻子的灰。"

王大娘急得在后面跺脚："这轴孩子，怎么就那么轴呢。"但也不敢追上去，藕荷顺顺当当进了榛子的闺房，榛子放下作画的笔，接过丫鬟递上的手巾擦了擦手才问藕荷："回来了，见到绿丫姐了？接到了吗？"

藕荷这一路已经把话想清楚了，低头说："小姐，见到小张嫂子了，人没接到，小张嫂子说，人没了。"后面三个字，藕荷说得很低，榛子手里的茶碗落地，甜白瓷的茶碗就此摔坏。

藕荷只敢轻声说出后面的话："小张嫂子正在哭呢，奴婢想着小姐这边还在等回音呢，不敢去劝。"榛子低下头，用手撑一下额头，眼里的泪也掉落，虽不杀伯仁，伯仁因我而死，如果见到舅舅的时候胆子更大一些，为秀儿求情，是不是就全不一样。

藕荷让小丫头把那碎了的茶碗拿出去，又把地下擦干净，这才上前道："小姐，人有旦夕祸福，这些事，小姐也是不想的，小姐您还是自己保重身子吧。"榛子像没听到藕荷的话，用帕子擦一下眼中的泪才问："绿丫姐姐，哭得很伤心？"

藕荷应是："特别特别的伤心，而且，人也很恍惚。"如果真的人没了，以榛子对绿丫的了解，除了哭，好像还该做别的事。榛子抬头看向藕荷："那么，有没有烧纸钱？"藕荷摇头："小张嫂子只是关起门来哭，并不见她烧纸钱。"

榛子突然觉得没有力气，但还是强撑着道："你让个人去瞧瞧，瞧瞧可有烧纸钱？"如果没有烧纸钱，只怕不是人没了，而是落到那不好的地方去了，绿丫才会这样哭泣，哭泣得像再没有了明天。

藕荷应是，出门寻人去瞧瞧，回身进屋瞧见榛子还坐在那细思量，也不敢像平常一样寻些话来寻榛子的开心，只是默默服侍，去瞧的人很快回来，说并没瞧见绿丫在烧纸钱。榛子的下巴收紧，那并不是人没了，而是，人落到不知道什么地方去了。屈三爷，可真是禽兽不如，榛子闭上眼，两行泪落下，等睁开眼时，榛子已经叫过藕荷，吩咐了几句，藕荷虽觉得榛子的命令十分古怪，但还是听命离去。

张谆刚进了门，就瞧见曾大嫂趴在自家门上听得不亦乐乎，那眉忍不住皱起，上前对曾大嫂道："曾大嫂，我们家里，出了什么事，要你这样听？"曾大嫂不料被张谆逮到，脸上的笑有些尴尬："我这不是怕小张嫂子哭成这样，有个万一可怎么好，这才在这听的，你既然回来了，那我不打扰了。"

说着曾大嫂就急忙窜回自己家去，张谆直等到曾大嫂进了屋，这才把自己家的门打开走进去。进去和张谆料的不差，绿丫坐在地上，哭得天昏地暗。

张谆走上前，蹲在自己妻子身边，伸手拍拍她的肩，正哭得天昏地暗的绿丫并没一丝回应，张谆索性把她抱起来，也不管她身上的灰尘沾了自己一身。绿丫被抱起来才意识到身边多了个人，茫然地看着张谆，泪落得像不会干一样："谆哥哥，秀儿她，秀儿她……"

秀儿的事，张谆已经听老刘提起过，老刘还很叹息了一会儿，说那姑娘十有八九是落到什么不好的地方去了，狠心的爹娘见得多了，可像屈三爷这样没心肝的，还真不多见。

此时张谆只是把绿丫抱到屋里放下，接着回身打了盆水，绞着手巾给绿丫擦脸："我不晓得秀儿落到什么地方去了，但我只晓得，秀儿她若知道，一定不会希望看到你哭成这样。"

绿丫任由张谆擦着脸，茫然地问："秀儿不愿意，我晓得，可是谆哥哥，我这一辈子，是不是再见不到秀儿了？"

见绿丫的泪又要决堤，张谆绞一把手巾，再次给她擦脸："绿丫，你不是和我说过？人活这辈子，遇到什么事还不一定呢，最主要的，一定要活着。秀儿虽报了病亡，但并没有死，只要活着，你就有见到她的一天，不是吗？"

绿丫的情绪稍微被控制住，接过张谆递来的手巾给自己擦着脸："谆哥哥，道理我都晓得，可是一想到那是秀儿不是别人，我就伤心。"张谆把绿丫脸上的手巾拿掉，握住绿丫的手看着她的眼认真地说："所以，你要好好地活下去，或者，你活的那一份，不仅是为自己活的，也是为秀儿那份活的。"

等有一天，见到秀儿，可以告诉她，自己这么些年，活得怎么样，绿丫点头，用指尖把眼泪擦掉，张谆看着终于平静下来的妻子，摸摸她的脸："今晚的晚饭我给你做吧，下面条，用木耳炒鸡蛋做浇头，你说怎样？"绿丫把眼里又要流出的泪憋回去，努力让声音平稳一些："谆哥哥，你会做饭？"

张谆已经准备进厨房："当然，不然在外面那一年，我怎么养活自己，难道天天去下馆子？可没有这么多的钱。"说着张谆就往厨房去，绿丫这次没有拦他，只是念着张谆的话，只要活着，就有希望，就有和秀儿见面的那一天，即便这天可能会来得非常晚，但有希望就永远不会晚。

秀儿，你也要好好活着，绿丫看着天空飞过的鸟轻声说，等着我找到你的那天，在这之前，屈三爷会得到报应的。

"哦，这么一点小事，何需来告诉我，小姐爱怎么做就怎么做。"廖老爷放下账本，对管家说。

这轻描淡写的话让管家额上的汗立即出来了："可是老爷，小姐总是闺中女子，这样的事，按理……"廖老爷又笑了："老王，你在我身边日子也不短了，难道不知道我并不拘泥这些？再说了，女儿家总也要有自保的能力，不然真教出个只知道琴棋书画别的什么都不知道的人来，来日我一去，那不是一块任人咬的大肥肉？”

“老爷您既然这样想，为何还要小姐学那些？”看着管家脸上神色，廖老爷又笑了：“这些东西，总是要知道的，多点谈资也好，虽然这内宅中的妇人，个个闲下来时，讲的是些鸡毛蒜皮的事，可在大场面上，也要讲些琴棋书画，装下文雅，难道敏儿要例外吗？况且屈家的事，本来就该交给敏儿处置。”

管家这下知道马屁拍到马蹄上了，应是退下，廖老爷这才继续看账本，外甥女能这样，让廖老爷很欢喜，不管屈家这次是怎么又惹到敏儿，横竖这回，他会死无葬身之地了。

屈三爷从衙门里出来，看着外面的天空，忍不住放声大笑，自己又回来了，又自由了，再不用提心吊胆，见到个衙役就腿肚子抖。街上的人奇怪地看着屈三爷，屈三爷毫不在意，摸摸口袋里的银子，足有十五两呢，先去找个住处，然后再想别的，这些银子，可比当初来京时候的银子还要多些。

屈三爷想得很好，可事实并非如此，原本以为，很快就可以找到愿意收留自己的人，可是在找了好几个昔日的朋友后，别人都对他置之不理，甚至还有讽刺他的，这让屈三爷有些慌张，实在不行，在京城没法落脚的话，那就先找到儿子，抱着儿子去别的地方。屈三爷打定主意就去寻张婶子，可是张婶子早已离开原来住的地方，和邻居打听孩子时，邻居都很惊讶，说从没看见过孩子。

这下让屈三爷更加慌张了，毕竟支撑屈三爷活下去的力量，主要是为了儿子，眼看着口袋里的银子越来越少，屈三爷决定还是去别的地方，儿子的话，可以慢慢找。

榛子听了藕荷说的话，嗯了一声就继续弹琴：“告诉他们，不要一刀杀了，要慢慢地，把那些该用的都给我用上。”琴声悠扬，可藕荷却觉得浑身有些发冷，应是后退下，听到铮的一声，琴弦断了，榛子停下手，看着那把已经断了的琴，自己的心绪还是有些不够平，秀儿姐姐，我所能为你做的，只有这么多了。榛子轻叹一声，手在琴弦上轻轻拂过，仿佛能把叹息传到秀儿的耳里一样。

“屈三爷死了，听说是手痒，看见赌钱就去了，结果欠了人家银子，被关起来，折磨了三天，后来想逃，从窗口爬出来的时候，掉进了狗窝，养狗的人听到狗叫出来时，被狗咬得只剩一口气了，等衙门里的人来时，已经断了气。既没有尸亲，也就扔到乱葬岗了。”

听兰花一口气讲完，绿丫的眉已经皱起："怎么就死得这样干脆？"兰花把手里咬了一半的梅子放下，拍一下绿丫的手："你怎么这样说呢？不过，想想那些事，就觉得，死了太便宜他了。"

兰花这话让绿丫点头，虽然心里这口气去了一些，但想到还不知在何方受苦的秀儿，绿丫就忍不住叹气。兰花正待安慰绿丫，就感到自己的肚子动了一下，接着衣服鼓起一个包来。绿丫回身看见，忍不住啊了一声："怎么会这样？"

兰花感觉着孩子的动弹，脸上神色十分温柔："会动了一个来月了，白天黑夜的不消停，你姐夫说，这样调皮，定是个小子。"说着话，孩子又踹了一脚，绿丫笑了："哎，是闺女也不错，一定会生得很好，我这还有匹粉色的布料呢，等到时候拿过来做个襁褓。"

"想想，一个小姑娘，头上扎两个辫子，穿一身粉色裙子，多好看。"兰花听了绿丫的憧憬，噗嗤一声笑出来，捏一下她的耳朵："嗯，你要这么喜欢孩子，赶紧自己也生一个。"说着兰花凑到绿丫耳边，"那日周嫂子不是说了吗？想早日得个孩子，就垫个什么东西在腰下。"

绿丫的一张脸已经红扑扑的了，推兰花一把："才不和你说了，尽说不好的。"兰花端起旁边的杯子喝水："男女之间，这不是平常事，再说有个孩子，白日也能给你做个伴，省的什么曾大嫂成日在那罗涅。"

想起曾大嫂，绿丫的眉忍不住微微一皱，接着就岔开话："不提她了，兰花姐，今儿我临来的时候，榛子还说呢，问你什么时候生，到时候她给你送些东西！"提到榛子，兰花就瞧着绿丫："榛子定了，不回济南了？"

"嗯，王大人今年十月就任满了，王夫人已经带了家眷先行回京，这样大人物，只怕会入阁，廖老爷不用两头跑，榛子当然也就住在京城了！"绿丫没有听出兰花话里的不同，还当和原来一样，兰花见绿丫想得不多，伸手拉住绿丫的手："绿丫，我晓得你和榛子好，可那是以前，现在不一样了。你瞧瞧榛子来往的都是什么人？侯府千金巡抚小姐，你若再和她像平常一样相处，别人只会笑话榛子，还会在背地里说你不懂事，既知道身份不同，就该对榛子远着些，敬着些，哪能再像平常一样相待？"

兰花的话让绿丫沉默了，她低头没有说话，只是看着裙子上的花纹，这样好的衣料，自己都舍不得穿，可在榛子那边，这衣料做她的帕子都嫌不够好。可要远着榛子，绿丫又觉得心里有什么古怪，但这种古怪说不上来，过了许久绿丫才低声说："兰花姐，我晓得，可我并不是那种趋炎附势，想通过榛子得到什么好处的人。”

兰花把绿丫的手轻拍一下以示安慰：“我当然晓得你不是这样的人，可是别人是不会这样想的，这世上小人太多，他们就见不得你好。再者说了，有时候不是你不去找事，事就不来找你。绿丫，我晓得你心里暂时转不过这个弯来，可是……”

绿丫深吸一口气，把眼里的泪咽下去，才对兰花说：“兰花姐，我不是这样想的，我待榛子，也是一腔实心实意，旁人怎么说就由他们说去，横竖我自己的心过得去就好。”

兰花没想到绿丫会这样回自己，本要说的话也咽下去，只是皱眉瞧着绿丫，绿丫拢一下鬓边的头发，在心里想了想又道：“兰花姐，我晓得，榛子和原来不一样了，她吃的喝的穿的服侍的人，都是不一样了，可她既然愿意像以前一样待我，并不以富贵而骄人，那我也当回报于她同样的，也不因自己贫贱而自卑。至于别人要说什么，就由他们说去，天下这么多人，难道我还管得了别人说什么？”

兰花的嘴张大一些，接着眉头皱得更紧：“你这些话是从哪里听来学来的，我可从没听过。”绿丫低头，又恢复到平常的样子：“这些话，有些是秀儿说的，有些是谆哥哥说的，我听了，觉得有道理，又细细琢磨，这才琢磨出来的。但不管怎样，兰花姐，不管是穷也好富也好，在什么境地都好，既要把自己当人，也要把别人当人。”

说完绿丫侧头补充一句：“这句没人教我，可我琢磨着谆哥哥说的话，觉得这样说可能更好一些。”兰花脸上的惊讶是怎么都遮不住的，过了许久才道：“绿丫你也长大了，懂得这些道理了。”

绿丫抿唇一笑：“兰花姐，我都十八了，不小了。”会有自己的主意，而且主意很正，兰花觉得，准备好的劝绿丫的话，全都不用拿出来，有这样的主意，他们小两口过日子，怎么会过不好？不趋炎附势、不自觉卑贱，不卑不亢地，对待遇到的每个人。

兰花想着眼里的泪忍不住流出来，绿丫吓了一跳：“兰花姐，你怎么了？”兰花用手擦一下眼里的泪，对绿丫摇头：“没事，我这是高兴的，我还想着，你和谆哥儿都能这样想，以后这日子，保准过得好，爷要在地下晓得，还不知道会多高兴。”

绿丫的心刚放下，就听到门响，接着周嫂的声音就在那响起：“兰花，我来望望你。”绿丫掀起帘子走出来，瞧见周嫂胳膊里拎了一个篮子，忙上前喊周嫂子，请她屋里坐，周嫂笑嘻嘻地进了屋，对兰花道，“这是我娘家那边送来的几个梨，这梨古怪着呢，这才六月天呢，它就熟了，和秋梨不大一样。”

绿丫接了篮子，给周嫂倒了杯茶过来，笑着说：“恰好兰花姐也正想吃这个呢，这季节的梨，真是有钱都买不到。”周嫂接茶在手：“可不是，若不是我娘家种了那么两三棵，又想着我大小子在读书，这样酷暑吃这个是最好不过，这才给我留了一筐送过来，不然早被人全买走了。”

兰花道了谢，绿丫已经拿刀来削梨，见绿丫的动作，周嫂叹道：“我说小张嫂子就是个好人，瞧瞧，搬去城住着那样的屋子，还和东家的小姐来往密切，待我们这些老邻居，还是一模一样地好。”

绿丫已经把梨削好，分作数块给她们，笑着说：“周嫂子这话我就要说一句，都是一样的人，又不是搬到那边去，就多了个鼻子少了个眼睛，难道还要不和你们说话？”周嫂拍下手:“果然小张嫂子说话中听，我和你说，我们这，算是北城比较好的地儿了，但和南城那边，还是比不了。前年巷尾住着的柳秀才，秀才娘子待我们也好着呢，等柳秀才一中了举，两口子都不等我们给他们贺喜，就急急忙忙搬走了，后来在街上遇到一回，秀才娘子，不，该叫举人娘子了，带着下人在那买东西，瞧见我们，真是连眼角都不愿意扫一下，就匆匆走了。生怕我和她借银子似的。你说，这要他们有一日，发达了，搬到皇城边，那更是眼睛都长到头顶上，理都不肯理我们。”

绿丫面上带着淡淡笑容听着周嫂和兰花拉家常，感到温暖适意，有些人有些事，是要经过了风雨才能瞧出是什么样的人和事。张谆从铺子里下了工就来接绿丫，老刘那时也从衙门里回来了，郎舅两人又小喝了三杯，吃过晚饭绿丫和张谆迎着夕阳往回走。

绿丫把今日兰花说的话和自己回答的都告诉张谆，说完了才道：“你说我说得对不对？”张谆啊了一声才道：“你说得对，待人本该如此，如果觉得自己穿了绸衣，就把原来一起穿布衣的朋友给丢在脑后，或者穿了布衣，明知道穿绸衣的人不愿意理自己，也要上去努力地拉关系，求好处，这样不好。”

张谆的话让绿丫笑弯了一双眼，但并没忽视张谆方才的愣神，瞧着大门在望，才问张谆：“你好像有心事？”张谆哦了一声：“铺子里的事，有一笔生意，觉得有问题，可是哪里有问题，我一时想不出来，等明儿客人到了，我再细细地瞧。”这铺子里的事绿丫就帮不上忙，两人走进大门，曾大嫂吃饱了饭正在巷子里溜达，瞧见他们走进来就笑眯眯地说：“小张哥和小张嫂子回来了，你们小夫妻可真恩爱，真是羡慕死人。”

绿丫和张谆对她打过招呼，也就往自家屋里去，曾大嫂瞧着他们的背影，脸上开始阴晴不定，老曾从自家屋里探出个脑袋，喊自己老婆："快回来吧，和他们招呼什么。"

曾大嫂这才扭身往里面走，进了屋就拍老曾脑袋一下："就是你这个窝囊废，连个主意都要我出，不过，你找的人，可稳当吗？"老曾压低了嗓子："你放心，上千两银子的好处呢，他们怎么不肯来，而且到时拿了货，往京城外一去，神不知鬼不觉。我就瞧瞧，他经了这事，还有什么脸面留在铺子里。"

说着老曾忍不住得意地笑起来，曾大嫂也笑了，老曾笑了几声就搂住她："好人，今晚我们早点睡，你也该给我生个孩子了。"曾大嫂的脸色顿时变了："我这地可是好地，只怕是你的种子不好。"老曾把她搂得更紧一些："就是种子不好，才要多耕几次，耕得多了，下的种多了，总会发个芽出来。"

曾大嫂不由一笑，点着他的额头："那是，我跟你时可是清白的女儿家。"老曾又是嘻嘻一笑，转身去吹灭灯，曾大嫂还不忘叫小丫头拎一壶热水在门边放着，这才没了声响。

"老爷，这是小的偶然听到的，上千两银子的货呢，他们也真敢来骗，难道不晓得廖家商铺不是这样轻易能骗的？"廖老爷正要歇息，小厮走进来对他说管家求见，等管家进了说了话，廖老爷才唔了一声："这笔生意，是谁接待的？"

管家感到奇怪还是恭敬地道："是小张哥，老爷，要不要去提醒？"廖老爷手一挥："若是连这样拙劣的骗局，他都识别不出来，那他还在我这混什么？你去打听打听，这伙人是受了谁的撺掇想骗到我们家来。"

管家应是退下，廖老爷这才打个哈欠，准备睡下，就听到门外传来说话声，廖老爷的眉皱起，小厮已经进来："老爷，是姨奶奶遣夏荷姐姐送来燕窝粥给老爷垫垫肚子。"

自己好像有好几日没往后院去了，廖老爷的眉微微皱起，吩咐夏荷进来，夏荷今日着意打扮过，天水碧的夏衫有些紧，可以看见她浑圆的胸，水红色的裙子走起来，似乎有金色在那缓缓流淌，正合了她的名字。

廖老爷往夏荷面上一瞧，就晓得眉姨娘遣她来为的是什么，不动声色地把燕窝粥接过，吃完就把空碗放回去："你回去对眉儿说，夜了，让她赶紧歇息，这两日我忙，明儿要得空就去瞧瞧她。"

夏荷见廖老爷往自己脸上瞧了瞧就把眼移开，心里不由有些失望，但听到廖老爷后面说的话，总算来此的目的达到一半，应是后退下。等出了屋子，见小厮也退出来，屋里的灯被吹灭，夏荷不由叹气，小厮听到夏荷的叹气，笑嘻嘻凑上去：“夏荷姐姐，你叹什么气呢？你可是姨奶奶身边的得意人，要连你都叹气，旁人岂不更不用活了？”

夏荷拉着小厮往前面走一点，估摸着廖老爷听不到了才道：“你又不是不晓得姨奶奶的心事，老爷这都快四十了，膝下还没一男半女，现在虽有小姐在，但小姐总要出嫁的，况且还是个甥女。”

小厮又笑了：“夏荷姐姐你担心这个？老爷不经常往后院去，可后院除了姨奶奶，也再没别人了，老爷是真的太忙了。”夏荷只是在琢磨小厮的话，连他说的不是姨奶奶担心都没听出来，小厮已经打个哈欠，“我也困了，要下去歇着了，夏荷姐姐，你也赶紧回去吧，不然姨奶奶又要晚睡。”

姨奶奶已经晚睡很多天了好吧，夜夜在灯下守到三更，守到听到老爷在前面歇下的消息才睡下，睡还睡不安稳。进京算起来都七八个月了，老爷在姨奶奶房里歇息的次数，也就十来次。夏荷在心里算着，接着往自己身上一瞧，若说老爷厌了姨奶奶，可也没见他添什么新人，老爷真是清心寡欲，不像个巨贾。

眉姨娘守在灯下，见夏荷走进来，又见她衣衫发饰都一丝不乱，眉姨娘不晓得是该伤心还是高兴，夏荷拿起烛剪把烛花剪了，这才上前对眉姨娘道：“姨奶奶，老爷喝了燕窝粥，还说，这两日忙，等明儿有空了就来瞧瞧姨奶奶。”

眉姨娘叹气，夏荷见床已经铺好，上前用手摸下，席上的凉气尚在，拿过扇子给眉姨娘打着：“姨奶奶，您歇着吧，不然明儿老爷进来，见您眼抠了，又该心疼了。”眉姨娘叹气：“心疼？夏荷，我也不知道我嫁的这个男人到底有没有心，若说没心呢，你瞧他对小姐又那样疼爱，我房里也是什么都不缺，珍珠宝石，衣料银子，都不需我开口，他都让人送来。我虽是大人的丫鬟，却是因爹娘没吃穿才把我给卖了的，他晓得了，又让人给我爹娘在村里盖了大房子，买了一百亩田地，虽不能做亲戚往来，他们的日子也是一下就好起来。可若说有心，他对我总是那么淡淡的，不见喜也不见悲，我该知足，可我还是……”

这些话夏荷听眉姨娘说过好几次，此时也只能一样宽慰她：“姨奶奶，不管怎么说，老爷身边这么些年只有您一个人。”话是这么说没错，每次眉姨娘都安慰自己，横竖自己是他身边唯一的人，可是纵怎样安慰，午夜梦醒，还是只能看着孤枕。

听着眉姨娘的叹气，夏荷服侍她睡下，在旁边给她打着扇，听到她传来微微鼾声，夏荷这才去睡，关上门时忍不住摇头，人要知足，若自己处在眉姨娘的位置，成日乐得什么都不去想，可惜老爷就是看不上自己，或者说，他就没有看得上的女人。红颜枯骨，在他眼里只怕是一样的。真不像个巨贾，反而像个和尚，可老爷也不吃斋念佛，虽给各大寺院供奉，但仅此而已。夏荷想了半日，什么都没想清楚，还是睡吧，明儿还要早起服侍呢。

张谆琢磨了一晚上，还是什么都没琢磨出来，早起去上工时，绿丫还在睡，张谆拿了个馒头边啃边走出门，曾家的大门也打开了，老曾神清气爽地走出来，瞧见张谆就打招呼："小张哥，早。"

张谆急忙拱手为礼："掌柜的早。"老曾伸个懒腰，用手捶下后腰："老了，折腾不动了。"这种话成过亲的人都晓得，张谆只是一笑，和老曾到了铺子里。

已有歇在铺子里的伙计卸下门板，正在那打扫，张谆也上前帮忙，老曾径自进了柜台里面，拿出账本细细对了一遍，这才把账本收好。伙计已经把茶泡好，老曾接了茶，在那品着，准备等鱼上钩。

开门做了几个生意，都是小生意，有伙计见张谆皱着眉，一脸焦急样，笑着说："小张哥，你着什么急？昨日说得好好的，人绝不会不来的。"老曾也笑了："说的是，小张哥，这上千银子的生意，对你来说当然算大，但对我们来说，就不算什么，要知道，这间铺子一个月的利，就不止上千。"

张谆不能告诉他们自己着急的不是人不来，而是心里浮起的那丝不安，老曾笑得越发得意，就怕你不着急，你越着急，越好。太阳越升越高，街上的人更多，铺子里踏进了两个人，瞧见他们，张谆忙上前打拱："两位来了。"

那俩骗子嗯了一声，年轻那个还道："其实你们这的布料，比起前头那家，还是贵了一点，但昨儿回去，我们商量了，记得廖家是老字号，还是往老字号买。"

另一年老的已经坐下，接过伙计送上的茶喝着，嘴里就道："话虽这么说，可这价钱能不能便宜点？你要知道，我们当差的，也想得太太的赞。"

"这价钱，真不能再便宜了。"张谆心里虽有不安，但嘴上还是在回答，这两人互看一眼，又开始讲起价来。到现在为止，都是很正常的，张谆觉得是不是自己多疑，忍不住往那两人手上看去，这一看觉得有些不对，这两人虽然在讲价，可是手不自觉地在抖，而且语气也有些迫切，并不像他们脸上表现得那么平静。

当然，不能只靠这个就判断他们有不对劲的地方，张谆继续在跟他们谈，旁的伙计也帮上一两句，老曾偶尔也说上句把话。这两人磨了总有小一刻钟，这才手往桌上一拍:“真是买的没有卖的精，罢了罢了，既如此，也就随你们去。只是昨儿答应我们兄弟的，可别忘了。”

他们在那挤眉弄眼，张谆立即道：“当然不会忘，两匹潞绸，权当本店奉送。”这两人这才哈哈大笑，年老些的从兜肚里翻出五十两银子：“这是定金，余下的等你们把货送到，我们再把银子给你。”

张谆嘴里应着，接过银子，那银子雪白，一色细丝，并不是什么铅胎，张谆把银子推到一边，沉吟一下：“两位住在哪里呢？初次打交道，这送过去，总要一手交钱一手交货才好。”

“你当我们是骗子？你也不去打听打听，通州权家，那也是有名声的人家，原本我们太太要亲自来给小姐备嫁妆，但遇到我们老太太有些不好，这才让我们来了，你竟然这样问，实在是……”

年轻些的嚷出来，一脸的愤然，年老些的按住他：“小王你就是这么沉不住气。”说着才对张谆道：“初次打交道，这样是难免的，我们这回来，带的银子不少，因此特地住在广宁客栈，这客栈，谁都知道一般人是住不进去的。”

普通客栈，一晚上房也就数钱银子，可广宁客栈，一晚上房足要二两银子，而且那没来头的，还住不进去。据说是锦衣卫指挥使一个小妾的哥哥开的，有些达官贵人，有时也爱往那边去。

老曾听得这话，肚里就笑，还是自己娘子聪明，直接给他们安排进广宁客栈去，不然，还难以打消张谆的疑心。管你奸似鬼，也要吃洗脚水。老曾虽然肚内这样想，但还是轻咳一声：“两位稍安毋躁，上千银子，说多不多，说少呢，也够我们这几个伙计做一辈子的了。有些疑虑是难免的。”

这都是套好的词，为的是到时事发把老曾摘出来，那两人已经又嚷道:“京城里的人就是这样多疑，这十来天，遇到的个个如此，等见了银子，才晓得我们是什么样人。”

话这样说，怎么也该打消疑惑了，可张谆还是举棋不定，不为什么，为的是他们太过合情合理，每一句话都要自己相信，包括老曾在内，可要是不做这笔生意，若是真的，又有些可惜。

张谆思来想去，那两人对看一眼，还是年老的人先开口：“罢了，既然这么信不过我们，我们也就往前面买去，只怕到时回去，太太未免要责怪几句。”说着话，年老那人就把银子拿起往外走，张谆的手握成拳，终于喊出口：“两位留步。”

第 15 章　圈　套

那俩骗子并没立即转身，只是又往前面走了一步，老曾见状喜得心花都开了，眼巴巴等张谆再喊出声，果然张谆第二声已经喊出来。那俩骗子见时机已到，这才转身，年老些的还一脸不快："小哥，这做生意怕担风险是平常事，可也不能把生意往外推。"

张谆在那电光火石之间，已经猜到这两人来得有些尴尬，但若就此放过，事后未免会挨上老曾的埋怨，毕竟骗子不会把骗子两个字写在脸上，此时见这两人回转，忙拱手道："两位还请坐下，货我们可以送到客栈，可要一手交钱，一手交货才成。"

年轻些的骗子斜眼看了眼张谆，鼻子里哼出一声，老成些的扯了他袖子一下才道："既如此，那也就这样。那还请把货拿出来。"老曾在柜台里面听得真切，急忙走出柜台，让人给这骗子又上了几样小点，这才拿了单子，去库里拿衣料。

这份单子上的衣料都是中等价位，上千两银子的衣料，也不过就是二十多匹，按了花色纹样点了清楚，一个伙计扛在肩上，就要去客栈，张谆也跟了去，老曾送走他们，得意扬扬地开始哼起小曲，失了这批货，瞧你可还有脸在这店里混？

那俩骗子一路还是有模有样，指着几家铺面说都买了些什么东西，还说通州虽是个码头，可那些商家都只过路罢了，好东西还是要进京才能买到，这次给小姐置办嫁妆，足足花了上万银子呢。

一路说着，已到了广宁客栈，客栈的伙计见了这两人进来，打了招呼又笑着问东西可买齐了，这两人嘴里应着就带着张谆进了院子，这是一座小院子，正房三间，带一个小小院落，背后有窗，看见这院子的结构，张谆心里更加有数，只和这两人进了屋内。

屋里摆设多是客栈的，年轻些的骗子打开靠墙的一口大樟木箱子，让伙计把那些衣料都放进箱里，然后盖上盖，笑着说："朱大叔，银子在你屋里呢。"年老那个说声少陪就往另一间屋去，年轻些的给张谆和伙计倒茶，嘴里笑着道，"以后熟了就知道，我人最好……"

话没说上两句，就听到门外传来一个大汉的怒吼声："谁住这里面呢，怎么把肮脏东西往我住的屋门口倒？不会让伙计来扫了？"年轻些的眉一皱就走出去，听着像是和大汉在辩解。

伙计坐不住，起身走到门口去瞧热闹，张谆让他回来，伙计的眉不由一皱："衣料好好地在箱子里呢，怕什么？"张谆没有说话，只是缓步走到老骗子进的屋边。

此时老骗子听得外面争吵起来，得意一笑，这两间屋的板壁早被挖开一个洞，老骗子把挡在洞口的木板拿掉，就能瞧见箱子，手在那又是轻轻一动，箱子上的那块板子无声无息地掉下来，那些衣料就在眼前。

老骗子飞快地把衣料拿出来，打个包背了就走到窗前，打算跳窗离开，翻过这道墙就是同伴们住的另一个院子，到时打声呼哨，大功就告成。

老骗子得意扬扬，背了衣料就要爬上窗，可这人出来了，那衣料却怎么也动不了，难道自己力气那么小？老骗子伸手去调整一下就听到耳边传来问话："要帮忙吗？"

老骗子不防这一问，还当是同伴已经回来，心里埋怨他不该回来，嘴里说："你去应付那两个，我……"说了半句觉得不对，转身看见问话的是张谆，登时吓了一跳，却还想从窗口跳出，可张谆已经伸手扯住他："要走也成，把银子留下。"

老骗子此时不及去想张谆是怎么识破的，先脱身才是最要紧的，张开口就往张谆腕上咬去，老骗子背了衣料，那也只有嘴，张谆早已料到，老骗子的嘴还没到，张谆的那只手已经往下移，紧紧按住老骗子的手，接着大叫有贼，快些来抓贼。

守在外面的伙计听到张谆大喊抓贼，急忙去瞧箱子里的衣料，打开一瞧见箱子里空空如也，还有什么不明白的，一个箭步就冲到院里，院里正吵得火热的两人见势头不好，立即分开就要奔出客栈，伙计只抓住那个年轻些的衣衫袖子，猛地一扯，衣衫袖子扯掉半幅，那大汉早已跑得不知去向。

伙计把手里的袖子丢掉，只是上前紧紧抓住小骗子不放。客栈里的掌柜伙计听到有人大喊有贼，急忙带了扫帚等物来抓贼，被那大汉撞了一下，两个伙计去追，另外几个跑进院子，见伙计正扯了住店客人不放，不管三七二十一，先把他们俩都按住，忙问贼在哪里。

伙计气喘吁吁，忙指着屋里说："我们是绸缎庄送料子来的，方才你们见过，这俩人，哪是什么好人，就是骗子。"客栈掌柜和伙计听了，急忙走进屋里，那老骗子已经不要那些衣料了，衣料甩得半屋子都是，正拼命地想往窗口爬，张谆正在阻止，瞧见这样，客栈掌柜和伙计还有什么不明白的？急忙上前相帮着张谆把老骗子也给抓起来。

外头已经热闹起来，原来是那跑出去的大汉正好遇到两个衙役，听伙计说在追贼，那两衙役相帮着伙计把那大汉抓住。送进了客栈，三个骗子见一个都没逃过，不由连叫晦气。

到了此时，张谆才算放心下来，先谢过客栈掌柜，掌柜的虽连声说不必，但脸色还是有些不好瞧，这几人进出那么多天，竟瞧不出是骗子，实在有些不好听。张谆晓得掌柜脸色为何不好，安慰几句掌柜的，又去谢过衙役，把事情始末说出，也就跟了衙役把这三个骗子，连着那些衣料，先往衙门里去。

刚走出客栈不远，就有人迎上来，瞧见来人，衙役急忙上前行礼口称周师爷，这师爷对衙役说道："这边的事情，备细老爷已经知道，这些衣料，本是他家的，也不用送去衙门，让人领出就是，这三个骗子，都送进牢里。"

说完周师爷又对张谆道："你这边的事，你们东家已派人料理了，你先带了衣料和人回去，不必往衙门里去。"张谆见跟着周师爷的，是廖老爷身边一个管家，心里虽奇怪那边怎么晓得的这么快，还是谢过周师爷和那管家，跟伙计带了衣料回去店里。

这边周师爷自让衙役把这三个骗子送到牢里去，管家又拿出十两银子谢过这两个衙役，这俩衙役不料得此大赏，急忙谢了，喜喜欢欢把人直接送进牢里去。

老曾得意扬扬，在那静等着张谆回来，毕竟这骗局在老曾瞧来，也算精致了，看见张谆的身影一出现在店里，老曾恨不得就急忙问问，谁知看见伙计把那些衣料重新带回来，嘴里还连声道晦气："什么好生意，不过是几个骗子，幸好小张哥机灵，把骗子给抓了，不然上千两银子呢，这辈子，还不晓得怎么赔。"

老曾听了这话，眼珠子都要掉出来，急忙分开众人走上前，拉住伙计问："什么骗子？还有，这些衣料怎么都沾了些灰，你们也不小心些。”伙计并不奇怪老曾这样说，倒杯茶润润喉才道：“掌柜的，我告诉你，是这样的……”

伙计在那一五一十地说，老曾越听心里越打鼓，恨不得打伙计几下，店里本有客人在看衣料，听了这新鲜话，也凑过来听，还有人来问张谆，怎么识破的。

张谆自不能说一开始就有疑心，只说听到吵架就觉得不对，屋里还有人呢，哪有把人给撇下先去吵架的，况且搬银子总要人手，久久不唤，定有蹊跷，这才走到屋门口一瞧，才知大事不好。

老曾听了，只当张谆这回是运气好，心里盘算着下回要怎样再编个圈套，哄张谆上钩，只是可惜了自己的银子，广宁客栈的花销和这五十两银子的定钱，全是自己拿出的，这一下，一年的积蓄就不见了。

偏生张谆此时还瞧了老曾一眼，道：“幸好还有五十两定银，不然的话，我们这趟就白跑了。”老曾恨不得打张谆一巴掌，但这时又说不出来，只得苦苦一笑，那笑真是比哭还难看。

“今儿这么热闹？”铺子门口传来问话声，瞧见来人，老曾忙迎上前：“王大叔，今儿怎么得空来？”王大叔还是呵呵一笑：“不是我得空，是奉了老爷的命，让你和小张哥去家里，问问话。”

问话？虽说出了这么一档子事，招掌柜的去问问是再平常不过的事，可老曾额头顿时就有汗，还没对好词，怎么去问，况且自己虽没出面，可谁知道顺藤摸瓜，会不会摸到自己这边？王大叔可没老曾想的那么多，上前拍一下张谆的肩：“小张哥，你不错，竟然抓到几个骗子，很好。老爷定会有赏。”

张谆又是一笑，跟了王大叔出去，王大叔走出两步不见老曾，停下脚步喊他：“小曾，你怎么还不出来？”老曾急忙应了一声，匆匆忙忙把那些账本算盘都锁好，这才跟着出去。

廖老爷正在听小厮和自己一五一十地说，听完了点头：“这孩子不错。”小厮笑了：“能得老爷一声赞，那小张哥，还不晓得会怎么高兴呢。”

廖老爷伸手敲小厮脑门一下：“只会油嘴滑舌，说来，你也不算小了，今年十七了吧，跟了我也有十年了，该给你寻房媳妇了，我见夏荷还不错，不如就把她许给你？”

小厮急忙跪地磕头：“谢老爷给小的寻媳妇，夏荷姐姐她，确实不错，小的也喜欢，只是小的觉得，夏荷姐姐不喜欢小的。”廖老爷噗嗤一声笑出来：“说你胖你就喘上了？但凡是个男人，就去问问，若她应了，再来求我做主，都像你这样，还娶不娶媳妇了？”

小厮用手摸摸脑袋：“原来老爷是哄小的。”廖老爷忍住笑：“什么哄你，快去问问吧。”小厮应了，听到外面传来脚步声，忙上前掀起帘子，瞧见来人，先禀告了廖老爷，这才出去。

王大叔带了老曾和张谆一起进来，廖老爷和平常一样，坐在椅上对他们点一点头：“不错，遇到骗子还能抓住骗子，的确不错。”老曾这时已经把心一横，横竖就那么一下，上前对廖老爷行礼：“这全是东家您教得好。”

廖老爷唇边淡漠一笑，对老曾道：“罢了，什么我教得好，我也没教你们多少。”说话时候，廖老爷的眼一直在张谆身上，张谆还是和平常一样，规矩站在那里。老曾见廖老爷打量张谆，轻轻一步把张谆给遮住了，嘴里就跟抹了蜜似的：“不是老爷平日常给我们讲这些，我们也不晓得怎么识破骗子。”

廖老爷又是淡淡一笑，对王大叔道：“吩咐账房，取五十两银子来给小张。”张谆急忙谢赏，廖老爷对他点一点头，“以后说话的时候还多，你先回去吧，这会儿都近傍晚，也不用赶回铺子里。”张谆应是，跟了王大叔出去。

老曾独留在那里，瞧着廖老爷还待再说几句，冷不防廖老爷淡淡问出：“你来我这边，也有十五六年了，记得你最初，是从学徒做起，那时你师傅常说你笨，我说，人笨没什么，主要是没什么坏心眼，你可还记得？”

提起往事，老曾吓得腿都有些抖，勉强撑住道：“是，有十六年了，东家您记性真好，我师傅，是十年前回家养老的。”廖老爷唔了一声：“后来你就娶媳妇了，你年纪大，虽然老实，可还是想娶个漂亮媳妇，也是寻了三四年，才寻到现在这个媳妇的，后来，你就做掌柜了。”

老曾除了应是，没有别的话说，廖老爷瞧着他：“你做掌柜，是娶了媳妇之后，那时你有多大？二十五还是二十六，这么年轻的掌柜的确不多，所以你一直以为，这全是你媳妇娘家在定北侯面前求了情，然后定北侯和我说，我才提你做的掌柜，是不是？”

开头还好，听到后面几句，老曾吓得跪下：“东家，不，老爷，我还是晓得，吃的是廖家的饭。”廖老爷并没让老曾站起来，而是瞧着他：“你还记得吃的是我廖家的饭啊？”

老曾差不多抖成一块了：“老爷，小的当然记得，若非老爷提拔，小的今日还是个一年赚不到十两银子的人呢，哪有今日的好日子。”

廖老爷瞧着他：“这会儿挺明白的，既然明白，怎么就这么吃里爬外呢？”吃里爬外四个字出来，老曾吓得立即跪坐在地上，不晓得该对廖老爷说什么。

廖老爷端起茶喝了一口："妻贤夫祸少啊，这话好像轮不到我来提醒你，可我不用你瞧别人，就算是老王，王大娘的性子，嘴上不饶人，可她从来不管老王当差当得怎样。"

老曾额上的汗已经出了一阵又一阵，强撑着对廖老爷道："是，是我糊涂，只晓得听媳妇的。"

"媳妇要好，听媳妇的也没什么，毕竟有智妇人，胜过男子。"可是无知妇孺的话，就不该听了，老曾眼巴巴瞧着廖老爷："老爷要夺了小的差事？"

廖老爷淡淡一笑，含义不明，老曾膝行过去，想再求一求情，廖老爷站起身："话说到这里，你自己琢磨，天晚了，回去吧。"说完廖老爷大步离开，老曾的话都被堵在喉咙里，想再说几句，也没人应，只得爬起身，想着自己要是没了差事，那可怎么得了？真要回乡下吗？这点积蓄回乡下也够买上十来亩地，混个饱暖，可是自己媳妇，绝对过不了乡下日子，真是成事不足的娘们。

曾大嫂这一日也是十分欢喜，等着张谆被骗，接着被廖老爷训斥，然后被开了的消息传来，左等右等，总算等到张谆回来。却见张谆笑容满面，手里还提着个小包袱，曾大嫂见张谆笑着，自己的心就提到喉咙口，几步上前要和张谆说话，张谆只和她打声招呼，就进了自己家，还把门给带上。曾大嫂没有法子，只得附耳在张家门上，想听个仔细，可只听到这是东家赏的，就再没听到别的。曾大嫂越发像猫抓了心一样，就算张谆识破骗局，可也没法说那两个人是骗子，只会被老曾趁机再告一状，哪还会得到赏银？

绿丫瞧着那几锭银子，心里不由有些感慨，记得刚被卖到屈家那一日，屈三娘子卖了一个灶上，得到五十两银子的身价，喜欢得不知怎么说才好，还让灶上们可都学着些，要像那灶上一样，能得多多的银子。

可是现在，廖老爷一赏就是五十两，这些银子加上去年的分红，这几个月的工钱，还有张谆那一年在外头挣的，再加上朱太太那回送来的礼，七七八八加在一块，绿丫拿出算盘一算，本就大的眼睛瞪得更大："谆哥哥，加上这五十两，我们足足有一千七百两银子了。"

一千七百两？这个数字让张谆吓了一跳，自己现在比原先是要多些身家，可没想到会有这么多。绿丫把算盘往他这边一推，算给张谆瞧："这还是我把这些日子的开销都算出去了。"

说着绿丫忍不住叹一声："难怪那日去朱家，朱太太和我说，也该做两身好衣衫，好出门见客。我当时还说，一身好衣衫，光料子就要二三十两，再说好料子我不会做，要出去寻裁缝，里里外外加起来，三四十两呢，哪里这么多钱来做这个？朱太太当时只是一笑，现在想来，原来是这样。”

说着绿丫抓住张谆的胳膊：“你说，朱太太不会笑我是穷人，穿不起好衣衫吧？”张谆安抚地拍拍绿丫：“别这样想，朱太太是真心和你结交，才会这样和你说的。”

绿丫点了点头：“嗯，朱太太那日也和我说了，她说，男人的生意做得越大，女人就要出门应酬，该说什么话，该行什么礼都要学起来。还有……”绿丫忍不住对下手指，“朱太太还说，使奴唤婢的时候，也有御下的功夫，这些都要学。不能像别人一样，光看见富人家太太使奴唤婢穿金戴银，以为何等风光，却不晓得她们在背后用了多少工夫。”

张谆细细地听着绿丫说的话，等听完了才拍一拍妻子的肩：“我家绿丫很聪明，学这些，不会费力的。”真的吗？绿丫又笑弯了一双眼，接着就道：“兰花姐还有两个月就要生产了，不如我们送些银子回去，让她雇个做粗使的，免得她大着肚子，还要去担水劈柴。”

张谆点头：“嗯，听你的，都听你的，你也赶紧去给我做晚饭，我饿了。”说着张谆还拍拍肚皮，绿丫又是一笑，跳起来去厨房做晚饭，张谆靠在那瞧着妻子在厨房里忙碌的身影，等再过些日子，自己这边也可以雇个做粗使的，以后，日子会越来越好，妻子那双小手，老茧会渐渐褪去的。

猛地曾家那边传来吵架声，打断了张谆的遐思，绿丫从厨房里探出头来，皱眉望向曾家，听起来，像是老曾和曾大嫂吵架，老曾这人就不说了，对曾大嫂从来都是服服帖帖，怎么会和她吵架？

张谆虽不知道廖老爷和老曾谈话的内容，可这么一吵，张谆的眉不由一皱，难道说，那几个骗子是老曾找来的？做这样的事，对老曾自己也没多少好处，要知道他可是掌柜，店里出了这么大的事，他可要担责的，哪能全身而退？

张谆让绿丫继续做晚饭，自己推开门走出去，王大娘听到曾家吵起来，早已兴奋地推门听个清楚，见张谆走出来就笑嘻嘻上前对张谆说：“听见了吧？曾家这是搬起石头砸自己的脚，算计你不成，这边都快丢差事了。小张哥，我就觉得你这人不错，果然不错呢。”

算计我？张谆用手点一下自己的鼻子，王大娘点头，还要把曾家两口子使的坏给说出来，当然重点还是在曾大嫂娘家身上，从来都是偷奸耍滑，不好好做事的人，现在，总算遭报应了吧。

张谆侧耳细听了一番，眉皱一皱，对还在滔滔不绝的王大娘点一点头，就重新走回自己家，让曾家两口子吵去，这些事，和自己无关。王大娘正讲得兴起，见张谆走进去，眼瞪大一些，接着嘴一撇，没人听，继续听曾家吵架好了，顶好是这家子打起来，自己的气才能消掉。

张谆回到屋里，绿丫的晚饭已经做好，张谆闻到饭菜的香味，接过碗就吃起来，把王大娘说的话讲了几句。绿丫听完嗯了一声："反正啊，不管到什么时候，我都不会撺掇你去做这些事的。"张谆笑了，把妻子的手拉过来握住："对，我们小绿丫就是这样，很聪明。"

还小绿丫呢，绿丫白张谆一眼，拿过空碗给他去盛饭，天边的月亮已经升起来了，这是个很美好的晚上，只要忽略了曾家那边传来的吵架声，到最后，已经变成曾大嫂的哭声就好了。

曾大嫂哭了一夜，终究还是要出门去给廖老爷请罪，不然真要被老曾休了的话，回娘家是没有容身之地的。曾大嫂刚打开门，就见绿丫送张谆去上工，曾大嫂瞧着张谆夫妻，不晓得该说什么好，只是捏紧手里的帕子。

老曾对张谆夫妻点点头，又说了几句，态度比起昨日，简直好得不像话，张谆和绿丫答了，老曾回头见自己老婆耷拉着嘴角，皱眉摇头上前去扯一下她的袖子，曾大嫂很想把丈夫的手给甩掉，但今日比不得原先，只得勉强挤出一个笑脸来。

老曾见自己媳妇露出个笑脸，这才对张谆道："小张哥，你嫂子是妇人家，头发长见识短，她说的话，做的事，你别往心里去。"张谆淡淡一笑："曾老哥说这话让我羞，我们年轻，不懂事，有些事，还要多请教呢。"老曾的脸不由一红，又对绿丫说了差不多的话，这才各自去了。

绿丫进屋后把门关上，王家的门这才打开，王大娘从门后转出来，没想到他们竟然没打起来，真是白在那听了半晌，接着赵家的门也开了，赵大娘走出来，瞧见王大娘就把嘴一撇："好好地过自己门子去，成日只想着这些做什么？"王大娘把头一昂："我做什么了？不过在这白站站罢了，再说，这会儿，先上工才要紧。昨儿姨奶奶可是说了，今日午饭想吃炖鱼，我还要去吩咐厨房呢，难得姨奶奶有些什么想吃的。"

说完王大娘昂着头就走了，赵大娘啐了她背影一口，也就去忙自己的。坐在院中的绿丫听见，把手里的针线放下，人多了真的挺热闹的，不过最要紧的，还是过好自己的日子。

吃过午饭，又等了会儿，估摸着榛子这会儿也该醒了，绿丫这才收拾一下去见榛子，这要学着怎么打扮，怎么和人应酬，现也可以请教榛子。

绿丫现在进大宅已经很熟了，一路无人阻拦，来到榛子院门口，藕荷听到消息早迎出来，笑着上前道：“小张嫂子来了，小姐还在歇午呢，不嫌弃的话，先进厢房坐坐，等小姐醒了再和小姐说话。”绿丫应了就和藕荷来到厢房，藕荷让人端来茶水点心，回头见绿丫直往自己身上瞧，用手摸摸衣衫和头发：“我今儿打扮有哪些不对，小张嫂子怎么直往我身上瞧？”

绿丫觉得自己这样未免有点露骨，忙端起茶杯喝茶：“也没什么，原先没觉得你们举止有什么不一样，现在细细瞧了，才发现你们举止特别好看。”藕荷不由一笑：“小张嫂子可真会说话，我们的举止，哪比得上小姐，不过是当初何嬷嬷教小姐的时候，在旁边听了几耳朵罢了。”

话刚说完，小丫鬟已经掀起帘子走进来：“藕荷姐姐，小姐醒了，听说小张嫂子来了，请小张嫂子也过去呢。”藕荷急忙站起身，和绿丫往上房去。

榛子正在梳洗，藕荷忙上前接过梳子，给榛子梳起发来。榛子从镜中对绿丫笑道：“绿丫姐，你都好几天没往我这边来，我还以为，是不是我得罪了你还不自知呢，还打算让藕荷去问问呢，可巧今儿你就来了。”

绿丫上前把几样针线放到桌上：“这不是你前些日子拿去给兰花姐的衣料，我做了几件小孩衣衫，剩下的做了几个荷包香囊，给你送过来。”榛子的头发已经梳好，家常只戴了一根镶宝金簪，几个小金折花，又在鬓边簪了朵鹅黄的绢花也就罢了，低头瞧见这荷包香囊，笑着说：“绿丫姐，你的针线活做得越来越好了，哪像我，这小半年都没动过针了，只怕绣个鸳鸯，别人都会认作鸭子。”

丫鬟给绿丫端来一把椅子，绿丫坐下才笑道：“什么绣鸳鸯成鸭子的，那是初学者的手艺。你啊，准定不会这样。”榛子让藕荷把那几个荷包香囊收起来，笑着说：“正好后日要去周家，贺荷花生日，这香囊绣的荷花，正好应景。”

榛子这话，恰好打中绿丫的心事，她张口欲说，但又觉得面对榛子不好开口，在那踌躇几回，还是没开口。

榛子现在心思，早不是原来在屈家时的那小丫头了，况且绿丫很多时候，当着她们，还是心事全写在脸上的，榛子只抬头瞧了一眼就明白绿丫有话说，让屋里的人全退出去，这才对绿丫道：“绿丫姐，我们比不得那些旁人，说个话还要左思右想，你有什么事要我帮忙的，只管开口，我能办到的，绝无二话！”

绿丫心事被窥破，脸不由热辣辣起来，先用手摸一下脸，才把昨儿和张谆的话说出来，听到张谆和绿丫现在也是有近两千银子身家的人，榛子不由微张了唇，接着笑道：“这我要恭喜绿丫姐姐，你们现在，也算小有身家了。想穿件好的，戴个首饰什么的，也算不得什么难事。”

绿丫低头，瞧着自己的一双手，虽然这双手很秀气，但翻过手背来到手心，也是有老茧，甚至还有疤痕，和榛子雪白嫩滑的手是完全不一样的。接着绿丫才抬头对榛子道："话虽是这样说，但我自己晓得自己是个什么出身，既想又怕，还怕被人笑话。"

榛子把绿丫的手拉过来："绿丫姐，这话我就要说你了，就说我，现在虽然这么多人伺候，吃的穿的都和原来不一样，可我在屈家那几年，难道就真的对人一无所知，最要紧的是自己内心要坦然，畏畏缩缩的，那才会被人笑话！"这话绿丫对着兰花也曾说过，可从榛子嘴里说出来，绿丫还是笑了："理是这个理，不过榛子，有你这样说，我就不怕了。"

榛子身子往前倾，伸手捏一下绿丫的脸："瞧瞧绿丫姐姐你这细白嫩滑的脸，打扮起来，那才叫好看呢。"说动就动，榛子已经叫来人，藕荷带着人走进来，榛子已经让藕荷去拿几件衣衫出来，又打开自己的首饰匣子，挑着首饰给绿丫戴，绿丫一张脸登时涨红了："榛子，我不要这些。"

榛子把绿丫按坐在椅上："当然不是给你，只让你试试罢了。"听到榛子这样说，绿丫才放心下来，和榛子在那试着衣衫，戴着首饰，又用脂粉妆点。藕荷她们都是这样打扮的好手，等绿丫打扮出来，榛子都忍不住轻拍两下掌："绿丫姐，我单知道你生得好，但没想到你打扮出来，竟然这样好看。"

藕荷已让小丫鬟们抬了大穿衣镜过来给绿丫照，镜中人明眸皓齿，唇似含了一颗樱桃一样嫣红，珍珠垂在鬓边，那光华耀眼的珍珠，竟没有自己那样夺目。

这是自己吗？绿丫忍不住用手捂一下脸，看着镜中人也做同样的动作，才确定，镜中人的确是自己，嗯，如果把背挺直，眼里的神色少了那些些怯意，就更好看了。绿丫对着镜子一笑，镜中人也笑了。榛子已经走上前和绿丫并肩站着："瞧瞧，这才是一对姐妹呢。"

丫鬟们也在那你一言我一语地说起来，绿丫又是不好意思地一笑，终究抬起头和榛子同样看着镜中。

"姨奶奶，那个小张嫂子，马脚总算露出来了，这会儿在那穿戴着小姐的衣服首饰，在那和小姐比美呢。我就说，瞧见这样荣华富贵怎能不动心，还装出一副绝不动心，只和小姐做好姐妹的样儿给谁瞧呢。"夏荷挑起帘子，急急地对眉姨娘说。

眉姨娘抬头剜她一眼："胡说八道什么，小姐的衣衫首饰，爱给谁给谁。就算小姐要把衣衫首饰全给了，还不是老爷一句话，就又做出来了，几千两银子都能撂到水里听个响了，还在意这个？”

夏荷的嘴噘起，接着走到眉姨娘身边拿起扇子给她打扇：“奴婢这不是为姨奶奶您抱不平吗？小姐回来这两年，新鲜的衣料、首饰，都是尽着那边先挑，然后才是姨奶奶您这边，小姐真觉得那些衣衫首饰穿戴遍了，也该先拿几样孝敬姨奶奶您才是！”

眉姨娘的手往桌子上一拍，已经变了神色：“夏荷，你越大越不懂事了，这孝敬两个字，哪是我能担得起的？”夏荷怎不知道眉姨娘心里想什么？眼已经垂下：“姨奶奶，说来，就是您没孩子的缘故，真要有了，别说是个哥儿，就算是个姐儿，也能把小姐那边的……”

孩子，眉姨娘闭一下眼，如果有个孩子，不说廖老爷的心，就算是自己，寒夜孤寂时，也能有许多安慰，而不是夜夜数着更漏，睁眼到天明。

夏荷见眉姨娘神色，不敢再说，只是给她打扇，帘子掀起，廖老爷走进来，夏荷急忙站起身喊老爷，眉姨娘也忙把眼睁开，把眼角的泪擦掉，脸上已带上笑：“老爷来了？”

廖老爷瞧一眼夏荷，示意她出去。夏荷当了廖老爷，比怕猫鼠还怕几分，急忙走出去，但又想听听廖老爷和眉姨娘说什么，走到窗外，矮下一些，打算蹲在那听。还没等夏荷听到廖老爷开口，就被人在肩上拍了一下，夏荷抬头，瞧见是廖老爷那个小厮，想起他说的话，白他一眼就走到另一边，那小厮笑嘻嘻地跟上去：“夏荷姐，老爷和姨奶奶说话，要好一会儿呢，不如，我们去别处说说话？”

夏荷鼻子里哼出一声：“我不会嫁你的，你死心吧。”那小厮并不在意，还是笑嘻嘻地说：“真的？那夏荷姐姐你别后悔。还有，我可告诉你，想做老爷的通房，这个心，你还是收起来吧。”夏荷被点破心事，咬牙握拳去打那小厮：“下作东西，这种话是你说的？”

小厮往后一跳：“哎呀，夏荷姐姐，你这就要谋杀亲夫了？”夏荷一张俏脸，半是气的，半是羞的，却又不敢高声，生怕惊扰了屋里的主人们。

眉姨娘的手紧紧握住帕子，不晓得廖老爷听到多少，如果听到夏荷说棒子的那些话，不晓得廖老爷会不会发脾气？想到此眉姨娘抬起头，低低叫声老爷，廖老爷好像这才从沉思中醒过来，瞧着眉姨娘：“你到我身边，也有七年了吧？”

“是，那时先头太太刚刚去世，夫人说，你一个男人家，没人照顾不像话，这才遣了我来照顾老爷。”廖老爷点了点头：“女人家，总是觉得，男人要有人照顾才能称作是家，这些年，你一直想要个孩子。”

这话已经不是问话了，眉姨娘不知怎么脸微微红了红，接着起身走到廖老爷身边，伸手给他捏着肩膀：“老爷已快四十了，也该……”

“可是我这辈子，再不能有孩子了。”廖老爷的声音带有明显叹息，这句话把眉姨娘吓得差点跌倒，接着几乎是瞪大了眼颤声问：“可是，头一个太太，不是听说有过孩子，只是小产了，接着头一个太太，小产后太过忧虑，才没了，然后才娶了先头太太，况且，况且……”

廖老爷当然知道眉姨娘要说的是什么，唇抿成一条线：“是啊，那个孩子，如果能够顺利生下来，养住了，今年该十八了。我从不知道，它竟是我命里，唯一能有的子嗣。”

廖老爷声音越低，眉姨娘越心惊肉跳：“可是，老爷，可是……”

“我又不是宫里的老公公，当然能御女，可是这世上，有能御女的，未必能让女人有孩子，十年前，一场大雪，那之后我就再不能有孩子了，就这，那个神医还说，能治成这样，已经是很好很好了。”

廖老爷的话让眉姨娘如坠谷底，从来不知道，还有这么一件事，她颤抖着声音叫声老爷，廖老爷已经蹲在她面前看着她：“你想有个孩子的话，我就把你嫁了吧，你屋里的东西全做你的嫁妆。”

廖老爷出手大方，眉姨娘跟了他这七年，房里的东西，少说也有七八千两银子，这么多的银子做嫁妆，想娶眉姨娘的人只会是趋之若鹜。眉姨娘眼里的泪真真切切流下来：“老爷，我并不是，并不是……”

廖老爷的眼还是停在她脸上：“这件事，赵氏也知道，她那时劝我，这神医说的话也未必可信，可是我信了，这十年下来，我信了。”赵氏死后，原本是不想续弦的，可人都已经送到自己身边，既然不能给她个孩子，那就只有给她金珠宝贝进行补偿。

廖老爷叹息得越深，眉姨娘的心越掉到谷底，但很快眉姨娘就伸手去抓廖老爷的手：“老爷，我不会说出去，我会跟着你，跟着你一辈子，以后，小姐招赘了女婿，我也会……”

廖老爷瞧着眉姨娘，过了很久才轻声道：“我从来不怕你说出去，眉儿，你胆子小，性情温柔。可是，你不该……”廖老爷后面的话没说出来，接着站起身，眉姨娘急忙从地上爬起来，从背后抱住他的腰：“老爷，真的，你要相信我。”

廖老爷没有说话，只是轻轻拍了下她的手，眉姨娘这才感到心安一些，不知怎么就抱着廖老爷在那流泪，廖老爷的眉还是没有松开，其实，不仅是没有孩子的事，还损了自己的根基，很可能，活不过四十五岁，纵金银如山，人参鹿茸堆积起来，也换不回多活几年。

绿丫在榛子这里，差不多待到吃晚饭的时候，才洗掉脸上的脂粉，重新换上自己的衣衫走了，等她一走，藕荷过来收拾那些东西就好奇地问："小姐，你为何不把这些都送了小张嫂子？我瞧着她身量和你差不多。"

榛子已经好久没笑得这么开心了，靠在圈椅上淡淡地说："她不会要的，再说，我要送她东西，难道还要送这些旧的？"藕荷哦了一声，心里还是不以为然，榛子怎不知道藕荷心里的不以为然，没有理她，只是托腮看着外面，很多事都不一样了。

绿丫回去路上，遇到王大娘，王大娘细细瞧了瞧绿丫，这才凑到绿丫身边："你怎么就这样回来了？我以为你在小姐那边试了那么多的东西，小姐会赏你几件呢。"绿丫只一笑没有理王大娘，王大娘已经拍了她肩一下："不会是小姐要给，你不要吧？哎呀，你这傻丫头，难道不晓得小姐的东西，顶多就只穿过两三水，都是好东西，前儿她还赏了我闺女一件夏衫，我都让闺女收起来，寻常时候别穿呢。"

绿丫任由王大娘唠叨着，两人已经走出大宅，拐进那道小巷，曾大嫂正倚在门前，瞧见她们进来，眼往绿丫身上溜了好几眼，发现绿丫没多出什么东西来，想开口讽刺几句，又想到今日廖老爷那不咸不淡的几句话，生生咽下去，只是笑着说："小张嫂子回来了？旁的不说，小姐待你，那可是没得说，我们以后啊，还要多托福呢。"

王大娘已经嘴一撇："轮不到你来献勤，我说曾家的，那顿耳光子，挨得可舒服吗？"曾大嫂恨得牙咬，跺脚就要回几句，见绿丫已径自进了屋，又要追上去，王大娘已经拉住她："别去献勤了，你当人人和我一般宽宏大量，不计较？"

她还宽宏大量，毫不计较，曾大嫂气得牙都快抖掉了，瞧见张谆走进来，急忙迎上去笑着说："小张哥回来了？今儿小张嫂子只怕来不及做晚饭，正好我家包了饺子，羊肉白菜馅的，我给你盛一碗去。"

曾大嫂为何这样殷勤张谆也知道七八分，忙说不必了，就急忙走进自己家。进得院子见绿丫正在厨房，才刚开始点火，笑着走到她身边坐下："今儿怎么这么晚？难怪曾大嫂说，你没空做饭呢。"

绿丫已把火点好，拿出面来准备和面，听到张谆这么问就笑着说："我进去寻棒子呢，请教她如何打扮，怎么应酬呢。”张谆哦了一声，往绿丫脸上细细瞧去：“我瞧瞧，这学得饭都来不及做了，是不是特别好看？”绿丫伸手一拍，张谆衣衫上顿时多了五个面指头印，绿丫端着面盆白张谆一眼：“少来，还不是和昨儿一样，今儿吃白菜面皮汤啊，再下点小海米。”

张谆正要点头，曾大嫂的声音已经响起：“哎呀，小张嫂子，你今儿忙，做什么饭呢，这是我包的饺子，羊肉白菜馅的，已经煮好了，你和小张哥热一下就可以吃了。”

说完不待绿丫推辞，曾大嫂已经自己从柜子里取出个碗来，把那饺子往碗里一倒，拿着空碗就走了。绿丫追出去来不及，只得回来把碗往张谆那一推：“你吃饺子吧，我吃面皮汤。”

“不，你吃饺子，我啊，就爱吃你做的面皮汤，好吃。”绿丫很得意张谆的选择，又是一笑才做起面皮汤来。

“我就觉得，绿丫你这回比原来好看多了，果然是三分人才七分打扮，更何况绿丫你平常可是十分人才。”兰花往绿丫脸上细细看去，看完了下着结论，绿丫的脸不由一红，声音都变得有些扭捏：“兰花姐你笑话我呢，什么十分人才，有个七八分的，都已经是顶尖的美人了。”

“哪里来的顶尖的美人？”周嫂的声音已经在窗外响起，绿丫急忙走到门边相迎，兰花肚子大不方便还是坐在那，见周嫂进来才笑着说：“我说绿丫打扮起来，那可是顶尖的美人了。”

周嫂把篮子一放：“几个新结的莲蓬，方才我出门的时候见有人挑着卖，就买了十个，送你这边几个。”兰花接了篮子：“周嫂子，常年得你照顾，真是不好意思。”

“邻里邻居的，况且刘兄弟也是个好人，客气什么。”说着周嫂往绿丫脸上细细一瞧，就对兰花笑着说，“果然这做媳妇比做姑娘时候多了些润泽，瞧这样子，再穿上几件新鲜衣服，戴上首饰，旁人不知道的，还当是哪家当家太太出来呢。”

绿丫用手捂一下脸：“兰花姐笑话我也就罢了，周嫂子你也跟着笑话我。”周嫂和兰花都笑了，绿丫端来茶，周嫂就拿出莲蓬剥起来，屋子里全是莲子清香，绿丫闻了闻那清香才对周嫂道：“周嫂子，有件事还想麻烦你留心呢，兰花姐眼看还有两个月就生了，这肚子越来越大，姐夫去了衙门里，那些粗活也不方便，想问问哪里有可靠的，做粗使的婆子，雇一个来，也好给兰花姐做伴，如果是生过孩子的，那就更好了。”

周嫂啊了一声就道："这话我早先就想说了，一直没机会，刘兄弟这些年在衙门里也颇顺溜，听说一年也有百来两银子呢，雇个做粗使的，花不了多少钱，省得孩子生下来，难道还要刘兄弟服侍产妇不成？"

兰花几次想打断她们的话，等周嫂停下来才道："我这样的人，还想着有人服侍，算了吧。"周嫂嗨了一声："什么你这样的人，这是为你好，你是没生过孩子的，刘兄弟也是头一遭，这月子坐得不好，一辈子受罪呢，听我的，雇个粗使的婆子，一个月连吃喝带工钱，顶天也就一两银子，刘兄弟又不是拿不出来，别为他省银子，男人在外挣银子，不就为的是给女人花。"

绿丫只笑没说话，兰花招架不住，也只有答应下来，周嫂是个响快人，等老刘回来时，已经带了三个婆子来给老刘瞧了，老刘自然赞成这个主意，选了个四十来岁，看起来粗手大脚的人，就让她收拾衣衫，住进刘家。

兰花等人一走，嘴里就开始抱怨，但脸上的笑是怎么都遮不住的，老刘任由兰花抱怨，只是在旁嘻嘻地笑，绿丫也笑了，这日子，就该是这样一日日好起来才成。

兰花嘴里虽抱怨着，但脸上还是欢喜的，周嫂见得多了，自然也顺着兰花说几句。等张谆来接绿丫回去，听说了这事，也说老刘做得对，老刘见小舅子如此，心里十分欢喜，笑得更是嘴都合不拢。

吃过晚饭张谆夫妻离开，夏日天长，此时天上还有霞光，张谆和绿丫边走边说话，提起兰花，两人都十分喜悦，张谆瞧着绿丫，想了想在绿丫耳边轻声说："绿丫，我们成亲也有这么久了，不知什么时候，我才能做爹？"

绿丫的耳根子一红，啐他一口就快步往前面走，张谆急忙追上，不料旁边巷子正走出一个人来，张谆差点撞到他身上，急忙停下脚步，伸手去扶那人："对不住，没瞧见你。"

那人也已停下，原本还有些不悦，见张谆先开口说抱歉，也就神色和缓，往张谆脸上望了一眼不由咦了一声。绿丫回头瞧见，也忙走回来，正好听见那人咦了一声，也往那人脸上望去，见不认得，走上前悄声问了张谆几句，刚要说话那人已经对张谆道："还敢动问小哥，可是姓张？"

这话问得奇怪，但张谆还是应道："的确姓张，不知为何这样问，我们原先见过吗？"那人啊了一声才道："果真姓张，想来就是十一弟，你和已逝的五叔父，长得真是一模一样，听说九叔父已经去世，你现在长这么大还已娶妻，甚好。"

十一弟？这是张谆昔日在族内的排行，这一声让张谆勾起无数的前尘往事，此人见张谆脸上神色，忙道:“昔日我随家父在外做生意，等后来回到家乡，你已随九叔父进京。说起来，当日你还在族内时，还是玩耍过的，我是诚五房的老三，你唤我一声三哥的，可还记得？”

张谆的手在袖中动了动，往那人脸上瞧去，虽说十来年没见，又各自长大，可还是能瞧出昔日的样貌，眼不由垂下，终究还是行了一礼：“三哥好，三哥来京所为何事？”张三哥也不在意张谆的冷淡，毕竟虽是一族，论起来却已出了五服，况且昔日张谆的遭遇张三哥也曾听说过，那时张三哥的父亲还叹息过几回，只是离京那么远，也没有那么些银钱寻人，也就放下。

此次张三哥进京办事，他父亲还提起这事，说若能寻到，张谆若衣食无着，劝他回家乡也好，族内的人也不全是狗豸，有人相帮着，总好过一人在外，况且张九叔的灵柩，也该搬回家乡安葬。

张三哥唯唯应了，也曾寻过张谆，只是昔日张谆所住的地方早已人去楼空，去问过邻居，都说不知道他们去往何方，这京城流落下来的人多，还不知道到底在不在京城。也只得把这事放下，谁知在这街上竟能遇到，也算踏破铁鞋无觅处，得来全不费功夫，见张谆在那踌躇，张三哥急忙道：“此时街上闲话不便，十一弟，你住在何方，明日我去寻你就是。”

张谆说了地址，张三哥也就告辞而去，等他们分开，绿丫这才问道：“那是你的族人？没想到，竟在这街上碰见。”张谆此时早没了和绿丫闲话的心思：“方才我真不知道该怎么说，这心里也是不知道怎么想的。”绿丫浅浅一笑:“该如何就如何呗，若是好意，就领了，日后多几个人来往也好，若是不好的意思，那也就罢了。”

张谆嗯了一声，勾起了心里的那桩心事，现在既有了银子，也就该扶叔叔的灵柩回乡安葬才是，可昔日在族内所受的那些还在眼前，怎么也鼓不起勇气送叔叔的灵柩回乡。

绿丫察言观色，也没多说什么，两人一路回到住处，已瞧见有人站在门口，细瞧竟是廖老爷贴身服侍的小厮，瞧见他们走过来，那小厮急忙上前打一拱：“小张哥你怎的这会儿才回来？老爷寻你有话说。”张谆哦了一声，忙忙地和小厮去了，绿丫推门走进去，曾大嫂已经一个箭步上前拉住绿丫的手就问：“小张嫂子，老爷寻小张哥有什么事呢，可不是去说那掌柜的事吧？小张嫂子，那日老爷和我家男人说的话，我句句记得，以后再不敢起什么坏心了。小张嫂子，我晓得你们是好人，还请你们……”

说着说着曾大嫂眼泪都掉下来了，绿丫无奈地停下脚步：“曾大嫂，这事是男人们的事，和我没有多少关系，您啊，还是安心在家好好过日子，比什么都强。”曾大嫂还要说话，老曾已经从门里走出来：“小张嫂子说得有理，你赶紧回家吧，凡事东家都有主张呢。”

曾大嫂只得噘了嘴，跟老曾进屋，一进屋曾大嫂就嚷道：“不去说的话，谁晓得会怎样，我知道你以为老爷待你好，你跟了老爷这么多年了，可是老爷那天说的话，你又不是不晓得。”

“所以才让你少安毋躁，别随便一点事就嚷得大家都知道。”老曾的眉毛拧起来，在那想，廖老爷寻张谆是要去说什么呢？曾大嫂有心再说几句，可现在的老曾明显和原来不一样，只得扯了一块布出来，随便做点什么针线，好让这心没那么焦急，耳朵却竖起来，听着外面的脚步声，想知道张谆什么时候回来。

张谆跟着小厮一路进了书房，廖老爷既没查账，也没喝茶，只是在那想着什么，小厮并不敢上前说话，只在一边站着，小厮如此，张谆也站在那。

过了会儿廖老爷才抬头，对张谆微微颔首：“坐吧。你下去。”后面一句是对小厮说的，小厮退下。

廖老爷瞧着张谆，这瞧得实在太过仔细，让张谆手脚都不知往哪里放，想开口说话可又不晓得该说什么，过了会儿廖老爷才开口：“这样打量你就受不了了？等异日，这样的打量必然更多！”张谆的脸微微一红，对廖老爷拱手道：“谢东家的教诲。”

廖老爷哈哈一笑，指指椅子让张谆坐下：“我并不是教诲你，你要知道，我琢磨你琢磨了有快两年了，包括你媳妇。”张谆啊了一声，眼睁大一些，廖老爷的语气还是那么平静：“敏儿虽聪明，但终究是个女子，日后是要嫁人的，原本我是想给她寻一个靠得住的男人，但想来想去，说不定我会看走眼，况且婚姻大事，总要女儿家自己欢喜才是，于是这件事就放下。”

这话让张谆的心跳起来，不会廖老爷原本看中的也是自己吧？幸好幸好，自己已经有了绿丫，廖老爷的眼一扫就笑了：“我当然没有看中你，这样抢别人男人的事，不是我做的。”

张谆的脸更红了，声音都有些扭捏：“是我不该胡思乱想才对。”廖老爷挥手摆一摆：“罢了，这些淡话说来无益。”说着话锋一转，廖老爷已经道：“前几日发生的那件事，备细我也知道，你比原先聪明多了，也稳重多了，老曾管得不利，甚至想勾结外人，给你设圈套把你赶出去，你说，该怎么处置他呢？”

一瞬间张谆脑中转过无数念头，但不管是什么样的念头，张谆都晓得，廖老爷这话是带有目的问的，当然更不会是真的来问自己如何处置老曾，只过了会儿张谆就回答："东家那日已经细细问过了曾大哥，曾大哥又带曾大嫂来过，如何处置，东家心里自然是有把握的。况且人难免糊涂，曾大哥平日做事也颇有章法，照我瞧来……"

说着张谆微微顿下，廖老爷在那啜一下唇，不错，反应比原先快多了，可还不够，还要继续磨炼，廖老爷瞧着张谆："照你瞧来，是该如何呢？"张谆继续道："照我瞧来，东家定已对曾大哥有了处罚的主意，而且，东家不会把曾大哥的差事给夺了。"

廖老爷轻轻拍一下手："不错，反应比原先机敏多了，也比原先会说话了。这件事，我总是要处置的，你和老曾，都不能继续在原来的铺子里面待着，老曾总是跟了我十来年的人了，我也不能一下把他赶走，我在通州还有一个小码头，就让老曾到那里去，至于你，"廖老爷微微顿一下："我这边有个新店，是和陈家合本开的，他那里派个账房，我这里出个掌柜，你虽年轻，但这些年也经过见过，就过去做这个掌柜。"让自己去做新店的掌柜，张谆的嘴巴都张大了，掌柜可不止是一年多那么些银子，所见到的还要更多些。

廖老爷的声音还是那么轻淡："那间店没多少本钱，不过三千来两，原本我不打算开的，经不住陈老爷说要给儿子留点本，这才开了。是做南北货的，定了下个月初八开张，你把这边收拾收拾，过两日就过去，那边离这里虽不远，却也隔了两条街呢，到时你连家眷也搬过去。"

张谆知道该多谢廖老爷的栽培，但话到嘴边说不出来，只是给廖老爷打了一拱就起身告辞，瞧着张谆的背影，廖老爷端起旁边已经凉了的茶喝了一口，听到脚步声头也不抬地道："和敏儿说，让她挑一个伶俐些的十来岁丫鬟去伺候小张家。"

小厮应是，接着就道："老爷怎么知道是我，万一是姨奶奶进来呢？"廖老爷这才抬眼瞧他一眼，接着道："你姨奶奶的脚步和你不一样，快去吧，大概这四五日内把人送过去。"

小厮应是又道："老爷待张小哥这么好，这么提拔，张小哥以后要是有什么对不起老爷的，那才叫不该呢。"廖老爷又笑了："你的话是越来越多了，看来不该在我身边伺候了，该去和老王说，让他给你寻房媳妇，然后出去外面管点什么事。"

小厮脸上顿时现出哭样子来："老爷要不喜欢小的伺候，那就明说，哪能这样说呢？"廖老爷又是一笑，让小厮退下，看着窗外的月亮升起，很多事，只有尽人事听天命罢了，谁能算到以后呢？

张谆进了屋，绿丫已经迎上来："老爷寻你做什么呢，说了这么会儿话？"张谆不晓得该怎样表达自己心里的激动，只是把绿丫的手紧紧握住就道："绿丫，我要做掌柜了。"做掌柜？绿丫吓了一跳："曾大哥不是好好地在那里做着掌柜吗？"

张谆用手捶一下手心，这样才能平复自己心里的激动："不是我们现在的铺子，是新铺子，和陈家合本开的，还说，为免我奔跑，让我们搬过去呢。"那这是真的了，绿丫也很高兴："太好了，就是搬过去了，来寻榛子就不方便了。"

"有什么不方便的？坐个小轿就到了。"坐小轿？绿丫愣住了："我也可以坐小轿吗？"张谆把绿丫的手合在手心里，瞧着绿丫的眼："别说我当了掌柜，就算现在，你坐个小轿也是可以的。再说掌柜一年算下来，怎么都有两三百两银子呢，到时候，再雇个婆子，你也不用每日这么操劳，还有……"

绿丫瞧着丈夫闪闪发亮的眼，捶他胸口一下："还有什么，难道你也想学别人，纳个小娇娇回来？"张谆哈哈一笑，把绿丫搂进怀里："哪能呢，现放着家里这么个醋瓮，怎么敢纳小娇娇？"绿丫啐他一口，收拾睡觉。

曾大嫂听着张谆的脚步声进了门，这才回到屋里，瞧着老曾叹气："你说怎么办呢？我听他脚步声，欢欢喜喜的，定是老爷许了给他什么好处，老爷许的好处还能有什么？"

老曾困得睁不开眼，听自己媳妇这么说就白她一眼："败家娘们，要不是你撺掇着，我也不会去做那样的事，现在好了，只怕差事要丢了不说，东家也不信任我了，宁愿去信任一个来了这么短时间的人。"曾大嫂想和自己老公吵几句，但已经没了底气，只得气呼呼地去睡了，但在那里翻来覆去，怎么也睡不着。

次日张谆和老曾各自去上工，曾大嫂就来寻绿丫说话，话里话外就想打听廖老爷对张谆说了什么，但绿丫嘴比蚌壳还紧，只说没说什么，曾大嫂恨不得拿把刀把绿丫的嘴撬开，此时突听门外有人在问："有人吗？想问问哪家姓张？"

听到是个男声，曾大嫂眉一皱，这白日男人们都不在家，谁知道是不是什么作奸犯科的？再听到姓张，眼不由瞧向绿丫："寻您家的，小张嫂子，你可别是？"绿丫白她一眼："曾大嫂，话可不能乱说。只怕是我男人的族兄。"

族兄？张谆在乡下也有族人？曾大嫂的嘴一撇，说话的人已来到张家门外："十一弟，我是你三哥，你在家吗？"果然是张谆的族兄，绿丫上前打开院门，瞧见是绿丫开门，张三哥忙作个揖：“原来是十一弟妹，十一弟不在家吗？”

家里没有男人，绿丫当然不好请他进来，只是道：“他去上工去了，大概晚饭时回来，三哥你若寻他说话，要那时候才回来呢。或者，你去铺子里寻他也好。”张三哥想了想，问清铺子在哪里，就去寻张谆去了。

等张三哥走了，曾大嫂从屋里出来就问绿丫：“原来还真是你男人族兄，哎，你家既有族兄，怎么全不来往？”这些事绿丫不好对曾大嫂说的，只含糊几句，曾大嫂见绿丫的嘴一如既往地紧，又嘀咕几句，也就作罢。

张三哥到铺子里寻到张谆的时候，正逢午饭，既然人都来了，张谆也就请张三哥到旁边茶楼里坐坐，叫了两个菜。张三哥坐定见张谆叫的菜，还有这动作，点头道：“原本家父还惦记着你，说你那时大不过十三四岁，乍一丧了叔叔，只怕被人欺负，流落到别的地方，现在瞧来，你过得不错，家父要知道了，也就放心了。”

张谆谢过张三哥，又说几句家常，酒菜已经上来，张谆端起酒壶给张三哥斟酒：“我还要上工，酒不好喝的，只有三哥你喝了。”张三哥接过杯子：“我量浅，两杯就好。”说着喝一口酒，“我记得九叔父去世之前，是给你定过亲的，想来是你岳父收拾你回家，可我瞧着弟妹，却也不像那富贵人家出来的。”

提到前头那桩婚事，张谆顿了顿才道：“叔叔去世之后，那边已经退亲了，这头亲事，是我后来自寻的。”张三哥哦了一声就道：“原来如此，难怪我觉着弟妹十分可亲。现在你既安顿下来，又成了亲，若有机会，族内还是回去走走，旁的不说，九叔父的灵柩也该葬回去，还有十一弟妹也该去见见亲眷，难道你娶个媳妇，就在这过小日子，也不让她去见见亲眷？这样可不好。”

“再说罢。”对回去族内，张谆兴趣不大，张三哥当然晓得张谆为何如此，拍一下他的手：“十一弟，族内有些长辈，特别是你那一房里的，如何待你我们都晓得的，可你现在和原来不一样了，不但不是小孩子，还娶了亲，做事的铺子也是十分大，想来你的东家也非常有钱，你有什么好怕的呢？”

张谆低垂下眼，并没接张三哥的话，张三哥叹一口气：“罢了，这些你就当酒话吧，不过别的罢了，九叔父的灵柩厝在何处？我也该去拜一拜。”

张谆叔父的灵柩厝在城外寺里，这些年不管怎么艰难，张谆年年都去祭拜，既然张三哥有心，也就约好日子，到时一起去祭拜。张三哥还要劝张谆和自己一起回乡，见张谆毫不为所动，也只得喝了酒吃完菜，会了账各自别去。

等回到家，张谆当然要和绿丫说一说张三哥来的事，落后叹道：“说来别的罢了，叔叔的灵柩，总是要归葬的，还有你，也该回去瞧瞧亲眷。”绿丫见张谆有些魂不守舍，摸摸他的额头道：“道理是这样没错，可我瞧你还是有些不大想去，毕竟那边，当初如何对你的。”

张谆嗯了一声，虽说此一时彼一时，可很多事情是变不了的，当初叔祖父的凶恶，说自己再哭闹，就要把自己卖了，反正他做长辈的，是卖得了晚辈的。绿丫按住张谆的肩：“至于我，你是不用担心的。在这件事上，我也不是那么好欺负的人。”

张谆笑了：“对，我们才是一家子，还有兰花姐，你说，兰花姐这回，会生个什么呢？我瞧姐夫是想要个大胖小子。”

“这你就错了，姐夫啊，不管兰花姐生什么，他都高兴。”绿丫见张谆不再想着这件事，也就和他说起家常，张谆听着妻子的话，瞧着她的动静，这些才是亲人，至于族内那些亲眷，若寻上门来，好意相待了也罢，若不能，自己再不是那个失了父母、任他们欺凌的孤儿了。

张三哥和张谆去祭拜了张九叔的灵柩，听说张谆还是执意不肯回乡，没有再劝，过得两日张三哥在京里的事已办好，也就和张谆告辞回乡。

张谆送走张三哥，也和绿丫收拾东西，再次搬家，这回搬得虽离这边只有两条街，可这次去，就不是伙计，而是掌柜了，不到二十的掌柜，还真年轻。张谆和绿丫离开这边的时候，曾家也在收拾东西，即便曾大嫂十分不满要搬去通州管那个小码头，可自己错在先，也只得和老曾收拾东西离开，他们离去之后，新的掌柜又住了进来，好几日这里都热热闹闹，人来人往。

这回搬家，榛子派了个车来，绿丫和张谆再不用走过去，而是把东西都放在车上，两口坐上车，向新地方去。廖老爷的新店是前面三间铺面，后面两进，分了两个院子，东边院子住了账房一家，西边院子就是张谆两口住了。

绿丫和张谆到了地方，绿丫刚打算去搬东西，就走过来一个十一二岁的小丫头，在那笑着说：“小张奶奶，您别动手，这些活，都是我来做。”突然冒出一个丫头，绿丫还当是榛子安排来给自己搬家的，笑着道：“你是谁，我怎么没见过你？等回去替我谢谢你们小姐。”

那小丫头已经把东西抱进屋里，见张谆和绿丫走进来，就上前跪下给他们两口磕头：“给爷和奶奶磕头，奴婢是老爷吩咐，特地过来服侍奶奶的，以后奶奶有什么粗活，都交给奴婢做，老爷还说，等再过两日，奶奶也该寻一个做粗使的婆子了。”

这让绿丫有点扎手扎脚，怎么说都是头一遭，但看见张谆比自己镇定，急忙把心里的慌张压下，笑着把那小丫头扶起来：“你叫什么名字？今年几岁了？不管怎么说，也要谢谢老爷想得周到。”

“奴婢叫小柳条，今年十一，别看奴婢人小，可力气大，再说方才已经问过，这里虽没井，可有人每日都来担水，两个铜钱一担，今日的水奴婢已经让人担好了，这会儿灶下已经烧着热水了。”小柳条果然伶俐，嘴里说着，就把茶给端来，给张谆和绿丫一人一杯。

绿丫拿着茶，坐在椅子上细细地打量着这屋子，顶上糊了板，地下铺了砖，家具也比那边的好，小柳条已经把通往里屋的帘子打起：“这是卧房，天渐渐凉了，已经把窗关了一扇。”

这丫头还真机灵，绿丫走进卧房，见这卧房四壁都被糊得雪白，顶棚地上也瞧不到一丝泥缝，那扇打开的窗外面，还能看到一棵树。见绿丫走到窗前，小柳条已经笑着道：“听人家说，这棵是梅花，开起来可香了。”

张谆已经走进来，对小柳条道：“你先去把饭热一热，这些东西，我们自己收拾。”小柳条应是退下，绿丫这才转身对张谆道，“谆哥哥，我不是在做梦吧？”张谆笑了，刮绿丫鼻子一下：“说什么傻话呢，怎么会是做梦，而且这以后，你会有更好的日子过的，相信我！”

绿丫点头，接着就啊了一声：“我瞧这屋子，除了堂屋和卧房，另一间可以布置成书房，等以后你可以在里面看书写字。”说着绿丫皱眉：“可小柳条住哪里？”

张谆笑了：“你啊，怎么忘了还有几间后罩房呢？就是给他们住的，而且这边还有厢房，现在先空着，等以后，你生了孩子，孩子就可以住那边了。”生孩子什么的，绿丫的脸又红起来，张谆把她的手握一下：“绿丫，相信我，我以后，一定会给你们住更好的屋子，过更好的日子。”

“嗯，我相信你，谆哥哥，你也要相信我，以后要出门应酬什么的，我不会害怕。”听了绿丫的话，张谆笑了：“当然不会，我的绿丫，是会走到我面前不怕我的冷脸和我说话的人。”绿丫的小鼻子皱一皱：“不理你了。”

张谆笑了，见绿丫转身出去，他站在窗前，看着外面的那棵梅树，虽然这院子不够大，屋子不够多，丫头也只有一个，和叔叔活着时候的日子还是不一样，但张谆相信，自己总有一日，会让绿丫过比自己当初更好的生活，那时自己和她也该有孩子了，不晓得是男是女，会先叫爹还是先叫娘，或者男女都有了，一个个粉团子样，在那叫爹叫娘。

绿丫抱了被褥进来铺床，见张谆站在那唇边含笑，没有打扰他，自己嘴边也露出笑容，只要能和自己喜欢的人在一起，过什么样的日子都可以，好的坏的富的穷的，只要和他在一起。

这边收拾好了，账房先生的娘子也遣了人送来几样酒菜，账房先生姓魏，绿丫打赏了送酒菜来的魏家人，就和张谆商量，要不要亲自过去谢谢魏家，话才说了一句，就听到有人敲门，小柳条忙上前开门，进来的是魏账房，张谆急忙出迎，绿丫往里屋里去。

魏账房进了堂屋，和张谆说了几句就对张谆道："还请尊嫂也出来见见，本是邻居，很该通家之好才是。"这也是常理，张谆掀起帘子叫绿丫出来，绿丫走上前给魏账房深深道个万福，魏账房还礼了，才对张谆道："你我以后就是同事，很该一起把这生意做得更好，内人在家里备了酒席，是特地过来请二位的。"

绕来绕去，也就是说这样几句，张谆拱手一笑，也就谢过魏账房，和绿丫往魏家去了。魏家的院子比这边要稍微大些，因为人多，更显得热闹些，进了门魏娘子就迎上来，她是个三十出头的女子，和绿丫互相道了福才笑着道："本该一起过去相请的，只是想着小张嫂子年纪轻，比不得我这样老脸皮厚的，这才让他一人去了。"

魏娘子说话爽利处，倒有些像周嫂，或者，爽利人都是一样的，绿丫笑着应了魏娘子的话，这才和她一起进了堂屋。

魏娘子让自己的孩子们出来见了张家叔叔婶婶，魏家长子今年十岁，看起来文质彬彬，上前规矩行礼，另外两个都是女孩，小的那个不过三四岁，还被姐姐抱在怀里，睁着一双眼睛望着张谆夫妻。张谆两口夸了几句，受了他们的礼，绿丫袖子里摸出几个荷包送了，亏得今日出门时候，有几个荷包装不下，顺手就塞到袖子里，不然的话，连见面礼都拿不出来。

见也见了，礼也给了，魏娘子让人把酒席端出来，端酒席出来的是个全灶，瞧见她这样熟悉的装束，绿丫不由一愣，前尘往事全涌了上来，那全灶什么都不晓得，把酒席摆好了就退下。

魏娘子扯了绿丫的手道："他们吃喝他们的，我们进去里面说话。"绿丫这才回神过来，笑着和魏娘子进了里屋。魏娘子已经叫丫鬟把菜端上来，和外头酒席相比，少了几样下酒菜，多了几样下饭菜。

魏娘子让一让绿丫就笑着道："我孩子小，平日在家也不喝酒，就是不晓得小张嫂子喝不喝，要喝的话，我让人再炸一盘花生来下酒。"绿丫忙道："我也不喝，再说量浅的实在没法子。"

说话时候，那全灶已经端了碗藕过来，丫鬟接了放在桌上，魏家小姑娘瞧见那藕,伸手就要去拿,被姐姐一巴掌打在手上:"没规矩。"魏家小姑娘想哭,但瞧瞧魏娘子,又缩了回来。

魏娘子已经拿个碗盛了一碗饭,打了鸡汤泡上,又夹了两块藕递给自己大女儿:"端着喂你妹妹去,我在这和你张婶子说说话。"那姑娘答应了,就牵了妹妹走到一边坐下,在那给妹妹喂饭。

绿丫少不得也要夸几句魏娘子教孩子教得好,魏娘子笑着道:"什么教得好,我们这样人家,终究小门小户,我啊,只想着这两个孩子,别学了一身不好的脾气,才管她们管得严些。"两人说了些家常话,魏娘子见绿丫也不是那样刁钻古怪的人,放心下来,笑着道:"临来之前,我还和我家男人说,这账房和掌柜的,不是一家子的人,到时会不会起什么冲突?我男人骂我笨,说既然能得廖老爷青眼相待,那人定然是不错的,见了小张嫂子,才晓得我男人说得对。"

话犹未了,就听到外面传来张谆和魏账房的笑声。原来不光是自己在心里打鼓,魏娘子也是一样的,绿丫心里的忐忑也渐渐消失,人都是一样的人,又没多出一个鼻子两个眼,怕什么呢?

见绿丫应了自己的话,魏娘子说话渐渐推心置腹起来,问问绿丫家在何方,岁数多大,绿丫含糊答了,听到绿丫和张谆两人也是孤身在这京城打拼,魏娘子狠叹了一口气:"回乡下时候,家里的老人都在说,京城里何等繁华,又能赚许多银子,只怕过的是天宫一样的日子,可他们怎么晓得我们在外头的苦。"

这点绿丫无法感同身受,只是点头微笑罢了,魏娘子说了两句就指指外头:"我家大小子今年十岁了,也该定亲了,家里老人在乡下帮忙瞧了个,可对方一开口就要两百两银子的聘礼,还说只给四十两银子的嫁妆,天下哪有这样的道理,我回绝了,老人就在那说我们现在眼孔大了,瞧不上乡下人了,这家里有银子,也不晓得拿出来给人花。天地良心,我一年拿回去,吃的穿的用的,少说也有二十两银子,两个老人家在乡下,肉也便宜米也便宜,竟然还嫌不足!"

绿丫安慰魏娘子几句,魏家大姑娘已经给妹妹喂完饭,拿小手帕给她擦着嘴角,擦干净了才过来盛碗饭夹些菜给自己吃,听到自己娘说这些话,就插嘴道:"我不喜欢祖父祖母,他们只会和我要衣衫给四妹妹穿。"

魏娘子打女儿一巴掌:"好好地到旁边吃饭去,我和你张婶婶说话,你插什么嘴?"魏家大姑娘对娘皱一皱鼻子,抱了碗到旁边自己吃起来。

一顿饭吃了总有一个时辰的工夫，这边吃完收拾干净已经很久，外头男人们那桌总算传来吃完的话，绿丫见那个全灶又过去收拾，不知怎么瞧着她就有些发愣。

魏娘子还当绿丫也想买一个，拉一下绿丫的手："这灶上活计，买个全灶划得来，不光平日的饭食，有些浆洗上的事也能让她做了，价钱也不贵，这个连媒钱算在内，也不过就是二十二两银子，使了有两年了，小张嫂子你想买一个的话，等你那边安顿下来，我给你介绍个婆子，她啊，对这些事精熟。"

绿丫当然不能说出心事，只推说现在家里人少，一个丫头尽够使了，等人多时再说。魏嫂子点一点头："原先我以为能忙得过来，生了大小子还不觉得，等生了这俩闺女才晓得，一个人怎么够使，这才一咬牙买了个，别看一次花的银子多，这两年使下来，光去酒楼的钱就省了不少。"

回到家里，张谆酒有些多，倒头就睡下，绿丫却怎么也睡不着，况且又怕张谆半夜醒来要茶喝，索性裹了被子，在床上坐着想自己的心事。

张谆半夜渴了醒来，本来还想下床去倒茶，见绿丫坐在旁边，直起身子问她："你在想什么呢？"绿丫见他醒了，晓得他半夜酒醒一定会渴，也没说话就给他倒茶来，张谆喝了一杯茶，觉得喉咙里舒服很多，况且酒醒了一时半会睡不着，伸手把绿丫搂到怀里，"在想什么呢？"

绿丫靠在张谆怀里，眉头深锁但不晓得该怎么和丈夫说，毕竟有些经历，张谆不晓得，自然也就不会明白。张谆伸手摸一下绿丫的额头，果不其然摸到绿丫眉头是锁着的，把她抱紧一些："你是不是想秀儿了？"

也算吧，绿丫看着丈夫："我看见今儿魏家的全灶，就想起以前了。"果然如此，张谆把绿丫的手握在自己手心："绿丫，很多事情和原来不一样了。"

绿丫当然明白这点，靠在丈夫胸口，听着他的心跳，绿丫一时感到无话可说，只轻声叹气。

张谆的声音很轻："绿丫，我晓得你念旧，你惦记着以前的事，这不是不好，可很多时候，这些事，会变成一种羁绊，就像你当初和我说的一样，忘掉以前的事，努力地活下去，好好地活下去。"

"我知道，谆哥哥，我晓得，我只是心里有些酸。"绿丫的声音闷闷地传来，还带着些许哽咽。张谆的手摸上她的脸，摸到了湿湿的泪，张谆把绿丫的泪擦掉："所以你可以和我说，和我倒，可出了外面，就不能了。"

不能有失神，不能有恍惚，要用大方得体的微笑面对一切，要学会这一切，绿丫嗯了一声，手还是紧紧和张谆的手相握。张谆拍着绿丫的背安慰她，过了好一会儿，不见哭声传来，张谆晓得绿丫睡着了，把绿丫放好，自己重新躺下，想把手抽出来，可绿丫握得很紧。张谆索性不把手抽出来，就这样任由绿丫握住自己的手。天下之大，却只得旁边这一人可以和自己携手相握，张谆想起很久以前念过的一句诗，执子之手，与子偕老，大抵就是如此吧。

在这边安顿好了之后，绿丫又去见过榛子，这回绿丫是坐了一乘小轿，带了小柳条去的。榛子接了绿丫就笑着说："我还当你要把人给我退回来，在那担了好几日的心，谁知这会儿，用得还挺顺手的。小张奶奶。"

绿丫的脸微微一红，当初确实有把小柳条退回来的心，不过没有实施罢了，只笑着道："你这边也不少人，我退什么呢。"榛子也是抿唇一笑，让藕荷带小柳条下去吃果子去，这才和绿丫各自坐下，往绿丫身上四处瞧瞧才道："这做了掌柜娘子，果然不一样了，有气派出来了。"

绿丫白她一眼："尽取笑我，再有气派也比不上小姐你有气派，我可听人夸你呢，夸你生得美人又温和。"榛子掩口一笑："得，还夸我呢。"

两人说笑几句，榛子才道："绿丫姐姐你知道吗？你现在和我说话，才和原来是一模一样了。"这飞来的一句让绿丫愣了一下，这原来是什么意思，当然是指当初在屈家的时候。

榛子瞧着绿丫："绿丫姐姐，从我来京城以后，虽然你还是竭力和我像原先一样说笑，但你还是有几分拘谨的，可现在你的拘谨完全消失了。"

"那你为何不说出来？"听到绿丫的问话，榛子笑一笑："绿丫姐姐，我怕伤了你！"这是大实话，绿丫不知怎么眼中就一热，接着笑了："榛子，你和原来不一样了，可还是我的好妹妹！"

话里的意思和原来也不同了，榛子也不禁觉得眼中一热，努力点头："是啊，绿丫姐姐，我们终究没有被外物影响。"绿丫想着这一路的遭遇，脸上的笑容又变得恬淡："穿什么吃什么使唤什么样的人，那都是外物，最要紧的是我们要一直记得，自己要的是什么。榛子，你说，是不是这个理？"

榛子点头，握住绿丫的手："你瞧，你这会儿不就轻松自在多了？"到了现在，终于可以不受外人眼光的影响，绿丫深吸一口气，对榛子笑了："谢谢你，榛子。"这声谢榛子老实不客气地收下了，只笑着说："等你给我生个外甥的时候，再来谢吧。"

绿丫的脸一红，啐她一口："还说我呢，还有两个月就过年了，过了年你也十六了，也该嫁人了。说说，想嫁什么样的人呢？"提到这个问题，榛子倒挺大方的："这些事，有舅舅替我操心呢，再说了，我觉着，不管嫁什么样的人，我都能过好。”

真的？绿丫笑了，棒子望着她的笑点头：“当然真的，绿丫姐姐，我在悄悄地找秀儿呢。”这是绿丫心中的一道疤，提起来心里又有些疼，她没有说话，棒子的声音也低下去：“找到当初买秀儿姐姐的人了，可他也只是个贩子，他说，秀儿姐姐被一个江西客人买走了，不知道去往哪里。”

也许，就是一辈子不见，这样辗转反复的命运，秀儿她，是个好人，想起秀儿的笑，绿丫的眼再次热了。棒子的声音更低了：“对不住，绿丫姐姐，我该早些去找秀儿的。”绿丫摇头，好让眼泪憋回去，棒子没有再说话，虽然对秀儿的感情没有绿丫对秀儿的那样深，可棒子知道，如果没有秀儿，自己过得会更不好。

难道欠秀儿的，要下辈子才能还吗？棒子不知道，绿丫更不知道。

这件事绿丫没有告诉张谆，只是去看兰花的时候告诉了兰花，听到找不到秀儿，兰花眼里的泪又流下来：“秀儿这丫头，真不知道上辈子作了什么孽，才要这辈子来还。”兰花挺着肚子呢，绿丫也没说得更多，只是拍拍兰花的手：“秀儿原先总爱说一句话，活着总比死了好，现在找不到，还有以后呢，以后总有找到她的一天。”

生要见人死要见尸，只要自己活着，就不会放弃寻找。绿丫在心底暗暗发誓，兰花嗯了一声：“说的是呢，廖老爷那么大的生意，手下那么多的人，还托了王大人，寻棒子还寻了一两年呢，更何况是我们去找一个人。”

说着兰花觉得肚子里的孩子又踢自己一脚，就把坐着的垫子垫高一些：“你外甥也快出来了，等谆哥儿来，你们好好想想，该给你们外甥起个什么名字？你姐夫那人，起的不是什么发财就是富贵，我笑他，那不干脆就叫金子算了，他还真考虑了，你想，刘金子，这多俗气！”

兰花虽在抱怨，但眼边唇角全是笑容，绿丫也笑了，摸一下兰花的肚子，这个孩子，一定会过得很好，不管怎样，都不会遇到自己曾经遇到的事。

现在出门有小柳条陪着，张谆也不用来接绿丫，在这边吃了午饭，绿丫也和小柳条一起回去，到得家门口就瞧见门边有人站着，细细一瞧，像是朱家的下人。

瞧见绿丫下了轿子，那婆子急忙上前行礼：“张奶奶安，我们太太这个月二十办四十的寿辰，特地遣小的来下帖子。”绿丫让小柳条接了帖子，笑着问候了几句朱太太，小柳条打发了轿钱，又拿了一串钱打赏了朱家的婆子，那婆子也就告辞而去，等走出一段路，才瞧着张家的院子撇嘴，一个那样出身的人，现在也被叫起奶奶，使唤起下人来，真是亏她有脸应。自己太太还一直和她交往，也不晓得等到了那日，见了席上那些正经的太太奶奶，会出什么笑话呢。到那日自己一定要在席上伺候，好瞧瞧热闹。

婆子嘴里念叨着，也就回了朱家和朱太太说了帖子已经送到的事，等着二十那日，守着瞧热闹。

这是绿丫头一回正经八百的出去应酬，和张谆商量了又商量，备了四样细点，拿了两匹寿字纹的衣料当作寿礼。又去请教了榛子，这宴席上要怎么说话怎么应酬。榛子细细说了，又和绿丫演练一遍才笑着道："不如那日我也跟了你去，好提醒你。"

绿丫在那演练得不错，听了这话就道："你要去的话，那才好玩，人人都要应酬你了！" 榛子故意叹一声："所以我就不能去了。不过绿丫姐姐，你放心，你做得很不错了。"

绿丫瞧着镜中的自己，身上是新裁就的茜红色万字不断头的外衫，白绫细褶裙子，乌云似的发上插了一根镶宝的金簪，旁边绕了几朵小金折花，另一边是一根点翠小凤钗，凤钗下簪了一朵红绢花。看起来还不错，绿丫对着镜中人露齿一笑，接着道个福，嗯，很好看。

绿丫接着又转身，这样转身才自然，这些已经演练过好几遍的动作，绿丫长出一口气，伸手把鬓边的凤钗再扶一扶，外面的小柳条已经在叫："奶奶，轿子来了。"

出发，去赴宴，不能让人瞧出半点怯意来，绿丫对着镜中的自己再次露出笑容，见镜中人眉眼弯弯，端庄大方，自己心里也充满无上勇气，掀起帘子走出去，见小柳条也是一身新衣，手里拎了寿礼，款步轻移，来到门外上了轿，小柳条锁好门跟着她去朱家赴宴。

虽来过朱家好几次，但今日的朱家可是十分热闹，门前人来人往，绿丫坐在轿中，谨记榛子的告诫，绝不掀起帘子往外瞧，轿子一径进了朱家大门，来到二门处方停下，说好了今儿包一日轿子，轿夫退下，自有朱家的人去招呼，朱家婆子这才上前掀起帘子："张奶奶请下轿。"

绿丫这是头一回坐轿子来朱家，对婆子点一点头，扶了她的手下轿，小柳条已把手里一个荷包递给那婆子，那婆子微微一愣，收了荷包谢赏，朱太太已带着女儿迎上来，绿丫面上笑若春风，和朱太太互相行礼，又说了几句祝寿的话。朱小姐见过绿丫几次，但总觉得今日的绿丫和平日不一样，不是衣服换了的原因，而是那面上的笑容，不那么拘谨了。

朱太太带了绿丫往里面走，小柳条也有朱家下人带去招呼，朱太太走出数步，不见自己女儿跟上，就对绿丫笑着道:“你这个妹妹，真是越大越不懂事，接了人，怎么不晓得往里面去？”

平日若朱太太这样说，朱小姐等绿丫走了，总免不了要撒娇，有时脸上也会带出来，今日朱太太这样说，朱小姐只微微一愣，就对自己的娘道：“不过是想着，要再有人来，还能顺便接了。”

朱太太拍女儿一下：“懒丫头，有你这样说话的吗？”

繁星丛书

青山在

秋李子　著

中

清华大学出版社
北京

内 容 简 介

被卖身为奴的绿丫，有父不如无父的秀儿，出身富贵却陷入绝境的榛子，三个原本不会有交集的少女由于命运的捉弄在屈家后院相遇，是随波逐流以博取眼前利益？还是不忘本心，护住那一点微小的希望之火？当命运再一次改变，各分西东的三人如何走上她们的人生道路，当再重逢的时候，是否还能坦然面对对方？本书讲述了三个少女的曲折故事。

图书在版编目（CIP）数据

青山在 / 秋李子著 .— 北京：清华大学出版社，2018
（繁星丛书）
ISBN 978-7-302-49382-2

Ⅰ.①青…　Ⅱ.①秋…　Ⅲ.①长篇小说－中国－当代　Ⅳ.①I247.5

中国版本图书馆 CIP 数据核字（2018）第 014917 号

责任编辑：刘士平
封面设计：王　烁
责任校对：李　梅
责任印制：杨　艳

出版发行：清华大学出版社
网　　址：http://www.tup.com.cn, http://www.wqbook.com
地　　址：北京清华大学学研大厦 A 座　　**邮　　编：**100084
社 总 机：010-62770175　　**邮　　购：**010-62786544
投稿与读者服务：010-62776969, c-service@tup.tsinghua.edu.cn
质量反馈：010-62772015, zhiliang@tup.tsinghua.edu.cn
印 装 者：三河市春园印刷有限公司
经　　销：全国新华书店
开　　本：150mm × 240mm　　**印　张：**51　　**字　　数：**851 千字
版　　次：2018 年 10 月第 1 版　　**印　　次：**2018 年 10 月第 1 次印刷
定　　价：99.00 元（全三册）

产品编号：075494-01

目　录

中　册

第 16 章　应酬　275

第 17 章　报复　304

第 18 章　利用　333

第 19 章　成长　362

第 20 章　寻觅　390

第 21 章　姻缘　419

第 22 章　生计　434

第 23 章　风波　449

第 24 章　翠儿　457

第 25 章　盘算　479

第 26 章　谋划　494

第 26 章　不公　516

第 28 章　争产　538

第 16 章　应　酬

朱小姐对自己的娘一笑，也就往里面去，此时来的客人并不很多，绿丫已经瞧见刘太太了，忙上前和她行礼打招呼，刘太太扶住她的肩细细瞧了才道："本就是个美人，平日就是不肯打扮，瞧瞧这会儿装扮起来，和平日全不一样呢。"

"刘太太，这个美人是你侄女吗？怎么原先没见过？"见刘太太和绿丫说话，有人就上前笑问，刘太太拉了绿丫的手一一介绍，不外就是姓张姓李，平日互有来往做买卖的人。绿丫此时脸上的笑更加得体，和她们一一打了招呼。

听得绿丫是廖家的掌柜娘子，这几位太太哦了一声也就各自了然，坐下后各自又说了几句闲话，有两个年轻些的，还和绿丫坐在一块，说些刺绣针黹管家的事。

绿丫记住榛子的叮嘱，笑得多，说话少，偶尔接上几句话，倒也热热闹闹，堂上的人越来越多，新朋旧友，彼此打着招呼。绿丫算是生面孔，自然有人问，绿丫也和人见了，倒也不受冷落。

妇人们聚在一起，说的那些闲话除了衣服首饰，就是婚丧嫁娶。绿丫侧耳听了，记下几个彼此联姻的人家，再把各人的面貌都记下，免得再有第二回，没有说话的由头。

朱小姐迎着个人进来："林嫂嫂，你可好久都没来我家了。"正和绿丫说话的人瞧见来人，笑着对绿丫道："那是柳家三奶奶，你们年纪差不多，想来一定有话说。"

柳家三奶奶？绿丫想了想，顿时想起那年初一在报国寺遇到的人，听到的话，不由沉吟一下，问柳三奶奶娘家可是姓某，说话那人已经笑了："原来你也听过的，说起来，这柳三奶奶运气是真的好，当初和前头那家退了亲，本以为还要冷上一两年，才能另嫁，谁知退亲后不到一个月，就和柳家定了亲，说起来，柳家的生意，做得不过比你东家稍微小了点罢了。”

语气十分艳羡，但还是压低了嗓子说的，毕竟退亲这种事，还是有些不大体面，绿丫听出里面的区别，只淡淡一笑。另一人已经道：“说起来，原先那家，和张奶奶你也是一个姓的，那小哥我还见过，长得十分好，现在也不晓得流落何方去了。”

“能不落在下乘已经很不错了，只怕这样日子，也过不上。”方才说话那个叹气道。绿丫忍不住微微一笑，被说那人的媳妇，就坐在你们面前，不过绿丫也没说破，刘太太正好听见这话，张口想说两句，见绿丫不动，也就把话咽下。

柳三奶奶已经往这边走来：“李奶奶，怎么不见你往我家去？”那被点到的立即站起身，赔笑道：“也没什么事，哪敢去扰了柳奶奶你的清静呢？”

“什么扰了我的清静，我成日家也闲着没事，你不晓得，我婆婆说，要常出来走动走动才好。”柳三奶奶和人说着话，眼已经瞧向绿丫，绿丫对她点头一笑，柳三奶奶回个笑容，刘太太已经开口问林太太今儿为什么不来。

柳三奶奶答了，这才开口问绿丫是哪位。

“这是刘太太的侄儿媳妇，瞧瞧这长相，要早知道有这么一个美人，只怕那家里的门槛早被人踏破了。现在这小哥还在廖家做掌柜，真是年少有为。”李奶奶快人快语，已经在旁边为绿丫解释。

姓张？柳三奶奶的神色微微一动，接着就对刘太太笑道：“没记错的话，刘太太您娘家，可是姓吴。这位只怕是您姨侄儿媳妇吧。”

“是一个老友的侄儿，他生前和我家老爷关系极好，现在有了出息，我家老爷也十分欢喜。”刘太太答得响亮，柳三奶奶此时神色已经无比变化，是惊是喜是怒还是有些别的，柳三奶奶自己也说不清楚。

绿丫细细瞧了柳三奶奶脸上的神色，才对柳三奶奶淡淡一笑：“说起来，还要多亏刘叔叔照应呢，不然的话，失了长辈的孤儿，往往落于下乘。”这话已经说得十分明白了，柳三奶奶努力想笑一笑，但笑不出来。

很快有几个人就把这前后事情串连起来，明白了来龙去脉，看向柳三奶奶和绿丫的眼，就有了些不同。按理，朱家平日和柳家更为亲厚，这朱太太办寿酒，不该把张家的人也请来，毕竟张谆现在不过是个掌柜，顶天了就是得廖老爷的照护，还要看能照护多久。

可也有人做别样想法，多个朋友多条路，朱家若能搭上廖家那边的关系，柳家这边也不会翻脸，那才叫左右逢源呢。还有人想到廖老爷没有孩子，只有一个外甥女，听说视为亲生，年纪和朱小姐差不多大，若能通过这边，朱小姐和廖老爷的外甥女认得了，那才更叫好呢。

各人这么一想，这场面顿时冷落了些，还是柳三奶奶深吸了一口气，努力让面上露出笑容：“认得刘老爷这么多年了，这会儿才晓得他是个古道热肠的人。”

“虽说我们照应得不多，可也比那些转眼就翻脸的人好一些。”刘太太顺口就来，只差直接说出当年翻脸不认人的是哪些人，当然不止柳三奶奶，有几个人的脸色也变了，当年她们的男人，也是那几个翻脸不认人的人。

“不管怎么说，都过去了，毕竟谁也不晓得，人要走到哪一步呢。”绿丫又是淡淡一笑，把那话头转过来，这话立即让有几个人的脸色变过来，毕竟再怎么翻脸不认人，当年她们的男人，不过是对张谆不闻不问罢了，比不得柳三奶奶的爹，直接就撕毁婚约，连张家当日送去的聘礼都没还回来，虽然不多，也有四五百两呢。

拿了那笔银子，不管怎么说，也能过个两三年，不至衣食无着。柳三奶奶垂下眼，很想为自己辩解几句，当初自己不过是闺中弱女，什么事都是自己爹做主的，但此时开口分辩，摆明了心虚，只淡淡地道：“是啊，好的坏的，人这辈子，都要受着。”

说完柳三奶奶就觉得腿上有些没力气，但又不能在绿丫面前示弱，依旧站得笔直。

“柳三奶奶这话说得不错，做人留一线，日后才好相见。”绿丫赞同点头，这话让柳三奶奶更觉得自己脸上挨了一巴掌，有心想告辞，不过是证明了自己心虚罢了，依旧站在那对绿丫微微一笑：“这话，但愿张奶奶会记得。”

“自然会记得。”绿丫立即跟上，朱太太母女已经迎着别的客人进来，进来就见她们站成对峙之势。朱太太见得多了，不过想瞧热闹罢了，横竖这件事，早晚会被揭破，朱小姐平日和柳三奶奶相处得好，不由想上前为她解围。

朱太太拉女儿一把，朱小姐的嘴微微噘起，新来的那个客人瞧见这样，晓得定是出了什么事，心里奇怪朱太太这个主人为何全不着急，瞧了朱太太一眼见她们并不说话，心里更加奇怪，却不好开口问，只在静待。

还是绿丫瞧见朱太太，忙开口道：“我们在这说话，倒还忘了和朱婶子拜寿呢。”这话算是解了围，柳三奶奶心里是又羞又气，这话本该自己开口说，才算自己大度，现在让这人说了，倒显得自己小家子气了。

朱太太哈哈一笑：“不过借了这个由头，让大家过来聚聚，喝口酒看下戏，哪要你们拜寿，还不折了我的福。”刘太太咦了一声：“怎的，原来你是想收礼？既想收礼，那就坐上去，等我们大家团团拜了寿，你再喝了我们敬的寿酒，这才可以收礼。”

朱太太又笑了，既然刘太太起哄，自然有人上前扶了朱太太坐上去，各人排好，给朱太太拜下去，口称寿比南山。朱太太忙起身还礼，又喝了众人共敬的一杯酒，也就入席。

今儿不光是有酒，还有戏，朱太太点了一出，又传下去请人各自点一出。柳三奶奶在那细细算着，从刘太太那边传过来后，直接到了绿丫手上，柳三奶奶的眉不由皱起，朱家这是要故意和自己打擂台？既下了帖子，又做这样动作，难道以为柳家就这么好欺负吗？这样一想，柳三奶奶眼里不由升上一片阴郁，手里的银筷都快捏不稳了。

管家娘子已经拿着戏单子过来，对柳三奶奶道：“柳三奶奶，请您点一出。”柳三奶奶接过戏单子，只觉索然无味，朱小姐已经笑道：“柳嫂嫂，你不是最爱听孙尚书家班的戏？这回请的就是这个班子，听说他们家最好的就是南曲，你快点一出，你是听过好戏的，和我们不一样。”

柳三奶奶还是刚嫁过来那一年，跟着婆婆去孙尚书府上拜寿，听了那么一回，已经讲了好几回，说孙家班衣服头面如何鲜亮，唱得怎样好，和外面这些班子全不一样。此时听朱小姐这样说，倒觉得自己脸上被人打了一下一样，往戏单上瞧了瞧，这才勉强笑着道：“就点这出吧。”

《南柯梦》？朱小姐再是天真，那眉头也忍不住锁起，从来寿宴上点戏，没见点过这出的。但客人如此，朱小姐也不能逆了客人的意，让人在戏单子上点了，也就传到后面，让角们周知。

朱太太瞧了点的戏，唇角不由微微一弯，绿丫点《满床笏》，这是讨寿的点法，算是中规中矩，但柳三奶奶点《南柯梦》来打擂台，未免有些太沉不住气了。柳家三个儿子，听说柳老爷最疼柳三爷，也想把产业传给柳三爷，可瞧柳三奶奶这样，只怕也是守不住产业的人，至于柳家大爷二爷，那就更不用提起，文不成武不就，生意也不好好做去，倒是烟花场上得勤儿。柳家瞧着现在这样热闹，再过几年，等柳老爷一闭眼，只怕就麻烦了。

朱太太心里盘算着，面上什么也没显出来，见戏已经开场，也就和旁边人评点着，这角扮得怎样，唱得果然不错，不愧是京城叫得上的戏班子。

绿丫坐在那里，和旁边的人不时也评点几句，虽然没听过什么戏，但有些故事绿丫也是听张谆讲过，说出那些戏文上的故事，也不算没见识。旁边的人也有些好奇张谆怎样当上廖家掌柜，偶尔也打听几句，绿丫只轻描淡写拉过去了。

朱太太虽在和人说话，可还是瞧着绿丫的动作，见她十分自然，不由在心里点头，乍然富贵之人，又到这样的富贵地，能不急不躁，不卑不亢，十分难得，果然廖老爷瞧人，比自己丈夫瞧人要厉害得多。

朱太太在那盘算，抬头见自己女儿脸上笑容，不由微微一叹，要紧的是给自己女儿快些找到一个好人嫁了，不然的话，真是愁到没法子。

此后酒席上再没出什么岔子，将到落日时候，众人点的戏也差不多唱完，酒席也该散了，众人又合席敬了朱太太一杯寿酒，也就各自告辞离去。

绿丫和刘太太边说话边往外走，刘太太拍着绿丫的手，叮嘱绿丫以后可千万要经常往自己家来，绿丫答应了，还有几个人也邀约绿丫得空到自己家坐坐，绿丫一一应了，已到二门口，各人的轿子马车也要过来，不免要站在那等一等。

绿丫已经瞧见柳三奶奶站在那了，柳三奶奶没有暴怒后中途退席，倒让众人暗自赞叹，要做掌家的人，就要有这点气度，随便一件事就七情上脸，是要不得的。

柳三奶奶见绿丫和别人说得热闹，也对绿丫淡淡一点头，她的轿子先来，丫鬟也跟着轿子来，手里还拿着一件薄纱斗篷，要伺候柳三奶奶披上："奶奶，这两日风有些大了，爷吩咐奴婢要叮嘱奶奶披上斗篷。"

旁边的人未免要夸赞一下柳三爷和柳三奶奶十分恩爱，柳三奶奶含笑应了，绿丫抬头正好和丫鬟打个对眼，一下就认出柳三奶奶的丫鬟是小迎儿，小迎儿本在笑着，觉得这位奶奶有几分熟悉，手里系着带子，就往绿丫脸上仔细看去，这一瞧，眼珠子差点瞪出来了，那不是在报国寺遇到的张谆的媳妇吗？当日是这样光景，今日又是这样打扮，虽然衣饰没有自己主母这样昂贵，但那身的气派和原来不一样了。

难道她熬不过苦日子，攀上了别的有钱人，也做了什么两头大？小迎儿忍不住咬一下唇，她倒是运气好，竟然能被人看上，自己反而还要做一个伺候人的。

小迎儿那根带子系了半天都没系好，柳三奶奶不由丢了给小迎儿几个眼刀，谁知小迎儿还是没反应，柳三奶奶不由轻咳一声，小迎儿这才回神过来，忙给柳三奶奶把带子系好，又给她整理好斗篷，护着她进了轿子，还是忍不住羡慕地往绿丫那边瞧去，连柳三奶奶狠狠剜了自己一眼都没瞧见。

绿丫只瞥了小迎儿一眼就没瞧她，这样的人，不值得自己在意。小柳条已经跟了轿子进来，绿丫和剩下的人一一告辞，这才进了轿子，送走了刘太太，客人们走得也就差不多了。朱太太用手扶一下头，年纪大了，再熬不得了。

朱小姐已经上前挽住自己娘的胳膊，撒娇地说："娘，你请张家的人就罢了，为何还不为柳嫂嫂解围？"朱太太捏一下女儿的下巴："你啊，还是这样娇憨，这件事，要瞧出人品来。这人，不管苦日子好日子，都有人能过，可要苦日子好日子都过过，心性要都一样，这样的人就难得。"

朱小姐听得一知半解，接着就笑了："我不是有娘您帮我把关？然后娘您再好好地帮我养孩子，教出个好的，那我一辈子都不用操心了。"朱太太见女儿这样，忍不住摇头："你啊，也怪我把你宠坏了，你要是有个亲哥哥，别说哥哥，就算是个弟弟也好，那边的人，虽有弟兄，却是恨不得我们母女都去死了才好。"

那边的人，朱小姐很少听朱老爷提起，不由噘起嘴："不是都说好了，两头大，彼此永不相见，我们也永不还乡的。"朱太太微微一叹，何谓两头大，不过是骗人的说法，那边要真较真起来，自己也不过是个妾，那边的人有产业倒罢，就怕万一，毕竟这样的事朱太太又不是没见过。看着女儿，朱太太再次叹气，不管怎么说，要为女儿谋划才是真的。

绿丫喝了两杯酒，一路有些昏昏欲睡，等轿子到门，小柳条在那打发轿钱时，绿丫就忍不住打个哈欠，巴不得此时就躺在床上睡去。小柳条打发完了轿夫，忙上前搀绿丫："奶奶，要做碗醒酒汤吗？"

小柳条的厨艺绿丫不敢恭维，绿丫摇头，小柳条就噘起嘴："奶奶，您还是嫌奴婢的手艺。奴婢不就不如您吗？"绿丫闭着眼在那打晃："是啊，切萝卜丝切得可以用来挑柴了，我怎么敢让你下厨。"

小柳条的嘴噘得更高了，上前推开堂屋的门，正准备扶绿丫进卧房休息时张谆已经掀起帘子走出来，小柳条忙叫一声爷，绿丫急忙把眼睁开，瞧着张谆道："你今儿回来的倒早。"

张谆从小柳条手里接过绿丫，吩咐小柳条去烧热水就把绿丫扶进去："我这不是担心你吗？""担心我什么？"绿丫懒懒地坐在梳妆台前，明知道自己该伸手去卸妆的，可就是懒得动，张谆见小柳条把热水端来，也就拿起手巾给绿丫擦了把脸。

脂粉被擦掉，但绿丫的小脸蛋依旧红扑扑的，张谆伸手戳一下绿丫的脸蛋：“这都喝了多少酒？那些人家我是晓得的，都是一双富贵眼，只认罗衣不认人的，我这不是担心你在席上被人为难？”

原来是这样？绿丫稍微坐直一下身子，让张谆替自己把头面卸了，披下一头乌溜溜的头发这才拿着梳子有一下没一下地梳头：“我没有被人为难呢，谆哥哥，难道你不晓得？我其实也很聪明的。”

瞧着绿丫红扑扑的脸，还有亮闪闪的眼，在那娇嗲的，侧着头望着自己，张谆觉得自己有些忍不住了，伸手接过绿丫手里的梳子给她梳头：“嗯，你一向都是很聪明的，秀儿认七个字，你能认六个。”

绿丫的唇微微噘起，腮帮子鼓鼓的，伸手去扯张谆的袖子：“谆哥哥，你再这样说，我生气了啊。”绿丫这一动，张谆越发觉得心头那团热挥之不去，这头发怎么那么结呢，绿丫到底多久没洗头了？

听张谆问出来，绿丫伸出一根手指头：“一天，不，昨儿晚上洗的，还用干手巾揉了半天呢。谆哥哥你梳不开，一定是我头油倒多了，三钱银子一瓶的桂花油呢，我到底倒了多少？”

喝了一点点酒的绿丫怎么可以这样可爱？张谆觉得自己原来一直挡着绿丫不许喝酒不是个好主意，手慢慢往下移，握住绿丫的肩膀：“难怪我觉得你头发好香。”

香啊？绿丫的头抬起瞧着张谆：“那谆哥哥喜欢闻吗？”说着，绿丫已经抓起一把头发往张谆鼻子前面放，这样的动作让张谆再也受不了，他嘴里说着喜欢，眼里已经越来越热，绿丫在那吃吃笑着，张谆已经道:“绿丫不管怎样，我都喜欢。”

绿丫笑得更加欢喜，接着说：“我今儿还见到你原来那个未婚妻子，嗯，她长得没我好，可是比我大方。谆哥哥，你会后悔吗？”张谆没料到绿丫会突然说起这个，把绿丫放开一些，看着她的眼睛：“我不会后悔的，绿丫，如果没有你，我现在不知道在哪里。”

绿丫长长地叹了一声，左右点头看着张谆：“嗯，那我就放心了，谆哥哥，我今儿才晓得，原来我一点也不比她们差。不对不对。”绿丫使劲摇头，“我比她们还要生得好些呢，虽然不是周嫂子说的顶尖的美人，可我仔细瞧了，今儿去赴宴的那些，比我生得好的没几个。”

你本来就生得很好，张谆瞧着绿丫，真想好好地亲亲她，嘴就往绿丫脸上寻去，但绿丫的头动来动去，张谆寻不到她的唇，索性伸出一只手，把绿丫的头按住，就亲上她的小嘴。

绿丫还要继续说，不料张谆亲上去，绿丫有些发愣，眼眨了眨就对张谆说:“谆哥哥，还没到晚上呢。”张谆顺手就把帐子扯下来，帐内顿时变得朦胧，绿丫这才发现自己早已不站在地上，不由哎呀一声：“谆哥哥，你还没吃晚饭呢。”

真多话，张谆的手捂住绿丫的嘴，绿丫觉得有些难以呼吸，挣扎着还想继续说话，张谆已经在那含糊地说：“我不吃晚饭了，想先……”这样的话让人会害羞呢，绿丫觉得是不是酒喝得有点多，为什么感觉连脚趾头都热乎乎的，有什么很热的东西一直在流淌。

接下来就再听不到说话声，小柳条打了个长长的哈欠，看着紧闭的屋门，来服侍张奶奶真好，每晚都可以早早睡觉。看了眼隔壁院子的灯，小柳条拿着蜡烛回自己屋里，可以早睡懒起，不晓得多少人羡慕呢。

一夜荒唐，第二天起来时，绿丫都有些难以面对小柳条，好在小柳条面色如常，绿丫这才放心，刚喝了一口粥，大门就被拍响，小柳条急忙上前开门，拍门的是绿丫她们在北城的邻居，见了小柳条就道：“你们奶奶在吗？我是来帮忙报喜的，昨儿啊，刘大嫂生了个闺女。”

这真是个好消息，小柳条都来不及和邻居说声稍待，就匆匆往里面走。绿丫在屋内也听到了，急步出来，和低头走路的小柳条差点撞上，小柳条忙停下脚步，绿丫已经走到大门口急急地问：“王大哥，真的吗？不是说还有一个月吗？”

妇人家生孩子这种事情，王大哥当然也不晓得那么详细，一张脸登时红起来，绿丫也觉得自己不该这么问，急忙道：“不管怎么说，谢谢王大哥你，还请进来喝茶。”

王大哥是晓得张谆不在家，绿丫这一邀算是虚留，双手连连直摆：“不了，我还要赶着去上工，信带到就好。”绿丫忙又对王大哥行礼，关上门就叫小柳条，小柳条哎了一声从屋里出来：“奶奶，是不是要奴婢去叫乘小轿子？”小柳条果然百伶百俐，绿丫对她点一点头，自己就忙进卧房收拾给兰花备的那些东西，不外就是些小衣服和背裹之类，早已做好，只要拿个包袱皮一包就好。

绿丫抱起包袱打算走，想了想又拿荷包装了两个小银锭，好给稳婆和婆子打赏，都收拾好，小柳条也叫了小轿过来，绿丫带了小柳条上轿而去。

人才一进刘家大门口，就听到周嫂的声音：“哎呀，新舅母来了。”绿丫忙和周嫂互相叫了喜，也就和周嫂一起进屋。也没多余的房子，产房就是刘家的卧房，进到里面时，虽已打扫过，还有些许的血腥味，稳婆抱了孩子正站在床边，瞧见绿丫进来，口里就道："外甥女见过舅母。"

这稳婆倒机灵，绿丫手里接过小襁褓，就把一个荷包递给稳婆："辛苦了。"稳婆留在这里，名义上说的是照顾产妇，其实也是想讨娘家人来探望时的谢礼，用手一捏荷包，不是铜钱像是银锭，那脸上登时笑开花："邻居间帮忙，本不该收的，可不收呢就讨不了喜去。"

"你就收着吧，真要不收，你也不会巴巴等到这时候。"周嫂笑眯眯戳穿稳婆的话，稳婆也只笑笑，就把荷包往腰里掖，见婆子端了碗汤进来，急忙上前接了汤，走到床边去喂兰花，嘴里还在笑着道："这汤最好，既下奶又收恶露，这可是我家祖上传下来的，总有百来年了。"

绿丫这才有空瞧瞧新得的外甥女，小家伙闭着眼在睡觉，虽然脸被洗干净了，但胎脂还没褪干净，还瞧不出像谁，倒是一圈胎发是黑的，绿丫啊了一声："怎么她不是小光头？"

稳婆得了厚谢，心里欢喜，笑着道："这孩子刚出来我就说呢，接生了这么多孩子，这刚一出世一头胎发就黑黝黝的少见，这孩子，定是有大福气的。不说别个，就说三十年前我婆婆接生的一个，也是闺女，一头胎发比这孩子还好，那家原本盼男丁，见是闺女还有点不喜，我婆婆说，这样好的胎发，定是有大福气的人，别人家求都求不来，你家倒要把这福气往外推，这家子这才养了，长大了如花似玉，被一个来京里的官看中，娶过去，不到一年就生了个儿子，那家的大娘子早已去世，恰逢太后七十寿辰，那官儿就把这闺女报上去，礼部准了，竟做了诰命呢。现在那官儿放了外任，早把外母一家接去任上，这福气，可不是一般人能求来的。"

稳婆在那像倒水似的讲，周嫂已经捶了稳婆一下："这件事，你都讲了七八回了。"稳婆"啊"了一声就道："正因为稀罕，才这样讲，照我说，今儿这孩子头发也好，以后定能嫁个读书人，做不了官太太的话，少说也是举人娘子。到时刘嫂子你就晓得我这话说得不错了。"

兰花从绿丫手里接过孩子给她喂奶，听稳婆这样说就伸手摸摸女儿的胎发："我啊，也不指望她能做什么举人娘子，只要这辈子丰衣足食，不像我一样颠沛流离就好。"

绿丫蹲在床边瞧着兰花给孩子喂奶，听了这话就点头："一定会的，这孩子，真是越看让人越喜欢。"说着绿丫伸出小手指头小心翼翼地戳了戳孩子的脸，感觉到那样的嫩滑，孩子已经吃饱了，打个哈欠露出一丝笑就继续沉沉睡去。

刚落草的孩子就会笑了，这孩子，真是越看越让人喜欢。等稳婆走了，周嫂把小孩放到兰花旁边让她们母女好好歇息，这才和绿丫来到外面堂屋，小柳条已经端上茶，周嫂接了茶坐下才对绿丫笑着说："你也别担心，坐月子的规矩是这样的，不能见丝风，不然啊，就得月子病，那时才叫遭罪呢。"

绿丫嗯了一声，小柳条已经到厨下相伴婆子做饭，周嫂瞧小柳条一眼才压低嗓子对绿丫说："这丫头虽机灵，但你成亲也要一年了，这要有个喜信，她一个十一二岁的姑娘家，怎么晓得照顾，还是早日寻个有经验的婆子才好。"

绿丫虽做妇人也许久了，但提起这些话，还是一张脸都羞红了，周嫂拍绿丫的手一下："这样的话就羞红了脸，难道晚间你进房去，对了张小哥，你也扭扭捏捏不成？"

绿丫已经握住脸，把身子扭过一边，周嫂还要再打趣几句，就听到老刘的声音："周嫂子来了，啊，绿丫也来了，正好，我买了两条鲜鱼，炖一条，另一条炸了给你们下饭。"

周嫂也没起身："得，两条都炖了做汤好了，不然你口里虽说得大方，心里却在心疼，怎么我们把兰花的鱼汤给抢了。"老刘昨晚一夜没睡，今早才去衙门应了个卯，又请了十天的假，好回来照顾产妇，听了周嫂这话就双手一搓，呵呵一笑："话不能这么说，不过，我还割了二两猪肉，到时炒了也能下饭。"

周嫂乐得拍了下掌："瞧这口不应心的，我们真要爽快答应下来，把那鱼给炸了，你只怕要念一辈子呢。"老刘又呵呵一笑，打了盆水洗洗手，才对周嫂道："周嫂子你夜里说，这产房忌讳多，让我别进去，这会儿我想问问，能进去了吗？"

周嫂子又忍不住笑了："进去吧，这会儿都打扫过了，只是你这个月，就别在这屋里睡。"老刘已经连连点头："知道，我就在这堂屋里打个铺，还好这闺女疼爹，提前一个月就出来了，要是九月里，那时冷起来，堂屋里打铺就不方便了。"

说着老刘就急急进去瞧自己女儿，绿丫听到兰花和老刘说话的声音，不由勾唇一笑，只觉得连天都亮了不少。张谆是吃过午饭才匆匆赶来的，瞧了眼外甥女，和绿丫说了几句话，又匆匆赶回铺子里。

绿丫在刘家住了一夜，瞧见兰花被照顾得很好，心也放下来，这才带了小柳条回家，回到家里收拾一下又去给榛子报信。榛子听到这个消息也很喜欢，笑着说："哎，我这会儿不方便出去，不过绿丫姐姐，你一定要和兰花姐说，等满了月，就抱了孩子给我来瞧瞧。"

绿丫点头，藕荷在旁笑着说："小姐，您横竖要送东西过去的，让个婆子去说这话就是，还要累小张嫂子又跑一趟。"榛子摇头："藕荷，你不懂的。"

藕荷眨眨眼，看向绿丫，绿丫淡淡一笑："嗯，藕荷，我懂这话！"既然绿丫都这样说了，藕荷也只有摇头："小张嫂子也学会打哑谜了，那就真不懂了。"

绿丫和榛子相视一笑，大家都慢慢好起来，这真是一件十分快乐的事。

张谆虽不能像绿丫一样隔三岔五地去瞧外甥女一回，月子里也抽空去了两三回，看见那么软软小小的一个肉团子，会动会笑，真是能让人心里发软。想让绿丫给自己生个孩子的念头就更重了，不过闲来时候听铺子里那些成家了的伙计说的，这新婚头一年，不怀上的人也不少，总要等到两三年后，有些人，一开了怀那就一年一个，真是忙都忙不过来。

算算自己和绿丫成亲都还没一年，至于那件事，就更是七八个月前才成功的，那也不用急。张谆正在柜台后面想呢，一个伙计走过来："掌柜的，有大生意来了。"

自从遇到那回那个骗子，一提到大生意三个字，张谆都要仔细想一想，这回也不例外，抬眼望去，见是一个中年男子扶了个白发老翁进来，两人衣着都很富贵，身后还跟了四五个仆从，那四五个仆从手里还拎着不少东西，瞧着像是哪一家当家的陪老人家来逛逛。

伙计已经上前招呼，张谆也忙起身对那中年男子拱手："还请这里坐，不晓得两位是想看点什么布料？"那中年男子把老翁扶了坐下才对张谆道："我们随便看看。"

说着对那四五个仆从一点头，那四五个仆从就退出店里，在外等候。那老翁咳嗽一声，那中年男子急忙拿出帕子，伙计已把唾盂端过来，那中年男子接过，用帕子把老翁唇边的痰擦拭干净，顺手把帕子丢到唾盂里面，才对老翁道："爹，都和您说了，让您在家里等着，我会做事的，再说煜儿要听说您为他的婚事这样操心，又该不吃饭了。"

中年男子的话里全是埋怨，老翁咳嗽一声才睁开一双眼对中年男子道："胡说，煜儿是我大孙子，我为他的婚事多操心一些，也是平常事，哪容得下你在这里唠叨。"中年男子忙连答几个是字。

张谆瞧一眼那帕子，虽是普通的素布帕子，值不得几个钱，可这男子顺手就丢，这做派，的确有些不一样。伙计已经端上两个小点心，笑着道："这糖糕老人家最适合吃了，还请尝尝。"

那老翁望一眼，中年男子拿小叉给他叉一块，老翁尝了一口就吐掉："没家里做得好吃。"伙计脸上的笑微微凝住，中年男子已经道："别弄这些虚头了，我们主要要瞧货好，好的话，就在你这买。"伙计应了一声，就拿过一个棍子来，上面绑了不少的衣料条子："本店所有的布料，全在这里了。别的不敢说，光这布料齐全，本店在这条街上也是数一数二的。"

老翁扯了扯，对中年男子道："我瞧那花花绿绿的挺好看，年轻人，就该穿得俏皮些。"中年男子拍一下额头："爹，煜儿不喜欢。"老翁的脸又沉下去："胡说，我说好看他就会喜欢。"

两人争执几句，还是中年男子败下阵来，挑了几种衣料，又问了问价钱，中年男子就起身道："那就这几种料子，各要五匹。"生意谈成，伙计顿时大喜，急忙去搬那些衣料，不一会儿桌上堆了不少衣料，中年男子示意仆从进来拿，又道："还请贵店去个伙计，去把银子拿回来。"

这是常事，但张谆觉得有些不对劲，笑着道："这还有个把月就过年了，这条街上现在换了规矩，银子只能送到店里来。"那中年男子的眉头就皱起："我们又不是没名声的人家，怎么就跟防贼一样？"

伙计已经开口帮腔："要是这店里的老主顾，自然可以把料子送到府上，银子一月一结也没问题，可是尊府这头一回到，又是这么大的一批货，别说小店，就算是旁边那些店，也不敢不见银子就把料子送去的。"

那男子的眉皱得越发紧，袖子一甩就要走，偏生那老翁叫起来："我就喜欢这几匹料子。"男子没法，又回身和他商量，可老翁只许要这几匹料子，男子想了想就道："既如此，我就把父亲放在店里等候，让你们伙计跟我去家里取银子。"

这也是个法子，但张谆还是觉得不对，依这男子对这老翁的体贴，怎么也不会做出这种事，想了想张谆还是点头，中年男子的唇角不由微微一翘，这一动作并没被张谆放过，往老翁面上一瞧，就对中年男子道："想来您像令堂，和令尊不大像呢。"中年男子没想到张谆会突然飞来这么一句，啊了一声才道："掌柜的眼力好，我的确更像已逝的家母。"

说着中年男子对外面等着的仆从使了个眼色，让仆从们进来搬衣料。见仆从们把衣料都搬在手上，那中年男子又对老翁说几句耐心等候的话，这才要和仆从一起离开。

张谆已经拦住他："令尊年纪大了，放他一个人在我们店里，想来您也不会放心，何不让尊介留下，照顾令尊？"按说这话不该张谆开口，中年男子就该想到，但他听了张谆这话，眉头却皱得更紧："这些料子，这么多人抬才足够，若不然，就……"

"原来足下只关心料子不关心令尊，这倒奇怪了！"听了张谆这话，中年男子的脸色突变，骂道："你这说的什么话，你的意思是，我是骗子？"口里虽嚷着，中年男子身子却往外面退去，时刻想跑的样子。

张谆既起了疑心，当然不会让他跑出去，身子已经挡住了他的去路："那你说呢？你怎么不把仆人留下两个照顾令尊？"中年男子见自己跑不出去，总不会阴沟里翻船，心里大急，那几个仆从本是他的同伙，见他将要被识破，索性抱了衣料就要往外冲。这下简直是不打自招，伙计们见那些仆从要往外冲，急忙喊道："抓贼！"

这条街十分繁华，又见伙计追着那几个人出来，周围铺子的人也忙出来帮忙，那几个仆从只有一个见势不好，把手上衣料扔掉，直接钻进小巷子的没被抓到，剩下的舍不得手里的衣料，尚未跑到街口就被抓住。

那中年男子也想跑，但手已经被张谆牢牢握住，等见到同伙们都被抓回来时，心里骂了几百句的不机灵，那老翁还不晓得发生了什么事，在那呆呆瞧着，冷不防一个伙计已经一巴掌打上去："这么大年纪了，做点什么不好，偏偏要做这种事，打不死你。"

老翁被打了一巴掌，下意识地护住头，叫中年男子道："儿，你怎么不过来帮我？"那中年男子被抓住，垂头丧气地，也不去理那老翁，张谆觉得不对，问了一句："你是怎么和你儿子见到的？"

那老翁虽年纪老，并不是十分糊涂，啊了一声才道："我本在通州城门处要饭，半年前我儿子寻来，说寻了我二十多年，没想到我在这要饭，又说现在他发了财，要接我回去奉养。我从没成过家，哪里有儿子呢，情知他认错了人，索性就错，也不去改，就跟了他回家，还见了儿媳妇和孙子，住了半年，他说孙子要成亲，让我来京城替他采买东西呢。"

原来也是被骗的，张谆心思缜密，想到那家里还有儿媳妇和孙子，就对老翁道："那你只要带人去把你儿媳妇和孙子都找来，我就让你不用坐牢，可好？"

那老翁连连点头，那中年男子听到张谆这话，怒道："毛都没长齐的黄口小儿，难道不晓得得罪了我，你这辈子不得安宁吗？"张谆只是瞧着他，淡淡地道："既然你都不怕得罪我，那我又怕什么得罪你？"

说话时候衙门里的人已经到了，张谆让伙计关了店面，一边遣人去给廖老爷报信，一边上衙门里说清整件事情。

“没想到这小张哥，运气这么好，这次的人，可比不得上次，不说小张哥，就说小的，只怕也难识破。”王大叔听了伙计报的信，对廖老爷赞道。

“一回还能说是运气，第二回的话，只能说他心思缜密，不管怎么说，这回明显是小张机灵，这到了年下，骗子也要过年，你去和各掌柜说一声，都警醒些，别一听到大生意就昏了头。”王大叔应了，廖老爷又叫来赵管家，让他去衙门里处理这件事，最后又道，“这群骗子，难免被端了老窝，迁怒于小张，往衙门里多送点钱，让他们不时去我们铺子那里转转。实在不行的话，就往小张家安一个体力好些的婆子。”

赵管家应了，自去衙门里处理，廖老爷这才对来报信的伙计道：“这一趟，辛苦你了，去账房支十两银子，说是我赏你的，再另外让账房支三十两，散给伙计们。”伙计没料到来报个信，就能得到这样厚赏，忙跪地磕头谢赏，欢欢喜喜走了。

廖老爷又让人写了谢帖，去给那些铺子后面的东家们道谢，又从酒楼里定了几桌酒席，挨个往那些铺子里面送，谢他们出来替自己抓人。忙碌完了，天都已经黑了，赵管家也从衙门里回来，说衙门里一用刑，那些人就招了，抓了这么个团伙，衙门里也很高兴，已经连夜带着那个老翁前往通州去抓剩下那几个人了。

廖老爷听完点头，赵管家又道：“老爷您的眼力一向不错，小张哥，的确是个好苗子。”廖老爷淡淡一笑，让赵管家回去，又到年下了，这时光过的，未免有些太快了，只是敏儿的婚事，还不晓得怎样呢。

前面乱成这样，绿丫现在是住在铺子后面的，立即就晓得了这件事，魏娘子坐不住，跑过来找绿丫，和绿丫说也不晓得有没有人被伤了，还有这些骗子，既然这样大胆到京城来行骗，定然是亡命之徒，万一有漏网的，不晓得会不会报复？

绿丫也是提心吊胆，勉强安慰魏娘子，小柳条也不敢像平日样说话，只和魏家的丫鬟站在那里，等后面的消息。听说骗子都抓住了，送到衙门去了，魏娘子口中念几声阿弥陀佛，对绿丫道：“小张嫂子，你也别笑话我，这做生意虽说赚的银子不少，可风险也大，哪有在乡下置几亩田地，每年只等着收租子来得轻巧。”

“乡下收租子，万一遇到年成不好，那也不好。”绿丫在乡下长到十岁，这些事还是晓得的。

魏娘子手一拍:“说的是，你魏哥就是这么说，还吓唬我，说遇到年成不好，那卖儿卖女的多了去了，再说现在的积蓄，也就够买二十来亩地，是够吃的还是够穿的？还说我这些年都没下过厨房了，大姑娘更是娇，连衣衫都没洗过，回一趟乡下老家还嫌炕烧得不够热，怎么去乡下过日子？”

卖儿卖女，这四个字又触动了绿丫的心肠，绿丫觉得眼角又有点泪，魏娘子和绿丫识得这么些日子，况且廖家的下人们也不是个个嘴紧，绿丫的事也晓得七八分，见绿丫这样，就握了她的手道：“不过是我嘴快，说出来了，小张嫂子你别放在心上。只是有句话，我一直不敢问你，难道你和你娘家人，就一辈子不来往了？”

这话登时就让绿丫眼里的泪出来，娘家人？魏娘子说起来理直气壮，因为她有娘家人可以来往，但自己，绿丫摇头：“若是他们有心，稍微一好转，就会来寻我的，若是没心，那寻到了，不过徒添烦恼。”

魏娘子点头：“说的也是，有些不好的娘家人，还真不如没有，虽说女儿出嫁了就是泼出去的水，可做到的又有几个？”

这话说的是，绿丫把眼角的泪擦掉：“我只能做到不怨他们了。”如果有一日，能和自己爹妈见面，不过就是平常相待。

见绿丫这样，魏娘子又说些别的闲话，过了些时魏家那边的婆子过来，说魏账房已经回来了，但张谆还在衙门里呢，只怕到晚才回来。魏娘子站起身笑着道：“走，小张嫂子，过去我家吃晚饭去。”

绿丫也有心想去和魏账房打听一下，只是不好开口，听了魏娘子这话，口里说着怎么好意思，人却已经站起来。魏娘子笑眯眯地把绿丫的手拉住:“我们是什么，本就一家人，你和我客气什么？你要担心小张哥，我让人给他送一份晚饭过来就是，这不过多双筷子的事。”

两家本就紧隔壁，说着话，魏娘子已和绿丫进了门，见绿丫来了，魏账房和绿丫见了礼，就带着儿子到厢房去吃，把堂屋留给魏娘子和绿丫她们。魏家两姑娘都和绿丫熟了，双双上前叫一声张婶子，也就乖乖坐在旁边吃饭。

这样人家，自然也没有食不言寝不语的规矩，况且绿丫也是有心想过来打听下具体的事。魏娘子让大姑娘去给魏账房暖一壶酒，好趁便打听，大姑娘答应着去了。

小姑娘还在那嚷着要吃碗炖蛋羹，魏娘子让全灶去做了，又让一让绿丫，让她赶紧夹菜吃。大姑娘已经走进来，对绿丫笑着说：“小张婶子，我爹爹说，今儿幸亏是张叔察觉出不对，还说衙门里要押着那个老头去通州抓剩下的人呢，这是年下，衙门里撞到这么个大功劳，都很欢喜呢，个个摩拳擦掌，要把剩下的人全都抓了，好做个天大功劳。”

魏娘子把女儿拉了坐下，拍她手一下：“你还晓得摩拳擦掌了，跟谁学的？”大姑娘眨一眨眼就对魏娘子道：“当然是和大哥学的。娘，你虽不许我去外面读书，可大哥回来也教我几个字的，别的不说，我都会看账了。”

魏娘子忍不住地笑：“原本她五岁时候，我和她爹商量，就送到你大侄儿读书的那个学堂，一年交上四五两银子，他们兄妹也好做伴，等过了十岁，就回来学习针凿，免得做个睁眼的瞎子。谁知她爹回家过年时说漏了嘴，她祖父听了大怒，说女儿家又不能去考状元，花银子上学堂做什么，有多余的银子，不晓得拿回来孝敬他们二老？这才没让她去学堂。她倒想去呢。”

大姑娘的嘴已经噘起：“祖父祖母成日只晓得叫我们拿银子回去，可是等我们回去过年，祖母连炕都不舍得烧热，还让三妹四妹睡炕头，我只能睡炕梢。娘，我们今年不回去过年，去姥姥家可好？”

“我不过白抱怨抱怨，你就这么多话，哪有嫁出去的人大年三十还回娘家的？好歹也要过了初五，才好带你回姥姥家。”大姑娘的嘴噘得更高，全灶已经端了碗蛋羹进来，魏娘子接了放在桌上，先拿勺给大姑娘挖了一大勺，“好好吃你的饭去。”

小姑娘眼巴巴在旁边等着，见蛋羹来了娘不先舀给自己，啊啊地叫起来。魏娘子拿过小姑娘的碗，也往上面舀了一大勺蛋羹，拌匀了往小姑娘手里塞了把勺：“自己吃，过了年都五岁了，还不会好好说话，只是啊啊地叫。”

小姑娘接过碗，拿起勺就往里面大大地舀了一勺，往嘴里塞去，听到娘这样说就抬头笑了：“娘，好吃。”魏娘子已经拿手巾把小姑娘腮上的饭粒给擦干净：“吃饭，不许说话，小心噎着。”

小姑娘继续低头努力吃饭，魏娘子已经对绿丫道：“我啊，成日拌这几个孩子的事都头疼，这几个孩子还算是乖的，要是那种调皮的，那才把嗓子都喊哑了。”在魏家这么热热闹闹地一说话，绿丫把心中对张谆的担心也去了些，顺着魏娘子的话又说了会儿，也就告辞回家，虽然绿丫再三推辞，魏娘子还是往小柳条手上塞了一份晚饭，让带回去给张谆。

绿丫和小柳条推门进了院子，见屋里灯都还没亮，方才也留神细听，并没听到有人开门的声音，不由对小柳条道：“你瞧，都这会儿了，月亮都上来了，还没回来呢。”

小柳条安慰绿丫：“奶奶，这也没什么，老爷有事时候，常常成夜不回家。”

男人在外奔波，难免如此，绿丫接过食盒，让小柳条自己去睡，就推开门进了屋，拿过一个蒸笼把那份晚饭放在炉子上热着，自己往手炉脚炉里多加了些炭，又把一床小被子搭在膝上，等着丈夫归家呢。

打更的都打过了三更，绿丫迷迷瞪瞪都快睡着，才听到有人敲门，绿丫猛地惊醒，还当自己是在床上，想掀开被子发现肩上有些冷，才知道自己坐在椅上，又听到门口传来张谆的声音，也顾不得披上衣服，就端了灯出去外面开门。

夜里已经很冷，张谆穿的又不多，绿丫开门时见他冻得哆哆嗦嗦，让他赶紧进来，又把门关好，这才返身进屋。张谆已经坐在绿丫刚才坐的那张椅子上，把脚搁在脚炉上，手放到炉子上烤："好冷，这几日白日有太阳还不觉得，怎么这夜里这样冷，我都是一路跑回来的。"

"外面都下霜了，再过几日只怕就要下雪了，能不冷吗？"绿丫心疼丈夫，把手炉塞到他手里，又给他把小被子披在肩上，端来那份晚饭："你在外面想也吃过了，这会儿再吃点。"

张谆接过筷子，往桌上一瞧就笑了："这不像是你的手艺。"

"嗯，这是魏家那个灶上的手艺，也不晓得她和谁学的，别的罢了，这做红烧肉总不到味，你凑合吃呗。"绿丫说着话，张谆已把那碗红烧肉倒了一半，接着把米饭倒在剩下的红烧肉里，再把那盘煎豆腐夹了两块，拌了拌就低头猛吃，哪用几句话的工夫，就把那碗红烧肉拌饭吃完，接着才把筷子放下："好吃，绿丫，明儿你也做红烧肉吧，要不做炖肘子。"

绿丫给丈夫倒了杯茶荡荡油腻，白他一眼："这就点起菜来了，明儿你只怕不得空，出了这么件事，总要去和东家回个话。"张谆吃饱了，就开始发困，嗯了一声拍拍绿丫的手："我晓得你在为我担心呢。"

绿丫靠在丈夫膝上，闷闷地嗯了一声，张谆接着低头把妻子的脸抬起来："绿丫，你放心，我有分寸的。"绿丫看着他，接着笑了："我们是夫妻，祸福与共、共同进退的夫妻。"张谆捏着妻子的手，绿丫手心的老茧已经开始软了些，或者在不久之后，那些老茧会越来越软，最终消失，但绿丫对自己不会变的。

次日张谆去廖老爷那里说明了事情全部缘由，廖老爷又赏了他一百两银子，并让他带了个做粗活的婆子回来，说家里人多一些，也要好些。

张谆谢过廖老爷，把人带回去和绿丫说了，绿丫也就安顿这个辛婆子不提。

离年下越来越近，铺子里的生意越来越好，每日张谆都忙得脚不沾地。这日正在忙碌，就有人进来也不瞧货，只问张谆在否，张谆本以为是原来那个铺子的老客人，抬头一瞧却不认识，忙打一拱问此人是谁。

此人已经从袖袋中取出一封信："在下姓吴，和张掌柜你本是乡邻。"张谆早已听出此人官话里的乡音，忙请此人坐下："也不知足下这封信，是为谁带的？"

吴大哥把信往张谆这边推一下："我也是做生意的，上个月回乡一趟，遇到你族内的叔祖，这封信是他托我带来的。还说千万要有回音。"

提起张家族内，张谆就有些踌躇，吴大哥是常年行走的人，哪会瞧不出张谆的神色，拱手道："贵族内的事，当年我也曾听过，不过时过境迁，很多事也有变化，这封信先放在这，明日我来讨回音。"说完吴大哥就告辞，张谆把他送出去，本想拆开信瞧瞧，又有客人进来，也就把信往袖子里一塞，直到下工都忘了这事。

还是回到家中，绿丫给张谆抖掉衣服上雪花时候才看到这封信，不由奇了："这是谁给你写信，写也就罢了，你怎么顺手插在这里，也不拆开？"

张谆这才想起这件事，从绿丫手中接过信："这是族内的叔祖写来的，我本想瞧瞧，倒忘了。"绿丫给他倒茶："既是老人家写来的，就看看吧。"

张谆鼻子里哼了一声，年高有德的才能叫老人家，而不是这样贪婪的人叫老人家。绿丫端茶给他，见他这样就轻拍他肩一下。张谆这才拆开信，开头两行也还平常，说已知道张谆叔父去世的消息，只是族内众人，大都贫穷，没有银子上京来收拾张谆回乡。上回张三哥回来，带回张谆消息，晓得张谆不但娶了妻，还有了事做，甚好。

过去的事一字不提，这位叔祖果然一如既往地厚脸皮，落后话锋一转，说张三哥的父亲在外做生意多年，手里也有了些银子，想要修缮祠堂，顺便修下族谱，这是张家合族的大事，也不能让张三哥的父亲一人出银子，既然他已认了一半，剩下一半族内各人拼凑起来罢。张谆也是张家儿孙，又已娶妻，此次修族谱就该名列其上，问张谆可能拿出几两银子来。

"果然和原来一样，除了银子，他还认得什么？"张谆瞧完这封信就冷笑着道。绿丫拿过信细细读了，这才对张谆道："若是论了你们族内那些人的行径，一辈子都不该理，可是一来叔叔的灵柩还在此处，终究是要葬回去的，二来公公婆婆也是葬在祖坟内，为了他们，也不能不理。"

这些道理，张谆怎不晓得？用手摸一下额头："就是这样，叔祖只怕也明白这个道理，才敢这样写信来和我要银子，你说，助他们几两呢？"

绿丫想了想："一两太少，十两太多。"那就不超出这个数，张谆点一点头，取出纸笔开始写信，提到娶妻时，转身问绿丫："说来，我还不晓得你姓什么呢？"

绿丫本要笑，接着那泪就从眼里滚落，张谆忙丢下笔拉住绿丫安慰："是我说错话了，你既嫁了我，就该姓张才是。"接着张谆就摇头，"这也不对，同姓不能为婚。"

绿丫把眼里的泪擦掉，才勉强对张谆道："当日去衙门里上户籍时，写的是我姓屈，说来，我这样恨屈家，可是到头来，我还是要姓他的姓。"张谆握住妻子的手，轻声说："对不住，是我说错话了，绿丫，我不该这样伤你。"

绿丫眼里的泪再也忍不住，抱住张谆的腰把头放在张谆肩头："谆哥哥，我是没有娘家的人，以后，你不许欺负我。"张谆拍着绿丫的背，感觉到绿丫的泪慢慢止住才把她的头抬起来，用手擦着她脸上的泪："我不会欺负你，绿丫，如果没有你，我也不知会是个什么样子，我怎么会欺负你呢。再说，我们还有兰花姐可以来往。"

绿丫感到心里暖乎乎的，对着张谆点头："是啊，我们还有兰花姐可以来往。"张谆的手往下滑，找到绿丫的手和她的手交握在一起才道："绿丫，兰花姐、你我，还有以后我们的孩子，才是一家人，别的人，都不是。"

绿丫再次点头，张谆把她的手松开些："我现在要在信上说，已认兰花为姐，要张家把她写在我们家的族谱上，还有，我的妻子，是屈氏，是我的原配发妻，和我一起，享子孙后代的香火，入张家的宗祠，永远不会变。"

张谆说一句，绿丫脸上的笑多一分，当张谆说完时候，绿丫把张谆抱紧："谆哥哥，我好开心。"我也一样开心，有自己的家人在身边，张谆一手握住绿丫的手，另一只手提笔写信，娶妻屈氏，有义姐一人，已配刘家。奉上纹银五两，以助修祠。写完，张谆和绿丫相视一笑，把信封好，明日好交给送信的人带回去。

"这，这实在是太，太……"兰花听到张谆写信回去，要趁这次修族谱的机会把自己的名字列入张家族谱，激动得坐立难安，连手里的孩子都快抱不稳了。

绿丫笑着把孩子从兰花手里接过去，笑着说："兰花姐，这是你应得的，你担心什么呢？再说你这样，万一摔到我们玉娃娃，就不好了。"为给孩子起名字，一家人绞尽脑汁，落后还是周嫂说了句，瞧这娃娃，全身雪白的和玉一样，小名就先叫个玉儿，等再大些，再给她起大名。于是全家就叫她玉儿，兰花这才啊了一声，瞧着自己女儿黑白分明得眼，捏一下她的鼻子才道："我这不是激动吗？你不晓得，绿丫，你不晓得，从被我爹娘卖出去那天，我就觉得，自己这辈子，完了。没想到……”

见兰花又要哭，绿丫把玉儿塞到她怀里，玉儿有些饿了，一进到兰花怀里，头就开始往兰花胸口拱，兰花解开怀给她喂奶，可那眼泪还是忍不住。

“兰花姐，你是被卖的，我不也是被卖的？你瞧，你现在多好，又有了娘家，也不知道有没有一日，我也能……”提到爹娘，绿丫的喉咙也哽住，虽在那个家里住了十年，可很多记忆已经模糊，记得最清楚的竟是娘狠心地把自己推到翠儿那里，然后出去外面拿了银子走人。

自己姓什么，已经忘记了，到底别人叫自己的娘是杨三嫂还是吴三嫂，都记不大清楚了，只记得爹每天都皱着眉，和娘说地里的年成好不好，从记事起，就要拼命干活，背弟弟妹妹，去地上捡柴火，去割猪草喂猪，猪喂不好，柴火捡不足够，冬天就不会有柴火烧炕，过年没有猪可以杀，这一年就别想有荤腥可以吃。

记得有一年弟弟调皮，把已晒干的柴火上泼了一堆雪，足足两天没有柴火烧炕，那种冷，冷到深入骨髓，只有把被子和衣服全盖在身上，才能好一些。

看见绿丫走神，兰花把绿丫的手握住：“你这丫头，原来不是老和我说，都过去了吗？怎么这会儿又这样，别的不说，玉儿，绝不会像我们这样。”是的，玉儿，绝不会像我们这样，受那种没法言说的屈辱，不知道廉耻，为了一口好吃的，可以把裤腰带解开，甚至为这些争风吃醋。

或许，玉儿真能嫁一个读书人，绿丫看着玉儿的眼越来越温柔，玉儿，你要好好长大，永远不知忧愁。

回家路上，绿丫和张谆提到玉儿，忍不住说：“谆哥哥，我们要有个孩子就好了。”张谆不料绿丫会这样说，回头瞧一眼跟在身后的小柳条，才压低了嗓子：“嗯，等回去我们多多努力。”绿丫啐张谆一口，张谆已经握住绿丫的手，快步往前走去，又要过年了，这些年，一年比一年好，真好。

热热闹闹过了年，铺子又重新开起来，衙门里的消息也已经传来，通州那边虽然得知了些消息，但只逃走一个领头的，剩下的人全被抓了，包括那个伪装的儿媳妇，赃物也寻得不少，官府照例出了公告，要那些曾被骗过的苦主来寻，若没有人来认领，过些时候，也就一概充公。

这个消息让绿丫安心下来，那个领头的，纵要报复，也是孤掌难鸣。而张谆更加高兴，官府这次破了这么个大案子，向朝廷请功时也把张谆的名字给带上了，虽说商家不好被赏个什么官，可经了这么一遭，同一条街上的人，对自己也是刮目相看。家乡的信也回来，全盘答应了张谆的要求，现在张谆完全踏实下来，一心只想做好生意。

转眼进了二月，春风一吹，柳树开始发芽，桃花打着花苞，有性急的人已经脱掉身上的棉袄，穿上夹的。魏娘子过来寻绿丫说闲话，才进门就说："哎呀，小张嫂子，你不晓得方才我遇到一个人，哎哟哟，这才什么天儿，她不但穿上夹的，那衣衫还特别窄，走过来一阵香风飘过来，也不晓得是什么样人家的女人，我瞧那一路上的男人，眼珠子都快瞪出来了，不知道是不是暗开门的，要真是这样的人，就要和邻舍说了，想办法赶走才是，我们这样清洁的街上，可不能有这样人。"

"只怕是那爱俏的也不一定，有些小媳妇，就爱打扮得娇娇娆娆的。"魏娘子已经拍着手："不管怎么说，这样的人还是少些好，一个色，一个赌，是最不好的事了。"

两人在这说着闲话，那被说的小媳妇已经走进张谆他们的铺子，瞧见这样打扮的女人进来，伙计刚想招呼，一抬头忍不住咽了一口口水，这容貌也就罢了，守着京城这条大街，并不是没有机会看见富贵人家的女人偶尔出来逛逛的，可像这小媳妇一样充满风情的人，还是少见。

伙计的眼忍不住往小媳妇那鼓鼓的胸上瞧，张谆在柜台里瞧见这样，忙上前招呼："这位奶奶，您要看些什么布料？"那小媳妇把眼往张谆脸上一扫才说："我走累了，想借贵店面歇歇脚。"

谁也没料到这小媳妇会这样说，伙计的眼瞪得更大，张谆也愣了，那小媳妇又瞧张谆一眼："怎么，你们店里，只许买东西的人进来，不许瞧东西的人进来？"

张谆忙道："开门做生意，来者都是客，奶奶您这话说笑了。不如您在这喝杯茶，我让人给您讲讲这些布料可好？"小媳妇从袖中扯出一块粉色帕子捂住口笑："果然是掌柜的，这样会做生意，罢了，就给我瞧瞧布料。"

张谆忙让伙计端上茶，又让人给这小媳妇讲些布料，这小媳妇东摸摸西看看，偶尔还会露出雪白脖颈下的一抹白来，伙计觉得自己的鼻血都快出来时，这小媳妇才道："正好我要裁夏衫，把这水红色的料子给我带一匹，还有那匹浅绿的。"

伙计没想到她真买，急忙应了就去拿布料，拿出来小媳妇起身就走："你们跟我去送吧，这么两匹不到十两银子的衣料，我也不会骗你们吧。"伙计忙应了，跟着她出去。

等人走了，魏账房才对张谆说："这是谁家的女人？哎呀，这样的女人，简直就是……”魏账房做了个不好形容的手势，张谆淡淡一笑：“不管谁家的女人，肯买东西就好。”

魏账房对张谆点头：“小张哥，你可真会做生意。”说着话那伙计已经走进来，把手里的银锭往柜台上一放：“掌柜的，这小媳妇就住在后面一条街，离我们不远，我瞧她家里有公公有婆婆，还有个十三四岁的小孩子，听说是她丈夫，你说，会不会是做半开门生意的？”

魏账房和魏娘子不愧为夫妻，魏账房的脸不由一沉：“要真是做这样生意的，就该把她撵走才是，不然我们街上，还不晓得会出多少乱子。”那伙计把脖子一缩：“就算是，只要不是大做，领两三个孤老回来，又怕什么？”魏账房啐他一口：“我瞧你也想去？我可你说，这样半开门的，别说你这一年二三十两银子的伙计，就算那一年赚百来两的，都应付不下来。你要想，就花上两把银子，去那烟花地喝上一杯就是，这样的女人，你啊，连头带尾都不够。”

伙计呵呵一笑：“魏账房，本以为你是个正经人，谁知道对这些事这么熟，是不是？”魏账房见伙计挤眉弄眼，拍他脑门一下不去说话，张谆只笑不说话。

也没出这些人的意料，这家子瞧来，真像是做半开门的，常有年轻俊俏的小哥在她家门前，不过也不多，也就三四个，既然没有勾搭这条街上的人，众人也就先按捺住，静观其变罢了。

这日绿丫准备去榛子那边，刚走出门就瞧见一个俊俏小哥过来，瞧见绿丫，那双眼登时就跟被吸住一样，绿丫是正经人，自然不把他那卖俏身段当一回事，上了轿就走了。那小哥走到那小媳妇家时，还魂不守舍，那小媳妇捏一下他的耳朵：“在想什么呢，来老娘这里，还在想事？”

那小哥忙把小媳妇抱在怀里连咂几下才道：“方才我过来时，见一个俊俏小媳妇上轿去，那小模样生得别提有多俏了，我想着，若能和她睡一晚，真是值了。”

小媳妇的眼微微一闪，接着斜斜地瞥向这小哥：“怎的，在我面前还想着别的女子，瞧我怎么罚你？”说着这小媳妇伸手攀下一根竹枝来，一双妙目在那闪了又闪。这动作让这小哥的心就像几百只蚂蚁在那抓挠一样，痒得都受不住，就着小媳妇的手就把那竹枝拿掉：“小亲亲，小肉肉，我的娘，我的好人，我不过贪新鲜罢了，我的心尖尖，自然还是你。”

小媳妇的眼又眨一下，刚要说话门就被推开，老鸨子端着酒菜进来，把酒菜摆好后就走出去，还不忘带上门。那小哥凑到小媳妇面前，用手去扶她的膝盖："我的小亲亲，真的气恼了？来，先喝一杯酒。"

"这酒是谢媒酒呢还是别的？"小媳妇并没接酒，只是又斜斜地瞥了这小哥一眼，声音懒懒地说。一听就有戏，这小哥忙把小媳妇一提就抱在自己膝盖上坐好，嘴就往小媳妇脸上连连亲去："我的心肝，你说的话可当真？真做了这事，到时天上的月亮我都给你摘下来。"

小媳妇伸手揪揪小哥的脸："当然是真的，我心疼你，怕你没有得了人，到时害起相思病来，可怎么处？"小媳妇的声音软软的，那手揪在小哥脸上，小哥越发涎上去，手往小媳妇衣襟里摸去："我的亲娘，你要什么我都给。"

小媳妇的手轻轻一挡，手就拦在小哥面前，小哥笑了，把一个鼓鼓囊囊的荷包拿出来："这还是今早我才拿出来的十两银子，你拿去做件衣衫穿，等事成了，我给你打金头面去。"

小媳妇把荷包接过来，这才让小哥的手继续在自己衣襟里摸弄，嘴里却还道："我不是为了你的银子，我的哥哥，我这是心疼你。"背后叽里咕噜不晓得说了什么，只听到"当"的一声，那荷包已经掉在桌上。

老鸨子凑在门边听了许久，这才回到厨房，正坐在厨前烧火的龟公瞧见她进来，嘴一呶："你也是，又不是没见过，怎么要凑在门口听？"老鸨子坐下来，眉头皱得很紧："我这不是怕吗？也不晓得这是什么大院子里跑出来的红姑娘，我们这样人家，哪里能和她们争？"

龟公往地上吐口吐沫："呸，你是越活越胆小了，真要寻来，把人还给她们就是，横竖不是我们拐带的，我们还白落得这两个月的好吃好住呢，难道她们还敢来抄家？剩下银子，再给儿子讨个媳妇，接了这生意就是。"

两口子说话时候，已从门外跑进一个十三四岁的少年，见了老鸨子就喊："娘，我饿了，要吃肉，还有，那哥哥什么时候出来？上回他还给了我一个银锞子呢。"

老鸨子起身从橱里端出一碗肉来，又拌上些饭，见儿子只顾着吃，伸手去扯他的耳朵："你啊，只晓得吃，十三四岁了，也该晓得些事了，不然以后我们死了，你怎么晓得怎么做生意？"

儿子只顾着埋头吃，嘴里嘀嘀咕咕地："怎么不晓得，不就是引人来，等进了房，成了事，收银子就是，我从小就瞧，还怕不会这个？说起来，这也要怪娘你，要是你给我生个姐姐妹妹，或者从小给我买个媳妇回来，也不会到现在怕东怕西。"

"小猴崽子，还说起你娘来了！"老鸨子一巴掌就打在儿子背上，龟公正要说话，就听到上面喊端水进去，急忙把水打到盆里，让老鸨子端水上去。

老鸨子推开门，小哥还躺在床上呢，小媳妇披了衣衫，上前接水，老鸨子殷勤问小哥可要再来点点心，小哥只打个哈欠不说话，老鸨子弯腰捡了那掉在地上的荷包，也就退出去把门关上。

小哥这才懒懒的对小媳妇说："我的心肝，你公公婆婆实在太过贪财，不如你跟了我去，我们从此逍遥自在地快活。"

正在洗手的小媳妇斜斜地瞥他一眼，这才笑了："罢了，你这人，我难道不明白，不外就是喜欢偷着，等我真跟了你去，不到三夜五夜，就把我忘到九霄云外了，我啊，还是这时候好。"

说着小媳妇已往床上一倒，手往小哥要紧处那么一摸，那小哥登时只觉得浑身酥麻，只有一个地方硬着，立时把那小媳妇抱起，重新去练功去了。

等小哥一走，小媳妇才把老鸨子叫来，和她说了几句，老鸨子的脸色登时变了："我们只是做半开门生意的，那马泊六，我不会做的。"

不会做？小媳妇淡淡一笑："你也晓得，我不过是来避风头，等院里风头过了，我也自去，不过是答谢你家收留，才为你家赚些银子。等我走了，难道你又要坐吃山空？总要再寻个法子过日子才是。毕竟那新讨进来的媳妇，总要调教一两年，才堪用。不然，那生巴巴的，鬼都不上门。"

这话让老鸨子开始沉吟起来，小媳妇已经站起身，亲亲热热地说："妈妈，我这是为你好，才为你想这条路，若不然，等平安了，我理你家做什么？"

这话更说中了老鸨子的心肠，小媳妇初来时，本以为能拿捏住，让她一辈子为自家赚钱，谁知这小媳妇只几句话，就让老鸨子闭了口，对她唯命是从，老鸨子在猜，这小媳妇既然这样说，那院里的红姑娘，只怕有不少积蓄，定不会带在身上，放在什么稳妥去处。既然拿捏不住她，又不敢杀了她，那也只有小媳妇说什么，老鸨子听什么。

小媳妇见老鸨子听了，又和她细细说了，等老鸨子走了，小媳妇这才露出一丝笑，任你奸似鬼，也要吃老娘的洗脚水。

绿丫当然不晓得有人算计她，等从榛子那回来，下轿时候见那龟公拿了酒瓶子去打酒，那龟公的眼望的人一阵阵发恶心，绿丫的眉不由皱紧，也不进自家门，而是直接去了魏家。

听绿丫说了去见榛子时候遇到的人，还有龟公的做派，魏娘子也点头："说的是，我们这一街上的人，都是好好做生意的，怎么搬来这么一个人？虽说离我们还隔了一条街，可这孤老每日家出出进进，难免会瞧了我们去，这年纪大些的倒罢了，哪家没有闺女？没有年轻小媳妇？再不然，丫鬟里也有正当时的，要被引诱坏了，这才是不好。等你魏大哥回来，我再和他好好地说，你也和小张哥说一声，让他们一起去寻里长说说，让这家子快些搬走。”

魏娘子也肯，绿丫心里安定，也就自己回家，刚要进家门，就瞧见午时见过的那个小哥走过来，瞧见绿丫，这小哥的眼顿时亮了，又要走过来，绿丫忙闪身进去，让小柳条急忙把门关好。

这小哥也是花丛里滚过许多年的，见绿丫这样并不觉得奇怪，就是这样难上手的良家妇女，上手之后，才更有趣味。上手时，难免要借了那家子的屋子成事，到时说不定还能让小媳妇在旁教教，那才叫有趣，小哥心里想着，也不在张家门前徘徊，就兴冲冲离去。

绿丫进了屋，今日已在榛子那边吃过晚饭，惦记着张谆，走到厨下捅火给他做份晚饭，绿丫刚把火生好，辛婆子已经走进来："奶奶，我瞧那家子，不是什么好人，奶奶生得又着实美貌，难免他家会为了银子，勾引奶奶去做什么事呢。"

小柳条也进来相帮，听到这话，啊了一声就道："我们奶奶不像那种人。"辛婆子瞧小柳条一眼："你啊，还小，不晓得，这世人坏的可坏了，还有些专做马泊六的更可恶，就是要在奶奶这样人中牵线，巴不得别人坏了，她们好在中间赚钱呢。"

什么叫马泊六？小柳条不懂，只是瞧着辛婆子，辛婆子推小柳条一把："这话，你再大些就明白了，小柳条，我可和你说，虽然我们是做下人的，可这下人里面也有分好几样的，再说爷和奶奶待我们好，我们就不能为了那一点蝇头小利，帮人说话什么的。"小柳条连连点头："辛婶婶，我明白，我来之前，小姐和藕荷姐姐，都已经嘱咐过我了，除了应得的赏钱，我绝不要外人一个铜板。"

辛婆子笑了，这时听到张谆走进来的声音，小柳条忙接手绿丫的事，绿丫迎着丈夫，又服侍他把外头衣衫换掉，端来一杯茶，辛婆子已经把晚饭端来，张谆瞧一眼才道："你今儿去了东家那边？"

绿丫嗯了一声："榛子留我吃了晚饭，姨奶奶的夏荷要嫁出去，我还答应了，那日去吃喜酒。"张谆哦了声才去提筷子："哎，你不和我一起吃，总觉得吃饭没味。"绿丫打他手一下："旁边还有人呢，你就这样说。"

张谆笑了："我们是夫妻，这样的话难道不该说。"绿丫斜瞅他一眼，也就和张谆说起今儿和魏娘子说的事，张谆听完放下筷子，仔细瞧了瞧绿丫："嗯，我明白，等明儿我就去和那些人说，说起来，他家租的宅子，还是酒楼掌柜买的呢，说打算等儿子再大些，就让儿子搬到那边住，这会儿要真是租了这么一家子，那才叫好笑。”

绿丫嗯了一声就悄声说：“我听魏娘子平日白话，说酒楼掌柜和你不大一样，这人平日就不大正经，只是我们街上都是正经人，他才忍了，可他那个妾，仗着得宠，平日没少欺负掌柜娘子呢。”

张谆已经吃完，伸手刮绿丫鼻子一下：“瞧来你平日在家也不寂寞，瞧瞧，还和人白话呢。”绿丫顺势把丈夫的手握在手心：“我这不少也要和人来往来往，再说了，来往多了才晓得各人是什么样的。”张谆又是一笑，也就和绿丫说些别的。

到了第二日，张谆果然和街上旁的那些掌柜说了，那些掌柜也深以为然，况且其中也有女儿年纪正当时的，要是被诱了去，那才叫苦不迭。既然大家都决定了，也就集起来去和酒楼掌柜的说，让他等这个月一满，就把房子收回。

酒楼掌柜还在沉吟，就见里长匆匆到来，说的也是这事，酒楼掌柜一来舍不得这每月的租钱，三两银子呢，而且这银子是给心爱的小妾做私房的，若少了这三两，到时小妾又要罗涅，但见众人都是一个说法，不敢犯了众怒，只得答应下来。

众人这才散去，酒楼掌柜沉吟一会儿，也就往小媳妇家去。见房东来了，老鸨子忙接进来，酒楼掌柜的问过龟公，知道龟公不在，就对老鸨子说这里住不得了，让他们赶紧搬走。

做半开门的，被人赶走也不是头一回，老鸨子正要开口哀求，就听到上房里传来娇滴滴的一声：“东家，你要把我们赶走，我们也无二话，可是，这要我们去哪里啊？”

说着粉红色的帘子被掀起一个角，小媳妇娇滴滴地偎在门口，眼里已经有点点泪光，那脸上满是哀求，别说酒楼掌柜这么个好色的男人，就是老鸨子也不由觉得腿有些发软，这样的功夫，绝不是一般人能教出来的，自家真是捡大运了。

酒楼掌柜被美色所惑，上前走了两步，但想起别人的话，不免又要做出个正经样子来，咳嗽一声：“这个，不是我要赶你们，是他们……”就见小媳妇轻轻一扯，那胸前就半露出来，接着又用衣衫一遮，春光乍泄，但只得一刻，酒楼掌柜的眼都差不多瞪出来，恨不得立时上前扯住小媳妇，把她衣襟扯开看个够，况且这样的女人，那功夫定比自己家里那几个好，还不晓得怎样的销魂蚀骨。

小媳妇可一点没漏酒楼掌柜的神色，脚步轻轻地就要往里面去，嘴里已经在叹：“既然东家不肯，那我也只好收拾东西了。”说着就进屋，可一只雪白的手却放在门框上，那手指上的红色蔻丹，就像勾着酒楼掌柜的魂一样，他口里说着我也没法子，却又走了两步，已来到屋前。

瞧见雪白小手就在眼前，酒楼掌柜的特别想摸一摸，可又没有胆，这时那只手从门框上准备收回去，故意那么一扬，碰到了酒楼掌柜的手，就听到小媳妇在门里“哎呀”叫了一声。酒楼掌柜的趁机捉住那只手，小媳妇要挣回来，酒楼掌柜一个人就滚进门里。

看着那抖动不住的门帘，老鸨子嘴一撇，下厨去收拾酒菜，进去了，就别想出来了。

小媳妇见酒楼掌柜进来了，“哎呀”一声就要把他推出去：“东家，你怎么乱闯？”酒楼掌柜的此时心急如焚，恨不得把小媳妇推在地上一逞威风才是，借着小媳妇推自己的势子就把她抱个满怀：“是你拉我进来的。”说着那么一推，小媳妇顺势跌坐在地上，酒楼掌柜已经骑上去，就要解裤腰带。

小媳妇还在撇清：“东家，你可是要把我们赶走的。”此时酒楼掌柜哪还记得他们说的话，只是把小媳妇死死压住：“不赶，不赶。”小媳妇这才改推酒楼掌柜的手变成搂住掌柜。

这一进去，就足足两个时辰才出来，那时等在门口的人都等得不耐烦，太阳都快下山才看见酒楼掌柜满面红光地从这宅子里出来，脚步还有些趔趄，有好事的已经笑着道：“赵掌柜，看来你是费尽了口舌，才把那家人说服了，瞧瞧，这脚步都是晃的。”

酒楼掌柜的还在回味方才的意味，这小媳妇，也不晓得哪里学来的，真是比当年自己一狠心花了二十两银子在秦淮河上找的红姑娘还有味道，听到别人在那起哄，再一瞧这宅子门口站着的人不是三个两个，那脸就沉下去：“人家好好住着，又不缺了房租，为什么要赶走人家？你们以后，别乱说，不过就是亲戚上门，结果你们就在那嚼舌根，说是做半开门生意的，一个个也不怕烂了舌头。”

赵掌柜这一变脸，围着的人倒互相看了一眼，看来这小媳妇手段高啊，也不晓得给赵掌柜灌了什么迷汤，让赵掌柜不肯赶走他们。按说赵掌柜也是入过花丛的人，不是那样青头小子。

赵掌柜任人去猜，自己得意扬扬地往家里走，看来最近要让厨房给自己熬点补身的汤了，方才也不过就三次，怎么就觉得腰都软了。

张谆回去和绿丫一说，绿丫的眉就皱起来，张谆反过来安慰妻子："不怕，我们是正经人家，好好过日子就是，再说这家要真大做起来，自然有人出面管的。"能在这条街上开铺子的，背后都有人，谁也不怕。

绿丫听了就点头："你说的是，瞧，我给玉姐儿做了身新夏衫，等你有空了，我们一起送过去。"张谆点头，热烈地讨论起玉姐儿来，她真是越来越可爱了。

魏娘子来和绿丫说这事的时候，嘴里骂了几千声，骂酒楼掌柜好色，还说酒楼掌柜这两日家里也不太平，那小妾和酒楼掌柜闹了好几场，可酒楼掌柜恋着那边，怎么肯搭理小妾，倒是酒楼掌柜娘子心里称快，骂小妾她也有今天。

既然赵掌柜抵死不肯让人走，绿丫也只有丢开这件事。只是绿丫想躲清静，偏偏就有麻烦来寻她，出门时候不是能遇到小媳妇的孤老，就是小柳条能捡到东西，不是荷包就是香袋，有一回还捡到一根银钗。

小柳条既被辛婆子警告过，自然明白所为何来，不但对绿丫说了，还对张谆也原原本本说了。张谆现在的见识比绿丫要多了些，怎么不明白对方的意思，气得脸都白了，骂了小媳妇一家几千声，才对绿丫道："既如此，我就去和东家说，让东家去寻酒楼东家，让赵掌柜怎么都把人赶走。"

绿丫点头，接着叹气："哎，世上怎么会有这种人，好好的日子不过，偏要这样做。"辛婆子在旁插嘴："不就是为了银子，也不晓得她孤老许了她多少银子，她这样做。"

张谆也摇头："做这样生意的人，见了银子，就跟苍蝇逐臭一样，怎么会不死死盯着？"这话勾起绿丫的另一条心肠，如果有一日见面，秀儿也变成这样，那该怎么办？不，绿丫接着就摇头，秀儿她不会这样的，她永远都不会这样。

绿丫这边水泼不进，而且赵掌柜也快扛不住，有点动摇了，毕竟小媳妇就算搬走，他也能寻上门继续取乐。小媳妇怎能前功尽弃，这日张谆才刚走到家门口，就见小媳妇那个挂名男人趴在自家门上瞧，张谆喝一声，那小子想跑，掉下一样东西，张谆没有去捡东西而是抓住那小子："你在我家门口做什么呢？"

那小子故意装个要哭的样子："我姐姐让我来递话传东西呢。"说着这小子就哭起来，张谆晓得他是做戏，捡起那东西，见是一个同心方胜，细一想已经明白是为什么，登时恼怒起来，好狠毒的心肠。

见张谆脸上有怒色，那小子以为张谆中计，急急忙忙地道："不是我的主意，是我姐姐要我来送的。”张谆也不理他，推开门就进去，那小子登时收了哭样，趴在门口打算听里面吵起来没。

张谆进了屋，把那方胜往桌上一丢：“好狠毒的心肠，若我有半分疑了你，就中圈套了。”绿丫解开方胜一瞧，见是方帕子，里面包了对耳环，还有一个胭脂盒。

绿丫也明白了，把那帕子丢到桌上，正要恨几声，辛婆子就进来，压低嗓子说：“奶奶，那小子还趴在门上，让爷赶紧吼几声，您赶快哭。”绿丫和张谆对看一眼，也就各自做起。

小子听到里面吵起来，正高兴呢见张家要开门，急忙窜到一边，见小柳条急匆匆到魏家请魏娘子，心这才安了，高高兴兴回去报信。小媳妇听小子说了备细，心里欢喜，只要起了疑心，还怕什么，不过自己的目的可没有这么简单。

等赵掌柜又来时，小媳妇故意问起张家吵架的事，又让赵掌柜下回来时，把张谆也拉来。赵掌柜捏一下小媳妇的腮，斜着眼道：“怎的，嫌我老，长得丑，想要年轻俊俏的？”小媳妇在赵掌柜怀里动了动，赵掌柜登时就觉得不行了，急忙握住小媳妇的腰，小媳妇这才搂住赵掌柜的脖子凑在他耳边说了两声，赵掌柜捏一下小媳妇的腮：“我的亲亲，果然是你智谋高。”说着把小媳妇往床上一放，又去练功不提。

张谆得了赵掌柜的相邀，将计就计到了那里，小媳妇今日打扮得更加俏丽，倒酒劝菜，只要引张谆入彀。

青帆社

第 17 章　报　复

赵掌柜已和小媳妇通过气，一心一意只是想拉张谆下水，以后好混同取乐，况且小媳妇说，自己未嫁之前，还有几个好姐妹，也是做这样生意的，若能买的张谆口紧，到时那些姐妹也搬过来，一起取乐，岂不快乐？因此赵掌柜的心更加火热，小媳妇在那殷勤劝酒，赵掌柜在旁边插科打诨。

张谆虚与委蛇，那敬来的酒只推量窄，入口的少，但也喝了两口，酒入肚后那眼就盯着小媳妇不放，赵掌柜装个不是，叫一声不好，肚疼，小媳妇忙上前扶一下他。赵掌柜忙摆手道："家里有药，我还是回去家里，等明儿再来给你叫喜。"

说完赵掌柜捏一把小媳妇的脸就离开，小媳妇叫龟公送赵掌柜回去，又唤老鸨子把那残羹剩饭肴都收了，重又摆上一桌清淡小菜，温了一壶酒。小媳妇这才坐到张谆身边，手搭上他的肩："好哥哥，快别趴在桌上了，我们上床睡去。"

张谆抬头，眼神蒙眬，小媳妇又是一笑，见张谆要来拉自己的手，也就任由他握住，只待张谆入她计中，就好报仇。不料张谆初时握住她的手，也是软绵绵没劲，但到后面手劲越来越大，小媳妇大惊，但面上笑容没变，眼里已有了泪："好哥哥，你这是怎么了？若我有什么不对，你说就是，哪能这样欺负人家？"

张谆并没放手，手指在小媳妇手背上摩挲，小媳妇越来越惊，手臂上已经开始翻疙瘩，眼里的泪越聚越多。张谆的声音很平静，哪带半分酒意："去年十一月间，我们店里曾来过一伙骗子，送到衙门里去。"

"这事我也听说了，张掌柜，你可真是智勇双全，不过你这会儿和我说什么呢？”小媳妇心里翻滚不已，但面上神色没变，横竖张谆没有证据，到时不过翻脸一骂，说张谆胡猜测，自己清清白白一个人，怎么能受这样的气，到时再把老鸨子叫来，赶走张谆，连夜离开这里，京城这么大，哪能没有容身之处，至于以后的事，就要再想。

“那群贼人已全都抓住，逃掉的不过是他们的首领。”

“既是首领，只怕年纪已经不小。张掌柜，你今儿和我说这些，是什么意思？”小媳妇的身子越发软了，一只手撑在下颌上，果然是个娇滴滴的人。张谆瞧一眼小媳妇就缓缓地道：“是啊，谁也没想到，他们首领竟是一个年纪不大，千娇百媚的女子。”

这话一出口，小媳妇神色顿时变了，接着就大笑起来：“张掌柜的，你是不是说书人出身？你以为我是那个首领，也不想想，我真要有这样的本事，怎么会来这里做这样生意？”

小媳妇在那笑得前仰后合，若是旁人只怕就被骗过去了，但张谆的神色还是没变：“这首领娇媚如花，尤善内媚，更擅变容，江湖人送千面娇娘的外号。”小媳妇低着头的眼里已经闪过一丝厉色，但她是经过大风波的，哪会在这样阴沟里翻船？自然更要强撑，站起身走到张谆面前，柔若无骨的手已经搭上张谆的肩：“张掌柜的，你要嫌我和我相好瞧中你媳妇，想拉她下水，你恨我，想为她报仇说我一顿也就罢了。可你现在这样，分明是要陷我于不义。”

张谆轻轻一摔，已经把小媳妇的手拨开，接着张谆站起身：“衙门离这不远，不如我们去衙门里走一遭？”

小媳妇脸色一变，伸手就把桌子掀翻，怒道：“张掌柜，你是疯了不成？我虽做这下贱生意，可也没有随便去衙门的道理，你要回家哄你媳妇，你自去哄，来我这说什么？”说着小媳妇高声连叫妈妈。

那老鸨子本以为张谆已入了圈套，正在床上和小媳妇干事呢，想着这下可以住得安生了，在厨下先喝了两口酒，又要忙着烧热水。谁晓得先是听得桌子被掀翻，接着又是高声叫妈妈的声音，老鸨子急忙推开门，小媳妇已经连声道：“妈妈，把张掌柜送出去，我们晦气，惹了不该惹的人，连夜搬走，免得又被人骂。”

老鸨子应了，走到张谆面前道：“我媳妇年轻，也不晓得怎么惹了张掌柜你，你啊，还请……”

小媳妇已经连连拍着桌子：“妈妈，你听到没，把人赶紧送出去，不然啊，张掌柜就要把我送去衙门了。”老鸨子听了后面一句，心里发紧，就要张谆走，却听到门外有人拍门："有人在家吗？我们是衙门里的，过来查访查访。"

常说贼怕官，任你是大贼都如此，更何况小媳妇这么些年，都是凭了千娇百媚的手段，虽有一点点功夫，却是花拳绣腿，听到这样喊脸色就变了，老鸨子分不清为何会突然这样，听到拍门声越来越急，急急出去开门。

小媳妇见了张谆还站在那，手腕一翻，已从枕下拿出一把雪亮的匕首，就要往张谆胸口插去。张谆这些年也不是光知道读书，当年在屈家做粗活的底子还在，身子一闪，就闪过了，手就去抓小媳妇。

小媳妇一击不中，也不恋战，那窗户是开着的，就要翻窗户逃走，张谆急忙上前去抓，只抓到小媳妇的一只鞋。小媳妇脚一蹬，就把那鞋蹬掉，接着跳出窗口。

跳出窗外就是一棵树，小媳妇已跳到树上，照着墙外轻轻跳下去，嘴里还对张谆道："好贼人，下次再见。"衙役们已经冲进来，正好瞧见小媳妇跳窗逃走，"哎呀"一声有个衙役就要从窗口追出去，张谆忙拉他一把，那衙役会意，忙留下一个人在这处理，自己带了人去追。

老鸨子见衙役们进来又走，急忙追进门："我家并没什么坏人，只怕……"剩下那个衙役一巴掌打在她脸上："你家收留逃犯，这事，犯得大了。"

逃犯？老鸨子的嘴唇立即抖起来，看着这满屋子的东西，好容易挣了点银子，这还没有几个月呢，就这样飞了不成？张谆见衙役要拿链子锁那老鸨子，忙道："说来她家也是苦主，被骗了，到时能松就松一些。"

张谆现在和原来可不一样，就算见了衙门里的老爷，也能有个座，衙役急忙点头："张掌柜你说的是。"说着就喝那老鸨子，"也别说我没提醒你，那些细软能收拾的就收拾收拾，让你儿子收好，他还没成丁，坐牢也轮不到他去。"

得了衙役这么一句话，老鸨子忙给衙役磕了个头，又给张谆磕了头，出门找到还在厨房啃鸡腿的儿子，把一大包金珠衣衫都收拾好了，让儿子抱了，先去找姨娘躲避几时。那儿子从小生长在这样人家，这种事情也不是头一回遇到，况且这包东西还是老婆本，急忙抱了东西从后门悄悄溜了。

老鸨子这才又往衣衫里放了十来两散碎银子，等到牢里好用，又往衙役手里塞了几两银子，见这老鸨子识机，衙役也点一点头，把正好回来的龟公一道锁了，和张谆一起往衙门里去。

赵掌柜路过张家门口时，还不忘进去张家和小柳条说了，张谆今儿就睡在小媳妇那，今晚不回来了。小柳条答应了进屋和绿丫说了，惊得正在和绿丫说闲话的魏娘子手里的瓜子都掉了一地，站起身就要去追赵掌柜，哪能空口白牙胡说？

绿丫明白自己丈夫是什么人，见魏娘子这样就忙拉住她："魏嫂子，你别这样，我信我丈夫。"

魏娘子虽已坐下，但那眉还是皱紧："虽说你信他，可这血气方刚的男子，都是夜夜不空，若遇到媳妇身上不方便时，熬得那眼就跟狼似的，我怀大小子的时候，你魏大哥这么个好人，还急得暴跳，半夜孩子踢了醒过来，还看见他不睡觉坐在那瞧着我，说不敢挨我的身，一挨就想。"

这话让绿丫的脸一红，别过头不理魏娘子，魏娘子凑到绿丫耳边："后来怀大姑娘的时候，和人学了个法，你魏大哥这才……"见绿丫脸都红到耳朵根了，魏娘子这才收声："等你怀孩子的时候，我告诉你，你就晓得了，这些事，其实没什么好脸红的。都成亲这么久了。"

绿丫努力了又努力，这才把脸上的红褪掉，魏娘子又道："说这个，不过是想说，那小媳妇，实在是千娇百媚的，这要有个万一……"

"没有万一。"绿丫声音不大，但很坚定，魏娘子嗯了一声，瞧瞧快到做晚饭的时候，也就准备起身回家。绿丫送她到门口，两人又说了几句闲话，回身绿丫正准备让小柳条关好门，就听到门外传来喧哗声，接着几个人跑过。

小柳条胆子大，在门口瞧着，跑过来的是那几个衙役，边跑还边喊："四邻可都听好了，那个租赵家房子住的小媳妇，不是什么半开门的，是上回抓到的骗子团伙的首领，大家可都记得她样子的，现在人跑了，要小心后院，别被钻进去了。"

这声音挺大的，小柳条听得清楚，急忙对绿丫说，绿丫这颗心登时七上八下，刚要叮嘱小柳条几句，门就被敲响，小柳条上前开门，见是个衙役，那衙役见了小柳条就道："张掌柜的这会儿去衙门了，你们在家也要小心些。"小柳条忙谢过了，进去和绿丫说了。

辛婆子也听到了，急忙从后院走出，见绿丫和小柳条一个娇一个小，忙去取了根粗柴，在院子内外都瞧了圈才道："奶奶，这院子四周我都瞧过了，没人。"绿丫嗯了一声，把背又挺直一些："今晚上，想来你们爷也不会回来，我们就都别分开睡了，就在这屋里一起睡，这晚饭，也就随便下点面条就好。"

辛婆子点头："奶奶这样安排很好，我打两三个人没问题的。"小柳条也在旁边点头："就是，我做粗活也很有力气。"绿丫笑了，举步往厨房去："记得有人和我说过，越是危难时候越不能慌乱，不然就不好。"

小柳条和辛婆子也跟了绿丫往厨房去，做了面条吃好，又在厨房说了会儿话，三个人也就掌灯往屋里去。刚一踏进卧房，绿丫脖子上就多了一把匕首，接着一个女子娇滴滴的声音响起："张奶奶，您别动，我怕你一动，我的手一软，就把你脖子给划了。"

这个时候，这个声音，猜都不用猜就晓得对方是谁，绿丫的心怦怦乱跳起来，一时竟不晓得该说什么，外面闹得沸反盈天的，竟不知道这人什么时候躲进自己家来。

见绿丫没有尖叫，千面娇娘倒愣了一下，没想到绿丫瞧起来娇滴滴的，这胆子比一般人大。小柳条手里端着灯，见千面娇娘用匕首横在绿丫脖子上，倒吓得尖叫起来。

千面娇娘冷冷地瞧着小柳条："滚出去！"小柳条还想说话，已被辛婆子拉了一把，接着辛婆子开口："这位奶奶，也不晓得你是为什么要难为我们奶奶，不过只要我们一喊，您也逃不出去。"

千面娇娘又是一笑，她虽在逃跑中，脂粉未施，但就这么一笑，只觉得有什么光在眼中转动，辛婆子的嘴不由张大一下，这样的美人，难怪那些骗子们心甘情愿为她驱使。

"我啊，不过是觉得这小丫头太碍眼了，才让她滚出去。说起来，这会儿可渴了。倒杯茶给我喝。"千面娇娘又是一笑，小柳条抖抖索索倒了杯茶来，千面娇娘接了，往绿丫唇边一送，"张奶奶先尝尝。"

绿丫怎不明白千面娇娘的意思，喝了一口，千面娇娘这才把剩下的茶喝了，把茶杯往地上一摔，对辛婆子道："你瞧来胆子大些，就劳烦你，把这小丫头捆到床脚。"

辛婆子想跑出去，可瞧了那抵在绿丫脖子上的匕首，只得拿了绳子，把小柳条捆在床脚，千面娇娘还指挥辛婆子把小柳条捆紧一些。等捆好小柳条，千面娇娘打个哈欠："都这会儿了，我也困了，劳烦你，再把这女人给我捆在床上。"

辛婆子踌躇一下，千面娇娘的手已经微微一使劲，眼却还是瞧着辛婆子："再下那么一点点，等会儿你们就一起收尸。"那匕首已经割破了绿丫脖子，血浅浅地流出一丝，辛婆子没法子，只得把绿丫放到床上，用绳子拦腰那么一捆，这中间千面娇娘的匕首，并没离开绿丫，等捆好了，千面娇娘才打个哈欠，手上的匕首还是抵住绿丫，"我要睡了，你可以出去报信了，我知道你家奶奶和廖家的小姐关系好，等天一亮你就去和廖小姐说，这会儿，这女人的命和我连在一块了，给我准备五百两银子，一辆马车，让张掌柜的赶车，等出了京三十里，我自会放他们。至于别的让衙役来抓，也要瞧瞧他们可有这个本事。”

辛婆子晓得狡兔三窟这个道理，况且这千面娇娘行走江湖这么多年，又逃走了这半年，谁知道有没有又纠集同伙，只得应是。

千面娇娘打个哈欠，果然倒在床上呼呼睡去。绿丫见她睡着，眼珠转了转，手就想去解绳子，谁知刚一动作，千面娇娘就醒过来，侧头望着绿丫，笑着说：“做我们这行的，真是睡着了都要睁一只眼，哪敢真正睡去。张奶奶，你就别想着逃了。”

绿丫的手顿在那，千面娇娘细细瞧了瞧她脸上，啧啧两声：“果然生得很好，难怪那男人对你念念不忘，其实我也是太心急了，想着索性让他戴上顶绿帽子再身败名裂，谁知反着了他的道。真是终日打鹰被鹰啄了眼。”

千面娇娘在这唠唠叨叨，绿丫小心翼翼地问：“你逃走了，想来也有不少银子了，为何还要回来，还要寻我夫君报复？”千面娇娘笑了：“我为什么不报复，你们吃着好的住着好的，一味看不起我们，一口一个贱货骂我们。可我们也是人生父母养的，要不是爹娘靠不着，也不会做这样生意。他既毁了我的那一帮子人，我当然也要报复回来，不然我以后怎么混？”

绿丫不明白这样人的想法，只是轻声叹息。千面娇娘又冷笑一声：“你这样的人一定不明白吧，那种没有吃的，没有穿的，只能在破庙住的小乞丐的日子。我七岁那年，娘没了，没人护着我，你不知道那些人多么可恶，他们欺负我，我血流个不停，见我奄奄一息了就把我丢了出去，你说，都是一样讨吃的人，为什么他们要这样对待我？”

这个问题，绿丫也想过很久，但一直没想到答案。千面娇娘已经道：“我知道你回答不出来，我快死的时候被干爹捡到了，干爹对我很好，给我吃给我穿，教我练字，让我学东西，我本来以为干爹是个好人，可是我十二岁那年，他也对我做了同样的事，还要我学怎么才能做到更好，让我装扮起来，去骗那些男人的银子。那些男人，真是一个赛一个的恶心。”

千面娇娘突然笑起来，被捆在床边的小柳条的身子忍不住颤抖起来，这笑声太绝望了，绝望得让人害怕。千面娇娘笑完才说：“你知道我怎么对干爹的吗？我十六岁那年，他说，有新来的好玩意，要和我练习，练好了我会更得男人喜欢。于是我趁他伏在我身上时，把这把匕首捅进他的心窝。他死的时候还极快活，我想，他一定会感谢我的。”

千面娇娘的眼神让绿丫不敢去看，那样的疯狂。看着绿丫闭上眼，千面娇娘强迫她睁开眼："你想，世道这样不公，没人对我好，我报复这世间是不是很应当？"

看见绿丫摇头，千面娇娘伸手就打了她一巴掌："你说我说得不对？哼，你是今日没有瞧见你丈夫的丑态？再怎样的男人，见了我，也会变成一滩水。"

见绿丫还是摇头，千面娇娘的手微一用力，那匕首又进了一点点："你少嘴硬了，只是时候不够，不然的话，你也早被人勾走了。"

"不会的，这个世上，既然有污浊，就会有干净，有黑暗，就有光明。我能做的，只是在污浊的地方也尽量不忘心里的那份干净，在黑暗的地方也不忘这世上还有光明。"

"哈哈哈。"千面娇娘笑起来，接着脸色就变了，"果然是没有受过苦的人啊，你知道什么是污浊和黑暗，你以为邻里间吵架就够黑暗了，小妹妹，你太嫩了。"

"我们奶奶，也是吃过苦的，你别胡说。"被捆在床边的小柳条忍不住大声分辩起来。

"闭嘴，吃过再多的苦有我多吗？我七岁起，就是个不干净的女人了，我十三岁时，见过的男人就比你们一生见过的都多了。"千面娇娘有些声嘶力竭地喊着，"凭什么你们要过得这样好？凭什么我只能去过那样日子？你们只是没到那步。"

说着千面娇娘把手里的匕首送得更紧一些："我最喜欢看到恩爱夫妻为我翻脸，贞洁烈女在我的诱惑下失身。这真是太好了。可惜没机会，有机会的话，我该让你也尝尝别的男人的滋味，这才叫销魂。"

她已经疯了，已经忘掉一切美好温暖的东西了，绿丫不去看她，却想起了屈三娘子，也许屈三娘子就是这样想的，才让屈三爷把秀儿卖掉的，这种进了地狱就要别人一起进的心态，绿丫明白，却很唾弃，人，还是要让自己安心些才好。

见绿丫不说话，千面娇娘又闭上眼，在那喃喃自语："也许，明儿我可以让你尝尝别的男人的味道。"这话让绿丫的心头更加发紧，眼看天就要亮了，这样的骗子什么事都做得出来，自己要想办法解救自己才好，可是怎么才能把绳子解掉？

绿丫的手在绳子结处悄悄摸索，这绳结虽打得很松，可也不是绿丫的力气能挣脱的，而且还有这个稍有动静就能醒来的人躺在身边，绿丫的额头已经出了一层汗，也没想出办法来。

天亮了，门外有很多声音，绿丫能听到张谆的声音，丈夫一定也焦急了一晚上，不晓得他会怎样想？千面娇娘已经睁开眼，打个哈欠道:“天亮了，哎，这晚上睡得真好，果然女人比男人香多了。”

说着千面娇娘就叫来人，帘子掀起，辛婆子走进来，千面娇娘懒洋洋地道:“给我打水洗脸,还有,马车和银子准备好了吗？”听到满意回答,千面娇娘笑了，“你男人还挺疼你的。”

没有得到绿丫的回答，千面娇娘从辛婆子手里接过手巾，把脸擦了擦就让辛婆子给绿丫也擦一擦脸，让辛婆子解了绿丫的绳子，一手挽了绿丫，另一只手的匕首依旧卡在绿丫腰上，笑着出了门。

院子里的人不少，绿丫一眼看见的就是张谆，张谆眼睛都窝下去了，看见绿丫脖子上那道细小的伤痕，张谆的眼圈都要红了，但还是上前对千面娇娘说：“都准备好了，马车就在门外。”

千面娇娘用一只手理下头发，笑眯眯地说：“张掌柜，你真聪明。”但手上的匕首没有丝毫放松，张谆的眼垂下，看着绿丫被捆住的双手，要寻个合适的时机，不是现在，要等待，耐心等待。

绿丫看着丈夫，眼里忍不住露出焦虑，千面娇娘的话是信不得的，谁知道她还会做什么。张谆的手越握越近，夫妻之间虽然没有说一句话，但总已感觉有千言万语说出。千面娇娘又笑了，如果知道等会儿要发生的事，他们会是什么表情，这种事情，真能让人心里愉悦。

绿丫的手在那里悄悄地动，也许是因为白天，千面娇娘并没发现绿丫的手动。辛婆子站在绿丫身后，看见绿丫的手在动，恨不得上前一步把那绳结头塞给绿丫，这绳子是辛婆子打的，虽然在千面娇娘监视之下，但辛婆子还是悄悄放松了些，只要一扯，这绳子就能掉落，等绳子掉落了，就可以去拿住千面娇娘了。

绿丫的手动了很久,都没有寻到绳结头,千面娇娘已经笑吟吟地对张谆道:“我累了这么几日，也想歇歇，那马车在哪呢？”张谆又看一眼妻子才对千面娇娘道：“就在外头，请跟我来。”

千面娇娘轻轻款款地走着，腰肢轻摇面上带有媚笑，看着院子里的衙役就跟没瞧见一样，直到走到门边，千面娇娘才对衙役丢个媚眼:“这回，我走了，你们可是再也抓不到我了。”

千面娇娘的脸离衙役十分近，若不是知道这女人本质是穷凶极恶的，衙役的腿都要软了。千面娇娘吃吃笑着，手上的匕首又轻轻地往绿丫的腰里送了送：“其实呢，这女人的命，也不值钱，你说是不是？”

衙役哪能说得出话，只是任由千面娇娘笑着走到马车前。

就是这个时候了，张谆看着千面娇娘要把绿丫推上车时，突然一脚就往千面娇娘身上踢去。千面娇娘虽然在那笑着说话，但心里也是十分警惕的，见张谆往自己身上踢去，手一翻就要把绿丫扯过来，把匕首往她脖子上划。

绿丫心里也一直在想这件事，见丈夫往千面娇娘身上踢去，匕首稍微离开自己一点就猛地一滚，滚到地上。千面娇娘的手抓空，匕首尖在绿丫身上划了长长一道而已。

张谆见绿丫滚在地上，心里定了，那些衙役们一拥而上，就要来捉千面娇娘。在人群包围中，千面娇娘脑子十分快，手一反，就把匕首插到马屁股上。

那马本乖乖等在那里，不料千面娇娘把匕首插进去，吃疼就高声嘶叫起来，马蹄子高高举起，往下踏下。

众人是真没想到千面娇娘一招连一招，见马要惊，如果让它踏下去，奔跑出去，那伤的人不是一个两个。

绿丫被绳子捆住，一时挣扎不起来，张谆见那马蹄对着的，正是妻子，心胆都差不多裂了，顾不得许多就上前直接把马蹄子抱起来。他这一抱，马蹄子踏不下去，但马更加急躁起来，在那挣脱不开就要往下咬。

张谆抱住马蹄子，有几个衙役急忙过去把绿丫拉开，还有几个把马缰绳紧紧拉住，这马虽有力气，却被众人七手八脚按在那里，挣脱不开，张嘴就咬在张谆胳膊上，张谆虽吃疼不敢放手。廖家派了马夫在那候着，也跟着众人在那制服马，见马咬住张谆，忙从袋里掏出几块糖来，放在马嘴边。

马闻到糖香味，这才放开张谆，把那糖吃了，马夫又和衙役们把马车卸了，把马赶到一边，给它喂着草，拍着头安抚它。马渐渐安静下来，绿丫也把手上的绳索解开，忙扑到丈夫面前，眼泪汪汪地问：“你被马咬了一口，可有什么事？”

张谆只觉得胳膊有些疼，瞧了瞧胳膊，抬起胳膊就对绿丫道：“我没什么事，亏的今儿来之前，和人借了件甲衣穿。”衙役们已经把千面娇娘锁住，千面娇娘此时知道逃不得了，怒骂张谆道：“小奸贼，老娘坏在你手上，你休想有好日子过。”

千面娇娘行径如此，衙役们也不敢再有什么惜香怜玉的心，领头的一巴掌打在千面娇娘脸上：“先想想你自己吧。你骗了这么多人，其中不少人是有根底的，你啊，只怕等不到秋后。”

千面娇娘收起脸上的怒容，对这人抛了个媚眼：“我就算等不到秋后又如何，我这一辈子，早值了，只有你们，连老娘的味都没沾过，更不晓得，什么叫大捧的银子随我花呢。”

真是无耻至极，绿丫心里说着，谢过衙役们，把张谆扶回屋里，早有人请了医生来，瞧过张谆的伤，说不妨事，只要不沾水，定时换药就好。

绿丫谢过了，瞧着张谆又是眼泪汪汪，张谆瞧一眼她，又见小柳条也是满眼泪就笑了：“你们哭什么，都说不妨事了。”小柳条把脸上的泪擦掉：“爷，并不是因为你的伤哭，而是怕……我死了没什么，要是奶奶有什么事，才不好呢。”

绿丫又安慰她几声，小柳条也就和辛婆子去做饭，绿丫这才坐到张谆旁边，整个人趴在桌子上：“我不是怕你的伤，我是怕别的，昨晚我在想，要是死前见不到你，我该多难受。”

张谆用没受伤的那只手握住妻子的手：“我明白，我昨晚也没睡好，就怕你出什么事，我这后半辈子，要怎么过？”绿丫摸一下丈夫的脸，努力笑着说：“我没了，你再找个好的呗，有什么不能过的。”

不一样的，张谆把妻子的手握得更紧：“绿丫，你要有什么事，我绝不独活。”说什么傻话呢，绿丫白丈夫一眼，可心里却很高兴，这会儿放松下来，才觉得特别累，哈欠一个连一个。

张谆也累了，两人躺在床上，虽然只短短一夜没见，可却像很多日子没见一样，只说了几句话两人就都沉沉睡去，即便睡着了，那手也交握在一起，并没分开。

这一觉睡得很沉，绿丫能模模糊糊听到不停地有人来，小柳条和人在说话，还能听到辛婆子在说话，可就是不想醒来。张谆先醒过来，看着绿丫沉睡的脸，这张脸真是怎么都看不腻，怎么看都好看，张谆想伸手摸摸妻子的脸，可舍不得放开那交握的手，一抬起另一只手，胳膊就沉沉地疼。

张谆索性看着妻子的睡容，打算再睡一会儿。小柳条的声音又响起：“姑奶奶您别急，爷和奶奶昨儿都是一宿没睡，这会儿补个眠呢，这会儿虽晚了，可您把表小姐都带来了，索性就在这隔壁睡了，这就给您收拾床去。”

姐姐来了，绿丫睁开眼，看着张谆，“哎呀”了一声：“这会儿都什么时辰了，我该起了。”张谆见妻子醒了，也只有把手松开，下床穿鞋：“我瞧着，太阳都快落山了。”

“太阳就是快落山了，我不到午时就过来了，足足等了你们两个时辰，连玉儿都睡了一大觉醒了，你们俩还没醒。”隔了一道门帘，这屋里一说话，堂屋里的人就听见，兰花的声音已经传来。

张谆急忙掀起帘子走出去，对兰花拱手道："要姐姐烦心了。"兰花自从嫁了人，生了孩子，气色是越来越好，说话也越来越爽快，顾忌着张谆手里有伤，没有把玉儿给他递过去。倒是玉儿瞧见舅舅，伸手要舅舅抱。

兰花打玉儿一下："小调皮，不是和你说了，舅舅胳膊受伤了，你还要抱？"玉儿的小脸就拉下去，小嘴也噘起。绿丫随便收拾一下头面就走出来，瞧见玉儿这样就伸手接过来："乖，舅妈抱，我们玉儿最乖了。"玉儿被绿丫接过去，还把背对着自己的娘，一副不愿意理她的样子。

兰花伸手打女儿一下："小鬼灵精，现在啊，还会和她爹告状了，她爹一回来，就在那咿咿呀呀地说，还尽指着我，一副我亏待了她的神情。我不就是因为她出牙时候说了她几句？"

张谆笑了，绿丫也十分欢喜："玉儿都出牙了？"玉儿张开小嘴，果然下面牙龈冒出两个白生生的牙尖来。兰花已经瞧过张谆的伤，见伤得不是很重，这才放心下来："哎呀你不知道，你姐夫回来一说，说的还不清楚，我这就着急起来，急忙带了玉儿过来，谁知你们两个，都在那呼呼大睡。"

"姐夫呢？"张谆不见老刘，自然要问问。

"你姐夫就是抽空回来和我说了一声，又去衙门了，还夸你来着，什么临危不乱啊，什么十分聪明啊。还说，早知道你这样，就该让你在衙门里也补个缺，不过现在好了，比在衙门里强多了。"

张谆有些腼腆地一笑，绿丫抱着玉儿，往桌上一瞧倒愣了："这些都是谁送来的？"桌上琳琅满目堆满了东西，就算有人送礼，也不会送这么多来。

小柳条忙把那些帖子递来，绿丫一手抱着玉儿一手瞧着，有酒楼掌柜的，还有酒楼东家的，还有朱家刘家的，小柳条拿过一包东西："这是小姐送来的，说是两根人参，还有当归什么的。"

绿丫瞧着张谆："不过一点小伤，就连人参都送来了。你倒有福。"张谆呵呵一笑："我沾的也是你的福。"

才说着话，魏娘子就走进来："我方才还差人问了，说你们两口已经醒了，哎哟哟，你不晓得，昨晚啊，不光是你们，我们这附近邻居也都一晚没睡，这贼人，实在太可恶了。"

绿丫忙让魏娘子坐，又为昨日打扰了大家一夜道歉，魏娘子坐着说了会儿话，又说赵掌柜娘子还想来呢，总觉得不好意思，只怕不会来了。落后魏娘子叹道："赵掌柜的还来我家里，想寻小张哥说情呢，出了这么大事，他这差事只怕就要丢了。可赵掌柜一家的嚼裹大，儿女又小，丢了差事，真是吃什么？”

酒楼生意好，赵掌柜一年也有五六百两银子的进项，家里丫鬟婆子小厮，用着七八个呢，他家的儿女，也是从小吃好穿好，赵家大儿子都十五了，还舍不得让他出去寻事做。

这件事张谆要说不怪赵掌柜是不可能的，如果不是赵掌柜好色，千面娇娘早早搬走，最少绿丫不会吃这一晚惊吓。此时听魏娘子这样说，张谆只淡淡一笑：“赵掌柜平常管酒楼管得也不错，差事这种事情，只看他们东家怎么想，和我们这些外人无关。”

魏娘子听张谆这么说，心里就明白了，也就慰问一下张谆的伤情，知道小柳条和辛婆子的手艺都不大好，绿丫这会儿只怕没空做饭，笑着说：“这会儿也是晚饭时候，你们也不用动火，姑奶奶想也不愿意过去我家吃饭，这样，我让家里那边做几个菜送过来。”

绿丫推辞几句，也就应下，魏娘子这才告辞回去。全灶送菜过来时，兰花瞧着全灶的举动，见全灶接了绿丫递上的赏钱谢赏而去，不由叹了口气。

绿丫明白兰花的心思，先给兰花打了碗汤这才道：“兰花姐，那些事都过去了，我们现在，要往前头瞧。”张谆本来准备伸手去拿筷子，听了绿丫这话就笑着道：“这不是原来我说的话吗？怎么变成你劝兰花姐的了？”

绿丫啐他一口，兰花也笑了，玉儿这段时候除了吃奶也要吃两口肉，兰花喂了她几口肉，见女儿可爱笑脸，女儿的命一定会比自己好，不会那样一提起就苦。

廖老爷让人传话过来，让张谆在家多歇几日等伤好了再去上工，又让人送来[illegible]百两银子，以备张谆病中花用。张谆的伤，第三天就开始结疤，按了张谆原来的意思，根本就不需要在家休养，可以去上工了，但廖老爷这样说，张谆也就多歇几日，和绿丫说说话，逗逗玉儿玩。

兰花原本只想在张家住一夜，但老刘说怕兰花担心，让兰花多住几夜，兰花也就在张家多住了两夜。等到张谆伤口已经完全结疤，兰花这才抱了女儿回家。

绿丫和张谆送走兰花，绿丫回头瞧见张谆有些怅然若失，晓得他是为什么，轻声说：“等天气凉些，我和榛子去趟报国寺。”

“去报国寺做什么？”张谆奇怪地问，绿丫白他一眼：“你是真傻还是装傻，不和你说了。”张谆笑了：“嗯，是时候我们生个孩子了。”绿丫啐他一口，转身进屋，张谆的伤既然好了，那也要去各家道谢，朱家刘家和榛子那里，是要亲自去的。

绿丫现在出门已经适应了坐轿和有人跟随了，到了朱家下了轿，婆子来接着，往绿丫身上打量几眼就在心里啧啧地道，还真是没瞧出来，这还是那个两年前土里土气的姑娘吗？现在这做派，和自己家小姐站在一起也是不输自己小姐的。

绿丫不知道婆子在心里嘀咕什么，就算知道了也不在意，和前来迎接的朱小姐说了几句话，两人也就携手往里面去，不过今日朱小姐却没让绿丫往厅里去，而是笑着道："今儿天有些热，我们去花园里坐坐吧。"

这倒有些奇怪，朱小姐脸上有微微的红，有些扭捏地说："今儿我娘有客人呢，这客人，我不好见得。"绿丫灵光一闪，就对朱小姐连说几声恭喜，朱小姐的脸更红了，和绿丫进了花园。

京城寸土寸金，朱家这宅子虽有四进大小，但花园也只得半亩左右，连荷塘都挖不出来，只用大瓦缸种了几缸荷花，摆在假山旁边，应应景罢了。假山旁边一个小亭子，亭子边种了几丛竹、两棵树，再加上进门处的几棵花，女眷们过来坐坐，总比在屋里闷着的好。

朱小姐和绿丫在亭里坐了，丫鬟摆上茶水点心，朱小姐也就和绿丫说闲话。不过今日朱小姐分明有些心不在焉，这些绿丫没经过，自然不晓得待嫁女儿到底怎样才是对的，也不晓得怎么劝解，只和朱小姐说瓦缸里种的荷花还不错，还有这竹子，到了春日，也就有笋可以吃了。

虽绿丫努力寻出话来说，但还是不时冷场，直到一个婆子走进来，朱小姐才急忙站起，但又觉得不好，忙又坐下，有些掩饰地对绿丫道："我就想问问，我娘那边见的客，见完了没？"

绿丫忍住心中的笑对朱小姐道："我来了这么一些时候，也该去见令堂了。"婆子已经来到朱小姐面前，对绿丫福了一福才道："太太请张奶奶过去呢。"绿丫应了刚往前走了几步，不见朱小姐跟上，回头望时见婆子和朱小姐悄语几句，朱小姐一张脸登时红了，绿丫不由抿唇一笑，朱小姐掩饰地咳嗽一声，这才整理下衣衫追上绿丫："姐姐我随你一起去。"

两人进了厅，朱太太见了绿丫就起身相迎，今日的朱太太，眉间有掩饰不住的喜气，绿丫等朱小姐走了才笑着对朱太太说声恭喜。朱太太哎了一声就道："我只得这么一个女儿，总要为她多操心些，这门亲，也算选了许久，说起来，还是柳太太保的媒，是她娘家侄儿，前些年没了父母，刚出了服。

族人又离得远，只带着一个老仆人在柳家住着。柳太太和我说时，我仔细一想，这不恰好吗？又怕柳太太因的是她侄儿，就夸耀，又让人去细打听，说是为人很不错，待下人也和气，只是读了几年书，父母没了后就荒废了。我想着，这正好，让你叔父教他做生意，以后他上手了，我们也就安心了。”

绿丫又说几声恭喜，这才谢过朱太太在张谆受伤时候送去的东西，朱太太笑了笑：“不过一点小事，还值得你特地跑这一趟？说起来，我和你们来往也是有私心的。”这点私心绿丫早就知道，只笑着说：“妹妹叫我几声姐姐，难道是白叫的？”

朱太太笑了，接着就道：“你妹妹被我娇惯了些，这会儿想教，只怕也学得一鳞半爪的。你朱叔父他，等过了五十就想回乡去了，以后这京城，就来得少了。”这个消息让绿丫一怔，毕竟朱老爷和朱太太，平日瞧着，也是极恩爱的。

朱太太见了绿丫神色就叹气：“你朱叔父那边的长孙都三岁了，他虽不说，但我瞧得出来，他疼那个大孙子。不管是那边来京里，还是带我回乡，都是难处，我和他做了二十多年夫妻，难道到了这时候还不清楚吗？也算是好聚好散，那些没孩子没产业的寡妇还要过日子呢，更何况我有女儿有产业。只是不晓得，到时他若走在我的前面，我能不能听到消息。”

这话让绿丫不知该说什么好，朱太太拍拍绿丫的手：“你别为我难受，当初我爹娘把我许给他，也是知道他在那头有妻子儿女的，不过是两头永不见面，常见的事情罢了。既许了，我也只能好好跟他过日子。当初你妹妹寻不到合适的人时，你朱叔父不是没想过在家乡人里寻一个和他差不多的。我的女儿，绝不能走我走过的路。”

说着朱太太眼里的泪忍不住滚落，即便早已知道，当事实来临时候，还是会忍不住伤心。家乡的妻儿也不是不知道朱老爷在外头早已有了别人，但男人在外面，娶一房总好过去眠花宿柳。

绿丫不知怎么安慰朱太太，等回到家里，见张谆已经回来，和他说了几句就在那闷闷坐着。张谆见妻子不像平常样说话，上前笑着说：“你这是怎么了？”

绿丫把朱老爷过了五十就要收拾回家的事说了一遍，最后道：“男人为什么要这样？家里放着妻儿，外头又另娶一个，明知道和律法不合，也晓得两人相争必有不对，还是要这样做，到头来，不过徒惹得都伤心。”

张谆没想到绿丫会说这件事，眉头皱得有些紧：“不外就是耐不住寂寞，当初我在外面做生意那一年，也有同伴约我去那花街柳巷走走的，还说，不别娶一房就是对得住家里的妻儿了。”绿丫顺手拿起张谆的袖子擦擦眼泪，这才抬头对张谆说：“我不管别人怎么说，你可不许，你要敢在外娶什么两头大，我晓得了，一定赶到那个地方，把人打得稀里哗啦。”

张谆笑了：“瞧瞧，这还什么都没有呢，就做出母老虎的样来了，你放心，我这辈子，只有你一个，永远都只有你一个。”绿丫这才笑了：“就算你这话是哄我的，我也高兴。”张谆把绿丫抱紧一些，摸着她的头发，这话还真不是哄她的。

朱小姐很快就和柳太太的侄儿定了亲，两边换了帖，摆了定亲的酒，择了九月初三的喜日子。男方除了柳太太也没什么人，早已说好住在朱家，生下的孩子，第二个男孩要姓朱太太的姓。众人奇怪为何是朱太太的姓，问了明白才晓得这是当年朱太太嫁给朱老爷时，朱老爷答应的，不过朱太太生了数胎都夭折，这件事也就不了了之。

两家定过亲，天气也就转凉，绿丫和榛子两人也往报国寺进香。这报国寺绿丫不是头一回来，可哪回也没有跟着榛子来这样受重视，知客僧亲自接了，把她们让到禅房，奉上香茶才说去瞧瞧大殿有没有人，如果没人了再请两位去拈香。

“你这架势，送了多少香火钱？”等人一走，绿丫就笑吟吟地问。榛子喝了一口茶才瞧绿丫一眼：“你也爱来打趣我，我这不是沾的香火钱的光，是沾了定北侯府的光呢。”

定北侯府？绿丫的眉微微一皱，曾大嫂当年多方夸耀廖老爷是沾了定北侯府的光，但绿丫这一年多看下来，算是彼此成全。当然，中间最重要的人就是那位王夫人了。想到此，绿丫悄声问榛子：“我那日恍惚听见有人说，王夫人有意把你嫁给她娘家侄儿。”

榛子迟疑一下才点头：“王夫人是这么想，但还没定呢，况且那样人家，说起来是威名赫赫，真要过起日子来，规矩大过天。舅舅虽有钱，终究是商户出身，到头来，只怕是银子全填进去，他家还嫌弃娶我污了他家的名声。”

难得听到榛子的抱怨，绿丫哦了一声就道：“婚姻的事，本也是天定的，再说东家那么疼你，你若不愿，定不会把你嫁去的。”榛子淡淡一笑：“绿丫姐姐，你可知道，这世上，多的是要你心甘情愿答应的法子。你说夫人待我如何？”

绿丫虽没见过王夫人，但也听过她常让人给榛子送东送西，榛子也常去给她问安，嘘寒问暖这些事，就更别提了。

榛子见绿丫不说话，轻声道："你瞧，夫人那样待我，到时她要开口，大家只会说夫人疼我，才会给我寻这么一门亲事，又会说夫人是真心向着娘家。可是，表面是光鲜了，谁知道底下的事呢？"

绿丫从榛子话里听出不一样的东西，伸手握住她的手，榛子低头淡淡一笑："即便是舅舅，见了夫人这样疼爱我，他也一定会很欣慰，舅舅最疼我，他竭力为我筹划，就为的我后面的日子能过得顺心顺意。"

"这番话，你对东家说过吗？"榛子听了绿丫的问话微一摇头："我不忍心舅舅为我操心，横竖这门婚事，总要先问过我的意思。只是……"见榛子又皱了眉，绿丫把她的手握紧一些，眼亮闪闪的看着她："榛子，你现在懂的东西越来越多了，你若不愿，我会站在你身后的，即便……"榛子笑了，歪了头道："绿丫姐姐，谢谢你。"

两人相视一笑，知客僧已走进禅房："大殿的闲人都没了，两位要进香，请随小僧来。"两人起身随了知客僧走出去。阳光照进禅房，过了好一会儿，才听到隔壁传来一个声音："这女子，倒还有点意思。"

"秦兄，你今儿是怎么了，竟想到要来进香？"跟他来的同伴奇怪地问。秦公子直起身子："你可知道方才说话那个女子是谁？"

"京城的女子这么多，谁知道她们是谁，不过瞧样子，不是什么官宦人家的千金。"说话的人百无聊赖地看着外头，此时天气渐凉，倒是该骑了马跑一段，而不是陪人来进香，要知道，这个时候能来进香的人，哪有什么美人。

秦公子微微一哂："这个女子，本该是我未来的弟媳妇呢。"

他的同伴立即瞪大眼，差点跳起来："你未来的弟媳妇？你堂堂定北侯府，竟要娶一个商户人家的女儿为媳妇，难道京城中的传说是真的，定北侯府，已经穷得快过不了日子了，要靠娶一个商户人家的女儿，好用嫁妆度日？"

这样的问题并没让秦公子动容，他依旧淡然地道："你我从小认识，你也该晓得，我们这样人家，外头看着轰轰烈烈，多的是空架子罢了。不说我家，就说广安伯府，去年可是把女儿嫁给江南富商钱家，收了三万银子的聘礼，嫁妆不过用了五千两罢了。广安伯府能卖女儿，那定北侯府娶个商户女儿，又有什么稀奇？"

广安伯府正是说话这人的外祖家，听秦公子这样说，此人登时又萎下去："嫁女儿和娶媳妇可不一样，我表姐嫁去钱家，也是去做宗妇，可这娶个媳妇，万一不好，那才坑死一家子老小。再说令弟我又不是不晓得，读书不成，为人又软弱，到时被他媳妇拿捏住，你们侯府，可就是偷鸡不成蚀把米了。”

“所以，四弟的姨娘来寻我，哭着求想让我爹把这婚事给拒了，你也晓得，四弟的姨娘是我娘的贴身丫鬟，从小待我也好。”

“能待你不好吗？你虽不是长子，却从小能干，若不是朝廷法度相关，只怕令尊会想把侯府传给你，不过你现在在锦衣卫做得也不错。我听说，令尊想为你向赵首辅府上提亲，有了这门亲事，你以后更是如虎添翼。”

自己的爹打算得很好，兄长好色贪酒，撑不起定北侯府，但要换世子，自己上头可还有个二哥呢。自己娶的妻子有势，四弟娶的媳妇有财，有财有势再加上擅长内务的二哥，定北侯府也就轻巧撑起来了，只是自己不大愿意呢。

知客僧已经走进来：“两位公子，这会儿女客都进完香了，二位请进大殿吧。”秦公子站起身，他个子高，生得又好，今日为进香穿得又素淡，站起来真如芝兰玉树一般，和他一起来的虽没他那么俊俏，可也是翩翩佳公子一个。两人从禅房走到大殿，有几个随主人来进香的丫鬟瞧见，眼珠子都不会转了，竟能在寺庙瞧见生得这么好的两人，实在不辜负此行。

榛子和绿丫两人进完香，又在旁边两个殿看了看果报故事，也就回到禅房再喝一杯茶，准备离去。就听到外头丫鬟们叽叽喳喳地在说怎么来了生得这么好看的两个公子，也不知道是哪府的。

榛子的眉皱一皱，轻唤一声藕荷，这声虽轻，但外面的声音顿时消失，藕荷已经掀起帘子走进来，垂手侍立：“小姐，奴婢已经训斥过她们了，不过说话的，有几个并不是我们家的人。”

榛子嗯了一声，扶了藕荷的手站起身，走到门口廖家的丫鬟婆子忙上来迎，榛子眼一扫，瞧见有几个丫鬟的确不是自己家的，这才对藕荷点一点头，和绿丫一起走到外面上车离去。

“那个年纪小些的就是你未来弟媳妇？”大殿高处，有两个人站在那里，靠了飞檐遮挡，底下的人看不到他们的身影。但榛子和绿丫在众人簇拥下走出去倒被他们看得清清楚楚。

秦公子嗯了一声，那公子立即评点起来：“气派是有了，方才说的那几句话，也不是那种不知进退的人，只是这样的人，一定能拿捏住你四弟。我晓得，这门亲事是你姑母一力撮合的，你姑母想得也很好，可是……”

话没说完就见秦公子往下走，这人急忙追上：“哎，我晓得我不该随意评点别人家的女眷，可是忍不住，你可别生气。”秦公子淡淡地瞧了他一眼：“我不生气，我从来不和笨人生气。”开头还好，这后面一句把人的鼻子差点气歪，这人追上秦公子就要再掰扯掰扯，可见秦公子已经往寺外走，急忙又跟上去，中间还不忘丢给知客僧一锭银子做香火钱。

这人追上去后，见秦公子已经策马往小巷里面去，急忙追上去，抱怨道："你怎么在京城这样骑马？要被那些老头子晓得了，又该到陛下面前啰唆了。"

秦公子计算着速度和距离，这才道："你若不愿意，就别跟上来。"

"你怎么总这样说话，你可不能仗着比我俊、比我能干，我祖母喜欢你，你就成日欺负我 。"这人还唠唠叨叨地说，可是见秦公子已经一夹马腹，就走出巷子，急忙跟上，刚追上去就见秦公子把缰绳一勒，马长长地嘶叫了一声，蹄子高高举起，免得撞上别人家的马车。绿丫和榛子刚在说话，就听到外头传来马的长声嘶鸣，接着那马车颠簸起来，绿丫和榛子撞到一堆，连车内小桌上摆的那些东西也跟着叮叮咚咚掉个不住。绿丫忙抱住榛子,好在只有一瞬，接着就听到一个男子的声音："对不住得很，我急着赶路，没想到差点撞上你们马车。"

这声音真好听，绿丫拍拍榛子的背好安慰她，就听到廖家管家的声音:"原来是秦公子和苏公子，你们二位这是去哪里？我们小姐出来进香。"

秦？定北侯府不就是姓秦，不过这位苏公子又是哪位，绿丫就不晓得了，估计也是他们差不多的贵公子。藕荷已经钻进车里，见她们俩都安然无恙，急忙收拾一下里面乱七八糟的东西，掀起车帘往外道："大叔，小姐和张奶奶都没事。"

廖家管家正在那对赔礼不止的秦公子说不妨事，听到藕荷这样说就点头道："秦公子，我们家小姐并没事，这难免冲撞，大家都是熟人，还请秦公子先行。"

秦公子嗯了一声，却不离开，依旧道："虽如此说，但这总是不好，等我事情办完，定要上贵府当面赔罪。"廖家管家忙说几声不必，秦公子这才往马车车厢处又瞧一眼，打马离开。

"小姐，原来方才在寺里瞧见那两个俊俏哥儿，就是秦公子和苏公子，小姐要是……"藕荷的脸都忍不住涨红，虽说自己的爹娘曾是定北侯府的下人，但自己去定北侯府的次数不多，仅仅见过定北侯府的几个主人，并没见过这位秦公子。

榛子觉得今日这事透着有些尴尬，轻喝藕荷一声，藕荷急忙闭嘴，马车先把绿丫送到家，才又往廖家那边去。榛子下了车，王大娘已经带着人在那里迎着："方才听说小姐受了惊吓，还不知小姐您现在如何，老爷问，要不要请个医生？”

“我又不是豆腐做的，请什么医生？舅舅那里现在可有人？没有的话，我想去见见舅舅。”榛子话说得很快，王大娘急忙带了人陪榛子到了廖老爷那边。

“我听说你受了惊吓，还想着，等会儿去瞧你，怎的现在就过来了。”廖老爷瞧见甥女进来，忙安慰道。

“我又不是小孩子了，哪会这样容易就受惊吓。只是舅舅，我有话对您说。”榛子有些急不可待地说，自从榛子渐渐大了，甥舅两人见面次数不多，但感情是越来越好了，廖老爷吩咐下人退去，这才开口道：“我猜猜，你看上那个撞上你的秦公子了？他可是定北侯的宝贝疙瘩，年少有为，定北侯留着他，是想和赵首辅结亲的，当然，这门亲事，不管是赵家秦家还是王家，都是乐见其成的。”

“舅舅，我是那样浅薄的人吗？见了个清俊的男子，就不管不顾，只想终身了？”虽然知道舅舅是开玩笑，榛子还是涨红了脸和廖老爷说。廖老爷又是一笑：“我教出来的孩子，当然没那么浅薄，那你要和我说什么？是不是觉得这撞上的有些尴尬。”

榛子点头，京城权贵虽多，但因在天子脚下，又有御史闻风奏事，那些权贵们并没那么嚣张，况且榛子的马车也是仆从甚多，秦公子从小生长京城，哪会瞧不出来，偏偏要撞上来，若是勒不住马，可是那马速并不是很快，看来看去，都是故意居多。

再者又听藕荷说过，在寺里瞧见的那两个英俊小哥就是他们，榛子更加肯定这是故意的。

廖老爷听完榛子的分析，点头赞道：“不错，不愧是我教出来的孩子。敏儿，秦家的那桩婚事，虽然夫人极力想促成，可是你若不愿意，我并不会让你嫁过去。齐大非偶的道理，我还是懂的。”

榛子的眼里顿时有泪：“舅舅，我……”廖老爷拍一下榛子的肩：“你别担心舅舅会难做，舅舅现在已不是当初那个无力的人，况且我们现在和王家，倒难说谁靠谁。至于夫人，她是个聪明剔透不输男子的妇人，不，比男子的智谋还要强，真回绝了，她也不会难为你。”

真的吗？看着榛子的眼神，廖老爷笑了：“你要相信舅舅的话，夫人若真是那么睚眦必报，为一点小不顺心就大怒的人，王大人也做不到那样的高位，只是你愿意的话，就要和夫人正正经经地说，千万不能耍什么手段，在夫人面前耍手段，不过是自作聪明的举动。”

榛子这下是真的笑了，笑容里还有些羞涩："我还真不晓得夫人原来是这样的人呢，我还以为……"

"以为夫人只想控制住一切？敏儿，舅舅今儿告诉你一个道理，控制的手段越狠，反弹也就越大。若夫人真要拿你的婚事来拿捏我，那我也不是好惹的。"看着廖老爷眼里难得出现的厉色，榛子心里更加踏实了。

廖老爷又是淡淡一笑："好了，你今儿怎么说也是受了惊吓，早些回去歇着吧。"榛子嗯了一声行礼退下，此时心里十分欢畅，再无半分紧张。

喝了眉姨娘让人熬的安神汤，榛子瞧着做妇人打扮的夏荷，笑着道："替我回去谢谢姨娘，你也不多歇几日，就来服侍，难为你了。"夏荷前几日嫁出去，不过没有离开眉姨娘房里，依旧在那服侍，听榛子这样说忙道："忙惯了，在家坐不住。况且……"

"况且，还想着赏钱吧？那日我托小张嫂子给你带的礼想来你也收到了。"见夏荷点头，榛子又唤藕荷，"把我那对红宝兔耳环拿来，给夏荷玩呢，夏荷刚成了亲，正适合戴红的。"

夏荷忙跪地磕了头，藕荷已经给她把那耳环戴在耳上，笑着道："夏荷姐姐，你戴这对耳环真好看。"夏荷用手摸了摸耳朵，又谢过榛子这才对藕荷道："你喜欢，让小姐也赏你就是。"

说着夏荷作势要摘，藕荷急忙道："罢了，我还没出阁呢，等以后吧。"榛子笑看着她们俩斗口，等夏荷走了榛子才对藕荷道："我记得你也十八了，若想出阁的话，和我说一声，到时由你自己挑。"

藕荷吓得急忙跪下："小姐，奴婢哪里做错了，您要赶奴婢走？"榛子奇怪地看着藕荷："我并不是赶你走，女大当嫁是平常事，难道你想出嫁，我还要拦着你不成？"

见藕荷又要分辩，榛子的手轻轻一摆："我不是那样爱拿捏人的人，也不会因为身边人想出嫁就觉得对不起我，这是你的大事，我当然要问问你。"藕荷的心这才放下，勉强笑着道："来服侍小姐这样的，才好呢。"

榛子嗯了一声："所以你说，我这样的，怎么嫁去定北侯府，他们家上上下下，几百口子人呢，进去了又是做小儿媳妇，都说小儿媳妇得人疼，可秦四公子是个庶出，还指望能有多少疼？到时每日揣测人心，你多给了点什么我少拿了些什么，或者你的下人和我的下人说了什么话，我不服，要吵回来。真是拌得人头都疼了，我清清静静的日子不过，要去过这样日子？"

这点藕荷也承认，廖家比起定北侯府来，是清静太多了，廖老爷不好女色，后宅只有眉姨娘一人，真是想吵架都不晓得和谁去吵。况且，侯府的规矩，那也是十分大，听说定北侯世子夫人，每日光去问安，就要花上一个时辰，上头两层婆婆，旁边妯娌小姑，下面还有侄儿侄女。

藕荷这么细想想，也豁然开朗："小姐，您说的话，我明白了，以后，我不该去想那些事。"榛子瞧着藕荷一笑："这才对，等明儿我们再去给夫人问安，夫人身边的人问起你来，你就这样说。"

藕荷应是，见榛子喝了安神汤有些疲倦，忙扶她躺下，拉好帘子，在床边等她醒来。

榛子在床上翻了个身就睡去，要揣测人心，也要去揣测那些有用的，去揣测后宅妇人的心，那些鸡毛蒜皮的事，真是不喜欢。

绿丫从报国寺进香后的第二天，就有些不舒服，魏娘子是有经验的，听了绿丫这话就欢喜道："只怕是有喜了。"算算日子，这个月的还没来，可是也不知道真有假有。

魏娘子已经叫辛婆子去请医生来，笑着道："头一胎总是这样，你啊，放宽心，准保有了。"真的吗？绿丫不说话，伸手摸了摸肚子，想到昨日那撞上的马就有些后怕，幸好肚子里的孩子没事，否则的话，自己一定后悔死。

魏娘子是晓得她们昨儿回来路上被人撞了一下，笑着道："你且放宽心，这孩子结实着呢，到时一定是个大胖小子。"闺女也好，听到绿丫这样说，魏娘子捂嘴一笑，接着凑在绿丫耳边道，"那个法子，我可以告诉你了，就是……"

绿丫的脸越来越红，等魏娘子说完已经撑不住了，魏娘子捶绿丫肩膀一下："脸红什么，圣人还说呢，什么什么色是性也，是人的本性呢。"

绿丫忍住脸上的红和魏娘子说了原话，魏娘子点头："我就听我家大小子那么念了一句，问他，我大小子倒脸红了，嗔着我不该说这个，可是这是圣人的话，既然圣人说得，我自然也就问得。"

说着话医生已经请到，诊过脉，确定绿丫有喜了，不过日子浅，只有一个月呢，胎儿虽稳，还是要小心些。绿丫让人送了诊金，就欢喜得不知道说什么，只是坐在那发呆。这样情形魏娘子也经过，忙把辛婆子和小柳条都叫来，让她们好生服侍孕妇。

小柳条和辛婆子忙给绿丫道喜，等张谆回来，听到绿丫有喜的事，也十分欢喜，连声说还是报国寺的香火灵，等绿丫胎儿稳了，一定要去烧香还愿。绿丫见他比自己还欢喜，也不分辩任由他去。

这消息很快兰花就知道，忙带了玉儿来望绿丫，玉儿已经能站起来走上那么一两步，虽然还不稳，但是算很结实的孩子。兰花又让玉儿去摸绿丫的肚子，教她说里面是弟弟。

玉儿乐呵呵地笑，口水都流了一下巴，绿丫不敢抱玉儿，只是捏捏她的小脸："你啊，还是让你娘快些给你生个弟弟。"

"前儿你姐夫还说，要是真命里没儿子，只有玉儿这一个，也没什么，到时好好地教养她，再给她招赘个女婿，到时还是一样过日子，横竖我们也不回家乡，全是你姐夫说了算。"兰花的下巴一扬，有些得意地说。

这是老刘给兰花吃定心丸呢，毕竟这年头，为了生儿子撑门户，不少人家那是年头一个，年尾一个，生下来是闺女又养不活，偷偷地把闺女溺死的不少。绿丫当初在家里时候，婶子生不出儿子来，被祖母拍着屁股年年骂，绿丫记得见婶子大肚子过，但从没见到叔叔家有孩子，小孩子都在偷偷传，那生下来是闺女，就被溺死了，毕竟这么穷的人家，哪还有钱去养女儿？

想到这，绿丫把玉儿抱紧一些，这么可爱的一块肉，会哭会笑，谁舍得把她给溺死，也不晓得婶子当时是怎么想的。兰花还坐着呢，榛子就派人送东西来了，送东西来的先恭喜了绿丫，才道："小姐还惦记着那日被马撞到的事呢，还说问问张奶奶可有什么不适，若有，外头医生不好的话，想法请个名医来。"

绿丫忙说自己很好，兰花这才问绿丫到底是什么事，听说那日被马撞了，就哎呀一声："不少人都是横冲直撞的，幸好你没事。"送东西来的人也附和几句，绿丫给过赏钱打发她回去。

这人回去见了榛子，才说几句藕荷就进来道："小姐，秦公子今日来了，还说，想请小姐出去，他亲自给小姐致歉呢。"

藕荷的话让本来想出去送东西的那个人也没走，想等着听听什么意思呢。榛子往她那边瞧了一眼，这人晓得被榛子瞧破，只得退出门外。

榛子这才对藕荷道："他一个男子，我一个闺中女儿，自然是不好出去的。"藕荷应是方道："老爷也是这般说，但秦公子说，正因为是闺中女子，只怕受到惊吓，这才要亲自给小姐致歉。"这人怎的这样？榛子唔了一声方道："你还是去把我的话传出去。"藕荷应是，掀起帘子走出来时见方才那个婆子还在院门口徘徊，上前叫了声婶婶就道："婶婶怎么也不出去，还在这要寻小姐有事？"

那婆子漫应了才道："藕荷，我也是从小瞧你长大的，想问你句话呢。"

问话？藕荷只一愣就道："婶婶，你想什么呢，小姐对秦公子，可是半点都没心肠。"那婆子被说破，又见藕荷往外走，急忙追上："哎，藕荷，我不是这个意思，我只是想，定北侯府的公子，那是什么身份，如果真能瞧中我们小姐……"

藕荷停下脚步，神色都变了："婶婶，这样的话是你该说的吗？我们做下人的，也只该好好服侍主人，这话，幸亏是我听见，若是旁人听见，婶婶，你的差事还要不要？"这婆子这才嘀咕一句："我这也是为了小姐好。"

藕荷噗嗤一声笑了："小姐的事，有老爷操心呢，再不成，还有姨奶奶呢，轮不到婶婶您，您啊，还是拿了赏银，回家去吧。"婆子嘴里嘀咕两句，这才怏怏转身，藕荷已走到二门处，寻到廖老爷派来传话的小厮，把榛子的话说了，那小厮哎哎应了，匆匆离去。

藕荷瞧着那小厮的背影，秦公子既然前来探望，只怕对小姐也有那么一点意思，若是能促成了，定是一桩好佳话，可是小姐不愿意，那也就罢了。可惜了秦公子这样俊俏的人。

秦公子听完小厮来禀报的话，也就起身道："既如此，些许薄礼，还请廖叔父收下，代我向令甥女致歉。"那些礼物，不过寻常东西，廖老爷嗯了一声就让管家收了，也就送秦公子出去，见到秦公子上马离去，廖老爷的眉微微皱起，这人到底是在打什么主意？平心论起来，真要结亲，也是秦公子胜过他弟弟，出身先不说，长相俊朗人又能干，可是这样的人，看起来越好，就越麻烦。

廖老爷在那皱眉细思，关系到榛子，小厮管家们也没有人敢多说一句，只是服侍廖老爷继续练字，等廖老爷写到第三幅时，才听见廖老爷"哎呀"一声。小厮服侍惯了的，急忙递上帕子，廖老爷并没去接帕子，而是对小厮道："你让人去打听打听，秦家想和赵府结亲，两边说的都是哪一位。"

小厮应是，正要转身廖老爷又叫住："还有，切记要打听清楚，两边人的品性相貌如何。"小厮哎哎应了，急急出去。

这种事还是很好打听的，过不了一个时辰小厮就回来："老爷，都打听清楚了，定北侯府有两位没结亲的公子，一位三公子，一位四公子，这两位的品性相貌，老爷您也清楚，就不容小的再多说。赵府那边，年貌正相当的是二小姐，为人性格宽厚相貌也很出众。"

这样看来，秦三公子和赵二小姐，也算天作之合，那秦三公子为何还要来这么一手？廖老爷的眉皱起，那小厮又道："老爷您也晓得，定北侯世子不成器，好色贪酒，偏生世子夫人又是将门虎女，两人经常打得不可开交。至于二公子，他娶的是一个翰林千金，倒没什么可说。”

定北侯府的状况廖老爷平日还是知道的，也没有呵斥小厮多嘴，只是在那仔细算着，突然啊了一声，真是越亲近越糊涂。定北侯为两个儿子意欲结的亲，一有势一有财，再加上二公子那边有清名，这样的话，就算世子再乱七八糟糊里糊涂，也可保得定北侯府平安。

可现在瞧来，明显就是秦三公子不愿接受这样安排，想借自己这边，把赵府那门亲事给回了，至于自家这边能受到什么影响，他全不考虑。竖子，他当自己是那种无知商人，一心只瞧得见权势吗？

见廖老爷神色变得很不好看，小厮不敢再多话，廖老爷在心里盘算起来，自家横竖是不能趟这趟浑水的，只是原先已经定下回绝秦家的亲事，可这会儿就有些难开口，不然秦三公子一定会借此大做文章，还要好好想想，拿个章程出来。

榛子听完廖老爷的分析倒微微一愣：“我倒没想那么多，不过……”廖老爷听榛子说了个不过，眉不由微微一皱：“你不会真看上那小子了吧？”

“怎么会？”榛子笑了，“舅舅疼我，害怕我受到一点点的伤害，我是明白的，可是这些年在舅舅身边，我也渐渐瞧出来，有时候，嫁得不好还不如不嫁。”

“你这丫头，怎么说话呢。”廖老爷的脸一沉，榛子并不害怕，只是瞧着廖老爷道：“舅舅，我晓得，你希望我一辈子快快活活的，可是舅舅，我真嫁了，天下又有几个男子，能够接受妻子永远压在他头上？舅舅，倒不如不嫁，至于孩子，我和绿丫好着呢，等她生了两个，我就过继一个过来。”

“你这孩子，”廖老爷明白外甥女在打什么主意，忙出声喝止。榛子的手抓住廖老爷的胳膊撒娇地摇了摇：“舅舅，寻不到那个真正对我好的人，我宁愿不嫁。所以，我们不如将计就计，至于以后，秦三公子欠了我们人情，他这样出身教养的人，定要还的。”

你这是自毁名声，廖老爷喉咙里的话一直堵在那说不出来。

榛子已经又笑了：“我方才已经想好了，等这事完了，我就先去江南住几年，等到……”

“我不允许。”廖老爷几乎是一字一顿地说出来，榛子抬头瞧着廖老爷：“舅舅，我晓得，你不愿意我受一点点的伤害，可是你总是把我放在翅膀底下，像老母鸡一样护着是不成的。总有一日，您会离开我，舅舅，靠天靠地靠别人，不如靠自己。”

纵是廖老爷再经过了许多的事，听到榛子这几句还是忍不住滚下泪来：“你这孩子，怎么就那么不听劝，那些……”

“舅舅，我并不是不知道人世险恶，没有看过世道凶险的人。舅舅，我多强一些，您，也会安心。”看见廖老爷的泪滚下来，榛子的泪也满眶，只是努力不让它们滚落，有些祈求地看着廖老爷，廖老爷看着外甥女，心里又是欣慰又是伤心，这孩子，真的长大了。不会辜负自己。

看见廖老爷艰难地点头，榛子笑了：“舅舅，就知道你对我最好了。”

廖老爷拍拍外甥女的手：“可是，女子的名声，是极其要紧的。”

“舅舅，我是被人拐走过的，您忘了吗？”

怎么会忘记，廖老爷看着外甥女的笑脸，感觉喉咙又有些堵，杜二叔家，现在已经穷困潦倒了。仅仅只是因为顾忌到榛子，廖老爷才没有把他们夫妻的孩子卖掉，好歹给他们留了十亩地，一座草房。但这和当初杜二叔把榛子恶意丢掉之后的日子比起来，简直是一个天一个地。

榛子也想起了自己二叔，只淡淡一笑：“舅舅，有些事，你不必怕伤害我，我已经能经得起风雨了。”

“好孩子。”廖老爷拍拍榛子的手，只会说这三个字，榛子又是一笑，这些，秦三公子大概也没想到吧？

“你说，是廖家那位小姐的贴身丫鬟，让你把这信给我？”秦三公子计谋没成，在那想着第二个计策，听到身边小厮的话，倒愣了一下。

那小厮连连点头：“三爷，小的并没听岔，就是廖家那位小姐。藕荷姐姐是王阿公的外孙女，王家和我家，几十年的邻居了，这信，就是藕荷姐姐递给我的。”

看来没错，可万一是什么圈套？但若正好是圈套，那不正中了自己的下怀？秦三公子接过信，解开叠成一个方胜的帕子，帕子上还绣了一对海棠花。里面的信纸叠成一个同心结。

女儿家就是喜欢弄这些东西，秦三公子在心里嘀咕一句，打开了信看起来，那信很简短，为上次没出来道歉，接着就说，想在某月某日和秦三公子在报国寺一会。

这到底怎么一回事？秦三公子把信重新包好，眉皱得死紧，这才短短几日，怎么就变这样？

“三哥好。”秦三公子还在发愣，瞧见自己弟弟走过来和他说话，秦三公子把信放到袖子里，这才对弟弟道：“你在这做什么呢？还有，你这脸色似乎有些不好？”

“三哥，我姨娘她，是不是去和你说，让你和父亲说说，别让我娶廖家千金？”这件事不是什么秘密，秦三公子点头。秦四公子叹气：“我姨娘她，就是眼浅，真是妇人之见，现在好了，姑母方才和我说，廖家的那桩亲事，对方觉得高攀不起，回绝了。”

回绝了？难怪自己弟弟一脸不悦，秦三公子拍拍弟弟的肩：“你要晓得，天涯何处无芳草，没有了这家，还有下家。”

秦四公子苦笑一声：“三哥，我和你不一样，你不光是母亲养的，人还长得俊俏，又有能力，哪像我，肩不能挑手不能提，读书不过勉强混了个秀才，想寻个事做都不晓得该做什么。你说我这样的,娶个巨富之家的女儿不是正好。偏生我姨娘又哭哭啼啼不许，她倒是想让我娶个高门的呢，可也不想想，娶个高门媳妇回来，会怎样对她？”

秦三公子安慰了弟弟几句，想到那封信，总不会是回了自己弟弟，然后想来嫁自己吧？真是做她的美梦，自己不过是想利用廖家把赵家的婚事给回了罢了。毕竟一个心里有别人的女婿，依赵首辅疼女儿的心，绝不会让女儿嫁过来的。至于回绝以后，自己的媳妇要自己去寻，要寻一个彼此相待的，而不是像父亲一样，母亲的憔悴，秦三公子是能瞧在眼里的。

某月某日，报国寺内，不见不散。榛子瞧着这几个字，脸上扬起笑容，秦三公子，接招吧。

藕荷瞧着榛子脸上的笑，心里狐疑不止，可是不敢开口问榛子，只是服侍她练画罢了。

“你们小姐想和我一起去报国寺还愿？”绿丫听到榛子派来的婆子说的话，眉不由微微一皱。那婆子恭敬地道：“是的，我们小姐就是这样说，还说，到时马车上一定有很多垫子，定不会颠到张奶奶的。”

绿丫忍不住摸了下自己的肚子才道：“你们小姐就是这样客气，我有什么好担心的，这孩子，稳得很呢。只是我已经有了孩子，愿望已满，难道你们小姐也有了好姻缘？”

不然也不会用还愿这话，这婆子笑得依旧恭敬：“我们小姐有没有好姻缘，小的也不晓得，不过呢，小姐好事将近是真的。”这倒有些稀奇，绿丫也不指望真的从这婆子嘴里问出什么，横竖到时可以去问榛子呢。

到得那日，榛子坐着马车到张家接绿丫，绿丫一出门瞧见那马车就愣了下：“这马车轮子上，怎么捆了这许多稻草？”榛子掀起帘子的一条缝让绿丫上车：

“亏你还每日看书呢，难道连蒲草安车都不晓得了？我啊，可是特地给你准备的。”

绿丫抿嘴一笑上了车，坐好才道：“这安车是稳，可太慢了，一个时辰的路，它能走出两个时辰来。你也不怕耽误工夫？”

“你肚子里我的侄儿才最要紧，再说了，去报国寺，再慢半个时辰也就到了，我们慢悠悠地过去，正好可以说话。”既然榛子都这样说，绿丫也就不说话，只是靠在软被上。

榛子又寻些别的话来说，绿丫答了几句就凑到榛子耳边：“我是有了身孕，这才去报国寺还愿，你呢，难道真是有了好姻缘？快说说，是哪家的公子？”

这件事内情，只有廖老爷和榛子晓得，连藕荷都不知道，榛子当然也不会告诉绿丫，只是捏一下绿丫的手：“自从成了亲，这嘴越发碎了，亏小张哥受得了你。”

提起丈夫，绿丫就觉得从心里冒出来的高兴，鼻子里面轻哼一声：“他啊，受不了也得受，不然，我就把他赶出门。”榛子噗嗤一声笑了，接着收了笑：“你说，如果我做了什么不见容于众人的事，你会不会跟着别人一起骂我？”

不见容于众人？绿丫的脸色一变，接着就摇头：“榛子，你不会想着去做那些什么乱七八糟的事吧，这是不行的。”榛子哎呀一声，声音带上一点点娇嗔：“我当然不会去做那些乱七八糟的事，我只是说，如果，我喜欢上一个人，但是不能嫁给他，可我又喜欢，你到时会不会跟着别人一起骂我？”

喜欢一个人但是不能嫁给他？绿丫啊了一声就道：“东家那么疼你，怎么会让你嫁不到你喜欢的人？”榛子摇头：“很多时候，并不是我想嫁，就能嫁的，绿丫姐姐，你是晓得的。”

门不当户不对啊，或者别人父母不喜欢，绿丫沉默一下才道：“如果是这么一件事，榛子，不管别人怎么说你，我都会和你站在一起，因为我是帮亲不帮理的。”

榛子靠在绿丫肩上，绿丫的心绪有些复杂，接着又轻声说：“可我觉得，你还是去和东家说一声，说不定东家有主意呢。”马车已经停下，藕荷的声音传来：“小姐，到了。”

榛子把头抬起来：“绿丫姐姐，我明白你的意思，可是有时候，并不是能解决一切事情。”说着榛子低头，在心里快速地说了声对不住后才抬头对绿丫道：“绿丫姐姐，我只要见他一面，一面就好。”

绿丫本来准备下车，手顿时抓住车帘，脸色惊诧地瞧着榛子：“你，你这说的什么话？我们快些回去吧。”榛子咬住下唇摇头，接着就对绿丫道：“绿丫姐姐，我只见他一面，什么事都不做。”

嫁不到自己心爱的人，甚至连见面都是一种奢望，绿丫在心里长叹一声才点头：“那好吧，可你一定要一直跟我在一起。”榛子点头，脸上露出笑，两人这才下车进寺。

同样是知客僧把她们迎进禅房，绿丫此时心绪却没有多少安宁，恨不得立即拉了榛子走，可看着榛子的眼，绿丫的心又软了，再一想到女子的名声，绿丫又觉得不对，心中真是千头万绪。

知客僧已经又走进来，可这回不是说大殿里没人，让她们去进香，而是对榛子道：“杜小姐，秦家三公子听说您来了，想见您。”

秦家三公子，绿丫差点跳起来，瞪着眼瞧着榛子，知客僧会错了绿丫的意，对绿丫道：“这位奶奶，您放心，本寺是极清静的所在，并没有那些污秽事情，不过佛门之地，开个方便之门还是可以的。秦三公子，就在后院。”

榛子拉住绿丫的手，绿丫定定心才对知客僧道：“既如此，我就跟她一起去。”知客僧收了秦三公子的钱，只要把人带去就好，也就点头在前带路。

绿丫的心跳得比榛子的心还快些，榛子反而十分自如，毕竟今日的事，都在自己掌握之中。

此时是八月天，寺里的桂花开得很好，秦三公子站在亭前，负手而立。虽然见惯了自己丈夫的俊俏相貌，但绿丫也不得不在心里说，秦三公子比起丈夫来，还是潇洒多了。

看见榛子走过来，秦三公子脸上浮起笑容，这笑容十分真诚，若不是榛子心知肚明，晓得对方不过利用自己，也会觉得，这男子是真的喜欢自己。

绿丫往榛子脸上瞧去，见她脸上笑容就吓得握紧她的手，榛子脸上的笑容是故意做出来的，此时被绿丫握紧了手，就微一低头，继续往前走。

一步两步三步，离秦三公子越来越近，知客僧已经消失。榛子和绿丫站在秦三公子面前，看着秦三公子，榛子浮起一个羞涩笑容。这让秦三公子心里笃定，她那日的不肯出来见，不过是女儿家的假撇清罢了，像自己这样的容貌家世才华，能抵挡住的人实在不多。

秦三公子拱手为礼：“杜小姐，久违了。”榛子行礼下去：“冒昧相邀，不过是既见君子，云胡不喜罢了。公子休要嫌我莽撞。”

今日的榛子和那日的榛子似乎有些不同，秦三公子的眉不由皱起，那日的榛子可是有条有理，而不是今日这样一脸花痴样。可是，说不定那是因为她没瞧见自己，秦三公子在心里下着判断，接着就又想，横竖只要能顺了自己的心就罢，别的，也就由她去。

绿丫见两人搭上话，心里越来越紧张了，已经伸手去拉榛子："榛子，你们既已见过了，就走吧。"

秦三公子哦了一声看向绿丫："这位是……"

"这是我的一个姐姐，秦公子，我对你，并不是没有情意，只是秦家门楣太高，我攀不上的，可我的心里，还是……"果然不出自己所料，秦三公子笑得越发真诚："我明白，其实那日街上一遇，我就对你有不一样的心肠，可是你和我四弟议亲，我……"

秦三公子照着肚里的词儿在说，可又觉得这样说好像有些不对，话尚未说完就听到不远处传来笑声："娘，您瞧这桂花，闻起来可真香。"来了，秦三公子的精神一振，绿丫听到有人来了，急忙去拉榛子，想从另一边走。

可是来不及了，来人已经瞧见这边，秦三公子的话也清清楚楚传到那人耳里，"我和你，注定是有缘无分。"来人手里的帕子都快被撕碎，榛子心里叫声好，也要配合着秦三公子，眼泪已经出现，泪汪汪地道："秦公子，我……"

"你们在说什么？"不等榛子把话说完，背后已经赶上来一人，她看着榛子和秦三公子，努力忍住眼里的泪，对榛子道："你是不是想说，你情愿做妾也好？"

没想到赵二小姐还真配合，秦三公子心里赞着，脸上神色已经变得惊慌："赵小姐，赵夫人，我……"

这下的突变让绿丫也急了，她急忙把榛子拉住，对赵二小姐道："这位小姐，您不明不白地说什么？我们岂是肯做妾的人家？"

"不肯做妾的话，怎么又在这和人拉拉扯扯的？"赵二小姐妒火中烧，秦家这门亲事，她也是千肯万肯的，只恨爹娘定亲的口子晚了，听丫鬟说秦三公子今日要来报国寺吃斋，她就撺掇自己的娘一起出来，想见心上人一面，可没想到进了园子见到的听到的竟是这样的话，她是官家小姐，从小娇宠，怎么受得了将要定亲心上人心里有别的女人？

榛子眼里的泪已经流出，有些祈求地望着秦三公子，秦三公子的目的已经达到，只要抽身离去就好，可是看到榛子那双眼，秦三公子不由微微愣，心里有个地方动了一下，这样的悸动是前所未有的。

"你们的手都断了吗？还不拦住你们小姐？"关键时刻，还是赵夫人稳得住，出声呵斥。

第 18 章　利　用

丫鬟们听到主母的话，这才上来扶住赵二小姐，虽说秦三公子不愿和赵府结这门亲，但还是希望对赵二小姐的影响越小越好，免得日后和赵府往来不便，听到赵夫人这话心里这才松了口气，急忙上前对赵夫人道："夫人，在下……"

这两个字才刚说出来，就听到榛子在旁欲泣欲诉地说："秦公子，你方才不是说，要娶我吗？只是碍于两家门户不当，才……"自己何时说过这样的话，秦三公子当时就愣在那里，绿丫也呆住，伸手去扯榛子的袖子，轻声道："秦公子何时说过？"

榛子眼里依旧泪汪汪的，瞧也不瞧赵家母女，只是望向秦公子，那脸上越发难过："你让我到这里来，不就要和我说这个吗？"秦三公子的脸色顿时变了："杜小姐，今儿是你约我来的。"

"秦公子，你休要血口喷人，我们好好地坐在禅房，是你让知客僧带我们过来。"虽然不清楚到底谁邀约的，但绿丫基于对榛子的信任，自然而然地开口为榛子辩解。况且她说的本就是对的，秦三公子觉得事情不往自己所想的方向走去，还要再和赵夫人说几句，已经听到不远处传来藕荷她们喊小姐的声音。

绿丫见秦三公子说不出话来，心里为榛子大不平，竟喜欢上这样的男子，除了一张脸和家世，连担当都没有，算什么男人？这样一想绿丫心中对秦二公子越发不满，对榛子更加怜惜起来。见榛子眼里的泪如断线珍珠一般停也不停，绿丫拉一把榛子："我们走罢，这样没担当的男人，难道不晓得男子私约女子，又对女子说出那样的话，不过是会害了别人？这样的男子，有什么可要的。”

说完绿丫扶了榛子就走，此时藕荷她们已经走进园中，见了这情形不知发生了什么事，想着绿丫身怀有孕，忙上前帮着绿丫把榛子扶住。藕荷刚想开口问，绿丫已经示意她们赶紧走，赶紧离开，后面的事由她们去掰扯去。

若说赵夫人方才还想着这桩婚事继续的话，此时听了绿丫那两句，已经愤怒难当，这两句话传出去，自己家还要不要做人？一个连商户女儿都鄙夷的男子，哪能做首辅府的乘龙快婿？秦三公子倒被榛子和绿丫方才的表现弄得一头雾水，本来好好的，只要把污水往榛子头上泼，自己再做出深情样，这门婚事就不能成。

男子慕少艾本是常事，即便传开对自己也没多少影响，外人只会说榛子恬不知耻，明知道对方仰慕自己，已在议亲，还要凑上去。可现在榛子竟然多说了一句，再加上绿丫说的话，自己竟变成勾搭少女没有担当的男子，这实在和自己想的差得太远。

秦三公子还在思量，突听赵夫人怒道：“秦三公子，你既然有心上人，那女子我见脸庞美丽，家私巨富，这有贝之才想来也能弥补你们之间的差距，那贵府和寒家这门亲事，就不必再议。”

赵二小姐听到自己娘这样说，眼里顿时泪汪汪：“娘，我……”赵夫人已经喝止女儿：“住口，难道你还嫌脸丢不尽？若非我拦着你，你今儿已经打上人脸了，真白白给我丢脸。还不快随我回去。”说完赵夫人拉了女儿就走，赵家仆从急忙跟上。虽然已经照秦三公子的想法，绝了这门亲，可现在对自己的伤害太大了，颇有蚀了米的感觉。

秦三公子站在那想了想，还是去找榛子问个究竟，刚走出园子，知客僧已经迎出来：“秦公子，里面到底出了什么事，杜小姐是哭哭啼啼出来，赵夫人是一脸怒容，人人都想问个究竟，可我一个僧人知道什么？若真出了什么事，我们报国寺的名声就……”

秦三公子摔一下袖子，有些恼怒地道：“杜小姐人呢？”

“走了，出来就上车走了。哎呀，秦公子，秦公子。”知客僧还想说什么，就见秦三公子急匆匆奔出去，脑袋不由一晃，难道说真是他们猜的，秦三公子和杜小姐彼此爱慕，但碍于门不当户不对，于是约在园中，原本杜小姐是要斩情丝的，谁知秦三公子不肯，只是软语安慰，要杜小姐屈身做妾，杜小姐不肯，于是两人纠缠之时，被赵家母女撞破。

此时杜小姐才晓得秦三公子是哄她的，于是大哭伤心而归，从秦公子只要找杜小姐而不是去寻赵小姐的样子来看，只怕秦公子真对杜小姐深深爱慕。

知客僧摇头晃脑地觉得自己已经想清楚了，也就自去做别的事。秦三公子出了寺上了马就追着廖家马车，可直到廖家大门也没看见廖家马车，秦三公子有些郁闷，正要上前去问就见大门处走出一个人，瞧那身形，是陪榛子去的那个女子。

秦三公子急忙上前拦住绿丫：“这位大嫂，我并没有说那些话，为何你要……”绿丫好容易安慰住了榛子，又让藕荷她们仔细照顾，这才走出廖家，谁知刚走到大门就被秦三公子拦住，听了他这番话，想到里面哭个不停的榛子，绿丫不由冷笑：“这位公子，难道你家没有教你内外有别？况且我说的话，哪句是虚的？你倒说说瞧瞧？我晓得你们这些权贵子弟，瞧不起商户人家，又见我妹妹貌美嫁妆极厚，这才花言巧语诱她上当，倒可惜了我妹妹一片痴心错付。我告诉你，我们虽是商户人家，也绝不肯做妾的。”

绿丫平日性子极其宽厚，此时这番话算得上是十分愤怒的，廖老爷早隐在门里听得清楚，害怕绿丫再说几句露了马脚，急忙走出来，也不瞧秦三公子就对绿丫道：“张娘子你毕竟有身孕，还是别动怒。”说着就喝小厮们，“还不快些送张娘子回去。”

管家早已把轿子备好，不过是见绿丫被秦三公子拦住不好上前罢了，听了廖老爷这话，急忙上前请绿丫上轿。绿丫瞧也不瞧秦三公子一眼就上轿，嘴里还在嘀咕：“瞧着是个好人，谁知全无担当。”

这话让秦三公子更是要分辩个黑白，还要去说，廖老爷已经变了脸：“来啊，把这人给我赶出去，以后他要来，休要让他上门。”众人应是，管家上前道：“秦公子，请吧。”

秦三公子也是有脾气的，见廖老爷这样就沉下脸：“廖老爷，不过是误会。”

“误会？”廖老爷瞧见秦三公子就气不打一处来，若不是自己聪明，敏儿机智，被他的计策得逞，那这会儿只怕敏儿就真要寻死觅活，此时他还真有脸说误会。

“我可告诉你，虽然我们是商户人家，我甥女也是我娇宠大的，花的金子银子，照她模样大小打几个金人儿银人儿都够了。论人品论相貌，她要嫁谁家，也是绰绰有余。不过因门户之见，你就要我甥女做妾，你也真好意思张口。我话可就撂在这，别说做妾，就算你秦家八抬大轿让我甥女嫁你做正妻，我廖家，也咽不下这口气，丢不起这个脸。”

说完廖老爷袖子一甩：“关门，今儿不管谁来，都不许开门。”众人应是，簇拥着廖老爷进去，并把门关好。

廖家虽住在南城，但也不是那权贵扎堆，不许小老百姓摆摊的地方，此时四周早围了不少的人，对着秦三公子指指点点，不外就说这高门大户的人，还真靠不住，你瞧，生得这样好，可谁知道竟骗人呢。

秦三公子这辈子没受过这么多的指点和议论，真要发怒的话就更应了别人的话，只得上马离去，心里不断在想到底什么地方出了错，为什么不按自己的想法在走。

廖老爷回到榛子住处，藕荷急忙迎上来："老爷，小姐刚刚睡下，老爷，奴婢怕……"廖老爷挥手让她住嘴："我不过是来瞧瞧她罢了。"

榛子已经在里屋道："藕荷，是舅舅来了吗？扶我起来，我和舅舅说说话。"藕荷急忙应是，带了小丫鬟进去伺候榛子起身。

榛子被藕荷等人扶出来，见了廖老爷这才哭出一声"舅舅"，廖老爷也面上做个苦色："哎，是舅舅误了你。"榛子努力压抑住自己心里的笑意，伏在桌上不说话。

藕荷等人又要上前来劝，廖老爷已经道："你们先下去吧，这一劝，难免要伤心。"藕荷等人急忙应是退出。

廖老爷这才把榛子的头抬起来："都下去了，别装了。"

榛子抬起头，一双眼清澈透明，哪有半点泪，对廖老爷吐舌一笑才道："也不晓得他回没回过来味？"廖老爷鼻子里哼出一声："要算计别人，也要瞧瞧对方是什么样的人！什么都不晓得，以为凭了自己容貌家世就能让我糊住了眼，真是笑话。"

这么说就算他醒过味来，也无可奈何，活该。榛子脸上笑微微的，廖老爷瞧瞧外甥女，语气有些沉重："只是你，要离开我一两年了。"

榛子听出舅舅话里的沉重，低声道："舅舅，我……"廖老爷拍拍榛子的手："你虽是个女儿家，出外走走也好。"榛子点头，廖老爷已经高声叫来人，"去给你们小姐炖点汤水来，不吃饭怎么成。"

藕荷进屋时候，瞧见的就是廖老爷和榛子相对独坐的样子，忙端起旁边的汤："小姐，这是姨奶奶方才送来的，您可千万喝两口。这会儿凉热正合适。"

榛子装个泪汪汪的样，只喝了一口就道："我喝不下。"廖老爷又叹一声："不吃饭怎么成，你放心，舅舅一定会给你出这口气，快些喝吧。"榛子这才又做出听劝的样子把那一碗汤喝了，又吃了两块肉，廖老爷又让厨房用鸡汤下了一碗面，百般劝榛子吃了。

秦三公子回到家里，还没去寻小厮的麻烦，就见定北侯走过来，秦三公子尚未喊爹，定北侯已经一拳打过去："你是我最放心的孩子，可是没想到你在外做出的事，真是要气死我了。"

定北侯家是以军功封侯，虽然这些年国泰民安，不再打仗，可是定北侯家上上下下的男人们，都要练拳脚，学骑射，免得一旦有事来不及。定北侯虽年纪大了，这几年又好酒色，可那拳过去，还是打得秦三公子的眼登时青紫起来。

秦三公子还要辩白："爹，儿子并没有……"不等他说完，定北侯已经喊来人："给我把他绑起来，先打二十板子再说。"左右应一声是，上前就来捉秦三公子，秦三公子身上也是有几招的，几下就挣脱开来。

定北侯看得大怒，上前又是一拳："好啊，你果然翅膀硬了，晓得忤逆老子了。"秦三公子急忙跪倒："爹，儿子并不是忤逆您，只是儿子仔细觉着，今儿只怕是中了廖家的计。"

不说还罢，一说定北侯一脚就踢在儿子心窝："中计？你真是丢老子的脸。当初你曾祖，可是以计谋见长，你曾祖母还活着时候，曾经赞你聪明灵巧，颇有你曾祖风采，可现在，你回来告诉老子你中了别人的计。我呸，真是祖上八辈子的脸都给你丢光了。"秦三公子中了这一脚，顺势倒在地上，定北侯这脚还是没用全力，见儿子顺势倒在地上，心里竟是又怒又心疼，正要叫人继续来捆秦三公子，就听人报夫人到。

定北侯和夫人是结发夫妻，虽则这几年定北侯蓄的姬妾多了些，可对夫人还是十分尊重，此时听到夫人来，就冷哼一声瞧着仆人们："又是你们偷偷去报信？哼，若不是夫人对孩子太过疼爱，又不舍得让我把老三扔到军中磨炼几年，今日也不会让他被人吹捧到天上去，就真以为自己计谋极高。"

秦三公子听得父亲这话，心里倒有几分以为然，此时夫人已经走进来，瞧见儿子躺在地上，也不敢去扶，只劝定北侯道："我晓得你恼怒极了，可是老三他……"

"他就是平日自诩聪明，不晓得什么该做什么不该做。"定北侯说出这话时，只觉得心里疼得慌，世子已经不成器，这才指望着这个儿子能帮一把，免得定北侯府在自己死后风雨飘摇，可现在瞧来，这儿子也是主意太大，难道要自己在孙子里好好教一个出来，到时等自己将要老时，上书朝廷，直接传孙不传子？

想到这，定北侯就咳嗽起来，夫人急忙给他捶背，又使眼色给秦三公子，让他起来谢罪。秦三公子刚挣扎起来，定北侯就把手里的茶碗重重一放："别在我面前使那些妇人手段，我腻味得慌。"

夫人这下吓得不敢说话，抬头见一个婆子在那探头，急忙喝道："没瞧见在忙吗？到底什么事？"那婆子忙道："三姑太太回来了，还说……"

不等婆子说完话，就听到外头传来女子笑声："都是一家子，哪还需要通报，我进来了。"说着王夫人已经走进来，瞧见哥哥嫂嫂这样就笑着道："我晓得，你们是在教子呢，三侄，你和我说说，你到底是怎样想的？"

秦三公子到了此时，也晓得自己今儿这关难过，只得把前前后后的话都说出。等说完，定北侯已经满面怒容，又是一巴掌拍上："臭小子，真不想娶，难道我还会逼你吗？好好说话不会，非要使这样鬼魅手段，活该被人教训。"

定北侯夫人听到儿子是见了自己的日子，才想娶个能说的来的，眼里忍不住有些泪，见丈夫训子忙道："你也别这样说，这孩子，就是实心。"

王夫人听完这话就笑了："打得好，三侄，你要真想有什么计策，你来问我好了，偏去惹廖家。难道你不晓得廖老爷的智谋，虽不是多智近妖，可比起你，你就是骑匹快马都赶不上，又最疼那孩子，你还算计？"

秦三公子不由嘀咕一句："廖家不是依附于我们才做那么大生意的？再说商户人家，能得……"

定北侯又差点摔了手里的茶碗："傻子，真是傻子。"王夫人忙劝道："这事，也怪不得三侄这样想，这事的来历，也只有你我才清楚，别说三侄，就算嫂嫂，只怕也只晓得一些些。"

定北侯夫人晓得自己这个小姑子可是比自己聪明多了，急忙点头。里面还有自己不知道的事？秦三公子还在想这里面的究竟，王夫人已经道："其实呢，说正经的，上回我想让廖家和你们结亲，也是一片好意，现在呢，既然出了这么一件事，那就将计就计，索性，让三侄娶了廖家姑娘吧。"

"廖老爷说了，绝不和我们家结亲。"秦三公子想起榛子那张欲泣欲诉的小脸，当时廖老爷说这话的时候，自己心里不是没有过隐约的失望的。

"他这话不是气话，是实话，不过呢，姻缘的事，哪有这么急躁？"王夫人笃定地说。

这话说愣了定北侯府的三个人，王夫人又是一笑："说起来，那孩子，聪明机灵劲儿，比我那两个女儿都强，上回那事，的确是我鲁莽了。"说完王夫人就不说话，而是在心里盘算。

"那样的姑娘，嫁老四也就罢了，可是老三，未免有些……"

定北侯夫人这话只让王夫人淡淡一笑："嫂子，门户之见是难免的，我也不会说你，可有时候，娶媳妇，是要瞧这个人的，廖家虽是商家，但并不是没规矩的人家。不然上回我也不会想把那姑娘说给老四，只可惜这桩婚事，两边都不喜欢。"

"可是，她不想嫁到秦家来。"这句话一说出来，秦三公子才豁然开朗，自己真是被冲昏了头，上回在禅房听到的话，字字句句都在耳边，她也说得清清楚楚，这样的人，怎会因为自己容貌出众，就倾心呢？全是自己在算计，就忘了好好地想，还是父亲说得对，自己吃的亏，太少了。

想到此，秦三公子对定北侯拱手为礼："爹，儿子的确错得太厉害了，还请爹把儿子丢去军中，好好磨炼几年。"定北侯忍不住指着他笑起来："瞧瞧，还不算太离谱，你是我儿子，我是你爹，我们有什么话不能说？非要使那样妇人手段，什么话该说，什么话不该说，揣摩来揣摩去，就怕哪句话不对失了宠吗？"

这话说的定北侯夫人脸一阵红："侯爷，妾身……"定北侯摆下手："罢了，妇人家的事，我也懒得琢磨，只是以后，这样的大事，还是要和我说。"

秦三公子应是，定北侯已经转向王夫人："老廖是个狐狸，他的甥女想来也差不多，这桩婚事，他不答应是肯定的。"

王夫人笑了："老廖那性子，就是要顺毛摸，我可不会直接就提婚事。"定北侯唔了一声，这桩婚事真能成的话，其实对自家也有助力，至于赵府那边，还要前去赔罪，想到这定北侯就瞪儿子一眼，不争气的东西。

听到王夫人来了，廖老爷把手里的账本放下，足足等了三天，总算等到王夫人来了，她还真沉得住气。这件事，王夫人如此聪明，当然也能想出是为什么。

廖老爷起身相迎："夫人怎么不忙着尚书府的事，前来下顾，小人实在惶恐。"王夫人把脸一沉："得了，老廖，这样的话你是寒碜我呢？真当我是那不问世事的后宅妇人，听到奉承话就欢喜？"

廖老爷让小厮上茶，也不坐下就对王夫人道："夫人如何，小的自然知道，只是不少人是这样认为的呢。"王夫人接了茶指着座椅："坐下吧，我知道你恼，这不，我亲自前来给你赔罪了，千不该万不该，不该算计你的宝贝疙瘩。那孩子，已经被他爹打了一顿，脸上的青紫，这会儿还没消，我哥哥说，本该也亲自给你赔罪的，不过不该，这才我来。"

这样说话，廖老爷的心里这才舒畅些，施施然地说："年轻人，早些吃亏总好过以后。不过夫人，若你真想来说亲的话，这桩婚事，我还是那句，不愿意。”

两人认识都快三十年了，王夫人并不意外廖老爷能猜出自己想什么，嗯了一声就道：“你能将计，难道我不能就计？我那侄儿，哪点差，哪点配不上敏儿？”

“后宅日子难过，夫人，你这是明白的，敏儿不想嫁到那样大家，妯娌婆媳下人，都是牵扯不清的。有人如鱼得水，可有人，不愿意。”廖老爷这也是实话，让王夫人微微动容，接着就叹道：“可是老廖，也不是我欺负你，经了这件事，敏儿很难嫁得好了。”

廖老爷笑了：“若嫁得不好，那还不如不嫁。女子一辈子，并不是一定要嫁人才能过得好。”这石破天惊的一句，让王夫人变了神色：“老廖，你终究是男子，怎会明白女儿家的心肠？”

“这话就是敏儿和我说的，夫人，我晓得你是个女中丈夫，一直也都觉得，很难再找到像你这样足智多谋有眼界的女子了，可我竟没想到，我的甥女，竟是这样胸中有丘壑的女子。假以时日，她只会超过夫人您，而不会不如。您说，这样的女子，您那个侄儿，配得上吗？”

廖老爷的话让王夫人的脸色微微一变，接着才垂下眼，轻声道：“可是女孩子……”

“女孩子在这世间，总是比男儿要难一些的，特别是，失去了别人保护时候，可是夫人，反过来也该这样想，如果一个女孩子，能够把这些困难都一一度过，那她该得的，不是一个像令侄儿的男子。”

“你就这样看不上我侄儿？”王夫人有些稍许恼了，廖老爷微微一笑：“夫人若是男儿，那定北侯府无虞，夫人若是男儿，则……”后面一句话廖老爷没有说完，王夫人的唇抿成一条线，接着轻叹：“若我是男儿。”

就不会受这么多的襟肘，就不会轻易地被许给一个自己看不上的男人。这些年来，外人都赞自己和王尚书之间夫妻和睦，可是，谁知道为他置姬妾，不过是不愿意和他相处罢了。看着那些姬妾彼此争宠争斗不休，真是连看都不想看，那样的女人，那样的男人，竟和自己过了一辈子。

可惜，自己不是男儿，甚至也没生下儿子，于是要为两个女儿打算，给她们多留下助力，王尚书无子，靠他是多半也靠不住的，那只有靠自己娘家了。

王夫人的叹息落在廖老爷耳中，廖老爷往王夫人那里看去：“夫人虽是女子，智谋不输男子，若夫人能嫁一个相知的人，那么成就必然更大，可惜……”

"住口！"王夫人微有色变，即便现在厅里伺候的，都是双方的心腹，可这样的话，未免也有些太大胆了。

廖老爷只淡淡一笑："夫人，我的意思，不过是说，敏儿她，即便要嫁，要嫁的也不是那样的人，而是能嫁一个相知。"若不能，倒不如不嫁，这世间不嫁的女子也很多，王夫人听出廖老爷的弦外之音，轻叹道："我明白了，我侄儿他，这件事的确做错了。"

"出身如此，视不如自己的人家为草芥，这也是难免的，可真因为这点难免，我更不能让敏儿嫁他，至于以后，端看缘分吧。"廖老爷得到王夫人这话，转而淡然地说。

侯府的嫡出公子，祖母爹娘疼爱，才学也有，难免会养成骄傲自大而不是谦虚宽厚的性子。王夫人在心里下着判断就道："那么，这件事，也就到此为止。"

"自然，夫人，你我相识多年，侯爷也多有帮助，哪会因这事而存下芥蒂。"

廖老爷这话让王夫人点头："既然如此，我就往里面探探敏儿。"廖老爷说声请字，唤来婆子领王夫人进去，等王夫人走后，廖老爷才轻轻一叹，夫人也老了，开始牵挂起孩子来了，若是原先，她怎会要为了女儿的将来，对侯府如此？而只会笑着说，儿女自有儿女福，纵多方谋划，谁知道将来如何。

想着，廖老爷微微摇头一笑，其实自己对敏儿也是如此，或许，该对她适当放手了。

"夫人请坐。"榛子得知王夫人前来，早带了人在院门口等候，见了她就行礼下去，请她进屋坐下，又端上茶，这才在一边陪坐。

王夫人细细看了看榛子，今儿和廖老爷已经谈过话，自然也能瞧出榛子和原先的不同，不由轻叹一声道："枉我自认识人无算，可是竟对你看走了眼。"

此事榛子已经和廖老爷完全分析过，甚至连王夫人的反应都已经说过，此时听王夫人这样说，榛子只微微一笑："舅舅常和我说，做女子，要以夫人为榜样，不能做那种只晓得夫妻恩爱、后宅事务的女子，所以我平日多琢磨了些。至于对夫人……"

榛子已经站起身对王夫人行礼下去："夫人于我，是十分尊重并且向往的人物，尊重多了，未免失了些亲近，还望夫人休要着恼。"

这几句话一说，王夫人已经在心里点头，顺势把榛子扶起，拉着她的手仔细瞧了瞧才道："你舅舅教你教得很好，做女子的，如果眼只局限在后宅之中，虽是妇人家的本分，可难免会失了一些东西。"

榛子侧头细听，王夫人瞧见她这样，这么一个好女儿，可惜自己没有儿子，若有儿子，也该为儿子求为媳才对，毕竟论起教导孩子，王夫人完全可以肯定自己会教得比哥哥好的，可惜了。

王夫人在榛子这里坐了一会儿也就告辞，没有回府而是径直去定北侯府寻定北侯说了话。定北侯听完妹妹说的话，摸着胡子久久没有说话，过了很久才道："妹妹，你说，是不是天要亡我定北侯府？"

世子不争气，二儿子四儿子平庸，本以为三儿子是个尖儿，可是经过了这事，完全暴露了他的骄傲自大。至于那几个侄儿，可堪造就的也不多。

王夫人能听出兄长话里的沮丧伤心，轻声安慰道："哥哥也不必如此，你今年也不过五十，世子无能，总还有侄孙们呢，敦哥儿今年也才两岁，把他带到你身边好好教着，免得……"

免得又长于妇人之手，坏了根本。定北侯府在心里把妹妹的话补齐才点头："我也是这样想，只是我这些年未免有些耽于酒色，只怕……"

"哥哥你说什么呢？这些话未免太丧气了，能干的人，十五六就能撑起一个家了，想我未出阁时，也是有主意的人。"

"若你是个男儿，我也不必如此忧心，只是有句话，妹夫那里，也有四五房妾，怎的到现在一个儿子都没有？"这个问题，王夫人自然回答不出来，只是无奈一笑。

定北侯哎呀了一声就道："这事也不能怪你，两个甥女也要出阁了，你放心，娘亲舅大，我定北侯的外甥女，岂能被人欺负了去。"王夫人又是一笑，也就进去里面见过定北侯太夫人和几位嫂嫂，告辞回家。

等王夫人一走，定北侯夫人就有些抱怨地道："小姑历来聪明，这回是怎么了？那么一个商户女儿，也值得我们这样相待？"定北侯太夫人活的年岁比儿媳多了不少，况且这几日定北侯把这件事是掰细了揉碎了讲，此时听儿媳这样埋怨就开口道："你既知道你小姑比你聪明，也就晓得她的用意是你不明白的，听着就是，横竖她是定北侯府的女儿，现在又没有个儿子傍身，不会害我们的。"

定北侯夫人听了婆婆这话，不由微微一愣，太夫人并没理她："好了，你服侍我也辛苦了，我想斗会儿牌，你去把素老姨娘请来吧。"素老姨娘就是王夫人的生母，这些年王尚书仕途顺利，素老姨娘的体面也越来越大。听到要让自己亲自去请素老姨娘，定北侯夫人张了张嘴，但还是不敢反对婆婆径自去了。

定北侯太夫人叹了叹，等过两日，定北侯的决定下来，只怕儿媳妇还要说呢，可现在除了这个法子没有别的法子，总不能眼睁睁看着定北侯府，就这样烂在自己孙子手上。若是，定北侯太夫人又叹了口气，可惜这天下，总是没有后悔药吃的。

因绿丫有孕，朱老爷家乡的习俗，有孕妇人是不能去喜宴上的，绿丫也只让辛婆子送了份礼过去，自己并没亲身过去。辛婆子回来后就把今儿喜宴如何一五一十说了，还说朱太太和柳太太都很欢喜。

结亲必然是双方欢喜才好，绿丫也知道廖老爷回绝了秦家亲事，问榛子时，榛子只说，结亲必要双方欢喜，那时自己还觉得奇怪，可在回来路上仔细想了想，却觉出有些不对来，榛子她，只怕是顺意而为，不然她不会对自己说这样的话。

想到这，绿丫心里竟不知该怎么说榛子，是佩服她呢，还是觉得她太大胆，但不管是哪一种想法，绿丫心里都没有对榛子隐瞒自己的不满。毕竟，和榛子比起来，自己实在是太藏不住心事，到时说不定还会坏了榛子的事，那才糟糕呢。不过，以后自己一定要和榛子多学学，得能藏得住事，还有，要有自己的主意。

小柳条走进来："奶奶，小姐那边派人送东西来了。"榛子派人送东西来也是常事，绿丫并没起身："你这样慌张是为什么？"

"因为是我亲自来了！"榛子的声音已经在门外响起，绿丫忙让小柳条扶自己起身，刚走出两步榛子已走进来，笑着说："你可怀着我侄儿呢，别起来了。"说话时候，藕荷已经带人把东西搬进来，绿丫刚让小柳条去倒茶，瞧见这些东西啊了一声："你这是怎么了，送了这一车的东西来？这些东西，别说我还不到生的时候，就算再生两个三个都够了。"

衣料首饰药材，七八箱子东西呢。榛子接了茶喝了一口就放下："这些也不光是给你的，还有给兰花姐的。绿丫姐姐，我要走了，别说赶不上你生孩子，就算你生两三个，我只怕都赶不上了。"

要走？绿丫几乎是扯住榛子："你要去哪里？山东那边，不是王大人已经进京了？"

"舅舅在杭州西湖边上有座小别墅，两进的宅子，种满了桃花，推开窗就能看见西湖景致，我要去那里住几年，好避避风头。"避避风头？绿丫想反对，甚至想说秦家不是求亲了吗？但念头在心里转了七八次，终究话还是没有说出来，只是轻声道："榛子，你现在懂的比我多，看的比我远，你想做什么，连东家都不拦着你，我也不能拦，只是榛子，等你回来，千万别嫌弃我变成一个无知妇人。”

“不会的，绿丫姐姐，你也很聪明的，看人还很准，只是你一直藏在心里，而且我往前走，你也要追上我啊，不能落后我太多，不然以后，我怎么和你说话？”

榛子的话让绿丫眼中登时有了泪水，是的，榛子在前面走，已经远远地抛下自己一大截，自己一定也要快步跟上，走路跟不上就用跑的，绝不能落后得太多。而且谆哥哥现在也比原先走得快多了，也不能落下他，要和他肩并肩一起走。

看着绿丫点头，榛子伸手抱住绿丫：“绿丫姐姐，我知道，你是个答应了就一定能做到的人，所以，我一点也不担心你。”绿丫把眼里的泪擦掉就吩咐小柳条：“去把兰花姐请回来，今儿我们给榛子践行。”

小柳条应是就急忙跑出去，绿丫握住榛子的手：“你好久没吃我做的饭了，自从有了喜，我也懒得动，今儿啊，我就下回厨，让你吃了就记得这个味道，不然你在杭州逍遥着，哪还记得我们？”

榛子也起身，把外面蹙金线绣的衣衫脱掉：“那我来擀面吧，你要晓得，我做的面条很好吃。”藕荷不敢上前拦榛子，只是在旁边相帮着，等兰花带了孩子来了，听说榛子要离开，也忍不住叹息几声，也做了个拿手的菜，三人边吃边聊，聊过去聊未来，日子，总是要踏踏实实一步步地过。

张谆虽然早就下工，但并没进家门，而是在魏家等着，魏娘子听着那边院子传来的笑声，叹了几声：“小姐这么好一个人，偏偏就遇到这么个薄情郎，现在还搅得满城风雨，只能去杭州避避，还不晓得东家心里怎么苦呢。”

张谆只是听绿丫说了几句，觉得这事不像表面上那么简单，但他现在早不是当初的毛头小伙，自然没有辩解，只是说了句：“去杭州也好，东家的生意，总是要交给小姐的。”

“交给小姐？”魏账房的眉皱起：“怎么说小姐也是个女儿家，这么大的生意，怎么就交给小姐，况且小姐毕竟是一个没出阁的闺女。”

“怎么不能交给没出阁的闺女了？今年过年的时候，你爹不是还说，黄大户前年没了，儿子才三岁，还是他那十七岁的女儿撑起家的，黄大户虽比不上东家，可也有五六间铺子上千亩的地呢，他们族里，哪个不是眼睛瞪得火红，就想等这姑娘出阁后把黄家的产业吞了，这姑娘不也是立誓不嫁为弟弟看产业？所以说，你们男人别看不起女人。”

魏娘子这话让魏账房笑了笑："嗯，你说得有道理，可是你也说了，黄家是有个小儿子，东家可是到现在，都没孩子。"魏娘子嘴一撇："那也一样，要我说，若嫁了个不好的，等东家一没了，就把产业吞了，把小姐磨折死了再娶新的，还不如一个人过呢。"

张谆听着魏家两口子的闲聊，思绪已经飘远，或许，榛子就是打了这个主意，才这样做吧。

小柳条过来说榛子已经走了，张谆这才和魏家夫妻告辞，回到自己家中见绿丫正在收拾那些东西，上前问道："榛子她真去杭州了？"绿丫嗯了一声，转头对丈夫道："你不晓得，我现在对榛子真是五味杂陈，又佩服又……"

"这是难免的，毕竟和自己不一样的人，总是会让人有别的想法。"绿丫坐在丈夫身边："是啊，榛子以后一定会很辛苦，可是说不定也会很快乐。"

能够不嫁人，不受上头那个夫主的约束，过自己清清静静的日子，外人的非议是少不了的，可是就算外人非议又如何呢？绿丫觉得想得有些头疼，用手轻轻敲了敲自己的额头。

张谆顺势把妻子的手握在手心："别想了，这些事，本不是你该想的。"这话让绿丫抬头，接着很认真地问张谆："谆哥哥，你真是这样想的吗？"

张谆不觉得自己的话有什么不对："绿丫，别说你现在怀着孩子呢，就算没怀着孩子，你嫁了我，是我的妻子，就该我为你扛起一切。"绿丫点头，接着又摇头："若是原先我听了这话会觉得很开心，可是现在又不同了。"

不同？张谆的眉轻轻一挑，绿丫瞧着丈夫认真地说："谆哥哥，榛子已经往前面走了，她不再是那个在屈家后院，和我们一起吃苦的那个小姑娘了，同样你也一样，你现在是绸缎庄的掌柜，每日出入的货物银两，也是成百上千的，你们都往前走了，那我不能停在原地，等待着你们。谆哥哥，我追不上榛子是肯定的，可我不愿意追不上你，我是你的妻子，和你是一样的，我们该一起走。"

这话说的有些凌乱，张谆在脑中想了好几次才算把绿丫这话想清楚明白，看着妻子认真的眼，张谆笑了："原来，我们小绿丫也在往前走，可我，竟然还不晓得呢，我一直以为……"

"谆哥哥，我们是夫妻，夫妻就该祸福与共，一起努力，你想让我过上好日子，舍不得我一点辛苦，我知道你的用心，可是你辛苦我也会心疼，而且，我也不愿做只晓得后宅那么一小块天的人。就像曾大嫂和王大娘一样，为了七八十年前的宿怨还在吵架。却不知道那点东西，对有些人来说，是不屑一顾的。我不愿意有一天成为她们那样的人。”

张谆把妻子抱在怀里：“绿丫，我明白，我明白。所以以后我会和你说的，我在外头遇到的事，要怎么处置，或者，怎样处置会更好一些。”丈夫明白了自己的意思，这让绿丫十分高兴，她摸摸自己的肚子：“等我们的孩子出来，我也要这样告诉他，要有远见，要开阔些，而不是只知道自家一亩三分地的事。”

“能娶到你，我很高兴。”张谆看着妻子声音温柔语气和缓。绿丫的脸忍不住微微一红，接着把丈夫搂紧一些：“能嫁了你，我也很高兴，谆哥哥，我想，我们的日子会越过越好的。”

一定会的，张谆现在的笑容更加轻松，能和妻子一起肩并肩地走，努力去奋斗所有该得到的东西，想想都觉得这样的日子实在是太美妙了。

榛子的离开远没有秦三公子离开京城那么轰动，但不管再怎样轰动，随着两个当事人的离开和赵二小姐与陈尚书幼子的订婚，随即在次年赵陈两家完了婚事，当初这桩沸沸扬扬的事情很快就被人遗忘。

而春去春来，转眼就过去了三年，张家又搬家了，这回搬家是因张谆这些年的出色表现，被廖老爷提拔为专管京城这些商铺的二掌柜。做了二掌柜，当然也就不能继续住在原先的地方。

廖老爷宅邸附近有一座三进宅子，就是预备给二掌柜全家住的，原先那个二掌柜回乡养老后，这座宅子就空了出来。张谆全家也就住进去。

绿丫怀里抱了孩子，指挥小柳条和辛婆子收拾东西，在这住了四年，原先不觉得东西多，可这一收拾才发现东西是越收拾越多的，家具不算外，各种衣料摆设也收拾了十来箱，还瞧着没完，再不是那个当初两人各背一个包袱，让人扛了个箱子就能搬走的时候。

“娘，我要下去。”瞧了半日，觉得没什么好玩，小孩子哪耐得住，在绿丫怀里挣扎。

“别乱跑！”这样收拾只怕收拾到黑都不成，绿丫决定亲自上阵，把孩子往地上一放就叮嘱他。

小孩子已经两岁多了，正是能跑能跳，各种爱说话的时候，听到绿丫的叮嘱就哎了一声：“我去魏大娘家找弟弟玩。”就在绿丫生下儿子后没两个月，魏娘子也有了喜，给魏账房添了个小儿子，那小儿子比绿丫儿子小了一岁，绿丫儿子成天想去寻他玩。

虽然就是两隔壁，跨过去就到，但绿丫还是在背后喊了声：“你别瞎跑，我抱你过去。”小孩子哪肯听，摇头晃脑就要爬过门槛。

“哎呀，小全哥还在爬门槛呢？”就在绿丫想出去把儿子抱过魏家时，魏家的丫鬟来了，见全哥要爬过门槛，顺手一拎就把孩子拎起来，把手里的东西递给小柳条，“我家奶奶说，张奶奶家今儿只怕不得闲做饭，特地让我送来的。小全哥我也给抱过去，我们奶奶还说，等收拾完了她再过来。”

“你们奶奶嘴里说得好，也不见她过来帮我收拾。”绿丫佯装抱怨，这丫鬟已经笑了：“我们奶奶也想过来呢，可是小武哥吵着要吃奶，总不好把他带来，这话啊，我去和我们奶奶说。”

丫鬟说着就把小全哥抱在怀里，逗弄着走了。绿丫瞧了那些东西，先吃饭，吃完继续收拾。

等到天色擦黑，那些东西总算都归置入箱，张谆也从新宅那边回来，告诉绿丫那些家具什物也摆整齐了，瞧着堂屋里叠起来的那十七八个箱子，张谆不由摇头：“怎么就有这么多东西，那明儿的车，少说也要拉三趟才够。”

绿丫收拾东西的时候也顺便盘算了下家当，这几年铺子里的生意好，分红也不少，虽然人情往来出了不少银子，可还是又多攒了一千银子。

现在自己家的家私，少说也有三千银子。三千银子，这个数目让绿丫都吓了一跳，足足可以买上五百个绿丫了，难怪魏娘子一直让绿丫再买两个人回来服侍，不是用不起啊。

听绿丫说完自家的家当，张谆“唔”了一声就道：“做了二掌柜，一年你猜多少两？”绿丫决定往大处猜：“你在这里做掌柜，一年连分红带平日的，也有三四百两，那做了二掌柜，少说也要翻个番，起码六百两。”

“六百两都是少的。”张谆笑了：“二掌柜光一年的薪俸就有一千两，再加上分红，一年两千两是很轻松的。难怪这个位置，许多人盯着。”

两千两，绿丫在心里算了下才道：“难怪东家把你提拔上去，我都听到有人说酸话。”

“被说两句酸话是难免的，毕竟和那些个掌柜比起来，我不但年纪最轻，而且资历也是最浅的，东家倒把我提了上去，他们心里有不满也是常事。”

绿丫又是一笑：“你要能这样想就好，亏我还在心里打点了许多的话——要如何劝解你，还有，要怎样让你戒骄戒躁，免得升得太快，难免轻浮。”张谆伸手捏妻子下巴一下：“家有贤妻，难道我还不能做个良夫？你放心，这些我都想过了，等搬了家，我总还要用私房请几位同事去酒楼坐坐，把话都说开了。”

“酒楼？不是听说，还有人去花楼的？”绿丫话里的故意张谆也听出来了，哈哈一笑："你放心，我绝不去喝什么花酒。"绿丫又是一笑，张谆说了半晌才张望一下："我以为咱们儿子睡着了，想着怎么说了这么半会儿的话，他还没被吵醒？"

"你这当爹的，我还以为你忘记了。他在隔壁跟小武哥玩呢，我瞧这会儿还不送过来，只怕就睡到隔壁了。"话音刚落，就听到有人敲门，听到小柳条去开门的声音，接着小柳条走进来，笑着道："魏奶奶让人来说，小全哥和小武哥两人玩了半晌，这会儿都睡着了，天有些凉，也不抱过来了。"

绿丫对丈夫瞧了一眼："瞧，我说的怎样？"张谆摸下下巴："这小子，真是贪玩。"这收拾了一日的东西，两人都累了，儿子既然不回来，也就收拾睡觉。

躺下过了好一会儿，张谆叫绿丫，绿丫唔了一声，听她声音迷迷糊糊的，张谆这才小心翼翼地道："那边的宅子比这边大许多，家里这几个人过去，难免有些空旷了。"

绿丫睁开眼，突然捏丈夫耳朵一下，张谆吃痛，但晓得妻子这样做是有原因的，并不敢说让绿丫放手。绿丫听到丈夫嘶嘶叫痛这才把手放开："你啊，当我是那样不讲道理的人吗？水涨船高的道理，我还是晓得的。"

一步步往上，这家里就不会再只有小两口和孩子，会有下人，下人会越来越多，交往的人也会越来越复杂。夫妻所面临的一切，不管是好的还是坏的，都会成倍成倍地涨。可既然选了他，就要和他一起面对，而不是希望他和自己一样，只关在小院子里过着自己的小日子。那样自己的心是安定了，可是他的心，未必安定。而他的心不安定，那自己的心又怎会真正安定？

张谆伸手把妻子搂紧一些，闻着她发上头油的淡淡香气，一时心中百转千回，有许多的话想说出来，但不知从什么地方开口。绿丫的声音很轻："谆哥哥，你要知道，我是个说话算数的人，我答应和你一起往前走，那么再困难我都不会停下来。"

张谆往下，握住妻子的小手，这手上的茧在这些年已经慢慢消失，但右手拇指上依旧有一块很厚的茧消失不了，这是常年握菜刀留下的。张谆摩挲着这块厚厚的茧，天下再没有比这双手给自己带来的鼓励和帮助更大了。

绿丫觉得丈夫握住自己的手越来越紧，身上也越来越热，一切都尽在不言中，只有月光知道一切。

第二天绿丫和张谆刚起，就听到魏娘子敲门的声音，小柳条急忙去开门。魏娘子一手抱了小武哥，一手牵了小全哥，嘴里抱怨地道："这小全哥，刚醒来就要过来，小武哥也是，也要跟他哥哥过来，我说这两个孩子，以后难得见面了，还不晓得怎么吵呢。”绿丫接过儿子，又让魏娘子坐。

魏娘子瞧了瞧他们屋里屋外那些东西就摇头：“你们忙，我也不坐了。早饭还没做吧，我让人给你们做几个包子送过来。以后啊，就难得见到了。”

魏娘子的热情爽朗，让绿丫在这些年里学到很多，此时听到魏娘子这样说就笑了：“不会的，魏嫂子，以后我还是会经常来的。”魏娘子拍了下手：“经常来也不好，瞧见这院子又住进新人，难免会有些叫什么，前儿我儿子还和我说，我怎么又忘了。到时我去瞧你就好。”

绿丫应了，又和魏娘子说了会儿话，魏家那边送来二十个肉包子，一家子将就着吃了早饭，车也来了，先把要紧的东西搬上车，辛婆子押着那些东西，绿丫和张谆在后坐着车慢慢来，小柳条留在这里看着剩下的，也就离开这里，往新家去。

新宅子那边，已有人在等着，是酒楼赵掌柜荐来的，一对兄妹，哥哥叫虎头，十五了，妹妹叫小荷，十三。这两兄妹没了爹娘，和赵掌柜家的管家有点远亲，原本是想留在赵掌柜家的。但赵掌柜自从经了千面娇娘那事，称病半个月没有出门，好容易又去和管事的说，总算保住了差事，自然不敢像原先一般大手大脚花钱，见张谆这边将要搬新宅总是要添人的，也就把这对兄妹荐过来。

绿丫使了两日，见这对兄妹也还老实，也就把人收下，定了三年的约，吃穿另算外，每年兄妹俩合起来是十两银子。等满了约，只要不乱花钱，到时瞧瞧可能再去寻个伙计的事，这三十两，也足够他们兄妹暂时安顿下来。

张谆和绿丫到了新宅门口，刚下车，虎头就放了鞭炮，绿丫已把小全哥的耳朵给蒙起来。小荷上前接了绿丫：“奶奶您快进来瞧瞧，这些东西要怎么归置。”

辛婆子见绿丫和张谆走进来，也上前给他们夫妻行礼，绿丫见还有一个眼生的小厮，不由瞧向张谆，张谆忙道：“这是吴兄那边送过来的，说难免事忙，就先送个人来帮忙。”

吴二爷就是朱小姐的丈夫，两人成婚这三年，夫妻恩爱和顺，朱小姐生的头生子，比小全哥就小了三个月。现在朱小姐肚子里又怀上了，足足七个月。想到这，绿丫忍不住摸一下自己的肚子，小全哥现在都两岁半了，也该给他添个弟弟妹妹了，不过这事，急不得。

那小厮心里晓得，虽说是送过来帮忙，今后只怕要长留这家，已经跪倒给绿丫两口子磕头，口称爷奶奶。绿丫让他起来后也就往里面去。

这宅子分东西两路，东路是待客的大厅、男主人的书房还有一间客院，为的是家里若来了什么单身客人好住。西路比东路就要大许多，上房、内书房、小花园都在这里。至于下人们的屋子，就在花园内的后门里走出去，一拐弯十来间小屋子，预备给已经成家的下人们住的。

绿丫原先虽已来看过，但那时尚未打扫得十分干净，东西也没搬进来，只是粗略看看，现在这宅子已经打扫干净，家具全都摆好，就等把那些平常动用的家伙都摆进去，看着就和原先不一样，整个宅子有一种从睡梦中醒来的感觉。

辛婆子已经带着虎头兄妹把那些箱子抬进来，等箱子一放好，辛婆子就对虎头道："现在搬到这里，和原先那小宅子就不一样了，以后可是要分内外的，你妹妹在内宅服侍，你在外头跟着爷，要寻你妹妹有什么事，就到二门处告诉我，我再和你妹妹说，可不许再像从前一样。"

虎头哎了一声，小荷的眉就皱起来："辛妈妈，那我以后岂不是不能和哥哥见面？"绿丫把原本还兴奋，这会儿有些发困的小全哥放到床上，小全哥翻个身就睡着了，听小荷这样说绿丫就笑了："你以后啊，就和辛妈妈一起住，让她好好教教你，傻丫头，你辛妈妈啊，是把你当女儿看才教你这些呢。"

真的？小荷的眼都亮了，绿丫对小荷说完才对辛婆子道："辛妈妈，这宅子既然分了内外，那以后你就是这内宅的管事了，这月钱嘛……"

绿丫原先给辛婆子的月钱是一个月一吊钱，这和廖家打杂的婆子是一样的。现在既搬了过来，又分内外，当然也要立起个章法来，不然就不像话。可是廖家的管家们，那月钱不少，自己拿不出来。

辛婆子倒主动开口了："管家娘子们，也就每月二两银子，可那边做的事多，这边事少，我啊，一年十八两银子就好了。"辛婆子虽主动开口只要十八两，绿丫也不好亏了她，也就照数月月给二两。

辛婆子做了管事，小柳条自然是贴身大丫鬟，月钱也从一吊钱涨到一月一两，小荷每个月也多了五百钱。内宅安排定了，外头的事就是张谆安排了，虎头留在家里应对，朱家那边送来的小厮跟了张谆出去。

总共五个下人，绿丫原本觉得已经够使，横竖自己家里也就三个人，可等到安排定了，各自散去，绿丫才觉出不对来，这宅子太大，人瞧着多，这么一散就没了，到处都是空荡荡的。

张谆进来时见绿丫坐在灯下算账呢，小全哥在床上无聊地爬来爬去，瞧见自己爹进来，急忙站起身要扑过去，张谆忙把儿子接住，抱在手上这才走到绿丫身边："这家里的账，你昨儿不是算清楚了？还和我说，现在足有三千银子的家事，在这京城不算什么，可要拿到乡下，那可是很好一户人家了。"

绿丫把算盘一推才瞧向张谆："我就是算这个，这宅子太大，里里外外差不多有四五十间屋子，原本五个下人，我觉得尽够使的，可这会儿瞧了，还真不够。"

原来是这事，张谆也笑着瞧绿丫算账，绿丫屈起手指："你瞧，原先是辛妈妈和我做饭，可辛妈妈做了管事，总不好再让她下厨，那厨房就要添人，这宅子大，洒扫的也要有人手，我算来算去，最少也要再添五个人才够这家里安排。你一年两千，瞧起来多，可我以后还要生儿育女，难道不为儿女们打算了？所以，我得想想，该寻个什么生钱的法子，好让你不这么辛苦。"

这样坐在灯下，逗着儿子，听妻子算着家计账，真是一种十分温暖妥帖的日子。张谆唇边含笑，突然道："还有，要给孩子们置办点田庄铺子，这样就算……"

张谆把万一的话给咽下去，只是笑着说："他们也好有生计。"绿丫瞪丈夫一眼："不许说这样丧气话，你我要活到九十九，看着儿孙满堂，那时不光是儿孙，只怕连灰孙都有了。这才手牵手一起死。"

张谆忍不住笑了："我比你大一岁，怎能一起活到九十九？"

绿丫咦了一声就飞快地说："虚岁也成。"这让张谆快活地笑起来，绿丫听他笑得快活，伸手捶他几下，两人想着以后儿孙满堂的日子，不由又是一阵欢喜，相视而笑。

"我早和你说过，这银子，能生钱才是好东西，不然的话，放在家里不过白白霉烂。"朱太太听绿丫说了心中打算，不由取笑她。绿丫的脸忍不住微微一红："我原先不是怕嘛。"

"做生意，哪能担不了风险，有一年，连我的首饰都当出去，才算过的年。"提起这个，朱太太不由叹息，虽说现在膝下有女有孙，可朱老爷两年前满了五十，也就回了家乡，到现在，不过逢年过节送封信来。少年夫妻老来伴，原本朱太太不在意这句话的，可现在想到这句话，心都有些疼。

自从朱老爷回乡，朱太太这种黯然就是经常的，绿丫心里明白，用别的话岔开了："原先住得离这边远，再说那时胆子也小，这会儿搬过来，转个弯就到，再想想您那些话，也是有道理的，我这不是特地来向您请教？"

"算你还有几分可造。"朱太太也取笑了绿丫几句，这才正色把原先和绿丫说过的话都又说了一遍，最后道，"你也晓得的，好的产业十分难寻，况且我们住在京城，这京里别的不多，权贵极多，有那特别好的产业他们自然先买了。但那差的产业，难道我们就白白赔钱？因此只有买权贵眼中鸡肋的产业，虽说在权贵眼里是鸡肋，一年也不过赚百把两银子，可有两个好处，一是买这些花的银子不多，二是不会被人觊觎。”

绿丫深以为然，又请教了朱太太许多，两人足足说了两顿饭的工夫，朱小姐让人来请她们俩去吃午饭才算停了。朱太太不由叹一声：“我那女儿，未免养娇了，她要肯多听听这些话，我现在也无须为她操心。”

绿丫忙安慰朱太太：“都说教子不如教孙，您现在才四十刚出头，好好教养孙子，还能瞧见曾孙子呢。”朱太太也点头，绿丫在这吃了午饭也就回家。

到家后辛婆子迎上来就道：“奶奶，您吩咐请的几个媒婆，都到了。”要买人，总要有个中间人，这些媒婆都是惯做这事的，绿丫嗯了一声就往里面去，那几个媒婆已经迎上来，这个说我晓得哪家的全灶好，那个说全灶难保干净，还是去那些专门去乡下收小姑娘，调教了两三个月的人家家里瞧瞧。

见这个要抢生意，原本说全灶的那个，登时眼睛就立起来：“干不干净什么的，只要做饭好吃就好，再说一个全灶，连谢媒钱，不过三十两银子，总好过外面那些生巴巴的，不会做饭。”

“那些全灶，有些极浪荡，我瞧奶奶家风，定是十分清白严谨的，哪能容得下那样的人进家门？到时坏了家风怎么办？”说全灶不好的那个媒婆的下巴登时一抬，鼻子里面哼出一声。

两人眼瞅着就要打起来，另一个忙道：“我们说了不算，还要奶奶说了算，奶奶，您到底是要买个全灶，再外带两三个丫头呢，还是只买丫头，不买全灶？哎，奶奶，奶奶。”

这人见绿丫眼里满是泪水，登时吓得叫起来，绿丫只觉得心如刀割一样，想辩解竟说不出半个字。辛婆子晓得绿丫底细，忙笑着对那几个媒婆道：“你们太吵，我们奶奶身子弱，心又慈，只怕听了伤心。”那几个媒婆急忙闭嘴，出去外面等着。

辛婆子扶一把绿丫，低声叫声奶奶，绿丫的泪这才滚出眼眶：“她们胡说。”辛婆子眼里也忍不住有泪：“是，我晓得，奶奶，那些事，都过去了。”

就是因为知道过去，才明白有些事无法忘记，绿丫把眼里的泪擦掉，声音有些破碎：“辛妈妈，苦命人为何要欺负苦命人？那些媒婆，难道又是个个好命吗？”这话虽如同从天外飞来的一样，但辛婆子还是懂了，叹一声才道：“奶奶，您该晓得，有些苦命人，是知道自己一辈子挣不出去，于是就作践别人，因为他欺负不了作践他的人。”

“所以那些人，活该一辈子受穷，不，不光是一辈子，下辈子，下下辈子，都该受穷。”近乎诅咒地说完这句话，绿丫这才抬起头，眼里的泪已经消失：“就买一个全灶和两个小丫头，再去雇一个专门洒扫的婆子就够了。人你仔仔细细挑了。”

辛婆子应是，出门去和那些媒婆说了，那些媒婆听了，又说这家好那家好，绿丫任由她们和辛婆子争着，头靠在椅背上。秀儿，你在哪里？你知不知道，我在想你？若你也知道那些媒婆说的话，是不是当时就要骂出来？秀儿，我没用，辩解的话总是说得不够好。

辛婆子袖里带了相看钱，和那些媒婆跑了两三日，挑了两个全灶和六个小丫鬟来给绿丫瞧瞧。

绿丫瞧着面前一字排开的八个人，小丫鬟的眼里怯生生的，思绪不由飘得很远，飘到自己被娘卖掉的那个早晨。算起来，原来已经过了十二年，恰好一个轮回。

八个人都屏息站在那里，等待着绿丫的挑选。绿丫低头，把那些思绪抹去，一一问过她们的名姓，今年多大，也就挑了三个人留下，别人每人赏了二十个大钱让她们回去。

媒婆们进来领了人离开，辛婆子叫小荷把人带下去安置，这才问绿丫：“奶奶，要说这两个全灶里面，您不要的那个手艺还更好一些，为何您偏要另一个？”

绿丫笑了：“眼神，辛妈妈你没发现她们俩的眼神都不一样吗？一个太飘，另一个很镇定，我问到是否被收用过时，有一个略微迟疑，另一个只说，这是难免的。手艺好不好是可以练的，可是这人心好不好，就不能练了。”

原来如此，辛妈妈哦了一声表示了然，也就出去和那些媒婆说立券的事。绿丫坐在椅上，把不知什么时候流出的泪悄悄擦掉。谁也不知道，绿丫说话时候内心有多煎熬，自己只能努力做个好主母罢了。

等张谆回到家中，绿丫不等小柳条她们退下，就上前抱住丈夫的腰。这突然的热情把张谆吓了一跳，接着就把妻子的脸抬起来，看着她满面泪痕，再想到今儿家里添了人，还有什么不明白的？张谆轻轻拍着绿丫的背：“这些，都是难免的，你以后只会遇到越来越多。”

绿丫“嗯”了一声：“我就是晓得这些是难免的，这才找你哭。不然我也就随便了。”张谆唇一弯勾起笑容：“你倒是能找我哭，那我该找谁哭去？”绿丫啐他一口，接着伏在他胸前："当然是找我哭了。"

张谆捏捏绿丫的下巴："这下巴都越来越圆了，还哭？"

"难道你嫌弃我不好看了？"看见绿丫叉腰，登时变身茶壶样，张谆笑了："谁说的，你最好看，顶顶好看。"这还差不多，绿丫这才把手放下："我让她们把晚饭送进来吧，你以后想吃什么，也可以点了。"

"我就想吃你做的菜，然后再……"张谆故意说得暧昧不明，绿丫的小拳头已经打到他身上："胡说八道什么，天还亮着呢。"

"我说，然后再和我们儿子一起玩，你想到什么地方去了？"张谆挑眉一笑，把话说完，自然引来绿丫的另一番嗔怪。

该买的买，该雇的雇，家里添了人之后，这宅子显得不那么空旷了，在花园里走走，也能遇到一两个人，而不是只有自己身边一个小柳条。此时朱太太也让人来传话，上回绿丫说要买产业，现在离京二十里地，朱太太的庄子旁边有个小庄子要卖，一百亩地带所小庄房，地算不上特别肥，但有鱼塘有竹林，到时养的藕、出的笋、捉的鱼都可以自家吃，也能省了一笔。价钱算不上特别贵，总共五百两银子带一房下人。

绿丫听得有些动心，和张谆商量了，决定先去瞧瞧这庄子，也就带了小全哥，小柳条和小荷服侍，让辛婆子看了家，和朱太太往城外来。

这不光是小全哥头一回出城，也是绿丫头一次出城，小全哥在车上咿咿呀呀指东指西，朱太太逗他一会儿，和绿丫说会儿话，二十里地很快就到了，先在朱太太庄子里歇下，然后把中人寻来，去瞧瞧庄子。

绿丫这是头一回瞧自己买的产业，当然揣了十二万分的欢喜，那中人也在旁边说这产业的好处坏处，正说得高兴，朱家下人匆匆而来，瞧见朱太太就道："太太，您快些回去吧，家里乱套了。"

朱太太治家严谨，很少看见下人这么慌张，那眉不由微微蹙起，淡淡地道："又不是天塌下来的大事，你这么慌张做什么？"下人的话绿丫也听见了，往后退了一步，中人乖觉，指着另一边的竹林道："奶奶，这会儿虽是秋日，可也有笋出，您随我来。"

绿丫牵了小全哥，小柳条和朱家的一个婆子跟在后面往竹林那边去。等只剩下朱家的人，朱太太才瞧一眼下人，那下人道："太太，今儿刚用过午饭，小姐说想去歇一歇，就有人闯进来，口称是家乡那边的二爷，还说老爷两个月前已经过世，临终前留下遗嘱，要二爷把这里的产业收归回去，还说……"

两个月前老爷已经过世？朱太太如被雷击一样，眼泪已经夺眶而出，还在怨着他，可是谁知道他已经过世。身边的婆子急忙扶住朱太太，连声唤太太。朱太太用手扶一下额头，自己不能倒下去，不管遗嘱是真是假，朱二爷要来找麻烦是肯定的，现在，先回城才是最要紧的。

绿丫已经在众人簇拥下从竹林里走出来，瞧她笑容满面的样子，对这份产业也是十分满意。朱太太努力想在脸上露出笑容，但那泪怎么都止不住，绿丫已经发现，快步上前道："朱太太，您家里，到底出什么事了？"

下人想开口，但被朱太太这么一瞧就急忙低头，既然笑不出来也就不笑吧，朱太太心里想着，就对绿丫道："我家里有事，还要赶回去，你就在这住一夜，到了明日再回去吧。"

说着，朱太太就急匆匆往外走，绿丫忙拦住她："朱太太，你我相识也有许多年了，当晓得我是什么样的脾气，您这样我还怎么在这住一夜，不如我跟您一起回去，到时有什么事也好帮忙。"

家丑不可外扬，朱太太此时心里想的是这句，倒是婆子忍不住："太太，您就让张奶奶陪您回去，人多总能说理，再说这事，只怕此时早已闹得沸沸扬扬。"既然如此，朱太太也就点头，那中人被晾在一边，忍不住问："这里……"

绿丫已经匆忙地道："这产业我很喜欢，不过我总是女人家，十分做不得主，等我夫君有空，我再带他来一起瞧瞧。"说着绿丫要走，猛地想起不对，忙从荷包里拿出一块碎银子，也分不清多少，让小柳条拿给中人做辛苦钱。

中人接过碎银子，掂了掂也足有一两，虽不如中人钱那么丰厚，也不算白跑一趟，忙连声应了。绿丫和朱太太匆匆赶回庄里，上了马车就往京城赶。

在车上朱太太把事情缘由大略说了，最后才道："要来拿我的产业，我并不担心，自然有应对的法子，我只是心疼，我和他二十多年夫妻，虽非结发也是从来不红脸的，可他临终前，竟连一份书都不给我，我这心，疼啊。"

绿丫伸手握住朱太太的手，安抚她道："朱老爷不过五十出头，算不上十分老迈，只怕是去得太急，不然他定会给你留些话的。"留话，朱太太眼里的泪又流出："但愿吧，到了此时，我竟不知道该怨谁，我和他也是父母之命媒妁之言。"

虽使君有妇，但这从不带回家乡，也是常见的事，可是谁也想不到，这二十多年下来，到头来，还是要和那家乡来的人，争一争。

回去京城这路就没有来时那样轻快，一路飞驰，半个时辰多一些就匆匆赶到京城，进了京城不敢让马飞奔，朱太太只是抓住帘子紧紧往外瞧，心都提到喉咙口了。

转眼已经到了朱家附近，平日极宽的路，今日被挤得水泄不通，还有人在议论纷纷。听来都是说朱家这事，说是朱二爷拿了遗嘱，要把两头大的孩子给赶出去，占了产业。旁边一人啧啧道："虽说有遗嘱，可也未免太绝情了，天下哪有只认嫡出，不认这边的道理？"

"谁晓得呢，只怕这遗嘱都是假的，再说了，这些商户人家，最爱搞这样的事情，什么两头大啊，什么妾当家啊，官家也装聋作哑不好管，就该让嫡出的儿子来把他们都赶走，才晓得两头大这种事情，是不能做的。说白了，什么两头大，不过是一个外室，外室女还想占了这份产业，真是做她的美梦。"有人恨恨地说。这话入了朱太太的耳，登时脚步有些趔趄，绿丫忙扶一把她，又见小全哥在那直发困，把孩子交给小柳条让她抱回去，自己陪了朱太太往前走。

朱家的仆人在前面开道，听到朱太太回来，瞧热闹的登时让开一条道，朱太太也是见过风雨的，用手拢一下头发就走进宅子。

宅里大厅上此时正嚷个不休，影影绰绰似乎能瞧见几个公差模样的站在厅上。此时朱太太哪还有半分伤心，只剩下对朱二爷的怒火，就算有遗嘱，也要掰扯个曲直出来。

遗嘱？真是笑话。朱太太在心里冷笑一声。绿丫瞧见朱太太脸色，不知怎么心里一凛，叫了朱太太一声，朱太太回头对她笑一笑就走进大厅。

朱小姐坐在厅里椅上正在低头哭泣，旁边一个忠心的丫鬟正在劝解，吴二爷坐在她旁边，对面坐了一个三十来岁的男子，瞧那模样，和朱老爷年轻时候很像，那么这人就是朱二爷了。朱二爷身后还站了两个公差。

朱太太心里品评完了，这才缓缓开口："怎的，小姐都在哭，你们还不赶紧把小姐扶到里面去？如果动了胎气，我瞧你们拿什么赔。"瞧见岳母进来，吴二爷如吃了颗定心丸一样，朱二爷闯进来一说话吴二爷就慌了，急忙让人报信去请自己的姨母和岳母，偏偏姨母去尚书府赴宴去了，信传不进去，这边朱二爷要逼着拿账本拿钥匙，还要拿了花名册来，把这家里的人都清点一遍，好把自己全家赶出去。

吴二爷忙让丫鬟把自己妻子扶下去，朱二爷这才懒懒开口："休想，你若进去里面，偷盗了我家的东西，我找谁赔去？"吴二爷被这句话气得差点晕了。朱太太在心里叹气，也不瞧他们就径自走到上面坐下，唤管家们道："传话下去，老爷仙逝，我十分哀痛，举家戴孝。"

管家们刚想上前应是，朱二爷已经站起身，对朱太太冷哼道："一个外室，也敢在这作威作福，还枉称太太，也只有那样没规没矩的人家才有这样的事，我朱家本是乡里望族，哪容得下这种事，给我把这外室和她所生的野种，统统赶出去。"

朱太太这才转而瞧向朱二爷："你，没资格。"

没资格？这三个字简直就像三把尖刀一样戳到朱二爷心上，他拍下桌子："你这外室，迷惑了我的父亲，才有这些东西，你需知道，我娘嫁了我爹，这一切都是我娘的，你没有资格受用。还有，我娘是你的主人，你见了主人之子，为什么不行礼？"

朱太太冷眼瞧向朱二爷，朱二爷本以为自己说的话很对，没想到朱太太竟如此冷眼，还要再嚷，朱太太已经淡淡地道："这位你姓甚名谁，家住何方，你有什么资格到我面前罗涅？"

朱二爷实在太不像话，那两个公差中老成些的一个急忙道："这位，你要晓得你嫁的男人姓朱，这就是他嫡出的二公子，朱老爷上两个月已经去世，临终前吩咐要把京城中的产业收拾回乡，我们就是陪着朱二爷来办这件事的。"

朱太太这才瞧着那两个公差："京中骗子极多，谁知道你们是真是假？你要知道，这些产业也不算少，况且我还有女儿，难道他临终遗嘱里不提这个女儿的产业？"

"女儿？不过一个外室生的野种，受用这么些年也够了，许她姓朱，已是我家宽宏大量了，若不然，我是兄长，完全可以把她提了脚卖掉，就算你也是一样。"

"你兄长还活着吗？"这突兀的一句让朱二爷不晓得怎么回答，张了张嘴才怒道："我兄长当然活着，此时还在家中守孝，不但我兄长，连我娘都活着。"

原本朱二爷是想拿嫡出兄长和自己的母亲来压朱太太，谁知朱太太冷笑一声："我从不知道，收拢产业这种大事，会在家主不出面的情况下随便找个人来做。"

"那是我能干。"朱二爷脖子一梗就叫道。

"我更不晓得，有规矩的人家，父亲三年之孝未完，就出门做这些事，真是好一个乡里望族，有规矩的人家。姑爷，我还没问问你，京里可有这种规矩没有？"

"父母生我育我，自当为父母守三年丧，绝不问世事才是。"吴二爷自朱太太一进来就恭敬而立，此时听朱太太问，也答出来。

朱二爷一张脸登时涨红，没想到朱太太竟这样刁钻，本以为她不过是寻常妇人罢了。朱太太已经瞧着他："所以，你有资格吗？今儿的事，我告诉你，要你大哥亲自前来，拿出遗嘱，那时我们再掰扯掰扯，至于你，给我从哪来滚回哪去。"

叫自己大哥来？朱二爷瞧着朱太太，恨不得一把把她掐死。朱老爷临终前分了产业，带来的六万现银子，朱大爷分了三万，朱二爷两万，剩下一万两给已出嫁的妹妹增了嫁妆。在家置办的产业，除留下两个庄子做原配的养老送终之资外，剩下的兄弟两人一人一半。又对原配、两弟兄备细说了这边的事，说自己死后，给京城送一封信，日后若有机会，兄妹也该见面，纵不能常来往，多门亲戚也是好的。况且这件事，全因自己而起，现在自己将死，什么老醋也该消了。原配和两兄弟自然连连应是，可朱大爷是老老实实在家守孝，朱二爷却动了别的念头，先是嫌做爹的分得不公，给哥哥多分了一万两，还不该给妹妹多添一万两，毕竟在乡里，一千两的嫁妆也是十分丰厚了。

况且自己的娘住在兄长那里，现在没有说什么，可那两个庄子既是娘的养老送终之资，那将来娘一去了，那些私房还有这两个庄子，岂不全成兄长的囊中之物？毕竟娘做了这么些年的富家主母，私房少说也有万把，那两个庄子都是上好的水田，加起来五百亩田，也有五六千两。算来算去，兄长比起自己，足足多了近三万两的家私，这口气朱二爷怎么都吞不下去。

朱二爷这样想，朱二奶奶也是一般心肠，见丈夫愁眉不展，就想了个法子，说京城这里，虽朱老爷说要多方照顾，可细算起来，什么两头大，连家乡都没回过，生的孩子都没上族谱的，不过一个外室，外室子哪算得上朱家子孙，到时就说是朱老爷吩咐的，这些产业哪能流落在外，把这些产业收回来，了不起给那外室子千把银子让她过日子，也算有情有义。

朱二爷听得妻子这话，登时大喜，而且心中的念头比自己妻子还要更狠一些，说什么要留千把银子，她们母女这些年受用的也够了，见不得光的外室，在外充作太太这么多年，哪还有资格和嫡出兄长说话，到时只能全都赶出，也好为自己的娘消了这多年受冷落的气。

两口子商量定了，又去劝原配，说爹当年在外头，冷落你多年，你现在就给我写一封信，我上京去把那外室母女全都赶出，把产业全收回来，朱家的产业，哪能流落在外？

这位朱太太本是乡里出生，从没去过比县城更远的地方，也只晓得孝敬公婆料理家务。就算知道朱老爷在外置办了别的妻妾，也只说这是乡里常见的事，横竖朱老爷也拿银子回家，睁只眼闭只眼过了算了，只要不和那人见面，全当这人不存在。

等朱二爷夫妇这番话一说，她也就想起原先的那些老醋，狠狠落了些泪，再加朱二奶奶在那叹息，说公公临终时候惦着那边，全不记得你在家这样辛苦。这位朱太太也就转了心肠，虽还记得丈夫的话，可更记得当初那些孤独的夜。只是不好十分做主，要朱二爷去问问朱大爷的意思。

朱二爷生怕哥哥来分一杯羹，忙说这种事，总要悄悄去做，不然这乡里去京城的人极多，到时那边晓得了消息，要做防范，岂不白白便宜了外人？既然儿子这么说，这位朱太太也就同意了，写了封信给儿子，上面大略就说嫡室收外室在外的产业也是常事，求官家做主。

朱二爷拿了这封信，如得了尚方宝剑一样，飞快去了府衙，塞了些银子给一个相熟的师爷，递上状子，师爷听说京城这里足有四五万两的产业，又和朱二爷要了五百两银子的好处，这才把状纸呈给知府，知府见争产事也是平常事，就批了，让两个公差陪着朱二爷上京去做这件事。

朱二爷这一路上，打酒买肉，又包了两个粉头给这两个公差，这两个公差感念朱二爷款待，拍着胸脯保证一定能把外室赶走，给朱二爷把这事办得漂漂亮亮的。

到了京城，这两公差又去寻了相熟的人，打听了朱家情况，晓得朱太太是个厉害的，这才趁了朱太太出门的时候上门，为的就是等朱太太一回来，账本钥匙花名册全都被收了，纵她有天大的本事也难以翻天。

谁知朱小姐虽娇弱，但就是不肯交，这又是在京城，两个公差不敢闯进内室去翻箱倒柜，只得在厅里大呼小叫。

此时朱二爷见事不谐，若是自己哥哥来，肯定会照父亲说的做，到时说不定还要骂自己一通，一想到这前前后后花出去的上千两银子，朱二爷就一阵心疼起来，为了银子也不能叫哥哥来，于是脖子再一梗："你说我没资格，你又是什么东西，有资格教训我吗？一个外室……"

不等话说完，朱二爷脸上已经挨了一巴掌，接着脸上被拍了样东西。朱二爷尚未开口骂，就听朱太太道："睁大你的狗眼瞧瞧，这是当年你老子亲手写的婚书，聘万氏女为妻，为妻，你给我瞧清楚，是妻不是妾，更不是那没有婚书，随意处置的外室。"

这一手朱二爷没料到，但那两公差已经笑道："这话说得好，若没有婚书，我们还不好办事，有了婚书就好办了，停妻再娶，这是什么罪名，随我去公堂上走一遭吧。”

朱太太说了这么大半天，口已经干了，喝着茶道：“上公堂？好啊，我就怕你不上公堂呢。停妻再娶，那也是男子有罪，这男子已经死了。上公堂，后娶者，不过是被仳离，被仳离，外室能用这个词吗？”

被仳离，那就证明朱老爷娶双妻是事实，犯的是国法，可朱老爷已经去世，这国法也难追究，更难以用外室这个名义把朱太太母女全都赶出去，毕竟娶双妻被仳离的后妻所生子女，也是要有产业的。

朱二爷想到这点，在心里恨自己老爹不迭，怎能做出写了婚书的事？也不想想，不写婚书，朱太太的爹娘怎能放心把女儿嫁给朱老爷？这商户在外娶两头大的多了去了，写婚书的当然也不少，未必没有妨着原配子女来闹事的。

两公差没想到朱太太不被吓住，眉不由皱紧，朱太太的手缓缓拂过婚书，这些东西，都是贴身藏着，虽然知道这纸婚书一拿出来，自己不过是被仳离的那个，可是官家既允许被仳离，那朱老爷娶双妻的事实就存在，那么女儿，当然不是什么外室女了。

“我，我，我，”朱二爷我了好几声才恼怒地道，“你女儿又没上我朱家族谱，她有什么资格……”

朱太太没有理朱二爷，而是瞧向两个公差：“我倒想问问两位，你们俩瞧来也是办差办老的了，是家法大还是国法大？是认上族谱呢还是认上户籍？”

这还用说吗？两公差你瞧瞧我，我瞧瞧你，并不开口说话。朱太太这边有婚书有户籍，朱小姐就不能被认为是外室女，那还收个什么产业？朱老爷要高兴，把所有在外产业给了朱小姐做嫁妆，外人也说不得半个不字。

朱太太淡淡一笑，再没说话。绿丫站在那里，能感觉到朱太太脸上的伤心，二十多年夫妻，又不是无媒苟合，可是又如何呢？这么些年的朱太太，这么些年的日子，不过是一场自己骗自己的美梦。

吴二爷见众人都不说话，晓得这件事多半可以落了，心里大定，对管家道：“还愣着做什么？还不赶紧去让全家都戴孝。”说完吴二爷又对朱二爷拱手，“舅兄，虽则你口口声声不肯认内人，但你不管怎么说，也是内人兄长，还请受我一拜。”

若朱二爷是个聪明的，也就该就坡下驴，受了吴二爷这拜才是。可他是爱钱的性子，心里恨吴二爷还来不及，怎肯受他的拜，只是袖子一摔：“一个外室女的姑爷，不过下人，要拜我，哼。”

“外室？朱二爷，你敢不敢跟我这个外室去上公堂？”朱太太淡淡地道，一点也不羞恼，外室两个字还咬得很重，朱二爷晓得上了公堂对自己不利，爹已经去世了，官家就算想追究他也没法追究，所谓仳离，不过就是上不得朱家族谱入不得朱家祖坟罢了，可瞧朱太太这样，只怕也不稀罕。

那还上什么公堂，浪费什么银子？朱二爷在心里盘算了一番，这才恨恨地道："你既说我没资格，那我就回乡把那有资格的人给请来。"说完朱二爷转身就走，两公差也急忙跟上。

朱太太还招呼吴二爷："去取十两银子来，给两位差爷喝茶。"听到有十两银子收，这两公差急忙停下，等吴二爷取了银子来，接了银子说一声多谢也就走了。

吴二爷刚要转身就见朱太太摇摇摆摆，竟要往下倒，亏得旁边的绿丫急忙扶住她，连声唤她，朱太太这才睁开眼："我没什么，只是心疼，心疼。"

心怎能不疼，朱二爷骂的话，句句字字都入了朱太太的耳，自己的女儿被骂作野种，可该怪的那个男人，已经去世了，也不知他去世前，有没有提起自己？朱太太的泪又往下滚落，伸手抓住绿丫的手："张奶奶，切记，不能让男人在外娶什么两头大，不然，只是白白便宜了男人，让两边都伤心。"

争赢了又如何，还不是一样成为笑柄。朱太太的泪继续滚落，吴二爷说一声抱歉，请绿丫让开，让几个婆子抬朱太太进去。绿丫也没和他们告辞就自己回家。

外面围观的人已经散去，不知他们在议论什么，绿丫茫然地走回家，不晓得心里的悲哀是因谁而起，到底是朱太太哪句话起了作用？

辛婆子来迎接绿丫，见了绿丫的脸色也不晓得该说什么，只是急忙扶了她一把："奶奶当心脚下。"绿丫嗯了一声，辛婆子还想说什么就听到一个女声响起："我说，张奶奶，这成了家的女人，是不是就喜欢去瞧这些热闹，这些热闹有什么好瞧，说白了，不过是男人造的孽，女人受罪。"

第 19 章　成　长

这声音如此耳熟，虽然带有揶揄，却让绿丫加快脚步，说话的人已经掀起帘子走出来，笑吟吟站在那。此时夕阳斜照在她身上，她整个人都像在发光。

“榛子。”绿丫赶上一步拉住她的手，感觉到她手的温度，这才开口说话：“我不是在做梦吧？你什么时候回来的？我还一直以为，你在江南舍不得回来呢。”

榛子笑吟吟地瞧瞧绿丫，这才挽住她的手进屋：“回来两天了，杭州虽好，可终究不是家乡，谁知我在家里等来等去，等不到你来，这才跑来。进来一问，你竟然都不在家，现在啊，可是正经八百摆起这做奶奶做主母的谱了。”

绿丫让榛子坐下，让小柳条端来茶，自己给榛子倒了杯茶端到她手边这才坐在她旁边，笑着道：“得，三年不见，你也会来取笑我了，还什么做奶奶做主母的谱？我这不是你张大哥水涨起来，我也要跟着船高，不然的话，我不就沉在水里？”

榛子笑得连茶杯都端不住：“瞧瞧，我才几年没回来呢，你就这样了，等我再过个几年回来，只怕都不认识了。”绿丫抿唇一笑，小柳条也在旁边说几句凑趣的话，绿丫让小柳条把小全哥抱来：“给你瞧瞧那孩子，你离开的时候他还在我肚里呢，现在能跑能跳，还爱说话，每日叽里咕噜的，也不晓得自己在和自己说什么。”

“别，你这一抱孩子出来，我就要给见面礼了，这给多给少都不好。”老友重逢，自是十分欢喜，榛子也笑吟吟地说。

绿丫啐她一口：“偏不，这见面礼啊，绝不能给少了，还要给双份。”

“双份？”榛子往绿丫肚子上瞧去，绿丫摇头：“不是我的，是兰花姐的，她又生了个儿子，现在是儿女双全，姐夫成日家只晓得傻乐，两个孩子，都被他宠上了天，兰花姐成日和我抱怨呢。”

说是抱怨，更多的是欢喜，榛子的手轻轻地敲下额头：“哎呀，我都忘了这事。”小柳条已经抱了小全哥过来，绿丫招手让小全哥过来，教他叫敏姨，小全哥睁圆了眼睛，连叫了好几声，还学着大人样子，跪下来给榛子磕头。

喜得榛子急忙把他拉起来，瞧了又瞧，又抱在手里问东问西，打开桌上一个小匣子，里面是金光灿灿的一个项圈，上面还挂了一个白玉雕就的观音。

绿丫虽和榛子开玩笑，也晓得榛子出手不会小气，可瞧见那项圈和观音，忙道：“这也太贵重了，这小小孩子，戴这样东西折了他。”榛子已经笑吟吟地给小全哥戴上，小全哥极喜欢这观音，用手拿着这观音瞧了又瞧。

“这啊，是我离开杭州前，特地去灵隐寺寻高僧开过光的，都说灵隐寺的观音灵，我啊，就盼着他们一个个都好好的。再说也不止一个，四五个呢，就防着你们一个个都生儿育女，瞧瞧，果然用上了。”榛子把小全哥的手握在手里，这才对绿丫解释。

“嗯，这么一来，他磕那个头，也不算亏。小全哥，你可要记好了，再大些读书识字的时候，要记得这些。”小全哥听不大懂，但还是拼命点头，绿丫和榛子又逗了他一会儿，绿丫这才让小柳条把孩子抱下去，两人说些别后的话。

榛子比不得别人，绿丫开口就问：“你逍遥了这么几年，这会儿回来，只怕门槛要被踏破了。”榛子在杭州三年，自然不会是游山玩水或者闭门不出，时常巡查廖老爷在杭州乃至江南的产业，有时也会处理掌柜们处理不了的事，见识比起当初在京城时更广，当然心绪也就更不一样，此时听绿丫这样说就瞥她一眼：“我当你是个开阔的，谁知啊，也是个俗人，见了我也只会问我这事，你该知道，我三年前说过的话到现在都没变。”

那就是不嫁，绿丫瞧着榛子，不知为什么，那种骄傲又涌上心头，这个女子，这样值得自己仰望的女子，竟是自己的知己，何其幸运。那么，绿丫也笑了：“所以我不会拦你的，榛子，三年前我对你说过的话，到现在都没变。”

榛子笑了，脸上的笑容十分舒展喜悦，人生在世，要做与众不同的事，总是不会得到众人称赞，可是自己身边最重要的两个人，都站在自己身边支持自己，何其有幸？上天待自己从来不薄，即便曾经落到那样境地，还能让自己结识绿丫这么一个好友。而且，绿丫也是一直在前进，一直没有把眼界仅仅放在后宅之中，世间得友如此，真好。

再多的话都不需要说出来，只需要一个眼神已经会意，榛子又给绿丫讲了许多江南那边的事，不光绿丫听得津津有味，连服侍的人也在那竖着耳朵听，等棒子告辞，张谆进房时，绿丫才笑着和张谆说了棒子说的话，最后叹道:“我竟没想到，棒子变成这么开阔的一个人，她的眼界见识，远远比我强，甚至，比你还要强些。”

张谆本在解衣衫的手停在那里，绿丫抬头瞧见丈夫这样，伸手拍他一下：“你岂不闻，有智妇人，胜过男子？难道你也是那样的小气人，容不下这个世上有比你能干的女子？”

张谆哈地笑了一声，继续换着衣衫：“我当然不是容不下，只是想了想，这样的女子，我竟然遇到两个，而且有一个是自小相识的，有些奇怪罢了。”两个？绿丫伸出两个指头，瞧着张谆等他回答。

张谆换好衣衫，坐到椅上自己换着鞋才笑着说：“还有王尚书的夫人，原先我以为她不过是普通妇人，即便官太太有两个眼界开阔的，也不稀奇，可是见过两次王夫人，我才晓得，竟是我想错了，王夫人的智谋，不但不输男子，而且比男子更为开阔。难怪连东家都很佩服她。”

这些事绿丫还是头一次听张谆讲，不由有些神往地道：“如果能见见，肯定能学到很多。”张谆伸手刮妻子的脸一下：“嗯，你学的越来越多，到时会不会看不起我，觉得我不过是个庸常商人？”

绿丫的小鼻子一皱：“少来取笑我，难道只有我在学，你就原地不动？”张谆笑着连连点头：“是，是，我一定要听奶奶你的话，绝不敢原地不动，觉得自己家里银子够了，就安安生生下来歇着。”

绿丫又是一阵大笑，得夫如此，也是一种幸运，这才和张谆说了那边庄子的事，说自己很喜欢，五百两银子现在也不是拿不出来，买了就是。

张谆自然是听绿丫的，答应等自己歇下来就去乡下把那契约立了，夫妻也就收拾歇息。

朱二爷来闹的事情很快就传得沸沸扬扬，绿丫去应酬时，难免也听到那么一两耳朵，当然也有人来和绿丫打听的，绿丫只当一个不知道，绝不吐露半个字。朱二爷很快也就回了家乡，朱家闭门守孝不出门，传了半个月，这事也就渐渐落下。

那时绿丫已把那个小庄子买下，既然是自己的，绿丫也就和张谆两人兴致勃勃地往那庄子去，打算把那庄子重新打理一下，看看房屋需不需要修整下，还有这每年的地租，要怎样安排。那连庄子一起买的一房下人，绿丫和张谆问了他们几句话，见他们夫妻也还老实，离了这里也没别的生计，也就让他们继续管庄，免得另寻人也是件麻烦事。

这田本就不特别肥沃，不过就指望着春日的笋，秋日的藕和鲜鱼，那地的租子，不过算个添头，也就照了原来地主的例，寻来佃户把这话说了。听得新地主不用加租，别的也不再添加，佃户们也各自称幸。

庄子的各项事务都安排好了，住了一夜夫妻两个也就带了小全哥回城，小全哥从没见过这么多和自己同龄的孩子，玩高兴了，怎么都不肯走，见绿丫要来抱自己，干脆溜到干草堆那边去。

绿丫无奈叹气，走上前要去抱他，谁知听到不远处传来急促的马蹄声，接着那马已经飞奔到面前，那马奔了一路，见路边有干草，就要去吃草。上面的人明明瞧见了干草堆上有人，却也不勒马，任凭马张着大嘴往小全哥身上咬去，甚至还哈哈大笑。

绿丫瞧见惊得魂都飞了，用尽全身力气扑过去把儿子抱在怀里，那马嘴已经擦着绿丫的手过去，绿丫都能感觉到马鼻子的热气喷在自己胳膊上。若再晚一点，小全哥就要被咬伤，绿丫抱着儿子滚下草堆，小全哥还不知道，还当娘和自己玩，在那拍手大笑。

张谆也跑过来，从绿丫手里接过儿子，四处瞧了瞧见儿子没有受伤这才放心下来，那马上的人见没有咬到小全哥，说声败兴就要纵马飞奔。张谆见马上人衣着华丽，面容骄横，知道这是个自己惹不起的人物，但自己妻儿受了惊吓总要有个说法，上前拦住他的马："尊驾，这乡间道路虽比不上京里繁华，但也有人来往，尊驾骑马还是小心些为好。"

这人打量了张谆一眼，从他衣着判断不过是个有几个钱的小地主，冷哼一声："领教了，我不过骑马取乐，再说你家的人也没受伤，你啰唆什么？还不给我让开，不然的话，我踏了你，不过就是赔几个汤药费的事。"张谆这下是真的生气了，他做生意这么多年，不是没有遇到过骄狂的，但没遇到过骄狂如斯的，眉不由微微一皱："尊驾，这虽离京不远，却也不是没王法的地方，尊驾还请……"

话没说完，那人已经拿起鞭子就要往张谆身上抽去："一个有点钱的小地主罢了，蝼蚁一样的东西，也有资格和我啰唆？别说你那孩子，就算灭了你满门，也没人敢和我说个不字。"

就在鞭子快要打到张谆身上时候，不远处已经有人大喊："陈兄住手。"听到这喊声，这陈公子才把鞭子收回来，瞧着骑马赶上来的人，斜着眼道："怎么？秦老弟，你在军中几年，被人吓得胆子都小了？竟然为这样蝼蚁求情。"

绿丫瞧见那鞭子要往丈夫身上去，吓得要尖叫时候，见有人阻止，心这才放下，再瞧那骑马赶上的人，倒有些惊讶，竟还是个熟人，秦三公子。三年没见，秦三公子变得黝黑了些，风采也更内敛，不似当年那老远就能感觉到的气宇轩昂。

此时秦三公子赶上，往张谆一家人身上瞧了瞧，见没受伤这才放心下来，对张谆抱拳为礼："这位，我朋友出言莽撞，又粗鲁了些，我在这里代他赔礼，还请你休要放在心上。"

秦三公子有礼，张谆也深深一揖："人都有不顺心的时候，两位瞧来也是从京城里来的，这大道之上，也不是纵马飞奔之地。"陈公子听了这话，又要把鞭子挥起，但看见秦三公子，就把鞭子收起，白了秦三公子一眼："好了，秦老弟，我看在你面上，也就不追究他们冲撞我的罪，我们继续赶路吧，离我家庄子，可还有三十里地呢。"

三十里地，这个数字落到张谆耳里让张谆松了一口气，既然离了三十里地，那就不是自己家的邻居，这简直是个大好消息。秦三公子往绿丫脸上瞧了一眼，不由掠过一丝惊讶，绿丫已经对秦三公子拜了一拜："秦三公子，久违了。"

的确久违了，已经三年多了，想到那个少女，当日她那张美丽的小脸，竟有些模糊，可后来在军中经历得越多，秦三公子从小固有的那些思维越动摇，他们并不是无声无息的愚昧之人，而是有自己思想感情，活生生的人，那时的自己未免太过骄横，也太过自信，竟以为天下没有自己做不到的事，后来想起也是实在好笑。

别说还有天子，纵然没有天子在上，匹夫之怒，也能血溅三尺。人，定要存了敬畏心。

陈公子听到绿丫的这话，不由往绿丫脸上瞧去，原来还没发觉，这少妇生得还算不错，也不晓得是不是秦三公子的老相好，没想到他好这口。

陈公子不由对秦三公子挤眉弄眼，秦三公子怎么不晓得他心里转的龌龊念头，并不理会陈公子，只是问绿丫："久违了，杜小姐可好？"

绿丫没想到秦三公子竟问榛子，微微一讶才道："很好。"

很好，秦三公子低垂下眼，这才对绿丫拱一拱手："那么，我们就走了，再次抱歉。"绿丫福了一福，秦三公子抽了身下的马一鞭子，也就离开。

张谆等秦三公子两人走了才问绿丫："原来他就是王夫人的侄儿，生得是真的好，可是这样权贵子弟，未免都有些骄横，到了现在，我越发佩服东家了。"能在这些权贵之间游刃有余，并且得到利益，这不是普通人能做到的。

绿丫把小全哥抱紧一些，捏捏他耳朵："以后不许不听话，知道不？"小全哥看见陈公子扬起鞭子时，已经觉得事情不对，一直埋在自己娘胸前，听到这话就点点小脑袋。

绿丫摸摸儿子的小脑袋，这才对丈夫道："我相信，你也会有这么一天的，我们上车吧，该回去了。"绿丫这话让张谆心中满是壮志，自己今年才二十三岁，一年学不会，就可以用两年三年，总有一日，会像廖老爷一样的，而不是只能仰望着他。

秦三公子的马奔出去三四里地，陈公子这才追上他的马，伸手去抓秦三公子的缰绳："哎，秦老弟，我们俩跑了一上午，歇歇，说说话，方才那女人是谁？我可不是为我自己，而是我妹子要嫁给你了，总也要知道些事。"

秦三公子这回回来，就是为了议亲，定北侯夫人和太夫人两个精挑细选，挑了陈公子的妹妹，今年十七的陈家小姐，为怕秦三公子不喜欢，还特地求了陈家，让他们在陈家庄子上见一面。秦三公子就是为这事去的，可此时见了陈公子这一路的表现，在京城里和出了京城完全是两个人，让秦三公子心里开始犹豫，不想和陈家结这门亲。

此时听到陈公子这话，笑了笑："一个故人，她是杜小姐的好友，我曾见过两次。"

"杜小姐？"别人未必清楚当年这件事，但陈家既要和秦家结亲，自然晓得清清楚楚，此时陈公子听到秦三公子这话，眉头立即皱起来："哎，你不会还惦着杜小姐吧，如果真惦着，我可不许，我妹妹怎能嫁？不过，"陈公子眼珠一转，"你若实在喜欢，我去说服妹妹，让你婚后纳杜小姐为妾如何？一个商户女儿，能嫁进侯府为妾，也是几辈子修来的。"

"等她嫁进来了，那时就要守妻妾之别，在令妹面前立规矩吗？"秦三公子此时对陈家这桩婚事是越发腻味了，拨转马头就想回去，陈公子"哎呀"了一声："妻妾之别不是天经地义的？你啊，别想着跑，我和你说……"

陈公子还在喊，见秦三公子往来路去，急忙打了马一鞭追上秦三公子，脸色就有些不好看了："秦老弟，你这是什么意思？不答应这门婚事，你要知道，我妹妹并不是嫁不出去，只是家母怜惜她，才要精挑细选，而且看中了你，这也是你的造化，谁不知道定北侯府，比一个空架子好不了多少？你又不是承爵的人，我妹妹嫁妆丰厚，你和她的小日子……"

陈公子还要再说，秦三公子已经转头瞧着他："所以我配不上令妹，这门亲事，我自会去和我祖母说，然后亲自上贵府道歉，到时你要打也好，要骂也好，任由尊意。"说着秦三公子就打马离去。

这叫什么事？陈公子想去追秦三公子，可是追回来也没用，想去自家庄子，可是陈家难道就丢这么一个大脸？思来想去，陈公子还是往庄子去，先把妹子接回来要紧。

“秦三公子来访？”廖老爷听到管家来报，眉微微皱起。旁边的眉姨娘忙道：“老爷，中秋的时候我为敏儿求了支签，上面说她红鸾星动，只怕就是应在秦三公子身上，说起来，秦三公子的才貌配敏儿也够了。况且……”

眉姨娘还想继续说下去，但被廖老爷瞧了一眼，急忙低头不语。廖老爷想了想对管家道：“我出去见他，顺便，”廖老爷对眉姨娘道，“你让敏儿到厅上屏风后。”

眉姨娘急忙应是，带人去请榛子。

榛子正把这三年来的账目都点清楚，听到眉姨娘这话眉不由微微一皱：“要我在屏风后面听？”眉姨娘点头：“你快些去吧，还有这首饰，我瞧这簪子有些老气，还是戴这支芙蓉花簪，这米珠虽小，可光匀着呢。”

榛子也没阻止她，任由她帮自己换上那支芙蓉花簪也就往厅上去，眉姨娘瞧着榛子的背影，忍不住双手合十对天上拜了拜，菩萨啊菩萨，你一定要保佑她的婚事顺利。

榛子从另一道门走进厅里，这道门对着的就是屏风后，这是廖老爷为方便榛子学习怎么和官场中人来往，特别安排的。屏风后桌椅齐全，还有几色点心。榛子往椅上一坐，就开始细听起来。

秦三公子没想到廖老爷这样爽快地答应见自己，毕竟三年前的事，细想起来的话，如果真照了自己的想法，那就是榛子身败名裂的下场，即便离京躲避那么些年，也不能再像原来一样挑个如意夫婿，此时对廖老爷行礼后坐在那里，却不知该说什么。

廖老爷端着茶杯打量着秦三公子，这样看起来，当年的莽撞少年，今日已经成熟许多，也不晓得他来这里做什么？想到此廖老爷轻声开口：“三公子此来定是有事，你我也不必在这你看我我看你，有事就说吧。”

秦三公子定定心才起身对廖老爷道：“小可来此，有两件事，一来，是为三年前的事致歉，毕竟当日若稍有不慎，则杜小姐名声尽毁，此事全都怪我。”

廖老爷唔了声：“这也是权贵子弟常事，视不如自己的人为蝼蚁，多你一个不多，少你一个不少。再说若非如此，你们也不会把王法当摆设。”这样明白的嘲讽使秦三公子的脸顿时火辣辣起来，廖老爷见他没有出口反驳，奇怪地挑一下眉，看来军中三年并不是没有任何磨炼，瞧瞧，现在他竟然没反驳，还晓得脸红。

看来这秦三公子也不是那种完全的糊涂，廖老爷喝了口茶：“至于道歉的事就不必了，毕竟道歉要这么有用的话，也不会有那么多的流言了。”秦三公子应是，这才抬头瞧着廖老爷：“小可也晓得，道歉不过就是于事无补，这么做，也是要让廖老爷您知道，小可并非那种不分是非黑白不知人间疾苦之人，因此，小可想求第二件事，还请廖老爷把杜小姐许配给小可。小可保证，娶了她后，定再无第二个人，而且她想做的事，我绝不阻止。”

这话说的是真心诚意，屏风后的榛子也能感觉出来，可惜，这样还是不够的。榛子唇边露出笑容，若换别个女子，定然感动落泪，但自己不是别个女子，嫁一个知冷知热的丈夫，并不是自己这一生的目的。

“秦三公子，我家虽不是什么高门大户，我也不会做把甥女许给别人做妾这样没下梢的事。”秦三公子的话只让廖老爷的眉微微一皱就轻描淡写地说。

“做妾？”秦三公子稍一奇怪就笑了：“廖老爷，小可前来，是真心诚意，自当迎娶令甥女为正妻，哪是做妾呢。”

“秦家，可是在和广宁侯陈家在议亲的，说起来，你们两家是门户相当，有这样的一门亲，你想娶我甥女为正妻，秦三公子，你以为，你能做到？”秦陈两家议亲虽是私下进行，但并非说外人就全无察觉，廖老爷晓得，秦三公子更是不会觉得奇怪。

秦三公子看着廖老爷：“廖老爷，您只知其一，不知其二，家母确为小可向陈家求亲，可小可思前想后，已经让家母回了这桩亲事。小可以为……”

秦三公子还待继续往下辩说，见廖老爷唇边笑容已经带上讥讽，不晓得自己哪里说错，手不由握成拳，刚想再开口廖老爷已经淡淡地道：“秦三公子，你的诚意我能了解，但你也知道，婚姻之事是父母之命媒妁之言，并不是你想怎样就怎样。秦三公子，你以为让令堂不去陈家求亲，就能迎娶我甥女为正妻？你想得太简单了。”

想得太简单了，秦三公子面对廖老爷感觉到压力越来越大，想再开口说话廖老爷已经又道：“秦三公子，你若真有心求亲，就让你家长辈来，我再考虑考虑，若不然，您还是回家去吧。”

这是在下逐客令了，秦三公子起身想走，但觉得这样走了又不心甘，瞧着廖老爷道：“那小可能请见杜小姐问问她吗？”问她什么？廖老爷直接就想回绝，但想了想就往屏风后瞧去。秦三公子是晓得屏风后有尴尬的，此时见廖老爷往屏风后瞧去，明白榛子就在屏风后面。一种莫名的情绪开始蔓延，也不知道这种情绪是从何而来。

“秦三公子若想道歉，诚意已经够了，至于娶我，我并不是不知道齐大非偶这个道理的，秦三公子还请回去。”悦耳的女声从屏风后传来，和三年前不一样，此时榛子的声音十分从容淡然，听不出一点别的情绪。

自己实在是托大了，秦三公子起身想走，但那脚步像有自己主意一样，只是来到屏风面前，看着屏风后那个影影绰绰的身影，开口道：“杜小姐，昔日的事，确实是我不对，这三年我也想过，当日未免太过狂妄，对杜小姐的闺誉也有损伤，因此我才……”

“闺誉？”榛子轻笑一声，那笑声就这么入了秦三公子的耳，进了他的心，如有小猫爪在抓挠一样。接着就听见榛子继续道，“秦三公子无须把此事放在心上，当日你想利用我回绝赵家亲事，我想清楚后才反过来做这么一场戏的。说起来，秦三公子此举，也为我省却不少麻烦。只是秦三公子这样一等聪明人，以后谁嫁了你，但凡有那么一点愚笨，就要被秦三公子玩弄于掌中。我虽是商户女子，也曾经历波折，蒙舅舅疼爱，这些年也过得自由自在，又何必嫁于高门，被人把我原先的事拿出来嚼个不停？陈家小姐我曾在宴席上见过，是个聪明美丽的姑娘，她和秦三公子正是一对。至于你的歉意，我收下了，从此之后，秦三公子休要把这事放在心上。”

榛子说得越淡然，秦三公子心里的起伏就越深，开头不过是小小波浪，可此时竟如刮过大风，掀起惊涛骇浪一样，世间竟还有这样的女子。提起女子比命还重要的闺誉，不过轻描淡写，而且秦三公子能听得出来，她这话，绝不是无耻的话，而是经过无数事情才说出来的。

她今年多大？三年前十六，今年也不过十九，难怪姑母会称赞她，认为她不输给年轻时的姑母。隔着一道屏风，榛子瞧不见秦三公子的神情，但榛子脸上笑容没变，权贵子弟如此，已经难能可贵，但也仅此而已。

廖老爷斜一眼秦三公子，见他还站在那不动，这才轻咳一声：“秦三公子，还请回去吧。”

“杜小姐，若我，能做到像你心里想的那样，那你愿不愿意嫁我？”这突如其来的一句让榛子的心微微一动，接着榛子就笑了：“这样的人，秦三公子，你认为你能做到？不介意妻子以前的经历，不介意她不得父母的宠爱，不介意她智谋不输男子，不介意她不愿被宅院束缚？”

这几个不介意讲完，榛子看着屏风外的秦三公子，想知道他脸上现在是什么表情，接着不等秦三公子开口就道：“自然，秦三公子你现在点头是很简单的，但你能承受别人的讥讽白眼？能忍受长辈们的叹息？甚至，在别人骂到你娶这么个妻子令秦家门楣蒙羞的时候，你还能点头吗？如果，你都能做到，那时再说婚事不迟。”

说完榛子起身："舅舅，我出来已经久了，先进去了。”廖老爷嗯了一声，面上已经有得色，自己的甥女果然值得挑大拇指，接着廖老爷看向秦三公子："话已经说完了，秦三公子，还请回吧，我想，你也不愿意在我这里用晚饭。”

秦三公子这才从方才的震惊中醒过来，天下竟有这样的女子，这样的，让人无法形容的女子。听到廖老爷的话，他也不及去分辨廖老爷话里的嘲讽就对廖老爷拱手："是，我晓得了，我先告辞。”

说着秦三公子往屏风那里看去，已经看不到榛子的身影，可那几句话，却还在耳边回荡。

看着他这样怅然若失，廖老爷唔了一声才道："我和令姑母相识三十来年，我甥女的话，你可以拿去问问令姑母。”说完这句大发慈悲的话后，廖老爷就唤管家送客。

管家进来请秦三公子出去，秦三公子这才匆忙给廖老爷作个揖，匆匆告辞。廖老爷瞧着秦三公子的背影，不由叹一声，自己甥女，真是既为她骄傲又感到一丝心酸。

榛子从门里出来，径自往自己院子走，丫鬟接住她，仔细瞧了又瞧，可是看不出榛子脸上到底有什么不对，心里狐疑也只有陪着榛子往院里走。

刚走到一半，眉姨娘就迎上来："敏儿，我就想问问……”榛子对眉姨娘一笑："没什么，姨娘，今儿晚饭要吃什么？我想吃莲藕炖排骨呢。”

眉姨娘的眉微一皱，接着就叹气，罢了，老爷和小姐，一个比一个有主意，自己在旁说什么呢？只得陪着榛子往院里走，快走到门口时就有管家娘子过来："小姐，张奶奶和刘奶奶来望您，说是张奶奶家的庄子，收了百来斤藕和鲜鱼，特地带了来给您尝鲜呢。”

榛子不由一笑："瞧，我才说想吃莲藕炖排骨，这就来了，她们人在哪呢？”

“张奶奶和刘奶奶也不是外人，小的已经让人迎她们进来了。”接着就听见绿丫的笑声："今儿也巧了，正好庄上送东西来时，兰花姐也在呢，就约了一起来望望你。”榛子急忙迎上前，见兰花抱一个牵一个，小全哥跟在绿丫身边自己走路，就笑着说："还说哪天去瞧瞧兰花姐呢，没想到兰花姐你就来了。”

兰花这三年也胖了些，再加上日子好过，也能穿得起一两件绸衣衫，虽没有绿丫那样从容，可和原先大不相同。听到榛子这话就笑吟吟地道："我家那里，可比不上绿丫那边，不好让给你去的，今儿不是家里没事，我才带孩子们过来瞧瞧舅妈，恰好庄子上送东西过来，也算不得空手上门，这才觍着脸来了。”

“兰花姐你这样说是臊我呢！”榛子嗔怪说句，绿丫和兰花又给眉姨娘见了礼，也就和榛子一起进去，眉姨娘自去吩咐厨房多加几个菜。

众人打过招呼，孩子们又正式见过榛子，玉姐已经快四岁了，偎在兰花身边只是望着榛子。兰花把女儿拉过来：“这就是你小姨，哎，这孩子，在家就吵，出了门就一副小家子气，这样子，将来怎么嫁个秀才？”

这样的育儿话题榛子插不进去，只笑了笑，绿丫请榛子的丫鬟把孩子们都带到旁边房间，三人好自在说话。兰花说不得两句就听到旁边屋子孩子在哭，摇头叹气，急忙赶过去瞧瞧。

绿丫等兰花赶过去了才笑着说：“其实你不想成家也有不成家的好，清静。”榛子笑着瞥一眼绿丫：“瞧瞧，你都这样说了，还要我说什么呢。”

“各人有各人的缘分命数罢了，强求不来，若能强求得来，岂不乱了套了？”绿丫也没把榛子这话放心上，只随口一说。

谁知这话却进了榛子的心，她淡淡一笑，缘分命数，既然如此，就尽人事听天命吧。

兰花和绿丫在榛子这里吃了晚饭，各自坐车归去，到了张家门口，绿丫还在车上，就见大门口有人在徘徊，心里不由十分奇怪，车刚停下，守门的虎头就走上前：“奶奶，这几个人说是爷的族人，可是爷没回来，您也不在，小的也不敢让人进去。”

族人？这两个字让绿丫的眉微微皱起，虽说和家乡那边现在也有了联系，可不过就是逢年过节写封信捎些东西罢了，这几个人，老的老，小的小，还不知道是不是。

瞧见马车停在门口，那几个人中的老者就走上前，开口就叫侄媳妇：“我是十一侄儿的亲堂大伯，十一侄儿爹娘和他九叔都不在了，算起来，在这族内，我就是他最近的了。”

绿丫算了算，的确是这样，可是这事还是不能认，只得道：“我夫君不在，虽是族人，可也有男女之别，算着时候，他还有三四天才回来。虎头，”听绿丫叫了声，虎头急忙上前，绿丫道：“你去拿几两银子，先把这几位送到客栈安置，等你们爷回来，再请他辨个明白。”虎头应是，听到要送去客栈，那个老婆子立即道：“侄媳妇，我们也晓得京城是寸土寸金的地方，这客栈我们也不住，省得你花银子，你家里定有多余的下房，我们先在那里落脚，等侄儿回来了，你就晓得了。”

“这位婶子你说什么话呢？我不过是因不知究竟，一个妇道人家又不好十分做主，这才请你们先到客栈安置，到下房落脚，传出去我成什么人了？”绿丫的声音一点也不颤抖，那老婆子不由瞧一眼自己的丈夫，她丈夫皱下眉，不是听说这媳妇是个奴仆出身吗？本以为是见不得世面的，到时随便几句话一吓就可以，哪晓得说出这几句，真是又妥帖又大方，也就坡下驴：“既然这是侄媳妇你的好意，那我们也就先去客栈等侄儿回来。”

等了许久的虎头见老者这样说，也就领着他们一行人往客栈去。绿丫这才下车进家门，辛婆子已经迎上前来：“奶奶，这四个，是跟朱大爷来的，说是爷的家乡族人，我说请他们在外等候，还说了我一通，说发了财使着人就忘了根本，还是朱大爷说贸然来，没见过不敢认也是常见的，他们这才在外等候。”

绿丫转转脖子：“嗯，你做得很好，横竖等你们爷回来就知道了。”辛婆子哎了一声，就把小全哥抱去让他去洗澡。等了会儿虎头就回来禀告：“送他们住在旁边那条街的来福客栈了，虽他们坚辞，也开了两间上房，又和饭馆说了，让他们一日三餐都送过去。小的听着，像是一对夫妻带了儿子和守寡的侄女。”

绿丫原本以为是夫妻带了子女，没想到另一个竟是侄女，倒有些吃惊，赞了虎头两句就让他下去。这家乡来人，到底是什么意思？对张谆的族人，绿丫实在是难有好感，罢了，横竖等丈夫回来，就有分辨了。

绿丫这边安静了，朱家那里朱太太瞧着对面站着的男子，心绪起伏不定，这男子和朱老爷年轻时候，长得还真像。只是一想到朱二爷做的那些事，朱太太就先把这些心肠收起，这份产业，怎么也不能分出去。

朱大爷已经拱手道：“见过万姨！”万姨？这是把自己当作朱老爷的妾室相待了，朱太太心中百感交集，但面上神色没变：“大爷请坐，照了令弟说的，我不过一个外室，当不得你的礼。”

朱大爷明白朱太太的怒气从何而来，朱二爷在京中铩羽而归，回到家乡，对朱大爷坦白交代，并且撺掇朱大爷前来把这份产业收拢，省得朱太太母女在此受用。

当时朱大爷就训了弟弟一顿，只晓得眼前那点好处的笨蛋，自己父亲留下的东西虽多，安心在家当个富家翁瞧着是够了，可男长女大，岂不要婚嫁？

自己妹妹的嫁妆，前前后后算起来，足足值得两万银子。难道自己嫁女娶妇，就比妹妹低了不成？难免要照了妹妹的例子办起来。靠田租地租，不过刚刚够过日子，想来想去，还是要把父亲的生意拾起来，而要把父亲的生意拾起来，怎么也绕不过京城这头。这边的人跟了父亲二十多年，又是个能干人，想必父亲人脉一大半在她手里，当然要和她打好关系，好把生意做起来，怎能去得罪？

朱大爷打定主意，安抚住了自己的娘，也就匆匆上京来寻朱太太，免得时候长了，那些人脉都被交到吴二爷手上，自己家连口汤都喝不上。此时听朱太太这样说就起身恭敬地道："万姨息怒，舍弟从小生长乡里，又得家母宠爱，不知天高地厚是有的。上次私自上京，我已经训过他了，花用的那些银子，我也不会赔出去，此次上京，为的就是给万姨道歉。并且见一见妹妹妹夫，虽说我们非同母所生，但天下没有只认娘不认爹的人。"

说着朱大爷就跪下，这副姿态总算让朱太太心里高兴一些，虽说朱大爷打的主意，只怕也是要利用自家好让他日后做生意顺当，可在生意场上，这也是常事，没关系还要拉关系呢，更何况这本就关系极深。

朱太太忙把朱大爷扶起来："大爷请起来吧，令弟已经说过，我不过是外室，你是嫡长，我怎当得你这大礼拜见？"朱大爷听朱太太这口气，晓得她已经和缓，更加恭敬地道："父亲在外做的事，我为人子，自然要护住我的亲娘，故此只能称您为姨，但商户人家，这种事也是常见的，您受我的礼本是应当的。"

这几句话听得朱太太点头方道："大爷还请坐吧，说起来，老爷在我身边时候，曾对你赞不绝口，说你有他当年风采，只是令堂疼爱你，才没让你出来做生意，今日瞧来，的确如此。"

"家母嫁给家父，也曾 "接着朱大爷 笑，"拙荆嫁过来后，家母特地和家父说，说家里已经吃穿不愁，一方富户，何必非要我也跟着去做生意，家父这才罢了。可是仔细想来，这话却也有些不妥，故此我想，等家父三年孝满，还是出来走走，长长见识也好，不然在家，不过是一乡野富户罢了。"

这话说得真是既婉转又动听，朱太太笑一笑："既如此，你们兄妹也该见见的。"说着朱太太就让下人去请朱小姐夫妇。朱小姐夫妇出来，先请朱大爷坐在上面，拜见了兄长，接着是朱大爷起身，还妹妹妹夫的礼，又让孩子们出来认了舅舅。朱大爷挨个夸奖了一遍孩子，把准备的见面礼送上。

朱太太见那几样见面礼，虽不值钱却是精心挑选的，不由对朱大爷更高看一眼，也就留朱大爷在家住了两日，朱大爷就告辞还乡。朱大爷虽来去匆忙，但绿丫还是从辛婆子那里听说了来由，听完绿丫才笑一笑："没想到这朱大爷，竟是能屈能伸的人。"

"不然怎么办？像朱二爷一样上门吵闹？到时上了公堂，顶天能分一半，这一半还是面上能瞧见的，面上瞧不见的金子银子衣服首饰，他能分吗？再说了，朱大爷要想在这京里做生意，自然也要认了这个妹妹。传出去，还要被赞一声友爱妹妹，不忘完成亡父心愿。至于朱太太的身份，商户人家，娶个两头大是再平常不过的事，现在嫡出兄长肯认了妹妹，也是好事一桩。"

绿丫嗯了一声："所以还是榛子说得对，男人造的孽，女人来还。不说旁的，就说那些家里妻妾极多的人家，又有几家过得好的？"辛婆子点头："就是这话，昨儿我妹妹还说，柳三爷为柳三奶奶一直没生育的事，闹着还要纳妾，他房里也有四五个妾了，奇怪得紧，到现在别说男孩，连个闺女都没有。他们都在悄悄议论，只怕这病根，出在柳三爷身上呢，不然……"

辛婆子压低了声音："不过这事，也说不得准，说不定柳三爷娶个新人回来，就生出来了。"柳家的事那才叫乱呢，原本柳老爷已经定下把产业交给柳三爷掌管，可现在瞧他一个孩子都没生，不免又把这根心肠收起来。

"你们倒说得热闹呢，我可累死了。"张谆挑帘走进来，绿丫忙起身相迎："回来了？结果如何，到底是不是？"张谆坐下连喝两碗茶才道："要说是呢，倒真是我堂房大伯，可要说亲呢，我还真亲近不起来，当初他们家虽没落井下石，可也没多说话。若说不收留，传出去也不好听，我在这为难呢。"

张谆的千般思绪，绿丫也能猜出来，家乡在京城里做生意的人多，这几位又是跟了朱大爷一起来的，张谆没回来绿丫不做决断也好说，现在张谆回来了，也去见过人，认出来了，真要赶走的话，以后这名声有些很不好听。做生意除了利字当头，不就还有一个人脉？

若是张谆冷眼相待，谁知道他们在外会说些什么，到时传到哪个同乡耳里，难免有些不好。绿丫想了想才道："既如此，就把他们先请进来，若是安分守己呢，也就罢了，横竖招待家乡人，这也是该做的。等那孩子慢慢长大，到时荐个事做，有了事情做，养得起家了，他们也不好再住着。若是不安分守己呢，我也有法子。"

张谆皱眉瞧向绿丫："这，若他们……"绿丫笑了："你当我还是原来那个小丫头？我啊，也长了不少见识了。再说，若有什么鬼魅手段，我这也能练练手。"

这话让辛婆子笑了："奶奶这话说得奇怪，人不都是想躲清静，哪像奶奶，还要把这事揽身上？”绿丫瞧了张谆一眼：“这不是舍不得你们爷着急？他在外面场面上的事要照顾到，这些事，本就是我要做决定的，难道还要被人说，张家娶的那个媳妇十分不贤，连族人都不照顾，这样的人，要少来往。众口铄金，到时你们爷要被弄到丢了差事，我们一家子去喝西北风去？”

这话说得张谆一笑：“都说士别三日刮目相看，我瞧瞧，我们别了多少日了？”贫嘴，绿丫瞥丈夫一眼，让辛婆子带人去把客院收拾出来，张谆休息够了，也就去接张大伯一家。

绿丫抱着小全哥逗了一会儿，就听到小柳条说张谆把人接回来了。绿丫忙抱着孩子迎出去，张谆和张大伯一行人先到厅上来，各自见过礼，绿丫又让小全哥见过了伯公公。

小全哥是个爱说话的，又乖巧，绿丫让他叫什么他就叫什么，张大伯急忙把小全哥拉起来，仔细瞧了瞧才对张谆道：“谆侄儿，要我说起来，这孩子和你小时候长的还真像，脾气也一样，都是别人说什么他就听什么，十分乖巧。”张谆笑着应了几句，绿丫又道：“上回您来的时候，我不晓得真假，况且这京城地面上，从来不少那些冒充的人，这才送您到客栈安置，您可千万别见怪。”

见绿丫要行礼，张大伯忙让张大娘拦住她，脸上就做出一个苦相：“千里来投奔，我们也觉得丢脸，可是族里的事，谆侄儿也是尽知道的，不然我也不会这么一大把年纪，还背井离乡来京城。”张大娘听了，也在旁边滴两滴泪，这些话都说过，绿丫让厨下整治酒席，把张大娘和她侄女都请到里面说话。

这侄女绿丫已经知道本姓楚，是张大娘亲亲的姨侄女，嫁过去刚半年就守寡，婆家待她十分不好，娘家那边又是个继母，嫌她晦气，成日指桑骂槐，她存身不住，这才来投奔张大娘。

等进了绿丫的屋子，张大娘才抱歉地对绿丫道：“侄媳妇，你表妹命苦，三岁没了娘，那个后娘又跟要吃人一样。好容易长到十四，她后娘又贪图那家的彩礼钱把她嫁给那个痨病鬼。嫁过去没了半年丈夫就没了，婆家见人财两空，打算把她给卖到青楼里，若非那族里还有几个没丧天良的人，她后娘这才不情愿把她接回来，可接回来也没什么好脸，我这才把她接来，可谁也没想到，好容易过了两天安生日子，又遇到地里遭了灾，你叔公那个人，你也是晓得的，族里就数他富，几句话就要把我们的田地典给他，我们没法才出来逃荒，幸好运气好，正好遇到朱大爷，都是乡里乡亲的，大家都认得，这才跟他一起上京。侄媳妇啊，我们但凡要再有些别的法子，也不会拖家带口地上来。”说着张大娘眼里的泪就跟泉水一样落下来，她侄女也在旁边流泪，绿丫忙又安慰她们几句，笑着道："我们在京城虽也不怎样，但也有口饭吃，只要认我们是一家人，就在这安生住着，等过些日子再另做打算。"

张大娘听绿丫说出这么一番话，急忙点头："侄媳妇，你果然是个贤惠人，要不是……"绿丫忙道我晓得，楚氏又和绿丫重新见了礼，绿丫让辛婆子带她们去客院歇息，脸上满是歉意："这宅子小，也只有客院能安置你们，虽说不在内院，但伯母和表妹要进来，也是方便的。"

张大娘连声应是："哎哎，我晓得，京城比不得我们乡下地方，规矩大。还要分什么内外。"楚氏扶了张大娘离去，绿丫瞧着她们背影，眉头微微皱起，什么都没说。

客院虽小，也有五六间屋子，张大伯夫妇住了南边那间，楚氏住北边，中间做个堂屋，张大伯儿子叫栓柱，就住在东厢，安置定了，张大娘又带楚氏进去和绿丫吃晚饭，张大伯带栓柱和张谆在外头吃了。吃完饭张谆陪他们说会儿话，也就请他们各自安置。张大伯和栓柱回来见堂屋里亮着灯，晓得张大娘两人已经回来，也就进了堂屋。

张大娘正在那和楚氏说什么，楚氏脸红红的，瞧见张大伯进来，张大娘就抱怨地说："老头子，你来劝劝，这会儿菊儿又不肯了，说侄媳妇待我们这样好，怎能为了自己就去勾引她的丈夫？"

张大伯喝了两口酒，本已思睡，听了这话那睡意都有些消了，哎呀一声就道："菊侄女，这男子家纳个妾不是天经地义的，什么叫勾引呢？再说你也说了，侄媳妇待我们好，正因为侄媳妇待我们好，我们才该帮衬着她，他们现在成婚不久，也就三四年吧，那正是蜜里调油，当然不会说到这件事上，可是等再过两年，侄媳妇年纪也渐渐大了，那不该纳个妾来给侄儿？你想，与其那时寻一个不知道底线的和侄媳妇吵，倒不如这会儿你嫁了侄儿，你是个软和性子，她也是个好人，你们妻妾相得，这不就是两好合一好？男人在外头也好安心赚钱。"

楚氏性子本就极其软和，况且自从丧母后，后娘待她没有好脸，骂都还是轻的，亏得张大娘还肯照顾她，这才让她活到长大，之后做了寡妇，也是张大娘收留，不然就流落烟花地或者被后娘再嫁到山里了。此时听到张大伯这样说，脸更红得不能瞧了："姨父这话很有道理，可是姨父，先不说表哥看不上我，就算他肯了，这做妾也不是什么有脸面的事，就算在我们乡下地方，也没听说谁家乐意把女儿去做妾的，除非是那丧尽天良的后娘。"

张大娘叹气："说来说去，菊丫头，你还是怪我没本事，也是，若我和你舅舅有本事，也不会让你嫁给一个痨病鬼，还险些让你被卖去青楼。做女人的，谁不想嫁个好人家，可是菊丫头，你今年虽然才十六岁，已做过一次寡妇，好人家的大老婆，轮得到你吗？若嫁到穷人家，我也不愿意你再去吃苦。我们来投奔，靠的不过是那点族人间的情分罢了，可这情分可厚可薄。瞧着侄儿是个忠厚的，侄媳妇也待人好，可这家里你也瞧见了，先不说这屋子，伺候的人也不少，这人多口杂，我们又是寄居的穷亲戚，拿不出什么打赏的钱来，到时要有个什么碎嘴的在侄媳妇那一挑唆，那时我们被赶出去，那还投奔何处？”说着张大娘就又掉泪，楚氏瞧见张大娘掉泪，忙安慰道：“姨妈，我不是这个意思，我是……”

“你是觉得做妾委屈，菊丫头，我们也觉得委屈了你，你是我们亲亲的姨侄女，给了我侄儿做妾，这要传到乡下去，我都没脸见人了，可是菊丫头，再大的脸面也填不饱肚子，我无能，守不住家里的产业，栓柱又小，到他长大总还有四五年呢，难道这四五年我们就张着嘴巴喝西北风不成？菊丫头，算我做姨父的求你，为了我们能在这里存身，就委屈了吧。”

见张大伯给自己作揖，楚氏忙拉住他：“姨父，你这样说话，我羞都羞死了，可是这要勾引，我……”张大娘就见侄女又肯了，心里一块石头落了地：“什么叫勾引，男女不就是那点事，你也不是闺女了，还怕这个？现在你们是才见面，你自然害羞，等多见上几面，就好了。”

楚氏不由咬住下唇，真的能好吗？张大伯见又劝住她，再往下说的话就不该自己这个男人听了，对自己老婆使个眼色，也就进屋睡觉。

张大娘又在那细细地和楚氏说，说了半宿这才各自睡下。

兰花听说张家来人，她现在是张谆的姐姐，也带了孩子过来。张大伯不晓得兰花底细，只当兰花是张谆认义的姐姐，也受了兰花的礼。等张大伯一家走出，只剩的绿丫和兰花两人，兰花这才对绿丫道：“哎，我和你说，可小心着点那表妹。”

绿丫手里正在做一件给小全哥的斗篷，听了这话那针差点戳到手上，接着把针放下：“兰花姐，你怎么突然冒出这么一句话来？”兰花伸出一根手指戳了下绿丫的额头：“我晓得你是个坦荡的人，从来不把那些鬼魅放在眼里的，但我和你不一样，我在屈家日子比你长，后来被爷买了，那时家里也有四五个下人，爷抬举我，还有人不乐意呢。后来你们搬走了，我又继续住在那里，别的不敢说，这瞧人心里想什么，我还是能瞧出七八分来。”

绿丫用手摸摸额头，抱住兰花的胳膊亲热地说：“我知道，兰花姐，这件事我和谆哥哥也说过了，要是安安分分的，真把我们当侄儿侄媳妇，收留族人也是常见的，等栓柱再大些，给他寻个差事，到时帮衬着给他娶个媳妇，也算完了这做侄儿的本分。若是不安分，难道我们还能寻不出法子？”

“哼，你忘了万寡妇了？要不是有人报信，我们推门进去，那就是黄泥落到裤裆上。这个楚氏，瞧着老老实实规规矩矩的，可提起谆哥儿的时候，她眼里那光再骗不了人，做不了妻，一个寡妇，又是娘家无靠的，做个妾怕什么？”

“就算他们真有这么不要脸的打算，谆哥哥也不会同意的，虽说确有无耻人家这样做，可我和谆哥哥的脾性，兰花姐你还不清楚吗？”

兰花叹气：“我是信你们的，可你要晓得，他们是经过难的，怕被你们赶出去是再平常不过的了。若能让谆哥儿收了楚氏为妾，就再不怕这事了。”

绿丫嗯了一声：“兰花姐，你这话我记在心上，但我相信我的丈夫，也相信我自己，就算他们真要下手段，也要瞧瞧这手段能不能下成功。”

兰花不由噗嗤一声笑出来，接着用手在绿丫脸上刮一下：“哎呀，真是做了那么些年的张奶奶，这口气越发大了，来来我瞧瞧，这还是我认得的绿丫吗？”

绿丫正在拿针线打算继续做呢，听兰花这么说就笑了：“兰花姐你又臊我，我口气再怎么大，也是你弟媳妇。”兰花也笑了，绿丫继续做着针线，唇角满是笑容，一家人齐心合力，还有什么好怕的？

“我还以为，你家里忙，这段时日都不会过来寻我呢。”榛子笑着对绿丫说。

“你也晓得，也要过年了，我本来忙，这不是抽空过来瞧瞧你。我前儿去赴席，听说秦三公子和你求亲，哎，那一席上羡慕的，有些还说，能嫁进定北侯府，换做她们，做妾都肯。我和你这么好，你都不告诉我？”

“求亲这事是真有，可是我拒了。”榛子的回答丝毫不出绿丫的意料，她点点头：“你不拒才奇怪呢，那秦三公子虽比三年前好了些，可权贵之家，那是难相处的。”

榛子摆下手：“说的是呢，不提他了，没得败兴。后日是腊八，京城里寺庙都要施腊八粥。舅舅也往报国寺捐了功德，知客僧老早就请舅舅那日去喝腊八粥，舅舅没空去，不如你陪我去。”

“报国寺的腊八粥，都说谁抢到谁有福气，你这样说，那我当然要去，还要多带两个盆，带回来大家分分。”绿丫的话让榛子笑了：“什么抢到就有福气，不外就是人说出的话罢了，要说有福气，能喝到宫里赐下的腊八粥那才叫有福气，不过一般人那是喝不到的。”

“哎，你要嫁了秦三公子，那不也就能喝到。”绿丫的话让榛子捶她一下：

"你又来取笑我，宫里赐下的腊八粥，各府也就几碗，哪能个个轮到，都个个轮到那就不值钱了。到时我这个商户女儿，哪有资格喝。"

绿丫又笑了，两人笑闹一会儿，约好初八那天榛子来接绿丫，绿丫也就回家。

到了家辛婆子来接着，悄声道："今儿大太太说做了鸡汤，要给爷送去，我们也没拦，还说给小全哥做了件衣衫，我们接了，不过没有给小全哥穿。"

绿丫嗯了声就道:"把伯母做的衣衫给小全哥穿上,我抱着和他去谢伯母。"

"奶奶,衣衫……"绿丫听着辛婆子那欲言又止还有什么不明白的,笑着道:"辛妈妈，疑心生暗鬼，越是疑心就越能寻出些不周到来。好心好意做了衣衫，我们给小全哥穿上，让伯母也见见，有些事她也不好太生分了。"

可是，辛婆子还是在徘徊，绿丫勾唇一笑，如果诅咒有用的话，那么不少人早该下地狱了，就是晓得诅咒没用，所以才不害怕这些。

绿丫抱了小全哥去谢张大娘，张大娘瞧见小全哥穿了自己做的衣衫，心里也是欢喜的，和绿丫说了会儿话，绿丫也就带小全哥回去。等绿丫一走，楚氏又叫一声姨妈，这个把月来，楚氏的心里真是什么都想过了，住得越久，就越觉得绿丫好，如果能做绿丫丈夫的妾，帮着她，也算个不坏的主意。

可随即楚氏就想起别的事来，后娘为什么待自己不好，不就因的恨自己的娘吗？自己的娘都已经过世了，她还这么恨，那自己要分的可是绿丫的丈夫。在婆家时候有个婶婶家有妾，妻妾成日争吵，妻子说自己是大的，妾要听从，妾说自己生了儿子，又得男人宠爱，你往一边去。吵得那叔叔经常躲出去，有人取笑他该好好振振夫纲，免得这家里妻妾争风，闹得日夜不宁。

他还梗着脖子说小家小户还管这么多规矩干什么。为了儿子也不能不管妾，但妻子又是自己结发，偏向哪边也不好，于是只好出门躲避。若是自己做了妾，到时也争执起来，哎呀，那可不好。毕竟看见自己的丈夫和别人恩恩爱爱，谁不会吃醋？

张大娘一听楚氏这样叫自己就晓得楚氏又反复了，急忙道："哎呀你这孩子，怎么又这样？别的不说，你还到哪去寻这么好的丈夫去？"就是因为寻不到，所以就会不甘心，楚氏的眉头皱得更紧，不晓得该怎么做决定。张大娘决定还是慢慢劝，顶好还是张谆主动纳了。可是这个侄儿，还是和自己这边不大亲近，男人啊，都是娶了老婆就忘了别人的。

绿丫可不晓得张大娘的想法，就算知道了，大概也只会说一句，伯母，您多虑了。到了腊八，绿丫和榛子往报国寺去，今日的报国寺门口，差不多是人山人海。榛子和绿丫离得有些远就下了马车，管家在前面开道，婆子丫鬟们簇拥着绿丫和榛子往里面去。

守在门口等着施粥的瞧这架势，晓得来了富贵人家的女眷，也让开一条路。绿丫抱紧小全哥，小全哥见了这么多人十分好奇，在绿丫怀里不安分地踢着腿。绿丫把儿子的腿抱紧一些，还拍他腿一下，小全哥不高兴地把嘴嘟起，突然“咦”了一声指向旁边。

绿丫顺着他的手指望去，见那站了个小娃娃，虽在冬日，也只穿了一件衣衫，头发有些乱，也不晓得多少日子没梳过，瞧这样子和小全哥差不多大，这是一个小乞丐。

榛子也顺着小全哥的手指望去，不由叹了口气：“这孩子，还不知道这天下有许多人吃不饱穿不暖呢。”绿丫见那孩子有一双黑白分明的眸子，都是孩子，命竟完全不同，也不见她家大人在哪里。

绿丫就想干脆打听打听，如果这孩子没大人，就带回家里，还在想呢，就有个三十来岁的女丐走过来，抓住那孩子的胳膊：“哎呀，我说你这不听话的，怎么跑这来了，小心冲撞到了人，你的小命就别想要了。你娘呢，怎么不见？”这小娃娃的手指向另一边，看来是说大人在那边领粥。

绿丫眼里已有了泪，不等绿丫说话，管家娘子已经会意，上前给那小娃娃手里塞了一个小荷包：“我们奶奶说，天冷，拿着去买件暖和衣衫穿。”那中年丐妇急忙拉着那孩子跪下，口称菩萨心肠样的奶奶。

绿丫又瞧了一眼，在众人簇拥下继续往寺里走去，等走进寺里，那中年女丐这才站起身，要从小娃娃手里拿过荷包瞧瞧到底是多少银子，就见那孩子的娘走过来，这样就不好瞧，顺势把荷包塞到那孩子的娘手里：“你闺女今儿不知哪里来的这么大福，得了这么多的赏钱，赶紧收起来，不然的话，被人瞧见又要来抢。”

说着见那女子一点也不高兴，抬头瞧见她满脸都是泪，不由叹气：“哎，我就和你说，挑个慈悲人家，把这孩子送去，到时也算全了她一条命，你也有银子治病，不然的话，到时就是你们两条命都没了。”

“我不卖孩子！”这女子把女儿抱紧一些，方才的情形看得一点也没漏，你们都过得很好，我就安心了，纵然我做了脚底的泥，可我也不会去卖孩子，我活着一天，就会护着我女儿一日，绝不让她为奴为婢，受人欺凌。只是我撑不了那么久了，我不知道，把她托付给你们，你们肯要吗？

秀儿抱紧怀里的孩子，从没有忘记当初说过的话，如果我过不了好日子，就让我的女儿过好日子吧。小娃娃感觉到母亲把自己抱得越来越紧，抬头对娘露出笑："娘，不冷，银子，你治病。"

这傻孩子，秀儿又猛烈咳嗽起来，咳嗽的连孩子都快抱不住，却不肯放手，看着那已瞧不见的人，该想个法子把自己的女儿托付给绿丫，绿丫一定会待她好的，只是瞧着她们俩今时今日的气派，不知道怎么才能近得了身？

在寺门口和秀儿缘悭一面，是绿丫此后很难原谅自己的事情，如果早知道，那么秀儿还能少受一些日子的苦，而不是在那苦苦思量，怎样才能把孩子送到自己身边。

此时的绿丫和榛子已经进到禅房，喝过腊八粥，又去听了几个因果故事，也就准备回去，刚要走出禅房，就听到外面传来人声，听到有男子的声音，两人的脚步微微一滞。

"连间空禅房都没有，你们寺里，今日可真热闹。"这声音听来有些耳熟，不过不记得是什么时候听到的，绿丫不大在意，就听到知客僧道："秦三公子、苏公子，今日真对不起二位，不然这样，往方丈请。"

还真是哪里都能遇到这位秦三公子，绿丫不由瞧一眼榛子，榛子会意只淡淡一笑。接着就听秦三公子道："不必了，我们就往后院亭子里坐坐就好。苏兄，你也别真往人家方丈去。"

"好吧，那就往后院去，这么冷的天，亏你受得了。"苏公子嘀咕一句就打算跟秦三公子往后院去，知客僧刚要送他们去后院，就瞧见一个小沙弥过来说有一家人走了，知客僧道声庆幸，请他们往那边去。

秦三公子嗯了一声就往另一边去，今日是听说榛子也要来报国寺这才来的，可惜还是没见到，或者自己和她真的没有缘分？可是缘分这些事，不是该自己去争的？

秦三公子心里念着，刚要进禅房就见另一边的禅房里走出几个人，被簇拥着的明显是榛子和那位张奶奶。秦三公子只觉得心里有个地方，刷一声满开了花，急忙走上前拦住榛子一行："杜小姐，今儿你也来喝腊八粥？"

这么明知故问的话让绿丫往秦三公子那瞧去，心里嘀咕着，等着榛子开口。榛子没想到等了会儿还是碰上秦三公子了，落落大方地道："秦三公子久违了。"

榛子的落落大方让旁边的苏公子咦了一声，三年没见，这位杜小姐越发和原来不一样了，难怪这回秦三公子舍不得放手，执意要娶她为妻，听说定北侯夫人被气得心口疼，差点起不了床。可瞧现在这样，分明是杜小姐不肯应这婚事。

苏公子心里在称奇，但这样盯着女子看终究不好，于是转向秦三公子："秦兄，你既遇到熟人，不如……"

"苏公子，不过打个招呼罢了。"榛子依旧落落大方，不带一分局促地道。接着榛子对绿丫示意，两人继续往前走，秦三公子瞧着榛子离自己越来越远，终于叫出声："杜小姐，请留步。"

榛子转身，阳光之下，她唇边的笑容如春花初绽一样，发上戴的钗垂下一串小米珠，在眉上微微摇荡。黑的发，发白光的珍珠，衬的她的脸如上好玉石雕的一样光润柔和。

不知道什么时候起，榛子已经长成这么一个美丽动人的女子。绿丫原本瞧惯了榛子，并不觉得榛子面庞十分美丽，但她这一回眸，绿丫才恍然发现，榛子竟生得这样美，这种明润的，让人心生亲近的美。想到此，绿丫不由微微皱眉瞧向秦三公子，如果他仅仅是为了榛子的美貌和财产，那这样的男子纵然身份再高，也不足以匹配。

榛子回头时候，秦三公子已经上前了一步，但瞬间就被榛子倾倒，那灿若晨星的眼，唇边笑容比最灿烂的花朵还要美丽，还有那温婉大方似乎什么事都不足以打动的仪态。即便秦三公子自负家世相貌人品，可在此刻，秦三公子第一次产生了一种怀疑，自己是不是那个能够匹配她的人？

但很快这种怀疑就被打消，不等榛子说话秦三公子已经道："杜小姐，我知道，你不愿仅仅做一个后宅中的妇人，而是想要做一番事业出来。我虽不才，可也愿在你身后，做你的支撑。"

这话还有点意思，不可不说榛子心里微微一动，但也只是微微一动榛子就已笑了："秦三公子能如此说，足见你是一个不拘泥于世情的人，可是你并不是一个人，你身后有家族，有期望你光宗耀祖的家人，我不能因为我想做什么，就要你招致家族反对，这对你并不公平。况且说话和下决心都很容易，但要做到，那就很难。"

"此地是佛门重地，我可以发誓，若……"秦三公子的话让榛子又是一笑："秦三公子，你能如此，我不得不承认，我很感激，但誓言和诅咒若真有效，天下就不会有那么多的负心人。我为女子，在这世间本已艰难，若再多一个夫主，更多的只怕是羁绊而非帮助。多谢秦三公子你的好意，只是恕我不能答应。"

说完榛子对怅然若失的秦三公子端正一礼，对旁边从各个禅房探头出来的人淡淡一笑，也就和绿丫继续往前走。知客僧本是出来送的，但听了这样大胆的话语，也已愣在那里，直到她们背影消失，本十分安静的各禅房内，才突然冒出声音，开始议论起来。

其中也不乏有说榛子口气太大的，一个女人，不过一个女人，竟敢说这样的话？可还是有人暗自在心里钦佩，能这样不顾忌地说出心中所想，真是让人钦佩，可惜这样的钦佩多只能放在心里不敢说出口。

也有闺中少女透过窗大胆地去望秦三公子，这样的男子，又这样倾心，别说做妻,就算是做妾也有不少人肯了。爹娘的不许,怎能比得上男子的深情？

苏公子也在惊叹，该唾弃的，可是心里有个地方又觉得，十分敬佩，一个男子都未必敢说这样的话，可是她敢，一个男子也未必敢说，抛开家族靠自己，可是她敢。简直是说出了自己心里的话。苏公子往榛子离去的方向又看了一眼，这才伸手想拍秦三公子，没想到拍了个空，苏公子缩回手才发现秦三公子已经不在原来位置上。

苏公子连叫秦三公子两声，秦三公子这才回头，但眼里不见苏公子以为的郁闷，而是闪闪发亮。苏公子还在疑惑，秦三公子已经笑了："我明白了，我明白了，可笑我自负家世，可没想到，托庇父亲得来的一切，她连看都不看。"

原来是这样，苏公子嗨了一声:"这算什么，她不也一样，如果没有她舅舅，她什么都不是。"

"不一样！"秦三公子脱口而出，接着就对苏公子笑了，"我也不好和你说到底有什么不一样，可我知道，真的不一样。"说完秦三公子就大步往外走。这人是失心疯了吗？苏公子心里嘀咕一句，这才追出去。

直到和榛子上了马车，绿丫才开口道:"榛子，我好佩服你。"榛子淡淡一笑:"你不会怪我吗？甚至觉得我的想法匪夷所思？"绿丫摇头："你的想法当然是很大胆，可是仔细想想，却又十分地，"绿丫在心里寻找形容词，可是找不到合适的，最后才勉强地找到一个，"让人向往，都说有智妇人，不输男子，可就算再有智的妇人，不也只能在家里吗？但你不一样。"

那种大胆的，要靠自己在这世间生存，而不是某人的女儿、妻子或者母亲等身份，彻底违背三从四德的教导，听起来那么荒诞大胆，可又是那样令人向往，似乎什么新世界在绿丫眼前打开。绿丫除了能赞叹之外，好像再不能做出别的举动。

榛子笑了，这次的笑容十分舒心，原来知道有人赞同自己，会是这样的欢喜，她什么都没说，只是握紧了绿丫的手，两人相视一笑，马车缓缓驶离。

榛子和绿丫都沉浸在那种不知名的欢喜里面，当然也没看到有一双眼睛一直追着她俩的身影，也没看到等她们走后，那双眼里才流泪下来。

怀里的孩子发出呢喃声，好像在说饿，秀儿蹲下，把今天要得的半个馒头小心翼翼地往孩子嘴里喂，小娃娃一口接一口地吃。

“马嫂子，我这里还有半碗热粥呢，赶紧给孩子喝了。”秀儿接过破碗里的半碗粥，低声说了谢谢就给孩子喂起来。那丐妇叹了口气：“本以为你追出来是想通了，想把这孩子交给那家子收留，就算为奴为婢，也好过跟着我们。可没想到你还是眼睁睁地看着马车走了，我晓得你心疼孩子，可难道让她跟着你，就这样饿死？”

托付，当然要把孩子托付给她们，可总要想个法子，秀儿低头看着女儿，并没接那丐妇的话。丐妇得不到秀儿的回应又叹气：“不是说你就是京城里的吗？总还有亲友。”

“我爹已经死了，我娘，死得就更早了。”淡淡地说完这话，秀儿就把孩子放下，从包袱里拿出一把只剩下三个齿的木梳，慢慢地给女儿梳起头发。小娃娃已经吃饱，又晒着暖乎乎的太阳，现在娘又给她梳头发，已经高兴地露出一口小米牙。

秀儿给女儿梳好头发，这才把女儿重新抱在怀里：“等过两日，娘要带你去个地方，把你交给姨姨们，再也不忍饥挨饿受冻了，你说好不好？”小娃娃点头：“好。”接着抬头看着秀儿，“娘，那你跟我一起去吗？”

“这样大的孩子，晓得什么？马嫂子，我说，你就告诉她，要她乖乖听话好了。”丐妇以为秀儿是听自己的劝，要把孩子给卖了，急忙开口劝。

秀儿没有理她，只是瞧着女儿：“娘本来想一直照顾你的，可是娘病得很重，所以娘不能跟你去。你到了那里，要乖乖听话，姨姨问你，你也不能说娘在哪里，好不好？”

兴奋中的小娃娃当即就觉得不对，她是个早熟敏感的孩子，圆圆的眼里立即就有了泪：“娘，我要和你在一起。”说完这娃娃就伸手搂住秀儿的脖子，怎么都不肯分开。

娘也想永远陪着你，想永远和你在一起，可是娘已经病得很重了，娘也不愿意被她们看见自己过得不好。秀儿眼里的泪落在女儿头发上，只有把孩子搂得更紧，就让自己再和她待两天，等过了初十，就把她送到绿丫家门口。两天，母女最后团聚的日子，也许就只剩下这两天了。

若上天垂怜，不，上天从不曾垂怜过自己，秀儿觉得自己有些累了，开始有些难以呼吸，除了抱紧女儿，抱紧这最后的牵挂，再没有力气去做别的事。

秦三公子几乎是一路飞奔回府，一进家门就匆匆来到定北侯夫人的上房。定北侯夫人正在儿媳的服侍下喝粥，看见儿子进来脸就一沉，把粥碗一推："你是来瞧我被你气死没有？"

秦二奶奶明白自己婆婆最疼这个小叔子，这话不过是气话，忙打圆场道："三叔是该打一顿，怎么连通报都不通报一声就进来？"这话缓解了气氛，定北侯夫人的脸登时就不一样了："对，打一顿，你先出去吧，我要听听这孩子，又要说什么话气我呢。"

秦三公子给秦二奶奶作了个揖，这才走到自己娘面前，跪下道："儿子惹娘生气，是儿子不该。"定北侯夫人见儿子跪下，又说这样的话，还以为他终于不鬼迷心窍，不再想娶榛子了，心里大喜面上不露："你也知道气我，我真是白疼了你。"

秦三公子应声是才道："正因娘疼我儿子，儿子才想着，要为娘争气。"争气？定北侯夫人脸上的笑容是再也藏不住："你弟兄四个，你是最争气的，虽说这两日糊涂了些，可也是常事，谁年轻时候没被人迷惑过？醒过来就好，陈家婚事不成，娘再给你寻另一门。"

"儿子思前想后，儿子这些年的所谓功绩，不过全是祖宗恩荫，儿子既想为娘争气，就想自己挣出一份功劳，那时再娶亲也不迟。"定北侯夫人先在心里说了声有志气，听到后面那句脸就沉下："先成家后立业也是常有的事，再说多少人家只靠吃祖荫过日子，你这样已经算很不错了。"

"可天下还有那么多的文人是穷苦出身，白手起家，儿子和他们一比，顿时觉得惭愧。"回来路上，秦三公子已经想了很久怎么说服自己的娘，这番话可真是极其恳切的。

定北侯夫人已经笑了："你这话说的，祖宗们拼刀拼枪，为的什么？不就是儿孙们能安安定定地不再拼杀。你这样的福气，多少人羡慕呢。"

"祖宗们为的是儿孙们安定不再拼杀，那儿子也该为自己的儿孙们想想，现在还可以吃祖荫，但以后呢？娘，家里的情形我又不是不晓得。"这话直接说中定北侯夫人的心事，秦家的儿孙们越来越多，进项却越来越少，其实也不是少了，而是白吃饭不干活的人越来越多，不然当初也不会接受王夫人的建议，把银子放在廖家那里。若不这样也不会认识廖老爷，更不会让儿子认得那位杜小姐，后面的事就变成一锅乱粥。

定北侯夫人脸上阴晴不定，秦三公子在那耐心等待，定北侯夫人这才叹气："我知道你的意思，可是你要争气，难道还要上战场去杀敌？现在四海平安，谁还要去杀敌？”要的就是这句，秦三公子立即道：“儿子方才不是说了？还有科举一道，儿子想走科举，毕竟儿子也是念过那么多年书的。”走科举？定北侯夫人的眉头立即皱起：“你真以为一个进士那么好中的？就你……”

“所以儿子要去寻名师，还有，儿子想参加的是下科会试，离现在还有两年，儿子一定会给娘博个功名出来，让娘高兴高兴。”定北侯夫人实在不晓得该怎么面对儿子了，想了想才道：“好吧，你既这样想，那就去吧，只是一条，只许去这一次，考不中，不许再给我参加下一回，然后给我老老实实做官去。”

秦三公子应是，既然说服了母亲，那剩下的事就好办多了。

“你想考科举，想自己争气，只怕不是为了讨你娘的欢喜，而是想娶那位杜小姐吧？”定北侯太夫人看着孙子，淡淡地说。

“孙儿当然晓得瞒不过祖母去，可是祖母您也晓得，我们家里，从曾祖父算起，受恩荫已经四代，都说君子之泽，五世而斩。孙儿这代，怎么都要自己努力了，不然的话，以后就更艰难。”

定北侯太夫人点一点头：“这本是好事，我自是不会拦你，可是那位杜小姐，她说的话，可够惊世骇俗的，一个女人，一生所该做的不就是相夫教子，夫荣妻贵过这一世？可是她竟要去做男人才能做的事。孙儿，你虽是真心想娶她，可我还是不赞成。”

“祖母，您难道忘了高祖母了？她不也是陪高祖父在军中征战，亲手杀敌。太祖得了天下，还赐她一根打夫杖，说从此不许高祖父欺负于她。还有太祖高皇后，她虽没有亲自上阵杀敌，可也全亏了她在军中坐镇？祖母，天下既能容得下高祖母和太祖高皇后这样的女子，那也定能容下杜小姐这样的女子。”

“那可是乱世，现在是盛世，盛世当然有盛世的规矩。”

定北侯太夫人若能这么好说服，也就不是掌管侯府几十年的人了。秦三公子又笑了：“祖母说得对，盛世当然有盛世的规矩，可是国是盛世了，那我们家呢？祖母，盛世之中不是每个人家都能太太平平的。秦家，需要的是什么人，祖母比我娘要明白得多。”

这话让定北侯太夫人抿紧了唇，接着才道：“既然如此，那你也要好生去科举，至于别的，总要等我瞧过了人才能说。”算是答应了一半，秦三公子又笑了：“那祖母要瞧过了人，可也不许拆我的台，各种鄙视杜小姐。”

“你当你祖母我老糊涂了？”定北侯太夫人伸手扯孙儿耳朵一下，秦三公子故意呼疼，定北侯太夫人笑了，接着心里就在好奇，那位杜小姐当初自己见时，不过是个和周围女子差不多的人罢了，可现在怎如脱胎换骨一般，是人变了呢，还是她当初就藏得很深？

“母亲要见敏儿？”棒子那番惊世骇俗的话，很快传遍京城的同时，王夫人也晓得了，就在王夫人想去瞧瞧棒子问个究竟时定北侯府来人说嫡母召见，王夫人自然要先赶往定北侯府，听了定北侯太夫人的话王夫人不由微微讶异，接着藏起讶异，“母亲原先也见过的。”

“你还在和我装憨！”定北侯太夫人瞧了王夫人一眼这才道，“连你都和我装憨了，难怪连个小丫头，都能在我面前隐藏得那么好，果然是人老不值钱了。”

定北侯太夫人年轻时是个严肃的人，待庶出子女不过平平，既少不了他们的吃穿教养，也不会有更多的温情，到老了，反而还爱开几句玩笑，王夫人和她倒还渐渐亲近起来。听嫡母这样一说，王夫人就往定北侯太夫人身边偎了偎：“母亲哪是人老不值钱，是女儿特地叮嘱过，让敏儿在您面前规规矩矩的，不然的话，母亲您不是会怪我？”

这话不管真假，定北侯太夫人这才高兴起来：“等下月我们家请年酒，你把她也带上，和她说，只把我当个长辈，也不用做那么些规矩。”王夫人应是，定北侯太夫人这才道：“你也去瞧瞧你姨娘，我方才就恍惚瞧见，她房里的人在门口站了半日了。”

既然被定北侯太夫人瞧见，那婆子也就不躲了，走进来笑嘻嘻地道：“老姨奶奶吩咐小的过来，不过是瞧瞧老夫人这里，要不要再斗牌呢。”定北侯太夫人说声贫嘴，就让那婆子带王夫人去探她的生母。

等屋里只剩下定北侯太夫人一个人，她才一边转动着手里的佛珠一边在心里想，也不晓得自己这个决定对还是不对？会不会被权贵嘲笑？不过，既然有人家都和江南富商家结亲，自己孙儿娶个商户千金又有什么关系？再说了，这姑娘如果真的那么好，那么能干，又何不放她在外面，只要她不勾三搭四，做什么都可以。

棒子和绿丫很快也就晓得京城里传遍了这番话，棒子不在意，绿丫当然也不放在心上，倒是张谆回来和绿丫说过，说外面议论，都说棒子口气太大。绿丫瞥丈夫一眼就道：“都说女子不输男儿，你瞧瞧，现在都还什么都没做呢，就这样议论，难怪女儿家做不成事，这样议论，是个男人都受不住 ，更何况女儿家？”

张谆忙给绿丫作个揖：“我知道我知道，所以我也为棒子辩解了几句，用的就是你这番话，不过呢，这样的事情，大家议论几句也就罢了。毕竟这女子不嫁，终身为娘家守住产业的情形也有，不过那都是母弱弟幼的情形，似榛子这样，还真有些不一样。”

“若嫁得不好，不如不嫁呢。你想，秦家是好，可是榛子嫁过去，妯娌婆媳侄儿，头都绊疼了，这会儿不嫁，廖家又不是没人了，东家那边还有几个没出五服的侄儿呢，眉姨娘要是再过两年还没孩子，只怕东家就要去择个嗣子。这年纪大的定不能择，那就是挑年纪小的，若有个万一，那就难说了。”

张谆点头：“这事我也曾听东家提起过，虽说是表姐抚养表弟，可是这样养大的孩子，就算娶了妻，也要视姐为母，否则还怎么做生意？”绿丫刚要答话，就听到外面传来张大娘的声音：“谆侄儿今儿回来的倒早。”

张谆忙应了一声，绿丫已经起身迎出去，张大娘手里牵了有些不情愿的楚氏，笑着道：“我说几日都没见过谆侄儿了，过来和他说说话呢。”张大娘的用意，张谆是猜出来了，但人家既没挑明也没做别的，张谆也只能按兵不动，此时听到这话已经笑着道：“伯母好，表妹也过来了，我不过回来一趟，还要去东家那对下账呢。伯母你和表妹正好陪你侄媳妇说说话，我先走了。”

说着张谆走了，张大娘想叫住他，可又不好说出口，绿丫忍住心里的笑，招呼楚氏和张大娘坐下，见楚氏局促得很，这些日子接触下来，绿丫也觉得楚氏是个心肠软和没多少主见的人，对她有几分怜惜，想着给她挑个合适的人嫁了算了，毕竟才十六岁，要那嫁的晚的，还是花骨朵呢，哪能这样守一辈子？至于她对张谆的心，绿丫想着十有八九是张大娘挑出来的，只要把楚氏嫁了，张大娘再有别的主意也使不出来。

绿丫刚要开口说这事，就听到外面传来嘈杂声，接着辛婆子挑帘子进来，面上难得有惊慌之色：“奶奶，他们在外头捡了个孩子。”捡了个孩子？这是冬日，有那过不下去的把孩子扔了也不算什么稀奇事，绿丫喔了一声就道：“谁捡的就让谁养着吧，仔细瞧瞧这孩子有没有病，如果有病，就拿上银子请医抓药。”

辛婆子并没走，而是道：“都瞧过了，并没病，这会儿睡得香呢，只是奶奶，这孩子身上，带了这个。”说着辛婆子就递上一个小包袱，这小包袱有点眼熟，绿丫先是心头一跳，接着就把小包袱从辛婆子手里抢过来，没错，这就是当年给秀儿的，让她带走的那个包袱。

怎么会出现在这里？绿丫急忙打开包袱，里面包了一个荷包，是那日报国寺门前给出去的，绿丫的心像被什么东西抓牢了，再也放不开，双手颤抖着打开荷包，里面只有一样绣活。

第 20 章　寻　觅

“人，人在哪里？”绿丫看见这样的绣活，眼里的泪再也忍不住了，这绣活，这针脚，再熟悉不过，是秀儿的手艺，一起学绣活的时候秀儿总是笑绿丫，绣这么好做什么？然后绿丫也不说话，只是接过秀儿的活计，把那些歪七扭八的线给拆了，再让秀儿重新绣。

秀儿，那个孩子是你的吗？你把一个孩子送到我家门前，是想让我养吗？可你为什么不出现？绿丫握紧绣活，强迫自己镇定下来，可说出来的话已经抖不成声。

这让辛婆子再次吓了一跳就说：“奶奶，原本小的也是说谁捡的就谁养，等瞧见这孩子身上带的东西，怕有个万一，这才往里面送，奶奶您……”不等辛婆子说完，绿丫就推开她往外走，心里又重新纷乱起来，秀儿，你在哪里？你有没有走？你千万别走，你要等我，我要告诉你，这些年来，我有多想你，我有多惦记你。

绿丫眼里的泪越来越多，面前的路都已经模糊，什么都看不到，辛婆子追上想搀扶她，但还是没有绿丫脚程快。

守门的虎头怀里抱着孩子，孩子睡得很香，虎头低头瞧着她，自己只怕要多个妹妹了，说来这妹妹生得也不错啊，脸白白的，眉毛黑黑的，就是不晓得主家会不会同意自己养这孩子，毕竟多一个人就多口饭吃。虎头还在想，听见脚步声一抬头瞧见是绿丫，急忙要行礼。

绿丫望着虎头手里的孩子，几乎是把孩子从他怀里抢过来，把孩子额上覆的刘海分开，是的，就是那天在报国寺看到的孩子，今儿脸洗干净了，头发也梳好了，而那种挥之不去的熟悉感，是因为她有秀儿的眉毛和鼻子，那双眼，绿丫记起了孩子那双黑白分明的眼，就是从秀儿脸上拿下来的。

对不住，对不住，绿丫眼里的泪已经滴到孩子的脸上，滚烫的泪让孩子有些不舒服，接着就蠕动小嘴，想醒过来。对不住，那天我怎么会没有认出你？秀儿，我对不住你。

绿丫看着孩子睁开的眼，心里一遍遍地说对不住。孩子觉得这个怀抱很温暖，就像娘的怀抱，刚准备咧开嘴笑，说自己饿了，可是猛地一看，发现面前的人很陌生，不是自己的娘，挣扎着想下地："娘，我要去找娘。"

奶声奶气的声音让绿丫再忍不住，她把孩子紧紧抱住："乖，我们一起去找娘，找到娘了，就再也不分开，你告诉姨姨，娘在哪里？"绿丫温和的声音让孩子停止了挣扎，努力地想娘在哪里，好像娘说过，要自己和姨姨在一起，自己睡着前娘也和自己说，要带自己去找姨姨。

可是为什么醒过来看见姨姨了，没有看见娘呢？孩子不知道为什么，大哭起来，同时也挣扎起来："我要去找娘，姨姨，我要去找娘。"绿丫害怕孩子挣扎得太厉害，伤了这孩子，把孩子放在地上，用双手圈住她："你乖乖听话，姨姨去带你找娘。你别哭，告诉姨姨，娘在哪里？"

这声音能让人安静下来，还在哭的孩子鼻子一吸一吸地说："娘说要带我来找姨姨。"秀儿，你到底出了什么事，你为什么不肯出来见我，难道是怪我吗？怪我没有认出你来？绿丫的泪再次决堤，看着孩子："好孩子，我们一定会找到娘的，你告诉姨姨，平常你和娘住在哪里？"

"寺，寺门口。"孩子说出的这几个字让绿丫猜到是哪个寺了，想到那天的情形，绿丫用袖子擦掉脸上的泪，对旁边不知所措的辛婆子和虎头说："你和我去报国寺，这孩子，先抱进去，交给小柳条，让她好生照顾，等小全哥起来了，就和他一块玩，要小全哥让着她。"

辛婆子应是，让虎头把孩子抱到二门处交给婆子抱进去，孩子不肯被虎头抱走："我要去找娘。"绿丫把脸上的泪擦掉些，声音沙哑地说："乖，你在这里乖乖等我，等我把娘找回来。"孩子还是不肯进去，绿丫摸着她的头，"乖啊，你要一起去的话，娘就不肯跟姨姨回来了。"

想了想，孩子点头，虎头这才抱着她进去，辛婆子忙去叫轿子，虎头已经出来，说把孩子交到里面了，绿丫又让他去廖家给榛子报信，就说，秀儿回京城了，但不肯出来见面，自己正在寻找。

说完轿子来了，绿丫坐上轿子往报国寺去，虽说轿夫因双倍轿钱的许诺走得飞快，绿丫还是恨不得轿夫再长出两条腿好一直奔到报国寺。

等到了报国寺，不等轿夫把轿子停好绿丫就从轿子里跳下来，吓了辛婆子一跳，等辛婆子给了轿夫钱还待来搀扶绿丫时，绿丫已经飞快地往报国寺去。

辛婆子心里不由嘀咕，原本是怕这个孩子是张谆在外偷嘴生的被送回来，所以才有些担心，从现在这情形看，分明是绿丫的好友的孩子。可这寻人的事，一时半会哪能寻得到，还不是要慢慢找，这样焦急，还真有点不大一样。

报国寺门前已经没有了腊八那日的人山人海，有几个乞丐，在那懒洋洋晒太阳，看见绿丫眼里就放光，把破碗往绿丫面前伸去。辛婆子袖子里带有几个铜板，挨次往那些乞丐的破碗里丢上几个，就要呵斥他们让开。

绿丫却一个个往那些乞丐脸上瞧去，不是，没有那日的那个中年丐妇，难道说她已经换了个地方乞讨？可哪里还有比报国寺门口更好的地儿？辛婆子打发了这些乞丐，见绿丫面上怅然若失，忙扶住绿丫："奶奶，不如您先到寺里坐坐，有什么话，小的帮您去问。"

也好，绿丫没有寻到人，心里已经十二分地失望，正待往寺里去，就听到有乞丐招呼："嫂子，你赶紧过来，今儿啊，遇到贵人了。"绿丫转头，被招呼的那人不是秀儿，不过，看到这个中年丐妇绿丫就往她这边走去："那天的那个孩子，她的娘，您晓得在哪里吗？"这丐妇正打算跪下求绿丫施舍一点，听到绿丫问自己，抬头仔细一瞧，就笑了："哎，这不是那日那个好心的奶奶？马大嫂真的把孩子送到你府上了？她也算想通了，不然的话，到时就白白赔了两条命。"

"什么叫白白赔了两条命？"绿丫原本以为找到这个中年丐妇就能寻到秀儿，从此就能团圆，可听到这后面一句，立即抓住丐妇的胳膊，几乎是从牙齿缝里问出来。

"您不晓得？不过也是，您这样的人，哪能见马大嫂这样的人呢？马大嫂没有多长日子的活头了，她已经病得很重，不把孩子卖了，哪有银子治病。"病得很重，秀儿要死了？失望伤心混着后悔，让绿丫的腿直发软，如果那日自己能够再多留一会儿，是不是就能看到秀儿？秀儿，你出来，你别躲着我，绿丫想喊出声，可觉得嗓子疼得直发紧，竟说不出一个字。

还是辛婆子识机，立即问道："你说的马大嫂，她去哪儿了？"这丐妇笑了："这我哪晓得，今日一早她就把孩子收拾得干干净净，还烧了热水给孩子洗手洗脸，给她穿上新衣衫，我心里还想，要卖孩子，定是穿新鲜些才好卖。哪晓得这会儿你们跑来问我？"

秀儿，你把孩子送来，就不肯回来，不肯见我们了，为什么，秀儿，你为什么要这么对我？难道你不相信我吗？难道你会嫌弃我吗？秀儿，你在哪里，求你出来！

绿丫眼里的泪已经不知道流了多少，辛婆子拿出一块碎银子递给丐妇，又叮嘱这些乞丐，如果看见秀儿回来，一定要留住她并到自己家报信，那时有重赏。

问了这么几句话，就得了一块银子，又听说有重赏，丐妇连连点头，绿丫神色恍惚地从台阶上往下走，最后一步竟然没踏稳，从台阶上滚下来。辛婆子口里急忙唤几声阿弥陀佛，上前扶起绿丫，绿丫摆手示意自己没事，和心里的痛比起来，这会儿膝盖的疼算什么呢？

辛婆子叹气，想着寻乘轿子送绿丫回家，再好好地派几个人手去找找，这边人手不够，那就去廖家寻人。不远处一辆马车驶来，在绿丫面前停下，车帘掀起，露出的是榛子那张焦急的脸："绿丫姐姐，找到秀儿了吗？"

绿丫的心已经痛得再也说不出话来，辛婆子摇头。这也在榛子的意料之中，如果秀儿愿意出来见她们，就不会把孩子放在张家门口，她示意辛婆子扶绿丫上车，等绿丫上了车，榛子才安稳绿丫："绿丫姐姐，没事，我们人这么多，一定找得到秀儿的。"

"秀儿重病在身，这两天又这么冷，她怎么熬得过去。"绿丫的声音很平静，平静得听不出一点心疼，榛子却知道，这是极度痛苦的情况下，再没有情绪能够出来才说得出口的。榛子不由叹一声，握住绿丫的手："绿丫姐姐，没事的，我们一定能找到秀儿的，在她……"

后面的话榛子不敢说，也说不出口。绿丫长长地出了一口气，似乎这样才能把心里的痛苦全都忘掉，可是怎么能忘掉呢，秀儿，你在何方？

看着虎头抱起孩子，并把孩子往里面送，秀儿这才长舒了一口气，绿丫会把孩子照顾好的。不能再停留了，再停留下去，或许绿丫就会冲出来，会来找自己，何必白白连累了她们？秀儿觉得呼吸又不行了，用手捂住嘴，把咳嗽压下去，抱住肩顺着墙根溜走。

现在，自己最大的牵挂已经放下，那要去哪里？了无牵挂的秀儿在茫然走着，或者，去瞧瞧娘去世的那个地方？娘，对不住，我到现在都不晓得你葬在哪里，连给你磕头都不晓得要往哪里去。不过娘，我已经把孩子托付出去了，她会过得很好，不会为奴为婢，不会被卖入青楼，不会受人欺负。娘，虽然我没让你死得瞑目些，可我的女儿，会让你瞑目的。

秀儿露出一个笑，不知疲倦地走着，离开了富贵人住的南城，往北城来，这里的房子开始变得低矮，这里的小巷开始变得狭窄，这里的人也变得越来越穷，可这里是秀儿从小长大的地方，一直想知道京城是什么样子，现在总算知道了。

秀儿经过一户人家，这家人看起来过得还好，能听到里面传来笑声，还有孩子的声音。秀儿在这户人家门口停下，当初的自己，最大的梦想就是过这样的日子，有疼爱自己的丈夫，有听话的孩子，为一根葱两瓣蒜和人吵架，吵完了继续该过什么日子就过什么日子，可惜这样的日子，自己一天也没过过。

门被打开，周嫂从门里出来，还回头说着留步，抬头瞧见门口站了个人，仔细一瞧是个乞丐，忙对里面招呼："兰花，端碗剩饭来，这里有个要饭的。"

兰花这个名字让秀儿往门里瞧了一眼，真是同样的名字不一样的日子，兰花姐现在应该是在张家吧，张谆一定会待她很好。兰花应了，秀儿已经对周嫂摇摇头，离开这里继续往前走。

兰花端了碗剩饭出来，瞧见没有人，问周嫂："人呢？"周嫂摇头："走了，只怕是不饿。"走了？真奇怪，还有不要饭的乞丐，兰花往巷子口看去，已经瞧不见什么了。周嫂把兰花往里面推："快进去吧，这风怎么吹得冷起来了，只怕会下雪。"

兰花也缩缩脖子："方才还暖和呢，这风怎么一阵阵冷？我进去了，周嫂子你也赶紧回去。"周嫂应了，也就往自己家走去。

风越来越冷，吹得秀儿一阵咳嗽，再咳也不怕了，自己也没有几日了，秀儿露出一个笑。女儿一定在暖和的屋子里，锦儿，娘不知道你姨姨会给你起什么名字，可我希望你能像娘给你起的这个名字一样，从此前程似锦，再无伤心。还有，别记得娘，只要自己过好就可以，娘这一生，最大的安慰就是生下了你，有你陪伴过了这两年。

秀儿觉得眼里的泪开始往下落，面前的路开始看不清楚，又是一阵咳嗽，这次的咳嗽竟带了血。再去望一眼屈家就寻个地方，安安静静地死去，秀儿觉得脚步开始有些趔趄，继续走着。

风刮得更冷，一阵风过，刮下几点雪花。

"下雪了。"榛子掀起帘子，她和绿丫已在报国寺周围转了一圈又一圈，可是什么都没找到。难怪渐渐冷起来，绿丫抬头瞧了眼，榛子把斗篷盖得更紧些，刚要提议回去，绿丫突然道："不如，我们去原来那地方瞧瞧吧。"

原来那地方？榛子愣了一下就明白是什么地方，也好，说不定秀儿也会去。榛子掀起帘子，吩咐马车掉头往北城去。

这地方，已经不是酒楼了，秀儿站在门口想，这地方，现在是座客栈，那曾有过好多全灶的后院，现在是厨房和伙计们住的地方。原来这地方这么窄、这么小，而不是自己想的那样高大。

“去，去，一个乞丐婆，别挡在我门口，挡了做生意。”看见秀儿站在这，掌柜的嫌恶地说。秀儿也没说什么，又看了一眼转身离开。

掌柜的刚要转身回去，就见有辆马车驶来，立即换了脸色，迎上前去：“是住店呢还是……”

辛婆子跳下马车，问掌柜的可看见一个乞丐。掌柜的没想到竟是来问这个的，有心不想答但瞧这架势不一样，也就实话实说。辛婆子忙对榛子和绿丫说了，来晚了一步，如果再快那么一会儿，绿丫不由懊恼地想。

辛婆子忙给掌柜的塞了块银子，又叮嘱他如果瞧见这人，一定要留住并给自己家报信，马车就往秀儿离去的方向驶去。掌柜的握住银子，心里在转，那乞丐难道是个要紧的人，不然的话怎么有这样的人来寻？不管怎么说，到时自己能得赏钱是最好的。

秀儿想着，再去娘死掉的那个地方给娘磕个头，就走，可走到半路就觉得脚步发软，难道自己撑不住了？秀儿模糊地想，可是倒在这地上，不知道尸体会不会被狗吃了，接着秀儿就笑了，死都死了，还担心这些做什么？

雪下得渐渐大起来，绿丫不顾寒冷掀起帘子往外瞧，不放过路上的任何一个人，突然路中间一团倒着的东西吸引了她，她忙让马车停下，跳下马车就冲到那团东西面前。走到面前，能看出这是个人，抚掉雪花，她的脸清晰可辨，即便已经历经磨难，即便已经数年不见，却还是那样清晰，绿丫眼里的泪再次落下，秀儿，你就这样恨我，竟然不肯和我见面。

绿丫不顾污秽把秀儿紧紧抱在怀里，数年之后，见面竟是这样情形，秀儿，你这样恨我吗？辛婆子已经走过来，先用手摸摸鼻子，忙对还在哭的绿丫说：“奶奶，还有气呢，先把她抱上马车吧。”还有气，还没死？绿丫的眼登时瞪大，急忙用手去按秀儿的胸口，能感觉到秀儿的心还在跳，还有热乎气，她没死，这真是太好了，太好了 。

榛子也下了车，和绿丫一起把秀儿抱上马车，用斗篷把秀儿裹得严严实实，暖和加上马车的颠簸，让秀儿渐渐醒来，这是在哪里，这么暖和，原来死亡是这样温暖的一件事，秀儿睁开眼，看着面前的绿丫，不由眨眨眼，声音十分微弱地说：“绿丫，我是在做梦吗？”

不是梦，绿丫把秀儿抱在怀里，哽咽得说不出话来。榛子忙拦住她：“绿丫姐姐，秀儿姐姐不是重病？你先别和她说话，也别激动，我这就让人请下医生在你家等着，等治好了，什么话不能说。”

说的是，绿丫吸吸鼻子，看着秀儿："你不是在做梦，秀儿，你不知道，榛子现在可能干了，不再是原来了。”秀儿眨眨眼，努力想笑一笑，但笑不出来，只有重重的呼吸声。

榛子眼里也有了泪，只是握紧秀儿的手："秀儿姐姐，你现在别说话，什么都别说，不然，会更难受的。”

“我，我不能连累你们，我是逃妾，被抓到了，连你们都会被罚的。不能，不能连累你们。”秀儿喘息着，想挣扎着离开。逃妾？虽然能猜到秀儿十有八九是逃出来的，可这两个字还是让绿丫眼里的泪再次掉落，秀儿到底吃了多少的苦，想必那家的大娘子也不是什么好人，不然的话，秀儿也不会逃出来。

榛子按住秀儿："秀儿姐姐，你别说话，也别动，不就是个逃妾吗？没事的，没事的，我们不会被连累的，我们不再是原先无能为力，不再是原来……”不再是，榛子的喉咙也开始哽咽，秀儿姐姐，你到底吃了多少苦头？从江西到京城，这么远的路，你还带着个孩子，你是怎么走到的？秀儿姐姐，为什么我们不能，不能早一点找到你，而是要到了现在？

绿丫哽咽着说："秀儿，别怕，这里是京城，他们不敢乱来的，秀儿，你就和我住在一起，你要看着孩子长大。”孩子，秀儿脸上露出一个虚弱的笑容，孩子，我的锦儿，你会长大的，像一朵花一样的盛开，不会再有那样不堪的记忆。而不是像我一样，被卖了一次又一次，被……一次又一次。

“秀儿，你别再说那些话了，你在我心里，不管经历了多少，都是那个能护住我的人，秀儿，对不住，我没早些找到你。”绿丫终于忍不住号啕大哭，秀儿想安慰她，可说不出话来，只是张了张嘴巴，马车停下，已到了张家，早已请好的医生已经迎上来。

榛子和绿丫下车，请医生上车给秀儿号脉。防备有个万一，也好直接往药铺抓药。

诊了半晌，这医生唤医童把药箱递上来，从里面取出一丸药，让秀儿含在口里，才下车对绿丫道："这位女眷本是感冒，谁知失于调养，已经加重，到现在已经转为肺上有事，幸好她运气好，还没转为肺痨，若不然就是神仙都难救了。现在还有五分可救。我先让她含着这药丸让她暂时治着，然后再开个方子，三天后如果咳嗽转好，就能好，若不能，那就……”

有五分可救，绿丫的心先放下，接着听了后面的话又提起来，榛子已经道："您尽管开方，还有，这饮食上要怎样禁忌？"医生唔了声："她身体本好，只是这些年也不知怎的损了本源，就算病好也要慢慢调养，那些大鱼大肉可千万不能吃，只能温补为主。"绿丫一一记下，这才和榛子把秀儿扶下马车一起进屋，又让人拿了方子赶紧去抓药。

绿丫房里，小全哥正在和锦儿玩，瞧见这么个妹妹小全哥也稀罕，在那把自己的东西翻出半炕给锦儿看，锦儿左手里抓着个布娃娃，右手拿着个拨浪鼓，可眼还是巴巴地往外望去，姨姨还没回来。

外面传来喧哗声，锦儿立即把手里的东西扔下，鞋都不穿就跳下炕，急得小柳条忙拿着斗篷追出去："外面冷，别冻着。"

锦儿怎么听得到，看着被扶进来的秀儿，小嘴已经一扁哭出来："娘，你不能不要我。"

秀儿虽被绿丫和榛子搀扶着，可锦儿冲过来再加上她重病在身，顿时就被撞得摇摇晃晃，并没伸手去抱孩子。锦儿却不知道娘现在情形，登时以为娘不要自己了，哭得更加伤心，抓住秀儿的裤脚就紧紧不放："娘，娘，你不能不要我。"

小柳条已经追上去，瞧见这样也忍不住滴了两滴泪，绿丫忙让小柳条代替自己扶着秀儿，弯腰把锦儿抱起，锦儿却不肯离开，手还紧紧抓住秀儿的裤脚。绿丫眼里的泪又滚落，温和地说："锦儿乖，娘身子不好，你别哭，等娘进了屋子，吃了药，你再和娘说话好不好？我们锦儿是最乖的。"

是吗？锦儿这才怀疑地放开抓住秀儿裤脚的手，秀儿看见女儿，眼里也有泪花闪现，对她点点头，锦儿这才放心地被绿丫抱在怀里，众人已经簇拥着秀儿走进绿丫上房旁边的一个小跨院里。

寻到秀儿时候，辛婆子就得了绿丫的吩咐，赶回来收拾，这屋里已经生起了火，被褥都已熏热，辛婆子带了个丫头等在那里，还找出几套绿丫的衣衫，好让秀儿换。

这会儿见人进了屋，辛婆子赶紧和丫鬟一起过来赶着要把秀儿扶到床上躺着。秀儿却不肯，只是扭动着身子，示意自己要坐到椅子上。绿丫晓得秀儿喜洁，这些日子在外乞讨，又没有水洗漱，身上难免脏了，不肯去污了被褥，眼里顿时又有了泪，只是转头去掩饰，吩咐辛婆子道："去灶上提桶热水来，先给秀儿把手脸都洗洗。"

秀儿晓得绿丫明白了自己的意思，脸上露出舒心的笑，她笑得越舒心，绿丫的心就越痛，只有低下头拍着怀里的锦儿："你瞧，娘就在这里，以后你和娘住在这里，好不好？”到这时候，锦儿已经晓得娘不会再走，对绿丫点头，又从绿丫膝上下来，走到秀儿面前，眼巴巴地瞧着她。

“这孩子，真是个聪明孩子！”棒子忍不住赞到，屋子里是暖的，再也不用担心那些事，女儿又在身边，秀儿现在觉得精神好了些，勉强笑道：“若没有她，我就……”

绿丫握紧秀儿的手：“别说了，秀儿，再也别说了，我明白，那些事，你都别在意，别去想，别去念。”秀儿缓缓点头，辛婆子已经提了热水进来，丫鬟忙接过，把水倒在大盆里，绿丫和棒子解掉秀儿身上的斗篷，要替她脱衣服洗一洗。

秀儿还有些害羞，要自己来，辛婆子已带了人退出去，绿丫吸下鼻子，故意笑道：“你害羞什么，当年我们……”话没说完，却见秀儿肩上有一个长长的伤疤，像是被谁用刀划伤的，绿丫剩下的话全都说不出来，棒子也愣在那里，不晓得怎么会有这个伤疤。

既然已被她们瞧见，秀儿也就解开衣衫，当年白皙嫩滑的肌肤上，除了肩上一道划伤，后背处有鞭伤，膝盖上也有疤痕。至于针刺的痕迹，那就更多，虽算不上遍体鳞伤，却也是触目惊心。

绿丫的手颤抖着抚上秀儿肩上那道疤：“这是那家的大娘子打的？”秀儿摇头：“针刺才是，别的不是。”绿丫和棒子此时都觉得心里堵得慌，她到底经历了些什么遇到了些什么事？是什么样的人，会对一个十五六岁的姑娘这样下狠手？

锦儿奇怪地看着绿丫和棒子，上前摸着秀儿膝盖上的疤：“娘吹吹，娘不疼。”秀儿跨进大盆里，用热手巾盖住眼睛：“久了，就习惯了，不疼了。”

越是平静越让人想大哭一场，绿丫的手都已经抖得不成样子，见秀儿坐在那，拿下手巾道：“我听说重病的人不能洗浴，不然会加重病情的，你高低泡一泡，就出来吧。”既然手巾被绿丫拿走，秀儿也就不掩饰自己眼里的泪：“别为我难过，能让我活着，见到你们，能让我知道你们过得很好，能让我把女儿托付给你们，就是上天垂怜。”如果，自己三天后好不了，那也要做个干干净净的鬼，而不是沾了一身污秽，所以，一定要洗得干干净净。

“什么垂怜？”绿丫眼里的泪再也止不住，拿起手巾狠狠地给秀儿搓着，“你要好起来，不许说丧气话，你若丢下锦儿走了，我就照三顿打她，等她七八岁了就开始使唤，到了十五就配人，我要让你死不瞑目。”

说着绿丫就停下手里的动作，伏在大盆边哭起来。秀儿当然晓得绿丫只是在说气恼的话，她怎么舍得那样待锦儿？秀儿只是轻声道："你不会的。"

绿丫抬头擦掉眼里的泪，拿起手巾继续搓起来："那你就给我试试，你敢死，看我敢不敢这样待锦儿。"锦儿看不懂面前发生的事，只知道姨姨和娘一直在哭，小脑袋点了下："姨姨别哭，娘别哭，我会乖乖的，乖乖的。"

榛子把锦儿抱在怀里，搂紧一些才对秀儿道："秀儿姐姐，虽说绿丫姐姐说的是气话，可是你也一定要好起来，难道你不想看着锦儿长大，以后出嫁，给你生个漂亮的小外孙？"当然想，可是自己的身体自己知道，秀儿想笑一笑，带出的却是一阵咳嗽。

绿丫把秀儿从盆里拉出来，用干手巾给她擦着头发和身上，又给她穿好里衣，直接推到被窝里暖和起来才说："你也别和我犟了，现在你就好好养病，也别说什么怕拖累我们的话，当年你不怕拖累我们，现在我们为什么要怕你拖累我们？"秀儿还想说话，绿丫已经捂住她的嘴，扬声问外头："药煎好了没？"

"药煎好了，厨房还备了粥和小菜，奶奶，小姐，你们的晚饭也该吃了，不然的话，就成宵夜了。"辛婆子说着话已经推门进来，身后的丫鬟还端了一个托盘，一边是药，一边是粥。

榛子接过丫鬟手里的托盘，绿丫把药送到秀儿嘴边："先把药喝了，再喝粥，这几日就在屋里待着好好养病，锦儿我瞧她也离不得你，可也不能过了病气，我让丫鬟带着她在旁边睡吧。"

秀儿一口把药喝干，又见绿丫要把粥端过来，急忙道："我自己来，又不是没手了。"丫鬟已经把一张小几放到床上，绿丫见状就把粥放到几上，见秀儿一口口在喝粥，这才对辛婆子道："晚饭就送到这里来吧，小全哥吃过了吗？还有你们爷回来没？"

"小全哥早吃过了，还说要等妹妹回来，小柳条哄他睡了。爷是和廖老爷一起回来的，廖老爷说，天儿晚了，怕小姐回不去，特地和尚书府借了灯笼，到时和小姐一起回去。"

榛子往外瞧了瞧，果然早已夜色四起，再细听听，还有梆子声传来，差不多要敲二更鼓了，难怪舅舅要来接自己，不然自己就真回不去，只能在这住一晚。

"东家来了？来了多少时候了？"绿丫问辛婆子。

"廖老爷来了差不多一个时辰了，他说，不着急，就等小姐这里的事忙完了再出去也不迟。"

“既然这样，你吃过晚饭就先回家吧。秀儿这里，有我呢。”灶上已经把晚饭送了来，绿丫给榛子先端一碗，这才开口说话。

“原本我想着，就在这随便住一夜，舅舅既来接我也就罢了，秀儿姐姐，你好生在这住着，等明儿我再过来瞧你。”榛子说完又想了想，叫进自己一个丫鬟，让她在这伺候秀儿。

丫鬟应是，绿丫不由笑了：“还是你想得周到，这有个人手替换，她们也不会那么累。”榛子又叮嘱丫鬟几句，也就出门回家，绿丫把她送到院门口，这才回到屋里瞧秀儿。

见秀儿已经闭上眼睛睡觉，锦儿也在打瞌睡，把锦儿抱起，让丫鬟抱她到隔壁屋子陪她睡，又让自家的小荷在这里服侍秀儿，叮嘱一定不要偷懒，夜里有什么响动要记得。

小荷应是，绿丫又摸摸秀儿的额，觉得比原先好一些，这才往自己屋子去。

小荷等绿丫一走，往炉子里又加了两块炭，只留下一根烛点着，自己拿了被子往脚踏上一铺也就睡去。周围都安静下来，秀儿这才睁开眼，就算现在过着这样的日子，绿丫还是绿丫，没有变啊。秀儿想着唇角就有笑，睡吧，现在，可以真正安心地睡去，不用再担心别的。

等进了自己的屋子，绿丫才觉得一阵疲倦袭来，今儿这一日，可正经是忙坏了，接着绿丫就自嘲一笑，这么几年的好日子让自己都变娇气了，要在原先，赶上过年，那可是三天三夜不能合眼要瞧着灶上的东西，烧煳一样就要胆战心惊。

“我光知道秀儿病了，现在怎样，好些了吗？”张谆的声音响起，绿丫打了个哈欠才看向丈夫：“我还觉得奇怪呢，怎么不见你进去问一声，秀儿你又不是不认得。”

“那是原先，现在的话，不好去问，再说了，反正，你和秀儿说，安安生生在这住着，等以后，她想再嫁也好，想什么也好，等病好了再做打算。”

“嗯，现在就要内外有别了，其实只要自己内心坦坦荡荡的，怕什么？”绿丫话里的揶揄张谆是听得出来的，他又笑了：“话是这样说没错，可是人在这世上，总要和人打交道的。别人家这样做，那我也只能这样做，再说我也晓得，秀儿和你更好些，觉得我除了生得好，什么都不抵用，我还是不去她面前惹厌了。”

绿丫噗嗤一声笑了：“原来你还记得这些，难道你不晓得人有爱屋及乌的，秀儿为了我，也要对你这个乌鸦好一些。”张谆也笑了，两人说了几句闲话，也就收拾睡觉。

等睡下了，绿丫才把秀儿的一些遭遇说出，最后道："别的罢了，横竖都过去了，只是那个逃妾的事，得赶紧办了。还有锦儿，既然那家大娘子不是什么好人，想必对锦儿也不会好，不然秀儿不会带着孩子逃出来。那锦儿定不能还回去。"

要说逃妾，这不过是件小事，给上几十两银子就能让那家不说话，可是孩子就有些麻烦。张谆还在沉吟，绿丫已经扯一下他的指头："我知道，你们男人家总说，这天下只有跟父亲的，没有跟娘的，可还有一句话叫宁跟讨饭的娘不跟当官的爹。这娘不管到什么时候,都舍不得孩子。可这爹就不一样了，再说锦儿就算被那家子带回去，也不过是个庶出，上头嫡母不好，生母又不在，你让她一个小孩子怎么过日子？"

张谆安抚地拍拍妻子的手："这些我自然晓得，我只是要先筹划一下，你慢慢地把秀儿嫁的这户人家姓什么住哪里给问出来，如果真是个做生意的客人，那就好办多了。就怕家里有当官的，那就要劳烦东家出面。"

既然丈夫答应了，绿丫也就松了口气，就在张谆以为绿丫已经睡着的时候却听到绿丫悠悠地说："谆哥哥，你是晓得我为什么要这样对秀儿的。"

张谆把绿丫的手握紧，嗯了一声。绿丫睁眼看着张谆："当年她护着我，我才没有……那么现在，我也要护着她，不能让她母女分离。"张谆把妻子的手握得更紧一些："我知道，绿丫，你是我的妻子，你的心愿我都该帮你实现，不管多困难都要实现。"

真好，绿丫在张谆怀里缩成一小团，这下可以安心地睡去。张谆也闭上眼睡去。

外面的雪越下越大，屋里暖乎乎的，张大娘躺在炕上怎么都睡不着，就在她不知道第几次翻身的时候，张大伯忍不住火了："你翻什么身呢，又不冷，这屋子暖和，外面下再大的雪和你没有关系，好好睡觉。"

既然把丈夫吵醒了，张大娘索性坐起身："你也晓得这屋子暖和，可你不知道这是怎么得来的？"张大伯的哈欠都卡在那："怎么不晓得，这可是我侄儿家。"

"就因为只是你侄儿家，我们才住得不安稳呢，你想，今儿来了个什么人？要是这人得了势，在你侄儿耳边说几句，把我们赶走不是轻而易举的？"

这话让张大伯的瞌睡都醒了，翻身坐起瞧着老妻，接着笑了："你想这么多做什么呢？那个人，不过是个乞丐婆子，这也是侄媳妇心好，才收留，要是个别人，连瞧都不瞧一眼，还得了势，她能得什么势？你也不瞧瞧她那年纪，还带着个拖油瓶。”

“你这死老头子。”张大娘推自己老头子一把，接着继续说，“天下的事哪有说得清的？你那可是平日和你关系好得能穿一条裤子的堂兄弟，这回出事，他王八嘴一张，只肯给你三两银子一亩地，这可是绝了你的命啊。现在瞧着好，可谁知道以后。”

说的是，张大伯瞧着老妻：“那你要怎么说，现在菊丫头那边，我瞧着也不肯听了。”张大娘推自己老头子一把，在他耳边飞快地说了几句，张大伯撮了下牙花子：“成吗？”

“怎么不成？这天下的男人不都这样，见了女的就算面上说得再光明正大，可那小心思也动着呢。你啊，就听我的，我这不也是为了你，不然的话，这可是我亲亲的姨侄女呢。”张大娘说完，就又躺下去，打了个哈欠，有些感叹地说。

张大伯心里动了几下，既然如此，那就做吧，横竖张谆也不会把自己赶出去。

绿丫一早起来，送了张谆去上工，就往秀儿住的那院子去，院子里静悄悄的，听到声音小荷掀起帘子走出来：“奶奶，那位奶奶睡得好呢，昨晚咳嗽了几回，服侍她吃了一次药丸，又喝了一回水，这会儿还睡着呢。”

睡着就好，就怕睡得不香，能吃能睡，这病也就好得快些。绿丫心里一块石头落了地，走进屋瞧了瞧秀儿，见她呼吸比昨儿还好些，心又定些，见厨房送粥过来，叮嘱等醒来再服侍秀儿喝了。自己也就回自己屋，先处理了几件家里的事，小全哥就揉着眼睛进来，扑到绿丫怀里：“娘，妹妹呢？我要和她玩。”

绿丫让小柳条去瞧瞧锦儿醒了没，醒了的话就抱过来，就拉着自己儿子的手问：“小全哥喜欢锦儿妹妹吗？”小全哥点头，绿丫不由心里一动，若是把锦儿许给小全哥，等那家真的来寻，就以结了亲为由，把锦儿留下，至于那边，总在江西呢，山高路远的，一年见不了一回的，能摆什么娘家的架势？

还在想着，辛婆子就进来说医生来了，绿丫也就把这念头暂时搁下，让辛婆子带人进去诊脉。诊完脉绿丫又问了几句，听得秀儿的脉象虽然还有些乱，可渐渐好起来了，这心也就放下。小柳条已经回报说锦儿不肯往前面来，说要守着秀儿，绿丫就抱起儿子：“走，我们去瞧瞧你秀姨，要叫秀姨好知不知道？”

小全哥点头如捣蒜一样：“嗯，知道，秀姨是不是就和杜姨是一样的？”

绿丫亲下儿子："对，我们小全哥真聪明。"

说着话母子俩进了屋，进屋后小全哥就从绿丫怀里下来，先走到床前给秀儿行礼："秀姨好。"秀儿靠着枕头半坐着，脸上有些血色，不再像昨儿那样青白一片，见小全哥虎头虎脑的，十分可爱，忙要起身拉他，绿丫把秀儿按住："拉他做什么，你别起来了。"

小全哥已经嘻嘻笑着自己爬起来，这才转向锦儿："锦儿妹妹你和我一起玩吧。"锦儿既想和小全哥一起玩，可又想守着娘，小眉头就皱起来，秀儿笑了："去和你哥哥玩去。"锦儿这才离开秀儿的床边，上前和小全哥手拉手出去玩了。

"瞧着，真跟一对金童玉女似的。"绿丫赞了声，这才去瞧秀儿，秀儿却紧紧拉住绿丫的手，对绿丫摇头，绿丫奇怪："你怎么了？"秀儿喘口气才慢慢地说："绿丫，我若活不成了，别结亲。"

两人真是心有灵犀，只是灵犀处在不同处，绿丫安慰秀儿："你一定能活得成的，别说傻话。"秀儿又喘了口气才说："你不知道，那家子是什么样的人，大娘子狠毒倒也是常见的，毕竟我分了她男人的恩爱，可是那男人，我实在说不出一个好字。你们不能沾上这样的人家。"

绿丫从秀儿这话里听出什么不祥来，伸手紧紧握住秀儿的手："你不会有什么别的打算吧？你别和我说，等病好了，你就带上锦儿离开。"

我绝不允许，秀儿靠在枕头上喘了数口气才道："我当时想着我活不成了，才把孩子交给你，可我要是活得成，他们家若能寻到我，一定会大做文章，绿丫，我不能连累你，你好容易才过上这样的日子，不能因为我就毁掉。"

"不会的，秀儿，你别想那么多，好好的，安安生生养病，这些事，就算我处理不了，还有榛子，你知不知道，榛子连定北侯大府向她求亲她都不肯呢，还有……"

绿丫扳着手指在数，秀儿在那慢慢听着，昨儿还听说借了尚书府的灯笼，榛子她到底是什么来头？秀儿真是猜不到了。

"绿丫姐姐，秀儿姐姐好些了吗？"榛子的声音已经从外面传来，接着掀起帘子走进来，身后的丫鬟给她解着披风，她已经急不可待地问。

"当然好些了，我这会儿在和她说，你啊，可是连定北侯府的亲事都回绝的人呢。"绿丫也没站起身，只是抬头对榛子笑。

"绿丫姐姐你就别臊我了，不过是齐大非偶罢了。"榛子走到秀儿床边，仔细瞧了瞧，这才抬头笑吟吟地说。秀儿靠在那听着她们两个在说话，脸上笑容渐渐露出，或许，自己没必要那么担心，担心那边会因为这件事大做文章，或许，锦儿可以留在自己身边。秀儿想着想着，觉得心上像开了一朵花，那么欢喜。

寻到秀儿的消息很快传到兰花耳里，兰花也带上孩子来探秀儿，那时已是寻到秀儿的第四天了，秀儿的咳嗽已经慢慢减少，再服上几剂药，开了春就能好。只是身子骨有些亏，总要调理上两三个月才能和原来一样。

这调理身子需要的药材食材，全不成问题，若不是秀儿现在还不能用参，只怕棒子就要把百年老参都送来了。

虽说秀儿比寻到那日要好得多，可兰花瞧见秀儿这样，还是忍不住落泪，又叹息几声。屈三爷的死，秀儿是早已知道的，至于屈三娘子，当初撺掇屈三爷卖了秀儿的第二天，她就卷上东西走了。这个亏屈三爷怎么肯吃，又去找买人的要了五两银子，不然的话就告买人的拐带妇人。

自然，这五两银子的仇，买人的也就报在秀儿身上。听秀儿缓缓道来，她语气平静，绿丫却泪已盈睫，所有安慰秀儿的话都已变得说不出口，都变得那么苍白。

秀儿却不以为然，苦吃得多了，有时就没那么在乎了，如果不是有了锦儿，或许秀儿这一生，也就这样过吧。秀儿长长地舒了一口气："又要过年了吧，我记得绿丫你那时候，最爱吃绿豆糕了，可我起不来做绿豆糕给你吃。"

"所以你要快点好起来，给我做绿豆糕吃，兰花姐姐做的炖肘子也很好。"绿丫觉得心里又有些酸涩，急忙眨眨眼把那些酸涩去掉，笑着对兰花说。

"你不说我都忘了，昨儿我还特地做了炖肘子，你姐夫一人就吃掉了大半个，剩下一点点，玉儿和柱子两个连汤带饭吃了个精光，倒是我这个做饭的，一口都没沾到，怪他们，他们一个推一个，玉儿还说，都是娘做得好吃。绿丫你要馋了，等回家我就给你做，让人给送过来。"

兰花也晓得要岔开话，笑吟吟地接口。绿丫故意叹气："那可不敢，别人也就罢了，若是玉儿，晓得我把她爱吃的炖肘子给吃了，她还不晓得要怎么哭呢。"

玉儿正好进来，听见绿丫这话就眨眨眼："舅妈，我不吃，全给你吃。"绿丫把她拉到怀里抱着："真的，我们玉儿不抢？"玉儿点头，不抢。

兰花也笑了，伸手点女儿额头一下："这会儿说得好听，等真看见了，一声接一声的叹气，在那转来转去的，她爹心疼得不行。"玉儿被娘说破心事，从绿丫怀里站起来就扎进兰花怀里，一个劲儿地撒娇，兰花把女儿抱紧，脸上露出欣喜笑容。

大家都过得好，那就真的太好了，秀儿闭会儿眼，不再去想那些别的事情，什么逃妾，什么要把锦儿从她身边带走，这些暂时都别想了，能偷得这几日的快活，也算是上天待自己不薄。

绿丫抬头，瞧见秀儿脸上的笑，心里又开始有些沉甸甸的，这件事，总要赶紧解决了，不然的话，以绿丫对秀儿的了解，她一定会借机离开，这样才能不牵连自己。

张谆听绿丫又提起，安抚地道：“这件事你别着急，这会儿不是都在忙着盘账过年，等年一过，开了店总要忙上一阵，等忙完了这阵，到二月里，我就和东家请上一个月的假，去把这事料理了，秀儿虽说渐渐好了，可这身子骨总要调养调养，一时半会不会走。”

既然张谆再次保证，绿丫也就点头，转而商量起过年的事来：“今年难得大家都聚得这么齐，虽说你大伯那边有些生，可总算也是一家子，秀儿又回来了，今年的年，一定要热热闹闹过了，我想着，给孩子们的压岁钱也多包上些，还有那些吃的用的，全都多备些。”

“那些银子都在你手里，自然是你想怎么做就怎么做，横竖我只等着张嘴吃就好。”很久都没瞧见绿丫这样兴致勃勃，张谆也笑着说。绿丫白他一眼，正要再计算，就听到小柳条在那说：“奶奶，太太和表小姐来了。”

说着话，小柳条已经打起帘子，张大娘携着楚氏进来，两人都是上下一身新，绿丫和张谆起身相迎。张大娘和张谆打过招呼后就对绿丫道：“这是前儿你让人送去的料子，我们赶着做好了，穿上好过年，要不是今年得了这么些事，我们啊，哪能穿上这么好的衣衫？说起来，侄媳妇你可真是个贤惠人，谆侄儿你娶对人了。”

好话绿丫也就照单全收，请她们两人坐下，又让小柳条端茶来，张谆陪着说了两句话就起身道：“昨儿东家和我说了，有批新料子来了，我还得再去瞧瞧，临近年底，事多，大伯母和表妹你们先坐着。”

说完张谆就溜之大吉。每回遇到张谆，都没说上几句话呢，张谆就借故离开，这让张大娘心里有些懊恼，但再往自己侄女身上瞧瞧，虽说楚氏没有绿丫生得那么好，可楚氏比绿丫年轻好几岁呢，男人哪有不喜欢嫩和新鲜的，每回借故离开，只怕是在绿丫面前总要做个样子出来，哪能那么急色？毕竟这又不是自己乡下那些没见过女人的光棍。

这么一想，张大娘又重新收起心肠，和绿丫谈笑起来，毕竟也要和绿丫打好关系。在绿丫这坐了一会儿，张大娘和楚氏也就告辞，等出了门后一直没说话的楚氏才开口："姨妈，做不成的，我觉得……"

张大娘此时一颗心全扑在这件事上，听到侄女这样说就回身点她额头一下："什么叫做不成？当了他女人的面，当然不好多瞧你一眼，可若他女人不在呢？菊丫头，你就当帮帮我，再说了，你能嫁这么一个，就算做妾，不比你原来男人强吗？错过这个村，可没有下个店了，难道你要我和你姨爹表弟又被赶出去，到时只有饿死的份。"

楚氏低头不说话，张大娘把她的胳膊紧紧抓在自己手里，瞧着她的面容："你也早出了夫孝，也该穿点新鲜的了，这粉也要擦擦，要我说，那样男人，待你哪有半分恩爱，还为他穿孝，真是……"

楚氏任由张大娘说着，眼里的神色不定，虽然张大娘说得天花乱坠，可日子越长，楚氏越觉得这件事做不成。可要让楚氏去问问绿丫的意思，楚氏又不好说出口，毕竟和绿丫并不是那么太熟。楚氏的叹息听在张大娘耳里，张大娘也不在意，毕竟，在张大娘瞧来，楚氏这样，不过是因为不好意思罢了，等得了好处，她才会晓得自己待她好，而不是把她推到火坑里面。

"奶奶，方才小荷路过时候，正巧听到的。"辛婆子得了小荷的报告，急忙来回禀绿丫。绿丫听辛婆子说完，哦了一声并没说什么。辛婆子不由急了，"奶奶，您瞧，这打的这样不要脸的主意，到时……"

绿丫淡淡一笑："那你说怎么办？难道说破吗？说破了她一口咬定这事就是小荷听错，并没什么别的意思。"辛婆子想想也对，但还是忍不住叹气："说起来，这还是亲戚呢，哪有把亲戚做妾的，传出去还不晓得多少人笑话呢。"

"这事有些不要脸的人家也会做的，不过你们爷不会纳妾，也不会上了他们的圈套，这你放心。"绿丫虽说得笃定，但辛婆子还是有些放心不下："您和爷这一路走过来，有眼的人见了，都晓得你们是怎么都没缝隙的。可是……"

"没什么可是，这件事你去告诉小荷，让她别说出去，老人家糊涂这是难免的，只要年轻人不听就好。至于别的，我相信你们爷。"辛婆子应是，也就去叮嘱小荷。

绿丫继续瞧着过年要用的东西，听到脚步声就抬头，往张谆身上望去。张谆被她瞧得低头看看自己："这是怎么了，我今儿的衣衫也不新鲜，你怎么这样望我？"绿丫托腮望着他，懒懒地道："我在想呢，你现在和原来到底有什么不一样，原先呢，是被人退亲，现在呢，倒有人想给你塞个妾。"

塞妾？张谆微一皱眉就笑了："大伯母也真是想得出来，她的姨侄女我要称一声表妹，哪有收表妹做妾的，我们虽是商户人家，也不能做那些乱七八糟的事。这事，还是我去和大伯说一声，跟他说，等过了年就给表妹寻一门亲，她过了年也才十七，虽嫁过一回，可这店里的伙计也有那二十出头没成亲的。等她嫁了，大伯他们也该安心了。至于别的，栓柱过了年也十三了，我问过他，说话也还算聪明，香烛店里正要请学徒呢，他去不正好？这两头的事都稳了，大伯大伯母也就安安生生在这边过日子，再过几年，栓柱当了伙计，挣了钱，娶了媳妇，当然是接他们过去奉养，不就什么事都不操心了？”

“你想得这么好，那我也就不操心了。只是怕……”绿丫故意说着，张谆已经站起身对绿丫拍拍胸脯保证：“这你放心，别的事罢了，这件事我绝不会心软的。”

这样就好，绿丫把手里的单子递给他：“你瞧瞧，这是过年要用的东西，齐全了不？”张谆也不瞧那单子，只是点头：“齐全，当然齐全了。”

张大娘这两天往里面来得勤了些，又和楚氏也去瞧过秀儿，等人一走，秀儿才对绿丫道：“你家这个伯母，有些不大好相处呢。”绿丫笑了：“怕她做什么？我若连这些都怕，还怎么过日子？”

“你果然和原来不一样了。”秀儿这些日子的咳嗽已经渐渐好了，也能在院子里走动走动，不过绿丫怕她被风吹到，并不让她多走动，只让她偶尔走动走动，此时听秀儿这样说，绿丫就淡淡一笑：“所以秀儿，你别担心那些事，我已经不再是原来的我了。”

“那我，也不再是从前的我了。”秀儿瞧着绿丫，唇边有笑，或许，该放心的，该把这些事都交给绿丫和榛子，可是这心里，始终放心不下。

“绿丫姐姐，你瞧我带来了什么？”榛子的声音已经响起，手里还带着东西。绿丫回头一笑：“杜小姐带来的，定不是什么坏东西。”

榛子哼了一声：“就会笑话我。”说着榛子把藏在背后的手拿出来，“这是刚开的梅花呢，我都不舍得插，特地送来给秀儿姐姐呢。”小荷立即上前把梅花接过，秀儿能闻到一股梅花幽香，不由浅浅一笑：“你们真是和原来不一样了，冬日都能赏梅花了。”

榛子把斗篷解掉，接过丫鬟递上的手炉暖和着，听秀儿这样说就笑了：“那是，现在和原来都不一样了，秀儿姐姐，你放心，你吃过的苦，我不会让你再吃第二遍。”秀儿低头浅浅一笑，绿丫并不知道榛子话里的意思是为什么，但也跟着笑了，能在寒冷冬日，了无牵挂地说笑，这有多好。

“敏儿。”榛子刚走进屋子，就听到廖老爷的声音，急忙止步转身，对廖老爷道："舅舅，我这几日有些忙，您也是晓得的，等忙完了，我再去和您说话。"廖老爷走上前，瞧着外甥女的面容，轻叹一声道："我原本以为，你不过是为朋友略尽一点心，这也是常见的，可这几日，明显有些过了，敏儿，若你那位朋友晓得，当日的事，全是我做的，她受的苦，也是因为我而起，她会不会还依旧这样待你，甚至对你十分感激？"

这是榛子这些天一直心神有些不安的原因，待秀儿多好一分，就对秀儿的愧疚少一分，但此时舅舅的话，让榛子的眉微微皱起，轻唤一声舅舅，竟不晓得怎么回答。

廖老爷的面容还是那样平静："敏儿，舅舅做事，从不后悔，原来如此，今日也如此，可是你，敏儿，你能承受吗？"这话说得有些无头无尾，但榛子还是晓得了舅舅话里的意思，轻声道："舅舅，我晓得的。"

廖老爷并不相信，只是瞧着榛子，这让榛子有些狼狈，她低下头，这样的举动已经很久没有在廖老爷面前出现了。廖老爷并不打算就此放过："敏儿，你该知道，天下没有不透风的墙。我晓得，你和那位秀儿，是共过患难的，但她和小张嫂子不一样。"

不，榛子猛地抬头："舅舅，一样的，都是一样的。绿丫能够和我这样相处，秀儿也能。"

"不能，敏儿，我见过太多反目成仇的了。而且，你或者不知道，我已经让人去查过她的遭遇，若经历了这样的遭遇，还能对始作俑者全无芥蒂，那么必另有所图。"

秀儿的遭遇定是十分不堪的，这榛子早已有了心理准备，但此时由廖老爷口里说出，榛子还是觉得一阵心疼，那时候秀儿才多大，她比自己大了一岁还是两岁？是怎样的遭遇，才能有那样触目惊心的伤痕？

有些事总会造成伤痕，总要揭开来，才会让他们知道，所谓过去了都过去了，不过是句骗人的话，凡遭遇过，必将留下痕迹，哪是从无痕迹？廖老爷瞧着榛子，轻声道："敏儿，你该知道……"

"不，"榛子再次开口，"舅舅，我明白你的意思，可我更了解秀儿是个什么样的人，她不会伤害我的，我相信。"是吗？廖老爷的眼微微一眯，接着就笑了："那我会去告诉她，昔日你并没有为她求情，而是听之任之，那你觉得，她会怎么想呢？敏儿，我可以告诉你，当日你若为她求情，把她放出，不过是我一句话的事。"

事实就这样残酷地摆在榛子面前，榛子的身子微微晃了晃，接着就说："舅舅，我早已知道了，当日我若求情，不过就是你一句话的事，可我昔日软弱、害怕，害怕因此得不到你的欢喜，才没有这样做，我恨昔日那个软弱的自己，才会护不住我该护住的人。那么今日，我不会再害怕告诉秀儿，她的一切境遇全因我的软弱而起。”

自己的外甥女是真的长大了，她不会再害怕任何打击。廖老爷露出欣慰的笑容，自己若早早离去，也不会害怕了。

瞧着廖老爷面上笑容，榛子这才恍然大悟：“舅舅，你全是在……”骗我两个字没有说出口，但榛子的脸色已经代表了一切。廖老爷把手放在榛子肩上，轻轻拍了拍：“敏儿，你能这样舅舅很高兴。不过你这个朋友，我也要去试一试。不然的话……”

“舅舅。”榛子不满意地喊，这让廖老爷笑了：“敏儿，你既相信你自己，为什么不相信她呢？”这话没错，榛子低头，廖老爷往外走，榛子急忙追上：“舅舅，秀儿的病还没完全好，你不能……”

廖老爷只对她一笑，并没说话，榛子站在那里，有心想追出去，可又觉得这样做不应该，只是走进屋子，开始担心起来，秀儿，但愿你能和原来一样。

“这是个锦字，对，就是你的名字。我们锦儿真乖。”秀儿坐在窗前，瞧着锦儿在那写字，脸上的笑容十分甜蜜。绿丫拍一下小全哥的手：“好好写，哪能这样瞎写。”

小全哥嘻嘻一笑，也没说话。小柳条走进来，在绿丫耳边轻声说了一句，绿丫奇怪地站起身：“东家来了，也没有我出去见的道理，怎么？”

小柳条扯一下绿丫的袖子，绿丫走出去，小柳条道：“也是这样说，可东家说，他有要事必要见您。”既然如此，绿丫也就收拾一下往外面大厅。

廖老爷坐在那里十分闲适，绿丫上前给他行礼：“也不晓得东家要见我是为什么？”廖老爷往绿丫脸上一瞧才道：“不是什么大事，我要见见你那位朋友，和她说说话。”

这，内外有别的道理绿丫现在是完全明白的，廖老爷也当然不会不明白，可他为什么会突然提出这么一个要求？绿丫在那踌躇，廖老爷也就道：“她可不仅是你的朋友，也是敏儿的，你知道我待敏儿是怎样的。”

原来是为了榛子，绿丫不由一笑：“东家，秀儿她是个好人。”

“我当然知道，可是你或许不知道一件事，当初屈家怎么灭的，屈家人怎么被流放的，乃至屈家人的遭遇，都是我一手安排的。”廖老爷说得施施然，绿丫的心不由猛地一跳，但她很快就笑了：“我已经猜到了，廖老爷您既能和尚书府有来往，又怎会是个普通商人呢？”

廖老爷眉头一挑，接着笑了：“你想，若你那个朋友晓得这一切都是我做的，而且，敏儿当初并不是不可以求情的，但她并没求情，乃至让你这位朋友有了十分不堪的遭遇，你觉得，她还能毫不在意吗？”

最后一个谜团被揭开，让绿丫忍不住吸了一口气才道：“东家这话的意思我明白，可是当日你们初会，榛子又经历过那么多，那她不敢开口求情也是有的。”

廖老爷淡淡一笑：“是啊，你说得没错，可是那是因为这些事没有发生到你身上，如果你被卖了三次，被那家的大娘子每日用针刺，生下孩子当天就要去冰冷的水里洗衣服，甚至，想要把她卖到青楼去，你觉得，这句话你还能十分轻松地说出口吗？”

何等不堪，何等让人难以忘记，绿丫眼里的泪又涌出，看着廖老爷什么话都说不出来。廖老爷淡淡一笑：“我和你不一样，我不会让任何人再次伤害敏儿，所以，我必要去告诉她，若她……”

“不。”绿丫几乎是嘶吼出来，廖老爷又是一笑：“你阻止不了我的，你该知道。”正因为知道，所以才那么无力。绿丫低头，接着轻声道：“那就让我陪在旁边吧。”

可以，廖老爷示意绿丫在前面带路，绿丫让小柳条把人都安排在屋里不许出来，这才带着廖老爷往前面走，走到一半时绿丫终于忍不住开口问：“那些都是真的？”

“是真的。”廖老爷只简单地答了三个字。绿丫紧紧地咬住下唇，不让自己哭出声，秀儿，你受苦的时候我竟然毫无察觉。小柳条让屋里的人都出去的时候，秀儿觉得很奇怪，抱起锦儿想走一走，抬头瞧见面前站了个男子，不由惊讶出声，毕竟这是张家内宅，连张谆都没见过几次，而这个男子明显不是一般人。

廖老爷瞧着秀儿，她的遭遇廖老爷已经尽知，可此时见到人，廖老爷才发现，那样的描述并没把这人的精气神给描述出来，虽然受过那么多的苦，但她还能有一双明亮的眼，也算稀奇。

“请问，你是谁？”秀儿被打量得有些不知所措，只有开口相询。

“你就是屈秀儿？或者，我该说，冯屈氏？”后面三个字让秀儿的身子晃了晃，最后买她那个男人姓冯，锦儿，原本也该姓冯的，可秀儿不愿意，不愿意让女儿姓冯。

锦儿有些被娘抱得不舒服，绿丫走过来把锦儿接过去。秀儿这才深吸一口气："是，你是冯家派来的？"

廖老爷淡淡一笑："冯家，算是什么东西？"这样轻蔑的语气让秀儿安定下来，不是冯家派来的人就好，可是他是谁？能在张家内宅出入，又这样的气派，难道说，秀儿灵光一闪："你是榛子的舅舅？"

廖老爷点头："是，我是敏儿的舅舅。"秀儿面上释然，看来是榛子的舅舅不放心，才要来瞧瞧，其实自己有什么好要榛子的，她笑了笑："您若不喜欢，我和榛子减少来往也没什么，我不会连累她的。"

"我说过，冯家算个什么？不过一个逃妾，哪就能连累了？"廖老爷的答案让秀儿升起希望，她看向锦儿："那么，孩子也能留给我吗？"

这不过是举手之劳，不过廖老爷不打算回答，他只轻声道："你还记得你家是怎么被抄的吗？"怎么会不记得，秀儿点头："我记得，只怕是老天都看不过眼，才会抄没的，他们的下场，我只能说活该。"

这个答案是廖老爷没想到的，他的讶异更大一些："那你可知道，当初这些事，都是我一手安排的。"秀儿笑了："那我要谢谢你，把那两个不做好事的人都给惩罚了。"

"那你可还知道另一件事，如果当年，敏儿向我求情，那么你完全可以不用跟着他们去流放，那你所吃的一切苦都不必吃。"

所吃的一切苦都不必吃，这话让秀儿眼里有了泪，曾经无数次幻想过，不必经历那一切，可是睁开眼，什么都和原来一样。

屋里很暖，也很静，秀儿能闻到一股梅花的幽香，那是榛子送来的。睁开眼时，这一切都没消失，秀儿看着面前等待的廖老爷，唇边突然绽开一个笑容，轻声开口："那你当时，会答应吗？"

廖老爷专注地看着秀儿，不放过她脸上的任何一点细微的变化，当秀儿问出这个问题时，廖老爷很想点头，但还是摇头："你之于敏儿，是好友，可之于我……"廖老爷没有继续说下去，因为他看见秀儿又笑了："你瞧，你自己都说了，我之于榛子，是好友，是曾共过患难的人，但我之于你，最起码，是那时的你，不过是伤害了榛子的人的女儿。你纵然会答应，你和榛子之间，只怕那时也会埋下不和。"

这样的剔透，廖老爷的眼不由微微眯起，接着逸出一声叹息："可惜了。"

秀儿没听出他的可惜是因何而来，唇边的笑容变得有些苦涩："可惜什么呢，要说不好，那只能说，我不该生在那样的人家？你知道吗？我宁愿去做小猫小狗，也不愿做这个人。”当初种种不堪的记忆又涌上来，虽然屋里很暖，但秀儿还是忍不住用双手抱住肩膀，那种无边无际的黑暗，又在心头浮起，那时也曾指望过谁来救自己，但又何苦连累她们呢？

秀儿眼里的伤心很浓，接着那种伤心又慢慢地淡掉，她低下头，不让廖老爷看到自己眼里的泪，等再抬起头时，秀儿已经道：“那家子做了些什么，我清楚，我明白，我生而不幸，是他们的女儿，那若要报在我身上，我也只有受着。廖老爷，你若让榛子从此不和我来往，也请自便，至于恨或不恨，廖老爷，我没有那么多的力气去恨了。”

面前的女子不过二十刚出头，虽然历经磨难，但也能看出她姣好的面容，方才的眼也很明亮，但此时却有些黯淡。廖老爷心里，竟生起了一些怜惜，刚要再开口说话，绿丫已经走过来抱住秀儿，看着廖老爷道：“东家，冤有头债有主，虽有父债女偿的道理，可都过去了。若您执意要为此而报复秀儿，东家，那我们也只有辞了工。”

秀儿拉住绿丫的胳膊：“不要，你不要为了我去做这些事，你好不容易才到了今天的地步，不能为了我……”

“秀儿，我这条命都是你保的，那我连命都赔给你，又有什么不可以？秀儿，你别担心，我们还有两只手呢，还有积蓄，不再是当初的我们了。”绿丫的话让秀儿什么都说不出来，只有流泪。

“我什么时候说过要报在她身上了？你们想得太多了。”廖老爷被这两人的友情打动，愣怔之后总算开口说话。

真的？绿丫看向廖老爷，终究还是年纪轻，哪能做到不动声色？廖老爷心里想着唇边已经带上了笑：“你们也都知道，我待敏儿如亲生女儿一样，人经历了磨折，有时难免会有怨恨，我是怕，是怕……”是怕秀儿对榛子心里有怨，即便开口不说，但这怨日子久了，就能变成一条毒蛇，时不时地出来咬上那么一口。宁愿在此时说破，也好过那时。

“不会的，东家，你相信我，秀儿是个说到做到的人，她说了，就一定会做到。”绿丫松了口气，脸上笑容很欢快。秀儿看着廖老爷：“我若怨她们，就不会跟她们回来了。廖老爷，你识人这么多，是真是假，听得出来吧？”

廖老爷把眼从秀儿脸上移开，微微颔首：“你说的是对的，那么冯家那边，自有我去料理，你安心在这里住着就是，至于以后，那是你们的事，和我没有多少关系。”

说完廖老爷站起身径自往外走，绿丫想去送他，想想又停下脚步，把秀儿抱紧一些："真好，那边的事被料理了，从此之后，你就再无瓜葛了，那么我们就可以好好地过日子了。"

数不清多少日子，秀儿听到廖老爷那句话时，一直悬着的心终于落地，长长地出了一口气才问："锦儿呢，她可以不离开我了，真好。"

"她睡着了，这孩子，真聪明，还会疼人。"绿丫指指里屋。自己的孩子，从此可以完全在自己身边，秀儿挑起帘子走进里屋，看着女儿的甜甜睡容，你一定会好好的，一定会的。

榛子在屋子里怎么也静不下心，遣了人去问廖老爷回来了没，听到廖老爷回来时，榛子急忙往前面去，廖老爷正端着茶喝，瞧见榛子进来就笑了："有事吗？"

榛子仔仔细细往廖老爷身上瞧了，见他和平常一样，依旧那样云淡风轻，这才放心下来，对廖老爷笑一笑："舅舅又逗我，明知道我问的是什么。"廖老爷敲她脑门一下："你啊，难道舅舅还能怎么着？不过你这两个朋友，还真是和别人不一样。要知道不少人是只能共患难不能同富贵的，也有的人，是反过来，但像她们这样，不管患难还是富贵，都能安之若素，实在少见。"

这样说秀儿就是没事了，榛子笑得很开心，拉住廖老爷的袖子撒娇地说："当然，舅舅，你也不瞧瞧，你外甥女现在是什么样的人，那样不安好心的，难道我还瞧不出来？"

"我不是怕你瞧不出来，我是怕你因为共过患难的交情，就被蒙住了眼。"廖老爷老实不客气地说，这让榛子的眼暗了暗就重新明亮起来："我知道舅舅是疼我，所以我也没怪舅舅。舅舅，您放心，我一定会好好孝敬您的。"

廖老爷笑一笑："你是个什么样的人我还不明白吗？也别再说了，让厨房送晚饭来吧，我这会儿真饿了。"

榛子嗯了一声让旁边的丫鬟赶紧去传饭，接着就笑吟吟地道："那我陪舅舅一起吃饭。"廖老爷有些无奈地笑笑，厨房送来晚饭，榛子给廖老爷布筷打汤，廖老爷瞧着榛子在那忙碌才缓缓地道："我还忘了一件事，那日夫人说，定北侯太夫人想见你，让她定北侯府开年请年酒的时候，带你一起去。"

定北侯太夫人？榛子的眉皱紧，廖老爷面色没变："你大概还不知道一件事，秦三公子想以科举出身，已经在家努力读书了，而且他还说，不中不娶。"

"他的事，和我有什么关系？勋贵人家，若能出个进士，也是件大好事。"榛子没想到秦三公子竟会这样做，但很快就收起惊讶，继续吃饭。

"一个男人，一个出身很好，长得不错，性情也还中看的男人，愿意为了你这样做，你难道真的不动心？”廖老爷的话让榛子挑起了眉，接着榛子就道：“那又怎样呢？在勋贵人家，能考试科举是难得的，可在一般人家，这不是很平常的事吗？就这么一点点，我不会动心。”

廖老爷笑了，并没继续说下去，而是和榛子继续吃饭。

榛子临睡前，想到秦三公子现在做的事，不由勾唇一笑，也不算无可救药，还是可以救一救。不过现在，最重要的事情明显是过年而不是别的。

这个年张家过得十分热闹，搬新家，秀儿回来了，来往的人更多了。上上下下都换了新衣衫，绿丫也发了压岁钱，热热闹闹吃了团圆饭，到了初二兰花和老刘带着孩子们也回娘家，一大家子聚在一起，看着孩子们说说笑笑。

秀儿的身体已经好了很多，团圆饭的时候也是出来吃的。兰花回来这日，她也坐在绿丫屋子里和兰花说笑。兰花拣了几件街坊邻里的趣事说说，秀儿细心听着才突然啊了一声："原来那日我路过过你家。"

那日，哪日？兰花想了想，突然手一拍："原来那个人是你，我还和周嫂子说呢，怎么会有这么奇怪的事，要知道那人是你，我啊，怎么也不会让你离开的。"

绿丫不晓得她们说什么，笑着问："你们打什么哑谜呢？”兰花把那天的事说了，绿丫才嗔怪地拍秀儿一下："要你和兰花姐见了面，怎么也好，你啊，真是……"

秀儿笑一笑把话题遮过去："榛子年前不是说过了年来吗？今儿都初二了，怎么还不见她来。"

“榛子她过年怎有空，不说她，我这里都有好几家的帖子懒怠去，出去应酬哪有在这里和你们说说笑笑来得好？”绿丫笑着解释。兰花嗯了一声："定北侯府的那个公子，不是想娶榛子吗？榛子要能嫁，也好。"

这些事绿丫和秀儿不会和兰花说，只是笑着把这事给过了。兰花听得齐大非偶这四个字也点头："说的是，高门大户日子难过。秀儿，你要赶紧好起来，等过上几个月，再给你找个好夫婿。哎，你姐夫他们衙门里，那没成家的多着呢。"

绿丫又叽叽咕咕地笑了，秀儿只是浅浅一笑，再嫁什么的也不去想了，只要自己能把女儿好好带大就好。不过要先寻些事做，哪有让绿丫养着自己的道理？

过年有人忙有人闲，榛子就是忙碌的那个。正月初三，定北侯府请年酒，王夫人就带了榛子前往定北侯府赴宴。定北侯府榛子先前并不是没来过，但这回和原来不一样，即便是王夫人，也在马车里直往榛子身上瞧，榛子倒毫不在意，还是那样大方地对王夫人笑："夫人，您不必为我担心。"

"我不是为你担心，我只是为秦家可惜。"王夫人的话让榛子笑了，接着榛子正要开口说话，王夫人就摇头阻止："不是这样的，敏儿，你说我是个自私的母亲也好，我为了你那两个姐姐，真是操碎了心，怕的就是我一旦不在，她们又没个兄弟，到时在婆家被欺负，连个撑腰的人都没有。"

"夫人的心情如何，我明白，只是夫人，您这样通透的女子，为何还会为这事操心？要知道……"

"我知道儿孙自有儿孙福，可做母亲的人，哪是这么轻飘飘一句话就能把这所有都遮掉？"王夫人的话让榛子陷入思索，接着榛子就笑了："夫人您也说，要为两个姐姐操心，那么定北侯夫人，也是秦三公子的母亲，她又怎不会为秦三公子操心呢？"

这话反问得好，王夫人瞧向榛子，接着点头："难怪你舅舅会这样说，你的确是个聪明灵透的姑娘。是我执着了。"可人这辈子，哪能没有点执迷不悟呢？王夫人看着越来越近的定北侯府，因为有了这点执念，所以才不能那样轻松自在真正放手。

两人下车进府，定北侯夫人已经带了儿媳在二门处迎她们，彼此行礼见过，携手往里面走。秦二奶奶忍不住往榛子身上瞧去，这就是三叔想要娶的女子？生得还不错，可是听说她拒绝了三叔。

秦大奶奶之前见过榛子，见秦二奶奶一个劲地往榛子身上瞧，就笑着道："二婶子今儿怎么了，想是没见过？这是廖家的千金。廖家的老爷，今儿本来给他下帖子了，他没来。"

秦二奶奶心事被戳破，索性笑了："就是没见过，这才细瞧瞧。"定北侯夫人回头瞧了自己儿媳一眼，秦二奶奶急忙收敛一些，一行人到了厅上，这会儿还早，来的客人并不是很多，彼此见过礼，刚坐下就有个丫鬟走进来，在定北侯夫人耳边说了几句。

定北侯夫人脸上神色微微一敛就笑着道："各位也晓得婆婆她年事已高，好几年不肯出来坐席了，方才特地打发了个人过来和我说，说好几年没出来见人了，想着定有不少新鲜的人，请几位小姐过去和她见见。也不知道唐突不唐突？"

已有一位夫人笑着道："这算什么唐突，谁不知道老夫人是个最有福气的人，只是这些年懒得出来，连我们这些人都不肯见了。这些孩子能去见她，沾沾福气，这才叫好呢。”

别人也是一样说话，定北侯夫人就请这几位小姐一起往里面见定北侯太夫人，榛子晓得定北侯太夫人的主要目的是要见自己，也没见多慌乱，和几位小姐说笑着往里面去。

进了上房，定北侯太夫人已经扶着个小丫鬟走过来，笑着道：“你们是客人，本该我出去迎你们才是，偏生这些年越发懒了，不爱出去，你们啊，别笑话我。”

一共进去了五位小姐，数榛子年长，榛子也就带头先给定北侯太夫人行礼。众位小姐行礼过后，定北侯太夫人挨个拉过，问多大了，哪家的，赞了又赞后，这才叫丫鬟取来五份表礼，每位一样。

“不过是些小玩意，我年轻时候戴的，也不晓得现在年轻孩子们喜不喜欢。”已有小姐起身谢过，又笑着道：“您老人家的东西，定是好的，我们怎会不喜欢。”

定北侯太夫人哈哈一笑：“就你这个猴，我还记得你娘，来给我们拜年时最爱吃枣泥糕。现在还爱吃不？”

“太夫人记性好，我娘她现在胃爱发酸，不敢多吃甜的。”少女见问到自己，急忙起身回答。

“哎，年轻孩子们都一茬茬长起来了，难怪我会老呢。你们也别干坐着，你们几个妹妹被我拘在旁边呢，你们也去寻她们说说话。”这是定北侯太夫人下逐客令了，少女们急忙起身告辞。

榛子觉得奇怪，刚走出一步就有丫鬟过来道：“杜小姐请留步，我们太夫人听说你抄经抄得好，想问问你几个经上的问题呢。”榛子也就留步，少女们说笑着离去。

重新进了屋，屋里只剩得定北侯太夫人一人，她才对榛子招手：“过来我这边坐着，你这个孩子，还真和别人有些不一样。”榛子依言走到她身边坐下，笑着道：“都是一样的人，有什么不同呢？”

定北侯太夫人瞧了瞧她面上才道：“鼻子高挺面相丰润，是个有福的人，只是我奇怪，嫁进定北侯府，我虽不敢夸口荣华富贵不断 ，却也不算没福气，为何你不肯呢？”

不爱绕圈子，榛子喜欢，她只淡淡一笑：“太夫人，人多口杂，我生长在小户人家，哪能适应这样大家的生活。”定北侯太夫人拍榛子的手一下：“和我绕圈子，该打。若说你不喜欢呢，这天下的姻缘都是父母之命媒妁之言，哪有姑娘家置喙的道理。再说我自己的孙儿虽是我自己疼，可细想想，他也不是那样胡作非为的人。跋扈也是有的，但这些年也收敛了。”

“那太夫人觉得，我不肯嫁进侯府的原因是什么呢？”既然如此，榛子也就单刀直入地问。

“想不出来,正因为想不出来,所以才把你叫来问问。毕竟我年纪已经大了，年轻小姑娘的想法，很多时候我都不知道了。”定北侯太夫人的回答让榛子笑了，接着榛子收起笑容：“我原来不肯嫁，的确是侯府势大，我出身商户，难免会有齐大非偶的念头。可是这些年来，我遇到的越多，想的越多，于是就想，为何女子都要出嫁呢？”

“你这孩子，这话还是该打，男大当婚女大当嫁，这是天经地义的事。”

“是啊，天经地义的事。所以男子纳妾，女子以夫为天，也是天经地义的事了？”难道不是吗？定北侯太夫人脸上的疑惑已经表现了她心里的想法。

榛子淡淡一笑：“可若真要如此，那为何会有有智妇人不输男子的说法，若真要如此，昔日武皇又以女儿身君临天下？甚至尊府，也有曾上阵杀敌的女子？”

“太婆婆的确是个不输给男儿的女子，不然当年太祖也不会赞她，但这些和你不肯嫁，又有什么关系？”提到第一代定北侯夫人，定北侯太夫人也忍不住赞扬。

“自然是有关系的，太夫人。我自问才智不输给男儿，但要嫁入侯府，那就像被剪掉翅膀放入笼中的鸟儿，像离开河流被放入金鱼缸的鱼。一辈子只能守在侯府后院，和妯娌来往，管理姬妾下人，甚至为了一点点小事就勾心斗角。太夫人，这样的日子，或许您又该说，这是天经地义的，可是我不愿意。”

看过鸟儿飞翔在空中，见过鱼儿在河流里畅快地游，还怎么愿意进入鸟笼跳进鱼缸，一辈子被困死？

“你这样的话，很多年前，我曾听一个人提起过。”就在榛子认为，自己的话激怒了定北侯太夫人的时候，定北侯太夫人缓缓开口。

原来不只是自己想过这样的事，榛子的眼里闪出亮光看向定北侯太夫人。定北侯太夫人陷入回忆：“她是我娘为我请的一位先生，是个女子。原本我以为，她是个寡妇。”

没了丈夫而又受过良好教育的家境不好的寡妇，也有往高门大户做女塾师来养家的人，榛子并不奇怪，继续听着定北侯太夫人往下讲。

“可是后来我才晓得，她虽做妇人打扮，这一生却没嫁过人，自然，也没定过亲。我以为，她或许曾和谁定情，所以才不肯再嫁一辈子守着。后来她才说，并不是这样的，她只是不肯嫁。她说，她的父亲祖父，都是一代文豪，母亲也饱读诗书。从小教她知书，她的才华不输男子。只可惜不到十六那年，她父亲过世，而母亲早已去世。族人要来收她家的财产，并且要把她许配给一个大户家为妾。她不肯，昔日她父亲的学生们，没一个有胆子出来和族人们争论。于是她连夜出逃，奔上县衙击鼓告状。知县接状，让族人不许把她许为妾，并把她家的产业分一半为她的嫁妆。”

“后来呢？”榛子见定北侯太夫人停下来，忍不住问道。定北侯太夫人喝了口茶才继续道：“经此一事，她觉得，天下的男儿都没有配得上她的，为免族人罗涅，于是她以守孝为名进入尼庵。后来，她随她的老师去天下云游。数年后再出现在族人面前时，已是做妇人打扮，说因她老师安排出嫁，婚后一年丈夫去世，她是来收嫁妆的。”

族人当然不许，争执不下又上了一次公堂，最后她收走嫁妆，并以教授学生为生。榛子都能想象这人后来所为，不由轻叹一声：“原来，世上竟有这样的人。”

“你也和她一样的，听到你的话，我又想起了她。只是你可知道，要这样过一生，而不是选择所有女子要走的路，那会有多难？”定北侯太夫人的话只让榛子淡淡一笑：“是啊，我晓得很难，可是我依旧觉得，每个女子都走的路，未必适合我。况且就算我真嫁了，一个不能和我一起努力的丈夫，一个只会觉得女人该如何如何的丈夫的，不适合我。”

说完榛子稍微地想了想：“或许，这才是您那位老师不肯嫁人的原因，因为她寻不到一个像她的父亲、祖父那样的人。”——那样肯包容肯让她成长的男人。

“你没有试过，为什么相信我不是那样的人呢？杜小姐，套一句你曾说过的话，你这话，未免也有些自以为是。”

秦三公子的声音突然响起，这并没让榛子感到奇怪，毕竟定北侯太夫人既然来寻自己说话，那没有安排是不可能的。榛子只是转身瞧着秦三公子：“那我还是原来那句，口说是最简单的。”

第 21 章　姻　缘

屋里点的檀香在秦三公子鼻尖流转，原本以为，自己说出的话能让榛子有所动容，但没想到得来的还是这么一句，秦三公子站在那里，竟不知道该说什么。

“秦三公子，你这一生，可有什么，是一直想得到而没有得到的？”榛子的声音再次响起，秦三公子想了想，尚未回答榛子又说了。

“金钱、美人、地位，这些很多人一生所追求的，于你却是轻而易举可得。既然如此，秦三公子，我怎么知道你是不是因为对我求之不得，而想得到，至于得到之后……”榛子的声音停顿一下，秦三公子立即道：“不，你是和别人不一样的。”

榛子笑了，这抹笑很淡，接着那抹笑在榛子唇边消失，她的声音依旧平静：“是，我是不一样的，那么你能保持多久，一年两年还是三年？秦三公子，我虽没有读多少书，可我也知道，红颜易老。在这样的人家，甚至更多的是，红颜未老恩先断。”

红颜未老恩先断，定北侯太夫人心里微微叹气，出嫁后没多久，就得到老师重病的消息，几个学生前去看她，也是那个时候，老师对她们讲起往事，说起自己的一生，老师的脸上是一种骄傲。为何女子要依靠男人的恩宠过日子，而不是要靠自己？当日老师的话又在耳边，她说话时候，脸上的坚毅是定北侯太夫人没看到过的，那时的定北侯太夫人心向往之，但很快这种向往就消失了。孤寂一生，这种孤寂定北侯太夫人承认，她是做不到的。

可是现在，当差不多的话语又在耳边响起时，定北侯太夫人才知道，自己从没忘记。

风吹起秦三公子的袍子，他一时说不出话来，可此时心里却在翻滚，惊羡仰慕，最后，形成一个字，叹。叹世间曾有那样的女子，叹那样的女子竟无人可配，还叹，叹自己竟能遇到这样的女子。她能不畏艰难，那么，自己一个男子，又有什么好怕的？

笑声从秦三公子口里逸出，接着秦三公子就对榛子道："杜小姐，还是那句，你为何不相信我呢？"说着秦三公子看向定北侯太夫人，"祖母，我想娶的人，是我的妻子，而不是秦家的儿媳。"

定北侯太夫人愣了愣接着就笑了："你这孩子，只是你的这片心，不晓得你的妻子，会不会懂得。"

是秦三公子的妻子，而不是秦家的儿媳，榛子听出秦三公子话里的意思，眼波流转，现出惊讶来。秦三公子看着她："杜小姐，我说过，我会努力让你看到的，而你，再难找到第二个像我一样的人。"

秦三公子这话让榛子淡淡一笑，接着她就开口："可是，我不会嫁人的。"

"女儿家，还是嫁个人好。"榛子的话虽和原来一样，但定北侯太夫人听出她话里的松动，立即为自己的孙儿说话。看见榛子望向自己，定北侯太夫人缓缓地道："知冷知热这种话，我就不说了，可是很多时候，很多事情，能够有商有量，这有多好。你不知道，连我的老师都曾说过，如果有个知己，又能做丈夫，这是多么好的事。可是她等不到这个人。杜小姐，你今天既已遇到这个人，为何又要放过？我的孙儿，我自问还是了解的，他是言出必行的。"

"太夫人，话说到这里，如果我不再答应，就辜负了你们的好意，可是太夫人，秦三公子的妻子，不仅仅是他的妻子。如果……"榛子对定北侯太夫人行礼下去，接着开口说。

"儿孙自有儿孙福。"定北侯太夫人叹了声，接着就道，"原先我们都想岔了，即便你大哥不成器，可还有你们，可是却忘了，他是定北侯世子，以后袭爵，爵位在身上，你们这些做兄弟的就算劝着，能劝多少呢？"

定北侯太夫人的叹息让秦三公子往前踏了一步："祖母。"定北侯太夫人挥手让秦三公子出去："你进来的时候太长了，出去吧。我和杜小姐再说说话。"秦三公子应是退出。

屋内又只剩下定北侯太夫人和榛子两人，定北侯太夫人轻声一叹才道："叫你来之前，我本以为你不过是在意齐大非偶这件事，想给你吃个定心丸。有我在，侯府内谁敢欺负你，等我走了，那时你所生儿女想也不小，你早已站稳脚跟。等你这番话说出来，我才晓得，是我想岔了。难怪小三会觉得，他配不上你。”

这几句话算是定北侯太夫人掏心窝的话，榛子坐在她身边，轻声道：“能得太夫人这样赞扬，我本不该推辞的，可我是要接下舅舅的产业而不是假手夫婿掌管的。一个世家侯门的儿媳，亲自出面做生意，只怕全家都会视为耻辱。”

定北侯太夫人看着榛子，接着点头：“我也猜到了。想来廖老爷也真是个不一样的人，竟能把产业全托付给你。”毕竟这个世上，还是男子出面的更多。

榛子淡淡一笑：“舅舅原先，也不是没有为我寻门好亲事，然后把产业托付给他们的打算。可是钱财难免会动人心，再者我这些年遇到的事越多，越觉得，女子掌家又有什么不可以。”

“我并不是没听过女子掌家的，可那些多有弱弟，像你这样，从没听过。”

“既然有弱弟的可以掌，那为何没弱弟的就不能掌？再者……”定北侯太夫人抬起一只手打断榛子的话：“我并不是和你来讲这个，你放心，廖家的家财，我秦家一分不取。你成亲之后，要怎么处置你的产业，我秦家也不干预。”

榛子的眼里不由有惊诧，虽说民间习俗，女子的嫁妆婆家不得取用，但女子无私财，婆家真要花用了女子嫁妆，顶多就被骂几句不要脸，连儿媳的嫁妆都贪。但也没有别的了，毕竟连女子自身都归属于夫主，更何况是她的私财？

而且定北侯太夫人这话，背后的意思可能更深，果然定北侯太夫人继续道：“即便我秦家走投无路，也不花用。”榛子的眼里有种什么说不清道不明的神色，已经不仅仅是惊诧了，她惊讶地唤了声太夫人。

定北侯太夫人就像没听到一样：“其实我秦家，照样背不起这个贪图你的嫁妆才娶你过门的名声啊。”这话让榛子的心豁然开朗，原来如此，可是，不等榛子问出来，定北侯太夫人就继续道，“可是小三他喜欢你，而且，在我瞧来，他若不娶你过门的话，以后娶别家姑娘，只怕也不会好好过日子。倒不如我把他的心愿了了，以后你们的日子怎么过，就由你们去。过得好，那自然好。过得不好，杜小姐，我想以你的决断，就不需要我这个老太婆来多说了。”

如此，何不赌一把？榛子的心里一动，定北侯太夫人又笑了：“杜小姐，我不说那些天下女子都要嫁的话，而是要说，你既然如此灵透，难道不敢试一试？”

“太夫人的意思，让我赌一把？”榛子把心里的话说出来，定北侯太夫人笑容没变：“杜小姐，廖家是做生意的人家，当然晓得怎样才能获得最大的利。一个孤身没成亲的女子，和一个成亲后的女子，是不一样的。”

榛子的眼睫毛垂下，不得不承认姜还是老的辣，这门亲事，到现在榛子才算有所动心，却不是为了秦三公子，而是为了眼前的定北侯太夫人。

定北侯夫人见小姐们都出来了，唯独不见榛子出来，那心顿时乱跳起来，招呼众人各自坐下，就叫来一个心腹婆子让她去打听。心腹婆子很快打听回来："老太太说喜欢杜小姐，在那和杜小姐说话呢，屋里伺候的人都没留。而且……"见婆子欲言又止，定北侯夫人的眉不由皱起："而且什么？"婆子把声音压得更低："三爷也进去过，不过没多大一会儿就出来了。这会儿，杜小姐还和老太太在那说话呢。"

定北侯夫人如被什么东西击中胸口，顿时觉得喘不过气来，难怪儿子这段时间都规规矩矩的，原来是已经求了婆婆，那样的女子，哪能进秦家的门做嫡室正配？

见她不舒服，婆子立即给她端来茶喝了两口，又给她拍着胸口顺气才道："太太您也别担心，三爷的婚事，也不是老太太说什么就是什么，难道还能绕过您去？"

怎么说儿子也是自己生的，定北侯夫人舒了一口气，打算继续进厅里招呼客人，就见榛子走进来，定北侯夫人停下脚看着榛子，笑着道："杜小姐，婆婆好几年都不肯出来应酬了，今儿你倒讨了她的欢喜。不晓得你们说了些什么呢？"

榛子笑了："不过是说些故事，太夫人还告诉了我不少她年轻时候的事。"定北侯夫人才不信呢，但还是亲亲热热地笑着，招呼榛子坐下。

秦三公子一直没走远，见榛子被丫鬟带着出去了，就急忙走进定北侯太夫人的上房，见孙儿进来，定北侯太夫人叹气："你啊，从小就最讨我的欢喜，可没想到，你要成亲，也是要让我操心不已。"

秦三公子急忙在下面坐下，给定北侯太夫人捶着腿："她怎么说的？祖母，我晓得，她是不一样的女子，我定会待她好的。"

定北侯太夫人笑了笑，就喃喃自语地道："这世上还真有这么奇怪的人，放着康庄大道不肯走，偏要走旁人没走过的路。"秦三公子伸手去推定北侯太夫人："祖母，您别和我打哑谜了。"

定北侯太夫人笑了笑才道："我可和你说，她不是一般的女子，这你是知道的，可是你要先告诉祖母，日后你不会后悔，不会……"

秦三公子已经点头："祖母，我不会后悔的。"

"说了可不抵用，小三，你要知道，女子嫁人，和男人还是不一样的。男人可以纳妾，可以去寻别的女子，可是女子嫁了个不好的夫婿，一辈子，也就这样了。小三，娶了这么个妻子，纳妾我想你是不能做的，还有她要继续做生意，还有……”

“祖母，这些我都晓得，这些我也想过。祖母，一个不一样的女子，是要不一样相待的。”这话让定北侯太夫人笑了：“那么，过两日，就请廖老爷来家里吧。”

这是，要替自己说亲的意思，秦三公子眼里闪出喜悦。定北侯太夫人淡淡一笑：“小三，你方才的话我并没忘记，她首先是你的妻子，然后才是秦家的媳妇。所以，很多事，你要先和你娘说清楚。”

“什么，你要娶杜小姐？而且，成亲后就搬出去住，你疯了吗？你读了这么些年的书，难道都读到狗肚子里去了，孝字都不晓得怎么写了？”定北侯夫人的反应是在秦三公子意料之中的，他跪下对定北侯夫人道：“娘疼儿子，儿子知道，可是儿子活了这二十多年，唯一件逆您的就是这件事。儿子左思右想，不愿异日要写钗头凤。”

盛怒中的定北侯夫人拿起一个茶杯就往儿子头上扔去，秦三公子不闪不避，任由那茶杯砸在头上，登时有鲜血涌出。听着茶杯掉在地上的声音和儿子额头上的血，定北侯夫人心里又疼起来，上前掏出帕子给儿子堵着：“也不晓得那杜小姐有什么好，长的也就那样，脾气还不好，又是个商户女儿，偏你见了，就非要娶，娶也就罢了，还没过门呢，就要给你老娘我立规矩，要搬出去，不服侍婆婆不说，你还说不想等将来写钗头凤。难道你就这么肯定我做娘的是恶婆婆？”

秦三公子看着自己的娘：“她是不一样的人，在儿子心里，不一样的。娘，我晓得您是个好人，您待两位嫂嫂也很好。可是她不是你心中那样的好媳妇。”

所以就要隔开吗？定北侯夫人的泪流下，秦三公子抱住她的腿：“娘，您就答应儿子了吧，儿子就算搬出去住，也是您的儿子。隔三岔五地也会回来。”

“你是怕她嫁给你后还要继续做生意，我会横加阻拦吧。”定北侯夫人沙哑着嗓子说。

“什么都瞒不过娘。”秦三公子呵呵一笑，定北侯夫人叹气：“女儿家，本就该以贞静为要，她这样的，怎么能……”秦三公子抬头看着自己的母亲：“所以你们要分开，娘，您别怨我。”

天下只有拗不过儿女的父母，哪有反过来的，定北侯夫人心如刀绞，剩下的话怎么都说不出来。

屋里烧得暖暖的，火盆里还埋了红薯和芋头，绿丫是烧这些的好手，三五下就把芋头扒出来，也不用帕子垫着手，几下就把芋头剥出来，往蜂蜜上一蘸，锦儿就张大嘴巴。

“锦儿，瞧你，都吃了两三个了，不许再吃。”秀儿把锦儿拉过来，顺便把绿丫手上的芋头一口咬掉一大半。

“娘！”锦儿不满了，娇声叫着，秀儿把女儿抱在怀里，下巴在她头发上蹭了蹭就笑着说：“难怪有猫冬的说法呢，瞧这外面冷的，在这屋子里坐着，暖烘烘的，再说着闲话，多好。”

绿丫见红薯也烧好了，拿出一个剥着皮，旁边的小全哥早等不及，见那黄澄澄的红薯肉一露出来，就拿筷子夹了一块。绿丫往他头上打一下，这才把整个红薯递给儿子：“可不许吃多，不然的话，放屁放得一屋子都臭。”

小全哥哎了一声，就把一大块红薯填到嘴上，刚咽下去，就觉得不对劲，要放屁，绿丫见他皱眉，起身把他一推，小全哥刚被推到外头，就听到榛子的声音：“哎呀，小全哥你这是怎么了？惹你娘生气了，被推到外头？”

听到榛子的声音绿丫就把帘子掀起，见榛子头上戴了昭君套，身上穿了雪貂的斗篷，忙把她拉进来：“今儿怪冷的，都说倒春寒呢，我还想着你不会过来，哪晓得就过来了。”

榛子把昭君套解了，又把手筒放好，这才坐到火炉边，把手烘一烘，闻着红薯和芋头香深深吸了一口才笑着说：“你们倒会乐呢，本来今儿还有帖子呢，我想着去喝什么春酒，倒不如来寻你们，一进来瞧见，果然还是你们舒服。”

绿丫给她倒了杯酒：“来来，我今儿也不喝茶了，就喝这酒。”榛子接着一口喝干，又抓了把花生嗑着才问：“我进来的时候遇到小柳条，她说你和秀儿姐姐在这边呢，还说特地不让人在跟前伺候，我一想，那也不用通报了，就进来了。也是，这么几个人说着话多好，要旁边一群伺候的，有些话还不好说呢。”

“什么话不好说？”绿丫坐下，小全哥已经重新走进来，把那在外面冻得冰冷的手往绿丫脖子里面伸：“娘，给我暖暖。”绿丫把他的手给扯下来：“好好坐着，别闹。”

小全哥还要闹，榛子把小全哥拉过来，把自己的手筒拿过来让小全哥把手放进去：“这里暖和，你和你妹妹都把手放进去暖和。”榛子的手筒是用一张狐狸皮做的，毛茸茸的小全哥一看就喜欢，欢欢喜喜地和锦儿拿着到旁边玩去了。

“瞧，也没人打扰了，你就说呗。”秀儿笑着开口，这些日子，她脸上已经开始有红润颜色，再调理个两个月，就能和原来差不多了。

榛子嗯了一声才道：“我告诉你们，你们不许大惊小怪的。”

越是这样，越让绿丫和秀儿感到奇怪，她们看向榛子，榛子迟疑一下才开口：“我，我决定嫁给秦三公子。”这还真是个，让人有些不知道怎么说的消息。绿丫看着榛子一时说不出话来。

秀儿不明白就里，笑着说：“这是好事，我听你们讲，那位秦三公子，待我们榛子也很好，再说男大当婚女大当嫁的，绿丫你怎么这个神情。”

绿丫飞快地把榛子原来的想法说出，秀儿啊了一声才道：“榛子，我真羡慕你，不是羡慕你有这么个舅舅，而是羡慕你敢这样想。我如果早这样想，早早逃走的话，也许就不用再受这些苦。”

秀儿和她们分开之后的事情，绿丫和榛子都知道有些不好，但并不知道怎样不好，此时听到秀儿这样说，都双双瞧向秀儿。秀儿低头思索了一会儿才笑着抬头：“望着我做什么，那些都是过去的事了。”

“对不住，秀儿姐姐。”榛子伸手握住秀儿的手，这道歉是真心诚意的，秀儿只浅浅一笑：“你没有对不住我，真的，榛子。当年你尽管没有开口为我求情，可仔细想想，这也怪不得你。你初和你舅舅见面，不晓得他是个什么样的人，也不知道他会不会答应，更何况，你就算开口为我求情，就算他答应了，心里未免也会怪你不知好歹。那时，伤了你，我也不会开心的。”

“秀儿姐姐。”榛子靠到秀儿肩上，秀儿拍拍她：“那时我们说过的话还记得吗？要活着，好好地活着，所以你们能够活得好，那么努力地活着，我就很高兴了。”

绿丫低头，让眼里的泪不被秀儿看见，这么好的姑娘，经历了这么多，依旧能说，只要你们活得好，她就高兴了，而不是怨恨愤怒甚至妒忌。千面娇娘的经历又被绿丫想起，和秀儿比起来，千面娇娘有什么资格叫苦？有什么资格怨恨天道对她不公，因此她就要毁掉一切，毁掉所有的美好？

“好了，你们两个，一个要嫁了，一个都当娘了，怎么还这样哭哭啼啼的？绿丫，你比我可还大一岁呢。”秀儿笑着开口。

“可我一直觉得，秀儿你比我大，你一直那么有主见，一直告诉我们要好好地活，不能继续过苦日子。我也习惯了，竟忘记了，你比我还小一岁呢。”

绿丫把眼睫毛上沾着的泪擦掉才勉强让自己笑出来，秀儿微微一笑：“是啊，你们还记得吗，很多时候，我都想不活了，我并没做错什么，可上天为什么要这样对我？”

虽然秀儿说得轻描淡写，但绿丫能看见她的唇微微抖动了一下，绿丫不敢去问秀儿被卖进冯家之前，在几个人牙子手里辗转的时候过的是什么日子，那也许是比在屈家后院更不堪的日子。毕竟那时的秀儿还是屈三爷的女儿，顶多也就是做些粗活，可到了人牙子手里，又辗转了那么几次，他们怎么会有顾忌。

榛子看着秀儿，仿佛能透过衣衫看到秀儿肩上腹部乃至膝上的伤疤，她忍住心疼说：“秀儿姐姐，你不用佩服我，我不过是靠了舅舅的疼爱，而你，是靠自己，你逃的不止一次吧？”

“不，我真正逃走，只有这一次，那些伤疤，都是……”秀儿脸上神情突变，都是什么，绿丫不敢再想下去，也许是某一次秀儿不肯俯就，也许是不愿意就此低头，也许，这样的也许太过伤人，让绿丫想起来心都是抖的。

秀儿淡淡一笑，心里说把那些往事都忘掉吧，就对榛子笑着说：“你不是说你要嫁人了，快些告诉我，那人是个什么样的人，还有，你为什么会答应嫁给他？毕竟你要嫁人，考虑的会更多些。”

见话题又回到自己身上，榛子的脸不由微一红才道：“我觉得他说的也有道理，不试过又怎么知道呢？人这辈子这么长，怕什么呢？”这话让秀儿微微惊讶了一下才开口道：“可是女子和男子还是不一样的，榛子，若他以后变心，甚至……那你当如何？”

一辈子那么长，现在说得再好，可是谁知道会发生什么事？绿丫虽没开口说话，但眼里的神情和秀儿是一样的。榛子晓得她们是关心自己，只淡淡一笑：“秀儿姐姐，只要记得当初我们说过的话，不把自己这颗心交出去，不，就算交出去也要记得自己是自己的，而不是谁的妻子、谁的母亲，不把所有的幸福都交到别人手心，那我有什么好怕的？即便他负心，即便他不要我，那与我何干？”

这？秀儿的唇微微张大，接着就笑了：“是我想左了，我竟忘了，不到咽下那口气，那什么事情都可以改变。”

“不，有件事不会变。”绿丫笑了，接着把手伸出，左手拉住秀儿，右手握住榛子，“我不会变，纵然以后境遇各不相同，可我待你们的心不会变。”

榛子想说早就知道绿丫不会变，可到了此刻，竟觉得无限感动，所说的话，是那样的离经叛道，可还有人支持自己，让自己在这条路上不那么孤单，这是多么好的一件事。

秀儿把另一只手伸出来和榛子紧紧相握，三个人，六只手，就这样紧紧相握，没有说一个字，但三人都知道，彼此是对方在这个世上最坚定的后盾，直到死亡才能将她们分开。

这一日，屋外寒风呼啸，屋内温暖如春，三人很有默契地不再去提原来的事，而是想着以后，吃着喝着说笑着，直到天色渐晚，榛子才披上斗篷离去。

看着她的身影消失在眼前，秀儿才对绿丫浅浅一笑，绿丫也笑了："我还怕你会说出谢我的话呢。"秀儿笑容依旧很淡："对你，我就不那么客气了。"

两人相视一笑，似乎所有的分离都不曾有过，还是互相依靠的那两个人。人生至此，竟似没有多少遗憾。不，不，这话不对，人生还那么长，以后所需要面对的会更多，但有一个人陪自己走，这一路何其有幸！

榛子在门口下了车，刚要走进去就听到有人喊了一声："杜小姐。"榛子转头，看见的是秦三公子的脸。

又见到这双如此坦荡的眼，秦三公子觉得有那么一瞬间，不晓得该怎么说话，但很快就道："家父明日上门，为我求亲，不知杜小姐你……"

害怕自己反悔吗？榛子笑了，此时天色已暗，廖家大门口已经挑起了灯笼，灯笼的红色映在榛子的脸上，给她添上几分活泼，也让她的笑更加动人。

"我虽不是个男子，可也晓得君子一言驷马难追的道理。答应过的事，就不会反悔。"榛子的话清清楚楚传进秦三公子耳里，让秦三公子也绽开笑容。

其实他生得也还不错，再加上家世又好，有些骄傲也是难免的。榛子看着秦三公子的笑，心里忍不住这样评判，直到秦三公子又开口说话，榛子才回神过来："天色已晚，又冷，还请归家吧。"

秦三公子听了榛子这话，心里比吃蜜还甜，连连点头却不动："还请杜小姐先进去。"榛子又是一笑，这才带人走进大门。秦三公子看着榛子背影，唇角不停地往上弯，心愿终于得偿，怎样都是欢喜的。君子一言驷马难追，自己也会做到的。

"敏儿。"榛子带着人穿过回廊，往后院走时听到廖老爷叫自己，不由回头。灯光有些昏暗，榛子觉得廖老爷的脸都有些难以看清，刚要上前就听到廖老爷道："不必过来，我只想问问你，你真肯答应嫁给他？"

"是！"榛子的声音落在廖老爷耳里，廖老爷点一下头就道："舅舅知道你是个有主意的孩子，不管以后如何，都要记得这是你一辈子的选择，敏儿，你知道吗？"

榛子往廖老爷那边看去，此时看得又更清楚了些，她不知怎么心里掠过一丝惆怅，接着就笑了："是，舅舅，我会过得很好，不管那个男人以后如何，我都会过得很好。舅舅，您放心。"

"我怎么会不放心呢？"廖老爷声音里含有一丝叹息，接着又是一笑，"虽然你做什么舅舅都会支持你，可是你肯出嫁，舅舅还是很高兴。晚了，回屋吧。"

榛子应是，行礼后带着人离去，廖老爷看着榛子的身影，用手捂住嘴轻咳一声，接着把手放下。看来新请的太医医术不错，自己这个冬日并没那么难熬。但愿，我能护你的日子更长一些，廖老爷负起双手转身离开。

定北侯请了陈老爷为媒人，廖老爷这里就一客不烦二主，请的是王尚书为媒。两家换了庚帖，定了日子下聘，至于婚期，虽然秦三公子巴不得立即就把榛子娶过门，但一来收拾屋子还需要时候，二来秦三公子明年也要参加会试，于是就定在次年四月成婚。

婚期定下，榛子也要准备下嫁妆，还要学习下为妇之道，尽管榛子对这些并不大在意，但装个样子总是要的，虽然不住一块，但回到定北侯府时，也要为秦三公子面子上过得去，这才叫投桃报李。

正月就这样热热闹闹过了，春风吹拂，又是二月天，仿佛一夜之间，这草就绿了花也开了，笨重的棉衣再穿不住，要穿夹的了。绿丫做了几件衣衫，过来给锦儿换。锦儿瞪着圆溜溜的眼睛瞧着绿丫的动作，不时歪着头笑一笑。

绿丫给她换上新衣衫，摸摸她的脑袋："乖，那边有镜子，自个拿着镜子照去。本就生得好，再穿这红的，真是个小仙女似的。"

"要说小仙女，兰花姐家的玉儿那才是个仙女呢，生得好倒在其次，那皮肤白的，真跟玉做的一样，难怪要叫她玉儿呢。"秀儿给女儿理一下头发，让她去照镜子，笑着和绿丫说闲话。

绿丫刚要接话，小柳条就走进来："奶奶，爷回来了，还说寻你有事呢。"绿丫嗯了一声，也就起身出去。

张谆正在屋子里转圈子，瞧见绿丫走进来就急忙道："我和你说件事，你可先别急。"

"说什么事？难道是张爷你看中了谁，要纳了做小，先来和我说一声？"绿丫给张谆倒杯茶，递茶时候取笑他。

"这是正经事，你先别说笑话。"张谆接过茶一口喝干才道，"原先我不是想等过了年，请一个月假去江西把这事给办了。后来东家说，这事他来办，不用我管。我想着，这只怕是榛子的主意，东家来办那就更好。谁知今儿东家把我叫去，说那人执意要见一面秀儿。"

要见秀儿？这可不行，绿丫脑中浮现出的念头就是不肯。张谆也点头:“就是这话，谁要见他。可是这人说，廖家要仗势欺人，他也不怕，横竖就是一条命抵了。”

“这样的人，半分都不通情达理，难怪秀儿要逃出来。”绿丫忍不住骂了一句才道，“那东家怎么说？”

“若换在原先，这人哪能提出要求？不过也不晓得东家怎么想的，这次却考虑了下，还让那人进京来了。”廖老爷做事，张谆只能猜出一两分的用意，或许廖老爷不想惹祸上身，可真要这样，廖老爷当初也不会答应，左思右想张谆也只能来和妻子商量。

既然廖老爷这样说，绿丫想了想就道:“那去问问秀儿，毕竟这是她的事，不过就一条，锦儿和秀儿都不可能跟那人回去。”张谆点头:“东家也是这样说，说这是秀儿的意思。”

绿丫惴惴不安地去问秀儿，没想到秀儿比绿丫想的镇定多了：“见一面也好，彻底说清楚，横竖我是不会跟他回去了，他若真要嚷，那我就和他上公堂，告他一个强买良家女子的罪。”

绿丫见秀儿这样镇定，心放下大半，又道：“你若不愿意见，也没什么。”

秀儿笑了：“这就是个疤，总要刺穿了把脓流出来才好，都藏着掖着，什么时候能好？你放心，我不会害怕的，也会有主意。”既然秀儿同意，张谆也就去告诉廖老爷，廖老爷听了张谆的回应，倒微微愣住，这小姑娘，倒有几分胆色，真是可惜了。

只要一答应，这边也就立即安排，既没在张家更不会在廖家，而是寻了一座酒楼，整个二楼全都被廖家包下，上二楼的楼梯再到包厢门口，隔上几步就有人守着，防备万一。

冯大爷跟着张谆走上酒楼，不由在心里咂舌，果然有钱，这样的阵势也是难得见到的。想到这冯大爷就对张谆笑道：“说来你们也是多虑了，怎么说也是一日夫妻百日恩，我和秀儿，也做了那么两三年夫妻。”

张谆面上笑容没变，却没理他这句话。秀儿已经在包厢里听到了，不由淡淡一笑，绿丫伸手握住她的手。秀儿对绿丫摇头示意自己没事。

包厢门已经被推开，张谆陪着冯大爷走进来，秀儿转头，冯大爷先是被阳光耀了下眼，接着才看见坐在窗边的秀儿，秀儿在冯家的时候，冯奶奶对她没有好脸，当然也就没有好吃好穿，那时衣着朴素，脸上连笑都没有。可现在的秀儿经过这两个月的调养，面容丰润唇边含笑，身上的衣衫也是当日冯家供不起的，倒让冯大爷有些许惊艳之感。

冯大爷在打量秀儿，绿丫也在看着冯大爷，越看越觉得他猥琐和圆滑，好好的秀儿竟做了这样人的妾，而且还被他的正室虐待，绿丫心里真有发呕之感，忍了又忍才开口道：“冯大爷先请坐，有什么事就请开口说。”

冯大爷这才从惊艳之中醒过来，再瞧一眼绿丫，心里嘀咕一下也就对绿丫打个拱：“这位是张奶奶吧，听得你是秀儿的好友，若……”

“冯大爷，我是个女子，不好和你多说话的，你有什么事就请开口说，虽说世上没有拆人姻缘的，可是这也要看是好姻缘还是恶姻缘，令阃眼里容不得妾室，又何必再把这姻缘继续下去？”绿丫忍了又忍，还是忍不住开口道。

“张奶奶果然是有见识的女人，晓得的道理也多，不过张奶奶，我和秀儿，也做了两三年夫妻，又有了一个孩子，所碍着的，不过是家里那个母老虎，若……”

“难道你还能休妻不成？”绿丫忍不住问。

“家里那个，虽是个母老虎，但也为我生儿育女，服侍老人，哪能休妻，我只是想在这京城里立一小小铺面，到时就让秀儿住进去，邻居们自然是以冯奶奶相称，这里赚的，自然也是供给这边。不然的话，秀儿就算离开我，可也不是我看不起她，她当日跟我时，就并非处子，今日更是残花败柳，还带着一个孩子，哪还能寻到合适的人家？”

原来打的是这个主意，这冯大爷真不愧是个生意人，绿丫唇边不由露出讽刺的笑容。冯大爷看向秀儿，眼光变得热切，说：“秀儿，我晓得，你在我家也吃了些苦头，可你也要知道，当初若非我，你也不能离开那个地方，否则的话，你早被卖到什么下作地方，做着那迎来送往的生意。秀儿，我们今后只说好，不说歹，往后啊，你就在京城安生住着。我生意做得得法时，也是你的受用不是？”

“你说这番话，为的不是我而是廖家吧？”一直没开口的秀儿终于开口，声音平静，不带一分一毫的感情。当这个人走进来的时候，秀儿就知道，对他的所有怨恨都消失，不过当他是个陌生人，等他再说出这番话时，秀儿只觉得这不过是个蠢人罢了。

“秀儿，我们之间总还有几分情意，不然的话，那孩子总是我的，你当日的身契可还在我身上，秀儿，逃妾之名，你是实实在在的。”

“这是威胁吗？大爷？”秀儿的话还是这样平静，冯大爷不由愣了下，秀儿看着他：“大爷，这里是京城，是天子脚下，你当知道私买良家妇人是何等罪名。卖良为妾，还是明知道是流放中的女犯还买了，冯大爷，你想知道，是他们收留逃妾的罪名重些，还是你的罪名更重些？”

威胁不抵用？冯大爷觉得脑子有些糊涂，眼前的秀儿和自己记忆中的秀儿大不相同，不是那个不爱说话，怎么折腾都没有不满的女人，而是一个伶牙俐齿，语气清楚的女子。

这会儿，冯大爷有些后悔要求见秀儿，真上了公堂，秀儿的底被起出来，私买良家是一宗罪，买的还是流放中的女犯，后者牵扯的就更多，牵扯到流放地的管理，到那时候，收留冯家逃妾这件事，真的就是那么微不足道的。

“可是孩子总还是我的，你不愿意和我过，那我也认了，毕竟也有人拿银子来赎你，可是孩子总是我的没错，没有跟着你的道理。”冯大爷决定做最后一击。

秀儿眼里神色轻蔑，当初怎么会觉得这两个人是不可战胜的，明明只是小人罢了，还是禁不起吓唬的小人。

“孩子是我生的，她是我的女儿，是我身上掉下来的肉，不能给你。”秀儿都不想浪费唇舌，直接就道。

“天下只有跟着爹的，哪有……”

“冯大爷，你有多少家产，多少银子？”秀儿打断冯大爷的话，步步紧逼。

“我……”冯大爷没想到秀儿竟然直接问起自己的家产来，仔细算算，也有四五千两，不然也不会买得起妾，可是这点在乡间能称作富户的银子，拿到京城来，不过就是普普通通。

“要讲道理，是要看银子说话的。”秀儿从没有这么一刻这样畅快，当这句话说出口，秀儿有放声大笑的冲动。

“那些银子，也不是你的。”冯大爷被自己昔日的妾室这样对待，忍不住嚷道。

“我的就是秀儿的，别说银子，就算要我的命，我也可以给秀儿。冯大爷，我晓得，你不甘心，不乐意。可是你也是生意人，晓得和气生财的道理。爽爽快快认了这个事实。不然的话，你要上公堂告我们收留逃妾，我们奉陪同时，也可以和你讲讲这买良为妾的道理，还可以问问这私自买了流放中女犯的事，到底是怎么做出的。”

既然冯大爷不堪一击，绿丫也不介意落井下石，直接就帮着秀儿说话。这京城女子瞧来有些不大好糊弄，冯大爷的眉皱起，还是不肯彻底认输。

“冯大爷，内子方才的话并没有错，这里是京城，是有王法的地方，并不是你那乡下地方，族长说一声，就可以聚起上千人打群架的。”张谆适时开口提醒。

既然这样，冯大爷也就断了这个心肠，难怪他们要选在京城而不是在家乡。于是冯大爷咳嗽一声：“我也是懂道理的人，既然如此，那也就这样吧，只是秀儿，你的身价银子倒也不多，可是别人问起孩子，那我怎么说。”

“你就说夭折了，连你的妾都跑了，你还担心什么？”秀儿轻声开口，只有让锦儿在冯家那边“夭折”，才能让她从此和冯家断得干干净净，再没有半点瓜葛。

“好吧，秀儿，你既然这样，那我也没什么好说的。”冯大爷又往秀儿脸上瞧去，见她已经转过脸，不由在心里叹了口气转头问张谆：“那么，原来答应的银子？”

“足足两百两，一厘不少。冯大爷，请跟我到旁边写文书吧。”张谆做个请的手势。

写了文书，从此后，自己就是真的自由了，秀儿眼里一热，有泪水流出，绿丫把秀儿的手握紧，对她点头一笑。从此，就真的再也不需要担心了。

“今有立约人冯某某，本贯江西人氏，庚午年以银十五两纳屈氏为妾，后生一女，因女夭折，屈氏日夜啼哭，于心不忍，故放妾宁家，此后任由屈氏另嫁。”

后面是年月日，还有冯大爷的手印，秀儿拿着这份约，读了又读，眼里的泪又流下。绿丫把她的手握紧：“哭什么，这是喜事，大喜事。以后啊，冯家再有什么啰唆的，就拿着这个丢在他们脸上。”

是的，再没有什么可说的了。秀儿小心翼翼地把这约收进荷包里，贴身藏着，才拉着绿丫的手：“我真高兴，我实在是太高兴了。”

“高兴的话，既然在酒楼里，我们何不叫一桌酒席，好好地吃喝一番。要晓得，这酒楼平常我也舍不得来。”绿丫笑着提议，张谆听见了就摇头:“你啊，也别把别人的银子不当回事，不过这难得，就叫桌酒席来。”

绿丫故意瞪张谆一眼，秀儿推开窗，感觉到阳光洒在身上，这种感觉真是太美好了。

冯家那边立了文书，秀儿没有了后顾之忧，锦儿也可以跟着她，榛子也很快知道消息，也为秀儿高兴。又跑过来瞧秀儿，那时绿丫在外面忙事情去了，榛子坐下说了几句，秀儿就道：“现在大事都完了，我还有桩心事呢。”

“什么心事？难道说是要给锦儿寻个小女婿，不晓得是兰花姐家的柱子好，还是小全哥好？”榛子把锦儿抱在怀里，亲了亲她的脸颊，锦儿嘻嘻笑起来。

“锦儿还小，才算三岁呢，也不着急。这件事，我本想和绿丫说，可是又怕她拦着，就想和你说。你认得的人也多，我想寻个事做，虽说张大哥每年赚的银子不少，可是你瞧瞧这家里，人也不少呢。我不能出力，哪能白白被他们养活？”

寻个事做？榛子叫进小荷，让她把锦儿抱出去玩才对秀儿道：“秀儿姐姐，你若觉得在这边嚼用大，那去我那边住着好了，别说一个，再多十个我也养得起。”

秀儿白她一眼才道：“我和你说正经话呢，你尽拿我取笑。我也晓得，我现在不能去做那些杂事，这样的话，也丢了你们的脸不是，但我还有一手好手艺，厨房里上上下下的活我都能做，还会一手好梳头手艺，江南头、京式头，我都会梳。这京中也不是家家都养得起梳头媳妇的，像和绿丫她们差不多的人家，平常胡乱梳了，可要出门应酬，也是要请梳头媳妇来梳的。要你能帮我扬扬名，那我也就可以给人梳头。”

这才是秀儿，不管到什么时候都不会失去活下去的希望。榛子觉得自己眼里有泪，低头把泪忍回去才道：“这倒是一门手艺，不过秀儿姐姐，你……”

“你难道不信我？以为我是吹的？”秀儿有些急了，搬过梳妆匣子来，“来，我给你瞧瞧我的手艺，准保比你的丫头梳得好。”说着秀儿已经把榛子的头发解开，首饰取掉，动作轻柔地给榛子梳起头发，“我这也是跟人学的，她原本是个梳头媳妇，后来男人犯了事，跟着一起流放，也就学会了。后来在冯家，奶奶梳头不许掉头发，掉了一根就要用针戳十下，我的梳头手艺就更好了。”

难怪秀儿身上，那么多的针孔，榛子眼里的泪又要出来。秀儿迟疑一下：“哎，我说什么呢，那些事都过去了。来瞧瞧，我梳的头好看吗？”

青山杜

第 22 章　生　计

棒子身边也有人擅梳头的，棒子的发式就是她替棒子梳的，可再巧的手又怎比得上秀儿这颗心？棒子瞧着镜中的自己，虽只是个简单的堕马髻，也和别人梳的不一样，显得灵巧多了。

棒子努力把眼里的泪忍下去才笑着说：“好看，秀儿姐姐你这手艺可不得了。”秀儿把棒子的首饰重新插上，那些稍微沉重一点的首饰都没有用，而只用了几样轻巧的，又从梳妆匣子里找出一朵玉色绢花：“绿丫给的绢花比我原来见过的强。你瞧瞧，这样梳好了，是不是就比原先好看些？”

棒子又应是，见秀儿面上笑容还是没变，拉着她的手坐下：“光你这梳头不掉头发的手艺，就不晓得多少人喜欢呢。”真的吗？秀儿又笑了：“其实也不是不掉头发，而是怎么把头发藏起来。”

说着秀儿手腕一翻，手心里已经多出一小团头发：“你瞧，这才是方才给你梳头时掉的那些头发，我啊，都是趁不注意的时候把头发藏起来的，不然的话，就……”秀儿已经停口，把那头发团成一团放到一个角落才笑着说，“那你瞧瞧，我这手艺，还能赚钱养家不？我想着，多拉些人来，也能多赚些银子，到时也就可以养女儿了。”

“当然能赚钱养家，秀儿姐姐，我……”棒子的话被秀儿打断了：“我晓得你和绿丫都待我好，可是我总不能靠你们养一辈子，我有手有脚，年纪又不是很大，完全可以自食其力，再说也要给锦儿做个好样子出来，不然她总觉得随便就能靠别人养，自己不努力去赚钱，这可怎么行？这样只会害了她。”

门外的绿丫已听得泪水涟涟，秀儿还是那个秀儿，那个不管受到多少磨难，都不会怨天尤人的秀儿。若再强留住她，只会让她坐立难安。绿丫抽出帕子拭泪，榛子已经听到外头的声音，掀起帘子瞧见是绿丫，见她眼里的泪就明白绿丫什么都听见了，忙拉她进来："绿丫姐姐你来得正好，秀儿姐姐说，以后想做什么事呢，还说要我们帮她传传名，好多有些人来呢。"

"我啊，就怕杜小姐以为我是个梳头媳妇，坏了你的名声呢。"既然榛子和绿丫都没反对，秀儿心里也很愉快，笑吟吟地道。

"秀儿姐姐你这话说的就是臊我了！"榛子把绿丫按在梳妆台前，"要不，绿丫姐姐你也让秀儿姐姐给你梳一个。"绿丫还没说话，秀儿就已经动手给绿丫解着头发，绿丫除了点头什么都说不出来，等快梳好了才笑着道："秀儿姐姐的手艺真好，这头梳得又快又好。"

秀儿给绿丫用的是红色绢花，听绿丫这样说，秀儿就笑了："当得你们俩的夸，那我就放心了，我啊，就怕我这手艺，京城里的人瞧不上呢。"

"怎么会，我瞧秀儿你这梳头手艺，比起常走的那几个梳头媳妇，好太多了。"绿丫忍住心中酸涩，笑着赞秀儿。秀儿这下笑得十分开怀，榛子也在旁帮着赞两句。

屋子里和乐融融，绿丫突然双手一拍："我倒忘了，来寻秀儿你是有事的，你和锦儿的户籍都上了名册了，并没上在我家，而是独自一处，姓王，叫王秀，锦儿是你的女儿。"

秀儿当日在流放地，已被人用病死的名义消掉了名字，要在京城里住日子久，这户籍也是个事，既然冯家那边的事已了了，那也要赶紧做这事。不过现在比不得原先，老刘在衙门里当差那么多年，这点事不过是点小事，早拍着胸脯保证说把事办得漂漂亮亮的。问秀儿姓什么叫什么的时候，秀儿自然不能再用原来那个倍感耻辱的屈姓，记得自己的娘姓王，就用了王姓。

此时听到绿丫这样说，秀儿眼里忍不住又有些湿润，声音都带上了一些颤抖："真的吗？"绿丫点头："当然是真的，你瞧，就在这呢。不过给你报成了寡妇，说嫁在外头丈夫死了，爹娘全丧，这才投靠亲友。"

不是寡妇，怎么能解释有个孩子，秀儿从绿丫手上拿过那张纸，从此后就是天高海阔，再无烦忧。王秀，这个名字让秀儿一笑，接着道："我很喜欢这个名字，从此不再姓屈，这多么好。"

户籍也上了，秀儿又执意要搬，绿丫也晓得劝不住她，好在现在都在京城，比不得原先天各一方。正巧刘家紧隔壁那家要搬走，兰花来说了，绿丫和秀儿去瞧了房子，正房三间，厢房厨房茅房都是齐备的，秀儿母女住正好。

绿丫也就替秀儿出了头一年的租钱十两银子，秀儿虽不肯，也拗不过绿丫去，也就应了。

榛子听得秀儿要搬走，也送了许多东西过来，吃的穿的用的，绿丫又见房主家留下的那些家具都有些老旧，索性把秀儿现在用的那些家具也一起送过去。还有小荷和榛子留下的那个丫鬟，也一起搬过去。

见还要给自己伺候的人，秀儿急忙阻止："这就不成，我一个梳头媳妇，一年也不晓得能赚多少银子，还要人伺候？"绿丫早有话等在那里："这不一样，兰花姐现在也是有家有口的，难道你出门去，就把锦儿关在家里吗？与其每日麻烦邻居，倒不如现在你收了这两个人，到时你出去也方便。"

兰花本还想张口说自己再照顾个锦儿也不是什么难事，见绿丫给自己使眼色，也就忙改了口："说的是呢，我现在也是一儿一女，虽有个婆子帮着忙，可每日也忙不过来，你带两个人去，也能安安稳稳地出去做生意，不然的话，要我空着呢还好，要我也忙起来，那你怎么办？难道把锦儿关在门里吗？那等你回来，她嗓子都哭哑了，你心疼不心疼？"

几句话问得秀儿也没话可说，明晓得她们这是怕自己太过劳累才这样安排，也只能接受她们的好意。

那屋子收拾好了，选了个好日子，绿丫也就送秀儿搬出去，一群人热热闹闹地离开，张大娘这才舒了口气："总算走了，我还怕……"她怕什么楚氏自然明白，忍不住开口道："其实，秀儿姐姐这样想也对，有手有脚的，又有手艺，出去住总好过人说闲话。"

什么想的也对，张大娘忍不住啐了口吐沫："这叫不会享福，在这里有吃有喝又有人伺候，偏要出去受苦，我瞧啊，你那嫂子，嘴里说着舍不得，心里早巴不得要秀儿搬出去呢。这还是她姐妹似的人，更何况你我。菊丫头，你这主意可一定要拿准了。"

"嫂子她不是这样的人。"楚氏又为绿丫辩解，张大娘的眼不由一横，接着就道："你啊，还没经过多少事呢。"见张大娘闭目不说，楚氏又做了几针针线才轻声唤张大娘："姨妈，我前儿绣了两块帕子，被辛妈妈瞧见了，赞我比外头卖着的绣得还好，我就托她帮我拿出去卖去，两块帕子得了三钱银子呢。"

三钱银子算个屁，张大娘又翻个身，楚氏的手在帕子那里扯了又扯："京城比不得乡下，虽说米贵柴贵，可是这活路也多。我让辛妈妈打听过了，那大的铺子里，荷包帕子这些，都是常年要人去做活的，也可以拿了东西回来，自己做了，到时送去，一件活也有十来文，若能遇到那大户人家办喜事，绣的帐子这些，靠这个养家也不成问题。您和姨父也不算很老，姨父去寻个打梆子的活，您做不了绣活，捻线总是能的。与其担心被嫂子哪日不高兴了赶出来，倒不如这样做，自己挣钱，花得也自在。”

“哟，这来京城四五个月，长了见识，晓得这些了。”楚氏忐忑不安地说完，张大娘这才坐起身不阴不阳地开口。这让楚氏低下头：“我只是瞧着姨妈您成日焦愁，担心被嫂子赶出去，这才想出这个主意。”

“所以我说，菊丫头你年纪小，没经过事，只想到一层没想到另一层。”张大娘看着楚氏道：“自己赚钱，花得自然自在，可你也要晓得这是在京城，不是在我们乡下，你表哥现在是那店铺里的掌柜，一年上千银子呢，他一年上千银子，不帮衬家人，反倒要家人出去外面自己赚钱，知道的，赞你一声不肯连累别人。不晓得的，只怕会骂你表哥是个狠心的人，连你嫂子也会被说上几句。”

还有这么一层意思？楚氏的眉皱紧：“可是，秀儿姐姐也出去了啊，我也不见别人说嫂子。”

“那不一样，你嫂子虽说现在是当家主母，可毕竟是嫁进张家来的人，她的一个寡妇姐姐，哪好意思常年让这妹夫养的道理？帮衬着她赁了房子落了脚，又寻到事情，能养活自己，这就够了。况且她出去住，你嫂子也说得嘴响，我娘家人给我争面子。可我是张家人，张家人不住在张家，那成什么样子？别人问起，只怕你嫂子还答不出来呢。”

是这样吗？楚氏又在犹豫，张大娘的眉头一皱，这事得赶紧成事了，不然夜长梦多，连菊丫头都有了自己的主意，那才什么事情都做不成呢。

虽然原先已经瞧过了房子，可瞧着这收拾得很好的屋子，从此就是自己和女儿的住所，住在这里，只要按时交房租，也不会有人赶，更不用担心有人会时时叫骂。秀儿里里外外瞧了一遍，心情真是舒畅。

周嫂已经推门进来，和秀儿打着招呼：“这是王家妹妹吧，我男人姓周，你叫我个周嫂子就成了，和绿丫她们也是老邻居了。”绿丫从屋里出来，笑着和周嫂说话：“就晓得周嫂子你是热心人，给我瞧瞧，我这姐姐搬来，你送了什么好吃的？”

虽然只是一面，秀儿已经认出这人就是那日招呼兰花给自己一碗剩饭的妇人，不由笑了，住在这里，有这样的好邻居，日子一定更不错。周嫂把手里的东西放下：“哪是什么好的，不就是一些瓜子花生，免得嘴闲着。我瞧着只怕吴嫂子王嫂子她们也要过来呢。听说你会梳头，我们啊，也帮你去说说，前儿那掌柜娘子还嫌一直走着的梳头媳妇只会梳京式头，想寻个会梳江南头的呢。”

阳光暖暖地照在身上，和街坊邻居坐在院子里说笑，这样的日子是秀儿梦寐以求的，而现在，就这样轻轻松松被推到面前，秀儿抱着锦儿，让她挨次叫人，心里的喜悦越来越大，以后，一定会过得很好的。

绿丫从秀儿这里回来时，天色都已擦黑，进到屋里张谆正坐在灯下瞧着账呢，瞧见自己的爹，小全哥立即奔过去：“爹爹，你陪我玩。”张谆拉着儿子的手，把他头发上的一根草拿掉：“这又是和谁淘气呢，怎么满头的草？”

“没淘气，我和表姐、妹妹、表弟还有好几个哥哥弟弟在那捉迷藏。”小全哥一本正经地说，这让张谆把儿子抱到怀里捏他脸一下：“这还叫没淘气？你和你娘今儿都出去玩高兴了，等我回来，厨房就做了一份饭，胡乱吃了。”

“谁让你不过去的？”绿丫把小全哥从张谆怀里抱下来，交给小柳条让她带小全哥下去睡觉，一边解着衣服一边和丈夫说话。

“我本打算过去，谁知临关店前，来了笔生意，我在那和人谈呢，谈了半日等真关上店了，瞧瞧你只怕和儿子快回来了，也就没过去。谁知回到家里等了好半天你们才回来。你啊，真是遇到秀儿，就不理我了。”

绿丫抿唇一笑，转身瞧着丈夫：“这话说的，还遇到秀儿就不理你了，跟你没帮忙似的。张掌柜，今儿秀儿可说了，还要谢谢你呢。”

“得秀儿一句谢可不了得，她原先可是瞧我不顺眼的。”张谆故意在那说，绿丫伸手点他额头一下：“都当爹的人了，还念着原先的那些旧事，你羞不羞？”张谆顺势拉着妻子的手把她抱到怀里：“在你面前，还不能想说什么就说什么，那可怎么办？不过你把秀儿这事忙完了，还有件大事可要记得帮我做。”

什么大事？绿丫瞧着丈夫十分奇怪，张谆把妻子抱紧一些，声音都变得有些含糊：“这大事就是，小全哥都四岁了，我们该给他添个弟弟妹妹了。”这人，到底积了多少怨气？绿丫把丈夫的肩捶一下却没有推开，含含糊糊说了句什么，也就任由丈夫为所欲为。

好久都没有心里什么事都不装着一觉睡到大天亮了，绿丫在被窝里伸个懒腰，掀开被子起床，穿好衣服打开门小柳条已经在门边守着：“奶奶想是这些日子累了，今儿爷走的时候还没醒，爷说，让奶奶多睡一会儿呢，小全哥也起来了，在那乖乖玩呢。”

绿丫嗯了一声，接过水洗起脸来，刚洗好脸在梳头，丫鬟就说楚氏来了。

这倒奇怪，历来楚氏都不会单独来见绿丫的，总是和张大娘一起来的，今儿怎么独自来了？绿丫问清楚后心里嘀咕着，把头发急急梳好也就请楚氏进来。

楚氏本就生得单薄些，又怀揣着一个大心事，此时进来见了绿丫，就在那低头不语。这更让绿丫奇怪，不由开口道:“你有什么话就说，我们总是亲戚，能帮的就帮。”

楚氏在心里左右思量，真是坐立难安，若不说出来，对不起绿丫，可说出来，又对不起张大娘，好容易鼓足勇气悄悄来见绿丫，可一坐下这勇气就又消失了。抬头望着绿丫，楚氏只觉得绿丫动作自然，落落大方，哪是自己可比。这惭愧一声，就想开口说出，可张大娘的影子又出现在眼前，若非她照拂，自己只怕早死在继母手上，哪能活到这么大。也该报张大娘的恩才是。

左思右想，坐立难安，足足坐了有一刻钟，楚氏几次张口，都没说出一个字来。这一切都瞧在绿丫眼里，既然楚氏不说，那就自己主动开口："你既然不肯说，那我就来猜猜。你虽嫁过一回，今年也不过十七，比杜小姐还小三岁呢。杜小姐也才刚刚定亲尚未出嫁，我想，你只怕是想出嫁？这件事，我和你表哥已经商量过了，等忙完这阵，就去寻一个合适的人，给你备份嫁妆，嫁去好好过日子。”

这话让楚氏更觉心里惭愧，站起走了两步道："嫂子对我的关心，我一直瞧在眼里，现在又说这话，我实在惭愧，实说了吧，我姨妈她……”

话还没说完，就听到外面传来小柳条的声音："太太来了，往里面请。”听到张大娘来了，楚氏积蓄的勇气全都消失，有些祈求地看着绿丫。绿丫浅浅一笑就道："你放心，别的罢了，我绝不允许他身边有第二个女人。”

张大娘挑起帘子正好听到这句，那眉不由皱紧，走进来瞧一眼楚氏，见楚氏满面通红，还当是楚氏自己跑来说了，心里安慰，也没白养楚氏一场。这么一想，就对楚氏温和地说："这种事，自然是我们做长辈的来说的，你来说什么？”

说完张大娘才看向绿丫，脸上笑容温和："既然你妹妹挑明了，侄媳妇，我也就和你说说掏心窝的话。”绿丫已经对楚氏点头："妹妹你的心事我已经知道了，你先请回去。小柳条，在外守着，别让人进来。”

楚氏担心地望了眼绿丫，这才离开，小柳条已经哎了一声，守在门口。绿丫这才对张大娘道："大伯母请坐，说起来，您来这么些日子，我还没好好地和您说过话呢。”

“晓得你事忙，我也不来打扰，不过侄媳妇，怎么说呢，我也是张家的长辈，长辈为你们打算这是在所难免的。”张大娘的话让绿丫又是一笑，抬头瞧着张大娘。

长辈身份可是比什么都好使，张大娘把身子再坐稳一些就开口道：“方才我走进来时，听到你说什么，容不下他身边有第二个女人。侄媳妇，说句不怕你骂的话，你这是不贤惠。做男人的，有了本事，自然要多讨几房，多生下些儿女，多子才能多福。你哪能说什么容不得他身边有第二个女人呢？你这样的话，亏的是离家乡远，要在家乡说这样的话，被族长听到了，少不得要教训你几句。”

族长？绿丫又是淡淡一笑：“大伯母，我糊涂了，这族长凭什么要来管我过的日子呢？”

“族长总是长辈，况且一族之长，总要担负起教导族里晚辈的责任，让这族里风气变好，这样才能枝繁叶茂。”没想到张大娘说起道理来也是一套一套的。绿丫在心里点了点头才道：“大伯母这话说得对，可是容我问大伯母一句，若族长真能做到，大伯母又为何来投奔我们？”

这话直刺张大娘的心，张大娘脸上的笑消失不见，张了张嘴，刚想分辩，绿丫又淡淡地道：“虽说家乡去年遭了灾，可只要一个族内齐心合力，富的帮着贫的，壮的帮着老的，也不会让族人四处流落才是。可现在瞧来，并不是这样。既然族内的长辈们都立身不正，又何必……”绿丫这句话没说完，只是瞧着张大娘，接着又是一笑，“当然，大伯母您总是长辈，做长辈的，我们晚辈奉养也是天经地义的。您吃的穿的，我们也不敢缺一丝半点。若我们做错了，您做长辈的说我们两句也是可以的，可是我并不觉得我哪句话说错了。夫妻夫妻，本就该互相扶持，况且我并不是生不出来那种，小全哥都将四岁，您现在说什么我不贤惠的话，那我可不能听。”

张大娘听完绿丫这话，那眉皱得更加紧了：“侄媳妇，你现在年轻，自然可以管着男人不另讨，可是你总有老的那日。”

“我比你侄儿还小呢，我老了，难道他还是年轻的哥儿不成？一个壮年男子讨几房小，还能说是开枝散叶，一个上了年纪的老头子讨几房小，只会被人笑话说他好色。大伯母，你总不会拿着你侄儿的名声开玩笑吧？你侄儿要真是不要名声的人，也就不会收留你们了。”

绿丫这毫不客气的话让张大娘的老脸忍不住一红，索性直说：“侄媳妇你也别这样和我恼，我晓得，年轻的小夫妻，哪容得下第二个人。可我思量过了，以后生意做得越大，你应酬越多，总要再讨一房回来服侍的，与其讨了别人，不如讨了你表妹。她从小被我看着长大的，是个最好相处的人。”

“讨表妹做小？大伯母你还真能开得了这个口，你遍京城访问个遍，瞧瞧那些肯讨表妹做小的都是些什么人家？那叫一家子没有廉耻。走出去都要被人骂上几句。”绿丫瞧着张大娘，冷笑开口。

“我晓得你京里长大，瞧不起我们乡下人，可是……”张大娘还想继续说，绿丫已经失去了和她兜圈子的耐心：“大伯母你也别再劝我，今儿我就告诉你两件事，一，我活着一日，你侄儿就不会讨小一日。二，你若安安分分的，那我也就还你做晚辈的规矩，若嫌这口饭吃得太安逸了，我也不介意做这个恶人。”

说完，绿丫就叫小柳条：“进来把大伯母送出去。”恶人？张大娘脸上满是惊诧，见小柳条进来就忙道：“这只是你说的，我要去问侄儿。”

绿丫尚未回答，张大娘就急急补了一句：“侄儿才是这家里当家做主的。”绿丫笑了：“大伯母既然这样说，那就去问吧，瞧你侄儿是向着你还是向着我。”说完绿丫又对小柳条示意。

绿丫的平静让张大娘更加慌了，这哪有不怕男人的女人，再横的女人，也没有这样的。她张大嘴还要再说，小柳条已经上前道：“太太，您先请出去，这家里的事，奶奶自然有她的主意。”

一个女人，有什么主意？还不是要男人做主，张大娘心里嘀咕，但已被小柳条半扶半推地推出门外，还要再嚷时小柳条已经道：“太太，我们奶奶虽然是个软和人，可并不是没脾气的，难道你现在嚷出来就真的好看吗？”张大娘往小柳条脸上瞧去，见小柳条虽然和平常一样笑着，但眼里却有了不一样的神色，只得偃旗息鼓回去。

进了屋子，楚氏就迎上前：“姨妈，你……”话没说完楚氏瞧见张大娘脸上神色，不由哎呀一声叫出来，“姨妈，你这到底怎么了？”

张大娘一肚子的气，在这时总算可以发出来了，泪扑簌簌往下落，坐到椅上就道：“你还说你嫂子是个好人，什么好人，方才我不过是和她说了要把你给你表哥做小，她就变了神色，还说要把我们赶出去，菊丫头，你平常的话，哪是能听的。”

赶出去？楚氏倒觉得这是张大娘添油加醋的话，况且绿丫也说了，要给自己一份嫁妆把自己好好嫁出去，嫁一个壮年男子做正室，总好过嫁张谆做妾，楚氏心中哪有半分埋怨绿丫的，全是为她想的，听到张大娘这话就忙道：“姨妈，您也晓得，这是在京城了，不是在我们老家乡下，哪有表妹做妾的。这事既然嫂子不肯，您以后也别说了，好生过日子吧。”

张大娘的哭声顿时被卡在喉咙里，看着楚氏满脸地不可思议：“菊丫头，我也是为你好啊，你才十七岁，难道真为那个痨病鬼守一辈子？嫁了我侄儿，虽是为妾，也是吃香喝辣的，难道你还想回乡下嫁个老光棍，一辈子土里刨食？”

做妾哪比得上做妻？楚氏现在记得绿丫的话，哪还肯听张大娘的，只是低声道：“我虽不能像嫂子一样嫁个做大掌柜的，可要像表姐一样嫁个衙门里做事的，也是能的。表姐那里，虽没有这宅子大，但也有做粗使的婆子，听说一年表姐夫也能挣个百来两银子，表姐的日子，过得也不差。”

这话更让张大娘气得发晕，伸手就要打楚氏：“好啊，你现在连我的话都不肯听了，还嫁个衙门里做事的，衙门里的人，那多粗鲁，哪比得……”

“姨妈，我晓得你是为了我，可是你也不想想，我哪比得上嫂子？”楚氏把头一偏，张大娘的手擦着她的脸颊过了，又听到楚氏一口一个嫂子，张大娘更是觉得自己一片好心全落了空，用手捶几下胸口才道：“你嫂子是个什么出身，不过就是个丫头，听说还是那种做粗使的丫头，不过运气好，攀上了廖家的小姐，才这样人五人六的，她可以，难道你不成？”

“姨妈，嫂子如何你更清楚，再说了，那也是她运气，廖家的小姐见了我们，虽然笑着，却不多说话，这是什么意思？姨妈，人要知足。”

楚氏的话句句挑着张大娘的逆鳞，张大娘还要开口责骂，旁边的屋门一开，栓柱走了出来，对张大娘不耐烦地说：“娘，哥哥嫂嫂对我们好，你就别想着什么把表姐给哥哥做妾的事情。好好的日子不过，你这是何苦。”

“连你翅膀也硬了，我这不是全为你想吗？不然你哥哥怎么肯帮我们。”一个个都这样说话，张大娘更是觉得气都喘不上来。

栓柱嘀咕一声：“什么为我想？明明哥哥都已经和我说了，让我好好地学着认字，等把千字文读完了，学得会打算盘，就让我先去香烛店做学徒，等三年满了做伙计，那时一年也有三四十两银子进项，再给我娶房媳妇，一家子和和美美地过，这多好。”

“香烛店做学徒有什么出息？要做……”

“要做掌柜也要瞧瞧你儿子我有没有这个本事，我现在算盘都打不清楚，一本千字文才读完，账本也只模模糊糊地能瞧，怎么能做掌柜？况且哥哥不也是先从小伙计做起？娘，你真当我是小孩子什么都不懂？”

儿子的话让张大娘差点又被气晕，楚氏见表弟向着自己，也忙道：“姨妈对我的好，我全记在心上，等我嫁了，难道还不帮衬姨妈，那成什么人了？”

就没人肯向着自己，张大娘差点呕出一口老血，瞧见张大伯走进来，急忙扑上去拉住丈夫的胳膊：“老头子，你快来帮帮我，侄媳妇今儿撅我，还赶我，现在这俩孩子也在向着她说话，得了点好处就在这向着，我……”

张大伯见自己老伴已经气得有些说不出话，忙骂儿子一句：“有什么话，好好地和你娘说，你娘上了四十才得了你，从小宝贝疙瘩样捧着，倒养出个仇人来了。你还小，不明白……”

“爹，你和娘怎么也是一样说话，动不动就我还小，我虽然小，也分得清是非黑白的，当初三叔公是怎么对我们的，拿着十两银子就要把我们家的地全买了，还说让我去他家给他儿子做伴读。什么伴读，不就是舍不得银子买小厮，才想让我去做个出气的东西。还有这一路上，朱家大爷听说我们是哥哥的族人，待我们是何等有礼。那一路的花销，吃的喝的，都好些银子。等来到京里，嫂嫂虽然先没有认，但也让小厮帮我们安置在客栈里，还让我们住的是客栈上房，一日三餐也不缺。等哥哥回来，待我们又是怎样？这些难道我们都不记得？”

什么时候，自己说什么就是什么的儿子变成这样了，张大伯的眼瞪大，接着就道：“你还小，你不明白，人是会变的。”

“要变，也要瞧是什么样人，再说了，哥哥嫂嫂这些日子给我们做的衣衫，安置花的银子，也有百来两了，在乡下能买十来亩好地了，谁银子多得没处花，把十来亩好地卖了花在我们身上？爹，我晓得你的心事，可我也是个男人，照着哥哥给我指的路走下去，虽不能大富大贵，也能衣食无忧，何必现在为了这些和哥哥嫂嫂闹翻，到时没人帮衬，这京城怎么待？”

张大娘的嘴一张，又要哭，栓柱说完这些就把门推开重新进屋：“我还要再学着打算盘呢，爹娘你们仔细想想，是这个理不是？”见儿子走进去把屋门关得死紧，张大娘喘着粗气，也忘了哭就恨恨地道：“不就是点银子，他们现在……”

“姨妈，银子可是个好东西，不然也不会有人这样争着抢着的。”既然栓柱也是这样说话，不亏了表姐弟俩私下互相安慰，楚氏一块石头落了地，打定了主意，只要自己不肯，绿丫不肯，那张谆多半也就不肯，自己还是回屋多做两样针线，能卖些银子给自己攒点嫁妆也是好的。

见楚氏也进屋，只剩的他们老两口，张大娘恨得骂了两声，两个小白眼狼，这才对自己丈夫道：“那你瞧，现在该怎么做？”张大伯现在一时半会也没了主意，原先是怕存身不住，这才打着让楚氏做张谆的妾，自己一家子更好在这存身的。可现在楚氏不愿，儿子也说出一番光明正大的话来，倒显得这主意越发透出不好来。

此时听老婆子这样说，张大伯咂了几下嘴才道：“既然这样，那就先住着呗，难道牛不吃水还要强按头？”现在连自己丈夫也不向着自己，张大娘登时愣住，急忙喊两声老头子：“可是侄媳妇今儿都说出来了，她不介意做恶人赶我们出去。”

“妇人家说话，哪能做得十二分准？总要男人做主才是。”张大伯毫不在意地说。

“可是她不怕男人，还说，让我去问问侄儿，老头子，你瞧……”张大娘一想到要真被赶出去，忍不住一阵害怕，连绿丫对自己的不客气都忘了。

“你这婆子，只会捣乱。”张大伯骂了一句才皱眉细想：“我去问问谆侄儿，其实栓柱说的也对，谁会没事干拿着百来两银子逗我们玩？我爹辛苦了一辈子，传到我手上的家业，也就两百来两。”

这头张家嚷了半晌，那边绿丫已经知道张家嚷的始末，听完了才笑着说：“栓柱和菊妹子，这俩倒也没白费我们的辛苦。”辛婆子笑了笑：“谁愿意委屈自己做个妾？别说做爷的妾，就算是做东家的妾，那上面还没有正房太太呢，眉姨奶奶还是个循规蹈矩的呢，可有时还是不免委屈。”

对眉姨娘绿丫并没多少印象，只记得是个温柔女子，本本分分地在那做自己的事，不由笑着问辛婆子：“我瞧东家待眉姨娘甚好，她委屈什么？”

“我的奶奶，虽说现在东家后院的事，都是眉姨奶奶管着，可这名不正言不顺，就差在这名分上头。小姐能出外应酬，可眉姨奶奶就只能去给夫人问安。况且眉姨奶奶，本就是夫人的丫鬟出身，当初也是夫人见老爷没了太太，才让她去服侍老爷，这扶正一途是不能行的。”

绿丫哦了一声就笑了：“虽说商户人家，远没有那些高门大户那样讲规矩，可这妻妾的本分，还是要守。”

“谁说不是呢？就算是什么两头大，像朱太太那样，朱大爷见了她，也只唤一声万姨。那还是正经在外面用朱太太的名头行走了二十多年的，但在原配所出的儿子面前，还是会无端端矮了半截。”辛婆子见的事多，也忍不住和绿丫感叹起来。

绿丫正要让小柳条把小全哥抱来，小柳条就掀起帘子：“奶奶，爷回来了。”

今儿回来得倒早，绿丫瞧着走进来的丈夫笑道：“你今儿回来得倒早，我还正想让人去请你回来，和你说件事呢。”张谆啊了一声：“和我说事，什么事？”

绿丫也不等辛婆子她们开口，就把今儿张大娘的话说了，说完了又道：“你瞧，我可冲撞了你族里的长辈呢，这照家法，可要怎么罚呢？”

张谆是真没想到张大娘会直接对绿丫说出这番话，见绿丫这样说就摇头：“本以为顺其自然，等把表妹嫁了，栓柱又去做事了，那时他们老两口也就把这事给忘了，一家子还是和和气气的。谁知现在倒插了这么一竿子。”

“我和你说呢，你要怎么罚我！”绿丫才不管丈夫，而是又开口说。

张谆忙对妻子拱了拱手：“这事是为夫连累了你，怎么还敢罚你，不过这挑明了也好，我去和大伯好好地说。”说着张谆想了想，对小柳条道，“你把大伯请到厅上来。”

不直接去客院寻人，而是把张大伯请到厅上，这是为免麻烦，见丈夫如此，绿丫这才抿唇一笑：“其实呢，你要真纳个小，我呢，也只有忍着。”

张谆正准备出去就听绿丫这样说，回身捏了她下巴一下：“和我淘气呢，我啊，这辈子也就只对着你了，再纳个小，那醋缸醋桶我可没法收拾。”绿丫不由啐他一口，见他往外走了这才把儿子抱来，教儿子认字。

张大伯听得张谆回来，还想去寻张谆说话就见有人来请，说了声知道了就准备出去，张大娘拉住他：“老头子，你可要细说说，不然我们这家子要真被赶走了，那可就没有去处了。”

张大伯道声知道了就往前面去，张大娘的心不由扑通乱跳起来，这京城和乡下不一样，可是，到底怎么个不一样法？张大娘也觉得有些疑惑。

张谆见张大伯来了，急忙上前行礼：“大伯先请坐。”张大伯心里有心事，坐下后正打算开口就听张谆道：“大伯一家来了这么些日子，也不知道是不是我对大伯家照顾有些缺失，才让大伯萌生出这样的意思？”

这话云里雾里的，张大伯咂摸了半晌才开口道：“这些日子，你待我们甚好，侄媳妇待我们也好，并无什么缺失。”

“既然我待你们并无什么缺失，那为何大伯要出这样的主意，陷我们于不义之中？”不义？张大伯被这两个字吓了一跳，接着就连连摇头：“我们也是为你好，总想着……”

“大伯这话错了，休说你是我族内大伯，即便是个陌生人，遇到走投无路的地步，也要伸出援手，这才叫仁义。可是今日大伯母所说之话，若真做了，岂不是害我背上一个寡廉鲜耻，嘴里说着收留族内无依族人，背地里却打着不要脸的主意，笑纳寡妇表妹为妾。这样的名声传出，以后我做生意还怎么和人应酬。”

张谆这话是真把张大伯吓了那么一大跳，接着就嘀咕道：“哪有这么严重，虽说表妹总是不该做妾的，可县里绸缎庄掌柜，因为前头妻子没生育，正好表妹做了寡妇，两人就看上了，在一起偷了总有三四个月，那表妹怀上，大奶奶是个贤惠的，主动去给了彩礼，让表妹做了妾，已经生了儿子，一家子四口，好得很呢。”

“那县里的人是怎么说那绸缎庄的掌柜？”张谆没想到张大伯还会举例子，只得这样问。

“我不过是去县里买东西时听到，确实有人说那掌柜做得不对的，可是这关上门来过日子，谁理他们放屁？再说县里也就只有这么两三家绸缎庄，不去他家买，又要到哪里买？”

“大伯也说了，那是县城不是京城，纵然是县城，也有人骂那掌柜的寡廉鲜耻，那大伯以为，这京城里的人骂起人来，可有那么软和吗？”

既然张大伯要举例子，张谆也就索性顺着他的话说，张大伯绞尽脑汁，仔细想想，好像听说绸缎庄的生意，没原来那么好了，可有了儿子，绸缎庄的掌柜也不大在意，大不了就是过上两三年，慢慢冷了，那生意自然也就上去了。

“大伯也是个见识过的人，既然如此，又何必非要陷我于不义？”既然张大伯没再开口，张谆也继续道，这让张大伯的嘴张大了些，张谆一口气把话说完，“栓柱堂弟很聪明，现在已经读完一本千字文，又学了打算盘，我和香烛店掌柜的早已说好，过了端午就让栓柱堂弟去他那里做学徒。至于表妹，这些日子我也帮她寻摸了几个人，只想着看表妹心里觉得哪个好，就遣人说媒。免得她一生无依。你们二老了了这两桩心事，自然大家互相帮衬着过日子，岂不好吗？若你们二老还想着别的，那我也只有……”

张谆故意停下，这让张大伯的心忍不住一跳，张谆接着徐徐地道：“说句也不怕大伯觉得我说大话的话，在这京里，我早已站稳脚跟，大伯以为，到时别人是会听我的还是听你的呢？大伯，也不是我吓你，在这京里，没人作保，连个伙计都没法做。至于张家别的人，大伯也晓得他们是什么脾气的。”

张大伯的嘴这才缓缓闭上，接着道：“侄儿，我也晓得这样道理，只是你大伯母总是女人见识，觉得没什么把握住在你家，迟早会被侄媳妇赶出去，这才撺掇我的。你现在既把这些事都想得周到，那我就回去骂你大伯母去，再去给侄媳妇赔个不是，免得侄媳妇存在心里。”

张谆忙起身道：“说起来，倒是内人脾气急了些，可这也是平常，我们夫妻恩爱，哪容得下别人呢。”

“是呢，夫妻恩爱，这是羡煞别人的事，哪还有别的话说。”张大伯也顺坡下驴，顺着张谆的话说，两人客气了几句，张大伯自己回去和张大娘说了，张大娘听得张谆也没这个意思，不由泄气地道：“天下哪有真正好人，只怕是哄你的，到时……”

“你这憨婆娘，怎么半点都听不懂？不管是不是好人，我们一家子在这好吃好住了这么久，他要真把我们赶走，随便捏个罪名，你也没法去说。倒不如顺着他的话做了，一家子和和气气地过日子。我听他话里的意思，以后栓柱他也会帮衬的。”张大伯呵斥老伴一句，张大娘也就把嘴闭上。

可这要去和绿丫赔不是，还真是难做。张大伯听老伴嘀咕这个，就眼睛一瞪：“我才是一家之主，不过就是赔个不是，又不会少一块肉，你赶紧去，免得日子长了，侄媳妇存在心里。”

张大娘哎了两声，也只有收拾一下去给绿丫赔不是。绿丫正在那和张谆逗着小全哥玩，听到张大娘来了，咦了一声：“你真说动了她来给我赔不是？”张谆把小全哥抱起来：“那是当然，你顺便也和她说，给表妹挑了哪几个人家，看看表妹的意思。”

说完张谆掀起帘子出去，绿丫让小柳条请张大娘进来，张大娘这还是头一遭要张口给晚辈赔不是，在那踌躇半天没有开口，她不开口绿丫也不说话，只在那瞧着她。

既然绿丫不开口，张大娘过了半晌才期期艾艾地道：“侄媳妇，你大伯也和我说了，那事确实是我的不是，你啊，也别放在心上。”

“大伯母说的是什么，我竟有些不大懂。”绿丫浅浅一笑，张大娘不由在心里说，果然这京里姑娘有主意，这是要借着这事拿捏自己呢，可是这把柄是自己递上去的，也只能忍着，张大娘咬牙道：“就是我说你不贤惠的事。”

“原来是这件事，您是个长辈，要说我一句半句的，也不为过，横竖我把它当耳边风，听听就算了，不然往心里去，哪能有这么多的气生。”绿丫这话又让张大娘无所适从，也不知道绿丫记不记仇，这小心眼的女人张大娘是见得多了，这万一要记仇，以后自己的日子可不那么好过。

绿丫见张大娘坐立难安的样子，这才道：“大伯母我这个人，事过了就过了，以后也别放在心上，只是这样的主意，大伯母以后少打。大家和和气气过日子多好。”张大娘的脸一红，只有应着。

绿丫又道："你侄儿也和我说了，表妹今年不过十七，一朵花都没开呢，哪能一直守寡？他这些日子留心了几个人，既有铺子里的伙计，也有和姐夫一起当差的，名字岁数都开在这里，大伯母拿回去，和表妹参详参详，觉得谁合适，我们也就寻人去说。成了这桩婚事。"

张大娘接过绿丫递上的纸，瞧不出上面都写了什么，倒忘了绿丫还识文断字呢，张大娘又觉得有些羞惭，只得红着脸走了。瞧着她离去，绿丫不由长出一口气，以后总该安生了吧？

张大伯也不识字，还是栓柱认得了不少字，在那念出来，楚氏听得这些名字，还有岁数，不由脸越发红了，这才是真对自己好，而不是嘴上说好。

栓柱念完，对楚氏道："表姐，我觉得这姓吴的不错，今年二十三，前头媳妇死了，也没留下孩子。还是个独儿子，又没公公婆婆，你过去，准保日子好。"楚氏见三双眼睛都盯着自己，登时脸红了，低头说："可我没有多少嫁妆。"

第 23 章　风　波

“你嫂子不是说了，给你准备一份嫁妆，你担心什么？”张大娘见众人都反对她的提法，虽意兴阑珊，也要打起精神为侄女谋划婚事。

“我觉得，我们欠哥哥嫂嫂的已经太多，还为我操办婚事，再要嫁妆有些不好意思。”楚氏红着耳朵说完，张大娘又要反对，张大伯白她一眼，张大娘这才把反对的话给咽下去。

张大伯想了想才道：“菊丫头不说这话呢，我也没想到，这话一说出来，我就觉得哪里不对。别人再好，我们要是一个劲地，那也有些……”

张大娘此时忍不住开口：“好好好，你们一个个都要当好人，全把我推出去做恶人，这会儿菊丫头要说不要嫁妆，准定又……”见两老人吵起来，楚氏忙道：“我也没别的意思，只是总觉得有些不安。”

不安什么？张大娘横楚氏一眼，接着也就叹气，栓柱做个鬼脸，张大伯沉默了半晌才道：“横竖都是我们两老的人情，菊丫头，你也别东想西想，既然你表弟说这姓吴的不错，那就寻个时候，把人叫来，你暗地瞧瞧，要真好了，就定，至于欠的人情，我两老来还。”

楚氏又有些不安，栓柱已经笑嘻嘻地道：“爹、娘，你们要早这样想，又何必这几个月都不安生，我都瞧着急。”张大娘伸手打自己儿子一下，又骂了一句，既然如此，那也就这样吧，横竖自己想的，就是侄女要过得好些。

绿丫那边知道了楚氏的意思，又和张谆说了，张谆也让老刘请那吴小哥到家里来坐坐。吴小哥来那日楚氏也遮在屏风后瞧了，见那吴小哥生得一表人才，和那乡下的庄户自不一样。自己原先那个丈夫，更是不同。心里早已肯了。

她既肯了，张谆也就请老刘为媒人前去一说，那吴小哥和老刘认得也有四五年了，听的是老刘媳妇的远房表妹，虽是寡妇，今年才不过十七，也点头应下。

婚事一定，那边送来八样首饰当作插戴，小户人家等着媳妇过门操持，婚期自然越前越好，定在四月十三。那边收拾房子家具，这里绿丫也收拾了一份嫁妆，内里还放了三十两银子做压箱钱，给楚氏送过去。楚氏收了，亲身过来道谢，绿丫接了楚氏，笑着恭喜她几句又道："姐夫说了，这吴小哥是个勤快能干人，能吃苦待人好，一年也能赚个七八十两银子，那院子姐姐去看过，说院子虽不大，一家子住尽够了。"

楚氏说了两声谢，那脸却早就红起来，这让绿丫感到奇怪，笑着道："你也别嫌我说话直，你也嫁过一回了，又不是个闺女，还害什么羞？"

楚氏的脸登时更红，声音细如蚊蝇："当初，我并没和他成事，虽嫁过一遭，还是个女儿身呢。"楚氏声音虽小，绿丫却听得如被雷击一样，嘴不由张大："你这不早说，要早知道，就该早早为你打算。"

楚氏的脸已经红得不能看了，声音更低，绿丫要细听才能听出来。

"这事连我婆婆都不晓得，她一直以为我们早已成事，还是我那男人说，说他病体已不支，何苦再害了我，成亲半年，除头一夜外，都是分床而卧。他还叮嘱我，这事不等再嫁不能告诉别人，免得我婆婆晓得，把我卖了。"

一个处子，价钱自然比那寡妇要好许多，楚氏婆婆若晓得儿子媳妇并没成事，定不会放楚氏回娘家，而是要卖掉好免得人财两空。绿丫明白这件事，心里不由叹一声，拍拍楚氏的手："这事你告诉了我，吴小哥还不晓得多欢喜呢。"楚氏那原本已经有些褪去血色的脸登时又红起来，声音更低："嫂子取笑我。"

绿丫忍住笑："我不是取笑你，说的是正经话呢。这事啊，总要告诉吴小哥才是，不然等新婚那晚，吃苦的可是你。"楚氏和前夫虽从没成事，但婆婆盼着楚氏能怀上孕，好给儿子延个后，也曾扯住楚氏的手密密叮嘱过许多事情。此时绿丫说起，楚氏登时就想起婆婆当日说过的那些话，心里又羞又欢喜，竟盼着日子能早些到。

绿丫见她这样，和她相视一笑，两人自谈过这件事，此后渐渐亲密起来，并不像原先那样疏远了。

四月十三，上好吉日，楚氏重新穿了红，盖了盖头，坐轿出嫁。今儿兰花做了迎亲婆，绿丫送嫁，送到吴家门上，出来迎的是周嫂，瞧见这样就笑着说：

"瞧瞧，这门亲还真做得好，都是一块的人。"

绿丫伸手拿了周嫂递上的红封就笑着说："就猜到是周嫂子，这么些事，哪能少得了你。"一群人说说笑笑簇拥着新人进了堂屋，吴小哥早已穿红披彩在那等着，新人已到吉时正好，司仪高唱，新人朝天朝上互相拜了，这才被送进洞房，外头开席。

都是老邻居，王嫂见了绿丫就笑着说："果然还是小张嫂子做人好，搬去南城那么多年了，见了我们，都笑眯眯的。"绿丫咦了一声："我还以为王嫂子会怪我不常回来呢。"

周嫂也笑了："你现在和原先可不一样了，瞧这张嘴，可会说话了，我还记得你头一回跟着兰花他们回来，都在那害羞呢，也有七八年了吧？"

绿丫算算："没有八年，七年有了。"众人叽叽喳喳说着，绿丫抬头不见秀儿，倒有些奇怪："怎么不见秀儿姐姐？"

"你和王家妹妹可真是心有灵犀，她今儿是早定好的，要去给一位柳太太梳头，说只怕要去大半日呢，临走前还和我们说，要我们告诉你，今儿只怕见不到你了。"

秀儿既然想要靠梳头这门手艺吃饭，自然也要到处扬名，这还全靠了朱太太。她是京里长大的，嫁了朱老爷后又在外应酬了二三十年，这各家的人头比起绿丫来，那叫一个熟。先是朱太太请秀儿给自己梳了一个江南那边的头，又趁去应酬时候对众人说了，朱太太梳了那个头，人都显得年轻了四五岁，这一个带头，另一个也就跟上。况且秀儿的手艺本就很好，梳头又轻柔又快，掉的头发又少，这两个月来，已经去了不少人家梳头，赚得的银子也够花。

只是这样一来，秀儿和绿丫就不能经常见面，原本绿丫还想着趁今日和秀儿见一面，此时听到周嫂这样说，不由有些许郁闷。兰花笑了："你啊，就只想着秀儿，想不到我们，来来，罚酒一杯。"

兰花一带头，别人都跟上，绿丫逃不过，只得喝了一杯。喜宴正酣时，周嫂凑到绿丫耳边："那事，我和吴小哥说了，他啊，喜欢得不得了。"

原本以为娶了个二婚头，谁知还是个处子，这欢喜自然是不一般的。绿丫抿唇一笑："我这表妹性格软和，你们啊，还要多帮衬帮衬。"

周嫂点头："这你放心，我们啊，自然会的。再说现在万寡妇已经……"万寡妇遇到邻里有喜事，那是从不放过，一定要带上自己公婆连吃带拿才成，周嫂一提，绿丫才恍然发现今日不见万寡妇。

周嫂迟疑一下才道："今儿是喜事，也不讲她了，横竖不是什么好事。"

王嫂听见就凑过来："说起来万寡妇她公婆也真心狠，现在万寡妇得了脏病，做不成那生意了，他们俩就把万寡妇锁在门里，自己收拾了那些东西不晓得去投奔谁了。还是路过的人听见万寡妇直着脖子叫，翻墙进去才见屋里什么都没有，万寡妇裹着破棉絮睡在地上，屋里臭得都不能闻。这样病也治不好，只有几个邻居给她送了几碗饭过去，没几天就死了。报了官，寻不到那两公婆，只有凑了一口破棺材，把她抬出去了事。"

原来如此，绿丫忍不住吸了一口凉气，这也太心狠了些，怎么说万寡妇也养活了这二老那么些年。周围的人听得王嫂讲这事也点头："说的就是，也不晓得那两公婆跑去了哪里，谁家收留这样的人，就跟养了两头狼似的。"

"反正恶人有恶报，那二老，我想啊，肯定没啥好下场。"万寡妇这些年虽有些许积蓄，却也不多，了不起二三十两银子，若当初不跑，万寡妇死后，邻居们瞧着，一碗饭半碗米地帮着，也饿不死。可这一跑，寻不到投奔的人，坐吃山空，那就只有去做乞丐了。

众人感叹一番，见天色渐晚，绿丫去新房里和楚氏说了一声，也就告辞回家。虽遇不到秀儿，绿丫还是去秀儿住的地方瞧了瞧锦儿。锦儿又比原来大了许多，绿丫到那时，她正在院子里和小荷玩，见了绿丫就连叫几声姨。绿丫逗了她一会儿，不见秀儿归家，问过小荷，晓得秀儿有时忙，总要天擦黑才能回家，也不好再等，绿丫也就离去。

路过万寡妇曾经住过的地方，此时墙头已经生满了草，门口再无人走动，除了插在那的一把破伞再没别的东西。总要等再过一两年，房主才会来收拾房子，重新招揽客人住进去。绿丫瞧了瞧，也就上轿离开。

轿子到了门前，绿丫刚下轿，辛婆子就迎上来，满面焦急："奶奶你可算回来了，爷不在，正准备让人去请你。"出什么事了？绿丫奇怪地看着辛婆子，一个丫鬟已经从辛婆子身后钻出来，绿丫认得那个是跟着秀儿去柳家梳头的，急忙问道："可是秀儿姐姐出什么事了？"

"王姑姑她，她……"丫鬟想说话，可是越急越不能说出话，还是辛婆子明白，立即道："王家姑姑她去柳家梳头，这丫头就在外面等着，谁知将到傍晚时，听里面吵起来，纷纷嚷着说王家姑姑打伤了柳三爷，亏得这丫头还机灵，急忙回来报信。"

打伤了柳三爷？绿丫有些不相信，那丫鬟立即道："都去请太医了，说打伤了头，还说什么……"这事十有八九是真的，绿丫让那丫鬟不要说了，让辛婆子派人先去廖家给榛子报信，自己就急忙前往朱家。

“王姑姑打伤了柳三爷？”朱太太听得绿丫这么说，那眉立即皱起来。短短路程，绿丫已经把前后事情都想清楚，此时就道：“这梳头生意，虽说只是去见女客，可难免也会遇到那家的男人，这正经男人倒也罢了，如果遇到一两个心怀不轨的，秀儿那脾气，打伤了人也是难免的。”

朱太太点头：“柳三爷别的还好，可是就一条，太过好色了些。王姑姑怎么说也才二十刚出头，这去梳头总要先把自己打扮干净了，不然的话，谁肯给她梳？”

“此时也不是说原因的时候，还请朱婶婶您陪我走一遭，毕竟柳家那边你更熟些。”朱太太自然应是，交代了一声就和绿丫一起出去。

柳家隔得也不远，离廖家倒更近些，等绿丫她们到的时候，才瞧见那太医离开，隐约还能听到几声不妨事的话。看来柳三爷虽被打到，但没什么大碍，绿丫心里松了口气，朱太太已经让人去递帖子。

帖子送上，今儿柳家的门却没那么好进，还是过了好一会儿才见柳大奶奶出来，见了朱太太满脸堆笑：“亲家太太来了，本该往里面请的，只是今儿家里事忙，只能抱歉了。”

朱太太怎不明白柳大奶奶话里的意思，一把把她扯过就道：“你也晓得这梳头媳妇是我荐的，我听说出了这么一桩事，都吓住了，这才特地过来，想慰问慰问呢。”

柳大奶奶恨的是秀儿怎么没一花瓶把柳三爷给打死，倒省了自家许多功夫，还让柳三奶奶怎么得意。此时听朱太太这么一说就嘴一撇：“就被花瓶砸了一下子，也没什么大碍，这会儿那梳头媳妇被捆着呢，就算要经官，女人家又有多大事情，顶多就是枷上一枷，打上几十板子，要不了她的命。”

柳大奶奶说得轻描淡写，绿丫却听得心都慌了，急忙道：“还是个弱质女流，这不经官也就不经了吧。免得……”柳大奶奶的嘴又是一撇：“张奶奶，我晓得你心疼，可是你也晓得，我家三叔在我们家，那可是公公婆婆的心肝宝贝疙瘩。我婆婆已经放话了，这事，总要三叔放话，才成，否则的话……”

柳大奶奶话没完，但背后意思如何，绿丫已经尽知，那脸色不由一变。朱太太已经道：“话虽这么说，可是这总是天子脚下，这又不是个没名没姓的，还是良民。”

“亲家太太，我们家可是清清白白的人家，哪说要她的命了，况且亲家太太你也晓得三叔的毛病在哪里，总要把那人怎样摆布了，他才会放。”

绿丫听得一口血差点呕出，这是秀儿最不想做的事，不然也不会有今儿这一出，可是柳三爷明摆着就要这样。绿丫咬了咬牙才道："这也未免太欺负人了。"

柳大奶奶恨不得借着这事让柳三爷大大地吃个憋才成，别人不清楚，柳大奶奶可是打听过的，这虽是个梳头媳妇，却和廖家那位小姐十分亲密，还有这眼前的张奶奶。婆婆也真是糊涂了，不打听清楚就放出这样的话，柳家有钱，廖家却也不穷，更何况那位小姐才刚和定北侯的三爷定了亲，只是不晓得这件事一出来，定北侯府那边，会不会退亲。

柳大奶奶是在那里打着看热闹不嫌事大的主意，听绿丫这么一说就笑了："欺负？张奶奶，这话也只有你才说，可要不是这位用花瓶砸了三叔的头，这会儿也不会被捆在那。"

"那也是柳三爷自己动了什么不该动的念头，才……"绿丫虽然告诉自己要冷静，但还是冷静不下来。朱太太忙扯一下她的袖子就对柳大奶奶道："我晓得亲家太太这会儿正怒火冲天,我也不好进去瞧她。还请大奶奶帮我带句话，总瞧在我的面子上，缓缓地罢，真要闹出不好看来，大家的脸面都不好瞧。"

听了朱太太这话，柳大奶奶心里不由有些失望，还是应了，朱太太也就扯了绿丫离去。

柳大奶奶撇一下嘴这才往里面去，柳太太这会儿是在柳三爷那边，柳大奶奶要回话，自然也要往那里去。刚走进院子就听见柳三爷的号叫："把那贱人给我拉来，三爷瞧中了她，那是她的福气，不肯听不说，还敢打我。三爷定要让她晓得三爷的厉害，还有那厨房里的媳妇，听说她们也认得的，一并给我拉来。"

嚎，你嚎得越厉害，到时把那位廖家小姐惹怒了，你就越没好果子吃。柳大奶奶心里鄙视地想着，走到房门口就轻声道："婆婆，朱亲家太太已经走了，让媳妇来回话呢。"

柳太太心疼儿子，况且又是在自己家里，让儿子嚎两声也无所谓，此时听到大儿媳的话就道："还能有什么话说，她荐来的人打伤了我儿子，难道还想来求情不成？"

"朱亲家太太说，见您事忙，她也不好打扰，和张奶奶一起走了。只让媳妇给您带句话，说总瞧在她的面子上，这事就缓缓，真要闹出不好看来，大家以后还怎么见面。"

帘子掀起，柳太太怒气冲冲地瞧着自己儿媳："她真这么说？"柳大奶奶依旧低眉顺眼："是，儿媳也晓得，这样的话不该来回婆婆的，可总是……"

柳太太打断儿媳准备添油加醋的话：“总是什么，总是亲戚吗？朱太太这些年日子好过，快忘了自己姓什么了，真以为我们柳家就这样好欺负？去，拿你爹的片子，递到衙门里面，就说三爷捉到了一个贼，这会儿先送过去，再带上几两银子，好好地使用。”

这已经超出柳大奶奶心里想的，急忙劝道：“婆婆，按说这话不该我做媳妇的说，可是这事要真闹开的话，万一……”

柳太太冷冷地看着柳大奶奶：“万一什么？不就是个梳头媳妇，我晓得，你是心里怪你三叔太好色了些，可是这也不能怪他，谁让你三婶到现在都没生下儿女，房里的那几房，也跟石田似的，所以我在这事上，也不管他。你三叔不就瞧着这梳头媳妇是个宜男之相，才起了心思。”

可也没有大白日把人往屋里拉的道理，再说这梳头媳妇，这会儿被捆着，愣是不求一句，不像个普通人呢。柳大奶奶心里嘀咕着面上依旧低眉顺眼:“这会儿也晚了，要送，也等明儿再送。”

“大嫂子就是胆子小！”在屋里服侍柳三爷的柳三奶奶听得她们婆媳的话，也掀起帘子走出来，“大嫂子，这屋里屋外都是我们家的人，说抓了个贼，这也是常见的，哪还用你这样思来想去，还明儿再送，等明儿啊，我瞧着，三爷这花瓶就白挨了。”

我倒巴不得他这花瓶白挨呢，柳大奶奶一脸为难：“三婶子，我晓得你的脾气，可是这事，始终……”

“都是我柳家的人,他们敢放个屁。”柳太太此时一心想要和朱太太别苗头，哪肯放半点？柳大奶奶只有答应下来，转身去安排，身边的婆子已经道：“大奶奶，这事瞧着有些尴尬，虽然太太这么说，可您也不能就当了这刀。”

这道理还用你讲？柳大奶奶瞪婆子一眼，这婆子也不着急就道：“不如这样，先拖延时间，横竖都这会儿了，再不送就犯夜了。”对，拖延时间，柳大奶奶嗯了一声就对婆子道：“那你去安排吧，说起来，这梳头媳妇我也见过，文文秀秀的，怎么这脾气，竟这样爆？”

“也是三爷太好色了，见梳头媳妇和厨下的人说话，就以为是个好上手的，上前就抱，还要把人往屋里拖，挨了这花瓶也算那梳头媳妇手轻。”

既然要拖延时间，柳大奶奶想了想：“那我们去瞧瞧这梳头媳妇。”婆子应是，在前面引路带着柳大奶奶往下房来。

门口守着的婆子正在那打盹，见柳大奶奶过来急忙起身迎接：“大奶奶，您放心，都瞧得好好的呢，准保一只苍蝇都飞不进去。”

有什么好不放心的，柳大奶奶也没说话，那婆子要去把锁打开，柳大奶奶示意不必，听着里面传来的说话声。

秀儿瞧着一边和自己捆在一起的翠儿，轻声道："翠儿姐姐，都是我连累了你。"翠儿已不再是当年那一朵花样的姑娘了，额头已经添了皱纹，听秀儿这样说就笑了："是我连累了你才是，要不是我寻你说话，你也不会被三爷瞧见。"

秀儿叹气，接着就道："我的事都说过了，翠儿姐姐你呢，我记得买你那家姓章，怎么又来到柳家？"翠儿唇边露出一丝苦笑："我们哪能由得自己，在章家三年，大奶奶吃醋，说我年纪大了该嫁人了，把我卖给一个屠夫，跟了屠夫没两年，屠夫杀猪时候被猪撞了一头，我就守了寡。婆婆说我不吉利，正好这柳家有个下人死了老婆，婆婆就把我十两银子卖给了他。进来柳家做了家人媳妇，这厨上的活，还是我求了人才进来的。"

青門柱

第 24 章　翠　儿

虽然轻描淡写，秀儿却觉得心里揪得慌，如果没有，那大概自己的命运和翠儿也差不多，在不同人家之间辗转，身不由己。翠儿说完沉默了很久，秀儿过了好一会儿才轻声道："对不住，翠儿姐姐。"

"没什么对不住的，我活着就是受苦，能早死也算解脱。"四月天已经开始有暑热，翠儿这话还是让秀儿脊背冒出汗来，叫一声翠儿姐姐，却什么都说不出口。

"我没事的，秀儿，只是你，"翠儿欲言又止，秀儿明白她的意思，轻声道："翠儿姐姐，也不怕你笑话，我只想清清白白做人，从冯家逃走时候，我心里就发誓，再苦再难，我也不会卖掉孩子，再苦再难，我也不会……"不会再出卖自己的身体以换取一些东西，即便贞节这件事，在她们这样身份的人这里，就是个笑话。

翠儿握住秀儿的手："你瞧，你没变，可是我变了。秀儿，你不知道，我早木了，不管我身上的人是谁，我都已经木了。不就是男女这点事，又少不了一块肉。"听着翠儿用平静的语调说着这些，秀儿竟不知该怎么安慰，翠儿觉得眼角有泪，那已麻木的心重新开始动起来，把秀儿的手握紧一些，"我唯一庆幸的是，我没有孩子，不用再带一个人来世上受苦。"

家生子，还是做粗使的人生下的家生子，命运或许更为不堪，而他不会为这种不堪的命运感到半分不对。忘了自己是个人，才能过得心安理得些。秀儿长出一口气，翠儿的声音压低："过了这一夜，只怕明儿一早就有人要把我们送官。秀儿，你要记得，记得说是我不从，才拿花瓶打的三爷，你只是路过。记住。"

不，秀儿把手从翠儿手里抽出来，近乎慌乱地说："不能，仆人打伤了主人，这是……"

"这是死罪，而且是无可赦的死罪，我当然知道。可是秀儿，你比我小，你还有女儿，你还该活着，最要紧的是，你还没有木。我这辈子，活到现在二十八岁，已经够了。可是我没有杀了自己的勇气。"活着就是受罪，倒不如早死早好。

秀儿又低低地叫了声翠儿姐姐，猛地想起另一件事："可是，你还有丈夫，要是……"

"他还是个人吗？吃酒赌钱，赌输了没钱就拿老婆去还，我也不怕告诉你，他前头那个老婆，就是因为受不了这种气，才一根绳子吊死的，要不这柳家的人这么多，他偏要去外头讨？"

秀儿感到一阵阵的寒意袭来，竟说不出半个字。

"大奶奶，天气开始热了，您要不……"婆子见柳大奶奶在那听得津津有味，小心翼翼开口问。柳大奶奶这才直起身瞧婆子一眼："我不过是怕她们要串供才听一听，说起来，怎么捆人的都糊涂了，偏把她们俩捆在一起，这要串了供，可怎么得了？"

那婆子脸上的笑更加谄媚："那时事忙，太太吩咐把人给捆起来，就把她们俩捆一块了，要不小的去叫人来，把她们分开关押？"

柳大奶奶哼了一声："这都半夜了，要说话，早已经说完了，还要分开，罢了罢了，我也乏了，先回去跟婆婆回话，你好生看着，不许瞌睡。"婆子连声应是，见柳大奶奶转身离去，这才打个哈欠，坐回椅上继续打盹。

柳大奶奶想着方才听的话，这一到明早，只怕就好玩了。不过现在先去回话才是要紧。

"什么？已经拖过了夜禁，叫你办这么点小事都办不好，老大呢，他弟弟伤了，他怎么没事人一样？"果不其然柳大奶奶得了婆婆几句骂，柳大奶奶还是恭恭敬敬："大爷他今儿有应酬，已经派人来传话，说今晚不回来了。"

柳太太鼻子里哼出一声："你这做媳妇的，也要好好管下老大，哪有成夜成夜睡在外头的，我晓得你们恨我多疼着老三，可他再荒唐，没有出去外面荒唐的。不过就是几个丫头，若是……"

柳太太见柳大奶奶这低眉顺眼的样子，顿觉无趣："罢了罢了，你回去吧，等明儿一早，再送官。"柳大奶奶应是，转身离去，等走出这门才勾唇一笑，今晚瞧来，婆婆是睡不好的。

睡不好的又何止柳太太一人，绿丫这一晚也是辗转反侧，偏偏张谆又出外办事去了，竟连一个商量的人都没有，瞧着被抱到自己这里的锦儿，小孩子家哭闹了一会儿听绿丫说要先和绿丫住几日，也就不哭了，可这虽不哭，但脸上还是有些泪痕。

绿丫的手刚放到锦儿脸上，就听到她模模糊糊叫了声娘，这一声娇娇软软，让绿丫的心都揪起来，也不晓得柳家打算怎么处置秀儿，这事到底是要往大了还是要往小了处理。

好容易巴到天明，绿丫起来草草梳洗，让小柳条好好照看锦儿，就打算再往朱家去请朱太太一起往柳家去。辛婆子已经走进来，对绿丫道："小姐那边遣人送信呢。"

昨晚绿丫虽让人往廖家报信，可后来太晚，并没有得到榛子的回信，此时听到榛子遣人来，忙道一个请字。

来人是榛子身边的贴身丫鬟，见了绿丫行礼后就道："小姐说了，这件事她已经知道，已经让人去办了，让奶奶放心，过不了午饭时候，王姑姑就回来了。"

虽然绿丫晓得该信任榛子，可还是多问了一句："话虽这样说，但……"这丫鬟笑眯眯地道:"小姐办事，奶奶您尽管放心。"既然如此，绿丫也就应了，让辛婆子给丫鬟放了赏，也就卸了妆容，去瞧锦儿。

锦儿已经醒了，乖乖地让小柳条给她梳头，见了绿丫进来就睁大圆鼓鼓的眼："姨姨，娘什么时候回来？"绿丫上前接过梳子给锦儿梳着头："娘啊，吃完午饭就回来。"

锦儿喔了一声接着就道："那现在可以吃午饭了吗？"绿丫忍不住笑了："你啊，这会儿才是吃早饭的时候呢，吃什么午饭？等吃完早饭，和你哥哥玩一会儿，再睡一小会儿，就可以吃午饭了。"

锦儿的小眉头还是皱紧，小柳条点一下锦儿胖鼓鼓的脸颊："你瞧，方才姐姐也是这样说的，这会儿你还信不信。"锦儿点头，催着小柳条："那就赶紧吃早饭，吃完早饭和哥哥玩，再玩一会儿困了，就睡一会儿，然后吃午饭，等吃完午饭，娘就回来了。"看锦儿在那扳着手指头数，绿丫忍不住抱紧她，秀儿，你可千万不能有事，不然我就不好和锦儿交代。

柳太太朦胧了一会儿，睁开眼见天已大亮，就叫丫鬟进来，让她把柳大奶奶寻来，好先把人送官。柳大奶奶是等在外头的，听丫鬟唤就急忙走进去："婆婆，这人已经安排好了，就等婆婆发话。"

柳太太这才点头，外头丫鬟已经道老爷来了。柳大奶奶听见公公来了，急忙起身垂手恭候。

柳老爷和柳太太早已分房而居，除了有事，柳老爷也不进柳太太的房，昨日柳三爷被打，柳老爷只去瞧了一眼，骂了一句，也就去姨娘房里歇息，此时柳太太听得柳老爷进来，也不起身相迎，只是坐在那里，等柳老爷进来了才冷笑道："老爷这一晚倒睡得好，这也是，横竖孩子也不是老爷生的，就算没了，老爷也不会心疼。"

"焉知不是你平日宠得太过，才会闹出这么一件事来。"柳老爷本是来寻老妻说事的，被柳太太刺了一句，也忍不住怒道。

"我宠得太过？老爷，你这话可不对，你平日对老三那也是心肝一样，再说了，就算我们宠得太过，可老三在外也是规规矩矩的，这在家里胡闹一下，不过就是几个丫头，算个什么？我只是恼，竟有这样不知好歹的人，"

柳老爷哼了一声："这走家串户的人，性子本就不同，既许有那胡乱的，难道不许有这样贞洁烈女的？这事，你也别往大处闹，什么送官不送官的也罢了，这捆了人一夜，也够了，放了吧。"

放了？这两个字听在柳太太耳里，登时让她站起身："这是谁又在你跟前嚼舌了，是不是……真以为老三出了事，她肚子里的孩子就能当家，别说还没生下来，是男是女都不知道，就算生下来，我还活着呢，现还放着这么多的儿孙呢，轮不到他一个庶出。"

柳老爷瞅了老妻一眼，对老妻对那些姬妾的所为，不过是睁眼闭眼，毕竟女人嘛，没有了这个，也有那个，有了银子，哪还缺什么如花似玉的美人。况且老妻已经生了三子两女皆都长成，儿子都生了孙子，又不担心无后。

柳大奶奶见公公婆婆吵起来，只恨自己不能缩到地上去，但也要还做儿媳的礼，忙对柳太太道:"婆婆，公公这么说，总是有理由的。您听他细说说。"柳太太听了儿媳这句，这才忍下心头怒火对丈夫道："你瞧瞧，都儿子孙子满眼了，你还听那些小姨娘的话，传出去，也不害臊。"

柳老爷轻咳一声："这些事你在儿媳面前讲，你都不害臊我还害什么臊。这件事，论起来也是老三不该。今儿一早，廖家那边就来了个师爷，客气得很，开头就道歉，但是那话里的意思谁听不出来？真要走官，把事情闹大，廖家难道不能奉陪？这做生意，要紧的是和气两字，和气才能生财。"

"廖家？"柳太太冷笑一声，"廖家仗的也不过就是王尚书府的势力，咱们难道又弱了？孙大人可是六部之首。"柳老爷摇头："你这些年越发见识短了，还怪我只晓得听小姨娘的话。”

被丈夫刺了这么一句，柳太太登时就怒了，柳老爷不顾老妻的怒火就缓缓地道：“要真只有王尚书的势力，廖家那位小姐，怎么能和定北侯府的三公子定亲，而且，是去做嫡妻正配，不是去当妾的？老廖这个人，我仔细琢磨过，是个老狐狸。这个梳头媳妇，听说是廖家那位小姐的旧识，既然廖家那位小姐不因现在处境云泥之别而出手帮忙，难道我不能送他一个顺水人情？况且对方态度也好，还说，只要人能没事，银子药材全不成问题。要你实在气不过，就让那梳头媳妇给老三跪着磕个头好了。”

跪着磕个头，这样轻描淡写的处置，怎么能消柳太太心中的怒气，她用手捶一下胸口：“好，好，我见识短，这磕头也就不用了，只是这梳头媳妇，以后都别想再……”

话说到半截，柳太太见柳老爷冷笑瞧着自己，把话又转回来：“也罢，我就瞧着这廖老爷能不能活到一百岁，等他死了，他那个千娇百宠的外甥女，要怎么被夫家折磨。”

真是妇人之见，柳老爷在心里说了句就起身：“大奶奶，你去把那两人放了吧，听说还有个家人媳妇，也就一并放了，多大点事，闹得要死要活的，这传出去，别人家定要笑话我们家经不起大风浪。”

柳大奶奶急忙应是，又瞧了柳太太一眼，见柳太太不理自己，晓得这事了了，急忙行礼退出。

门被“吱呀”一声打开，翠儿和秀儿两人望向门口，婆子喝道：“老爷仁慈，说既然三爷没事，那也就放了你，只是王姑姑，你以后啊，也别做这样的梳头生意了，免得又撞见第二家，到时别人家的，可没我们老爷仁慈。”

秀儿和翠儿原本预备着去送官呢，谁知门一打开竟是这样一件事，翠儿长出一口气，柳大奶奶用帕子掩住口鼻望向里面，婆子已经上前去给翠儿她们解着绳子，边解还边说：“刘嫂子，也不是我说你，这样的朋友，还是少认得几个好，这回是运气好，老爷放话，才一件大事了成小事，要以后，可没这么好运气。你可是晓得，背主是什么罪名。”

怎么不知道呢？翠儿活动一下手腕瞧着秀儿，勉强露出一个笑：“秀儿，以后别惦记我，过你自己的日子吧，你权当我死了。”说完翠儿摸了摸秀儿的脸，就飞快地走出屋，秀儿追上，翠儿连头都没回，柳大奶奶瞧着翠儿：“你男人姓刘吧，以后好好当差，别想那些有的没的。”

翠儿跪下给柳大奶奶磕头：“谢大奶奶恩典。”柳大奶奶嗯了一声，示意婆子把秀儿带出去。秀儿瞧着翠儿，她脸上的笑就跟挂在上面似的，婆子已经去推秀儿："还不赶紧出去，这回是你运气好。刘嫂子，你也别瞧了，赶紧回去吧。这顿打啊，你是不缺的。"

打？秀儿恍惚地看向婆子，婆子嘴一撇："闯下这么大的祸，她男人不打她一顿教训教训？再说了，男人打老婆，本就是天经地义的。"秀儿看着翠儿的背影，看向她走向后面，仿佛那些高矮不同的房屋会吞掉她一样。曾经鲜活的翠儿，这生气，是怎样一点点消失的，秀儿想不明白，只是跟着婆子走出去。

柳家后门处早有人等着，一乘小轿，两个婆子和丫鬟，瞧见柳家的婆子带人出来，那婆子急忙上前："多谢多谢，还请在贵府老爷面前，多多致谢。"说着话，廖家的婆子已往柳家的婆子手里塞了块银子。

柳家的婆子掂了掂，这块银子足有二两，果然廖家的人出手大方，顿时眉开眼笑："不过是照了我们奶奶吩咐，送王姑姑出来罢了，哪当得起这么重的谢礼。不过既然姐姐这么诚恳，我还是收了。我们太太说了，以后啊，这梳头生意，只怕王姑姑不好做了。"

廖家的婆子点头就道："这话，我会回去禀报我们小姐的，您事忙，我们这就走。"见秀儿已经进了轿，廖家婆子急忙道。柳家婆子也应是，两人又互相道个福，也就各自离去。

柳三爷已经醒转过来，听得丫鬟来报柳老爷吩咐把秀儿给放了，登时大怒，把柳三奶奶送来的药掀翻："还喝什么药，这做爹的都不管儿子的死活。"

柳太太正好进来，虽然在丈夫面前柳太太百般抱怨，可在儿子面前柳太太还是要为丈夫说话，把脸一沉道:"胡说，你爹他历来疼你，要依了他的本心，只怕把那人碎剐了，才解他的恼怒。可是你也晓得，那人和廖家那位小姐是旧识，那位小姐既然肯认这位旧识，遣人来说情，还送来不少礼物，你爹却不过面子，自然也只能大事化小。"

廖家？柳三奶奶听着这两个字，眼里闪过不悦，若没有廖家，自己也不会被人讥笑，讥笑她放走了一个能干的丈夫，虽然现在张谆不过是一年两千来两的二掌柜，可是谁知道以后呢。想着这，柳三奶奶的心就往下发沉，见丈夫还想发脾气就柔声道:"三爷，你心里有气，我明白，可是这是公公吩咐的，而且人也放走了，再发气也没用。"

柳三爷一捶床："廖家？哼，不过就是仗着一人，等以后，我定要把他家的生意抢过来。那时才知道，我柳三爷不是这么好欺负的。"柳三爷这话让柳太太老怀大慰，拍一下儿子的手："你这样才对。男人嘛，就该这样说。等我把这话告诉你爹，让你爹也高兴高兴。"

柳三奶奶更加欢喜，只要廖家的生意做不下去，那么张谆就会被打回原形，那时谁还会说他能干，那时还有谁会讥讽自己？

轿子一径被抬到张家，秀儿刚下轿就听到锦儿叫娘，秀儿抬头，锦儿已经飞扑进她怀里："娘，你下回去做事，要把我也带去，不然我会想你。"

秀儿抱起锦儿，在她脸上亲了亲："好，娘以后再不会离开锦儿了。"锦儿嘻嘻笑了。

绿丫上前道："赶紧进屋吧，榛子也来了。"瞧见廖家下人那一刻，秀儿就知道，这事定是榛子在后面帮忙，此时听到榛子来了并不意外，抱着锦儿和绿丫一起进了上房。

榛子已经换了夏装，鹅黄色的上衫让她显得格外娇嫩，瞧见秀儿进来就道："可回来了，昨晚绿丫姐姐派人一来报信，差点没吓死我，还是舅舅笑我，不过是一点小事，也值得大惊小怪的？只要柳家不送官，就有回旋的余地。"

"这事多谢廖老爷了。"秀儿咀嚼着榛子的话，把锦儿放下，让她出去和小全哥玩去，这才轻声道谢。

"咱们谁跟谁啊？你还说这话。"榛子嗔怪地说了一声，秀儿瞧着榛子的笑脸，终于把心里的话说出来："榛子，我在柳家遇到翠儿姐姐了，哦，不对，你不认识翠儿姐姐。她和我说了很多话，我仔细想了想，以后你不要来寻我了。"

翠儿是谁，榛子的确不知道，榛子被卖进屈家的时候，翠儿已经被章家买走。但秀儿后面说的话，让榛子的眼顿时瞪大："秀儿姐姐，为什么不让我来寻你？"

"因为你和原来不一样了，榛子，你我都不再是屈家后院的全灶了，你现在是廖家的小姐，秦家未来的儿媳妇，也许以后，要做秦家主母也说不定。你我之间，的确已经是云泥之别，我不能再和你来往，这会让你在以后被人嘲笑的。你待我好，我知道，可是很多事情，不需要说出来，我只要记得，我心里有你，你心里有我就可以。"

榛子眼里的泪开始掉落，竟说不出一个字。她们把自己推开，为的都是自己，而不是她们。榛子忍不住上前抱住秀儿："对不起，对不起，你的所有不幸都因我而起，可是你还这样对我，对不起。"

"你方才不是说了，咱们谁跟谁，你还和我说这个？况且我爹他造的孽够多了，焉知那些苦，不是因为他造的孽所以报在我身上呢？秀儿，我不是和你矫情，而是说真格的。原先呢，我做这梳头的生理，和你来往也不算太扎眼，可是现在，柳家已经说过我不能再做这梳头的生理，我得想想办法，去做别的事，你再和我来往，不好。”

“有什么不好的？”榛子把脸上的泪擦掉，手一挥，“我嫁去秦家，总是要有嫁妆的，我和舅舅说，让他给我开家新的铺子，你去做掌柜。”

做掌柜？绿丫和秀儿都睁大了眼：“哪有女的做掌柜的？”榛子笑了：“怎么没有？特别是脂粉铺子，女的做掌柜的多了，不过这样的店，你们平常瞧不到罢了。”

绿丫和秀儿还是不明白，榛子的手掌一合：“你想，各家虽有货郎上门，可是这货郎的货担里面，也有货不齐的时候，况且有些人家，给小姐们的货都是好的，哪能货郎担里买？于是就有这样一种铺子，门面不大，可里面的货都很好，然后是专门上门给小姐们瞧的。”

“原来是卖花婆子。”绿丫明白了，榛子掩口一笑：“和卖花婆子也有些像，但还是不同的，我这是在杭州瞧来的，我告诉你们，杭州的花婆和京城里的可不一样，于是我琢磨着，要不要也开这么一家铺子，但是没有合适的人。”

卖花婆子，还有这么一种行当？秀儿被勾起好奇心，听绿丫和榛子细细地讲，虽然也是去各家，可这要打交道的人就更多了些，而不只是太太奶奶们。

这一讲就讲了足足一个时辰，直到锦儿在外耐不住跑进来寻秀儿才算完。绿丫见秀儿抱着锦儿在那亲个没够，心里一动就对榛子道：“那我也拿点银子出来，只是你别嫌我银子不多。”

“绿丫姐你要这样想就太好了，我原本就想拉你一起，可又怕到时做赔了，不好见人呢。”榛子心里的打算本是送绿丫和秀儿两人千把银子的干股，又怕绿丫不肯收，此时听绿丫这样说，正好中了下怀，就笑道。

“赔了也就赔了，做生意哪有只赚不赔的？再说我也没多少银子，不过就是七百两，这点银子，够做什么使？”七百银子？榛子在心里算了下，到时自己再凑上三百，算绿丫一千，秀儿这里再送一千银子的干股，三千银子，在这京城里要盘个铺子，进一些好胭脂水粉，那也足够了。

想着榛子就道：“绿丫姐姐你这几年还挣了不少，这不说出来，我都不晓得，你还有这么多的银子呢。”绿丫啐她一口，见已是晚饭时候，也就让人把晚饭送来，再把一些细节商量了，秀儿和榛子也就各自归家。

榛子一路回到廖家，先去见了廖老爷，和廖老爷说了今儿和绿丫秀儿她们商量的事。廖老爷点一点头：“这也好，这样的铺子，我知道江南有，偏偏京城这样地方倒没有。”

“京城权贵人家多，规矩也大些，难免有些时候觉得这卖东西的人进门，总是不好。可我去应酬的时候也问过几位小姐，有时外头采办买的胭脂水粉不好，她们用的胭脂水粉，往往都是托奶娘婆子在外买进来的，可是这没自己瞧过，有时难免会不中意。”榛子笑着说，廖老爷点头：“这门生意其实还是可以做的，不过那些大府里的采办呢，难免会得罪了。”

“所以我也只打算小打小闹，并不打算把这生意全都做了，真要这样，那些别的商家还不活吃了我。”榛子笑吟吟地说，接着瞧见廖老爷肘下的账本，起身打算告辞道：“舅舅既然要看账，那我也就先回去了。”

廖老爷把这账本拿出来：“其实这个，倒是该你自己看了。”

自己瞧瞧这账本？榛子把这账本接过来，扫了几眼不由惊讶地道：“这几个铺子，并不在家中账里。”

“这几个铺子，还有这两处田庄，本就是我给你备的嫁妆，除此还有一万两银子。”嫁妆？榛子瞧向廖老爷：“我的嫁妆，舅舅你不是让眉姨娘在准备吗？”

“那些衣衫首饰，还有家具什物，不过是做给别人瞧的。这些东西是我额外准备的，除了经手人谁都不知道。”为什么要这样做？榛子有些糊涂：“舅舅，这嫁妆不是……”

廖老爷抬起一根手指示意榛子听自己说下去：“不光是这份，还有你眉姨娘那里，我也给她备了两间铺子和五百亩地，等以后有个万一，那我也能安心。”

万一？榛子吓得差不多跳起来：“舅舅，你今儿在说什么，我听糊涂了。”廖老爷当日的事，并没告诉榛子，此时瞧着榛子为自己着急，廖老爷浅浅一笑：“你啊，怎么这么点事就禁不住？以后还怎么帮舅舅掌这个家？我们甥舅团聚，也有七年了吧。”

是的，七年了。榛子又看向廖老爷，等着他的下一句话，廖老爷轻叹一声：“那时我三十五岁，现在已经四十二了，都说四十不惑，我已过了不惑之年，有个万一的话，也不算早夭。”

这话越来越不吉利，榛子的心在突突地跳，握住廖老爷的手就道：“舅舅，您怎么说这样不吉利的话？”廖老爷又是一笑：“傻孩子，人总是要死的，哪有长长久久活着的道理？我又没有个儿子，原本该立个嗣子，才不算绝了我这支的嗣。可是廖家族内的那些人，你不明白，把家业给他们，倒不如我扔到水里还能听个响。”

榛子对外祖家那边情形已经记不大清楚了，上回回家乡时，廖老爷也并未在族内停留，只把杜家的事料理了就带榛子离开。此时廖老爷又这样说，想来廖家那边，也是非人的多。想到此，榛子不由轻叹一声。

想起往事，廖老爷的那双眼又微微眯起，这些年虽没回过族内，但也知道族内情形的，这些年越发不成个样子。按说自己发财后也该回乡，整修祠堂，泽被乡里的。当年自己父亲去世之后，族人翻脸不认人，甚至还拿着早已清掉的借据来逼自己把屋倒出，只倒给自己三十两银子还一脸自己占了他们大便宜的嘴脸。

若不是已经出嫁的姐姐知道了，把自己接回去，又给自己筹银子，让自己出外做生意，哪有今日的产业？廖老爷从沉思中醒过来，瞧着自己外甥女脸上的惊诧就笑了："我只有你一个甥女，这个世上，只有你和我最亲，我的家业，当然要留给你。别说什么你不姓廖，也别说什么你是女子，我的钱，我想给谁就给谁。"

纵是榛子已经有了心理准备，也被廖老爷这话给惊到了，她低声道："原本我以为，舅舅答应我这样做，是想让我为弟弟看好家业。"

廖老爷哈哈一笑，接着笑容一敛："敏儿，我在外面做生意那么些年，心还没这么小，觉得必要男子才能承袭家业，给了女儿家业就是把银子给外人。把家业留给一个蠢儿子败光，倒不如把家业留给聪明女儿，这才不负我当年离家时和姐姐说的话。"

"舅舅，你不会失望的。我一定会把这份家业好好守好，只是这样的话，您为何还要给我再额外预备一份嫁妆？"

廖老爷又是一笑："不过是以防万一，我若真有个万一，廖家那边得到消息，定会来和你讨产业的。发绝户财这样的事，他们又不是没做过。到时纵有我的遗嘱，他们也会纠缠不休。而打官司，没银子怎么成？这几个店铺田庄，一年也有万把银子的进项，虽不多，也够你撑上几年。"

一打起官司，原来的产业难免会受影响，甚至会有把这些收益都暂时存起来，没人能动的情形出来。而嫁妆是不受这些影响的，可既然如此，为何还要重新预备一份嫁妆？

"你向来聪明，怎么今儿就糊涂了？不过你糊涂是因为关心舅舅，舅舅明白。你总是要做秦家妇的，虽然现在定北侯太夫人信誓旦旦，绝不动用你的一分嫁妆，可这以后的事谁说得准？"

所以廖家的产业就不能做嫁妆一起过去，而是各自分开，等家业官司打完，廖家的还是廖家的，嫁妆还是嫁妆，虽然都是榛子掌管，可秦家要有什么别的心思，也不能动廖家产业一分。

榛子想清楚了这前因后果，不由叫声舅舅，这真是把自己的所有退路全都想好了。可是舅舅今年才四十二岁，还在壮年，为何就有这样的念头，榛子想不明白，除非舅舅有什么事瞒着自己。一想到这，榛子的心就直往下沉，可舅舅不肯告诉自己，定有舅舅的理由。

榛子只长吸一口气："舅舅，你的意思，我全明白了，我不会辜负你的期望的。"如此就够了，廖老爷笑着拍拍榛子的手："你这两年的表现我也瞧在眼里，舅舅相信你。"

榛子嗯了一声，对廖老爷露出一个笑就起身告辞，可当走出门外时，眼里的泪还是忍不住流出。这后面的路，终归是要自己一个人走。舅舅，你放心，我一定会走得很好，好得让你无法想象。榛子把泪擦掉，瞧一眼廖老爷房屋的方向，这才离开。

"一盒胭脂二两银子，茉莉香粉一两五钱银子，还有这头油，也要五钱银子。榛子，你确定我们要卖这么贵吗？"秀儿瞧着榛子拿来的货还有这张单子，看了看上面的价格，眼珠子都快瞪出来了。

"我这拿的，还不是顶顶好的，比宫里的贡品还是要差些，而且这价钱也不算贵。"

"不算贵？"秀儿摇摇头，小声道，"这要从胭脂水粉到头油再到别的，全部加一块要十五两银子。"

榛子笑了："秀儿姐姐，你现在要先把这银子给忘掉。你要晓得，能买得起这些东西的，还在乎这些银子吗？再说这十五两，足够她们用半年。一年三十两银子的脂粉钱，算得了什么。"

一年三十两银子，还不过是脂粉钱，秀儿觉得这已经超出了自己的想象。趁她发愣时候，榛子已经唤小荷打水来，亲自给秀儿洗了脸，拿那粉过来："这和市面上的铅粉不一样，用的是米粉和茉莉汁子淘的，一篓子茉莉花，也换不来这么一盒香粉。擦在脸上，不但香，而且皮肤也特别好。"

秀儿素来不喜欢用胭脂水粉，在冯家时候更是没沾过，此时一闻，果然和曾用过的不一样，接过粉自己往脸上扑了扑，拿过镜子瞧瞧，果然气色比原先好一些。既然打开了粉，也把那舍不得开的胭脂取过来，见不是那样成片的，而是小小一盒，颜色红得十分可爱，用簪子挑了点抹在唇上，只觉得这胭脂也特别不一样。

榛子见秀儿自己动手，这才把那头油也打开："你瞧，这头油也是不一样的。虽是桂花，可没有那样香得呛鼻子的。你放心，肯买这些的，才不在乎银子。"

秀儿嗯了一声才道："那榛子，你不会笑话我没见识吧？现在连绿丫都比我有见识多了。"榛子伸手点秀儿一下："见得多了就自然有见识了。再说你比绿丫姐姐可聪明多了。"

说着榛子故意往外一瞧，接着拍下胸口："阿弥陀佛，亏得她没听见。"

"怎么没听见？趁我不在时就说我坏话。"帘子掀起，绿丫走进来，往秀儿脸上一瞧就笑了："果然好看，秀儿啊，你放心，现在比不得原先，几千两银子的事，杜小姐，还赔得起。"

榛子故意瞪绿丫一眼，三个人都笑了。是和原先不一样了，秀儿瞧着这些胭脂水粉，手悄悄握成拳，一定要快些学会怎样打扮才好看，打扮得不好看，怎么去卖这些胭脂水粉？

榛子这边别的不多，人多，很快就寻了个姓尚的婆子来教秀儿怎么打扮，怎么认识这不同的胭脂水粉，还有不能被劣质的胭脂水粉给骗了，甚至连衣服首饰的样子都要学，这样才能和人有更好的谈资。

秀儿如饥似渴地学着这些，绝不敢放过任何一点有用的东西。既然要做生意，也要招揽客人，这些胭脂水粉不便宜，怎样才能卖到那些人手中。秀儿也拿了榛子给的名单，一个个地研究，又和尚妈妈两个人开始商量，这样忙忙碌碌，转眼就过了三个月。绿丫原本也兴致勃勃地帮着筹备，可五月里她有些不舒服，寻了医生来，说是又有喜了，这一胎怀得不大安稳，张谆哪敢让她出去外面，连家里的事都交给辛婆子。

既然如此，绿丫也只好待在家里安生养胎，不过经常派小柳条过来问问进展。

经过这三个月填鸭似的学习，秀儿现在的谈吐和原来也有些不一样了，也不会一听到什么东西的价钱就瞪大眼，而是学着那从小就养尊处优的人一样，只淡淡笑着。

铺面也寻好，并不大，也不在最繁华的那条街上，而是寻了条清幽的小巷，前后都是住家，只杂了一两间杂货铺子。前面一间铺面，后面是两进的住家。上面悬了匾额，只有香脂二字，里面放了小小一个柜台，柜台里放了几样货品。绕过柜台，就是一间雅室，布置得十分清雅，垂下帘子，外面人就瞧不见里面，这是防备有那想出门走走的小姐来这歇脚用的。

秀儿也见过几间铺子，却从没见过像这样的，要不是有人说，只怕还会以为是小姐的闺房，而不是一间店。

榛子也十分得意："这是我在江南住着的时候，去过好几家这样铺子，然后学着他们布置的。"说着榛子又指着外头，"这外头呢，是专门预备给那要给自己姐妹妻子买胭脂水粉的男人们看的，当然他们也瞧不见这里面。"

这柜台里是不能进的，而要瞧见里面那间，就必须要绕过柜台。秀儿点头，榛子又拍一下手："好了，现在这里只等择日开张。"

择了八月初三的日子开张，选这一天，是因为榛子说下半年的应酬很多，这胭脂水粉用得也快。开张那日，榛子也请了不少客人，清一色女的，没一个男人。

朱太太母女也来了，见了这么一间铺子，嘴里啧啧称赞，又赞榛子："总是杜小姐想得巧，要我们只会想着，既然要开胭脂铺子，就要开得大大的，怎么就忘了这胭脂水粉既然是女儿家用的东西，自然要先让女儿家来瞧瞧才是。这地方拐过去就是大街，一乘小轿子抬过来，也不算抛头露面。"

榛子笑着把后面的门打开："这里轿子还能直接抬进来呢。"朱小姐瞧着这店里的人，见一色都是女的，暗自点头："说起来，我们家那绸缎铺子也可以这样开一个，还有打首饰的。"

朱太太摇头："这啊，还真只能是脂粉铺子这样开，统共也就几样东西，绸缎铺子哪能这样做，一匹料子就占多大的地方，至于银楼，那可是专门有招待女客的地方，一占三层楼的地方，还会缺了这个。"

朱小姐眨眨眼就对榛子道："杜小姐别笑话我，我啊，还是这一两年，才学着怎么看账怎么给人出主意呢。"榛子哪会笑话，见又有客人来，也就请她们先到厅上坐。

来人除了做生意的，也有榛子结识的几位官太太，她们见了朱太太这些商户人家的主母，也不过淡淡笑着打声招呼。朱太太等人也不会往心里去，能做这么大生意，还会在乎这点冷遇？

倒是这几位官太太带来的年轻小姐，对这铺子十分喜欢，在那里瞧了这个又试那个，也有当场磨着自己母亲买了几样胭脂水粉，虽不多，也有二三十两银子的生意，秀儿把这账记下，心里松了口气。

有位太太被自己女儿缠着答应要经常来这铺子走走，那眉不由皱起道："今儿不过是看在定北侯府和王尚书府上的面子才过来的，买一两样东西也就罢了，这样的人进门，会带坏你们的。"

秀儿耳尖，正好听见了，要照了原来的脾气，只怕早就反驳，可此时做生意的人是要和气生财的，哪能这样做，只有当听不见。

“邱太太这话说错了，杜小姐是个什么样的人，这京城里谁不知道？她开的铺子，请的人，自然也是清清白白的，哪是那些走门串户的三姑六婆可比？再说就算是那些三姑六婆，这谁家还能缺了稳婆不成？”

邱太太的声音并不算小，正好榛子陪着王夫人进来，王夫人听得清楚，不由开口为秀儿辩解。

“王夫人说的是，说起来，你们都还不知道吧？就是太清白了，前些日子才闯了祸，把柳三爷的额头给……”朱太太这话并没说完，故意欲言又止，“哎，都过去了，现在和和气气的，也不用再提这事。”

柳三爷被一个梳头媳妇砸破额头的事，做生意的这些太太们全都晓得，可官太太们就不大清楚，听了朱太太这话难免要打听几句，听到实情，不由都往秀儿身上瞧去。毕竟不管是官太太们也好，商家太太也罢，都认为这些走门串户的，十个里面难保有一个清白的，只是居家过日子，总有缺不了她们的时候。

别说男人有意，有些人就算男人没意还要勾引一番呢，谁知这个小寡妇倒有几分烈性，竟不怕后果把人打伤了。听说她还有个女儿，想来就是为了养女儿才出来抛头露面。这么一想，看向秀儿的眼里多了几分赞许。

秀儿见王夫人开口为自己解围，一颗心这才放下，接着长舒一口气，尚书夫人，这可是从没想过的，能见到的高官夫人，此时竟为自己解围，秀儿只觉得一颗心扑通通乱跳，又想起榛子说的，见识见识，见得多了就识得多了。忍住颤抖开口道：“各位若觉得小姐们上门不大方便的话，遣个人来告诉我一声，我也能带着东西上门去给小姐们挑。”

秀儿这话说出，接着就笑了：“我也会梳头，虽说现在不许做这生意了，可是这顺手为小姐们梳下头也是可以的。”自然有人问为何不许，听到是柳家放的话，有几个人不由皱眉：“明明自己家做错了事，可还要人赔礼道歉，还不许人做这生意，实在有些……”

“这人不就是仗势吗？柳家在这京城，也不算什么没名声的人家。”朱太太见这几位官太太不像方才那样冷淡，急忙开口说。

“不过一个商户，生意做大了就忘了自己姓什么了不成？”朱太太这话立即引来有人不满。朱太太急忙转口：“我们终究是商户人家，也只能用商户人家的念头。哪比得上诸位太太呢？”

这话吹捧得恰到好处，而且还是明知道是吹捧也让人感到高兴的吹捧，说话的那位太太立即笑了，对秀儿招手："你既然会梳头，正好给我也梳一梳，我试试这头油，要真好，就买两瓶头油回去，前儿日头油恰好用完，让买办去买，说不得空呢。"

秀儿急忙应是，拿过手巾给这太太披在肩上，小荷搬过梳妆匣来，秀儿把这位太太的首饰全取下来，用张布包好，让小荷拿着，这才给这位太太梳头。这太太忍不住点头，瞧这举动就是小心谨慎，手艺也定不差。等秀儿把头梳好，挨次把首饰别上去，这太太照着镜子瞧了又瞧，笑着道："倒比原先年轻四五岁的样子。"

"那是太太您本来就年轻，原先那个发式，并不是梳得不好，可是这前面的头发稍微厚了些，庄重是足够了，可是太太今年还不到三十呢，稍微轻俏些也没什么。"秀儿见这太太喜欢，笑着解释。

"哪儿啊，都三十出头了，老爷说我该往庄重处打扮了。"这太太瞧着镜中的自己，真是十分喜欢。

"我也觉得这梳得好，既不失庄重也显年轻，来来，掌柜的，给我也梳一个。"邱太太见了，心里也喜欢，也招呼秀儿过来。这一日秀儿梳了差不多十来个头，卖出去十多瓶头油，搭配着胭脂水粉，等人全走掉，秀儿瞧一下账本，还有收的银子，差不多有六十来两，这简直是想不到的。

"王姑姑您这一日也累坏了，先歇着吧。照我瞧啊，主要是你梳的头好，不如你也教教这些孩子，让她们也学会梳头，以后这店里生意也能好些。"店里生意好，尚妈妈自然欢喜，笑着建议。

"瞧瞧，光这一日就累成这样，再生意好，那可怎么得了？"榛子送走客人，重新折回店里，听尚妈妈这样说就笑着反对。

"难道你不想生意好？"秀儿用手按一下肩膀，觉得肩膀都是酸痛的，往常在冯家的时候，每日从早做到晚都没这么累，这段日子，果然是养娇了。

"秀儿姐姐你这就不知道了，我们这生意，原本就只是小打小闹，查缺补漏的，只要有那么十来家府里的太太奶奶小姐们能用我们的货就好。真大做起来，就不是这么个做法。"还有这么个讲究？秀儿听着榛子的解释，半信半疑地问："难道生意做大了不好？"

榛子噗嗤一声笑出来，接着掩口："秀儿姐姐，你这是刚开始学着做生意，自然不晓得这里面的窍门，这做生意，大有大的做法，小有小的做法。我们现在呢，就是走这小而精的路，你别瞧着只有十来家府里的，可每位府里只要有五六位太太奶奶小姐用我们的货，你算算，一年就是多少银子？"

每位一年三十两的脂粉钱，这么多位，一年就有一千五百两银子的生意，里里外外成本除掉，那一年少说也有五百两银子的净利。秀儿算了算，点头道："我确是没有你想得那么多，还想着，这做生意当然是越大越好。"

棒子又笑了："谁也没有天生就会的，这做生意，还是稳扎稳打些好，不然的话，那贪多嚼不烂的事更多。再说了，这不往大处做，也是不得罪那些府里的买办们。"

"果然小姐聪明，哪像我，只晓得生意做得越大越好。"尚妈妈在一边赞到，棒子见小荷她们走进来，对小荷她们点一点头："往后啊，你们就轮班换着，一人在前面，一人在后面照顾家里。这梳头的手艺呢，也要学起来，等你们出阁以后，哄哄婆婆也好。"

小荷应是，另一个叫小青的丫鬟已经道："小姐这样说，就是逗奴婢，奴婢的婚事，还不是小姐做主。"这话让棒子微微一愣就笑了："原本呢，我的打算是让你跟着秀儿姐姐，好照顾她，可现在开了这个店，倒不好再像往常一样，把你当丫鬟瞧，既然这样，我今儿就把话放在这，你回去和你娘老子说，你的婚事，全往外聘，等以后有了婚事，你再来寻我，我把你身契给你。"

这话让小青喜出望外，急忙跪地磕了个头，接着就对棒子道："奴婢谢小姐的恩典，只是有一条，奴婢的爹娘卖过奴婢一回给奴婢娶嫂子，奴婢也算报过他们的生恩了，这婚事，还是让奴婢自己做主吧。"

棒子不由抿唇笑了："你这丫头，倒也不害臊，横竖你在这店里，以后瞧中了谁，就和秀儿姐姐说。"小青应了，又要给秀儿磕头，秀儿忙把她拉住："别如此，你我不过是一样的人罢了。"

这句话说出，秀儿觉得所有的叹息都已离去，小青怔了怔，接着就笑了："王姑姑休如此说，横竖以后，奴婢要瞧中了谁，还要请王姑姑帮我说媒。"

棒子听到那句一样的人，也不由有些叹息，看着秀儿竟说不出话。尚妈妈是晓得秀儿和棒子的过往，忙收科道："瞧这丫头，十三四的妮子，就一口一个婚事自己做主，也不害臊。"小青嘻嘻一笑，躲在小荷身后。

小荷是当初和她哥哥一起签给张家的，棒子自不会问她的婚事，只是道："你现在既多做了一份，以后每个月就多一两银子，攒到年满，也是一份很好的嫁妆了。"

方才棒子和小青说话时，小荷的心就扑通扑通地跳，自己签的不过是三年，要是棒子觉得没有签身契就不要自己可怎么好？此时听到棒子这样说话，每个月多了一两银子，登时欢喜起来："谢谢小姐。"

“要谢，就要谢东家，哪还能再叫小姐。”尚妈妈在旁打趣地说。

小荷和小青相视一笑，双双站好，恭恭敬敬地给榛子鞠躬：“东家好！”又转身面对秀儿也是双双鞠躬下去：“掌柜好！”

榛子笑得都撑不住了：“你们两个，都这么伶俐，以后呢，好好地学，不会亏待你们的。”瞧在一两银子的份上，也不会不好好学，小荷小青都点头应是。

听到那声掌柜，秀儿不由抿唇一笑，那些阴霾都消失了，以后的日子准保是越过越好。

榛子在这里又坐了会儿，瞧着天色已黑，再不走就要犯夜禁了，也就起身回去。秀儿带着尚妈妈她们把这内外都收拾干净，也就到后面歇息，有头一天的银子垫底，以后也不怕了。

铺子离廖家只隔了一条街，很快也就到了门前，榛子刚从轿里下来，就听到有人唤她：“杜小姐！”虽然声音有些熟，但榛子还是没听出这是谁在说话，倒是身边的丫鬟啊了一声：“姑爷？”

姑爷？能被称作姑爷的，也只有秦三公子了。榛子回头，天黑，只有门口挂着的两盏灯笼，只能瞧见有个人影站在不远处，并不能瞧出样貌。接着那人影往前面走了一步，榛子才瞧出这是秦三公子，不由对他一笑：“你来寻舅舅有事吗？怎么不进去？”

秦三公子是不会承认自己是来寻榛子的，瞧着她的笑容，只觉得浑身都暖了，听榛子这样问才道：“我并不是来寻舅舅的，听得你的铺子今日开张，我原本想让我妹妹去的，可是我娘不许。所以我才过来。”

是想安慰自己吗？榛子又笑了：“大家闺秀不能抛头露面也是有的，等以后慢慢就好了。”秦三公子嗯了一声，瞧着未婚妻子，只觉得她越瞧越漂亮，那种漂亮，是和别人不一样的漂亮。即便娘答应了娶她过门，可是娘心里的疙瘩还是消不掉的。想到这秦三公子又道：“那所宅子我去瞧过了，虽只有三进，可也够住了。以后，你只要年节去给爹娘问安就可以了。”

虽然榛子不大在乎婆婆可能有的刁难，可听到秦三公子这样说，还是高兴的，说了声谢谢。

“你我将为夫妻，本是一体，何需道谢。”秦三公子这话说出就想把话咽回去，还没成亲就这样说，会不会太孟浪了，这用词，会不会也太客气了？不远处传来打更声，看着秦三公子一直望着自己的眼，任榛子再怎么大方也是个没出阁的女儿，轻声道：“已经打初更了，再不走，就是夜禁时候了。”

“没事，我让人带了定北侯府的灯笼。”秦三公子口里说着，那眼还是舍不得离开榛子。榛子也不知怎的那羞涩越来越深，转过身道:“可我该回家了。”

说着就进了廖家的门，丫鬟婆子簇拥着她进去，秦三公子哎呀一声就想追上去，小厮已经上前道：“三爷，您本就不该来，来了，见了，虽然有我们这么些人，可传出去总归不大好，您啊，还是赶紧回去，难道您真想让三奶奶在太太面前不讨好？”

秦三公子咳嗽一声，接着就道:“你这小厮，倒还会说我，罢了，就回去吧。可是你知不知道，做男子的，总要能护住妻子，才叫好男子。”小厮把手里的灯笼点亮，好照着秦三公子回去，听了这话就笑了：“三爷，您啊，还是回去和太太说吧。”

秦三公子又笑骂他一句，也就上马回家，看着那扇已经关上的大门，再过不到半年，自己就可以娶媳妇了，不过在这之前，自己还是好好读书，预备明年的会试吧。

“三爷，太太请您去。”秦三公子进到自己家，本以为这个时候，祖母爹娘都睡了，想径自回自己院子，就见一个婆子走来，恭敬地对自己说。

“这个时候，院门不是都关了？”秦三公子是真没想到自己的娘还等着自己，问出这话又觉得不对，院门下钥虽有一定之规，可定北侯夫人身为侯府主母，要晚些关也没人敢反对。

“太太是特地等着三爷您的。”婆子还是很恭敬，秦三公子的眉不由皱了皱，跟着婆子往母亲的上房去。内院外院那道平常这时候已经关上的门今日果然还留着一道缝，门边也有婆子丫鬟守着。秦三公子的眉皱得更紧一些，自己的娘，还真是不喜欢自己的媳妇。

进到定北侯夫人的上房，定北侯夫人并没卸妆，只是坐在那里，瞧见儿子进来就微不可闻地叹了口气，秦三公子上前给自己的娘行礼：“这么晚了，娘您为何还不歇息？”

“你也晓得这么晚了？”定北侯夫人瞧着儿子，这个儿子曾给自己带来多么大的欢喜，那么现在就给自己带来多么大的难过。

“娘，儿子晓得这么晚了，所以才关心娘，娘也该歇息了。儿子大了，已不是小孩子了。”

儿子的话让定北侯夫人叹气：“你不是小孩子了，你爹也劝我，说儿孙自有儿孙福，我这才应下廖家这门婚事。可是她定亲后都做了什么？那个梳头媳妇的事也就不说了，能不忘了微贱时的朋友，也算她仁义。可之后呢，竟又要再开什么铺子，还这样大张旗鼓请那么些人去。你晓得我今儿去应酬，还有人笑着问我，今儿不是我那个媳妇开铺子的好日子吗，怎么还来？我臊得席都没终就告辞回来了。等一回来，才晓得我虽不许你妹妹去，可你又跑去廖家。老三，秦家的名声……”

秦三公子耐心地听完定北侯夫人的话才道：“娘，这一切，我都晓得，可是娘，这一切都是我答应她的。她是个不一样的女子，儿子还是那句话，望她入门之后，娘待她就跟待嫂子们一样。”

“只要她不胡闹，规规矩矩本本分分做我秦家媳妇，我怎么会不待她好？”

“这不是胡闹，娘，虽说妇人家该贞静为要，可是也有妇人掌家的。前些日子，朝廷不是还表彰了一个烈女？父死母亡弟弟又小，她素来聪慧，就管着家里的产业。谁知被族人不服，把她害了，然后想害她弟弟后夺产，她一点英灵不安，竟在唱戏时候显灵，知县知道，为她昭雪，并上书朝廷，为她建坊表彰。娘，这家也是做生意的。”

“这怎么一样？”定北侯夫人还是不满，秦三公子又笑了：“怎么不一样，娘，廖舅舅又没有儿子，想把家业托付给她也是很平常的事。况且以我秦家名声，难道还要觍着脸说，你家女儿嫁了我，这家业就该当作嫁妆归了我家，我秦家出管家人等把这家业管了？娘，这娶女霸产的名声，比一个媳妇管产业的名声可要坏多了。”

定北侯夫人被儿子的话噎住，接着才叹道：“你真是有自己的主见了，可是……”

“娘，那些爱嚼舌根的人，不嚼我们家，也要嚼别人家的，理她们做什么？娘，你也见过杜小姐的，晓得她是个什么样的人，难道你还要帮着外头的人说自己儿媳的不是？”秦三公子这话正正打在定北侯夫人的死穴上，对儿媳再不满，那也是关上门的事，在外面的话，一笔写不出两个秦字，难道还要帮着别人说儿媳的坏话不成？那不是打自己家的脸？

见儿子满眼期盼，定北侯夫人摇头：“罢了罢了，你也要去和她说，这掌管家业也是平常事，可是有些事，能不亲力亲为的，还是别做了。”

秦三公子急忙应是，接着就道：“娘，她那个新铺子，是专门卖脂粉的，我偷偷地去瞧过，很是隐秘，妹妹想去，也可以去的。”定北侯夫人把脸一沉，秦三公子急忙告辞。

等儿子走了，定北侯夫人才叹气，儿子大了，是再不肯听自己的话了。一个婆子悄悄地走进来，对定北侯夫人道：“方才老太太房里的朱嫂子来过，见三爷走了才离开。”

定北侯夫人嗯了一声就问婆子：“你也见过杜小姐，你觉得她真值得老太太这样待她？”如果没有定北侯太夫人的大力赞成，这门婚事是怎么都成不了的。定北侯夫人不敢违抗自己的婆婆，但并不代表她对这门婚事就这么乐见其成。

“三奶奶，不，是杜小姐。在老奴瞧来，瞧着也和那些别的闺秀差不多，斯文大方，可是要照那日老奴去打听的话，她对着老太太说的那番话，还真是让人想不到。老太太年轻时候，也是个能干人。会喜欢她也是很平常的事。”

这番模棱两可的话并没让定北侯夫人满意，罢了，事情已到这个地步，再不能反悔的，就走着瞧吧。定北侯夫人起身坐到妆台边，婆子急忙唤丫鬟进来伺候她卸妆歇息。

绿丫是店开了三日后才来的，一进店就赞了又赞：“我就说榛子和原来不一样，瞧瞧这布置，一般人想不出来。”秀儿瞧着绿丫那凸起的小腹：“你家夫君也肯放你出来了？”

绿丫坐下用手撑住下巴：“怎么不能放我出来？我可和他说了三日，小全哥又说想妹妹了，他这才肯放。”秀儿摸摸小全哥的头，让小荷带他到后面找锦儿玩去，这才笑着道：“原来你还是托了你儿子的福？”

绿丫又笑了，问几句生意情况，秀儿摇头：“除了开张那日，这几日都没生意，不过榛子说了，这也是常事，让我别着急。还说，总要等上几日才会有人请我去她们家里呢。”

虽然放了七百两银子在这铺子里，可绿丫也不着急，毕竟论起做生意，绿丫懂的也不多，那些银子不能白白霉坏，也只能买几个小田庄，至于哪家铺子生意好，可以参一股这种情况，还是要和张谆商量去做。

听秀儿这样说绿丫也点头：“横竖我只做个甩手的，你们操心去。说起来等这店铺生意好，分了红，你也拿着银子去买个小田庄，好给锦儿做嫁妆。”

给锦儿做嫁妆？秀儿笑出来：“她才多大，哪就要预备嫁妆了？说起来，你家小全哥不错，可是我想，要是真能有些产业，就想给锦儿招个婿。”

招婿入赘，这也是个主意，不过绿丫还是没放松：“这会儿他们都还小，要真各自有意，你不成全，瞧我不和你翻脸。”秀儿往后面望一眼就又笑了，两人说闲话的时候，这几日没人进来的铺子里就走进几个人。

从衣着判断，像是哪家小姐身边的管事妈妈出来闲逛，秀儿就是要等她们来。秀儿忙起身迎接，又给她们介绍着这铺子里的东西。领头那婆子挨次闻了闻，就对秀儿道：“听说掌柜的姓王，有一手好梳头手艺，我们家小姐是娇惯的，觉得采办买的那些胭脂水粉都不大好，我们买了几次她也嫌弃，昨儿邱家的小姐来说起这事，今儿就让我们过来瞧瞧，要真好，从此小姐的胭脂水粉就在这买了。”

生意来了，秀儿立即请她们坐下，又把那些拆开过的脂粉拿出来给她们试着。既然秀儿在忙，绿丫也就往后面去，瞧锦儿和小全哥玩。

锦儿瞧见绿丫进来，急忙唤姨，小全哥已经欢欢喜喜地道：“锦儿妹妹，娘肚子里给我怀着妹妹呢，以后我可就有自己的妹妹了。”锦儿的眼瞪圆一些，好奇地问：“姨姨给哥哥怀着妹妹，那什么时候，才能给我怀个哥哥？”

这话让绿丫笑起来：“傻孩子，哪有这样的傻话，姨姨就算再怀，也只能给你生个弟弟或者妹妹，哪有哥哥比你还晚生的。”小全哥也在旁边点头：“锦儿妹妹，你已经有了我这个哥哥了。”

锦儿的小鼻子皱了皱，还要再说。已经被小全哥抢先开口进行解释，两人在那童言童语讲了半日，小荷已经走进来对绿丫道：“王姑姑说了，要去给那家的小姐讲讲什么脂粉好呢。请张奶奶您先宽坐。我也要跟了王姑姑去，还要请尚妈妈出去看着店面呢。”这是好事，绿丫立即点头应了。瞧着这两个孩子又玩了一会儿，在这吃了午饭又睡了会儿，才看见秀儿回来，一见秀儿这脸上的笑容，绿丫就晓得生意成了。

秀儿坐下喝了两杯茶才道：“这家的小姐是个难说话的，不过呢，还是做成生意了，虽然只有十两银子，可也不少了。”

“那是不少，今日十两，日积月累，那就很多。看来啊，这生意能成。”生意越好，尚妈妈能分的也就越多，自然欢欢喜喜地说。绿丫担心地瞧了眼秀儿：“只是你每日这样出门，会不会太劳累了？”

“你啊，也太小瞧我了，不过就是多说几句话罢了，不过今儿去这家才发现，这大户人家，那人多，心里的事也多。我出门的时候听到几个下人在那议论，说什么二小姐买了这么多的脂粉，三小姐晓得了，定会不高兴。可是这是太太给二小姐的私房钱，三小姐再不高兴，她姨娘也没有贴她这么多银子的道理。”

姐妹争什么的，绿丫当日在廖家那边住时，听鲁大嫂嘀咕过几耳朵，虽然每位小姐的月例都是一样的，可其中还是有不一样的。私下给的银子自然是不一样的，而那才是大头，下人们也为跟什么更好的主人争过，毕竟好主人就意味着平常得的赏钱更多。

此时听秀儿这样说，绿丫就把当日听来的学了一遍，秀儿咂舌：“瞧瞧这人，怎么到什么时候都忘不了争斗。”绿丫应是，既见虎头急匆匆进来：“奶奶，爷赶着出门，让小的来寻奶奶回去，好给爷收拾行李呢。”

赶着出门？做了二掌柜，银子多了，这出门的事也多了，但也少见这急忙出去的，绿丫忙让人把小全哥抱回来，就急匆匆往家赶。

进得屋里，张谆已经在那打着包袱，见绿丫回来就道：“我今日就要赶出城去，只怕要去个把月。你别到处乱跑。”

绿丫瞧瞧外面天色就惊讶地道：“可是这快要关城门了，有什么急事必须马上出城？”

张谆换上靴子：“生意上的事。”他说得含糊，绿丫也就又给他收拾几件衣服，送他到门口，马车早已等在那里，张谆只和小全哥又说了声，那马车就飞快驶离。

“老爷，二掌柜的已经走了。”廖老爷听着管家的禀报嗯了一声：“知道了。”

管家并没离去：“按说这件事只是件小事，老爷您让老爷爷写封信，就什么大事都没了，为何要二掌柜出面？”廖老爷抬起头，管家的眉皱紧：“老爷定是有心栽培二掌柜，可是……”

大掌柜今年四十刚出头，是年富力强之时，坐在那个位置上已经十年了，他儿子也在另一间铺子做掌柜。廖老爷真要有心栽培张谆，那大掌柜第一个就不同意。

“这些日子的流言何曾断过？”廖老爷的反问让管家愣了下就道：“可是也不会啊，老裘那人小的是清楚的，他儿子虽然想着二掌柜这个位置，可也要老爷您点头才是。”

“人总归是有贪心的，只要不是太贪婪，我也不大在意。可是不能把那些都当作理所应当的。”说着廖老爷咳嗽起来，留给自己的日子是不是已经不多了？那也只有在这之前，为敏儿肃清所有不利的障碍。毕竟，趁着家主去世，然后勾结外人把这家业瞬间吞掉的事，廖老爷见的不是一桩两桩。

青门柱

第 25 章　盘　算

管家急忙给廖老爷端上茶，廖老爷喝了两口才挥手："下去吧，我再仔细算算。"管家应是下去，走到门口时回头，见廖老爷继续在那瞧着账本，眉头微微皱了皱就往外走，刚走出几步，就有小厮过来："王大叔，裘大叔方才来了，说许久不见你，约你晚饭时候在太白楼呢。"

太白楼一桌上好的酒席就要六两银子，老裘还真舍得，可想到廖老爷方才的话，老王就对小厮道："你裘大叔来了，怎么不见他进来见老爷呢？"

小厮声音压低了些："裘大叔说了，他现在是已经告老的人了，况且老爷对他只怕有些不满，还是不来老爷跟前惹人厌了。"这个老裘，管家笑一笑就道："你去寻他，就说，也不用去太白楼了，我和他两个就在我家，让你王婶子炒几个菜，捏花生下酒就好。"

小厮应是走了，老王往廖老爷所在方向瞧了一眼，到底还是没进去，等见过老裘再说吧。

等老王从前面回来，刚走进院门就听见老裘的声音："弟妹，你也实在太客气了，这排骨也别炸了，我就爱你炸的那个花生，多香。"老王把脚步放重一点，咳嗽一声就走进去："裘老爷怎的不在家里享福，往我这边来了？"

老裘今年六十出头，回家这么些年，发福了些，一张脸油光闪亮，再加上身上穿的那大红八团吉祥袍子，一看就是那乡下有田有地日子舒心的财主。

此时听老王这么一说，老裘本想起身迎，就用手摸摸胡子："得，好心来瞧你，你倒好，为我省钱不说，还这样说我。再有下回，不敢来了。"老王已经坐下，王大娘给他们端来了菜，又倒了一壶酒，叮嘱道："你们先吃，我再去炒两个菜。"

老王给老裘倒了杯酒，见他捏起酒杯才道："我晓得你为何来寻我，要我说呢，你跟在老爷身边这二十来年，只怕也攒得四五万银子的家业。乡下有田有地，县城里还有两三间店铺，不说这辈子，两三辈子都够花了。你我这样，能够瞧见孙儿成器，就够了，再多的也不想了。"

老裘把杯里的酒一口喝干才道："老王，你和我不一样，说句你不爱听的，要说银子你家里也不少了，可是你从底根上是定北侯府的家生子，虽说现在定北侯府把你娘老子的投身纸寻出来还了，可你们要做点什么，还要背一个背主的名声。"这话让老王的脸抽了一下，接着笑了："来，来，喝酒，我当然和你不一样，你三个儿子两个闺女，家里还有两房妾，开销都比我大多了。我既一个闺女，她都嫁人生了儿子了。我和你弟妹，两人吃饱就够了。等做不动时，乡下还有个小田庄，就搬到那里，寻一房人伺候着就够了。那些谋划，真没去想过。"

老裘鼻子里哼出一声，接着就道："得，得，我知道你是想做神仙的，可是你不为你自己想想，也要为大侄女想想，她现在是有夫有子了，可以后呢，要万一遇到个沟沟坎坎呢？难道那时你把银子全都花光不拿出来？再说了，就算不留给她，也要给你外孙，总不能说，这嫁出去的女儿就是泼出去的水。我晓得，你也不舍得是不是？"

老裘的话让老王皱眉："你这和我绕什么呢？你我相识也有二十来年了，连我闺女都是你瞧着长大的，你要有什么话就说吧。"老裘咳嗽一声才道："就知道你是爽快人，可是这事，也只能和你说。东家今年算起来，也四十出头了，到现在膝下尤虚。按说呢，这纳妾生子也不是什么为难事。可是这纳了不少妾，都没生出孩子的人家多了去了。"

王大娘端上来两样菜，一样炸排骨，一样小炒肉，一个下酒一个下饭。老王停下说话，搛一块排骨，往嘴里嚼了嚼才对王大娘说："你这炸的什么排骨，不够脆。"王大娘白他一眼："裘大哥就爱吃这不够脆的。"老裘忙说声谢谢。

等王大娘下去了，老王才道："还有小姐呢，再说小姐嫁的，可是定北侯府的公子，难道还能护不住这些产业。"老裘笑了："都知道东家疼小姐，可是小姐一来是个女子，二来呢，是外姓人。"

这外姓人三个字一入口，老王就压低了声音："老爷那边的人找你了？我说老裘，你也是闯江湖这么多年的人了，还信这个？就算他们许诺给你好处，可未必能拿到。"

既然话已挑明，老裘也不隐瞒："廖家族里想着东家这份产业的人可不少，就照你这话说的，定北侯府再强，也要顾忌名声，难道能要一个娶女霸产的名声？到时真闹起来，说不定定北侯府还要小姐把这份产业给交出来呢。”

“老爷今年四十多，还是壮年呢。”老王这话只让老裘呵呵一笑就道：“可是东家当年的事你不晓得吧？即便你不晓得也知道东家这些年都是在服药的。东家的身子，早撑不住多少年了。你难道就不怕东家有个万一，到时你不能全身而退？你可还是在册上的。”

若是棒子能够撑住场面，老王自然不会担心，可棒子毕竟是个女的，况且出嫁之后，还要受夫家那边的安排，如果……那首当其冲的就是自己。真要到了这把年纪还被新主人给卖掉，老王真是半分脸面都没了。

见老王在沉吟，老裘捏一把花生进嘴，继续道：“其实择个嗣子，这也是为东家好，他有了后，也不会做那孤魂野鬼。家业也有人承继，再说了，小姐出嫁了，也有了娘家可以回，被人欺负了，还能回娘家搬救兵，择嗣子，这是几方有利的事，不择嗣子，到时那可都是没利的。”

“你也有利吧？不然的话，你也不会这样积极。”老王这话老裘并没否认：“虽然那边说，事成了，把我儿子提成大掌柜，大掌柜一年的收入，都知道的，可这话只能信一半。他那边现在是要和我家做亲。你也知道我还有个小女儿，今年十四，被娇惯的，我正为她寻婿呢。”

这一结了亲，就是一家子了，老王了然一笑：“那么，他们那边，寻了几个？”

“三个，都是聪明伶俐的孩子，大不过八岁，小的只有四岁。都是近支，并不是远支。”还真是什么都想好了，老王垂下眼：“我也只能敲个边鼓，至于别的，那就全由老爷做主。”

“这是当然的，来来，你我兄弟，再喝一杯。”肯敲边鼓就好，老裘举起酒杯，和老王又喝起来。

“哦，家乡那边有人来了？”廖老爷听得人报，只淡淡说了一声。来回话的是老王，虽然他想为廖家择嗣子的事敲个边鼓，可廖老爷这么冷淡，他一下就不敢说了，只是恭敬地道：“来了有两日了，住在客栈，都是去族内在这做官的人家拜访，今儿才到这边。”

廖老爷皱了皱眉才道：“做官的人？这京城里还有廖家别的族人吗？”

“有的，三老太爷的孙儿就在这京城里，不过是在工部任职。算起来，他还是老爷您的堂弟。”依稀仿佛有这么个人，不过他既不来拜访，廖老爷也不会去管他，哦了一声就道：“这来的又是什么人家？”

“来的是族内长房的儿子，算起来，也是老爷您的堂弟。”长房长子，那是族内未来的族长，不过廖老爷依旧兴趣不大，毕竟当年的事印象太深，只哦了一声就道："请进来吧，再让厨房备一桌酒席。"

这就没了？老王也并不惊讶，毕竟当年廖老爷被迫离开家乡的始末，他们还是知道一些，廖老爷没把人给赶出去已经很好了。转身出去请人。廖老爷听到脚步声抬头瞧见有人进来，起身相迎："我离开家乡日子久了，也不晓得各位怎么称呼，快些请坐。"

廖家族人一进这门就察觉出和廖主事那宅子的不同，虽说廖主事是做官的，可京官俸少，廖主事一家子只住了一个院子，下人只有三四个，厨下的事，还要主事太太亲自动手。

这宅子极大不说，摆设得更是齐整，至于那来往的下人更多。廖家族人交换一个眼神，才由廖家长房的那位廖十三老爷开口说话："七哥离开家乡时候，我不过才三岁，七哥记不得我们也是平常事。算起来，我在族内大排行，是十三，您称我一声十三弟就好，这位是二房的十五弟。这个是你侄儿，他今年十五，特地带上京来长长见识。"

一番寒暄后，廖老爷请他们各自坐下，夸赞一声廖大爷聪明伶俐，又让人拿出一份礼物当作见面礼送了，文房四宝之外，两匹尺头一对金锞子。这份礼瞧在廖老爷眼里是十分轻薄的，可让廖十五老爷忍不住眼睛一亮，虽然廖老爷这些年不回家乡，可是他们也打听过了，廖老爷的产业，七七八八一年有个两三万银子进项呢。

开头他们还以为这不过是夸张的说法，毕竟在乡下地方，一年能赚一千两银子，就是这十里八乡的富户了，这一年两三万银子，那得多少田地。但不管怎样，廖老爷很有钱是肯定的，既然廖老爷姓廖，又没有儿子，那么族里就该为他择嗣子把这支承袭下去，免得产业四散，白白便宜了外人。

主意打定，几位族老又和族长商量了又商量，扯皮了又扯皮，均衡了又均衡，这才寻出三个聪明伶俐的孩子，专门带上京来让廖老爷挑选，当然最好就是三个都收了，这样的话，对这几房都有利。

既然是全族出力，也要有所谋划，上京后没先来廖老爷这边，而是先去廖主事家里，廖主事听得族内这个计划，不但不反对，还极力赞成，廖家族内的银子就该留在廖家族内才是。况且有了银子使用，廖主事也能多升几次官，这是对族内大家都有利的事。

此时廖十五老爷见了这份见面礼，看来廖老爷这一年两三万银子的进项，是真的。不然这初次见面，就拿出这值百来两银子的礼来，简直是，廖十五老爷心里已经寻不出话来，只是笑着道:“小孩子家，七哥不必给这样的见面礼，免得惯坏了他们。”

“这点点东西，算得了什么。”廖老爷淡淡答道，那眼虽垂在那，手已经握住扶手，这帮子人从进来到现在，哪点动静漏过了？这么多年都没有长进，难怪只能在窝里斗，掐来掐去，倒让那有本事的个个被逼走远方，族内越发凋零了。至于他们来的目的，亲热是真的，可这亲热自不是因为自己和他们是自家人，而是为的自己家业。

廖老爷想着唇边就有了讽刺笑容，接着把那笑容收起，只道：“这孩子很聪明，又懂事，我见了头一面，就很喜欢。”很喜欢这三个字落在廖十三老爷耳里，不由有些后悔当初听了长辈们的话，只选了几个年纪小的，而不是往年纪大的人中间选。

当初只因选年纪小的好摆弄，到时这廖家的银子可以尽情往自己家搬了，可这选了年纪小的，到时万一那位外甥女用照顾弱弟的理由把这家业给接过去呢？还不是白白便宜外人？

廖十三老爷在那懊悔，他侄儿倒只笑一笑，并没说话。

廖十五老爷也有些懊悔，不过这时候不是说这话的时候，又说了几句闲话，厨房已经把酒席送来，廖老爷请他们坐下，推杯交盏吃了一回，也就送他们出去。

等人都走了，廖老爷这才沉下脸，他们还学聪明了，晓得不直接开口，可是自己的产业，定不会给他们。想清楚了廖老爷就唤来老王：“派一个机灵点的跟着他们，打听打听他们都说些什么。”

老王应是，又想起老袁说的话，忍不住叫声老爷，廖老爷眼如寒星地瞧着他：“那日老袁来寻你，和你说了什么？”这一句让老王惊得跪下：“小的，并没说什么。”

廖老爷还是瞧着他:“是吗？老王啊，你跟了我有二十年了吧，难道不晓得，如果我真知道，就会直接问出来，而你，如果真没说什么，也不会吓得跪在地上。”

廖老爷的话让老王登时出了一头的汗，明知道自己被廖老爷耍了也要回答：“老袁来寻我，不过是……”

“别说你们只是叙旧，若真的叙旧，你方才就不会这么害怕。说吧，老王，你要知道，天下没有不透风的墙。”老王闭下眼，不敢去看廖老爷：“老袁说了，廖家那边来寻他说亲事，要娶他小女儿，还说，择嗣子是多方都有利的事，让小的在老爷跟前敲敲边鼓，促成这事。”

说完老王才睁开眼，瞧着廖老爷的脸不敢说话，廖老爷只淡淡一笑：“好啊，这手伸的，越来越长了。老王，你说，连你都不可信了，我还能去信谁？”

廖老爷声音越轻柔，老王越懊悔，大哭起来：“老爷，小的原本是不答应的，只是老裘他，他说，小姐一个人是抗不住廖家那么多的人的，万一打起争产官司来，廖家准赢。那时换了新主人，小的也只能被卖掉，五六十岁的人了被卖掉那可是半分面子都没有了。”

银子，为的不就是银子，廖老爷叹一声，瞧着老王：“你这话是实话，起来吧。”老王还是不敢起身，廖老爷的眼渐渐眯起，“可是呢，他们算错了我，也算错了敏儿。想在我死后打争产官司，也要瞧瞧这是什么地方。”

老王站起身，用袖子擦了擦额头的汗，瞧着廖老爷依旧不敢说话。廖老爷想了想就道：“也不用再让机灵点的小厮跟着了，横竖他们来就是这么件事。你呢，也别和老裘说，我知道这件事了。”

老王应是，廖老爷吩咐小厮拿文房四宝来，老王这才敢问：“老爷很久没练字了。”那是因为很久没人惹自己生气了，廖老爷淡淡一笑，写下第一个字的时候吩咐道：“老裘的儿子，我记得是在下面绸缎庄里，这回的事，按说他也该出面的，让他也去。”

老王应是，正要退下时廖老爷又淡淡地道：“你放心，我做人丁是丁卯是卯的，这件事不过是要给老裘个教训，不会赶尽杀绝的。”真要赶尽杀绝，这效果并不会很好。

老王额头又出汗了，等走出厅时才用袖子擦擦额头的汗，自己也真是老糊涂了，难道不晓得老爷什么脾气，还敢应下老裘的话。至于老裘，他只怕是好日子过太久了，忘记老爷是什么样人了，真要动手，老爷一根小指头就收拾了，还不用大拇指。

老王紧紧腰带，赶紧去传廖老爷的话。

张谆到了通州，处理了两三日听人通报说小裘掌柜来了，倒愣了一下：“怎么他也来了？”

“小裘掌柜是绸缎庄的，按说这件事，原本就是该他出面的，东家派你来了我还觉得奇怪，又想只怕东家是磨炼下你。这会儿小裘掌柜来，只怕是帮忙的。”老鲁自从被廖老爷派到通州这边的小码头，进项少了，人也老实很多，见张谆这样还帮忙解释。

说话间小裘掌柜已经走进来，他是老裘的长子，今年三十多了，人一看就很精明，见了张谆就急忙拱手："这两日劳烦二掌柜了，原本这事就该我出面，可那几日正好走不开，才劳烦二掌柜的跑这么一趟。"

张谆也拱手还礼："大家都是一个锅里吃饭的，劳烦什么呢。"小裘掌柜笑着坐下就问老鲁："这是哪家的人马，竟敢来拦我们的船还要课税？难道他不知道，这些料子，都是进贡的吗？"

老鲁忙赔笑："我们也是这样说，这批料子，是要赶在重九前给宫里的，可是也不晓得这官怎么想的，非要说按照往年，哪有这么多料子要进宫，还要我们拿出单子来，该进宫的就放行，不该进宫的，不但要卸下货，还要课税，重重地罚。"

做进贡生意的人，不就为的能往京里放贡船时，随船带上自己的货。这一路不但处处被放行，还快速，毕竟别的船是不敢和贡船争抢的。不然宫里给出的价钱，不高之外还要去打点各行各处，一年不赚钱还要倒贴的活还人人争抢要去做，就为这点便利。廖家这生意做了小二十年，被刁难是有的，但这还是头一次被人拦下。

小裘掌柜哦了一声就瞧着张谆："那你瞧瞧，这背后到底什么人在捣鬼？"张谆虽然年轻，但稳重，来了这两三日，并不轻举妄动，听小裘掌柜这样问就道："要照我瞧，只怕根子还是在京里，想来是哪位瞧着我们这进贡的生意做得好，眼红想夺呢。按说只要……"

张谆把只要宫里的老爷爷放句话，这船就能过去的话给咽下，依旧笑着道："我瞧着，只怕这是东家故意考我们呢。"

小裘掌柜又哦了一声就往张谆脸上瞧去："难怪东家要让二掌柜来，可是这既不能押人，又要放行，可要怎么做？"最简单的，就是用银子买通，可这生意的利润太高，那官明知道这边是贡品还要拦，那这银子给得足够多，多的他不在乎丢不丢官。张谆笑了笑就道："现在我想着，用银子是不行的，只好去打听下，这官这些日子都遇到些什么事了。"

"我也打听过，不过也不晓得这官家里，到底得了什么好处，千方百计打听，都没打听出来。"老鲁急忙开口解释。

"那他可有儿女？算起来，重九只有一个来月，背后的人，就是算准了我们必须要让这料子在重九前入宫，才这样卡的。"到时没有法子，只能按照贡品单子把那些料子先放行，多余的料子只能被迫卸下，这样的事要真做了，也不用宫里来夺，廖老爷自己就没脸继续做这生意。而缺了这生意带来的便利，那廖家的生意会大不如前。

里里外外都想清楚，张谆不由吸了一口冷气，小裘掌柜听到张谆吸了一口冷气，心里不由讥讽一声，到底是年轻，连这点事都怕。不过这事也关乎着小裘掌柜的银子，小裘掌柜也不敢在这时候斗，只是皱眉道："现在不是分析谁做这事的时候，只有赶紧把这些货全都放行才是要紧的。"

"他有儿女，可儿女还小。"儿女还小，那就是没有用儿女来威胁，那么这件事的根子还是在银子，能拿出那么一大笔银子来买这个人，背后的人是筹划已久了。

小裘掌柜也在想办法，"原先也不是没人想夺这门生意的，可也没抢去。这回真是奇了怪了。"老鲁在那自言自语。

"再说了，这年年的孝敬，我们也没缺，就算这官，初来时候，我们也送了三百两银子的安家费。"老鲁这话让张谆眼睛一亮："这官来多久了？"

"时间不长，也就三个月。"

"那这官做一任，能有多少好处？"老鲁在心里算了下才道："这好处也不少，一任足足有四千银子呢。"四千银子，这官据说是入了贡，然后做了任教官转职，升迁无望，那么他很可能就为了这一任的好处做这件事。

或许，这好处不止一任。张谆垂下眼在那细想。虽然知道廖老爷一定留有后手，可他既然把自己和小裘掌柜派来，考验之势也是做得十足。这事不仅要办好，还要办得很漂亮。

小裘掌柜的想法也是一样的，不过他想得更多些，如果自己表现得很出众，那再往上一下也很平常，谁也没说过，只能有一个二掌柜。

"这官可有亲戚带在身边？"张谆开口问老鲁。

"官亲的话，也不是没有想过去寻，可是这一家子，怎么都寻不到一点缝进去，只有……"老鲁皱眉，咂了下嘴才道，"恍惚听人提过，说这官有个小舅子，娶的是京里大户人家出来的一个丫头。这官觉得丢脸，才不许他们出来的。"

娶京里大户人家的丫头做媳妇的人，想来出身也不怎么样，这样的人，完全不留后路只要银子也很正常。那么，张谆哦了一声："离重九还有个把月，我们现在别这样着急，越急越上了别人的套。该干什么干什么去。"

"不急？"小裘掌柜嚷出来，"只有个把月了，哪能不急？"张谆又是一笑："即便是九月初一从这里出发，三天内这批料子也能进宫。"满打满算只有二十来天，二十来天，要怎样才能把主意说出来？小裘掌柜不大看好，但还是闭嘴不说。老鲁似乎明白了些什么，那眉头还是皱紧："二掌柜是不是想借八月节的时候，请这官过来喝酒？"

张谆摇头:“这样就会着了套了，再缓两日，缓两日。”小裘掌柜耐下性子，仔细想着张谆的话，突然一拍桌子:“我明白了，既然如此，我们就出去喝酒去，这通州也是个大码头，可看的东西太多了。”

“廖家的人现在不着急了？”为了确保这个计策能够完成，柳三爷亲自来到通州，对面坐着的就是那官。听柳三爷这么问，那官笑着说：“前几日着急得跟火上房似的，成日在我家门口守着，送去的东西我也按三爷您说的，收了。只是没见人。”

“你们在外做官，为朝廷效力，本就辛苦。”柳三爷恭敬地说着，可心里还是藏不住鄙视，说是朝廷命官，一年也就五六十两的俸禄，他贪婪正好，就怕他不贪。想着那送进去的六千两银子，柳三爷不由有些心疼，可再一想，这六千两银子能让廖家倒个大霉，也算去有其所。

阎王好见小鬼难缠，廖家只怕怎么都想不到会在这么个小人物身上栽个跟头吧？柳三爷端起茶杯，身子微微前倾：“说来，这事还多亏老爷，既然他们不着急，我们也不着急，就再等两日。”

“三爷，您这话说的是，可是若他们执意不肯卸掉那些多余的货，和贡品一起留在这里，到时交不上去贡品，他们是能通了天的，到时知道是我这里刁难，我的官不做不要紧，只怕连累家人。”

这官虽贪婪，可也晓得自己不过是柳廖两家斗法的棋子，最好就是既能让贡品完完全全去了，事后就算通了天的廖家要追究，自己也不过丢官了事，那时拿了这些银子，回家做富家翁去，省的这里还要应酬上司。

“放心吧，这贡品不交上去，头一个被追究的是廖家，现在只是时日尚早，他们才不着急，等再过几日，我瞧他们还想不想做这门生意了。他廖家认得能通天的人物，难道我柳家就不能？”柳三爷话里难免带上几分傲慢，这官毫不在意：“是，三爷说得有理，他们不着急，我们也不急躁，横竖这贡品送不上去，头一个被连累的是他们。”

柳三爷想着不由得意地笑起来，眼里闪出寒光，廖家得意得已经太久了，也该倒霉了。

“哦，他们现在不着急了？”廖老爷抬头瞧着老王，老王应是：“虽说不着急是常事，可是……”廖老爷抬手止住老王往下说：“急什么，还有二十多天呢，你还是让人把通州那边的信往这里送就是。”

老王应是，小厮走进来：“老爷，十三老爷来了。”

又来了，算算次数，这十三老爷已经来过三四次了，有一次还是和廖主事一起来的。廖老爷哦了一声就道："就说我不在家，中秋在即，带着家眷去田庄过中秋了。"

小厮应是退下让人往外面传话，听得廖老爷不在，廖十三老爷的眉不由皱紧："方才问时，不是说七哥还在吗？"那回话的小厮恭恭敬敬："小的是在外面伺候的，里面的事一概不知，总要传进去才晓得老爷在不在家。十三老爷您若真想见老爷，不如小的再往里面传一个话，让人往田庄送信，说十三老爷寻老爷有急事。"

"不必了。"廖十三老爷来过三四次，哥哥弟弟叫得也十分亲热，廖老爷仿佛也不提往日旧事，十三老爷以为，这挑个日子把挑嗣子的事说出，廖老爷未必不肯。可今日这碗闭门羹，让廖十三老爷觉得这事不是那么简单，要回客栈和人商量商量再说。

廖十三老爷匆匆离了廖家往客栈去，刚一进客栈的门，客栈掌柜就迎上来："廖老爷您回来了，说起来，当初进小店时候，您称了十两银子，到现在二十来日，这十两银子差不多用完了，您瞧，您是记账呢，还是再拿十两银子？"

廖十三老爷不由吓了一跳，十两银子不过住得二十来日，急忙问道："我们包那院子每日不是只要三钱银子吗？"掌柜的还是笑眯眯的："您包那院子的确每日只要三钱银子，可您不光住，还吃啊。您这里人口又多，我们这样客栈，又不像那些小客栈，院子里有厨房让人烧火。我们这可是清幽的客栈，怎么能让人烧火做饭，这样会吓得人不敢来住的。"

清幽的客栈，廖十三老爷读出这话里的轻蔑，想反驳几句反驳不出来，轻咳一声道："那你让伙计跟我来吧。"掌柜的急忙应是，让伙计跟着廖十三老爷进去。

廖十三太太见自己丈夫回来，急忙迎上前："你可算回来了，孩子们都……"见廖十三老爷身后跟着伙计，廖十三太太急忙把后面的话咽下，廖十三老爷觉得头有些疼，让太太称五两银子给伙计。

打发走了伙计，廖十三太太这才道："这事，到底能不能成？这路上和来京里的花销，都太大了，我算算，来京这二十来日，差不多花了三十来两，这是银子不是水，光出不进怎么成？"

银子，不就为的银子。廖十三老爷头越发疼起来："你少说两句，让你来，除了照顾孩子，什么用都没有。"见丈夫呵斥，廖十三太太也感到委屈，上前给丈夫按着头："这不是因为那家里只有一个妾，我总不能去见一个妾吧？至于那个外甥女，我是长辈，也不能先去见，这可是你说的，现在就来怪我。"

“那外甥女顶什么用？她是杜家的人，不是我们廖家的，再说这立嗣子，她准定不许。”廖十三老爷觉得被按了几下头，舒服了些，强撑着说。廖十三太太叹气：“那现在怎样，难道我们就这样等着？十六婶子那里，还望着我们接济些呢，十六叔这个官，一年就这么点银子，真是没什么做头。”

“你们女人就是头发长见识短。”廖十三老爷呵斥了一句，又起身道，“我还是去十六弟那里商量下，看看能不能放点什么风声。”放风声？廖十三太太不由在心里嘀咕一句，又不是那乡下老家，这风声放出来，为了名声就赶紧送银子，女眷不闻不问的态度就说明一切了。

伙计把银子送到掌柜那里，掌柜瞧了，这才道：“以后，三天一催。”伙计应是，接着就笑了：“真以为这京城是他们那乡下地方，随便摆架子。这样土老帽，我们见得多了。”

掌柜的又是一笑，横竖东家交代下来的，一定办好就是。

廖老爷也不是说说的，的确带了榛子和眉姨娘，往乡下田庄去住了几日，过了八月节才回到京城。管家人等接了进去，老王等廖老爷在那坐下喝茶才道：“老爷，十三老爷又来过一两回，小的瞧着，只怕是没银子了。”

廖老爷往四周瞧了眼喝了口茶才道：“客栈那边？”老王恭敬地道：“客栈那边掌柜已经说了，帮我们瞧着呢。陈老爷还说，这么点小事，算得什么。”

廖老爷嗯了一声，眼里已经带上笑，再冷他们几日，还真以为都姓廖，自己就还是那个任他们摆布的孩子？拿族老长辈来压自己？真是笑话。

“八月二十了！”官又来寻柳三爷，柳三爷身边还偎着一个粉头，正在给柳三爷捶背，听官这样说，柳三爷笑了：“着急的不是你，是……”

柳三爷话没说完，那粉头突然哎呀了一声：“这是哪家的货船，这么大？”柳三爷往窗外一瞧，那脸色立即变了，那船，分明就是廖家运绸缎的船，也是被压在这里十多日的船，此时那船竟已空空如也，想来那些货已经被卸下去，这船准备掉头回去呢。

“大胆。”不等柳三爷说话，官已经愤怒了，明明说的是，只许那些贡品下船，别的都不许下去，可现在这样，分明就是已经把货全给卸了，真不把自己放在眼里，虽然只是个芝麻官，这官也怒了，不等柳三爷说话就从客栈出来，连轿都顾不上坐就往码头奔去，这货虽然卸了，可要离开这里，还要自己出面。

官奔到码头，见廖家的货已经被绑上车，老鲁正在旁边招呼，冲上去就扯住他：“你这捣的什么鬼，难道不晓得没有完了这里的事，不许卸货吗？”

老鲁见官过来，急忙作揖打拱，接着从袖子里扯出一纸公文：“老爷您瞧，这是您的印信，小的们再大胆，也不敢冒了您的印信。”白纸黑字之上，一个鲜红的印，官想拿过来仔细瞧瞧，老鲁又恭敬地道，“您若不信，可以回去翻翻您那存的档，瞧可是一样的。这里乱，老爷您还是请先回去，免得冲撞了您。”

官气得火冒三丈，转身甩下袖子走了，刚走不多远，柳三爷就迎面撞上，有些咬牙切齿地说：“好啊，老爷使的好计，两边银子都收，那六千银子，我……”

不提六千银子还罢，一提六千银子那官就怒了，指着柳三爷道：“我为了你家，把前程都毁了，现在你还这样说，想去告，尽管去告，那银子，休想拿回去。”说着那官就要离开，柳三爷想上前扯住他，又觉得大街上不好看，只得跟着他一起离去。

酒楼之上，张谆和小裘掌柜瞧着这一幕，两人相视一笑，小裘掌柜端起酒杯：“不得不服，二掌柜，你虽年轻，可足智多谋。”张谆笑了：“不敢，也要小裘掌柜你提醒，不然的话，哪能想到这个法子。”

“那也是老鲁打听得细致，打听出来还有这么一位，不然的话，还真递不进去话，拿不到这盖过印信的公文。”所谓灯下黑就是这样，官百般防闲，也没料到自己的小舅子和自己不是一条心，不过谁又愿意日日被姐夫骂，寻个机会递了进去一句话，五百两银子送进去，小舅子拿了银子进去寻自己姐姐，又说肯送三百两给那位太太做私房。

官贪婪之外还吝啬，这些日子送的银子，都自己收得紧紧的，不给太太摸到一两，太太早已有怨言，听到有三百银子，自然答应弟弟的话。趁官熟睡之时取了他的印信往公文上盖了，一份送出去，一份在衙门里存着，瞒天过海。官还以为自己家里一个苍蝇都没飞进去。

三百银子在手好过那摸不到的六千银子，张谆想到官那小舅子说的话，叹一声道：“所以说，这家里的女人一定要齐心了，以为自己是个男人，自己就是天，于是不管女人想什么，自尊自大，就会被人钻了空子。”

小裘掌柜满面春风地又给张谆倒了杯酒：“说的是，听说张掌柜的媳妇，也是个贤惠的，以后啊，张掌柜的事，定是腾腾地往上。”张谆忙说几句谦虚的话，老鲁已经忙完码头上的活，也走上酒楼，三人各自吃喝一阵，也就收拾行李，张谆和小裘掌柜回京。

回京先去见廖老爷，廖老爷听得小裘掌柜和张谆的话，颔首赞许：“这才是该做的事，要做生意，总要互相帮衬着，想着这人比我出色，要踩他下去，初初瞧着倒是对自己有利，可时日一长，生意做得不得法，那时没了差事，才是人人不利的。”

小裘掌柜急忙应是，廖老爷又嘉许几句，各自赏了银子让他们回家。老王见小裘掌柜满面春风地和张谆走出去，这才进去里面伺候："老裘那里？"

廖老爷瞧着他笑了："你去给老裘递个话，瞧瞧他的意思。"老王应是，廖老爷见老王退下眼里的神色才微微敛了下，这件事，大掌柜的表现很正常，可就是因为太正常了，才会让人觉得不正常。廖老爷想着还要怎么试一下，就觉得胸口有点疼，咳嗽两声见那痰色，用帕子把那痰擦掉，点一个火把帕子给烧掉，瞧着那灰烬又是一笑，还有时间呢，怕什么。

老裘听得老王递来的话，顿时感到浑身冰冷，老王又道："我瞧着，小裘侄儿挺不错的，老老实实肯干，比什么不强，难道说帮着廖家，这事一旦被说破，以后在京城还怎么寻差事？"

老裘哦了一声就道："可是，老爷他的身子？"老王叹气："你难道就这么信不过小姐？再说了，廖家族内，瞧这样子，也不是什么能干人，到时做不好生意，把这里的东西都给卖了，拿了银子回家的情形又不是不可能。到那时真要这样，你还怎么想你儿子成器？"

老裘脸上的肉不由一跳："那？"老王搓搓手："你先去给老爷请罪，然后再说别的。"现在瞧着，好像也只有这个法子。老裘依言而行，听到老裘来了，廖老爷往老王面上一瞧就道："让他进来吧。"

老裘进来后就什么都不说，只是跪下，廖老爷抬头瞧着他也不叫他起来，只淡淡地道："我晓得你有怨言。"这话让老裘的泪一下就下来了："也不是什么怨言，只是我和东家这么些年了，可东家瞧都不瞧小的儿子一眼就提拔了张掌柜，我不服。"

"不服你就说出来，你又不是不知道我是什么人。偏生要在背后使那些鬼魅手段，你是晓得，我是最恨这种不爽快的人了。亏的你儿子不像你，像你的话，哼哼。"

廖老爷的话让老裘的泪又回去了："可是……"

"可是什么？当初我就说过，你没有大掌柜之才，做个二掌柜就正好。毕竟你心细，能想到很多别人想不到的。再说你做二掌柜这十来年，我可曾亏待你？你每年二千银子之外，分红也有千把银子，你在乡下置办田舍过得好不快活。等退下了，竟又想起旧事，还在外放流言。老裘，你真当我精力不济了？"

廖老爷的语气还是那么平淡，老裘瞧着廖老爷："您说得对，可……"

“别可不可了，这回是你儿子不像你，做得还不错，不然的话，你还真以为我能好好地瞧着你在这里和我说话？老裘，我只是年纪比以前大了些，可并不代表我的手比以前软了。”老裘不由用袖子擦了擦额头上的汗，廖老爷居高临下地瞧着他：“起来吧，我知道，人都是贪心的，你想再往前一步很正常，可是老裘，虽然我姓廖，但廖家族内，于我差不多是仇人。什么立嗣子，什么嗣子才会稳，我统统不听。”

老裘刚站起来，听了这话又扑通一声跪下去，廖老爷瞧着他：“你知道当年的事，也晓得我撑不了这么久，你怕我死之后，敏儿撑不住廖家你想寻后路，这些都可以。但是你不该和廖家的人在一起出谋划策。”

“东家，我晓得我错了，可是，我……”老裘刚要辩解又被廖老爷的眼神给吓到，急忙低头，“那我也只能任由您处置了。”廖老爷拿起几张纸，一张张数给他瞧：“这是你这二十年来，在我这里的所有账目不对的地方，这是你所有的家产，这是你在我这里，一年能赚到的银子数目，如果我把这送官呢？”

其中的数目不对的地方，定会被查出来，那时安上一个贪墨主家的银子的罪名是轻而易举的。老裘是真被吓住了，一旦入罪，家产没了事小，全家很可能都会被抄没为奴，为奴，那可不是老裘所想的。

廖老爷把那张纸放下，用手指点了点：“你瞧，老裘，你跟了我二十年，你还没明白我的性子？对你赶尽杀绝，痛快是痛快了，可是别人瞧着会怎样想呢？”

“我，我发誓，从此定会让我儿子尽力辅佐小姐，定不会再有别的念头。”老裘差不多是战战兢兢地说。

“我从不信誓言，当初那些人，可是当着我爹的面说，今后会对我好的，视若亲子。”廖老爷的唇抿一下，声音还是那么淡，老裘觉得自己是不是被鬼上身了，才想和廖家的人一起算计廖老爷，这怎么算计？每一笔账，廖老爷这里可都是有记载的。发誓也不管用，难道真要自己去坐牢？只怕过不了三天，自己就会死在牢里。

“我历来不想用这样的手段，可是对你，老裘，我就想用一用了。”廖老爷把那几张纸放下，“我觉得，这些我还是交给敏儿，由她决定如何处置，你意下如何？”

老裘抬头瞧着廖老爷，觉得自己的舌头都僵了：“东家！”

“你该知道，我不喜欢这样的手段，可是老裘，这是你自找的。”廖老爷说完这句就把那几张纸放进匣子里。老裘瞧着那匣子，眼珠子都要瞪出来，终于问出来："那，里面可有别人的？"

"只有你的。"廖老爷的回答并不出老裘的意料，老裘有些颓然地坐在地上，廖老爷瞧着他："老裘，你跟了我二十年，难道不晓得我是什么性子？你下去吧。"老裘想再说两句，但什么都说不出来，只有摇晃着起身行礼退出。

没想到自己竟有这么一日，要靠这些来要挟人，廖老爷低头瞧着那纸上写的东西，突然想笑出来，但这笑并没出声，终究只是长叹一声，敏儿，你会比我做得更好，是不是？

榛子瞧着廖老爷送过来的东西，久久不语，过了很久才道："舅舅，其实您无须如此。"廖老爷瞧着外甥女，她已经是个大人了，可是很多事还是要为她筹划。

"这不过是防备不时之需。我只希望你以后永远用不到。"这话让榛子的眼里顿时又有了泪，廖老爷拍拍她的肩，"廖家族里的人已经回去了，你不必把他们放在心上。"京城开销大，廖十三老爷等了几日，终究接了廖老爷送上的三百银子盘缠，打道回府。

榛子嗯了一声没有再说话，舅舅，不管您瞒着我什么，我都会告诉您，没有了您的庇护，我依旧会走得很好。

时光如水，转眼秦三公子参加会试结束，虽中在最末，殿在三甲，可这样对勋贵家来说已经很好。

三月二十八是个上好吉日，榛子也在这日上了喜轿，拜别廖老爷出阁。

第 26 章　谋　划

鼓乐声渐渐远去，廖老爷瞧着外甥女今日于归，站在那里很久都没动弹。眉姨娘款步上前，按了习俗，今日该是廖老爷送嫁的，可他没有去，这又是为了什么？

廖老爷听到脚步声转头对眉姨娘道："进去招呼客人吧，今儿来的客，只怕不少。"

是不少，毕竟很多人拿不到秦家的请帖，只能来廖家恭贺。眉姨娘迟疑一下才道："今儿没什么女客，全是男客。"廖老爷唔了一声才转身要进去，感觉到眉姨娘话里那些许不悦才停下脚步看着她，眉姨娘的心事廖老爷很明白，可是这里面的事，廖老爷并不打算讲给眉姨娘，只对她道："既然女客少，那你就先歇歇，这些日子，辛苦你了。"

眉姨娘咽下心里的那丝酸涩，应是后跟在廖老爷身后走进廖家大宅。

花轿已到了秦三公子的新宅，再对这门亲事不喜欢，定北侯夫人也要来做婆婆，听到花轿到门，瞧见秦三公子迎出去，那眉头不由皱一下。定北侯今日又做公公，怎不明白定北侯夫人的意思，只是当着众人不好说话，只是轻咳一声。这声咳嗽虽轻，定北侯夫人还是明白丈夫的用意，见着被众人簇拥进来的新人，面上的笑容怎么都要做出来。

拜天拜地拜父母，夫妻对拜送进洞房。坐了这么半晌的轿子，又被扶住团团拜来拜去，头上的首饰和身上的衣衫又重，榛子只觉得自己整个人都晕了。好容易送进洞房，喜娘又说了许多的吉利话，这才被掀开盖头。

洞房内花烛辉煌，榛子的盖头被掀掉，下意识抬头时只觉得那烛光都只往自己眼里射，不由闭一下眼这才把眼完全睁开，见对面的秦三公子满脸喜气，正目不转睛地望着自己。

榛子知道做新娘子该羞涩，可瞧见秦三公子这样望着自己，不由对他一笑。这笑瞧在秦三公子眼里，如春花开放一样。洞房内满满当当全是人，已有人笑着说新娘子生得好。

喜娘又让新人并肩坐下，榛子知道这时该撒帐了，急忙端正坐好，可还是想瞧瞧秦家人今日都来了哪些，悄悄抬头时候正好和秦三公子的双目对上，秦三公子眼神灼灼，榛子又对他一笑。

不远处传来一声冷哼，这声冷哼明显不满，榛子并没往传来冷哼的地方望去，今日自己嫁进秦家，不知多少双眼睛都盯着，想瞧瞧自己出差错呢，要为了一声冷哼就不满，那自己就不是舅舅教出来的孩子。

那冷哼的人正好站在绿丫身边，绿丫原本是笑着的，听到这声冷哼就往她面上瞧去，这人冷哼之后也觉得自己做得不对，收起脸上的骄傲往绿丫身上瞧了眼，见了绿丫的装扮，那眼里又闪出一丝不悦来。

这人绿丫还真没见过，况且定北侯府的人，仅绿丫见过的，不管心里怎么想，面上待人总是客气的，所谓高门大户的教养如是。绿丫还在想这人是谁，那边已经撒完了帐，秦三公子已经起身往外应酬去。

有人招呼绿丫："小张嫂子，还劳烦你在这里陪着三嫂。"说话的是秦三公子的妹妹秦五小姐，这位小姐今年十七，已经定了亲尚未出嫁。和人说话落落大方，这才是大家闺秀的教养。

绿丫忙收起思绪："也没什么可帮忙的，倒累了五小姐你们。"秦五小姐还没说话，方才那冷哼的人已经满脸带笑地对秦五小姐道："五妹妹是能干的，要我说，杨家娶了你，那是……"

"五嫂子，今儿是三嫂的喜日子，您啊，还请再劳烦一下，陪我出去招呼下族里的人呢。"秦五小姐笑着说，已经把那位拉出去了。听到称呼，绿丫才恍惚一下，大概这位是秦家的族嫂，秦家现在也是大族，光京里就住了十多房呢。哪能个个都如侯府的正经人一样，教养良好？

见客人们陆续出去，绿丫这才走到榛子面前，作势要行礼："东家小姐今日大喜，恭喜恭喜，我们啊，要讨赏钱呢。"榛子把头上的冠子摘下，身边的丫鬟顺手接过放好，榛子这才按着肩膀瞧绿丫一眼："你也来逗我，怎的不见秀儿姐姐？"

"王姑姑本也要来的，可是今儿定国公府的小姐请她去了。"喜娘和秀儿也是熟人，听榛子问就急忙道。绿丫顺着话道："你侄女也是个闹人的，我原本不大想来，听到秀儿不来，也就来了。”榛子接过丫鬟递上的茶喝了一口才瞥绿丫一眼：“瞧瞧，一个顾着生意，另一个念着闺女，我啊，不理你们了。”

二月二龙刚抬完头，二月初三绿丫就生了个闺女，这下她和张谆也是儿女双全的了。张谆喜欢得不得了，绿丫也很欢喜，可是这孩子比她哥哥要闹腾些。此时听榛子这样说，绿丫就打她肩膀一下：“就你这张嘴会说，瞧我不是来了吗？亏的新来的那个媳妇会带孩子，不然的话我这整日出来，等回去了，你侄女就嗓子哭哑了。倒是秀儿，推了也没什么。”

喜娘逮着空儿忙赞：“王姑姑这么个能干人，秦三奶奶，您啊，可真是有双慧眼，我听说，也有人家想学您这样做呢，可是他们选的人，哪有王姑姑这么能干？”

那间店铺开起来也有七八个月了，从开始只有熟人上门到现在渐渐来的人多，这七八个也就做了有一千七八银子的生意。生意越好，榛子倒越心疼秀儿，此时听喜娘这样说就笑了：“我啊，倒宁愿秀儿姐姐少忙一些时候，免得累着。”

“唉哟，这话新鲜，历来都只有嫌生意不好的，哪有嫌生意好的。”喜娘还当榛子说笑话呢，见丫鬟端来洗脸水，忙接过伺候榛子洗脸，榛子洗了一把脸，那些浓妆去掉，这才觉得喘过气来，刚想让人去拿些吃的，就听到门外传来笑声，接着秦大奶奶走进来，见了榛子就紧走两步：“原本婆婆是让我来陪着三婶子你的，可恰巧遇到我娘家嫂子，和她说了几句话，倒丢三婶子你一个人在这里，该打该打。”

榛子也要还她做妯娌的礼，低头道：“大嫂子言重了，为我的事，嫂子们都忙了许多日子，心里过意不去呢。”

秦大奶奶又笑着说了几句，这才望向绿丫：“这位想来就是小张嫂子，听得你夫婿是那边舅老爷的得意帮手。”绿丫这两年也和原来不一样了，若换做几年前，见到这样的贵妇和自己说话，早已手足无措跪下回话，此时只淡淡一笑：“称不上得意帮手，不过是东家提拔。”

秦大奶奶笑了：“瞧瞧，你们两个，真像姐妹似的，说出的话都差不多。我听说小张嫂子还和三婶子共过……”患难两个字并没出口，秦大奶奶就急忙停口，“瞧我，说原来的事做什么呢。三婶子现在嫁了三叔，我们就是一家子了，以后啊，大家该帮衬的可要互相帮衬。”

这短短一会儿，秦大奶奶已经换了好几次话，榛子仗着今日自己是新娘子，只笑着不说话。见榛子不接话，秦大奶奶又和绿丫说几句，不外就是这京里的事。只是她们谈的，总是那高门大户里的，绿丫现在早已学乖，既然插不上话，那就微笑，偶尔点头罢了。

这样下来，倒让秦大奶奶觉得无趣，帘子又响，这会儿进来的是秦五小姐，瞧见大嫂坐在里面，秦五小姐忙上前给大嫂见礼，又笑着对绿丫道："方才那位是三房的五嫂子，平日来往的并不多。"

和这些人打交道多了，绿丫也知道这话是做解释，忙起身道："这族里的人一多，难免贤愚不一，这也是常事。我是个笨人，只要记得，谁才是今日办喜事的正主就是了。"

秦五小姐的面色不由微微一变，毕竟教养再好，但对商户人家的鄙夷，是刻在骨子里的，对她们客客气气是正常的，但要再说什么别的话，那就不行了。虽然绿丫这话也表示不在意，可是这话听起来却大有含义，难道说商户人家，也有那不唯利是图的？秦五小姐又往榛子那边瞧去，见她笑容淡然，如同每一个大家闺秀一样，并不带一丝商户人家的铜臭气，方才绿丫又是那样说，难道说自己祖母执意要为兄长迎娶这位，并不是像外面传说的，为的廖家的钱财吗？

毕竟为了这个流言，秦五小姐也和自己的娘淘过气，觉得订这么一门亲，以后自己出阁，和妯娌们说起来都觉得没面子。定北侯夫人安慰了半天，见女儿还要闹，最后才道未嫁从父，出嫁从夫。你是侯府小姐，国公府的儿媳，走出去谁敢看不起你？若是要用娘家嫂子的身份给你抬面子，那就趁早别说是我的女儿。

秦五小姐从没见过自己的娘如此恼怒，低头不语，定北侯夫人见女儿低头，又拉住她的手说了许多的话，不外就是没娶是一回事，娶了是另一回事，别学着那不尊重的人家，个个窝里斗，说出来都害臊。一家子和和睦睦的，说出去才好听。

秦五小姐虽被娘训了，可还是有些不以为然，方才的举动全是因为良好的教养，而此时才又换成别的念头。秦大奶奶见小姑面上神色，不由用帕子点一下唇角，小姑还是太年轻了，不晓得商户人家和自己这样的人家是不一样的。这新新的媳妇，初进门就算装也要装出个样子来，等以后生了儿子站稳了脚跟，那时才会把商人家的脾气露出来。

想必二叔就是为了这点，才特地要单独在外住，这样也免了自家许多的麻烦。洞房里的人各自都有心思，外面又传来脚步声，丫鬟掀起帘子瞧了瞧就对榛子笑道："三奶奶，三爷来了呢。"

秦大奶奶已经挽起秦五小姐的手，绿丫也站起身，秦大奶奶故意往榛子那瞧了眼忍住笑道："三婶子，明儿啊，我们在侯府那等你。"旁的话都没让榛子害羞，就这句，榛子的脸登时就火红起来。秦五小姐忍不住叫声大嫂，秦大奶奶已经伸手点她的手心一下："你啊，还有两个月就出嫁了，该晓得了。"

秦五小姐登时就不敢再说话，又望见绿丫脸上也是笑吟吟的，急忙把头低下，这成了亲的妇人，到底是不一样的。

洞房该做什么，榛子早已从绿丫那里知道了备细，王夫人还特地遣来了个嬷嬷细细告诉了她。可此时榛子还是忍不住脸上飞红，特别是不管绿丫也好，兰花也罢，还是那嬷嬷，都神神秘秘地最后来一句，头一两次难免疼，总要忍着，还有秦大奶奶临去前说的话，榛子终于感到了坐立难安。

秦三公子已经走进洞房，他并没喝多少酒，脸上只带有薄薄的红，喜娘上前讨了赏钱，也就和丫鬟下去。秦三公子见她们把门给带上，虽然自己已不是雏儿，可这新婚洞房总是不一样的，况且还是自己心爱的人，坐到榛子身边想开口说话，但过了半天还是没想起要说什么。

蜡烛爆了个烛花，榛子听着这烛花爆开的声音，既然他不开口，那就自己开口："我，我想和你说，我虽嫁了你，可是……"话没说完榛子的脸就被秦三公子伸手转过来，榛子的头被抬起。

秦三公子仔细瞧过了这才道："我晓得，你要说什么，可是当日我对你说的话，并不是空口虚言骗你的。我会陪着你，一直陪着。"要的就是这句，尽管榛子并不是特别相信，可还是露出笑容。

秦三公子只觉得妻子的笑特别美，呆愣了半晌才道："我晓得你闺名是唤作嘉敏的，可是我怎么偶尔听小张嫂子她们提起，好像不是这个。"

"我另有个名字，不算小名，只能算做别人起的，舅舅不喜欢这个名字，不许人唤，可我觉得亲切。"榛子的回答解了秦三公子的疑惑，哦了一声反问："那叫什么？"

"你的名字呢？我总不能叫你三爷。"榛子有些调皮地反问，这样的调皮秦三公子从没见过，他又有些愣住了，接着笑了："当日换帖时候，有我的名字的。"

"可我想听你告诉我。"秦三公子又笑了，也许是心境和原来不同，榛子觉得秦三公子这笑看起来还是很英俊，这男子，本就是个生得很好看的男子。

"我名唤清，表字仲和，你唤我仲和就好。"说完秦三公子觉得不妥，又来了一句，"或者，你可以像小张嫂子唤她丈夫一样。"

清哥哥？听起来，倒像是情哥哥。榛子不由笑了："你什么时候听小张嫂子唤她丈夫是唤哥哥的？"

"有一次，偶然听到的。"秦清说着，瞧着妻子眼眨都不眨，"那你的那个名字叫什么？"

榛子的脸微微一侧："榛子，就是那个吃的，有厚厚的壳的。"

"我知道,宫中赐下过,东北那边贡来的,可是不好吃。"秦清的眉皱得很紧，这让榛子又笑了，见着她的笑，秦清咽下口水，"那，我们通名报姓过，是不是该两军交战了？"

榛子的脸登时就烧红了,秦清伸手把她搂到怀里,虽然平日榛子口齿伶俐，可是这一搂，秦清才发现，榛子生得很娇小，这样娇小的人，为什么会说出和别人不一样的话呢？秦清不知道脑中现在转的都是些什么念头，只是伸手往榛子衣襟里面探。

"你说过，榛子不好吃的。"鬼使神差地，榛子冒出这么一句。秦清笑了，摸到的是榛子的衣带，他把榛子的衣带解开，瞧着里面还层层叠叠的衣衫，笑得很自然："我还知道，榛子的壳很厚。"

说完洞房里就再没有别的声音，只有高烧的红烛在那里照着一切，过了很久才听到秦清嘟囔出一句："嗯，也许以后，我会喜欢吃榛子的。"这话让榛子的脸更红，伸出拳头捶他一下，却被他就势握住手，往怀里一带，榛子就乖乖地趴在了他怀里,秦清拍拍她的背:"赶紧睡吧,明儿还要去见长辈们呢，可不能起晚。"

次日一早定北侯府那边就派人来接，来的是定北侯夫人的亲信婆子，听到两人还没起，她又去寻榛子的贴身丫鬟问过昨晚的事，听到洞房里一直没要人进去伺候，晓得这洞房定是十分顺利，心里不由嘀咕一句，也不晓得太太知道了，是高兴呢还是不高兴。

婆子还在那等待，洞房里面就叫人进去伺候，丫鬟往里面去，接着婆子才进去，只往两人面上一瞧，婆子就知道，昨晚的洞房那是非一般的顺利。给新人行过礼，也就上前帮着丫鬟们收拾床铺，一眼瞧见床单上自己该见的，在心里点一点头，丫鬟急忙收拾了去。

榛子见那婆子举动，脸不由红了红，倒是秦清十分镇定，毫不在意。

婆子走出房门，喜娘已经迎上前给她道个福："老姐姐，大喜啊。"喜娘的意思婆子怎不知道，从袖子里取出一个鼓鼓囊囊的荷包，喜娘见了伸双手去接。婆子把那荷包送到她手上："辛苦了。"

喜娘感觉到荷包沉甸甸的，脸上的笑容更大，这给高门大户办一次差使，可比给那小门小户办十次都强。急忙谢了婆子，又谢了定北侯夫人，这才退下。

婆子让同伴在这等候，伺候秦清夫妻回府，她忙忙地赶回去见了定北侯夫人，对她悄声说了。定北侯夫人叹气："就算不成，那又怎样，你三爷必定要娶。就算……"就算今日没取了红，叫过喜，也不能把人给休了，从花轿抬进门那一刻，这人就是定北侯府的三奶奶，没法改变了。

婆子晓得定北侯夫人的心结何在，应是后才道："总比那破烂货好。"说完婆子就觉失言，急忙住口，定北侯夫人哪还愿意和她计较这样的小事，只瞧了她一眼就起身："差不多人也该来了，我啊，这杯茶怎么都要喝。"

婆子伺候着定北侯夫人到了厅上，定北侯已经在那等着，见夫人孤身来了就皱眉："你怎么也不去服侍娘过来？"这倒是定北侯夫人的疏忽，但她笑容没变："婆婆那里，我让大奶奶去了，婆婆历来喜欢她。"

定北侯这才点头："说得也对，儿媳进了门，横竖你都是婆婆，可要和大奶奶她们说了，这妯娌之间，必要和睦，别成日为了些匙大碗小的事吵架，惹人笑话。"

"公公教训的是，儿媳虽出身不太好，也不是那样争短竞长的。"说话的是秦二奶奶，她正好听见，不顾旁边丈夫的示意就开口说话。

被儿媳接了这么一句，定北侯不由瞧秦二公子一眼，秦二公子急忙道："爹娘，这事，是儿子的不是，儿子会去说她。"定北侯又瞧自己夫人一眼。秦大奶奶已经伺候着定北侯太夫人来了，接着人陆续到齐，下人也来回，秦清夫妻到了。

这秦家的人多一半都和榛子相熟，但今日这和平常不一样，榛子规矩给公婆奉过了茶，又接了公婆赏下的礼，听了一耳朵的闺范，这见长辈也就完了。和平辈各自相见，定北侯已经先放过话，这见平辈也很顺利，并没榛子预想的刁难。毕竟都是大家子出身，就算心里再不喜欢，这面子也要给的。

见过这府里的，又去几个族内长辈家里见了，回侯府吃了饭，陪着太婆婆婆婆说笑一会儿，总算得到可以回去的命令。回去的马车上，榛子瞧着自己的新婚夫婿："这一大家子人，平常只怕人都认不清楚吧？"

秦清不由笑了："这是当然的，不少堂弟兄，我都快不认得，还要小厮提醒。按说廖家杜家也是大族，我前次恍惚听说……"见妻子脸色不大好，秦清也就住口，毕竟各家族内，都有点不大能为人道的事，想来廖家杜家也不例外，不然的话，廖老爷完全可以择嗣子承袭，而不是到了现在，还不愿意去族内择嗣子。毕竟男子四十多了还没子嗣，的确是件很让人着急的事。

回门那日，廖老爷并没大操大办，只请了相熟的几户人来相陪，这倒合了榛子的心意，毕竟应酬太多，就难以和舅舅说话了。秀儿今儿也来了，榛子见她只望着自己笑，那唇不觉噘起："你还笑呢，我出阁那日，都没见你。"

"这你可不能怪我，我是做掌柜的，自然生意要紧。再说了，生意多好些，你的脂粉钱不更多些？"秀儿笑吟吟地说，榛子刚要说话兰花已经有些激动地说："哎呀，榛子，我觉得简直跟做梦似的，你真的嫁进秦家，定北侯府那个秦家了，哎呀呀，当日还有人笑话绿丫，说绿丫成日安慰你，她们要晓得你现在这样，一定说不出话来。"

当日在屈家待自己不好的人，榛子不由笑了。那时觉得，有朝一日，定会怎样待的，怎样报。可今日的榛子早已不做如是想，自己已经飞得那么高，在天边的人，还会在乎当年那些要把自己拉进泥潭的人的所为吗？让她们长长久久地在泥潭待着，一辈子都挣脱不出来，一辈子都惶恐，一辈子都想象不出来飞到天边有多么快乐。

绿丫大略能够知道榛子的想法，刚要说话就见眉姨娘走进来，众人忙起身相迎，眉姨娘对她们笑着打了个招呼，这才对榛子道："我晓得你东西多，可也有几样东西给你，你随我来。"

榛子应是跟眉姨娘出去，众人这里各自宽坐闲聊。

榛子和眉姨娘来到眉姨娘的屋子，说了几句眉姨娘的脸色这才变了，眼里的泪落出来，接着忍住了："我晓得我不应该在你大喜的日子这样，可是有件事，我一定要和你说。也不知道你舅舅最近怎么了，帕子总是被烧掉。"

帕子被烧掉？榛子有些不相信地瞧着眉姨娘："这，姨娘可晓得是为什么？"

"我若晓得，又何必来问你。"说着眉姨娘就真的伤心起来，她虽只是个妾，又是丫鬟出身，可这些年跟在廖老爷身边，榛子对她还是十分尊重，此时见她伤心不已，忙劝道："姨娘，只怕舅舅爱洁，觉得那些帕子脏了，索性不洗也是有的。"

眉姨娘缓缓摇头，脸上的伤心已无法言表，那个男子，是眉姨娘一世的依靠。看着眉姨娘的神色，想到舅舅说过的话，榛子觉得心开始发起抖来，如果有什么万一，那么自己该怎么做？

不，不能这样想，自己一定要让舅舅安心，自己已不再是那个无能为力无法保护别人的孩子了。榛子把心里的恐慌压下去，刚要安慰眉姨娘，身后就传来廖老爷的声音："敏儿，今儿是你喜日子，你先去外面招呼客人，这里的事，我和你姨娘说。"棒子抬头看向舅舅，对舅舅点一点头，眉姨娘瞧着廖老爷，瞧着他的面容，虽然知道不该去想，不该去念，可是这个男子，是眉姨娘心里最牵挂的男子。

眉姨娘把眼垂下，刚要叫声老爷，廖老爷就已开口："你还记得几年前我和你说的话吧？"眉姨娘的脸上顿时现出伤心神色，接着就点头。廖老爷轻声道，"日子已经不多了。那日我就问过你，现在还是这样问你。若你愿意，就离开我吧。"

眉姨娘眼里的泪扑簌簌落下，接着哽咽地道："老爷，我虽是个丫头出身，可跟着您已经这么多年，您对我如何我是记得的，老爷，您活着，我跟着您，您要有个万一，我也晓得，你不愿意我守，我也没资格守，可除了守，我对你，再不能做别的了。"

痴儿！廖老爷叹气摇头，接着就道："原本，你可以走的，我已经给你准备了一份产业，虽不多，一年也有三千银子的进项。你拿着，回家乡去，依着你爹娘。夫人那里，我也和她说过你的事，她已经允了，会护着你，你另嫁也好，不嫁也罢，都要记住，这份产业不到咽气时候不能给别人。包括你的爹娘，都不能和他们说实话。只说有些积蓄，总有千把银子，把这些给他们就好。"

廖老爷声音越平静，眉姨娘哭得越伤心："老爷是要赶我走了吗？"廖老爷抬起手，终究没有抚上眉姨娘的背："我不是赶你走，只是觉得，你年纪并不算很大，今年也不到三十，何必要为了我，把这一生都葬送了？你和敏儿不同，她知道自己要什么，可是你，十分柔顺，不依着一个人过不下去。"

"可是我心里，只有老爷一人。"眉姨娘跟了廖老爷十来年，只有到了此时，才敢把这句话说出口，当初见到廖老爷的欢喜又浮现在心里，那时眼里心里就只有他一人了。纵然卑微，纵然知道自己配不上他，可也悄悄地在心里描摹着这个人。被王夫人送到廖老爷身边时，眉姨娘不知道心里有多欢喜，可这种欢喜从来不敢说出口，害怕一说出口，就变成自己贪恋他的宠爱，贪恋他的看顾。

廖老爷低垂下眼，并不承认自己心里有些许悸动，但也仅仅只是一丝悸动，他很快就道："可我心里并没有你。"

"我知道！"廖老爷的答案并没让眉姨娘失望，毕竟，他是这样的，天神一样的人，自己这样卑微，怎么会在他心里留下印迹呢？可是那又怎样，自己已经在他身边了，那么就陪着他走完这最后一段路，甚至，在他死后，能尽多少心就尽多少心。想着眉姨娘就笑了："老爷，你说我痴也好，傻也好，爹娘当初既能卖了我一回，只怕以后还能卖我二回，依着他们也没多少好日子过。你若真要送我走，那我只有进庵子去了。"

廖老爷的眼神微微一凛，接着就柔和下来，轻声道："既如此，就随便你。可是也不是我没提醒过，廖家族内的人，虎狼一般。"

"小姐不怕，那我有什么好怕的呢？老爷，你方才说我是菟丝子一般的女子，只能依附他人而活。那在京城，还有夫人呢，夫人对我，总还有几分情意。你若真怕我受连累，到时我往夫人那里一躲，谁能奈何我。"

廖老爷伸手想拍一拍眉姨娘的肩，接着手就放下："我只希望，你不会后悔。"

不会的，眉姨娘连连摇头，似乎是在做保证。廖老爷唇边有不容易察觉的笑容，此时此刻，竟觉得眉姨娘也有些痴得可爱，可惜太迟了。很多事情，都太迟了。廖老爷后退一步："今儿有些客来，你出外招呼吧。"

眉姨娘如往常一样应是打算走出，刚走出一步突然问道："老爷，若我早说出这话，您会不会……"

"不会！"这两个字落在眉姨娘耳里，眉姨娘不由轻叹一声，自己还是不明白这个男人啊，不过这又怎样，自己只要喜欢着他，能陪在他身边就好。

瞧见眉姨娘走出来，榛子这才飞快地从窗口离开，方才的话全都落在榛子耳里，不管舅舅瞒着自己什么，自己都要告诉舅舅，没有了他，自己也能过得很好。唯其如此，舅舅才能放心，而不是为自己百般谋划。

榛子垂下眼，舅舅想要遣走眉姨娘，另一层意思，也怕眉姨娘会有什么别的念头吧？连眉姨娘舅舅都不信任，害怕她辖制自己，这时间，看来是真的不多。榛子把眼角的泪擦掉，从另一条道回到厅上，让自己的脸上露出笑容，和众人谈笑，不让别人看出半分端倪。

在廖家用过晚饭，秦清夫妻也就往自己家里赶。秦清见榛子面上有些不豫，还当她是惦记着廖老爷，笑着道："别去管那些规矩，现在搬出来住，等满了月，你想什么时候回来瞧舅舅就回来瞧舅舅，谁会说你。再说你不是说，舅舅的生意你也在瞧着账吗？"

榛子瞧向丈夫，按理，这个男子该是自己在这世上最信任的人，毕竟女子在成亲后，可依靠的只有丈夫。可是他真是那样可信任吗？

秦清把榛子的手握在手心："我说出的话是不会变的，榛子。你是我的妻子，是要和我过一辈子的人。”榛子低垂下眼帘，终究没问出来，这日子，还要慢慢地一日日地走着瞧。

一切都比当年所想象的还要好，榛子嫁进秦家，出外单独居住的他们每一旬回侯府给长辈们问安一次。定北侯府的人待榛子也是客客气气的，绝没有绿丫想象的那种高门大户的傲慢。

那间店铺生意越来越好，中秋前夕，绿丫从榛子那里拿到足足一百五十两的分红。绿丫不由咂舌：“这小小店铺生意怎么这么好，算上头两次，光我这里的分红就有三百两了。”

榛子把那份银子往绿丫这一推：“给你多攒些私房钱还不好？”秀儿也笑了：“那是，绿丫你现在的私房钱，攒了多少了？”绿丫把那银子包好，这才斜秀儿一眼：“我攒什么私房钱啊？小张哥现在要出去外面吃个饭，送个礼，都要从我手里拿银子，我哪还要私房钱？倒是他，要攒私房钱。”

秀儿笑得口里的茶都喷出来：“瞧瞧，这当家奶奶的架势摆得十足。张奶奶，既然如此，还请多光顾下小店。”绿丫伸出一根手指往秀儿脸上一点：“瞧瞧，这满口的生意经，还要我照顾下生意。倒是你，这一年也拿了两百银子，给我们锦儿攒下多少嫁妆了？”

秀儿也故意学绿丫的架势把那手一摆：“我想好了，儿女自有儿女福，这嫁妆，我就不攒了。”一直瞧着她们俩说话的榛子笑了：“得，你们俩什么时候学会这样了，倒显得我特别不合群了。”

秀儿把手往榛子肩上一搭，故意道：“那是，我们两个，一个是这店铺的掌柜，一个是掌柜的娘子，倒比不上你是翰林奶奶，要摆架子了。”秦清过了庶吉士的考试，被选入翰林院，这件事真是比他中了进士还要让定北侯府高兴万分。毕竟勋贵子弟不爱读书的名声是早传出去了，现在出了个进士不说，竟还被选入翰林院，简直是祖上有德。

定北侯太夫人特地让人开了祠堂给祖先上香，而秦清娶个商户千金的事，也被人说榛子旺夫，定亲后就中进士，嫁过门就考中庶吉士，只怕这是太夫人让人算过，才力排众议娶榛子过门的。

这些议论榛子听到的第一反应就是有人故意放出去的，不管做这件事的是廖老爷还是秦清乃至定北侯太夫人，横竖这件事对榛子是好事，自然也不多发一句。

此时听秀儿这样说，榛子还待反唇相讥两句，丫鬟就走进来：“三奶奶，家里来人，说廖家那边让你赶紧回去一趟。”榛子出嫁这四个多月，也是经常回廖家的，听了这话就和绿丫秀儿告辞，出门上轿而去。

秀儿送走榛子，进屋刚要和绿丫说话就见绿丫坐在那里，皱眉在想着什么，上前拍她肩一下："难道你还真以为我不给锦儿攒嫁妆？不过说说罢了。怎么舍得。"

绿丫已经把秀儿拉了坐下，面上忧心忡忡："秀儿，廖老爷只怕会有不好。"这莫名其妙的话让秀儿瞪大眼："你糊涂了，什么不好？"

事关重大，绿丫也压低嗓子对秀儿道："这事，谆哥哥说那日偶然听人提了一下，说东家他的身子，其实十分不好。这些年都是硬撑着的，现在榛子出了阁，他心事也了了，只怕……"

秀儿的眼这下瞪得更大些："绿丫，这话可不能乱说。"绿丫嗯了声才又道："我也不是乱说，你忘了榛子回门那天，中间眉姨娘来寻她说话，两人去了很长时间，一前一后回来的？那时你没瞧见，我可瞧见榛子和眉姨娘脸上都有些伤心，只是很快就消失了。这事，透着蹊跷呢。"

秀儿把绿丫一推："你什么时候也学会那些妇人嚼舌了，还这样揣摩别人，绿丫，你这样我可不喜欢！"绿丫也顾不上和她分辩，就拉着她的手："这可不是那些妇人嚼舌，也不是揣摩，而是另一件事，这廖家可是靠东家一个人撑着，如果有个万一，榛子怎么办，这么些生意怎么办？这才是大事。"

她们三个，再不是像先前一样什么都没有，什么都可以无所顾忌的人了。秀儿把绿丫话里的意思前后都想了个明白才道："不管怎样，绿丫，我不会离开榛子的，当初你们怎样待我的，那我也只有这样回报。"绿丫重重地瞪秀儿一眼才道："难道我也会离开榛子吗？我都和你谆哥哥说过了，真要出什么事，他可一定要帮着榛子把这局势稳定下来。特别是，那些生意货品都不能乱。又要到八月节了，这秋日的贡品，可是又要进来了。"

去年还闹了一场呢，秀儿虽然事后才知道，可能晓得定是有人在捣鬼。嗯了一声就对绿丫道："我晓得，绿丫，只要我们齐心协力，还有什么可怕的。那样难的日子我们都过来了。"绿丫嗯了一声重重点头。

两人同时瞧向榛子离开的方向，也不知道廖老爷的身体现在怎样了，是不是像外面传说的那样。

榛子到了廖家，径自进到眉姨娘的房间，迎面而来的就是一股药味，这股药味让榛子有一种不好的预感。走进房里就看见廖老爷坐在窗前，正在瞧着什么，看见榛子走进来，廖老爷摇头："眉儿就是这样拿不住事，我并没什么大碍。"

榛子是不信的，往廖老爷面上仔细瞧去，只觉得他脸上有不正常的红润，心不由一跳这才坐到他身边："舅舅，这些账，我来瞧就好。"

廖老爷嗯了一声就道："其实这一两年，我已经把这进贡的生意缩掉了，等过了今年，就再不往宫里送贡品了。"榛子望向廖老爷，面上有掩饰不住的惊讶，廖老爷并不奇怪外甥女会这样惊讶，端起旁边的茶碗，一股浓重的药味传来，廖老爷一口喝干这才把碗放下："做贡品生意，便利虽多，可要和宫里的老爷爷打交道，你现在身份不同了，况且为外甥女婿仕途计，也不能让他的媳妇和太监多打交道，所以从去年，我就开始慢慢地减少。正好，柳家有意接手。所以，我做了个顺水人情给他。只怕这会儿，柳三爷还在那得意，抢了我的生意呢。"

这一环环扣起来，让很多榛子原来想不明白的事也想清楚了，廖老爷的眉皱了皱："原本我打算是把这一切都料理干净了，再和你说，可是你眉姨娘呢，担不起事，我不过吐了口血，她就急着请太医，又把你给叫回来，真让人不晓得说什么好。"

廖老爷越说越轻松，榛子的心却一直往下沉，拉住廖老爷的手不晓得该说什么。廖老爷轻轻地拍了拍她的手："你来呢，也来得巧，咱们家原先是做绸缎生意做得大，这是大家都晓得的，现在不往宫里做生意，那咱们要做什么呢？"

廖老爷本是自问自答的，可榛子已经回答了："我知道，舅舅，我们家要做的，是各种外洋来的货，可是……"廖老爷已经点头："对，就知道我外甥女聪明，没什么可是的，敏儿，做生意，总是有赚有赔的，张谆这个人呢，人老实也肯学，聪明劲儿也有，可是缺几年历练，所以我只能把他放在二掌柜的位置上。原本他当大掌柜也够了。"

廖老爷这突然转口，让榛子心里不祥的预感更深，只是把舅舅的手握得更紧。廖老爷瞧着榛子："你别这样担心，一时半会还不会去呢。廖家族内，不起幺蛾子是不可能的。不过那位廖主事，算来他也是你舅舅。他已经放了外任，短期内不会回京。"

虽然廖老爷不大在乎，可是廖主事在京里，还是会给榛子造成一定的麻烦，于是他去求了王尚书，让他设法把廖主事放个外任。这点事对王尚书来说，不过举手之劳，很快扬州通判出缺，着令廖主事补。廖主事成了廖通判，虽然只是佐贰官，可扬州是好地方，再说京官放外任也是兴头的，去吏部领了凭，也就欢喜上任去了。

廖老爷还让老王去送了五百两的盘缠，廖通判当然笑纳了，又说了许多感谢的话，两人偶尔也有书信往来。

廖老爷的话榛子怎么不明白，只是低低应是："他们那边再起什么幺蛾子，也没有一个法度说，这人不愿意，他们必要给人立个嗣子。"立嗣子可不是像很多人说得那么好听，不忍香火断绝，天下姓廖的人这么多，难道还缺一个廖老爷的后人？说来说去，不就为的银子，不然那穷人没有后的多了去了，可没有一个争着抢着要做他嗣子的。

廖老爷的产业，是一点点都不愿意给廖家族内。廖老爷赞许地点头："他们或许不知道，绝户财可不像他们认为的，要被族内的人分了，而是要充公。"绝户两个字让榛子眼里起了雾气，哽咽着又叫一声舅舅，廖老爷摆一下手："别在我面前做这样小儿女态。你是未来这份产业的主人。"

但首先，要让这份家财，不成为绝户财，便宜廖家族内虽然不好，但便宜官府，也不是什么好事情。如果敏儿是自己的女儿就好了，可是这不可能。廖老爷想着那种种安排，又咳嗽起来，这次咳出的，分明带有血。

榛子不顾污秽用手去接，瞧着那痰中的血丝，忍不住叫了声舅舅。廖老爷咳出一声，觉得舒服多了，摆手道："我自己的身体我自己知道，来来，我们继续商量，怎样才能让廖家族内吃个大亏。我想着，这会儿他们已经晓得我病了。只怕会星夜上京。"

去年廖家族内的人上京虽铩羽而归，但这并不代表没人知道廖家族内的人上京，而盯住这边的人并不少，有人会争先恐后地给那边送信。榛子的手握成拳，继续和廖老爷商量。

廖老爷的声音越轻松，榛子的心就越沉重，到了晚间，秦清也晓得廖老爷病重，前来探视，虽然廖老爷瞧着身体还好，秦清还让榛了住在这边，好照顾廖老爷。

到了第二天，知道廖老爷病了的人就更多，有来往的各家都派来人探病，自然都被管家人等挡回去了，并没见到廖老爷。

直到第四天，王夫人才前来探望廖老爷，榛子和眉姨娘出来接着，王夫人先往侄儿媳妇脸上瞧了一眼，见她神色还好，也就点头往里面去。

廖老爷靠在榻上，瞧见王夫人走进就笑道："我记得当年我们初识时，你曾说，从没见过像我这样爱赚钱的人，也不知道怎样才能让我不赚钱，今儿你可算瞧见了。"

"都要三十年的话了，你还提它做什么？"王夫人走到离榻三步远的地方，瞧着廖老爷道。

“是啊，都快三十年了，这日子过得真快。我这两日，总是梦到我前头那两个媳妇，可是只知道她们是我媳妇，并不记得她们相貌。说起来，她们俩还葬在一起，也不晓得会不会吵架。”

见廖老爷还在说笑话，王夫人的心稍微放下一些，眉姨娘端来椅子，她也坐上瞧着廖老爷：“人死如灯灭，提那些做什么？”

“可是我要死了，这麻烦事就太多了。你知道我是没有儿子的，按说该立个嗣子，可是那边的人，我一个都不想立，于是就成绝户了。这绝户财，官府可是要收走的。想想，廖家产业也有三四十万，也不晓得便宜了哪个官员？”

“那你有什么主意，不要这份产业成为绝户财？”王夫人这时还真忘了自己来此的本来目的，顺着廖老爷的话往下说。廖老爷半坐起身：“所以，我要你来帮我做个见证，这样的话，能保住多久就是多久，等数年过后，谁知道又是什么光景？”

这不像是自己知道的那个老廖会说出的话，王夫人细细地往廖老爷面上瞧去，见他眼里渐渐多了恳求之色，这才轻叹一声开口：“我们都认识这么些年，你又何必说这样的丧气话？”

丧气话？廖老爷又笑了：“夫人也和原来不一样了，还记得那时……”接着廖老爷停下，都快三十年了，日子真是像水一样过。

那时自己还年轻，即便已经嫁了人，可心里还是不愿意相夫教子过此一生。想到那时，王夫人唇边露出追忆笑容，廖老爷瞧着王夫人：“你也不愿意你的心血，你近三十年的心血，全都被廖家族内的人糟蹋，或者落入一个不知珍惜的人手里吧？”

王夫人收起笑容看向廖老爷：“老廖，你不必激我，我虽然比不得年轻时候，但我也是知道事理的。”廖老爷笑了，接着躺回去：“那我就放心了，夫人，有你，我可以很放心。”

放心吗？榛子和眉姨娘坐在外面，静静等待着王夫人和廖老爷谈完话，随着时间流逝，眉姨娘越来越焦虑，榛子心中也很焦虑，但她还是握住眉姨娘的手以示安慰。眉姨娘深吸一口气，想告诉榛子自己不着急，可眼里的焦急是骗不了人的。

门里传出声音，眉姨娘紧走几步上前打开门，王夫人正收起一张纸，看见眉姨娘进来只点一点头。廖老爷瞧着跟在眉姨娘身后走进来的榛子，淡淡一笑：“这件事一定下，我就可以放心了。”说着廖老爷唇边现出笑容，“我还真想看到廖家族内的人来争产的样子啊。”

只可惜，这争产一事，自己是亲眼见不到了。榛子听到舅舅这话，心里无限酸楚，上前握住舅舅的手叫声舅舅，再也说不出别的。王夫人轻轻抚榛子的肩一下：“我知道你的心，可是有些事，非人力所能为。”

非人力所能为啊，榛子眼里又有泪，廖老爷唇边的笑容却一直没有变，很多事，会变得越来越有趣的。如果廖家族内，知道这一切谋划都会落空，还有柳家，他们会怎样想？可惜，自己见不到了。至于这个自己牵挂的孩子，她会好的，一定会的。

廖家族人是过了八月节到的京，这次他们没有去住客栈，而是带着孩子直接来到廖家。廖老爷听得老王来报，点头示意他们进来。老王不晓得王夫人都和廖老爷安排好了，提心吊胆地把人请进来。

廖十三老爷这次脸上分明全是笑，可见到廖老爷时，还要让脸上露出伤心神色，但这人的脸哪能随便就听？廖十三老爷想让嘴角耷拉下来，可那眼里还是欢欢喜喜的，想让眼里更焦急伤心一些，可欢喜神色怎么都抹不掉。

廖老爷怎会瞧不出他的神色，用手捂住嘴咳嗽一声就对廖十三老爷道：“十三弟来了，也不知道你们住在哪个客栈？老王，知道十三弟住在哪个客栈的话，就送些东西过去。”

老王心知肚明，急忙应是。这话让廖十三老爷急了，急忙道：“七哥，去年我们来时，十六弟那里住不下，那时我们和你也……这才去住客栈的。可今年不同了，我们本是一家子，不往你这里住，到时还要被人说你连家人都不照顾了。”

一家子，有银子时候就是一家子，没银子的时候，就不是一家子了。廖老爷心里好笑，但面上还是不动半分神色：“按说，不用十三弟开口，我就该留十三弟在这里住，可是我这宅子虽大，但家里的下人也多，况且还有不少掌柜管事人等时时来回话，要安排他们住下。空屋子还真没多少间。真有空屋，也只有……”

廖老爷说着就去瞧老王：“我记得这宅子背后，还有几间空屋。”老王应是后才道：“的确有几个空院子，可是那院子，都是预备下人住的，哪能让族内的老爷去住那里？”

这就难办了，廖老爷故意皱眉，嘴里还在说话。这架势廖十三老爷还有什么不明白的，那眉立即皱紧：“七哥，难道你是嫌我们来，占了你的地方不成？”廖老爷但笑不语，廖十三老爷没有被他接话，自己也觉得无趣，想了想才道："七哥，告诉你件喜事，我们知道，你是因为没有儿子，所以怕自己被人欺负。我们回去后商议过了，想给七哥你立嗣呢。七哥你有了儿子，难道还怕人欺负吗？"

廖老爷心说，就是怕你们立嗣子，这会还当是件喜事告诉我，简直就是，当我可以尽情欺负吗？廖十三老爷没有得到廖老爷的回答，依旧自顾自说下去："七哥，你自然会想，这不是自己生的，难免不贴心，可怎么说，这也是廖家的骨血，比你有个万一，这官府也好，别人也好，尽情把你的产业拿走，那你这一辈子的辛苦就全白费了。"

"十三弟这话说错了，我还有姐姐，姐姐还有个女儿，我这辈子赚的银子，高兴给我外甥女，外人放不得一个字。"廖十三老爷哈哈笑起来，接着往廖老爷那边倾去："七哥这话说得可笑，休说只是外甥女，就算是七哥亲亲的女儿，也不过盆泼出去的水，廖家的产业，哪能让这外人承袭。"

廖老爷又是好气又是好笑，又咳嗽起来，廖十三老爷满面关切："七哥休要气，这话我知道你不爱听，可这没有儿子，就是绝户，绝户的话，那可是对不起先人。"

对不起先人？廖老爷唇边笑容讽刺甚重："不孝有三无后为大这个我还是知道的，可是我房里也有妻妾丫头，一个都没生出来，按说就该立嗣子，可是这立嗣子的规矩，十三弟总比我晓得，廖家族内，还有谁和我近到能足够立嗣子？"

这话堵住了廖十三老爷，廖老爷是独子，那亲侄子就没有，再往上，廖老爷的爹有个弟弟，但很早就夭折，同一个曾祖也没有了人，同一个高祖倒是有，可这样一来，刚刚出了五服的侄儿，廖老爷不愿意立为嗣子也是能想到的。

廖老爷瞧着廖十三老爷，若非这房子嗣稀少，也不会让自己丧父之时就被族内借口把自己父亲留下的产业占去，也不会因此在姐姐姐夫去世之后，外甥女被杜家冷眼相待，竟被拐至异乡。可是，子嗣众多又如何呢？像长房这样，现在子孙是很多，可一个个都不晓得出外赚钱，只晓得在家里守着那些田地产业，一个个睁着眼看别人家有什么可占的，一群人就扑上去，把人啃吃干净还要美其名曰是一家子，这样的一家子，真是讽刺。

有这样的子孙，还不如子孙凋零，倒还落个干净。廖老爷的身子微微前倾，讽刺意味更重："况且族内情形，十三弟是尽知的，我怕立了嗣子，被族人赶走霸产，倒不如现在这样干干净净。"

“七哥，你说出这话来，我是长房长子，难免要不顾长幼，教训你几句才是。”廖十三老爷总算找出自己该说的话，脸一沉就道。

“真是可笑，你有什么资格教训我？一个不事生产，只晓得霸占别人的产业来过活的人，你所谓廖家的长子长孙，在我这里，屁都不是。”廖老爷见廖十三老爷脸沉下，脸也放下。

你，你，廖十三老爷是真的说不出话来，只是指着廖老爷：“你可知道，没有儿子，你的丧事都……”

“我丧事怎么办，轮不到你来说话，我的产业要给谁，轮不到你来犬吠。你若好好的，那我看在都姓廖份上，助你几两银子也是有的。若不能，从此就各走各的路，横竖这几十年，都是这样过来的。”廖老爷说完就对老王道，“送客。”

老王应是，上前对廖十三老爷道：“十三老爷，您远道而来，我瞧见还带了孩子，还是先去客栈安置吧。”廖十三老爷欲待不走，可这里虽也姓廖，却不是族内那些任由自己发号施令的，只得起身离开，离开时还对廖老爷冷笑道：“七哥既这样说，那等以后，我就等着瞧好戏。”

“你当这里是你那乡下地方，族内长房就是天，随你怎么说吗？”廖老爷本不想打这样嘴皮官司，可见廖十三老爷还是这副样子，忍不住出声相讥。

廖十三老爷摔下袖子离去，老王送走他，回身进来见廖老爷又咳嗽起来，急忙上前搀扶：“老爷，这药……”廖老爷用手遮住面，摇头示意没事，总还有几个月呢，要耗，就大家慢慢耗。

廖十三老爷带了人往客栈去，安顿好了越想越气，只是现在廖老爷还好好地活着，不好去做些别的。若是在乡下，这种时候，早已带上子侄，占屋占厨，想着怎么分产业了。绝户头还这样硬气，真是怪事。

廖十三老爷在那生闷气，小厮走进来：“老爷，有人来寻。”廖十三老爷登时以为这是廖老爷反悔了，又要人来寻自己，急忙走出去却见是个眼生的管家。见廖十三老爷走出来，那管家急忙上前行礼：“小的主人想请廖老爷往酒楼去说话呢。”

他的主人，那一定不是廖家那边，对了，他在外头做生意那么多年，定有不少仇人，此时他病体沉重，这些仇人想着分一杯羹也是常理。想到那封通知自己上京的莫名其妙的信，廖十三老爷登时笑了：“还不知贵主人是？”

那管家笑得有些神秘：“廖老爷去了就晓得了。”总之不会是坏事，廖十三老爷交代一声，也就跟了这管家去。

这酒楼可比自己家乡的那些酒楼豪华多了，廖十三老爷心里咋舌，走进了包厢，已有一个男子在那等候，见廖十三老爷进来，只点了点头。

他这样倨傲，廖十三老爷就有些不喜欢，要晓得自己在家乡，那是能和知县都说上话的，不过这是在京城，达官贵人多的地方。廖十三老爷也只能把心里的不喜欢按下去，坐在那男子对面就道："敢问尊姓，因何见招？"

伙计已经流水般地把菜肴送上来，八冷八热的席面，点心都有三样，这样一桌，起码也要好几两银子。廖十三老爷心里想着，等再闻到那酒时，眼珠子都快瞪出来了："这，这酒，可真是从没闻过的香。"

"贡酒罢了，在这样酒楼，算不了什么。"柳三爷淡淡地道，可听在廖十三老爷耳里，就成了一道雷似的，贡酒？自己这辈子，竟然还可以尝尝贡酒的味道？见那酒色微微泛绿，并不是平常白色或淡黄色的酒，廖十三老爷见柳三爷端起酒杯，急忙端起酒杯和他一碰这才道："还不知足下尊姓大名，为何见招，而且还这么的……"

"先喝了这杯再说。"柳三爷一饮而尽，接着把酒杯放下道，"这桌子菜，也不过十两银子，算不上什么贵重的。"

十两银子？廖十三老爷在那算了又算，自己家也有上百亩地，一年下来也有百来两银子，谁舍得拿十两银子来吃一桌子菜？见廖十三老爷那样子，柳三爷心中鄙夷，声音还是很平静："说起来，廖家那边的产业，一年也有四五万两银子进项，怎么这么一桌酒菜，廖老爷就跟没见过似的？"

四五万两银子？这个数目一落到廖十三老爷耳里，顿时让他吓得筷子都掉了，眼瞪出来瞧着柳三爷："当真，当真？一年四五万两？要晓得，我们那里的朱大户，全部家私也没这么多，一年能赚两千银子，就是我们那里最大的大户了。"

柳三爷用手捂住嘴笑起来，笑了半天才放下手对廖十三老爷道："一年两千银子,我家里的管家能干的,一年都能赚这么些。"管家一年都能有这些银子，那廖老爷本人赚的，就更多了。廖十三老爷那颗刚被廖老爷打击的体无完肤的心，此时又重新生起希望来，如果，这些银子都是自家的就好了。

那时就能买上许多人来伺候，听说还有那扬州瘦马，好的要上千银子，也能买上两三个，瞧瞧到底是怎样的。四五万银子，还只是每年的进项，真是睡在那不动都吃喝不尽。

廖十三老爷畅想完才想起旁边还有人，急忙对柳三爷拱手："见笑见笑，只是虽都姓廖，可也不过就是他的高祖和我的高祖是亲兄弟，隔得远了。"

“可还是姓廖，天下也没有这样的道理，放着族内那么多的侄儿不选，不把产业给族里，而是把这些产业给一个外姓的外甥女！”这话说中廖十三老爷的心事，登时如见亲人一般对柳三爷：“这话说得极是，就是这个道理，就算廖家族里，远的都没办法了，可还是姓廖，祖坟都葬一块的，哪能把产业都给外姓的外甥女？要说是七哥的亲女儿，那还能忍下这口气，不过是个外甥女，律法上都不容的。”

说完廖十三老爷叹气：“可惜啊，这外甥女已经嫁了，只怕七哥把这产业都当作嫁妆给她了。就算我们想为七哥的祖上留住这份产业，也没办法。”

“杜小姐的嫁妆的确丰厚，可是，并没动廖家的产业。”柳三爷又给廖十三老爷倒了杯酒，声音很缓地道。

没做嫁妆，这实在太好了，真要做了嫁妆，廖十三老爷也没有法子，毕竟廖老爷的这些产业并不是祖产，属于他自己打拼得来，爱给谁可以给谁的。

没做嫁妆，那就有可圆转之机，廖十三老爷想清楚了，看向柳三爷的脸上带上笑：“还不知道要我们怎么从中效力呢？”总算不那么笨，不然的话，自己还要多费些唇舌。柳三爷心里想着把一张纸推过去：“这是五千两银子，银子存在街口的当铺。到时你要用，去提就是。可是这银子不是白拿的，我要的，是廖家现在这些做生意的铺面。”

“把生意都给你了，我……”廖十三老爷只说了半句就住口，因为看到了柳三爷面上的嘲笑。

“不是我看不起你，生意真给了你，你能做起来吗？到时你把这些铺面卖给我，拿了银子回乡下去，买田买屋，何等快活？而且，你经的手，谁知道到底是多少？到时吐出七八万给你们族里那些人，剩下的不全是你的？三四十万银子呢，去了七八万，还有二十来万，你算算，我就不说你这辈子，就算加上你们祖上，能赚到吗？”

这么多的银子，廖十三老爷忍不住咽了一口吐沫，用最后半分理智问道：“那，用什么法子？”

“嗣子！”柳三爷冷冷吐出两个字，这个法子廖十三老爷也想到了，可还是有问题：“但那个孩子不是我的，而且……”

“这由不得他，等出了事，你就把那孩子披麻戴孝往门口一放，然后再把状纸往上面一递，到时理全在你这边，可不在秦三奶奶这边。等事情办完了，孩子家，遇到急病也是常见的。”柳三爷轻描淡写地说，接着把那张纸再往这边推一下，“这算是定银，打官司，是要银子的。”

廖十三老爷就跟在梦中一样把那张纸接了，睁大眼瞧瞧，的确是五千两，那颗心也扑通扑通跳起来，做了这遭，就是泽被儿孙的事。到那时候，在县城里就可以横着走了。三四十万银子的家私，真是一块天大的馅饼。

柳三爷瞧着廖十三老爷脸上的傻笑，唇微微一扯，笑容也带上了讥讽。廖家祖上这么多的聪明才智，只怕全都在廖老爷身上了，剩下的，真是一个不如一个。

廖老爷的病情越来越重，这些店铺里的人开始有些人心惶惶，毕竟廖老爷是没有儿子的，榛子再能干，也不过是个女儿家，又是个外甥女，这要万一打起扯皮来，还真是影响生意。

张谆回家时候，绿丫自然要问一番这件事，张谆这些日子比平常忙了许多，嗓子都有些哑了。听妻子问就道："我和大掌柜已经商量过了，又到各铺面弹压过，现在倒还平静。而且，"张谆有些拿不准要不要告诉妻子，绿丫蹲下给他换着鞋，听到这话就抬头瞧着他："你觉得该告诉我就告诉我，不该告诉我的就别说。"

张谆低头："我觉得，东家是不是在收一些产业，今年进宫的那些贡品绸缎，有一半是被柳家分去了。而且我恍惚听说，柳家现在是想把这生意全接过来呢。要在平日，东家就算生着病，也要去见宫里老爷爷，可现在，竟半点风声都没有。"

绿丫给丈夫换好鞋，坐好了瞧着丈夫："那这些日子，有没有别的动静？"张谆摸一下下巴："有，往广州那边的人多了。"说着张谆皱眉："东家原先也和外洋人做生意的，可次数并不多，这回难道是想把绸缎生意停了，专门做外洋生意？可这利虽然大，但风险也高。"

绿丫听得有些脑仁疼，但还是听丈夫说着，听完才道："不是常说，富贵险中求，只怕东家也是这样想的，况且现在榛子嫁了，她姑爷是要走仕途的，这做贡品生意，难免要和宫里的老爷爷打交道，到时只怕会牵连。"张谆的眉头没有松开，总觉得自己已经抓住了什么东西，但那东西还离得有点远。

外头传来小柳条说话的声音，接着小柳条扬声道："奶奶，太太来了，说给您送红鸡蛋。"楚氏嫁过去，还没到年底就有了喜。小吴哥高兴那是自不必言，张大娘也很欢喜，毕竟她对楚氏还是有几分真心的。上个月楚氏孕足，生下一个白白胖胖的娃娃来。张大娘喜得急忙收拾东西去照顾月子，这会儿是才从那边回来呢。

绿丫忙应了走出去，见张大娘挎了个篮子站在那，急忙上前道："表妹和孩子可好？我这边最近太忙，本该亲自去瞧瞧的。”张大娘欢欢喜喜地道：“好着呢，她还说，让我谢谢你，想着备了那么些东西，特地让我给送几个红鸡蛋回来。”张谆也走出来，对张大娘点头：“大伯母好。”

张大娘坐下才把篮子往绿丫这边推去：“菊丫头说，也没什么好谢你的，只有这几个红鸡蛋。”绿丫忙接了又谢过，张大娘说了几句闲话这才道：“有件事，本该早开口了，可我原先有糊涂想法，你也晓得的。”

绿丫笑着示意自己已经忘掉原先的事，张大娘这才开口：“算起来，我们在这也住了有两三年工夫了，虽说你们个个都是好的，可有句俗语我还是晓得的，一年亲二年疏，三年就恶了。现在你兄弟在香烛店那边，虽然没工钱，可到年底也能拿回个七八两银子，再加上你逢年过节给我们的，也攒了点银子，我想着，索性搬到香烛店附近，你兄弟回来也方便，我也好照看你表妹。”

绿丫没想到张大娘会这样说，忙道：“横竖那院子也空着，要说搬，等栓柱兄弟娶媳妇时候再搬，岂不两好？”张大娘哎呀一声就道：“就是这话，你栓柱兄弟今年也十五了，转过年就十六了，也该说媳妇了。可我在这里住着，那些媒婆来说的，都是些我们攀不上的人家。倒不如搬出去，好好地在周围瞧瞧，有那好姑娘就急忙定下，省得麻烦。”

“既然大伯母这样想，那就等你侄儿回来再商量。”张大娘是个事情一旦定下就要把这事做完的人，忙道：“商量什么，横竖不就是你们助我们几两银子？”说完这句张大娘就往自己面上打了一掌，“这嘴，说什么呢？”

凡是能用银子解决的事都是小事，绿丫笑了，又和张大娘说了几句闲话，张大娘也就走了。绿丫刚想让人把张谆寻回来，小柳条就掀起帘子走进来：“奶奶，虎头说，外头来了个奇奇怪怪的人，只说要找绿丫。”

第 27 章　不　公

绿丫是谁，虎头不知道，小柳条还是晓得的，绿丫听到这两个字也奇怪了，让把人带进来。还不等绿丫走到厅上，就听到一个熟悉的声音 ：“你们奶奶到底什么时候出来，我是偷着出来的。”这个声音，绿丫三步两步走上厅，脸上已经带上喜悦 ：“翠儿姐。”

翠儿比那日秀儿见到的时候更憔悴了些，整张脸似乎只写着一个苦字，见绿丫走进来急忙笑了笑，接着就摇头 ：“你现在也和原来不一样了。”

见绿丫要招呼丫头上茶上果的，翠儿急忙摇头 ：“不用了，我和你说两句话就走。”说着翠儿就把绿丫拉到一个角落，这还是很多年前，还在屈家时候的习惯，绿丫忍住心里的伤感，努力挤出一丝笑 ：“我一直想去寻你，可是柳家那里……”

翠儿已经把绿丫的手紧紧握一下，接着放开 ：“长话短说，我前几日，听说了一件事，是三爷的一个心腹管家喝醉了说的，说三爷已经定下计谋，只等廖老爷一死，就要把廖家全都打垮，打完了柳家从此就一片坦途了。旁的罢了，这话一定要传给榛子。这女人，娘家没了怎么在婆家过。”

这话只短短几句，听得绿丫如被雷劈到一样，急忙道 ：“翠儿姐姐，这样要紧话，我一定会去告诉榛子，你等等，我给你……”翠儿既然把话传到，也不在意别的了，把绿丫的手放开 ：“我是偷着出来的，还要赶紧回去，绿丫，你们要好好的。”

说完翠儿就转身往外走，绿丫急忙追上，情急之下拿不出别的，顺手就把发上手上戴的首饰全取下来，要塞到翠儿手上。翠儿摇头 ：“我不要这些，拿了，不过是给那个赌鬼去做赌本。绿丫，你们要好好的，好好的。”说完翠儿就伸手摸向绿丫的脸，接着手放下，匆匆往外离去。

绿丫追了几步，可追上去也是徒劳，她是有丈夫的女人，她的所有生死荣辱，全操在那个靠不住的男人身上，她的一切，从进入屈家时候就已注定。绿丫感到一阵悲伤，悲伤得再也站不住，蹲在地上哭起来。

小柳条走上前瞧见，忙劝绿丫："奶奶，这位嫂子和你说了什么话？你要不要……"小柳条的话让绿丫醒悟过来，不能再这样伤心，不然的话，翠儿就白白和自己说这番话了，她匆匆站起身，随便收拾了下就往廖家来。

翠儿急匆匆地奔回柳家，奔进厨房时见众人都在忙自己的，翠儿这才松了口气，见她进来，厨房领头的就不阴不阳地道："你这一趟茅厕，去得可真长。"

翠儿忙赔笑道："我今儿跑肚，这才去的时候久了些。"领头的也没说别的，翠儿继续忙着手上的活，忙完了收拾干净了厨房，也就各自归家。翠儿低头往下人们住的地方走，走出后门时差点撞到人，翠儿抬头瞧见是柳三爷，忙让到一边。

柳三爷喝得有些醉，见不过是个家人媳妇，也没多理会正待继续走时，突然想起不对，让小厮把翠儿叫回来，小厮笑嘻嘻地走上前："这位嫂子，三爷叫你呢，三爷历来疼人，你啊，今儿有福气。"

福气两个字，让翠儿被什么恶心到，但主人召唤，不得不上前。柳三爷打了个酒嗝，仔仔细细往翠儿脸上瞧去，突然哎呀一声，接着就怒道："原来是你，来人，给我把她捆到马棚里，打上一百鞭子。"

他这突然的怒气让小厮都摸不到头脑，忙问："三爷，这处置人，总要有个罪名，再说了，这是……"柳三爷的酒已经全都醒了，怒气冲冲地把小厮一推："罪名？爷刚才丢了块玉佩，从她身上搜到了，这还不够？"

小厮了然，接过柳三爷递来的玉佩，往翠儿身上塞去，接着就叫道："来啊，把这个贼捆到马棚去，明儿送官。"柳三爷的眼还是充满怒气，廖家，还有那些依附廖家而生的人，全都该死。

想着柳三爷就觉得额头的伤口又疼起来，那个寡妇，就该被卖到最下等的窑子里去，被人糟蹋死。当天那个胆大包天的家人媳妇，能容她多活了那么些日子，已经是自己开恩了。

翠儿木然地被人捆住，被人拉到马棚，丢进一堆干草里，一个字也说不出来。听到脚步声远去，翠儿才低低笑起来，泪已经从眼里流出，打湿了身下的草。活了三十年，从生下来就在受罪，现在，终于到尽头了。我没用，不敢了结自己，又多活了那么些年，活着就是受罪，等终于吐出最后一口气时，就该到尽头了吧。

“瞧这人，实在是没廉耻，偷了三爷的玉佩，明儿就送官了，还在这笑得出来。”虽然翠儿被捆住，但柳三爷不放心，还是让人在这守着，瞧见翠儿脸上露出笑，有人鄙夷地说。

“有什么廉耻，你还不晓得她？最下贱无耻的就是她了。男人在外赌钱，她就在家里招徕那些小厮管家们，我和你说……”声音越来越低，这些话想必就是那样污言秽语，翠儿并不放在心上，自己被诬偷盗，那个男人也会被赶出去吧？他被赶出去最好，最好不过。

翠儿又笑起来，笑容里没有对死亡的害怕，而是一种解脱。

榛子听了绿丫传来的话，虽然早已知道，但还是对翠儿心怀感激，急忙让人去打听翠儿回柳家有没有什么事。绿丫依旧忧心忡忡：“柳家那边，并不是什么好人，翠儿只怕……”

话犹未了，丫鬟就走进来对榛子说了两句，榛子听完整个人都呆掉了，接着对绿丫摇头：“方才，柳家那里捆了一个据说偷了玉佩的下人，只怕就是……”

翠儿两个字榛子并没吐出来，绿丫眼里的泪已经涌出，这绝对是诬陷，翠儿不会的，明知道是诬陷，这里还无能为力，谁能为下人反抗主人？榛子覆上绿丫的手，绿丫伤心地道：“我还记得，我进屈家第一天，翠儿姐姐是怎样对待我的，我还记得，还记得，可是，这样的好人，为什么要这样悲惨，天道不公啊。”

天道什么时候公平过？它若真的公平，就该让舅舅活下去，让舅舅有孩子，而不是让舅舅到现在还要竭力谋划。榛子把眼里的泪咽下去，既然天道不公，那就让自己给翠儿还个公道，柳三爷，你现在就等着进圈套，等着你柳家的生意，迅速垮掉。等着你再也无法耀武扬威。榛子握住拳头如同发誓一样。

屋外起了一阵秋风，接着打了几个雷，淅淅沥沥的，从今早就阴着的天，终于降下一阵雨来。这是老天也知道自己不公平，因此羞惭流泪吗？绿丫瞧着那天，模模糊糊地想，翠儿，我对不起你，对不起你。

天越来越冷，榛子尽力打听，也只能打听到翠儿在被送官的第二日就熬不过刑，死在当场。既然人死了，这案也就消了，人被尸亲领回。翠儿的丈夫因为这件事丢了差事，气得要死，哪还肯领回翠儿的尸身？秀儿出面以姐妹名义把翠儿的尸身领回去，好好办了丧事，在城外寻了一块地把她葬了，还在庙里给她做了七天七夜的功德，但愿她下辈子，再不托生为这样人家的人，而是能有爹疼娘爱，夫婿爱敬，还有许多好孩子的人家。

这些银子原本棒子要独自一个人出，秀儿和绿丫执意不肯，三人平分了办丧事的银子。出葬那日，秀儿、棒子、绿丫、兰花都去送葬。看着那棺材被土盖住，秀儿忍住眼里的泪道："你们别说我说不吉利的话，等我死后，也葬在这里吧。"

锦儿还不晓得死是什么意思，只是睁着圆鼓鼓的眼问为什么。秀儿刚要解释，兰花已经往地上吐了几口吐沫："呸呸，你别说不吉利的话。别说还有锦儿，就说你，今年也不过二十二三，难道这辈子就这样了？"

秀儿把锦儿抱在怀里，对兰花道："兰花姐，我晓得你为我着想，可是人这辈子，本就艰难，女人这辈子就更艰难了。如果嫁的男人好，还算好，如果嫁的男人不好，那这辈子就完了。所以……"

"少说这样话！"兰花打断秀儿的话:"你嫁的那个男人，姓什么来着，冯，那也不是个好男人，可你现在没有完。再说了，你今时不比往日，谁敢欺负你，我头一个不饶他。"

棒子收拾起思绪，对秀儿道："其实不嫁也没什么，再好的男人，能把我们锦儿当亲生女儿吗？"锦儿听到自己被提到，更加高兴了："娘，我要陪你一辈子。"

秀儿把女儿抱紧一些："还陪我一辈子呢，这会儿，我就快抱不动你了。"自己有这么重吗？兰花捏捏锦儿的小鼻子："你娘现在是养娇了，要换原来，比这更重的，她都能抱得动。"

绿丫一直没有说话，只是望向翠儿的那个坟墓，坟土尚新，那个下面躺着一个善良的女子。想起初见时，绿丫的泪又落下来。秀儿伸出一只手握住绿丫的手，棒子也望向绿丫，轻声道："该还的，我会让柳家一一还来。"

空口白牙诬陷人偷盗，这样的事，绝不是什么好人所为。绿丫往那坟堆望去，翠儿姐姐，你安息吧，柳家的人，下场会比你糟糕千倍万倍。

办完翠儿的丧事，已经到了十月中，算着日子，廖十三老爷已经进京两个月了，他天天盼着廖老爷早点咽气，可天天也盼不到那个好消息，虽然有柳三爷给的五千银子，可这京里的开销大，这两个来月，就花了有一百两了。这万一廖老爷拖个一年半载的，那这些银子还怎么打官司？

这样想着，廖十三老爷也就厚着脸皮再往廖老爷那边去哭穷，想要廖老爷给点盘缠。

听老王说完，廖老爷笑了："这人，还真不要脸面。"老王心里也鄙夷，但不敢明说，只是道：“老爷，您瞧，要不要把他打发了。”

廖老爷摇头：“不，你拿四百银子给他，我啊，还要留着他在京城里，不然这戏就不好唱了。”老王并不大了解廖老爷的安排，听了这话就迟疑：“老爷，万一……”

廖老爷伸出一只手：“没什么万一。”说着廖老爷就又剧烈咳嗽起来，这些日子，他咳嗽得越来越厉害，药就跟泼在石头上一样，一点作用都不起。御医都被请来瞧过，直接说只是拖日子，而且随着天气越来越冷，只怕廖老爷拖不过这个冬日了。

廖十三老爷见廖老爷一拿就是四百两银子，心里更加肯定柳三爷说得对，廖老爷这边的产业是值很多银子。拿了银子就先去赁了房子，赁了间一月五两银子的院子，除了自己带的小厮，又雇了两个粗使婆子好做饭这些。

安排妥了，他也就安安生生住下，这回，再拖个一年半载也不着急。

廖老爷听得廖十三老爷赁了房子住下来，笑了，果然按着自己的想法在走，这人啊，一旦贪心一起，就什么都不管不顾了。真以为在外三十年的自己，会不做任何安排，任由族里的人来夺产？

各自怀着心事，天气也越来越冷，眼瞧着有要到年根，廖家并没有半分过年的气氛，一来是因为廖老爷的病，二来是因为局势已经明确，柳家已经把进宫的绸缎生意全握在手中。

这让人心更加浮动起来，毕竟别说榛子是个女子，就算是个男子，这个年纪，也太年轻了。

“又有人来辞工？”榛子听着张谆的回禀，抬头问。

“是，而且这次辞的，还不是普通的伙计，是账房。”张谆心里也开始忐忑不安起来，毕竟这人走得一多，人心就越动荡。

“我瞧瞧，如果辞得够多，就把几间该关的铺子给关了，然后把剩下的那些人并在一起。”榛子的声音很平静，这让张谆忍不住抬头瞧她：“可是这样一来，人心只会越来越浮动。”

“我当然晓得人心会浮动，可是越到危难时候，就越会瞧出一个人的品性。如你，如绿丫，你们都不会离开。”榛子的解释让张谆笑了：“是我糊涂了，我还以为……”

“还以为我还是那个糊里糊涂的孩子？早就不一样了。”榛子笃定地说。

既然榛子已经有了主意，张谆对榛子行了一礼也就告辞，刚走出院门就瞧见一个人过来，张谆停下脚步，认出他是大掌柜的儿子，也是在廖家铺子里做事的小沈，对他点头笑道："小沈哥，你也是来找小姐回话？"

小沈停下脚步就压低嗓子："我爹是个坐得住的，可这两日听说辞工的人越来越多，也有些坐不住了，本来该是他亲自来回小姐的，可是偏生前日感冒了，这才让我来回小姐，顺便讨个主意。"

张谆哦了一声就道："方才我已经问过小姐了，小姐说既然辞工的越来越多，也就先把那些偏僻的铺子暂且关掉。"关掉？小沈的眼睛一下瞪大："小姐她真是这么说的？"

张谆点头，小沈转身就想走，可走出两步才想起张谆，急忙道："是我急了，只想着回家赶紧告诉老人，就忘了张掌柜你还在这里呢。"张谆只笑一笑，瞧着小沈往外走。

小沈匆忙回到家，沈大掌柜的排场又和张谆不一样，现在住的宅子是自己买的，足足四进还带了个两亩地的花园，小沈一走进家门，就有小厮迎上，小沈只匆忙问明自己的父亲在花园就匆匆往花园去。

进得花园就听见自己的爹在那里说："这是个天字，孙儿啊，你要好好学写字，然后给祖父读个功名出来。那时祖父就瞑目了。"见小沈过去，他儿子急忙唤声爹，再把手上的字递给他："爹爹你瞧，我这字写得好不好？"

小沈挤出笑容，说了个好字就匆忙对沈大掌柜道："爹，我问过了，小姐的意思是，把那些偏僻的铺面关掉。这样一来，不是人心浮动吗？这生意还怎么做？女人就是女人，不晓得这个时候该安定人心，只晓得把人赶出去。"

"你啊，太毛躁了，凡事总要先想想。"小沈坐在自己爹面前："还想什么想？就是小姐掌不住盘子。爹，柳家那边，可又和我们说了。一年四千两，再加上分红，足足八千两到手，可比这边多了两千呢。"

"我虽然说不如东家，可这银子也不算少了，总有七八万家私，一年多出两千两，还打动不了我。"一年两千两，十年就是两万，二十年就是四万。小沈还要再劝自己的爹，沈大掌柜已经高深莫测地道，"再说了，趁主家不稳，去投了别家，这样的事传出去，我也别想混了。小姐毕竟是个女人，这生意我做得熟了，总还是我帮小姐看着，更好。"

沈大掌柜说得这样隐晦，小沈竟然听懂了，眼顿时闪闪发亮："爹的意思，是要把这生意……"真接过来的话，那这家私就是成几倍地翻。要知道，自己的爹做廖家大掌柜已经差不多十年了，廖家的底细他全清楚。

沈大掌柜喝了一口茶："这也是东家的心血，总不能看着他的心血被小姐败光。还有，廖家族内，不是来了几个人？往那边送一百两银子，把他们也拉拢了。”

小沈连声应是，急忙去办这件事。沈大掌柜瞧着自己儿子的背影，这是个多么好的机会，千载难逢，而且完全可以推到榛子守不住家业身上。东家，你精明算计了一辈子，没想到我在这等着你吧？

沈大掌柜笑了，东家你就算知道了，你有什么办法吗？

“老沈终于忍不住了？”廖老爷听着老裘的话，脸上露出笑容。老裘心里狐疑，但还是道：“东家，自从上回以后，我就留心老沈，结果发现他和廖十三老爷过从甚密，而且踪迹隐秘。”

“他可比你胆子大多了，果然不愧是我看中能做大掌柜的人。”廖老爷这飞来一句让老裘不敢说别的，廖老爷又咳嗽了一声才道：“由他去，这抢的人越多，这戏也就越好看。不过便宜了廖家的人，这几日收的银子不算少了吧？”

老裘被廖老爷这几句话弄得回答不出来，只是瞪大了眼。廖老爷也不解释，果然要到快死了，才能瞧出人心啊。即便早知道又有什么法子，天下哪有千年防贼的理？若是他们知道，这抢的生意不过是自己早就想甩掉的，会不会十分懊恼。

廖十三老爷摸着银子，笑得眼睛都快看不见了。银子果然是好东西，答应了小沈也不算和柳家起冲突，只是这样送银子来的人家还是太少了，要不要再去见见七哥，把这个消息卖给他，好多换点银子？

主意打定，廖十三老爷就往廖家来，廖老爷听到廖十三老爷来了，情知他是来卖好的，让人叫他进来。廖十三老爷走进屋子，见廖老爷躺在榻上，脚上盖着厚厚的裘衣，火炉还放在脚边，已经是一副重病不起的样子，挤出一副伤心样子上前道：“七哥好，瞧见你这样，我还是伤心。”

廖老爷扯扯衣襟对廖十三老爷道：“坐吧，你有什么事？”

廖十三老爷压低了声音说：“七哥，今儿你们大掌柜派人去给我送了一百两银子，说……”

“他说什么都没用。”廖老爷打断了他的话，廖十三老爷被廖老爷打断了话还是嘀咕：“七哥，你别犟了，你们大掌柜不就因为你没有儿子才这样做？要我说，你干干脆脆立了嗣子，这家业有人承继，谁敢放个屁。”

廖老爷但笑不语，廖十三老爷被他看得头皮发麻，想再辩解几句，廖老爷已经高声道：“来人，拿两百两银子送十三老爷出去，从现在起，不许他再进我这里的门。”

廖十三老爷活像屁股下面被人放了把火一样地跳起来：“你，你，你别做得这么绝情，到时连给你烧香的人都找不到。”

“人死如灯灭，灯灭了，还在意什么？”廖老爷轻轻答了一句，已有人进来请廖十三老爷出去。见了那两百两银子，总算没有白跑一趟，廖十三老爷拿了银子愤怒地走了。

廖老爷越想越好笑，笑得咳嗽得更加厉害，眉姨娘要上前服侍，可只觉得喉咙里有什么东西堵得慌，终究没走上前，只是在那垂泪。

“今年的年关，有些难过啊。”张谆回到家中，瞧着外面飘下的雪花，感慨地道。绿丫把女儿塞给他，笑着道：“什么年关难过，横竖记得，别亏了自己的心。”小姑娘已经一岁多了，扑到张谆怀里就要去扯他的胡须，嘴里叫着爹爹。

张谆把女儿抱在怀里：“你难道还不信我，再说了，一无所有的时候我都过过，还能比那时候更难吗？”说着张谆低头瞧着女儿，“乖女儿，你娘都不怕吃苦，你怕不怕？”小姑娘瞪圆了眼，笑着点头：“不怕不怕。”

“你啊。”绿丫把过年要用的东西收拾出来，小全哥已经走进来，嘴里叫着爹娘，那眼就往桌上瞧，绿丫把那盘点心拿给儿子，小全哥手里拿着绿豆糕就去逗妹妹：“妹妹，这绿豆糕，要不要吃？”

小姑娘瞧见绿豆糕，张嘴就咬，小全哥笑嘻嘻地把绿豆糕转个方向就往自己嘴里放，小姑娘没吃到，登时眼一闭嘴一撇就哭起来。绿丫打儿子手一下：“就你调皮。”接着从丈夫怀里把女儿接过来：“我们容儿乖，别理你哥哥。”

容儿抽泣着伏在娘怀里，小全哥已经把绿豆糕放到妹妹嘴边：“妹妹，这次不逗你，吃。”容儿的小嘴巴噘起，不理哥哥。绿丫顺势把容儿放到地上，对小全哥说：“去，牵着你妹妹去外头和小柳条她们玩去。”小全哥小心翼翼地拉着妹妹往外走，过门槛的时候还不忘记把妹妹拦腰提起，半拖半抱地抱了出去。

绿丫瞧着他们兄妹，这才回头问丈夫：“真的不怕？”张谆晓得妻子问的是什么事，勾唇一笑接着把妻子搂了一搂：“怕又如何呢？人总要活得心安理得些。我当初是什么样子，现在是什么样子？难道就为了别人的几句好话一些许诺就把良心都丢了？那时虽穿绸着缎，吃肉喝酒，可一想到这些，就会觉得什么都不香。再说了，大不了就是重新挑个货郎担去卖。”

绿丫也笑了，往丈夫身边依偎得更紧些：“再说，我们还有田庄呢，箱子里现在还放着两千银子呢。到时拿了银子去乡下田庄，照样买田买地，不就是比现在伺候的人少些，屋子住得不那么精致。可还是能让儿子读书，女儿娇养。”

“只有两千银子？你是不是背着我存私房钱了？”张谆心情大好，笑着和妻子说笑话。绿丫伸手在他肋下狠狠地扭了一下，张谆哎呀叫出声，绿丫这才放手：“去，要存私房钱，也是你该存，我可不用。来，我算账给你听，你每年的进项是多少，这应酬又是多少，还有除了田庄和那七百两外，我还在朱婶子那，入了一千银子的一小股。你算算，这些都花了，能有这两千现银子，还是我勤俭持家呢。”

张谆含笑听妻子算完才用手摸着下巴：“那你方才怎么只提田庄呢，没提这一千七百两？”绿丫叹一声：“你说，要是廖家这个坎过不去，那胭脂铺子定然开不成。难道我还能去和榛子讨这七百两去？至于朱婶子那的一千两，这要是万一，也说不准，所以才不算。总之这做生意，总是有赚有赔，哪有卖田庄地土来得稳当。只是这合适的田庄地土，太少了。”

张谆已经把妻子的肩揽过来：“会好的，真的，你相信我。东家绝不是那样一个轻易放弃的人。”绿丫嗯了一声，偎依进丈夫怀里。

雪越下越大，到了第二日起来时，屋顶路上都白白的一层。张谆穿了氅衣，打了伞步行往廖家来。今日是腊月二十三，按照往年的例子，从今日起，一直到正月初五，全部店铺关店歇业，各店铺的花红等，也在今日分发下去。今日还有一顿酒宴，这些事情都要在中午时候办好。

张谆到了廖家，换下钉靴，走进厅里时瞧见已经来了不少人，见张谆进来，那些掌柜都上前和张谆打招呼，张谆一一打过招呼，也拣了张椅子坐下，接过小厮递来的茶还没喝了一口，小裘掌柜就压低了声音：“小姐的意思，已经把那几家店铺给关了，有几个还在家里赋闲呢，也不知道……”

张谆还没来得及答话，就瞧见沈大掌柜父子走了进来。众人急忙上前寒暄，沈大掌柜往上面一坐，扫了眼就道：“今年少来了好几个人。”

“大掌柜你还不知道吧？有几个，是自己辞工的，可另有几个，是小姐下令关了店，你说，这做的好好的，怎么就这样呢？”虽然明知道沈大掌柜肯定知道这事，但说话的人还是以大掌柜肯定不知道这事来做开头。

沈大掌柜哦了一声就道：“小姐总还是年轻，不晓得这绸缎生意是廖家发家的根本。”这话一说出来，就有人点头:“说的是，现在连贡品生意都不做了，以后这生意还怎么做，现在东家还，这要有个万一……”

后面的话不言而喻，小沈见众人如此，想起自己父亲的话，特别地想说话，但见父亲在那闭目养神，并不敢说出。外面传来脚步声，接着老王走出来:“老爷和小姐来了。”

虽然各怀心思，但沈大掌柜还是带领着众人出去迎接。廖老爷的病情已经十分严重，虽然着意收拾，但能瞧出他脸色都已经开始灰败，身上的大氅似乎都穿不住，而身后还跟了两个小厮，这在往常是从来没有过的。沈大掌柜心里想着就上前给廖老爷行礼：“东家。”

廖老爷伸手做个想拉大氅的动作，伸出的手已经开始枯瘦，沈大掌柜敏锐地发现，接着眼这才转向榛子，榛子今儿也打扮得和平常不一样，见沈大掌柜望向自己只微一颔首：“大掌柜好。”

廖老爷又长长地咳嗽了一阵，这才对沈大掌柜道：“人都齐了吧？齐了的话，那就进去。”沈大掌柜让到一边，请榛子和廖老爷进去。

张谆看着廖老爷，忍不住深吸一口气，像这样深吸一口气的人并不少，廖老爷就像没听见一样，径自坐到上方。众人又对廖老爷行了个礼，各自坐下。

廖老爷闭上眼睛，似乎是在养神，过了会儿才睁开眼，瞧着面前众人：“我的身子你们也瞧见了，就算华佗再世也难救了。这人要死，总要先把这些事情都料理了，况且我这份家业，说大不大，说小不小，总也要有人掌着，才不至让你们在我死后无人为首。”

廖老爷这番话说完，厅内顿时鸦雀无声，廖老爷也不管他们说不说话，对榛子点一点头，榛子往前一站，廖老爷就道：“我没儿子，也没女儿，唯一一个外甥女是最亲近的人，这份产业，自然是她来掌管。”虽然早已知道，但这话还是在屋内炸开了锅，首先开口的是小裘掌柜，他看着廖老爷，有些不确定地道：“东家，虽说这是您的家事，按说我们这群人是不该说的。可怎么说小姐也是个妇道人家，这妇道人家掌管家业的，并不是没有，但没有个已嫁女儿回来掌管的。”

小裘掌柜说完，自然有人附和，廖老爷早为今日的事做了无数准备，让众人接受榛子掌管只是第一步，这第一步走得不顺利也是意料之中。廖老爷并没开口说话，只是瞧着榛子。

榛子同样为今天的事做了无数准备，别人的反对并没让她气馁，而是斗志昂扬，对小裘掌柜点一点头榛子就道：“按说，这出嫁女自是不能回来掌管家业。可是诸位也知道，舅舅并无儿女。若按了世人该想的，也自当从族内择立嗣子，可是舅舅当初和廖家族内，有些往事是不能忘的。再则也没有足够亲近的人能立嗣子，因此断了这个念头。”

“廖家族内的事，我也曾有所耳闻，可是先不说小姐你是个出嫁女，难免名不正言不顺，就算小姐你名正言顺地掌管了家业，可是小姐你做生意的……”

“沈大掌柜或许忘了，我曾在江南住了三年，这三年里，敢问沈大掌柜，江南那边的利息，是不是收得更多了？”榛子并不怕刁难，怕的是真没人刁难，到时等自己一接过这份产业，在暗地里使坏。

沈大掌柜迟疑一下才道：“的确比往日多了三成，可是……”

“那列位也当知道我开的那间胭脂铺，列位可知道本钱多少，一年利息多少？”榛子绝不给沈大掌柜继续可是下去的机会，直接问众人这件事。

那间胭脂铺，从头到尾都是榛子一个人做的，也不走廖家的账，自然无人知道，见众人摇头，榛子这才露出一丝笑：“三千的本钱，到现在，已经赚了两千两。”

也就是，一年多一点的时间，这个数字让众人有些惊讶。做生意虽有本大利大，本小利薄的说法，但很多时候，有些行业，本钱多了要收回来时间也长，反而是那些开头只要三四十两小本钱的，收回本钱的速度快。

三千银子的本，一年多能赚回两千银子，这个数目，不算不惊人。

“这个我可以作证，拙荆也在小姐的铺子里投了些银子，算算差不多已快收回本了。”张谆的话打断了众人的议论。接着张谆看向廖老爷：“各位也都知道小姐聪明能干，虽是出嫁女，可一来东家没人能托，二来小姐的婆家也并不反对小姐掌管家业，东家把家业托付于小姐，也是人之常情。你我都是同事，定当如辅佐东家一般辅佐小姐。”

张谆会站出来，是再平常不过的，毕竟人人都知道张谆的妻子和榛子的情分，那可不一般。小沈已经冷笑开口：“二掌柜你当然可以这么说，毕竟你们有个亲疏，可这不是小事，廖家这份家业，里里外外也有上千的伙计掌柜，若小姐管不好，那可是上千人的家计。二掌柜你就这么信任？再者说了，小姐的婆家反不反对，还不知道真假。”

廖老爷一直闭眼听着他们议论，并不说话，听到小沈这样说才睁开眼看了沈大掌柜一眼。沈大掌柜面上笑容没变，越乱越好，乱得越多，到时自己得到的利益也就更大。

榛子并没惊慌，甚至连半分愤怒都没有：“小沈掌柜说的，也合理，我的婆家人反不反对，自然有他们说话。”老王已经走进来：“老爷，夫人和姑爷来了。”

小沈不由微微有些慌乱，沈大掌柜倒毫不在意，以他对廖老爷的了解，不请来王夫人和秦清才是怪事。廖老爷也不动神色，只对榛子道："你代我出迎。"

榛子应是，走到厅门口，此时雪已经停了，王夫人往这边走来，她今日穿着也很庄重，面上笑容却很平静。秦清跟在她后面，见到妻子就对妻子点头一笑。此时此刻，丈夫对自己这样笑，让榛子如沐浴在春日阳光一样，再多的责难，只要有家人陪在身边，那有什么可怕？

榛子陪着王夫人和秦清走到厅里，沈大掌柜已经率众人迎上前，王夫人对沈大掌柜微一点头，接着走到上方坐下才对众人道："你们都知道一件事，那就是，廖家的产业里面，有我家不少的本钱，廖老爷重病在身，必是要换一个人合作了。那我，选的和廖老爷选的一样，都是杜小姐。各位可有什么异议？"

秦清已经站在榛子身边，他什么都没说，但他的姿态已经说明了一切，那就是陪在妻子身边，支持妻子做的所有决定。

"敢问王夫人，王家在廖家的产业里面，掺了多少本？"说话的是一个掌柜，王夫人往他那个方向瞧了眼才道："快三十年了，这样本滚本利滚利下来，老沈，你当比别人清楚。"

沈大掌柜立即被众人瞩目，特别是问话那个人更是眼都快瞪出来了，要知道这话是小沈示意，他才问出来的。不然的话，谁爱做这个出头鸟。

"这么多年，夫人您在廖家的产业里面，掺的本钱前后算起，已有十万左右。还有定北侯府那里，也有两万本钱。"尽管不想回答，但沈大掌柜还是答了出来。

"十二万，你瞧，我都不在乎这十二万，要把这份产业给你们小姐掌管，你们还在意吗？我也不怕明说，这些银子，差不多是我王家全部家当。"

王夫人把话说完，接着瞧向众人："你们各位，害怕的不过是家计，可是说句难听的话，你们各位都是已经做老的人，家里也都颇过得去，没了这里的差事，再找别的差不多的差事也是轻而易举的事。可是我，是全部家当，赔了的话，就只能靠尚书大人的俸禄过日子。尚书的俸禄你们也知道，比不过你们中间随便一个人在廖家一年拿到的银子。你们说，是你们更害怕呢，还是我更担心？"

王夫人说完就看向众人，沈大掌柜不由瞧自己儿子一眼，他是怎么办事的？明明不是已经去寻了王夫人的女婿，和他通了气，好等廖老爷一出了事，这边就动手，把这些产业该划到自己名下的就划到自己名下，那时绝不会漏了王家的一份，可是现在王夫人出来是怎么一回事？

沈大掌柜在那细思，小沈额头也有汗出，明明已经说好了，可王夫人怎么会出来？再说这边的事，王夫人不是全交给她女婿了？怎么这会儿又，到底事情是哪里出错？

廖老爷又睁开了眼，唇角有嘲讽笑容，沈大掌柜也老了，太过托大，如果他真仔细想了，或许自己还要再费些周折，但现在不是说这些的时候，廖老爷咳嗽一声："既然如此，诸位对小姐掌管想来也没什么异议。敏儿。"

榛子上前一步，取出一个印章，已有丫鬟捧上了印泥。榛子往印泥上印了章，接着盖在纸上，丫鬟捧着那张纸送到众人面前。等丫鬟回到榛子这里，榛子这才开口道："今日起，这个榛字章就是标记，没有榛字章，什么事都不能做。"

说完榛子看向丈夫，见秦清对她一笑，榛子这才又开口道："我虽嫁入秦家，可舅舅对我的恩情我一直记得。我定会为舅舅守好这份产业，等到有一日，有足够能力的人接管家业，我定不会恋权，会像今日一样做的。"

廖老爷欣慰地看着外甥女，当日那个初见时怯生生的少女，已经完全长大，还挑了这么一个夫婿。即便廖老爷并不是很喜欢秦清，可也要承认，一个肯让女人放手去做自己喜欢做的事的男人，其实还是不错的。

到这时候，沈大掌柜终于肯认输了，他站起身，和众人一起对着榛子拱手为礼，口称东家。榛子请众人直起身，王夫人这才起身："想来，你们今日还有许多事忙，我就先告辞了。"榛子送她到门口，廖老爷已经对秦清道："这里的事，敏儿会做得很好，你陪我到后面去说说话。"

秦清恭敬应是，扶廖老爷起身，廖老爷经过沈大掌柜的时候，对沈大掌柜点一点头，笑容里带上一丝嘲讽。自己该怎么做，沈大掌柜闭了闭眼，这个笑容里已经很清楚了，难道还要等榛子亲自下令，拿了自己大掌柜的权力吗？

沈大掌柜深吸一口气，对榛子深深作揖："东家，我年纪已经老了，该回家了。"榛子并不意外，这个老狐狸会这样说，果然比起他儿子要能干多了，也并不做挽留，只是道："沈大掌柜这些年辛苦了，回家荣养也是应该的。"

这不做挽留之词，让众人看向榛子的目光里带上几分畏惧。榛子并不在意这些目光，只是对沈大掌柜道："不过今年的本利如何，还要劳烦沈大掌柜把这些都说了，好给大家分红。做完这一件事，沈大掌柜就可安心回家了。"

初上位者，或施恩或威吓，总之一句，要尽快拉拢人心让自己好做些，可像榛子这样十分平淡的，沈大掌柜遇到的不多。既然如此，也只有硬着头皮道："这是应当的。"

说完沈大掌柜就打开带来的匣子，从里面取出这一年的总账，开始念起来。

这一年的总账瞧着厚，但正经要念的并不多，听得这一年的收入，扣掉给在这有股本的各家分红之外，还有七万有余。榛子点下头："那还是照了往年规矩，拿出两成散于众人。至于这散于众人的，怎么分派，各位比我清楚得多，我也就不多说了。厨房已经备了酒席，这会儿就送上来。这顿酒一过，再见就已是明年，希望明年大家还和现在一样。"

众人起身应是，这些分红里大掌柜拿走两成，张谆能拿一成，剩下的七成按照各铺面大小各自分派。外地店铺里面，已经赶在十月里把这事做了，好让掌柜的上京交账。只有京内的铺子里头，还在巴巴等着这份钱，当然每个店铺里，拿得最多的是掌柜和账房，最少的伙计也能拿到二十两，不管怎么说，这个年都会过得不错。这都是往年旧规，并没什么改变。

把这些事定下，众人也就等着酒席，只有沈大掌柜有些怅然若失，今日的事，虽然自己当场辞工算扳回来一些颜面，可是自己一辞工，这每年独拿的两成分红从此就再没有了。还有现在自己已经在榛子这里印象不好，那自己儿子的差事，不晓得能不能保？家乡虽有田庄有铺面，可哪里比得上京城繁华？

酒席送上，众人挨次坐下，榛子给合席敬了一杯酒，她毕竟是妇人家，也不好像廖老爷一样陪他们席终，拿起筷子吃了一筷菜，也就离开，由他们随便吃喝。

榛子一走，这席面上就轻松多了，自然人人都敬沈大掌柜酒，毕竟他虽当场辞工，榛子也准了，可各项的事情还没办完，照例还要敬他。

沈大掌柜是老江湖了，那点不悦很快丢开，众人来敬酒也笑着饮了，接着就端起酒杯对张谆道："说起来，你们大家也要共贺二掌柜一杯？"

张谆有些奇怪："还不知道大掌柜这话什么意思？"沈大掌柜的胡子微微动了动就道："我辞了工，这位置就该由二掌柜补。说起来二掌柜今年连二十五都没有，我像你这么大的时候，还在铺子里苦熬呢，果然做生意再得法，也不如有人提携。听说二掌柜的娘子，和小姐，不，和东家是多年密友。"

沈大掌柜轻轻松松几句话，那话却故意没说完，自然勾起方才张谆当众支持榛子的事来，看向张谆的目光，也多有人带了审视。张谆到了此时，还不明白沈大掌柜的话那就是傻瓜。毕竟张谆进入廖家店铺之后，这提升的速度还真可以用惊人来形容，此时沈大掌柜故意挑事的话他也只是一笑："谁能做大掌柜，这是东家的意思，我们怎能帮东家做主？况且也不是我谦虚，这里的掌柜里面，有几位不论是资历还是能力，都有胜过我的，只不过原先总有人拦着，才没升上去。”

既然沈大掌柜会挑事，张谆自然也会，这话一说出口，众人看向沈大掌柜的眼神也有些变化。沈大掌柜也不是笨蛋，听完这话就笑起来：“果然英雄出于少年，我老了，瞧瞧，连原来的旧事都被翻出来。我只不过想着，年轻人，多磨炼磨炼总是好的。谁知就有人当我是故意使绊子。年轻人啊，终究是太年轻了。”

这话锋转了好几次，纵然在座的个个都是精明人，也觉得有点看不下去，张谆也笑了：“年轻人多磨炼磨炼总是好事，可是有时候呢，就怕磨炼得已经够了，还要被人再要磨炼，这就有些不好了。”

两人这算是当面锣对面鼓地对上了，席面上登时鸦雀无声，看向张谆和沈大掌柜的眼都各自带有了各种思虑。

沈大掌柜到底是要老成些，已经端起酒杯笑了：“好，好，年轻人，有锐气、有锐气。我啊，就等着看你们的。”他这话说出来，众人这才把提着的心放下，小裘掌柜端起酒杯也笑了：“大掌柜和二掌柜说得都有理，这要做好生意，总是经验和锐气都不能少，相辅相成啊。”

小裘掌柜这话说出来，自然有人附和，沈大掌柜把杯中酒喝完才对小裘掌柜道：“不错，你比你老子强，能明是非懂道理。”

都是聪明人，谁能不明白沈大掌柜的话？不过小裘掌柜心里明镜似的，别看东家已经病了这么久，瞧起来精力不济，可心里是有主意的，沈大掌柜精明了一辈子，这会儿想欺生，难免有些糊涂了。小裘掌柜心里断定了，这才笑着道：“不敢不敢，我爹前儿还说呢，在家这日子过得逍遥，沈大叔以后，也能和我爹一样的逍遥了。”

沈大掌柜面上笑容没变，但心里已经在冷哼，自己不过作势辞工，什么都还没做呢，这人就这样转了风声？转了风声也好，就瞧瞧到时你们的忠心，能换来些什么？

小沈没有自己的爹那么有城府，等一散了席，众掌柜各自回店铺，按理说沈大掌柜也该各家店铺走走，去慰问慰问，可他托词酒多年纪大了，让张谆一人前往各店铺去了。

等一上了车，小沈这才道：“爹，现在瞧着，新东家可是不好相与的。”沈大掌柜虽说酒多是托词，可也喝了好几杯，上了车就闭目养神，听儿子这样说话连眼都没睁开，鼻子里面哼出一声："要好相与，廖东家就不会把产业都交给她。锐气肯定是有的，可是有时候，光有锐气是不够的。"

小沈又叫声爹，沈大掌柜在心里盘算一番才对儿子道："无妨，我辞了工也不怕什么，你再和柳家那边细说说。独木难支，就那么几个人，我瞧她怎么做。"这是要给榛子使绊子，小沈应了，但想起廖老爷又想说什么，沈大掌柜嘴砸一下，"廖东家那边，我瞧着，日子是有数了。"

"我这里很好，今儿是除夕，你该在秦家守岁才是。"廖老爷瞧着榛子，声音已经变得有些虚弱。榛子连斗篷都没脱掉，就看着自己的舅舅："我已经去过了，总要过来瞧瞧您，再回去守岁。舅舅，我舍不得你。"

榛子后面一句话已经带上哭腔，廖老爷笑了："什么舍不得，敏儿，就算我活一百岁，还不是一个死？这些日子，我已经把过去那些事都想清楚了，我活这一辈子，值了。再说天下的事哪有十全十美的？既然上天不愿意给我子嗣不愿意给我寿数，那我也只有受着。只是辛苦了敏儿你。我原本打算把你寻到，给你好好地寻门亲事，然后看着你生儿育女，我就很高兴了。至于那些钱财，从天下人得来，那散给天下人，也是平常事。"

"可是，我没想到我的敏儿，竟是个不输男子，不，比一个男子更好的女儿。敏儿，虽然舅舅很担心你，觉得你会很辛苦，可是舅舅很高兴。"说得再洒脱，钱财从天下得来，就散给天下人，可自己的产业能有人接手，而且接手得很好，廖老爷还是会十分高兴。

榛子不敢给舅舅看自己的泪眼，只是趴在那里拼命点头，廖老爷轻轻地拍了拍她的肩。秦清走进来，瞧见这一幕就站在那里，不敢动弹。

廖老爷听到脚步声抬头瞧着秦清，对他露出一个笑："这些日子以来，我也瞧出，你是个好孩子。虽然没有敏儿能干，但一个男子，能支持自己的妻子做这样的事，已经很不错，非常不错。我也不说什么把敏儿托付给你的话。只愿你们夫妻同心，齐心合力，互不辜负。"

秦清应是，走到廖老爷面前和榛子并肩跪在那里，佳儿佳妇，这样就很好。只可惜自己安排的那场大戏，那出无比精彩的大戏，再也瞧不到了。秦清夫妇已经离去很久，眉姨娘走进来，见廖老爷安静地坐在那里，心突突地跳，颤抖着伸出手指去摸廖老爷的鼻息，手指还没触到，廖老爷已经睁开眼看着眉姨娘，声音已经有些喘息："我想，安安静静地坐在这，等候着该到来的时候，这一切，是多么的好。"

眉姨娘收回手，努力把哽咽咽下："我陪你，老爷，我陪着你。"廖老爷的笑很淡，这一生遇到这么多的人，见识过那么多的风景，本以为会孤身一人离去，还有人陪在自己身边，真好。

秦清夫妇回到定北侯府，定北侯府热闹依旧，一点也没有受他们离去的影响，问过丫鬟，知道团年宴还没开始，榛子这才呼出一口气，两人是趁祭过祖团年宴还没开的一小段时间溜出去的。

秦清把妻子的手握一下："别担心，就算知道了也没什么，天下没有嫁了人就不许回娘家的。"可今日不是平日，榛子瞧着丈夫，还是没把这话给说出来。秦清见妻子眼波流转，在她耳边轻声道："再说，也少不了你一个。"

这话说得对，榛子走进定北侯太夫人的上房，屋子里满满当当全是人，定北侯太夫人和几个老妯娌正在叙话，秦大奶奶在那逗趣，惹得定北侯太夫人笑个不住，定北侯夫人在和几个妯娌说着话，榛子进去，并无一人发现。

榛子的心刚放下，秦二奶奶已经笑着道："果然还是这新婚夫妻和别人不一样。方才三叔在门口一探头，三婶子托言出去，这会儿才回来，真是一会儿都隔不开。"这话一说，众人的眼都看向榛子，定北侯太夫人已经道："都打年轻时候过过，谁新婚时候不是如胶似漆的？我可记得二奶奶刚过门的时候，有一天我寻二奶奶你说话，结果老二在那遣了三回人来问。"

定北侯太夫人这护着榛子的架势是人都看得出来，秦大奶奶已经笑了："到底是太婆婆记性好，说起来，四婶子也是新婚不久，还不晓得等会儿四叔叔会不会在外探头呢？"秦四奶奶是个小官之女，家世不算出众，嫁进侯府这两月来，虽是个庶子媳妇，可是这吃穿用度来往人情，比起自己家那就是一个天上一个地下。

一直想着不能在妯娌们面前露怯，这会儿被秦大奶奶笑着打趣，一张脸登时红了，不晓得该向谁求援。定北侯太夫人已经笑着拍下秦大奶奶的背："就你是个猴儿，瞧瞧，捉弄你小婶子们，捉弄了一个又一个。"

秦大奶奶双手拉住定北侯太夫人的胳膊，撒娇地说："瞧瞧，我这特地给太婆婆您说笑话，哄您开心呢，又被您说了。"众人跟着大笑，秦四奶奶见都不往自己身上瞧了，这才敢把头抬起来，长舒一口气。

榛子瞧着秦四奶奶的举动，若自己没有被舅舅悉心教导，初嫁入这样人家，只怕也是如此怯生生，害怕被人看不起吧？

团年宴上，大家都欢欢喜喜，撤下宴席，又在厅里坐着守岁，榛子很想再趁这个时候回廖家瞧瞧舅舅，可众人面前，再寻不到别的时机，也只有陪着大家坐在这，说着闲话。

远处传来梆子声，子时已过，交过岁了又是一年。榛子刚要抬头，手已经被秦清握住，感觉到他手心的暖和，榛子对丈夫抬头一笑。既然选择了他，就不会后悔。

“交过岁了，你们赶紧去睡吧。”张谆打个哈欠，拍一下小全哥的屁股，小全哥打着哈欠指着容儿：“妹妹已经睡着了。爹，她不守岁。”绿丫过来捏一下儿子的耳朵：“你这个做哥哥的，成日只晓得告状，你妹妹还小，满打满算也才两岁，熬不住也平常。赶紧去睡吧。”

小全哥鼻子皱一下，对爹娘行了礼，就歪歪倒倒上床去睡。绿丫也要收拾睡觉，见丈夫坐在那动也不动，上前拍他肩一下：“想什么呢？”

张谆握住妻子放在自己肩头的手：“这新年到了，总觉得有什么事会发生似的，心里有些不安稳。”绿丫笑了：“今年必定是不同的，你也知道的，担心什么呢？最要紧的，是对得起自己的良心。”赚的良心钱，自己也能安心，张谆拍一下妻子的手了然一笑。

新年新岁，总有不少人家的年酒，绿丫选了几家去了，初三这日是在朱家，这些年朱张两家走得越发近了。朱大爷在京里的生意也颇顺溜，年节都不忘给朱太太这边送礼。朱太太自然也有回礼过去，你来我往，朱大爷和朱小姐倒真像对兄妹似的，这样一来，朱太太的心是完全放下了。

这不操心，人就开始发福，绿丫走进去的时候，正好听到有人在那说：“朱太太你也总有五十了吧？瞧着这气色，比我的还好，我今年还不到三十呢。”

绿丫往朱太太身上一望，她穿的是茜红色八团吉祥纹的团衫，底下露着紫色凤尾裙，因是新年，头上还戴了一支鹅黄绢花，瞧着气色的确不错。

绿丫上前给朱太太拜过年，也跟着别人凑趣，赞朱太太气色好，朱太太笑着道：“也别赞我气色好了，你们瞧瞧张奶奶，脸上也是红是红白是白的，也不是我捧着她，这些人里，统没一个有张奶奶日子过的舒心。”

儿女双全丈夫能干这是其次，最要紧的是夫妻和睦，到现在张谆都只有绿丫一个，在商户人家，这样情形已经算是极罕见的。朱太太这么一说，绿丫就用手摸一下脸，笑着道：“我不过是不操心罢了，要说过日子，谁家没有点磕磕碰碰的？”顺着说闲话，酒席送上众人也就入席，绿丫听了两出戏，正打算告辞时，旁边有人已经道：“方才张奶奶说，谁家过日子没有点磕磕碰碰的，可也要瞧是什么样的磕磕碰碰。不说别家，就说柳三奶奶，原本一直生不出来孩子，纳了好几个也是石田一般，上个月出外应酬时，听说新纳的那个，有了身孕。这下可不得了，柳太太差点就把这个妾，顶上天了。

听说……”

柳家的事绿丫并没刻意打听，但出外应酬时也能碰到柳三奶奶，她眼里的神色已经是越来越不好，越来越焦虑，现在又听到柳太太因妾怀了身孕而对柳三奶奶越发不满。绿丫不由感到一阵快意，众人虽议论，但商户人家，宠妾灭妻这种事情，算不上什么大事，顶多就是议论两句柳三奶奶还是没福，连个孩子都生不出来。这样瞧来，当日就不该退张家的亲，报在这里。

柳三奶奶虽没出门应酬，可也晓得众人只怕议论纷纷，坐在屋里生闷气时偏生丫鬟又走进来：“奶奶，姨奶奶那边说，想吃燕窝，厨房里说存着的都没了，爷让奴婢过来问问，奶奶这里可还有？”

柳三奶奶听得那妾想吃燕窝，还偏要来自己这里寻，忍了又忍才道：“我这里虽有半斤燕窝，却是娘说我身子不大好，特地送来的，要是……”话没说完柳三爷已经走进来，听了这话就道：“不就半斤燕窝，这不是因铺子没开门，我也不和你寻。赶紧拿出来，等铺子开了门，我给你买一斤还你，准保比这好。”

柳三奶奶见丫鬟急忙去寻，心里越发发气，听柳三爷这话说的，就更气了，瞧着柳三爷道：“我还不晓得，什么时候起，我和三爷不是一家，要还来还去的？”柳三爷这些日子事事顺意，连妾都有了身孕，不再戴着一顶只怕是自己不能生的帽子。柳三奶奶平日要说这样的话，柳三爷还当她撒娇，也想逗逗她，可现在家里现摆着一个爱妾有了身孕，柳三奶奶已经过了二十，再撒娇看在柳三爷眼里就有些发厌，眉已经皱得很紧：“你既知道和我是一家，那还放着燕窝不给我？生下孩子，还是认你为大娘，你吃什么醋呢？”

柳三奶奶被丈夫这话噎得差点喘不过气来，丫鬟已经寻好燕窝，柳三爷拿过纸包瞧瞧，见是上好的燕窝，让丫鬟赶紧去炖，接住柳三爷就要出去。见柳三爷又要走，柳三奶奶忍不住道：“三爷这会儿就这样子待我，等生下孩子，只怕更不把我放在眼里，三爷还是……”

新年新岁的，偏偏就是自己的老婆惹自己发火，柳三爷更加恼了，转身就对柳三奶奶道：“你也别指望我来哄你，你娘家现在生意不成，还指望着我照管一二，你连个孩子都没生下来，我没休了你已是好的，你以后休要在我面前摆什么正房架子。”这话让柳三奶奶一口气上不来差点噎死，怒道：“当年你家也是来求娶的，并不是……”

话没说完，就有丫鬟跑进来：“三爷，有人来报信，说廖家老爷刚才没了。”总算没了，柳三爷登时大喜起来，要走出去时见柳三奶奶又在那把脸放下，不由鼻子里哼了一声，也不愿再和老婆拌嘴。她要聪明安分守己地待着，就给她个面子也不妨，要不聪明，非要闹什么正房架子，那就别怪自己顾不得夫妻情分，把她给休了。现在自己正事要紧，柳三爷抓住丫鬟:“谁报的信？”

丫鬟急急地道：“就是我们在廖家安排的人来报的信，这会儿只怕廖家那边要到处报丧。”好，好，好，柳三爷大笑三声，就匆匆出去。柳三奶奶见丈夫不管不顾，眼里的泪又下来了，自己的命，到底是好还是苦？竟分不清楚。

廖老爷没了的消息很快就到了朱家，这年酒是喝不下去了，也没人敢说新年新岁人没了不吉利，众人急忙起身，要回去换素淡的衣服去廖家吊唁。绿丫更为着急，担心榛子撑不住场面，回家换了素服就往廖家去。

廖家门前已经摘掉了那些对联，挂上了白布，瞧着这白布，绿丫就觉得刺眼，下了轿快步往里面走，见来往的下人们，身上已经换上白的。廖老爷病了这许多日子，这些都是早已预备好的，事情一出，拿出来就是，绿丫也不觉得突兀。

廖老爷的灵堂就设在大厅，已经装裹好了放在棺材里，连灵牌都写好，诸事都井井有条。绿丫在灵前寻到榛子，连声节哀的话都说不出，只是在她身边跪下。

榛子一直低着头，如雕塑一般，绿丫的手抚上她的肩时，榛子这才抬头，眼里竟奇异的没有泪，但说出的话那么伤心，伤心得让人觉得，哭泣一点都不起作用。“我没事，绿丫，我这会儿，心里跟明镜似的，什么都知道，而且我还知道，不能慌乱，一慌乱，就辜负了舅舅的期望。”榛子越这样说，绿丫越伤心，从此之后，那棵如大树一样罩在榛子头上让她毫无忧虑的人就此消失，而榛子，即便再是个能干女子，可这世间，还是有那么多的纷扰。

绿丫闭上眼，泪已经掉落衣襟。榛子往火盆里丢了一张纸，瞧着那纸化成灰才又望向绿丫:“绿丫，别担心，真的，一点都别担心我，我对舅舅说的话，一定会做到的。”

有脚步声响起，绿丫抬头，瞧见是老王，老王也一身孝服，走到榛子跟前道:“小姐，有几个管事的，不肯听招呼，还说……”

“不肯听招呼的，赶出去就是。就算没有一个人帮忙，我也能把这丧事办好。”下人里哪有个个忠心的？能忍到这时候才发作，已经算是他们害怕廖老爷的积威。

老王应是，就往外头走，榛子继续往火盆里丢着纸钱，瞧着那些纸钱慢慢地变成灰才道：“绿丫你瞧，这人心是最不稳的东西了，舅舅咽气到现在，还不到一个时辰呢，这会儿就有人闹幺蛾子了。”

“榛子，我那里还有几个人，你要用，我就让他们过来，还有……”绿丫的话并没说完榛子就点头：“谢谢！”

这声谢让绿丫的眼泪又下来了：“说什么谢，你我是什么交情，再说谢，就矫情了。”榛子浅浅一笑，自己不是孤单一个人，在这世间，有绿丫有秀儿还有自己的丈夫，他们都会守在自己身后，做自己最坚实的后盾，这样就已足够，足够让自己去面对那些魑魅魍魉。

外头传来吵闹声，接着有人冲进来，瞧这打扮，像是这家里的管事，身上也没穿孝服，而是直接冲到榛子面前：“小姐，不，姑奶奶，你都是嫁出去的人了，你还以为，你说什么就是什么？这家里，就没个正经主人，老爷的丧事，当然要出去外头请……”

话没说完，榛子已经拿起火盆连里面的灰一起往这管事头上倒去，倒完了才冷冷地道：“滚！”这声音虽不大，但榛子的气势太过骇人，况且这火盆里有没燃尽的火，一下点着这人的衣衫。

这管事立即怪叫起来，蹦跳着把身上的火打掉，可那件棉袄已经被烧出七八个洞，露着棉花，顿时显得无比狼狈。那管事恼羞成怒，仗着自己是个男人，握起拳头就要上前来打榛子，榛子不闪不避，只是冷冷地道：“你方才自己说的话，你可还记得？仆殴主是什么罪名？你以为，你背后的人能保住你？做梦。”

榛子的声音铿锵有力，那管事登时被气势所慑，往后连退两步，榛子并不因为他退了就停步，而是一步步往上走，直到把那人逼出厅堂之外，榛子才瞧着那几个打算闹事的人：“我知道，你们都是得了别人的好处，想着舅舅一死你们就好作乱，好在所谓的新主人面前讨好。可是你们也别忘了，你们的身契捏在谁的手上？你们更别忘了，我是谁家的儿媳，又是谁家的女儿？就凭你们，也配？”

绿丫跟着榛子走出厅堂，从没感觉到榛子像今天这样的，这样的慑人，这样的让人无法反驳。那几个管事人等被榛子说出海底眼，彼此对望一下，他们自然是有异心的，况且天下也没有放着侄儿不管，把家业交给外甥女的道理。除了柳三爷的银子外，这几个想在廖十三老爷面前讨好的心也是有的。毕竟真要上了公堂，这家业只怕也是一半一半，那时要被分到廖十三老爷那边，与其等那时候再讨好，还不如现在先讨好。

可现在榛子说的，她是定北侯府的儿媳这话，让这些人还是感到一阵害怕。绿丫上前一步，和榛子并肩而立，沉声道：“有了二心的人，再在这家里也是不好，诸位若想走，就请离开，前事不再追究，若不然，到时丁是丁卯是卯的，就没有那么好走。”

“小张嫂子，你这话说出来也不怕打嘴，你不过一个掌柜媳妇罢了，比我们还算不得……”有人缩着脖子壮着胆子喊了一声。榛子往说话的那人方向看了一眼就道：“小张嫂子说的，就是我说的话，我数三声，有异心的都给我滚，剩下的老老实实的，不然的话，衙门里正月初十就开印了。”

开印了，就可以上公堂了，主家想要折腾仆人，那叫一个轻而易举，反之却是难如上青天。那几个人你看看我，我看看你，舍不得离开廖家，可要留在这里，只怕也没什么好果子吃，这叫一个左右为难。

榛子才不管他们的左右为难，屈起一个指头：“一。”见榛子真的开始数，带头的那两个有些慌乱，这个时候，这个动静，就算是跪下求饶都没有什么用。早晓得，就等廖十三老爷来了再说，而不是这会儿出头，反而害了自己。

“二！”榛子的声音清脆，听在那几个人耳里，就跟催命的符一样，有几个已经往后退，实在不行，先离开这里，到时再另做打算。

“一群人聚在这里做什么？都不去忙着办丧事吗？我可怜的哥哥，弟弟来迟了。”就在那几个人想要散去时，耳边传来廖十三老爷的声音，这一声听在他们耳里，不啻天外仙音。

第 28 章　争　产

那个被榛子烧了棉袄的管事已经转身就对廖十三老爷跪下，大哭起来：“十三老爷，您总算来了，我们这等您来办丧事呢。”廖十三老爷虽然脸上做个哭相，心里已经乐开了花，从此以后，金银珠宝全是自己的，从此以后，想怎么花钱就怎么花钱，横竖这是座金山。

此时听到管事说的话，廖十三老爷立即抬起袖子擦了擦泪，张大嘴大哭起来：“我的哥哥啊，我来了，还带了你儿子，我的哥哥啊，你睁开眼睛看看。”说着廖十三老爷就要往灵堂里面奔，可他奔去的脚步被人拦住，有几个下人已经在榛子的示意下站在前面，不让他进去。

廖十三老爷今日和原先可是不一样了，大喝一声：“睁开你们的狗眼瞧瞧，还当是原先没规没矩，小老婆当家的时候吗？现在这是你们的正经主人。”说着廖老爷把身后的孩子拽出来，这孩子总有四五岁的样子，穿了一身重孝，此时被廖十三老爷拽出来，吓得直抱住廖十三老爷的大腿。

既然柳三爷说，孩子啊，生病没了也很正常，廖十三老爷就从带上京的三个孩子里面，挑了最小的这个，横竖他爹娘生了好些儿子，真没了这个，也不在意。

廖十三老爷把这孩子抱起，对面前的管家人等喝道：“还不快些跪下，见过你们小主人？你们姨娘在哪里？要她快些出来，先见过这小主人，再让小主人去给她行礼。这才是我们这样人家的规矩行事，比不得……”

廖十三老爷想说几句廖老爷的坏话，话到了舌头跟前又把它咽回去，咳嗽一声道：“从办丧事起，这规矩就要立起来，你们小主人还小，你们这些做管事的，都要老老实实规规矩矩尽心尽力地辅佐他。”

那被烧了棉袄的管事立即上前："是，十三老爷的教诲，我们都知道了。"说着那管事就趴下，给那孩子磕头，口称少爷。廖十三老爷得意扬扬，下巴都快翘到天上了，还要让那几个下人让开。

那管事也在一边狐假虎威："还不快些让开，现在可是有了正经主人了，比不得原先没有正经主人。"连最忠心的老王都忍不住往榛子那边瞧去，有胆小的想让开，可想起榛子的身份，又重新站好，心里叫苦不迭，这真是神仙打架，小鬼遭殃。

榛子眯起眼，瞧着廖十三老爷，按说也该唤他一声舅舅的，可是这廖家族内，看来真如舅舅所言，没有一个好人。眼瞧着下人们人心浮动，榛子这才道："我从不知，什么时候多了个表弟。这家里，到底是舅舅临终时候说的话算数呢，还是这随便来个什么人，说这是小主人，要听他的，然后这话算数？"

"当然是老爷临终时候说的话算数，小姐，这天下没有一个牛不吃水强按头的。"老王立即高声答道。

这话惹得廖十三老爷身后那个管事不满："嗣子如子，这天下，也从来没有放着嗣子不管，听一个外嫁女，特别还是一个外嫁的外甥女的。"

廖十三老爷挺胸凸肚，看向榛子，见她做的，竟然是孝女打扮，那眉立即皱起来："这天下也没有哪个外甥女，充做孝女的。我说外甥女，晓得你眼红廖家的产业，可是这廖家的产业，自有廖家的男人来承袭，你啊，还是好好地回去秦家，做你的秦家媳妇。七哥当日给你备的嫁妆，我们也就不追索了。"

"这贼喊捉贼的话，你倒讲得挺顺溜的。"榛子的毫不畏惧让廖十三老爷有些惊讶，但很快就释然，别说这么多的银子，就算是一根银簪，还有妇人为了这个在地上打滚，逼丈夫买给她。

既然廖十三老爷把榛子当作是那贪钱的，绝不让步的人，自然也就拿出对付村姑的手段，把孩子交给那管事抱着，走到榛子跟前就扬起手："你这不懂规矩的，见了舅舅也不叫。我今儿啊，就代替你娘教训教训你。"

那巴掌并没落到榛子脸上，而是被绿丫挡住。绿丫抬头瞧向廖十三老爷："我倒不晓得，原来还有这么个舅舅。当年她的爹娘没了，叔叔贪财，把她故意扔掉的时候，你们在哪里？这会儿东家把她寻回来，又好好待她，你们倒一个跑出来做什么舅舅。呸，没见过你们这么不要脸的。"

廖十三老爷打量一下，见绿丫穿着素淡，以为她是个仆妇，伸手就要把她推开："轮不到你在这里叫喳喳，还不快给我滚，不然到时把你往公堂一送，殴打主人，你等着被活剐吧。"榛子上前一步把绿丫护在一边："你，给我滚出去。”

滚出去，这三个字落在廖十三老爷耳里，他登时面红耳赤起来，双手握拳就要去打榛子：“你算是个什么东西，好不好连你的嫁妆我都要把你收回来，到时你光身人一个，看你夫家不休了你，还不赶紧给我跪下，叫声舅舅，我还能原谅你。”

榛子只是冷眼瞧着他，从没见过这样愚蠢无能的男人。难怪舅舅不肯在廖家族内挑选嗣子，这样的人家，能养出什么样的好孩子来？榛子往那小孩面上瞧去，那小孩见榛子往自己面上瞧去，伸出手指着榛子：“打她，打她，让她和我抢家业，十三伯，打她，打她。”

廖十三老爷也想打榛子一顿，最好把榛子打得哭爹叫娘，这才是自己的手段，可是榛子还是高昂着头站在面前，不动分毫。毕竟榛子嫁的是定北侯府的三公子，这万一打坏了，定北侯府寻上门来，自己可拿什么赔？

廖十三老爷眼珠一转瞧见绿丫计上心来，就对管事道：“给我把这个女人拖出去，打二十板子。”管事的还真不敢去拖绿丫，二掌柜的娘子，身份在这廖家可是比起管事的要重要多了。管事的忙小声提醒：“十三老爷，这是二掌柜的娘子，不是仆妇。”

不是仆妇？廖十三老爷心里不由叫着可惜，但面上神色没变：“二掌柜？哼，等接过家业，有没有这差事还不一定呢。我说二掌柜娘子，论理你也该在这帮忙，既然帮忙，你就好好做你自己的事去。别在这乱闯。”

绿丫握住榛子的手看向廖十三老爷，不卑不亢地说：“只有这里的主人才有权利让我离开，你不可以。”廖十三老爷见这灵堂进不去，人送不了，等吊唁的人来了，就不能在众人面前坐实这嗣子身份，又要高喊时听到不远处传来一个女子声音：“这都是在做什么？怎么客人没有人招呼，灵前烧纸的人都没有？怎的，廖兄弟辛苦了一辈子，就要这样被撂在那吗？”

听到王夫人的声音，榛子的心顿时放下，王夫人并不是独身来的，旁边还有秀儿陪着。瞧见秀儿，绿丫算是明白这是从哪里搬的救兵了。

廖十三老爷这回问清楚了，晓得这是王尚书夫人，立即抢在榛子面前给王夫人行礼：“见过夫人，在下是廖家族人，七哥过世，没有儿子顶灵总是不好，故此在下族内商议了，为七哥立一嗣子，特地送来，给七哥披麻戴孝。”说着廖十三老爷就把那孩子放在王夫人面前，要他赶紧磕头。

那孩子见王夫人的排场和别人不一样，来到王夫人面前就要磕头。可是王夫人瞧都不瞧他，就越过这群人走到榛子面前，和她说辛苦，并问她眉姨娘在哪里。

一直没出现的眉姨娘这才出现，见到王夫人就扑过去跪在地上磕头："求夫人做主，老爷生前，本已立有遗嘱，廖家不但是远支，还不够贤德，故此这产业就交由小姐掌管。谁知今日老爷刚咽气，小姐带着人安放好了灵堂，这边就带人闯进来，口口声声要立什么嗣子，还说我不过是个妾，如果老实听话就容我守，若不然就要把我卖掉，卖到那种下三滥的地方，求夫人做主。"

说着眉姨娘呜呜哭起来，廖十三老爷没想到眉姨娘竟这样红口白牙地诬赖起来，那眼顿时瞪圆，说不出半个字。老王见王夫人来了，晓得这廖十三老爷讨不了好去，急忙喊道："都早有安排了，各自该干什么去干什么，别挡在这里。"

除了那几个方才想要闹事的管事，别人都各自散开，老王又对榛子行礼告退。这动静代表谁的话起作用，还用说吗？廖十三老爷气得没有法，早晓得就该多带几个子侄来，人多势众，还有谁敢和自己乱说。

王夫人已经扶起眉姨娘，往廖十三老爷那边瞧去，廖十三老爷想站得笔直些，可还是站得不那么直。王夫人往那孩子身上瞧去，叫声来人，已有人上前，王夫人指着那孩子对丫鬟道："出五服的人，不过就戴个白孝罢了，把那麻衣孝带，都给我解了。"丫鬟应声，上前把那孩子拉起，伸手给他解着麻衣。

这麻衣一脱，孝带一解，就不过是普通的族侄，而不是嗣子，这里面的差别大了。廖十三老爷急忙阻止："夫人，您不明白……"

"我只知道这是京城，是有王法的地方，不是你们那天高皇帝远的地方。况且就算是你们族内的族法，也没有一个丧事还没办，就要在这闹着立嗣子，不出丧的道理。"王夫人冷冷地把话说完，瞧也不瞧廖十三老爷就和榛子往灵堂走。

廖十三老爷这下急了，追着王夫人的脚步就进到里面："你也知道族内有族法，你要知道……"王夫人转头眼神平静，可这样的眼神让廖十三老爷不敢再说话，王夫人轻哼一声："这里是皇朝，皇朝之内国法最大。国法者，无子、无近支宗派承袭，则以女儿承袭。十三老爷，这些你想必是不明白的，那我就慢慢说给你听。"

廖十三老爷的嘴巴顿时张大，接着就道："可也说了，那是女儿，这不过是外甥女。算不得准。"

"十三老爷，您还是请出去吧，王夫人一部律法是背熟的，您和她扯这个，这叫自取其辱。"眉姨娘的心也放下，在旁提醒。廖十三老爷不由袖子一摔："好，好，先让你们得意，等到上了公堂，你再和我扯国法家法。”

说完廖十三老爷不得不退出去，见那孩子站在那傻呆呆的，欲待不理，可这要产业的关键还是在这孩子身上，只得把孩子抱起离开。见廖十三老爷离开，眉姨娘这才拍拍胸口：“夫人，我还一直害怕呢，这十三老爷一副要吃人的样子，这产业要真交给他，只怕他会真的把我给卖了。”

即便不卖，这人瞧着也不是什么好人，到时眉姨娘保不住廖老爷给的产业不说，这没有丈夫的寡妇，还是个守寡的妾，谁知道廖十三老爷会打什么主意？眉姨娘没被卖进王家时候在村里可也听大人们悄悄说过，谁家寡妇的被窝，又被人钻了。可怜啊。

“他敢！”王夫人斩钉截铁地说，接着就对眉姨娘道，“你啊，要和敏儿学学，瞧敏儿，年纪比你小得多了，可这定盘星拿得稳。”眉姨娘不好意思地道：“我，我本就不如小姐。”

老王走进来：“小姐，外头陆续有人来吊唁了，这女客还好，可这男客呢？”

“这有什么，等姑爷来了，你让他在外面招呼。还有，二掌柜来了吗？他要来了，就让他帮着姑爷。至于那几个管事，全给我撵了，一个也不留。”榛子井井有条地安排，王夫人不由点头，这样的做派才对，就算天要塌下来，也要做出一副若无其事的样子。

廖十三老爷带着孩子走出廖家，接着那几个管事也被赶出来，他不由在那骂了一句，那几个管事围到廖十三老爷面前：“十三老爷，现在可怎么办？”怎么办？自己可没多余的银子养活这些人，廖十三老爷刚要让他们各自走开，就有人走到面前：“十三老爷，我们家主人在前面茶楼等着。”

廖十三老爷急忙把孩子往管事的怀里一塞：“你们都是晓得我家的，先去我家里等我，我去去就来。”这几人也晓得廖十三老爷背后定有人在筹划，不然的话，光定北侯府和王尚书府，这两个名声拿出来就够人吓一跳，哪还敢去和人抢家业。

管事们抱着孩子离开，廖十三老爷匆匆到了茶楼，进了包厢就对里面的柳三爷摇头：“没想到王尚书夫人来给她撑腰，这计不但没成，反而被赶出来了。”被赶出来倒也在柳三爷预料之中，那么些银子呢，哪会这样轻易地被拿走？

柳三爷给廖十三老爷倒了杯茶：“这么些银子呢，谁不想分一杯羹？况且他们说起来，更名正言顺一些。”说着柳三爷就压低了嗓子，在廖十三老爷耳边说了几句。廖十三老爷的头顿时摇成拨浪鼓：“这可不成，那边怎么说也是尚书府，我可不敢。”

“富贵险中求，再说了，你要真想在这京城站住脚，总要选个边站。我们家里，和孙尚书府里，可是十分熟稔的。你尽管去做，到时我们自有办法。”

廖十三老爷又想打退堂鼓，柳三爷的声音更压低一些：“我也不怕告诉你，想着廖家这份产业的人，可还有几个。哪个都不是你得罪得起的人。”

廖十三老爷登时手里的筷子就掉在地上，看着柳三爷嘴巴张大：“三爷，这这，原来你原先对我说的话，都是哄我。”柳三爷轻蔑地一笑：“也不是哄你，不过总要有个由头。十三老爷，实话告诉你，到了这个时候，你做也得做，不做也得做，不然的话，那五千银子给我还回来，还有，为什么找你，不就为的你是廖家族人，有这个名正言顺的由头。十三老爷，这京城里，可比不得你们那乡下地方，把知县哄好了，就什么事都可以做了。”

瞧着柳三爷面上的笑容，廖十三老爷捡起一个虾丸吃下去，却有食不知味的感觉。原来从一开始，自己就被人当刀使。柳三爷瞧着廖十三老爷，又喝了一杯酒：“自然，这钱也缺不了你的，到时事成了，给你两万银子。”

两万银子虽然不少，可这和廖家的产业相差的可太多了，廖十三老爷顿时心疼肉疼起来。柳三爷凑到廖十三老爷耳边：“别到时候连这两万银子都没了。你啊，还是乖乖地做这把刀吧。”事到如今，也只有如此了。廖十三老爷把杯中酒一饮而尽，只觉得这酒格外苦涩，而没有一点香甜。

“那位十三老爷来了？”榛子听得廖十三老爷来了，眉头不由皱紧，按说以他的性子，该连日来吵闹才成，可这几日竟风平浪静，让这事，渐渐透出点不同寻常来，可再不同寻常又怕什么？榛子问老王：“他今儿来做什么？”

老王恭恭敬敬回答：“他说给老爷烧纸。小姐，小的觉得，他总透着点不一样。”榛子冷笑一声，这怕什么：“让你们姑爷去招呼他。”老王应是走出，榛子继续处理着别的事情。

廖十三老爷被请进去，见了秦清，晓得这是榛子的夫婿，廖十三老爷想拉下关系，刚唤出一声外甥女婿，秦清就道：“十三老爷错了，早已出了五服，若按了规矩，在下只需唤您一声姻伯罢了。”廖十三老爷被堵在那里，但今天的目的本来就是来见秦清，也就客客气气地道：“确实，我原本是乡里人，晓不得这京城里的规矩，才晓得这京城里面，竟有女儿可以继承产业的事。”

廖十三老爷客客气气的，秦清反而不好回他几句硬的，只好笑着道：“我也晓得，要依族法，这女儿家出嫁了就是泼出去的水，娘家的事，就再不能理了。可是这打断骨头连着筋，天下哪有出嫁的女儿就真是一盆泼出去的水的？难道说女儿家在婆家出了什么事，娘家就不管不顾了？”

廖十三老爷心说，若没有银子可图，谁想去为女儿家在婆家的事打上门去。但这时不能这样说，廖十三老爷只是笑着道：“说的是，我们乡下地方和这京城里是不一样的。毕竟京城是天子脚下，规矩要重得多。”

来回应酬了几句，秦清心里不由奇怪，怎么这廖十三老爷不像姑母说的那样穷凶极恶，是不是因为那日姑母教训过了？但秦清还是道：“说的是，这……”

廖十三老爷和秦清应酬也够了，话锋一转道：“不过我还是头一遭知道，这娶了哪家的女儿，就可以借此要了他们家的产业。”这话说得不怀好意，秦清的脸色一敛。廖十三老爷今日来，已经是在那里演练了不少遭，轻咳一声，“我这些天在外头听了些京城的规矩，才晓得有什么御史风闻奏事的规矩，而且这风闻奏事的，因此坏事的也不少。外甥女婿，你可是有大前程的。”

这样的威胁，秦清倒不在意了，他淡淡一笑：“姻伯的意思我晓得了，可你更要知道，这风闻奏事，是可以上表自辩的，不然的话，这天下这么多的官员，人人都被风闻奏事一番，那还有谁敢做事？”

廖十三老爷见秦清不受自己的威胁，起身道:“既然如此，那我也就先告辞，等到出殡那日再来。”秦清起身送他出去，这就转身进里面寻到榛子，和榛子说了这些话。

“他要真的就此偃旗息鼓，我还觉得奇怪呢！”榛子听完丈夫说的，淡淡地道。

“说正经的，我是不怕被说的，可我是怕……”怕的是定北侯府那边，知道了这些，就会出面阻止，榛子明白丈夫的意思，沉吟一下就道：“要不，你把我休了吧。”

秦清一口茶都喷出来：“你说什么傻话！”接着见榛子一双眼亮晶晶的，秦清这才摇头，“得了，你别再逗我了。侯府那边，我会去和娘说，你放心，到这个时候，就算不争这些产业，我也要争口气。”

丈夫如此，榛子也淡淡一笑，接着抬头：“到今日，我可以说这么一句话，如果没有你，虽然这些事我照样能做，可还是会觉得心里有遗憾的。”能得这么一句话，已经够了，秦清握住妻子的手，握得很紧。他的手是这样暖，能够暖得让人忘记很多东西。榛子低头，不让自己眼角的泪让丈夫瞧见。

“你总算回来了，廖家那边的事，丧事一办完，就和儿媳说，照了绝户的例，交给官府处置吧？我们侯府，虽然的确缺钱，可背不起这娶女霸产的名声。”

秦清刚进定北侯府的门，就被管家带到定北侯夫人的上房，看见儿子走进来，定北侯夫人揉下额头，有些疲惫地说。

廖老爷过世到现在，不到十天的时间，京城里的传言可精彩了，先是说榛子不许廖家立嗣子，其心可诛，又说这定是定北侯府在背后指使的，娶了一个女儿，得了人家全部家产，这样的好生意可要多做。甚至定北侯夫人在外应酬，也被人故意问到脸前。

这高门大户，最要紧的就是脸面，定北侯夫人被这么问了，真是又悔又气，当初怎么就答应娶这么一个媳妇，到现在，闹的事情，比别人家全家闹的还多。

“娘，儿子晓得你这些日子委屈了！”秦清也不分辩，只是走到母亲膝前跪下，看着儿子跪在自己面前，定北侯夫人睁大眼，接着就叹气：“难道说，你还真要你媳妇去争产？老三，我们家，禁不起这个名声。”

“不是争产，舅舅当日在世时候，就属意这份家产给媳妇！”秦清的话让定北侯夫人笑出声：“真是笑话，天下倒有女儿继承产业的，可没有外甥女继承产业的。再说，廖老爷当初真要有这份心，就把整份家产当作嫁妆给了，廖家族内，也说不出一声。”定北侯夫人已经气得连连冷笑。

秦清也觉得奇怪，廖老爷若真要把这份家产给榛子，为何不把这份家产当作嫁妆一并给了，背后的深意到底是什么？而且到现在，还惹出这样一些事情来。但不管怎样，既然榛子接受廖老爷的安排，也就说这安排是很有利的。

秦清抬头瞧着定北侯夫人：“娘，舅舅当初为何要做这样的安排，儿子也不知道，但不管怎样，这是舅舅几十年的心血，儿子不愿意把舅舅这几十年的心血给别人。”定北侯夫人劈手一掌打在儿子脸上：“我倒是养了个花言巧语的好儿子，明明为了别人的家产，还要说，并非为了别人的家产。你可知道，御史有风闻奏事之权，儿啊，你是秦家这么多年来，最有出息的一个，难道你要为了你自己的媳妇，前程全不要了吗？”

“被弹劾的，也有上表自辩……”说着秦清突然停下，好像有什么东西让自己想起，这样的话，只怕这些人，冲着的不是自己的前程，毕竟自己不过一个小翰林，再有天大的前程，那还是个未知数。这些人冲着的，只怕是尚书府。

如果是这样的话，那就不是自己所能阻止的了。甚至，也不是不娶榛子这些事情就能不发生，毕竟廖家和王家，牵涉太深了。那么这些人，已经等了很久很久。廖十三老爷，不过是他们推出来的一个棋子罢了。

“你到底要说什么？”见儿子停住说话在那想心事，定北侯夫人忍不住问儿子，秦清已经起身："娘，儿子要去寻父亲，这件事，只怕难以善了。"说完秦清匆忙往外走了，定北侯夫人想叫住儿子，可儿子方才脸上的惊慌是藏不住的，她也不由沉吟，到底是什么意思？

秦清寻到定北侯，把自己的猜测说出，定北侯久久不言，然后才叹了一声："其实，你姑姑已经说过了。廖王两家，本是宾主，少了一个，自然有人想要借此生事。她先告诉我，而不告诉你，害怕的是你太年轻，容易把事给泄露。"

秦清一双眼瞧着自己的父亲，心里的惊涛骇浪难以停止，原来这一切，都早已有预料，而自己竟还不知。定北侯叹息过才道："这也不怕，本就是要引蛇出洞的。这，只怕就是廖亲家，为你姑父做的最后一件事。"

说着定北侯住了口："横竖你也别担心，好好地把丧事办好就成，那些流言蜚语，我就从没怕过。"秦清应是，准备告退时定北侯唤住秦清，"你告诉媳妇，你娘是个女人，难免想的不周到，会有些不快也是有的，让她别担心，她是我秦家的媳妇，永远都是。"秦清应是，也就往廖家来。

榛子听得定北侯的话，一家子，齐心协力的，还怕什么？至于那些魑魅魍魉，就尽情地来吧，看看他们还有什么手段？秦清瞧着妻子亮闪闪的眼，唇边不自觉露出一抹笑，这就是自己的妻子，当初自己娶她，是对的。

廖老爷出殡的日子是在三七过后，虽没过了正月，但来送殡的人并不少。一大早一条街就白茫茫一片，榛子把各项事都安排妥当了，就等时辰一到，就此出殡。

门外突然传来喧哗声，接着廖十三老爷抱着披麻戴孝的孩子冲了过来："这天下哪有无孝子就出殡的道理？"廖家的事现在差不多是全京城都尽知，榛子怕的就是他们不来闹事，自己不好辩白，倒不怕他们来闹事，听到人回报就走出来，望着廖十三老爷。

廖十三老爷见榛子冷眼瞧着自己，把怀里的孩子抱紧了些："列位，我是廖家下一任族长，这上上下下的事，我们族内都该商量才是。七哥的大事未出之前，我们就已来寻七哥，让他立嗣继承。七哥本已答应，结果是他外甥女，担心自己得不到廖家产业，就横加阻挠，才让七哥无孝子在灵前守灵。七哥咽气那日，我抱着孩子来，可这人竟不答应。她何等狠毒的心肠，为了钱财，竟让七哥无人守灵，受不得一炷香火。"

廖十三老爷字字如刀，自然有人交头接耳议论起来，榛子还是站在那里，冷眼看着廖十三老爷。廖十三老爷见榛子不说话，还当自己得计，高声喊道："各位，各位，你们也来评评理，该不该当为我七哥立嗣子？"

周围人群里，早有安排下的人高声喊道："该当！"廖十三老爷得意扬扬地看向榛子："你也听到了，走遍天下，也是要立嗣子的。"

绿丫不由吸了口气，想上前去帮榛子说话，榛子已经推开她的手往前走了一步，冷冷开口："说完了吗？"廖十三老爷不由一愣，但既然理在自己这边，也不怕榛子到时以势压人。这可是京城，有那么多的人，还有风闻奏事的御史，为了前程，秦家也不会让榛子胡作非为。

虽然自己得到的两万两远远低于廖家的产业，可柳三爷那话说得对，你就算得了廖家全部产业，你也没有能力保住，倒不如拿了这两万银子，回家做富家翁去。至于这个孩子，小小年纪，要摆布死了简直是轻而易举，到时还可以把这些事都往榛子头上推去，神不知鬼不觉。

想到此，廖十三老爷的心越发跳得急了，正要再开口时榛子已经道："你口口声声为我舅舅立嗣子是心疼他没有儿子承袭香火。那我就问你一句，你可知我舅舅的生辰八字？你可知我舅舅娶过几房妻妾？你可知我舅舅的妻妾都来自何方？你可知我舅舅这些年来，都经过些什么事？"

榛子的问话是廖十三老爷没有料到的，往后退了一步就道："不知道这些也是平常，你……"榛子唇边有讽刺笑容："平常？别人不知道也就罢了，一个儿子，连生辰八字都不晓得，连嗣父的妻妾来自何方都不知道，这样的嗣子要来何用？难道是嫌廖家的产业太多，要人来花银子吗？"

廖十三老爷不管别的，高喊起来："各位，各位，你们都听到了，她口口声声，就怕的是我这侄儿承袭七哥的产业，哪有半分……"话没说完，廖十三老爷怀里的孩子就突然大哭起来："大伯，大伯，帮我打她，打她，要她来和我抢产业。"

这孩子什么时候不哭，偏偏这时候哭，廖十三老爷的额头已经有汗出来，但还是轻言把这孩子哄得不哭了，这才看向榛子，正要说话时见榛子露出一丝笑容："好一个聪明伶俐孝顺的孩子，大不过四五岁，就在这口口声声要打我，口口声声要产业。十三老爷，你教的好孩子。这样的嗣子，你以为，舅舅会很欢喜吗？"

廖十三老爷心一横道："他姓廖，又是男子，自然能够承袭廖家产业，你姓杜，不过是外甥女，哪能承袭廖家产业，这个官司，我打到金銮殿都是我赢。"

榛子并没理他，而是看向众人："敢问大家，立嗣子是立近支还是远宗？"这话还用说吗？立即有人道："当然是近支，越近越好，不然的话，别人家的肉，都是煨不热的。"

棒子嗯了一声："这道理，走遍天下都是一样的。那各位可知道廖家族内，已没当立的近支了吗？五代分宗，到了这一辈，已是该分宗的时候了。况且各位也瞧见这小小孩儿，不到五岁，就在那满口要打人，还一口一个不许人来抢他的产业。这样孩子，能做得承袭的嗣子吗？"

"小孩子不会说话，这也是常见的。"廖十三老爷见棒子这番话说出去，已有人在那议论，的确不合，急忙喊出这么一句。棒子连瞧都没有瞧他："人常说童言无忌，无意中说出的话，才是真话。连这么个小小孩子，都一口一个不许，一口一个抢字，那在背后，你们大人到底怎么教的，此心昭然。你们要立嗣子，究竟是真为舅舅考虑，还是为了这份家私，想都能想出来。十三老爷，你当天下人都是傻子呆子，任由你编排吗？"

棒子步步紧逼，廖十三老爷有些招架不住，偏生此时怀里的孩子又哭叫起来："大伯，把她赶走，家私是我的，我的。"这哭叫声传到众人耳里，众人的神色都变了。这没儿子立嗣子也是常事，可都希望立的嗣子能和自己贴心贴肉，而不是只想着家私或者生父母。

这孩子连五岁都不到，可口口声声喊的都是什么？除了家私就是家私，这样的孩子，谁家敢立做嗣子？到时把这家业双手奉上，他接了转身就去给自己本生父母，对嗣父母不理不睬。那才叫养了一头白眼狼，还不如养条狗能摇摇尾巴。

这样的议论渐渐在人群中扩开，当然其中少不了悄悄安排的人在那里说类似的话。廖十三老爷会安排人，难道自己不会？棒子低垂下眼，不去看廖十三老爷。

廖十三老爷恨不得打这孩子几下子，哪有这样的轴孩子，原本教他的话他全不记得，口口声声只是家私产业，真是要把人气死。棒子见众人的议论开始平息，这才开口道："今日是出殡的日子，若十三老爷念在总是同族一场的份上要送舅舅一程，我并不敢拦，可若只是想在我头上栽什么不许舅舅立嗣子，要独霸家业的罪名，还请回去。这样口口声声只有家私产业没有半个孝字的孩子，遍天下也没人家敢要。"

廖十三老爷这下急了，喊出一句："这孩子已经上了族谱，你不要也得要！"棒子轻蔑地看了眼廖十三老爷："上不上族谱，那是廖家的事，不是这里的事。舅舅连灵柩都不愿回乡，嘱咐我就近将他葬在京城，又和我说，让我把两个舅妈的坟迁移到他身边。人都说叶落归根，他连灵柩都不愿回乡，你认为，上不上族谱他会那么在意？"

廖老爷竟连灵柩都不愿回乡而是要就近葬在京城，这消息如水滴进了油锅当时就炸开了。

榛子等着廖十三老爷后面的话，廖十三老爷没想到榛子竟当着众人的面把这件事揭开，不是都说家丑不外扬吗？可她怎么毫不在乎，不仅不在乎，而且还有种希望众人都晓得廖家家丑的架势。

廖十三老爷再想不出别的话了，只是在那瞠目结舌看着榛子。榛子瞧都不瞧他一眼，就对身后的人道："时辰差不多了，起灵。"这一声传出去，早有人应和："起灵，跪！"

榛子率先跪下，眼看着灵柩就要从廖家大门口出来，廖十三老爷往人群中望去，希望能够得到什么提示，但毫无提示，廖十三老爷的汗开始滴落，难道说今儿这事，又搞砸了？

见廖十三老爷和那孩子都在那站着不动，未免有人议论起来，哪有这做嗣子的，见了嗣父的灵柩不哭不举哀的？就算不是嗣子，这族侄也该对灵柩下跪，毕竟死者为大。

廖十三老爷听见这些议论才想起自己该下跪，刚要跪下时就听到不远处传来喊声："闲杂人等闪开！"在京城这种喊声并不奇怪，榛子的眼微微往上一抬，这时候来的，到底是谁？

一乘轿子已经来到廖家大门前，轿帘掀开，走出一个白净面皮的中年男子，这中年男子也不管众人的议论，而是径直走到灵柩跟前哭了一哭："老廖，兄弟，我今儿，来送你一程。"

这男子一开口说话，众人就听出有些不对劲，声音尖细，不像是平常男子，难道说这是个阉人？榛子听到这一声倒有些奇怪，司礼监那位老公公，一直都是廖老爷在那和他来往，廖老爷又为了秦清而不做这贡品生意，来往就越发少了。今儿这位怎么会来？榛子还在奇怪，那宦官已经喊道："外甥女呢？她在哪里，快些出来给我见见。我这些日子，可听说了不少事，也不知道从哪来的不懂规矩的人满口胡沁，说你要霸产，呸，说这话的，明明是不明白老廖的心。"

宦官嗓子本就尖细，这样一叫，声音更是尖细得有些难以让人入耳，榛子却不觉得这声音刺耳，走到宦官面前给宦官行礼如仪："一直没去给老爷爷问安，老爷爷安好。"

宦官忙把榛子扶起来："快起来快起来，你是老廖的外甥女，他一向疼你，自然也是我的外甥女，呸，我这胡说八道什么。你是堂堂的翰林娘子，哪要我这不全人来做你的舅舅？这话，今儿就放在这，以后谁敢欺负你，我啊，头一个饶不了他。”

这一幕，首先惊了廖十三老爷，司礼监太监，那是什么人，天子的近侍，虽然是天子的下人，可天子的下人能和别人家的下人一样吗？瞧他说这话，对榛子透着亲热。廖十三老爷的腿一软跪下去，这一跪却不是为了廖老爷，而是被吓得跪下。

那宦官对榛子说完，这才起身：“我晓得你们事情忙，要赶着出殡，我啊，是抽空来的，能在灵前烧一炷香，也就先了了一件心事，你们各自出殡，我这就走。”说完那宦官就在小宦官的伺候下，上轿离去。

他从来到走，不过一盏茶的时候，却在众人心里掀起涟漪，若廖老爷真要有心立嗣，怎么这宦官不要见嗣子而只要见榛子？那就是廖老爷根本没有立嗣子的心，他既然把榛子带在身边，那把家业要这个外甥女承袭也是人之常情。只是不晓得官家会不会有话说，毕竟廖老爷这样算起来，就成了绝户，绝户的产业，是要收归官府的。

廖家这里照常出殡，柳三爷听了下人的回报，差点把手里的茶杯捏烂了，手握成拳在桌上一捶，那些阉人，也没少收柳家的钱，可现在竟来这么一手。这个阉人一出面，原本商量好的那几家，只怕就会被吓得不敢再参与进来。

这么个好机会，柳三爷的手在下巴那里摸来摸去，想着怎么才能翻盘，除非,要这个阉人在宫里倒霉。可这能在宫里递上话的人,又怎会听自家的话？柳三爷想了又想，终于叹一声，难道就此罢手？

可是就此罢手的话，那就要看着榛子她们风光，还有那个梳头媳妇。柳三爷伸手摸摸额上的伤痕，这个疤似乎在提醒自己，自己当日曾受过这样的侮辱。

“三爷，这事，我真不敢做了。您给我那五千银子，我也不敢要了，这些日子我花了些，还剩下四千五，等会儿我就送来。”廖十三老爷瞧着出殡的人远去，想来想去，狠狠心还是不做这事。听说那些阉人因为没有后路，最是心狠手辣，要起人命来就跟砍瓜切菜一样。

自己已经把榛子得罪狠了，到时若榛子忙完把这话往那阉人面前一递，自己吃饭的家伙都不保。倒不如回家乡去，好歹也能在族里作威作福，而不是在这京城，如过街老鼠一样。想到这，廖十三老爷匆匆往和柳三爷约定的茶楼跑去，见了柳三爷，开口就是这么一句。

“十三老爷的胆子真小，司礼监老公公吗？我家和他也是很熟的，我也不瞒你，原本廖家是做着这往宫里的贡品生意，现在这生意被我家拿去了。若非通了这老公公的关节，我们家哪能拿到这个生意？更何况，还是从廖家手里抢的。”柳三爷见廖十三老爷这一副失魂落魄的样子，心里鄙夷，胆小如鼠的家伙。可说出的话，还是那样轻描淡写。

“真的？三爷您和老公公也有交情？那您能不能在他面前帮我求个情，说我真的是廖家的族人。”廖十三老爷听得这话，顿时觉得自己还是有活着的希望，立即眼睛发亮地看向柳三爷。

“不过一点点小事，有什么好害怕的。”柳三爷原本想说的是那老公公压根就不注意廖十三老爷这样的小人物，话到嘴边就变成这么一句。

廖十三老爷听得柳三爷这话，心放下就对柳三爷道：“那，我们原来说好的事？”这是个好机会，再寻不到第二个好机会了，可以彻底打压，想到做的那些安排，花费的银子，柳三爷就有些心疼起来，如果此时半途而废，那这些东西都要打了水漂。他心里心疼着，面上神情没变：“现在起了变化，我要再去和人商量商量，毕竟，我也只是个传话的。”

这话给廖十三老爷吃了一颗定心丸，他立即点头：“是，是，三爷能做这么大生意，和我们这些人是不一样的。您先去商量商量，我先回家，那孩子，实在是太不依指教了，怎么能说这样话。”

柳三爷鄙夷地瞧一眼廖十三老爷才道：“这孩子是个要紧事，你总要好好教了，横竖也就三四个月的事。”廖十三老爷连声应是，两人这才分开。

出了殡，把那些东西都收拾了，眉姨娘继续住在这里，榛子每隔三日回来一次，好查点账目。现在整个宅子只有眉姨娘一个主人，除了那日被撵出去的管事，还有一些用不到的人手也遣散了。

整个宅子该关锁的地方就关锁起来，内外院子加起来，总共也只有三十来个下人。眉姨娘还说这么多人，着实太多了，毕竟只有她一个人住在这里。

榛子安排妥当，看着那些熟悉的地方一一关锁起来，竟不晓得该说什么，从此，那棵大树就消失了，再不会为自己遮风避雨了。榛子到了此时，才感到一阵伤心。低头眼泪滴在衣襟上，很快被吸进去，只剩下一滩水迹。

一只手搭上榛子的肩，榛子能感到丈夫的呼吸在自己耳边，哽咽着道：“我没事，真的，我没事。我只是觉得……”实在是找不出词来形容，榛子只有沉默。

秦清把妻子转过来：“我知道你在想什么，可是榛子，人是要往前走的，舅舅他不喜欢你长久沉溺在这种伤心里面。”榛子的伤心终于全都爆发出来，眼里的泪一颗接一颗的滚落，声音也变得颤抖：“我知道，我什么都知道，可真到了事情发生，我才知道，我想得实在太简单了。当日我曾问过你，行难言易。可我到现在才知道，这句话的正经意思。”

秦清张开双臂把妻子拥入怀中：“可你已经做得够好了，足够好了，真的，我并不是骗你。即便是我，也不能在众人之中，大声地说出，说出别人的错，更何况那个别人，还是你的族舅。我的牵绊，实在太多了。”

感觉着丈夫怀抱的温暖，榛子的哭泣变成抽泣，接着抬起头看着秦清：“谢谢你，如果那日没有你们在我身后，让我知道，我一转身就能看到你们，其实我没那么大胆。”

繁星丛书

青山在

下

秋李子 著

清华大学出版社
北京

内 容 简 介

被卖身为奴的绿丫，有父不如无父的秀儿，出身富贵却陷入绝境的榛子，三个原本不会有交集的少女由于命运的捉弄在屈家后院相遇，是随波逐流以博取眼前利益？还是不忘本心，护住那一点微小的希望之火？当命运再一次改变，各分西东的三人如何走上她们的人生道路，当再重逢的时候，是否还能坦然面对对方？本书讲述了三个少女的曲折故事。

图书在版编目（CIP）数据

青山在 / 秋李子著 .— 北京：清华大学出版社，2018
（繁星丛书）
ISBN 978-7-302-49382-2

Ⅰ. ①青…　Ⅱ. ①秋…　Ⅲ. ①长篇小说－中国－当代　Ⅳ. ① I247.5

中国版本图书馆 CIP 数据核字（2018）第 014917 号

责任编辑：刘士平
封面设计：王　烁
责任校对：李　梅
责任印制：杨　艳

出版发行：清华大学出版社
网　　址：http://www.tup.com.cn, http://www.wqbook.com
地　　址：北京清华大学学研大厦 A 座　**邮　　编：**100084
社 总 机：010-62770175　**邮　　购：**010-62786544
投稿与读者服务：010-62776969, c-service@tup.tsinghua.edu.cn
质量反馈：010-62772015, zhiliang@tup.tsinghua.edu.cn
印 装 者：三河市春园印刷有限公司
经　　销：全国新华书店
开　　本：150mm × 240mm　**印　张：**51　**字　　数：**851 千字
版　　次：2018 年 10 月第 1 版　**印　　次：**2018 年 10 月第 1 次印刷
定　　价：99.00 元（全三册）

产品编号：075494-01

目　　录

下　册

第 29 章　落定　553
第 30 章　流年　575
第 31 章　柳家败落　596
第 32 章　认母　610
第 33 章　现世报　625
第 34 章　报应　647
第 35 章　秀儿出嫁　662
第 36 章　姐弟　683
第 37 章　大掌柜　705
第 38 章　认弟　720
第 39 章　秦家　742
第 40 章　受惊　757
第 41 章　顺意　779

青門柱

第 29 章　落　定

这算是榛子这么多日子以来，头一次在秦清面前表现出软弱，这样的软弱不但没有让秦清觉得诧异，反而更让他心上添上怜惜。他把妻子的肩握得更紧一些："我知道，我知道。当初你对我说的话，我一直都记得。那时我也在想，如果没有了家世没有了这些，我或许做得不如你。我的所有胆大妄为，都是因为我的家世。榛子，能娶了你，能和你在这个世上一起并肩走，我很欢喜。"

榛子的眼里又有了泪，泪眼婆娑间，仿佛能看到廖老爷在那笑，舅舅，你若知道，一定会很欢喜吧。我一定会好好的，一定一定。

窗外的绿丫扯一下秀儿的袖子，两人从窗前离开，原本是想来安慰榛子的，可现在她已经有了秦清的陪伴，再过去安慰未免有些多余。绿丫和秀儿并肩走在廊上，已是二月初，风已经有些软，不再是那样凛冽，那草已经发着嫩芽，迎春花在迫不及待地打着花苞，下一场春风来的时候，迎春花就该开放了。

绿丫瞧着这一切，想到方才秦清和榛子说的话，对秀儿笑了："你瞧，这世上也有好男子的，秀儿，我并不说女人总该嫁人，而是你今年也才二十三岁，还那么年轻。"

年轻吗？秀儿伸手摸上自己的脸，做脂粉生意的人，也要先把自己收拾好，秀儿现在比起原先，皮肤要润泽多了。绿丫的眼没有离开秀儿的脸："你比我还小一岁呢，哪会不年轻？秀儿，我知道你的心已经不像从前了。可若……"

"我没有你们这样的好运气，况且就算真有这样一个好男子，他会不在乎我的过往，可是他能把锦儿当作亲生女儿吗？我的锦儿，从一生下来就吃了那么些苦，我不愿她再吃苦。"锦儿，那个聪明可爱的姑娘，绿丫垂下眼，秀儿握住绿丫的手，“我知道你们都是为了我好，怕我一个人孤单。可是绿丫，我经过了这么多，才有这样平静日子过，我不愿再寻一个人，即便他知冷知热，可那不是我想要的。”

说着秀儿眼波流转：“现在的日子，才是我想要的。虽然依旧每日忙碌，可这种忙碌不是毫无意义，而是能得到人的赞扬。绿丫，我和你，和棒子，和兰花姐都不一样。”

既然如此，绿丫也就没有再往下说，秀儿见绿丫神情就又笑了：“我晓得兰花姐又为我张罗，你还是替我去和兰花姐说一声，我是真的不想再嫁人了。虽然算起来，我就没算嫁过。”

秀儿的语气很平静，那些过往都已消失得干干净净。绿丫笑了，既然这是秀儿的选择，而且现在瞧着没什么不好，那有什么好担心的。

有急促的脚步声传来，绿丫和秀儿抬头看去，见是丫鬟匆匆跑过，看见两人站在那，丫鬟忙行一礼：“小张嫂子和王姑姑在这里最好，小姐突然有些不舒服，姑爷不晓得这是什么情形，让我们赶紧去找太医。小张嫂子和王姑姑老成些，还请先过去瞧瞧。”棒子突然不舒服？绿丫和秀儿都是怀过生过的，第一反应就是棒子有喜了，不然不会突然不舒服。

这可真是个好消息，两人匆匆往棒子那边去，还没进屋就听得秦清在那问：“姨娘也瞧不出来这是什么吗？怎么会突然头晕，还……”眉姨娘虽然是妇人，却从没怀过，会回答出来才是怪事，绿丫和秀儿走进屋，棒子用手扶住头对秦清道：“你别问了好不好，我只是有些头晕，然后……”

“是不是还有些发呕？”绿丫笑吟吟接了这话就问棒子，绿丫不说也就罢了，绿丫一说，棒子就真觉得有些呕。

“这啊，十有八九是有喜了。”当着秦清，秀儿不好说得太细，但还是道，“你自己的身子，自己没有好好想过吗？”有喜？棒子这些日子都忙糊涂了，连月事有没有来都不知道。恍惚腊月里就没行经，当时还以为是不是自己太忙，才拖后了几日。这样算来，这孩子，起码也有两个月了。

眉姨娘听到这，张口就想问问棒子这月事问题，可当着秦清这话不大好问出口，秦清见眉姨娘欲言又止，晓得自己不该出现在这里，急忙道：“这是妇人家的事，我还是出去等等太医吧。”

秦清刚一出门，眉姨娘就率先开口问，绿丫和秀儿也在旁问，秦清并没走远，只是站在外面院子里，听着这里面传来的声音，不由咧开嘴笑了，自己真要当爹了，这真是个再好不过的消息。

太医很快被请到，把过脉说的确榛子是有喜了，亏得平日身子结实，这孩子很好，只是以后休要思虑太过。秦清自然连连点头，榛子在旁听着，手不由抚上肚子，不能思虑太过，这个节骨眼，怎么能不思虑呢？虽然暂时看起来是风平浪静了，但廖十三老爷并没离开京城，还不晓得会不会再有什么幺蛾子？

榛子想到这，眉不由微微一皱，秦清已经送完太医重新走进屋，见榛子这样就上前握住她的手："你放心，这些事，不会让你操心的。"榛子笑了，有丈夫的支持，能算什么思虑太过呢？

榛子有了喜，消息送到定北侯府，定北侯夫人再不喜欢这个儿媳妇，也要带上东西来探儿媳，在厅里坐着等了老半日，才见榛子夫妻进来。

定北侯夫人的脸有些往下沉，秦清是明白母亲脾气的，急忙上前行礼道："今儿本说吃了午饭就回来，可正好……"

"你也别解释了。"定北侯夫人打断秦清的话，就对榛子道："三奶奶，你有了身子，先坐下。老三，你先出去外头，我和你媳妇说说话。"

秦清应了，但并没走出去，定北侯夫人的眉不由一皱："我又不是吃人的老虎，再说了，你媳妇肚子里的，可是我的孙儿，难道我还能对我的孙儿不好？"秦清这才应是走出。

榛子坐下后对定北侯夫人道："按说，媳妇应当……"定北侯夫人挥了挥手："罢了，你也不是这样脾气的人，也不用和我绕圈子说话了。可我只有一句，你现在是双身子的人，比不得原先自己一个。有些事，你自己好好想想。"

虽然定北侯夫人竭力控制，可榛子还是从她话里听出一些怒气来，榛子不由垂下眼，接着道："婆婆的想法我做媳妇的明白，只是舅舅与我，不只是娘亲舅大，做媳妇的，不能眼睁睁瞧着他的心血这样四散。要说银子，舅舅给媳妇的嫁妆，已经足够媳妇过几辈子了。"

榛子的嫁妆，定北侯夫人还是知道的，听榛子这话就叹气："这事只有你知道又有什么用？娶女霸产，甚至你姑父那里，也被人奏了一本，说他放纵妻子争斗人的产业，这些，你知道吗？"

廖老爷的丧事出来之后，榛子就一直在忙着丧事，况且还有廖十三老爷那边的事，这朝中的事打听的并不是很多，听到王尚书被弹劾，在短暂的迟疑后就了然，王夫人出面，王尚书不受影响是不可能的。还有舅舅临终前几日和自己说的话。榛子已经点头："姑母若把这事当作大事，就定会告诉媳妇，现在姑母并没告诉媳妇，想来在姑母心中，此事不值一提。"

定北侯夫人是真被媳妇给噎住了，看着媳妇在思忖，榛子已经道："舅舅留下的产业，虽指明由我掌管，可这瞧在不少人眼里，不过是块无主肥肉，谁都可以来抢一块罢了。舅舅临终之前，已经和我说过，所能遇到的困难。故此舅舅才会请司礼监太监出面，现在瞧来，既然震慑不住那些人，那媳妇也只有迎难而上。"

榛子的话让定北侯夫人不知道怎么回答，过了好一会儿才道："你既有主意，想来不肯听我说了，罢了。可我还是要告诉你，你现在是双身子的人，你要胡闹我不管你，可我的孙儿若有一丝半点的损伤，我就不顾脸面了。"

说完定北侯夫人站起身："你也别送了。我这样的内宅妇人，当不得廖家当家人的送。"秦清一直守在门口，见自己的娘怒气冲冲地离去，急忙上前叫一声娘。定北侯夫人瞧着儿子，那口气又咽不下去，过了许久才道："罢了，罢了，你爹也好，你姑母也罢，都是要做大事的人，看不起我这个内宅妇人，这事，我再不管了。"

秦清急忙对自己的娘作个揖："娘，您媳妇肚里的孩子，是您的孙儿，难道就不是您媳妇的孩子了？您……"

"但愿她能记得这话！"定北侯夫人把这话撂给儿子，就在从人的簇拥下离去。秦清送走自己的娘就摇头，转身走进屋里，见榛子正带着丫鬟把定北侯夫人送来的东西收拾起来，上前道："娘有些怒气，对不住，我还是劝不住娘。"

榛子淡淡一笑："我答应嫁给你的时候就知道了，婆婆这样待我，已经很好了。毕竟没让我在她跟前立规矩，日夜伺候，不过几句怒气冲冲的话，我有什么禁不住的？再说了，连这样几句话都禁不住，那我还怎么去和那些人应付？"

秦清眼神变得温柔，低头看着妻子的小腹，伸手摸了摸："我是怕你现在怀着身子，和原来不一样了。"榛子又笑了，有什么不一样的，和原来还是一样的。

这样的笑让秦清释然，妻子本就是和别人不一样的女子，自己不是早知道了吗？

"这是一，这是二。"绿丫握住小全哥的手，教他写字，小全哥的眉头皱得很紧，笔也握得很紧。绿丫往他手上打了下："放松，让你放松，这是握笔，别使那么大劲。"

张谆抱着容儿走进来，见小全哥那握笔的姿势就笑了："你啊，比我可不如我多了。我开蒙时候可没你这样，拿笔都拿不好。"容儿爬到椅子上，伸头去看小全哥，见小全哥那样就笑了：“哥哥笨。”

小全哥写好一个字，抬头对妹妹皱下鼻子：“你不乖。”绿丫往儿子手上打了下:“好好学。再过两日就去学堂了，要是连笔都握不好，我瞧你羞不羞。”容儿也在一边点头。

小全哥又乖乖地继续写，张谆坐在旁边瞧儿子学了半日才道：“我还以为你还要多寻几家学堂呢，谁知只去了两家就定了。”绿丫松开握住儿子的手让他自己学着写才笑着对丈夫道:“要是好，去一家就够了。那家旁的也就算了，那先生的娘子是个知书达理的人。你想，连先生的娘子都知书达理，更何况先生呢？”

张谆拍拍小全哥的屁股：“你娘为了你上学，可是操碎了心，你啊，可要好好地学。以后也不能再淘气。”小全哥想回答，一张嘴口水就掉下来一大滴，急忙把口水擦掉。张谆伸手把儿子的口水擦掉：“这去了学堂可不能这样。”

小柳条已经在外面道:“奶奶，姑奶奶回来了。”绿丫顺手把容儿抱下椅子:“你姑妈来了，我们出去接她。你好好地给我学写字。”后面一句是对小全哥说的，小全哥本打算溜下椅子，见娘这样喝，只得又重新在那学着写字。

兰花今儿是一个人来的，并没拖儿带女，绿丫见了反倒惊讶：“玉儿呢，怎么不见她？容儿这两日还吵着要去找玉儿呢。”兰花脸色有些不好，让小柳条进来把容儿抱走这才压低嗓子道：“我是特地来告诉你一声，让你去和榛子说。你姐夫今儿回来，说有人在按察衙门，把榛子给告了，告她不得占着廖家家产。大人已经收了状纸，就等明儿去提人呢。”

这消息倒不奇怪，要不告才怪呢，只是廖老爷出殡那日，司礼监太监已经表明了态度，还有人敢去捋虎须的？兰花哎呀了一声就道：“我还听你姐夫说，这段日子不太平呢，定北侯府、王尚书府都被御史上表弹劾，说他们为霸产业，强行娶女，连宫里的老爷爷也被带上一笔，说他在京里为非作歹，为人张目。这件事，绝不是那么容易善了的。”

这样严重？绿丫起身道：“那兰花姐你跟我一起去找榛子说，让她也好安排。”兰花也是这个意思，两人上了轿就往榛子那个宅子来。

下了轿管家娘子迎住就笑道：“小张嫂子和刘嫂子来得正好，王姑姑也来了呢，还带了些脂粉，说特地新寻的，怀孕的人也能用。”说着话，管家娘子就把她们迎到上房，果然听到秀儿的笑声：“你瞧，擦上这粉是不是就好了许多？这粉到我手里也有七八个月，原本一直没人用，还是有个常来我们这里走的媳妇，说这样好的粉，擦了定会好。正好她那时怀了三个月的身孕，把那粉拿回去擦了，前儿来人报信，说平安产下孩子，我才敢拿来给你用。”

铅粉有人用了会流产，故此坊间不少人怀孕后就不用脂粉。绿丫和兰花听得这话，倒有些奇了。兰花已经笑了：“这是什么粉，连怀孕女子都能用？”

秀儿忙起身相迎，榛子把手里的镜子放下就道：“其实早有那怀孕妇人能用的粉，不过太贵，一盒差不多要五两银子，一般人家也买不起。”五两银子足够兰花家过一个月了，兰花听得就咂舌：“难怪呢，这样贵。”

秀儿也笑了：“就是因那粉太贵，我才寻了这个来，这个粉要便宜些，一盒三两罢了。只是总没用过，有些担心罢了。”兰花拿起那盒粉闻闻，三两银子的粉，果然有一阵清香，就是不晓得那五两银子的，孕妇也能用的粉，是个什么样子？

榛子和绿丫说了几句才道：“这没打招呼就跑来，总不会是特地和我来说脂粉的吧？”绿丫和兰花对视一眼，兰花这才把老刘说的话说出。

果然不出舅舅所料，榛子用手撑住下巴就笑了：“这状纸递得好啊。”递得好？兰花不明白这事，但打官司的规矩她是晓得的，急急道：“什么递得好，你是个女人，又有丈夫，总不能亲身上公堂去打官司，至于秦三公子，他是个官身，难道也要上去大呼小叫？总要……”

榛子已经转头对绿丫笑了：“这件说，我瞧还要劳烦你夫君呢。”绿丫虽然明白所为何来，可还是忍不住忧心：“这件事，总难以善了。”

“这么多银子呢，不是我看不起廖家族人，这些银子，他们全族的人都够吃喝一辈子了。会放过才怪。只是我总觉得，他背后有人指使。”

“没人指使的话，就廖家那群村人，司礼监太监都来过，他们哪敢动个分毫？”秀儿这两年在京里下来，走的也多是官家，早和原来不一样的见识了，顺口就道。

能让御史上表弹劾，这背后的人，是谁已经昭然若揭。榛子不由冷笑一声：“理他呢，横竖兵来将挡水来土掩，我有什么好怕的。再说这天下打官司，也不是光听这一造的话。”

榛子想到的人家就是秀儿想到的人家，想到柳家，秀儿的眉皱得很紧：“亏他家这么大脸，真以为廖老爷没了，那些生意就是他家的？”榛子又笑了：“这也不光是生意的事，朝堂之上，这些事是难免的，没了这桩也有那桩。兰花姐你光知道市井妇人为了一个铜板两根葱就能吵一架，可到了朝堂上，这争吵背后就是利益。不然谁闲的没事干，风闻奏事，倒也有御史是真正有风骨的，可大多还不是要捞好处？他们在那瞧不起我们商户人家为了赚钱四处钻营。可是他们这为了做官为了青史留名，也是在那竭尽心力，真正想为国为民做事的，有，少！”

榛子这番话让绿丫笑起来：“瞧瞧这张嘴，果然是做了官太太就和平常不一样了。连这样的话都讲得出来。”兰花愣住了：“还有这样的事，我一直以为……”

“以为什么？兰花姐，这些事呢，我们也只在里头说说，这出了外头就不能说了。总归是要和孩子们说，要忠君爱国这些，至于这样的道理，总要等到他们大了，才能告诉。”

和秀儿她们在一起，榛子是无所顾忌的，想到什么就说什么。兰花又啧啧感叹了两声，既然榛子不在意，那她也不在意，在榛子这里用了晚饭，也就告辞回家。

绿丫和秀儿的路近，又在这说了会儿话这才离开，出门上轿时候秀儿不由叹气：“原来这天下，竟是这样的……”绿丫怕秀儿想这些想魔障了，急忙道：“不管这天下人都是什么样的，横竖我只记得一句，要凭良心做事。难道别人坏，我就跟着坏不成？别人要去抢银子，我也扑上去？”

秀儿眼里的迷雾这才散去：“是，你说得对，是我着相了。说起来，榛子这官司，我也不是不可以帮忙的，我这些日子，还是认得了几个有力量的人。”绿丫拍拍秀儿的手：“我瞧着榛子只怕早有安排，我们也就别在旁边掺和。不然越帮越忙，那才叫糟糕。”绿丫这话虽说得有理，可秀儿并没把心里的念头去掉，那位客人，定不是普通的客人。只怕还能从她这里入手。

“我听说你东家被人告了，过几日按察衙门就要打这官司了，你倒还照样做这生意，倒还是个稳妥人。”秀儿自从那日和绿丫说过这话，就一直等这位神秘客人，等了三四日，总算等到她来，像往常一样把她请到那间雅室里，秀儿拿出梳头工具帮她梳着头，冷不丁听到这人这样说了句，秀儿的心不由狂跳起来，但不能让这人瞧出来，依旧缓缓地给她梳着头：“就算被告，官司没个输赢之前，总是要开门做生意，不然我这店虽小，也是五六个人的生计呢，难道要等他们饿死？”

“你这孩子，倒还有几分意思。”这客人说着就沉默不语，秀儿也要探探她的虚实，哪肯直接就问，只是淡淡地道：“我前面那二十来年过得太苦，要因为这点就想东想西，不去做生意，实在不成。”

客人的头差不多已经梳好，秀儿拿过首饰给她戴上，这些首饰都很普通，最起码看起来是这样，但某次秀儿给这客人戴首饰的时候，在一支凤钗上瞧见一个很小的内字，这是内造首饰。不管这首饰是怎么得来，这客人瞧来和宫内有些关系，或者是某家达官贵人的妻子，不愿意去那些大铺子，想来自己这样小铺子走走也说不定。

等首饰戴好，又给那客人重新上了脂粉，秀儿这才道："这已经好了，您照照镜子。"说着把镜子捧过来，这客人拿过镜子照了照:"果然不错。说起来，我们也认识好几个月了，我瞧你为人聪明灵巧，又说前二十年十分孤苦。廖家那些产业，说白了，已成绝户，按例是该收官的，我看你人好，不如我助一助你，给你从中分一杯羹，然后你也不用再这样为人帮忙，而是有自己的产业。也算你我相识一场。"

秀儿能听到自己的心在那怦怦乱跳，自己猜的果真不错，想到这秀儿就跪下道："夫人定是十分尊贵的人，若您想助我，就请帮着秦三奶奶把这家业掌管起来，而不是让我分一杯羹。"

这夫人笑起来："好奇怪的孩子，难道嫌银子烫手不成？真让秦三奶奶掌管了这家业，你这一辈子，就只能帮忙了。"秀儿瞧着这位夫人的眼："是，这道理我明白，可是我更知道，当初我在雪地乞讨，是她们不忘昔日交情，把我寻到，给我治病甚至想方设法为我做这个生意。夫人，人这辈子，永远不会嫌银子多的，可是这世上，还有比银子更要紧的事。"

"比银子要紧的东西我的确知道，不外就是势，可是要知道，有时候，没有银子哪里来的势力，没有势力又怎么赚钱？"这夫人并没反驳秀儿的话，反而淡淡笑着赞同。

"夫人说的，自然是道理，可我这些年来，见得多了，才知道，财势除外，尚有许多事情，比如姐妹之情。"秀儿这话让这夫人笑起来："姐妹之情，你果然太年轻了，要知道，多少姐妹为了财势反目成仇，别说你异姓姐妹，就是那同父同母生的，甚至你的亲父母，为了财势作践的也不少。"

秀儿没有忽略这夫人说到亲父母作践时的神情，眼微微垂下就道："夫人可有空闲，听我讲讲我的事。"不等夫人表示是否愿意，秀儿就讲起来，她讲得很简略，讲完后看向夫人："夫人您瞧，我并不是没有受过苦，不晓得这银子是好东西的人，可我更知道，若我从这里分一杯羹，而不是帮着秦三奶奶。那我这辈子，午夜梦回都会不安。夫人，我是个小人物，知道自己的福报从何而来，所思所想，不过是能为我女儿好好地修上这一世。"

这话无疑打动了这位夫人，她勾唇一笑："那你可知道，若我不愿意，这廖家的钱财，那位秦三奶奶是一分都摸不到的。"这样看来，这位夫人远比自己想象的势力更大，秀儿的心又狂跳起来，但语气还是那么平静：“能得这样几年的平静日子，已经很好。夫人若真愿意，似我这样的小人物，也只能受着。”

夫人用帕子遮住口笑起来：“有趣，你果然是个很有趣的人。既然你这样取悦了我，那我也就应下你说的，你放心，这官司打到金銮殿，都是秦三奶奶赢的。”说着这夫人虚扶秀儿一下就站起身，见夫人起身欲走，秀儿知道，这人从此是不会再来的，上前送她出去时问道：“还不知道夫人姓甚名谁，若真能赢了，就给夫人供长生牌位，日日烧香不绝。”

这夫人转头瞧向秀儿才道：“这世间，果然聪明人不少，众人都称我奉圣夫人！”

奉圣夫人，这四个字让秀儿吸了一口冷气，这是今上的乳母，也是少数几个对司礼监太监可以不大在意的人。秀儿几乎是茫然地重又跪下。

奉圣夫人的轿子转过巷子口，那里有另一乘轿子等着她。见这乘小轿来了，等在那的婆子急忙迎上前扶奉圣夫人下轿，接着道：“夫人，府里来人说，说周大伴要见您。”

奉圣夫人轻蔑地一笑：“也不晓得他拿了廖家多少银子，这样替他家说话。不过呢，廖家这么孝顺的儿子，还真不晓得去哪里寻。”这婆子也是从宫里出来的，笑着道：“周大伴也是人老糊涂了，就他的身份，只有孝顺的，没有不孝顺的。”

奉圣夫人坐进轿中就道：“也罢，我今儿心情好，就去瞧瞧老周。”说着把轿帘放下，那婆子不由道：“夫人，可是二爷那里？”

“理他呢，老娘还没死，轮不到他做主，你要有空就替我教训教训他，免得他以为老娘得了这么个好封号，他就可以在外胡作非为。哪里来的这样眼浅的。”

婆子应是，示意轿夫把轿子抬起，径自往周太监在宫外的住所行去。奉圣夫人在轿中低声一叹，方才秀儿说的话里，有一瞬间奉圣夫人曾想把这交情打破，想让秀儿看看这所谓牢固友谊，什么都不是。

但看到秀儿眼的时候，奉圣夫人心不由一软，被选入宫成为皇子乳母，家里因此发达，但和家人团圆时，别说丈夫已经有了妾室，就算两个儿子，对自己已经不那么亲热。除了银子，维系母子情分的，竟再没有别的东西。

而秀儿那双眼里，全是信赖，这样的信赖能让人的心一软。既然如此，也就成全了她，廖家的银子，看起来很多，但各自分分，自家能拿到的好处也不到十万。若是不识得秀儿也就罢了，可既然已识得秀儿，那就算了吧，不过十来万银子，哪里寻不到。

轿子已经进到周太监在宫外的住所，周太监得了信就迎上来："老姐姐，也是许多日子不见了。"奉圣夫人走出轿子往这四周一瞧就道："这宅子倒十分雅致，果然你这没有后的人和我就不一样，我家里哪敢这样布置，不是没有银子，而是银子花在这上面，还怎么过日子。"

要别人说自己没后，周太监只怕早就变脸，可奉圣夫人说着，他只哈哈一笑："老姐姐休要这样说，你要喜欢，这宅子我就给了老姐姐养老。"奉圣夫人白周太监一眼就径自走进厅里坐下："也别上茶上果安排酒席了，有什么话可快说，我家里孩子可多，事也多。"

周太监笑了："老姐姐还是这样爽快，是这样，廖家那闺女被人告到按察衙门,我开头还在想,是谁这么大胆,竟不给我这个面子。后来还是听孩儿们说，说老姐姐家公子在这里掺了一脚。老姐姐，你我认识也这么些年了，还请你给我这个面子，让侄儿别管这事。我这还有花不完的一万银子，让侄儿拿去喝杯茶。"

"呸，一万银子罢了，当我没见过吗？"奉圣夫人骂了一句这才道，"这事我已经知道了，没得为了那么花不着的十来万两银子坏了名声，等回去我就和你侄儿说，让他别管这事，要银子花，从我这里拿就是。"

两人认得也有差不多三十年，周太监没想到奉圣夫人竟这样爽快地答应了，身子不由微微前倾："老姐姐，我还不晓得，你这是？"

奉圣夫人叹了口气："你当我就是个石头人，只晓得银子不成？想要银子，为的是你那两个侄儿总要花用，可这些年我也瞧出来了，他们两个，算不上什么成器的，痛定思痛我就想了，与其让他们学得一身的坏毛病，倒不如好好管束了，在家怎么胡作非为都没事，这在外头可不能再打着我的名头去做那些事，免得到时有什么风声吹到陛下耳里。你我虽在外人眼里，瞧着地位崇高，也不过就是皇帝家的下人，这要打杀我们，不过就是陛下一句话的事。"

这话打中周太监的心："也是因为这样，老廖来求我时候我应了，都这把年纪了还不为自己积下德，难道等到下辈子，再做个不全人？"奉圣夫人也叹气："是啊，前世不修，爹娘不靠，男人也靠不住，要不是我狠心报名进宫做奶娘得了二十两银子，这两个孩子也活不下来。就这，他们两个还时时抱怨，说从小没有娘疼，那几个姨娘也背地里欺负他们。让我不好管教。"

两人相对无言，离这普通人的温情越远，就越想体会下这普通人的温情。这才是秀儿打动奉圣夫人的原因，当然，奉圣夫人是不会承认的，她只摸了下自己的发，这以后，身份揭穿再不能去了，到底要去哪里才能寻到别的有趣的事呢?

奉圣夫人告诫自己的儿子，不许再插手廖家的事，她儿子虽然不满，可也不敢反对，等柳三爷遣人来问信时把这事告诉了柳三爷。柳三爷得了这消息，那眼顿时瞪大，现在少了个足以和周太监抗衡的人，那剩下的只有孙尚书这头，可是孙尚书这边的弹劾，也不知道顺不顺利。

柳三爷还在焦急，就有人来报，孙尚书寻他。柳三爷急急忙忙往孙尚书府里去，去到那里不免被孙尚书骂了一通，还说这件事，背后十分蹊跷，廖家这官司，还是别管了。

柳三爷真是被浇了一头又一头的冷水，等出门时问起管事，才晓得孙尚书的入阁被人参了一本，说他捕风捉影，放纵人弹劾王尚书。孙尚书当初答应柳三爷这样做，不过是为的要借此弹劾王尚书，让他不能入阁，但没想到被人依样画葫芦地同样来了一招。这下很可能就是孙王二尚书都入阁不成，而让别人坐收渔翁之利。

孙尚书会再答应在官司一事上帮忙才怪，柳三爷想清楚了这些，只觉得全身冰凉，如果孙尚书失势，那自己家的生意就不会有那么顺溜。偏偏当初以为抱上奉圣夫人的大腿，把周太监给得罪了，现在才是两不靠。

柳三爷一边骂着自己，一边回到家就匆忙让人收拾了几样原本想送给奉圣夫人的古玩，让小厮拿着前去求见周太监。来到周太监住所，自然吃了闭门羹，柳三爷说了无数的好话，又给守门人送了一件玉佩，那守门人才勉强收了东西，说等周太监从宫里出来时再替柳三爷转达，接着就把门关上。

此时柳三爷也顾不上骂人，匆忙回到家里，想再寻别人，刚进家门就有丫鬟跑过来一脸惊慌："三爷，奶奶和姨奶奶吵起来了，奶奶一怒之下推倒了姨奶奶，姨奶奶现在的身子，只怕……"

这比被孙尚书骂一顿还要让柳三爷疼，他一掌推开丫鬟就往自己房里跑去，走到院门口就听到里面传来柳太太儿一声肉一声的哭声，这是孩子没了?柳三爷心疼孩子，对爱妾可没半分怜惜，急急冲进房里，柳太太边哭边打着地上的柳三奶奶："丧门星，我孙儿没了，给我滚出柳家！"

柳三奶奶在那木然跪着，根本感觉不到身上的疼。柳三爷见她这样就来气，上前一脚把柳三奶奶踢倒在地，也不管爱妾在床上泪汪汪地叫着三爷，就对柳太太道："娘，现在事情麻烦了，儿子觉着，还是您去舅舅家一趟，寻舅舅出个主意。"

一个孩子掉了，麻烦的也不是自己，柳太太刚要回答却觉得不对，急忙起身拉着儿子到了门外，听得儿子飞快一说，柳太太倒吸一口凉气，急忙点头应是，要去换衣衫回娘家。

这时大夫也被请来，自然是回天乏力，妾肚子里的孩子掉了。柳三奶奶听得妾肚子里的孩子掉了,没有哭反而笑起来。柳三爷正愁没有个出气的东西，上前两个耳光就打在柳三奶奶脸上，接着吆喝丫鬟："把这人给我捆起来，绑在柴房。不许给她吃饭，饿上三天再说。"

柳三爷虽然这样说，丫鬟们还是不敢上前动手，柳三奶奶倒像被那两个耳光打醒了，起身就往柳三爷那边冲去："你这没良心的，为了个孩子，竟然这样打我。我和你拼了，再去寻街坊邻居评评理，这宠妾灭妻是什么罪名？"

柳三爷心头正火,见柳三奶奶骂上来,一把抓住她就往她脸上再招呼几下："打你又怎么了？娶来的媳妇买来的马，我想打就打，想骑就骑。你还反了天了。告诉你，别说我就打你这么几下，就算把你打死，你娘家人寻来，不外就是破上千把银子。你娘家，那是个什么玩意,收了我家五千彩礼,你的嫁妆，你自己算算，值一千银子不？几个丫头，也是粗手笨脚用不上的。你啊，不就是比那些姨娘更贵重的一个玩意，还当自己真是三书六聘娶回来的正房奶奶和我叫板。我告诉你，我要你，你就是这柳家的三奶奶，我不要你，你比狗都不如！"

骂完，柳三爷把柳三奶奶往地上一推就喝骂那些丫鬟："还愣着做什么？还不赶紧给我把人扔进柴房。她是主母，难道我不是主人了？夫主夫主，我还是她的主人呢。"丫鬟们战战兢兢上前扶起柳三奶奶，可真要把人关进柴房，到时柳三奶奶娘家人来寻，也是自己吃苦。于是几个丫鬟在那磨磨蹭蹭，走了好一会儿都没走出房门。

那小妾巴不得柳三奶奶被休了，自己好扶正，娇怯怯地叫起来："三爷，我肚子好痛。"柳三爷也懒得理那小妾，冷冷地道："肚子痛就好生躺着，别再说话。"小妾被这样冷言一说，晓得自己没有了孩子，就不再是宝，既然柳三爷对结发妻子都这样狠，更何况自己这个买回来的玩意？顿时吓得不敢说话，而是把被子紧紧扯住，生怕再被骂。

"三叔这是什么了？夫妻间吵架，哪有动不动把人关柴房的，这是三奶奶，是主母，比不得那些外头使银子买的。"柳大奶奶虽姗姗来迟，这话听在柳三奶奶耳里，却如天音一样，眼里的泪登时下来："大嫂，快别说什么三奶奶的话了，他要休我。"

“呸，两夫妻吵架，有什么话说不出口？”柳大奶奶扶一把柳三奶奶就对丫鬟们道：“还不赶紧把你们奶奶扶进房，这姨娘住的厢房岂是你们奶奶在的地方？”

柳三爷的气并没有消，但他能打柳三奶奶，可不能打大嫂，见丫鬟们要扶柳三奶奶往房里去就瞪丫鬟们一眼，丫鬟们吓得又停下脚步。柳大奶奶心里快意，嘴上已经道：“看来三叔气还没消，这样吧，先把你们三奶奶安置到我那边去，三叔，你好生安抚着姨娘，我啊，帮你劝劝三婶婶去，明儿让她过来给你道歉。”

嘴里说着，柳大奶奶已经和丫鬟们簇拥着柳三奶奶走了。等走出院子，柳大奶奶才哼了一声，就老三这胡作非为，这家很快就要给他败了。亏公婆还以为他十分能干，亏得自己知机，攒了私房银子在外头置房子买地，等这边真垮了，就赶紧和自己丈夫去置的房子那里住，那时才叫正经过日子。自己丈夫虽然被公婆骂不能干，可是个知冷知热的人，比这备受宠爱的柳三爷可好多了。

柳家一场闹剧，柳三爷虽心里恼怒，可也惦记廖家的官司，不管怎么说，按察使那里，也塞了银子，这要有个万一，毕竟国法还在那摆着，天下哪有放着族人不给，给外甥女家产的事。实在不成，被断为绝户，不过就是两败俱伤，棒子也讨不了好去。因此打官司头一日，柳三爷又去寻廖十三老爷，和他好好说，要他不用怕，各处都打点好了。

廖十三老爷这些日子所见所闻，超过原先几十年的见闻，再也不敢像初来时那样，认为族内就是天，说什么就是什么，自然以柳三爷马首是瞻。听完柳三爷的话后廖十三老爷又道：“三爷，您说的我都记得，可是……”

柳三爷打断他的话：“没有什么可是，你要记得你没见过我，也没拿过我的银子，只是因为不忍心族内兄弟无人承袭香火才这样做的。”总之，就是要拿出当初进京时的那股气势来，廖十三老爷默默念了几遍，柳三爷见了他的脸色又道：“你可要记住，你不上公堂的话，那五千银子连本带利都给我还回来。”

柳三爷这话立即让廖十三老爷的眼瞪大：“三爷，原来不是这样说的。”柳三爷也不瞧他：“你真是个笨蛋，难道还要我解释吗？五千两银子，谁会白白双手送上。记住，在公堂上给我争，不然的话，我让你出不了这个京城。”

柳三爷的眼神十分凶恶，让廖十三老爷登时吓得吞了几口吐沫，连连点头：“是，是，三爷说什么，我就做什么！”柳三爷这才坐回去：“那么，你回去吧，记住，明儿，给我拿出气势来。”

廖十三老爷几乎是连滚带爬地离开，柳三爷坐在那，眼神渐渐阴郁，不管怎样，明儿就是自己的最后一击，最后的希望。

棒子是个妇人，秦清又不好出面，只有让张谆出面。绿丫是晓得这件事情轻重的，这日起来就给张谆准备东西，轻声道：“你要记住，廖老爷待我们恩深。”张谆点头，握一下妻子的手就离去。

绿丫见张谆离开，不由双手合十为丈夫祝祷，菩萨啊菩萨，你一定要让好人得好报，千万别让坏人得逞。

张谆先去了棒子现在住的地方，除了棒子夫妇，老王也等在那里，连眉姨娘都来了。眉姨娘是最焦虑的一个，毕竟对棒子来说，就算官司输了，也不过就是把廖家的家业给廖十三老爷，可对眉姨娘来说，一旦换了个主人，眉姨娘一个妾就可以被嗣子那边随意处置。

照了廖十三老爷的脾性，廖十三老爷只怕会逼迫眉姨娘拿出所有产业之后，再把她逐出甚至卖了都是有可能。

眉姨娘的焦虑棒子看在眼里，安慰了她就对张谆道：“小张哥，我信你，而且这背后的事都已经打点好，你就去吧。”秦清也拍拍张谆的肩头：“放心，现在那些彼此弹劾的奏章，在陛下案头都堆了老高，这件事，别人也无暇顾及了。”

张谆应了，就和秦清等人一起离开。棒子和眉姨娘送他们到门口，眉姨娘的手都在发抖，棒子淡淡一笑：“姨娘别担心，舅舅已经把这些事想到了。就算有个万一，我还能照顾你。”

眉姨娘努力把眼里的泪忍下去才对棒子道：“晓得你说的有道理，可是这世上的事，是说不清楚的，就算你想照顾我，可……”

“没有什么可是，姨娘，你就算不相信我，也要相信舅舅。”那个男子，那个天神样的男子，眉姨娘想起已逝的夫主，泪就点点滴滴地掉下来，可想到棒子还怀着身孕，不能让她看见自己眼里的泪，就急忙转头把眼里的泪擦掉。

“谆哥哥他们已经走了吗？”秀儿的声音突然响起，棒子和眉姨娘转身，见秀儿跑得气喘吁吁的样子，棒子笑了：“你跑这么急做什么？快些进屋坐下喝杯茶再说。”

秀儿摆手：“我是来告诉你们好消息的，今儿一大早，我刚打开门，就有个婆子走进来，那气度比起大户人家的主母也不差，往我身上瞧了瞧就道，那日我和夫人说的事，夫人已经准了，这官司，定赢。我想着赶紧跑过来告诉你们，好让谆哥哥安心，谁知他们已经走了。”

夫人？榛子的眉皱起：“是什么样的夫人？”

“奉圣夫人。”秀儿说出这四个字让榛子吓了一大跳：“你没听错？你从哪里认得这位夫人的？要知道，她一句话，在这种事上，是比什么都管用。”

当今天子是个念旧情的人，不但封了乳母为奉圣夫人，还赐下宅邸，两个奶哥哥，也给了前程，虽只是虚职，可也足够让这家子荣华富贵一世了。廖家这样的案子，说起来是无伤大雅的，奉圣夫人站在榛子这边，再加上周太监，按察使收了银子也不敢往别人那里判。

秀儿快速解释了一下就道：“我就说好人有好报，榛子，若没有你这样的主意，我怎么会识得呢？虽然这位夫人以后都不会来，可真是帮了我们大忙。”

眉姨娘已经激动地流泪下来：“好，好，这才是好事，让那些人再起坏心。”榛子脸上的笑反而很平静，现在，就等着看好戏了。

按察司门前，原被告两造正好碰见，廖十三老爷还是带着那个孩子，还记得柳三爷的吩咐，气势一定要摆足，对张谆他们理都不理。张谆在那默念着该说的话，但还是给廖十三老爷行了个礼，廖十三老爷自然是把头转到一边，不去看张谆。

那孩子瞪着眼瞧着张谆，满脸写着这是坏人，等自己做了家主，就要把张谆的差事给扔了，不，要像大伯说的，让张谆给自己来当小厮，伺候自己。到时就可以任打任骂。

按察使审理了几个案子，这才轮到廖家这桩案子。两造人等到齐，各自跪下后，按察使打个哈欠才开口：“廖某诉秦门杜氏不合占产一案，原告速说。”

廖十三老爷刚要上前，张谆已经道：“大人，这里有当日小人东家亲自写的遗嘱，指明廖家族人不贤，又是远支，不够立为嗣了，这才把产业都交予杜氏掌管。”

廖老爷没遗嘱才怪，廖十三老爷并不因张谆这话而有一丝半毫的慌张，而是开口道：“大人，素来不管国法家法，都只是儿子承袭，纵然上天不仁，没有儿子，近支宗派里面，也没有人可以承袭，方才让女儿继承家业。可尽管如此，也没有让外甥女继承的例。”

接着廖十三老爷又道：“虽死者为大，可这遗嘱也有乱命治命，这份遗嘱，把产业交由外甥女掌管，既不合国法，也不合家法，不过一纸乱命，既是乱命，自然就不能听从。”

张谆正要开口辩解，按察使早已打好腹稿，把手一挥就道：“廖某，你口口声声杜氏不过是外甥女？”这话问得稀奇，廖十三老爷道：“确实，族兄有一胞姐嫁于杜家，数年前亡故，这孩子，就是族姐所生。”

按察使又咳嗽一声：“那你可知道，当日你族兄把这孩子接到身边时，在户籍之上，已为养女身份。”养女？这个消息别说廖十三老爷不知道，连张谆都不晓得，若为养女，养女如女，榛子自然可以掌管廖家所有产业。

张谆欢喜，廖十三老爷的眼登时睁大：“这，没上过族谱，不算数的。”按察使哼了一声：“是你廖家的族法大，还是户籍为大？”这还用说？廖十三老爷的声音很小：“自然是户籍为大。可民间也有上了族谱才……”

按察使把惊堂木一拍就道：“你既然知道户籍为大，那你还争什么民间上了族谱才认？况且那族谱，谁家不是数年一修，万一这等不到修族谱人就死了，难道就认为这人没有孩子吗？廖家户籍之上，杜氏以外甥女的身份被廖某收养，同居已然九年。俗例，同居三年以上，则收养关系已成。那杜氏以养女身份得到廖家所有产业也是理所应当。”

廖十三老爷没想到这官说得这样干脆，忍了半日才道：“可是，这孩子，已经上过族谱，是族兄的嗣子。”按察使不耐烦地道：“但廖家户籍之上，并无这么一个养子，但你廖家既已上了族谱，那你回去和杜氏商量要给他些什么吧。本官事忙，哪有空料理这些上不上族谱的事，本官只知道，朝廷只认户籍。”

说着按察使提起笔，唰唰写起判词来，接着把那判词用印，吩咐书办贴出去，就拍下惊堂木：“退堂！”张谆欢喜无限，恭敬地给官儿行礼，廖十三老爷丧魂落魄，没想到这件事，竟在这里等着。衙役已经来赶他们：“快些出去吧，老爷都退堂了。”张谆应是，给衙役递上了几两银子，衙役掂了掂银子咧嘴一笑就去赶廖十三老爷，廖十三老爷只有把那已经吓木了的孩子扯在手里离开衙门。

张谆刚走出衙门，秦清就迎上前：“如何？”张谆哈哈大笑一声才道：“按察使大人真是明辨，说小姐和东家已同居九年，自是养女身份，东家遗嘱把家产留给小姐，那是合情合理的。”

竟还有这么一件事，秦清也很欢喜，让小厮赶紧回家去告诉榛子这个好消息，这里就拉住张谆：“走，我们去酒楼喝一杯去。你不知道，你们小姐有喜这些日子，闻不得酒味，我只好偷着喝酒，等喝完了在外面散完了才敢回家。”张谆不由哈哈大笑，和秦清往酒楼去。

张谆他们这边是欢欢喜喜，廖十三老爷心里却在转着别的念头，五千银子，已经被自己花了一千了，柳三爷要真逼自己还回去，那可怎么办？

那孩子见出了衙门，重新活泼起来，伸手去扯廖十三老爷的袖子："大伯，我们已经上过了衙门，是不是去住大屋？大屋里好多漂亮东西。"廖十三老爷被这孩子扯了袖子，心里本就恼怒，不由把这孩子往地上一墩："就是你不会说话，才让我们住不了大屋。"这孩子进京这些日子，被廖十三老爷哄得很好，此时见廖十三老爷变脸，不由眼睛一挤就哭起来，本以为廖十三老爷会来哄自己，谁知哭了半晌也不见廖十三老爷来哄自己。不由把眼睁开，见廖十三老爷已经消失，登时害怕起来。

他是在村里到处跑的孩子，性子要野一些，猜着廖十三老爷只怕是不要自己了，也就不哭，仔细想着这回去的路。在那宅子也住了好几个月，廖十三老爷又时时带他出来玩，他还是记得路的，跑到旁边的摊子里问过了宅子那条街上的那座酒楼怎么走。这孩子就顺着路自己往回走，等走到大街上，他又记得路了，就散开脚步往那宅子跑去。

他虽人小腿短，也只比廖十三老爷晚到一会儿，拍门要人开门，小厮出来见了，眼都瞪大："你不是自己淘气跑走了？老爷还说让我们等等去找你。"这孩子推开小厮就往屋里跑，廖十三老爷见人进来，刚要开口说话，就被这孩子一头撞上，口里还在骂，不外就是些村话。

廖十三老爷把这孩子紧紧抓住，正要打他几下子，小厮就进来："老爷，那个管事又来了。"这会儿官司打输的消息只怕全城都晓得了，廖十三老爷本想趁乱赶紧收拾东西，然后带着人悄悄离京。现在瞧来，这打算是做不到了。廖十三老爷不由闭眼叹息，真是龙游浅滩被虾戏，要是在自己家乡，有什么好怕的？

榛子宅子这时是笑语欢声，官司已经赢了，秦清和张谆上酒楼喝酒，榛子就把绿丫也请了来，三人坐在那说说笑笑。绿丫让秀儿说怎么认得奉圣夫人的，听秀儿说了一遍又一遍。秀儿都有些不耐了："绿丫，你都问了这么多遍了。"

绿丫笑嘻嘻地道："还想多问几遍呢，这世上的事，真是说不清楚。要不是开了那么个铺子，也不会认得。而秀儿开这么个铺子，为的是柳家不许秀儿再做梳头的生意。这事情，竟是一扣一环。"

秀儿想着也笑了："说的是呢，若不是这样，我也不会认得这么个人，虽说她以后不再来了，可是阿弥陀佛，我还是要给她供个长生牌位。"

眉姨娘端上茶果，官司打赢她最开心，顺着这话就笑了："我要说一句，你们也别笑话我。当初小姐刚和你们见面的时候，我心里还想着，这么几个人，怎么能帮忙，就算为了旧情，也未免太亲热了。现在我才敢大胆地说一句，这事啊，亏得你们，若不是有张掌柜在那帮着，只怕人心浮动得更厉害呢。”

榛子笑了：“官司虽然是赢了，可现在才刚开始呢，这些掌柜们，只怕还有别样心思。”绿丫把手放到榛子肚子上道：“你还怀着孩子呢，这些事就别想了。”

榛子拍拍绿丫的手：“什么别想了，就是为了孩子，我才要想得更多呢。再说，总要多动动脑，省得我平日闲着，没事可做。”几个人又笑了。丫鬟走进来道：“奶奶，廖家那位十三老爷，说要见您呢。”

见自己？这会儿来见自己，只怕是求和的，眉姨娘已经把脸沉下：“这样的人，早日赶出去才是，免得理了他们，他们又跟癞皮狗样地沾上了。”榛子的眉微微一皱就对眉姨娘道:“我晓得，可是有句说句，不管怎么说，他也姓廖，我有分寸的。”

说着榛子吩咐丫鬟请他进来，眉姨娘见榛子有主意，也就不再劝说。但还是怕榛子出事，和绿丫秀儿三人坐到厅上一起陪榛子见廖十三老爷。

廖十三老爷又被柳三爷恐吓一阵，柳三爷还要和他拿那五千银子。廖十三老爷也不是那样泼皮无赖，一吓就答应等后日就把银子凑齐。可别说那些银子已经被花用得不少，就算加上两次从廖老爷那里得来的银子也不够，更何况廖十三老爷压根就不想把银子拿出来。

思来想去，倒不如把这消息卖给榛子，好从她手里拿出些银子添补上。这才急急去求见榛子。在那等了一会儿，听到让自己进去，廖十三老爷把帽子扯了半边，衣衫也扯掉一个角，这才走进去。

见了榛子，不等说话廖十三老爷就扑倒在地大哭起来:“外甥女，你救救我，救救我！”这架势差点让眉姨娘笑出来。他怎么说也是自己娘的族人，榛子咳嗽一声：“十三老爷，请起来吧，我不过是一个要占了你廖家产业的外人，当不得你的礼。”

廖十三老爷当然知道榛子对自己没什么好言好语，哭着抬起头:“外甥女，我晓得我是糊涂油蒙了心，才想着和你打官司，可你也要知道，我是真为七哥好。”

见榛子脸上闪过不屑，廖十三老爷又把话咽下去：“横竖现在你官司也赢了。可是外甥女你也要知道，我不过是个乡下人，如果没人在我面前撺掇，我怎么敢上京来打官司，外甥女，你可想知道是谁在背后撺掇我吗？”

“算来算去不就是那么几家，我没兴趣知道！”榛子冷冷地说，这一句立即让廖十三老爷的心开始往下沉，但无论如何，榛子这里，才是他最后的希望，不然的话，只怕才出京城，就被柳三爷寻人打死了。他抽泣着说：“外甥女，我晓得你恨我。也是，我做舅舅的，不但没照顾你，还让你受了这么多的苦。可是外甥女，这一切我都不知道，现在我才晓得，亲的总是亲的，那些外人，别看他们说得那么好听，其实只是想从你这里挖一块肉。”

廖十三老爷声音诚恳，简直要把心都挖出来给榛子，榛子却只但笑不语。这让廖十三老爷越发心急，如果榛子这里拿不到银子，那怎么去应付柳三爷？没有了银子，要怎么回乡？难道真要死在这里？

廖十三老爷越想越伤心，方才还只是半真半假，这会儿就全真起来了：“外甥女，我晓得，我是被人骗了，你帮帮我，把银子给我凑上，不然的话，我就会死在这里。柳三爷，柳三爷说，我要是不还银子，不等到出京，他就寻人来打死我。还说我这样的外乡人，又和你闹翻了，绝没人管我。外甥女，别不瞧，你就瞧在当年你娘还活着的时候，也叫过我几声兄弟的份上吧。”

说着廖十三老爷大哭起来，这会儿是真的大哭，不带一丝掺假。眉姨娘总是女人心性，见廖十三老爷哭得这么伤心，眼不由往榛子那边瞧去。榛子等廖十三老爷哭完才冷冷地道：“你现在回去收拾东西，赶紧离开京城，我会让人送你回去，直到回到家乡。回到家乡，我想你也不会害怕了。”

让人送自己回去？那银子？榛子已经不想理他，柳三爷不是什么好人，能阴了他的银子就阴了他的银子，何必去想那些别的。说着榛子就要叫管家，廖十三老爷急忙问出来：“那柳家的银子？”

“那些银子，自然带走，当初他把这银子给你时候，为做得机密，定没有见证，你怕什么？拿走就是。你回去把东西收拾好了，明早就有人送你回去。你放心，虽然你们对不起我，可你方才有句话说得对，为了我娘活着的时候曾叫过你几声兄弟，我也不为难你。赶紧走吧，以后，休再要来京城。”

榛子话里的不耐廖十三老爷已经听出，但他还是不死心问道：“七哥就葬在这里，不回乡了？要知道家乡还有……”家乡还有什么，榛子当然晓得，她打断廖十三老爷的话：“等再过几年，我会回乡把外祖父母和我爹娘的坟都迁来。家乡，要有亲人在的地方才是家乡，而不是陌生人在的地方。”

迁走坟墓，那就代表再不回去，和廖家彻底决裂，廖十三老爷还是有些不死心：“可……”

“没有什么可是，十三老爷，廖家族内的所作所为，让人伤透了心，谁也不是傻子，要自己回乡受你们的欺负。明儿你回去，我会送一百两银子给你们做盘缠，等我回去迁坟时，廖十三老爷，愿你记得今日你说的话。若要阻拦，那时休要怪我。”

明明眼前只是一个普通妇人，可廖十三老爷还是觉得身上一阵阵寒冷，管家已经走到厅前，请廖十三老爷离去，廖十三老爷转身离去。想到行囊里多出的那几千银子，这样算来，这趟京城也不算白来，只是那个孩子有些麻烦，到时把他带回去再给他爹娘就是，那所谓上族谱的话，本来也就是哄人的，算不得什么。

见廖十三老爷离开，眉姨娘才拍拍胸口：“阿弥陀佛，总算走了。以后这日子，也能清清静静过了。你不晓得，方才我还有些害怕，害怕他发怒。”榛子淡淡一笑：“姨娘，你年纪比绿丫和秀儿都要大呢，怎么比她们还害怕？”眉姨娘的脸不由一红：“我怎能和她们比呢？她们吃了那么些苦，早宠辱不惊了，我这辈子，除了在家那几年，剩下日子，都是在那后院里，这见识，总比不上她们。”

榛子抿唇一笑：“姨娘现在和原来不一样了。”眉姨娘的笑还是那样不好意思：“我，等再历练几年，也就好了。”绿丫和秀儿都笑起来，厨房已经送来晚饭，众人吃完晚饭说笑一会儿也就各自归家。

绿丫在等轿子的时候握住秀儿的手道：“你瞧，现在多好，秀儿，我现在好欢喜，欢喜得想大声歌唱。”

“我认得你这么些年，还从不晓得，你会唱小曲。”绿丫把秀儿的袖子扯一下：“就你笑话我，你忘了，我们那时候，有时候觉得熬不过去，就唱小曲，还编了骂张婶子的小曲呢。其实现在想起来，张婶子虽然不好，可也比……要好多了。”

“我上几个月，在街上瞧见张婶子了，她还是那个样子，只是老了些，大概她这些年，也过得不错吧。”秀儿的话让绿丫转向她：“那，她，还有当初那个孩子呢？”

“她没认出我来，我瞧她脚步匆匆，想来是在什么酒楼帮忙，她手艺好，在酒楼也是合适的。那个孩子，如果活着的话也快十岁了。但我觉得不大可能活着。”小儿夭折常见，特别是这样又没奶喂着的小儿。

想到为了这个孩子，屈三爷也是费尽心机，屈三娘子谋划很久，可他们俩争抢这么些年，最后又落得什么呢？屈三爷死在恶狗口下，被丢在乱葬岗里。屈三娘子跟着别人跑了，也不知那个人待她如何，但这样因色而结合的，等到年老色衰，一切都会消失。绿丫感慨完，转头看向秀儿。

此时已经入春，秀儿鬓发薄如蝉翼，耳边的珍珠坠子在那轻轻摇摆，脸白如玉，身上的玉色衫子在微风中轻轻摆动。秀儿就在这里，她并没消失，就算经过了那么多，她还是她。绿丫舒心地笑了，一切都已过去，未来会更美好，美好得就像此时向这边走来的张谆面上的笑容一样。

秀儿往旁边走了一步，对张谆道："就这么几步路，还要来接，难道是怕我拐走了她？"张谆呵呵一笑才道："话不是这么说，我是和姑爷一起回来，问过你们都在这里，就想着顺路来接。"

秀儿的轿子已经到了，秀儿上了轿才对绿丫笑着道："得，赶紧回去吧，等得空了我们再在一起说话。"绿丫和她挥手道别，踏着落日余晖，秀儿掀起轿后的帘子，见张谆夫妻已经携手往另一个方向去了。秀儿不由一笑，这世间的事就是这样奇妙，能有今时今日的境遇，已经足够了。至于别的，不去强求。

廖十三老爷听了榛子的话，回家后就把行李急急收拾起来，把那两个雇来的粗使婆子也打发了，因着有了几日恩爱，工钱除外，还多给了两人一样首饰做谢礼。害怕柳三爷晓得，连房东都没去寻，放在那的一个押月也没要。收拾好了行李，差不多是三更时分，廖十三老爷瞧着这些行李，眼巴巴地等着天亮，好溜之大吉。

五更时分有人敲门，廖十三老爷让小厮先过去瞧瞧，问过来人，晓得是榛子派来的人。廖十三老爷还怕这些人骗自己，直到这些人拿出有榛字印的条子，廖十三老爷这才安心，见他们已经雇好了车，也就把行李放在车上，带好了人，神不知鬼不觉地走了。

天色大亮时，柳三爷安排的人这才过来，瞧见大门大开，急忙窜进去见里面人去屋空，晓得不好。急忙回去告诉柳三爷。

柳三爷那日和柳三奶奶吵架，要把柳三奶奶关进柴房的事岳父母已经晓得，岳父母带了舅子上门要和柳三爷理论，柳三爷差点被舅子把帽子扯掉，这边还没绊清楚，听得来人说廖十三老爷走了。也就把岳父母撂在那里，急匆匆往那宅子赶。

房东也晓得房客走了，好在这是先收房租后租的，不但多捞了半个月房钱还有一个押月呢，兴高采烈让人在门口贴吉屋招租的招贴。瞧见柳三爷带人过来，还以为这是来租房子的，等知道是来问先头那个房客的，立即眼睛不是眼睛鼻子不是鼻子地道："他又没欠我房租，我哪晓得人去了哪里？还要请您往别处站下，免得人瞧不见我这租房子的招贴。”

柳三爷此时也没空和这房东争执，立即又寻来人让他们顺着大路追出去，务必要寻到廖十三老爷，把人给自己带回来。那些人听了也就往城外追，追了差不多三十里地，回来报信，说没追到廖十三老爷。

柳三爷得到回报，气得眼都差不多直了，不但没追回人，又额外多出了赏银。此时他已经知道廖十三老爷去见过榛子，情知这是榛子安排廖十三老爷走的。

“杜氏，我和你誓不两立。”柳三爷口里骂着，把茶杯生生一捏，这回是真把茶杯给捏碎了，见到血出，柳三爷大叫起来，倒吓得丫鬟们赶紧寻药的寻药，禀告柳太太的禀告柳太太，忙成一团，却没人敢安慰柳三爷一句。

等柳太太赶来，见儿子面上这样灰败，想起自己兄弟也不管自己这事，眼泪不由吧嗒往下流。柳三爷倒笑了:“娘,事情还没结束呢,您别担心。”杜氏，你我不死不休。

青門柱

第 30 章　流　年

下了一阵小雪珠，接着那雪开始变大。绿丫把手探出看了看那雪，对小柳条道："今年冬天只怕冷，那舍出去的一百斤米，给了没有？"

小柳条点头："已经给了，那寺里的师傅还说，奶奶心肠好，这以后，定是富贵人。"绿丫觉得手已经有些冻了，把手缩回来笑道："什么富贵人，不过是有力量就做好事罢了。要像榛子，那才不一样呢。前儿不是还说，她拿了一千件棉袄出去给那些老人。更别提这施米架桥这些事。"

小柳条给绿丫倒了杯热茶："我前儿去给米的时候，师傅还说，全城都晓得秦家三奶奶是个善心人，还说这样的善心人，才能一胎就得了儿子。还说那些人都在念佛，保佑老爷来生托生到大富大贵的人家。"

两人说着闲话，绿丫的眉倒微微皱了皱，又要过年了，这一年发生了那么多的事。榛子在九月生了个儿子，虽然闺女也好，但榛子瞧见是个儿子的时候还是忍不住哭出来，京城里的流言一直都没断过，不外就是说榛子为人狠毒，觍着脸要廖家的钱财，准定生不出儿子来。现在榛子生下儿子，无异堵住那些人的嘴。

这背后放流言的人是谁不用想都能知道，柳三爷原本就是个睚眦必报的，吃了那么大的亏，不放流言就不是他了。今年榛子有孕在身，生下孩子总还要调养，等明年，柳家就瞧好吧。绿丫收起思绪，刚要让小柳条出去问问把小全哥接回来没有，就听到外头传来小全哥的笑声："爹爹，骑大马，再骑一回。"

绿丫把帘子掀起瞧着被张谆高高架在肩上的小全哥："你们父子这是做什么呢？你儿子年纪小，你也小不成？"张谆哎呀一声把儿子放下来，在手里悠了悠才把他往地上一放："瞧，我就说你娘不高兴了。"

小全哥笑得咯咯的，容儿也从屋里跑出来:“爹爹，我也要骑。”这两孩子，小时候还好，越大越不省心。绿丫一把把女儿给拉回来：“穿这么个小袄就往外跑，也不怕冷。”容儿挣脱开绿丫的手就跑向张谆：“爹爹，爹爹，骑大马。”

张谆把女儿抱起：“好，骑大马。”绿丫伸手往丈夫身上拍了几下：“就你把他俩给惯坏的，这一身的雪呢，赶紧进屋，不然都冻上了，全病了我可不伺候。”

容儿想说不冷，可张嘴先打了个喷嚏。张谆进了屋，绿丫把容儿抱下来交给小柳条，让她把小全哥和容儿身上的雪都打掉，给他们换上暖和衣衫。自己拿着掸帚扫着张谆身上的雪，扫完了让张谆把衣衫脱下来，换上外衫让小柳条把衣衫都收拾出去用火烘，嘴里抱怨不迭。

张谆笑嘻嘻地听着妻子的抱怨，坐在火盆边把手往火上烘烘拿着热茶这才开口：“我今儿高兴，正好路过学堂就去接儿子，小孩子都喜欢下雪，陪他们玩玩也平常，一年到头也就那么几次，你就别抱怨了。”

小全哥和容儿都围在爹的身边，听爹这样说就齐齐点头：“平常事，娘，你就别抱怨了！”绿丫上前一人给了一个爆栗才道：“全是你们爹把你们惯坏的，我再不管严些，你们一个个早上房了。”

小全哥笑嘻嘻地说：“秀姨也不管锦儿妹妹，可锦儿妹妹还是那么乖。”容儿也在一边点头，这一搭一合的，还真是配合默契。绿丫又是恼又是笑，想了想才道：“那你们就更要乖，不然的话，娘就不带你们去见锦儿了，还有你们玉姐姐。”

这可不成，容儿首先嚷出来：“玉姐姐答应给我做荷包呢。”小全哥也嚷：“柱子要和我去放炮呢。”一个赛一个的淘气，绿丫又往两孩子屁股上各打了一巴掌，让小全哥教妹妹写字。这事小全哥喜欢，可以鄙视妹妹没自己聪明，立即带着妹妹趴到旁边的桌子上两兄妹就在那写起字来。

这下耳根清净了，绿丫拿过针线继续做着才问张谆：“你今儿欢喜什么？是不是过年了，要放分红了？”年年分红都有，现在多挣一千还是两千银子，对张谆来说，不是那么太在意了。听妻子这样说就道：“这分红虽是大事，但我们家也不等这些银子过年。我高兴的是，广州那边外洋来的货，从八月在铺子里开始卖，生意颇好，如果这条路走得成，那以后，就再不用担心了。”

放弃原有的生意重新寻一条路子，谈何容易，廖老爷生前用了两三年的工夫来进行布置，到他去世时候，也不过是刚刚有点小规模。而这条路如果不成，那廖家就是个正经的空壳子。绿丫不由长舒一口气：“阿弥陀佛，总算这样了。我一直在担心……”

张谆拍拍妻子的手，示意她不要太过担心才道：“这一年里，你在朱婶子那里的银子，共有多少？”绿丫心里算了算：“我们一家子，虽然人比原来多，但一年花销五百银子已经足够了。我又不攒私房银子，朱婶子那里，现在总共有两千五百两，她昨儿还和我说，今年生意好，分红能有四百两，我想着，索性把这些分红也放进去，再添上一百，凑个整数，三千两。”

张谆点头：“这就对了，朱婶子这边的绸缎生意做得越发大了，只怕有……”张谆又算了算，沉吟一下才道：“只怕比朱叔父临走时候多了四五倍。”

这个数字吓了绿丫一跳：“多了四五倍，那就是近十万了，那朱家现在也是大商家了。当初你没答应娶朱小姐，现在好了，放走这么多银子！”张谆打妻子手一下：“多久前的事你还拿出来说？我们现在这样，丰衣足食已经够了，银子多用少用还不是一样？”

绿丫故意装作不信：“真的？”张谆就差举手对老天发誓了，绿丫才道，“逗你呢，只是原来这一份，朱二爷还来罗涅，现在这产业更多，朱二爷要知道了，还不晓得会怎样。”

张谆并不把朱二爷放在眼里：“那边是朱大爷当家，朱大爷是个精明人，就算朱二爷知道了，也不会放他再来闹。真惹朱太太怒了，一年少了那么多进项呢。”绿丫摇头：“瞧瞧，你现在可是正经商人了，一口一个银子啊，算计啊。”

“可我没有忘，人还有良心，至于别的时候，当然是银子啊算计啊。”绿丫又笑了，两人讲些别的闲话。

有人欢喜就有人愁，柳三爷也在盘账，眼瞪着对面的大掌柜：“这些账没问题吧？今年的利息，怎么比去年少了整整三成？”少了三成就是近两万银子。这可不是少数，大掌柜已经道：“三爷，这账我盘了好几遍了，确实没问题。今年我们虽说又多了两家绸缎庄，可开销也大了。还有虽然做了宫里的生意，但宫里的生意，历来都是赔本的。别的地方，又销不掉那么多的绸缎，利息这才少了。而且廖家现在虽然被我们打压的铺子少了，但朱家趁机起来了。我算着，朱家现在的生意，比原先好了几倍。”

朱家，当年朱家可还是要仰自家鼻息过日子的，柳三爷又瞧了瞧账，这才把账收了：“朱家什么时候，变得这么的……”柳三爷可不肯承认别人比自己强，后面的话并没说下去，大掌柜笑一笑：“朱太太虽是女人，却也能干，再加上朱大爷，他们联手的话，还真是……”

“朱大爷不是嫡出吗？我才不信，他会这样心无芥蒂地和朱太太来往。”柳三爷打断大掌柜的话。

“朱大爷的确是嫡出，可这是做生意，人脉银子都要，这些都握在朱太太手里，朱大爷要来往也平常。”一口一个平常把柳三爷说得越发恼怒，手又握紧茶杯：“朱大爷想来也回家过年去了，等他过年回来，我要见他。”大掌柜应是：“这账，三爷还是交给老爷？”

不提这个柳三爷还不觉得头疼，一提这个柳三爷就头疼了，足足少了三成利息，这可都是白花花的银子，只怕又要挨父亲的一场训了。可还是要去，柳三爷只点一点头，大掌柜明白，也就退出去。

“孽障，混账东西，少了三成，你的能干到底在哪里？”账本送上去，柳老爷自然发了一场脾气。柳三爷恭敬垂手站在那里，把大掌柜说的话又原样说了一回。柳老爷更加气恼，把账本一摔，“这些话哄别人算了，哄我，你当你老子从没做过生意吗？再给你一个季度，若再不好转，就别来我面前。老子现生一个儿子养大了，也比你们三个好。”

这话让柳三爷的眼里闪出一丝恼怒，但这恼怒很快消失，不由瞧向正在哄柳老爷的姨娘，厨房那些人是怎么做的？让他们悄悄地在父亲和姨娘的饮食里添些阴寒的，能让人绝欲的东西，怎么到现在两三年了都半点不起效？前头那个姨娘竟然还大肚子过，想了许多办法，才让那肚子消了。现在老爹又娶一个，也不晓得他哪来这么大精神？

柳三爷心里想着，面上依旧恭敬，又听了几句骂也就退出来，瞧着那越来越大的雪，柳三爷脸上神色越来越阴郁，自己定不会就此被打倒，一定能想出办法的。等朱大爷回来了，要寻他好好说说，毕竟论起人脉和银子，当然是自己这里多。

“呦，秀儿，我这才两天没见你，怎么这打扮得越发好了，不说的话，我还认不出呢。”过年总要各处去拜年，兰花带了孩子往榛子这边拜年，一进上房就瞧见秀儿，仔细瞧过了就打趣起来。

“兰花姐连你也来笑话我，这还是锦儿的主意，说这样好看。也不晓得她小小人儿，怎么晓得什么好看什么不好看，硬要我戴这支簪子。”秀儿靠在熏笼旁边，怀里抱着榛子的儿子在逗弄，笑眯眯地说。

“锦儿也来了，怎么不见她？”兰花让玉儿柱子两个去给榛子秀儿绿丫挨个磕头拜年，都得了装金银锞子的荷包，磕完头兰花才笑着问锦儿在哪。

榛子往旁边指：“绿丫嫌孩子们吵得头疼，让丫鬟带着他们在旁边玩呢。

我想啊，要不要把他们也叫出来，给兰花姐你磕头拜年，好收份拜年钱。”

“要，当然要得！”兰花说着，玉儿就把一个小包袱拿出来：“这是我做的荷包呢，娘说，拜年的时候带上，装上几个新制大钱，又好看又喜庆。”

“你是来显摆你做的荷包吧？”绿丫把玉儿搂在怀里笑吟吟地说。玉儿今年已经八岁，生得眉目如画肌肤如雪，过年又穿了一身新衣衫，任谁也瞧不出她不过是个衙役的女儿。被绿丫搂在怀里玉儿就道：“舅母，你和两个姨姨，还有娘，做的荷包都没我做的好看。”

秀儿乐得把玉儿从绿丫怀里拉过来搂在自己怀里：“瞧这小嘴伶俐的，你娘可不这样，也不晓得和谁学的？”玉儿的眼瞪大一些：“当然是和姨姨们学的，秀姨，您可是这出了名的嘴皮子利索，我也要学您，等十三四岁时，去您铺子里给自己挣嫁妆去！”

兰花打女儿一下：“这都胡说八道什么？还要给你自己挣嫁妆，你的嫁妆，我和你爹能挣。你啊，就好好地在家帮我们。”玉儿皱皱小鼻子，榛子笑了：“嫌你娘给你挣的嫁妆不够多啊，姨姨给你。”

“这可不成，把她惯坏了，总也要晓得稼穑艰难，不然这没了银子就要和别人去要，可不成。”兰花阻止玉儿说出的谢，让她带了柱子去和锦儿她们玩去，这边就和榛子道，“晓得你疼孩子，可我仔细琢磨过了，这孩子，好日子要能过，坏日子也要能过。如果只能过好日子，等遇到难处了，就只会哭，这可不成。”

“兰花姐也和原来不一样了，能讲这些道理了。”榛子被反驳并不以为忤，依旧笑着说。兰花的脸不由一红就道：“我现在当娘了，和原来可不一样，况且都说玉儿有福气，以后只怕能做秀才娘子，我就想着，这要做秀才娘子的人，可不能像我这样，就去请教学堂里先生的娘子，听她说了许多道理，还有玉儿和柱子学着的书，我有空了也翻翻瞧瞧。总不能还一个大字不识。”

秀儿和绿丫也笑了，几个人坐在屋里，说着闲话，瞧着外面的天，春来了，很多事情都该开始了。

初五铺子就开门，循例这日榛子也要往各铺子走走，给伙计们发开年的赏封，讨个吉利。沈大掌柜辞工以后，榛子并没指定新的大掌柜，只是在去年年底分红时候，让张谆多拿了一成分红，却也没说让张谆顶替大掌柜。张谆也不着急，就像和绿丫说的一样，这银子，多一千少一千也就那么过，过日子，要紧的是踏踏实实的，而不是想东想西。

陪着榛子到各铺子都去过，榛子自回家去，张谆也打算回家，还没出门小裘掌柜就走过来，笑嘻嘻地道：“二掌柜，今儿啊，既是新年头一日开张，不如我们去酒楼喝一杯去。”

小裘掌柜这一年来，和张谆相处得也很好，张谆不由笑了："这才初五，也不晓得有没有酒楼开张呢。”小裘掌柜嗨了一声:“亏得我们这没有开酒楼呢，你这就不知道了吧？年年都有人因为来不及赶回去过年在这京城留住的，总有小饭铺开张，不然的话，他们吃什么喝什么？”

既然如此，张谆也就跟小裘掌柜来到街上，虽然初五这日不少铺子卸下门板，但市面上还是没那么热闹，走了三家酒楼才遇到一家开张的，却也是门庭冷落，连伙计都没几个。

小裘掌柜拉着张谆进到包厢，伙计先送上两碟小菜，一壶酒，小裘掌柜点了菜让伙计快着点上，这才倒了杯酒给张谆:“来，来，原本想去你家拜年的，可又不想抢这个热闹，今儿啊，也算拜年了。”

张谆喝了一口就把酒杯放下："我量浅，你素来晓得的。今儿啊，你寻我有什么话说？”小裘掌柜刚要开口，伙计已经端着四个热菜进来，小裘掌柜等伙计把菜放下才道:“过年人少，菜倒上得挺快。我和你说，我没去你家拜年，就在乡下陪我爹呢。结果从一个小厮嘴里听说了一件事，想了想这件事总不好直接告诉东家，毕竟小厮说的，也不晓得真假。就先来和你商量。”

张谆哦了一声就放下筷子，小裘掌柜压低嗓子道："我家这个小厮，他哥哥是在沈家的，就是沈大掌柜家。过年不是人人都要回去吗？他哥哥和小厮就说起闲话。说沈大掌柜原先和柳家过从甚密，柳三爷还来沈家吵过，只是因为来得机密，所以没人知道罢了。”

张谆的眉微微一皱就道："沈大掌柜已经辞了工，他儿子现在也不过就是个普通掌柜，就算……”小裘掌柜哧地一声笑出来："就晓得你年轻，以为不做大掌柜了就一了百了，不一样的。虽然去年赚的银子也不少，可是我们的绸缎生意，是越来越小了。绸缎庄已经关了三家。这里面，要没有沈家的通风报信，我是不信的。”

这要转做外洋来的货品的事，知道的人并不多，而且知道的都是守口如瓶的。即便八月里把外洋来的货品放在铺子里卖，打的理由也不过是近来绸缎生意越来越不好做，货品放在铺子里试着卖卖。张谆当然也不会告诉小裘掌柜，但这时小裘掌柜的话和榛子说过的，还有廖老爷生前说过的话，全部加在一起，张谆恍然，这一切都是计算好的。

用被柳家挤压的方式退出绸缎生意，再开辟一条新路子，然后还借此来挑出跟随的人中有异心的，一步步都在廖老爷计划之中。廖老爷，这个前东家，到底是个什么样的人，竟把人心算得一点都不误。

还能让如狐一样的沈大掌柜自以为得计，张谆垂下眼不让小裘掌柜瞧见自己眼里的惊讶，接着抬头笑道：“这事，还要劳烦小裘掌柜你多多打听，只是没打听得确实，还是不能告诉东家。”

小裘掌柜见张谆信了，这才松口气：“就是这句话，说句不爱听的，沈大掌柜跟了东家十来年，那银子也赚够了，现在儿子在这边，一年也有四五百两呢。他还不足，要说多赚些银子也是常态，可这竟然勾结外人想把东家的生意都给毁了，实在是……”

见小裘掌柜这一番表白的话，张谆淡淡一笑：“总不过一个利字。都是跟了东家那么些年的人了，觉得现在的东家该继续重用他们才是，谁知东家倒接了他辞工的话。”

小裘掌柜摇头：“这么想，你也太瞧不起沈大掌柜了，我瞧他那架势，可不是想被重用，而是要被东家当太上皇供着呢。说起来也是，东家毕竟是个女人，总有人想欺负。这一年东家又不闻不问，萧规曹随的样子，我这心里，可不得劲。”

张谆不由哈哈笑两声：“我晓得，你是想像原先一样，还是往宫里送绸缎，可是姑爷是做官的，若是和宫里的公公们过往甚密，对官声也不好。至于要像当初一样，可是也没有合适的人。”

这京中官家，光靠俸禄过日子的，十成里连一成都没有，都要靠别的生理。除了田庄之外，开铺子做生意的也很多，不过都不打自己家的名头，而是找个人出面，也有像王夫人一样，和廖老爷彼此合作，宾主相得的。像榛子这样，明明白白用自己的名头在外做生意的，只有一例。不过因榛子情况特殊，也只有人背后议论几句，说不了她别的。

小裘掌柜当然明白张谆的意思，唔了一声就道：“除此也是这摊子太大，不过我听说……”说着小裘掌柜就摇头，这也不过是传言，传言沈大掌柜当初想利用廖老爷去世，榛子接上的时候，去通王夫人的关节，要把廖老爷掌管的那些都接过来。这是明明白白的霸产，如果王夫人答应了，廖老爷失去了最大的支柱，只怕榛子不能顺利接掌廖家。

不过小裘掌柜觉得，沈大掌柜还没有这么大胆，这样真的做成功的话，只怕在京城也存身不住，只能变产离京。再说如果传言是实，那榛子能容下小沈继续做事才是怪事。因此小裘掌柜并没说出来，只把它当传言，又倒了杯酒，和张谆喝起来。

绿丫听得张谆今儿在外喝酒，让厨房收拾晚饭端上来，正在吃的时候，朱家那边来了个丫鬟，笑着对绿丫道：“张奶奶，我们太太请您过去说话呢。”这都晚饭时候，天都快黑了，什么样的大事要自己过去说话？绿丫心里疑惑，扒了几口饭，倒杯茶漱漱口，就往朱家来。

朱太太的气色是越来越好，见了绿丫就道：“这会儿是晚饭时候呢，倒是我的不是。只是这话极要紧，要人传话我也不放心。”说着朱太太眼一示意，下人们都退去。朱太太这才道：“大爷不是回家过年去了，二月初才会回来，那边的下人都是我安排过去的，今儿过来回我，说这两日，都有人过来寻他，打听大爷什么时候回来呢。”

绿丫不由噗嗤一声笑出来：“这有什么事，说起来，这男人没几个可信的，只怕是大爷在外有什么相好，这大爷回去过年，又没留下足够银子，才来寻呢。”朱太太打绿丫手一下：“你当我是没见识的吗？要是平常人，我也不会来寻你。那下人起初也是这样认为的，今儿突然想起，觉得有些眼熟，才想起这是柳家的下人。”

柳家下人打听朱大爷什么时候回来，绿丫略微一迟疑就道：“婶子，我听你侄女婿说，你家现在的生意涨了好几倍。”这不是什么秘密，朱太太点头：“这也是要靠你们那边的帮衬。再加上大爷是个精明人，柳家和你们家的恩怨我也晓得的，只怕柳家想拉我家来对付。”

算起来那边还是亲戚呢，绿丫忍不住往外瞧一眼才压低声音道：“那边，总是妹夫的亲姨妈。”

朱太太鼻子里哼出一声，接着就道：“我也不瞒你，柳家那边，当初柳太太待你妹夫其实有些不好。不过呢，总算是把你妹夫养大了，也只能记恩不能记仇。可这两年，因了生意上的事，柳太太对你妹夫那是着实的不客气。你妹夫在外受了气，也只敢回来和你妹妹抱怨。我还是偶尔听到了，心里不由有些气。这做生意，总也要有个得法不得法，店开在大街上，总不能客人上门双手把他推出去，要他到别家去吧？原本呢我想着，能和柳家多合作总是好的，多条朋友多个路，更何况还是亲戚。可是这么些年下来，我瞧清楚了。”

朱太太这一番抱怨下来，内情如何绿丫还不晓得吗？忙安慰朱太太道：“这事，也要等大爷回来才晓得真假，只是……”朱太太鼻子里又哼出一声：“只是什么？绿丫，我是分得清好坏的人，你放心，柳家再花言巧语，也不会往那边去。”

绿丫忙道：“这做生意的事，我也不大清楚，只能帮您去给那边透个信。

只是妹夫会不会顾忌，总是亲亲的姨妈。”对自己女婿，朱太太还是明白的，急忙打包票：“都这么些年了，你妹夫是个什么脾气我是清楚的，况且他和你妹妹一心一意过日子。到时真出了什么，能助些银子就助些银子，甚至帮忙安置也没什么问题，也算尽了这份心。”

吴二爷能这样想就太好了，绿丫又和朱太太说了几句闲话也就告辞。等绿丫一告辞，朱小姐就从门里转出来：“娘，柳家那边，姐姐说得对，总是亲姨妈。”朱太太招手让女儿坐到自己身边，伸手就戳到她额头上：“你还是在我身边长大的，怎么还不如绿丫这么个人？柳家那边，若真好，自然是选柳家不选杜小姐那边。可这几年你还没瞧出来？那边啊，是看不起姑爷的，四时八节你送过去的礼，收是收了，可有一句好话没有？甚至吃春酒的时候，那边也没多少好话。这也就罢了，总是隔了几重肚皮的。可是这两年我们生意好，柳家生意不好，柳太太对姑爷是什么嘴脸？就差当面骂出了。我瞧着，再有那么几年，这柳家的生意迟早倒了，到时他们卷账回去，你去送上几百银子当作盘缠，也算尽了姑爷在他家住的那些年的心了。”

朱小姐被自己娘说得面一红就又道：“可这样做，会不会被骂白眼狼，白白养活了那么多年……”养活？朱太太这会儿是真的冷笑了：“我去打听过，你公公婆婆没了的时候，还是有万把银子的，这趟丧事一办下来，怎么就剩了一个光身人了？我瞧着，只怕是姑爷的舅舅和柳太太联手办丧事的时候，把这些银子吞了，总要给个交代，也就把人收留在家里养活，免得被人说孤儿无人收留。这种切猫尾拌猫饭的事，他家做得，难道别人就打听不出来？”

朱小姐啊了一声就道:“还有这么回事？”朱太太拍拍女儿的手,忍不住道:“亏得昭儿不随你,要随了你,我这真是闭眼都不安心。”朱小姐有些撒娇地道:“娘，女儿这也是福气好，有你和爹疼，现在又有姑爷疼，等以后，昭儿长大，掌了家，我就更轻松了。”

朱太太忍不住把女儿抱在怀里：“是啊，你最有福气了。”朱小姐又一笑，既然什么事都有娘安排好了，那自己也就听说。朱太太唇边的笑意渐渐加大，自己女婿未必不明白当初柳太太那边做的事，只是怎么说也养了那么些年，有些事不好说出口，也不好做罢了。这有什么，自己可以做，自己说。

柳三爷既然想从朱大爷这边做文章，自然把朱家那边的情况给打听得清清楚楚，听得朱二爷曾来闹过事，这更让柳三爷欢喜，只恨来闹事的不是朱大爷，还要自己多麻烦些，但不管怎样，对拉拢朱大爷又有了几分把握。

转眼进了二月，朱大爷从家乡回来，这回却不是独自一个来的，朱二爷还跟了来。原来朱二爷这几年在家乡，打着奉养母亲的名头，却是喝酒赌钱无所不为。朱老爷虽分了他不少银子，但哪耐得住他这样花？眼看着现银子花完，就要动起田庄铺子。亏得朱二奶奶还算有几分见识，这银子花光了还可以挣，那些田庄铺子要没了，一家子也只有去喝西北风了。

因此趁某日朱二爷出门不在家，朱二奶奶收拾起细软田契，带了孩子却没回自己娘家，而是去寻自己婆婆，见了婆婆对着婆婆又哭又求，说起朱二爷的这些荒唐事，又求婆婆把这些细软田契都收好，免得朱二爷回来寻到，把这些都给卖了。

这一下朱太太可是气得不小，又见孙儿们穿的，明显没有大房这边的好。忍不住滴下泪来，让朱大奶奶寻出好衣衫给孙儿们通身换过，又安慰住儿媳妇让她耐心等待。等朱二爷赌输了回家，要寻金银细软去抵时，却什么都没有，还当朱二奶奶卷包跑了，这些东西，也有上万银子，还要指望着拿来翻本。急急去寻自己娘要娘去把朱二奶奶给寻回来。

谁知方才进门，就被母亲几个巴掌打在脸上，接着哭了又哭骂了又骂，骂他不成人，爹老子在外头辛苦赚的钱，他不上几年就败光了。一两银子一两银子赚回来的，他只用了那么几年就败掉。

朱二爷再笨也晓得自己媳妇来寻娘告状，满口狡辩，越发引起朱太太的暴躁，让管家把他锁起来，不给饭吃，饿上几日再说。朱二爷开头还又求娘又骂媳妇，等饿了一天，他这样从小锦衣玉食长大的人，哪能经得起这样的饿，也就开始转了口。足足饿了他两日，朱太太才把儿子放出，又掰着口细说了几遍，让他不许出门，出门就打断他的腿。

朱二爷经了这么一场，日夜出入都有人死死瞧着，连朱二奶奶都不敢去骂一句。朱太太还怕他不收心，又花了五十两银子买了个娇俏的丫头专门来伺候他。朱二爷日逐和这丫头滚了些日子，渐渐又觉得无趣起来，想出去快活。可是现在全家大小的用度都是自己的娘亲自送到朱二奶奶手上，别说拿出去赌钱的银子，就算是丫头和自己撒娇要首饰，都要厚着脸皮去求朱二奶奶，朱二奶奶心情好了，还能赏丫头几样首饰，心情不好了，那就是不管不顾劈头盖脸骂一顿。

朱二爷在家虽有人陪伴，可就像坐牢似的，好容易挨到年底，见兄长回来，计上心头，何不跟哥哥出门？打着做生意的名头，到时出外快活些日子，横竖哥哥又不是爹，也不能十分管自己。主意一打定就去求自己的娘，朱太太原本不放心，可禁不住儿子软磨硬泡，再说朱家本就是做生意起家的，长子虽能干，可现已分家，也贴补不了次子多少。要他出去经些风雨，受些苦楚，说不定还能发起家来，这也不错。

于是朱太太亲自去和朱大爷说了，朱大爷听得弟弟要跟自己去做生意，倒愣住了，婉转拒绝，当不得朱二爷在那赌咒发誓，又说出去后定要听哥哥的，绝不乱来。朱大爷也就却不过弟弟的意思，把弟弟带在身边。

朱二奶奶听得丈夫要去做生意，仔细想了想也好，免得他在家里，总有人想来勾他的心，也免得瞧见丫头和他亲亲热热，戳自己的眼。况且这次出门，不但路费不用自己家出，连做生意的本也是婆婆拿出，也就收拾行李送丈夫出门。

朱二爷行囊里多出了娘给的一千两银子本钱，心里十分欢喜，刚出来第一日就忍不住了，但这是在路上，况且哥哥又眼见，总要等到了京城再说。因此虽装模作样买了些货物，每到一处却不像朱大爷一样到处去查看这有什么货好顺路贩了，也不去拜访那些路上的客商，总是催着朱大爷作速赶路。

行了二十多日，瞧见京城城墙，朱二爷欢喜无限，恨不得立即就去寻个赌钱的地，让自己好好地过瘾。但碍于哥哥在身边，也不敢露出欢喜劲儿。到了下处安置了，又被朱大爷拖着去见了朱太太，朱二爷十分不喜，可也要在那耐着性子听朱大爷和朱太太攀谈一番，见过吴二爷，又见了那几个外甥，吃过了饭好歹从朱家出来。

朱二爷就想寻个法子开溜，还在想法子呢，朱大爷瞧见张谆，忙停下脚步和张谆打招呼，正待介绍自己弟弟，谁知不见自己弟弟。朱大爷的眉不由皱起："也不知他往哪里去了？"

"令弟只怕不耐听我们说话，自己先回去了。朱兄今年的生意做得颇好，我瞧着，只怕再过些日子，就能把生意做进宫里了。"朱大爷听了这话，这喜意是止不住的，接着就道："全仗张兄帮衬，只是那老爷爷，我们都想见他，可没有能见的机会。"张谆笑着道："总有机会的，这会儿也晚了，我先回家了。"

两人说声告辞也就各自分开，张谆回家把遇到朱家兄弟的事说了，绿丫就道："朱二爷这人，和朱大爷总是不一样的。也不晓得这回进京，会不会惹出什么祸事来？"张谆打个哈欠："理他呢，横竖有朱大爷。今儿喝了两杯酒，就不和孩子们玩了，免得小全哥有样学样。"

绿丫瞟自己丈夫一眼："既然晓得喝了酒，还不快些去睡。以后这应酬啊，能免就免。"张谆应了，往床上一躺已经睡着，绿丫拿起针线继续做起来，这日子看起来和平常一样平静。

朱大爷回到下处，不见自己弟弟回来，问过下人，晓得他并没回来，难道说他初到京一日，就去逛去了？想到娘的叮嘱，朱大爷急得热锅上的蚂蚁一般，在那转了数次，等到快要开夜禁的时候，朱二爷总算一歪一倒地回来。闻到弟弟身上的酒味，朱大爷就怒了："你这是去哪了？这到京才头一日，就喝得醉成这样。"

朱二爷打个哈欠："遇到个朋友，说了几句就约去他家喝酒了。哥哥，我先睡了。"朱大爷越发气了："还遇到朋友，你一直在家乡，哪有什么朋友。"

朱二爷瞧着哥哥，转转脖子道："哥哥，我是没有你能干，不常出家乡，可我也是出过门来过京城的，难道不许我在京城认识人？"说着朱二爷就把朱大爷推开，歪歪倒倒往自己房里去了。朱大爷在那转了几圈才吩咐管家："他要再这样，不许让人去伺候，还有，告诉账房，不许给他支钱。"

管家连连应是，朱大爷打定了主意才歇下，横竖晓得朱二爷带了多少银子什么货物来的，千把两银子的事，他败光了也就把他送回家去，到时再把这银子补给自己娘就好。

"好，好，好！"听得朱家两弟兄并不和睦，朱二爷还喜好喝酒赌钱，柳三爷连说三个好字。倒是报信的人有些忧心忡忡地道："三爷，可是朱家已经分家了，再说……"

柳三爷横这人一眼："分家了怕什么？他们姓朱，是一家子。再说了，难道你们不想发财？这样的藨水，你们几年才能遇到一回？这回赚的银子，我一分都不沾，全给你们。"这人听得柳三爷的话，用手摸摸下巴的胡子就道："果然还是三爷聪慧，那我也就回去安排。"

柳三爷点头，见这人离开，柳三爷这才把杯中酒喝干，把那么个没见过花花世界的人送到京城，朱大爷可还真是放心。

朱二爷本就撒了谎，那日他悄悄离开，在巷口撞到了人，原本想开口骂，谁知这人先道歉，接着袖子里带出骰子来，这赌徒见了骰子，就跟苍蝇见了血一样，急忙把人拉住，说了几句，两人就亲亲热热，先去一个地方吃了三杯，然后就开起场来。

朱二爷这回的手气极好，赢了总有十两银子，想着哥哥厉害，也就匆匆回家。此后早出晚归，早已和那人成了莫逆，这样行走的人，哪有什么正经名姓，不过叫个李四罢了。这日朱二爷见天色已晚又要走，李四就道："还是不是朋友了？回回赢了钱就走，你是专门来赢我们钱的？"

李四一开口，王二麻子也就接上："朱兄弟，你这可不厚道，这赢了我们也有四五十两银子了，见天晚了就走，不够朋友。”朱二爷这几日虽然中间有赢有输，但每回算下账来，总能赢上几两银子，他听了这话就把二两银子拿出来：“我家兄长管我甚严，我啊，还要回去。”

张三口里的酒喷出来：“兄长，又不是爹，原本以为朱兄弟是个英雄，谁知竟这样怕兄长。”李四双手连连直摆：“这可不能说，朱兄弟父亲已经过世，俗话说长兄如父，这也是难免的。”张三不乐意了，被这么一激，朱二爷心一横就坐下来，又和他们昏天黑地地赌起来，赌了一夜天大亮时才散场，朱二爷这一晚的手气极好，已经赢了百来两银子。

李四怪叫起来：“早晓得不留朱兄弟了，瞧瞧，赢了我们这么些银子去。”王二麻子也在那跟着怪叫。朱二爷得意扬扬收起银子:“少陪，我先回去睡觉。”等人一走，李四等人就收了脸上笑容，互相在一起使个眼色商量起来。

朱二爷得意扬扬带着银子回住处，刚进门朱大爷就挡在那：“你这一夜去哪了，这银子是哪来的？”朱二爷把银子抱紧一些，头昂得更高了些：“我赢的！”

朱大爷一巴掌就打上去：“我替娘教训教训你，你当初离开时和娘是怎么说的？”朱二爷被哥哥打了，登时怪叫起来：“我输了钱你们骂我败家，等我赢了银子，你们还这样骂我，你只是我哥，不是我爹。”这话是真把朱大爷气到了，让小厮把朱二爷给架到房里，门锁起来，“不是我叫，不许放。”小厮们应了，朱二爷在房里大骂自己的哥哥，也没有办法。

过了两三日，朱二爷见哥哥还不把自己放开，更是急得要疯，就在屋子里转圈圈骂哥哥时候窗边有人悄悄地在那叫：“二爷，有人给您递了封信。”说出窗户纸被捅了一个洞，丢进来一个纸卷。

朱二爷捡起打开纸卷瞧瞧，上面歪歪扭扭写了几行字，说已经知道朱二爷的处境，朱大爷所为实在不该，若朱二爷有心，今日三更时分，人都睡了，有人来给朱二爷开门，到时朱二爷跟了人从后门出去，岂不快活。

朱二爷瞧见这信，心里欢喜得不得了，还怕留下什么，急忙把这信在火上烧了，安安稳稳坐下也不去骂朱大爷，把东西收拾好，只盼着三更时分到。到了三更，果然有人来把门打开，朱二爷还怕是使诈，悄悄探出头去，见外面只有个小厮模样的隐在那里，急忙把东西递出去，小厮接了。朱二爷又亲自背了一大包，这才跟在小厮身后从后门悄悄溜走。

次日一早送饭的人来，见房门大开，朱二爷踪迹不见，吓得快说不出话，急忙去告诉朱大爷。朱大爷赶来瞧见，真是气得手足冰冷，但现在最要紧的是把人给寻到，不然到时被人拿着做了些什么事来要挟自己才不好。

于是朱大爷让管家去寻这街面上的流氓无赖，许了他们银子，让他们去寻朱二爷。自己又急急去寻朱太太说明情形，朱太太听得朱大爷说的，也摇头道：“这些人，早已做好了套子就等二爷钻呢，二爷也真是的，也不是孩子了，怎么能钻进去？”朱大爷苦笑：“这也怪我不好，以为他把这些银子败光，也就老实被我送回家，毕竟千把银子的事，我还是败得起。”

朱太太也叹气，接着就道：“这一面是去寻人，另一面也要告诉有来往的商家，二爷要来了，可不许给他支银子，就说……”朱太太原本想说没这个人，当着朱大爷又觉得不好，倒是朱大爷先说出来：“实在不成，也只能说没这个人了，哎，这人，实在是没法说。”

朱太太又安慰朱大爷几句，也就安排人去各自说。乱纷纷寻了几日，哪里去寻朱二爷的踪迹，连那些流氓无赖都寻不到，这要出事，绝对是出大事。朱大爷这是明知道别人算计着自家，可偏偏那么无力，除了把银子提高到谁来报信就给一百两银子，希望重赏之下出勇夫外，再没别的法子了。

“这倒稀奇了，就算有人想设局，可朱二爷那里，浑身上下，也就是一千两银子，如果把先引的那些刨掉，他们每个人还赚不到这一百两银子呢。”朱大爷把赏钱定在一百两银子，为的就是朱二爷身上，只有这一千两银子。榛子听绿丫说着，沉吟一下才道：“那别人不是为的这一千两银子，而是更多呢，要知道朱大爷的身家，也有好几万。”

“这就更稀奇了，他们要求财，也要别人能拿出来，若要全副身家，朱大爷定不会拿出的。”榛子点头：“你说的也有道理，可是现在一百两银子他们都不放在眼里的话，那再提高十倍呢？”

寻个人出一千两银子，绿丫吓了一跳：“这打个银人儿都能打出来了，朱大爷只怕不肯。”榛子笑了：“朱大爷也是聪明人，今儿能出这一千两银子，总好过以后出上万银子。”那些算计的人也不是笨蛋，不会漫天要价，那差不多扣万把银子就够了，做这种事的，总不会是一个人，七八个人是少不得的，百两纹银打动不了他们的话，千两，定有人会想要的。”

这些人才是真正见钱眼开，不顾忌别的人。绿丫虽然觉得朱大爷未必舍得出这一千两，但还是让张谆把话传给朱大爷。百两银子都没寻来一个勇夫的话，朱大爷的底线是五百两，听到张谆说把赏钱一次提高到千两时候，这超出了他的预期，只在那沉吟。

张谆晓得他为什么沉吟，劝他道：“这会儿千两纹银，瞧着天高海阔的，可要真等到出了事，那就只怕要出万把银子，到时令弟握在他们手上，难道大爷你就真能看着令弟没命吗？”朱大爷沉吟一番，终究还是肉疼地喊了句：“张掌柜这话说得有理，那就千两纹银，这千两银子出来，再没勇夫的话，我就不信了。”

千两纹银的赏钱，当朱家门口贴的招子上面的赏钱变成这个数时，来探听虚实的人顿时被惊得手一抖，千两纹银，有了这千两银子，拿着神不知鬼不觉地往外乡一走，谁还用在这辛辛苦苦做小卒子？可是想到老大的厉害，这人又把迈出的脚收回去，只怕拿了这千两纹银也没命花。可是不报信的话，老大的脾气，在他手上又不是没人死过，不如先去寻人商量，于是这人退出人群，往聚集的地方去。

“千两纹银，这朱家真是有钱，不如你我去做了这笔。”听到这话，同伴的眼也瞪大了，忍不住咽口唾沫，先前涨到百两时候，就想去报信，可算算还是算了，这回，可是千两，老大虽说出手大方，但跟他这四五年，也就攒了不到百两，这千两只怕自己一辈子都赚不到。

既然这人也肯了，两人也就商量半日，必要做得机密，然后悄悄去朱家报了信，言明现在朱二爷在的地方，而且为了安全起见，让朱大爷这边预备好银子，然后去瞧朱二爷是不是在那里，在的话，立即把银子给他们，他们悄悄地离开京城。朱大爷虽怕这两人是骗子，可也只有这一条路，朱大爷不敢用自己的人，而是去请朱太太让小厮悄悄地去说的那个地方守了一日，守到有人进出，而且不大对头。

朱大爷猜十有八九是那里，接了信也就兑了银子，接着去请张谆帮忙，请了七八个衙役跟着自己前去。这衙役们平常也有抓赌徒的差事，只是平日收了孝敬，睁眼闭眼不去抓，今日朱大爷肯出银子，老刘又在一边撺掇，自然也就点起了人，往那地方去。

那地方却也隐秘，在个小巷不说，前头还开了个杂货铺，这杂货铺的老板娘，就是那老大的姘头，平常坐在铺子里，专门瞧风声的。衙役们都晓得这道道，先有个衙役走进去，往老板娘脸上摸了一把就道：“你家最近做的生意不错，那家人的哥哥寻来了，你们啊，把人赶紧送出来，省得到时我们进去，闹得不好瞧。”

那老板娘被摸了一把，不但不恼反而把身子往那衙役怀里一靠就点着他的胸：“没良心的，这么些日子都没来瞧我，不如趁这会儿没人，我们去里面，我瞧瞧你这些日子长本事了没？”要在平日，衙役也就抱了这人往背后去考校下自己的本事了，可今日不同，只往那高耸的胸上捏了一把就道："哎，这回你们家是遇上硬点子了，人家说了，那些银子都不要，只要把人送出来就可以。还有，额外再送你一百两银子做脂粉钱。"

这老板娘听得这话才把衙役一推："我说呢，怎么就寻上门了，这回是谁报的信？"衙役也不恼，还是满面笑嘻嘻："你别管这些，横竖好人家子弟，你说，到时就算真赚了万把银子，你能拿到一百两不？有私房银子，比什么都强。"老板娘思来想去才道："既然这样，人在后边，要不要再让两个人被你们抓了，免得你们白跑一趟。"

衙役笑着点头："哎呀，这么好的人，怎么我就没娶你了？"那婆娘把手往衙役面前一伸："少说花言巧语，一百两银子呢，拿来。"衙役哈哈一笑就把这婆娘往自己怀里一搂："等明儿，你到我家，我给你，到时你就知道，我的本事可从来都是长的。"婆娘把衙役的耳朵一扯，流水放手往里面去。

那老大听得婆娘这样说，就皱起眉头："你这没见识的，我不是答应给你打头面了？"那婆娘裙子一掀就坐在老大腿上："这人是个硬点子，再说了，人家也说了，那些东西全都不要，这也有快两千银子了，外头七八个衙役等着呢，真不答应，人家闯进来，你丢脸不丢脸？"

老大想想是这么个理，把婆娘从自己腿上推下就往里面走，朱二爷正在那赌得火热，眼都已经红了，这两日手气不好，已经输了三四百银子，还想着捞回来。见了这人就道："李大哥，我快要翻本了。"说着懊恼地大叫，又输了。

李四的脸往下沉，拍着朱二爷的肩膀道："你家里人寻来了，赶紧走吧，记得，出去后别说我认得你。"说完李四又点了两个人，"外头有衙役呢，你们两个跟他出去，就说在这里聚赌。"那两人应了，就要和朱二爷出去，这一变化让朱二爷张大嘴："哎，我还有那么些银子呢。"

李四把他的肩猛地一拍："你的银子，就别想了，既然你大哥这么识趣，那我就送你一句话，以后别赌了，你真以为那些银子，是你手气好？笨蛋。"

朱二爷这些日子在这里过得实在快活，有吃有喝有人陪着赌钱，李四待他也很客气，听了这话朱二爷一则舍不得那些银子，二则也怒了，站起身道："你这样，我就和你去……"

评评理三个字还没说出来，就看见李四拿出一把匕首，接着把朱二爷的头发轻轻扯了一根，在那匕首上吹去，那头发登时断成两截。李四瞧着朱二爷，什么都没说，朱二爷瞧着这一下变得凶神恶煞的众人，差点吓得尿了裤裆，立即往后退，那两人已经把朱二爷扶了一把："二爷，我们兄弟陪着你出去，可是要背个骗你聚赌的罪名。不如这样，二爷你给我们兄弟写个欠百两银子的欠条，免得白跑一趟。"

朱二爷这个时候哪敢不写，只得写了欠条，这两人接了，推着朱二爷就走出去，衙役见了，上前要锁这两人，其中一个把条子往那一比画："这人不但输光了一千两，还欠了我们银子呢，这一百两，谁还。"朱大爷见自己弟弟那副样子，恨不得把他几脚踢死，听到这人的话，尚未说话一个衙役已经道："赌场里的事，谁说得清楚，你们啊，还是回去和老爷说去。"

说着那衙役就接过条子把它扯了，这两人本就是在做戏，见条子被扯了也不说话，这才嘻嘻哈哈被衙役们推着走。朱大爷谢过那些衙役，赏钱是早就说好的，自然有管家去兑赏钱给他们。朱大爷把自己弟弟扯过来就要打，朱二爷还脖子一梗："我不过……"

不等朱二爷话说完，朱大爷已经喝管家："你带了人把二爷送回去，告诉太太，一辈子不许他出来。"管家晓得这回朱二爷是正经闯祸了，哪敢求情，只是连声应是。朱大爷这才上了轿子，这件事解决还要多亏杜小姐提醒，还要去谢她。想想这花了的银子，朱大爷一阵心疼，但愿这是最后一回，以后自己家娘不在了，只怕还有的扯，怎么就摊上这样的弟弟。

"朱太太太客气了,我们本是熟人,不过提醒一句罢了,哪当得一个谢字？"榛子笑吟吟地对朱太太说。朱太太把礼物往榛子那里推了一下："秦三奶奶，我这感激之情，是怎么都说不出的。您千万别这样说，虽说您当初只是一句话，其实细算起来，有用得多了。真要让那些人找到门上，那真是连去世的老爷都没有面子。"说着朱太太就用帕子点了点眼角。

既然朱太太这样恳切，榛子也就让丫鬟收了那份礼物，劝着朱太太道："这京城是花花世界，好人多坏人也多，说句朱太太要恼的话，朱二爷初从乡下来到京城，被人引诱是难免的。"这话也不过是面子，朱太太是知道朱二爷的脾性的，叹了一声就道："引诱也要瞧什么样的人，有些人就不会被引诱了去。有人就一勾就走。说起来，这也太巧了，这刚进京城才一日，怎么就撞上了。"

京城确有人专门去诱这些外乡人做些不好的事骗银子，但那也要在客栈或者下处住上几日，哪有这才进京城就被人勾走的？除非是早有安排，榛子和朱太太都想到了这点。朱太太不由自言自语："要说仇人，这要抢生意，难免会得罪那么几个人，可多是去寻大爷，哪有冲二爷来的，除非……"

除非对方是早有准备，安排下此事，想到此，朱太太坐不住了，要回家去和朱大爷吴二爷商量商量。榛子也想到了一家人，要说手段，柳三爷是惯用这种上不得台面的手段的，只是碍于朱柳两家总是有亲，并没说出，只起身送朱太太出去。

送走朱太太，榛子又瞧了会儿账，这外洋来的货，俏是很俏，销得也好，利润更高，可是有一样不好，这外洋的货，不晓得什么时候才能到地方，若遇上海上起大风，船被吹走，那这一年的货就没了。这也是京城虽有人做这生意，但总做不大的缘故，谁家也不能等上一年货不到。

榛子转下脖子，秦清的声音已经在她身后响起："你在这想什么呢？"榛子回头瞧着丈夫："我在想，这外洋来的货，要怎样才能一直有，不然遇到海上起大风时候，就一年都没东西卖，要喝西北风了。"

秦清上前接过榛子手里的账本翻了两页就放到一边："你想，外洋人是人，我们这里的人也是人，宝石香料是没出产不能去想。可是这玻璃镜子，万花筒，大钟什么，难道我们不能自己造出来？"

"所以说你不懂了，这些东西，都是人家吃饭的手艺，吃饭的手艺哪会轻易传出来？有这念头的人不止你，我听说广州那边，有人还开了这样的工坊，想着做出来呢，可银子花了无数，到现在除了烧出一些琉璃，什么都没有。也怪了，明明外洋人的玻璃和我们的琉璃差不多，可为什么他们的就这样亮呢？"

这倒是秦清不晓得的，眉头皱起道："既然这样难，那……"

"别说什么不做这个，继续做绸缎生意的话。当日舅舅为我思虑这么周到，我总要做出个样子来。再说他已经给我开好路了，后面的路，再难我也要走出来。"榛子的话让秦清一笑："既如此，我也不说别的了。今儿啊，孙尚书上告老折子了。"

廖老爷利用自己的去世给孙尚书挖了个坑，故意放出王尚书要趁自己去世时候，霸占廖家的产业，让孙尚书示意门人弹劾王尚书。谁知王尚书本就知道自己才具不足，没有入阁的打算，那要争入阁的样子不过是做出来给人瞧的。然后王尚书借此后退一步，弹劾孙尚书同时拱另一位陈尚书入阁。等到榛子的官司结束，孙尚书才醒过味来，后悔却已来不及了。除了能骂几句已逝的廖老爷，还能怎么做？只能眼睁睁看着陈尚书入阁不说，还让王尚书得了个宽宏大量的赞誉。

"他今儿才上告老折子啊？我还以为，他早该上了。"秦清听了妻子的话就笑了："难得见你刻薄。孙尚书这一上告老折子，又要见他们抢这尚书位了，不过和我没关系，我就规规矩矩在翰林院读我的书。回家来和我儿子玩。”

榛子听丈夫这话不由一笑，想到柳家，孙尚书一告老，就要回家乡，柳家的好日子，该到头了。

柳三爷听得李四把人轻轻松松就给放了，恨得骂了李四好几句，但李四这样的无赖，柳三爷正经不敢得罪，骂了几句后就在想着该怎么再把朱家给拉过来。还没想清楚呢，柳老爷就让人来寻柳三爷，柳三爷见到柳老爷还没说话，柳老爷就骂道：“你在外头都做了些什么？你知不知道孙尚书要上书告老？他一回家乡，我们的靠山就少了一个。偏偏你去年自作聪明，把周太监给得罪了。”

“那贡品生意，不是继续在做吗？”得罪了周太监，柳三爷也有好几日坐立难安，后来见周太监并没理会，还当不过是一点小事，他没放在心上。过年时给周太监送去的三千两银子，周太监也笑纳了，柳三爷这心才放下，见自己的爹提起这事，忍不住嘀咕道。

“放屁！做贡品生意是在做，但对咱们家的生意有什么帮助吗？贡品生意不过名头好听，要赚钱还要靠别的，可你一门心思只想着和廖家抢这贡品生意，现在生意是抢回来了，结果呢，结果呢，你告诉我结果呢？”

柳老爷在这骂儿子，柳太太早已得到禀告赶了过来，见自己丈夫在那骂得儿子狗血喷头忙道：“老爷消消气，有什么话就好好说。”柳老爷把太太一把推开：“什么好好说，今儿我路过账房，随口问问，才晓得家里的现银子，连一千两都拿不出来。这还做的什么生意过的什么日子？”

这话把柳太太吓了一跳，这才二月，结过账还没有一个月，账房里最少该有一万两现银子才对。她急忙道：“只怕……”

柳老爷咬着牙齿恨不得咬上柳三爷一口：“只怕什么？你晓得家里为什么没银子？账上是有，但是空的，那些银子，宫里不结出来。三万两，就那样白白地放在那里，人家不结银子给你，你有什么法子？难道你敢不供货？你这个笨蛋，被人坑了还以为自己抢了别人的生意还在这洋洋得意。”

柳老爷越说越气，柳三爷听得目瞪口呆：“不会吧，我去见周太监的时候，他可说得好好的。”柳老爷瞧见儿子这样，一脚踢过去：“你还愣在这里做什么？还不快些去求周太监，气死我了，气死我了。”柳太太哪还敢心疼儿子，忙劝着儿子去了。

柳三爷出了门摔打一阵，快快地准备去见周太监，门上已经有人来报，吴二爷和朱大爷来了。柳三爷哪有兴趣见他们，让人挡驾。朱大爷罢了，吴二爷在这柳家住了五六年，哪里都是熟悉的，听小厮挡驾，也不说什么就往里面走，管家忙拦，但怎么拦得住。

吴二爷已经带着朱大爷来到内院，正好遇上柳三爷要出去，见没拦住人，柳三爷的眉就皱紧:“表弟怎么这么鲁莽,你倒罢了。在这住了几年,可这外人,哪能带进来，若是冲撞了……”

“我并不是来冲撞你家的。柳三爷，我仔细算来，我们两家往日无怨，近日无仇，算起来我的妹妹嫁了你的表弟，两家还是亲戚，可也不知怎么得罪了柳三爷，你竟要人引诱我弟弟？虽说我弟弟本也不好，可这诱骗人去赌场，甚至想大敲一笔，柳三爷，也不是该做的吧。”

这件事柳三爷认为做得十分机密，哪肯承认，只是沉着脸道：“朱大爷，你这话说得我不明白，我这样的人，哪里能认得什么开赌场的无赖？再说这出诏禁赌，也是经常出的。我是良民，你休要栽赃。”

朱大爷这回是有备而来，听了这话就笑了：“柳三爷自然是不会承认的，只是今年正月二十八，柳三爷和李四在福运楼商量什么呢？还有二月初九，这日如果我没记错，就是我和舍弟来京的第二日，你，又在那和李四见了一面。至于柳三爷还往我家送了个小厮，这小厮在二月十八那天，把舍弟放了出去，这些都是有的。柳三爷，你承不承认？”

朱大爷竟然打听清楚了，柳三爷忍不住又在心里骂了句李四才开口道:“不过见了几个人，也没什么律法禁止，难道你还能凭这些告我不成？”

“要凭这些去告你，自然是不成的，不过柳三爷，你为何要这样做？按说我们两家，并无冤仇。”柳三爷自然不敢说出真实原因，只是笑着道:“朱大爷，你今儿是不是喝多了说胡话，我什么时候要算计你家，你家值得我算计吗？”

“三表哥，这件事情，真是你做的话，那就认个错，大家总是亲戚，别闹得太难瞧了。”吴二爷不劝还好，一劝的话，柳三爷就对表弟瞪大了眼:“认错？我没做过的事哪能认错？表弟，你难道真是吃朱家的饭吃太多，连性子都软了？”说着柳三爷的眼里带上讥笑：“表弟，你真当别人家的饭，都像我柳家的饭那么好吃？”

这话勾起吴二爷当初在柳家时，柳三爷暗地里的讥讽，他的拳头开始握紧。

“柳三爷，你这样说妹夫，安的是什么心？妹夫自从娶了我妹妹，家里的生意，万姨的奉养，他都做得一点不少，哪是什么吃白饭？没有妹夫的细心，这些年的生意也不会这样顺。”朱大爷的话竟让吴二爷热泪盈眶，想起这些年的遭遇，真想大哭一场，即便妻子温柔，岳母和善，可很多事情还是忘不了的。

“我家的饭倒养出白眼狼了。”柳三爷的性子本就不好，见朱大爷处处维护着吴二爷，他就更不舒服，吴二爷这样的人就该一辈子被自己欺负，被自己讥笑，而不是像现在这样，在自己面前站得笔直说话。

“我并没吃柳家的饭！”泥人儿还有三分土性，更何况吴二爷是个活人，他冲口而出这话，顿时觉得长久压在心里的什么东西消失了。这话让柳三爷放声大笑，接着就变了脸色：“放屁，你当初进我家的时候，就是个光身人进来的，除了几身衣衫，你还有什么？我娘好心，收留你回家，你这会儿娶了媳妇，衣食饱暖地过着，就好意思说没有吃我柳家的饭，你也配。”

“当初爹娘去世时候，我虽然不大知事，可也晓得家里还有四五千银子，田地宅子，也值得五六千两，可是爹才倒下，娘伤心过度也跟着去了，舅舅和姨妈接到信来料理丧事，丧事料理完，这些全都没了。是，你可以说，这些都是办丧事用掉的。可真是这样吗？那场丧事，能花掉一万多银子吗？三表哥，我一直记得姨妈收留我的恩情，这件事我一直没问，就当是抚养我一场要花的银子。可是三表哥你时时刻刻用我吃的是柳家的饭来讥讽我，姨妈也不阻止，我想问问，你们对得起我死去的娘吗？”

说着吴二爷的泪就往下流，娘还活着的话，自己在柳家那几年被下人欺负，姨妈不过淡淡地说两句，娘一定会很伤心很伤心。即便现在娶了媳妇，有了儿女，可很多事情，还是忘不了。

“混账东西，我养了你七八年，到现在你倒反咬我一口，真是养了条狗都晓得和我摇尾巴。早知今日如此，我就不该收留你。”柳太太已经赶到，听了吴二爷这话就大怒开口。

吴二爷转身看着柳太太，到了今日，才晓得姨妈表哥是什么脾性，原先总认为不过是姨妈太忙，顾及不到，表哥年纪还小不懂事，谁知从头开始，姨妈就只想霸占产业，即便那万把银子，对柳家来说，不算什么。但姨妈还是不放过，或许还有舅舅。吴二爷眼里的泪流得更急：“姨妈，您既来了，我想问问您，办我爹娘的丧事，能用得了一万多银子吗？”

柳太太看着吴二爷：“你没办过丧事，自然不晓得，这还有本账呢，不光是花掉你家所有产业，我和你舅舅，还各贴了一百两。”

青门杜

第 31 章　柳家败落

柳太太的声音很平静，吴二爷眼里的泪没有再流，只是看着柳太太，脸上有哀伤神色。柳太太说完了才对吴二爷道：“人要懂得知恩，这么些年，我怎么对你，你也是明白的，这门亲事也是我为你精心挑选的，我不指望你回报我，可你也不能和别人这样倒打我一耙。”

说完柳太太就对身边的丫鬟道：“去寻你吴婶子，把当初姨太太去世办丧时候的账取来给表少爷瞧瞧。”丫鬟应声刚要离去，吴二爷已经高声道：“不必了！”说完吴二爷看着柳太太，这个长久以来，一直萦绕在心上的问题被揭开后，吴二爷觉得一阵轻松，从此后，就再不必惦念着这边的恩情了。

柳太太还当吴二爷被自己劝服，脸上露出笑，自己对吴二爷有养育之恩，这个事，说到天边都是自己占理，至于那些银子，就当是吴二爷这些年花掉的，不到一万银子，真不算多。

吴二爷瞧着柳太太，跪下给柳太太端端正正磕头，柳太太还佯装要扶时吴二爷就抬头对柳太太道：“姨妈和表兄们如何待我，我是深知的，养育之恩不能不报。明儿，我就让人送五千银子过来，从此，这养育之恩一笔勾销。”

说完吴二爷就站起身，对朱大爷道：“大哥，这件事，就当我报了姨妈的养育之恩吧。”朱大爷听自己妹夫这样说，轻叹一声再没说话。吴二爷说完这句，不去理会已经定定站在那的柳太太，转身离去。朱大爷急忙追上。

过了很久柳太太才感到自己还在喘气，柳三爷已经忍不住咆哮起来：“娘，你养的什么白眼狼，当初就不该带他回来，让他自生自灭。”

“闭嘴！”柳太太一巴掌打在自己宠爱的儿子脸上，才觉得手都在发疼，咬着牙什么都说不出来，不带回来，名声就会坏掉，自己怎么能任由别人议论。

柳家也不多这口饭，谁能想到，他现在站稳脚跟会对自己说出这样的话，当初就该依了弟弟的话，把他悄悄弄死。

柳太太摊开双手看着自己掌心，如果不是自己心慈手软，想着总是妹妹唯一的血脉，也不会到了今日，他和外人一起，合伙欺负上自己了。

柳老爷已经赶来，见自己太太和儿子都在发愣，鼻子里不由冷哼一声，女人就是心慈手软，当初若一包老鼠药把那孩子给药死，也不会造成今日之祸。柳老爷喝柳三爷："愣着做什么？还不赶紧去见周太监。"

柳三爷从没想过也有挨了自己娘一巴掌的日子，听到自己爹的呼喝，才想起还有这件大事，急忙带人走出。柳老爷这才走到太太身边，鼻子里面直冒冷气："心慈手软，做什么大事？要依了我，什么事都没有。"

柳太太摇头，话一直都没说出来，柳老爷又哼了一声这才离去。

柳三爷到了周太监在宫外的宅子，递进片子等了许多时候，才有小宦官出来说周太监不在，让他改日再来。柳三爷哪敢改日再来，塞给小宦官一块金子，让他再去通报。这小宦官的眼都不瞧柳三爷："你这人怎么这么烦，老爷爷正经不在，你改日来。"说着把那块金子扔在地上，关门而去。

柳三爷从小到大没受过这么大的侮辱，想去捡那块金子，手指颤抖了许久都没捡起来，小厮早把金子捡起，柳三爷并没去接，心烦意乱地道："赏你吧。"小厮欢欢喜喜应了，也就继续在那等候。

一直等到日落，都没见到人，柳三爷只得回家。回家后不免和柳三奶奶发了通脾气，柳三奶奶现在见到自己丈夫，比避猫鼠还要胆小几分，他既骂着，也只能忍着。

柳三爷骂过了人，连续四天都在周太监那个宅子门口守着，这日还在守着呢，就见张谆和朱大爷相携而来，两人说说笑笑，十分亲密。柳三爷见了这两人，那就是自己的仇人，上前就道："你们狼狈为奸，也不晓得……"朱大爷正打算给柳三爷作揖，听了这话就皱眉："柳三爷，我也不晓得怎么得罪了你？你屡次三番地对付我家，现在又说出这样的话，我瞧在妹夫面上没有和你计较，你此时倒又越来越上了。"

妹夫？那个白眼狼，柳三爷在心里狠狠骂道，见张谆一副不相干的样子，想起一件旧事，不由咬着牙齿道："那个女人，我回去就把她休了，你若想磨折她，收她做妾如何？这件事就一笔勾销。"

什么女人？张谆被柳三爷这话说的摸不着头脑，眉不由皱紧。柳三爷咬牙切齿地道："你这样对我，不就因我娶了你原先的未婚妻？我晓得，夺妻之恨……”张谆这才恍然大悟，还有这么一回事，不由摇头：“这事我早已不记得了，再说我并不是对付你家。”

柳三爷怎么相信？更凑近一些：“你别说谎哄我，还是……”张谆把他推开一些：“不管怎么说，她也是你的发妻，你这样折辱她，可曾对得起她？”发妻？柳三爷笑了：“不过一个朝三暮四的女人罢了。什么发妻。”

这人疯了，张谆在心里下着判断，周太监的宅子门已经打开，小宦官快步走出来到张谆面前：“张爷，朱爷，老爷爷请你们二位进去。”张谆对柳三爷点一点头就和朱大爷走进去，柳三爷还想和小宦官说话，谁知小宦官眼都不稍他一下，直接走回宅子，把门关好。

柳三爷想发火，可这火也不晓得该和谁发，只得在地上重重跺了一脚，眼巴巴地等着门开。

这一等，足足等了大半个时辰，才见大门打开，张谆和朱大爷两人相携走出，小宦官在背后送着。柳三爷急忙上前对小宦官道：“还请通报一声。”这一声差不多有些可怜巴巴，小宦官这才跟瞧见柳三爷似的：“进去等着吧。”

等了足足五天，终于等到这句，柳三爷也顾不上发火，跟了小宦官进去。张谆瞧着柳三爷进去才摇头：“这人呢，算计些用些手段也没什么，可有时候也不能太算计了。”人总是人，总会物伤其类的，对待结发妻子都能那样折辱，更何况是无亲无故的旁人？即便今日能为了利，他待你亲亲热热，可等到来日，他在你身上无利可图了呢？那时他会怎样待你，想都能想得出。朱大爷也在心里感慨一下就对张谆拱手：“这件事，还要多谢贵东家了，不然的话，我们也不会这么顺利。”

张谆摆摆手：“彼此成全罢了，做生意的，虽只图利，可有时也要瞧瞧是什么样的人，不然回头被咬一口，那都不晓得该去怪谁。”朱大爷点头称是，两人说笑着离开周太监宅子。

宅子内的柳三爷喝了两杯茶才算瞧见周太监进来，柳三爷急忙上前恭敬垂手：“老爷爷安，这些日子都没见到老爷爷了，心里着实惦记。”周太监示意柳三爷坐下才道：“我前些日子一直在宫里忙着，并没回来，听下面小的们说你一直等我，到底有什么事？”

“若是别事并不敢来寻老爷爷，只是那批料子，送进宫已经三个月了，让账房去结银子，都没结出来。也不晓得哪里出了纰漏，还请老爷爷明示。”周太监端起茶喝了一口，今年的春茶不错，品这味道，只怕是刚采下来不到半个月的。品完茶周太监才缓缓地道：“这些小事，我并不管的。”

柳三爷在心里骂了周太监一句，死要钱不肯帮忙的死太监，这才开口道："这样事老爷爷自然是不管的，只是这宫里的情形，我们也不晓得，还请老爷爷帮我们打听一句，省得蒙在鼓里。"周太监哦了声才叫声来人，自有人上前，周太监道："去打听打听，谁管这事呢，到底为什么不结银子。"

那人离去，柳三爷的心又放下一半，搜索枯肠，寻出不少的话哄周太监欢喜，但周太监并没接话，只是闭眼养神，柳三爷说了几句，也就偃旗息鼓，等着人去打听消息回来。

过了总有小半个时辰，那去打听的人才回来，进来叫声爷爷这才道："打听过了，这批料子出了事，有一匹颜色和别的不大一样，要送到别的贵人那里也就罢了。偏生送到了三公主那里，三公主没说什么，管事嬷嬷倒不高兴了，说这样的料子送来，往小的说呢，这是办事不尽心，往大了说，这叫没把主人放在眼里。长此以往，这宫里的规矩不就全乱套了。于是管事嬷嬷就对坤宁宫的管事嬷嬷提了提。转过年来，管事嬷嬷就来办这事，那头还在那想寻到底谁送进来的料子，这会儿进去，不正碰到老虎鼻子上了。"

小宦官的话让柳三爷的腿肚子都在颤抖，双腿一软就给周太监跪下了："老爷爷，我们送进宫的料子，绝没有不一样的，定是有人栽赃。"周太监笑眯眯地把柳三爷扶起："这件事，要说大呢就是极大，要说小呢，也算小，你放心咱们也多年的交情了，我定会帮你斡旋，只是出了这么件事，这批料子钱只怕就……"

三万银子，柳三爷一阵心疼肉疼，可是这银子要不给出去，只怕宫里那些经手的还揪着不放，到时真要办个自己家欺君，那可就不是银子的事了。柳三爷的汗都滴下来，笑比哭还难瞧："老爷爷这样肯帮忙，自然要多回报。"周太监见事说完，这才道："我也不留你吃饭，你回去吧。"

柳三爷应是走出去，刚走出周太监的宅子，下台阶的时候整个人就往下滚，关门的小宦官瞧见了，哧地从鼻子里笑出一声，扑通一声把两扇门关上。柳家的小厮急忙上前来扶柳三爷，柳三爷被小厮搀扶上了马车这才回神过来，这三万银子没了，要打点总是要银子，到底要从哪里生出银子来？虽然已经是三月天，可柳三爷并不感到一丝暖和，只是把衣衫裹紧，在那绞尽脑汁地想法子。

"瞧这大钟，这时辰，怎么就这么准？"秀儿和绿丫两人围着大钟啧啧称赞，榛子在旁瞧着笑，外洋来的货源在榛子冥思苦想下，现在已经想出解决方法，以后，就可以安安心心地做生意了。

秀儿瞧了一遍才道："这大钟是不错，可是不能送人，不然送终送终，多难听啊。"绿丫听了这话就瞧着秀儿："你不说我还没想到有这茬，不过呢，我们也可以不用说这是送钟，只说这是外洋来的新鲜玩意儿就好。"

棒子点头："绿丫现在和原来不一样了，也是满口的生意经了，不过张掌柜要去广州，这一趟少说也有半年，到时你可别……"绿丫打棒子胳膊一下："你也来打趣我，我们啊，早已是老夫老妻了，还惦记着那些别的，再说这边还有孩子们呢。"棒子咳嗽一声："你想哪去了，我不是说这个，我说的是，万一你不在身边，张掌柜在外娶个什么两头大呢？要晓得，广州那边的商人和我们这边的习气不大一样，那边是把多娶几房当作荣耀的事来提的。"

"他敢，敢的话我就打断他两条腿。"绿丫的话让秀儿笑得直不起腰："这还是那个温温柔柔斯斯文文的绿丫？还打断他两条腿。"绿丫的脸不由一红："我这可不是顺口说的，女人在家操持家务也十分劳累，哪有男人在外赚钱就只想着在外头自己快活，想不到家里的人？"

三个人说笑一阵，有人来请秀儿去给自家主人梳妆，秀儿也就带上小荷，收拾好了东西坐轿而去，棒子和绿丫也各自上轿回家。绿丫刚下了轿，婆子就迎上来："奶奶，魏奶奶来了，这会儿在上房坐着呢。"

绿丫急忙往上房去，刚走到院门口就听到魏娘子的笑声："我说张奶奶，你还是这么忙，今儿我一过来，竟扑了个空。"绿丫快步上前给魏娘子行礼："魏嫂子寒碜我呢，什么忙，不过是去随便逛逛。魏嫂子您是没空不登门的，我想着，只怕是来发侄女的喜帖。"

魏娘子也快四十的人了，精神还好，上一年她儿子娶了媳妇，现在儿媳有了喜，今年女儿也要出阁，魏娘子更加欢喜："你一猜就猜着，就是这件事。我不舍得你侄女这么早嫁，可女儿家，迟嫁早嫁还是一样嫁。也只有多给她备些嫁妆了。"

说着话，两人已经各自重新坐好，绿丫让人端上茶来才道："这当娘的心，我是明白的，多些嫁妆，也好。"

"好什么啊。"魏娘子还是那样快言快语，喝了一口茶就把茶杯放下，"这回你侄女操办婚事，你魏大哥说，把公公婆婆接来，也好让他们瞧瞧这京城的繁华，谁知就是这嫁妆出了事。我不是给你侄女备了四匹大红金缎，谁知我婆婆就说了，这嫁出的女儿泼出去的水，嫁妆就备些粗家伙，马桶梳妆台这些就够了，这样的料子，还是给她拿回去，让她孙子娶媳妇，还说那才是魏家的根。我听得差点气死，她大孙子是魏家的根，难道我生的儿子女儿就不姓魏了不成？我没理她，你魏大哥也没理她。”

魏娘子抱怨一通，绿丫忙安慰了她，又道：“褚家嫂子，我们平常也见过的，那是个和善人。”魏家女儿嫁的就是褚家儿子，魏娘子晓得这是绿丫安慰自己的话，急忙道：“就算不是个和善人，这就隔了一条街，真要欺负起来，难道我们还赶不过去？我当初嫁你魏大哥的时候，就是图他人好，离得也近。还有不用回去乡下和公婆一起住，不然有个婆婆在上头，那才叫哭都哭不出来呢。”

两人说一番闲话，魏娘子放下帖子，也就婉拒绿丫要留自己吃饭的打算，匆匆离开。绿丫送走魏娘子，开始给张谆收拾行李，这一去，就要半年，虽然知道路上有人照顾，到那也有人接待，可是这颗心啊，还没等他离开，就开始牵挂在他身上了。

想着绿丫就呸自己一下，都老夫老妻了，还这样岂不要人笑话。但是，怎么能不牵挂？毕竟两人从成亲以后，就再没分开这么长时间了。

“你放心，我这一去，一定规规矩矩的。”张谆已经回来，进屋见妻子在那拿着件衣衫发愣，就上前笑着说。绿丫回头瞧他一眼才道：“我才不担心这个，我一直信你的，只是在想，听说广东地面，地气湿热，你去了那里，水土不服会生病的。”张谆搂一下妻子的肩：“所以我一定会照顾好自己的，你在家里也要好好的。”

绿丫点头，终于还是忍不住抱住丈夫的腰，把脸在他衣襟上蹭了蹭，只有这样才能安心，张谆拍一下妻子的头，虽没上路，但心里已经有对妻子的相思了。

送走张谆，三月二十七是魏家大姑娘的喜日子，绿丫一早就过去，在魏家吃过午饭回来，用了两杯酒觉得头有些发晕，在轿子里打瞌睡。正在蒙蒙胧胧中听到小柳条的声音：“奶奶，妈妈让人来报信，说柳三奶奶在家等着您，您不如去王姑姑那坐会儿，等她走了再回去。”

柳三奶奶？两人差不多是没有交情的，不过最近柳家的事绿丫也听说了一二，送进宫里的那批料子有问题，不但没收到钱，还赔进去不少，现在柳家在那筹钱填这个坑呢。柳大奶奶借机发难，说与其大家都饿死，倒不如趁这会儿把家分了，能逃一个是一个。听了这话，柳老爷差点没被气死，柳大奶奶却寸步不让，必要分家。柳大奶奶的娘家人也来帮腔，说这事全是柳三爷惹出来的祸，爹娘罢了，可这兄弟侄儿不能陪着一起死，还是趁早分家吧。

这会儿柳家正是鸡飞狗跳的时候，柳三奶奶来寻自己做什么？小柳条也不晓得，只是道："横竖我觉着，她们家要来，绝没有什么好事，奶奶，您还是先去王姑姑那坐会儿，让妈妈打发她走了算了。"

绿丫这会儿也觉得头晕得厉害，去秀儿那坐会儿也是好主意，让轿子往秀儿那边去，下了轿就见铺子里出来一个男人，绿丫的脚步不由停下，店开在这里，有个男客出入也不奇怪，可这周围的人都晓得，这间铺子专门卖女人家的东西，即便有男人想给自己的姐姐妹妹妻子置办点胭脂水粉，都会让小厮代劳，而不是亲自上门。

可这男人，瞧着三十来岁，打扮也不像是个下人，倒有些奇怪。等他走了，绿丫这才走进铺子里，见秀儿在收拾货，坐到她身边就伏在她背上："方才那个人是谁呢？谁家男人也不会来买东西啊。"秀儿把那些东西都收拾好了才摸下绿丫的脸："今儿喝了好几杯吧？瞧这脸红的，想是怕回家熏到容儿，就不怕在我这熏到锦儿？进去里面躺躺吧，我给你做醒酒汤来。"

绿丫把秀儿的手拨开："问你话呢。"秀儿笑了："这喝点酒，倒闹脾气了，这人来过好几次了，说家里姐姐妹妹多，所以要好好地选胭脂水粉。我也没空去管他到底是什么样的人，横竖有银子赚就是。"

绿丫有些失望地嘟囔了声无趣，就进里面雅室歇息，这一倒下去，就睡了足有大半个时辰，醒来时日头都偏西了，起身瞧瞧床边的那个大钟，打个哈欠时锦儿已经掀起帘子走进来，手里还端了碗汤："姨，这是我给你做的醒酒汤。"

绿丫接过汤，赞了锦儿一声真乖，就把那汤一饮而尽，锦儿还瞪圆大眼睛瞧着她："好喝吗？"

"当然好喝，我们锦儿做的呢。"秀儿已经掀起帘子靠在那对锦儿道，"好意思说，不过就是加了瓢水，就说这是你做的，羞不羞？"

锦儿这些年的安稳日子过下来，身上渐渐多了些活泼，头一歪就道："可是加了瓢水也是帮忙了啊。"说完还转向绿丫，"姨，你说是不是？"绿丫把锦儿抱过来亲了下："是，我们锦儿最乖，姨最喜欢你了。"

"都是你和榛子把她宠坏了，原先多乖一丫头。"秀儿点一下锦儿的额头，锦儿还是笑嘻嘻，绿丫站起身："这会儿了，我该回去了，只怕恶客也走了。"

恶客？秀儿一听就来了兴趣，拉着绿丫要问个究竟，绿丫把前后一说，秀儿倒笑了："只怕是去求你呢，那日柳三爷不是说，要把她休了给张哥做妾让张哥消气。"这叫异想天开，绿丫想起初见时那个骄傲的女子就叹口气："所以说人啊，还是不能太傲慢了，不然的话，到时吃苦的是自己。"

秀儿深以为然，和绿丫又说几句，绿丫也就上轿离去。

辛婆子瞧着柳三奶奶，怎么说她都不肯走，大有等不到绿丫的话，就要在张家过夜的架势。只有不管她，横竖见了奶奶，她也晓得奶奶不可能答应她了。

绿丫下了轿听到柳三奶奶还坐在自己家，倒一摇头，这柳三奶奶还真是和原来不一样了，横竖去见见，怕什么呢？瞧见绿丫走进来，柳三奶奶没说什么就跪下："张奶奶，求你救救我。"

饶是绿丫这几年见多了怪事，也被柳三奶奶这举动吓到了，急忙蹲下就去拉柳三奶奶："柳三奶奶，你有什么话，就好生说，这样跪着像什么样子？"柳三奶奶怎么肯起来，只是在那伏地大哭："张奶奶，求你救救我，求你去寻秦三奶奶说好话，求你……"说着柳三奶奶抬头，眼泪鼻涕满脸："我真的求求你，三爷他说，再拿不出银子的话，就要把我送去给周太监做妾，我不要去给太监做妾。"

这话真算得上石破天惊，但绿丫相信柳三爷这人是能做出这事的，给小柳条使着眼色，小柳条上前来帮着绿丫一起扶柳三奶奶起来，柳三奶奶哭了这一场，全身也没有力气，任由她们扶着，却连坐都坐不稳，接了小柳条送上的一杯热茶那泪还是扑簌簌地往下掉："张奶奶，我晓得我对不起你，我晓得我不该瞧不起你，现在，只有你能救救我了。"

这事情乱的，绿丫用手扶一下额头才对柳三奶奶道："你又不是外头买回来的，是柳家三媒六证把你娶回去做正房奶奶的，哪能说送就送？况且你还有娘家！"柳三奶奶手里的茶杯掉在身上，热热的茶浇在身上她一点都没反应，手胡乱地在空中比画，好容易扯住绿丫的袖子才哭出来："他说了，他是我的夫主，想怎么对待就怎么对待我，还说了，我娘家那里，只要送上几百两银子，他们就能当我死了。我娘家这几年，生意做得不好，早不开铺子了，就想从这里拿些银子回家盖房子置地。张奶奶，求求你，求求你。"

说着柳三奶奶就从椅子上滑下去，抱住绿丫的腿开始大哭起来。这个如藤蔓样的女人，绿丫叹口气劝道："那照你这样说，你也是无处可去，即便柳三爷不把你送去给周太监做妾，现在柳家风雨飘摇，他迟早也会卖了你，你娘家人也靠不住，那你可想过以后？"

这话戳中柳三奶奶的心，她在那大哭起来："我也不晓得，张奶奶，好好的怎么会这样？"小柳条又过来把柳三奶奶扶了坐在椅子上："你总不会要我们奶奶收留你吧？可是这无亲无故的，怎样收留？再者说了，你留在这里，也只会坏了我们爷的名声。”柳三奶奶的眼本就毫无光泽，此时更是如死灰一般，声音都在颤抖：“我哪有脸求张奶奶收留，柳家不肯要我，我娘家那里，也是只要银子不要人的，我也只有铰了头发做姑子去。苟延残喘这一生了。”

当初的柳三奶奶有多骄傲，现在就有多落魄，绿丫总不能眼睁睁看着一个好好的人被送去做太监的妾。听说太监虽然没有了下面，可是有些手段是旁人想象不出来的。绿丫叹了声：“老爷爷那边，未必肯收你的。毕竟你是人妻，这话传出去难听。只是柳家你待不得了，你爹娘不肯要你，那你可还有别的亲戚，可以为你出头，让柳家休了你，然后再做别的打算。”

休了自己？柳三奶奶就跟没听懂绿丫这话一样，眼立即睁大，绿丫继续解释：“你也说过，柳三爷是你夫主，他又是个恶棍，没半分情分可讲的。你若没有长辈为你做主，把你从柳家休了，那你逃得过今日，也逃不过来日。”

柳三奶奶又哭起来，心里酸痛难抑，那是自己的丈夫，自己一生一世的依靠，可是现在，什么都没了。到如今，竟是被柳家休弃还有一条活路，她的声音变得很小：“我有一个姨母，可是她和我家少有来往，若去求，也只有去求她。”不愿意和柳三奶奶娘家来往的，看来还是个好人。

绿丫点头就唤辛妈妈，辛妈妈掀起帘子走进来，绿丫叮嘱她几句，让她送柳三奶奶去她姨母家里。又让小柳条拿了五十两银子出来：“若论你的所为，我别说搭救你，不踩上一脚已是好的。只是你我同为女子，女子何苦又去折辱别人。这银子，你拿着傍身吧。那尼姑庵里，没有银子，也是存身不住的。”

这几句说得柳三奶奶越发惭愧起来，重又大哭，辛妈妈明白了缘由，不由往柳三奶奶身上瞧了一眼，难怪她今日来此，竟和平常不一样，原来是被柳家难为了，那样的人家，除了银子多，本也不是什么好人家。不过辛妈妈不敢说出，只是半拉半扶了柳三奶奶出门上轿。

这里安静下来，绿丫才叹口气，小柳条的鼻子已经皱起：“奶奶，这样的人，当初得意时是什么样子，这会儿失意了，倒会装可怜了，还要求奶奶救救她，也不想想，当初王姑姑若非……”绿丫瞧一眼小柳条，小柳条轻吐一下舌：“我也晓得，奶奶是凭良心做事，只是打蛇不死，必有后患。”

“我当然晓得，可是瞧着她去送死，又有什么意思？她现在夫家娘家都靠不住，那个姨母既然不肯多来往，定是个有主见的。送去给她，她姨母愿意管就管，不愿意管，我也尽了心了。”况且，蛇可不是柳三奶奶，她顶多只能算是那个跟着招呼的人罢了。这话绿丫没说出，小柳条已经明白，绿丫已经说起别的事来：“你是不是怕我把银子给出，你没了嫁妆？放心，你的嫁妆我早已备好，压箱底的银子都已准备好了。就等喜日子到了。”

小柳条嫁的不是别人，就是虎头，两人的婚期定在六月，已经说好等小柳条嫁过去，还是继续在这伺候，听绿丫这话小柳条就背过身去：“奶奶也打趣我，这嫁不嫁的，不都这样吗？”

绿丫故意咦了一声：“有人脸红了。”小柳条用手捂住脸接着就把手放下：“不和你说了,我去把容姐儿抱来,奶奶也想她了吧？”绿丫点头:“还有小全哥，这会儿该下学了。”

话刚说完就听到小全哥在外头喊娘，接着小全哥就奔进来，差点撞到小柳条，但这也不过让小全哥稍微停了下脚步就又跑到绿丫这边：“娘，我会对对子了。先生今儿出了个两字对,雷霆,我对了个雨露,先生夸我对的好,还说,等会七字对了，就会写诗了。还说会写诗后，就可以开笔写文章了。”

小全哥一口气说完瞧着自己的娘:“娘，您说，我聪不聪明，能不能干？”绿丫伸出手把儿子额头上的汗给擦了：“聪明，能干，我的儿子，怎么会不聪明能干呢？”

“娘,哥哥没有我聪明。”容儿正好走到门口,听到绿丫赞哥哥就不高兴了,快步跑进来就瞧着绿丫：“娘，明明是我比哥哥聪明。”绿丫把女儿抱在怀里：“对，我们容儿最聪明了，今晚上你们想吃什么，娘去做。”

好啊好啊，容儿立即拍手，小全哥瞧一眼妹妹，这么容易就被娘哄住了，还以为自己聪明呢，不过娘做的菜好久没吃了，想着小全哥就咽下口水：“我想吃娘做的小酥肉汤，还有，鱼。”

就你馋的，绿丫点一下儿子的额头，就换衣服进厨房给这两个孩子做饭，正是夕阳西下时候，整个天边都是金灿灿一片，有恩报恩，有怨抱怨，至于那些别的，全都可以抛掉。

吃完晚饭绿丫瞧着小全哥在写字，容儿在旁学针线时辛婆子才回来，瞧她眼神绿丫就晓得辛妈妈和自己有话说，让小全哥去睡觉，又让小柳条把容儿抱走，这才让辛婆子坐下，辛婆子坐下叹两口气才道：“奶奶，这人啊，在这世上,总要行好事做好人。今儿我把柳三奶奶送到那边,她姨母听完了缘由,倒是肯收，可是竟说了一句，这也是你爹娘做的孽。柳三奶奶听了这句，重又大哭起来。我接了赏钱，出外时候问了这家子的下人，才晓得究竟。”

原来柳三奶奶初降生时，她的姨母和柳三奶奶的娘姐妹关系极好，恰好姨母也生下一个儿子，于是两家就说，干脆等他们长大做亲。也只说过，并没下过定礼。姨母嫁的人姓邱，谁知邱姨父没有两年就没了，柳三奶奶的爹见这家子的日子渐渐过得不大好，正好这时张谆的叔叔带了张谆进京，柳三奶奶的爹和他素有来往，况且张谆的叔叔那时生意做得不错，于是就转了心肠，把柳三奶奶许给张谆。

邱姨母见他家背约，大怒，去寻说了好几次，毕竟当时没有下过定礼，也只得认了这事，从此不再和姐姐来往。听到这，绿丫不由皱眉：“当初九叔也是没有细打听，若细打听了，也就不会有这档子事。”

“可不是吗？”辛婆子接了一句就道，“说来，这事知道的也有几个，若不是因为爷是外乡人，那家子也不会许。不过也亏得没做成亲，若是做成亲了，后头又遇到变故，那位可不会像奶奶似的帮着爷，只会在背后扯后腿。”

绿丫不由一笑就问：“那位姨母，现在在做什么呢？”辛妈妈拍了下手才道：“邱姨母原本就有一儿一女，虽说丈夫死了，可是家里也有些产业，原先不过没人经营日子才渐渐消乏了。这女儿才有福气，嫁的原本是个穷秀才，谁知自从娶了这女儿，那秀才就中了举，紧接着中了进士，现在在外头做官呢。有了这么一位女婿，自然也没人敢欺负，儿子十七岁上娶了原本在自家做账房的女儿，这位奶奶也是个能干人，原本那些产业，两人齐心合力，已经比原先多出几倍。现在邱姨母也是孙儿满眼，使奴唤婢的人了。”

既然如此，柳家想必会害怕的，毕竟柳家最大的靠山已经不在京中，绿丫听完就点头：“只是不晓得……”辛妈妈知道绿丫想说什么，急忙道：“奶奶，这您放心，我和那位太太说了，太太说她自有主意，等柳家出了休书，她就把柳三奶奶往尼姑庵一送，按月送柴送米，饿不着她。”

从此青灯古佛伴终身，但总算寒暑不侵，有个落脚的地方，总比以后为奴为婢的好。绿丫点一点头，就对辛妈妈道：“这家子既然是做生意的，以后也就常来往。”辛妈妈点头：“我省得，这样好人，自然要多来往。”

绿丫不由一笑，见时候晚了，也就让辛妈妈下去，自己收拾睡觉。

过得几日，果然听得邱姨母和邱表嫂带了柳三奶奶前去柳家，要柳家下休书。柳三爷那日趁醉对柳三奶奶说出要把她送去给周太监为妾，第二日醒来就不见柳三奶奶，也不放在心上，并没让人去寻。这时见这家子寻来，冷笑说柳三奶奶的爹娘还活着呢，轮不到姨母出来说话。

姨母这些年独自撑着家业，早已练得好口齿，又带了自己儿媳帮腔，几句话说得柳三爷哑口无言。柳三爷又让人去寻来柳三奶奶爹娘，柳三奶奶的爹还没说话，就被邱姨母一口唾沫啐上：“没良心的下作种子，我还以为，你家一世都这么得意，还不到二十年呢，你家现在是什么光景？有本事，就别拿了银子把你女儿卖了。”

柳三奶奶的爹姓周，平常人都称他一声周掌柜，被小姨子当面啐了一口脸就通红：“爹娘都还在世，轮不到……”邱姨母听了这话早一个巴掌打过去：“人家养猫养狗，养了几年要死了，也要哭几声，从没见过你这样的人，那可是你自己的女儿，从小养到这么大，嫁到这样虎狼之家，平常不帮忙也就算了，这会儿眼瞅着要死，也不敢出来说一声，你可晓得你为什么会这样倒霉，因为你亏心事做得太多了。”

周娘子见自己丈夫满脸通红，急忙对邱姨母道：“妹妹，这些事我一个女人也不晓得的，也不知道……”邱姨母回身冷冷地瞧着自己姐姐：“这是你身上掉下来的肉，若是觉得养她那些年花了银子要赚回来，可也还有你怀她十个月呢，今儿我就问你一句，你到底要不要你女儿活着？”

周娘子瞧一眼丈夫，又望一眼女儿，毕竟做母亲的心占了上风，况且现在柳家已经风雨飘摇，缩一下脖子道：“我，我还是愿意女儿活着的。姑爷，你就高抬贵手，把我女儿放了吧。”

柳三爷被这话气得连脖子都粗了，手一挥就道：“放屁，当初去了你家五千银子的彩礼，还有这些年孝敬的，不把这些给我拿出来，我就算活活打死了你女儿，瞧可有人和我偿命。”

说着柳三爷就要去打柳三奶奶，柳三奶奶吓得往表嫂身后一躲，邱表嫂冷眼瞧着柳三爷，冷笑道：“我从不晓得，这娶了媳妇回来，不是和她好好过日子，而是任意打骂，柳家原来在这京城，也是数得着的商户，现在瞧来，比那地痞流氓还有些不如。谁家休妻，还要让娘家把彩礼给还回来？真要算，要不要算算这些年宠妾灭妻的行径，还有表妹在这受的委屈？”

柳三爷又被噎住，只得道：“她生不出孩子，我……”邱表嫂已经笑出声：“生不出孩子，这不就明明白白犯了无出的条，既然如此，你家为何不肯休，若说为了名声，你柳家现在的名声也不用我说。我晓得了，原来你要留在家里，做一个出气的筒。你也是个七尺高的汉子，怎么做出的事，比着闺中女子还不如？”

这几句话说得柳三爷再次语塞，不管是否认还是肯定，都像中了邱表嫂的圈套。邱姨母加上一句：“既然如此，就放了吧，现在我姐姐可也同意了。”柳三爷望向周氏夫妇，周娘子还是满脸恳求，周掌柜想给柳三爷帮腔，又怕邱姨母的巴掌，只得在那咽下嘴里的话。

既然无话可回，柳三爷只得写了休书，两边寻人做了见证，柳三奶奶去给柳老爷夫妇磕了头，这边也没争什么嫁妆，邱姨母领了柳三奶奶一个光身人打算走，周娘子已经追上两步："妹妹，女儿还是我领回去。"

邱姨母瞧着周娘子，周掌柜在旁哼了一声，周娘子就吓得不敢说一句。邱姨母叹了声："罢了，我做不来你们这样狠心薄情的事，这孩子，我领回去，选个好日子送到庵里，也免得别人说闲话。"

柳三奶奶，不，现在该叫周氏了，也眼泪汪汪地看着自己的爹娘，周娘子想把腕上的金镯褪下给女儿，可是旁边周掌柜在那跟老虎似地瞧着，周娘子脖子一缩再不敢说。周氏虽知道爹娘靠不住，可不晓得竟这样靠不住，忍住眼泪给爹娘磕头："爹娘生我养我一场，也把我嫁出去了，这回女儿被休，也不敢回家，只好铰了头发进尼姑庵去，免得爹娘名声被毁。"

说完周氏起身，跟了邱姨母回去，周娘子想叫一声女儿，但终究没有叫出口，只是望着女儿远去，那眼泪忍不住流下。周掌柜已经跺脚："生出这样的女儿，我都替你脸红，你倒好意思哭，我们还是赶紧回家，现在京里靠不住了，盘点下还有多少家底，好歹回乡下去吧。"

说着周掌柜就往自家走，周娘子擦掉眼里的泪，哭哀哀地跟了丈夫回去。

过得两日，邱姨母带了周氏来给绿丫道谢。周氏现在和原来大不一样，首饰全无，全身素服，虽没落发，但已做出一副在家居士的样子。绿丫迎了出来，往周氏身上瞧了眼，就对邱姨母道："不过举手之劳，邱太太你太客气了。"邱姨母摆手道："话不是这样说，我也曾落过难的，那时连我的亲姐姐都那样对我，若非我自家硬气，哪有今日的日子。张奶奶你曾和我侄女有那样一段往事，还肯送她到我家里，而不是奚落，你一个外人都能如此，我不出手那就不是人了。"

这邱姨母和周娘子倒完全不同，要不是知道，谁晓得她们竟是一个爹娘生的？绿丫心里暗忖，分宾主坐下，让人上了茶，也就开始说些闲话。这邱姨母年纪虽大，但和绿丫竟十分说得着，两人渐渐少了应酬的心，在那说东道西，十分亲热。足足说了一顿饭时候，绿丫要吩咐厨房做饭，邱姨母站起身："今儿就不领张奶奶的饭了，家里还有事呢，等来日再说。"

绿丫也就起身送她们出去，见周氏跟在邱姨母身后，虽没有那日的狼狈，却也没有昔日的风采，不由叹气，当日周氏嫁给柳三爷的时候，没想到嫁的，竟是一个中山狼吧？

周氏主动求下堂，柳老爷见这样情形，晓得这个家，已经不像原先一样，也就同意柳大奶奶分家的提议，把还剩的产业寻出来，一分为四，三个儿子一人一份，剩下一份自己养老。

俗话说瘦死骆驼比马大，柳家在这京城也算经商三代，除掉赔掉的那些，攒攒那些家业，竟还有五万有余。见自家还剩下这么多，柳三爷不肯分家了，说不如孤注一掷，把这些产业变卖，到时再做大生意。

柳三爷这话立即引来众人反对，连柳太太都不好站在自己儿子一边，只是沉默不语，柳三爷嚷了一阵，见没人理会自己，也只有接受还是分家这个事实。

大宅子自然是柳老爷夫妇居住，这会儿柳老爷连给几个儿子置办小宅子的银子都拿不出来，只有把田庄还有几间店铺各自分分，还有家下使唤人等，现银子每个儿子只有一千五百两。柳大奶奶也不嫌少，跟着管家把分给自家的产业点检一番，也就和柳大爷一起带了儿女下人，拜别柳老爷夫妇，往自己家置办的宅子去了。

柳大爷如此，柳二爷也就跟着。见两个哥哥携家带眷地搬出去，柳三爷更加恼怒，跑去和柳太太说哥哥们早已有了外心，在外置办产业，不然怎么说一声搬，就搬走了？柳太太被这连番的打击已经打击得快要病了，更何况现在这大宅，也住不长，已经寻了买家卖给他们。

寻宅子之外，还要拿私房银子先把柳老爷那些妾给打发走了，七八个妾呢，以后怎么养得起？听了半日只道："你要有空，就去寻下新宅子，我们家现在没银子，只能先赁，你瞧个两进的宅子就够了。"

两进的宅子？柳三爷立即喊出来："这怎么够住？"柳太太按下头："你房里那些丫鬟姨娘，也有些太多了，我拿五百银子给你，你去把她们打发了吧。现在周氏走了，我还要给你寻房媳妇，这么多丫鬟姨娘放着，怎么能寻到好的？"

那些丫鬟姨娘，柳三爷也不放在心上，听了柳太太这话就道："娘，您一向疼我，我晓得你还有私房银子的，何不拿出来给我做本，我定会……"柳太太虽疼儿子，可是那么大个产业都被他折腾光了，以后自己养老送终，还要靠这些私房银子，不然没了银子，谁来理你？听了这话只是摇头："这话不妥，我们现在虽然不如原先了，可要再开个小绸缎庄，你好好地做，一年赚个千把银子还是可以的，千把银子，丰衣足食没问题，若再想做什么大生意，哪有再给你败的？"

听到一个败字柳三爷就受不了，但想着既然和娘一起过，这私房银子，不是哄不出来的，也就应是退出去，照着娘说的寻宅子去了。

青门杜

第 32 章　认　母

一个声名赫赫的大商家，就这样快速败掉，朱太太和绿丫说起时忍不住摇头：“当初我就觉着，柳三爷不是个稳妥人，柳老爷夫妇又这样疼爱他，可是想着再稳妥也总有个时候，没想到这么快就败光了。前日我让人送去一百两银子，下人回来告诉我，这会儿连柳老爷夫妇带下人，还有二十来口子人呢，这会儿挤在那个二进宅子里，下人们的穿着也没原先那么光鲜了。在那唉声叹气，想着若不是签了死契的，就有不少人要走。”

这也是常事，绿丫跟着叹了句就道：“倒难为朱婶子了，还做出这样面子来。”朱太太笑了笑就道：“说是为面子也不全是，当年虽说是因利而结交，可柳太太那时待人，还有几分诚恳，也教了我不少东西，为了这个，送个一百两银子，也不算什么。”

绿丫应是，又说了会儿闲话，朱小姐就走进来道：“姐姐你来得正好呢，我这里胭脂水粉正好完了，想着去王姐姐那里拿一些，只是家里忙走不开，姐姐你既来了，何不帮我去那边带上两样？”

朱太太羞自己女儿：“有你这样使唤人的吗？绿丫，别理她。”绿丫笑着起身：“妹妹不说我倒忘了好几日没去瞧秀儿了，还有锦儿那丫头，我就跑一趟也没什么。”

朱小姐手已经一拍：“就晓得姐姐最是好人。”朱太太又羞了她几句，绿丫也就往秀儿这边来。刚下了轿，将进店时就听到一个男子说话：“原来你们掌柜的不在，那我就不打扰了。”

接着一个男子走出来，绿丫仔细瞧了瞧，见是上回见过的那个男子，心里着实奇怪，走进去时见尚妈妈和小青两人正在交头接耳，绿丫咳嗽一声：“你们都在说什么呢？是不是在说秀儿的坏话，等秀儿回来，我可要和她说。”

尚妈妈忙和小青分开：“没说什么。”小青年纪小些，口无遮拦有些惯了，张口就道：“张奶奶，这人已经来过好几回，是不是想娶我们姑姑？”

尚妈妈伸手打小青一下子：“胡说八道什么？就算想娶，也要派个媒人来，而不是这样自己跑来，这样传出去，羞不羞？”小青皱眉摇头：“尚妈妈，话不是这样说，我们村里可没这么重的规矩，大家从小都在一起玩的，要有喜欢的，自己说就是。”

尚妈妈捏下小青的脸：“这脸皮厚的，这会儿可不是在你们村了，这地方有这地方的规矩呢。”小青又抿唇一笑，绿丫问过她们几句，见秀儿还没回来，就进里面去瞧了锦儿，和锦儿玩了会儿，也就拿了朱小姐要的那些胭脂水粉回家去。

到得家门口，让小柳条把那些胭脂水粉送去朱家，绿丫也就在辛婆子的伺候下进家门。刚走进去，虎头就迎上来，见了辛婆子想说话又没敢说。绿丫瞧见了就往一边退了一步，虎头这才对辛婆子说了句，辛婆子哦了一声说知道了。

等虎头走了，绿丫才问辛婆子：“你们到底有什么事瞒着我？”辛婆子笑了：“并不是瞒着奶奶，虎头是个老实人，害怕奶奶对我不满才不敢告诉奶奶的。前儿我见后门那来了个乞丐婆子，和我年纪也差不多，就动了恻隐之心，问了问，晓得她家里儿女都没有，男人也死了，偏生又遭了灾，这才乞讨过活。原本是在报国寺那边讨吃的，但那边现在来了几个恶霸乞丐，她年老体衰抢不过人家，也就往这边来。只是到了谁家门前都被赶的，来到我们家门口没被赶走，这才和我讨口吃的。我听了，想着奶奶说的，总要做点善事，这才叮嘱她过了午时，我把剩饭给她，这一天一顿，也饿不死。”

报国寺那是乞丐们聚集的风水宝地，绿丫曾听秀儿说过，那里有好几个恶霸乞丐，有时寺里的僧人管了，赶走他们一段时间，过些时候就又来了。秀儿娘俩运气好，到报国寺的时候，正好僧人管了把那几个恶霸给赶走了，若不然，秀儿娘俩也在那存身不住。

绿丫听得辛婆子一番话倒叹气：“这人啊，能帮一把就帮一把，你留心瞧着，要是这婆子还有些力气，人也老实，就把她收留来做些粗使。”辛婆子打的就是这个主意，听了这话急忙应了，又道：“奶奶就是善心，要换了别家，这样的好事还不愿意做呢。”绿丫只淡淡一笑，也没把这事放在心上。

辛婆子留心瞧了这乞丐婆子几日，见这婆子并不奸滑，这大热的天，她也就穿了件空身棉袄，那棉袄的面子都脆了，用根草绳拴在腰上，这样都不舍得扔。问过这婆子，说这棉袄还是当年嫁的时候，婆家给的聘礼呢，到现在都三十年了，那些东西也都变卖了，就剩的这件棉袄了。真扔了，要穿什么呢？

辛婆子听了这话，也陪着她流了几滴泪，问她可愿在厨房里做个粗使婆子？这婆子没想到竟有这样的好事，连连点头答应。辛婆子也就让人烧水给这婆子洗澡，又拿了自己的两件夹衣给这婆子换上。

这婆子洗过了澡，通过了头，又吃饱了饭，这才被辛婆子带去见绿丫。绿丫听得辛婆子说了，点头道："也就不必见她了，让她好好地做。"辛婆子应是，又道："已经问过了，这人的夫家姓杨，原来这地方离京城也只有二十里地，那庄就叫杨家庄。"

姓杨？绿丫不知怎么就触动了下，接着就道："那以后就是杨婆子了，下去吧。"辛婆子觉得绿丫今儿有些奇怪，但也没有多问就出去对杨婆子说了。杨婆子听得主人家肯收留，心里一松，竟直挺挺地倒下去，这下吓到了辛婆子，要是带了个病人进家门，那就是自己的罪过了，哑着嗓子喊。

绿丫在屋里听见，撩起帘子往外瞧，正好辛婆子把人给翻过来，绿丫瞧见这婆子的长相，那手不由微微握成拳，这张脸，竟和容儿有五六分相似。容儿生得不大像爹娘，朱太太说，容儿只怕是像未曾谋面的祖父祖母或者外祖父外祖母也不一定。绿丫和张谆两人都不记得自己的爹娘长什么样子，朱太太这么一说，也就听听罢了。

可是今儿，当这张和女儿长得有五六分相似的脸出现在自己面前时，朱太太那差不多已经被绿丫忘记掉的话又在耳边。绿丫如梦游样地走到杨婆子面前，伸手想去摸她的脸。杨婆子正好在这时醒来，瞧见绿丫晓得这是主人家，急忙一骨碌爬起，对绿丫直挺挺跪下："奶奶，我并没有病，求您别赶我走。"

这声音一出来，绿丫就觉得一股热流冲到眼底，十五年了，这个声音虽然变得有些苍老，但还是有些耳熟。只不过昔日的太太换成了奶奶，苦苦哀求的是收留她，而不是让屈三娘子买下自己。

十五年，绿丫后退一步侧过身，不管这个人是不是自己的娘，这一跪，自己都不能受。绿丫低头，这样才能让眼泪不被人瞧见，等再抬起头时声音已经和平常差不多："辛妈妈，你去寻个医生来，若有病就给她抓药看病。"说完绿丫就飞快地退回屋里，一坐下去，眼泪就哗哗往下流。

想问问她到底是不是自己的娘，可要怎么开口问出？不是没有怨过，没有恨过，可那怨过恨过的人突然出现在自己面前，而且她也过得不好，不是一般的不好，不然她也不会流落成乞丐。儿女全都死了，丈夫也死了，就剩的她一个寡妇了。辛婆子的话又在绿丫耳边响起。如果真是自己的娘，那爹和弟弟妹妹们，也全都死了吗？绿丫觉得自己无法呼吸，心底的一个什么地方开始破了，曾被自己忘掉的那些记忆，就这样被慢慢想起。

娘不是没有疼过自己，也曾偷偷地把母鸡下的蛋藏起一个，煮了，分成三份，弟弟吃蛋黄，自己和妹妹分蛋白吃，妹妹贪吃，总是很快吃完就看向自己手里那份，于是再掰下一块给她，每回自己就只剩下那么一个拇指块大小的蛋白，吃得那么香。吃完了还要赶紧漱口，不能让祖母知道，不然的话又要挨一顿骂。那鸡蛋，不是攒着去换油盐，就是要留给祖母吃的，小孩子哪能吃？

从记事起，就在劳作，可是哪个小孩子不是这样呢？有时还要看着弟弟妹妹，桑果熟了，也背着弟弟去摘桑果，那时觉得桑果是最好吃的东西了。

"娘，你疼吗？别哭，我帮你吹吹。"容儿的声音在绿丫耳边响起，接着容儿就爬到绿丫膝上，小手摸着绿丫的脸，急切地说。绿丫把女儿小小的手握在手心："有容儿在，娘就不疼了，娘也不哭了。"

容儿大大地喘口气，自己果然比哥哥有用多了。辛婆子的声音已经在外头响起："奶奶，请来医生了，说是风餐露宿，洗澡后又多吃了一碗饭才晕倒的，休息几日，再服一服药就可以平复了。"

绿丫本已停止的泪被辛婆子这话说得又流下了，不忍让女儿瞧见自己眼里的泪，绿丫哎了一声就道："那你好好照顾吧。"辛婆子应是，也就回到杨婆子住的屋子。

杨婆子是被安置在一间下人房里，里面床铺桌椅俱全，辛婆子进去的时候杨婆子靠在床头对辛婆子道："老姐姐，着实对不住。"辛婆子坐下就道："咱们穷人互相帮忙，有什么好对不住的。你住日子长了就晓得了，我们奶奶和爷，最是怜老惜贫的了，虽不是我见过最有钱的，绝对是我见过最好的主家。"

杨婆子得了这个保证也就安心下来，小丫鬟端着药进来："杨婶子，药得了。"辛婆子瞧着杨婆子把药喝了，这才起身道："你先安心在这里歇上几日再去做活。"杨婆子还要再说，被辛婆子按下，杨婆子也就歇下。辛婆子走了两步想起一件事，把床脚堆着的那堆破棉袄抱起，"这东西，也太糟了，也不好扔，我拿到厨房，给你烧了吧。"

穿了这么多日子的棉袄，上面虱子虼蚤不少，杨婆子一张老脸顿时有些红：

“实在对不住，老姐姐，你的衣衫？”辛婆子摇头：“不就几件旧衣衫，你穿着吧，等过两日奶奶定会让人给你做新衣衫的，到时你拿那新的赔我，我还赚了呢。”说着辛婆子就走出去，刚走出不远就见小柳条牵着容儿过来，辛婆子忙上前：“姐儿好，怎么会来这边？”

小柳条摇头：“容姐儿调皮，听说来了个新人，奶奶又让我过来瞧瞧到底怎样，她非要跟过来。”容儿笑嘻嘻地瞧着辛婆子：“辛妈妈，你手里拿的是什么？”辛婆子把那布包放远一些：“是件破棉袄，龌龊得很，也破得不得了，扔出去只怕都没人要，我想着，干脆拿去厨房烧了算了，省得有虱子蛇蚤咬人。”

谁知容儿没听过虱子，瞅辛婆子眼慢就顺手从那破棉袄上扯了片布下来：“哪里有虱子啊？”辛婆子急忙去打容儿的手：“你这调皮的，这要沾了虱子可怎么得了？”容儿撅起小嘴，不肯把那片布给辛婆子，辛婆子见这片布上也没虱子，再和容儿扯就没空了，孩子家没常性，只怕玩会儿就扔了，也就打她小手一下自己去厨房烧那破棉袄。

杨婆子见门一开，走进来一个穿金戴银的女子来，瞧瞧却不是方才那奶奶，况且又是少女打扮，容儿从小柳条身后转出来，觉得这婆子有些和善可亲，对杨婆子露出笑，接着说：“姐姐，这婆婆是不是就在我们家里？”

容儿生得本就玉雪可爱，况且亲人之间，总有些莫名的感觉，杨婆子只觉得面前这个小小孩子，是自己见过最可爱的孩子，再听她叫小柳条姐姐，晓得这只怕是那位奶奶的女儿。也不晓得哪里来的力气，就想起身，见她掀开被子小柳条忙道：“奶奶听说你病了，特地让我来瞧瞧婶子。”

杨婆子在外乞讨这么几年，也晓得了些大户人家的规矩，猜着小柳条只怕是绿丫身边最得力的丫鬟，急忙道：“劳烦姐姐了，不过一点小病，就累奶奶寻人瞧病，其实我们穷人家，熬过去就好。那药，也不是我们能吃的。”说着杨婆子就想起被自己卖掉的女儿，换得六两银子，拿在手里轻飘飘的，请来的医生还鼻子不是鼻子眼睛不是眼睛的，收了一两的诊金只丢下一句，药石无用就不肯开方。

苦苦哀求都换不回丈夫的命，过不得几日丈夫死了，那五两银子又要买棺材又要办丧事，还要白天黑夜地被婆婆骂，骂自己克死了丈夫。苦苦熬着，熬到儿子长大了就好了，儿子长大了，只怕就能赚钱去把女儿赎回来。可是不等儿子长大，婆婆就要把小女儿卖去做童养媳，说省得花银子多养个孩子，怎么求都求不回婆婆心意回转，眼睁睁瞧着小女儿也被婆婆卖掉。

做童养媳的苦，杨婆子是晓得的，可是婆婆不许杨婆子去见小女儿，过不得两年，就听说小女儿受不得苦，跳井死了。听到消息不等杨婆子伤心，婆婆就带了人打上那家，生生讹回来十两银子，说要留着给二叔家纳个妾，好生个儿子。

那时杨婆子已经连苦是什么都不知道了，本以为苦难就要结束，谁知儿子去放牛的时候，竟被大水冲走，于是杨婆子头上不但多了个克夫的名声，又多了个克子的名声，一个寡妇本就难过，更何况还是个无子寡妇？

婆婆趁此把杨婆子赶出家门，从此只有乞讨度日，也曾想过去寻找女儿，可顺着记忆来到当日的屈家时，那酒楼已经变成了客栈，多方问周围邻居，受了无数白眼才晓得屈家已经败了，屈家当初养着的灶上，已经不晓得被卖到什么地方。杨婆子只有在那附近乞讨，指望有一日能见到女儿，若她还活着，就和她说说自己的罪孽，别的也就不求了。

想着往事，杨婆子眼里的泪又落下来。小柳条刚想安慰，就见容儿爬上了床，瞧着杨婆子认真地说："婆婆别哭，容儿给你吹吹就不痛了。"心痛，怎么能吹吹就好。杨婆子眼里的泪更多了，容儿见这样说不起效，咦了一声就回头瞧小柳条，小柳条忍着笑把容儿抱下来："你这孩子，哪能吹吹就好，我们先去见奶奶吧。"

容儿的小眉头皱得很紧，但还是乖乖地听小柳条的话，和她出去了。杨婆子有些贪婪地望着容儿的背影，如果三个孩子，活了那么一个，那大概他们的孩子，也有这么大了，会不会乖乖地叫自己婆婆，那样甜甜地笑？

杨婆子想着想着，唇角有笑眼里却有泪，绿丫，你若活着，会不会怪我当初把你卖掉。如果你知道把你卖掉换来的银子也留不住你爹的命，你是不是更会怪我？

小柳条回去和绿丫说了杨婆子的病情，说瞧起来气色还好。绿丫心不在焉地听着，见女儿的袖子有些脱线就打算给她脱下来补补，抬起她的手才发现她手里紧紧握着一块布，眉不由皱起："你这孩子，从哪里撕来的这块布呢？"

小柳条听见了就道："这是杨妈妈那件破棉袄上扯下来的，容姐儿确实没有玉姐儿锦姐儿乖。"小柳条口里说着，没注意绿丫的神色已经变了，这块布，虽然已经不再鲜艳，可还是能瞧出上面的梅花纹样，这块布，原先的色该是红色的，曾经在无数个冬夜，没有足够的柴火烧炕时候，姐弟挤在一起睡，娘从身上脱下棉袄盖在脚上，说这样能多暖和一些。

绿丫掰开女儿的手拿着这块布瞧了又瞧，就是娘棉袄的颜色，娘，绿丫在心底叫了一声，一颗心怦怦乱跳，推开容儿就奔出门，想亲口问问娘，她当初把自己卖了后悔不后悔？想亲口问问娘，你可还记得有这么个闺女，想问问娘……

所有的想法在要推开那扇门时烟消云散，十五年，和娘分开已经十五年了，十五年，已经足够改变一个人。它让自己变成今天的样子，那么娘呢，她当初可以狠心把自己卖掉，如果知道自己现在这样，会不会有别的要求？绿丫晓得不该这样想，可是这一念头生出来，就跟野草一样疯长，人心险恶，绿丫没有办法相信一个把自己的亲骨肉卖掉的人。

绿丫眼里的泪又往下流，手放在门上却没推开门，不是没有力气，而是没有勇气，没有勇气面对所有的现实，没有勇气去问问她，她到底是怎么想的。

“奶奶，您怎么也来了？杨姐姐的病啊，养几日就好。”辛婆子去而复返，见绿丫站在门前，还当她是不信，想要亲自来瞧瞧。绿丫飞速地把眼里的泪擦掉才转头对辛婆子道：“我只是听小柳条说了她的事，心里有些难受，这才过来瞧瞧的。”

辛婆子并不以为绿丫在撒谎，而是叹一口气：“这世上的穷苦人这么多，又有几个能遇到奶奶这样的善心人。”说着辛婆子把门推开，扬声道:“老姐姐，奶奶来瞧你了。”

这奶奶，就是这家的主人了，杨婆子急忙要下地。绿丫努力让自己平静下来走进屋里，这张脸和记忆里那张模糊的脸渐渐重合，除了鬓边的白发更多，脸上的皱纹更多之外，她的样貌，没有多少改变。

见杨婆子又要给自己行礼，绿丫要拼命地忍住才没问出那句，你可还记得我？只是顺势坐到床边按住杨婆子：“您还病着呢，先歇息吧。”辛婆子和杨婆子都没听出绿丫用了您字。

看来老姐姐说得没错，这个主家确实很好，也许再过些日子，可以求求她，求求她帮自己问问女儿被卖到何方，能见到女儿，这辈子，也就再无遗憾了。杨婆子不敢细细地去瞧绿丫的脸，自然没有发现绿丫有和她一样的眼，还有那双秀气的眉毛，和丈夫是一样的。当初村里人都笑杨老大有双像女人样的眉毛，杨老大为了这个还和人打了好几架。

这是自己的生身母亲，即便她已不记得自己，可她，还是自己的生身母亲。绿丫又想大哭一场，甚至想去找人倾诉，可这所有激烈的情绪都被强压下来，往自己的娘脸上瞧了又瞧，绿丫才对辛婆子道：“要有闲人，就拨个小丫头来照顾她，一定要等到病好了再上工。厨房的粗使活计只怕太累了，我记得你说想寻个针线上的，也不晓得会不会针线？”

记得自己的娘是有一手好针线活的，只是绣出的荷包，总被祖母拿去卖掉，一个铜板也不给娘留下。杨婆子已经连连点头："我会我会，记得那时候在家里，我绣的活计就很好。"

"哎呀，老姐姐你原来针线活不错啊，这可好了，可是捡到宝了。"辛婆子有些奇怪绿丫的态度突然转变，但很快将这归为绿丫的心好，笑着在旁赞同。

绿丫又往娘脸上瞧了瞧，这才起身："辛妈妈，你照顾吧，我先回去了。"辛婆子口里应是，就在那坐下和杨婆子说话，绿丫走出屋子，觉得浑身的力气都没有了，想听听娘和辛婆子说什么，可又怕听得越多，心里越痛。

屋内的杨婆子并不知道绿丫的心思，只是在那里和辛婆子说："老姐姐，你说得不错，这家子主人，的确是善心人，只是不晓得奶奶这样，等爷回来了？"

辛婆子伸手出去摸下杨婆子的额头，觉得她额头上没那么热了才笑着道："老姐姐，你安心吧，我们爷更是个好人，再说这后院里的事，全是我们奶奶做主。"杨婆子这才安心，辛婆子又和她说了几句，见她面色疲惫异常，也就让她安心躺下，自己拉开门出去。

绿丫听到辛婆子开门，急忙隐到旁边，辛婆子并不晓得绿丫在门边站着，出门后就径自走了。绿丫等辛婆子走后，才从藏身的那个角落出来，眼里已经全是泪，又怕辛婆子转回来，急忙离开这里。临走前忍不住往杨婆子住的地方瞧去，这是自己的母亲，可是现在，认还是不认，全都压在心上，不晓得该怎么说。

绿丫几乎是混混沌沌进到屋里，容儿已经扑上去："娘，您去了哪里，我很想您。"女儿娇滴滴的声音把绿丫从那混乱的思绪里拉出来，她几乎是一把拉住女儿："娘只是出去了一趟。容儿，娘不会不要你。"

容儿的头微微一侧："娘，您今儿怎么了，您怎么会不要我。我可是最乖的小孩子。"绿丫把女儿紧紧搂在怀里，眼泪已经成串般留下。原先是一直都当自己没有亲人了，可是现在，怎么可以不当？

"啊，天下还有这么巧的事？"秀儿和榛子听绿丫说了，脸上都是惊异之色，榛子忙道："只怕是人有相似，这天下长的人相似的也很多。"秀儿也点头："这么十几年了，哪有这么巧的事。那种红色梅花棉袄，哪家娶新媳妇不做一身。"

绿丫的声音越发哽咽了："不一样，那声音都是差不多的，还有那眼。你们晓不晓得，娘把我卖进屈家时候，最后看了我一眼，就是那样的，那样的眼。"说着绿丫就伏在桌上哭起来，杨婆子来到张家也有三四日了，身子渐渐平复了。辛婆子已经来问绿丫，说杨婆子要给她磕头。怎么能受自己娘的磕头，可是这要认，万一……

绿丫不得不承认，做了母亲之后，首先护住的是自己的儿女，而非生了自己的母亲。这种感觉，秀儿和榛子都没有过，榛子是不会觉得叔叔婶婶是什么好人，秀儿本就觉得自己的爹不是什么好人，而娘的无能为力，秀儿也是瞧在眼里。

无能为力？秀儿突然想到这话，伸手去摸绿丫的胳膊："绿丫，你也别这样难受了。你娘说不定是无能为力，才卖了你，只是不晓得你爹他，是不是？"

"六两银子，对穷人家来说，已经是卖女儿能凑来的全部，可真要治病，不过杯水车薪，绿丫的爹只怕也……"榛子说了半截才道："不如这样，先让人去你家乡打听打听，瞧瞧情况可像杨婆子说的那样。"

若娘真的无能为力才卖了自己，绿丫像抓住救命稻草样抓住秀儿的手："你说，我娘她，是不是真的无能为力，我还记得的，记得祖母待我们十分不好。可是，我还有弟弟妹妹的，为什么他们也……"一个都不在了，虽然弟弟调皮，可是妹妹很可爱，总是会在被祖母骂了后，悄悄地来安慰自己。

久远的记忆翻江倒海般从心里浮现，弟弟妹妹，其实容儿她，长得和妹妹更像，特别是那笑起来有些腼腆的神色。榛子和秀儿相视一眼，只怕绿丫的弟弟妹妹，也是凶多吉少。

主意就先定下，让人去杨婆子的家乡打听杨婆子说的话是不是真的。绿丫得了主意，更加坐不住，想着回家让人安排去打听 。秀儿和榛子也没拦她，等绿丫走了，秀儿才道："这遇上了，也不晓得是好事还是坏事？"骨肉团聚本是好事，可若骨肉是那种饿狼似的，倒不如不团聚的好。

榛子也想到这层，微微一顿就道："我觉着，绿丫这么好，只怕她的娘也是个善心的。"秀儿嗯了一声，有些憧憬地道："要是绿丫寻到娘，那我们也就，也就知道被娘疼是什么样了。"从小到大，秀儿从娘那里得到的，只有哭泣，从无别的。娘是真正的无能为力，纵然她抚到自己脸上的手，也是温暖的，可那种无能为力，有时会让秀儿痛恨，如果娘没有那么温柔，或许可以和屈三娘子争个高下？但这种想法，很快就烟消云散了。

绿丫进了家门，正要去交代辛婆子，让她寻人去杨婆子的家乡打听打听，杨婆子的遭遇是否像她说的那样，就听到耳边传来容儿娇嗲的声音："婆婆，你给我绣的荷包，真好看。"

杨婆子瞧着面前的容儿，虽然容儿穿着远比自己小女儿好，可那张脸，还有这脸上的神色，竟让杨婆子觉得，又看见了小女儿。想起投井自尽的小女儿，杨婆子就又愧又悔，保不住大女儿，可连小女儿都没保住。甚至，连她最后一面都没见到。

容儿脸上的笑容越灿烂，杨婆子的眼就越花，终于眼泪从眼里流出，想上前抱下容儿，就像当初在整日劳作之后，把三个孩子挨次抱住一样。手刚伸出去，杨婆子的手就怯生生地缩回去，这是主人家的女儿，是该叫小姐的人，而不是能被自己抱在怀里疼爱的女儿。

“娘！”容儿已经瞧见旁边的绿丫，叫出声的同时就上前扑到绿丫怀里。绿丫下意识地把女儿抱在怀里，容儿已经把手腕高高举起，“娘，您瞧，这是婆婆给我做的荷包，真好看。”

杨婆子瞧见绿丫，往她脸上一瞧就有些惊讶，原来没注意，但现在可以瞧出来，这面容竟有些熟悉。辛婆子已经推杨婆子一把，杨婆子忙从思绪里回来，打算跪地给绿丫行礼，绿丫急忙转身，没有受杨婆子的礼，而是对辛婆子道：“今儿去了王姑姑那里，她说这家里来个人，也要去打听清楚了。你寻个人去杨……”

绿丫强迫自己和平常一样把话说出来：“去打听一下，如果确实遭遇像她说的那样，就留下，若不是……”绿丫快速进屋，把头埋在女儿的衣服上，不让自己的眼泪被人瞧见。

辛婆子惊异地看向绿丫，怎么会这样？可很快她就道：“这也是常事，老姐姐，你放心，这遭遇定是实在的。”杨婆子在短暂的惊讶后也点头：“是啊，我的遭遇，”接着杨婆子就摇手，“不提了，不提了。”

辛婆子怎不明白杨婆子的心，也叹一声气就去寻人，让他去打听一番。

杨婆子的家乡离京城不过二十来里，很快就打听了回来。辛婆子听得许多细节，倒先狠狠地哭了一场，这才前去禀告绿丫。绿丫听得辛婆子的话，那镇定再也装不下去，只是含泪问：“那姑娘，跳井的时候，有多大？”

辛婆子先愣了愣，接着就道：“九岁，还是十岁，反正极小，哎，这童养媳日子过不好也是常见的，可这竟然能跳井，可想这日子过的有多苦。我听打听的人回来说，常日连饭都不得吃。”

妹妹她，竟没活到十岁，该想到的，绿丫眼里的泪往下流，辛婆子以为是绿丫心善，才会这样为杨婆子流泪，小心翼翼地问：“这事已经问清楚了，那奶奶，是不是要老姐姐就在家里？”

当然要在家里住下，可是，不是下人，绿丫站起身，辛婆子还以为绿丫是要杨婆子进来，急忙道：“奶奶，这老姐姐，就在外头候着呢，要说勤快，她可真勤快，就这么两天，已经做了好几样活了，奶奶……”

辛婆子的话里带上惊讶，因为已经看见绿丫挑起帘子就冲了出去，辛婆子急忙追出去。绿丫瞧向那站在檐下等候的人，那是自己的亲娘，是离别十五年再不得见一面的亲娘。

是既恨过又怨过但又希望她还能来赎自己的亲娘，可是从不知道，过去的十五年，她过得那样苦，丧夫丧子丧女，流落为丐不得一顿饱暖。

杨婆子正心急如焚地等在那里，就见绿丫冲出来，倒吓了一跳，难道说自己不能留在这家，刚要给绿丫跪下，绿丫已经拉住了她的胳膊："娘，您还记得我吗？"

这一声娘，埋在绿丫心里已经十五年，脱口而出时，绿丫才发现，这声娘叫的，并没有那样艰涩，而是带有几分期许。

这声娘让杨婆子吓得愣住，辛婆子也好不到哪里去，绿丫看着杨婆子脸上惊讶神色，声音还是带有颤抖："娘，您可还记得，我叫什么名字？"

绿丫，我的绿丫。当杨婆子颤抖着声音把这句话说出时，绿丫已经泪流满面："娘，是的，我是绿丫，我是你……"六两银子卖掉的亲生女儿啊。

杨婆子也想到这事，心里竟是百味杂陈，乍见女儿的欢喜没有多少，剩下的多是愧悔。辛婆子现在是完全明白出了什么事，急忙上前道："奶奶，老……还是赶紧进屋说吧。"

绿丫嗯了声，可眼竟没舍得从娘脸上移开，十五年，竟然已经十五年了。当各自坐下时，两人的手还是紧握在一起没有分开，辛婆子请她们两人进去后，守在门外。

杨婆子这才开口问女儿："绿丫，我去屈家打听过你，但别人都说，屈家已经败了，那些灶上全被卖掉了。当时我还想，不晓得你被卖到哪家，既是做灶上的，那就该在厨房，可是我寻过好多地方，都没寻到你，我这一生，只想对你说一句对不起。"

对不起，当初若知道没有活路，就该不卖掉你，要死也要一家子死在一起，而不是各自离散。想到连最后一面都没见到的小女儿，杨婆子眼里的泪又流下，对不起，是我这个做娘的不好，没能护住你们。对不起。

"听说妹妹她……"不愿想起偏要提起，杨婆子眼里的泪流得更急："她被卖去做童养媳，不到两年就投了井。婆婆她，还去寻人大闹，要了十两银子回来。娘不是个好娘，不能护住你们。"

绿丫的手并没松开握住杨婆子的手："娘，现在好了，我能遇到你，你以前吃过的苦不用再吃，想做什么就做什么，想吃什么就吃什么。容儿还很喜欢你。容儿她，生得很像妹妹啊。”

“是啊是啊，她长的，和你妹妹很像。”杨婆子感慨地说，接着突然想到什么就把手从绿丫手里抽出来，“不行，绿丫，你现在是过这样日子的人，不能有我这样一个娘，我还是做一个针线上人，以后能瞧着你，娘这辈子就能安心了。”

“娘！”绿丫拼命摇头：“您怎么能这样说，难道以后我要使唤我自己的娘？”杨婆子看着女儿，这孩子，从小就心地善良，人又聪明，从来都帮自己带弟弟妹妹们。有算命的说过自己有福气，会享女儿的福。这么些年下来杨婆子总觉得，是不是自己当初卖了女儿，才把福气都给折了。

现在，女儿过着这样的日子，来往的也是不一样的人，那些人知道了女儿有自己这样的娘，一定会嘲讽她的，还有姑爷，再善心的姑爷，也不会愿意自己的岳母是个乞丐。

杨婆子伸手摸向女儿的脸，尽管这双手已经被岁月侵蚀得全是纹路，可绿丫还是觉得母亲的触摸特别温暖，她靠向母亲的肩头：“娘，对不起，我没有早两三年寻到你。”

杨婆子把女儿的肩拢一下，就像小时候，母女偶尔的亲密一样：“什么叫没早寻到我呢，这命啊，总有一个定数。我在这家里，有吃有住不过做些针线活，比在地里干活要轻松多了，怎么叫你使唤我呢？再说姑爷是体面人，体面人怎么能有我这样的岳母。”

这才是自己的娘啊，绿丫抬头瞧着自己的娘，突然笑了：“娘，您放心，他不敢。真的，你女婿，是个好人，而且一定会对你很好。”杨婆子还要说自己不够体面，绿丫已经叫来人，辛婆子应声进来，绿丫已经笑着道：“我寻到了我的娘，这是大喜事，预备三日后摆酒请客，辛妈妈，还要让你安排人各自去请客。”

辛婆子其实心中颇打着绿丫不认的想法的，所以才紧紧守在外面，听了绿丫这话就立即点头：“好，奶奶，我这就去办。”想着又转身给杨婆子行礼，“以后啊，就不能叫老姐姐了，要叫太太。”

杨婆子一张脸登时红起来，急忙去扶辛婆子：“老姐姐，你这话，是臊我呢 。”绿丫已经笑吟吟地道：“这件事还多亏了辛妈妈，小柳条。”小柳条隔得远些，一时还没听到，还是辛婆子掀帘子喊的。

小柳条应声进来，绿丫已经道：“你去取二十两银子给辛妈妈，多谢她给我寻到自己的娘。”小柳条登时疑惑起来，为何这才转眼之间，这预备做针线的杨婆子就变成了奶奶的娘？但她习惯服从主人，急忙道：“恭喜奶奶骨肉团聚。”说完小柳条又要给杨婆子行礼，杨婆子忙把小柳条拦住。

绿丫又让小柳条把容儿抱来，容儿听说这个婆婆是自己外祖母，欢喜无限，搂住杨婆子的脖子道：“婆婆，以后你要和我们一起住。”杨婆子见了容儿那叫十分欢喜，把容儿搂在怀里亲了又亲，连声答应。辛婆子很有眼色，忙去让剩下的人赶紧前来见杨婆子。

下人们是知道来了个做针线的杨婆子，但是没想到转眼之间，杨婆子就变成主母的娘，虽然心里各自嘀咕，但还是各自磕头行礼拜见。

等这些都过去了，杨婆子才拉住绿丫的袖子：“你祖母，现在都还活着呢，她是鹭鸶腿上割肉吃的人，要听说了，怎么会放过你。她是你祖母，要来闹的话，你的名声……”

绿丫心里对自己娘顿时又生怜惜，把她的手握在手心安慰道：“娘，您别担心，我现在可不是原来的人了。而且真要来，好好说话呢，些许东西也不放在眼里，如果不好好说话，天下哪有儿子还活着，要一个嫁出去的孙女养活的？”

杨婆子心里还是忐忑不安，毕竟自己最了解婆婆，那可不是个讲理的人。到时？杨婆子咬一下牙：“若你祖母非要那样，我就说你认错了。你只是和绿丫同名，并不是……”

“娘！”绿丫这一声含有无限心疼，接着就道，“娘，既寻到您，我怎会让您再和我分离？娘，您是我的娘啊，十月怀胎，三年乳哺。”

“可是，可是我……”杨婆子喃喃地说，自己已经把女儿卖掉，从此就当恩义断绝，再不能说这是自己的女儿。绿丫摇头：“娘，别这样说，你我既能相遇，这就是上天不忍你我分离，别说什么恩义断绝的话。您是我的娘，您当初无能为力，娘。”

杨婆子的手又有些颤抖，刚想把绿丫搂在怀里，小全哥就蹦进来：“娘，听说我有了外婆，是什么样的？”绿丫把儿子的手握一下：“这是外婆，赶紧叫外婆。”

小全哥咦了一声，就急忙给杨婆子行礼：“见过外婆。”行礼抬头起来就在那眼巴巴瞧着，绿丫怎不晓得儿子，这是想要见面礼呢，拍自己儿子的脑门一下：“从小读书知礼的人，这会儿就不知礼了？”小全哥不好意思地抓抓后脑勺笑笑。

杨婆子早知道这家子有两个孩子，可见到这样的孩子一口一个外婆，还是很欢喜，把这个抱抱，那个亲亲，怎么都亲不够。就算现在立时死了，也安心了。绿丫原本在旁瞧着笑，可过了会儿还是忍不住流泪，娘这一生，真是苦的多甜的少，连这样的日子，都算是难得的好日子了。以后，定不会再让娘受欺负。

秀儿和榛子接到帖子，晓得绿丫已经认了亲娘，自然想知道个究竟，那日一大早就来了。绿丫接进来，她们俩不等先去瞧杨婆子，而是先把绿丫拉到一间屋内，争先恐后问绿丫究竟。

等听绿丫简略说过了，秀儿先叹气："没想到是这样，原来就算卖了你，也救不回你爹。"榛子半日都没说话，过了好一会儿才道："以后绿丫你，也算了了一桩心事。"

绿丫笑了："说的是呢，这两日你们不晓得小全哥和容儿，和娘那个亲热，我就觉得这一辈子的缺憾都没了。"秀儿和榛子各自安慰了她，又笑着说几句，也就去拜见杨婆子。

杨婆子见了秀儿和榛子，已经晓得她们是绿丫好友，可没想到竟是这样两个人，特别是榛子，瞧在杨婆子眼里，那叫一个雍容华贵，这样的人连连称自己伯母，登时杨婆子连手脚都不晓得怎么放了。

绿丫见杨婆子局促就笑着道："娘，您不用这么局促，怎么待我，您就怎么待她们好了。就算今儿来的客人，也多是瞧在我面上来的，您啊，就安心吧。"

秀儿和榛子也一样说话，转眼兰花也来了，兰花的打扮，总算没有榛子那样雍容华贵，于是杨婆子也收起那些局促，和兰花攀谈起来。兰花和杨婆子聊了些家常，总算安下了杨婆子的心。

一时众位客人也来了，果然如绿丫所说，都是为了绿丫而来，自己不是稍待，况且众人都笑着说话，不需要自己去应付。杨婆子的那颗心，这才渐渐安下。

张家酒席散了，绿丫寻到自己娘的话也很快传遍京城。榛子出门应酬，也有人当一件稀奇事说出，榛子也为绿丫分说两句。这日榛子刚进家门，丫鬟就说定北侯夫人到了，榛子急忙前去拜见婆婆。

定安侯夫人正在和秦清说话，见榛子进来受了她的礼才道："有件事，其实我存在心里已经许久，一直没有说出来。最近思前想后，总要说出来的。"

榛子有种不好的预感，但还是笑着道："婆婆有什么事，但说就是，我们做小辈的，能听从的，就要听从。"定安侯夫人对榛子这几句话还算满意，点头一笑："这事说大不大，说小不小，久哥儿已经七八个月了，我们家的孩子，礼仪规矩是要从小教的。等他满过周岁，就送回侯府，好好教养。"

"娘，久哥儿满周岁就要送回侯府，未免太早了！"秦清头一个反对，榛子并没开腔，等丈夫说话。定安侯夫人面上的笑容没变："老三，你是权贵家里出身，难道还不晓得这小小孩子就要教养，不然的话，就会长歪了。你媳妇，是个不忘微贱时候交情的人，这样的人，说一句仗义自不必说，可要教育孩子，可不能只靠仗义。"

这话就透着不善，秦清先瞧了自己妻子一眼，见她低垂着头忙对自己娘道："娘的顾虑儿子晓得，可是儿子幼时，也多是教养嬷嬷……"

"所以我觉得你们弟兄几个的教养，并不是那么好，现在孙子都出来了，娘也能晓得哪里该教养的好。老三，娘这都是为了你好。"定北侯夫人话里带上一些沉痛。

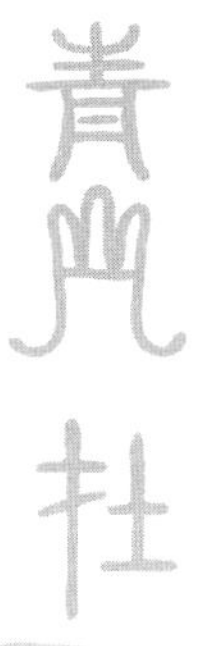

第 33 章　现 世 报

“婆婆的意思做媳妇的已经明白，可是婆婆，不管您怎么说，久哥儿都不能离开我们身边，这小孩子，离开爹娘身边，纵有祖父祖母疼爱，也多不好。”榛子终于开口说话，一开口就是回绝，秦清觉得额头有汗，刚要开言阻止榛子，定北侯夫人已经冷笑了：“我为儿孙操心，倒操心出祸事来了？久哥儿是我定北侯府的孙儿，所要接受的教养自然也是定北侯府的，而不是你……”

定北侯夫人生生地把后面的话给咽下，瞧着榛子道：“此事，我是为了我的孙儿好，并非有别的念头。”

“娘！”秦清又上前一步，话语里带有哀求。榛子对着定北侯夫人跪下：“婆婆为久哥儿好，儿媳明白，可是婆婆，纵然您教养得再好，久哥儿也是我的儿子。既是我的儿子，他就是商户人家的外甥。婆婆，您的一切想法，注定白费。”

你？定北侯夫人看向榛子，见榛子毫不示弱地瞧着自己，心口又开始疼起来，接着定北侯夫人才道：“好，好，你仗义你仁善，你把那乞丐婆子都顶到天上去，不但是你的姐妹还有你的婆子，我……”

“娘！”秦清再次惊呼，榛子已经抬头瞧着自己的婆婆：“夫人到现在，都觉得我进了秦家的门是玷污了秦家的门楣？人，难道永远都不落难了？忍看故交成乞丐，就为了博得众人的赞誉，这样的事我杜嘉敏从不会做，也永远不会做。夫人门第高贵，出身良好，教养自然也十分好，那就更当知道贫贱不可移，富贵不能忘的话。”

“你？”定北侯夫人被儿媳说得怒火上升，起身道，“好，好，你倒是口齿伶俐，老三，我且问你，你难道真要你的儿子和乞丐女儿乞丐孙女都混在一起吗？”

"娘。"秦清也跪下，"娘，儿子当日娶媳妇的时候就曾说过，夫妻同心，永不分离。娘，休说什么乞丐女儿乞丐孙女，也不说伍子胥尚唱莲花落，就说本朝，马状元幼时也曾行乞为生，盖因聪明被他岳父搭救，供他读书，一朝高中状元。人的际遇本就说不清楚，若拿别人曾行乞来耻笑，未免失了些大家风范。"

定北侯夫人没料到自己儿子竟然站在儿媳一边，那股气再忍不下来，冷笑道："好，好，你们夫妻倒是同心。以后，等你们儿子被人嘲讽，那时你们就晓得我说的话是对的。"

说完定北侯夫人就要拂袖离去，榛子已经道："婆婆这话说得奇了，您也说了，久哥儿是定北侯孙儿，翰林儿子，日后前程必不可限量，何等样人才会嘲讽于他？"

定北侯夫人怒极："好，好，果然好一张伶牙俐齿的嘴，以后，你也休要带孩子回定北侯府，我丢不起那个脸。"说完定北侯夫人就离去。秦清忙起身送她，定北侯夫人瞧着追出来的儿子就道，"你迟早会后悔！"说完定北侯夫人瞧也不瞧自己儿子，就登车离去。

秦清徘徊一阵这才回到屋内，见榛子正带着丫鬟在那整理东西，屏退左右才对榛子道："对不住，我没能说服我娘。"榛子已经抬头对丈夫一笑："有什么对不住的？这两年你对我的好，我一直记在心上。谢谢你。"

谢谢你还记得昔日说过的话，谢谢你还站在我这边，谢谢你信任我。这些都是榛子没说出的话，秦清却觉得自己听懂了，握住妻子的手道："我们会好好地教养久哥儿，让久哥儿更成器，以后娘就知道，她的话是错的。"

榛子温柔一笑，秦清把妻子拥入怀中，夫妻一心，其利断金，这不会变。

定北侯夫人怒气冲冲地离去，很快她看榛子极其不顺眼的事情就已传开，当然少不了那些等着瞧笑话的，但榛子每回出门应酬都和原来一样，倒让那些等着瞧笑话的人没了可说笑话处，也只得继续等待。

倒是秀儿和绿丫两人听的这事，都来安慰榛子，榛子反倒笑了："人这辈子，没有遇到这件事也会遇到那件事，又何必去想？再说我的出身，婆婆早就瞧不上，我嫁过去后，她又觉得我不大恭敬，不过是借题发挥罢了。"

绿丫点头："高门大户的，人多口杂，倒比不上我们小门小户，过得自在。"秀儿笑了："是啊，张奶奶，晓得你现在过得是最自在的，没婆婆不说，你娘现在又来到你身边，心中再无缺憾，每日都笑得乐开了花。"

绿丫啐她，接着推她一下："你别只晓得说我，你呢？那位石大爷，最近去得越发频了。”石大爷就是那位数次去铺子里买东西的男子，去的次数多了，连绿丫都晓得他的来历，家里弟兄两个，早早就分家了，石大爷分的田地铺子，倒是丰衣足食。还有两个没嫁的妹妹和他一起过日子。

石大爷也娶过一房，可是没留下儿女就去了。这样的人，又常来秀儿这里，什么意思已经昭然若揭。榛子也笑了：“哎，秀儿，那个石大爷，和你说过没有，他可没有爹娘，你没有公婆在上面，那可是好事。”

“得，你们啊，只知其一不知其二，这没有公婆也就算了，可还有两个小姑呢。还是没出阁的小姑，这大姑子小姑子，可比得上几个婆婆呢。”秀儿也没把石大爷放在心上，笑吟吟地说。

绿丫和榛子难免又嘲笑她几句，三个人谈笑一阵吃过晚饭，也就各自归家。绿丫坐在轿中，瞧着那晚霞落山，心里十分喜悦，唇边笑容很浓，人到了现在，也算毫无缺憾了。

轿子还没到张家门前，就见不少人围在那，小柳条急忙上前去瞧，等回来脸色都变了：“奶奶，有七八个人站在你家门口，在那大哭大闹，说是你的祖母，说你不孝。”来了吗？绿丫并不奇怪，示意轿子停下，就扶着小柳条的手下轿往家门口走。

杨祖母正在那哭得发兴，口里只说自己可怜，大儿子死了不说，小儿子又不成器，现在大孙女嫁得好，本该照顾一二的，可大孙女嫌弃自己家穷，从不归宁，现在好容易寻到，门人还拦在那。

辛婆子早得了绿丫的吩咐，站在门边任由杨祖母在那哭。杨二叔也在那拍着屁股地骂：“大侄女，你出来，你别以为你嫁得好就认不得当年我们的穷家了，我还给你买过糖。”他脚边还有一个七八岁的孩子在那张着嘴哭，口口声声只叫姐姐。

杨二婶还算知道些廉耻，只是在那坐着呆呆地瞧，一个劲地回忆当初绿丫的长相，当初那么小的一个孩子，怎么会有这么大的福气？住这样好的宅子，连门口一个管家婆子，穿的都比自己家好。不，是管家婆子穿的，都跟财主似的。至于另外几个，只怕是这街上的帮闲，在那帮着骂呢。

“这哭了半日，你既然说这宅子里的奶奶是你家孙女，那我可想问问，你还记得她长什么样吗？”瞧热闹的人中突然飘出这么一句，杨祖母继续哭，杨二叔就立即道：“怎不记得？这孩子在我家养了十六年，出嫁时候，我娘还给了她十两银子的压箱钱，谁知她男人发了财，搬到这京城来，就不再理我们了。你们说说，天下有这样的事吗？”

记得二叔当初也还有几分老实，现在瞧来，半分老实都没了。绿丫叹了一声，小柳条已经会意，对身边朱家的管家娘子点一下头，这管家娘子早已明白，况且辛婆子也得过吩咐。这管家娘子就扶一下鬓边的金钗走上前，装作个不知问辛婆子："这是怎么一回事？"

那管家娘子是特地挑出来，年纪和绿丫差不多的。辛婆子早十分恭敬地道："这几位说是奶奶的祖母叔叔婶婶，总之就是家里人，要奶奶收留呢。"

管家娘子哦了一声，瞧向杨祖母，当初绿丫被卖的时候才十岁，在家时候面黄肌瘦，现在过去十多年，那些人早记不得绿丫的样子。见来个穿金戴银，说话做事都十分气派的人，就当这是绿丫。杨祖母呜呜哭了一声就扑上去抱住管家娘子的腿，大哭道："绿丫，我是你祖母啊，你记得吗？那时候你小，总是跟在我后面，叫祖母。"

杨二叔也觍着脸上前："大侄女啊，从小我就知道你是个有福气的人，现在真是有福气，瞧你住的这宅子，这伺候的人，真是修了多少代，才修出你这样的。"说完杨二叔就从身后把自己儿子拉出来，"快，快叫姐姐。这是你大姐姐，以后啊，有你大姐姐照顾你，别说娶媳妇，就是……"

杨二婶有些畏缩地上前："大侄女，你瞧，我们也是惦着你，才来瞧你。"管家娘子瞧他们说了这半日，这才噗嗤一声笑出来："你们说，是养到十六岁才出嫁的？这发家也是后来的事？"杨祖母见问得尴尬，急忙道："大孙女，那些都是原来的事，我们都不提了，从此以后，我们一家子都团团圆圆的。这房子，这下人，啧啧，这都是……"

想着杨祖母就笑了，不管绿丫认不认，自己是她祖母这是事实，要她奉养也是天经地义的，自己儿子没了，当然就是孙女养。以后这就是想吃什么就吃什么，想穿什么就穿什么，过得比那乡里的财主都好。

管家娘子点着自己的鼻子："怎么，你们就觉得我是你的孙女？"杨祖母的脸沉下去："难道我还能认错自己孙女不成？我晓得，你现在富了，日子过得好了，瞧不起我们这样穷家了。可是你也在那家里十六年，这十六年，我们也养了你。人啊，不能没良心。"

"良心？"管家娘子笑了，"你们真的有良心吗？"就知道不会轻易，杨二叔忙道："当然，还记得你爹死了之后，你娘就不要你们，把你们都抛下，还是我这个叔叔养着你们，可惜你弟弟妹妹都没福，还不等长大就死了，现在你过得好，也该回报我们才是。"

"怎么回报？"管家娘子自然要问，杨祖母立即道："我们要的也不多，也就是有吃有住，等到以后再给你弟弟娶房媳妇就是，要知道，你弟弟，才是我们杨家的根。”

杨家的根？绿丫的眼里嘲讽意味更深，杨家的根，那自己的弟弟妹妹就不姓杨吗？祖母她还真是狠心。杨二叔说了一阵还道：“晓得你把你娘收留了，那我们也就来探探你。侄女，我们这是实在没法子，才来寻你，不然也不会来。”

“你们是没法子了，再没有可以卖的了？这不是还有个儿子吗？怎么不把他卖掉？”绿丫的声音冷冷传来，这让杨祖母抖了一下就嚷道：“你们外人不晓得，哪是我卖的，是……”

“我妹妹到底怎么死的，真是没福气吗？”绿丫走到杨祖母面前，瞧着她。这，这是怎么回事？杨祖母被绿丫的眼神瞧得一凛，这才瞧向管家娘子，管家娘子笑了：“你胡说也够了吧？这才是张家奶奶，我啊，不过是我们主人吩咐来瞧瞧罢了。谁知真瞧了一场好戏。”

这个，才是张奶奶，才是自己孙女？杨祖母没想到绿丫会来这么一招，转向绿丫就道：“孙女啊，你就算恨我，也不能这样，我可一直惦记着你。”

“惦记着打算再把张奶奶卖上一回？”管家娘子顺口就接，接着就对杨祖母道，“你可晓得为什么你哭了这么半日，都没几个人出来瞧？因为大家都晓得张奶奶是怎么发的家，什么在你家养到十六岁。张奶奶十岁就被卖掉，吃了足足五年的苦，然后才被人救了，嫁了张爷。从挑货郎担做起，到了现在，哪是你说的那样。撒谎也要撒得有些根据。”

杨祖母的眼眨了眨，接着就道：“不管怎么说，她也是我孙女，要养我。”

“我为何要养你？”绿丫瞧向杨祖母，当年怎么会怕她呢？现在瞧来，不过是个衰老的人罢了，除了会嚷嚷，她还会什么？难道敢上前来打吗？绿丫的话让杨祖母登时就变了脸色：“你连卖了你的娘都养，为什么不养我们？”

“我的娘，为什么卖我，你还不知道吗？我爹重病，你明明有银子不拿出来给我爹看病，娘没了法子，才把我卖掉，得了六两银子，可是还是没有救回我爹的命。你口口声声我该养你。你之于我，差不多是杀父仇人，我为什么要养你？”

杀父仇人这四个字说出来，绿丫觉得一阵放松，杨祖母的脸色登时变了，高声喊道：“胡说，胡说，儿子是我的，我怎不盼着他好，他是没熬过去，才会死的。”

“我的妹妹呢？你把七岁的她卖去做了童养媳，收来的银子自己收着，还不许我娘去瞧她，不到两年小妹就跳了井，她才九岁，要怎样绝望才能跳井？”

“那是那家子禽兽，八岁的孩子就去弄她，她受不了，才跳了井。”对杨小妹的死，杨祖母从来不认为这是自己的错，全是她受不了，不就是这么点事，虽说弄八岁孩子禽兽了些，可这在乡间又不是没听过？这个事实让绿丫眼里全是泪，她几乎想都不想就死死地扯住了杨祖母的衣襟，声音十分嘶哑：“我真想把你的心挖出来瞧瞧，你的心到底是什么样的，是怎样的黑？才会不疼儿子不怜惜孙女，才会把人命瞧得这样轻易。”

“你这个不孝的，你会被天打雷劈的。”绿丫的举动吓到了杨祖母，她几乎是大叫起来。绿丫咬着牙瞧着杨祖母:“不慈不仁的人是你,我孝敬我的爹娘，愿以身去换我爹活着，哪里不孝了？至于你，你还有儿子有孙子，天下也没有一个放着儿子孙子在的，要一个出嫁女奉养的道理。你若不服，前面就是衙门，你尽可以去衙门告我，瞧瞧可有人肯判。”

说着绿丫把抓住杨祖母衣襟的手放开，对围观众人道：“我娘命苦，夫死子女全丧，留下的些许东西都被人搜刮一空赶走了她，行乞这些年才遇到我。这样的人，哪是什么骨血亲人？做的事比仇人还狠，这样的人，今日他们有何面目来寻上门要我奉养。若真奉养了他们，岂不是作恶没有报，善人被人欺，这才是给被天打雷劈的事。”

绿丫说着就瞧着众人：“况且大家都晓得，我姓屈，哪里来的姓杨？”这话让杨祖母一愣就又要叫喊：“这天打雷劈的，把姓都改了，你再改姓，也是我孙女。”见杨祖母要扑上来，绿丫就对辛婆子道：“关门，从此谁敢再上门，都给我打出去。”这一场总是要吵，何不大开着门把他们所为都说说，而不是任由他们在那胡说。想到小妹，绿丫眼里的泪越发流得急了。八岁，什么样的禽兽才会做那样的事？小妹，你若有来生，一定要生在我的身边，让我好好疼你，好好待你。

杨祖母见绿丫转身要进去，顾不得许多就扑上去抱住绿丫的腿：“我是你的祖母，这是实的，你让我进去。”绿丫低头瞧着她，手突然轻轻一扬，杨祖母还当绿丫要打自己，眼不由闭上，谁知绿丫却是扯开一个荷包的口，里面装了满满一荷包的碎银子，这么一扯，那些碎银子滚得满地。

瞧见银子落得满地，那孩子立即扑上去捡拾，嘴里还在叫：“爹，祖母，娘，快些来捡。”这可是银子，杨祖母的眼不由被这些银子吸引去了，但又怕自己一去绿丫就离开，绿丫瞧着她轻声道：“这些碎银子，是我特地兑的，总共二十两，捡晚了，可一点都没有了。”

杨祖母见不光是自己家人在捡银子，还有几个路人也在那抢，立即喊道：

"都不许抢，那都是我的。"放开绿丫就扑过去，瞅准一块大一些的银子一把握在手上，谁知杨二婶也过来抢，杨祖母一脚蹬过去，"给我滚开。"

杨二婶哪里听得进去，这家被杨祖母把得紧紧，这银子捡了，好歹还能做私房，只是闷着头去抢。杨祖母见儿媳不听话了，心里更是大怒，一手握住银子，一手就去抢杨二婶手里的银子，杨二叔和儿子在那边和几个捡银子的路人打起来了，还回头对辛婆子道："这可是我侄女给的银子，快些让他们滚。"

辛婆子瞧了这场好戏，见杨二叔唤自己就下巴微微一抬："奶奶说了，这些银子，谁捡到就是谁的。"说完辛婆子走进宅内，关上大门。杨二叔气得骂了几句，又飞快地和人抢起银子来。

杨家四口人抢了半日，总算抢得十五六两，剩下四五两银子被路人捡去。杨祖母嘴里骂着，要儿孙们把银子都交给自己保管。那男孩可没有这么听话，梗着脖子说："这么些银子，我要去买糖。"

"你想被齁死吗？"杨祖母打了自己孙子后脑勺一巴掌，瞧着那大门才道，"今儿晚了，先去寻个客栈住下。等明早再来。"

"娘，瞧这样子，寻不到便宜，方才还不是说，敢来就打断我们的腿吗？"杨二叔虽觉得银子要紧，可自己的腿更要紧。杨祖母恨恨地道："瞧她一出手就拿出二十两银子，这拔根毛比我们的腰还粗，这样的好主，你真想丢掉，我可不舍得，我也想吃好的穿好的。"

说的也是，杨二叔呵呵一笑就跟自己的娘去寻客栈。

"奶奶，他们去住客栈了，还在那说，等明儿再来。"辛婆子一直守在门口瞧着这家子的动静，此时见他们走了就忙进屋禀告。

"来就来呗，谁还怕他们？"绿丫轻描淡写地说，旁边的杨婆子有些坐立难安："绿丫，我当初就说，不如……"绿丫回身拍拍自己娘的手："娘，你别担心，这是京城，可不是乡下那小地方。再说了，我还怕他们来的次数少了，来得越多，才能让人知道你当初吃的苦。还有，我爹和我妹妹的命。"

杨婆子听到了一些风声，想着自己的小女儿，心里越发酸楚起来，若早知道那家人是这样的人家，当初就是拼上命，也要把女儿留下，而不是任由她被卖。那个娇娇的，会说娘我好想你的小女儿，最后两年，到底吃了什么样的苦头？

容儿手里在玩一个不倒翁，见娘和婆婆都不说话，伸手抱住杨婆子的脖子，睁大眼睛说："婆婆，不要伤心，容儿在呢。"容儿在呢，杨婆子把外孙女抱在怀里，摸着她的小脸："嗯，婆婆不哭，有容儿呢。"

绿丫瞧着容儿和妹妹有些七八分像的面容，轻声说："娘，说不定妹妹受了那么多的苦，现在转生到一个好人家呢。"

是吗？杨婆子瞧向容儿，容儿正对着杨婆子甜甜地笑，也许，自己怀里这个，就是小女儿的转生？上一世为母女，这一世就为祖孙，如果真是这样，那上天待自己一点也不薄。

绿丫瞧着娘看向容儿的眼，终于长叹一声，能这样哄娘开心，也好。

绿丫陪着杨婆子说了好一会的话，小全哥也写完了字，过来和外婆妹妹玩耍，绿丫这才走出门。辛婆子已经等在外头："奶奶，明儿怎么做已经准备好了。"绿丫嗯了一声，见辛婆子有迟疑之色，这才问她："你是不是觉得，我这样做，未免有些不近人情？"辛婆子赶忙摆手："奶奶这样做，定有您的用意。况且，虽说，但这样作为，也着实有些过分。"

乡下常见因衣食不周，于是视儿孙如寇仇的人，但像杨祖母这样，不但忍心看着大儿子无药医治死去，甚至在大儿子死后也一点不悔改，卖掉孙女，逼走儿媳的人着实还是罕见。

绿丫听了辛婆子这叹气才道："是啊，她是我的祖母，按说我该奉养的，可是这样一来，岂不变成杀人的安享富贵，被杀的连一个字都不能喊吗？她生了我的爹，我爹一条命断在她手里，从此就算赔还得干净。那我妹妹呢，我弟弟呢？还有我娘和我吃的这些苦，就要算在她的头上。我若真为了一个好名声把她收进家里，又有何面目去见我的爹爹和弟弟妹妹们？"

绿丫待人素来和善，辛婆子还是头一遭见她近乎咬牙切齿地在说话，想起绿丫小妹的遭遇，不由滴了两滴泪。八岁的孩子，那家子到底是什么样的禽兽？而她的一条命，不过换来的是十两银子。

一条命，就算再贱也是一条人命，可就这样被搁在水里，小妹跳井的时候，可曾想过来生？绿丫把眼里的泪擦掉，既然来世不能报，那就现世报吧。

第二天一大早，杨祖母带了儿孙出现在张家大门前，昨夜睡得好，杨祖母吃晚饭的时候还啃了一大个鸡腿，此时出现在张家门前，更是容光焕发有了主意，一到门前，杨祖母就躺下，杨二叔和那孩子就跪在旁边哀哀地哭。

杨二婶的任务，是要诉说绿丫的不孝，好让众人都晓得。杨二婶虽想着银子，但也知道这银子到手，按了杨祖母的脾性，是不会给自己半钱，现在杨婆子就在里面，自己和杨婆子也有那么十来年的妯娌情分，也曾悄悄地趁人不注意，给杨婆子一两个馒头，如果杨婆子能周济自己一二，不是比钱全到了杨祖母手里的好？

因此杨二婶虽坐在地上，却没有哭出半声，而是想趁张家出来人的时候，把这话给杨婆子递过去。这么些年，杨二婶真觉得自己的日子也过够了，怀了那么多胎，前头四个都因为是女儿，被杨祖母溺死在尿桶里。等到第五个总算是男孩子，但又天生没有粪门，杨祖母眼都不眨，又把这拿来溺死。

那时杨二婶就觉得，是不是自己女儿死得太多，天上神仙才给自己一个没有粪门的儿子？第六个也是女儿，见杨祖母又要拿来溺死，杨二婶苦苦哀求，还是被杨祖母一句，家里那么多张嘴了，再养一个赔钱货做什么？又拿来溺死。那个女儿杨二婶记得很清楚，有大大的眼，雪白的皮肤，一头黑黑的胎发，一点也不像刚落草的娃娃，可是只见了她一眼，连她的哭声都没听清楚，就被溺死。

第七个生下的孩子，总算是男孩，也有粪门，但杨祖母对这个孙子，也没有过多疼爱，只一味教他要去争要去抢。杨二婶原本以为，自己这辈子也许就是这样过了，等到老来，大概就和杨祖母差不多，也逼着儿媳生儿子，生下女儿就溺死，只把银钱放在心上，别的任何都不真。

可等到绿丫认母的消息传来，杨祖母在那筹划着要让绿丫奉养，杨二婶心里才冒出一丝别的念头，是不是自己也可以过一种别的生活，而不是这样戾气十足的日子？特别是当昨日瞧见绿丫时候，杨二婶只觉得面前是仙女下凡，而不是那些常见的人。也许，自己可以去求一求，在这样的人家，就算当个粗使婆子，也好过继续回家伺候婆婆的日子。

杨二叔和儿子哭了半晌，见杨二婶坐在地上呆呆的，不由伸脚踢杨二婶一脚："你这个女人，带你来一点用也没有，昨儿不会求，今儿又这样。"杨祖母在地上躺了半晌，见没什么人来，心里也着急，又听儿子这样说，坐起身来就往儿媳脸上打了一巴掌："养你是做什么用的？生了好几个才生下儿子不说，什么事都不会做，你赶紧说绿丫如何如何不孝，差点把我气死的话。"

杨二婶越发觉得自己的日子过不下去了，婆婆的打骂更是让杨二婶无法忍受，爬起来就道："你为什么不早被活活气死？"杨二婶这话让杨祖母怒火上升，几乎是扑过去就打自己儿媳："几天不打你你就不晓得自己姓什么了？我为的什么，还不是为的你们？有了银子，什么不能做？"

"银子银子银子，你只知道银子，可人家认你吗？这是什么地方，这是京城，你当是我们乡下地方？"杨二叔见自己的娘打媳妇，也跟着过去往媳妇脸上打了一巴掌："叫你做事就好好地做，要不是娘拦着，早在你生不出儿子的时候，我就把你卖了。”杨二婶听了这话真是悲从中来，无比较也就罢了，可这一有了比较，见自己认识的人现在穿的戴的都是自己不认识的，吃的喝的只怕更加精致，就有这辈子白活了的冲动。

此时男人又口口声声昔日就要卖了自己，杨二婶猛扑过去就要撕咬：“你还要卖我，真卖了我，你拿什么去再讨一房？”杨二叔不料被自己打顺手了的媳妇竟会反扑，气得要死，抬手就打举脚就踹，刚打了两下就听到有人问：“你们这是在做什么？这京城大街上，天子脚下，哪能当众打人呢？”

杨二叔抬头见是两个衙役打扮的人，急忙道：“差爷差爷，我们是来寻亲的，这娘们说丧气话呢，我这才教训她两句。”那两个衙役听了这话就哦了一声，往杨二叔身上瞧去就道：“来寻亲的？可这一片住的，都是什么样的人家，那是我们老爷见了，都要客客气气的人物，哪有你们的亲戚在里面？定是来招摇撞骗的，赶紧给我走，不然的话，就让你们进牢里试试。”

进牢里？杨祖母吓呆了，她不过是乡下无知妇人，哪晓得这些道理，登时就大哭起来：“绿丫，我是你祖母啊，你不出来见我也就罢了，怎还让人来吓唬我？”

另一个衙役已经咳嗽一声：“既然说你是这里面人的亲戚，你们姓什么叫什么也要告诉我们，我这兄弟办事鲁莽，不晓得这些道理也是有的。”

杨二叔急忙道：“我姓杨，这是我的母亲，我们原本兄弟二人，哥哥过世已久，这宅子里的奶奶，是我大侄女，这次，是特地来投奔她的，谁知她不肯认，这人啊，一富贵了就不记得穷人了。”

“扯谎，你姓杨，这宅子里的奶奶却是屈氏，哪里是你侄女，走吧走吧，你找错人家了。”

衙役的话让杨二叔的眼瞪大，原本以为绿丫扯谎，谁知竟是真的，她现在竟是姓什么屈？立即就道：“差爷，我们实实在在是她的亲戚，昨儿啊，她亲口承认的。”亲口承认？两衙役相视一笑就道：“你们也要寻出个人证来，哪里能拉到一个就说是亲戚。”

杨祖母那双眼在那咕噜噜地转，突然看见朱家昨日那个管家娘子，急忙喊道：“昨儿她也在，她也听到绿丫说了。”那管家娘子本就是故意出来的，见衙役瞧向自己就忙道：“两位差官大哥，我昨儿确实路过了，也听了一耳朵，可是并没听到张奶奶说什么这是她的祖母，倒听到几句，说这是她的杀父仇人。啧啧，这杀父仇人，谁知道还有什么？”

“就是，这杀父仇人可是人命官司，地方上也没报上来，那些里正，又惫懒了，很该狠狠地打一顿。”两衙役一唱一和。说的就是这件事。

里正算是这对母子能见到最大的算官儿的人了，听衙役这话说的，顿时吓得脸都白了。衙役本就是收了绿丫的银子，特地来吓唬这几个人的。见他们脸都吓白，说得更为大声。活似下一刻就要把这几人往牢里送。

杨祖母惜命，立即就对儿子道：“我们先回客栈吧。”

“娘，客栈住一晚，就没了一钱银子，我们怎么住得起？”杨二叔愁眉苦脸地说，京城确实好，可这京城什么东西都要用银子，住店吃饭都要银子，想起昨晚娘啃掉的那个大鸡腿，杨二叔就肉疼。一个鸡腿就要二十个铜板，二十个铜板在乡里能买一只鸡了好吧。

杨祖母狠狠地剜自己儿子一眼，衙役已经笑起来了：“四个人这一晚花一钱银子的地方，哪是什么好地方，亏你们还叫。没银子的话，就赶紧回你们乡下去，别在这丢人现眼。”说着两个衙役往杨祖母身上一瞧，又掩口笑起来。

要换别人敢这样，杨祖母定要狠狠骂了，可这是京城，人家又是衙役，自然不敢开口骂，只扯了孙子的手就走，杨二叔立即跟上，见杨二婶不跟来，一脚踢在自己女人身上，让她赶紧跟上来。

杨二婶往张家宅子那里瞧了眼，不见一个人出来，有些恋恋不舍地赶紧离开，一定要求嫂嫂收留，离了这家。

等杨家四口人走了，张家大门这才打开，辛婆子走出来，对两个衙役道：“谢了，这点银子，拿去喝茶。”轻飘飘一两银子捏在手上，两个衙役也不嫌少就笑着道：“这种小事，哪还需要接赏？况且平日张爷待我们极好。只是想打听下，这几个人，是否……”

不等辛婆子回答，朱家那管家娘子已经道：“要说世上有些人，哪是骨血亲人，比仇人还狠，仇人害了你，还能想法报仇，可是这几个人，却打不得骂不得，只能想法赶走。最可笑天下还有那么一等平日不贤不孝之徒，也只知道一点点，不晓得所有，就在那嚷，这总是亲人打断骨头连着筋的，也不知道有这种亲人，还不如没有。一家子还能安安静静过日子。真要像他们所说，接了进来，一家子那就是永无宁日。况且地下的人也不得安宁。”

朱家管家娘子虽没明说，两衙役已经明白了，他们都是做公做老的人，自然晓得这世上许多事情是不能为外人道的。况且绿丫的身世，平日也知道一二，而她的生母流落为丐，绿丫也肯认她，定是个善心人，这次既不认，绝是那家子的不对。也没多说什么就告辞了。

辛婆子谢过那管家娘子，也就回转宅内。绿丫听她说完大略才道："我瞧他们那十来两银子，能在这京中过几时。"辛婆子点头，若能从长计议的人就该拿了银子回转，十来两银子，在乡下地方也能济了大用，而不是依旧在这京中，谋划着逼绿丫认他们。别的不说，软刀子杀人都不知道，这样逼迫，只会让人越发厌恶他们。

绿丫说完就想一想："娘要问起，就说他们已经回转乡下去了。"辛婆子应是，就听见外面传来容儿的笑声，接着是杨婆子的声音："我们容儿最乖了，阿婆给你做五毒香囊好不好？听说过端午节要挂这个。"

容儿自然连声赞好，又往杨婆子脸上亲了亲。绿丫挑起帘子走出来，笑吟吟瞧着这一切，容儿已经伸出手要娘抱，绿丫把女儿接在怀里，杨婆子见了，笑着笑着眼里不觉有了泪，现在的日子，真是从没想过的，要是小女儿能活到今日，绿丫一定会帮忙把她救出来的，可这样一来，小女儿又要多受那么些年的苦，到底是早些解脱好呢，还是多受这么几年的苦，到现在过好日子好？

杨婆子想不出个答案，站在那里，竟有些痴了。绿丫回身瞧见就道："娘，等这边事情了了，我们去给爹和小妹，重新把坟做了吧。"

这一声又惹出杨婆子的泪来，用袖子擦一下泪才道："你小妹没有坟，横死的不到十岁的孩子，被那家子随便抬到山上什么地方就埋了，那年发大水，大水把那个地方冲平了。我的女儿，竟连尸骨都没留下，她前生到底做了什么样的孽，今生才会这样？"

父亲的坟是祖母说，病死的人就别埋进祖坟了，随便找了个地方埋的，那时绿丫虽不在，但听杨婆子说起后，还是心里一酸。把娘抱一下什么都没说。杨婆子过了好一会儿才叹气："你别笑话我，我是一想起这个就心里发酸。我真是个无能的人，什么都护不住。我该拼死……"

拼死把女儿护住，拼死让儿子不要在发大水的时候出门放牛，拼死让婆婆拿出银子来。可是这些都没做到，于是就眼睁睁看着什么都没有，那样柔顺，逆来顺受，最后也不过是被赶出家门，无处可去。

绿丫把娘的肩膀搂紧一些："娘，您别再自责了，那些事，都过去了，以后再没人会欺负您，再没人会折磨您，您以后，只要安安稳稳过日子就好。"至于杨家人，有我来收拾。杨婆子看着女儿，又欣慰又心酸。

杨家的人又接连来了两三日，可是每回都是刚躺下就有人来冲散，眼见着银子越来越少，杨二叔和杨祖母起了分歧，杨二叔非要立即回去，还剩的十两银子，也够给儿子说个媳妇了。杨祖母定要还留在京城，就不信绿丫能抵住不肯出来。趁他们俩吵的时候，杨二婶悄悄溜出客栈，往张家来。

这几日杨二婶别的不熟，从客栈到张家的路是非常熟的，快步跑到张家时候，见张家守门的人正在那关门，急忙冲过去，快速地说："求求你，我不求别的，只求能见嫂嫂一面。"

虎头仔细瞧了瞧，见是杨二婶，也不理她，流水就要关门。杨二婶急忙扑上去用手死死地扒住门："我和他们不一样，我不求别的，我只求能见嫂嫂一面，我也命苦。"说着杨二婶哀哀地哭起来。

虎头抓抓后脑勺，丢下一句等着就把门给关上，走到二门处告诉了辛婆子。

"二婶要见我娘？"绿丫听了那眉就微微一皱，"也不必了，她若想要银子，就给她四五两银子，也好让她回去做个私房。"辛婆子应是，刚要转出去就见杨婆子走进来，辛婆子忙给杨婆子行礼。

杨婆子示意辛婆子别走，这才问绿丫："我好像听见二婶要见我，说起来，她也是苦命，生了那么多的孩子，也就留了这么一个，剩下的，全被你祖母溺死了。"杨婆子这话说得声音平平，却听得绿丫吸了一口凉气，难怪见二婶经常大肚子，却不见她生孩子是这样来的。

想起原来，杨婆子又是苦苦一笑："你祖母心狠，你那几个堂妹，全是被她溺死的，不光是那几个，还有……"说着杨婆子就滴泪，"算起来，你还有两个妹妹呢，也是见是女儿，就被你祖母溺死了。你小妹要不是你爹护着，只怕也……"

"娘，"绿丫把自己娘的手紧紧握住，"那些事，都过去了，真的，都过去了。我晓得，您是要见二婶，这样吧，我来安排，明儿再见好不好。"杨婆子瞧着女儿，女儿现在是真的很能干，不再是那个怯生生的，只能跟在自己身后的小姑娘了。杨婆子对女儿点头，什么都没说。

绿丫让辛婆子出去对杨二婶说话，杨二婶在那等了许久，见那门总是不开，又巴巴地等了会儿，才见辛婆子走出，杨二婶立即整整衣衫，眼巴巴瞧着。

辛婆子走到杨二婶跟前才道："我们奶奶说了，您要真想见我们太太，就在明儿，也这个时候，去后门那等着。至于……"辛婆子说着拿出一包碎银子来，"这些，我们奶奶说，就给您做私房。"

杨二婶双手忙摆："我不要银子，真的，我不要银子，我只想见见嫂嫂，说说话。"

"说说话也平常，只是你别动什么别的主意，我们奶奶，早不是原来那个和你们在家里时的姑娘，而是这宅内的当家奶奶，交游广阔，若不是念着你们总是故去老爷的娘，这京城里面，从来少不了手段。”

这种话杨二婶听得少，杨祖母说了，世上只有长辈怎么待晚辈晚辈也不能反抗的事，如果晚辈敢对长辈忤逆，那是要天打雷劈的。杨二婶小心翼翼地问：“这，不是忤逆吗？”

“忤逆？”辛婆子又笑了，“自卖自身那种事不论，就说哪家的规矩，不是被爹娘卖掉了，从此就和爹娘没关系，生死由了主人，爹娘没了这边知道，也要主人开恩才能回去瞧瞧，更有那不知道的。我们奶奶，当初怎么出来的你是知道的，此时又何必多说。”

杨二婶急忙应是，辛婆子还是把那包银子塞给杨二婶，也就回身进去关了门。

杨二婶又在门口徘徊一阵，也就匆匆往客栈赶，进到客栈里面，杨祖母和杨二叔还吵得热闹，客栈掌柜在旁劝架，见杨二婶进来就急忙道：“你们这一家子，到底吵个什么，早出晚归的，也不做正经事，再这样，不许住了。”

杨二婶急忙赔笑对掌柜的解释了，又上前去劝自己婆婆：“婆婆，您就别再说了，这京城，花销大，我们……”话没说完就挨了杨祖母一吐沫：“我待你们好还待出错了？我若不是为了你们，哪里要这把年纪还来城里？你们啊，一个个都不能干，若能赚回银子，我也不用这样操心。”

杨祖母还待再骂，掌柜的已道：“真是烦人，开了这么些年客栈也没遇到这样的人。再吵，就都给我滚出去。”听到滚出去三字，杨祖母这才狠狠捶了儿媳一下，要她跟自己进屋。

杨二叔却动着别的心肠，不如把那银子一拿，带着儿子走了算了，至于自己媳妇就留在这，两个女人，没了男人，就在这京城随便她们，能活下来就是她们的造化。

杨二婶并不知道自己丈夫的心思，这夜辗转反侧，怎么都睡不着，等到天亮，就悄悄地想爬起。杨二叔听到声音就喝道：“你起来做什么？要去做贼吗？这客栈有热水，不用你烧。”

杨二婶想了想就把昨儿那包银子拿出来，对自己丈夫道：“我昨儿，出去的时候拾到一包银子，足有五六两呢，想着今儿再去，不晓得能不能再捡到。”

五六两银子？杨二叔登时睡意都没了，从自己媳妇手上抢下银包就掂了掂，接着就对杨二婶道：“媳妇，你也真笨，这银子哪有天天捡到的，不如再去一次。”

杨二婶得了这话，连声应了，穿好衣服就悄悄出了客栈，此时天才大亮，街上人并不多。杨二婶一口气跑到张家后门处，在那眼巴巴等着，后门很快就打开，辛婆子招手让杨二婶进来，杨二婶长出了一口气，走进门里。

杨祖母睡了足足一觉，打算起来后再去张家闹，连声叫儿子儿媳，可都毫无声息，走到那门口一瞧，才见儿子儿媳连着孙子，全都不见。杨祖母这下魂飞魄散，拉住伙计问："我儿孙都去哪了？"

伙计打个哈欠："今儿一早，先是女人走了，然后是你儿子带了你孙子走了，想来，是他们商量回家去了。"

回家去了？杨祖母听了这话就愣了，张开嘴刚要哭，掌柜的已经过来："这房钱是一日一结，你家今晚还住不住，不住的话，就赶紧走。"住，当然要住，现在儿孙媳妇都走了，自己不住在这里，逼绿丫过来接人，怎么能过日子？杨祖母连连点头就跑进屋里去拿银子，刚把包银子的纸包拿出来就大哭起来，昨晚临睡前还数得好好的银子，此时竟只有几块极碎的银子，全凑起来，连一钱都没有。

杨祖母怒从心头起，刚要哭几声就冲出房门外抖着纸包对掌柜道："你这客栈出了贼，我的银子，足足十三两，现在一钱都没有，你赔。"客栈掌柜性气可没有那么好，定睛一看问了伙计就道："你少在这说巧话，还我这客栈里有贼，明明是你一家子商量好了，儿孙先走，你再在这里跑出来说银子不见了，诬赖我这客栈里有贼。我这客栈开了总有三十年，从我爹那辈就开起，从没少过客人的东西，今儿就是你家要诬赖我。"

说着掌柜的就喝伙计："赶紧去报官，就说我这里遇到骗子了。"伙计答应着出去。杨祖母还要再嚷，掌柜的已经上前要把她扯了关去柴房，"你这骗子，还想骗我家的银子，等差爷来了，你和他们去说。"

杨祖母没料一瞬之间自己被说成骗子，登时嘴一歪就大哭起来："你这挨千刀的，有人偷了我的银子，你不去帮我寻，还在这骂我是骗子。我这么老，哪里骗了？"

"做骗子的，男女老幼都有，前些年还抓了个团伙，里面最老的，都八十了，你比八十总要小那么几岁。"掌柜的把杨祖母丢进柴房，锁好门就冷冷地说。

杨祖母没想到这在乡间百试百灵的招数，在这城内竟不起作用，哭了两声就扑到窗口大骂，可是哪里有人理她。倒落得自己口干舌燥。

此时杨二婶已经见到了杨婆子，瞧着杨婆子今时不同往日的打扮，杨二婶那是掩饰不住的羡慕，和杨婆子说了几句闲话，杨二婶就想开口求杨婆子收留自己，可又想到她也是住在女儿家，比不得，又在那徘徊。

杨婆子已经让厨房去备午饭："二婶，你我总算妯娌一场，在这吃了午饭就走吧，至于以后，你也只有回去好好过日子。"杨二婶听了这话眼睛里就一包泪，接着就跪到杨婆子跟前："嫂嫂你救救我，那个家，我实在是不能回去了。孩子虽是我生的，却被他祖母教得不像是个人，成日对我这个娘也是张嘴就骂，举手就打。等以后长大，娶个媳妇回来，媳妇和善些我还能过日子，不和善些，只怕就是他们的下饭菜。嫂嫂，我也只想过几日像人一样的日子。"

杨婆子见杨二婶跪下就吓到了，急忙弯腰去扶，但杨二婶怎么肯起来，只是在那哀哀地哭。杨婆子索性也跟着一块跪下："二婶，你的心事我明白，可是我们命不好，遇到了就受着。"杨二婶抬头瞧着杨婆子，扶着她的膝盖就哭起来："嫂嫂，这么些年，我们也没说过什么心里话，我真是怕了，真的怕了。"

这一句让杨婆子也忍不住擦泪，虽说这世间女儿家比起儿子来，命是更贱些，可那总是肚子里掉下来的肉，就这样被溺死一个又一个，做娘的心，就算是块石头，也会碎成千百块。更何况这颗心，还不是石头，而是肉做的？

杨婆子思量一会儿，把杨二婶的手拉住："这事，你是晓得的，是我女儿做主，我还是得去问问她。"杨二婶听杨婆子有些松口，急忙点头。

杨婆子顺势把她扶起来，自己也起身，也就走出门外去寻绿丫说话。

绿丫正听辛婆子说杨祖母被客栈主人说是骗子，这会儿都到衙门里的话，就瞧见自己娘进来，忙让辛婆子停下，起身走到自己娘面前："娘，有什么事？"

杨婆子这颗心也是十分忐忑，这些银子，都是姑爷赚的，养了自己不说，还要再养一个婶娘，那叫什么话？辛婆子知机，退出门外，杨婆子的脸这才红了又白："绿丫，方才你二婶找我，说是不想回那个家了，还说她这四十年，苦也受够了，偏偏老天又不收她回去。还说你那弟弟，十分不成人，对你二婶也是张嘴既骂，抬手就打。"

杨祖母自然教不好孩子，绿丫听自己娘说这话就明白了，拍拍杨婆子的手就道："娘，您也晓得，哪里安置不了这么一个闲人，只是二婶毕竟是有丈夫的，现在安置了，以后二叔跑来，然后再……那么一家子虎狼似的，真是恨不得别人的银子全给了他们，他们还要嫌你没有把命给他们呢。"

绿丫说的这话，杨婆子也想到了，听了这话就不言语，过了好一会儿才道："我就想着，你二婶也是个苦命人。你不晓得，她生了七胎，才活了这么一个，你现在大了，我也不瞒着你，你那些堂妹，生下来还是活的，可全被你祖母给……”

给生生地溺死，就因为她们是女儿，绿丫觉得眼睛又有些酸涩，拍拍母亲的手安慰：“娘，我晓得，你心善，瞧不得人吃苦。我还记得，那时有乞丐来，你还要分半碗自己的饭给他。更何况二婶又是您认识的，这样吧，二婶先在这里住着，等过两日，我想个稳妥法子，把她给安置了。只是不能安置在这京城，必要远远地去。”

杨婆子连忙点头：“绿丫，我晓得你人好。我这就回去给你二婶说去。能吃一口安闲茶饭，她还巴不得呢。”绿丫送杨婆子出去，辛婆子这才又转进来：“奶奶，那位要怎么处置？”

绿丫晓得辛婆子说的是杨祖母，微一思索了就道：“你往衙门里使点钱，让她在衙门里过一夜，受些惊吓，就送回去。经了这么一回，就算是有座金山，她也不敢再动脑筋了。”辛婆子应是，这就出门去料理。

杨祖母进了衙门，堂上官也不管她叫不叫屈，就要先打二十板子，吓得杨婆子屁滚尿流，哭爹叫娘都不起作用，还是个师爷在旁说，看她年老，也就免打，等枷一日再说。

杨祖母听得免打，心里刚松了一口气，就见人抬过来十三斤重的枷，要给她戴上，瞧见这么重的枷，杨祖母又对着堂上连连磕头。见她受的惊吓够了，堂上官这才道让她暂且收监，等明日再说。

杨祖母被关进牢里，一个老太婆，也没监子过来罗涅，等饭时，送来几样粗劣不堪的饭，连菜都没有。杨祖母也只有荒年才吃过这样的饭，闭着眼睛咽下去，那牢里老鼠乱窜，一个个老鼠还不怕人。杨祖母毕竟年老，又没经过官，吓得一夜都没合眼。

等到早起，就被提出，堂上官说查清楚了，本是客栈弄错，可杨祖母也不合和人争吵，念其年老，免打免罚，着衙役送回乡去。

听到客栈弄错，杨祖母还想叫屈，可早被衙役两边膀子拉起出了衙门，要把她带走回乡。杨祖母着实心疼自己的银子，在那哀哀地哭，衙役们谁理她，虽没往她腿上打棍子，可也催着她快走。

等快出城，杨婆子还在盘算，就见前面站了一群人，杨祖母定睛一瞧，见是绿丫，那股气又上来了，不管衙役就要冲上去打绿丫：“你这个不孝的忤逆种，早晓得你是这样的人，你生下来时，我就该把你往尿桶里一扔，而不是让你活到现在。”

绿丫不闪不避，只冷冷地道：“您姓杨，我姓屈，不是一家子。”杨祖母的嘴一张就骂："你少在这装，前日你在这家门口说的什么，你忘了吗？"

"有见证吗？您给我寻个证人出来。"证人？证人，杨祖母在那瞠目结舌，不晓得该说什么，猛地想起一个人："你敢不敢把你娘叫出来和我对质？"

"你配吗？"绿丫淡淡反问，接着就对杨祖母道，"我来，不过告诉你，就算你把那日在门前的人全找出来，也没人会承认，我曾说过那么些话。并不是我势大而是公道自在人心。你当初做出那些事的时候，可曾想过今日的一切？这是报应，是你自己做的，你就收着吧。"

绿丫说完就让开，杨祖母的嘴又咧大一些："绿丫，我不管怎么说，也生了你爹。"提到自己的爹，绿丫的身子微微一颤就转头道："我爹尸骨无存，就算欠了你一条命，也早还了。"

说完绿丫就离开，不管杨祖母在那哭闹，衙役早已上前把杨祖母拉起，让她赶紧离开。杨祖母一步一哭，哭到家里，又和儿孙们吵了半日。衙役们得了绿丫的钱，倒没再要草鞋钱，却也寻了里正来，让里正把这家子人好好看起来，别让他们随便出村去惹麻烦。

里正连连应是，杨祖母筹划了好几日，最后只得了十多两银子，还跑了个儿媳，少了个出气筒。回家没有几日，杨二婶的娘家兄弟听说自己姐姐去了一趟京城就不见了，带了人来杨家吵闹，把杨家打得一片精光，又把那十三两银子抢走，说这样也算抵了自己姐姐一条命了。

杨祖母见了这样，气得躺在床上，成日骂个不停，可没有人肯听她的，也没人来服侍她。杨祖母躺了两日，也只得起来做饭洗衣。杨二叔去了一趟京城，也跟着怪自己娘不迭，说自己娘当初若不是做得这么绝，到现在也能沾到些好处，而不是像现在一样，连门都进不去。

杨祖母又不是这样和善人，见儿子念叨就和他对打，打了几回都输了，也只得乖乖地给儿孙做饭洗衣服侍他们。

"二婶，那地方虽说离京只有三十里，可离杨家庄还是有些远，您好生住在庄里，不会少你的茶饭。至于您娘家，您若实在想着，偷着来往也成，只是千万不能泄露出去，不然的话……"

"绿丫，你放心，我定不会说出去，别人问起，我就说是那样在家里被男人打，受不住逃出来的，正好这庄子的庄头是我亲戚，就住下了。至于我娘家，我晓得，虽比杨家好点却也有限。"

想着，杨二婶又忍不住落泪，绿丫安慰她几句，又把给她做的几件衣衫和二十两银子送上。杨二婶这次，去的是眉姨娘的一个庄子，这庄子虽不大，也有三四百亩地，住的人都是知根知底的。

杨二婶去那里，也无须帮着做活，每日吃些安闲茶饭就成。这是绿丫和榛子秀儿三人商量之后，定下来的法子。毕竟杨二婶比不得杨婆子，她有丈夫有孩子，真留在这里，就是无尽的麻烦。

送走了杨二婶，绿丫见自己的娘有些怅然若失，明白她是没人陪伴，挽住她的胳膊说："娘，您要嫌我忙，没空陪你，你也可以去寻朱婶子，还有……"

杨婆子急忙摆手："我不是嫌没人陪，我啊，是在想，等姑爷回来了，怎么和他说呢。"绿丫噗嗤一声笑出来："不是给他写信了，这会儿他都晓得您来了，您啊，就踏踏实实地。"

杨婆子嗯了一声就又道："可是，你那样对你祖母，我是怕……"

"是怕天打雷劈吗？"绿丫把自己娘没说完的话给说出来，杨婆子点头，绿丫把娘的肩膀拢一下就道："娘，就祖母做的那些事情，如果真有雷公，如果真有地狱，那也是她该下地狱，她该被天打雷劈。我从不知道，一个逼死儿子、孙女的人，能有好下场。"

也许是绿丫的语气坚定，感染了杨婆子，杨婆子也嗯了一声。作恶的人，必将得到报应，这才是天公，而不是被人奉养，舒舒服服过完余生。

时光过得那样快，转眼就到了九月，张谆也从广州回来。回来那日已过了重九，满城的菊花都将残，张谆回来那日，杨婆子一早起来就在那坐立难安，收拾好了在那走来走去，绿丫晓得自己娘的心事，让容儿跑去问她。容儿走到杨婆子跟前就歪着头问："婆婆，您今日不开心，是不是容儿不乖？"

杨婆子急忙把容儿抱在怀里："怎么会，我们容儿最乖了。"容儿的眼眨啊眨："那您为什么不开心？"我？这样的话怎么能让小孩子知道？绿丫笑吟吟望着杨婆子，杨婆子把容儿搂紧一些。

容儿的眼还是那样眨啊眨："我晓得了，是不是您怕爹爹发脾气？爹爹最好了。"杨婆子被外孙女说中心事，只是把孙女搂得特别特别紧。绿丫刚要说话，辛婆子就进来报，张谆已到门外，绿丫让容儿和杨婆子在里面等候，自己出门带着人把张谆迎进来。

杨婆子站起身想跟出去，又重新坐下来，容儿很想去接爹爹，但娘说的话就要乖乖地听，于是就在外祖母怀里等着。外面已经传来脚步声，接着帘子掀起，张谆就走进来。

杨婆子想起身，但又不晓得该怎么说话，容儿已经从杨婆子膝头跳下："爹爹，爹爹。”张谆把容儿拉住，瞧了一眼这才走上前给杨婆子双膝跪下：“小婿见过岳母。”

杨婆子只觉得自己从没见过张谆这样俊朗的人，又听到他喊自己岳母，更何况还有俗语，丈母娘瞧女婿，越瞧越欢喜。杨婆子瞧着张谆，真是觉得挑不出一丝一毫的不好来。只乐得嘴都合不拢，方才张谆要到家前杨婆子的那些烦恼全都烟消云散。一个劲儿地说绿丫有福气。

“岳母这话说的，小婿就要驳一句了，是小婿有福气，得娶贤妻。”这话让绿丫的唇微微一抿就笑了，望着丈夫道：“哎，这才几个月没见，就学得油嘴滑舌了，是不是去了什么不该去的地方我不晓得？”

杨婆子从没听过妻子可以对丈夫这样大胆的，忙要说绿丫就听张谆笑吟吟地道：“岳母面前，怎敢扯谎？我娶了你，的确是我莫大福气。”绿丫这才又是一笑，让人去备酒席，索性把兰花一家、张大伯和楚氏一家也都请来，众人说说笑笑，做个团圆席面，就当这是晚来的庆祝重阳的酒。

到了此时，杨婆子终于放心下来，自己女儿说的话，确实不错，夫妻之间毫无隔阂，这真是想都想不到的福气。杨婆子一开怀就多喝了两杯，被人扶去睡了。

绿丫又送走客人，收拾好了东西这才进房，见张谆坐在灯下还在瞧账，不由走上前去把他的算盘一拿：“你这从来都不肯忘掉算盘账本，去那些地方，会不会被人笑满身铜臭味？”

张谆抬头，见妻子眸光盈盈，耳边的石榴石耳环衬着她的红唇，宛若二八少女一样，不，比二八少女更多了一分不一样的风情。张谆久旷之人，此时不免有些动火，把那账本算盘一收就顺势搂住妻子的细腰把她抱在膝头：“嗯，在岳母面前盘问了我不算，在这时还要问我？你放心，我从不去那些地方的，有人要约我，我都以身体不好推了。”

绿丫搂住丈夫的脖子，似乎整张脸庞都在发光：“身体不好，什么样的身体不好？”张谆嗅着妻子身上熟悉的香味，不由把鼻子往她脖子上埋去：“见了你，身体自然就好了。绿丫，我很想你。”

接下去的事自不必细说，等喘息初定，绿丫在丈夫怀里翻了个身才趴在他胸口，和他絮絮叨叨地说着他离去后，自己遇到的事情。虽说这些事，两人来往书信上都说过，可像这样慢慢地说，还是别有一番风味，听到杨家人的作为，张谆不由握住妻子的腰，接着方道：“你小时候竟受了那么些的苦。我本以为，我遇到的，已经很苦，可和你的苦比起来，就不值一提。”

“如果我受的苦，为的是能遇到你，那再多受些又何妨。”绿丫玩着丈夫鬓边的头发，认真地说。这话让张谆的心微微一动，接着就低头亲住妻子的嘴。绿丫任由丈夫亲着自己，如果所受的苦，能够让彼此遇到对方，那么等遇到你的时候，我会欢喜，十分欢喜。

张谆虽风尘仆仆又劳累了一夜，可第二日还是神清气爽地去见榛子。绿丫送走了他，就去见杨婆子，杨婆子昨晚是和容儿睡的，见了女儿神色就明白了，不等女儿说话就露出笑：“虽说小全哥不错，容儿也好，可你要能再生一个，也是好事。”

当着容儿的面，绿丫的脸腾地就红了，有些嗔怪地叫声娘。杨婆子把容儿放下，让她出去寻人玩去，就对绿丫道：“娘和你说的是正经话，再说你再有个小的，我也能帮忙带。还能给他做从小的衣衫。小子不错，可姑娘也成。像容儿这样惹人疼的，真是再多几个也没事。”

娘是想从头到尾地给新生孩子做衣衫吧？绿丫嗯了一声就道：“娘要想做，不如去给榛子的孩子做，她现在也四个月了。”杨婆子打女儿一下：“胡说，她那边，那么多针线上的人呢，难道还少了我的一份针线？再说了，她那姑爷，是什么样人家，定北侯府的公子，我做的东西，人家哪瞧得上？”

绿丫又笑了：“娘，不一样，真的，真的不一样。你要做去，榛子一定很高兴的。”

真的吗？杨婆子有些怀疑地笑，绿丫已经让小柳条去把那些布料抱来，兴致勃勃地寻着布料，要给榛子肚子里的孩子做衣衫。杨婆子原本半信半疑，但见绿丫说得欢喜，于是也就把在那挑选布料。

给孩子的贴身衣衫，要用松江棉布，外衫可以用潞绸。顶好要花团锦簇些，绿丫和杨婆子挑着笑着，挑着挑着，绿丫也在想，如果自己能再有个孩子，穿着娘给他做的衣衫，一定很可爱。

“这都是那边的货单。这回去了广州，问了好几家货行，还有那些船行，都问好了。这做洋货生意，必不可少的，就是船只。不少这样商家，都是扣着几个船的。”张谆把这次去广州的收获都告诉榛子。

榛子已经四个多月，但她这胎肚子不显，只是稍微胖些，听完张谆的话就点头：“不错。”

“东家，这回还有，不光是我们做洋货生意，还可以把绸缎茶叶卖给那些外洋人。”张谆的话让榛子的眉微微一皱就道：“这是舅舅提过的，不过这些人家都是久走的，我们初去，还是先稳妥些。”张谆应了声是，又讲了几句闲话也就告退，等离开时张谆转身瞧了眼榛子，似要开口却没有说。

榛子不由微带好奇地问：“张哥，你我自幼相识，和别人也不一样，你有什么话就请讲。”张谆微微一笑方道：“也没什么，不过方才东家说话的神气，让我想起了，想起了，老东家。”

听张谆提起廖老爷，榛子的眉不由微微一敛才轻叹：“舅舅他，过世已将两年了，柳家现在？”

第 34 章　报　应

“一直在盯着呢，柳三爷的性子，哪是能过安稳日子的人。”张谆毫不在意地说，这些日子，柳三爷也是上蹿下跳，图谋东山再起，可他一来手里没有银子，二来人情比纸薄，柳家偌大家事都败在他手里，还有谁肯帮忙，忙碌了大半年，却没什么进展。

“盯着就好，说起来，如果不是因为他太过分，我也不会这样。”张谆应是，重又告辞，榛子等他出去才用手抚一下肚子，舅舅，你的安排，我一定不会忘记。

秦清走进来，瞧见妻子神色，就上前按住她的肩：“有些事，别想太多。”榛子顺势靠到丈夫手臂上：“我并不是想太多，只是想一下就好。对了，你考上也快三年了，明年就要满，你是想谋个外放呢还是就在京中部里？”

妻子很少提起这些事，秦清有些讶异地道：“我还没想这事呢，按例，我还是该先在部里三年，三年后再推升科道，可是也有没在部里直接去外任的。”榛子把他的袖子扯一下：“我晓得你的意思，为我留心生意，自然是在部里好，可这出去外任呢，也能缓和一下婆婆和我们之间的关系。”

自从榛子没有答应把久哥儿送去给定北侯夫人养，定北侯夫人怒气冲冲地走后，这半年多，定北侯夫人对榛子更是眼睛鼻子都没个好的，四时八节的礼物都不收，全都退还不说，榛子去定北侯府定省，也统统来个不见。榛子每回只有去给定北侯太夫人问安，又在婆婆院外磕头就罢了。

现在定北侯太夫人尚在世，定北侯夫人不会太过分，可要等定北侯太夫人去世后呢？秦清虑的是这个，因此才想到借外任这个机会，离得远些。定北侯夫人见不到儿媳，再让几个老嬷嬷在自己娘耳边说些缓和的话语，等一任任满回来，自然对榛子的气也消了不少，那时再让孩子们在定北侯夫人膝下承欢，有了这么些缓和，虽不能指望定北侯夫人对榛子立即和颜悦色，但也不会这样，让京城众人瞧笑话。

可是榛子的生意又多在京城，这么一走，那些生意该怎么办？秦清在这左右为难，见妻子说出自己心事，不由有些微微尴尬："这事还没定下来呢，再说……"

榛子把丈夫的手握一下方道："我晓得你的心事，你放心，当初舅舅还不是一样跟随姑父东迁西徙，也没见生意丢下，现在张哥夫妇是能靠上的好人，秀儿那里更不必说，有了这么两位，我还担心什么？"

妻子就是这么好，秦清一笑，把妻子的手握得更紧："你怀这个，要是个女儿多好，像你这样贴心。"榛子唇边的笑十分满意："也是你好，我们才两好凑一好。"

门外已经传来丫鬟的声音："奶奶，眉姨奶奶来了。"眉姨娘是个谨慎的人，自从廖老爷去世，她就茹素服丧，摒去衣饰，每日只在家里念经为廖老爷祈福。原本榛子想按了廖老爷生前嘱咐，想为眉姨娘再寻一头亲事，毕竟眉姨娘也才三十出头，算不上很老。但见她志不可夺，也只得随她去了。

平日眉姨娘也很少出门，今日又是为了什么不打招呼就来？秦清避了出去，榛子忙请眉姨娘进来。眉姨娘走进来时和平时颇有不同，眼睛还有些红肿，似乎哭过一场，见了榛子就道："姑奶奶，你要为我做主，这样的气，我着实受不了。"说着眉姨娘又哭起来，榛子忙扶住她又劝了几句，给她端了杯茶道："姨娘，到底出了什么事，你要和我说清楚。"

眉姨娘喝了一口茶才道："说出来也是丢脸的，可我清清白白一个人，哪能受得了那样的话？前几日我爹娘来了，原本我以为，他们来也是探我，留他们住下，谁知才住了两三日，我爹娘就说出实情，要我嫁人，我怎肯再嫁。"

说着眉姨娘就呜呜咽咽又哭起来，嫁人？榛子倒没料到竟是这么一回事，忙道："若是人好，再嫁也不稀奇，况且舅舅地下有知，见你终身有托，也会欢喜。"

眉姨娘哭了两句，觉得心里那口堵着的气渐渐平了这才道："什么好事，休说我没有再嫁之心，那说的人，不过是为了我的产业。"

产业二字一吐出来，榛子倒有三四分明白了，安慰她道："姨娘的意思我明白了，不过姨娘休嫌我说话直爽，你被卖过了一遭，又被姑母给了舅舅，论起来，你的终身你的爹娘都做不了主。"眉姨娘也知道这个道理，不过她是个软性子的人，若非是软性子的人，廖家的日子也不会过得这样清静。

此时听榛子重新说这话就把手里的帕子绞了几绞："姑奶奶的意思，我明白，可是那总是我的爹娘，我也不愿，"被卖出去的儿女，如果没吃多少苦头，对家里爹娘惦记的还是有的，况且榛子偶尔听眉姨娘提起她的爹娘，也是带有孺慕之思，听了这话就拍拍她的手："我明白，姨娘您啊，就是既不想得罪您爹娘，又不愿做这件事，就要我做这个恶人了。"

眉姨娘的脸是彻耳根红起来，低头不敢瞧榛子，榛子拍拍她的手，这件事，眉姨娘又是个说不出多少响亮话的人，自己出面也是平常，毕竟在外人眼里，现在自己是廖家的家主。榛子用手托住腰站起来，眉姨娘的脸更红："姑奶奶还有孕呢。"

榛子摇头："姨娘，您性子软，那边又是你爹娘，这事我虽是个小辈，出面也是常见的，可是姨娘，这眼瞅着姑爷就要满三年谋外放了，到时再出类似的事，您可要去找谁去？若说寻姑母，姑母这些年越发不爱管事了，况且现在和您隔得也远。"眉姨娘又手足无措起来，俗话说物以类聚，榛子素来往来的也多是那样性子爽利的，像眉姨娘这样的还是遇见的少，此时见她又是手足无措的样，不由摇头携她出门。

在车上时眉姨娘脸上的红色总算慢慢褪掉："其实这件事，由来已久，两个月前族里的十六老爷不是通判任满回京吗？"这件事榛子也晓得，当时廖十六老爷还来送了一份仪金，榛子全部奉还外，又另加上一份礼送回去。

听了眉姨娘这话榛子不由皱眉问："难道说，廖十六老爷，要娶你？可是他不是已经有妻子了吗？"眉姨娘嗯了一声："就在那次回去后不久，家里就来个媒婆，说是十六老爷那边派来的，想说我做妾，还说虽是做妾，太太久病，等我一过门，就帮着料理家事，等太太去世就扶正我。我又羞又急，只得托言家里父母做主才把她们赶走，谁知这才两三个月，我爹娘就来了。说的话和媒婆说的也差不多。我让人去套他们的话，才晓得十六老爷许了他们聘财不说，还说，我房里的所有东西都留给我爹娘呢。"

廖老爷出手大方，眉姨娘房里的箱笼里面，少说也有一两万的东西，这么多的东西瞧在眉姨娘爹娘眼里，别说只是把女儿嫁出去做妾，就算要了女儿的命，只怕她爹娘都愿意。榛子瞧一眼眉姨娘，见她只是气恼，还没想得那么深，不由叹一口气道："这回一翻脸，你爹娘就再不能来了。"

这被家主赶出去，就算脸皮再厚的人也不好意思再上门，眉姨娘听到榛子这话，微微一愣接着就道："我晓得，姑奶奶，我也不是一个不识得好歹的人。

只是廖十六老爷这样说，难道他晓得，晓得老爷留给我的产业？”

廖老爷留给眉姨娘的产业，知道的人也就那么几个，那份产业，一年的进项，足够一家子吃好喝好。要真是为了那份产业，榛子就明白廖十六老爷为何要纳眉姨娘了。只是这件事，又是谁告诉他的？说他猜出来，榛子是不信的，除非，榛子的眼微微一眯，想到了一个人，沈大掌柜，这件事沈大掌柜虽没经手，可他和廖老爷用过的那些人熟，有一两个嘴巴不严的告诉了他也是平常事。

再加上小沈过完端午节就被榛子寻理由辞了，榛子的眼里不由添上嘲讽，看来沈大掌柜还是很恼怒，就算动不了你，也要恶心下你，可恨他太老狐狸了，不像老裘一样，有漏洞可以抓。不过这也不算什么大事，沈大掌柜熟的，还是廖家做绸缎生意这块，现在做的外洋货物生意，他是半点都不知道。

马车已到廖家门口，门口已有一对老夫妻等在那，见马车停下，两人就急忙迎上去，先是女的开口：“哎呀大丫头，你怎么不肯听劝，这么好的一桩亲事，要不是人家喜欢你，谁要你这三十出头的人？”

接着就是男的帮腔：“你要不是我女儿，这样不识好歹，我一脚就踢死你。”骂了两句，两人不见有人出来，倒愣住了，接着婆子扶榛子下车，他们虽没见过榛子，可瞧这气派，女的不由自主腿脚一弯就要跪下去，被男的瞪了眼：“这是女儿家门口，定是女儿的客人，你我不赶紧帮着女儿待客，还做什么？”

说着这男的就觍着脸上前：“这位，您……”榛子理都不理他，只问随后下车的眉姨娘：“姨娘，他是谁？”眉姨娘只觉得这辈子的脸都被自己爹丢完了，脸红红地道：“姑奶奶，这就是我爹。”

榛子哦了一声，手这么一伸，眉姨娘忙上前扶着，榛子瞧都不瞧他们两口子就往里面走：“既然姨娘的爹娘来了，也是好意思，就让他们在下房住上几日，再让小厮带上几十两银子带他们在这京城里玩玩，等过几日，拿上一百两银子送他们回乡，这以后啊，寡妇门前还是少来。”

那女的嘴巴已经张大，男的也愣了，见榛子脚不点地地走进去，忙问廖家下人：“这话是什么意思？”小厮打个哈欠才道：“什么意思？哪家的妾的家人，好来充亲戚的，那几日是姑奶奶没回来，这才让你们在这家里住着，耀武扬威的，现在姑奶奶回来瞧瞧，连姨奶奶都要看她的脸色，更何况是你们。我们姑奶奶是好性子的人，许你们住下，又让我们带你在京城玩玩，等玩够了，再给你们一百两银子带回乡，以后这里还是少来。”

两人面面相觑，还是男的胆子大些："打量欺负我乡下人呢，哪有这样的规矩？再说了，我们是生身父母，这到死都是，哪有不认生身父母的？"小厮哧地笑了一声："生身父母？我记得姨奶奶是被卖掉的，既卖掉了，她的生死就不由她，两位到现在，还真好意思说出生身父母这四个字来。"

说着小厮就往另一边指："走把走吧，你们去住下房，等明儿我带你们到处去玩玩，也算来京一趟。"两人被小厮这一番话一说，只得先回到下房，才进下房就瞧见老王走过来："两位，行李都给两位放在这里了。玩个三四天就回去了。"

那男的急忙扯住老王的袖子："京城有这样规矩？这孩子被卖了，生身父母想她，都不能来瞧她，也不能来做外家？"老王这几日也被这对夫妻欺负惨了，自然要报仇，笑吟吟地道："这等规矩可不是京城规矩，天下有道理的人家行的都是这等规矩。"说着老王一叹，"也是我们姨奶奶善心，才收留你们，肯叫你们爹娘，若不然，这不认爹娘的妾室，放全天下也没人说个不字。"

见这两人呆若木鸡的样，老王起了坏心，对他们道："我们姑奶奶是善心人，老爷过世后也继续奉养姨奶奶，若不然，常有那种把妾室赶出甚至卖掉的。"

这这，男的又道："可是这是长辈，怎么能卖？"老王又笑了："我们姑奶奶是家主，家主处理这些，还有谁敢说个不字？现在，趁我们姑奶奶没有动怒，两位还是赶紧悄悄地吧。"

话虽然这样说，可这两口子还是指望榛子走后，眉姨娘重新对他们好，到时再对眉姨娘说说那事，可两口子眼巴巴地等到榛子走了，想往前面去见眉姨娘，可还不等走到二门就有人阻止，说榛子有话，有什么事让人传话进去，这内眷难得见到外客。两人这吓傻了眼，在这又住了几日，虽日日被小厮带出去游玩，可却觉得半点都不好玩，况且女儿房中那些箱笼都是满满的，自己怎么能只落得一百两银子？

想着银子两人就日夜睡不着，想了个好法子，悄悄地去见廖十六老爷，想求他出面去说。廖十六老爷本以为眉姨娘的爹娘是来报喜，说把女儿许配给他，等人过了门，自然是任自己揉搓，一年两年就要了眉姨娘的命，那些东西自然是自己的，谁知眉姨娘的爹娘竟是来求助的，皱着眉听眉姨娘的爹娘说完，廖十六老爷想着那么些银子，急得猫挠心一样，想了想凑到眉姨娘爹耳边道："其实还有个法子，只是不大好。"

这两老这些日子见了些富贵，心早已活络开，况且能卖女儿一回，再卖第二回也无所谓，眼立即发亮，等着廖十六老爷说话。廖十六老爷道："不如你们把令爱约出来，我和她先成了事，这女人家，身子一给了人，难道还能等别的不成？到时她肯了，那外甥女还能说什么？况且房里的东西我一毫都不要，既然箱笼在那，那外甥女也不会有话说。”

两老被银子迷了心，越想越觉得这是个好主意，不过赔了个女儿，就能换来那么些银子，男的就和廖十六老爷细细商量起来，女的就在那想眉姨娘的东西，看见有对珠钗十分可爱，定要留下，到时娶孙媳妇，拿出来，能耀花人的眼。

三个人商量妥当，廖十六老爷连岳父岳母都叫了，这两老只觉得身子都轻了不少，约好日子就离开。两人一路还商量着，怎么说才能让女儿不起疑心。

等进了廖家的门，小厮早等在那：“你们回来了，姨奶奶说几日不见这位老人家，想请她进去里面说说话。”机会来了，两老相视一笑，女的就往里面走。

眉姨娘见了自己的娘，满面歉意地道：“娘，这事，女儿也做不得主。”她娘心里打的是别的主意，也没把眉姨娘的话放心里去，只点头道：“都说妇人家嫁了人就做不得主了，更何况你这不过做的是人的妾，比起正房就更不一样。”

眉姨娘滴两滴泪才道：“娘说的是，姑奶奶的话既然已经说了，那我也不好多留你们，娘，这里是一百两银子，不在姑奶奶说的那一百两银子内，你们拿了这总共两百两银子，就回乡吧。这银子你们也别拿出来，就放在身边傍身。”

她娘见了这银子，眼里都要滴出血来，但这些银子和女儿房里的箱笼比，谁轻谁重呢？见眉姨娘还要张罗让丫鬟拿几样首饰回去分送给嫂嫂弟妹们，就忙阻止她：“我不过是来探你过得好不好，现在瞧着你住这样房子，只怕是那天宫也差不多，还有这么些人服侍，一点也不用做活，我这心也就安了。我们在家里，也有两三百亩地，一座好房子，饿不死，你不用操心。只是我想着，我养了你这场，又来京城探望了你，不如和你一起去烧个香？”

“娘！”眉姨娘的喊声里带有一些惊讶，今日本就是试探，全因榛子遣人来说，自己爹娘去寻廖十六老爷，只怕打着不好的主意，要自己静观其变，如果什么也没说就算榛子看错，如果要眉姨娘出去，那就没什么可说的。

谁知自己的娘竟要自己出去烧香，想着榛子说的话，眉姨娘的心都冷了，低头道：“不就一炷香，有什么好烧的？”

“呸，呸，我是你的娘，连要你陪着烧炷香都不成？我听说这京城的香，可灵了。”她娘见眉姨娘不悦，于是也沉下脸。要抓人的不是，总也要她做下不是再说，眉姨娘瞧着自己的娘，心绪复杂地点头。

她娘立即咧开嘴笑了，又和眉姨娘说了几句，就急匆匆出去给自己男人报喜去了，眉姨娘瞧着自己的娘离去，呆呆坐了半晌才哭了，为什么都是卖女儿，绿丫的娘就那样心慈，从不肯多说一句，待她的孩子也亲亲热热，自己的娘，就巴不得把自己再卖一次，甚至不顾自己的名声？

哭了半晌，眉姨娘收了泪，让人去告诉榛子，榛子了然，也就让人去和秀儿说了，让她和绿丫那日也去烧香。秀儿是最瞧不得这样事的，听来人说了就在那咬牙切齿："天下怎样那么多狼心狗肺的人？白白披了一张人皮。这样的人，阎王老爷让他们来世上做什么？"

话音刚落，就听到外面传来一个男子的声音："什么狼心狗肺的人？王姑姑，你这说的谁呢？"听了这个声音，秀儿先是有半分的恼，接着又是一喜，再接着又是对自己的不满，不过一个男子罢了，为何要放在心上，但还是起身道："原来是石大爷，您都小半年没见着了，是不是家里的姐姐妹妹们的胭脂水粉一直没用完？"

石大爷已经踱进来："我家小妹许嫁到了江南，前些日子我去江南送嫁，又顺道游历了下，算下来，已经有五个月没过来了。不，是四个月零十七天。"见他把这日子记得这样清楚，秀儿不知怎么的，心里就喜悦满满，打发走了榛子遣来的人就道："石大爷来得正巧呢，要后儿我还没有空，要陪一个姐妹去烧香。"

尚妈妈已经端了茶进来，秀儿接过，正准备给石大爷奉上，就见桌上多了一个香囊，石大爷满面通红地道："王姑姑，我认得你也有一年时间，你也晓得我是个什么样的人，这回去江南，我原本想，如果不记得你，那也就算了，可我去江南这些日子，日日都在想着你。你没了爹娘，我也父母双亡。民间又有初嫁从父母，再嫁从自身。你可否，愿意，愿意……"

石大爷这么一条七尺高的男儿，说出这么一番话，那张脸也是通红，只是期盼地看着秀儿。秀儿只觉得手里的茶杯重如千钧，抬都抬不稳，但还是咬牙把这茶杯放到桌上才道："石大爷，您的心意我多谢，可我不是一个人，我还有女儿，我的女儿，我不愿她受一丝一毫委屈。"

"你的女儿很乖巧，我也很喜欢，你放心，到时我定会把她当作亲生女儿一样疼爱，等她长大，给她好好择个夫婿。"石大爷额头上已经有汗，听秀儿这样说就连连点头。

尚妈妈本该退出去的，可她故意不走，就站在那，等秀儿的回答。秀儿现在知道榛子当年的心情了，那种极欢喜又忐忑的心情。现在轮到了自己，秀儿又是一笑："石大爷，你的好意我全明白，可我，不是信不过你，而是信不过自己。"这话说得奇怪，不光石大爷，尚妈妈也瞪大了眼。

秀儿这话藏在心里已经太久，久得秀儿以为自己已经忘掉，可现在才知道，从没忘掉，原先不说，不过是因为不想榛子和绿丫担心，而现在可以说出来了。秀儿抬头瞧着石大爷："我的身世，石大爷你也该有所了解。"

这个自然，石大爷点头，秀儿接着又道："可是石大爷你不明白，纵然我今日是现在这样，我不敢保证，我能做好一个人的妻子，更为他生儿育女，做好一个母亲。"

这些长久以来积压在秀儿心里的话说出来，秀儿觉得浑身都那么一松，看着嘴巴张大的石大爷，秀儿不知怎么，心里除了歉意还多了别的什么，但她没有去细思，而是对石大爷道："石大爷，你要晓得，天下每个做妻子的，出嫁前都有母亲教导，而我是没有的，我并不知道，一个平常家庭是怎么过日子的。俗话说，娶妻不着，连累三代。您今年也三十多了，很该另娶生儿育女延续后人，抱歉，我不能。"

秀儿的拒绝并没出石大爷的意料，但出石大爷意料的，是秀儿这样拒绝，他的眼瞪大了些，接着眼神变得有些黯然，看着秀儿什么都没说就离开。

见他离开，秀儿如释重负之时，却又觉得心里某个地方缺了一块，一眼瞥见桌上的香囊，急忙拿起追出去："石大爷，这是你的东西。"石大爷停下脚步转身，看着秀儿眼眨也不眨，好半日才道："这是送你的，你就收下吧，我以后……"就真的不会再来了，石大爷只觉得喉咙被什么东西堵住一样，并没多说就离开。

秀儿紧紧握住那个香囊，不知站了多久，觉得腿都快站木了这才转身回去。尚妈妈正在那和锦儿说话，见秀儿进来，尚妈妈白秀儿一眼就要抱着锦儿出去："锦儿乖，我带你出去买糖吃。"

锦儿已经五岁，现在生得是眉目如画玉雪聪明，听尚妈妈这样说就摇头，接着从尚妈妈怀里挣脱下来，扑进秀儿怀里，伸手紧紧搂住她的脖子："娘，您要嫁，就嫁，不用担心我。"

女儿的话让秀儿心里既酸涩又高兴，把女儿搂紧一些，也瞪尚妈妈一眼这才对女儿道："好锦儿，娘不是为了你不嫁。"

"瞧瞧，王姑姑，这连小孩子都明白的事，你怎么就不明白，你嫁了，对锦儿也好。"尚妈妈终于忍不住，开口就是夹枪带棒。秀儿把女儿抱紧一些，抬头对尚妈妈一笑："尚妈妈，你不明白的。"

"有什么不明白，你还不是担心曾为过妾，别人看不起，还有就是锦儿。可石大爷那话说得多好，知道你的过去，会把锦儿当亲生女儿一样。男人能说这样的话就够了。什么做不好妻子，做不好母亲的，就是托词，这种事情还用学吗？那高门大户里人多口杂，自然要学，可这小家小户，来往的就那么些人，学个什么？再说了，你和小姐关系那么好，说声不会，小姐还不是会派人来教你。再说王姑姑你这么聪明，当初跟着我只不过几个月，就把这高门大户里的事情弄个七七八八，到现在，反倒说不会。王姑姑，你这话，骗得了别人，骗不了我。"

秀儿等尚妈妈说完话才淡淡一笑，并不是骗尚妈妈，而是说的实情，不相信这样的自己，会有男人不计前嫌待自己好，不相信这样的自己，会有盖上盖头出阁的那一日。不相信这样的自己……秀儿没有想下去，而是抬头对尚妈妈一笑："他都走了，那些事就别提了，后儿啊，我们索性关了门，带上小荷小青，一起去烧香。"

见秀儿岔开话题，尚妈妈也不好再和秀儿说这件事，从秀儿手里一把把锦儿抢过来，就抱着她出门去买糖。秀儿瞧着尚妈妈的身影，先开始是笑，接着慢慢地眼泪就流下，人生至此，已经很好，为何还要去想别的事，可为什么心里有个地方，竟是如此的不舍？

眉姨娘去烧香的地方并不是平日去惯了的报国寺，而是一个莲花庵，离城倒不远，只有五里，一个上午也就能打个来回。榛子听了这庵堂的名字，眉头就皱紧，这样庵堂，比不得那样大寺院，定是藏污纳垢之所，眉姨娘也这样说，但她娘咬死就是这里，说这里庵虽小，却极有灵，之所以叫莲花庵，是因为供了哪吒的莲花塑身。

这话听得榛子一阵好笑。眉姨娘也就从了她娘的话，到了那日一起去莲花庵。

这路上眉姨娘的娘是十分欢喜，那边都安排好了，等一到了那地，拜过佛，吃过东西，就让眉姨娘去歇一会儿，等眉姨娘歇下了，再让廖十六老爷悄悄地溜进去，到时成了事，自己女儿不嫁也得嫁了。女儿做了官家的妾，自己回乡也好显摆显摆，况且还有那么些银子，全是自家的，这事，一想起来就欢喜。

车到庵前，眉姨娘母女下车，庵里的主持前来迎接，进到里面拜过神像，到禅房来坐下。庵主又端出一些点心来待客，除了茶水，里面有一大盆热腾腾的糕，庵主殷勤在旁劝着，拿起糕待客。

眉姨娘接过来一闻，糕虽喷香，但这糕里却隐隐有些酒味。庵堂里的糕，怎么会放酒？眉姨娘心中狐疑，再举目一瞧，旁的点心都是中看不中吃的，情知这糕有些尴尬，虽接过却不吃。

见她这样庵主忙道："这糕啊，是我们这庵里特地整治出来待客的，初闻有点点酒味，这却不是我们破戒饮酒，因是发得时间太长，才会有些酒味，吃起来，却半点酒味都没有，奶奶不信，尝尝就晓得了。"

她越殷勤待客，眉姨娘越不敢吃，又却不过情面，把糕放在嘴里咬着，却不咽下，只含在嘴里，趁庵主低头和自己娘说话时候，急忙吐到帕子里，连那剩下的糕都丢进帕子，又怕茶水不好，端起来只漱了漱就把茶吐进痰盂，对自己的娘道："我们已经坐过了，就走罢。"

见眉姨娘把那块糕给吃了，她的娘这才放心，见她要走，急忙道："我正听因果故事呢，你再等等。"庵主也是一般说话，眉姨娘在想这样清醒着定不能知道她们要做什么，索性装个晕，于是打了个大大的哈欠，对庵主道："对不住得很，我极困，想回去歇着。"

见眉姨娘这装出来的困，这两人还当眉姨娘吃了那糕，里面的药物发作，两人不由交换个得意的眼神，庵主殷勤起身相扶："我这里没有人来，你进我屋里睡睡，等吃了斋再走。"

说着不管三七二十一就上前来扶，眉姨娘的娘也过来搀扶，眉姨娘装作发困被扶进里面，一沾了床就装作沉沉睡去。庵主见眉姨娘的娘已经露出喜悦笑容，忙扯了她袖子带她到外面方道："等再睡熟些才好。"

眉姨娘的娘点头，还双手合十："但愿啊，这事成了，你想，我这女儿今年才多大年纪，就这样空守，我这做娘的，实在不忍心。"庵主当然也要顺着眉姨娘的娘说几句："说的是，我虽是个出家人，可也见不得这女儿家，苦守空闺。"说着庵主附耳对眉姨娘的娘说了两句，眉姨娘的娘哈哈一笑。

眉姨娘眠在里面床上听得清楚，气得涕泪交流，这可是自己的娘，竟要伙着外人做这样事，真是为了银钱什么都不要了。眉姨娘还在伤心，就听到有人悄悄开门，眉姨娘想下床又怕这是她们来瞧自己睡没睡着，急忙闭眼。

探头的是个小尼姑，见眉姨娘睡得很熟，急忙回去和庵主说了，庵主这才对廖十六老爷道："在里面呢，你去吧，等出来，我们就要改口了。"

廖十六老爷想到那许多银子，脸上无限喜色，急忙从荷包里拿出一丸药，用酒服了，感觉心头热热地起来，就整整衣衫进了禅房。廖十六老爷春情勃发，以为眉姨娘正躺在床上任自己为所欲为，谁知打开门，床却是空的，急得廖十六老爷如热锅上蚂蚁一般，在房中四处寻摸，房又不大，连床底下都找过了，却一个没有。

偏偏此时廖十六老爷药力又上来了，下面硬着只是要往一个地方去，听得门外有脚步声，不管三七二十一，打开门一瞧，见衣饰有些像，于是就把她扯进来，按在床上就干。

庵主和眉姨娘的娘听得那房里传出交战之声，两人都十分欢喜，此时门外传来敲门声，庵主掩口一笑："去和你女婿说，让他声音小些，我这里只怕是来烧香的客人了。"

说着庵主就去开门，眉姨娘的娘走到门口，听了一听，十分喜悦，也没脸没皮地敲了敲门："姑爷，小声些，这里可是……"

果然那屋里声音小了些，眉姨娘的娘这才要转身，却听到不远处传来咦的一声，接着绿丫的声音响起："这不是眉姨娘的娘，原来你们也来这烧香？姨娘呢，现在何处？还请出来我们和她见见。"

乍见绿丫，眉姨娘的娘还有些害怕，但随即就想，现在女儿和廖十六老爷已经成了事，正好还拉她们做个见证。于是笑吟吟地道："正要和你们去说呢，我女儿要另嫁，今儿呢，就特地是在这里和女婿相会。这会儿他们单独在房里呢，这干柴烈火的，我也不好说，怎好开口叫。"

说着眉姨娘的娘故意叫："女儿，你在哪儿？"

"娘，我在这呢！"这一声却不是从房里传出，而是从不远处的柴堆传出的，接着眉姨娘从柴堆后走出来，满面笑吟吟但那眼却没温度，和绿丫秀儿相见了方道："今儿遇到怪事了。"

眉姨娘的娘和庵主两人都愣住了，眉姨娘在这，那在里面干事的是谁？想到自己的小尼姑，庵主的脸都绿了，也顾不得许多就把门推开。廖十六老爷却在那激战正酣，庵主只瞧见两条白白的大腿挂在床边，被压住那人的声音，听着声音不像是小尼姑的，庵主这才放心，再仔细一想，脸色又变了，这庵中除了自己和徒弟，就是个烧火的婆子，这婆子今年可都五十往上了，廖十六老爷睡了她，到时恼怒起来，自己可怎么办？

绿丫和秀儿自然不能跟上前去瞧热闹，但眉姨娘的娘和带来的婆子可不会这样想，都凑到门口一看，见廖十六老爷压着个婆子在那忙个不停，不由都笑起来，尚妈妈还故意道："这青天白日的，清清静静的庵堂，就有人公然行这苟且之事，这庵堂可是个什么地方？你们快些去报于地方，就说庵堂内有人行苟且之事，报官把这庵堂给拆了吧。”

这轻描淡写一句话就急坏了庵主，顾不得许多就给绿丫和秀儿还有眉姨娘跪下：“是我吃了屎，做出这等事，还望你们看在我不过是头一回做这种事的份上，饶了我吧。”“做了什么事？”秀儿和绿丫明知故问。庵主的脸一阵红一阵白，怎么也不敢说出，此时却听房里传出一声大叫，廖十六老爷完事后定睛一看，这在自己身下的人却不是眉姨娘，而是一个眼生的婆子。

那婆子得了一场云雨，心中正畅快，见廖十六老爷要起身，就用胳膊搂住他：“冤家，你往哪里去。”这样皱纹满脸的婆子说着这样娇滴滴的话，廖十六老爷更是如被雷劈到，不顾一切就往外跑，连衣衫都忘了穿。

不料外面却是不少人，廖十六老爷这赤条条跑出来，众人惊叫掩面不迭。

廖十六老爷听到惊叫声，忙又退回屋内，谁知那婆子已经下床，披了衣衫就要过来偎在廖十六老爷怀里：“冤家，人家的身子给了你，你可不能不要人家。”这一声更把廖十六老爷惊得魂飞魄散，又要出门，可门外全是人，在这屋内，但这屋内又有这么个女人。真是急得不知道要做什么。

偏生此时外面秀儿又道：“这等藏污纳垢之所，简直就是，简直就是……”庵主吓得大哭起来：“廖老爷、廖老爷，求求你，赶紧出来救救我吧。”

廖十六老爷现在好歹把裤穿了一条，却寻不到衣衫，只得把被披在身上走出来，庵主已经冲到他面前：“廖老爷，求你救救我，这庵堂真被拆了，我就无处可去了。”

绿丫瞧见廖十六老爷出来，故意哎呀叫了一声：“我听说那些御史有风闻奏事之能，你说，要是廖老爷这行为往外一吹，这官儿啊，就别想做了。”廖十六老爷到了此时，怎不明白是中了圈套，可这圈套还是自己欢欢喜喜走进去的，瞪着绿丫道：“你，你这个，你以为，以为……”

“廖老爷这话说得奇怪，这事关我们什么事，我们不过是来烧香，谁知碰到了熟人，正好又撞见了这么一件事罢了，你这样说，难道是你心中有鬼？”秀儿声音半点都不慌乱，就这样看着廖十六老爷。

绿丫也跟上：“秀儿，听说明儿万御史的娘子约了你去梳头，这件事虽不好让人听，免得脏了耳朵，可是既然别人威胁了，那我们也只有去和人说说，好传个名声。”

廖十六老爷气得一口血都要吐出来，想到方才的事，又觉得十分恶心，差点就要吐出来。眉姨娘的娘在旁呆呆站着，见了这婆子披着的衣衫就忙道：

“这衣衫是我女儿的，你为什么穿在身上？”

那婆子把这衣衫拿下来，嘴一撇就道：“我从茅厕出来，正好遇到这个奶奶要进茅厕，嫌我们茅厕臭，怕熏了她的衣衫，脱下来给我让我放回屋里，谁知才走到门口，就被这冤家拉进去，好一阵恩爱。”说着那婆子就往廖十六老爷身上靠去，“冤家，方才在里面，你可是和我说了许多的话，还说要娶我。什么时候花轿过门啊？”

这婆子的作态让众人都忍俊不禁，除了庵主和被她拉住的廖十六老爷，廖十六老爷像被什么烫到一样跳开：“我，我怎会娶你，你这样的人，谁家又不是……”

不娶？那婆子的脸色立即变了，上前扯住廖十六老爷就大喊：“你不娶我，我告你强奸。”说着婆子就要拉着廖十六老爷去见地方总甲。廖十六老爷怎么肯去，要打婆子的手，婆子只是紧紧地拉着他的手不肯放，这边在闹了个不休，庵主已经呆若木鸡。

绿丫和秀儿相视一笑，这才走到庵主面前：“说吧，你们要做什么事？”庵主此时早已没了主意，只得竹筒倒豆子般，把计谋和盘托出。

听得她和廖十六老爷也相好过，绿丫不由往廖十六老爷身上一瞧，平日这正人君子的样子，谁晓得背地里竟和这庵主也有一腿。廖十六老爷被那婆子缠得头晕，又听到这庵主说年轻时候的往事，脸都不晓得该用什么颜色：“你，你别胡说八道，那时是你勾引我。”

这庵主也不理他，就把这次廖十六老爷又寻来，两人叙过了前缘，廖十六老爷就让她布下计谋，到时等眉姨娘来烧香，烧香完后就把那放下了药的糕给眉姨娘吃，等眉姨娘昏睡后，再让廖十六老爷进去做事。

等一事成，眉姨娘醒来，再窝伴着她。妇人家水性，既失身于人，说不得也只有嫁了。说着庵主还折进房，把廖十六老爷许给自己的十两银子拿出来。

秀儿瞧了那十两银子，冷笑一声：“廖老爷还真是扶困济贫，连亡兄留下的一个妾，也要这等费尽心机照管，甚至定下这么个好计策，真是个好人。”

这样明着嘲讽的话廖十六老爷怎么听不出来，脸都憋得通红：“都是胡说，我年轻时候，的确和她有个什么，但也是很久以前的事，今儿不过……”

“今儿可没人拉着你的手把你拉进这庵里来，再说了，我们这么多人都在这眼见的，你和这位，可是在房里那样恩爱呢。”说着绿丫就忍不住笑。眉姨娘这会儿只是瞧戏，心里十分坦然，回头瞧见自己的娘缩在那里，忍不住心中一叹，今儿要不是自己机警，这会儿真是什么都说不出。

她娘见眉姨娘瞧自己，脸也忍不住红了，想和女儿说两句话，可这明明又是自己不好，若想强顶着不认，可连廖十六老爷都被嘲讽的连半个字都吐不出来，更何况自己？只得厚着脸皮对眉姨娘道："女儿，我也是听说……"

"娘还是出去外头歇歇吧，以后这京城，你们也不用来了。"眉姨娘打断自己娘的话，叫一个丫鬟进来扶自己娘出去。眉姨娘的娘得了女儿这句话，一张脸登时红成柿子，什么都说不出来，和丫鬟出去。

眉姨娘这才对绿丫和秀儿道："今儿这戏也瞧够了，我们也就走吧，免得脏了耳朵。"绿丫正要点头，秀儿已经摇头："不成，还是要庵主写个亲供，廖十六老爷画押，免得以后他为了银子，还想出别的。"说着秀儿就进到禅房，把笔墨纸砚都拿出，交给庵主，自己念一句，要庵主写一句。

庵主欲待不写，这么多双眼睛盯着呢，想写呢，又怕廖十六老爷来寻自己的麻烦，在那握着笔半天不下笔。秀儿明白她的心思，凑在她耳边道："你怕什么，这会儿他屁股上还全是屎呢，再说你们这个烧火婆子，向来也不是好惹的，我们拿了亲供那么一走，你让婆子和他嚷去，到时候婆子真要告强奸，我们给你作证。"

这话说的也是，庵主急忙点头，就在那写着。廖十六老爷气得眼都要瞪出来，恨不得把那张亲供拿过来撕了干净。但也只能见秀儿把亲供拿到他面前："你在上面画个押，我们也不来寻你，不然的话，这逼奸寡嫂，是个什么罪名，你是晓得的。"

廖十六老爷怎不晓得，可要画了押，以后自己的短处就被抓到榛子手里了，怎么肯？绿丫见状就道："你也不用这样想，谁都想安安稳稳过日子的，我们啊，也只想着以后，你别来寻榛子的麻烦就是。毕竟榛子再过些日子生产完了，是要回家迁坟。"

廖家合族就那么一个做官的，榛子正愁寻不到一个把柄，这会儿就主动递上，廖十六老爷此时嘴里又苦又涩，只得在上面画了押。秀儿把墨迹吹干就对廖十六老爷一笑："放心，这张纸落不到外面去。以后啊，你好生做官，少个一二百银子，去寻榛子借，她又不是拿不出来，何必要绕这么大圈？我们这就走。至于你的爱妾，你还是把她接回家去。"

说完秀儿再忍不住，放声大笑起来，廖十六老爷再次被气到，可又说不出话，只得见绿丫她们离开。等人一走，廖十六老爷刚要走，那婆子已经扑上去："你别走啊，冤家，你可要娶我的。"廖十六老爷怎会娶这样的人回去，还要走。

刚迈出一步，那婆子已经大叫："来人啊，有人要强……" 廖十六老爷被她这话吓得魂飞魄散，急忙回身把她的嘴捂住："你到底要怎样？"那婆子捏着嗓子娇滴滴地说："方才我还没十分尽兴，这样吧，你再到里面陪我一陪，再给我十两银子，也就罢了。"

第 35 章　秀儿出嫁

再陪她一陪，廖十六老爷觉得自己隔夜饭都要吐出来，想反对却被那婆子拉进屋里。

那庵主见众人走了，婆子又把廖十六老爷拖进屋里，急忙唤小尼姑来扫地，以后再不能见了银子就忘了自己姓什么了，这样的事多来几回，真是把人老命都吓脱。扫完地庵主听到里面传来激战之声，不由在肚里腹诽几句，这廖十六老爷嘴上说着，可还不是上了，这样的男人，实在是。

庵主正在那腹诽，就见门拉开，廖十六老爷走出来，急忙上前道:“廖老爷，厨下还是备了酒饭，您要不要?”廖十六老爷啐庵主一大口:“酒饭，什么酒饭?那婆子非要十两银子，我今儿没备银子，还是从你这里先借十两。”

庵主听到银子两字，那脸色就变了，坐在台阶上就道：“我这小庵，本就来的人少，你今儿还要银子，我怎么给?”廖十六老爷怎不明白，叹口气拿起旁边没收进去的纸笔就写了一张条子：“这是二十两，你明儿进城去我家支。”说完见庵主还不肯动身，廖十六老爷又拿出一块玉佩：“这权且当作当在你这里，到时拿了银子，你把这给他们就是。”

见有了抵押之物，庵主这才收了两样东西，往屋里取了十两银子给那婆子，那婆子接过银锭，上牙一咬，见不是铅银，这才笑嘻嘻走了。廖十六老爷经了这么一场，也不敢再多留，出门上马离去。

绿丫和秀儿陪着眉姨娘回城，提起庵里的事，忍不住哈哈大笑，还不晓得廖十六老爷怎么脱身呢。眉姨娘却有些闷闷不乐，绿丫忙道:“姨娘，以后啊，少来往就是。”

话是这样说，但自己的爹娘，总是有些指望的。眉姨娘的眼低垂，秀儿已经道:“姨娘，我说一句您别放在心上，您爹娘家里，也不是只有您一个人的，要还有些疼爱，自然能来往，可现在，贪得无厌，只怕把你的那些东西全都奉上，他们还要嫌你给得晚了些。就像……”

秀儿本想说就像绿丫家一样，但还是忍住没说。眉姨娘怎不明白，掀起帘子一角瞧着自己娘乘坐的那辆车，以后，就真是孤零零一个人了。想起这事，眉姨娘有些心酸，把帘子放下，又怕绿丫和秀儿担心，抬头对她们勉强一笑：“我晓得的，这父母缘薄，也是有的，很多年前，那时我还伺候夫人呢，遇到一个高僧，那高僧就说我这辈子，能享荣华，但父母子女缘就极薄。我那时年纪小，以为得享荣华就好，可是没想到，我还是有一份贪心。”

谁不想样样有呢？秀儿和绿丫对看一眼，可是这世上能做到样样有的，又有几人？车到廖家，眉姨娘下车，她娘已经赶着下了车，追上女儿道:“眉儿，我……”

眉姨娘瞧都没瞧她一眼，而是对迎上来的老王道：“收拾行李，明儿就把他们送回去，以后，一年往那边送二十两银子就是。”一年二十两，也算他们生自己一场。从此之后，就再无须来往。

眉姨娘的娘听得这话，嘴巴立时张大，接着就道：“眉儿，原先，一年可是五十两的。”眉姨娘已经迈进门里，冷冷地道：“我是个寡妇，自然要减少。况且乡下地方，鸡鱼肉都是便宜的，一年二十两，你们两老，也够了。银子多了，免得你们生出些不该有的心思。”说完眉姨娘再没回头，她娘想追上去，但被人拦下，回身又见绿丫和秀儿两人站在那，面上似有讽刺之意，转而不免生了些惭愧，掩面跟着小厮往下房去。

见眉姨娘如此行事，绿丫和秀儿这才放心，上车各自回去。将到家时，秀儿才道：“方才眉姨娘说样样想要，未免贪心，可我觉得，绿丫，你现在差不多就是样样有了，我有些嫉妒你呢。”

绿丫把秀儿的手握在手心：“你的锦儿不也是很好？至于父母，你不是拜了我娘做干娘？我娘成日念叨你呢。”绿丫这话让秀儿脸上又重有光泽，可是有些事，如果没想也就罢了，现在已经想了，怎么才能让它不想呢？秀儿瞧着街上繁华景色，不由想起石大爷，那日之后他就再没来过，可见男人还是大多靠不住，若有诚意，怎么会那样就走？

车先到了秀儿那里，秀儿有些心事重重地下车，刚进店里，尚妈妈就迎上来：“王姑姑，不好了，有人来寻你。”什么样的事才能让尚妈妈说出不好？秀儿皱眉抬头，柜台前一个男子已经转身，瞧见秀儿先往她身上打量一下这才上前行礼：“你就是冯屈氏？”

纵然秀儿已经改姓，可听到这一声，还是忍不住颤抖了下这才对这男子道：“足下错了，我自姓王，哪里来的冯屈氏？”这男人并没被秀儿这话给糊弄住，只是淡淡一笑：“你一定不记得我了，当初大哥带你回来时，我曾见过你一面。”当初，原来是冯家的人，秀儿深吸一口气坐到椅上才抬头对这男子道：“当初是当初，现在是现在，我有放妾文书在，并不再是冯家的妾室。冯家的任何事情，都和我没有关系。”

冯三爷点了点头才道：“话虽是这样说，可是你的女儿却是大哥的孩子，现在大哥已经过世，爹娘的意思，是让我把侄女儿带回去，好生养着。”

“凭什么？”秀儿听到要把锦儿接走，立即怒视冯三爷，声音也由不住提高，“再说当日，我生的那个女儿，夭折了。”冯三爷依旧不动：“这种话，只是哄哄别人，哄不了明眼人。当时大哥做了此事，一直瞒着爹娘，爹娘也只当这孩子夭折了，可是大哥过世之前，才说出实情，还逼着大嫂发誓，接回孩子后，让大嫂必要视为亲生。当年你逃走，不过是因大嫂薄待。现在你有了好处，大哥又写过放妾文书，自然不会让你再回冯家。可是侄女儿是冯家骨血，天下没有从母而不从父的道理。抚养大哥的遗孤，本是我们该做的事。”

“送客！”秀儿说。冯三爷说一句，秀儿就觉得自己的心像被剜了一块，自己的女儿，自己的掌上明珠，怎么可以被这样带走？冯三爷当然晓得自己三言两语，不会让秀儿交出孩子，可是此时又需要锦儿回乡，不然的话，就要自己的女儿去顶缸。听了这话也就起身：“你若不愿意，那我们只有上公堂了。”

一旦上了公堂，那就是冯家稳赢，天下儿女，只有随父没有从母的，秀儿想到这句话，心头烦躁起来，但还是对冯三爷道：“我早已不是那无知村姑，这样的话并吓不倒我，您还是请回，回去告上令尊令堂，锦儿并不是他们的孙女，他们的亲孙女，早已夭折，锦儿是我在半路闪过捡的。”

冯三爷又是一笑：“方才我已经远远瞧过孩子，那孩子眉眼都很像冯家人，所谓捡来之说，半点都骗不了人。至于是否冯家骨血，冯家人自然有法子。你还是把孩子抱出来，让我带走，不然的话上了公堂就难看了。”

“关门，给我拿扫把把人赶出去！”秀儿只觉得心中气血翻腾，再和冯三爷说一句话，就要喷血，只是大喝一声。小荷在外面听见，真的拿着扫把走出来。

冯三爷往后一退，退到外头：“你越慌乱只能证明我说的是对的。至于别的，冯家虽不是什么大族，可在这京中也有几个姻亲，并不是随便被人拿捏的。”

说完冯三爷就离开，秀儿这下再也撑不住，一口血就喷出。吓得尚妈妈急忙上前扶住。秀儿喷出这口血，感觉自己心里松了些，摇摇手道："等我想一想，还有什么事能阻止？"

"世人都爱骨血团圆，这样的事，就算是去求那些，可他们若听得那家大娘子不再薄待锦儿，定会觉得锦儿归宗甚好 。说不定还会反过来劝你放手。"小荷跟随秀儿去那些高门大户走了这么两年，再不是当年什么都不知道的乡下村姑，忧心忡忡地劝秀儿。

不，女儿一定不能给冯家，冯家那边就算待她再好，也比不上自己这个亲娘。秀儿的心虽慌乱，但还是能清晰明白这点。

"除非，"尚妈妈在旁边道，"除非，王姑姑立即嫁人，您有了丈夫，锦儿也就有了父亲。继父如父，冯家那边就算再啰唆，可只要继父把锦儿上在这边的族谱，视为亲生，官府也会斟酌。"

一边是生母继父，另一边是嫡母，官府会偏袒生母继父这边也说不定。秀儿不由苦笑："原来我绕来绕去，还是要去求个男人，可是，我要嫁谁？谁又肯娶我？"

尚妈妈踌躇一下才道："其实眼前就有个人，石大爷是个忠厚的好人，不如……"后面的话秀儿明白，接着秀儿就摇头："这不成，不过是权宜之计，再说，再说，我……"

尚妈妈拍秀儿的手一下："一边是骨肉分离，另一边是你受些委屈，难道你不肯为锦儿受些委屈？先不说石大爷是个忠厚好人，就说内院都是女子做主，他就算想薄待又怎么薄待？"

因此，只有去嫁石大爷了？这门亲事看在外人眼里是极好的，可看在自己眼里，秀儿还在徘徊，小荷已经道："哎呀，既是权宜之计，不如这样，等这件事过了，就下堂求去，岂不是……"

尚妈妈一巴掌打在小荷肩上："胡说八道的丫头，婚姻大事，何等要紧，要你这样胡作非为？"秀儿的眼里却露出喜色："这样也未尝不可。"

尚妈妈还要反对，秀儿已经一拍桌子："小荷，你去石家，寻石大爷，就说我要寻他有事。"小荷哎了一声就跑出去，尚妈妈已经白秀儿一眼："王姑姑，这种事情，哪能胡做？"

秀儿下决心是很快的："尚妈妈，你也晓得，那些女人家会的事，除了针线梳头旁的我都不会，我只晓得串门走户，赚些银钱养活女儿。你要我坐在后院，我是过不下去的。"

石大爷已经走进来，小荷去唤他时，他简直是一唤就来，听到秀儿这话就急忙道：“你若能嫁我，我定不会让你坐在后院，还是像平日一样。”

不得不承认，此时此刻，秀儿听到这句话，心里十分喜悦，但接着这喜悦就被焦虑占据，这件事，正经来说，对石大爷这个人，是种侮辱，可若不做此事，女儿就要从自己身边被带走。

秀儿还在徘徊，尚妈妈已经开口：“石大爷，好事，大好事，你肯不肯娶我们王姑姑？”石大爷不料竟是这么件大喜事，就跟在冬日里吃了一个刚从灰里刨出来的热芋头一样暖呼呼的：“愿意，当然愿意，可是你不是……”

“这不过是权宜之计。”既然已经说出口，秀儿也就丢下顾忌，对石大爷说了前后原因，听到这个原因，石大爷又像被什么东西打了一下，那张嘴张开就合不拢。秀儿说完全部，觉得这颗心也就放下，只是对石大爷道：“我晓得，这件事，是我对不起你，可我，没有旁的法子了。”

说着秀儿就忍不住流泪，自己的女儿要这样离开自己的话，那真是活活地剜了自己的心肝去，怎么舍得，怎么舍得？从此后，就算活着，也不过是行尸走肉。

“娘！”锦儿的声音从门边传来，接着锦儿就跑到秀儿跟前，“我不要回冯家，我不要去见大娘。娘，你也不要为了我委屈，我去求三叔，求他不要让我们母女分开。”

说着锦儿就往外面跑去，秀儿一把把女儿拉到怀里，眼里的泪就扑簌簌落下：“有娘在，娘不会让你离开娘的。”锦儿和秀儿这一哭，就把石大爷的心哭乱了，他的手握紧了又松开，接着就问：“嫁我，真的委屈吗？”

尚妈妈急忙把眼里的泪擦一下才道：“不委屈不委屈，委屈的是您，不过……”石大爷叹气，谁让自己喜欢上了呢？甚至，会喜欢得想为她翻山越岭赴汤蹈火在所不惜。

他蹲到秀儿身边就道：“别哭了，我娶你，不过之前先要说一句，这婚事，不是权宜之计，我想，你一定会做一个好妻子好母亲的。天下不会只有一种形式的好妻子好母亲。”

秀儿从没听过这样的话，锦儿眼里带泪地瞧着石大爷，突然点头，接着就在石大爷面前跪下：“女儿拜见爹爹。”石大爷年过三十，别人都儿女成行甚至到了要操心儿女婚事的年龄，而石大爷还在为讨续弦操心，听到锦儿这声娇脆脆的爹爹，石大爷不知不觉心里乐开了花，原来被人叫爹爹的感觉，是这样的。

事不宜迟，况且还要防备冯家，三日后就是好日子，石大爷回去请媒婆，让人写帖子，也不争什么嫁妆聘礼，一切从速。

“什么，秀儿要成亲了？”绿丫拿着帖子，再瞧着日子，觉得是自己在做梦，这喜日子就在明日，就算是现去说，也说不得那么快。送帖子的是尚妈妈，她笑着道：“其实人您也认得，就是那个常来买胭脂水粉的石大爷，算来，也认得一年多了。”

不，不，绿丫把头摇了摇，这件事总是透着蹊跷，她抬头瞧着尚妈妈：“你实在和我说，到底是怎么回事？不然的话，前儿我们还去一起烧了香，半个字都没听她提起。”

“就是那日定下的。”尚妈妈道，“说起来，只要三书六礼都齐，今儿定亲明儿出阁的我也见过，就这也算不得快。”那是因为别人家有事，才会这样迅速，绿丫一想到有事就对尚妈妈道：“秀儿遇到什么事了？你糊弄别人也就罢了，对我，可千万不能糊弄。不对，我该去亲自见秀儿，不然的话，你们也不会和我说实话。”

说着绿丫就命人预备轿子，带了人就往秀儿那边行去，一到地方下了轿子就吓了一跳，这门前已经停满了轿子，看来这收到帖子的人家不少，都是来贺喜的。

绿丫走进里面，果然已经坐了满满一堂屋的人，那些太太奶奶们，正对秀儿说着恭喜的话，还有人笑着说谁这么有福气，能娶得秀儿？娶了她，就跟娶了个把家手回来。

秀儿坐在那里，已经换过衣衫，不再是平常装束，看起来倒比原先多了几分容色。瞧见绿丫进来，也有人对绿丫说恭喜，绿丫应酬几句，等来贺喜的人都散了，这才问秀儿：“你老老实实告诉我，到底怎么回事，你怎么突然就要嫁了？”

“这不是你说的吗？这嫁了，夜里睡不着，也有人陪着说说话，谈谈心，免得寂寞。”秀儿的回答让绿丫啐她一口：“少来这套，前儿我说这话时候，你还笑我，说就这样离不得汉子？怎么这会儿，你就要嫁了？”

秀儿抿唇一笑，小青已经进来报，榛子来了。秀儿哎呀了一声：“倒没想到把她也赶来了，倒是我的罪过。”

“什么罪过？我听得这话，连问了三遍才晓得就是你。偏偏又有什么习俗，这怀孕妇人不能去新房，我这才赶来瞧你，不然的话，我这一日都不安心。”

绿丫起身把榛子扶了坐下，笑着道：“我也正在审她呢，你来得正好，我们俩，一道审。”见绿丫榛子并肩坐下，两人都只往自己身上瞧，秀儿不由噗嗤一声笑出来："得，你们审什么？只许你们有丈夫有儿女，我就不许？"

"自然不是不许，只是这事太过蹊跷，要晓得，前儿可是谁还口口声声，有锦儿就够了。"榛子立即识破秀儿的掩饰，出口戳破。

"也是为了锦儿，不然，我也不会嫁。"秀儿晓得能瞒别人，瞒不过面前两位，叹一声把实情说出。两人听得嘴半日都没合拢。

榛子已经道："这件事，说大不大，说小不小。可是并不是没有法子。到时让……"秀儿阻止住榛子："我也晓得，这事若你们出面，也不是什么难事，可我自从回京，累你们花了不少银子，还多出了许多人情，别的事情也就罢了，这人情欠了，就难还。"

"可也不能因为这个就随便嫁人，你这嫁的是什么人？他待你好不好？这是婚姻大事。秀儿，你听我们说。"绿丫听到原因如此，自然也要反对。

秀儿已经抬起手："我晓得你们要说什么，这件事，我已经决定了，况且那位石大爷，绿丫你也见过的，也不算什么坏人家。而且说句你们不能听到的话。我旁的没有，悍妇手段还是有几样的。到时嫁过去，他真要待我不好，难道我还能任他宰割不成？绿丫，榛子，我本就不是那样软弱可欺的性子，你们又不是不明白。"

秀儿这样说，是要安绿丫和榛子的心，绿丫和榛子却听得更不安心起来，绿丫再次开口："这半路夫妻，比不得结发夫妻。秀儿，你要欢欢喜喜嫁人，我自然欢欢喜喜送你，可为了这件事……"

秀儿抬手阻止绿丫："绿丫，我为了锦儿，什么事都肯做的。"看这样子，是劝不下来了，绿丫眼里忧虑更重，榛子却是别样心肠，等告辞出来，榛子拉了绿丫上了自己的车方道："方才当着秀儿，我不好说，现在她不在，我仔细想想，这件事，并不是那么不靠谱。"

绿丫瞧榛子一眼不说话，榛子笑着道："听我和你细细说。"还要细细说，绿丫不由靠过去，听榛子细细分解，听完了才一点头："但愿能像你说的那样。"榛子抿唇一笑并不说话，这缘分说不清楚，谁知道呢？

纵然绿丫忧心忡忡，秀儿还是在第二日披上嫁衣，坐上花轿出嫁。绿丫送走秀儿，正在那瞧人收拾，就见冯三爷走进来，瞧着周围有些奇怪地问："这店里的掌柜去哪儿了？"绿丫已经在小荷那里知道冯三爷的体貌，见他问就道："掌柜的今儿办喜事，怎的，你要去送礼？"

办喜事？冯三爷有些怀疑地问："办什么喜事？"绿丫瞥也不瞥他一眼："今儿掌柜的出嫁。"

出嫁？这两个字落在冯三爷耳里，如同一个霹雳打过，看着绿丫不确定地问："这位嫂子，你在说笑话吧？哪有……"不等他说完话绿丫已经抢过小青手里的扫帚就扫起地来，也不把扫帚绕过冯三爷，而是对着他的脚边扫起来："先不说初嫁从父母，再嫁从自己，就说这看对眼的，今日相看，明日过门的情形又不是没有。果然是没什么见识的，这么件事都大惊小怪起来。"

绿丫嘴里说着，手里的力气可不小，那些鞭炮纸屑，还夹着瓜子壳，全往冯三爷脸上飞去。就算明知道绿丫是故意的，冯三爷也不能立即翻脸，只得往旁边让了一步："这位嫂子，我不过多问一句，孩子呢？"

绿丫本打算停下，见冯三爷问起锦儿，手上的力气越发大了，扫得烟尘滚滚："这世上只有孩子跟着娘走的，自然是跟过去了。"轻轻松松一句话，冯三爷的心却往下沉："世上只有从父没有从母的道理。"

绿丫的眉一皱，把扫帚丢给小青，抬头瞧着冯三爷，一字一顿地说："现在有父有母，哪里能算得上是从母，话已经说过，还请赶紧出去，我们这还要打扫完了做生意呢。"

说着绿丫就唤小青："那条癞皮狗又来了，你赶紧拿棍子把人赶走。"这是明明白白骂人，冯三爷总不是那街面上的流氓，也要面子，再说留在这里，也没有什么好处，只得走出去。

绿丫瞧着他的背影，啐了一口，真当别人是傻子不成？冯大爷活着的时候不闻不问，人死了倒要巴巴接回去，想都能想到定是打了不好的主意。冯家要真不罢休，也不是想不出法子来。

冯三爷走出了一截，回头瞧着这铺子，脸色开始阴沉，他的小厮追上来："三爷，已经问过了，嫁得不远，就在背后一条街，那户人家姓石，也是殷实人家。"冯三爷的脸色没有好转，只是带着小厮要往石家去。

这一去，定不是去送贺礼的，小厮小心翼翼地问了一句："三爷，毕竟是在京城，万一得罪了？"

"住嘴！"冯三爷呵斥小厮一声，"横竖以后也不来往，得罪了又怕什么，到时一走，他还能追去江西不成？"小厮被呵斥也不敢说话，就陪着冯三爷往石家来。

石家门前，鞭炮声刚刚散去，花轿刚进了门，这会儿堂上正在行礼。来得恰好，冯三爷的眼一眯就往里面去，石家迎客的人见冯三爷过来急忙上前相迎："尊驾来得晚了些，您尊姓大名，可否……"

冯三爷并没理他就往里面去，冯家的小厮忙道："我们主人姓冯，特地来贺喜的。”石家迎客的人方才已经往冯三爷脸上溜了一眼，见冯三爷脸色不好，心里在嘀咕，一边吩咐人往里面报，一边要追上冯三爷。

不过冯三爷怎肯理他，况且石家前后也不过三进，不是那样深宅大院，一绕过影壁，就看见行礼的喜堂。新人正在赞拜，冯三爷一撩袍子走进去，报信的小厮还没寻到该寻的人说话就见冯三爷进来，忙要上前把他请出堂，冯三爷却已开口：“今日小嫂子新婚大喜，我也该当来贺一贺，还有侄女也该随我去，我冯家的女儿，哪能去做别人家的拖油瓶？”

秀儿虽已做了母亲，这出嫁却是头一遭，心里竟像小儿放炮一样，又是欢喜又是害怕，生怕出一点什么岔子就被人笑话，好容易听到司仪高喊夫妻对拜，这一拜后就已礼成，这颗心方放下，谁知身子还没直起，就听到冯三爷这话，秀儿想到的，就是掀开盖头，和冯三爷辩个是非。

不光秀儿愣住，堂上众人也都愣住，这大喜之日被人闯上喜堂，追讨孩子，也算是给众人开了眼界。石大爷父母已亡，今儿坐在上方的是石大爷的叔叔婶婶，两人听了这话不由交换一个惊诧的眼神。

隔了盖头，秀儿都能感觉到喧嚣的喜堂刹那安静下来，她刚想掀开盖头，手就被今日来送嫁的魏娘子握住，要她少安毋躁。秀儿的头继续垂在那里，心却怎么都安静不下来。

魏娘子的声音已经响起：“这位客人说话煞好笑，天下哪有放着亲亲的娘不跟，要跟着别人的道理？今日是喜日子，您要好心上门，就请到外头坐下，多用两杯水酒，至于旁的，还请出去。”

石大爷也能瞧见秀儿拢在袖子里的手在颤抖，虽然明知道秀儿盖着盖头什么都看不到，还是往她那边望了一眼方对冯三爷道：“娶妻嫁夫，本该知根知底，我妻子的一切我都知道，也在神明面前发过誓，待孩子定如亲生，尊驾闯进来，口口声声拖油瓶，岂不是陷我于不义？”

石叔叔石婶婶原本想站起来，听到这话又坐下去，毕竟他们也不是亲生父母，石大爷的婚事也不好多做主张。

这话并没打消冯三爷的念头，他只是冷笑道：“好一句神明面前发过誓，俗话说，有了晚爹，亲娘也不那么亲。你今日说得好，可是来日呢，况且养一个女儿长大，总要陪份嫁妆出去，你家虽殷实，也没有把金子银子白白扔出去的道理。那边怎么说也有亲祖父母，还有嫡母在堂，姐妹兄弟也众多，又是冯家正根正苗的子孙，怎么都比在你石家好。”

秀儿的手已经握成拳，想开口质问冯三爷，额头已经有汗滴落，魏娘子心里焦急，但面上神色还是平静，刚要开口既听到石大爷道："养个小猫小狗，日子长了，都舍不得打骂，更何况是活生生的人？那孩子今年五岁，五岁的孩子，养到出嫁，总有十来年工夫，难道……"

"谁知道这关起门来又是什么样子？天下的禽兽多了去了。"冯三爷再次冷笑，这话让秀儿忍不住了，她掀开盖头，怒视冯三爷："你冯家的家教就是红口白牙诬赖人吗？你冯家的家教就是只要对你冯家有好处，别人的死活都不放在心上吗？你三番五次定要我锦儿跟了你去，到底是何居心？别说是骨血亲情，但凡有那么一些些骨血亲情，当年在冯家时候，你冯家的人就不会任凭大奶奶折磨一个不到一岁的孩子。"

满堂的人都没想到秀儿竟会揭开盖头，不由发出惊呼，石大爷的姐姐眉头已经皱得很紧，她原本就不赞成石大爷娶秀儿，一个寡妇还带了一个女儿，这样的人哪能做好内宅主母，此时见这样终于忍不住，轻唤一声阿弟。

石大爷却和姐姐想得不一样，听到石大姑奶奶唤自己，只是对姐姐点一点头，表示自己知道了，就上前一步站在秀儿身边，握住秀儿有些冰冷的手对冯三爷道："足下方才三番五次对我进行臆测，已经表明你家家教如何，现在又不管不顾，足下今日即便舌灿莲花，也搬不来一个理字，既然如此，足下还请回。"

秀儿的手被石大爷握住那一刻，心里竟不知道是什么滋味，原来，并不是所有男子都会那样，只会欺辱只会嘲讽只会……还是会有人肯站在自己身边，握住自己的手，和自己并肩面对。

这种感觉让秀儿差点流下泪来，但此时不是流泪时候，她只是高昂着头，看着冯三爷道："我夫君所说，就是我所说，足下请回，我的女儿，冯家当年既已对她不管不顾弃之不理，今日自然也做不得冯家儿孙。"

夫君，这两个有些陌生的字说出来时，秀儿还觉得有些艰涩，可等说出口，秀儿却觉得，有种踏实升起。石大爷心里也很欢喜，侧头对秀儿微笑。

冯三爷没料到石大爷竟会这样，脸色已经十分难看，但一想到自己铩羽而归的话，就是自己女儿要嫁给那桑麻不分的痴儿，怎么可以，自己女儿可是手心里的宝，怎么舍得？他的牙已经咬住："既然如此，我们也只有上公堂了。你可要知道，天下只有从父没有从母的。"

"我是孩子的父亲，哪能说她没有父亲？"石大爷的话更加出乎冯三爷的意料，他的眼瞪得很大，压根就不相信地道："胡说八道，哪有……"

"继父如父，冯三爷，你没听过这句话吗？"秀儿说完就对堂上其他人道：

“女子未嫁从父，出嫁从夫，我今日嫁入石家，我的女儿，自然也和我一样，是石家的人。”

石大爷听到秀儿这话，心里的欢喜更深，对堂上众人道：“我也晓得，你们难免要嚼一阵子的舌头，可是是我居家过日子，我娶的，是我心上的人，她的女儿，自然也是我的孩子，我不愿意以后再听到什么别的话。更不愿意，我的妻子，我的女儿，会被别人非议。”

原来这样的话才是能让人心生踏实的话，秀儿眼里的泪此时再也忍不住，低头不愿让石大爷瞧见自己眼里的泪，魏娘子的嘴先是因震惊而张开，接着就很欢喜，她是从心底里为秀儿高兴，见秀儿流泪，急忙拿过帕子给秀儿擦泪。

石大姑奶奶听了石大爷这几句话，原本要让秀儿把孩子交给冯家的心此时也渐渐被打消，不满地瞪了自己弟弟一眼，又重新坐下。堂上别的人都有些震惊，久久没有说出话。至于冯三爷的脸色那更是不好看，想要说几句为自己撑下胆子，但竟不知道该说什么。

石大爷感觉到妻子的手越来越热，这才对冯三爷道：“至于上公堂，你一个外乡人都不怕在这京城里惹官非，我一个本地人有什么好怕的，我等着你。等着你去问是从母还是从父这个道理。”

这已明明白白堵死了冯三爷后面所有的话，冯三爷已经恼羞成怒，几近喷血，但还是没说出口，只得拂袖离去。见他走了，秀儿才长出了一口气，石大爷已经把她的盖头重新盖上，瞧了一场好戏的司仪急忙道：“方才已经礼成，现在，该送入洞房。”

这一句话让堂上人哄笑起来，魏娘子拿过一截红绸，把一头塞进秀儿手里，石大爷牵了红绸另一端，众人簇拥着进了洞房。进洞房后，揭盖头撒帐成礼，这些都做完，石大爷又出去外面陪客。

魏娘子这才对秀儿说：“秀儿，你啊，可真是嫁了个好人，不说旁的，就这份心胸，我们就拍马都赶不上。你不晓得，方才我可悬着心呢。这样被闯进来，不晓得多少人家会嫌晦气，甚至亲事成不了的。”

秀儿低头抿着唇笑，今儿的事，简直是给了秀儿一个大大的惊喜，从来没有知道，原来自己，也可以被人呵护的，而这种被呵护的感觉，竟然是这么好。

魏娘子还要再夸赞石大爷几句，就看见帘子挑起，石大姑奶奶走进来，魏娘子忙起身相迎道喜。石大姑奶奶勉强扯动嘴角对魏娘子说声同喜，这才请魏娘子出去。

魏娘子还当石大姑奶奶要和秀儿说几句私房话，也就走出新房。石大姑奶奶坐在秀儿身边方道:“方才的事，虽说有些晦气，可是谁让我弟弟喜欢了你，爹娘又不在了，我一个出嫁的大姐，也十分做不得主，也只得听从了。可是你方才说了，既嫁进石家，就是我石家的人，我只望你别给我石家丢面子。”

秀儿晓得，虽嫁了石大爷，可要得到石家别人的许可，还是个难事。但秀儿也没抱着一定要得到石家别人的许可，此时听石大姑奶奶这样说，只淡淡一笑就抬头对石大姑奶奶道：“姐姐说的话，我竟有些不明白呢。”

见秀儿给自己装憨，石大姑奶奶的气不打一处来，但还是咬牙道：“自然是你铺子里的事，你原先不过是个寡妇，带了孩子过日子，想多赚些银子，抛头露面出去挣钱，这也无可厚非，可现在你既嫁了阿弟，以后就是这内宅的主母，这样抛头露面的事有什么好做的。”

石大姑奶奶会这样想，秀儿很明白，但即便秀儿明白，也不代表秀儿就赞成石大姑奶奶的说法，她只唔了一声就道：“姐姐的意思，从此我就再不用去铺子，也不去和那些达官贵人的夫人们交往？可惜了，我前儿还听说，姐姐的儿子异常聪明，姐姐一直想把他送去松山书院呢。”

这话搔到石大姑奶奶的痒处，她是商户人家女儿，生了个读书聪明的儿子，自然一心巴望儿子向上，不惜银钱请了不少的老师教导儿子，听得松山书院很好，一直想把儿子送进去，但石大姑奶奶的婆家娘家，都不是那样大商家，自然没有门路。此时听秀儿这样说，石大姑奶奶忙道：“难道你有法子？”

“松山书院的山长之女，嫁的是褚翰林，这位褚奶奶，最喜欢我铺子里的胭脂了。”秀儿这话一说出，石大姑奶奶就巴不得立即让秀儿带自己去拜见这位褚奶奶，刚站起身想起秀儿还是新媳妇，只得又坐下道:“你能认得这样的人，很好，你侄儿的事，你就帮我去说一声。”

“可是姐姐方才也说了，让我不许再抛头露面，我和褚奶奶的交往自然也就没有了。”虽听出秀儿这话是故意的,可石大姑奶奶也没法反驳,只得咬牙道:“这交往的人，也要瞧瞧，如果是那样好人家，当然也可以去。”

既然她入套，秀儿也就继续往下道：“姐姐这话说错了，能从我们铺子里买胭脂水粉的人，哪家不是好人家？哪户不是有名声的？”

石大姑奶奶被将了军，只得把要秀儿不得再去铺子里的事给搁起来，快快地道：“我不是怕别的，是担心你只顾着铺子里的事，到时这内宅一团乱。”

“姐姐这也是关心夫君的说话，姐姐您放心，虽说我没管过家，可也知道些道理，再说男人在外的面子要靠女人在家撑着，这内宅定不会一团乱的。再者说了，这内宅也是我要住的，乱七八糟的，难道我就住得安心？”

石大姑奶奶被秀儿这番话说得哑口无言，再想挑什么刺可也晓得自己说不过秀儿，况且还想靠着秀儿搭上松山书院那边的线，帕子在手上绞了又绞才道："你今日说的话，只要记住了就好。你待我弟弟好，我也不是那样小气的人，也会把你闺女当亲侄女看的。"

秀儿点头，石大姑奶奶又说了几句淡话，也就出去。秀儿看着只剩自己一人的洞房，不由长出一口气，也不知道当初榛子嫁过去是怎么应付定北侯府那群人的，只大略听她说了说，并不知道详细。

外头的酒席喧哗声已经慢慢低下去，魏娘子重又走进来，对秀儿笑眯眯地说："姑爷真是个老成人，这会儿就让他们散了，你也不是个闺女，那些话我也不用叮嘱你，只要好好的就是。"

这酒席散了，新郎就要进房来，秀儿突然感到一阵莫名的烦躁，想起身给自己倒杯茶解解渴，可又觉得这样太落痕迹，只对魏娘子笑一笑，魏娘子又说几声恭喜，也就走出房去，秀儿听着房门外传来的脚步声，这种烦躁越来越深，手不自觉地抓紧身下的床单，不怕不怕，有什么好怕的，那么多人都见过了，还担心什么呢？

秀儿调整着呼吸，努力地让自己平静下来，抬头时已经看见石大爷走进房里，站在自己面前。这就是自己的丈夫了，自己从此后可以名正言顺地要求他保护的人。秀儿不知怎么心上浮起的却是这句。

"别哭！"石大爷的手已经摸上秀儿的脸，把秀儿眼睫下面的泪给擦掉，秀儿刚想说自己没有哭，看见的却是石大爷指头上那晶莹的泪。

"我这是心里高兴，高兴的。"秀儿又低头，声音已经开始有些低。石大爷点头，却觉得点头秀儿瞧不见，把秀儿的手握在手心："我知道，我也很高兴。"

这是完全不一样的感觉，秀儿感到那种安心又浮现，唇边不由露出笑，任由石大爷把自己的手越握越紧，看着那高烧的红烛渐渐矮下去。

"哎呀呀，瞧瞧，果真不一样了。"秀儿虽没有了爹娘，但回门这样的俗礼也是要办的，没选在榛子家，而是选在绿丫家里。榛子也不在意，早早就来到张家等候，等见到秀儿时，开口就取笑。

秀儿脸上忍不住飞起一抹红，啐榛子一口："只晓得取笑我，你肚子里，要是个闺女的话，就带坏我侄女了。"榛子摸摸自己的肚子，笑着说："才不会呢，况且我说的话是好话，锦儿呢？"

榛子话音刚落，锦儿就跑进来，瞧见榛子和绿丫就叫姨，接着举起手上的不倒翁："姨姨，这是爹爹买给我的。"绿丫把锦儿抱在怀里，榛子瞧一眼锦儿方道："瞧见这样，我也不牵挂了。"

锦儿的小脑袋在绿丫怀里一点，就对榛子道："姨，您不用牵挂我，真的，我一定会过得好。"绿丫点一下锦儿的小脸蛋："这小小孩子，偏偏喜欢说大人话，还不要牵挂呢。"

锦儿的大眼睛睁大一些，一本正经地说："姨姨，你不喜欢听吗？"绿丫噗嗤一声笑出来，亲一下她的脸："喜欢，喜欢听，不过你再大些来说才对，这会儿，先到旁边和你姐姐妹妹们玩去，容儿嚷了你好些天了。还有你阿婆，还特地给你做了新袄子，说给你端午时候穿。"

锦儿哎了一声就跟小柳条往旁边去，屋内只剩得她们三人，讲了几句闲话，秀儿才道："冯家那头，到底为了什么要锦儿回去，这件事不问个究竟，我心里始终不安。"

绿丫推秀儿一把才笑着道："这事，有秦三奶奶做主，石大奶奶，你啊，就别操心了。秦三奶奶可是说了，不管什么理由，都不能让锦儿回去。"

石大奶奶？这个称呼先让秀儿微微一笑，接着才瞥绿丫一眼："去，张奶奶，少打趣我。"绿丫故意咦了一声："谁打趣你了？难道你不是嫁夫从夫？谁那日在喜堂上说的，嫁了石家，就是石家的人了？"

秀儿又捶绿丫一下，绿丫又笑了，榛子这才道："早在那日，我就让人去冯三爷落脚的地方去打听了，可是冯三爷那边跟来的人都嘴紧得很，没打听出来，已经写了信，让江西那边的人帮忙打听，我就不信冯家老家那边的人，嘴还这么紧。"

打听出原因，自然也能如何应对，秀儿长出一口气，绿丫笑着道："你啊，就安安生生过日子，锦儿可不光是你闺女，也是我侄女呢，哪能随便就被人带走。"

"对，以后遇到这种事，可不许自个悄悄就有主意，一定要和我们商量，绿丫，你说这回，该怎么罚她才好？"榛子也笑着问绿丫，绿丫故意啊了一声方道："要说打她几下呢，不疼不痒的，况且现在又有丈夫护着。不如这样，我们罚她早日给我们生个儿子做我们女婿就是。"

秀儿的脸登时红了，伸手就要去撕绿丫的嘴："越发不会说好话了。"

绿丫轻轻一动，往榛子身后躲去，秀儿怕撞到榛子的大肚子，不好再上前，只是站在那捏着脸去羞绿丫："都这么大的人了，女儿都那么大了，还装年轻少女不成？"绿丫顺势搂住榛子的肩笑嘻嘻地看着秀儿："怎的，难道我就不能装年轻少女？怎么说我都还没到三十呢。"

秀儿笑弯了腰，榛子也笑了："好了，你们俩，消停些吧，原先觉得你们一个个都比我老成，怎么这两年来，你们一个个都比我还活泼起来？"

秀儿也坐到榛子旁边，笑着道："那是因为张奶奶什么事都不用去管，所以啊，越发可以装少女。"说完秀儿就咬住下唇笑，绿丫白她一眼，也坐下来，三个人又继续说些闲话，外面的天很蓝，偶有风吹过，带来一丝丝云，人生，本该是这样安静美好的。

过得一个月，江西那边的回信已经到了，榛子拆开信看了看，就摇头叹气，让人把秀儿和绿丫请来，把这信给她俩看了。看完信秀儿和绿丫也摇头，接着榛子就道："这事你们也别担心，横竖都是冯家自说自话，若真要上公堂，这都个把月过去了，他们那边还安安静静的。想都晓得，并没十足把握的。"

秀儿摇头："我并不是担心这件事，锦儿就是我的命，谁也不能抢走，我只是觉得，冯家两老，着实狠心，就为了和高门结亲，要把亲孙女嫁给一个痴儿。"信上所说，冯家也不知怎么的，和本地做过侍郎的董家议亲，董家这个儿子，今年十三，恁大年纪还没定亲的缘故，不过是因这孩子是个不辨桑麻，只会叫爹娘的痴子。

原本董家瞒着这件事，已经定了一门亲，哪晓得事情不机密，对方家里晓得，怎么也舍不得女儿嫁给这么一个人，毕竟董家门楣再高，再能给家里带来无数好处，女儿一辈子也毁了，于是退了亲。

冯老太爷不晓得怎么知道了这件事，巴巴地让媒婆上门要把孙女嫁给董家儿子。冯家在当地也是大族，冯老太爷这支虽不那么兴旺，也不算什么没名声的人家，董家就应了。

董家既应了，冯老太爷就和儿子们商量，要一个年龄合适的孙女定亲。冯二爷早听到风声，已经匆忙给两个女儿定亲，于是就只剩得冯三爷的女儿，冯三爷也舍不得女儿，想来想去想到自己已故的兄长还有一个被带走的妾生女，于是说服冯老太爷，上京来寻秀儿，要把锦儿带走，给董家儿子做媳妇。

冯老太爷想想锦儿不过五岁，这么点点大的孩子拿回家中养上几年，自然听自己的话，也就应了。谁知竟遇到秀儿不肯，听说冯老太爷在家大发雷霆，已经写信让冯三爷回去，免得他在京中到处得罪人。

绿丫把秀儿的手握一下方道："虽说大妇管教妾室，也是应当应分的，可也要分个错误，若是没有犯错，就要百般折磨，做公婆的，明晓得儿媳如此也不劝诫，只把这妾室当玩意一般，也不是什么善心人，既不是善心人，做出这种举动也能想到。"

“你说得对，倒是我想左了。”秀儿浅浅一笑，唤人点个火来，把那封信在火上烧了，瞧着那信纸在火盆中化为灰烬方道，“那些事都过去了，我的锦儿，永远都不会离开我身边。”

“这话说得不对，秀儿，难道等锦儿长大，要出阁了，你也不肯让她离开你身边不成？”榛子见气氛有些凝重，笑着打趣秀儿。

秀儿的脸不由一红：“那总还有十多年呢，我要寻女婿，一定要挑个好的。”

“既然如此，你瞧小全哥如何？别说我夸自家儿子，我的儿子，确实很好。”绿丫见状也凑趣。

“对，这是一桩好姻缘，况且还是青梅竹马，从小瞧着长大的，不如就趁今日是个好日，把这两小定了亲。”榛子也顺着说，秀儿不由啐她们俩一口：“越说越上了，这事，哪有这么简单，我也不是说我女儿很好，更不是说小全哥不好，只是总也要他们心甘情愿，才好许亲。”

“哦。”榛子重重点头，“我明白了，你啊，是要锦儿像你一样，自己挑女婿，绿丫，你可记住了，以后可要小全哥多去瞧瞧秀儿，免得她瞧着小全哥不好，不肯让他做女婿。”

绿丫笑着应是，秀儿又啐她们一口，又笑起来，三人说笑一会儿，吃了晚饭绿丫和秀儿也就各自回家。

秀儿心里欢喜，又喝了一杯酒，在轿中只觉得有些飘飘然，这样的欢喜好像从来没有过，从此之后，很多事情都可以忘记，都不会来打扰自己，自己也可以像所有的女子一样，过着那样简单的日子。

想到成亲这一个多月来，和丈夫之间的事，秀儿唇边笑容变得越来越浓，原来自己也是可以被人那样珍视对待，而不是被欺凌，被当作脚底的泥那样踩，原来这个世上，并不是只有那么几个好男人的。自己也可以如绿丫榛子般幸运。

轿子到了门前，秀儿下轿进门，见旁边有人撕扯着什么，眉头不由微微皱下，跟着秀儿出门的是石家的管家娘子，姓邹，原本是石大爷的奶娘，石大爷父母过世后，就和丈夫一起做了这石家的管家，见秀儿皱眉，邹婆子忙示意小厮去劝架，这边就扶着秀儿进去。

小厮走上前对那两个撕扯的人道：“你们要吵架，也请离人前远些，就在我家门口，方才差点冲撞了我家奶奶。”年轻那个的眉还是竖在那：“我好容易攒了一串钱，还想着拿回家去给老娘买些吃的，被他偷去赌了。不赔出来，我怎么去见我娘。”

和他吵架那个见小厮过来已经笑嘻嘻地把手松开，听到这话就道："张小子，你也别一口一个娘，那老张婆，本就不是你的亲娘，你也不晓得是她从哪里偷来抱来的，你啊，别这么孝敬。"

小张听了这话脸都红了："你胡说八道，就算不是我亲娘，她养了我这么十来年，难道我不能孝敬她？赶紧把我的钱赔出来。"那人还是笑嘻嘻不理，小厮见状，又见这小张说的只怕是实情，从袖子里摸出二三十个钱来塞到小张手上："罢了，罢了，算我今日倒霉，既然你的钱被他偷去赌了，这些许几个，你也就拿回去孝你老娘。"

小张执意不肯要，那赌徒倒斜着眼想抢，小厮推那赌徒一把："你也做得好瞧些，一串钱，总还剩得几个，一总拿出来。"那赌徒见状晓得不能不拿出来，全身上下到处摸，也只摸出四五十个钱，用手捧着那些钱到小张面前："只有这么些了。"小厮把那四五十个钱和自己那二三十个钱全放在一块，塞到小张手里，作好作歹地劝他们去了，这才回到门里，把事情始末告诉邹婆子。

邹婆子见不是什么大事，也不当一回事就往上房去，刚走进上房院子，就被脸上蒙着纱在和丫鬟们玩摸鱼儿的锦儿一把抱住，邹婆子顺势把锦儿抱起来，解开她眼上的纱巾："好小姐，我可没有和你玩摸鱼儿。"

锦儿笑嘻嘻地道："知道，只是我听不到姐姐们在哪边，听到脚步声，这才抱住的，不然的话，要玩到什么时候？"锦儿这话让躲得有些远的丫鬟们都笑弯了腰，秀儿也从屋子里出来，上前捏下女儿的脸："越来越调皮了。"

"娘，我才没调皮呢，我已经学了三十个字了，爹爹还说，等再大些，就让我去学堂。娘，我也去全哥哥去的学堂好不好？"锦儿顺势转到秀儿怀里，笑嘻嘻地说。

秀儿抱着女儿进屋："好，到时你就去。还可以和你玉儿姐姐比比，谁认的字多，做的针线活好，好不好？"锦儿在秀儿怀里点头，邹婆子忙在旁边赞了句，顺便把方才的事当作一件趣事说了，秀儿也没放在心上，听的那少年只有十一二岁，不由叹气道："穷人家孩子总是早当家。锦儿，娘告诉你，这赌啊，千万不能沾。"

"那沾了怎么办？"锦儿好奇地问。

"那就打断他的腿，把他关在屋里，一辈子不许出门。"秀儿想都没想就这样回答，门外已经传来石大爷的笑声："这是要把谁关在屋里不许出门呢？"

锦儿听到石大爷的笑声就奔出去迎接，嘴里还不忘在那说："娘说，以后要是女婿沾上赌了，就打断他的腿，一辈子不许出门。"石大爷不由哈哈大笑，原本还有些许发窘的秀儿瞧见石大爷在那哈哈大笑，心里那些不确定开始慢慢消失，一家子，就是要这样有什么说什么，而不是藏着掖着的。

小张已经一路奔回去，他家住在北城最偏僻的巷子里，那巷子十分狭窄，屋子也很破旧，小张和他娘住的，还算是这院子里比较结实的屋子。

小张刚进院子，就听到老张婆传来一阵咳嗽，也来不及和邻居打招呼就急匆匆地推开门，对老张婆道：“娘，你是不是又出去做席了？你这身子不好，这两日该歇着。”

昔日的张婶子，今日已经被人称为老张婆，正伸手去端桌上的一碗药，听小张这样说就道：“我腿脚都能动，不过咳嗽几声，做厨子的，烟熏火燎的，哪能不咳嗽几声？倒是你，我听说你这几日都没去学堂，到底去了哪里？”

小张把那堆散钱拿出来：“我听说南城大商户朱家要几个临时帮忙的小厮，就去了，去了三日，得了一吊钱呢，可是被同去的人偷走赌钱去了，只剩的这些。娘，我晓得你巴望我读书上进，可咱们家已经那么穷了，我今年都十一了，生得个子又高，也该出来赚钱给你养老了。”

老张婆原本已经拿起扫帚准备打，听到小张这话就叹气：“也是怪我，过了年就病了，这请医吃药把给你攒的银子都花光了，不然百来两银子，也够你我母子嚼裹几年。也不会搬到这里来。”

“娘，人吃五谷杂粮，哪能不病？再说你都养了我这么些年了。”小张端起药碗伺候老张婆喝了。见他那张酷似屈三爷的脸上却是完全不一样的神情，想起秀儿，老张婆不由轻声叹息：“也不晓得到底是怎么修的，你爹爹他，倒生的两个好儿女。”

小张正要笑嘻嘻接话，突然觉得不对：“娘，你说什么，什么两个好儿女？我还有姐姐，还是妹妹？”

老张婆并没回答他的话，只是道：“你别叫我娘了，我本就无儿无女。”

“知道，娘，我好些年前就晓得你不是我的娘了，可这又怎样呢？是你养了我这么些年，不然我怎么能活这么大呢？娘，你还没告诉我，我有的，是姐姐还是妹妹？”

提起秀儿，老张婆脸上露出苦笑：“你有一个姐姐，今年该有，该有二十四岁了，她过得很好，原本我是赌了这口气，想着我不光能把你养大，还要让你读书，考试，等得了功名再去认她，要让她晓得，不光只有她有良心，可是我总觉得，我撑不下去了。今儿我就把你的身世原原本本告诉你。你姐姐，只怕很恨你爹。”

小张的眼先是睁大，等听老张婆把那些往事讲完，小张的眼这才垂下，老张婆晓得儿子虽然比别人要能撑得住些，但毕竟只是十一岁的孩子，拍拍他的肩说：“我一直觉得，我不能算什么好人，直到在那门前抱住你，你饿极了，边哭边拱在我怀里要吃奶，我瞧着你，那样小，那样软，白白嫩嫩一小团。和那些好人家的孩子没有什么分别，我才想，这样的孩子是不能被教成坏人的。于是我抱着你，寻了间房子，出去做席也带着你，不许别人在你面前说那些不好的话，等你五岁又把你送去学堂读书，是因为要你读书明理，不要别人说，瞧这家子，种子不好，也长不出什么好苗来。”

小张的眼圈已经红了，老张婆又叹气：“喜哥儿，虽然我不喜欢你姐姐，可是你姐姐她，确实是个好人，认不认什么的，也只在她，并不在你我。”

“娘！”小张叫了一声，接着眼里的泪就啪嗒啪嗒落下，老张婆抱住儿子，终究还是没有劝他，只是长长地叹了一声。

秀儿成亲之后，去铺子里的时间短了些，但若要往那高门大户里面去时，还是亲自去的。这日刚从外面回来，要踏进铺子里面时眼一瞥瞧见铺子门口站了个少年，也不知怎么心里一动就往那少年那里看去。

这一看秀儿不由有些惊讶，这少年似曾相识，而且有些亲切感。站在那的就是小张，他知道身世后，晓得秀儿的铺子开在这里，已经在门口徘徊了几日，也远远瞧见过秀儿，但鼓不起勇气和她说话，叫姐姐，只怕这个姐姐不会认，毕竟当初屈三爷做的事情，小张听了都觉得脸红。

可是不叫姐姐，该和她说什么呢？小张不晓得，此时见秀儿往自己这边望来，小张越发觉得害羞，转身就跑走了。这个人，好奇怪。秀儿想往下想，但不知怎么有些疲倦，这种疲倦已经三四日了，并不像往常一样睡一觉就好，秀儿琢磨着，还想再过两日请个医来瞧瞧。

尚妈妈见秀儿回来，忙迎上去，又见秀儿若有所思的样子，就对秀儿道：“王姑姑，这小子也奇怪，来这好几日了，都是远远地站在店门口瞧。”

“尚妈妈，我觉得，这小哥瞧着干净，又腼腆，只是岁数小了些，只怕想寻个事做，那样大铺子进不去，就想到我们这样小铺子来了，可又怕被赶出来，这才在那徘徊。”小青没跟秀儿去，见尚妈妈说话就笑着说。

“你啊，难道是看那小哥生得俏，有些瞧上了，才这样撺掇，不知根知底的人，哪能让他到铺子里来，更何况还是个男的？”尚妈妈伸手就点小青额头一下，小青做个鬼脸：“比我最少小三四岁呢，我怎会瞧上，尚妈妈，您说话，越来越少把门的了。”

秀儿更加觉得疲倦，坐下笑着说："好了，你们也别争了，这孩子要是再来，就问问，是不是真要寻个事做？若真勤谨，等在这做个三四年，十四五岁的时候，就打发他到大铺子去。"

小青又对尚妈妈做个鬼脸，尚妈妈笑骂一句，小荷手里已经拿了个盒子走进来，见了她们就笑："这两日我不在，定把你们忙坏了吧，这是我哥哥嫂嫂成亲时备的糕点，我拿了些，也当作赔罪了。"

小柳条和虎头的喜期在前日，小荷这个做小姑的，请了几日假去帮忙，尚妈妈和小青也去坐了席，此时听小荷这样说，小青就笑着道："算你还有良心。可带了枣泥糕没？我就爱吃那个，别的，都不爱吃。"

小荷把盒盖揭开："带了，不光有枣泥的，还有藤萝饼。快些吃吧。"小青她们在那嘻嘻哈哈地吃点心，秀儿也拿了个绿豆糕，却只放在嘴边并没吃，那个少年，到底是谁？那样熟悉，秀儿觉得心跳开始加快，接着一个已经死去很久的人脸开始浮现出来，秀儿觉得自己无法呼吸，整个人都快窒息了，那张脸，是和自己有些像的，也是像，像那个自己很少叫爹的人。

手中的绿豆糕掉落地下，秀儿茫然地想站起来，这个世上，能像屈三爷的人，除了自己，或许就是那个孩子了，那个曾掀起轩然大波的孩子，那个曾让秀儿恨之入骨的孩子。

秀儿觉得自己脑子一团乱，如果真是他寻来，他寻自己究竟出于什么目的？对屈三爷的儿子，秀儿有着天然的敌意，这种敌意，是在屈家后院一日日的遭遇累积起来，这种敌意，即便是血缘也无法稀释。毕竟当年任由秀儿遭受众人凌辱的，任由秀儿被卖走的，不是别人，正是那个本该和秀儿最亲的人，那个该被叫爹的男人。

尚妈妈她们的说笑顿时停止，此时的秀儿是她们从没见过的，面色苍白眼神茫然，好像下一刻就会昏倒在这里。尚妈妈上前一步搂住秀儿，连声唤她，秀儿却什么都听不到，想抓住什么，但终究什么都没抓住，手无力地垂下，接着就什么都不知道。

"大奶奶是有喜了，可能这几日奔波了些，所以才会晕倒，千万要记住，不能大喜大悲，不然对孩子不好。"是谁在说话，什么都能听到，但竟有些听不懂，大奶奶是谁？不是该起来做活了，不然的话相公娘会打，绿丫会哭，还有，还有，秀儿拼命地想，但觉得什么都想不起来，她猛地坐起，身边的锦儿见她醒了，急忙叫道："爹，爹，娘醒了。"

娘，娘又是谁？娘不是早就死了吗？那种恶臭混着血腥，一辈子都忘不掉。

秀儿睁开眼，看到的不是曾在梦中久久缠绕不去的，屈家后院的小屋，而是一顶藕荷色的帐子，身上盖的是绸被面，那些噩梦都过去了，自己已经不在屈家后院，自己已经不是那个无还手之力的小女孩。

秀儿觉得浑身出了一场大汗，石大爷已经抱着锦儿走进来，锦儿从石大爷身上跳下，双眼亮晶晶地看着秀儿:“娘，爹爹说你有喜了，让我别来打扰你，娘，你要给我生弟弟还是妹妹？我喜欢弟弟，你给我生个弟弟好不好？”

下一刻锦儿就呆住了，因为毫无征兆的，秀儿把锦儿抱在怀里放声大哭起来，哭得那样撕心裂肺，不像是知道有喜之后的喜悦，而像是受尽了委屈的孩子。锦儿的眼猛然瞪大，娘为什么不高兴？是不是自己不乖？

小小的锦儿立即用手拍着娘的背：“娘，我会乖乖的，你别哭好不好？娘，我以后会带好弟弟。”石大爷也一头雾水，以他对秀儿的了解，秀儿知道消息只会喜悦而不会这样哭，瞧见锦儿，石大爷认为自己明白了，上前用手抚着妻子的背：“你是不是担心我有了亲生孩子，就对锦儿不好？你放心，我说过的话绝不会忘，我待锦儿，是会和自己的孩子一样毫无分别的，等她长大，我们给她挑个好女婿好不好？”

丈夫和女儿关心的话语，让秀儿渐渐平复下来，她长出一口气，过去了，那些往事都过去了，今日别说是那个弟弟来寻，就算是屈三爷复生，也伤害不了自己半分。

秀儿把眼里的泪擦掉，对丈夫和女儿笑笑：“我只是觉得，太突然了，好像一点兆头都没有，就怀了孩子。”提起这个，石大爷不由咧嘴一笑：“都两个月了，算算，这孩子，正好就是我们洞房那天怀上的。”

秀儿伸手往丈夫肋下掐了一把：“当着孩子的面，胡说什么呢？”石大爷还是忍不住脸上的笑，得娶娇妻，年过三十才有头生子，这是多么欢喜的事。欢喜中的石大爷并没注意秀儿已经握住了拳，幸福，来得如此不容易，绝不允许任何人破坏。

青門柱

第 36 章　姐　弟

“这十多年，也亏了张婶子照顾这孩子。”听榛子说完，绿丫倒先感慨，秀儿依旧一语不发。绿丫说完后见秀儿一语不发，握住她的手道，“我晓得你心里有念头，毕竟那孩子，虽是你弟弟，可要论起来，比仇人也差不多。”

“我知道。”秀儿闷闷开口，方才榛子说的，才让秀儿知道，张婶子带着这个孩子，从来都没离开过京城，甚至住得最近的时候，离自己不过三条街，这些年，张婶子一直靠在外帮忙做席，偶尔也会去酒楼帮忙来养这个孩子，甚至在他五岁时，还送他去学堂开蒙，若非过完年后张婶子生了一场重病，花光了积蓄还搬离原来住处，这孩子，还会一直在学堂读书。

榛子和绿丫对视一眼，接着榛子才开口："说来，这件事我们不好劝你，可算起来，这孩子也属无辜，现在他能遇到你，也算缘分，到底怎么想的，你也给我们说一声，而不是这样一语不发。别的不管，我话撂在这，就算你真要恨这孩子，你要怎么做我都不管。”

秀儿牵起唇角想笑一笑，但笑容满是苦涩："我晓得，榛子，绿丫，可是这件事，放在我心里，竟是怎么做决定都不晓得。晓得他无辜，那些事也过去久了，我不该恨他。可一想到他是那个人的孩子，我就由不得恨他。若没遇见，还能当个路人，可这明明遇见，我也不晓得。我真的不晓得。”

绿丫把秀儿的手再握紧些："方才榛子说得对，既然遇见，也就是缘分，不然就照尚妈妈说的，把他收进来，做个小伙计，冷眼瞧着，若这孩子品性还好，也就装作不经意去寻张婶子，说了情形，你们姐弟相认，以后也好有个来往，若是那种不好的人，也就过上几个月撵走就是。”

这是最好的法子，秀儿心里明白，终究还是意难平，爹爹，这个称呼是秀儿心里永远的痛。

看见秀儿又沉默了，绿丫和榛子对视一眼，双双叹气，毕竟当初秀儿离开京城后的遭遇，两人不敢问，怕的就是一问就揭开秀儿的伤口，屈三爷，到底是怎样的心，才能这样对待自己的孩子？

榛子的手微微握紧，有些愤怒自己当初对待屈三爷太过利索，这样的人，就该让他活着，卑微地活着，永远不得见天日，让秀儿曾受过的苦，十倍百倍地还给他，而不是那样干干脆脆死去。

小张过得几日又忍不住来到铺子门前，探头往里面瞧去，并没瞧见自己的姐姐，小张心里不由有些怏怏，说起来，姐姐和自己，生得还是有些像。

小张心里还在想着，就见铺子门前的半截帘子掀起，小张猛地往后一躲，小青已经俏生生地站在他面前："你到底是什么人？成日只在我们铺子门前晃，今儿东家来了，晓得了，让我叫你进去，好好盘问盘问，若是那样歹人，就送官去。"

"我不是歹人。"小张下意识地为自己辩护，小青已经噗嗤一笑："好人歹人，我们东家一双眼自会瞧得分明，你快些进去吧，说不定是你的造化呢。"说完小青就让小张快些跟自己进去。

张婶子只和小张说过秀儿的事，并没说榛子昔日也在屈家后院，小张只当榛子就是一般的富家主母，晓得这样的人是讲究的，进门之前先用手整理下衣衫和头发，又把那沾满灰土的鞋子在外面地上蹭了蹭，这才跟着小青进去。

他的举动，榛子隔着帘子早已看得分明，再细细瞧去，见他眉眼和秀儿颇像，不由在心中叹了口气，听到脚步声就坐回椅上。小青先进来禀明，这才让小张走进来。

小张进来后，先规矩给榛子行礼，这才站在一边，眼观鼻口观心地站在那里。倒是个老实孩子，这举动让榛子在心里点一点头，毕竟当初屈三爷的骄狂，榛子是记忆犹新。

虽然已经知道了小张的身世来历，但榛子还是照样问过小张的来历，小张一一答了，和别人说得一样，父亲早亡，依寡母而居，原本是在读书，因为寡母生病，于是就辍学，想寻个事做奉养寡母，但因年纪太小去了许多家都被拒绝。

榛子对他的来历并不放在心上，只是在细听他言，观他行径，见他行动有礼，不由又点一点头，想起秀儿，榛子不由在心里道，屈三爷那样的人，倒有两个好儿女，这还真让人啼笑皆非。

小张说完，在那忐忑不安地站着，也不晓得这东家会不会收自己做个小伙计？

“要照你所说，你也是个孝子，只是未免年纪太小，做个学徒的话，又没有工钱。不过年节得些赏钱买果子吃罢了。你既要孝母,为何不索性卖了自身，投了那些大户人家，要晓得每月也有些月钱，自可以拿回去奉养母亲。”

小张一直侧耳细听，听榛子说完方道：“奶奶在上，我托体于父母，家母对我期望甚高，卖了自身，倒能解了眼前之愁，可是一生一世，就要主人做主，长久瞧来，倒不是孝母亲，故此才要寻个事做，眼前先艰苦些，但等以后还是更好。”

“你这孩子，年轻虽小，倒有些志气。你说你上过学，读了些什么书？”

“四书都读过了，已经开笔做文章了，不过做得不好罢了。我也晓得我资质有限，也不能成龙成凤，不过就是读书能明白些道理罢了。”小张老实回答。

“倒是个好孩子，说的话怪大方的。这样吧，我虽是这铺子的东家，可要用谁不用谁，还是要问过掌柜的一声，小荷，你王姑姑回来没有？”

“王姑姑方才已经回来了，东家，这就让王姑姑进来？”小荷在外答道。

榛子点头，秀儿已经掀起帘子走进来，小张原本一直低着头，听到秀儿进来的声音，抬头往秀儿那边望去。

两双一模一样的眼睛对在一起，秀儿瞧着这个弟弟，心中百感交集，当初这个孩子降生时，屈三爷的欢喜还在眼前，那时秀儿还是有些怨恨自己不是儿子,不然的话,就不会让娘吃那么多的苦。可是现在,是个儿子又如何呢？

小张眼里闪过一丝惊喜，接着就变得黯然，姐姐果真和自己不一样，她是那样的，端庄典雅大方，唇边笑容甜美，一点也瞧不出曾受过那么些苦。她不愿意认自己吧，毕竟她受的那些苦，本不该受。小张低垂下眼，把那些绵绵密密涌上心的思绪慢慢藏好。

或者，等自己做出点事来，那时再认姐姐，也才说得嘴响。

两个彼此以为对方不知道对方底细的姐弟，在对视一眼后很快分开，秀儿已经含笑上前：“东家，今儿过来，可是有什么事？”

榛子已经握住秀儿的手，能察觉到秀儿的双手不仅冰冷，还在颤抖，榛子把秀儿的手握得更紧些，笑着道：“我见这孩子聪明灵巧，你不是说，想寻个年纪小一些的小伙计，若是丫鬟们不好去的地方，好让他去。我一直琢磨，只是总寻不到合适的，恰巧今儿在店门口就瞧见了，问了问，倒是个好孩子，再让人去他家问问他娘，若好，就留下，你说好不好？”

秀儿压下心中翻腾瞧向小张:“就是你?你姓什么，叫什么，今年多大了?”

“我姓张，学堂里先生给我取了大名叫张有才，今年满了十一，已经快十二了，王姑姑，我虽然年纪小，可是也能吃苦，真的，我不骗你。”小张，不，张有才热切地望着秀儿，期盼她的点头。

有才，张有才，当初欢喜屈家有后时候，是不是没有想到，连这个孩子，都不姓屈。秀儿唔了一声方道：“既然东家肯了，那也让人去他家问问，瞧瞧他娘愿不愿意这孩子来，只是可一定要受规矩。”

张有才连连点头：“会的，王姑姑，我一定会的。”榛子让小青带他出去，这才对秀儿道：“你还怀着孩子呢，可不能这样大喜大悲的。”

秀儿长舒一口气方道：“我晓得，你放心，我的身体我自己明白，只是你也别说我，你也怀着孩子呢，还为我这样操心。”

榛子的肚子已经六个月了，听秀儿这样一说就摸摸肚子笑道：“我又不是头一胎，哪还不能明白，秀儿，不管怎么说，那些事都过去了。你也定了主意，我瞧这孩子也是个伶俐的，难道我们这么多人，还被个孩子骗了去。”

秀儿点头，接着又长出了一口气，疲惫异常地靠在榛子肩上:“若没有你们，我不晓得我会怎样。”

“别说傻话，我们是姐妹，当初在屈家，也是你护着我呢。”榛子轻轻地拍下秀儿的发，温和地说。

姐妹，真好，骨血相连的被当作仇人一样，反而是这毫无血缘的，能互相依偎，彼此安慰，秀儿的眼重又闭上，既然如此，还怕什么?

榛子让一个管家娘子陪了张有才回到那边，张有才心里喜悦，脚步飞快，那管家娘子要紧追才赶得上，免不了口中抱怨:“小张哥，你慢一些，时候还早，再说了，我们奶奶，虽不是男子，也是一口吐沫一口钉的人，你放心，她说过的话，就一定会做到。”

张有才这才腼腆一笑把脚步放慢一些：“劳烦妈妈了，我这不是着急吗。”管家娘子哧地笑了：“你啊，果然是年轻孩子，又是在这样地方长大的，不晓得我们奶奶的名声，我们奶奶，可是那有名声的人。”

说着管家娘子就把榛子所为告诉出来，张有才一路听着，已到了所住的院子，推开大门，老张婆正在那树下做着针线。

听到有人推开门就抬头，张有才欢欢喜喜地走过去:“娘，我寻到事做了，这家主人很好，特地让这位妈妈来问问，可愿意让我去?”

寻到事做?老张婆先是心头一跳，接着才看向管家娘子，一眼就瞧出管家娘子穿着得不凡，急忙站起身道："我家孩子，是不是去把自己给卖了？"

管家娘子的头一直高高扬着，听到老张婆这话就哧地笑了一声："老嫂子，这话可不能乱说，你家孩子，磕头碰到了天，正好遇到我们奶奶是善心人，问过了，说正好铺子里缺个小伙计，让他到铺子里做小伙计，一个月五百钱，年底还有花红。"

奶奶？这两个字让老张婆眉头皱了皱才道："是哪家的奶奶？"

"当然是秦三奶奶，你遍京城去打听打听，谁不晓得我们奶奶的名声。"秦三奶奶，老张婆不由垂下眼，榛子，当初怎么就没瞧出来，那些全灶里面，竟藏了这么些人物，可就算瞧出来又如何，依了屈三娘子的脾性，只怕会快速地把她们卖掉，而不是留下后患。

"咦，你怎么不信？我们奶奶虽嫁了人，可这生意还是在她手上，她说一句，比个爷们说话，还要管用。"管家娘子不晓得老张婆的心思，还当老张婆不相信，于是为榛子辩护。

"信，当然信，这么好的主儿，可是难寻，喜哥儿，你是怎么寻到的？"老张婆急忙收起思绪，去问儿子。

管家娘子见状就道："既如此，我也就走了，我们东家说了，让明儿过去，你也给他补补衣衫，还有，那铺子里全是女的，也不能住那，也就早出晚归，好照顾你。"

老张婆急忙应了，送走管家娘子就问儿子："你到底，怎么寻到的？"

张有才把老张婆扶进屋才说了根底，老张婆沉默了，过了很久才道："怪我，就不该和你说。"张有才忍不住喊了声娘，老张婆叹气："我这些年经的事多了，又经了些冷暖，这人心是难测的，若你去了，她待你不好，那可怎么好？"

"娘，她并不晓得我是她弟弟，况且，这出去做事，受些气是难免的，要赚钱哪能不低头呢？娘，我总不能看着你再……"张有才剩下的话没有说，老张婆的唇角扯了扯，也没说话，只是轻声叹息，但愿秀儿是什么都不晓得，就当一个平常伙计相待吧。

第二日秀儿早早来到铺子，坐在那里等待，尚妈妈她们还不晓得，只是在那收拾开门，小青往外探了几次头，忍不住噘嘴道："小孩子家就是贪睡，这会儿还没到。"

话音刚落，张有才就走进店里，先和店里众人打了招呼，这才走到秀儿面前："王姑姑好。"少年的眼神清亮，声音还带着稚嫩，宛若一棵小树苗一样站在秀儿面前，秀儿瞧着他，思绪万端百感交集，对他点头道："今儿来迟了些，我们这铺子虽没有那些外头的大铺子开门开得早，但辰时三刻也要起来开门了。你以后辰时二刻，就要到门前。”

“是！”张有才给秀儿打了一拱，接着不好意思地道，“昨儿晚没睡着，天快亮时才蒙胧睡着，等起来时已经晚了。”他这样不好意思的样子，竟不大像屈三爷，倒有些像绿丫。秀儿压下心里又泛起的思绪，对他道：“少年人难免如此，你先去尚妈妈那里，晓得些胭脂水粉，也不用像小荷她们一样晓得那么多，只要晓得一些就好。”

张有才又应一声是，这才去到尚妈妈那边。尚妈妈今年也将五十，见一个聪明伶俐的孩子来问自己，恨不得倾囊相授，秀儿在那瞧着他们一问一答，心头重又升起那股莫名的情绪，认或者不认，都是难题。

时光易逝，张有才来到铺子里转眼就是两个月了，他嘴甜手勤，况且没长成的孩子，还不需十分回避内眷。有些女客来了，若小荷她们忙不过来，他也会上去说上几句，跑个腿传个话送个东西，他跑着也就去了，省了小荷她们许多事情。

秀儿冷眼观察了这些日子，见张有才倒一点也不似自己爹的儿子，在脾性上反而更像自己，心里也不由称奇，毕竟张有才的生母王寡妇，也不是盏省油的灯，至于老张婆，秀儿对她也没有更多期望。

竟不知张有才这脾性是怎么养成的？难道说真有淤泥里出的荷花？秀儿闲了时，也会旁敲侧击问问张有才年幼时候的事。张有才不疑有它，只当这是家常话，况且心里也想和秀儿亲近的，自然是知无不言，不过提到父亲，张有才只说父亲过世时候甚早，从不记得，别的一个字也不提。

秀儿心里明白为何如此，他既不提，秀儿也不去问。听得张有才从五岁时就进了学堂开蒙，秀儿心里倒奇怪，这老张婆难道离开屈家后竟转了性子？但这样的疑问，只有去问老张婆，秀儿自然不会去问，只是和张有才平常相处。

榛子的身子日渐沉重，况且也打着和秦清一起外放的主意，这边的生意细微地方，渐渐倚重张谆，张谆每日忙碌，也不叫苦叫累，绿丫见张谆忙碌，自然应酬更多些，虽晓得张有才到了秀儿的铺子里，却好些日子没去。

这日兰花来约绿丫，说想去秀儿铺子里寻些胭脂水粉，好送给周嫂的女儿做贺礼。周嫂长女年已十六，亲定得早，年底就要出嫁，几盒好的胭脂水粉，放在嫁妆里，也是增面子的事。

绿丫答应了，想着要去瞧瞧这张有才到底是个什么样人，也不让丫鬟过来寻，和兰花一起坐轿往铺子里来。兰花只当绿丫静极思动，想出来走走，也没别的想法就和绿丫一起来了。

轿子到了门前，绿丫先下了轿，张有才见有人来到门前，急忙走出门来迎接：“几位客人往里面去，小店有许多上好的胭脂水粉。”绿丫早晓得张有才和屈三爷生得有些像，抬头瞧见倒不奇怪，兰花下轿得晚一些，又没有防备，抬头瞧见张有才，登时脸色如见了鬼一样，毕竟屈三爷的死讯是实实在在的，而面前竟站了个和他生得有些像的人。

绿丫见状就轻咳一声，握住兰花的手就对张有才笑道：“原先这铺子里全是女伙计，没想到竟有男的，所以才惊讶。”兰花听到绿丫的话，晓得自己落了痕迹，急忙道：“我怎么没听说这里请了男伙计？”

“姐姐们平日出街，难免有些不好抛头露面，故此王姑姑才说，请个年纪小的，好跑跑腿。两位若觉得冲撞了，还是让姐姐们来就好。”张有才这样的话也不晓得解释了多少遍，急忙往一边退去。

“这倒不必，我们也不是那样小丫头。”绿丫把兰花的手再次握紧一些，提醒她注意，这才走进店里，小荷跟着秀儿出去了，店里只有尚妈妈和小青，见了绿丫两人走进，尚妈妈忙起身相迎，还笑着道：“小张哥，你也要过来见见，这是另一个东家。”

张有才本来打算回避的，听尚妈妈这样说就急忙进来，有些惊讶地看着绿丫，绿丫已经笑道：“我这不过是一小股，算不上什么东家。”

张有才忙上前打一拱，说了几句也就退出，绿丫和兰花来到静室坐定，兰花这才拍着胸口道：“这是怎么回事？寻个伙计也是平常事，怎的这个伙计生得，倒有几分像屈三爷，细一瞧，和秀儿也有些像呢，到底……”

这件事，秀儿不愿意过多的人晓得，兰花这边自然不知道，绿丫见尚妈妈端上茶来，吩咐她拿几盒新到的胭脂水粉过来，又对兰花笑着道：“周大嫂当初待我们甚好，她女儿出阁，这份贺礼不能不送，这些，就算在我账上了。”

“你故意岔开话，到底有什么事，你们瞒着我。”兰花打一下绿丫的手，再次相询，绿丫见尚妈妈拿进胭脂水粉来，让她先退下才对兰花道：“兰花姐，你也晓得秀儿的脾气的，那些事，她不愿意提，我们也不好问。这件事，若不揭破了，就当没发生，不然的话，大家都晓得了，那才不好瞧。”

兰花也不是笨人，听了这话就叹气：“明白了，这人只怕和屈三爷有些瓜葛，只怕就是，就是……”兰花把声音压低一些，声音开始变得颤抖，屈三爷当初是有个儿子的，被张婶子抱走了，难道他就是？

想到这兰花的脸色都变得煞白，拉住绿丫道：“你们也太托大了，难道不晓得请神容易送神难，到时这人要晓得了，要赖着认姐姐，难道把他打出去，十一二岁的孩子，可比不得你祖母那样的人。”

“兰花姐，你放心，我们不是那样莽撞的人，再说相逢就是有缘，这件事，你千万不能说出去，连姐夫那边都不能说。”兰花连连点头：“我晓得，只是这京城这么大，这地方又这样隐蔽，怎么偏偏就遇到了，难道说，真的有什么缘分？”

兰花在那嘀咕，这个问题绿丫也想不到，只是和兰花挑起胭脂水粉来，等挑好东西，秀儿也回来了，兰花又问几句张有才的事，秀儿淡淡答了，兰花还要赶回去，就先告辞。送走兰花秀儿才对绿丫道：“方才当着兰花姐的面我不好说，绿丫，你不晓得，我这心里，这些日子，着实煎熬。”

这种煎熬榛子不明白，但绿丫怎么能不明白？她握紧秀儿的手：“我晓得，秀儿，若是个坏人，也就罢了，可偏偏是个这样好的孩子。”

聪明懂事，做活有眼力见儿，这样的伙计，若非是屈三爷的儿子，秀儿是会很喜欢的，可是，就因了他的父亲，秀儿对他，真是警惕了又警惕。

听着秀儿的叹息，绿丫把她的手握得更紧：“你啊，都三个多月了，就别想这个，好好的，生个大胖小子出来。我见锦儿成日念叨要个弟弟呢。”提起女儿，秀儿的眼变得欢喜：“锦儿真是个懂事的好孩子，可是我就怕，怕这个生下来，那就，就……”

“傻瓜，想这么多做什么？石大爷要真有了自己亲生的，就不理锦儿了，你就把锦儿给我，这样贴心的女儿，我还盼着要呢。”绿丫的回答有些出了秀儿的意料，瞥绿丫一眼秀儿才认真地说：“我才不会把锦儿给你，你不晓得，锦儿对我，是不一样的。”有了锦儿，才有了希望，才想着挣脱，而不是曾经有过的，想着就这样浑浑噩噩过一辈子就算了。

绿丫收起脸上的笑，把秀儿的手握紧一些：“我明白，秀儿，这怀着孩子，是会想得多些，可是也不能更多地想，不然，对谁都不好。”秀儿闭一下眼，把心中那些患得患失全收起来，当初一无所有都过来了，现在还担心什么？

外面传来锦儿的笑声，不等秀儿站起身，锦儿就掀起帘子走进来，脸上满是笑，先叫绿丫一声姨这才对秀儿说：“娘，爹爹和我一起来的，说时候不早了，来接你一起回家。”

绿丫瞧一眼秀儿，秀儿对绿丫一笑，这才把锦儿的手拉过来：“怎么想着来接我的？”锦儿努力地想了想才说：“因为我和爹爹说，想尚妈妈和姐姐们了，爹爹就和我来了。”

这孩子，秀儿想站起，锦儿已经扶住她的胳膊，抬头瞧着秀儿认真地问："娘，难道我说得不对吗？"绿丫捏下锦儿的脸："对，你说得最对了。"

被绿丫赞扬，锦儿又笑弯了一双眼，这个世上，既有待骨血如同仇人的，当然也有对别人宽厚仁和的。秀儿想着过去二十多年的经历，自己真的不要去想那么多，该像绿丫和榛子说的，一步步往前走，不回头张望。

三人走出屋子，张有才正在那和石大爷说话，听到帘子响，石大爷回头瞧向妻子，锦儿已经叫着爹爹，张有才站在那里瞧着这个场面，心里生起的是羡慕，姐姐她，这些日子的相处下来，的确是个很好的人，她吃了那么多的苦，现在过着这样的日子，算是苦尽甘来，自己若要认姐姐，会不会破坏她现在的幸福？

想着这些，张有才的眉不由皱紧，小青已经拉了他一把："你在想什么呢？东家和王姑姑都走了，你也该和我们赶紧收拾收拾，准备打烊。"张有才急忙应是，尚妈妈已经瞅小青一眼："你啊，老是欺负小张哥，他比你小四五岁呢，你不把他当个弟弟对待，还老使唤他。"

"哎呀，就是要把他当弟弟看，才会这样对待，不然的话，样样帮他做了，等过几年他到那些大铺子里去，岂不被掌柜的骂没有眼力见儿，不会做活。"小青笑嘻嘻地回答。

她们说话的工夫，张有才已收拾好那些东西，和尚妈妈她们说声告辞就离开铺子。

"小张哥可真是个好孩子，才十一二岁的孩子，这么懂事，也不晓得他爹娘前世怎么修来的。"尚妈妈和小青把门关起，尚妈妈不由感慨。

"尚妈妈你既这么喜欢他，何不要他做你自己的女婿？"小青用手捶一下腰，往后院走去，尚妈妈啐她一口："胡说八道，你又不是不晓得，我没儿没女。"

小青本就是逗她，索性顺着下去："哎，尚妈妈，做不了你女婿，认个干儿子不就成了。"尚妈妈又白小青一眼，小青嘻嘻哈哈几句又过去了，尚妈妈坐到灶前烧火，却开始认真考虑起这个建议来，只是不晓得张有才的娘是个什么样的人，不如趁着空闲，去问一问。

"她嫁的姑爷不错，这就好，哎，你还小，不晓得当初那些事。喜哥儿，你啊，一定要做个好人，就当是为你那个爹赎罪。"老张婆听张有才回来说石大爷是个瞧起来敦厚的好人，不由点头道。

张有才嗯了一声就笑着说："原来那铺子不止一个东家呢，今儿还来了个，说是什么张奶奶，也在这铺子里有一股。"

“那是绿丫，你不晓得，她和你姐姐，算是过命的交情。这姑娘当初刚来的时候，那样瘦瘦小小，说是十岁，也就有人家七八岁的孩子高。”

老张婆这话让张有才咦了一声：“原来和姐姐认识很多年了。当初那家里，到底养了多少个这样的人？”老张婆想了想：“来来去去的，也有七八十个，有好些是被卖进窑子的。现在想想，逼良为娼，赚的银子越多，不过是越加深罪孽。”

张有才垂下眼，老张婆见儿子这样就道：“我年轻时候，是不信报应的，毕竟眼见的，多是好人吃亏，恶人得益，可这些年细细打听下来，日子久了，做好人总是不亏的。至于恶人，就算得意一时，不过就是场过眼烟云，到头来，连葬身之地都没有。”

那个没有葬身之地的，就是自己的爹了。张有才嗯了一声：“娘，我明白。”老张婆笑了：“我年纪也是越来越大，爱絮絮叨叨的，你歇着吧，明儿还要上工呢。”

等张有才歇下了，老张婆唇边不由露出苦笑，年轻时候不相信的，到老来，却不得不相信了。若不是把这孩子教得这么好，现在他又怎会奉养自己？老张婆可是看见过很多亲生儿子不肯奉养爹娘，根究起来，都是年轻时候不好好教的缘故。甚至在孩子面前打骂老人，久而久之，等他们老了，才陡然发现，早让儿子学会了同样打骂。这样好的孩子，该好好过的，秀儿，你肯不肯认这个弟弟呢？老张婆思绪万千，竟无法入睡，只是睁着眼到了天明。

那时张有才早已去上工，老张婆躺了一会儿，也就起来梳洗，正在做早饭时候听到门外有人在问：“张嫂子可是住这里？”老张婆忙打开门，见外头是个眼生的婆子，有些奇怪地问：“这里确实姓张，只是不晓得您是哪位？”

来人就是尚妈妈，她是个爽快人，心里既存了要认张有才为干儿子的念头，说来也就来了，恰好要去送两样货，送到地方，拿了银子，尚妈妈也就拐了个大弯往张家来，此时听到老张婆问，晓得这是张有才的娘，急忙笑着道：“我姓尚，和小张哥是在一个铺子里的。今儿出门送东西，正好路过，想着时候还早，就进来歇个脚，喝口水躲个懒。”

张有才和老张婆说过铺子里都有些什么人，老张婆听得这是尚妈妈，急忙道：“快些往里面请，屋小，还别嫌弃。”尚妈妈当然不会嫌弃，进屋后打量一番，见这屋子虽小，却收拾得干干净净，又见老张婆身上也是整齐干净，点一点头接过老张婆递过来的一杯白水就道：“小张哥是个好孩子，掌柜的还赞呢，说从没见过这么大的孩子就这样懂事的，老嫂子，你有福气啊。”

“真的，掌柜的也赞了他？”老张婆别的不上心，这话却是十分上心，差点就想抓住尚妈妈的手去问个究竟了。尚妈妈也只当做娘的关切这事是常有的，笑着道：“当然是真的，我们掌柜还说，等过个两三年，就把小张哥荐到那样大铺子去，也不是我说，那样大铺子，一年少说也有三四十两银子的工钱，到那时候，老嫂子，你就等着享福吧。”

老张婆并不在意荐到大铺子如何如何，只是想着，秀儿既然夸赞张有才，那等寻个合适的机会，自己去见秀儿，把这事说出，想来，秀儿也会想认这个弟弟，而不是不闻不问吧？

尚妈妈和老张婆虽然想的各自不同，却也谈得热络，说了会儿闲话，尚妈妈也就起身告辞，老张婆送她出门。一个轿夫却在门口和个媳妇撕扯，瞧见尚妈妈出来，轿夫急忙丢下那人上前对尚妈妈道：“您出来了，咱们这就上轿，走啰。”

那媳妇哪肯放，见轿夫要走，上前又扯住他：“你这没良心的，裤子一提就不认人了？昨夜许给老娘的银钗呢，拿来。”另一个轿夫本在瞧好戏，听这媳妇还要纠缠就道：“戚嫂子，不过是露水姻缘，你又扯什么良心，这会儿要把客人给吓跑了，还要什么银钗 ，连木头的都没有。你要扯，就等今晚老刘再去找你时，你再和他扯。”

说着轿夫挤眉弄眼笑起来，那戚嫂子还要再骂几句，猛地瞧见门口的老张婆，倒咦了一声，接着上前就对老张婆：“原来是你，我还当你去哪里了，你当初那样对我，结果呢，现在也不过是住这样屋子，穿这样衣衫，当初但凡你往我这边靠下，也不至于报应来得那样快。”

这话说得蹊跷，尚妈妈不由瞧向老张婆，老张婆更是奇怪，自己认得的人里面，好像没有个姓戚的，等往这戚嫂子脸上细细瞧去，这才脸色大变，这个人，不是别人，就是张有才的生身之母，当初那个姓王的寡妇，瞧她现在打扮，不光是重嫁了人，只怕还做起皮肉生意，赚些银子。

一想到这个，老张婆就想起张有才，这样的人，晓得了张有才现在已经长大，说不定就会赖上去，啃食他的皮肉。老张婆既然这样想，也就把心一横：“你是谁，说的话我怎么半句都听不懂？还招了报应，瞧你现在这样，才招了报应呢。”

说着老张婆就扬声对尚妈妈道：“尚嫂子，您先走，等我得闲了就去望你。”尚妈妈见老张婆明显不需要自己帮忙，也就应了上轿。轿夫见尚妈妈上轿，戚嫂子又不来纠缠，急忙抬起轿子飞快地跑走。

戚嫂子见轿夫走了，好容易寻到的衣食，哪能放手，上前追了几步，终究戚嫂子脚小鞋弓，追不上去，站在那骂了一句回身见老张婆打算进去，上前一把就扯住她："好啊，你这会儿装不认识了，我可打听过，当初屈家败了，我那孩子是被你抱走的，我那孩子呢？你到底把他怎样了？那可是我的儿子。"

老张婆把她的手打掉："什么孩子，你说的话我全不明白，别胡乱攀扯好人。"好人？戚嫂子冷笑一声："你算得什么好人？和那没良心的一起伙着，抢了我的孩子，把我赶出了门，那个没良心的已经得了报应，现在你也该得报应了。把我儿子还给我。"

老张婆一点也不相信戚嫂子会真心疼孩子，不然的话，当初屈家被抄，张嫂子都曾去监里瞧过屈三爷，戚嫂子却半点风都没有。现在口口声声要儿子，只怕是后来没生出来，想要孩子奉养是真的。既然如此，老张婆横下一条心，绝不承认，伸手就去推门："你少胡说八道，我并没见过你的孩子，你啊，还是从哪来的往哪去。"

说完老张婆就溜进门，飞快地跑进自己屋里，把门关得死紧。这院门人人都要进出，戚嫂子见老张婆跑进去，也跟着进去，只是老张婆跑得快，她并没看见老张婆进了哪间屋，还在琢磨就见有个七八岁的娃娃出来，忙上前打听。

那娃娃听得问，就指着老张婆的门对戚嫂子说了，戚嫂子谢了正要往前走，猛地想起一件事，问这娃娃："她是一个人住还是谁和她一起住？"

"喜哥哥和她一起啊，你不晓得喜哥哥吧，喜哥哥可聪明了，现在才十一岁，就已经在铺子里帮忙了，一个月五百钱呢，可以买好多好多果子。"那娃娃如实回答，老张婆在屋里听得分明，急忙开门出来对那娃娃道："小娃娃不懂事，胡说什么，还不快些去玩。"

戚嫂子顿时大喜，瞧着老张婆道："你还真以为能瞒一辈子，十一岁，我那孩子不就这个岁数，你把我儿子还我，不然的话，我们就去……"

老张婆担心的就是张有才被这戚嫂子赖上，索性道："你去寻谁？天下有你这样当娘的吗？十一年对儿子不闻不问，这会儿不过是想赖上，我也不怕你去寻人评理。"

戚嫂子当初听说屈家倒了霉，戚嫂子还在心里高兴，亏得没有在屈家，不然就要一起被流放，至于自己那个儿子，也不过是听人闲聊时提起过，并没放在心上。今日遇到老张婆，猛地想起，想讹一讹，毕竟老张婆的手艺戚嫂子还是明白的，这样好手艺的，一年赚的银子也不少，到时讹出银子来，也能够好些时候花用。

此时听老张婆说出海底眼，戚嫂子连脸都没红一下就道：“这也怪不得我，我一个女人，怎么去寻这孩子，好在上天有眼，让我遇到你，也是上天不忍我们母子分离，你要痛痛快快的，把我儿子还给我，我也不怪你，不然的话，我就拼了这条命不要，也要和你拼个死活出来。”

呸，老张婆啐了戚嫂子满脸吐沫：“你少说这好听的了，你要孩子，绝没有对他安了半分好心。”戚嫂子双手叉腰：“那又如何，儿子是我生的，就算走到天边，他也是我儿子，你难道不晓得那是生恩，没我就没他，快些把我儿子在哪里告诉我，我去寻他。”

她们俩在这吵嚷，有几个邻居就出来瞧热闹，瞧见有人出来，戚嫂子更加得意，大声控诉老张婆当初偷走了自己儿子，现在自己吃尽辛苦，才寻到老张婆，但是老张婆竟不肯让自己认儿子，还说儿子就是老张婆的，这样道理，哪里能寻？

邻居们刚想劝，老张婆又在一边说当初是戚嫂子拿了二十两银子自己不要孩子的，并非自己偷走。老张婆待张有才如何，邻居们都有眼见的，但是戚嫂子在那又哭又诉，瞧她有些举动，和张有才还是像，倒让邻居们不好判断到底是老张婆说得对，还是戚嫂子说得对。

一时众人七嘴八舌，说什么的都有，还是房东听到前面吵吵嚷嚷，也从后面过来瞧热闹，听得是这么一件事就忙道：“这件事也不算什么，只要去问喜哥儿就好，问他愿跟谁。”

“不行。”老张婆怕的就是这点，急忙出声阻止，戚嫂子听得这话就得意扬扬：“瞧瞧，做贼心虚了？我的儿子，自然是只会认我，你啊，别以为你得意了这么些年，儿子就是你的。”

房东听到老张婆阻止，以为真是老张婆不占理，急忙道：“张嫂子，早知今日何必当初呢？”老张婆狠狠瞪房东一眼才道：“胡说，我说的句句是实，当初就是这人不要自己的儿子。我见这孩子可怜，才把他抱走养育的。”

“张嫂子，你这话说得不对，”有个邻居听到老张婆这话就道，“这孩子是从娘身上掉下来的肉，哪有当娘的不要自己的肉，别的不说，在肚里十个月时，真是和平常不一样。”

“各位果然是公平人，这张嫂子，自己没生过，就当天下人都和她一样，不会疼爱孩子，当初这孩子被她偷走，我这哭了几晚上。”戚嫂子见众人都向着自己，心里得意，急忙再添上一把火。

见状老张婆气得差点晕过去，还要再争，已经有人问：“喜哥儿在哪家铺子？不如我们这就去，众邻居也好做个见证。”老张婆还要反对，哪有人肯听她的，况且已有人把张有才在的地方说出，于是众人就要簇拥着老张婆和戚嫂子去寻张有才。

戚嫂子得意扬扬，老张婆却心急如焚，咬牙对戚嫂子跪下：“你但凡还记得当初怀这孩子的辛苦，就疼疼孩子，别去寻他，要让他好好做人。”

戚嫂子乜斜一眼瞧向老张婆：“怎的，怕了？我告诉你，不做亏心事不怕鬼敲门，我自个怀胎十月生下的孩子，被你抱走，我自个的冤屈要向谁诉？今儿啊，本就该是我们母子团圆的日子。”

说着戚嫂子把老张婆使力一推就推倒，招呼众人和她一起去寻自己儿子。老张婆这举动越发让人觉得她心虚，于是也有几个人上前说她，老张婆站起身，怎么也没法说出当初的事，见众人往前去，于是又追上去阻止。

一路行去，老张婆阻止，戚嫂子不肯，还不停地把这件事说给众人听，这京城最不少的就是闲人，于是这一路上要跟去瞧热闹的更多了，等到了铺子所在巷子，竟差不多拥进去一巷子的人。

戚嫂子被众人簇拥到铺子面前，一眼就看见铺子里的张有才，确实是自己的儿子，戚嫂子在瞧见张有才的第一眼就在心里肯定地道，瞧那眼，那下巴，和屈三爷是那样的像。寻到儿子，自己就有靠了，儿子这样能干，以后他赚的银子就该全给自己才是。

想着戚嫂子就冲进铺子，上前拉住张有才的手，未曾开口眼泪就流出：“儿子啊，我总算寻到你了。”张有才是能听到外面吵嚷的，心里还在奇怪为何往常清静的街道今儿怎会这样吵，谁知不等他出去瞧瞧，就有个女人冲进来拉住自己叫儿子，张有才险些把手上拿着的一瓶要卖五两银子的头油给掉下去。

还是想着这头油差不多要合自己一年的工钱这才把头油放下，瞧着戚嫂子：“你是谁，你怎么叫我儿子？还有，这外面许多人，是怎么回事？”戚嫂子大哭起来：“儿啊，我生下你你就被偷走了，我寻了你十来年，今儿总算寻到你了，儿啊，从此以后，我们母子就团圆了，你以后再不能认仇人为母。”

仇人？张有才的眉皱得很紧，一路跟着过来的房东已经上前：“喜哥儿，原来你不是张嫂子亲生的，是她偷来的，好在老天有眼，今儿让你的亲娘寻到了，以后啊，你可要认你的亲娘。”

“我的娘只有一个！”张有才虽不清楚到底发生了什么事，但老张婆怎样待他，以及老张婆说过的话张有才还是记得的，当听到眼前妇人就是自己亲娘时，张有才并无一毫寻到亲娘的喜悦，而是一阵厌恶，接着就为老张婆辩护。

“喜哥儿，这我也明白，毕竟张嫂子养活了你这么些年，你今儿才见到你亲娘，不过呢，这生恩也是不能忘的。”房东顺着就道。

张有才还想说话，尚妈妈已经上前道：“到底出了什么事？这是开铺子做生意的地方，你们要扯私事，就出去扯去。”尚妈妈做了多年的富家管家娘子，一板起脸就有股威严，房东急忙道:“是这样的，”说着房东就把前后原因说出，尚妈妈的脸板得更紧：“你们要扯，还请出去扯，别在铺子里碍眼。”戚嫂子已经扯住张有才：“儿子你要认我。”

“你当初自己不要儿子，现在又来寻儿子，那才正经叫不要脸。”老张婆跌跌撞撞，总算来到这里，听到戚嫂子这话又开口骂到。

“什么我不要儿子,谁作证？你别红口白牙诬赖人。”戚嫂子得意扬扬地道。

老张婆再次气结，没想到十几年没见，这人比原来还无耻。这是不是算恶有恶报，屈三爷就没有人真心相待。不过不管怎么说，也不能让儿子受到一丝影响，他是这么好的好孩子，老张婆正要再次开口说话，耳边突然传来一个声音：“你们要有什么话说，就请出去。”

老张婆瞧着挑起帘子走出来的人，眼先是睁大，接着眼里的光渐渐暗淡下去。当年那个瘦瘦小小的孩子，现在已经是端庄大方的富家主母。

穿的绸，着的缎，披的金，戴的银。就这样走出来，往这里一站，就有一种气度，戚嫂子也被镇住，很久都没说话。

张有才瞧见绿丫出来，急忙道：“东家，我不是，我不是这个人的儿子，我也不晓得她从哪来的，再说一直都是我娘照顾我。”张有才情急之中，已经连话都说不清楚，绿丫抬起一只手，让张有才少安毋躁，这才对戚嫂子道:“这里是铺子，不是公堂，你要吵闹也别在这吵闹。都给我出去。”

绿丫的声音并不大，但已经让几个进了店里的人都退出去，尚妈妈见状，也跟着走出铺子，去轰那些围上来瞧热闹的人:“都走吧走吧，别把这路给占了，这里住的，可不是那样乱七八糟的人家，都是有身份的人家，你们把路给占了，要人家怎么走？”说了好几次，总算把人轰走一些，只有几个着实想瞧的，还不肯走，但见尚妈妈这样，也不敢再围上来，只是远远站着。

戚嫂子的脚步已经往铺子外走去，突然想起自己是来找儿子的，立时尖叫起来：“我不走，我是来寻儿子的，天经地义的事。”绿丫淡淡地瞥了她一眼，当初这个女人得意扬扬地去厨房巡视的情形就在眼前，那大概是她一生中，最得意的时光吧？

“我寻伙计来，为的是打理店铺，而不是让人来闹上门的。你若不出去，小张哥也留不在这里。”绿丫的声音平静，却让戚嫂子缩了下脖子，儿子没有事做，还怎么赚银子，可这样离开，事情都没说开呢。

“这位奶奶，您这话就不对了，喜哥儿是个稳重孩子，他母子相聚也是好事,您哪能为了这个就不要喜哥儿在这?”房东忍不住开口,绿丫这才瞧向房东,唇边带上一抹嘲讽的笑:“我的店,我出的钱,我想请谁想撵谁,不都该我做主?再说你说的母子团聚,可我们从一开始,就只晓得小张哥是这位张婶子的儿子,而不是今日跑来大喊大叫的人的孩子。若说找上门就要认娘，那这天下，岂不乱了套?”

“你胡说，她也承认了，她承认这儿子是我的。”戚嫂子听到绿丫的话，本快退到铺子门口的她又指着老张婆尖叫起来。这尖叫传出去，那几个站的远的想瞧热闹的人，忍不住又探头探脑，但瞧见尚妈妈像门神样地站在那，又把头缩回去。

承认了？绿丫眯起眼，老张婆被她瞧得一阵畏缩，想缩回去又觉得不对，只有站在那里。张有才这才伸手握住老张婆的胳膊：“娘，我只有你一个娘，永远都只有一个。”

这话听得老张婆既欣慰又心酸，还没说话戚嫂子又大叫起来：“儿啊，你别信她的，她当年偷走了你，让我们母子分离，现在你认仇人做母，难道你就不知道我寻你这些年的艰辛吗?”说着戚嫂子又扑过去,拉住张有才的胳膊,死死拽住，怎么都不肯放开。

“这位奶奶，您也听见了，这是实情，这件事，张婶子做的本就不对，哪有……”房东见状，继续帮着戚嫂子说话，就在戚嫂子得意扬扬，今儿最少，也能认一半回去，就听绿丫道：“我知道，这件事我从头到尾都知道，当初这孩子怎么被带走的，我也明白。无须你在这说。”

她知道?这顿时打断了戚嫂子的得意,老张婆心中百感交集,房东已经道:“这位奶奶，您说什么话呢？您哪会知道这件事的首尾?”

绿丫瞧着戚嫂子：“你不认得我了？当初你被屈三爷带回去的时候，还姓王呢，方才我恍惚听谁说，你现在嫁的男人姓戚?”这话就像一个霹雳从戚嫂子头顶打过，这个人，这个看起来端庄大方，一身气派的人，竟然认得自己，而且还晓得屈家，从这话里，难道她当初也在，她到底是谁?

戚嫂子还在琢磨，绿丫已经瞧向老张婆：“张婶子，这一别，距你当初从屈家门口抱走那个没人要的孩子，已经十多年了吧?”老张婆在绿丫问戚嫂子的时候就已泪眼纵横，此时听到绿丫相问，眼泪流得更凶了，点头道:“算起来，已经十年半了，这孩子，都快十二岁了。”

张有才理不清心里到底是什么滋味，怎么也没想到绿丫会说出实情，她说出了实情，是不是就代表，姐姐其实也知道了，那么，姐姐会怎样待自己呢?

绿丫和老张婆说完就瞧向戚嫂子：“当了别人，你的说辞还能骗骗人，可是当了我，你当初怎么不要这个孩子的，我们都心知肚明，你又何苦呢?”

“你，你到底是谁?你怎么知道?并不是我不要这个孩子，是他们逼我，那个没良心的逼我，还有，还有那个贱货，他们逼我，说不把孩子给他们，他们就要弄死我。我也没办法，没办法的。”说着戚嫂子就大哭起来，瞧向张有才：“真的，你相信我，并不是我不要你，不是……”

戚嫂子的哭诉在绿丫的冷眼下戛然而止，接着就颓然，一屁股坐在地上道:“我也没办法，我真的没办法。”

“你不是没办法，而是不疼孩子，这个孩子，从头到尾就没被你当作自己的孩子，不过是个工具，你想得到富贵的工具。可是你没有想到，相公娘的手段比你高多了，为人也比你狠多了。旁的不说，就拿今日的事，你但凡对这孩子有几分怜惜，你也不会直接冲来铺子里要逼他当众认母。”

绿丫说完低头瞧着戚嫂子：“你说我说得对不对?”戚嫂子眼泪鼻涕满脸，哭得什么都说不出来。绿丫已经吩咐尚妈妈，“拿五两银子出来，打发她离开，从此之后，她过来一次，就给我打走一回。”

尚妈妈应是，拿了五两银子出来。戚嫂子脑中还转着别的念头，见了银子伸手要去拿，尚妈妈却没有直接递给她，而是笑嘻嘻地道：“这银子，你拿了从此不再上门，我就什么话都不说，可你若拿了还要转别的念头，你一上门我就让人给你送到衙门去，说抓了个小偷，你信不信?”

这才是空口白牙诬赖人呢，戚嫂子想回她几句，可是那口都张不开。尚妈妈瞧向房东：“你说呢?”房东此时心乱如麻，本以为是主持公道，结果却是别人自己丢了孩子不认，而这铺子里的人，瞧着也是自己惹不起的，什么都没说就怏怏离去。

尚妈妈这才把银子给戚嫂子，嘴里道:“你要晓得，你这突然带了银子出去，除了是偷，别人谁会相信是我们给的?”戚嫂子被这话噎得说不出话，想不拿银子又舍不得，只得还是接了银子对张有才道：“儿，我真是你的亲娘，只是她们都不许我认你，我这心里，苦得很。”

绿丫没有理她，张有才低着头，戚嫂子见得不到回应，只得拿了银子爬起身离去。等她一走，绿丫就对尚妈妈道："关门，今儿不做生意了。张婶子，你和这位随我往里面去。"

老张婆应了，又对绿丫道："绿丫，我，我也不晓得说什么好。"张有才拽一下张婶子的袖子，张婶子这才住口，和绿丫走到里面去。

后院张有才从没来过，一进去就闻到一股幽香，老张婆虽也去过几家富户帮忙做席，可也不得踏足人家内院，此时一走进去，只觉得这清幽极了，差点连路都不会走。

绿丫已经上了台阶，挑起帘子让他们俩跟着自己进去。张有才猜到姐姐只怕是在里面，心不由扑通扑通跳起来，老张婆想的和儿子一样，心也开始乱了，瞧见秀儿，要和她说什么呢？

两人走进屋，秀儿出嫁后虽不继续住在这里，但摆设和原来也差不多，此时她正坐在窗下，肚子已经能瞧出起伏，听到老张婆和张有才进屋就抬头。

若说绿丫的变化给老张婆的冲击很大，那秀儿的平静让老张婆更加无所适从。张有才瞧着这熟悉的面容，虽然日日相见，可是今日是不一样的，也许过了今日，就能叫声阿姐。

屋内安静极了，过了好一会儿秀儿才起身："都坐吧，绿丫，劳烦你倒杯茶过来。"绿丫应了，给他们倒了茶，塞到一直站在那的老张婆手里："张婶子，你坐吧，说起来，都不是外人。"

老张婆五味杂陈，茫然地接过茶拉着张有才一起坐下，往秀儿脸上瞧了瞧才道："秀儿，你变了很多。"秀儿瞧着老张婆，也道："张婶子倒和原来差不多，只是老了些。"

"怎么能不老？我都五十了，这些年，你过的……"老张婆刚要顺着说，又把话咽下，只是瞧着秀儿。

"我吃了些苦，不过，那些都过去了。只是没有想到，张婶子你竟把这孩子养大了，我还一直以为，他可能夭折了呢。"秀儿的眼这才转到张有才脸上，声音没有起伏，但秀儿的手却有些颤抖，这层窗户纸终于被戳破。

"怎么说都是一条命，况且我也老了，回想当年，也颇作了些孽，能赎一赎，总是好的。"老张婆不知怎么眼里的泪流下，用手擦掉眼泪对秀儿说。

"这人果真是会变的。"秀儿嘴里说着，眼却没有离开张有才的脸。张有才被秀儿看得手脚都不晓得怎么放，想回视过去，可刚一抬头，又觉得不该这样。

"我知道，秀儿，你恨着狗儿，可是喜哥儿是个好孩子，这些日子你也瞧见他是怎么做的。我今儿就厚颜求你，认了喜哥儿吧，你们毕竟是一个爹生的孩子。”老张婆擦一把眼上的泪，声音嘶哑地道。

“张婶子，你若知道我那个爹，曾对我做过什么，那你就不会说，这孩子是和我一个爹生的孩子了。”秀儿声音平静，但绿丫能看见她的身子开始颤抖起来，抖得绿丫一把把秀儿抱住。

秀儿疲倦地靠在绿丫肩头，瞧着老张婆：“张婶子，如果不是上天垂怜我，就算有十条命，我也早就没了。”那些让人无法启齿的过往，那些苦苦挣扎的日子，让秀儿现在想起，都会一阵阵发凉。

绿丫感到秀儿的手心有些冰冷，把她的手握紧些，老张婆还在流泪，别人不知道屈三爷是个什么样人，老张婆怎不知道呢？若早先还能被称为人，那后来就真是连人都不是，称他禽兽还觉得对不起禽兽。

“那时候我多大，十四吧？”秀儿看着张有才缓缓地说，声音透着一股冰冷，那冰冷，能够冷到人的心里，尽管这屋里的炉子烧得很旺，尽管穿得不少，可张有才还是觉得有种透骨髓的冷。这是自己的姐姐，同父所出，可是那个爹，待她却和待自己是不一样的。更不提自己有娘的照顾，并没吃多少苦头，而她，吃的苦，只怕是想象不出的。

张有才感到一阵羞惭，这种羞惭，是因给自己生命的那个男人胡作非为而发，是为了姐姐的遭遇而发，是为了自己不但不知道，还想认姐姐而发。

见张有才低下头，秀儿紧紧抿了下唇才道：“一父所生，张婶子，确实是一父所生，可我很多时候都恨自己，恨自己为什么偏偏是仇人的女儿。我恨的，恨不得去吃他的肉，喝他的血，恨的，恨不得把自己的心都挖出来，好还个干净。”

秀儿话里带着那种深入骨髓的绝望，让老张婆又流泪了，想劝说和安慰秀儿几句，可什么都说不出来。

“我，如果你恨他，迁怒于我，那我也只能受着，谁让我是那个人的儿子呢，我没法改。只是希望你别把我撵出铺子，我还要赚银子养我娘。”张有才内心天人交战，过了好一会儿才说出这样一句话。

“秀儿，也不是我自己夸自己，喜哥儿，的的确确是个好孩子，他的好，就跟你差不多。”老张婆吸吸鼻子，打算再次劝说秀儿。

“娘，不用了，我只要心里知道是姐姐就好，我以后，一定会好好上进，赚很多银子，给姐姐，不，给王姑姑瞧瞧。”张有才拉住老张婆的袖子，认真地对老张婆说。

老张婆心里又欢喜又酸楚，想再开口说话秀儿已经开口："既然这样，那就当我什么都不知道吧。你们出去吧,以后这样的事别再发生。"秀儿说完这话，就像耗尽全身的力气，闭上嘴坐在那。

老张婆望向秀儿，想再说些什么张有才已经站起身，给绿丫和秀儿作了个揖："是，东家，王姑姑，这嘱咐我晓得了，我以后一定会好好做事，今儿的事，断不会再发生。"说完张有才就拉起老张婆走了，老张婆快到门口的时候回头看了秀儿一眼，终于什么都没说就走了。

"想哭就哭出来吧。"等四周重又安静下来，绿丫这才开口对秀儿说。秀儿闭上眼，努力把眼泪给憋回去："我不能哭，我还怀着孩子呢，都说了，不能大喜大悲。"

"所以你就好好地把孩子生下来，别去想原来的那些事。秀儿，那些噩梦，都过去了。"

"我知道都过去了，可是还是有人站在我的面前，绿丫，我现在很乱。"虽然张有才主动说出姐弟不必相认，从此就当不知道这件事，他会好好上进，可是这种事情，哪是说说就可以的?

绿丫了然地把秀儿的肩拢紧，这件事，真是连石大爷都不能告诉，不然的话，秀儿的伤疤，就会再次被血淋淋地揭开，露在众人面前。

老张婆母子一走出去，尚妈妈就急忙迎上去："东家没有说什么吧?还有王姑姑，我可怕东家不要你了，真不要了，我们还不晓得从哪去找这么能干勤快的人。"小青也凑过来："就是，这阵势都把我给吓到了，还是东家和王姑姑有见识，王姑姑本来想自己出去的，东家说王姑姑有了身孕，这种事，还是东家来做就好，让王姑姑到后头歇着去了。"

小荷虽没说话，但眼里也有担忧，张有才此时不知道该怎么回答，只是笑一笑。老张婆经的事要多些，也晓得此时嚷出来没有任何作用，只是抱歉地笑笑："倒吓到你们了，东家和王姑姑只是问了问，并没说什么。"

那就好，尚妈妈和小荷小青都松了口气，并没注意老张婆母子交换了一个眼神。

一直到天快擦黑，秀儿才和绿丫从后头出来，尚妈妈眼尖，发现秀儿眼圈似乎有些红肿，想上前问问但瞧见秀儿的神色有些肃穆又不敢问，只是送秀儿和绿丫各自回去。

等秀儿走了小青才道："尚妈妈，我还以为你会问问王姑姑为什么哭呢，难道说东家训王姑姑了?"小青的话让尚妈妈打了她后脑勺一下："胡说八道什么？张奶奶和王姑姑那是什么交情，哪会因为这么点小事就训她？不过你一说我就想起了，自从小张哥来了后，王姑姑的确经常发呆，张奶奶开头一个月也没来，但这几日来得也勤了。”

“这有什么，方才张奶奶不是说了，她和小张哥的娘是认得的，既然认得，瞧见小张哥难免会有些眼熟，于是多来几趟也不奇怪。”小青的话让尚妈妈的手一拍：“这就对了，张奶奶和王姑姑也是原先认得的，那王姑姑原先也定然认得小张哥的娘，这样的话，只怕是勾起她们的旧事，哭一哭也平常。”

两人在这说着闲话胡猜，绿丫已经回到家中，刚进门就见兰花迎过来，绿丫倒笑了：“你这做什么呢？怎么来了也不让人去铺子里说一声？”

兰花挽住绿丫的胳膊就和她进了屋：“我这不是听外面人在哄传什么有人要认儿子，然后我细一打听，竟像是往你们那边去的，于是就过来了，等过来了一问,才晓得你没回来。定是在那处理这事。哪能去打扰你。我就想问问，这层窗户纸被捅破了，秀儿以后要怎么待她弟弟？”

“还能怎么待？这认不认的，心里不都膈应吗？”绿丫用手按下头才说出这么一句。兰花也不由叹气：“说得是呢，总是膈应，说起来，屈三爷可是比老虎还狠几分，老虎还不吃自己的儿女呢，可他偏偏……”

他若不狠，当初也就不会那么快发家，接着那么快倒了，绿丫和兰花就着这件事发了几声感慨，兰花也匆匆告辞。

兰花离开好一会儿张谆才回家来，又要到年下了，张谆比平日还要忙碌些，一进屋容儿就扑过去：“爹爹你都许多日子没回来了，不要我了吗？”

小全哥起身走到张谆面前，规规矩矩给张谆行礼才对妹妹皱皱鼻子：“爹爹每日都回来的，就是你总见不到他，你啊，每天睡那么早，起那么晚，会见到爹爹才怪。”容儿被张谆抱在怀里，搂着他的脖子问：“爹爹真的每日都回来吗？”

绿丫已经挑起帘子从里屋出来：“你爹爹当然每日都回来，不过回来得晚了些，等你起来，他又去上工了。不然你的花衣裳新鞋子从哪来？”

“花衣裳新鞋子都是婆婆做的。”容儿的话让绿丫笑了，从张谆怀里接下孩子，笑着对张谆道：“今儿回来得倒早些，你也别抱着她了，都快四岁的孩子了，还要人抱，害不害羞？”

容儿把绿丫的脖子也搂得很紧：“才不害羞，我就要你们抱。”小全哥鄙视地看妹妹一眼，容儿毫不畏惧地瞪回去，张谆不由笑了，绿丫让人把这两孩子都带下去睡觉，回头见张谆已经靠在椅上，这才坐到他身边转了转脖子：

“今儿我也累了。”

“可不，你今儿可是站出来说了那样的话。这还不到一下午的工夫，都传遍了。我这才偷个空早回来问问你，那个孩子，是不是就是屈三爷的儿子？”

见绿丫点头，张谆更加惊讶：“那他不就是秀儿的弟弟？那秀儿要怎么办？”

“还能怎么办？今儿把话都说开了，不认。”这答案让张谆沉默了，接着张谆就道：“可是毕竟是姐弟。”

“是姐弟不假，可是屈三爷当年所为你也清楚，还有秀儿那些年也吃了些苦，到现在秀儿一想起来，都会难受，偏偏一个字都不跟我们提，你想想，那是怎样的心情？”

那样的父亲，如同仇人一样，张谆垂下眼，绿丫拍他肩一下：“好了，你既然猜到了，也就别说出去，别招秀儿的难受，不然的话，我饶不了你。”

张谆不由笑了：“好好，我听着呢，你放心，若露出一个字，我的全部身家就全是你的。”绿丫先是笑了，接着作势就去捏张谆的耳朵：“怎的，你的全部身家不都是我的吗？”

青门柱

第 37 章　大掌柜

张谆佯装求饶："是，是，我说错了，还要奶奶担待些。"绿丫这才放手，张谆已经摇头晃脑地道，"哎呀呀，怎么也不晓得，这才多久，你就变成母老虎了。"绿丫的手又要往张谆耳朵上放，张谆忙把嘴捂住，"我逗你玩呢，母老虎要都像你这样，我还求之不得呢。"

绿丫忍住笑，但这心里的喜悦怎么能藏得住，张谆把妻子的手握紧一些，在她耳边悄声道："你不是和我说过，再给我生一个呢，这都多久了？"绿丫伸手去捂丈夫的嘴，手被张谆握住，灯被吹灭，夜还正长。

张有才躺在床上怎么都睡不着，今日遇到的事，实在太过出于意料，到现在心都跟乱麻似的。老张婆在另一张床上坐起身，张有才急忙装睡着，但老张婆已经开口说话："这里也住不成了，等明儿我再去寻个地方，搬了吧。"

这房子虽然便宜，一个月不到三钱银子的租金，可人太多了，况且这房东瞧着也不像是个什么聪明人。如果戚嫂子再寻上门，继续纠缠，日子久了，总会对张有才不好。老张婆想了又想，决定还是搬了算了。

"可是娘，我们已经没有银子了。"张有才沉默很久后才说话，接着又说："娘，您放心，我分得清好坏的。"这话让老张婆心里十分欣慰，儿子没有白照顾。接着老张婆即道："我晓得你分得清好坏，可是怎么说那女人也是你生身之母，如果真缠上了，对你不好。喜哥儿，我还有四五两银子，全拿出来，也能寻到个好一点的屋子。这事，你就别操心了。"

张有才又沉默了，老张婆瞧不见儿子的举动，可是能够明白儿子的心，又叹一声方道："喜哥儿，我晓得你心里想得多，可人这一辈子，哪会遇不到什么事呢？"

张有才嗯了一声，老张婆听出他声音闷闷的，好似哭过，不由叹一声重新躺下："睡吧，今儿秀儿可说得清楚，以后就当没这件事，你安生在铺子里面帮忙。"

张有才应了，把眼闭上，努力地想让自己睡着，可怎么都睡不着，好容易进入梦乡，又开始做光怪陆离的梦，还梦见戚嫂子又寻来，逼自己叫娘。张有才想挣脱，可怎么都挣脱不了，啊地大叫一声这才睁开眼，浑身已经被汗湿透了。

门被推开，透进光亮来，老张婆手里端着一碗面条走进来："醒了？就吃了早饭去上工吧。"张有才穿了衣衫下地，抬眼瞧见老张婆的眼圈都是红的，不由对老张婆道："娘，都是我不好，如果你没照顾我，也就……"

老张婆把面条放到桌上，坐在缺了一条腿的椅子上有些疲惫地说："什么叫不养你，我就会好。别说这样的傻话，养你是花了不少银子，可我抱着那些银子，银子会叫我娘，会哄我开心吗？你安安稳稳地去上工，秀儿啊，绿丫啊，都是好人，她们不会待你不好的。"

张有才嗯了一声，洗漱过后就端起面条大口吃起来，还不忘夸一句："娘做的东西最好吃了。"提起自己的手艺，老张婆就笑："那是，我的手艺，当初可是没话说的。"

吃完面条，张有才觉得浑身又充满力量，推开门往外面走，房东已经起来，正从后面往这边走来，打算出去买些油条豆浆做早饭，见张有才出来，房东脸上不由有些讪讪之色，但还是和他打招呼："喜哥儿啊，这么早，是去上工的？"

张有才嗯了一声就往外走，房东追上他的脚步："哎，你也别嫌我话说得不中听，怎么说那人也是你生身之母，旁的不论，这十月怀胎总是有的。你啊，以后也该周济些。"

这里是真的再也住不成了，张有才并没回答房东的话，房东知道他没听进去的，但还是在那絮絮叨叨讲些孝父母才能得好报的故事，等来到巷口，张有才这才对房东打一拱："大叔，我要去上工，这些故事，您留着慢慢地对您儿子讲吧。"

说完张有才就跑了，见他这样，房东的胡子忍不住翘起来："嘿，这人怎么分不清好坏呢？"巷子口支着油条豆浆摊的小贩瞧见房东过来，已经在那招呼："还是三根油条两碗豆浆？"

房东嗯了声："有碗我要带回去吃，等会儿让我家小子把碗给你送出来。"

小贩麻利地应了，给房东夹着油条："昨儿听说可热闹了，我也没去瞧瞧，到底哪个女人，是不是喜哥儿的亲娘？"

房东见有人相问，自然知无不言，都在那议论起来，老张婆出门去寻房子，听到众人在那议论，脸上顿时挂不住，偏生还有人在那招呼她："张嫂子，你们家竟然还有这么大的事。说起来，再怎么说，那也是喜哥儿的亲娘，你们大人的恩怨就放在一边，还是要认亲娘才好。"

老张婆懒得理这些讲是非的人，闷头往另一边走去，房东呵呵一笑："张嫂子这人你们又不是不晓得，疼喜哥儿疼得要命，再说喜哥儿这么大了，现在又能挣银子了，眼瞅着树上的果子都熟了，哪肯把这果子让人给摘去？"众人了然点头，接着又议论几声这亲生母子分离总是不好的话来。

老张婆离得虽远，但还是能听到几句，这胸口不由有些发闷，这里，真的是再也住不得了。只是这好的房子总是价高，再说哪有这样清静的院子给自己寻？

张有才一路来到铺子里，帮尚妈妈她们收拾铺子下着门板，等都闲下来了，张有才的思绪难免又飘向别处，小青见他发愣就过来逗他："你到底在想什么？我和你说，王姑姑都说过的事，准定没事。"

张有才嗯了一声，尚妈妈已经道："小青你别逗他，这事，别说他这么个孩子，就是再长个七八年，是个大人，遇到这样的事，难免也要想许多时候。"小青又要打趣几句，小荷从后面走进来："小张哥，东家来了，要你去后面说话呢。"

张有才急忙站起身往后面去，小青已经问小荷："不是昨儿张奶奶已经说定了，今儿怎么又？"

小荷瞧小青一眼方道："你啊，别成日只晓得打趣别人，今儿来的，不是张奶奶，是秦奶奶。"秦奶奶？小青急忙捂住嘴："这事怎么惊动了她，她不是已经六个多月，秦爷让她少出门？"

她们在这议论着，张有才已经进到后面，瞧见坐在那的榛子，张有才忙上前行礼叫东家。榛子抬眼细细往张有才脸上瞧了瞧才道："也是我眼拙，竟没瞧出你的相貌有些眼熟。"

这一句就让张有才紧张起来，毕竟当初榛子在屈家后院，也是很吃了点苦头的，张有才急忙道："东家，这事，我……"榛子已经伸出一只手摇了摇："我又不是来和你寻是非的，你不用那么害怕。"

这话才算让张有才放心，榛子又瞧了瞧他："说起来，你和秀儿，也是一个爹生的孩子，虽说你们那个爹也不是个人，可这点是不会变的。昨儿闹出这么大的事，你们原来住的地方是住不成的，去寻别的地方呢，难免也会被人说。你总是个小孩子家。”榛子说着话，张有才也只有听着的，听到最后一句，想到昨儿自己的娘那样对待自己，眼圈不由红起来。

榛子在那细细瞧着张有才的举动方道：“原本呢，我们打算让你在这待个三四年，再往那大铺子去，她既然来闹过，难保没有下回。我在江南还有产业，不如这样，你和你娘就往江南去，去铺子里做个伙计，等过个两年再回来。”

让自己离京，这是张有才没想过的，脸上不由有惊讶之色，榛子瞧着他：“这也是常事，这京里，最不缺的就是这讲是非的人。这眼瞧着要过年了，也不能让你们这会儿走，总要等到过完年，收拾收拾，你们再去江南。你要觉得我这主意好，就听了，若觉得这主意不好，就随你去，你瞧如何。”

这主意，当真还是不错的，张有才忙起身给榛子行礼：“多谢东家了，只是这盘费？”

“我既让你去江南，自然会准备好。”说着榛子就唤来人，门外走进一个丫鬟，榛子对她道：“把那二十两银子拿来，给小张哥。”丫鬟应是就把一包银子拿过来，张有才差点跳起来：“这么多银子，太多了。”

“叫你拿着你就拿着，你们两个老的老，小的小，也不能让你们俩单身上路，等过了正月十五，有人要往江南去，你就跟他们一道走。”榛子眼皮都没抬地说。

张有才忙谢过榛子，拿了银子往外去，榛子这才抚一下肚皮伸个懒腰对屏风后面道：“都听到了吧，我做事，你还有什么不放心的？”秀儿从屏风后转出来，脸上神色还是有些复杂。榛子晓得秀儿的心事，拍着旁边的椅子让她过来坐：“明明是你的主意，偏要让我来说，你啊，也真……”

见秀儿脸上神色，榛子把别扭这两个字咽下去才道：“好了，现在事也差不多完了，我就不信那女人能追到江南去。”见秀儿还不说话，榛子把她鬓边的发拢起：“怎的，还是在想？那些事，有什么好想的？你啊，最要紧的，是好好地把肚子里的孩子生下来，旁的，什么都别管。”

“我晓得！”秀儿闷闷地说，榛子没有叹气，只是瞧着秀儿，只愿时光能够把秀儿心里的那个伤疤慢慢抹去，永远不会再来。

张有才等下了工回去和老张婆说了，老张婆正为找个合适的房子发愁，听得要去江南，过个几年再回来，心里也很欢喜，母子俩商量好了，也把这事藏在心里，一个也不告诉，只等过了正月十五，就离开京城往江南去。

时光如梭，过完年又是元宵闹花灯，张有才母子俩的东西早已收拾好，那些破烂就丢在屋里，等到众人观完花灯，两母子听得院子里毫无声息，把那些收拾好的东西都拿在手上，推开大门离开住处。

元宵之夜例不犯禁，大街上又满是灯火，两母子走在路上也不惹眼，一路走到原来的廖宅，敲开门进去，安心等着第二日一早和人离开京城。

这院子的房东自从那日帮戚嫂子说过话，戚嫂子本就是个水性杨花的人，房东也是好吃这口枣儿汤的，两人在回来路上几个眼神一对，就偷偷摸摸做了一对露水鸳鸯。戚嫂子怕老张婆母子搬了，到时不好去寻，和房东说了，要房东瞧着他们两母子，还要时刻不忘为自己说好话。

房东新奸情热，哪有不肯的。见老张婆要去寻房子，已经费了无数口舌，让老张婆别离开。这些日子见老张婆母子和原来一样，房东还当他们没有别的打算，等正月十六这一日，房东还打算再去瞧瞧老张婆母子，刚起身就听见外面人在嚷嚷，房东推门走出去，有个租客就道："东家，你来得正好，张嫂子母子不知什么时候走了，还留了张条子。"

什么，走了？房东的眼顿时瞪大，劈手夺过纸条，见上面写了几个字，说已离开，这月房钱也放在这里。不由去扯那租客的衣衫："房钱呢？"

那租客本还打算把那房钱瞒下的，见房东这么问就道："房钱，哪有啊？"房东啐了他一脸的吐沫："这上面写得清楚，房钱和纸条放在一块。"

租客本不识字的，听了这话晓得瞒不住了，只得从袖子里把那一块碎银子拿出来："就是这个。"房东一把抢走银子，既然房钱不欠，还有什么好担心的，至于自己情人那里，再软语温存就好，她不听，正好就可以不要她，这个把月，也有些腻了。房东打算好了，哼着不成调的曲，打算梳洗过后，再贴个招租帖子，这样便宜的房子，哪能租不出去。

戚嫂子是中午时分才晓得老张婆母子不见的，惊得瞪大眼，和房东吵了几句，见房东爱答不理，晓得这男人多半是靠不住的，毕竟房东算是戚嫂子搭上的比较有钱的主儿。戚嫂子只得重又软语相问，放出手段好好伺候了房东一回，又要了个银镯子，这才放房东离去。

等房东离去，戚嫂子有心去铺子那边寻寻，但想起尚妈妈说的话，忍不住又缩回去，只得暂且歇了这颗心，慢慢寻访就是。

"我到江南已有三个来月，此地和京城大有不同，别有一番景致，众人待我甚好。"尽管张有才晓得秀儿不会给自己回信，但还是给秀儿写了信。秀儿瞧着这信，唇边不由露出笑容，石大爷走进来，瞧见秀儿唇边的笑容，好奇地问："你这是瞧什么呢？笑成这样？"

秀儿的肚子已经八个月了，用手扶着腰站起来：“就是我和你说过的，铺子里那个姓张的小哥，榛子见他聪明，让他去江南了，这会儿给我写信呢。”

石大爷接过妻子递上的信纸瞧了瞧就道：“全是些大白话。”

“又不是做文章，要那么文雅做什么？”秀儿把信纸折好收好才对石大爷道，“说起来，榛子生的儿子已经洗三了，我也不好去瞧。”

这些都是女人的事，石大爷嗯了声：“不是女儿去了？瞧瞧，到现在都没回来，也不晓得要什么时候才能回来？”话没说完就听见外头传来笑声，接着锦儿掀起帘子进来，先叫声爹爹才在丫鬟的服侍下解着斗篷：“娘，姨姨生的那个弟弟好乖，比玖弟弟漂亮多了。就是姨父有些不欢喜，说怎么又是个儿子，他想要女儿呢。”

秀儿把锦儿拉过来：“瞧瞧，越来越淘气了，脸上这是从哪搞的，小花猫样的？”锦儿皱下鼻子：“小全哥淘气，拿土去扔玉姐姐，玉姐姐就扔回去，我去劝架，就成这样了。”

“怎么是你去劝架？”石大爷低头问，锦儿的头歪了歪：“因为兰花姑姑不在啊。爹爹，我和你说，姐姐们已经给我洗过脸了，可是小全哥又扔了一把土，于是我就不要她们再给我洗脸，好给绿丫姨姨告状。”

秀儿噗嗤一声笑出来，点着锦儿的鼻子：“越来越淘气，越来越爱和人告状了。”锦儿的眼圆鼓鼓地睁着：“娘，您不是说，要和人告状才不会吃亏？”

石大爷忍不住笑了：“这闺女，越来越聪明了，不过女儿我和你说，这也不能只会告状，还要会不告状。”锦儿的眼睁得更加圆鼓鼓的，石大爷把锦儿拉过来，和她说话，秀儿挺着肚子在旁瞧着，心里越来越欢喜，人生，本该就是这样的。

“听得弄璋之喜，特附上几样微物，给孩子玩。”秀儿坐在那里，瞧着摇篮里的儿子，望着张有才随信寄来的那些东西，拿起一个小泥娃娃，脸上露出若有所思的笑。

锦儿走进来，她已经六岁多，还没开始留头，见秀儿笑了就走过去偎依在她身边：“娘，又是张家舅舅写来的信？”秀儿嗯了一声，把那个泥娃娃递给锦儿：“这是他寄来的，给你玩呢。”

锦儿接过泥娃娃，玩了会儿就放下：“还是给弟弟吧。这个泥娃娃，比姑妈给的好看。”石大姑奶奶的儿子已经被送到松山书院，石大姑奶奶为了儿子，也要对秀儿笑脸相迎，对锦儿也要爱屋及乌，不过总和亲侄女有些区别。秀儿也不在意，不过就是面子情，能这样已经不错。

听锦儿这样说就对锦儿摇一摇头，锦儿明白自己娘的意思，趴在娘腿上：“我晓得的，不过是在娘面前说一说。”秀儿点一下女儿的鼻子：“我们锦儿最乖了。”锦儿应了一声眼就去看摇篮里的孩子：“娘，弟弟什么时候才会说话？现在只会哭。”

“呦，我们锦儿侄女，会嫌弃弟弟了？”说曹操曹操到，石大姑奶奶的声音已经在外面响起，丫鬟都还来不及通报石大姑奶奶已经掀起帘子走进来，锦儿忙站起身，对石大姑奶奶叫声姑母。

石大姑奶奶不冷不热地说了声锦儿乖，就上前抱起摇篮里的侄儿，瞧见这个孩子，石大姑奶奶脸上的笑比方才可亲热多了，这才是石家的孩子，而不是锦儿这样的孩子，想着石大姑奶奶心里就对锦儿有些嫌弃，但瞧见秀儿，又把心里的嫌弃收起，抱着孩子坐在锦儿身边：“锦儿啊，姑母和你说，这弟弟呢，你一定要待他好。”

“瞧大姐您说的，锦儿和梧哥儿，是一个娘胎胞出来的，哪会待他不好？”秀儿怎不明白石大姑奶奶的意思，不过这世间最不缺少的就是这样的人，横竖锦儿有那么多人疼爱，也不缺这么一个。

石大姑奶奶被秀儿这么刺了一句，也就哎呀一声：“是我想左了，我说弟妹啊，我今儿来寻你，是有要紧事的。”要紧的事？锦儿还想在旁边听听，秀儿已经让人把锦儿带出去，石大姑奶奶这才开口：“弟妹啊，说起来锦儿侄女都已经七岁了，这个年纪，也该想着寻亲事了，不然再过几年寻，那好的就被寻走了。”

寻亲事？秀儿是真没想到女儿还这么小就要被寻亲事，哦了一声瞧向石大姑奶奶，石大姑奶奶见秀儿不反对，就道：“锦儿总是要在石家出嫁的，这要寻呢，也要寻石家故交，说起来，这……”拖油瓶三个字已经在石大姑奶奶嘴边滚，瞧瞧秀儿的神色又不敢说出来，只得道，“这回呢，也是凑巧，就是你姐夫的一个好友，家里三个儿子，说想给大儿子寻门合适亲事，瞧了好几家都瞧不上，这家子可富了，比我们家富多了，我算了算，比锦儿大三岁，也算一门好亲事，就去透了个口风，谁知他家就觉得锦儿确实不错，弟妹啊，我和你说……”

“大姐你就别说了，锦儿的婚事有我操心呢。”石大爷已经从外面走进来，瞧着石大姑奶奶有些不耐地道。

“阿弟，你这话就说得不对，女儿家的婚事，当然是做娘的操心，这万家，我们和他们打交道也十来年了。”石大姑奶奶听到弟弟反对，自然不悦。

“大姐，就是因为万家和我们打交道十来年了，我才晓得这家子是什么样的人家。孩子呢，要配个一般人也不错，可要配我锦儿，还是差了些。”石大姑奶奶听了这话，差点被气倒：“阿弟，你这说的什么话，万家那孩子，你又不是没见过。”

“正是因为见过，所以才不配我锦儿。”石大爷一步不让，石大姑奶奶还想再说，石大爷已经道：“姐姐，我晓得你是好意，可是这婚事，我会操心，你啊，就安安生生过你自己的去。”

话说到这份上，石大姑奶奶也只得再说几句淡话就离开，等石大姑奶奶一走，石大爷才道：“对不住啊，大姐她就是爱瞎操心。”秀儿嗯了一声：“居家过日子，总是难免的，这万家，到底有什么不好？”

“要说这万家做生意呢是不错的，那孩子也还算聪明，可是呢家风不好。这万老爷喜欢女色，房里有七八个妾不说了，还有通房，你想想，这样人家，我怎放心女儿嫁过去？”

这话让秀儿心里如蜜一样甜，含笑看着丈夫：“这男人家倚红偎翠，不是平常事吗？”石大爷不料妻子有这么一问，先是一愣，等瞧见妻子面上的笑就摇头笑了：“你故意逗我呢，虽说男儿纳妾也是寻常事，可也要瞧是哪一种，若是没有儿女，纳妾生子也是应当。再不然情根深种，一时倾心，家里已有了妻子，又肯做妾的，那娶回家中，妻妾分明，也是有的。最不喜就是这样好色之人，不但纳了许多的妾回来，还把那大奶奶放在一边，任由那些妾争宠吃醋，把家里闹得鸡飞狗跳，哪是好好过日子的人家？”

秀儿又笑了，接着就道：“那若有一日，你在外和人情深意重，她又肯屈身为妾，那你会不会纳她回来？”石大爷不由愣住，这个问题着实有些为难，秀儿得不到石大爷的回答，轻声道：“我晓得你要说这话，定然是为难的，可我的心很小，我只容得下你一个人。同样，我的丈夫，我也愿意他心里只有我一个。”

成亲已一年多，两人的儿子都两个月大，但这是秀儿头一次对石大爷说出心中真正念头，石大爷把妻子的手握住：“我娶你的时候，心里只有一个念头，你的想法就是我的想法，你要的就是我要的。”

真好，秀儿觉得一直蒙在心上的，那种不确定此时彻底消失，这个男子，虽然因这样原因嫁了他，可是他值得自己嫁。只因为他这颗心，石大爷把妻子的手握在手心，能感觉到妻子的彻底放松，脸上不由露出笑容，这一辈子，能娶得自己心爱的人，能得到心爱之人的心，还有什么事，比现在更美好呢？

这件事不过一个小风波，很快就过去，石大姑奶奶见石大爷两口子都不愿，也就再没来说。秦清在翰林院观政三年，谋了外任打算外放，直到在吏部拿到凭，秦清才带了妻儿前往定北侯府，告知爹娘。

定北侯倒罢了，不过说几句男儿志在四方，牧民官是极难做的，必要好生为朝廷做事。秦清应了，定北侯又问几句孙儿们的事，听得孩子们也一起跟去，定北侯也晓得不能让孙儿和儿子分开，正要点头就听外头小厮们说夫人来了。

榛子刚要牵着大的，抱着小的去迎，就见定北侯夫人急匆匆走进来，自从那回定北侯夫人要玖哥儿回侯府而被榛子拒绝之后，定北侯夫人对榛子并没多少好脸色，见了他们也不理会就匆忙地问秦清："我方才听人说，你要外放？我不许。不许。"

秦清晓得自己娘这关是难过的，不然的话，也不会事情定了才来告知爹娘，听到自己娘的话，秦清忙道："娘牵挂儿子，儿子明白，可是好男儿志在四方，况且我去的又是江南，是好地方。娘，到时您若心疼儿子，等儿子到了地方上，就接娘一起去住些时候，娘您说好不好？"

"不好！"定北侯夫人开口就是反对，"天下哪有比京城更好的地方，我儿，我们家又不是那样必要人撑着门面的，我儿，你安安生生做个京官，以后也不是不能升，为何非要外放？"

"糊涂！"定北侯见自己夫人还是如此，不由喝了一声，接着声音放轻一些，"夫人，老三志在四方，这对我们秦家只有好处没有坏处的。"定北侯夫人哪听得进去，依旧在那摇头："你别又来哄我，上回你让他从军也是一样说话，谁知等一回来，儿子都不是我的了，那颗心早被人勾走，这回，我绝不会放我儿子走。"

为的还是自己的妻子，秦清唇边笑容不由有些苦涩，榛子让人把孩子们带下去，这会儿自己不能劝，越劝越火上浇油，只能等丈夫劝说婆婆。

定北侯夫人忍不住又要落泪，却瞧见秦清和榛子交换了个无奈眼神，定北侯夫人顿时把所有的火气都撒到榛子身上，抬起指头指向榛子："是你，我就知道是你出的主意，你以为，让老三跟着你去外任，我管不到你们，你就可以随意做事了吗？老三是我身上掉下来的肉，他是我的，是我的儿子。"

说着定北侯夫人就哭起来，定北侯叹气："媳妇一句话都没说，你就把罪名栽到她身上，这样可不成。夫人啊，这孩子大了，总有自己的想法，不然的话，你就该全听娘的，而不是这样。"

一提起定北侯太夫人，定北侯夫人就感到一阵胸闷，若非自己婆婆，榛子也不会这样进了门，若非自己婆婆，也不会如此。秦清把榛子的手拉过来，榛子对着秦清微微一笑，示意自己没事。

定北侯年轻时候还有耐心听妻子唠叨，等到老后这耐心就渐渐消失了，见妻子又哭起来，那眉毛也就竖起："哭什么哭？这放外任若是平常人家，得了这消息还不晓得多么欢喜，就是你，一直不晓得怎么想的，总觉得媳妇进家门是丢了你的面子，还觉得媳妇是和你抢儿子的。天下哪有你这样做婆婆的，难道不晓得儿子长大，娶了媳妇，媳妇又孝顺，就该放他们各自去过日子？不说旁的，就说娘她是怎样待你的，可有你这样为难媳妇的？"

定北侯夫人被定北侯这么一吼，越发觉得生无可恋，女儿出嫁了，在家里的这几个儿子儿媳待自己没那么贴心，自己想做什么都不成，辛苦了这么些年，究竟为的什么？

定北侯这一吼倒让秦清皱了下眉，他忙开口道："爹爹，娘疼儿子的心，儿子是明白的。"定北侯哼了一声："疼儿子也是有的，但没有她这样的，要晓得，儿子和姑娘可是不一样的。"

"公公所说，做媳妇的明白，只是婆婆这些年年纪渐大，想要儿孙们全在她身边，也是平常事。"见定北侯又要继续训定北侯夫人，榛子急忙开口。

秦清已经握住榛子的手和她双双在定北侯夫人面前跪下："娘的心思，做儿子的是明白的。可是娘，当初儿子娶媳妇的时候就说过了，儿子已经大了，有了自己的主意，娘无须再为儿子操心。"

定北侯夫人还想再哭，低头却见儿子眼里满是恳切，这心顿时如被几只手撕扯一样，到底该往何处去，竟分不清楚，过了好一会儿才道："你既知道我的心思，为何还要忤逆我的念头，为何还要这样执意？"

秦清淡淡一笑："娘，儿子是您身上掉下来的肉，这永远都不会变，可儿子已经知道，怎么做才能做得更好。况且媳妇进家门这三年多，不管是祖母也好，爹爹也罢，还有那些嫂嫂弟妹们，对媳妇都是称赞的，娘，当初祖母那样待您，您今日也当像祖母一样。"

定北侯夫人看着一直没说话的榛子，想承认儿子说得对，可心中又有些不甘，只是闭上眼，什么都没说。

定北侯见状就道："你瞧，儿子是多么知道道理的一个人，媳妇也是能干的，你又何必去想那些有的没的？我们两个，现在孙儿都一大把了，早该含饴弄孙了。你若再这样执意，到时惊动了娘，又是一场风波。"

定北侯夫人靠在椅上，什么都没说，眼泪已经濡湿下面的椅袱。

“婆婆，您的心儿媳明白，可是婆婆，人这辈子，总是要学会适时放开。婆婆疼夫君的心，就和儿媳疼玖哥儿的心是一样的。儿媳也曾想过，若过些年，玖哥儿不愿儿媳给他定的婚事，执意要娶一个儿媳瞧不上眼的姑娘回来，儿媳该当如何？”

榛子扶住定北侯夫人的膝盖，十分恳切地说，这话让定北侯夫人微微动了动，榛子见状让秦清不要说话，自己继续道：“婆婆，儿媳想来想去，都想不到要怎么做才能做到更好。可是儿媳晓得，儿媳是拗不过孩子的。儿媳更晓得，做娘的人，是愿意自己的孩子快快活活过这一生的。”

“他过得快活了，可我呢？那些……”定北侯夫人如被针刺了一样，声音变得有些高，看着榛子的眼神也有些不善。

“娘，人活这辈子，听到见到的多了，儿子不是一样因为要娶媳妇，被人讥笑过，可那又怎样呢？儿子自己过的日子，儿子自己明白。不说儿子，就说娘您，扪心仔细想想，您的日子，如果不去想那些，是不是也要更过得快活呢？”

朝廷诰命，可以出入宫廷，应酬时候也多是赞誉，少有嘲讽。虽说世子有些不成才，可是现在定北侯在悉心培养孙儿，孙儿才七岁，已经能提笔做文章，谁不夸这是秦府的神童？

几个媳妇，虽不大贴心，可这也是平常事，不管是掌家的世子夫人还是秦二奶奶，甚至于搬出去独自居住的榛子，年节时的问候，平日的孝敬都是从没少过的。特别是榛子这边，自己再不待见她，孝敬也从没少过一分。如果，如果，定北侯夫人长叹一声，依旧一言不发。

定北侯已经伸手拍下夫人的肩：“夫人，有些事，越想越容易想得复杂，倒不如什么都不去想。那些笑话你的，又有几个有你这样的好福气？有好儿子、好儿媳、好孙儿？”定北侯没提自己是个好丈夫，这让秦清有些感慨，其实仔细算算，自己的爹也算是比上不足比下有余，不是那样特别糟糕的爹。

宠妾灭妻，捧庶贬嫡这样的事也没有做。秦清看着自己的娘，想听到自己的娘开口说话。

在被这三个人注视中，定北侯夫人觉得脑中一团混乱，过了很久抓住榛子的手：“你说的是真的？你和老三离开后，不会不给我写信，不会不让孙儿叫我祖母？不会在那说我的坏话？”

“娘，您这就是多虑了，也不是我夸我自个的媳妇，我的媳妇，是个胸中有丘壑的女子，并不是那样小肚鸡肠，成日只在那瞧着谁又多拿了几分的人。”听到定北侯夫人的疑虑，秦清头一个笑出声。

榛子能明白定北侯夫人的顾虑，并没像秦清一样笑出来，而是认真地道：“婆婆，媳妇是嫁进秦家的，媳妇也是秦家的媳妇，日后媳妇老了，是会葬进秦家祖坟的。不管是媳妇也好，孩子们也罢，都永远是秦家的人。既是秦家的人，和婆婆就是一家子，一家子哪能成日吵闹呢？”

这说得有些对，定北侯夫人感到脑中渐渐有些清明，定北侯已经道：“瞧瞧媳妇说的话，再听听你说的，全都不一样。我说，你也不要顾虑这么多，老三都二十多了，是两个孩子的爹，有自己的主见了，难道还会耳朵软到别人一说就跟了去的？”

定北侯夫人低头瞧着儿媳的那双眼，榛子的眼还是那样清亮，并没带些别的东西。或许，丈夫说的是对的，定北侯夫人闭上眼，接着就挥手：“你要记得你今日说过的话，外面可比不得京里，凡事都要小心，不要让我牵挂。”

榛子应是，秦清也松了一口气，见自己的娘还是没叫自己起来，小声地说：“娘，儿子和媳妇能起来了吗？这地下，也跪了好一会儿了。”

“起吧，起吧，你们娘这会儿怎么就忘了心疼你了？”定北侯见事情解决，不用去惊动定北侯太夫人，欢欢喜喜地说。定北侯夫人见儿子故意做出自己不叫，他就不起的样子，叹了声把他扶起来，又示意榛子起来才对儿子道：“话都说得差不多了，你们以后，可要……”

定北侯夫人想再叮嘱几句，可话没出口泪又先流，孩子们长大了，不再是那几个会绕着自己转个不停需要自己叮嘱的孩子了。定北侯夫人强忍悲痛，什么都没说。

定北侯已经搓下手就笑着道：“夫人，老三夫妻，你有什么好担心的呢？这件事，怎么说也是喜事，来来，该让人备桌酒，再把女儿们也叫回来，我们一家子高高兴兴地喝顿酒，当作送行。”

定北侯夫人捂一下眼，等放下手时那泪已经不见，这才嗓子有些嘶哑地对定北侯道：“您说得对，那就让大奶奶准备吧。”定北侯哈哈一笑拍了秦清的肩一下：“老三，我瞧好你，以后啊，有你，我就什么都放心了。”说完定北侯才高声叫来人，让人去告诉世子夫人，好让她预备酒席，再去请自己那几个出嫁的女儿，让她们也带着孩子过来，一家子欢欢喜喜做庆贺宴席。

众人都等在外面探听消息，听得是这样一个好消息传出，虽奇怪定北侯夫人是怎么被说服的，但还是各自去奔忙。定北侯夫人也带了儿媳回到自己上房，榛子和等在那里的秦二奶奶一起伺候定北侯夫人重新洗脸梳妆，秦二奶奶又让自己的孩子也过来跟玫哥儿他们玩耍。

定北侯夫人坐在上方，瞧着这一切，很多事情不要那么介意，是不是就会好过一些？

秦家人口不少，等到世子夫人吩咐预备的酒席摆出来，老老少少大大小小也是坐了四桌。男人们在外头，女人们带了孩子在里头，先请定北侯太夫人坐下，这才各自就座，合席共贺榛子一杯后，这才开始说笑。

今日是贺秦清得了外任的酒席，故此榛子坐在定北侯太夫人身边，定北侯太夫人吃了点东西，又说笑了几句，这才对榛子道："我就知道，我当初的眼没有看错。"这说的是什么事榛子是明白的，只淡淡一笑又给定北侯太夫人夹了筷白菜方道："太婆婆待孙媳如何，孙媳是明白的。"

定北侯太夫人赞许地笑了笑，把榛子的手拍了拍，有些事，是需要自己努力，别人的帮助永远都只能在旁协助。

定北侯府这边既然已经说好，剩下的就是怎样在榛子离京的这些年，把生意打理得很好。空缺许久的大掌柜位置，终于被张谆坐上。榛子宣布的时候，张谆并没有多意外，也没感到不能胜任，毕竟这些日子，张谆已经是事实上的大掌柜了。

等众人对张谆说过了恭喜，榛子方道："我这一去就是数年，诸位都是可信任的人，张大掌柜在我们这里，也有十年了，可在他前面的，还有更多资历深的，我并不愿意见到张大掌柜被人不满。"

众掌柜急忙起身："东家，张大掌柜这个位置，也是实至名归，我们也不是年轻人了，还计较这些做什么？"榛子重又赞许点头，对众人温语几句，也就离开。

等榛子一走，小裘掌柜就笑嘻嘻地抱住张谆的肩："这么好的大好事，请客请客。"小裘掌柜话音刚落，旁边也有人跟着起哄："不光是请客，还要大请客，摆三天三夜的酒席，再定一台戏，必定要那样大班子的。别说你请不到，要来这边伺候，谁家不会来？"

张谆原本还觉得这事不算什么大事，听到这些人的起哄一张脸倒先红了："三天三夜的酒席，还要唱戏，我结婚时候都没那么热闹。"说到这个，张谆倒想起当初和绿丫成亲，也就摆了几桌酒，拜了天地就完了，还真没什么热闹的事。

见他这样说，小裘掌柜已经哈哈大笑："此一时彼一时，我晓得小张嫂子现在怀孕将产，不如这样，等小张嫂子生下孩子，满月酒和这庆贺酒一块办了，也叫双喜临门。”

这主意当然很多人赞成，张谆见这样，也只有笑着应了，说回家和自己媳妇商量。众人嘻嘻哈哈又说几句，也就各自归家。

张谆回家和绿丫说了这事，绿丫也笑了：“他们说得对，这事是该请客，要好好地办一办。”张谆反而愣住：“我记得你历来不爱办这些事的，怎么今儿转了声口？”

绿丫已经九个月的身孕，眼瞅着还有十几天就生了，也没站起身，只是隔了大肚皮打张谆一下：“现在和原来不一样了，而且应酬应酬，来往来往，总要有来有往，这些年我们就没好好办过什么酒，就那年认我娘的时候请过客，这转眼也有好几年了。”

“哦，我晓得了，你是嫌送出去的礼都没收回来。”既然妻子同意办，张谆也不反对，笑吟吟地说。绿丫瞟他一眼：“去，那点礼钱，算得了什么？我只是想着，我娘也来了这么几年，和原来也不一样了，每次我说，让娘跟我一起出去应酬，免得坐在这家里闷，她总是不肯，说不好出去见人。既然如此，那我也就把人请到家里，好让我娘也和众人见见，这有了头一回，第二回我娘不就肯跟我出门了。”

张谆又哦了一声：“原来不是因为心疼礼，而是要做孝顺女儿。娘子有令，小的莫不敢听从，这就让人去安排。”绿丫不由抿唇一笑：“要你安排，放着那么多人做什么？”

张谆拍拍妻子的大肚皮：“留着他们伺候你。”绿丫又笑了：“学什么不好，跟人学得油嘴滑舌。”嘴里这样抱怨，但绿丫心里是欢喜的，和丈夫开始商量要请些什么客人，满月那天办的话，未免有些匆促了，不如晚两天。

商量了好一会儿，索性把杨婆子请来，杨婆子听得家里要请客摆酒，虽然欢喜也直摇手，说自己哪能出去见人。容儿倒是十分喜欢，一个劲地要外祖母跟自己出去，还说要外祖母瞧瞧和自己玩耍的那些人呢。

女儿女婿外孙女都这样要求，杨婆子心里又欢喜又难受，也就应了。还要帮着预备，容儿这小调皮也跟在那帮忙，不过多是帮倒忙。

过了几日，绿丫生下一个儿子，虽然不是容儿想要的妹妹，可是见弟弟生得比自己和哥哥都好看，容儿也就抱着弟弟欢喜不已。给孩子洗过三，没在满月那日办酒，而是满月后第十天摆的酒席。

那日秀儿到得最早，她也不是一个人来的，而是带了儿女。绿丫索性把秀儿的儿子的小襁褓也放到自己儿子旁边，瞧着就直乐："哎，这要没人知道，还当我生了对双生子。"秀儿瞥绿丫一眼:"胡说,我儿子比你儿子可要大一些。"

是吗？绿丫往孩子面上仔细瞧瞧，摇头道："我瞧着都差不多，你儿子，也就大我儿子三个月罢了。"两人不免就这两个孩子到底是差不多大还是秀儿的孩子更大些争论起来，说得热闹时候，兰花掀起帘子，身后跟着玉儿，玉儿还没行礼，往摇篮里一瞧就笑了："哎呀，不知道的，还当是双生子呢。不过秀姑姑家的弟弟，个头还是要大多了。"

绿丫先还要得意，接着就郁闷，秀儿已经把玉儿拉过来："瞧瞧你舅妈，非要说俩差不多大，还是我们玉儿说得对。"

绿丫不服,把玉儿拉过来:"哎,这可不对,方才玉儿可是先说像双胞胎的。"玉儿的一双眼眨了眨，刚要再开口兰花已经噗嗤笑出声："你们两个，跟孩子似的，别把我玉儿带坏了。"

说着兰花就对玉儿招手："女儿过来，别和她们学坏了。"绿丫和秀儿听了这话，相视一笑，心中都有喜悦漫上。

第 38 章　认　弟

“说得这么热闹，都没人来迎一下我。”笑声未完，榛子已经掀起帘子走进来，玖哥儿跟在后面，见了绿丫她们小手拱起，学大人样行礼。秀儿急忙把玖哥儿拉起来：“这点点大的孩子，就学着行礼。真惹人疼。”

“你别惯着他，他啊，就该少夸夸，不然的话，越夸那尾巴就要翘到天上去了。”榛子笑吟吟说着，玖哥儿已经奶声奶气开口：“娘，我不会翘尾巴。”屋子里的人都笑了，绿丫让玉儿带着弟弟妹妹们去旁边屋子玩，就摇头笑道：“瞧瞧，这孩子都七八个了，在一起吵得头都疼了。”

“人多才好，才兴旺。”兰花也笑吟吟地道，接着就说，“我还想再生个呢，只是年纪大了，难生。”

“兰花姐要再生一个，那岂不是别人分不出这是孙儿还是儿子？”秀儿瞧着兰花就笑了，兰花的脸不由一红：“玉儿还小呢，才九岁，要说人家也再等等，不然现在瞧着好的，等长大了，变坏的人多了。”

绿丫方要接话，小柳条就来说杨婆子已经打扮好了，不好意思出来呢。绿丫对兰花她们笑笑，让她们稍待就往杨婆子那边去，刚进院子就听见容儿的声音：“婆婆，你这样真好看，跟我一起出去呗。”

绿丫掀起帘子，杨婆子还在那扎手扎脚地站着，见女儿进来就用手摸摸衣衫：“绿丫，我这穿上金装也不是佛，还是不出去了。”绿丫瞧着自己的娘，杨婆子在这已经住了一年多，都说居移气养移体，杨婆子脸上的愁苦已经消失，又胖了些，不说皱纹已经舒展开，连那些白发似乎都已经转黑。

今儿她穿的是绿丫吩咐人做的新衣，酱色八团吉祥纹的袍子，下面是墨蓝色马面裙，裙边还绡了金线，走动起来，能瞧见有隐约金光在脚边流动。

头上戴了金丝攒珠髻，旁边还别了支独珠钗，那珠子有黄豆大小，在那闪闪发光。

绿丫细细瞧了才对杨婆子道："娘，您这打扮，真的很好，快些跟我们出去吧，这会儿来的，只是兰花姐和秀儿她们，等会儿客人来了，可是要出外迎接的。"虽然这一年多来杨婆子也听绿丫说过了一些，但还是有些紧张："哎，这不好，上回我不就差点出丑？"

容儿也用手去推杨婆子："婆婆，你快些跟我们出去吧，有我呢。"女儿的话让绿丫蹲下捏捏她的小脸蛋："还有你呢，似乎你什么都会。"容儿抬头瞧着绿丫："娘，我当然什么都会了。"

说着容儿去瞧杨婆子："婆婆，您说是不是？"杨婆子呼气吸气，努力让自己平静下来，绿丫已经拉着她先出了门，来到自己屋里。秀儿她们瞧见杨婆子，也纷纷赞好，秀儿还笑着道："干娘也要常出门走走才是，不然的话，张哥现在做了大掌柜，以后应酬越来越多，您不帮忙应酬些，岂不让绿丫一个忙不过来？"

"瞧秀儿这话说的，像是我故意要让他们忙个不停。"榛子取笑道。

秀儿瞧一眼榛子："难道不是吗？"榛子听了故意板着脸："既然如此，那今年年底的分红，你就没了。"秀儿不由摊手："瞧，不过说句公道话，就少了许多银子。"众人嘻嘻哈哈笑着，杨婆子觉得心里开始慢慢平静下来，又往自己身上脸上瞧去，也不会丢女儿的脸。

辛妈妈已经来报有客人到了，绿丫答声知道了，就对杨婆子道："娘，我们一起出去迎迎客人。"杨婆子下意识想拒绝，容儿已经鼓起腮帮子："婆婆，方才秀儿姑姑可是说了，您啊，要多帮着我娘。"

"就你爱说话！"秀儿弯腰捏一下容儿的脸，在众人的笑脸之中，杨婆子跟着绿丫来到二门前迎接客人。先来的是小裘掌柜的娘子，瞧见杨婆子，她就笑着道："伯母许多日子不见，我们都说，伯母也该常出来走走才是。"

杨婆子想像上回一样等着绿丫代答，可是绿丫只是在旁笑不说话，横竖都要这样，杨婆子牙一咬开口道："我不爱出门，今儿啊，你们也不要嫌我不会说话。"

说完这句，杨婆子觉得身上轻松一些，小裘娘子已经笑道："这哪能呢，您是长辈，只有您笑话我们的，哪有我们笑话您的。"原来说两句应酬话，也不是特别的难事，杨婆子在心中暗想，又和绿丫请小裘娘子到厅里宽坐。

刚进到厅里，又连声地报有客人来了，杨婆子和绿丫又忙迎出去。这回来的是朱太太母女，朱太太瞧见杨婆子，也是满面是笑，满口老姐姐，还要杨婆子闲了时去她家坐坐。

这话上回朱太太就说过，不过那时杨婆子自惭形秽，一回都没去过，此时听朱太太又说，也就笑着道："一定一定，我听女儿说，朱太太你们家的菊花开得不错呢。"

朱太太这会儿才微有些惊讶，但很快就道："老姐姐既这样说，那我索性办个赏花宴，请你过来吃酒。"杨婆子应了，也就和方才一样，送朱太太母女到厅上坐着。

绿丫等又出来迎接客人才对杨婆子道："娘，就是这样的，同您当初在村里时和周围的人来往也差不多，不过讲的不是农事，是些旁的罢了。"杨婆子用手拍拍胸口："这几个都是熟的，晓得底细，要是生人，只怕？"

绿丫抿唇一笑："娘，不管生人熟人，不都一样吗？"说着绿丫已经瞧着走进来的客人，"王太太好，可是许多日子不见您了。"这王太太三十多岁，也是有生意来往的，先和绿丫问过好这才瞧着杨婆子："这位就是亲家老太太？可实在有福气，有这么好的女儿女婿。"

这可是个从没见过的生人，杨婆子记住女儿的叮嘱就笑着道："托福托福，都是一样的。王太太还往里面请。"王太太是晓得这些事的，见杨婆子虽然笑容有些生硬，但动作还算流畅，不由对绿丫点一点头这才往里面去。

杨婆子又照了绿丫所说的，迎接了几个客人，心中的忐忑才慢慢消掉，趁空闲时候对绿丫道："其实我不应酬也……"

"不一样！"绿丫笑吟吟地打断自己娘的话，"娘，等以后您孙女出阁，孙儿娶了媳妇，您总是要出去应酬的。娘，我不愿意您还记得原来的事。您现在是张家的老太太，该享福。"

虽然绿丫是笑着的，杨婆子却觉得鼻子有些酸，忍了很久才对绿丫点头："我晓得，女儿，我会学着的。"绿丫笑了："娘，这话就对了，今儿还请了戏呢，您不是爱瞧戏吗？等会儿您和朱太太王太太她们坐一块的时候，也能和她们说说这戏。"

杨婆子连连点头，和绿丫在厅内又和众人说笑一会儿，辛婆子就来报酒席已经备好，戏也准备开了。绿丫请众人入席，又接过戏单让各人点了几出戏。

戏单传了会儿就传到杨婆子手中，杨婆子本不认得字的，只觉得这些字儿都认得她，她不认得这些字，正烦难时候听到朱太太在耳边道："这出月下追韩信不错。又是他们老生的本生戏。"

这是给自己解围的，杨婆子这才相信女儿说的话，这生意场上，大家都要互相帮衬才是，那互相拆台的，都是做不长久的，也就把戏单往下面传去，对朱太太笑道："朱太太听过许多好戏的，就点这出。"

王太太已经在那问道："听说朱太太你前儿还去司礼监老爷爷家里赴了席，我们这常人可是攀不上的。"朱太太笑了："那日是这老爷爷的侄儿娶亲，我才去送了礼，要说请的戏班，是不错，可是没有原来孙尚书的家班好，可惜他们的家班也散了。"

"可不是，我记得原先，柳太太那会儿，最爱说孙尚书的家班好，现在别说孙尚书的家班了，连柳家也……"这人刚要感慨几句柳家散得那么快，王太太就轻咳一声，这人也就住口，说起别的话来。

杨婆子是晓得这柳家为何这样，不由对朱太太道："你方才还说我有福气，妹妹你也一样有福气，这女儿女婿，也是好人。"朱太太点头："就是这样，人啊，要晓得惜福。"

杨婆子深以为然，此时台上已经开场，两人说了几句话，也就听起戏来。

这日张家的酒席直到傍晚时分才散，秀儿她们来得早，走得也晚，等到客人们都告辞了，秀儿和榛子这才各自离去。坐在回家的车上，秀儿回头瞧着站在门口送自己的杨婆子，竟勾起了思绪，那车帘久久没有放下，抿着唇在想事。

石大爷今儿也喝了两杯酒，上车后先觉得有些头晕，等马车走了段路才觉得舒服些，睁眼想说话见妻子在那发愣，不由拍拍她的肩："在想什么呢？"

秀儿瞧一眼一上车就睡着的锦儿姐弟，给他们拿斗篷重新盖好才道："绿丫有个娘呢，榛子原来也有舅舅。"这话说得没头没尾，石大爷的眉不由一皱："你也想有娘家亲人？可是不是说，你的娘家那边，已经……"

不，自己还是有个弟弟的，那个总是给自己写信寄东西来的弟弟，只是自己一直没告诉丈夫罢了。秀儿瞧着石大爷，很想把这事和盘托出，马车已经停下，已经到家了。

石大爷掀起车帘跳下车，接过秀儿递下来的锦儿姐弟，让一边等着的管家娘子把他们姐弟抱进去才道："你若真的想，不如去寻访寻访，瞧瞧可有什么音信。"

只要一开口，就能说出事实，秀儿还在徘徊，要不要对丈夫说出实情时，丫鬟已经道："奶奶，江南那边又来信了。"说着递上一封信。

秀儿接过，尚未拆开石大爷就看向妻子："我总觉得，这个小张哥，给你写信也有些太频繁了，去了七八个月，来了五六封信了，就算你当初待他很好，可也没有这样频繁地来信的。”

秀儿嗯了一声，并没去拆这封信，而是看向丈夫：“你说得对，信写得实在有些频繁，可是，可是，我……”秀儿竟不知道该怎么和丈夫说，石大爷的眉皱得更紧，想去接秀儿手中的信，秀儿已经把信握紧，“他是我的娘家人啊。”

说出这句，秀儿觉得长久压在心上的那块石头消失，石大爷的手停在那里，接着就奇怪地问：“娘家人？难道说他和张奶奶、秦三奶奶她们一样，也是你认义的弟弟？”

“不，他不是我认义的弟弟，他是，是，”秀儿又喘了两口气，才把背后的话说出来，“他是我的弟弟，同父所生，不是一母。”弟弟？石大爷正端起一杯茶，听了这话就把茶放到一边，免得不小心打碎茶杯，等平静些，石大爷这才缓缓地道：“弟弟？同父所生的弟弟，你什么时候知道的？”

“大概一年前，那时我很徘徊，我不知道他的出现意味着什么，可我不愿意他来打搅我的生活。况且，我还那么的恨，恨生了我的人。”秀儿的手不由自主地握成拳，仿佛只有这样，才能让自己平静。

石大爷努力地去想妻子话里的意思，等听到妻子恨生了她的人时，那眉皱得更紧，秀儿觉得眼里的泪又流出，低头把泪擦掉才抬头对丈夫道：“你一定觉得我狼心狗肺，忤逆不孝，父亲生我养我，我怎可以恨他？可是你不知道，我的所有痛苦伤悲都因他而来。”说着秀儿痛苦地摇头，这是秀儿埋在心底的秘密，原本是可以埋一辈子不告诉丈夫的，可是这么两年的夫妻做下来，秀儿觉得，就赌一把，告诉丈夫。而非自己一个人苦苦在那守着这个秘密。

秀儿的话让石大爷震惊，毕竟石大爷只晓得秀儿跟着父母流放，接着被父母卖给他人做妾，后来逃出的事，并不晓得更多。想了很久石大爷才缓缓地道：“他们卖了你，你怨恨他们，也是难免的，可是……”

“不止，不止，若仅仅只是卖了我，或者我可以像绿丫一样的，原谅他们。可是不止，不止，”秀儿眼里的泪已经奔涌而出，眼前一片黑暗，仿佛那些噩梦又开始缠绕上来，那些无法启齿的遭遇，那些让秀儿觉得脏，觉得恶心，觉得想杀了自己的遭遇，全都是拜自己的父亲所赐。

秀儿突如其来的狂暴让石大爷已经不能用震惊来形容了，屋子里很安静，过了很久，秀儿用手擦掉泪才对石大爷道：“这些，绿丫她们说，都不用告诉你，因为你什么都不知道。可是我还是觉得该告诉你。”

即便那些黑暗过去，能把秀儿淹没，可还是该告诉。秀儿没有得到丈夫的回答，深吸一口气道：“你若觉得无法接受，觉得我这个人不好，我都等着。”过去两年就当这是偷来的快乐，秀儿站起身，想进里屋，但觉得腿都是软的，身子晃了晃险些没有栽倒，索性直接坐在椅子上。

石大爷这才瞧着妻子，瞧得那样仔细，瞧得秀儿低头，过了很久石大爷才道：“我是个普通男人，从小爹娘疼爱，和姐妹兄弟之间也很友爱。所以我算得上是不大知道人间疾苦的人。丧妻之后，我原本以为，我还是会娶一个和我差不多的姑娘，和她生儿育女，过很普通的日子。可是我从不知道，当我那日从街上过，看到你下轿走进铺子里时，只是一眼我的心就陷在你身上了。”

于是一切都和设想的不一样，石大爷想的第一点就是去打听秀儿的过去，当听到秀儿是个曾随父母流放的女子，甚至曾为人妾，有一个女儿时，石大爷不是没有想过放弃的，毕竟这样的人，过去实在太过复杂，身家算不上清白，可是怎么都说服不了自己放弃，当石大爷忍不住第二次走到那个铺子里，装作要买胭脂水粉，听到秀儿说第一句话时，石大爷就觉得，自己逃不开了。

但要娶秀儿，首先面对的就是家人的反对，石家是清白人家，这么一个女子，是进不了石家的门。石大爷再次准备放弃，可这心怎么能说服放弃？那脚步还是像不听自己使唤一样，来到铺子里，听她说话，看见她笑，就什么都不要紧了。

石大爷越想秀儿的遭遇，越觉得她是身不由己之人，越觉得她让人怜爱，怎么都无法放下。徘徊之中石大爷和家人开口，要娶秀儿，招致了必然的反对，但石大爷不肯松口，才有送妹妹去江南出嫁，石大姑奶奶他们的意思，为的就是离得远了，石大爷也就不会惦记。

可惜离得越远，相思越深，当回到京城，第一件事就是去见秀儿，就是告诉她，想娶她，纵然她的过去在世人眼里是那样的不清白，也要娶她。

石大爷看着秀儿：“我从没告诉过你，当你派人来和我说，要嫁我时，我有多么欢喜。当初我和姐姐说，想娶你的时候，姐姐就说，一个跟去流放地，还曾被卖做妾的女子，还不晓得经历过什么，一点也不清白。那时我就告诉过姐姐，天下那么多清白姑娘，可是只有你，是我想要的人。就算你曾做过些什么，我都不在意。”

这是秀儿听过最出乎意料的话，她看着石大爷，石大爷继续说下去：“你从不肯点着灯和我恩爱，可我虽瞧不见，也能摸得到，摸到你肩上和腹上的那几道疤，那时我就在想，你到底要经了些什么事，才有这样的疤，可我不敢问你，我怕问了你，你就会离我远去，我舍不得你，从见到你的第一眼，我就舍不得你。”

秀儿用手捂住眼，免得自己的泪再次奔涌而出：“那些疤，是我不愿意，不愿意时候，被人砍的。”石大爷站起身，走到妻子跟前，把她拥进怀里：“你是我的妻子，那些都已过去，你是身不由己，又不是自甘堕落，为什么我要去鄙视你。”

秀儿埋在丈夫怀里：“可是，可是，在世人眼里，我是不清白的。”石大爷伸手把妻子脸上的泪擦掉：“你不是和世人过日子，是和我过日子。我也不是和世人过日子，是和你过日子。就算是姐姐，她现在也待你还不错。秀儿，别去想过去的事。你要愿意认弟弟就认，毕竟有个娘家人是好事，要不愿意认弟弟，我也不会怪你。”

秀儿在那点头，泪水已经濡湿了石大爷的衣衫，原本普普通通的日子，在遇到秀儿后，就会变得有些不普通，这桩婚事，会招致别人的非议，可这又如何，自己喜欢的人嫁给自己，和自己踏踏实实安安生生过日子，这就够了。

“你真的想好了？”榛子正在收拾行李，听得秀儿来，请她进来坐下听到她第一句话说的就是这个，忍不住惊讶开口。秀儿笑一笑：“是啊，想好了，有个娘家人总是好的，而且这孩子这些日子的信上，也是个好孩子。”

榛子唔了一声就道:“那边的掌柜也和我说了，这孩子的确不错，可是秀儿，你突然多出个弟弟，你夫君那边？”秀儿的脸上不由露出甜甜笑容：“他也晓得的。”

他也知道？榛子的眉不由皱起：“你什么时候和他说的，当初我们不是说过，要你不用告诉？”秀儿笑得更甜了：“我昨儿和他说了，他说随便我，要认弟弟也好，不认弟弟也罢，都由着我。”

看着秀儿脸上的甜笑，榛子很想再细问问，可榛子也晓得夫妻之间，难免有些不能对外人道的隐秘之事，自然不能再细问，只是点头：“你若愿意认，我也不好拦你，可王寡妇那头，要晓得你认了弟弟，只怕又来胡缠。”

“我还怕她吗？她当初也不过苟合，连个名分都没有。真要来胡缠，还不能打发了她？”秀儿这话透着和原来不一样了。榛子哎了一声就道：“可惜我这边赶着去任上，不然的话，就该和绿丫好好地问问你，到底出了什么事？”

“还能有什么？夫妻嘛，总要坦诚相待。”秀儿倒出乎榛子意料，大大方方地说。

棒子不由故意挑眉：“还坦诚相待，你到底和他说了什么？”

“全说了，棒子，我今儿才知道，我的夫君，也是世上一等一的人。”秀儿脸上的笑容更甜，棒子不由划脸羞她，两人说了会儿，秀儿也就告辞离去。走出门秀儿瞧着这天空，只觉得天空从没有这样的透亮，所有的事都那样美好，真好。

棒子在数日后就带了儿子们上路，前往秦清任所，行李里还有一封秀儿给张有才的信，信上说了什么秀儿没有说，但棒子觉得，这封信一定很好，不然秀儿把信交过来的时候，不会那样欢喜。

棒子到了丈夫的任所，歇息几日也就要去瞧瞧自己的产业，各铺子掌柜也从各地赶来拜见。张有才是跟着掌柜来的，棒子在帘里瞧见，见他长高了许多，不再似孩童样子，不由按一下自己袖中带着的那封信，也许，姐弟该团聚了。

掌柜的和棒子照例说过几句之后，棒子就让掌柜的退下，对张有才道：“你来这也快有一年了，住得还习惯吗？”棒子开口问，张有才也就老实回答，都好，掌柜的待自己好，住得也习惯，娘的身子也渐渐好了。

棒子嗯了一声就道：“你一切都好，我也就放心了。有件事，按说我不该问，可是秀儿和我，交情非同寻常。我只想问，你怨她吗？”这话来得有些突然，或者说，在张有才心里，这话不该这时候由棒子问出来，他有些惊讶地看向棒子，接着才道：“娘说我不该怨，我仔细想想，也不该怨。”

棒子瞧向张有才，阳光透过窗户照在他的脸上，照得他脸上的绒毛都能清晰可辨，这是个好孩子。并不因他有了那样的爹娘，就是坏心的种子。棒子从袖中拿出那封信：“这是你姐姐给你写的信。”

张有才想拆开，棒子阻止他：“此时不用拆开，这封信，等你回去后，和你娘好好地读读，我在这里，还有好几年呢。你也不用立即回答。”张有才应是，起身退出。

看着他的背影已经渐渐褪去孩童的稚嫩，开始长成少年，过去的岁月如水一样在棒子心里流过，很多事情，如果不在意，其实真的可以当作没发生过。

棒子肩头多了一双手，棒子并没起身，这是丈夫的手，过了好一会儿棒子才开口：“现在我觉得，能嫁了你，也是件幸事。”秦清唇边带笑，转到妻子对面坐下来：“我还以为，这句话，你早该和我说了。”

棒子笑了，笑得那样舒心：“有人和我说过，对男子，不能很早就打开心扉，不然的话，就容易被男子背弃。”秦清的眉挑起：“那是谁告诉你的？张奶奶和石大奶奶，都不会说这样的话。”

“是当初教导我的一个老嬷嬷，后来因她不许我和绿丫来往，我就让她回去了。”榛子靠在丈夫肩上，看着天边的太阳：“她的很多话其实我记得的，不过有些话，我也不会放在心上。”

秦清握住妻子的手，感到这双手在自己手心是那么温暖，也笑了：“现在呢，为什么要和我说这句，我一直以为，你要等到我们发白齿摇，才会和我说这句。”

“因为我知道，你是不一样的，而且说出这话，我也一点不担心。”榛子看向秦清，双眼很亮，“即便明日你就背弃我，我也会后悔今日没有和你说出这话的。”

“我不会背弃你的。因为只有你，是打动了我心的姑娘。”秦清很久都没说话，只是看着妻子，过了好一会儿才握住妻子双手，把这双手放在自己唇边，轻轻亲吻，这亲吻如同蝴蝶落在花上那样轻柔，如同枯草遇到春雨一样让人欢喜。榛子闭上眼，感受心里的喜悦，舅舅如果知道，一定会很欢喜，很放心。

舅舅，我过的，比你想象中的更好，榛子和丈夫靠得更紧，紧得再没有一点缝隙。

张有才下去，掌柜的自然也要问几句榛子留他说话说了些什么，张有才只说榛子替自己一个熟人带了信来，也就没说其他。张有才又和掌柜的在这逛了两三日，也就收拾回去。

虽然张有才外表毫不在意，心里已心急如焚，下了船和掌柜的说了声就拿了东西往自家飞奔。掌柜的瞧着张有才的背影，笑了一笑也就慢条斯理地叫轿子送自己回去。自己有个女儿，今年也十二了，算起来，这俩也算般配，只是不晓得他在江南日子长不长。

张有才一路飞奔回家，推开门见老张婆正在那和邻居说话，忙上前叫了声娘，邻居大婶端起东西走出去：“哎，有才回来了，我也就不打扰你们了。有才，我这和你娘学怎么做京里点心呢，等学会了，你过来吃。”

张有才应了，给邻居大婶打了一拱送她出去这才坐在老张婆面前，老张婆瞧着儿子，起身到井里打水：“慌慌张张跑这么快做什么？我在这什么都好呢，你不用担心。”

张有才应了，帮着老张婆把水提起来，边洗脸边对老张婆说：“姐姐给我写了封信，东家说，要我回来和你一起看看。娘，我不晓得姐姐要说什么呢。”

老张婆拿着手巾在给儿子拍身上的灰，听到儿子这话动作停顿下来，接着就道：“都说精诚所至，金石为开，我觉着，你姐姐只怕想认你了。”

张有才洗好脸，从包袱里拿出那封信：“娘，原来我一直想要姐姐认我，可是现在，姐姐真认我的话，我又不知道该说什么。娘，我……”

“这也平常，你才多大？要在好人家，这会儿还在爹娘面前撒娇呢。偏又吃了些苦头,可是这多吃些苦头也好。”老张婆坐下瞧着儿子,忍不住心疼地道。

“娘，您不是说，当初姐姐吃的苦更多吗？”张有才止住老张婆的唠叨，撕开信开始看起来，看一句，给老张婆念一句。秀儿写的信也多是大白话，不需要多加解释，等听完了老张婆久久不言，接着才叹气：“我就晓得，就晓得你姐姐是个面硬心软的人，说起来，她要不是这样的人，当初也就不会吃那么多的苦头。”

屈三爷是个狼心狗肺的人，屈三娘子也不输给他，如果秀儿当初学了他们一样黑了心肠，只怕在后院里会过得好一些。想起往事，老张婆不由叹一口气，张有才笑了:“娘，姐姐这样，我也要和姐姐学，绝不怨天尤人。姐姐说，让我多在江南几年，多学点本事，我一定会听的。”

老张婆嗯了一声，摸一下儿子的脸，面上笑容欣慰，能看见儿子和秀儿姐弟相认，能瞧见儿子以后娶妻生子，这辈子，就够了。

门外传来一阵呼喝，接着方才那个邻居大婶推开门走进来，手里端着一盘点心：“张嫂子，这是我学着做的。你瞧瞧，这味儿可还正宗？说起来，这京点没有我们江南点心细致，可是也别有味道呢。”

张有才起身接过，老张婆请邻居大婶坐在自己旁边：“方才谁在外头吵呢？”邻居大婶的嘴一撇：“还有谁？陈家带回来的那个歪剌货。那年带回来的时候就已经三十好几，偏还搽脂抹粉，装得妖妖娆娆地去勾引男人，被我骂了好几回。”

陈家是住在背后一条街的，老张婆只听邻居大婶提过几次，并没见过陈家的人，听了这话就道：“怎么没见过？”

邻居大婶把手一拍：“总有七八年了，那时带回来，老陈也宠了她一段时候，为了她和陈大嫂吵过几架。那时她气焰也很嚣张，可是好日子不长，毕竟是三四十的人了，比不上那花骨朵似的，陈大嫂咬着牙把房里使唤的给了老陈，那房里使唤的才十五六岁，虽然丑些，好在新鲜。这歪剌货见老陈多了这么个人，急了，成日撒娇撒痴的，这男人啊，见了新鲜的就不想要这老的，开头还听，后来就不听。这歪剌货再有手段，也难敌三个人。等那使唤的生了儿子，这歪剌货就越发没了去处，早被剥了好衣衫，赤了脚，打发到厨下做事呢。”

老张婆哦了一声方道：“要照这样说，也好几年没见了，怎么又嚷起来？”邻居大婶嘴一撇：“这歪剌货怎么过得了这样日子，想跑呗，已经被陈家抓回去好几回了。这会儿还不死心，还想跑呢，正好我撞见了，方才就是陈家把她捉回去了。”

说着邻居大婶压低了嗓子，有些神秘地道：“歪剌货得意的时候也炫耀过，说她当初也是使过大钱的，陈家这样的人家，哪瞧在她眼里？等被打发到厨下了，听见她在那骂，才晓得她不过是个流放的女犯，是老陈拐来的，还听的骂说，陈家又没使银子买了她，为何要这样对待？可是这女人，一进了后院，生死不都操在男人手上？”

老张婆听得有些皱眉，又想起一个人来，倒叹了一声：“要这样说，陈家也不是什么好人。”邻居大婶点头：“就是这样呢，陈家现在瞧着好，可我听说，内里渐渐也破败起来，既然晓得这人来得尴尬，偏偏还这样对待，等以后事情发作，才叫糟糕。”

两人又说几句闲话，邻居大婶也就回家做饭。老张婆坐在那里自己想事，要这样听来，那人倒和屈三娘子有些像，如果真是屈三娘子，当年她何等得意，可是现在，竟落到这样境地，人这辈子，还真是不晓得要走到哪一步。

过得两日，听得陈家那个人死了，陈家也没给她办丧事，只是去报了地方，仵作来瞧过，一句体弱多病救治不及死了就完了。陈家见仵作说了这样的话，也拿了一两银子买了口薄薄的柳皮棺材，把人往里面一装，给了一个专门办丧事的人三钱银子，让他扛着棺材到化人场把人给烧了就完事，连一陌纸钱都没烧给她，只是照了俗例，把她穿过的几件破衣烂衫在巷子边烧了。

烧这些东西的时候，老张婆出外买菜正好遇到，见陈家的人用竹竿挑着一块帕子一个荷包去烧。老张婆眼睛尖，立即认出那帕子和荷包就是当日屈三娘子的，心里倒叹了一声，当日在屈家时候，两个人都恨不得对方赶快死去，好独占屈三爷，可是现在十多年过去，才晓得那不过是些过眼烟云，当初争得你死我活，最后不过是各自分开。

想到被丢在乱葬岗的屈三爷和现在已经化成一把灰的屈三娘子，老张婆不晓得心里是怎么想的，只是叹息几声。守在旁边烧这些的是陈家娘子，听到老张婆叹息，还当是为自己家做的事不满，急忙道：“这是老张嫂子吧，也不是我家薄情，只是你不晓得她病得有多重，不赶紧烧了这些，过人可怎么办？”

老张婆收起思绪对陈家娘子道：“这病了的人这样处理也是平常事，我还要回家做饭，改日再聊。”陈家娘子应了一声，招呼赶紧快烧，免得打扰邻居。

老张婆走到自家门前，瞧着那已经要烧完的火堆，长叹一声就推开门，从此之后，所有的那些都过去了。等张有才回来，老张婆和他讲了端里，张有才倒觉得这也未免太巧了，当初那个在老张婆口里十分黑心的人，竟然是这么个下场。但老张婆从没骗过张有才，张有才感慨过后，也就写信给秀儿说了这事。

张有才这封信是和榛子给京里送年礼的时候一起到的，秀儿接到这封信，此时心绪已经不同，打开信前看见熟悉的笔迹，不由笑了笑，这才拆开信，当看到张有才说竟遇到屈三娘子，而且她也已经死去时，秀儿还微微有些发愣，接着就笑了，到了此时，还是信世间有公道的。

石大爷走进来，瞧见秀儿脸上的笑就道："是不是舅舅来的信？他说什么了？”秀儿把信纸折好放回去才把张有才说的事和丈夫说了。石大爷哦了声方道："其实这也不意外，能拐走人的，原本就不是什么好人，既不是什么好人，那点薄薄情意一去，自然就要百般折磨。”

秀儿点头："你说得对，所以我们可不能信那拐走人的。”石大爷笑了，握住妻子的手没有说话，摇篮中的孩子打个哈欠，睁开一双眼瞧着面前爹娘，秀儿把儿子抱起，亲着他的小脸，从此之后，那些往事那些噩梦，就再也不会缠绕了。

过得两日，秀儿把屈三娘子的结果讲给绿丫，绿丫尚未说话，旁边的杨婆子倒叹气了："哎，当初我去卖绿丫的时候，只觉得那人是多么的富贵逼人，可是现在就这样化成一股青烟了。绿丫，虽说她不是个好人，可是当初要不是她肯买你，我只怕会去得更……”杨婆子说到这里停顿下来，绿丫明白地拍拍自己娘的手："娘，我明白的，等过了年，就让人去庙里给她做场法事，好让她来生转世，能做个好人。”

杨婆子见女儿明白自己的心，心中大感欣慰的同时又小心翼翼地问："你会不会觉得我太不应该了，毕竟她当初是那样对你。”绿丫没有说话，秀儿已经道："人都死了，还提那些做什么？绿丫，也不用做法事，只要给她烧几张纸就够了，还有，还有那个人，也给他烧几张纸吧。”

那个人就是屈三爷，绿丫应了就对秀儿道："他们两个，现在都没有葬身之地，烧几张纸，好歹也算他们养活了你一场。”了了这桩事，从此就再无挂牵了，秀儿对绿丫一笑，两人的手交握在那，彼此没有说话，但能明白对方的心思，过去的，就让它彻底过去，从此迎接她们的，该是温暖甜蜜的日子，是像世间每个平常姑娘的日子，和丈夫携手同行，看儿孙满堂，听家长里短。

兰花听得屈三娘子下场，也叹息几句就道：“所以我常说，人得意时候不能太过踩人。”绿丫笑着道：“晓得的，不然的话，姐夫怎么到现在还在衙门里当差呢。你弟弟说了好几回，要姐夫回来呢。”

老刘在旁搓搓手笑了：“我哪比得上舅舅伶俐呢，除了当差，不晓得做什么，不过呢你外甥女聪明，你外甥也不是笨人，我现在把他们都送到学堂里，等以后，你外甥能识文断字，我再让他去舅舅铺子里做个伙计，等以后也当个掌柜，我们家啊，就这样和原来不一样了。”

兰花笑了：“瞧这话说的，一口一个你外甥女聪明呢，不过我玉儿确实聪明，连学堂里的先生都说，要是玉儿是个儿子，可以一直读，日后难保不是中个举人。听听，举人老爷，想都不敢想。”

“我玉儿做不了举人，做个举人娘子也好。”老刘一提起女儿就满面笑，玉儿牵着容儿正要进来，听到自己爹娘的话也不害羞，只是嘟起嘴：“可是爹娘等到过年后，就不让我去学堂了。”

“你这不知羞的孩子，还真想当举人娘子呢？这过了年就十岁了，是大姑娘了，该留头了，这么大的姑娘哪还能再去学堂和那些小子混？”兰花把女儿拉过来，点着她的额头道。

玉儿吐一下舌，拉着容儿就往外走：“我去找锦儿玩去，舅妈，还要劳烦你把我们送过去。”绿丫没说话，兰花已经又道：“瞧瞧这孩子，现在会使唤你舅妈了，绿丫，可不能惯着她这毛病。”

一直没说话的张谆笑了：“这也不叫惯她毛病，虽说离得不远，可两个小姑娘总要人送的。”说着张谆就让小柳条送玉儿和容儿去寻锦儿。

兰花嘴里抱怨张谆惯着，面上却是笑着的：“今儿来，还想和你们商量下，这玉儿过了年就十岁了，该寻婆婆家了。这街坊里也有几个孩子，也和我说过，可我瞧着我闺女，那是哪都好，想等几年再寻，又怕到时寻不到好的。可要这会儿就定下，我又有些不甘心。”

兰花的不甘心，为的就是当初接生的稳婆说的，玉儿是个好福气的人，只怕能嫁个秀才，绿丫和张谆相视一笑方道：“玉儿说大不大说小不小的，既然兰花姐你疼她，不如就冷眼在街坊中瞧一个能读书的，这样可好？”

“我也这样想呢，可是又怕瞧中个能读书的，定下了，等以后高中悔婚，那才是坑死了我闺女。”兰花到了现在左思右想，真是什么都定不下来。绿丫还没说话，老刘就已经道：“舅舅你别听你姐姐的，我和你说，我看中的，就是周大嫂家的小儿子，那儿子你们也见过的，比玉儿大两岁，和玉儿也从小认得。况且这孩子我们从小瞧着长大的，品性也明白，嫁得又近，可是你姐姐呢，就想玉儿嫁个秀才，这秀才这么好考的？”

兰花被老刘说出这心事就瞪丈夫一眼：“那孩子好是好，可是读书还没我们玉儿聪明呢，我们玉儿难道就嫁一个这样的人过一辈子？”

“有什么不好？你嫁我是缺了你穿的还是少了我吃的，踏踏实实过日子就好，那读书种子，哪是这样轻易嫁的？”老刘什么事都听兰花的，就是这事不肯听，见他们夫妻吵起来，张谆和绿丫也没去劝，反正老刘是怎么都拗不过兰花的。

果然这次也不例外，老刘还是被兰花说服，等瞧上一两年再说，等他们两口吵完，张谆才对老刘笑着道：“姐夫，你这又是何苦呢，回回吵架你都没吵过姐姐的。”

老刘咳嗽一声，见兰花脸上有得意笑容就把脸一板：“我这是让着她，让着她晓得吗？”绿丫忍不住笑出声，兰花瞧丈夫一眼也笑了，屋里笑声满溢，十分欢喜。

过了年，绿丫和秀儿去寺里给屈三爷夫妻烧纸，又找和尚念了几遍往生咒，瞧着那纸钱在盆里化成灰，绿丫和秀儿什么都没说。旁边的和尚不由觉得奇怪，别人家来烧纸，必定要在那念念有词，保佑来生投得好处，可是这二位这样的，还是头一遭见。但和尚也没说什么，毕竟天大地大，在这时候，施主最大，拿了衬钱，就再不提别的。

烧完了纸，两人又在这寺里转转，绿丫指着一个地方道：“我记得当初就是在这里，榛子和秦三公子遇到的，那时怎么也没想到，他们两个会真的成亲，而且现在过得这么好。”

秀儿笑了：“姻缘是缘分，天差地别的两个人呢。”绿丫嗯了声和秀儿往里面走去，突然听到旁边有个焦急的声音：“褚太太，褚太太，你听我说，我们家现在也不是过不起日子，令爱也不小了，我家原先也是休妻，令爱嫁过去，也是和原配一样相待的。你又何必这样急切地回绝。”

谁家谈婚事会谈到寺院里？绿丫和秀儿相视一眼，接着秀儿压低声音道：“听这声音，像是柳太太。”柳家？绿丫差不多快要忘掉他家了，只听说他家把那大宅卖了，那些该关的铺子都关掉后，乡下还是有几百亩田地，也有两间铺子，虽没有原来那样，可维持生计还是足够的。

柳三爷若想另娶，寻不到和原来差不多的人家，可要寻个小户之女也该是轻而易举的，可是听声音，到现在都没成呢。绿丫和秀儿手拉手蹲在墙角，悄悄探头出去瞧，说话的果然是柳太太，至于和她说话的，眼生得很，并没见过，瞧这穿着，像是个能过日子的人家的主母。

柳太太并不晓得有人偷窥，只是苦涩无比，原本以为给儿子再寻一门亲，还是简单的，可等一寻起来才晓得没这么轻易，原来的那些人家，并不愿做亲，可看得上自己家的人家，儿子头一个就不愿意，说这样穷人家，寻来做什么？寻了这么两三年，好容易寻到褚家这边有个将要二十的姑娘，褚家家事也还算过得去，于是柳太太托了媒人上门，原本都快说定，谁知褚家又反悔，甚至不见柳家的人。

柳太太遣了几次媒人过去，也没见到褚家的人，差点被气死，要换了原先，别说要褚家女儿做妻，就算是想求为妾，只怕褚家人也会答应。但现在比不得原先，柳太太又知道别的人家比褚家更糟糕，打听得褚太太今日来进香，急忙也寻来。谁知褚太太并不肯见柳太太，见了柳太太就急忙走掉，柳太太好容易拦住褚太太，开口恳求。

褚太太见柳太太拦住，又说了这样一番话，不由鼻子里面哼出一声方道："柳太太，我晓得你也是为你儿子操心，可是这婚姻大事，哪是随便就能做的，我女儿年龄虽大，可我褚家也不是养不起她，宁愿嫁个不如你家的，也不能往你家送去。"

这话像两个巴掌打在柳太太脸上，柳太太只觉得一张面热辣辣地红了，瞧着褚太太道："我家又不是那样龙潭虎穴，哪能这样说话？"褚太太笑了："柳太太，你家当初为何休妻？原先我以为是那家人不好，后来才晓得，你家儿媳竟是自己下堂求去，连让儿媳去做太监妾的话都说得出来，我家门户低微，到时遇到难处，难保你家不把我家女儿往那见不得人的地方送去，我生养女儿一场，也是要她好的，不是嫁出去就完。"

说完褚太太把袖子从柳太太手里扯出来，拿了装香烛的包裹就急急走了。柳太太只觉得一口血堵在喉咙口，想要再辩解几句，可是褚太太走得风快，哪里能见得到她的身影。柳太太站了许久，才坐在旁边的石墩上，今日太阳不错，可柳太太只觉浑身寒冷，自己家怎么就落到这样地步，要怪谁？就要怪……

柳太太还在思索，就见墙角转出两个女子，柳太太本想擦擦泪背过身，见这两个女子面熟，再一细瞧，柳太太不由有些恼怒，原来是绿丫和秀儿两个。

绿丫和秀儿两个手挽手走在那里，指指点点说说笑笑，瞧见柳太太秀儿故意咦了一声："这不是柳太太吗？怎的坐在这里，从人也不带？"秀儿是笑吟吟的，可柳太太怎听不出这话里的讽刺？心里些许愧疚也消失了，细算起来，自己家倒霉就是儿子被眼前这个女人用花瓶砸破头，若不是她，自己家也不会这么倒霉。

想着柳太太的眼不由瞪圆："你们这样对待我家，以后，你也不会有好报。"柳太太这咬牙切齿的话让秀儿只一笑，绿丫不由在心里叹气才道："柳太太，到了今日你还怪东怪西？怎么不想想你自己家都做了些什么事？"

秀儿扯了绿丫的衣衫袖子："别理她，让她怪去，我们去别的地方玩，听说这后面的梅花开了。"绿丫瞧一眼柳太太，也就往后面去。这更让柳太太愤怒，但又说不出什么，坐了半晌见这人来人往，也只有脚步蹒跚地出去。

等在外面的柳家婆子见柳太太走出来，急忙上前扶着："太太可见到人了？"柳太太被这话勾起心中愤怒，又觉得这婆子实在不会瞧人说话，果然这雇来的婆子没这么好使，当初自己身边伺候的人，可都是百伶百俐，这样的婆子哪能到得了自己身边？可现在又只能雇得起这样的人，柳太太什么都没说，只是上轿离去。

婆子伺候柳太太上轿后，那嘴不由撇一下，当初来的时候，还说是多么有钱的人家，可住的那院子，人又多，一个月的工钱也少，活还多，等做满了这一年，也就辞了去，免得受这气。

柳太太一路回到家里，现在的柳宅可不是原先那样大宅子了，小小三进宅子，门前还十分冷落，柳太太下轿时候，守门的还在那打盹。瞧见这样，柳太太的眉就皱紧，婆子上前叫了声，那守门的这才急忙起身去给柳太太开门。

柳太太扶了婆子的手走进门里，再见不到乌压压一片来迎接自己的人，有的，不过是两三个不抵事的小毛丫头罢了。她们不来迎接还好，一来迎接柳太太就觉得心里腻歪，往自己屋里走去，想好好歇歇，可才走出几步就听到传来儿子的声音："不许跑，你还反了天了？"

这又怎么了？柳太太往身后瞧去，有个小丫头战战兢兢地道："是三爷，三爷说，要胭脂姐姐伺候他。"胭脂算是柳太太身边现在有点聪明的丫鬟，今年十六，也正当时。

说着这胭脂已经从另一边跑出来，见到柳太太就跪下道："求太太开恩，奴不愿……"柳太太只觉得太阳穴突突地跳，又见儿子已经走出来，骂儿子一句，你又不是没经过人事的，这样馋相做什么？

柳三爷毫不在乎："娘，儿子可是到现在都没给你生个孙儿，我能瞧中胭脂，是她的福气。”福气两个字落在胭脂耳里，她立即抖起来，柳太太瞧一眼胭脂才道:“爷们瞧中你，本就是你的福气，你也别做出这副样子来，等到晚上，你就去伺候三爷。”

说完柳太太就瞪儿子一眼：“你跟我来。”柳三爷瞧一眼胭脂，见胭脂一脸死白，不由在心里骂句败兴，若不是因为现在银子少了，这等货色怎么看得上？偏生她还矫情，简直是该一脚踹死才是。

胭脂瞧见柳三爷跟柳太太离开，这才跌坐在地上，这日子，什么时候是个头啊？

柳三爷一进屋，柳太太就变了脸色：“你给我跪下！”柳三爷并没跪下，反而笑嘻嘻地道：“娘这是怎么了，不过是个小丫头，再说儿子的子嗣也是要紧的。”

“一个小丫头，谁在意了，儿，我晓得你心里苦，可是去年你从我这里拿了两千银子，什么都没做出来。你爹还说，要是你再这样，就要好好地养你姨娘的儿子。”

柳家败后，柳老爷对银子也吝啬起来，那些产业全都握在柳老爷手心，不让儿子摸到一点，柳老爷有个心爱的妾室，又在两年前生了个儿子，这孩子现在已经会跑会跳会说话会走路。柳老爷老来得子，也要为老来子打算，放话说柳三爷若再如此，就要好好地养这个小儿子，绝不让柳三爷得到自己的那些东西。

柳太太听得这话，心中更是又气又急，柳三爷见自己的爹不指望了，又甜言蜜语哄自己的娘，要她拿出银子给自己做生意。柳太太做了那么些年的富家主母，手里的私房还是不少，也巴望着儿子能够一举翻身，自然无不可。

可这银子拿去，就跟肉包子打狗一样一去不回，柳太太私房再多，那也是一潭死水，哪里能舀得起多少？

柳三爷听到母亲埋怨，坐在母亲旁边就道：“娘，你也是这一家的主母，那么一个小孩子，怎样都能摆布了，你竟……”

柳太太的牙不由咬起，要摆布死一个小孩子，原先是轻而易举的，可是柳老爷现在也不知中了什么邪，让那边单独设了厨房采买，丫鬟婆子也是柳老爷亲自安排的，一个月柳老爷往那边送三十两银子，并不让柳太太沾一点手。

这样的防备，让柳太太无计可施，就算每日那妾带了孩子过来给自己问安一回，可那妾和孩子，也不会在这里吃什么，更不会让自己抱抱那孩子。简直是憋屈得要死。

柳三爷眼中也闪过一丝杀意，可这会儿也是没法可想，只得又道："娘，两千银子，够做什么？难道还要我去挑担不成？娘，你也晓得……"

"我不晓得，老三，你的两个哥哥现在分了家，过得好，你那两个嫂嫂也挑唆得他们不孝顺，老三，娘后半辈子就指望你了。"柳三爷只觉得头疼，忙安慰柳太太几句，柳太太听了儿子的安慰，叹气道，"要能给你寻个好媳妇，你爹也不会这样，可恼这些人家，真以为我们穷光了，竟不肯结亲。"

想着柳太太又伤心，现在那些进项全在柳老爷手里握着，每个月只给自己二十两银子让自己操持这一大家子的吃穿。二十两银子，连做件衣衫都不够，还要怎样吃穿？那边的妾和小孩，一个月可还有三十两，他们那才多少人？这心啊，简直偏到胳肢窝了。

柳三爷的手已经握紧，杜氏，这一切都是因为杜氏而起的，若不是她，自己家也不会落到这样地步。想起昨儿去沈家，沈大掌柜对自己的百般埋怨和不理，柳三爷就愤怒，现在瞧来，沈大掌柜也是跟杜氏一起给自己下套，自己怎么就相信了呢，沈大掌柜在廖家二十几年，那些家资都是因廖家而来，自己几句话，他怎么就会信？

"你遇到沈大掌柜了？"绿丫和秀儿从寺里回来，各自归家，绿丫回到家中，张谆已经赴过酒席回来，听张谆说在席上遇到沈大掌柜，绿丫不由问了句。

"今日请酒的这家，和沈大掌柜也是十多年的交情了，所以沈大掌柜也去了。我在席上听说沈大掌柜现在也在自己做生意，不过生意没那么好。"当初沈大掌柜依托的，是廖家的名声，众人自然都会卖他个面子，等小沈一被棒子辞了，众人也就晓得沈大掌柜和廖家，虽不能算完全翻脸，可是也不会有多和气，自然只会靠着廖家那边。

小沈现在自己出来做生意，也不会那样顺当。绿丫哦了声就道："我们今儿在寺里也遇到柳太太了，她比起原来老了许多，柳家现在不是还在做生意吗？"

"这样小商家，京城里太多了，谁在意呢，柳老爷两年前得了个老来子，听说因为前头三个儿子都不成器，现在把希望都寄在这个小儿子身上呢。"原本棒子还让张谆多关注下柳家，为的是怕柳家又重新翻身，可是现在柳家自己的家事还应接不暇，哪还有精力去翻身？棒子也就让张谆不要太在意了。

说着话张谆就想起今儿见到的沈大掌柜了，原先见他，他总是那样气定神闲，一派事情都在他掌握的神情，可是现在也明显苍老了，听说为了小沈的生意，也是求了不少人。人啊，总要存一点良善之心。张谆想着，不由摇头。

绿丫抬头见丈夫摇头不由问："你又在想什么？"张谆把自己想的告诉妻子，绿丫不由笑了，两人说着闲话，算着榛子什么时候该回来，等她回来，张有才也会跟着一起回来，那时秀儿就姐弟团圆，就再没什么遗憾了。

时光是最易过的，转眼就是几年，秦清任满，得了个优的考评，一来卸任，二来也要回京见爹娘，也就带上全家从任所回来。榛子一年前生的小女儿已经牙牙学语，一路上指着外面的东西咿咿呀呀说个不停。

玖哥儿很有耐心地告诉妹妹，小儿子可没有这么有耐心，听了会儿就皱眉："妹妹怎么到现在都没会说话，只会叫，哥哥还和她说话。"

榛子把小儿子抱过来，擦掉他方才说话时候流下的口水："你说话也不早，就会嫌弃妹妹了。"小儿子埋进娘怀里不肯说话，秦清瞧着妻儿，脸上也露出笑容，这么些年过去了，娘不会再说什么了吧？

张有才和老张婆坐在另一辆车上，见两边景色渐渐变得熟悉，脸上也露出笑，老张婆有些感慨，见儿子在笑就道："你现在也十五了，该定亲了，其实我瞧着，掌柜家的小女儿，确实不错呢。而且也愿意进京城来。"

一说起自己的婚事，张有才的脸就红了，他现在已经褪去孩童的稚嫩，个高手长脚长，从背后瞧，就是个已经长大的人了。听老张婆说这就道："我还小呢。"

老张婆哧地笑了："还小？都十五了，我不说别人，就说掌柜家的大儿子，不就是十六娶的亲？"张有才的脸更红了，有些喃喃地道："总要姐姐也喜欢，我才能娶。"

老张婆伸手点儿子脑门一下："你啊，就是托词。"张有才又嘻嘻地笑，看着京城的城门在望，张有才心中不由有激情荡漾，京城，我回来了，姐姐，我也能开口叫你一声姐姐了。

马车进城，在一个路口分开，榛子一家回家，张有才和老张婆直接往铺子里去。那间铺子还是和原来一样，远远就能瞧见里面有人影在晃动，张有才的心越来越激动，不知道姐姐见了自己，是会激动呢，还是会说别的？

马车到了铺子面前，车停下时小青瞧见就迎出来，她和小荷都已出嫁，此时都做了妇人打扮，铺子里还多了个少女，是秀儿想着等小荷小青有了儿女就不会来铺子里帮忙了，特地挑出来的后备。

小青迎上前："两位想……"买点什么还没说完，小青就惊喜地叫道："小张哥，你回来了，怎么也没说一声？"张有才呵呵一笑，叫声小青姐。小荷听到小青的叫声，也急忙走出，见了张有才先细细地瞧了这才道："长高了，也长壮实了，还……”小荷本想说，和王姑姑越长越像了，可秀儿从没说过张有才是她弟弟的事，小荷就把这话咽下，笑着道:“你们回来是要住在哪里呢?”

张有才往里面探头，没有瞧见秀儿，不由问道:“姐姐她去哪了?”姐姐?这话让给小荷小青奇怪地互相看了眼，小青已经笑着说：“哎，我们不就是你姐姐吗？怎么，你还要去寻谁做姐姐?”

张有才笑容有些腼腆：“我说的是我的亲姐姐，是王姑姑。”亲姐姐？这三个字让小荷小青双双惊讶，小青已经嚷出来：“王姑姑是你亲姐姐，这不可能。”

“怎么不可能？小青，你没发现王姑姑和小张哥生得有些像吗?”小荷在短暂的惊讶后笃定地说，老张婆不由感慨地道：“是啊，他们俩生得还是有些像。”

张有才又笑了，笑容依旧那样腼腆：“是，她是我亲姐姐，她去哪儿了?”

“来得不巧，今儿啊，是刘嫂子闺女定亲的日子呢，王姑姑过去贺喜了。我说小张哥，你们瞒得也够紧，怎么就没告诉我们，你是王姑姑弟弟呢?”说话的是尚妈妈，她这一问，小荷小青也双双开口相问。

张有才此时只想见到秀儿，亲口叫出那声姐姐，抱歉地对她们一笑就对老张婆道：“娘，您先在这里歇一歇，我去找姐姐。”说着张有才转身就走，老张婆还想叫住儿子，尚妈妈已经拉住她：“老嫂子，你可要和我说说这到底是怎么一回事？这小张哥是王姑姑的亲弟弟，那王姑姑总不会是那个女人生的吧?”

“不是不是，他们是一父，不是同母。”老张婆急忙摇头，尚妈妈让车夫先把张家的行李卸下来，就把老张婆拉进屋里问个究竟，等听完老张婆说的，尚妈妈已经啧啧地道:“原来如此,亏得现在是这样,不然的话,还真有些棘手。”

老张婆也感叹：“就是这样，哎，能瞧见他们姐弟团圆，我也高兴。”尚妈妈和小荷小青也是一样说话，接着就望向外面，也不晓得这时他们姐弟见面没有?

兰花挑来挑去，还是承认老刘说得对，周嫂家的小儿子确实不错，又知根知底，况且现在周嫂的小儿子读书也还上进，也就选了周嫂的小儿子为女婿。周嫂本就十分喜欢玉儿，原先也说过要玉儿为媳的，现在见兰花肯了，那叫一个欢喜，急急忙忙请媒人上门去说。

这样小户人家，原本也不争聘礼嫁妆的，可周嫂喜欢玉儿，出了三十两银子和八样首饰的聘礼。见周嫂这样大方，兰花也投桃报李，给玉儿准备的嫁妆也十分好，两家这定亲，办得也很热闹，周围来贺喜的人也很多，就等再过两年，两边长成，就娶过去。

秀儿和绿丫她们自然也要来贺喜，特别绿丫是舅母，更是取笑玉儿，玉儿虽是个大方人，也被说得一张面是红的，和锦儿容儿躲在屋里，不肯出来。

兰花喜气洋洋，见女儿躲在屋里就去拉她："都是些熟人，你害什么羞？等你以后过了门，有你害羞的日子呢。"容儿咦了一声："姑妈说的这话，我怎么听不懂，原先你不是最疼玉儿姐姐了？"

锦儿也不小了，都开始留头了，对容儿点着脑袋道："容儿妹妹你不懂，我听老妈妈说，这女儿家，定亲和嫁人后就不一样了，不过我也不晓得，为什么不一样？"

秀儿在外听见，走到门口把锦儿扯过来，手捏捏她的腮帮子："这么大的孩子，说这样的话就不应该，谁说的，你告诉我，我去骂她们。"

"娘，是不是这样的话不能说？"容儿见秀儿这样，脑袋探出去好奇地问绿丫，绿丫想了想才道："也不是不能听不能说，可是要瞧年龄，不到年龄就不能问不能说。"

"这些话是坏话吗？"容儿是打破砂锅问到底的性子，眨着眼就继续追问。绿丫被女儿问得答不出来，瞧着兰花："兰花姐，你瞧瞧，这可都是你惹的祸。"

"哎呀，她们可和我们不一样，都是爹疼娘爱的，会这样问也不稀奇。"兰花一点也不在乎，绿丫和秀儿无奈地摇头笑了，旁边的邻居王嫂就笑着说："要说福气好，还有谁比得上这几个孩子，不过也难怪她们福气好，都是可人疼的。"

说笑一会儿，兰花还是放玉儿她们几个在屋里，自己和众人在外头说些闲话，这些话不外就是家长里短的。有人说了会儿就道："哎，前儿你们猜我遇到谁了？"

众人摇头，这人方道："我遇到万家那两老了，他们现在落魄得做了乞丐，听说是寻亲不遇，被赶出来了。虽说万寡妇当初做那样的事，可也是为了养他们，他们这样对万寡妇，活该做了乞丐。"

这邻居都是住了几十年的，若这两老能有些慈悲心，万寡妇生病后照顾她，继续住在这的话，邻居们帮衬着，也不至于流落失所，众人没想到还有这么件事，不由议论几句。

秀儿也和着众人议论，正在说笑得高兴，这热热闹闹的屋外突然传出一个声音："姐姐，你在里面吗？"这能被叫姐姐的人，在这屋里可是不少，已有人探头出去瞧瞧，摇头道："不认得啊，谁叫姐姐呢？"

秀儿只觉得这声音有些耳熟，可又觉得不大像，并没探头，等到第二声传来，秀儿忍不住抬头望去，见院子中站了一个少年，风尘仆仆却笑容满面，这笑还有些熟，秀儿啊了一声，接着绿丫也认出来，用手扯下她的袖子。

秀儿并没注意绿丫扯自己的袖子，而是站起身走到门前，张有才一路飞奔过来，进得刘家院子，见屋里屋外这么多人，一时竟寻不到一个熟人，这才高声开始相问。

此时见秀儿走出门，张有才对秀儿一笑，接着就道："姐姐，我回来了！"我回来了，就可以叫你姐姐了，张有才笑得很笃定，秀儿却觉得眼睛有些酸，虽然早就知道张有才回来自己就要认他，可真听到这一声姐姐时，竟还是那样感慨，想到丈夫说的，从此，自己就真的是有娘家人来往了，秀儿的眼泪就落下，对着张有才点头："你回来了，这一路，累吗？"

青凡社

第 39 章　秦　家

张有才刚要说不累，见秀儿突然落泪，急忙又摇头，这点头摇头到底做什么？秀儿瞧着弟弟，眼里还有泪，但脸上已经露出笑："怎么会不累呢，你啊，明儿再过来也成，怎么这会儿就过来？"

"我都四年没见姐姐了，怎么能再等？"张有才笑嘻嘻地说，旁边已经有人瞧出什么原因，听着他们姐弟对话，有人就去问张谆和石大爷，听石大爷说这是秀儿的弟弟，这些人倒先奇怪一下，接着就问个究竟，听得是姐弟失散，此时才得相认，有人就笑着道："骨肉团圆这是好事，石大奶奶，恭喜啊。"

这一声恭喜说出，立即有人迎合。秀儿把脸上的泪擦掉，握住弟弟的手，两只手相触时，秀儿感到心里十分笃定，张有才也笑了，从此就有了骨血亲人了。

众人在那说着恭喜，屋里的女人们也在那七嘴八舌议论，听绿丫说了大略，也不由点头叹息，有两个急性子的也就出去对秀儿姐弟说恭喜。一片恭喜声中，石大爷上前对张有才道："舅舅远道回来，现在定很累，不如我带舅舅回家歇息，你在这里就是。"

丈夫如此，秀儿也很欢喜，对丈夫点头，石大爷就对张有才道："舅舅还是跟我先回家去。"张有才嗯了一声，可手还是不愿意放开握住秀儿的手："姐姐。"

秀儿拍拍张有才："跟你姐夫回去吧，今儿是你兰花姐给女儿定亲的好日子，我总要在这道贺，等这边事完，我再回去。"得了这句，张有才才跟石大爷离开。瞧着弟弟远去背影，秀儿心里又有叹息，用手擦擦泪才打算进屋，那几个邻居嫂子已经把秀儿拉进屋里："这是好事，哭什么呢？"

“秀儿这是又哭又笑，停不下来呢。”绿丫是最明白秀儿心事的人，在旁笑吟吟地道，秀儿想说绿丫说得不对，可是眼里的泪还是止不住，只是瞧绿丫一眼，锦儿已经从里屋出来，上前拉住秀儿的衣衫：“娘，那个张家舅舅，真的是我舅舅吗？”

秀儿把锦儿抱在怀里，感觉着女儿对自己的全然信赖，在她肩上点头：“是啊，那是你舅舅，从此，你就有了舅舅了。”锦儿喜悦地笑了，接着用双手把秀儿的脸捧起来：“娘，舅舅回来了，你就别哭了，以后我们一家子踏踏实实过日子。”

“真是个小人精，这才多大一点点，就这么会说。”邻居嫂子里有人忍不住赞道。锦儿已经抬头认真地说：“十岁了，不小了。”这小孩装大人样，更引得人发笑，秀儿听着女儿的话，脸上的笑容开始满溢，是啊，从此以后，就是一家子踏踏实实过日子，比什么都强。

刘家的酒席傍晚时分散了，秀儿带着锦儿回家，刚走进门就听到儿子在那笑：“舅舅，舅舅，我要那个，对，你给我摘。”秀儿抬头，见张有才已经爬到梨树上，儿子站在树下，正指点着张有才，让他给自己摘梨子吃。石大爷站在一边，眼里满是笑意。

这，就是自己曾久久盼望，终于盼到的样子，秀儿笑了，石大爷已经回头，对妻子笑着说：“回来了！”秀儿点头，锦儿在那叫声爹爹，就过去弟弟身边，蹲下搂着他的肩膀：“只晓得吃，不害臊。”

小孩子把嘴噘得老高：“舅舅疼我，给我摘呢。”锦儿还没说话，张有才已经从树上跳下，手里拿着两个梨子，往两个外甥手里一人塞一个，笑着说：“你们姐弟俩一人一个，不许吵。”

小儿子瞧瞧锦儿，又瞧瞧张有才，锦儿已经把弟弟抱起来：“好了，舅舅疼你也疼我，我们啊，都是爹娘舅舅疼的。”小儿子大大地咬一口梨子，趴在锦儿肩上笑了。

石大爷已经招呼他们：“好了好了都进屋吧，你们舅舅这么老远的路回来，你们不晓得心疼他，让他多歇歇。”锦儿把弟弟抱进屋里，放在椅上坐好，这才到桌上倒茶，第一杯先给张有才，第二杯奉到石大爷手里，这才笑着说：“爹爹说得对，以后啊，要心疼舅舅。”

石大爷接过女儿倒来的茶，不由笑了，笑完才对锦儿说：“你们舅舅也不小了，该给你们寻舅母了，以后啊，你们舅母会疼他。”秀儿啐丈夫一口：“在孩子们面前，说这些做什么？”

石大爷又笑了，管家娘子已经走进来，说把老张婆接来了，石大爷和秀儿忙起身出去迎接，老张婆在石家门前下了车，心里还是有些忐忑，瞧见秀儿夫妻和张有才走出来，老张婆急忙几步上前对秀儿道："说起来，我也没什么好处对你，你现在这样待我，我着实不晓得说什么好。"

秀儿瞧向老张婆，当初的怨恨已经像一阵风一样吹过，如果没有她，或许张有才早已夭折，也长不成现在的好孩子。秀儿对老张婆笑了："张婶子，当初你也教过我一些，那些话都别说了，都过去了。我因为有才，谢谢你。"

都过去了，老张婆眼里不禁也有泪，但还是忍住了，只对秀儿拼命点头，就和他们一起进去，从此以后，就是团团圆圆一家人了。

这晚他们直讲到半夜才散，那时孩子们都已经困得睡着，那几十年的话，似乎都要在这一夜把它讲完，等张有才母子去睡了，秀儿才瞧着石大爷："我真高兴。"

你高兴，我就高兴，石大爷笑了，把妻子的手握在手里，秀儿再没说话，只是靠在丈夫肩上，人生到此，还有什么畏惧？

榛子直到回来后的第三天，才到秀儿的铺子里来，听秀儿说了这过去三年的事，还有认了弟弟之后的事，榛子也很欢喜，还笑着道："要知道正好是我们回来那天玉儿定亲，我也该赶去道喜才是。"秀儿瞧着她就笑了："得，你也别在这说话，你和我们不一样，你是大宅门里的少奶奶，回去要先去问候两层婆婆，还有那么多妯娌呢。"

提到秦家，榛子的笑容有些无奈，小荷在门外道："张奶奶来了。"话音刚落，绿丫就走进来，进来后先扫了一眼才笑着说："就晓得你们今儿都没让孩子们来，我就没带孩子，哎，我们三个也都几年没见了，该好好说说话。"

"这可奇了，不过三年没见，怎么你和秀儿像倒了个个似的？"榛子故意笑着道，绿丫望一眼秀儿："咦，我怎么不晓得我和你倒了个个，还有，秀儿还不是一样这样泼辣，你别瞧她外头这样温柔。"

秀儿已经伸手往绿丫肋下掐去："少来说我，说得就跟你特别温良贤德一样。"三人这几句话说过，过去那三年的分别全不存在，说了别后光景，听得定北侯夫人还是有些不冷不热，不过待榛子的小女儿挺好，秀儿不由叹道："哎，我们俩都是没婆婆的，也晓不得这婆婆要怎么对待，特别是这样的婆婆。还和别人家不一样。"

榛子淡淡一笑："能有现在这样，我已知足了，难道真要婆婆待我像亲闺女似的，说起来我也没那么大福。不过这回回来，几个妯娌待我倒挺亲热。"

听了榛子这话，秀儿拍了下手：“我也恍惚听说，定北侯府里有些不大太平呢，听说世子夫人，就是你那位大嫂，想着分家，可是二奶奶和四奶奶又不愿意。”

这家里人多了，瞧着是人丁兴旺了，可是也有许多事生出来，特别是秦家这样大家，上上下下几百口子人，哪能都往一条心过日子。秦清夫妻在外，过得甚是清静，这就动了世子夫人的一根心肠，何不就借秦清夫妻在外这个理由把家分开，到时自己夫妻奉养公婆，也免得那么多人，光每个月的家用就要出许多。

世子夫人想分家，可秦二奶奶和秦四奶奶都不愿意，她们俩的嫁妆都不多，两人的丈夫都只有个闲差，那点俸禄连喝茶都不够。这要分了家，没有了公中给的那些东西，还怎么过日子？她们俩可都想着趁在侯府多攒些私房，等以后老人去了，那时分家手里也有东西。

于是这两妯娌就拧成一股绳，不愿意分家，世子夫人被这两妯娌联手对付，纵然摆出大嫂的架子，也难免吃了些亏，见榛子回来，这两边都想拉她呢。

听秀儿这么说，榛子淡淡一笑：“谁也不是傻子，说实在的，侯府分不分家，怎么分，我一点也不在意，谁还想要侯府那点东西？”

“果然这钱是英雄胆，瞧瞧秦三奶奶这话，就是你们闹随便你们闹，我不掺和的架势。”绿丫又忍不住笑了，榛子拍绿丫一下，接着自己也笑了。三个人说说笑笑，不觉半下午又过去了。也就收拾各自回家，榛子的轿子刚进了自己家门，丫鬟就迎上来：“奶奶，大奶奶那边让人送东西来了，还说奶奶若有空闲，就回侯府寻她坐会儿。”

榛子嗯了一声，走下轿子对丫鬟道：“让人收了东西，重重赏了。”丫鬟应是，扶了榛子的手往里面走，刚走进二门，背后就追上一个婆子：“二奶奶那边，派人送来一篮梨子，说是她娘家的庄子上种的，送来给奶奶尝鲜，还说奶奶千万别嫌弃只有这点东西。”

榛子摇头一笑，同样吩咐那婆子把东西收了，重重赏了来人。世子夫人派来的婆子拿了赏钱，用手一摸起码也有五钱银子，心里不由暗道果然这三奶奶出手大方，刚要和榛子这边的人说告辞就见又来一个人，手里也同样捏着赏封。

虽都是秦家的下人，可这下人彼此之间也有派系，有些三四辈子的陈人，恩怨那都是几十年的，见这婆子是二房的，世子夫人派来的婆子不由不阴不阳地道：“这嫂子赶着往小婶子这边送东西，也真有点不要脸。”

二房婆子抬眼瞧见这是世子夫人身边的人，又听了这么一句，也不甘示弱："我家奶奶和三奶奶好，送篮梨子来尝尝鲜，也是平常事。你自己不也一样是被派来送东西的，好意思说。"

世子夫人的婆子那眼都差点翻到天上去："我家奶奶可不一样，她现掌着家，往三奶奶这边送些东西是应当的。倒是你家奶奶，这动作不要做得太难看。"二房婆子听得大怒，榛子这边的下人急忙劝道："两位嫂子都请息息气，都是一家子，又何必吵？"

这两婆子听得都是一家子这话，齐齐开口："谁是一家子？"榛子这边的下人哎了一声："难道不是一家子？都是姓秦的。又何必吵。"两婆子想到这还是在三房里，要被三房瞧去笑话也不大好，彼此瞪了一眼，也就各自出门。

这里的事已有人报给榛子，榛子听了不由摇头："都这样了，想来这家，只怕也是……"话没说完就见秦清走进来，榛子急忙迎上前，笑着给他掸身上的灰，"瞧你脸上有些不高兴，在外听到什么了？"

"倒不是在外有些不高兴，是在家里。"说着秦清就摇头："原本我以为这分家的念头，都是嫂嫂的糊涂念头，谁知和大哥见了，才晓得大哥也有这个念头，还和我说，爹娘最疼的就是我，要我去和爹娘说。哎，大哥大嫂这样糊涂，以后这侯府，谁知道会怎样呢。"

秦清自小在侯府长大，对侯府感情是不一样的，榛子听完才道："二哥不是不愿分家吗？公婆都在呢，谁又拗得过谁去？"秦清坐下才叹气："二哥不愿分家，也不是因为手足情深，不过是因……"

后面的话秦清没说出来，但榛子已经晓得，拍拍丈夫的手没有说话。秦清好半晌才叹气，榛子听着丈夫叹息就道："大嫂这个分家的由头，不就因我们在外面住？说来，当初也是因为我。"

秦清把妻子的手握紧一些："也不全然是因为你，当初分开住，我是怕你被他们难为，再说大嫂当时也是乐意我们在外住的，现在拿这个说事，实在有些……"

"你都说了，那是糊涂人，想的糊涂主意，又何必去在意呢。只要公婆拿定了主意，谁也说不过去。"榛子的安稳让秦清笑了："所以说，娶妻娶贤。"

"你这是夸我呢还是夸你自个？"榛子笑着问，秦清故意思索了一会儿才道："既是夸你，也是夸我自个，有慧眼识珠之得。"榛子推丈夫一下，接着自己也笑了，侯府那些纷扰就由他们去，横竖自己两口子有主意就是。

可惜秦清终归是姓秦，侯府的事怎么能绕得开？过了几天，榛子带着孩子们去侯府给太婆婆、婆婆问安，刚进侯府就见世子夫人迎面走过来，笑吟吟地道：“三婶婶来了？三婶婶想是不得闲？都没见你来寻我闲话。”

榛子面带笑容，让孩子们叫大伯母好，这才对世子夫人道：“大嫂也是晓得的，我那里还有些小生意，总是俗事，不能不理。”世子夫人亲亲热热地把榛子的胳膊挽起：“什么小生意啊？要说你那边是小生意，这整个京城就没几家做大生意的了。我前儿还见沐侯爷的儿媳，手里戴了个镶宝的镯子，那宝石极好，问过了才晓得是从你铺子里买的宝石。下回啊，你要有什么好宝石，也给我挑挑。”

榛子哪能不明白世子夫人的意思，只笑着道：“你也晓得的，我这里只有一本总账，有些什么货我竟是不晓得的，大嫂想要什么宝石，遣个人去我铺子里，让他们拿一些来挑，我和他们说，不赚大嫂的钱就是。”

世子夫人听了榛子这话，也笑了：“果然三婶婶是精明人，我瞧着，我们家里几个捆上都不如你一个。”说笑间，已经走进定北侯太夫人的屋子，秦二奶奶正在定北侯太夫人面前讨好，听到外面笑声就打起帘子：“大嫂和三婶婶来了，说什么呢，也让我们笑笑。”

虽然两边的底下人都已彼此翻脸，但在长辈面前，世子夫人和秦二奶奶还是好妯娌，听了这话世子夫人就笑着说：“我说三婶婶是我们几个捆一块都赶不上的精明人呢。”

定北侯太夫人在里面听到就道：“这话说得极对，三奶奶，你家兰儿可来了？那么小小人儿，就那么软，我一见就喜欢。”榛子上前给定北侯太夫人行礼问安，又把兰儿抱过来：“兰儿也想曾祖母呢。”

兰儿听到自己的名字被提起，眼睛登时睁圆，再瞧见上面坐着的慈眉善目的老太太，手立即伸出去：“祖祖，抱。”定北侯太夫人被这一声叫得心花都开了，把曾孙女抱过来，就往她脸上亲了亲：“果然是乖巧的好孩子。”

“祖母您也别着恼，要孙媳瞧着，这只怕是远香近臭呢，像我们几个的孩子，每日都在您面前，就没兰侄女这样讨您喜欢了。”世子夫人趁机笑着道，这话让定北侯太夫人微微皱眉，接着就道：“你瞧瞧，这会儿说我偏心了吧？你们几个的孩子，难道我就不疼了？”

“太婆婆说得是，这一大家子围在太婆婆跟前，这才叫团圆，才欢喜呢。”秦四奶奶伺候着定北侯夫人往这边来，在外头就听到了这话，打起帘子时候就开口帮腔。

定北侯夫人的眉微微一皱，这几个媳妇的明争暗斗又不是不明白，到了现在，不管是分家也好，不分家也罢，以后都难以和睦。想到此定北侯夫人就冷冷地瞧榛子一眼，若非当日秦清要娶她，也不至于他们到外头住，给老大媳妇落了口实。

定北侯太夫人活了这么七八十年，什么不晓得，怀里抱着兰儿却什么都不说，只是在那瞧着儿媳孙媳。她不说话，众人也就不说话，过了好一会儿定北侯太夫人才把兰儿抱给奶娘，让奶娘抱着孩子们出去玩去，然后才开口："你们心里在想什么我是明白的，可是凡事都是有利有弊的。"

定北侯太夫人不开口也罢，一开口吓得定北侯夫人的心扑扑跳，急忙道："不过是点小事，婆婆您还是别……"

"小事？"定北侯太夫人瞧着定北侯夫人："这都闹得家不成家了，还是小事？你真当我老糊涂了。"定北侯夫人吓得不敢说话，秦二奶奶急忙道："太婆婆，这事也难说谁的不好，只是……"

"我晓得，不用你们分辩，你们大嫂有私心，想借了三奶奶在外头住这个由头，把家分了，好让侯府别有这么多人吃饭。也省得她管家劳累。可是你们呢，也觉得若不靠着公中，这日子都过不下去了，哪肯分家？"

定北侯太夫人的话让除榛子之外的三个孙媳都红了脸，定北侯太夫人往这三个孙媳脸上一一瞧去才道："我要先骂骂大奶奶，你是做大嫂的，就该体贴弟弟们才是，而不是只想着自己捞好处，觉得他们花用的都是你的银子。你也要想想，我们都还没死，这家还没交到你手上呢，这银子还不是你的。"

世子夫人急忙起身："太婆婆教训的是。"定北侯太夫人又瞧向秦二奶奶和秦四奶奶："你们这会儿也别得意，只觉得离开侯府就过不了日子了。可是你们也要晓得，天下有那么多无依无靠的，还赚了许多银子，不说旁人，就说三奶奶这边的舅老爷，就是个例子。你们的丈夫，也是个男人，也有差事，怎么就没想过好好地做事，好好地赚钱养家？只指望着吃祖荫，祖宗的荫庇再多，这么多人分下去，又有多少？不过就是吃不饱饿不死罢了。"

秦二奶奶和秦四奶奶也急忙站起："孙媳错了，还请太婆婆教诲。"定北侯太夫人瞧着她们："自然，这也怪不得你们，要怪就怪我侯府没教好孩子，只教出一些只晓得吃到口茶饭，安逸度日的人来，没教出晓得稼穑艰难，要自己拼的孩子来。"这话说的是定北侯夫人，定北侯夫人也不敢再坐着，急忙也起身垂手听训。

婆婆站起来，榛子也忙起身伺候，定北侯太夫人瞧榛子一眼："你坐着，今儿啊，就不要讲这些。你们知道为何我独要老三媳妇坐着吗？因为这个媳妇娶得好啊。”

定北侯夫人瞧一眼榛子，也不敢违逆自己的婆婆，只得道：“儿媳听着就是。”定北侯太夫人摇头：“你也不要不服气，老三原先是个什么样人，你这个做娘的是最清楚不过的了，若非娶了老三媳妇，他有今日这样长进吗？我秦家，再不是原先一样，养得起许多纨绔了。你们的眼界也未免有些小了，只晓得挖这家里的这摊死水，却不晓得像老三一样，好好地出去拼出一个天地来。”

“太婆婆教训的是，可是三婶婶的嫁妆，也比孙媳的多，孙媳……”秦二奶奶的话让定北侯太夫人冷哼一声：“嫁妆？我又不是没见过比老三媳妇嫁妆更多的人，可是能有这么多嫁妆，要守得住这些嫁妆，才是本事。”

定北侯太夫人说完这话就闭上嘴，久久不言，众人都不敢说话，世子夫人瞧榛子一眼，见榛子在那气定神闲的，心里不由有些鄙视，还不是因她嫁妆多，不然的话……

想着世子夫人就咬住下唇，定北侯太夫人已长叹一声：“我晓得你们各自心中也有不服，可是自己好好回去想想，是不是这个理儿？自然，你们若有不服，我也不能说什么，不过是能说多少说多少，往不往你们心里去，也由着你们。”

说着两行泪就从定北侯太夫人眼里流出，定北侯夫人急忙喊声婆婆，定北侯太夫人已经挥了挥手：“除老三媳妇外，都下去吧。这个家，分不分，随你们去。”定北侯夫人还想再说，但见定北侯太夫人的脸色，就不敢再说，只得带了儿媳们下去。

等她们都走了，定北侯太夫人才对榛子道：“三奶奶，我人老了，这些年她们的所为我都瞧在眼中，虽说论起来，我该骂几声是她们的娘家教养不好，可再细算下来，却是我做得不对。”榛子从定北侯太夫人的话里，听出深深的伤悲，忙起身走到定北侯太夫人身边：“太婆婆，儿孙自有儿孙福。”

是啊，儿孙自有儿孙福，可是做长辈的，怎么能眼睁睁地瞧着呢，想着定北侯太夫人就一阵呛咳起来，榛子急忙给她捶背，又给她倒水喝了。定北侯太夫人吐出一口痰，才觉得舒服了些，拉住榛子的手道：“侯府里面有些人怎么想你，怎么对你，我也是明白的，可是我还是要厚着脸皮求你一句，若有个万一，你也……”

“老夫人，您要说的话我明白，虽说我们现在也算是分出去了，可三爷毕竟姓秦。若有个万一，也不会瞧着侯府众人流落的。”榛子的话让定北侯太夫人安慰些，接着她眼里的泪又滚落："我悔啊，当初挑媳妇们时，都只想着家世门第。可是兴旺时自然瞧不出来，等将要落魄时就能瞧出来。"

定北侯太夫人的话大有深意，榛子只有安慰地握紧她的手。定北侯太夫人张了张嘴，终究还是没把后面的话给说出来，罢了罢了，能到这一步已经很好，若说得再多，就强人所难了。

秦清来接榛子时候，榛子把太夫人对自己说的话说了，说完方道："侯府难道真的落到这样地步了？"秦清的眉不由皱起，过了好一会儿才道："其实，寅吃卯粮，借银子来填空当的事，已经有好几年了。不然当年为何想把你说给四弟？"

这件事若非秦清提起，榛子都快忘了，听秦清提起榛子方道："当时姑母也是……"秦清摇头："姑母当时是有自己的私心的，她没有儿子，两个表姐妹出嫁之后，未免没有娘家兄弟扶持，那侯府长久兴旺才好。"

秦清说得简略，榛子却已听明白，淡淡一笑道："难怪舅舅当初要这样说。"说的是什么？秦清想问榛子，榛子已经道："舅舅当初说，说王夫人终究是有了牵绊，若在原先，只会一句由她去。"

原来他们全都明白，秦清先是觉得奇怪，接着就笑了，以廖老爷的聪明，又怎会教不出这样的外甥女呢？想着秦清就道："那你怪不怪姑母？"

榛子摇头："姑母虽有私心，可她待我，是真的好，而且在旁人瞧来，一个商家之女，能嫁进侯府，那是多么大的福气？姑母能这样想我，也是平常事。再者说了，若没有这件事，我也不会阴差阳错认得你。"

秦清握紧妻子的手："我们寻个日子，去祭拜舅舅吧。"榛子嗯了一声："我也该把爹娘和外祖父母的坟给迁来了。"秦清瞧向妻子，两人四目相对，都是满满甜意。

到了榛子家，榛子刚下马车，管家娘子就迎上来："奶奶，有个姓沈的，已经来过好几次，想要求见奶奶。"沈？榛子的眉挑起，接着就道："下次再来，就说有什么事直说就好，我不耐烦见他们。"

管家娘子应是下去，秦清听到就笑了："我虽不做生意，可也恍惚听说沈大掌柜一家，现在在自己做生意，难道你们生意人，不是讲究和气生财吗？"

榛子摇头一笑："和气生财也要瞧什么样的人。对沈家，若非瞧在他曾追随舅舅这么些年的份上，哪能轻轻放过？"以现在榛子在生意场上的实力，沈家那点小生意怎么能做得下去？

沈大掌柜父子听得管家娘子的话，不由都皱了眉，小沈叹一声，自己出来做生意才晓得艰难，现在不过就是让全家饿不死罢了。可是大闺女已经定亲，明年就要出嫁，这嫁妆银子还不晓得去哪里筹。原本定亲时候，许给对方的，可是过万银子嫁妆，现在凑了好久，也只凑出五千两。

原本对方在被辞了时，就有悔婚之意，之所以继续婚事，不过是因为许的嫁妆银子丰厚才没退婚。况且也要和对方继续婚事，才好在生意场上多些助力。

小沈本想着数次求见，到时榛子能够见自己，说上几句话也好，也能出外借下这边的势力，好让生意做得更顺当些。可是现在来了好几回，竟只得了这么一句，实在是。

小沈看向沈大掌柜："爹，现在怎么办？实在不行，也只有把这里的生意收掉，我们乡下还有田地铺子，像裘大叔一样，在乡下做个富家翁也是可以的。"

沈大掌柜本就不满，听了儿子这话差点被气死，用手点着他道："你竟说出这样话，去乡下做个富家翁，我在外面闯荡了三十多年，才在这京城站稳脚跟，你不想着借了老子的光继续把生意做好，反而想着去乡下做个富家翁，你要气死我吗？"

"爹，您想的，我自然明白，可是这几年我在外头做生意，辛苦你也是瞧见了，一年就赚个两千银子，刚够一家人嚼裹的。"小沈话里的委屈沈大掌柜怎么听不出来，瞧着那宅子的门，心中不由有怨气，东家未免也太小气了，真是人一走茶就凉。

不过现在还没到绝路，沈大掌柜咳嗽一声才拉着儿子往前走："我们回家细商量，别在别人家门前丢脸。"还细商量？能商量得出来什么？小沈又叹一口气："爹，还能商量什么？不就是要里面的女人们少花些银子，可是这段日子，已经有人抱怨了。"

抱怨？沈大掌柜停下脚步瞪自己儿子一眼："你怎么半点都不像我？当初你娘跟我时候，不过就是住了一间屋，能有白米饭吃，已经很高兴了。现在里面的那些人，个个每天肥鸡大鸭子吃着，不是穿金，就是戴银，还有下人们伺候，日子比起你娘跟我时候要好过多了。还有脸抱怨？再抱怨的，就都给我撵出去做乞丐婆去。"

小沈可不敢说那个抱怨的是自己爹最宠爱的一个小妾，只得唯唯应是。沈家父子俩离开这边，早有人去禀告榛子，榛子听得详细不由淡淡一笑，小沈一年能赚的银子，不养这么些人，不摆那么大的排场，一家子也足以过得富足。可惜他们家，摆排场已经惯了，哪还能过得了那种不摆排场的日子？

人啊，早知如此，何必当初？棒子在这感叹一下，也就把事情丢开。沈家两父子匆匆往家里赶，刚要走到家门口就有人笑嘻嘻迎上：“哎，这不是沈大掌柜，许久都没见了。”

沈大掌柜抬眼见是柳三爷，不由暗道一声晦气，想要绕开他。柳三爷是专门等在这里的，哪能由沈大掌柜绕开，伸手就把沈大掌柜的袖子扯住：“方才我路过贵府，见贵府门前冷落，顺口问问，才晓得贵府已经遣散不少下人了。哎，当初以为只有我一家倒霉，谁知沈大掌柜家也是一样的。”

这是故意说的话，柳三爷也来过几次沈家，怎会不明白沈家的情形，沈大掌柜还是不愿和柳三爷多有牵扯，把袖子从柳三爷手里抽出就想继续走。

柳三爷又拦住他：“其实呢，我家也就罢了，可是沈大掌柜你，当初也是跟廖老爷几十年的，不看僧面看佛面，也不该这样对你。”这话算是说中沈大掌柜的心事，但沈大掌柜晓得面前这人是个志大才疏的，只哼了一声就要继续往前走。

柳三爷神秘地对沈大掌柜附耳：“其实我有一个法子，不但可以出气，还可以让沈老弟的生意更好。”纵然沈大掌柜决定不理，但也被这话说动了心，想细问问，柳三爷已经故意道：“既然沈大掌柜不肯听，那我也就走了。”

沈大掌柜叫住他：“寒舍就在前面，还请进去小坐，说个分明。”小沈觉得柳三爷是个说不出什么好法子的，忍不住叫声爹，可沈大掌柜瞪了儿子一眼。小沈也只得闭口，跟着他们两个进了自家，要说个分明。

听了柳三爷的计策，沈大掌柜的眼不由一眯，这也不算个很差的主意，可是这样做？柳三爷已经道：“沈大掌柜，这主意初听很让人惊恐，可是仔细算起来，却是一条好计策。也不是我说你们，当初若用了这个计策，那就是有天大本事也无力回天。”

“可是，这总是一条人命，而且，她还是朝廷诰命！”小沈战战兢兢地道，柳三爷斜睨小沈一眼，这样胆小，难怪做不了什么大事，但柳三爷还是拍拍小沈的肩：“这京城别的不多，可那样不肯要命的人不少。别说上百两银子，就算是十来两，也找得到这样的人。”

小沈还是觉得不妥，沈大掌柜眼睛已经一亮：“这要细细商议，总不能一下子就做到。”柳三爷也笑了：“自然如此，不过好在这位自诩和别的女子不同，常出外的，若是她和别的女子一样，这才叫麻烦。”

说着柳三爷又得意地笑了，你自以为骄傲的，会要了你的命，这是你没想到的吧？

对失败者，别说榛子不放在心上，连秀儿都不在意，听老张婆说了江南那边的掌柜有意把小女儿许给张有才之后，秀儿又去问过榛子，江南那边的掌柜是个什么样的人。

听榛子说那掌柜是榛子亲自挑选出来的，一个宽厚又不失精明的好人。秀儿也就有了主意，寻了一日去问张有才。提起婚事，年轻人总是害羞的，张有才也不例外，耳朵根都红了："姐姐，我才十五，这件事，不着急。"

"什么叫不着急？十五定亲，过上两年成亲，正当时呢，不然的话，等你想定亲的时候,好的都被人寻走了,你哭都来不及。"这话让张有才的脸更红了："可是姐姐，我……"

"别你啊我的,我就一句,这姑娘你也见过,心里觉得怎样？要真觉得她好，我就写信去江南，给你定下。"秀儿从不拐弯抹角，直接问出，这让张有才的脸又微微一红才道："这姑娘我的确见过，人还是不错的，可是……"

"别可是了，也是这些年我脾气比原先好，不然的话，见了你这样的，我能一巴掌拍死。"秀儿见张有才还在那支支吾吾，直接代他下了决定。

"不，不是这个意思，姐姐，这娶媳妇总要有银子，我虽出来了这么些年，可赚得的，不过刚够嚼裹，刚去到大铺子也才两个月，难道还要……"

秀儿用手扶了扶额:"你担心的是这个,放心,你娶媳妇的银子就当我借你。你可是要写借据的,不还的话,我可不依。"张有才越推辞,秀儿越觉得弟弟好，笑眯眯地道。

"但……"见张有才又要但了，秀儿白他一眼："没什么但是的，你自己的本事你自己还不晓得吗？不说像你张大哥一样做大掌柜，一年赚七八千两银子，就说像我一样，做个这样的掌柜，一年也有四五百两银子，难道还养不活一家老小？赶紧去上工，好好的给我学，过个几年也做个掌柜给我瞧瞧。"

秀儿脸上带着笑，可嘴里的话就没那么温和了，张有才哎了一声，也就匆匆跑去上工。看着他离去,秀儿不由抿唇一笑,老张婆不知什么时候走进来，瞧见秀儿脸上的笑就道："瞧见你们姐弟能这样，我就放心了。秀儿，说起来，我还……"

"张婶子，那些话就别说了，都过去了。等以后阿弟娶了媳妇，生了孩子，您抱了孙子，还不晓得怎么乐呢。"秀儿的话让老张婆笑了，都过去了，再提起原来就不对了。

秀儿收拾一下，也就去往铺子里。点过了账目，就打算给江南那边的掌柜写信，为弟弟求亲。刚写了两行，小荷就走进来："王姑姑，方才我在外面瞧见一个人，往我们铺子探头探脑的，仔细瞧了，像是小张哥的那个娘。”

戚嫂子会寻上来，是秀儿能想到的，听了这话就道：“她还不死心呢？”

“怎么会死心？王姑姑你不晓得，我多留了个心眼，打听过了，这人都嫁过三回了，除了小张哥就再没生过儿女。这最后嫁的那个男人是个下苦力的，能赚多少银子？她平日里也搽脂抹粉，勾三搭四得些银钱。现在年纪渐渐上去了，孤老来的少了。她男人原先瞧在银钱面上，对她做这些事也是睁眼闭眼，现在银钱少了，没有银子喝酒，开口就骂举手就打。她见男人靠不住，不就越发想缠上小张哥了？”

尚妈妈进来送茶，听到秀儿这话就说了一大篇，小荷的脸不由有些涨红：“真是笑话，都嫁过三回了，还好意思回来缠上小张哥？”

“那等人的脸皮，哪是你能想到的？”尚妈妈和小荷在那议论，秀儿已经把信写好，封好让小荷拿了信出去送到榛子那边，等有去江南的人就把信送去，这才对尚妈妈道:“原本我不想见她，可这会儿阿弟都要定亲了，总要打发掉。”

“小张哥就要定亲了？我原本还想把我侄女说给他呢，没想到就有别的姑娘了。”尚妈妈哎呀一声到，秀儿已经笑了：“尚妈妈，你不早说？这回晚了，下回请早。”

“哪还有下回呢？”尚妈妈也笑了，就出去把戚嫂子请进来。戚嫂子从没来过这样地方，只觉得眼前什么都是好的，想到若儿子能认自己，自己也能穿件好的，只可惜打听了几回，这些人的嘴一个比一个紧，怎么都打听不出来。

见了秀儿，戚嫂子直接就跪在地上，口里奶奶太太乱喊：“我实实在在是生了喜哥儿的人，他现在把我扔下走了。您可要帮我做主。”

“起来吧，我受不得你的拜。”秀儿瞧向戚嫂子淡淡地说，这声音有点耳熟，戚嫂子眨眨眼，抬头往秀儿脸上瞧去。秀儿当年还小，穿着也没现在这么好，可秀儿生得有些像屈三爷，这是戚嫂子一眼就能望出来的，不由吃惊地张大嘴，接着又细细望去，心里琢磨自己当年没生女儿啊，而且就算生女儿，也没这么大啊。

秀儿任由她打量，过了会儿才道：“你当然不记得我了，可我，怎么会忘记你呢？王奶奶？”听到秀儿提起当初在屈家时候，曾被短暂叫过的称呼，戚嫂子不由脸一红，接着就道：“我想起来了，你是那个没良心的女儿。我只恍惚听说他有个闺女，可从没见过，没想到你都这么大了，还过得这么好。”

说着戚嫂子就扑上前：“都说床前走过就是母，你不能……”这话让秀儿笑出声，真是异想天开，以为自己是这样能随便被讹上的吗？秀儿瞧着戚嫂子，脸上的嘲讽很明显：“你配吗？”

这一声让戚嫂子低头，但很快又抬头：“我配不配什么的，可我也给你生了弟弟，还……”真够死缠烂打的，秀儿脸上笑容更深：“还什么？你别提屈三爷，他若能站在我面前，我恨不得活吃了他的肉。”

秀儿的话透着寒意，戚嫂子差点就要伸手抱住自己的肩，但很快就又道：“这样天打雷劈的话，你可不能说。”

“你一个不过是和屈三爷私通生子的人，都敢来我面前说什么床前走过就是母的话，我还不能说别的？”

“这话算我说错，可我生了你弟弟是事实，你不能拦着不让我见他。”戚嫂子见讹不到秀儿，于是又换了口气。

“你见他做什么？见他提醒他不过是奸生子？见他提醒他当初你不要他，拿了二十两银子把他卖给相公娘，见他提醒他，你是何等的狼心狗肺？让他一辈子以你们为耻？”

秀儿说一句，戚嫂子的面红一下，等秀儿说完，戚嫂子的脸已经红得不能瞧了：“我，我怎么都是生了他的人。”

“你生他的恩情，当初那二十两银子已经了断了。他只有一条命，只能被卖一回，不能被卖第二回了。”秀儿的话让戚嫂子觉得心里发寒，但还是挣扎着道:“那个张奶奶,不就是被自己的娘卖掉的,后来还认娘呢,全城人都知道。”

“干娘对女儿有慈爱心，当初被卖也是逼不得已。你有吗？你但凡还有一点点做娘的慈悲心，现在就别来寻他。你但凡还有一点做人的廉耻心，当初想来，也就不会生下他。”

戚嫂子无言以对，只有坐地大哭:“我命苦，嫁了三回男人，男人都靠不住，现在这个还嫌我老了，赚不回银子，成日打我骂我。哪像你们……”

“你头一个丈夫没出二七，你就和屈三爷在灵堂偷欢，怀了孩子。若你这样嫁的男人还有靠得住的，才叫天道不公。”秀儿哪会被戚嫂子这样的话打动，只是冷冷地又道。

“那是因为我，我……”戚嫂子还想为自己辩解，可我了几声就说不出话来。

“别想着为你辩解，别人罢了，我对你的底一清二楚。你若真想再缠上来，我不介意把你当日所为全都告诉众人。这样不过是害了阿弟罢了。阿弟远在江南，大不了永远都不来京城，可你能吗？”

戚嫂子无计可施，又想再哭可明显秀儿不理她，只得道：“可我，也不能没人奉养。”

“你现在有手有脚，要人什么奉养？不到四十的人，帮人洗个衣衫还能赚上几个铜板。”

秀儿点破戚嫂子的心事，戚嫂子还要再哭，秀儿已经缓缓地道：“你若再这样死缠烂打，就别怪我对你不客气，我也是屈家后院出来的人，你明白的。”

戚嫂子想起屈三娘子当日的嘴脸，不由吓得抓紧胸口的衣衫，秀儿缓缓地道：“现在，你晓得你该怎样做了吧？”

“我，我……”戚嫂子连说几个我字，那泪重新滚下来，这回却是因为害怕，而不是因为别的。见戚嫂子被吓住，秀儿这才又道：“那你这些年就乖乖的，安分守己的，这样的话，或者等十来年后，我见你很乖，一年些许给你些也不一定，否则的话……”

戚嫂子还想等否则的话后面的话，可是只见秀儿笑，不见秀儿说话，戚嫂子不由忙道：“我一定乖乖的，乖乖的，不来找，不来找。”

青門杜

第 40 章　受　惊

后面几句，戚嫂子已经带了哭腔，半跪半坐在那里，不敢去看秀儿，更不敢起身，只是在那等着。秀儿嗯了一声方道："记住你今日的话，不许再来寻阿弟。以后也安分守己过日子，等过上十来年，我瞧着，确实好了再说。"

"我，我命苦，哪还能活个十来年？"戚嫂子又在那抽抽搭搭地说，秀儿冷笑一声："你也活了这么些年了，怎会再活不了十来年？"戚嫂子不敢再说，秀儿瞥她一眼，"去吧。"

戚嫂子抽泣着爬起身离开，秀儿望着她的背影，不由长叹一声，若不是她太过分，也不会这样做。

戚嫂子跌跌撞撞回到自己家里，刚进屋男人就冲上来，伸手在她面前："钱呢？我还等着钱去翻本。"戚嫂子缩得更厉害了："哪有钱，我……"

话没说完男人把她一把推开，口中说晦气："娶了你回来，连个蛋都生不出来，还成日和别人做那些见不得人的事，现在钱也没有，你还是回娘家去吧。我养不活你。"戚嫂子如被雷劈到："回娘家，我回娘家我弟弟他们……"

不等戚嫂子说完，她男人已经上前来把她两个膀子一拉，就拉出屋，接着把门关紧，戚嫂子愣了半晌，上前去拍门，她男人怎么肯开，过了会儿才打开一个小缝，从里面丢出一个包袱来。

接着那门就紧紧关上，戚嫂子怎么肯走，只在那连连拍门和喊，但里面什么动静都没有。旁边邻居来了，瞧见就道："戚嫂子，方才戚大哥已经跳窗走了啊，你怎么在前面喊？"跳窗走了？这话惊到戚嫂子，央邻居把门撞开，里面果然什么都没有，窗户大开。这，这，戚嫂子无计可施，跌坐在地上，接着大哭起来。

邻居们听得大哭，纷纷前来瞧，得知戚嫂子的男人跑了，什么都没留下，七嘴八舌在那议论起来。戚嫂子这才晓得自己男人在外欠了二十两银子的赌债，这会儿还不出来，肯定要跑，既然要跑自己就是累赘，戚嫂子不由再次放声大哭，邻居们除了安慰几句，再没别的。

有老成的还让戚嫂子赶紧离开，不然的话，被那些放赌债的晓得了，到时把她捉去，又要受苦。戚嫂子思前想后，知道这话是真的，此时回娘家是不成的，弟妹对自己早就看不上眼，现在年老色衰，男人也靠不住了，想来想去，只能去求秀儿。

听得戚嫂子又来，秀儿有些吃惊，让尚妈妈好生问问。尚妈妈去问过了，回来和秀儿一五一十说了。秀儿倒没想到戚嫂子的男人竟这样无耻，若不收留，总是张有才的亲娘，若要收留，这样搅家精进了家门，那才叫是给人戴了一顶愁帽。

想来想去，也只有当初安置杨二婶那手，于是秀儿一边让人去和榛子商量，一边叫尚妈妈好好瞧住戚嫂子。戚嫂子在那等得心急如焚，才见小荷走进来，和尚妈妈说了几句。尚妈妈点头应了，才对戚嫂子道："按了你的行径，别说收留，远远赶走才是，可是我们王姑姑心慈，见不得人无依。"

尚妈妈头一句让戚嫂子想哭，后一句又重新生起希望，眼巴巴地瞧着尚妈妈，尚妈妈道："王姑姑说了，方才说的话还在耳边呢，她也不能反悔，可你现在没了男人，你这样的，要自己找饭吃想来也是个难事，正好我们东家庄子上，有几间空屋子，你还是去那边住下吧。只是有一件，不许多说话，也不许再去勾搭男人，少不了你的茶饭。"

戚嫂子说了个我字，尚妈妈把脸板起："你也别说那些了，你都嫁过好几回的人了，又没养过小张哥一日，就算上了公堂也难叫小张哥养你，这会儿如此，还是你磕头碰到天了，赶紧收拾收拾走吧，人在外头等着呢。"

戚嫂子存了万一的念头，小声问尚妈妈："我能见见喜哥儿吗？"尚妈妈斜睨她一眼，戚嫂子脖子一缩，知道不能，只得和榛子那边派来的人一起往庄子上去。送戚嫂子去庄子上的，是一个积年的老妈妈，早已得了榛子的吩咐，等到了庄上，就告诉庄头，务必要瞧紧了戚嫂子，不能放她出去，也不能让她到处乱说。

庄头连声应了，就让人带戚嫂子下去歇着，戚嫂子在那听得婆子的吩咐，一句句都像是说给自己听的，脸上不晓得该做怎样的神情，进了这里，就再不得自在了。可不进这里，要自己去赚钱过日子，戚嫂子又受不得这样的苦，只得乖乖听从。

安置好了戚嫂子，秀儿过了好几日才去和张有才说了这事，张有才听得久久没有说话，秀儿晓得他的心事，拍拍他的手道：“你我生来就没有好爹好娘，也只有自己疼着自己。”张有才嗯了一声才抬头道：“姐姐你放心，我明白的，不过总是……”

“你别总是了，要记得，张婶子养了你这么些年，她才是你亲娘，以后那边要好了呢，也就瞧瞧，要不好呢，谁管她是谁。”张有才嗯了一声，对秀儿笑了：“姐姐，这件事，要多亏你。”

“什么多亏我，你是我弟弟，你这么小，难道我不该帮忙的。再说了，锦儿前儿还说呢，要舅舅快些娶个舅母回来。”提到娶亲，张有才脸又红了，秀儿不免打趣他两句。老张婆坐在院子里听见他们姐弟的笑声，脸上露出欣慰的笑，回首过去这些年，能得到这样安宁的日子，实属不易。

张有才继续在铺子里做伙计，等着江南那边的信来。这日张有才刚进了铺子，就有人走进来：“哪个是张有才？我们要寻他说话。”张有才奇怪抬头，掌柜的是做老的，瞧着这些人来得似乎有些不尴尬，眼神示意张有才别站出来，掌柜的自己上前拱手：“张有才是我们这的伙计，现在出去送货了，还不晓得有什么事？”

领头那个地痞把手里一张纸一拍：“什么事，收钱。这里是二十两银子，利滚利到今日，四十两了，拿了这银子，痛痛快快地给我们，不然的话，我让你这生意都做不成。”

收钱？掌柜的眉皱起：“欠债还钱，这是天经地义，但列位也要告诉一声，这银子从何而来？”一个少年些的地痞已经嚷出来：“赌债，这是张有才的老子，亲自在我们面前画的押，现在他老子跑了，父债子还，我们就要来寻。”

那地痞虽压住了那张纸，可掌柜的还是瞧见上面那个戚字，不由笑了：“列位说笑呢，小张哥自姓张，这欠债的姓戚，哪有姓戚的欠的债找姓张的还的道理？”

“晚爹晚娘，难道不是父子？这张有才的娘嫁的人姓戚，这姓戚的就是张有才的晚爹，难道晚爹欠的钱，儿子不当还？”晚爹？掌柜的抬头去瞧张有才，见张有才摇头，掌柜的笑了：“你们这话也只能去骗那些不懂事的，来我们面前骗是做什么？小张哥的娘我们都是见过的，并没再嫁，哪有这姓戚的什么事。”

“你这是只知其一不知其二。”领头的地痞冷冷地说，“你们见过的，是张有才的养母，这个嫁姓戚的，是张有才的亲娘。当日成千上万的人可都听着呢。现在那两口子跑得无影无踪，我们的银子也是弟兄们辛辛苦苦赚来的，也不能就这样撂在水里，总要给个说法。”

“这钱，谁欠的找谁去，我不认！”张有才终于忍不住冒出来，对地痞说。领头的地痞瞧了张有才一眼，接着笑了：“果然是好俊秀的小哥，瞧着也很精干。你不认，成啊，我们今儿就不走了。瞧你的这铺子里的生意要怎么做？”

听他们说不走，张有才终究年轻，不晓得这是激将法，上前就道：“你们怎么能不走，又不是我欠了银子，是他们……”领头的地痞并没答话，方才那个少年些的地痞又开口：“怎的，你这是开门做生意，难道还不能让我们来？”

说着这少年些的地痞就冲到门前，对着门外的人吆喝起来：“快来瞧快来看，这家子做生意的，欠了我们的银子不还啊，我们上门来寻还打人啊。”张有才经不得这样的激将，不顾掌柜的拦阻就要上前去拉那少年些的地痞。

那少年些的地痞早就做好了套子，见张有才过来要拉自己，就往地上一躺，开始连声叫疼。张有才虽在市井中生活，可和地痞们打交道的时候少，见这少年地痞往地上一躺，脚步就顿住。

那地痞可不光是连声叫疼这样，口里还要汤药费，还要别的费。领头的地痞已经走出来：“小张哥，你啊，还是痛痛快快把银子给我们吧。不过四十两银子，你也不是拿不出，再说就算你拿不出，还有你姐姐呢。痛痛快快拿了，我们再也不来。”

张有才只觉头昏脑涨，怎么也不肯和地痞再说话，身后已经响起一个声音：“列位有话好好说，在我们铺子面前喊打喊杀的，难道真以为我们家是那样好欺负的？”

领头的地痞听了这话，忙转身对着张谆笑了：“是张大掌柜啊，几日没见，越发更添风采，这事我和你细细地说。”张谆摆一下手：“来龙去脉我已尽知了，你也不用细细地说，带了你的人先离开这里，我必会给你们一个交代。”

领头的地痞晓得张谆是什么样人，听了这话就笑嘻嘻地给张谆打个拱：“果然张大掌柜和别人不一样，既然您这样吩咐了，那我们也就先听着。弟兄们，先走，等明儿再来。”

张有才见了张谆，一张脸红通通的，对张谆道：“大掌柜，我……”张谆已经摆了摆手：“这事，不关你的事，总透着奇怪，你们先收拾继续做生意。”张有才听到不关自己的事，有些糊涂了，见张谆已和掌柜的往柜台后去，也就和同伴们收拾起东西继续做生意。

张有才虽在那收拾东西，可是那眼还是往里面瞧，也不晓得他们在里面谈什么？想着张有才就重重地叹了声，同伴已经笑了："你叹什么气呢，都说背靠大树好乘凉，我们来这样铺子，不就为的这个吗？你放心，大掌柜和掌柜的，都有主意呢。"

张有才叹气不为这个，可也不好告诉同伴为的是什么，只是笑了笑，那眉又皱起来。

"这事，总是透着奇怪，不说旁的，我们为了做生意，上上下下都打点好了，这附近的地痞流氓，一年也有十来两银子送去。今儿怎么又……"掌柜的皱眉和张谆说，张谆一直没说话，这欠债还钱虽是天经地义的事，可是也要瞧这欠债的是谁。像戚家这样跑了的，就算知道张有才和戚家有些瓜葛，那些人也不会寻上才是。

掌柜的在那胡猜，张谆已经道："也别猜了，等会儿你让伙计请下这条街的魏三，问问他可晓得些什么？"掌柜的连声应是，张谆又问起张有才来这些时候的事，听掌柜的对张有才连声赞扬，张谆也就点头，等出去又安慰过张有才，张谆也就往别的店去。

到了第二日，那群地痞又来了，这回等着他们的不是张有才而是张谆，瞧见张谆，那些地痞笑了："张大掌柜亲自过来，难道说要给我们结银子了？"

"银子嘛，总是小事，不过我想问一句，谁给你们这么大的胆子，让你们来我们铺子上闹。"张谆的话让领头的地痞露齿一笑接着就摇头："张大掌柜你这话就是冤枉我们，这欠债还钱天经地义，父债子还也是很平常的事，哪有什么别人给胆子。"

"是吗？那前儿谁寻了你，还给了你一百两银子的好处。卜三，你在这附近也是混老的人，难道不晓得谁家的势更大些？为了这些银子，就来我们铺子里胡闹，到时一条绳把你锁进衙门，你到时混了这半辈子的威风，就全堕了。"张谆的声音并不高，却让卜三听得心里一凛，接着卜三就坐到张谆身边，对他笑眯眯地道："张大掌柜，您是聪明人，可是你也晓得，我们这……"

"别说什么有的没的，你弟兄们也要吃饭，我也晓得，可这二十两银子，转眼就涨到四十两，还非逼一个和那边没瓜葛的孩子拿出来，你这做得也太过分了。"

卜三听张谆说出这样的话，脸上笑容还是没变："张大掌柜，瞧瞧，您说的是对，可我们的银子也不能白白撂在水里，还有，别人也许了给我一百两，这……"

“人为财死鸟为食亡，卜三，你要说什么我明白，可是也别把我们当傻子，那一百两你也别想了，我不会因为这些，就许给你银子。那二十两本钱，我替他还了，至于别的那些有的没的，卜三，我就想问问，是他们的钱多些呢，还是我们东家银子多些？”

张谆的眉毛都没动一下，卜三心里合计一下就笑了：“好好，张大掌柜既然都说到这份上，那就拿银子来，我们两清。可是张大掌柜，有句话我还是要说，贵东家的确是银子多，势也大，可难免会惹了人的眼。”

张谆已拿出二十两银子，把那张借条收了缓缓撕掉，接着对掌柜的道：“先支给我十两银子。”掌柜的应是，张谆把这十两银子推到卜三面前，“这十两，为的是你这一句。”

卜三大手一裹，就把这三十两银子收到怀里，哈哈一笑就起身对张谆道：“张大掌柜果然豪爽，我也就走了。”等人都走了张谆叫过张有才交代几句。

张有才的脸都是通红的，上前给张谆拱手，张谆见他老老实实的样子，对他道：“这些事，也不是你自己想的。”张有才应了一个是字，张谆才道，“以后总能遇到比这个更多的事，你若连这样事都怕，还能做什么呢？”张有才又应是，张谆让掌柜的继续做生意，自己往榛子那边去。

榛子听得张谆说了全部，眉不由微微皱起，接着就道：“当日舅舅也不担心，那我也不会担心。”这话并没出张谆的意料，但还是道：“东家的话是对的，可是……”

“没什么可是的，张大掌柜，我既要做不一样的人，就要遇到不一样的事。”张谆应了一声又道：“是不是去查一查，瞧瞧到底是什么样的人在背后作怪？”

“哪有千日防贼的理？”榛子一句话就把张谆要说的话给噎在喉咙里，见榛子一脸平静，张谆也只有告辞。等张谆走后，秦清才从屋外进来，对榛子道：“这件事，还是小心些。”

榛子对着张谆很平静，可是看见丈夫还是有些不一样，用手按下头道：“我知道，可是有些时候，不把自己当作一个引子，怎么能把后面的人给抓出来呢？”

“怎么能这样说话？”秦清立即反对，榛子只觉得心里甜丝丝的，用手握住他的手靠到他的怀里：“我知道的，你放心，我一定会好好的。”秦清嗯了声才道：“你要多带些人出去，还有不该出去的时候也就别出去了。”

榛子笑了：“我晓得，这些事，不用你叮嘱。”秦清把妻子的手握紧：“怎的，我多叮嘱几句，多在意你一些，你还不高兴？”榛子笑了：“当然高兴。”

张谆回去和绿丫说了，绿丫感到震惊的同时又对榛子的反应皱眉：“她啊，太大胆了，还说没有千日防贼的道理。这人，我一定要去说她。”张谆把打算站起身的绿丫给按回去：“榛子现在自己有主意，你啊，就放心吧。”

是啊，榛子已经是一个独当一面的人了，不但是秦清后院的主母，也是这大笔产业的东家。绿丫轻叹一声坐回去：“我怎么总觉得，榛子还是那个人呢。”

不一样的，张谆笑了，握住妻子的手：“都过去那么些年了，她早不是当初的人了。你也一样。”自己已经有丈夫有孩子，已经有这么一个家，已经能做很多主。那榛子也一样的，绿丫笑了，接着又叹气：“哎，这日子，过得怎么就那么快？”

张谆也笑了，把妻子的手握得更紧，日子过得再快，只要有她陪在自己身边，就好。

绿丫终究憋不住，对秀儿说了这件事，秀儿只晓得张有才被人追债，忍不住骂了戚嫂子几句，若不是她，也惹不出这样的麻烦，等听到绿丫说的这些，秀儿的眉皱得更紧：“榛子也太托大了，怎么会这样不在意，就该……”

“怎么，背着我说我坏话呢，我刚走到门边就听到了。”说曹操曹操到，榛子的声音已经传进来，秀儿把帘子掀起，一把把她扯进来，点住她的额头就对她道：“你是，太托大了，明明晓得别人算计你，你还这样不在意。”

“这不叫托大，叫引蛇出洞。”榛子笑吟吟地说，“谁家想要做什么，虽然晓得，可总没有真凭实据，就算要揪出，也不过就是轻轻放下。这样日子什么时候到头，倒不如就这样引出他们来，好连根拔起。”

“这虽是个主意，可也不能用你来引蛇出洞，我也好，秀儿也好，不都可以？”绿丫依旧不赞成，榛子又笑了：“绿丫，我晓得你在想什么，可是不管是你也好，是秀儿也好，在他们眼中都没有我重要。”

要引蛇，当然就要用最重要的人做饵，绿丫和秀儿虽晓得这个道理，但还是不赞成地瞧着榛子。榛子把她们俩的手拍一拍：“你们要说什么，我知道，可是我比你们更关心我自己呢，放心吧，不会出什么事的。”

“榛子确实是长大了，和原来不一样了。”绿丫不由和秀儿感慨，榛子把她们俩的手都重重一拍：“绿丫和秀儿，也和原来不一样了。”“但我们的心还是没有变。”秀儿说出这话，三个人相视一笑，能有这样不是姐妹但胜似姐妹的同伴，多好。

“瞧瞧你出的什么主意，这才一下，就偃旗息鼓了，只怕还会打草惊蛇。”

小沈忍不住埋怨柳三爷，又对自己的爹道：“爹，现在虽然我们没有原来那么多银子了，可好好地过日子，还是足够了。”

沈大掌柜也晓得柳三爷是志大才疏的人，可原本沈大掌柜就打着利用柳三爷的主意，听了儿子的话就道：“你晓得些什么？这不叫打草惊蛇，这叫先把人给扰乱了，既然卜三能够去得，别人也就能去得。”况且，沈大掌柜脸上有得意笑容，按了对廖老爷的了解，他越知道这样，越会迎面而上，榛子既然是他亲自教养出来的外甥女，想来，也差不多。到时，就有好戏看了。

“果然沈大掌柜是老辣的！”柳三爷赞一声才道，“若我们贸然让人去了，难免会引起别人怀疑，可这会儿有人先去追过债，于是就让人晓得，这廖家的铺子也是可以去的，今日可以追债，明日就能有人去寻仇。到时刀枪无眼，谁出了点什么事，谁知道呢？”

见自己爹和柳三爷在那相对微笑，彼此赞扬彼此的主意好。小沈觉得头大如斗，可到了此时，想要反悔早已来不及，只能跟着走。

秦清的职位一时半会还没下来，这段等候补缺的日子，也成为榛子和秦清难得的闲暇时光。榛子就选了日子，在廖老爷坟墓周围又点了四座坟，亲自去家乡把外祖父母和自己爹娘的坟墓给迁来。

榛子回家乡的时候，杜廖两边的族人本都想阻拦，毕竟榛子属于已嫁的女儿，哪能做这样的事？榛子早已有准备，在廖家这边把廖十六老爷写的信给廖十三老爷瞧了，廖十三老爷本以为自己族弟会阻拦，谁知信上一味赞成，再加上榛子已经放话，若不让自己把外祖父母的坟墓迁走，那当初廖十三老爷在京里做的那些事，也就保不住了。

廖十三老爷听了榛子的威胁，又不敢下辣手，毕竟榛子现在身份和原来不一样，再瞧瞧榛子带来的那些如狼似虎的家人。廖十三老爷也只得咬牙应了。廖十三老爷应了，廖家别的族人也没法说话，由榛子择了日子，把外祖父母的灵柩起去，装上车带走。

至于杜家那边，就更简单了，杜家族人大都穷困，想阻拦的不过是为了银子钱，榛子寻来做族长的三叔公，什么都没说只是放下一张两百亩田地的地契，说这些田地就当作给族里的祭田，至于族内的祠堂，也破败了，就包在榛子身上修了，只是银子不能现在兑，只能等自己把父母的棺木取出，那时再兑。

族长见了这两百亩地，又听榛子一口许下要把祠堂重新修了，到时自己也可以在中间打偏手赚些银子，自然满口答应。榛子也在同日把父母棺木取出，装上车那日兑了三百两银子给族内，当作修祠堂的银子。

等榛子完了这里的事，和人离开时候，杜二叔才晓得侄女回来，追了两三里路追不上榛子，只得回来和族长吵闹，要分些好处。族长晓得杜二叔现在穷了，人也更加无赖了，这些银子不好独吞，只得忍着心疼给杜二叔分了二十两，又说等修祠堂时候，让杜二叔监工，到时也能打偏手落些银子。

杜二叔这才欢喜应了，两人商量好了就请泥水匠人来修祠堂。这杜家的族人见有银子修祠堂，想占好处的不是一个半个，最后给泥水匠人的连工带料不过五十两，剩下的银子全被杜家族人各自分了。

这些榛子当然是不晓得的，在回程路上，她瞧着这一路，只觉得去往京城的路越来越亲切，所谓故乡，当没有了自己牵挂的人时，和异乡又有什么区别？

把外祖父母和父母的灵柩葬下时，京城就成了故乡，再没分别了。秦清明白妻子的心，什么都没说，只是陪在妻子身边。到了京城，择日子把灵柩葬下，那日也来了许多人来送葬。

榛子披麻戴孝，秦清作为半子也穿了孝服在旁帮忙，等土洒上了棺木，榛子哭了一会儿，也就被人扶进孝棚，好等这坟墓起来，再出来奠酒，完了这件事。

孝棚内的都是榛子熟人，今日个个着素，等榛子喝了一杯茶，干涩的嗓子这才舒服些，有人已经叹道："都说生儿子好，可我觉着，像秦三奶奶这样的女儿，比生儿子还好呢。"一人说话，别人也就附和，榛子和秀儿她们对视一眼，什么都没说。

土工们得了赏钱，很快就把坟墓堆起，下人们来请榛子出外奠酒，榛子方走到坟墓面上，尚未跪下斜刺里就冲出一个人来，嘴里在说："你家占了我家的地，现在还要在我家地上起坟，还我的地来。"

今日来围观的人本就不少，榛子身边虽有人可护住的并不是太多，这人冲出来时，周围人只当这是个无赖，想借机讹钱的，有几个人想上前劝。秀儿和绿丫跟在榛子身边，一眼就瞧见这人肘间隐了一把尖刀，那光在阳光下闪着。秀儿不由惊叫出来，那人却已冲到榛子面前，古怪莫名地笑了笑，那把刀就抽出来，往榛子当胸刺去。

事情发生得太快，榛子只来得及抬头就见刀往自己当胸刺来，下意识地要躲，可周围此时已经混乱，竟没有躲出。眼见那刀就要来到面前，秀儿从旁撞向榛子，榛子被撞倒，那人见榛子被撞到，那刀刺不到榛子胸口，手腕一翻就要往榛子身上刺去。

秀儿在撞向榛子时候顺势就倒在榛子身上，这人已经收势不住，那刀就往秀儿身上捅去，榛子被秀儿压在地上，见那匕首往秀儿身上刺去，惊得大叫秀儿。

秀儿紧紧抱住榛子，闭着眼，只觉得周围有尖叫声，有刀子的亮光，可是那些尖叫声和亮光，竟分不清谁是谁的。

就在秀儿觉得那刀该落到自己身上时，久久等不到那刀，于是秀儿睁开眼，见那人已被几个人按在地上，刀子被打落。张有才却握住手在一边，虎口处似有血出。

秀儿大惊，急忙爬起来冲到张有才身边，用手抓住他的手瞧："到底怎么了？"

"王姑姑，你不晓得，是小张哥冲过去，拉住那人握刀的手，把那人的刀打落，然后他就被刀划伤了。"旁边的人惊魂稍定，立即有人帮忙解释。

"你，你这孩子，这边这么多的人呢，就算被刺了一下，也未必……"秀儿一时不晓得说什么好，只是看着弟弟半抱怨半心疼地说。

"可我怕姐姐有事，姐姐你没事吧？"张有才觉得虎口处的血已经不流了，就对秀儿说，这让秀儿眼里的泪又涌出："我没事，阿弟，你也没事吧，赶紧去让人找药来。"

"我也没事，姐姐，你不晓得，我看见那刀要往你身上刺去时，我有多慌张。"张有才把手举起给秀儿瞧，秀儿瞧见那伤口虽然已经不流血了，可还是血肉模糊，眼里的泪流得更急，情急之下寻不到包扎的东西，拿出一块帕子给弟弟包着："这都流血了还没事。"

见秀儿的眼泪一滴滴落在帕子上，张有才不知为什么心里竟然很欢喜，还想对姐姐说没事，石大爷已经挤进来，一把拉住秀儿："你没事吧？我听说了，吓得要死。"

石大爷说完才瞧见旁边的张有才，见小舅子手上有伤，石大爷又急忙道："舅舅这是怎么回事？哎，想来是救了你姐姐，你是我们的恩人啊。"

见丈夫说话都语无伦次了，秀儿忙道："快别说这些，寻到医生没有，最好是跌打医，总要先包一下，还有，等回去了要人好好地给阿弟补补。"

"寻到了寻到了。"说话是绿丫，方才一团混乱，绿丫的心是既悬在榛子那头，又悬在秀儿这头，还怕自己的孩子们被人这么一挤也出什么事，真是忙得不知该做什么。好一会儿才随众人先把榛子扶回孝棚，又让杨婆子瞧好自己的孩子，转身又要过来瞧秀儿，正好见下人迎了个跌打医过来，急忙又带跌打医来到这边，听到秀儿说话，绿丫连声应着。

那跌打医见这乱哄哄的，眉不由皱一下：“不是说有位奶奶伤了，怎么？”

“那几位奶奶都好着呢，先帮我瞧瞧我这弟弟到底怎样了？”绿丫瞧见张有才那伤口，也不由从心里抖一下，那跌打医还当绿丫是仆妇之流，眉就皱起：“总要先瞧了几位奶奶，然后再来瞧这小哥，毕竟奶奶们的贵体要紧。你这样当差，你家奶奶要晓得了，会不要你。”

“我就是这家的奶奶，哪是什么当差的，要你治你就快些治，啰唆什么呢？”秀儿的声音提高一些，那跌打医瞧了瞧，也不敢再多说什么，就让张有才就地坐下，给他瞧了伤口，唔了一声：“不过是点小伤，几日就好了，把这药拿回去，洒在上面就好。”

听得不过是小伤，秀儿这才长长地吐了一口气。还没站起身，就听到老张婆的声音：“你们瞧见我儿子了吗？”

老张婆的声音透着焦急，张有才忙扬声道：“娘，我在这。”老张婆听得儿子声音，又见旁边是秀儿等人，急忙上前，瞧见儿子那眼泪就往下流：“我听说你被刺伤了，心都快掉了，好在你还没事。”

“我们都没事，张婶子，你别担心。”秀儿劝着老张婆，老张婆那眼泪还是止不住，张有才又急忙劝，绿丫见这是他们一家子在说话，也不需要自己，起身悄悄退出，从此以后，秀儿就有自己的家人疼惜，再不用自己操心挂念，虽然这是很平常的事，该为秀儿高兴，可是绿丫眼里竟有泪。

“你没事吧？我去瞧了孩子，却不见你，还当你有什么事，吓死我了。”绿丫正在心里感伤，听到丈夫的声音就把眼里的泪擦掉，抬头对他笑：“我没事，真的没事，孩子们都安置好了。再说我离得远，怎么会有事？凶徒呢，我只瞧见抓住了，还不晓得审没审出来？”

张谆细细地看着妻子，确认她是真的没事才笑了：“你没事就好，我只顾得上往孝棚里寻，结果都没找到你，倒瞧见岳母和孩子们了，容儿还撒娇要抱。我问她娘去哪了，她一问三不知，还是丫鬟说你出去了，想是去瞧秀儿。等我到了秀儿那边，还是没寻到你，担心还有凶徒，哪晓得瞧见你时，你在这哭。”

“我这是高兴呢，高兴秀儿有家人陪着了。”绿丫把眼里的泪擦掉一些，对丈夫露出笑，张谆抬手把妻子的脸抬起，绿丫被丈夫的动作吓了一跳，下意识地别过脸去，“这么些人呢，你做什么？”

张谆用手紧紧捧住妻子的脸，过了好一会儿才道：“看见你没事，我放心了，你不晓得方才我有多担心，担心你出事，担心……”

绿丫眼中又有泪，急忙用袖子把泪擦掉，对张谆笑着说：“我没事，我还要和你过一辈子呢，怎么会让自己有事。”张谆嗯了一声，可是眼还是没从妻子脸上离开，那一瞬间的惊慌，只有当初知道绿丫被千面娇娘劫持时可比。那时张谆就发誓，不会让妻子再遇到危险，可人算不如天算。

绿丫被张谆瞧得不好意思了，低头道：“你还不去忙你的去，这会儿出了这么大的事，要安定下来。”张谆嗯了一声，可还是没有要走的意思，绿丫推他一下：“赶紧走吧，你当榛子每年给你六七千两的银子，是让你来瞧着我一动不动的。”

“没有了你，再多的银子都不成。”张谆没被绿丫推走，只是说了这么一句，绿丫的脸登时就红到耳根，抬头瞧丈夫一眼：“好了，你都瞧过了，就赶紧走吧。早些把那凶徒后面的人给抓起来。”

张谆应了，又深深地瞧妻子一眼，这才转身离去。绿丫瞧着丈夫的背影，喜悦开始漫上心，这种喜悦不能对外人说，还有这红彤彤的脸也不能见人，绿丫在这稍微等了会儿，觉得脸上红色快要褪去，这才往孝棚里来。

此时孝棚内没有方才那么混乱，秀儿也回到孝棚，正在那和榛子说话，孩子们被统一安置在一个角落，都在那睁大眼瞧着。几个女客在那小声议论，瞧见绿丫进来，容儿已经张开双手，撒娇要抱：“娘，你方才去哪了？说你去寻秀儿姨姨，可秀儿姨姨也回来了。”

绿丫走到角落把容儿抱一下才道：“乖，娘这会儿不就回来了。等会儿可以走的时候，你和哥哥姐姐们一起走。”小全哥已经站起身拍拍自己的胸脯：“娘您放心，我一定把弟弟妹妹护好。”

锦儿哧地笑了一声：“可是今儿是我舅舅护住我们的，没看见你。”小全哥的嘴不由嘟起，容儿要给哥哥帮忙，绿丫伸手打小全哥一下：“都多大了，还和妹妹们争，你们乖乖待着，不许乱跑，我去瞧瞧你们秀儿姨姨。”

孩子们都乖乖点头，绿丫这才走到秀儿和榛子跟前，仔细瞧了瞧榛子才道：“果然是做大生意的人，这脸色都没变过，倒是我，吓得哭了一场。”

榛子对绿丫点一点头才道：“也不是什么大事！只是连累你们了，为我担惊受怕的。”绿丫哼了一声：“是啊，你不晓得，方才我吓得心都要跳出来，赶紧给我压惊。”

“张奶奶说话好生风趣，方才还吓倒了，这会儿就和人说说笑笑，不过还是秦三奶奶强，竟还又奠了一杯酒才进了孝棚，脸色都没变。”旁边的女客议论了几句，心慢慢安下，也能跟着说几句笑话，榛子淡淡一笑才道：“这种无赖，做生意难免遇到，倒是累你们受惊，太不该了。”

“能遇点事也好，免得以后全没了见识。”见榛子还能说笑，也就有人巴结地说，绿丫和秀儿相视一笑，有丫鬟走进孝棚：“地方上的官儿来了，说把这人锁进去呢，三爷方才已经问得了一份口供，这会儿在和地方官说话呢，听着，像是背后有人指使。”

没人指使才怪呢，榛子笑了笑就道：“和三爷说我知道了，还有，告诉三爷，我没事。”丫鬟抿唇笑了：“方才三爷还有些不好意思问呢，这会儿，奴婢就去说，只怕还能多得些赏钱。”说着丫鬟就走出去，绿丫和秀儿往榛子面上瞧去，榛子的脸不由一红，转过身不理他们。

把凶徒锁走，又拿了秦清问出的那份口供，这边的客人也就陆续回去。绿丫和秀儿听到榛子在那吩咐管家，等回京后，挨次往那些人家送压惊的礼物，绿丫就故意道：“哎呀，这会儿可还没见着秦三爷来问问呢。”

榛子回身瞧绿丫一眼就道：“你就会取笑我。”秀儿也在旁边笑：“果然要遇到些事，才晓得……”秀儿话没说完，就听到孝棚外传来秦清的声音：“还有人吗？”

这明知故问的，秀儿扬声道：“秦三爷，没人了，我们啊，也该带上孩子们走了。”绿丫已经去把容儿抱起，锦儿也抱了弟弟，小全哥牵了弟弟在背后，瞧见绿丫和秀儿带着孩子们出来，秦清的脸不由一红，对绿丫和秀儿拱手道：“方才的事，实在是……”

秀儿已经笑了：“别和我们说，要去和秦三奶奶说，她啊，已经等了你许久。”这话让绿丫也咕咕唧唧地笑了，秦清面上更红了，秀儿和绿丫走到马车面前，回头望去，孝棚前已经没有了秦清的身影，两人相视一笑，各自坐上马车回家。

石大爷是陪秀儿一起回去，张谆已经来到马车前对绿丫道：“这还有些别事，我要等会儿才能回去，你一路上要小心。”绿丫还没说话，秀儿已经掀起马车的帘子，对张谆笑着道：“我们这么些人呢，回城不过七八里地，你担心什么？”

被说破心事，张谆脸上更红，石大爷已经道：“张兄放心，定不会让你的家眷失了半根毫毛。”张谆对石大爷打了一拱，石大爷也就放好帘子，绿丫对丈夫笑了笑，张谆瞧着这行马车离去，转身小裘掌柜就上前：“你说，谁这样胆大呢？”

那个凶徒秦清已经问过了，确实是上一任的地主，当初榛子买地时候，价格也不低，也不是强买，因这风水不错，原本只要十五两银子一亩的墓地，被那凶徒足足要了三十两，榛子也给了银子，怎么这会儿又要杀人？

张谆心里已经有了指使的人，听到小裘掌柜的问话就笑了："这些事，自有官家去问，我们还是把这里收拾起来。"小裘掌柜往张谆面上望了眼，这才凑到张谆耳边："其实呢，都猜到，只怕是……"

说着小裘掌柜把张谆的手拉过来，写了个沈字，张谆轻咳一声，什么都没说，小裘掌柜忍不住拍下张谆的胸："张大掌柜果然和原来不一样了。现在想来，果真要服。"说完小裘掌柜就往另一边去，张谆也没问小裘掌柜服的是什么，只是淡淡一笑就往别处去。

榛子和秦清收拾完这里的一切，赶回京时已到关城门的时候，听到城门在背后关上，榛子才长出了一口气。秦清握住她的手："以后能安心睡着了？"榛子对丈夫一笑："有你在身边，什么时候不能安心睡？"

秦清笑了，榛子靠在丈夫肩上，秦清感觉到妻子的依赖才道："这件事你就别操心了，背后的人一个也别想跑，我就让他们知道，什么叫真正的以势压人。"

"定北侯府的三公子？不是说定北侯府已经是空壳子了？"榛子故意相问，秦清笑了，这笑容瞧在榛子眼里，竟有几分调皮："定北侯府再是空壳子，也是很多人惹不起的。再说了，现在和原来不一样了。"

榛子嗯了一声，秦清摸着妻子的头发，榛子突然道："还不晓得婆婆知道了这件事，又会怎样发作呢。"

秦清笑了一声就道："你放心，不会的，娘就算再发作，也不会发作到你面前。"其实榛子是真心不怕定北侯夫人的发作，可是得到丈夫的保证还是很高兴，能这样信赖一个人，其实还是很好很好的。

到了家早有定北侯府的人等在那里，见了榛子和秦清下车，那人就急忙迎上前："三爷三奶奶安，太太听说了，担心得不得了，特地派小的来问问情形，还带了些药材来。"

秦清让人扶了榛子进去才对管家娘子道："我晓得了，这会儿我就跟你回去侯府给娘问安。"

"那三奶奶呢？"管家娘子来的目的，可是为了把榛子也带回去，秦清怎不明白，笑容并没到达眼底："三奶奶受了惊，需要歇息，还是我去吧。"

管家娘子啊了一声，秦清已经重新上车："再晚的话，就宵禁了。"管家娘子只得跟在后面。

秦清一进侯府，定北侯就迎上前："你回来做什么？你娘的脾气你又不是不晓得，你这会儿不该在家里陪媳妇才对吗？哪有跑回来的道理？"

"爹娘也会担心儿子，儿子这才赶回来。"秦清一句话就把定北侯的怒火给消了，他把声音压低一些："你娘已经怒了好久，说别家府里的儿媳们，捆一块也没惹出这样的祸事来。"

秦清对父亲露出一个了然的笑，就往定北侯夫人的上房来，丫鬟打起帘子，秦清刚走进去，就见定北侯夫人坐在那垂泪。秦清上前行礼，定北侯夫人瞧见自己儿子那泪落得更凶："你回来做什么？不是该陪你那个最好的儿媳？"

这气，只怕定北侯夫人已经从那次定北侯太夫人训斥时就压着了。秦清起身站在自己娘身边："儿子是娘身上掉下来的肉，儿子晓得娘担心，自然也要回来先和娘问安。"

这一句就把定北侯夫人的怒气给消了不少，她让儿子坐下："我晓得我不该怪你，可是……"

秦清已经握住自己娘的手安慰："娘要说什么，儿子明白，可是夫妻，是祸福与共的。"

祸福与共也不是这样的，定北侯夫人还要继续反对，秦清看着自己的娘，声音还是那样平静，但话里的意思不容拒绝："娘，儿子一直都知道，自己要的是什么。"

秦清的声音并不高，定北侯夫人看着儿子，秦清的眼神十分坚定，这种坚定让定北侯夫人叹气，接着定北侯夫人道："我也晓得，说也白说，这些年来，三奶奶和你之间，难道我还看不出来吗？可是我只是个疼儿子的娘。"

秦清屈膝半跪下来："娘的心，儿子十分明白，儿子已经，实实在在长大了。"这话让定北侯夫人再说不出话来，过了许久才道："既如此，你今日可受到什么惊吓？"

"没有，娘，儿子已经不是小孩子了，别说儿子，就连孩子们都只稍微受到一点惊吓，并没有哭。娘。"秦清一声声唤娘，让定北侯夫人闭了下眼，接着就点头："以后你们行事，要记得我们两老，千万不可……"

"身体发肤，受之父母，损之不孝。娘，儿子记得这话的。"秦清的话让定北侯夫人脸上微微露出一丝笑，早该随他们去，早该放手，而不是还心有不甘。

秦清把娘的手握得更紧，心里长舒一口气，从此之后，娘就真的能意识到，自己已经是娶妻生子的人，不再是孩子了。

“谁在外头？”门外传来很小的一声，这让秦清皱眉扬声去问，接着帘子掀起，一个婆子走进来:“太太，老太太那边遣人来问了，说三爷可受到惊吓。”

见定北侯夫人面上闪过一丝不悦，秦清忙道:“祖母疼儿子也是平常事，娘，儿子会去和祖母说。或者，我们一起去。”此刻定北侯夫人只觉得儿子十二分的贴心，就着秦清的搀扶站起来：“好，我们一起去。”

看见两母子走进来，定北侯太夫人唇边闪过一抹笑，问过秦清详情，也就让秦清回去。定北侯夫人却没有离开，定北侯太夫人看着儿媳，过了许久才道：“媳妇啊，儿孙自有儿孙福。”

“婆婆的话儿媳记住了。”定北侯太夫人竖着耳朵细细地听，这回却没听出有什么不甘，于是淡淡一笑，定北侯夫人也笑了，放下吧，彻底放下吧。

定北侯府再破落，对普通人来说，也是惹不起的人，秦清夫妻在坟上遇刺的消息很快就传遍京城。听说竟传到皇帝耳里，天子震怒，朗朗乾坤，哪能任由人刺杀官宦妻儿？下令彻查。

这消息让小沈觉得自家完了，这样的事，哪是普通人能扭转的？沈大掌柜倒有几分清明，见儿子失魂落魄就道：“做什么这样？要知道，这件事我们并没出头，送银子的人也好，出主意的人也好，都不是我们。”

“爹，这是抄家的罪名啊，柳家那边？”小沈已经带着哭腔，沈大掌柜冷哼一声:“不成器的东西，柳家那边可有真凭实据，来往的话，谁会没有来往？再说了，那个去做这件事的，也未必能知道背后的人是谁。”

小沈还要再说话，小厮已经进来:“老爷，柳三爷来了。”柳三爷这会儿来，为的是什么，想都能想到，沈大掌柜鼻子里面哼出一声:“不见，就说我们不在。”

小厮应是出去，小沈想强迫自己冷静下来，可是每次都强迫不了，接着就听见外头传来喧哗声，然后柳三爷跑进来，对沈家父子俩说：“现在事儿闹大了，别想着你们父子也能落个好，那种什么都要往我头上栽的主意，别打。”

小沈脸色已经苍白，沈大掌柜眉一皱，就用眼神示意小厮们退出去，接着沈大掌柜对柳三爷道：“先坐下吧。这样的大事，谁不是能脱身就脱身？”

柳三爷哪是能听得进道理的人？听到沈大掌柜这明显想要开脱的话，他鼻子里哼出一声就道：“怎么，你是一家子老小，我就是一个人了？告诉你，我的爱妾肚子里已经有孩子了，我还想等孩子叫爹呢。这件事，我顶多就是个谋划，那些银子可都是你家拿出的，别想着跑。”

这样的无赖，小沈在心里着急，当初就不该这样做，沈大掌柜脸上依旧笑眯眯，但心里的厌恶感更重了，这个柳三爷，果然志大才疏，既然都曾决定要把榛子给杀了，那现在多了一条命，也没什么大不了的。

小沈见自己爹的脸色不好瞧，心里还在抖，沈大掌柜已经让人准备酒菜，和柳三爷喝上几杯。柳三爷虽然愚笨了些，可还是有一点小聪明，怕沈家父子在酒菜里下药，并不肯动筷子，沈大掌柜脸上笑着，先动了筷子又喝了酒，柳三爷这才敢动筷子。

酒菜自然是没事的，柳三爷不由吃喝了个醉饱，沈大掌柜又拿出一包银子："这件事你出的力多，现在这样，你先出外躲避一段时日，你爹娘那里自然是没有银子的，这里有些银子，你拿去花。"

柳三爷见了银子，双眼不由放光，也不客气一声就把银子收下："就是为的这件事，你放心，我出去躲上几个月，到时候再回来。"说完柳三爷连声告辞都不说，就带着银子离去。

"爹，为何要给他银子，还有这事到底怎么处理？"小沈看不懂自己爹的所为，奇怪地问。

"你啊，还是太年轻了。我没让人送他，况且快到年底了，这京城里，有些人要寻过年的银子。"沈大掌柜坐在那淡淡地说。

"爹的意思，是要借那些人的手，可是这……"做不到怎么办？小沈的心还是很忐忑，沈大掌柜毫不在意地说："这会儿天晚了，他一个醉鬼带了这么些银子出来，哪是能逃过的，明儿啊，我们就听他的信。"

柳三爷出了沈家，此时醉得深了，跌跌撞撞走了一段路，就倒在街边呼呼大睡。这临到晚间，出来寻道路的人不少，有个小贼早盯上柳三爷，见他醉醺醺的，一路尾随而行，等见到柳三爷倒在路边呼呼大睡，这小贼心里暗喜，悄悄走过去，往柳三爷腰里一摸，摸到硬硬的一包，这么多的银子，小贼心里已经欢喜，伸手去解绳子要把银包拿下。

偏生柳三爷此时又翻了个身，那银包就被压在身下，小贼着急，仗着柳三爷醉得很了，推柳三爷一下就去拿银包。

柳三爷睡了一小会儿，已经觉得有些舒服，被推一下就半睁开眼，本以为是家里丫鬟来服侍自己，谁知竟是个小贼要偷自己的东西，登时就叫起来，小贼已快得手，见柳三爷叫起来，拿着银包就要跑。

柳三爷伸手就抓小贼，嘴里就叫有贼，小贼的脚被抓住，又舍不得那些银子，踢了柳三爷一脚想挣脱，可是柳三爷怎么都没放手。此时听到有人叫有贼，巡夜的就跑过来，小贼看见巡夜的，更加想跑。

柳三爷见到巡夜的，想起自己做的事情，也翻身想跑，两人这一跑，巡夜的倒惊讶，为何这喊捉贼的和这贼都跑，既然如此巡夜的也就跟上去追。

柳三爷酒后腿软，几步就被巡夜的追上，那小贼倒跑得快，可是也不料巡夜的跑得更快，直到跑出一条街巡夜的才抓住小贼。这小贼急忙道：“这些是方才得来的，全给你们，放了我吧。”

巡夜的见小贼递上的银包数目不少，再想想柳三爷的打扮，想来是富家公子，到时赏钱肯定更多，哪肯要这些，哼了一声：“还不快些跟我去见苦主。”就抓住小贼往那边走。

柳三爷正坐在地上，巡夜的见他醉得深了，正让人给他喝水，等追到小贼的那个抓着小贼过来，口里在说：“苦主在这，还有这些银子。”

柳三爷醉里也有些分不清，还当说的小贼是苦主，还当自己的事已经发作，登时吓得大哭起来：“我不想做的，是他们逼我做的，我哪敢去杀人。”

柳三爷一哭出声，巡夜的个个都被吓住，等听到柳三爷的话，登时觉得有些尴尬，有老成些的商量几句，已经问道：“他们要你去杀谁？”

“杀杜氏，不不，是秦三奶奶，我不想的，真的不想，我只想教训下杜氏，没想到要杀了她。”这些日子以来，这件事谁不晓得，听到柳三爷说出这话，巡夜的登时大喜，没想到天上竟掉下这么个大功劳来，此时也不想抓小贼了，毕竟小贼一瞧就是个寻道路做生活的。

抓小贼的那个巡夜从小贼手里一把抢过银包：“贼赃在此，念你初犯，回去吧。”小贼本还想细听，见自己被放立即对巡夜的拱了拱手，一溜烟跑了。

几个巡夜的已经用链子把柳三爷锁起来，他此时醉得很，正好套话，一路上有人在那问，柳三爷是知无不答，沈家父子自然也被供出来，等到了衙门，巡夜的先把文书叫起来，让他拿笔记了，这才往里面报。

这件事，因为被刺杀人的身份，是件大案，官虽睡了，听到抓到真凶，也十分欢喜，急忙起来穿衣坐堂，又把柳三爷问了一遍。柳三爷此时酒已经醒得差不多了，想不回答，可是这官作势要打，况且已经有了一份亲供，柳三爷也只得把方才的话再说了一番，只求免打。

官问清楚了，让柳三爷把口供画了押，就给柳三爷上了枷，送进牢里，连夜往上峰处写了表章，又怕沈家父子知道了跑掉，天一亮就让人去抓沈家父子。

沈大掌柜本想等着人来报柳三爷的死讯，谁知却涌进几个衙役，话还没说一句，就被衙役锁住，沈大掌柜登时怪叫起来：“我家做了什么事？”

“买凶杀人的事发了，你还想着有个好，还真瞧不出你有这个胆量。”衙役回答着就去锁小沈，小沈的眼瞪大，叫一声爹，想再抱怨的话也抱怨不出来。

此时内院里的女人们也知道了，听得家主要被抓走，就跟塌了天一样，一个个从里面出来，哭哭啼啼，只问怎么办。小沈娘子还算有些劈着，害怕到时案子断了，要抄家，忙着叮嘱自己的丫鬟，赶紧去把一些要紧的东西藏好，还有往自己娘家送一些。

小沈娘子这样做了，沈大掌柜的太太去世已久，房里都是些妾室，那些妾急忙回屋，把那些东西都收拾起来，趁小沈娘子不注意时，有几个悄悄溜走。

小沈娘子把那些东西都藏好了，这才想起自己公公的那些妾，还想让人把她们都看好了，免得跑掉，就听丫鬟来报，说这些姨娘们跑得只剩下几个。小沈娘子不由骂几句这些人都是些水性杨花的，又把藏不尽的东西拿出几两银子来，让人送到衙门里去，瞧瞧沈大掌柜父子。

沈大掌柜父子被锁到衙门里时，正遇上柳老爷也被锁了来，柳老爷此时和平日全不一样，在那大骂自己的儿子是逆子，又说这样败家儿子就该死了算了。

官任由他们骂着，各自对了口词，晓得柳老爷并不知情，况且柳家那边也收拾了些银子送来，也就先让柳老爷回家。沈家父子立即收监，此案还要等送呈天子，最后定夺。

柳老爷得脱了身，匆匆回家，一进家门就见自己爱妾扑来，哭哭啼啼，说柳太太把儿子抱走，到现在都没还来。柳老爷这两年最疼的就是这个老来子，听了这话就急忙往太太的上房赶，刚走到上房就听到屋里传来一声惊呼，接着一个丫鬟往外乱跑："快请医生，四爷被花生卡住了。"

柳老爷听得这话，登时只觉得腿都软了，匆匆进到上房，柳太太正抱着那孩子在摇，嘴里还在叫儿，那孩子已被花生卡得白眼直翻。柳老爷上前一步抢过儿子，伸手想进孩子嘴里掏出花生，可是哪有半点效用，等不到医生来时，那孩子一缕童魂，已经飘然离去。

柳老爷见老来子没了，伤心气愤自不必说，柳太太就是要这个孩子的命，见这孩子果真没了，面上还做个戚容："这孩子闹着要吃花生，我说弄碎了给他，谁知他趁我眼不见，就把花生塞进嘴里，全是……"

"我的儿啊！"那妾也奔进房里，瞧见自己儿子没了，登时软在那里大哭起来。柳老爷听得爱妾伤心，又见柳太太还在那装模作样，一脚就踹到老妻胸口："全是娶你不着，什么都不懂，还养出那么个儿子，现在又杀了我儿子，我要你偿命。"

柳太太也是有脾气的，见自己丈夫凶神恶煞，也叫喊起来："明明是你宠妾灭妻，你还这样对我，要杀了我，我就和你对命。"见他们老夫妻撕打起来，那妾只抱着孩子在那哀哀地哭，听到柳太太说一个孽子死了也就死了，妾的心更痛起来，见到旁边还有把掸帚，拿起就往柳太太身上打，发疯般喊："我杀了你，杀了你。"

柳太太还在和柳老爷撕扯，不料这妾又上前帮忙，双拳难敌四手，大哭起来，边哭边骂，哭自己命苦。下人们见主人们打起来，没有法子，只有去请柳大爷夫妻。

柳大爷夫妻早已听得外面人议论，家里出了这样的人，虽然已经分家，但还是觉得脸怪红的，等又听到柳老爷这边的下人来报那边打得不亦乐乎，这弟弟可以不认，爹娘是不得不认的，嘴里连叫晦气，还是坐车去到柳老爷那边劝解。

到得这边，见柳太太已经被柳老爷和那妾室打得脸上全是抓痕，身上的衣衫也差不多被扯破，柳老爷想是打得累了，坐在地上喘气，那妾哭一声儿，就在那往柳太太身上打一拳。

瞧见儿子来了，柳太太急忙扑上去："儿啊，你爹宠妾灭妻，我过不下去了。"柳大奶奶本就是来瞧热闹，此时瞧见这样，心里不由连声称快，但面上还是要做出一番别的神情："婆婆快休说了，这小叔的丧事……"

"什么小叔，我没生过这个孩子，哪是你们的小叔。"呵斥过了儿媳，柳太太又抓住儿子，要他把那妾赶走，要把那小孩给扔了。见自己老妻如此，柳老爷又要爬起来打骂，柳大爷只觉得头大如斗，好容易让自己媳妇把娘带走，又劝住柳老爷，又让人来给那小孩子办丧事。

等柳大爷把这边的事料理清楚，这才问柳老爷柳三爷到底如何，柳老爷此时深恨儿子，哪里说得出来什么好话，还要把老妻休了，把爱妾扶正，免得她仗着正室地位，欺压别人。

这种糊涂话柳大爷自不会听，好容易哄住柳老爷，把这孩子的丧事办掉，中间还不忘拿了几两银子去牢里，免得自己弟弟吃苦。等这些事都办完，这个案子的结文也来了，沈大掌柜和柳三爷勾搭为奸，因一点琐事就要杀人，实为恶人，和那凶徒一样，明年秋决。小沈不知劝诫父亲，虽子不能举父，却也不能免罪，着流放三千里。

沈家家产抄没入官，能得妻儿不被没入官，已算今上仁慈，网开一面了。柳老爷夫妻养儿不教，念柳老爷年老，只着家产抄没入官，免罚。

这案子一结，柳沈两家都来了如狼似虎的衙役，把柳沈两家的人都赶出去，那些家产全都被抄没。柳老爷这边不似沈家那头还有防备，房中东西全被抄没。柳大爷到了此时，也只得捏着鼻子把爹娘请回家住着，至于柳老爷的爱妾，柳大爷出面给了那妾二十两银子，让她自回娘家。

那妾见柳家现在这样，柳老爷再不能当家做主，想着在嫡长子手心讨生活只怕还不如在柳太太手里讨生活，也就对着柳老爷哭了几声，拿了那二十两银子回娘家自己嫁人不提。

小沈娘子在那骂天咒地，收拾起儿女回了娘家，好在还藏了些东西，不至生活无着，比起原先来却差了很多，偏偏大女儿的婆家听得这信，也来退了婚事，小沈娘子更觉是个晴天霹雳，现在却不能去和那边闹腾，只得咬牙切齿忍了这事。

“瞧瞧，这人，就是亏心事不能做多，当年柳家是何等风光，就说沈家，如果安分守己的，不也是好好一家富户？现在家业四散，还要去吃一刀。”朱太太和绿丫说起，忍不住十分感慨。

“婶子说得是，柳家当初就是亏心事做得太多了，下人也就罢了，可是妹夫他，却是正正经经的骨血亲人。”绿丫不好提起翠儿，只有拿吴二爷出来做比。

“是啊，所以我让女婿给柳太太送了一百两银子，这人没有银子傍身，那可怎么得了？再说也不是我说，柳大奶奶虽不是那样十分刻薄的，可也只能让柳老爷两老得个温饱罢了。”

朱太太的话让绿丫一笑：“婶子这话有心了。”

“什么有心了，不过还是记得他家总算待我有几分好处。”朱太太抿唇一笑就压低声音，“这话，我也只能说给你听，女婿那日去的时候，回来只是叹气，我让女儿去问他。才晓得柳太太现在落魄了，可还是不晓得自己错在哪里，口口声声全是别人害的，还有运道不好。要说害，那么小的孩子她也能下手？要说庶子谁都不喜欢，可毕竟是条人命。”

柳太太不这样才奇怪呢，绿丫又和朱太太说几句闲话，也就告辞回去。还想着等过几日去翠儿坟上和她说这个好消息，刚走进家门就见秀儿笑眯眯地迎上来：“哎，你在朱家说些什么呢？这会儿才回来，我啊，有事求你呢。”

“什么事要求我？”绿丫挽住秀儿的手走进屋里，秀儿坐下才道：“江南那边，已经有回信了，说同意把女儿许配给阿弟。我想着，给阿弟办得风风光光的，可你也知道，这些事我从没办过，想来求你好好问问。”

绿丫说了声恭喜才道：“这事你与其求我，不如去求周嫂子，她最熟这些。”

“不一样的!”秀儿摇头，绿丫想了想才笑了：“是不一样，哎，要不你去求棒子。”秀儿往绿丫肋下掐了下:“棒子这些日子要忙着做别的，我才不好去，哎，你别逗我了，赶紧的，我可是要你男人给我做媒人的。”

绿丫见秀儿急了，这才笑着应了，又和秀儿说了些办喜事要准备的东西，秀儿也就自己回家。绿丫拿起方才和秀儿商量时记下的那些东西，脸上不由露出笑。

“在瞧什么呢?”张谆的声音响起，接着把那张纸从绿丫手上拿过来，仔细瞧瞧就笑了：“这是谁家要娶媳妇了?难道说你要给小全哥定亲，说来，锦儿确实不错，也是青梅竹马，我觉得，小全哥也是愿意的。”

绿丫捶丈夫几下：“什么啊，小全哥才……”绿丫本想说小全哥才多大，随即就愣住，不知不觉间，儿子已经快十岁了，不小了，的确该定亲了。

“这日子，怎么就过得那么快?”张谆见绿丫用手撑住额头就笑了：“不光是小全哥，容儿都不小了，那日小裘掌柜寻我喝酒，话里还透出意思，想把容儿求做儿媳呢。”

绿丫瞧向丈夫，嗯了一声：“难怪我觉得你老了，没以前那么俊美了。”张谆用手摸下下巴，摸到胡子就摇头：“果真吗?”绿丫不由放声笑了，笑完对张谆道：“等挑个日子，我们去给翠儿姐姐上炷香吧。”

这样的喜事，当然是要给人上香告慰的，张谆点头，接着就瞧向妻子：“我真的没以前那么俊美了?”绿丫忍住笑，用手捏住丈夫的耳朵:“假的假的，你还是那样俊美，不过呢，这俊美，只许我瞧见，别人不许。”

第 41 章　顺　意

张谆笑了："只许你瞧见，那下回，要不要我蒙面出门？"绿丫先是微微错愕，接着就笑了，点头道："那好，你蒙面出门，那人人都当你是来抢铺子的。"见妻子大笑，张谆轻轻一拉，就把妻子搂在怀里，绿丫已经笑得软倒在丈夫怀里，闻着丈夫身上的味道，闭上眼睛什么都不去想。

杨婆子带着容儿过来，见小柳条和个小丫头坐在门口，见杨婆子走过来，小柳条忙上前迎着杨婆子，又摆手道："太太先领小姐去园子里玩玩，爷和奶奶在屋里说话呢。"

杨婆子哦了一声就了然笑了，牵着容儿往外走："阿婆见那棵梅花在打花苞，我们去瞧瞧。"容儿的小眉头皱紧："阿婆，可是我还想给爹瞧瞧我做的荷包。"

"我们容儿最乖了，等会儿再去给你爹瞧，这会儿，先去瞧梅花。"杨婆子哄着孙女，脸上笑容不变，女儿女婿恩爱，这是最好不过的事，还去想别的做什么？

嗯，也许该想想，小全哥啊，容儿啊，都要嫁娶什么样的人，等以后自己就可以抱重孙子了，想着牙牙学语白白胖胖的重孙子，杨婆子脸上笑得越发开心喜悦，自己啊，也扎扎实实享了那么多年晚福，够了。

"翠儿姐姐，现在你可以在地下安心了。那个害你的人，已经被定了处斩，再多的银子也救不回来了。"绿丫把一张纸钱扔在盆里，见化成灰，然后消失，在那喃喃地道。

"翠儿她，确实是个好孩子。"老张婆也跟着她们前来祭拜，听到绿丫的话那泪就忍不住下来："当初，其实我要阻止，翠儿也不会被……"

再被屈三爷糟蹋一回，以女儿身被卖，去了主人家，也能多被看待些，可是就算真是女儿身去了主人家，又怎样呢？过不得几年还不是一样被卖？秀儿蹲在绿丫身边，翠儿，挣了一辈子，终究还是没挣出来。

老张婆没有再说话，只是看着纸钱烧化，绿丫和秀儿站起身，抬头看向天，仿佛能瞧见翠儿在天边微微地笑，像当初头一回见面时一样。在这世上，还有我记得你，一直都记得。也不算白来一趟。

绿丫转身，和秀儿一起往马车那边走去，老张婆又回头瞧了眼翠儿的墓，就跟在她们后面，也许是为了让气氛轻松些，秀儿过了会儿道："还要让媒人带了聘礼往江南去呢，张婶子，你觉得，谁做媒人好？"

老张婆上了车，故意想了想才道："这一客不烦二主，就是小张哥了，这大掌柜做媒人，多么体面。"绿丫见秀儿和老张婆都瞧着自己，笑着伸手："做媒人，成啊，先把媒人钱拿来。"秀儿笑着往绿丫手上打了下，绿丫笑了，马车离开这里往京城里走，从此，那些过往是真正的全都过去了，不留一点影子。

秦清再次得了外任，选了徐州知州，凭上是四月底到任，一过了年，秦清也就忙着收拾赴任的事，这回榛子和他要一起去徐州，绿丫和秀儿去送榛子的时候，见行李里有很多定北侯夫人送的东西，绿丫和秀儿倒奇怪了："怎的，你婆婆，不嫌你闯了泼天的祸，还把她儿子都拐走了？"

"你们好歹也读过不少书，难道不晓得士别三日刮目相看的道理？我婆婆总算也是读书明理的人，哪会一直想着过去的事？"榛子笑吟吟地说，秀儿和绿丫相视一笑，故意双双给榛子行礼下去："嗯，知道了，这以后，要怎么做婆婆，我们可要先问问你。"

"哎，你们谁要做婆婆了？总不会是锦儿要嫁小全哥吧？说起来，这桩婚事总是好的，门当户对不说，两个也算青梅竹马。绿丫也不是那样恶婆婆，来来，趁我还在，就把这亲事定了，以后说起，就说我做的大媒。"绿丫心里是愿意的，只是去瞧秀儿，见秀儿只笑不说话，绿丫怎不明白秀儿怎么想的，把榛子的手拍一下："得，这定亲，总要遣人说合，你啊，还是赶紧收拾赴任，去做你的知州夫人去。"

榛子冰雪聪明，怎瞧不出秀儿有点不大情愿，虽觉奇怪也没再问出，毕竟以后日子还长。等从榛子这里离开，秀儿才对绿丫道："你没有怪我吧？"

"我怎会怪你？虽说我觉得小全哥已经很好了，可我更知道锦儿是你心头肉，你为了给她挑个夫婿，定是挑了又挑，选了又选，我若连这些都不明白，就白认识一场了。"

绿丫的话让秀儿的眉微微一皱："其实呢，我并不是觉得小全哥不好，可我总害怕……"害怕人心会变，害怕自己护不住女儿。秀儿自己的路太苦，怎舍得让女儿也吃苦？

"我知道，所以呢，我也只会和你说一句，要锦儿真的喜欢，你可不能不答应。"知根知底的人家，又两厢情愿，那就是天作之合，秀儿笑了："我当然不会拦着，不过……"

"不过因我儿子还小，其实也不小了，快十岁了，可这个年纪，没定性的人也多，罢了罢了，你疼锦儿，难道我就不疼她了？这桩婚事，还是再等个几年，等到你觉得我儿子有定性了，再应，横竖这世上，你再寻不到比我儿子更好的女婿了。"秀儿先是笑，接着就拍绿丫一下："有你这样夸儿子的吗？"

"我自个的儿子，怎不能夸了？不说我，就说你，你不也一样爱夸你锦儿？"这话让秀儿笑了，能有这样的好友，彼此明白彼此的心意，真是上天恩赐。

"来了，来了，报喜的来了。"玉儿、锦儿、容儿三个人缩在屋里，容儿年纪最小，性子也最急，在那探头瞧见就说。

"玉儿姐姐，以后你可真是要做秀才娘子了！"玉儿被锦儿说得脸一红，她已经十五岁，身形已经长开，不再是孩童模样，乌油油的头发，白白的脸，身上衣服又素淡，再加上读过几年书，谈吐也不一样，这些年更是少出门，真如一块美玉一样。

"锦儿姐姐，你还是别为玉儿姐姐操心，你啊，还是想着，怎么给我寻个好姐夫回来。"容儿笑嘻嘻地说，她今年已经九岁，在家备受宠爱，性子比起玉儿锦儿都要活泼多了，锦儿伸手去捏容儿的脸："这才多大年纪，就说这个，你不害羞？等我去和姨姨说去。"

容儿抱住锦儿的胳膊："锦儿姐姐，我娘还说，男大当婚女大当嫁，她还说，现在就给我攒嫁妆呢，还说，我以后的女婿，要我喜欢才能嫁呢。你说，我有什么好害羞的？"

锦儿伸手又想去捏容儿的脸，容儿已经嘻嘻一笑："不如，你来我家做我嫂嫂可好？锦儿姐姐，我哥哥还是个不错的人呢，长得不错，我家里的事你也全知道，我哥哥读书虽没有周家姐夫那么聪明，可也不笨，说不定也能考个秀才。"

"你们几个说得倒热闹，外面的鞭炮声这么吵，也没让你们停下。"兰花推开门，进来拿准备好的赏钱，这赏钱是早准备好的，一吊吊用红纸包着放在托盘上，最底下还又垫了一层小银锭子，加起来也有二十来两，在这样人家，考中个秀才就出这么一笔赏钱，算是十分之重了。

“娘，您瞧见他了吗？”玉儿把那盘赏钱抬起，交给自己的娘，小声问了一句。

“他没来，想是在学里老师那里磕头呢，不过你婆婆来了，说让你安心，我们说的话都是一个吐沫一个钉的，不会乱改的。”这等人家出个秀才是难得的事，更何况周家儿子今年才十六岁，生得还算貌美，兰花虽不识字，戏文里的陈世美是瞧过的，现在女婿中了秀才，万一被人瞧中要扳去做婿，那可如何是好？

玉儿虽觉得周家不像是做这样事的人，可是被自己的娘说了，心中也忐忑起来，这种事不是没听过，此时听到自己的娘说婆婆来过，还再三保证，一颗心这才放下，笑着应了。

“玉儿姐姐，姑母也是瞎担心，要晓得，现在张家姨父已经是大掌柜了，一年七八千银子，又不是当初无依无靠，而且读书得科举的人，必要积阴骘，若阴骘不够，就做不长久的。”

锦儿等兰花一出去，就扶着玉儿的肩膀说。

“好奇怪，若那人真的变心，那还要来做什么？倒不如丢掉另寻！”容儿的小脑袋一点，在那瞪大眼说，锦儿不由笑着把她搂到怀里：“这不一样的，就像玉儿姐姐对周家姐夫，和对我们是不一样的。”

“有什么不一样的？”容儿也是个爱问的性子，这话让锦儿回答不出来，于是两人齐齐瞧向玉儿，玉儿被她们瞧得面都红了，才嗫嚅道：“容儿，你别听你锦儿姐姐胡说，等以后，你长大了，就知道了。”

容儿叹气，用双手撑住下巴：“我已经不小了，过了年就十岁了，哥哥更不小了，过了年就十三了，怎么还会不明白？”说着容儿努力地想，猛地想到，于是大声地说，“哥哥瞧见锦儿姐姐会脸红。”

这话让锦儿吓了一跳，玉儿急忙伸手去捂表妹的嘴：“这话可不能瞎说，什么瞧见你锦儿姐姐会脸红。”容儿的嘴巴被捂住，挣脱不开索性张口咬了玉儿一下，玉儿吃疼把手放开，改捂为捏表妹的脸：“你啊，太调皮了！”

容儿的一双眼圆鼓鼓地瞪大看着锦儿：“嗯，我娘说过，如果有一天，瞧见男子会脸红，那男子见了你也会脸红，就是喜欢，就可以……”这回是换锦儿把容儿的嘴捂住：“姨姨到底教了你些什么，这样胡说，别闹了，我们吃我娘做的绿豆糕。”

说着锦儿飞快地把手放开，另一只手就把绿豆糕塞进容儿嘴巴里，容儿的嘴巴被堵住，想再说什么但已经没人肯听，只得嚼着绿豆糕，自己在想问题。

兰花端着那盘赏钱出去，交到老刘手上，报喜的见了那么一盘赏钱，心里大喜，口中高呼一句："谢岳老爷赏钱十五吊，赏银五两。"这声高呼让兰花和老刘都觉得脸上多了光彩。

跟着报喜的来的，还有同窗，小全哥也算同窗，也跟了来，身边的同窗听到这赏钱的数目就用手捅下小全哥："张兄，你这姑父给的赏钱可不少，我觉着，周兄要努力再考，等考个举人出来，只怕会赏个百来两。"

"这就胡说了，我姑父一家，一年也就这么些银子。"小全哥心不在焉地答着，眼却往窗边瞧，今儿听说锦儿也来啊，怎么不见她？难道是在里屋躲着和自己妹妹表姐说话？长大了就要男女授受不亲，不能见面了，自己本来还寻了好玩的要给她呢。不过不能交给妹妹带去，不然的话，妹妹又要从中把东西拿掉了。

那个同窗还要再说，见小全哥往窗口那里看，笑着说："张兄，我听说你有个青梅竹马，是不是今儿也来了？不过那桑间月下，不是我们该做的事。"

小全哥一张脸登时涨得通红，声音不由提高一些："你胡说什么？男子家的名声难道也能败坏不成？"小全哥正处在孩童往少年的变化期，这嗓子还有点尖，这声音一高，立即有人往这边瞧来，见状那同窗忙道："对不住，我说错了，可是……"

"没什么可是的，这男子家，也不能随便议论闺中女儿！"小全哥把脸一板，倒也有几分道学，同窗不由嘀咕一声没有再问。此时报喜的已经报完喜，坐下喝茶，等着席面摆出，小全哥和同窗也就上前贺喜。

老刘瞧见侄儿，伸手拍他肩膀一下："你还来装模作样过来给我贺喜，赶紧给我脱了外衫，帮忙端菜去。"小全哥应了，把外衫脱了，这衣衫却不知道往哪里放。兰花已经接过："拿来，我拿给你表姐进去，这肩膀也绽线了，你娘最近也肯定忙，也不帮你缝缝，我让你表姐给你补好。"

小全哥哎了一声就道："可不能让容儿给我补，她要补，定要和我拿手工钱。"兰花听了这话噗嗤一声笑出来："晓得了，我会和容儿说，别让她动。"

说着兰花走进里面，掀起里屋的帘子把外衫交给玉儿，让她补好。容儿见了这件衣衫就眼一亮："姑母，我来缝。"兰花拍侄女脸一下："你哥哥说，别让你补，不然的话，你要和他要银子。"

"哥哥就是小气，一件衣衫我不过和他收三钱银子罢了，他还不肯给我补，哼，那就表姐缝吧。不过表姐缝的，没我缝得好。"容儿的小下巴翘起，有些得意地说。

“知道我们容儿针线活做得好，你也别成日挂在嘴里。”兰花笑着打趣侄女一句，也就转身去忙。玉儿拿出针线箩来，穿好针正准备缝时，兰花又掀起帘子，“玉儿，再给我寻几吊钱出来，还有那个，也拿给我。”

玉儿哎了一声急忙放下去寻，等寻到东西，刚要坐下缝补，又来了一个人，要寻别的东西。玉儿在那拿起放下，一针都没缝，容儿有心想为哥哥缝好，可是想起自己哥哥的话，腮帮子鼓起不说话。

锦儿瞧见容儿这样就浅浅一笑，拿过那件衣衫缝起来，也不过几针就缝好。玉儿这才又坐回来，用手捏着脖子：“哎，怎么事儿那么多。”

说着玉儿就拿起衣衫，再一瞧已经缝好了，就瞧向容儿：“你哥哥可是说了，不能给你缝，不然你要和他要钱。”容儿泄气地用手指指锦儿：“是锦儿姐姐缝的，哎，让我没了好几钱银子。”

“小钱匣子，你可真是个小钱匣子。”玉儿捏捏自己表妹的脸颊就抬头对锦儿笑道，“谢了啊，我也没想到今儿这么忙。”

“玉儿姐姐你和我说什么谢呢？我和小全哥也是自幼相熟的。”玉儿听得自幼相熟这句，心中突然一动，但也没说出来只浅浅一笑。兰花已经掀起帘子来拿衣衫，说小全哥要走了，要穿衣衫。

玉儿把衣衫拿出去，又和锦儿容儿说笑了一会儿，绿丫也就让人来接容儿锦儿。车先到石家，锦儿下车后容儿也没进去，说要赶紧回家就往自己家里去。

容儿下车就先去见绿丫，一进院子就边跑边喊：“娘，娘，您在哪儿？”辛妈妈哎呀一声：“小姐，你先别跑，不然的话，奶奶会请人来教规矩的。”听到教规矩三个字，容儿就把脚步放缓一些，吴家的姐姐就是在学规矩，每日最少要学一个时辰，娘还说，等吴家姐姐学得差不多了，要把这嬷嬷请来教自己，可是这样好辛苦。

绿丫已经掀起帘子站在门前，对女儿道：“多大的姑娘了，还这样乱跑，等你秀儿姨姨见了，又会笑话你。”容儿笑嘻嘻地叫一声娘，就伸手抱住绿丫的胳膊：“娘，我也只在你和秀儿姨姨面前才这样，在生人面前，嗯，就说被娘带出去应酬吧，我也不是这样的。”

绿丫被女儿这几句说得心一软，和她一起进屋：“可是日子长了，还是会露马脚。”容儿的头摇得拨浪鼓样：“不会的，娘，你女儿我这么聪明，绝不会露马脚的。”

绿丫捏捏女儿的脸："自吹自擂，今儿去姑母家，见到你锦儿姐姐了？"容儿点头，走到桌前倒茶，先给绿丫端了一杯才给自己倒了杯："见到了，娘，锦儿姐姐什么时候可以做我嫂嫂？"

"你这孩子，说什么傻话呢？锦儿要做你嫂嫂，我一个人说了也不算。嗯，你秀儿姨姨说了也不算。要你锦儿姐姐说了才算。"容儿听了娘这话就叹了声，用手托着腮不说话，绿丫坐到女儿身边："以后万一锦儿做不了你嫂嫂，你也要答应娘，不能难为你以后的嫂嫂，还有，不要和你锦儿姐姐生分。"

容儿点头，绿丫见女儿乖巧，眼里露出笑容："去吧，去寻你婆婆去，你弟弟也在那呢。"容儿嗯了一声起身离去，快走到门前时突然回头："娘，我觉得，锦儿姐姐一定会做我嫂嫂的。"

绿丫不由笑了，这孩子，小时候还不显，越大越有主意了。不过绿丫也只以为这是女儿说小孩子话，并没把这话放到心上。

小全哥和同窗们又去恭喜过周秀才，在周家待了很长时候，天擦黑才回到家，先去给爹娘问安，然后才回自己房里，他渐渐大后，也不好再住在上房里，绿丫收拾了靠近内院的一个小院子让儿子住，又让辛妈妈照顾他，不过起居这些，还是绿丫亲自安排。

小全哥这一日累了，回到自己院里就在那伸懒腰打算歇息，他一个哈欠还没打完，院里石桌边就站起一个人，口里叫着哥哥："你怎么这会儿才回来？"

小全哥听到是妹妹的声音，站好瞧着她："这么晚了，你不回屋歇着，在这等我做什么，再说男女有……"

"男女有别，七岁不同席。这些你别说了，我都晓得。可我们是兄妹啊，孔夫子也没让兄妹不得见面，而是说要孝悌，既要孝悌，哪能不见面呢？"容儿的伶牙俐齿小全哥从来都说不过，听到妹妹这样说，小全哥就笑着说："好好，你都有道理，不过你来寻我做什么？"

"哥哥啊，我问你，你想不想锦儿做我嫂嫂？"容儿的话让小全哥整个都惊呆了，接着小全哥眉头皱起："你瞎说八道什么，你才多大？这些事是你关心的吗？你不知道婚姻大事，父母之命……"

"哎，哥哥，你先回答我，想不想？"容儿才不吃小全哥这套，不依不饶地问，小全哥的脸忍不住又红了："想不想也不是要告诉你的，你赶紧回屋睡觉，不然的话，明儿我告诉娘，让她打你。"

容儿皱皱鼻子，哼了一声："你啊，再这样不说，以后锦儿姐姐被别人聘走了，你去哭吧。"说着容儿转身往外走，被别人聘走了？小全哥的眉皱起，不，不会的，可是妹妹的话到底是什么意思？

小全哥哎了一声就去喊妹妹，容儿走出几步就听到哥哥喊自己，得意地转身说："你还不知道吧？今儿你肩膀上的那个绽线的，是锦儿姐姐给你缝的，还有下回别穿这样绽了线的衣衫出门了，叫人瞧见，还当是娘管家不好。"说完容儿就走了，小全哥听到妹妹的话，手不由往肩膀上摸去，本以为是表姐缝的，谁知道是锦儿缝的。

其实要能和锦儿过一辈子，那也是很好的，不，不光是很好的，而是非常好，可是这样的事，又怎么告诉自己爹娘呢？小全哥坐在容儿方才坐的地方，双手托腮想着，不觉已经想入神。

"你昨晚是做什么了？没睡好，眼里这么多血丝？"第二日早起去给绿丫问安时，绿丫瞧见儿子双眼血红，不由吓了一跳，连声问儿子。

小全哥冥思苦想了一夜，总算把想法想出来，见了自己的娘就想说，可听到娘这样问，又有些不好意思，低头不语。

"你今儿到底怎么了？方才还眼睛红，这会儿怎么脸都红起来了？"绿丫得不到儿子的回答，抬头细瞧了眼儿子，等瞧见儿子时那眉立即紧皱起来，起身伸手要往儿子额头上按去。

"娘，我没有发烧，只是，只是……"小全哥把自己娘的手挡下去，努力吸气呼气，想要说出口，可话要嘴边时，又咽回去了。"你这孩子，又这样了？那好，我还忙，你想好了再说。"绿丫的眉皱起，索性不理儿子，小全哥想和自己娘说呢，可见了娘这样，又怏怏地出去了。

"哥哥，你怎么这么早就来了？"小全哥走出上房，正好看见容儿打着哈欠从后面绕过来，瞧见哥哥，容儿打到一半的哈欠也没打了，只是看着自己哥哥问。

"你啊，难怪娘说要请人来教你规矩，瞧瞧，这么大人了，在我面前打哈欠也不注意点。"小全哥对娘没有说出话，可对着妹妹就好说了，容儿对小全哥做个鬼脸："哼，你自个的事自个做去，这会儿教训我，再说了，你是我哥哥啊，在哥哥面前，自然不能遮拦。"

容儿在那得意扬扬地说，小全哥哼了一声："我虽是你哥哥，你难道不晓得男女有别吗？"容儿一双眼越发清亮了，上前就要伸手去摸小全哥的额头："哥哥，你今儿是不是发烧了，怎么说这话，我还没及笄更没出嫁，还是小孩子，小孩子在哥哥面前撒娇不行吗？"

"不行，你瞧表姐和，和……"小全哥有些口吃了，好几个和后面都没说出锦儿的名字："表姐九岁时候就是很大人样了，比你强多了。"

"你们兄妹,怎么拌起嘴来了？"绿丫挑起帘子,瞧着檐下的儿女淡淡地道。

"娘,哥哥欺负我。"容儿瞧见娘出来,奔过去抱住绿丫的胳膊就撒娇告状。绿丫摸摸女儿的发，小全哥看着妹妹，无奈地叹气才对绿丫说："娘，妹妹已经不是小孩子了，以后总要……"

"我晓得，等过了年就让人来教她规矩，不过人呢，本性是难改的。"绿丫的话让容儿哎呀了一声，脸就皱起："娘，我还不到十岁呢。"

"你要知道，那些大家，不说别人家，就说你榛子姨家里，她女儿今年才五岁，可上回来信，已经开始学规矩了，你可比她大这么些呢。"绿丫用目示意让儿子出去，这才带着女儿进到屋里，施施然地说。

"娘，你也说了，那些是大户人家，我们不过是商户，要……"

"你别拿那些花言巧语的话来哄我。"绿丫的话让容儿的嘴噘起，靠在绿丫身上。绿丫拍拍女儿的脸,推她一下:"你给我规规矩矩坐好。"容儿吐一下舌，急忙坐好。

绿丫瞧得又好气又好笑："道理我也不和你多说，不依规矩没有方圆你是晓得的。况且你现在在家里，有我们宠着护着的，自然可以不在意那些。但人哪能一辈子在这家里待着？以后你出了阁，总要到婆家去，难道那时要我被人笑话不会教孩子？这会儿对你严些也是为你好。"

容儿故意叹气，过了好一会儿才道："娘的话，我晓得了，可是那嬷嬷，可不能请教朱家姐姐那个，要请，要个和气的。"绿丫推女儿一下："刚让你规规矩矩的，你又这样了。那是你吴姐姐。"

"可是娘你经常说的是去朱家，不是去吴家！"绿丫忍不住捏捏女儿的脸："等你学规矩的时候，有这么聪明就好了。"容儿挺直身板："娘您放心，我是您的闺女，绝不给您丢脸。"

这一句把绿丫逗笑了，忍不住把女儿搂在怀里："娘的宝贝疙瘩啊，哎，要不是天下女儿都要出嫁，娘也舍不得拘着你。"容儿在娘怀里探头："那娘当初嫁给爹的时候，婆婆有没有心疼？"

绿丫脸上的笑容消失一下，接着就拍拍女儿的脸："那都是很多年前的事了。好了，起来吧，我还有事呢。"容儿的眼眨了眨，这些事，娘肯定是不愿告诉自己的，定是因为自己年纪小，等再过些年，自己长大了，娘就会告诉了。

容儿脸上带着笑容出去，绿丫瞧着女儿背影，不由轻轻一叹，转眼女儿都已经这么大了，也许等再过些年，有些事就可以告诉她了，好让她知道人间冷暖。

张有才虽已在三年前定亲，但因对方远在江南，商量好过几年娶。这回江南那边的掌柜要上京来，于是就把女儿带上，趁机嫁女。两边的来往信件都已定下日子，秀儿自然要张罗弟弟的婚事。

张有才在京这几年，已经渐渐被掌柜重视，一年也能有五六十两银子的进项，养家糊口是足够了。秀儿寻了好久，才在离石家不远处寻了座两进小宅子，因为房子不大，一年也只有十五两的租金。

秀儿对这房子十分满意，交了一年的租金，就带张有才过来瞧。张有才对这宅子也很满意，等听到租金时候就有些迟疑，对秀儿道："姐姐，这租金太贵，我一年赚的一下就去了三成，还是去寻便宜些的吧。"

"头一年的租金，我已经给你付了，就算是我和你姐夫送你的贺礼。剩下那几年的租金，还有这雇下人的银子，可全要你自己去挣。"

"可是姐姐，这娶妻的银子就已经，我……"张有才听到秀儿说这话，口有些吃地说。

秀儿笑了："你还是个男人呢，怎么连这点心都没有？你知道掌柜的一年多少银子吗？你就算做不了掌柜，一个好的伙计一年也能赚个百来两，一年赚百来两，还租不起这十五两一年的房子？还养不起老婆？雇不起下人？你再这样啰唆没有点主见，我就去和掌柜的说，等年底，让你对个鱼头。"

秀儿的话让张有才笑了，他重重点头："嗯，姐姐，我一定不会辜负你的期望，还有，娶妻的银子，我也会赚了还你。"秀儿笑了："这才对，我的阿弟，怎么可以是那样赚不了多少银子的人？"

得到姐姐的肯定，让张有才也笑得很开心，秀儿望着弟弟的笑，心里也很暖，这样的人生，才能叫圆满。

张有才成亲，绿丫带着容儿过来帮忙，容儿和锦儿俩见了面，总有说不完的话。秀儿就让她们俩到锦儿房里，挑料子去，自己在外头和绿丫说话。

等这两人一走，绿丫才笑着说："我儿子可是对你女儿上了心的，今儿我来的时候，他还来问长问短的。现在他们俩，也算不上是小孩子了。小全哥过了年十三，锦儿也已十二了。别的不说，我儿子的人品我还是有信心的。"

秀儿瞧着绿丫的眼就打了她手一下："晓得你在想什么。可是我锦儿啊，和你容儿是不一样的。你容儿是话多，什么都爱说，瞧着有主意，可只要你一劝，她就听你的了。我锦儿呢，刚好不一样，不爱说话，瞧着也是温温柔柔斯斯文文的，可是这心里的主意比谁的都大。她不愿意，说什么都不好使。"

“嗯，我就知道，你锦儿要不是这样，我也不会这样发愁。”绿丫并不奇怪秀儿的话，只是瞧着秀儿：“不过呢，你给我说句心里的话，你喜不喜欢我小全哥做女婿？”

秀儿怎不喜欢，若说早前还怕锦儿嫁出去受气，要招女婿，现在秀儿心里早没这样的念头了，再说不管是绿丫、张谆还是小全哥，还是容儿还是绿丫的小儿子，秀儿都明明白白清清楚楚，这样一门婚事，真是上好的，不过想到女儿的脾气。秀儿只对绿丫笑笑：“罢了，罢了，我们还是喝茶，也不知道锦儿心里怎么想的。”

“锦儿姐姐，这匹料子你穿准定好看。”容儿先瞧了几匹料子，然后就开始一门心思地琢磨，这料子该做什么样的衣衫才好。锦儿把容儿往自己身上披的料子放下，伸手点容儿额头一下：“你啊，这挑的，是舅舅办婚事的料子，是预备给舅母的，可不是挑过年时候新衣裳的料子。”

容儿点头，接着就说：“这过年也没几天了，顺便挑挑做新衣衫的料子也可以。”

“那些，我娘前几日就让我挑了，让人在做呢。”锦儿低头瞧着料子，想挑出最适合的。容儿先点头，接着就啊了一声：“锦儿姐姐，你今年怎么不叫我过来和你一起挑，我还等着瞧你挑了什么样的料子，到时和你挑差不多的，我们做两件差不多一样的衣衫，过年去喝春酒时，穿出来，人人都赞我们是姐妹，这样才好。”

锦儿抬头瞧着容儿，笑着道：“你和别人还真不一样，有些小姐是生怕别人和她穿差不多一样式样的，上个月我去万家赴席，穿了件新做的藕色衣衫，结果万小姐那日穿的也和我那件衣衫差不多。当时她脸色就变得有些不好看，等我们告辞时候，她已经换了衣衫。前儿我和娘去褚家做客时又碰到了，这回你晓得怎么着？她把那衣衫赏丫头穿了。我看她那举动，心里只是好笑。然后想着，我们年年都穿差不多一样的衣衫，会不会你其实心里是不愿意的，这才自己先挑了。”

万小姐？容儿想了想，只记得这是个自负美貌，但在容儿瞧来，长得有些稍许刻薄的女子。容儿把手挥了挥：“这不一样，我们是姐妹，是姐妹就该穿差不多的衣衫。”

见锦儿但笑不语，容儿叹了声：“好吧，或者是锦儿姐姐你不喜欢我和你穿差不多一样的衣衫。不过锦儿姐姐，那些和你差不多一样的衣衫，我都好好收着呢，绝不会给人的。等以后，我长大了，嫁了人，生了女儿就给她穿，要问为什么，我就说，这是当初和锦儿姐姐一起穿的，差不多一样的衣衫呢。”

锦儿眼中有笑，把容儿的手轻拍一下：“你啊，才多大的人，就晓得长大嫁人了？我这回挑了匹百蝶穿花的银红料子，想着做件外衫穿。”

容儿顿时高兴起来，抱住锦儿的胳膊：“就晓得锦儿姐姐你最好了。锦儿姐姐，我娘那日说，女儿家总是要嫁人的。锦儿姐姐，你还没有定亲的，不如你嫁给我哥哥，做我嫂嫂。”

“你这孩子，怎么老说傻话呢？”锦儿笑着捏下容儿的脸，容儿的眉微微一皱就道：“锦儿姐姐，你是不是不喜欢我哥哥，还是觉得别的什么？”

锦儿差点被自己的口水呛到，咳了几声才道：“胡说，这种事，哪是小姑娘该说的。你再这样胡说，以后我不理你了。”容儿一双眼转了转，接着就笑了：“锦儿姐姐，你是不是在害羞？我娘说……”

锦儿觉得自己脸已经滚烫，拍一下容儿的手：“姨姨到底教了你些什么？这样胡说八道，等我出去，可要问问姨姨。”容儿拍手：“好啊，我就怕锦儿姐姐你不问。”

这话让锦儿又打容儿一下：“人家是越大越懂事，你是越大越调皮。”容儿靠上锦儿的肩：“我不是调皮，是我真的想让你做我嫂嫂。”锦儿有些无奈地笑笑：“别说闲话了，继续挑吧。”

又是这样顾左右而言他，容儿叹了口气，继续和锦儿挑起来。

等回家路上，容儿忍不住问绿丫：“娘，锦儿姐姐为什么会这样？”

“每个人想的都不一样的，你想要你锦儿姐姐做嫂嫂的心事，我明白，可是你锦儿姐姐，未必这样想。”绿丫这话有点绕，容儿的眉皱得更紧，接着容儿眼睛一亮：“是不是要哥哥去问问？我晓得了，定是这样。”

“胡说！”绿丫轻斥女儿一声，“哪能你哥哥去问？这男女大防，哪是这样轻易的。”容儿被绿丫骂了一句，乖乖闭嘴坐好，可心里还是在转着念头，要悄悄地告诉哥哥，让哥哥去问问。

“容儿，你在胡说什么？我就算对锦儿有意，可婚姻之事，也是要父母之命的，这样去问，不管答不答应，都对锦儿名声不好。”小全哥听到妹妹的提议就皱眉反对。

“父母之命？哎呀哥哥你又不是不晓得，不管是爹娘也好还是石家姨父姨母也好，都很希望这桩婚事能促成，只是秀儿姨姨太疼锦儿姐姐了，怕她不愿意才迟迟没松口。要这样，你不问她不问，大家都不问，就这样拖着。这个闷葫芦什么时候才能打破？”容儿一本正经地解释。

“你都是从哪里学来的？你平日瞧些什么书呢？还有……”小全哥还要继续问下去，容儿就伸手捂住他的嘴：“我平日瞧的书你又不是不知道，都是从你这拿的，并没别的。这些都是我跟娘出门的时候，看戏文看来的。”

解释完容儿继续劝哥哥：“你和锦儿姐姐，算不上私相授受，只是大家都少说了一句话而已。你怕什么？”小全哥其实已经被妹妹说服，可心里还在打鼓。

容儿见哥哥不语，这才把捂住他嘴的手放下，对小全哥道：“哥哥，你妹妹我也是读书知理明白道理的人。只是我总见那些戏文上，为了点小事你不说我不说，然后憋啊憋，给坏人可乘之机，就觉得好奇怪。”

“你晓得什么叫坏人，还可乘之机呢。”小全哥忍不住嘲笑妹妹。

“知道！”这回容儿点头点得很大，“就是那些想娶锦儿姐姐的人。”见哥哥脸上变色，容儿立即加上一句：“除了你。”小全哥脸色总算恢复了，接着悄悄问妹妹：“我这样去问，并不是私相授受？”

容儿继续点头，小全哥露出笑容，但还是要叮嘱妹妹：“你可不能被人这样骗走，你的婚事，我定要帮着挑的。”

“哥哥，你想得太多了。那些鸡鸣狗盗之徒，本就不该相信。”容儿的话让小全哥笑了笑接着就又摇头：“那你让我做的又是什么？”

“哥哥，我让你做的可不一样。我让你做的，是在爹娘和姨父姨母他们都赞同的情况下，亲口问问锦儿姐姐，愿不愿意嫁你，如果锦儿姐姐不愿意，你也就息了这个念头，好好地读书，也考个秀才举人，说不定还能考个进士出来，让我也能做个进士妹妹。”

如果愿意那自不必说了，小全哥的手不由握紧，不过这件事，还是要先让自己的娘去问问秀儿姨姨，免得鲁莽。

“你妹妹真这样说？这孩子，这些年听的戏文太多，倒是越发爱说些歪理了。”绿丫听的儿子的话，忍不住皱眉道。

“娘的意思，我不能去问问锦儿了？可是……”绿丫抬头见儿子的眉皱得很紧，不由笑了：“我还没说呢，你急躁什么？当然许的。毕竟你妹妹说得有理，这闷葫芦不破，好几家子都悬着心呢。等你张舅舅的喜事办完，就让你问。”

小全哥大喜，对自己的娘连连作揖。绿丫掩住口笑：“瞧瞧，这还没娶媳妇呢，就记不得娘了。去吧，好好读书去。你妹妹那里，我会教训她。”

小全哥应是离去，容儿已经从里屋跑出来，扑到娘的怀里：“娘，哥哥告状。”绿丫用手摸下女儿的脸才道：“他也不是告状，也是为你好。你才十岁，就晓得这些道理，等到以后可怎么得了，难保不被别人花言巧语骗了去。”

“才不会。”容儿摇头：“就是知道了这些，才晓得那些后院相逢，私定终身的事是不对的，真要在意你，就该晓得你肯了，遣媒人说亲，而不是私自定下，叮嘱你守着，久等不来。”

久等不来那是什么戏文上的？绿丫先是皱眉，接着就笑了：“久等不来那不是那后花园私订终身的，那是王宝钏。你看串戏了。”

“没看串！”容儿还是在那摇头：“要是薛平贵心里真有妻子，就不会一去十八年不归了，还娶了公主。我就不信，就算是关山万里，怎会连封信都不通。不说旁的，榛子姨姨离那么远，你们还通信呢。”

绿丫用手扶下额：“好，好，还是你有道理，娘没有你的道理多。不过这以后，这样的话可不能当着别人说。”容儿点头，绿丫忍不住把女儿又搂进怀里：“娘的小人精。”

张有才的喜日定在腊月二十五，真是应了那句娶了媳妇好过年的俗语。喜事办得十分热闹，秀儿也忙得脚不点地。等到新人的轿子进了门，拜了堂，送进了洞房要有坐席，等席面散了，还要瞧人在那收拾。

不过这会儿可以坐下来喝杯茶了，秀儿坐在那喝着茶，用手捶下腰，这些年还真被养娇了。绿丫走过来：“恭喜恭喜，我这过来帮忙了几天，竟连恭喜都来不及说一声呢。”

“你少埋怨我，等过两日，我让弟弟弟妹过去给你磕头道谢不成？”秀儿抬眼瞧了瞧绿丫，轻笑一声。

“那可不好，这一磕头，我又要拿银子出去了。”绿丫也笑了，两人嘲笑几句，绿丫才对秀儿说了这件事。秀儿一口茶差点喷出来：“我们当初是不是抱错了孩子？怎么觉得锦儿像你闺女，容儿倒有几分我的脾气。”

“少说笑话。”绿丫拍秀儿一下，“这件事呢，我觉得也可以。你觉得呢？”

“不是你闺女你就可以这么问了？”秀儿横绿丫一眼，心里想了想也道，“这也可以，只是不晓得我锦儿会怎么答？”

“要不是你太宠闺女，我这会儿自个就开口问了，还能到如今？”绿丫狠狠地白秀儿一眼。

“得，这会儿是事没到你身上，等你容儿大了，要有个人跑上前拉着她手说，姑娘不错啊，今年多大了，我瞧你不错，可愿意嫁我儿子？你不大耳刮子把人扇出去才怪。”

“所以我才特地先来问过你，免得到时被大耳刮子扇出去。”绿丫故意摸下脸，瞧着秀儿在笑。秀儿也笑出声，老张婆走过来，她今儿也是上下一新，满面笑意。绿丫和秀儿忙起身招呼。

老张婆已经笑着说："方才我在那边，和媳妇陪嫁来的丫鬟说了几句，见这些丫鬟都是好的，是客气的，我也就高兴了。"除了平常的嫁妆，还陪嫁了两个丫鬟，至于这些粗活，是由两个雇来的婆子做的。

"张婶子，您以后啊，就等着享福吧。这个弟妹我仔细瞧过，确实是个和缓人。您的性子我们也是晓得的，以后啊，就是几好合一好，大家都好。"绿丫的话让老张婆脸上笑容更深，接着眼里的泪落下，怎么也没想到，当初那一丝不忍，会带给自己这么大的好处。有子有媳，以后还会有孙儿，这日子，是怎么都没想到的好。

锦儿和容儿说笑着走过来，锦儿已经开口："娘，厨房里的事都完了，那些东西也都收拾好了，我们可以回家了。"

"瞧瞧锦儿，这么乖巧，容儿，你学着些。"绿丫嘴里在夸锦儿，眼却瞧向秀儿，和秀儿相视一笑。

"娘，难道我就不乖吗？"容儿笑嘻嘻地歪头一笑。绿丫捏下女儿的鼻子："乖，当然是乖的。"众人都笑起来，这里的事既没了，各人也就起身回去，张有才从洞房出来，要送送姐姐，还要让媳妇来道谢。

秀儿瞧着弟弟，心中十分感慨，笑着道："你快些进去吧，这是洞房花烛夜呢。"张有才嗯了一声就道："她不会怪的。"绿丫已经抿唇笑了："哪个她？谁是她？好好地罢，我们走了，以后你成了家，就是大人了，可要好好待你娘。"

张有才点头，绿丫和秀儿说笑着，各自带了女儿上车，老张婆瞧着她们各自的背影，心里十分感慨。张有才已经转身对老张婆道："娘，我们回家吧。"自己养大的孩子，现在是这样的好，老张婆舒心地笑了，和儿子跨进家门，以后就该享晚福了。

"锦儿，这眼瞧着就要过年了，过了年就十二了，这么大的人也该寻婆家了。正经说，来问你的人很多，可是呢我疼你，想着嫁个知根知底的人家。"秀儿望着女儿，她已经不再是那样小孩子了，脸很秀美，胸已经微微有了起伏，等再过些日子，就是真正长成，可以出嫁了。

"娘，这些事情，总是要您和爹爹做主。"锦儿望着秀儿，眼微微垂下，说话时候却难免红了耳根。

"你是我心尖尖，你的婚事，自然要问你是不是喜欢。"秀儿把女儿的手拉过来，眼神满是慈爱，锦儿顺势依到秀儿怀里，笑着道："阿弟才是娘您的心尖尖。”

“不一样的，锦儿，你和你弟弟，两个我都疼，可是你对我来说，是不一样的。锦儿，你现在也大了，娘只想和你说，当年若不是有了你，我早已经没有希望，早就死去。生下你那天，我瞧着你的眉你的眼，瞧着你的小模样，就哭了。我不能这样死去，我一定要护住你。我的锦儿，是该有锦绣前程，是该活得高兴快乐的，是该笑的。”

那些往事虽是锦儿还很小的时候经历的，锦儿渐渐长大后，往事都已变得模糊，可听到娘这样说，锦儿的眼里还是有泪，她偎依进秀儿怀里：“娘，我会活得好好的，我会过得好，我会有锦绣前程。”

秀儿把锦儿的手握得更紧：“所以娘要给你寻门合适的亲事。娘就想问问……”话没说完，车已经停下，婆子已经掀起帘子：“奶奶，小姐，到了。”

秀儿握着锦儿的手下车，就着宅子面前挂着的灯笼瞧着女儿，心里感慨万分，可一个字也说不出来。锦儿侧头微微一笑，就和秀儿往里面去。

“锦儿是被谁欺负了不成，这眼圈怎么是红的？”张有才结婚，石大爷自然也要过去帮忙，陪客时候有些不胜酒力，秀儿让他先回来了。此时听得妻女归来，石大爷抱着儿子出来，抬头就见锦儿眼圈有些微红，石大爷的酒还在半熏时候，忍不住开口就问。

“娘，爹爹的酒味好重，身上好臭。”瞧见自己的娘，小儿子嫌弃地把石大爷的脸往一边推，从石大爷怀里下来，抱住秀儿的大腿就开始告状。

秀儿顺手就把儿子抱起：“这么大人了，还成天淘气，等过了年，去了学堂，先生问你这字怎么写，你不会写，可不许哭鼻子。”

“姐姐教了我写字的。娘，姐姐是不是被容儿姐姐欺负了。”秀儿听了儿子的话就捏捏他的脸：“胡说八道，你容儿姐姐和你姐姐可好了，哪会欺负。瞧这脸花的，就是个小脏猫。”

石大爷想举步往里面走，锦儿叫住他，石大爷有些奇怪地回头。

锦儿瞧着石大爷，眼里又有了泪，努力把泪忍回去，对石大爷说：“爹，谢谢你。”虽然锦儿从来都叫石大爷爹，可是今日这声爹，听起来却有些不一样，石大爷还在琢磨，锦儿已经把眼里的泪擦掉，对石大爷说，“爹爹，那些事虽然模糊，可我还是有些印象的。谢谢你。”

石大爷恍然，接着就笑了：“傻孩子，谢什么呢？我们是一家子，我是你爹，秀儿是你娘，里头那个是你弟弟。你虽不姓石，可你待我，比你弟弟待我还好呢。”

锦儿眼里的泪又忍不住了，她低头想让眼泪憋回去，可还是没憋成功，索性抬头让眼里的泪流得更急："爹爹，我晓得，所以才会这样说。今儿，我就不进去了，先回房了。"

这孩子，石大爷瞧向锦儿的眼还是那样慈爱，锦儿给石大爷规规矩矩行了个礼，转身跑开，石大爷追了一步就没继续追，姑娘大了，有自己的心事了，做爹的也好，做娘的也罢，都不该问得太多。

想着，石大爷心里竟有吾家有女初长成的喜悦和着酸楚感，于是眼里竟又有了泪，姑娘大了，就留不住，就该出嫁了。也不晓得哪个小子才有这样的福气娶走女儿。

"怎么就你一个人进来了？锦儿呢？"石大爷把眼里的泪擦掉，才闷闷地说："锦儿回房去了。"回房？秀儿抬眼细瞧，见丈夫眼里有泪，这下更加奇怪："你又哭什么？"

"我哭，哭我们女儿长大了，有心事了，以后就该嫁人了。"石大爷掀起帘子走进里屋来到床边，瞧着方才还闹腾现在却乖乖睡着的小儿子，用手擦擦泪对秀儿说。

秀儿想嘲笑几句却没嘲笑出来，只是跟着石大爷来到床边，看着儿子的睡容，我们的儿女，这话让人听着真欢喜。石大爷把妻子的手握紧，儿女双全，都很乖巧，世上有这样福气的人并不多。

张有才成亲后第二日，秀儿再次见到自己的弟妇，见人虽然带着新嫁娘的腼腆，可还是那样落落大方，心里十分欢喜。又问过什么都好，这么一桩大心事了了，以后就真是把儿女的事完了就再没别的事。

张有才的婚事过后，就是过年，过年是最热闹的，初三那日绿丫、兰花带了孩子来秀儿家里，绿丫说起已经收到榛子的信，说任期已满，将在今年三月回来。

"榛子这一去说的是去三年，到现在都四年了，等她回来，也不晓得还认不认得这些孩子们了。"兰花忍不住感慨，秀儿想都不想就道："当然认得。"接着秀儿又嗯了一声："不认得的话，就罚她。"

说了几句闲话，锦儿容儿和玉儿都到锦儿屋里去说闲话，等人一走，兰花才瞧着秀儿："都认得这么些年了，我说，你们就把这闷葫芦打破吧，爽爽快快结了亲事。"

秀儿和绿丫互看一眼，绿丫就道："秀儿想着呢，还说，谁要直接问锦儿愿不愿意，就拿大耳刮子把人打出去。"兰花忍不住扑哧笑了声就道："得，来，秀儿，我这就去问锦儿，你来打我。”

秀儿把作势要起身的兰花拉了坐下：“这新年新岁的，打人做什么？不过呢，这事，我还是听我闺女的。”

兰花还想继续问，秀儿已经问丫鬟：“小思哥在哪？”小思哥是秀儿的儿子，丫鬟已经答道：“在那和两位表少爷玩呢。”秀儿嗯了一声：“你去和小思哥说，就说我说的，这会儿点心时候了，让他过去旁边屋里吃点心，再让小姐送几盘点心过去。”

丫鬟应是，兰花的眉皱起：“这打的什么哑谜呢？”秀儿瞧一眼绿丫：“这会儿你放心了吧？”绿丫忍住笑：“放心了。我们也悄悄过去瞧瞧？”

秀儿拍绿丫一下：“你还当你是小姑娘呢？”但还是和绿丫起身，兰花还想再问，已经被秀儿拉了站起来，蹑手蹑脚往外面来。

小全哥虽在那小伙伴们玩耍，可这心里还是七上八下，这种事情，也不晓得到底是真答应还是假答应？就在小全哥坐立难安时候，丫鬟来传秀儿的话。

小思哥立即站起来：“走，吃点心去。”栓柱不想去：“点心有什么好吃的，表弟，你吃不吃？”小全哥等了这许久，就为等的这句，立即点头：“我要去。”

说着就要跑出门，栓柱嘴里不由嘀咕一声：“这点心有什么好吃的？再说你不是不爱吃甜的？”

小思哥已经拉着小全哥跑出去，听到栓柱这话就皱下鼻子，小全哥不由拍下他的脑袋，往吃点心的那边去，越往里面去，小全哥就觉得心在狂跳，跳的都不像是自己的。

小思哥还在那念叨，家里什么点心最好吃，就见锦儿带着丫鬟端着点心过来。小思哥的眼登时亮了，冲过去拿手就去抓：“这是绿豆糕，还有海棠糕，都好吃。”

锦儿伸手打弟弟的手一下：“手洗了没？伸手就抓，等我放好你再洗手来吃。”小思哥把手放下，瞧着小全哥：“表哥，你也来吃。”

锦儿不由一笑，小全哥瞧着锦儿，好些日子不见，好像她又大了些，不过这时机只有一瞬。见锦儿让丫鬟去打水来给小思哥洗手，小全哥这才走上前，对锦儿低低地道：“我想问你一句话。”

“啊，表哥，你要问我姐姐什么话呢？你怎么这么扭捏？”小思哥瞧着点心咽着口水，耳朵却还是听见了。

“你啊，就是这么馋！”锦儿上前捂住小思哥的耳朵，这种暗示太明显了，小全哥瞧一眼就飞快地道："我想问问你，愿不愿意嫁我，要愿意的话，我就去和爹娘说，让人来求亲。"

原来就是这句话啊，锦儿浅浅一笑，这一笑在小全哥眼里，竟是那样的美。原来书上说的，一笑倾城是真的存在的。小全哥呆呆地望着锦儿，眼睛已经睁得很大，想得到锦儿的同意。

秀儿和绿丫掩在后窗下，不敢站起身，更不敢出声问，只听到小全哥问了那句，就久久沉默，秀儿忍不住抬头瞧瞧。绿丫把她的脑袋按下来，压低声音在她耳边道："有小思哥呢，等会儿丫鬟也回来了，我儿子又是稳重的，你女儿不会吃亏。"

兰花蹲在她们身边，听到绿丫的话，忍不住想笑，这两人，这会儿的动作还真是和稳重两字不搭边。

"小姐，水来了。"等不到锦儿的回答，倒听到这么一句，秀儿和绿丫双双皱眉，小思哥已经从姐姐的双手之下挣脱，高兴地喊："洗手了，吃点心了。"

锦儿笑了，上前拉起弟弟的手往水盆里放："你记得啊，等以后你要娶媳妇，可要先禀明爹娘，让媒人来上门说亲。"小思哥点头，接着就问锦儿："姐姐，你说这话，是不是因为有人来说媒。"

丫鬟忍不住在旁笑了："少爷还真是爱说话呢。"姐弟俩在那说话，小全哥心里却十分欢喜，这话和方才自己的话对上，就是一种暗示，暗示锦儿答应了。

小全哥只觉得自己的心在怦怦乱跳，再看向锦儿，见锦儿那洁白如玉的耳根里，有一抹淡淡的，不仔细觉察还发现不了的红。锦儿已经给小思哥洗好手，抬头见小全哥只望着自己，不由对他抿唇一笑，带着丫鬟翩然离去。

"这点心真好吃。"小思哥洗了手，拿着海棠糕在那边吃边赞，抬头瞧见小全哥，不由奇怪地问："表哥你怎么呆了？来来，我分你几块。"

自己刚刚知道比好吃的点心更让人欢喜的事，小全哥唇边是怎么都压不住的笑，拍拍小思哥的头："你自己慢慢地吃点心，我去找我娘。"

"哎哎，表哥你别走，不然的话，我娘会怪我没有好好地招待客人的。"小思哥嘴里喊着，见小全哥走出去，急忙把绿豆糕往嘴里填了几块，这才追出去。

小全哥跑出去好几步，才收住脚步，自己的娘现在不在家，直接去寻她就是，可寻到了，她定是和姨姨在一起的，那时会不会被取笑？小全哥还在想，就见自己的娘和兰花秀儿她们三人从另一边走出来。

小全哥忙上前行礼叫人，可还没说话小思哥就跑出来，瞧见秀儿，小思哥就跑过去扑在秀儿怀里：“娘，表哥不吃点心，不是我不劝他，也不是我不待客。”

秀儿摸摸儿子的脑袋：“我知道，是你表哥不乖。”兰花听了秀儿这话，又想笑出声，绿丫已经道：“果然这做了半子就不一样，原先可是对我儿子赞不绝口的。”

半子？小全哥看着自己的娘，怎么也不敢相信自己方才听到的，兰花已经上前拍一下他：“傻孩子，你丈母和你娘方才都听到了，不然的话，这内院，你这么大的孩子，怎么能随便进来？”

原来如此，小全哥的脸红了，忙对秀儿行礼：“小婿见过岳母。”这改口得这样快？绿丫还没赞自己儿子，秀儿就已道：“别叫得这样亲切，等媒人来过了再说。”

绿丫上前挽住秀儿:“这媒人啊,就是现成的,兰花姐,还要烦你做个媒人。”兰花点头应是，秀儿瞧一眼绿丫，笑着说：“那，亲家母，我们就进去里面，再细说说。”

这亲事，就这样定下了？小全哥只觉得全身都轻飘飘的，快要飘到天上去了。小思哥先还在眨巴眼睛，接着就醒悟了，啊了一声瞧向小全哥：“表哥要娶我姐姐？”

小全哥瞧向他：“不好吗？”小思哥摇头：“不是不好，是我不知道怎么说，不，我还是要先去告诉姐姐。”说着小思哥转身就跑，小全哥见他飞奔进里面，想追上去又摇头一笑，没必要追，这件事，很快大家都会知道的。

锦儿重新回到屋里，和玉儿她们继续说笑，容儿一双眼在锦儿脸上转来转去，也不晓得自己那个傻哥哥有没有问出来？哎，这件事，总觉得还要自己去问问，帮哥哥一把。

“容儿，锦儿不过是出去外面了一趟，你在这瞧什么呢？”玉儿抬头瞧见容儿这样，不由好奇地问。

“没瞧什么。我只是觉得锦儿姐姐和原来好像有些不一样了。”容儿顺口胡诌，可眼还是往锦儿脸上瞧，锦儿不由淡淡一笑，刚要说出时就听到小思哥在外喊姐姐。

不等她们三人站起身，小思哥已经跑进来，还气喘吁吁地，冲进锦儿的怀里就喊:“姐姐,我方才听娘说,把你许给表哥做媳妇了。姐姐,不是真的吧？表哥为什么要娶你做媳妇？”

容儿心里一块大石放下，玉儿先是惊诧接着就笑了，难怪方才锦儿回来，会是这样神情。锦儿把弟弟的手握在自己手心："婚姻大事，是父母之命，媒妁之言的，爹娘同意了，媒人也来了，就答应了。"

小思哥的头还是摇得很厉害："可是为什么要把你娶走，你走了我岂不是没有姐姐了？"

"你还真傻，谁说你姐姐嫁了，你就没姐姐了？再说，这还有好几年呢。"玉儿拍小思哥脑门一下，笑着解释。

原来是这样？小思哥觉得自己懂了，可是还是想问："那上回……"

不等他说完，玉儿就拍他脑门一下："我和你周家哥哥不也定亲了，可我到现在都还没出嫁呢，再说成亲后还能归宁啊。"

小思哥点一下头，继续问："那姐姐以后归宁，可一直住着吗？"

"你这调皮孩子，哪有这样问的，赶紧出去吧，我和姐姐们说话。"锦儿还是和从前一样，这让小思哥心里笃定一些，规矩行礼后才跑出去。

"哎，嫂嫂，你怎么不好好地和阿弟说呢，我们以后……"容儿的眼十分闪亮，瞧着锦儿只是笑嘻嘻地问。

"这会儿就叫嫂嫂了？果然，那我岂不要叫表弟妹了？"玉儿也抿唇一笑，跟着容儿打趣起来，方才锦儿还能强自镇定，此时就真的脸红了，起身道："你们啊，只会打趣我。"

"你可别忘了前几日你和容儿打趣我的时候。"玉儿笑吟吟地说着，容儿听了正待点头，突然哎呀了一声，玉儿和锦儿都想到一处，齐齐点头，容儿脸上的神色顿时变得有些焦急，正要叫好姐姐们，玉儿已经上前把她搂住："横竖你小，以后啊，我们有的是报仇的日子。"

容儿在那求饶，锦儿已经在旁笑了，这笑声竟似能传到很远。

绿丫和秀儿她们在厅上说话，商量这亲该怎么定，又让丫鬟出外传，说锦儿和小全哥已经定下亲事，过了会儿丫鬟就进来："爷说晓得了，还说很欢喜，还说让人去把舅爷舅奶奶请来，办桌酒，好好地款待下新亲家。爷还说了，今儿张大掌柜没来，这会儿派人去请呢。"

丫鬟一口气说完，绿丫和秀儿她们都笑了，这门亲事真是人人欢喜。

兰花笑着道："要棒子晓得，定会说，原本是该她做媒人的，结果呢，倒是我做了个现成媒人。"秀儿和绿丫细细一想，也是这么个理，两人都掩口笑了，说说笑笑，酒席已经备好，听下人们说张谆也到了，张有才夫妻也和老张婆一起来了。

于是内外各摆了一桌酒，锦儿她们在锦儿房里用饭，外头大人们欢欢喜喜。里头三人也是笑闹不住。等到酒够席散，金乌已将西沉，各自收拾了回家。

锦儿到此时才从屋里出来，绿丫见了锦儿，拉着她的手不知道要说什么，只是在笑。秀儿已笑道："别的也罢了，话先放在头里，等以后我女儿嫁过去，你可不许欺负。"

绿丫瞧她一眼，伸手去拧她的脸一下："得，别叮嘱了，说得我就是那样恶婆婆一样。"秀儿故意啊了一声："难道不是吗？"绿丫笑得越发高兴，下人已经来报，张谆在外等着。

绿丫这才把拉着锦儿的手松开，笑着道："我今儿真高兴，锦儿，你以后可不许拘束，拘束了，我就不喜欢。"

锦儿应是，容儿又对锦儿做个鬼脸，这才跟着绿丫走出。秀儿和女儿转身，见石大爷也带了小思哥走回来，秀儿心里的欢喜更深，只对丈夫笑一笑，什么都没说，却已胜过千言万语。

绿丫来到外面，见了张谆，不免抱怨张谆又喝多了。张谆已经笑着道："想到小全哥定亲，我将要做公公，再过些日子，容儿也定亲，心里怎会不欢喜呢？"

小全哥本来要上前叫娘，听到爹的话就把头缩回去，绿丫瞥儿子一眼："这定了亲，就是大人了，以后可不许胡闹，不然的话，到时变坏了，你岳母也不要你。"

小全哥连连点头，容儿已经笑嘻嘻地从车窗里探出头："娘，是不是哥哥这样就叫怕……"容儿话还没说完，小全哥就上前把她的嘴捂住。

容儿挣扎不开，张嘴要咬，小全哥急忙把手放开。张谆和绿丫见儿女这样，相视一笑，心中暖意丛生，有家人有好友，如果这不叫幸福，那什么才能叫幸福？

小全哥和容儿已经请爹娘上车，张谆扶妻子先上车，自己坐在车辕上，车夫已经赶着车离开。

张谆靠在车厢上听着里面传来儿女和妻子的说话声，笑容也越来越大，这几年生意越来越好，等小全哥成亲时候，可以把喜事办得很好。儿子读书聪明，或者能中个秀才举人，张谆畅想着未来，只觉得人生再无缺憾，所有的荆棘泥泞全都成为过往。从此踏上的，是条平坦大道，而能有妻子陪着走，幸福如斯。